潘国琪　特邀主编

北师大民俗学论丛

董晓萍　万建中　主编

中华书局

图书在版编目(CIP)数据

北师大民俗学论丛 / 董晓萍，万建中主编.—北京：中华书局，2013.5

ISBN 978 – 7 – 101 – 09272 – 1

Ⅰ.北⋯ Ⅱ.①董⋯ ②万⋯ Ⅲ.①民间文学—中国—文集②民俗学—中国—文集 Ⅳ.①I207.7-53②K892-53

中国版本图书馆 CIP数据核字(2013)第 064234 号

书　　名	北师大民俗学论丛	
特邀主编	潘国琪	
主　　编	董晓萍　万建中	
责任编辑	罗华彤	
出版发行	中华书局	
	（北京市丰台区太平桥西里 38 号　100073）	
	http://www.zhbc.com.cn	
	E-mail:zhbc@zhbc.com.cn	
印　　刷	北京天来印务有限公司	
版　　次	2013 年 5 月北京第 1 版	
	2013 年 5 月北京第 1 次印刷	
规　　格	开本 /700 × 1000 毫米　1/16	
	印张 47　插页 2　字数 620 千字	
印　　数	1–1500 册	
国际书号	ISBN 978 – 7 – 101 – 09272 – 1	
定　　价	139.00 元	

钟敬文先生110周年诞辰纪念系列丛书

教育部重大项目来源

北京师范大学民俗学国家重点学科211三期工程
"中国民俗文化研究与社会应用"

北京师范大学民俗学国家重点学科
《北京师范大学学报》（人文社科版） 合作项目

北京师范大学
民俗学国家重点学科
简介

  北京师范大学民俗学国家重点学科由我国著名民俗学家、民间文艺学家钟敬文教授创建，已有63年的历史。1953年招收新中国第一批民间文学专业研究生，1955年成立全国第一个民间文学教研室，1980年成为全国第一个民俗学博士点。1980年钟先生主编出版中国现代大学教育史上第一本民间文艺学教科书《民间文学概论》，获教育部和北京市高校优秀教材一等。1988年被评为国内第一个民俗学国家重点学科，1996年成为第一批211工程建设单位。1998年钟先生主编出版第一部全国高校文科统编教材《民俗学概论》，获中国国家图书奖提名奖和国家级教学成果奖。2001年成为第一批教育部人文社科研究重点研究基地建设单位，2003年以来陆续成为211二、三期工程和985工程建设单位。2007年第三次通过国家重点学科评审。季羡林、费孝通、张岱年和启功等多位国学大师曾长期担任本学科点的通讯研究员，[日]伊藤清司、[韩]任东权、[美]欧达伟(R.David Arkush)、[英]杜德桥(Glen Dudbrige)、[澳]贺大卫(David Holm)、[法]蓝克利(Christian Lamouroux)、[英]白馥兰(Francesca Bray)等外国民俗学家和世界知名汉学家担任本学科点的客座教授。进入21世纪，北师大民俗学学科中青年后学继承钟敬文先生开创的学术传统，开拓创新，在"中国语言文学"和"社会学"两个一级学科下推进学科建设，在民俗学基础研究、上中下三层文化综合研究和当代社会文化建设中取得新成果，在国际上也有一定的影响。

目　录

民间文艺学

民俗志学

民俗文化学

附　录

序言:新时期三十年北师大民俗学的建设

董晓萍

北京师范大学是我国高校民俗学科的发源地。1979 年,钟敬文先生在北京师范大学全国暑期民间文学讲习班上正式提出成立"民俗学科"①。他以北师大为阵地,指导全国院校同行,开始了民俗学高等教育的建设工作。1988 年,北师大民俗学科成为教育部首批国家级重点学科,以后陆续进入学校的 211、985 工程和教育部人文社科重点基地建设,而最早对此做出积极反应的是《北京师范大学学报》。自 1991 年起,钟敬文先生与原学报主编潘国琪教授合作,创办了学报的"民俗学专栏",至 2010 年,持续二十年,共发表文章 99 篇,逾 80 万字,《北京师范大学学报》成为北师大民俗学科前沿成果对外发表的第一渠道,也成为国内院校民俗学科建设方向的导报。

这批专栏文章是一批特殊的理论资源。钟先生晚年曾投入了极大的精力从事这项工作。它们以论文的精简形式,呈现出我国民俗学高等教育在学科化方面的理论体系、教育模式和发展步骤。在理论体系上,它们以钟敬文的民俗学理论为核心,以钟敬文的民间文艺学理论和国内高校已建立的民间文艺学学科为参照,吸收中外相关人文社科学科的先进成果,确定了中下层文化的研究对象和方法论,形成了民俗学专业的学科结构体系和知识传播框架。钟先生为此发表了一批文章,产生了重要的学术影响。他还邀请季羡林和张岱年

---

① 钟敬文先生于 1979 年 3 月上书中央,建议恢复中国民俗学会的学术社团机构。同年 8 月 18 日在北京师范大学暑期民间文学讲习班上提出成立"民俗学科",详见钟敬文《民俗学与民间文学——在北京师范大学暑期民间文学讲习班上的讲话》,收入钟敬文《钟敬文民俗学论集》,上海:上海文艺出版社,1998 年,第 230—251 页。

先生等撰写了专稿。他还推荐刊发了外国同行中的一些知名学者的最新研究成果。这种文章是不会过时的。它们对我国进入现代化和全球化时期需求民俗学教育程度,有深刻的思考和超前的准备,是以民俗学为主的学科与相邻学科对话的厚积薄发之作,同时具有在当时历史条件下理解中西学术趋势的前沿实力,因此至今仍具有启示性。在教育模式上,它们展现了我国高校民俗学科的教育理念和人才培养方式,建立了民俗学的高层专业化教育、地方教育、民族教育和普及教育等不同模式。在这批专栏文章中,有相当数量的来稿是钟先生指导的中青年后学之作,也有一些是在北师大进修或访学的地方院校和民族地区的青年学者的文章,还有的专稿是向国内高校同行征集而得。与此前的民间文艺学学科教育相比较,新发展的民俗学科教育,坚持高层专业化教育,也拓宽了人才培养渠道。在发展步骤上,这批专栏文章伴随着我国高校民俗学科的建设历程,对其从成立到发展的进程和理论创获,有较为系统的记录。

钟先生曾在此专栏刊行 10 周年时,总结这批文章的三个特点:一是在民俗学理论上,提出了"一些对学科具有重要意义的问题"和"次要问题",都"具有较高的学术价值,也在学术界起到一定的作用";二是在学科团队建设上,"有力地锻炼了我们教研室的同志(特别是年纪较轻的同志)";三是确定了以本国为主,了解世界同行的研究方向,"扩大了我们的学术视野,启发了我们的学术思路"。他寄语说:"希望这个专栏能够继续地生存下去。希望在它发刊 20 周年纪念时,能够更健康,更富于活力。"①今年正是该专栏的 20 岁生日,进入了钟先生所嘱"20"年的预期。我们特将这批文章编辑成书,以资纪念。与前十年不同的是,本书不仅保留了前十年的成果,而且补入了后十年的新作。作为钟先生的全体后学,我们希望通过这份踏踏实实坚守和前行,光大先生的遗愿。

为了使读者了解这批来自不同作者和不同学科发展阶段的论文的组稿背景和思想贡献,以下我以 1979 年以来的民俗学科发展为时间脉络,重点讨论民俗学科高等教育的理念和理论的发展,略述这段学术史,兼谈学科与学报的关系。具体讲三个要点。

---

① 钟敬文《十年纪念——〈民俗学研究〉专刊刊行和成果的回顾》,原载《北京师范大学学报》2000 年第 6 期,第 30—32 页。

一、北京师范大学民俗学高等教育理念的发展

1979 年,民俗学科在北师大率先进入课程系统和招生计划。很快,国内院校的民俗学教育发展势头后来居上。钟敬文先生在《北京师范大学学报》民俗学专栏发表了首篇文章,指出,在学报开辟专栏,发表民俗学研究的前沿成果,是树立民俗学科建设示范性的必要措施①。他在相继发表的这类文章中,主要解决两个问题。

对民俗学科的时间和内涵的界定。钟敬文先生对此采取了整体历史化的态度。他认为,从教育制度上说,民俗学科建于 1979 年国家改革开放后的新时期,但在界定民俗学科史的时间上,应该追溯至“五四”兴起的民俗学研究,并将之作为准备期。在界定民俗学科的内涵上,还应将之与民间文艺学学科的教育史联系起来考察。事实上,钟先生以一人而兼这两个学科的学术研究和高等教育的奠基工作,也使他在对两个学科的理论表述和教育事业构想上多有互通性。对于这两个学科的发展轨迹并不连贯的问题,他倾向将之放在我国 20 世纪的社会历史条件下讨论,描述两个学科既有联系、又有发展阶段上的不同侧重点的进程。他强调民俗学科与民间文艺学学科既有联系,也有区别,可以互补发展,但对民俗学科的历史,要与民间文艺学学科放到一个整体范畴内进行观察和评价。

对民俗学科的独立性的界定。在民俗学科已经制度化十年后,钟先生发表文章,决定将民俗学与民间文艺学分开发展②,这是他的民俗学高等教育思想发展的结果。

我国高校的民间文艺学学科曾得到较为充分的发展。新中国成立初期,根据社会主义高校教育方案,受苏联教育学的影响,北师大以民间文艺学学科为发展方向。在教育理念上,强调培养高级专业人才,只招研究生,不招本科生。

---

① 钟敬文《“民俗学特辑”前言》,《北京师范大学学报》1991 年第 2 期,第 1—2 页。
② 钟敬文《关于民俗学结构体系的设想》,《北京师范大学学报》1992 年第 2 期,第 2—9 页。对这篇文章的价值和意义,本文下面还会谈到并作具体讨论。

研究生生源从高校尖子生中选拔,毕业后分配到高校从事民间文学教学,或者分配到专业机构搞研究。这种高层专业化的理念和工作模式延续到"文革"前。在此期间,钟先生遭受了政治挫折,他所领导的教研室也曾有分有合,但这些坎坷都没有改变这种培养理念。在高级尖端专业化教育的导向下,民间文艺学学科的高等教育,开口小、专业化标准高,所要求培养的合格人才在中国民间文学、作家文学、史学、哲学和外国相关理论上都要博而通,再进行中国民间文学资料的搜集整理和研究的训练,这要付出极大的辛劳,花相当长的时间。钟先生为此倾注了极大的心力。钟先生在1950年代也接待过外国学者,但主要是苏联留学生和苏联驻华使馆的学者,在国别和人数上都屈指可数。

1979年以后,钟敬文先生和国内其他人文社科界的许多前辈学者一样,回到了高校执教。在随后的三十年中,北师大本学科围绕钟先生的工作进行了许多改革,其中的最重要的改革,就是高等教育理念的转变。一个核心的转变,是建立民俗学高层专业人才教育;与此同时,也发展民俗学的地方教育、民族教育和普及教育,在国际交流上也扩大了范围。

按照钟先生的规划,民俗学科的教育,以民间文艺学学科的教育为基础发展,但这也很快对民间文艺学学科所属的"中国语言文学学科"的对象论、范畴论、结构论和方法论加以突破。这种做法,将以往民间文艺学学科的教育所难以独立担当的重担"减负",而将在哲学、历史学、通俗文学、社会人类学、民族志学和比较文化学方面的博通训练的压力,转入民俗学,这就使民间文艺学的文学属性及其研究特殊文学的学科特点更为明晰,也使民俗学的学科任务更为明确。对民俗学科来说,这种改革,符合中国文化传统和国学特征,还给它的发展壮大提供了理论支撑。

钟先生曾在北师大学报的民俗学专栏中发表过几篇长文,对教育理念转变的背景、特点和必要性进行了阐释,读者可重点看他的《七十年学术经历纪程——〈钟敬文学术论著自选集〉自序》和《从事民俗学研究的反思与体会》①。他

---

① 钟敬文《七十年学术经历纪程——〈钟敬文学术论著自选集〉自序》,《北京师范大学学报》1993年第4期,第1—6页。钟敬文《从事民俗学研究的反思与体会》,《北京师范大学学报》1998年第6期,第12—17页。

在这些文章中指出三点:一是 20 世纪前半叶,我国民间文艺学与民俗学混合发展;二是 1950 年代在社会主义意识形态和民族形式教育的需求中,主要受苏联影响,民间文艺学的学科教育有成绩,也有理论偏差;三是改革开放后,解放思想,应对民俗学科教育的必要性和可能性,作实事求是的分析和论证。

时隔二十年,国内院校的民俗学科教育已经有了大发展。现在读者看这些文章,能从远距离上,了解它们所记述的钟敬文先生等我国高校的人文社科大家在"文革"后所取得的历史成就,包括他们重建学科、构建专业理论和改革教育模式。钟先生本人在抓紧这些工作的同时,还提出民俗学进入社会主义现代文化体系建设的一系列基本问题,使民俗学科产生了较大的社会影响和国际关注。

以下仅就民俗学科教育理念的改革内涵作简要分析,一并指出在学报民俗学专栏上刊登的相关重点论文。

(一)延续高层专业教育传统

北师大学报专栏创办的前五年,即 1986 年,钟先生开始招收首届博士研究生,至 2000 年,他一共招收了 8 届博士生。在培养博士生的层面上,他坚持高层专业化人才的教育理念和工作模式,这在北师大民俗学科延续至今。

在博士生的培养上,钟先生强调提高研究生导师的素质和生源质量,为此发表了不少文章[①]。我国改革开放后,在高校建立了本、硕、博多层人才培养体系,这为钟先生呼吁和坚持的高层培养模式提供了条件。在高层专业化教育方面,他认为,在中国高校教育对外开放的新的历史条件下,应该借鉴外国知名高校的专业教育经验,以其较早建立的多层级研究生培养体系为参照,建立符合我国实际的民俗学博士学位人才培养模式。在学报的专栏中,陆续刊登了我国高校赴海外高校的访问学者撰写的文章,如《美国和加拿大高等院校民

---

① 钟敬文强调研究生导师质量的相关文章,参见钟敬文《一项具有战略意义的工作》,原载《群言》1987 年第 8 期,收入钟敬文《钟敬文教育及文化文存》,董晓萍编,海口:南海出版公司,1991 年,第 65、67—68 页。关于钟敬文先生在改革开放后我国建立研究生多层培养体系中的工作,参见《钟敬文谈民俗学现状》(宫苏艺访谈录),收入钟敬文《话说民间文化》,北京:人民日报出版社,1990 年,第 161—162 页。

俗学专业及课程设置情况》和《欧美民俗学略说》等①,都是经他组稿发表的。

　　从钟先生本人的文章看,结合他以往创办民间文学学科高层教育的经历,思考他延续这种高层专业化教育传统的目的,我们能看到,他有他的思想连续性,也有在新时期建设民俗学科高等教育的新想法,但更主要的,是他在晚年延续和推进这种民众学问教育的强大动力。没有这种动力,就没有创新,主要有三:一是与国际一流同行比较和合理吸收外来先进经验,建立我国民俗学高层专业教育的国家级规范标准;二是强调民俗学高等教育的学术使命和社会责任;三是将他长期从事民间文艺学学科的高校教育的历史经验加以发展,他说:"10多年来,我们教研室培养了几届研究生,并不断接受着东西洋的留学生。⋯⋯由于上述国内学界的形势和本校在这门学科中所处的位置,我们在感到荣幸之余,更深觉责任的重大,必须竭尽力量,才能不负国内外学术界的期望。""民俗学建设的工程是巨大的。它需要花费大量的人力和较长的时间。这个特辑只是这方面的一个开始,以后我们希望有机会能在本刊(以及其他学术阵地)上继续作出这种绵薄而切实的贡献。"②钟先生的大师榜样,对北师大民俗学科的影响是深刻的。

　　(二)开展民俗学的地方教育和民族教育

　　1994年以后,面对国内科研院所、地方高校和民族地区的日益扩大的民俗学研究需求,钟先生提出,可以增加培养地方高校和民族地区的研究生与中青年师资。他特别关注少数民族生源,强调应加强培养,在招生条件上也适当放宽。学报专栏发表的这方面文章,反映了北师大民俗学科对由这个渠道引入的研究问题的关注。

　　民俗学的专业教育,向中央和地方、汉族和少数民族青年学者共同培养的方向拓展。对于地方高校和少数民族出身的研究生,钟先生鼓励他们在本地区和本民族民俗研究方面发挥作用,成长为民俗学的种子,生根发芽。学报的民俗学专栏发表了不少地方高校或少数民族青年学者的文章,如《在口头传统

① 董学艺《美国和加拿大高等院校民俗学专业及课程设置情况》,《北京师范大学学报》1991年第2期,第38—41页。阎云翔《欧美民俗学略说》,《北京师范大学学报》1997年第6期,第27—35页。另见[日]渡边欣雄《在中国民俗学会讲演》,朱丹阳译,《北京师范大学学报》1994年第6期,第22—24页。
② 钟敬文《"民俗学特辑"前言》,《北京师范大学学报》1991年第2期,第2页。

与书写文化之间的史诗演述人——基于个案研究的民族志写作》等①。这对他们来说,这是个人学术的新起点。他们回到本地区或本民族研究领域后,都承担了中央院校或汉族同仁所不能承担的课题,做出了各自的学术成绩,这是对学报成果的延续。

(三)提倡面向社会公共空间的民俗学普及教育

1980 年代中期以后,根据新中国民俗学运动的发展和中国民间文学三套集成搜集整理工程的需要,钟先生发表了《民族传统文艺的巨大作用——在民族传统文艺十套集成志书工作会议上的讲话》和《编纂地方民俗志的意义——〈绍兴百俗图赞〉序》等文章。他对北京师范大学民俗学科开展的另一项工作进行了阐述,即高校民俗学教育成果应服务于国家社会重大文化需求,开展民俗学普及教育。他指出,近年我国已有不少省市开始编纂地方民俗志,并出版了著作。它们与中国民族民间文艺集成志书在一起,成为民族民间文化的巨大长廊②,高校应抓住时机,开展民俗学普及教育。他率领北师大民俗学科举办了多届民俗学讲习班,开办了各种专题讲座,吸收地方文化团体骨干到北师大民俗学专业学习。在他的倡导下,北师大民俗学科增加了对新时期民俗民间文艺搜集整理运动的参与,促进了田野作业理论的提升。学报民俗学专栏也开始发表这一类的综合性理论文章和田野调查报告,如《民俗文化调查中的理论思考》、《陕西泾阳社火与民间水管理关系的调查报告》和《传统乡村社会中家庭的权益与地位——黄浦江沿岸村落民俗的调查》等③。

(四)扩大民俗学的国际交流

自 1980 年代起,至 1990 年代,钟先生扩大了民俗学的国际交流,学报专栏

① 萧家成《景颇族创世史诗与神话》,《北京师范大学学报》1995 年第 6 期,第 30—41 页。巴莫曲布嫫《在口头传统与书写文化之间的史诗演述人——基于个案研究的民族志写作》,《北京师范大学学报》2008 年第 1 期,第 74—84 页。

② 钟敬文《民族传统文艺的巨大作用——在民族传统文艺十套集成志书工作会议上的讲话》,《北京师范大学学报》1994 年第 6 期,第 1—3 页。钟敬文《编纂地方民俗志的意义——〈绍兴百俗图赞〉序》,《北京师范大学学报》1997 年第 6 期,第 36—39 页。

③ 陈子艾《民俗文化调查中的理论思考》,《北京师范大学学报》1992 年第 5 期,第 20—30 页。董晓萍《陕西泾阳社火与民间水管理关系的调查报告》,《北京师范大学学报》2001 年第 6 期,第 52—60 页。刘铁梁《传统乡村社会中家庭的权益与地位——黄浦江沿岸村落民俗的调查》,《北京师范大学学报》2001 年第 6 期,第 61—69 页。

也因此陆续刊登了一些"外稿"。这些外稿的作者,大多是钟先生接待的国际知名学者和所招收的外国留学博士生。他们有的与钟先生有多次的学术对话,也有的上过钟先生的课。在这些文章发表前,钟先生都与对方做过讨论或交流,对方做了认真的修改;有时钟先生也在不同程度上吸收了对方的有价值的见解,双方再重新考虑在中国高校学报上发表这类具有外来文化渊源和学术背景的译文所应该注意的读者对象和理论目标,所以这些文章避免将外国理论"生猛"地搬到中国,而是能让读者看到彼此的互补性,而且能与北师大民俗学科建设贴得很紧。在这些外稿中,比较重要的,有日本人类学者小南一郎的《壶形的宇宙》、日本民俗学者加藤千代的《关敬吾先生与中国民俗学》、美国历史学者欧达伟(David Arkush)的《"人勤地不懒":华北农谚中的创业观》和日本来华博士生桐本东太的《福田氏〈日本民俗学方法序说〉简介》等。还有一组介绍德国民俗学的文章,如廖居甫的《德国民俗学》,它的来源,与 20 世纪二三十年代钟先生参加中国民俗学运动时,与德国学者艾伯华(Wolfram Eberhard)对话的一段学术史相关,但此文也侧重阐述二战后德国民俗学的发展,它的约稿者正是钟先生自己。还有一位到钟先生府上造访的德国青年学者傅玛瑞(Mareile Flitsch),在一次来访期间,钟先生特为她安排了讲座,请她讲德国民俗学界继承和发展《格林童话》的搜集研究传统,及其研究方法的转变和问题,教研室全体师生参加听讲,钟先生在会上作了点评。后来她寄来了《中国民间文学及其记录整理的若干问题》一文①,引用了钟先生主持的"中国民间文学集成"项目的县卷本,并就中欧民俗学者搜集整理和研究民间文学的方法,做了进一步比较,继续向中国同行介绍德国民俗学的研究动态。

　　钟先生本人及其同时代重要学者对外来学说与本国优秀传统文化思想的比较研究,在视角、观点、方法和成果的表述形式上,也有学报专栏文章可读,如钟敬文

---

① 〔日〕小南一郎《壶形的宇宙》,朱丹阳、尹成奎译,《北京师范大学学报》1991 年第 2 期,第 28—31 页。〔日〕加藤千代《关敬吾先生与中国民俗学》,朱丹阳译,《北京师范大学学报》1992 年第 5 期,第 37—38 页。〔美〕欧达伟(David Arkush)《"人勤地不懒":华北农谚中的创业观》,董晓萍译,《北京师范大学学报》1993 年第 4 期,第 26—34 页。〔日〕桐本东太《福田氏〈日本民俗学方法序说〉简介》,何彬译,《北京师范大学学报》1991 年第 2 期,第 35—37 页。廖居甫《德国民俗学》,《北京师范大学学报》1991 年第 2 期,第 42—44 页转第 37 页。〔德〕傅玛瑞(Mareile Flitsch)的《中国民间文学及其记录整理的若干问题》,《北京师范大学学报》2005 年第 5 期,第 57—66 页。

《读后附记》、季羡林《丝绸之路与中国文化——读〈丝绸之路〉的观感》、张岱年《中国文化优秀传统内容的核心》和赵沨《重视中国民族音乐,提高民族自信》①。

　　总体说,北师大民俗学科教育理念的转型,确保高层专业化教育的制高点,也重视发展民俗学的地方教育、民族教育和普及教育,积极推进对外交流。由于学报专栏的设立,读者还能在二十年后,系统地看到这种教育理念改革的过程,包括制定学术目标、理论内涵和所长期从事的实践探索。这些工作是钟先生本人和北师大民俗学科在"文革"前做不到的。而这些学科建设的设想和实践能很快转化为理论创获,没有学报的配合也是不行的。

　　北师大民俗学高等教育理念的发展产生了三种结果:一是在制度上和学理上,都实现了民俗学科独立发展的目标。从民俗学科的角度说,承接历史传统和符合现实需求的建设,扶起了民俗学,也巩固和补充了民间文艺学。民俗学科的独立发展,因为具有对现代化社会运行的更大适应性,还进入国家文化软实力建设,开展跨文化对话,大幅度地提升了研究空间,也给民间文艺学带来许多新课题,使民俗学与民间文艺学双赢。二是发展民俗学与社会学、历史学、人类学、民族学和语言学的交叉研究,在相关学科群的交流与融合中,在带有各自特征的独立学科的同步建设中,民俗学科的概念和特征更为明晰。三是在全球化和现代化时期思考民俗学研究的基本问题,包括在传统向现代转型中的民俗学的地位、功能和趋势,民俗学的现代知识体系,民俗学搜集民俗和研究民俗的方法论的启示性等。这些都是十分扎实和具体的专业问题。民俗学科的发展经历了这些步骤,才能获得前所未有的速度和高度。

二、新时期民俗学高等教育理论的发展

　　在北师大学报民俗学专栏文章中,钟先生提供的论文,都是原创性著述,

---

① 钟敬文《读后附记》,《北京师范大学学报》1992 年第 5 期,第 35—36 页。钟敬文此文标题中的"读后",指读德国学者阿尔文·P·科恩《怀念东方学者 W·爱伯哈德》一文,杨利慧译,参见同期《北京师范大学学报》,第 31—34 页。季羡林《丝绸之路与中国文化——读〈丝绸之路〉的观感》,《北京师范大学学报》1994 年第 4 期,第 2—20 页。张岱年《中国文化优秀传统内容的核心》,《北京师范大学学报》1994 年第 4 期,第 21 页。赵沨《重视中国民族音乐,提高民族自信》,《北京师范大学学报》1994 年第 4 期,第 22—24 页。

具体分布在民俗学、民间文艺学和民俗文化学三块。钟先生一般将它们先送学报发表,再经过一段时间的考察和充实,丰富成书。其中也有些学术观点,后来发展成为北师大民俗学科的集体项目,如根据他将民俗学与民间文艺学分开建设的思想,在他生前立项和指导后学参加的国家社科基金项目"中国民间文艺学史"和"中国民俗学史研究"等。钟先生门下后学发表的文章,从当时的情况看,这些文章不一定成熟,但由于身处钟先生指导的教学科研氛围中,也都有一定的问题针对性。以下简要分析这批科研成果的理论收获,也会适当涉及学科点后来的发展。

(一)民俗学

在我国高校中建立民俗学科,马上就面临民俗学理论的体系化和民俗学高校教材的编撰问题。1998 年,北师大学报民俗学专栏在创刊七年之后,钟敬文先生主编并出版了《民俗学概论》[①],解决了这两个核心问题。对《民俗学概论》本身的价值,研究文章已经不少[②],这里仅指出钟先生的另一篇不大容易与之联系起来讨论的学报专栏文章《关于民俗学结构体系的设想》[③]。

在《民俗学概论》出版之前,1991 年,钟敬文先生在学报专栏创刊号上发表了这篇重头文章,这是他在提出建设民俗学科的同时,向高校提供的一份专业教学大纲,他本人就曾使用此文在中国民俗学会和北师大民俗学科试行演讲。

他在此文中,提出民俗学的结构分为六方面,包括民俗学原理、民俗史、民俗志、民俗学史、民俗学方法论和民俗资料学。他对这六方面的命名名称,也是他从民俗学作为一门学科的角度,所创用的第一批教学科研基本概念。这些概念,有的后来被他用作博士生专业课的名称,如"中国民俗史与民俗学史",他还亲自担任了此课的主讲,这门课现在成为北师大民俗学科博、硕研究生的必修课;有的概念在后来北师大民俗学科中青年教师开设的专业课中用

---

① 钟敬文主编《民俗学概论》,上海:上海文艺出版社,1998 年。后高教社出版了此书的修订版,参见《民俗学概论》(第二版),北京:高等教育出版社,2010 年。

② 仅以《民俗学概论》研究为例,参见童庆炳《高质量、高水平的厚重之作——评钟敬文教授主编的〈民俗学概论〉》,《北京师范大学学报》1999 年第 6 期,第 34—35 页。

③ 钟敬文《关于民俗学结构体系的设想》,《北京师范大学学报》1991 年第 2 期,第 2—9 页。关于此文产生的经过,参见文末《作者附记》。

为课名,如"民俗学原理"、"民俗志"和"现代民俗学田野作业的理论与方法"等。这些概念还成为国内同行使用频率极高的专业术语,乃至在相邻学科和交叉学者中也广为使用。

在此文中,他提出民俗学可按三个分支发展,即理论民俗学、历史民俗学和民俗志学(即"方法及资料的民俗学")。这种设计,因为符合民俗学的理论方法和资料系统的特点,符合教学科研的规律,现在都已成为北师大民俗学科研究生的招生方向和理论研究的新分支。

学报专栏文章后来还讨论过一些与民俗学科建设有关的其他问题,如如何进行民俗学的高层专业教育、地方教育、民族教育和普及教育的衔接,如何确定民俗学国际化的范围和目标等。这些问题的产生和推进解决,都是由《关于民俗学结构体系的设想》的理论系统投入教育实践后,再度产生的思想性成果,这些新成果也都不同程度地渗透到后来出版的《民俗学概论》中。《民俗学概论》面世多年来,在学界、教育界和其他社会各界使用,也产生了相当的国际影响,这些都不能不提到《关于民俗学结构体系的设想》的奠基作用。

近十年来,在民俗学研究方面,学报专栏又刊登了一批将文献与田野个案综合研究的论文,如《节水水利民俗》、《流动的代理人:北京旧城的寺庙与铺保(1917—1956)》、《现代商业的社会史研究:北京成文厚(1942—1952)》和《民俗志研究方式与问题意识》,也有的文章以从民俗学视角研究历史文献为主,如《黄石与中国现代早期民俗学》和《社日与中国古代乡村社会》等,它们的撰写和发表,都是中青年后学在钟先生的民俗学理论体系框架内做了一些填充的工作,也都卓有心得①。

(二)民间文艺学

钟敬文先生在 1935 年已提出"民间文艺学"的概念,到 1991 年学报民俗学

---

① 董晓萍《节水水利民俗》,《北京师范大学学报》2003 年第 5 期,第 126—133 页。董晓萍《流动的代理人:北京旧城的寺庙与铺保(1917—1956)》,《北京师范大学学报》2006 年第 6 期,第 35—44 页。董晓萍、[法]蓝克利(Christian Lamouroux)《现代商业的社会史研究:北京成文厚(1942—1952)》,《北京师范大学学报》2010 年第 2 期,第 20—31 页。刘铁梁《民俗志研究方式与问题意识》,《北京师范大学学报》1998 年第 6 期,第 44—48 页。赵世瑜《黄石与中国现代早期民俗学》,《北京师范大学学报》1997 年第 6 期,第 5—12 页。萧放《社日与中国古代乡村社会》,《北京师范大学学报》1998 年第 6 期,第 27—35 页。

专栏创办时,他已更有信心把民间文艺学单独拿出来,与民俗学科分开建设。实际上,这时他从民俗学的角度看民间文艺学,民间文艺学的特征也更为突出。

1991年,许钰在学报专栏上发表文章,题为《民俗学和民间文艺学》。此文对我国民间文艺学与民俗学的特殊关系做了分析。文章指出,"我国民间文艺学在'五四'时期和二三十年代是同民俗学混合在一起的"。这种看法是从钟先生的思想中来的,但他的以下看法是自己独立思考的体会。按他的说法,现在应该换个角度去看民间文艺学,因为现在的情况不同了。现在"我们认为,只要以各类民间文学为对象,作为一个独立的学科进行学术活动,就属于民间文艺学"。他还将独立后的民间文艺学与民俗学比较,说明"这一分立不涉及民俗学领域的广狭,它是在民俗学之外另辟蹊径,从文艺学着眼,把民间文艺学作为一般文艺学的一个特殊的分支"①。以我的理解,按照这种布局,可以把民间文艺学划归中国语言文学学科,但强调是其中的特殊文艺学,可以把民俗学划归社会文化理论范畴,让民俗学朝着新方向发展。民俗学本身的范围,不管是广义的,包括民间文艺学;还是狭义的,不包括民间文艺学,都是民俗学的问题,这不影响民间文艺学的独立建设。

我们将钟先生完成民俗学科建制后的思想变化的因素纳入进来,再看许钰此文,会对我们的理解有新的帮助。民俗学科自1970年代末到1990年代初快速发展,钟先生经过十年左右的观察,又比较、吸收了国外同行的学说,加上业已到来的全球化思潮,他发现,两个学科各自独立发展,条件已经比较成熟。特别是在全球化和现代化时期,它们在知识结构、研究对象和未来趋势上,已彼此不能包办。继续将它们混合建设,像20世纪二三十年代那样,还会对两者都造成束缚。而在民俗学已相当红火的情况下,钟先生实际在考虑的是,把民间文艺学留在中国语言文学学科内的命运。在一篇题为《谈谈民间文学在大学中文系课程中的位置》的学报专栏文章中,他写道,民间文学是民族文化的重要组成部分,也是民间长期传统教育的重要教材,应在中文系课程中开设这门课程。同时,由于它区别于文艺学和作家文学的特征,也不能将之与文艺

① 许钰《民俗学和民间文艺学》,《北京师范大学学报》1991年第2期,第14—18页。

学、古代文学和现代文学课合并①,这时他对民间文艺学的性质的阐述,使用了
"民族文化"的概念,这在以往很少使用。他将民间文艺学与民族文化共同讨
论,与他此前更多地将民俗学与民族文化相提并论是不同的。从社会实践上
看,后来民间文艺学的发展能借民俗学的势。从学术观点上讲,这是他反观民
俗学的学科建设所产生的思想变化。这时他的视野更开阔、目光更长远,能更
明确地指出民间文艺学科应该如何设置、如何发展,而不是民间文艺学的学理
应该怎样讨论。

　　民间文艺学是北京师范大学民俗学科的传统优势领域,在民间文艺学与
民俗学作为两个学科发展后,北师大学报民俗学专栏所发表的民间文艺学论
文的分量,不但没有削弱,反而得到加强,如继续讨论民间文学与口头传统的
关系、故事类型、故事与禁忌、神话与仪式、女性传说、中国故事集成研究等,在
研究问题的具体性和讨论的深度上,也都有进境②。

　　(三)民俗文化学

　　民俗学与我国现代社会文化环境中产生的其他新学科有很多融汇点,这
是因为民俗学既具独有价值,也往往会与其他相邻学科之间界限不清。为此,
在民俗学科的建设中,有两个问题需要解决:一是将民俗学历史价值化,建立
扎根策略;二是将民俗学政策导向化,使之对现实社会有用。于是钟敬文先生
引入文化学,用以扩大发展民俗学。1992 年,钟敬文先生发表《民俗文化学发
凡》一文③,称这门学问为"民俗文化学"。

　　对"民俗文化学"的性质,可以有不同的理解。连树声在《〈民俗学说苑〉编
后记》中指出,它是一门新学问。他将钟先生的毕生学说分为三部分:一是民

---

① 钟敬文《谈谈民间文学在大学中文系课程中的位置》,《北京师范大学学报》1996 年第 6 期,第 61—65 页。

② 刘魁立《关于中国民间故事研究》,《北京师范大学学报》1994 年第 6 期,第 18—21 页。许钰《口头叙事文学的流传和演变》,《北京师范大学学报》1994 年第 6 期,第 4—8 页。董晓萍《民间文学体裁学的学术史》,《北京师范大学学报》1999 年第 6 期,第 20—26 页。万建中《钟敬文民间故事研究论析——以二三十年代系列论文为考察对象》,《北京师范大学学报》2002 年第 2 期,第 24—32 页。杨利慧《仪式的合法性与神话的解构和重构》,《北京师范大学学报》2005 年第 6 期,第 61—68 页。万建中《神话的现代理解与叙述》,《北京师范大学学报》2009 年第 1 期,第 74—79 页。刘守华《〈中国民间故事集成〉的特色与价值》,《北京师范大学学报》2010 年第 2 期,第 41—46 页。

③ 钟敬文《民俗文化学发凡》,《北京师范大学学报》1992 年第 5 期,第 1—13 页。

俗学,二是民间文艺学,三是民俗文化学的新概念和新理论①。钟先生本人也将"民俗文化学"界定为"是民俗学与文化学相交叉而产生的一门学科"②。连树声的理解是符合钟先生本人的初衷的。钟先生的另一篇文章《传统文化随想》,正对民俗学的历史价值作了有目标的阐述③。但是从新学科上说,民俗文化学的成立,要有自己的对象特点和性质,而在这方面,钟敬文对民俗文化学与民俗学的表述并没有实质性的区别④。于是民俗文化学的成立,等于给了民俗学一种新空间兼方法,使民俗学能从文化现象的角度分析民俗,并能用文化分层的方法划分民俗事象。民俗学还能接受以往民俗学所不接受的部分研究对象,如上层文化中的民俗、手工技术文化中的民俗等,扩大研究领域。总之,有了民族文化这个大平台,民俗学的发展就活了,路子就宽了。如此我们也好理解钟先生的另一句话:"民族文化的涵盖面当然大于民俗文化。"⑤他还有一篇文章《五十年来民间传承文化研究的新收获——〈中国民间传承文化学文集〉导言》,讨论民俗学在与相邻学科的综合研究中,既保持特色,又开展跨学科研究的可能性⑥。

换个角度说,如果将"文化学"当作一座桥,那么民俗学就可以成为过桥之师,突破以往的不少禁区,去民俗学研究的死角攻城拔寨,如从前讳谈的"迷信"、"落后"和"民间宗教"等,现在可以把这类民俗作为文化现象重新解释。此外,民俗学还可以关注一些具有深厚传统的民俗事象的现实活动,把死学问做得鲜活。从文化视角切入,民俗学还能够介入国家民族整体文化研究,从中下层文化的层面,从容地进行资料重构、个案描述和理论建设。现在我们看钟先生《民俗文化学发凡》中所讲的"民俗文化与其它社会科学的关系"就很受用⑦。最精彩的是在"民俗文化学的效用"一节中,钟先生说:"民俗文化学的效应,概

---

① 连树声《〈民俗学说苑〉编后记》,《北京师范大学学报》1994年第6期,第25—27页。

② 钟敬文《民俗文化学发凡》,《北京师范大学学报》1992年第5期,第2页。

③ 钟敬文《传统文化随想》,《北京师范大学学报》1994年第4期,第25—29页。

④ 钟敬文《民俗文化学发凡》,《北京师范大学学报》1992年第5期,第3—5页。

⑤ 钟敬文《民俗文化学发凡》,《北京师范大学学报》1992年第5期,第5页。

⑥ 钟敬文《五十年来民间传承文化研究的新收获——〈中国民间传承文化学文集〉导言》,《北京师范大学学报》1999年第6期,第5—9页。

⑦ 钟敬文《民俗文化学发凡》,《北京师范大学学报》1992年第5期,第6—7页。

括地讲,有两方面:一是保存现有的民俗遗产。……二是研究民俗,认识国情(包括广大民间文化和民众心理在内),以利脚踏实地参与现实改革。"①我们应该能够理解民俗学通过民俗文化学产生社会功能的迫切性大于追问民俗文化学的学理的本身。

在北师大学报民俗学专栏的早期论文中,带有"文化"和"遗存"立题的论文,大都与突破"文革"前的思想禁区有关,如《中国傩文化的流布与变异》、《从古俗遗存谈妇女地位的变迁》和《民间记录中的僧道度劫思想》。在学报专栏的后期文章中,有的作者还开始探讨民俗文化学对我国民俗学研究产生的影响,如《钟敬文"民俗文化学"的学科性质及方法论意义》、《非物质文化遗产与民俗评估》、《传统节日:一宗重大的民族文化遗产》、《非物质文化遗产调查中的主体意识》、和《全球化、反全球化与中国民间传统的重构——以大型国产动画片〈哪吒传奇〉为例》等②。但不管怎样,民俗文化学的出现,都使我国的民俗学成了我国人文社科群中最有弹性的学科。

三、新时期民俗学高等教育中的大师价值与团队精神

钟敬文先生通过带领北师大团队建设学报民俗学专栏,它的收获不仅在北师大,也在全国同行。钟先生曾肯定地评价此专栏说:"它显然是我国民俗学活动的一个重要据点。"今天回顾它的成绩,还要看到它强大的内生动力。主要谈以下两点。

---

① 钟敬文《民俗文化学发凡》,《北京师范大学学报》1992 年第 5 期,第 11—12 页。
② 张紫晨《中国傩文化的流布与变异》,《北京师范大学学报》1991 年第 2 期,第 19—27 页。陈子艾《从古俗遗存谈妇女地位的变迁》,《北京师范大学学报》1994 年第 6 期,第 8—17 页。董晓萍《民间记录中的僧道度劫思想》,《北京师范大学学报》1995 年第 6 期,第 15—23 页。刘铁梁《钟敬文"民俗文化学"的学科性质及方法论意义》,《北京师范大学学报》2002 年第 2 期,第 15—23 页。董晓萍《非物质文化遗产与民俗评估》,《北京师范大学学报》2005 年第 5 期,第 43—49 页。万建中《非物质文化遗产调查中的主体意识——以民间文学为例》,《北京师范大学学报》2005 年第 6 期,第 57—60 页。萧放《传统节日:一宗重大的民族文化遗产》,《北京师范大学学报》2005 年第 6 期,第 50—56 页。杨利慧《全球化、反全球化与中国民间传统的重构——以大型国产动画片〈哪吒传奇〉为例》,《北京师范大学学报》2009 年第 1 期,第 80—86 页。

（一）不可替代的大师价值

什么是新时期民俗学国家重点学科的特质？有两点不可缺少，即大师与传统。有国级级重点学科标准的学科是有大师的学科，也是有大师奠定的学术传统的学科。一个学科的学术大师是拥有极为特殊的个人价值的个体。学术大师决定着一个学科的命运。在大师之下，其他不同层次的高级优秀人才也都是有其个人价值，但这种个人价值要在大师的榜样陶冶中化育，要在学科的优秀传统中养成。以往受到极"左"思想的干扰，个人与团队经常被对立起来。个人价值的作用不能被充分地、彻底地承认，也不能完整地发挥大师个人价值的作用，造成科学事业的极大损失。另一方面，也有个人价值与团队集体融合的问题。学术大师是最优秀的个人价值拥有者，就在于他的价值有对国家科学文化事业的高度融合性。这种个人能够在国家最需要、事业最困难的时候，勇敢地担当和坚定地付出，是能够带动整体团队建设的人。大师为团队牺牲并不影响他的个人价值的存在，而大师帮助团队取得成功，那么这种个人价值就更为高尚和持久。

（二）不可或缺的团队精神

北京师范大学民俗学科由老中青教师构成，钟先生与中青年教师共同组成一个团队。在钟先生率领和长期指导的时期，这些中青年后学的跟进和接力十分重要，其过程就是团队组织的构建和团队精神的塑造。

在新时期之初钟先生倡建"民俗学科"时，正是中国科学文化事业解决青黄不接问题的过渡期。"文革"之后，我国高校的老学者进入了厚积薄发的辉煌岁月，同时后继人才不足，矛盾十分突出。于是，由老一代学者发挥作用，与在老学者带领下进行团队建设，进入"双轨制"。钟先生正是在这方面充分展现了他的作用，他在民俗学、民间文艺学和民俗文化学等多方面，完成了学术思想建设，同时也亲手建设了一支中青年学术团队。

1997年，国务院学位办将民俗学划归社会学，同时在"中国语言文学"一级学科下保留了民间文艺学。钟敬文向教育部有关领导致信说明，可以在社会学一级学科下建设"民俗学（含民间文艺学）"，同时考虑到社会学一般不研究民间文学，也建议在中国语言文学一级学科下保留民间文艺学的位置。到了这一阶段，钟先生所培养的后学团队，还可以在民俗学与民间文艺学分开建设后,在两者都已制度化,并活动发展后,他又作了新的设计,即可以进行两个团队的建设。但他也说明两个团队是有联系的。他在《谈谈民间文学在大学中文系课程中的位置》一文中阐述了个人的这种观点,包括民间文艺学团队如何在开展新建设,以及如何在体制变迁中巩固已有的课程体系和师资队伍。

一个往往被忽略的问题是,学报也是重点学科建设的一种团队构成,学术大师就能看到这一点。当然,学报是一种特殊的团队构成,是在学科成果的发表渠道上工作的团队。它的价值就在于,它能为学科团队提供成就感与激励。在钟先生晚年的奋战中,学报的民俗学专栏成就了他的一种学术规划,学报专栏也为树立团队精神提供了平台。以往学者的研究对大师学说及其教育活动多有所肯定,但不大讨论他们与所发表渠道的关系,如大学学报的作用,其实这是不够的。

就学报而言,《北京师范大学学报》还陆续开办过其他学科的专栏,不止民俗学一门,但民俗学专栏的开辟时间最早,也历时最长,这也是学报的眼光。特别是在 1990 年代初,开办这种纯学术的专栏,探索与风险并存。在当时由计划经济向市场经济的管理体制转型之际,任何纯学术之举都会带来不小的压力,但是,北师大学报始终不渝地为民俗学科提供条件,并在钟先生身后坚持多年。这种学报编刊的过程,就成为一种独立于经济利益之外的学报学术品质的彰显。我们应该也承认,办好学报,要懂学术,也要懂管理,懂成本,但一份优秀学报的根底,在其学术质量,而不在其他。北师大学报的民俗学专栏创办二十年,对民俗学科不取分文,只要质量,它的意义还不能仅用"发表"概括,也不能仅用"非赢利"评价。这种尊重传统而注重创新,追求科学真理的发现过程而不是它的一时成败的学报精神,应该是现代中国大学精神的一部分。

※　※　※　※　※　※

本书所收"内稿"和"外稿",都是新时期北京师范大学民俗学科的学术史文献。与改革开放后我国大量涌现的中外新理论著述的数量相比,它们谈不上有耀眼的比例,但是,读者通过查询和使用本书,可以了解钟先生在此学报专栏内最早发表的、后来产生重大学科意义和社会影响的一批论文,可以找到他培养中青年梯队的规划和系列文章,可以观察在他指导民俗学科"国际化"的轨迹。也可以看到《北京师范大学学报》如何拓展民俗学科的空间与记录及其自身的建设经验,这就是本书所要奉献的,至于对它的价值和意义的开掘,读者自己可以作出。

本书的选编,收录了《北京师范大学学报》民俗学专栏刊登的 75% 以上的纸介原文。由于字数的限制,对同一系列的少量文章和说明性文字暂未选收。如果读者希望了解这批文章的内容,可使用本书书末所设附录《〈北京师范大学学报〉"民俗学专栏"数据库论文述要(1991—2010)》,其中已注明所有文章的作者姓名、论文题目、发表年代、期刊号与页码、内容摘要和关键词,以利读者查阅这批成果的完整信息。

钟老与《北京师范大学学报》原主编潘国琪先生有多年的交情,我因跟随钟老学习和工作,经历了他们的合作过程。转眼钟老已辞世十年,潘先生也已年逾七旬,退休多年,但他对民俗学科后学的关心未曾稍减,宛如钟老犹在。这次他应邀全程参与了本书的编辑工作,仔细地重阅书中的全部文章,并提供了宝贵的建议。两位后来的主编林邦钧先生和蒋重跃先生,也都是北师大民俗学科与学报合作的继任者,林先生的付出,蒋先生的从不说"不",都让人难忘。还要提到与我们常打文字交道的责任编辑宋媛。他们都对营造学科与学报的合作空间孜孜以求,我们在心中长存感激。

我的同事赖彦斌工程师和博士研究生毕传龙、唐超协助制作了这批专栏文章的数据库,北京师范大学外文学院副教授马磊承担了其中部分中文论文题目的英译工作,谨此一并致谢!

中华书局的胡友鸣先生对此书的出版给予了重要帮助,责任编辑罗华彤先生承担了大量的编务辛劳,钟少华先生和钟宜教授一直提供支持,临末一一诚谢!

学科与学报的合作

"民俗学特辑"前言

钟敬文

文化是人类存在的一种标志,作为动物之一的人类,怎样区别于其他动物呢? 或者说,人类之所以成为人类,他的特征是什么呢? 对此,有的学者着眼于人的社会,认为人是社会的动物,也有的学者着眼于人类的躯体的变化,认为人是直立的动物(由于不断劳动的结果)。这些当然是很重要的看法。近年来,有些文化人类学者,把"文化"作为人类存在的特征。因为即使是那些高级动物如猩猩、猴子之类,也不能够制造出和继承着像人类所有的那些文化。他们一般只会本能地生活着,因而始终停留在动物的阶段内。总之,人类是一种能创造和享用文化的动物。从原始时期就这样开始,并不断地继承和发展着这种"第二自然"。

文化是适应人们的各种生活需要(包括人们的心理需要)而产生和延续的,即使在人类的原始时期,人们的需要也并不很单纯。饥要吃,渴要饮,休息要住处,性欲要异性,群集要规范,对自然或同类的敌人需要抵御,对同类的生死需要表示感情,……凡此种种,必然要使人们创造出相应的各种文化,并不断加以继承或变化。在人类中各个不同群体里,彼此只有文化高低、繁简的差别,却不存在有无文化的差别。因为文化是跟着人群的生命和生活的存在而产生、继承的。从文明发达国家的人民,到那些生食穴处的原始人群,都各有着跟他们生活和心理相适应的一套文化存在。由于人类社会生活和心理的日趋发展,文化的种类和形式等也在日趋繁复。

在五花八门的人类文化品类里,风俗、习尚无疑是其中基本的一种。只要有人群存在的地方,便有风俗、习尚这种文化事物存在。在我们现在的社会里,它表现比较集中、突出的地方,例如小孩初生到死人埋葬的人生仪礼,从元旦放爆竹到除夕吃团圆饭的岁时节庆,这些都是在生活中比较显著的,也是大家所承认的风俗、习尚。实际上,在我们生活里,存在着大量的风俗、习尚事象,绝不仅仅像上面所说的那些。就是人们在生产、政治、教育等方面的活动,都有某些流行的风尚存在其间。风俗、习尚,在人们的文化生活里,几如水银泻地,无孔不入。如果让我们套用"人是政治的动物"、"人是社会的动物"等说法,那么,可以说"人是习俗的动物"吧。

风俗、习尚,既然它存在的当时,是为人们的需要服务的,那么,到了后代,就自然有文化史的价值,有提供各种人文科学研究的意义。自然,它还有经过选择,再活于时代新风俗文化中的现实作用。像我们这样人民众多、历史悠久的国家,这方面的资料,不但是很富饶的,而且价值和作用也是不容许我们轻视的!

对于历史的和当代的民俗文化现象,加以收集、整理、探究和描述的学问就是民俗学。这门人文科学,虽然是近代的产物,但是,不管从本国情况看,或者从西方的情形看,它的"史前史",都是源远流长的。在我国,一千多年前,就出现了关于它的专著(《风俗通义》),从汉代以来,我国学界不断产生了这方面的描述性著作和许多片段的言论。到了本世纪第一个10年的后期,与整个新文化运动相联系,我们学术界涌起了科学的民俗学运动,到现在已经历了七十几个春秋。它已经不再是学术上的幼苗了。

十多年来,由于开放政策和解放思想风气的影响,我们曾经一度停滞(至少从学科全体说)的民俗学活动,一时有着迅速长足的发展。不管从机构建立、学术研讨、出版书刊、国际交流等任何方面看,十多年来我们这方面的成绩都是使人刮目的。

民俗学在我国学界现在已经成为"显学"了。

我们北京师范大学,目前是我国唯一有权培养民俗学博士研究生并授予这方面学位的教育机构,同时它也是全国性的中国民俗学会的挂靠单位。校中以高年级学生为主体的民俗学社,已经成立几年,并且每年都有《民俗论坛》刊行。十多年来,我们教研室培养了几届研究生,并不断接受着东西洋的留学生。它显然是我国民俗学活动的一个重要据点。由于上述国内学界的形势和本校在这门学科中所处的位置,我们在感到荣幸之余,更深觉得责任的重大。必须竭尽力量,才能不负国内外学术界的期望。

这个民俗学特辑的编集,就是我们这方面心愿和微力的一点表现。在这个特辑里,共收了8篇文章。前3篇是关于民俗学科的结构体系,民俗学与民间文艺学关系及当前热门论题的傩文化等两个问题的专论。其次,1篇是对北师大30年代出刊的《礼俗》的评述,还有是两位与本校有着关联的日本学者的文章:1篇是作者在我校的一次学术讲演稿,另1篇是作者受我们的委托执笔介绍的日本学者的一部方法论专著的文章。最后两篇,前者介绍美国、加拿大大学院校里近年民俗学设置的情形,后者介绍德国民俗学的活动情形(译文)。这些文章,虽不能说是重要论著,但是涉及这门学科的几个方面,有的提出各种经过考虑的看法,有的做了翔实的调查或扼要的介绍,对于这方面的专攻者或者想知道这方面一些信息的学者,我们认为多少是有益处的。

民俗学建设的工程是巨大的。它需要花费大量的人力和较长的时间。这个特辑只是这方面工作的一个开始,以后我们希望有机会能在本刊(以及其他学术阵地)上继续作出这种绵薄而切实的贡献。

十年纪念

——《民俗学研究》专栏刊行和成果的回顾

钟敬文

一、《北京师范大学学报》(社科版)的《民俗学研究》专栏(第一期专栏标题为《民俗学特辑》,现名是后来改定的)创办于 1991 年第 2 期,到现在已经 10 个春秋了。这个篇幅不大,每年只出一期的学术专栏,居然能继续出版了 10 年,而且获得一些成绩,不能不说是值得庆幸的事!

中国现代意义的民俗学,自它呱呱落地以来已经历了 80 年。但是它的历程并不是一帆风顺的。1918 年,它产生于当时新文化发源地的北京大学。接着又在南方另一所重要大学(中山大学)得到继承和发展。但它始终没有在一般大学里成为一种必修的固定功课。

旧时代结束了。以工农大众为主人翁的人民共和国建立,在她前期的 17 年中,民间文学、民间艺术尽管受到一定重视,但是,民俗学领域里其它部分,却不免遭受冷落。到了那肃杀的"文化大革命"时代,就连那民间文学、艺术的工作都大受摧残,其它方面就更不用问了。

天佑中国!那横行一时的"四人帮"终于被摧毁了。中国学术界迎来了春天。过去被冷落、被抹煞的那些社会科学、人文科学,有幸得到重生以及发展的机运。民俗学这门与广大人民生活和心灵紧密相连的年轻学科,在新的形势下,也像久伏地下的动物一样,乘时启蛰了!

在 70 年代末到 80 年代末的 10 年中,民俗学这门人文科学,在中国广大民间,由于学科本身的生命力和吸引力,由于老一辈民俗学者的热心扶植和许多中青年学者的竭诚努力,在全国学界有着突飞猛进的趋势。90 年代以来,这种学术的火焰就更加高腾了。现在它差不多达到一个高峰时期!

90 年代初,我们鉴于这门学科蒸蒸日上的态势,为了促使它更进一步发展,决意在理论上尽一把力。因此,在学报上编刊了一个特辑,并衷心希望它能够继续存活下去。在这特辑里,共刊了 9 篇文章,学界对它的反映是比较好的。由于学报主编的好意合作和民间文学教研室同志的尽心协力,现在竟让我看到它走完 10 年的历程。这是我们发刊当时所不敢想望的。

二、现在我们试就本期以前所刊载文章的各方面情况和文章内容的分类、性质、功能等作简要的概述。

先谈谈情况。

这个专栏,过去共出了 9 期。每期篇数不等。多的(如第 1 期)有 9 篇,一般在五六篇之间。每期字数大约五六万。过去共刊文章 53 篇,字数将近 50 万。

专栏文章,大量为论文(包括短论),其它有学术小品、杂记、序言、书评等。大部分文章的执笔者,为本国同志,特别是我们教研室老师,也有些是国际同行、朋友。

关于专栏文章的性质,约略分类如下:

1. 谈论民俗学(包括民间文艺学,下同)的整体及有关课题的文章 属于这类的文章,为数不多,例如《关于民俗学结构体系的设想》、《民俗文化学发凡》、《民俗学与民间文艺学》等。它对于留心此道的学者可能会引起一些关于本学科宏观问题的思考。

2. 对民俗学的其它课题进行论述的文章 因为民俗学方方面面的课题较多,各期涉及这方面的文章也就不少。这里略举二三篇名为例,如《民俗调查中的理论思考》、《民族传统文艺的巨大作用》、《村落——民俗传承的生活空间》、《民间文学体裁学的学术史》等,这类从某个侧面去谈民俗学问题的文章,能使这个学科的理论更加丰富和细致,也较容易引起更多专业学者的注意。

3. 有关民俗学个别事项或人物的论述文章 这类文章,是民俗学研究中个别研究的范例。在专栏文章中,它有较大数量。我们只能以少数篇名为例。如《中国傩文化的传播与变异》、《黄帝传说的两种形态及其机能》、《女娲信仰源于渭水流域的揣测》、《太阳生日——东南地区对崇祯之死的历史回忆》等。这种微观研究论文,与那些宏观研究的论文,性质上是相对立的。但是对于民俗学的整体来说,它们又是互相补充的。从学习者来说,它也是需要的,不可忽略的。

4.有关涉及过去书刊评论的文章　此类文章,如《北平师大〈礼俗〉述评》、《高质量、高水平的厚重之作——钟敬文教授主编的〈民俗学概论〉》等。与此类文章性质略相近的还有那些书序。例如《编撰地方民俗志的意义》(《绍兴民俗图赞》序)、《口承故事概说》(《口承故事论》自序)等。书评,当然是评论文字。序言,则往往带有叙事部分,但除此之外,仍具有议论成分。它的性质是"亚论文"的。对于读者来说,这类文章却别有一种亲切感。

除上述几类论文或"亚论文"外,专栏文章中还有一些学术小品,如《关敬吾与中国民俗学》、《在中国民俗学会讲演》等。这类文章,使读者在轻松的批阅中,得到一种学术信息的享受。

三、前述几类文章,大都是关于本国民俗学的范围的。民俗学,在性质上,一般是"一国民俗学"。但它同时又是一种世界性的学问。特别在今天,经济全球化的浪潮正在向四面八方泛滥,各国间文化的交流、浸润、借鉴,也在急剧和广泛地展开。民俗及其研究科学,也不能完全置身大潮流之外。我们中国民俗学,是有自己明确的主张和目的的,就是要建立自主的"多民族的一国民俗学"。但决不能抄袭过去时代那种闭关自守的顽固政策。我们要立脚本国,放眼世界。我们要审视远近国家,了解她们中学术同行的活动和成果。经过分析消化,借以壮大、充实自己的学术事业。由于这样的考虑,我们在专栏中,有意地对国外民俗学界的学术成果、研究方法和专业人才培养机构等方面作了适当的介绍。这类文章,有阎云翔编撰的《欧美民俗学略说》、廖居甫译述的《德国民俗学》、桐本东太撰写的《福田氏〈日本民俗学方法论〉简介》、董学艺调查的《美国加拿大高等院校民俗学专业及课程设置》等。在这方面,我们所使用的力度虽不够大,但多少作了些努力。这些文章,大都言之有物,确切可信,对于国内想了解这方面信息的学者决不是无用的文字。

四、以上对过去专栏文章的概况和各类文章的性质、作用,作了极概括的论述。从这些论述,我们得到几点看法:

1.在过去多年的专栏中,我们刊出一些对学科具有重要意义的问题的文章,以及许多谈论了次要问题的文章。其中有些篇章,作者用力较勤,具有较高的学术价值,也在学术界起到一定的作用。

2.在这连续多年学术文章的写作过程中,有力地锻炼了我们教研室的同志(特别是年纪较轻的同志),在科学思考和表达上的能力。这不仅提高了我们专业教师的科学研究水平,也有利于专业研究生的知识增长和科研能力的提高。

3.我们学术专栏的探究对象,虽然以本国为主,但是,如上文所说,它也介绍了一些外国同行的活动情况和学术成就。这种介绍尽管很有限,但是作用是不可抹煞的。它扩大了我们的学术视野,启发了我们的学术思路,也促进了国际的学术交流。而这些成果无疑是极可贵的。

五、像上面几段文字所说,我们这个持续刊行 10 年的专栏,在我国民俗学事业上是有益的,对于我校民间文学(现改为民俗学)教研室的教学、科研工作也是有利的。但是,不能说它是尽善尽美的。它像我们其它许多工作一样,有成绩,也有缺点。现在回头看看,必须实事求是地加以反省、自评。这样才能有利于今后我们学科的发展和工作的前进。

现在我们客观地回顾这方面工作的缺点,主要是缺乏较周密的计划性。大的想法虽然还有,但具体的实践计划却往往被疏忽了。专栏各期间尚缺乏较有联系的安排,每期中的稿件,往往不免临时杂凑。这种缺点是显而易见的。其次,另一缺点就是针对性的文章较少,缺乏时代的亲切感。自然,民俗学在我国还是年轻的学问,许多基本原理,需要我们去阐述。但适当顾及它的现实性是必需的。在这点上,过去我们也做得不够。此外,自然还有其它的一些缺点和不足之处,这里就不再一一指出了。

我诚心希望这个专栏能够继续地生存下去。希望在它发刊 20 周年纪念时,能够更健康,更富于活力,为新兴的中国民俗学的繁荣发展尽一份贡献!

2000 年 7 月 31 日草于京郊八大处

重视质量、突出特色①

潘国琪

《北京师范大学学报》(社会科学版)(以下简称《北师大学报》)自 1956 年创刊以来,始终坚持的办刊宗旨是:重视质量,突出特色,彰显功能,打造名刊。在这一宗旨的导引下,经过数十年的风雨洗礼,几代编辑的努力,《北师大学报》的学术品位不断提升,现已成为教育部名刊工程首批入选期刊,在学术界占有一席之地。

一、切实提高学术质量

学报首任主编、著名历史学家陈垣老先生在亲自撰写的《发刊词》里强调,学报反映学术成果,要切实注重学术质量。这是一个重要的办刊宗旨。几十年里,北师大学报人始终坚持这一宗旨不动摇。为提升学术质量,编辑部强调严格把好三关。

一是严把选题关。编辑部要求编辑人员按照学科栏目和专题栏目,每期围绕一个主题进行精心选题、组稿。为做到这一点,学科责任编辑不能坐等来稿,必须深入各院、系、所,了解教师的教学科研动态,搜集有关信息,提出学科的年度选题。经集体讨论,将那些研究领域新、具有前瞻性、学术价值高的课

---

① 此文原载宋应离编撰《名刊名编名人》,郑州:大象出版社,2011 年,第 300—308 页。此次发表时补入有关"民俗学专栏"的其他内容,另见潘国琪《缘结学报三十年》,原载宋应离编撰《名刊名篇名人》,郑州:大象出版社,2011 年,第 314—315 页。

题列入选题计划,而后有针对性地约稿。这样做,不但可以使某个问题讨论更加深入,还能从源头上保证选题的质量,可谓一举两得。

二是严把审读关。编辑部制定的《编辑手册》,根据《发刊词》里关于什么是优质学术文章的界定,明确提出"审稿标准":学术性和理论性突出,学术功底扎实,在学风和学术规范上体现北师大严谨求实的学风。为切实达到这一要求,各学科责任编辑在审稿时,必须认真做好审读记录,将稿件中的立论、观点、论据、论证以及语言文字方面的问题一一笔录在案。先对稿件质量作总体评估,如确定刊用,便根据审读记录,再向作者提出具体的修改意见。比如,蒋重跃编审照此要求操作,就取得了非常好的效果。他在审读一位博士后作者的一篇稿件时觉得选题和内容都不错,但在论证和语言文字方面存在一些不足。他边审读边做记录,总共提出二十多条意见,供作者修改时参考。经过四易其稿,最终达到了发表的水平。这位博士后作者深有感慨地说,我在其他学术刊物上发表过几篇文章,但像《北师大学报》编辑这样要求严格并提出如此详尽的意见,还真是我的第一次幸运经历。

为了把好审读关,学报编辑部不断完善稿件三审制和双向匿名审稿制,坚决拒绝关系稿、人情稿和条子稿,坚持以文取稿,而不以人取稿。也就是说,不论作者是谁,不论来头如何,只要不合要求,就不采用。要做到这一点确实很难,但无论怎么难,原则必须坚持,绝不能为照顾一个作者,而得罪千千万万个读者。曾有这样一件难忘的事情:编辑部的一位史学编辑在审读本校知名历史学家、年近八旬的赵光贤老先生的一篇稿件时,觉得文中的一些观点过于陈旧,很难采用。但要退稿又怕赵先生不高兴,甚至生气。后经编辑部讨论,还是将稿退还了赵先生。出乎大家的意料,事后,赵先生拿着退稿对他的一位留校任教的博士说,学报就该这个样子,不要管谁的稿子,不可用就不用,用不着怕得罪人。学报退稿子给我,我十分感谢学报认真的精神,有了这种精神才能办好学报哇。赵先生这种大家气度,着实感动了学报的每一位编辑,也进一步鼓舞了编辑严格把好审读关的信心。

三是严把编辑加工、校对关。编辑加工、校对,对于优化文章的学术质量至关重要。编辑部要求在把好选题关和审读关的基础上,进一步以精益求精的精神把好编辑加工、校对关,认真对待文中的每一个细微之处。按照这一要

求,编辑们都兢兢业业,一丝不苟,不敢稍有疏忽。例如,有的编辑在修改时,
发现对文中的某一提法拿捏不准,就去讨教有关专家;有的编辑在校对中,为
弄清一个关键字的正误,不惜花费时间到图书馆查找资料,直到搞清楚为止。
最能反映这种认真精神的是王炳照教授的一个事例。有一次,他为了核实一
篇文章中引用的一条毛主席语录:究竟是"建立新中国",还是"建立新的中国",
虽只有一字之不同,但他从夜里 11 点到次日凌晨 4 点,翻遍了四卷《毛泽东选
集》,最后终于查清,这两条语录都没有错,都有原文依据,这才放了心。这一
事例曾在校内外传为美谈。

　　由于编辑人员以慎微严谨的认真精神,严格把好上述三关,《北师大学报》
所刊发的文章虽不是篇篇出彩,但瞩目前沿、观点新颖、资料翔实、论证严密的
高水平论文占有相当的比重,其中不乏颇有影响的力作。如白寿彝先生的《关
于中国民族关系史上的几个问题》、顾明远等先生的《学习型社会:以学习求发
展》、袁贵仁先生的《人的理论:马克思的回答》等,由于学术视野独到,新见迭
出,获得了专家们的称赞。又如刘家和先生的《关于历史发展的连续性与统一
性问题——对黑格尔曲解中国历史的驳论》、赵光贤先生的《裴炎谋反说辨
诬》、顾诚先生的《李岩质疑》等,由于推翻了陈说,提出了己见,引起了史学界的
高度关注。再如俞敏先生的《汉藏人和话同源探索》、启功先生的《说八股》、郭
预衡先生的《精神解放和文章的变迁》,由于对历史上某种特定的文化现象探
微索疑,分析透辟,深受读者的好评。还有龚书铎先生的《甲午战争期间的社
会舆论》、何继善等先生的《产业群的生态学模型及生态平衡分析》诸文,因拓
展了学科的研究范围,提供了新思路和新材料,受到了同行专家重视。文章质
量是学报质量的内核,是其生命力之所在。不断提高学报的学术品位,实现其
最大的价值,是北师大学报人的不懈追求。

二、着力突出学报特色

　　《北师大学报》要办出自己的特色,这是学报《发刊词》里确定的又一重要
办刊宗旨。经过编辑人员的艰难探索,《北师大学报》现已形成了自己鲜明的
特色。这主要凸显在以下三个方面。

　　一是总体特色。从内容结构看,就是"突出教育心理特色,发挥人文学科优势,关注重大社会问题,探索学术发展方向"。这一内容结构是建立在本校学科建设基础上的,也是和本校办学特色紧密相连的。长期以来,特别是新时期以来,编辑人员自觉地按照这一内容结构精心策划栏目、选题,认真组稿、选稿,避免了那种无特色、无重点的论文大拼盘似的状况,从而取得了良好的效果。从文章风格看,就是严谨扎实。这一风格体现了本校办学的优良传统,也是和本校的校风紧密相连的。陈垣老先生在《发刊词》里就说,学报论文"要持之有故,言之成理","那些不用思考,信口开河,空洞武断,冗长无物,或生硬地引文不加阐发,或者盲从附会不加分析的文章,不属于学术研究,与学报精神不符"。在实际工作中,编辑人员一直严格按照这一标准选文,推出了不少具有原创性、严谨扎实的优秀之作。《北师大学报》这一与本校实际紧密相连的内容结构和文章风格所构成的总体特色,从根本上区别于其他高校学报,形成了独特的"这一个"。

　　二是学科特色。按照内容结构,结合本校的实际,学报着重反映教育心理以及文史哲等优势学科的研究成果,特别是重点突出教育、心理学科特色。具体做法是,在篇幅上,确保平均每期占到 1/4 的版面,也就是说,在保证文章质量的前提下,要比其他学科有相对多的文章数量。同时做到:栏目固定化,研究主题深入化。所谓栏目固定化,即保证教育、心理学科栏目每期都不缺位,以保持连续性;所谓研究主题深入化,即在一段时间内围绕一个重大主题组织稿件,从不同角度和不同层面探讨同一个问题,以求讨论的深入。仅新时期以来,学报就对有关教育哲学问题、教育现代化问题、教育经济问题、素质教育问题、课程改革问题、心理学发展问题等,进行了深入的理论探讨。其代表性的论文有:黄济先生的《关于教育哲学研究中的几个问题》、王策三先生的《教育主体哲学刍议》、顾明远先生的《新的科技革命与教育现代化》、王善迈先生的《论高等教育的学费》、赖德胜先生的《高等教育投资的风险与防范》、苏君阳先生的《素质教育认识论的误区及超越》,以及朱智贤先生的《关于思维心理研究中的几个基本问题》、俞国良先生的《论教师心理健康及其促进》等。这一特色学科所探讨的问题,为教育改革的深化、教育理论的发展和教育事业的兴旺,做出了应有的贡献,也获得了广泛的赞誉。

　　三是专题栏目特色。《北师大学报》除了设置优势学科栏目外,还重视专题特色栏目的建设。近20年来,就先后开设了"民俗学特辑"、"可持续发展战略研究"、"价值与文化研究"、"北京文化发展研究"等专题特色栏目。

　　如何具体办好专题栏目? 下面,以我参与较多的"民俗学特辑"为例,谈谈个人看法。

　　在开办专题栏目的编辑活动中,作者处于前端的位置,没有他们,学报就没有源头,没有依靠。有了这样的理念,我在编辑工作中,从不因自己握有发稿权而傲视作者,而是十分尊重作者,紧紧依靠作者。

　　对于老先生,我视他们为学报最坚实的支柱,最高水平的作者群。因此,我总是怀着一颗忠诚的心向他们约稿,用行动取得他们的信任。比如,他们校对的清样、赠送的样刊和付给的稿酬,我从不让他们到编辑部取,而是亲自送上门去。久而久之,我和一些老先生的友情日益深厚,有空就到他们家里聊聊天。他们的言谈高雅,启人心智,他们的为人,更让我深受教益。比如,"民俗学特辑"的专栏主持者是我国民俗学泰斗钟敬文先生,他学富五车却十分谦和虚心。我是他家的"常客",有事没事都去陪他老人家说说话,听他谈学术,忆往事,无拘无束,他也从不烦我。有时我从编辑的角度,对他的大作斗胆谈些想法。他觉得不对的,就耐心详加解释,认为有道理的,就点头称是,即作修改,显示出大家风范。著名史学家龚书铎先生,是学报的热心作者,也是我经常请教的先生之一。龚先生从不摆专家的架子,我也就变得随便起来,到他家推门就进,有时一谈就是一两个小时。他常给我讲学术动态,提醒我需要注意些什么问题,诚恳坦率。对我、对学报真可说是关爱有加。刘家和先生学识高迈,名贯中外,为人极其谦逊。我对他的文章,有时如实说些赞叹的话,他却从不爱听,硬是逼着我说其不足。有次我指出他文章中一点小小的疏漏(或许是笔误),他高兴得不得了,连连夸奖我工作认真细致。我每次离开他家告辞时,他总是要把我这个"后生"、晚辈从三楼一直送到一楼门口,怎么也挡不住。这在先生看来是一件很平常的事,而我却深为感动,常萦心怀。当然,也有的老先生比较自信。记得有位搞语文教学法的老先生给我一篇稿,他说:"我写这篇文章是下了工夫的,你一字也不能改。"我满口答应。但在拜阅中,我觉得有个小标题中的一个字必须改动一下才好。于是用铅笔改后送老先生过目。他琢磨了好一阵子后,忽然跷起大拇指说:"改得好,你是我的'一字之师'!"我从"一字不能改"到"一字之师"这一事实,一是觉得这位老先生非常可敬;一是悟到,编者尊重作者,不等于一切都顺从作者,该说的要说,该改的要改,否则就是失职。当然,这样做的时候,一定要彬彬有礼,注意方法。

对中青年作者,同样应该尊重,同样应该以诚相待,因为他们也是学报依靠的支柱,因为学报有着培养新人的责任。在这种理念的支配下,我总是本着一种负责的精神,认真而慎重地对待中青年朋友的稿件。对那些基础较好的稿件,我充分肯定其中的亮点,也诚恳地指出其中的不足,并尽可能地帮他们将文章修改到能发表的水平。对那些确实难以采用的稿件,我也向他们如实讲明问题之所在,并叮嘱他们不要气馁,继续努力。这样做,即使退稿,他们也不会有挫折感,不会和编者产生隔阂。

三、注重彰显学报的功能

《北师大学报》作为学校一份综合性的人文社会科学学术期刊,承担着很重的任务,要实现多方面的功能。长期以来,学报编辑部苦心经营,在彰显学报三大主要功能上花费了很多力气,取得了较好的效果。

一是发挥学报的"窗口"展示功能。学报是一种编辑产品,承载和展示的是学校的教学科研成果。《北师大学报》自创刊至今,共有54年的时间,其间因故停刊8年,实际出版学报只有46年,在这46年里,共出版学报249期,发表学术论文4100多篇,计4500多万字。最近十多年来,随着学校科研的加强,成果的增多,学报曾两次扩大版面,增加容量,并每年出版一至二期增刊。这些丰硕的学术成果,既显示了学校雄厚的科研力量,同时还反映出北师大人辛勤耕耘的奋斗精神。随着时间的延伸,《北师大学报》必会展示数量越来越多、质量越来越高的学术科研成果,成为一个最耀眼的"窗口"。

二是发挥学报推动教学科研的功能。学报不是被动地反映和展示学校的教学科研成果,还要发挥推动教学科研的功能。学报的具体做法是,通过"六个倡导",从导向上引领学校的教学科研。其一,倡导问题意识。学报要求学术论文一定要提出问题、解决问题,要有鲜明的针对性,有自己的主张;凡是漫无目的、无病呻吟、泛泛地谈背景、说过程、没有主题的文章,一篇都不刊登。翻阅《北师大学报》对这一点会有深刻的印象。其二,倡导学术创新。没有创新就没有学术的发展。学报最看重那些或是研究新课题、或是提出新理论和新观点、或是提供了新资料的学术论文。例如,刘继岳先生的《哲学的起点与终点》、何兹全先生的《佛教经律关于僧尼私有财产的规定》、贾珺等先生的《从历史视角看现代高科技战争的生态环境灾难》诸文中的内容、观点,就给人耳目一新之感。其三,倡导学术争鸣。学术争鸣的根本目的是发展、繁荣学术。《北师大学报》从创刊始,就非常重视贯彻这一方针。20世纪五六十年代曾发表过一批颇有分量的争鸣文章。新时期以来,就教育主体、教育产业化、中国传统文化与教育等问题展开了深入讨论。不同观点的作者既有交锋,又互相借鉴,产生了很好的影响。其四,倡导关注现实。学报编辑部认为,学报不应远离现实,而应贴近社会,拥抱现实,服务现实,在研究现实问题中发现新的项目课题。为此,学报特意开设了"可持续发展战略研究"专栏,在教育、心理、经济、管理、环境、法学等学科领域一直坚持组织、发表研究现实重大问题的学术论文,使学报充满时代气息和新的活力。其五,倡导学科研究。学科建设是高校最基本的建设。因此,学报特别重视组发学科研究的论文。在这类论文中,有对学科史的研究,有对学科性质、体系的探讨,有对建立新兴学科的思考。陈元晖先生的《中国教育学七十年》、瞿林东先生的《中国史学史:20世纪的发展道路》、钟敬文先生的《关于民俗学结构体系的设想》、武提法先生的《网络课程的学科目标取向和实践教学设计》等,就是这方面代表性的论作。其六,倡导严谨扎实的文风。这在前面已有涉及,不再赘言。

　　现在大部分来稿的选题、内容、学术性和学术规范,比以前着实有了可喜的变化。这表明,学报上所展示的学术成果,对于充实、丰富教学内容,为科研提供参考,有着重要的作用,而通过"六个倡导",从导向上引领、推动学校的教学科研,则有着更为重要的作用。

　　三是发挥学报培养学术新人的功能。培养学术新人,是《北师大学报》重要的办刊宗旨。陈垣老先生在《发刊词》里就明确提出:"为了鼓励青年迅速提高研究能力,积极向科学进军,我们也选择青年教师、进修教师和研究生的论文,及由各系推荐本科生的优秀论文。"为使这一办刊宗旨落到实处,学报编辑部采取了多种措施。首先是在保证学术质量的前提下,为青年作者的论文提供足够的版面。据统计,20世纪80年代中期以来,学报刊登青年作者的论文已占到学报文章总量的30%以上。其次是与学校研究生院共建"研究生学术论坛"专栏。研究生的论文经研究生院筛选后送学报,学报再从中选优,以确保文章的质量。再次是和研究生学生会共同主办讲座,由学报资深编辑讲授如何写作学术论文,介绍学报选稿的基本标准等,以帮助青年学子提高研究能力。最后是编辑们以热情、平等的态度与青年作者一起切磋文章的优长与不足,共同商量修改意见,以提升论文的学术品位。20世纪八九十年代,编辑部主任潘国琪为了发掘青年教师的优秀学术研究成果,频繁往来于编辑部和青年教师宿舍之间,广交朋友,了解动态,捕捉亮点,发现人才,为学报开辟了优质稿源,也为编辑们带了个好头。通过这些努力,一批学术新人迅速成长。他们在回顾自己走过的治学道路时,总是不忘表达对学报的感情。著名文学理论家童庆炳先生在《光明日报》上发表《我们从这里起步》的文章,深情而朴实地讲述了学报是怎样引领他走上了一条治学之路的。知名教育家劳凯声教授在《我与〈北京师范大学学报〉》一文中,深有感慨地说:"从我进入学术之门起,就一直受到学报的教诲、启迪和滋养⋯⋯在《学报》上发表文章,从这里走向更广阔的世界。因此,《学报》于我如同良师益友。"现任教育部部长袁贵仁同志在回忆《北师大学报》发表他的第一篇论文的情景时,充满了对学报的感激。长江学者石仲英、经济学教授赖德胜等,每当见到学报的编辑时总是说,学报培养了我。这类事例不胜枚举。这群学术新人,而今正在各条战线上拼搏,发挥着顶梁柱的作用。充分彰显学报培养人才的功能,让新人辈出,永远是《北师大学报》追求的目标。

四、不断扩大学报的影响

《北师大学报》编辑部由于严格按照办刊宗旨,努力拼搏,认认真真地办刊,因而学报能以自身的独特魅力,不断扩大着影响。

首先,从发行与传播看影响的广度。据统计,学报自创刊至今,纸质本累计出版发行85万多册,近些年来,学报电子版期刊在"中国知网"的年平均机构用户达 3000 户以上。国内发行遍及 32 个省、市、自治区及港、澳特区。用户覆盖高等院校、科研单位、公共图书馆、党政机关、医院、部队和企业。国外远销北美、西欧、澳洲、中东、东南亚地区以及日、韩等国,用户多为高等院校、科研院所和公共图书馆等。由此可见影响之广泛。

其次,从信息反馈数据看影响的深度。这里说的信息反馈,主要指学报论文被转载和被引用的情况。据最近 10 年的统计,学报论文被《新华文摘》、《中国社会科学文摘》、《高等学校文科学术文摘》以及《中国人民大学书报资料中心复印资料》四大信息刊物摘转达 710 多篇,年平均摘转率一直保持在 60% 上下,稳居全国高校社科学报的前列。特别是近几年来被作为重点转载的文章逐渐增多,仅 2009 年就有 5 篇论文被《新华文摘》作为转载文章的重中之重,标题列于醒目的封面。这样的盛况以前从未有过。又据中国科学文献计量评价研究中心统计,近 10 年来,《北师大学报》各项计量指标逐年提高。如 2008 年总被引频次 2070 次,5 年影响因子为 1.314,即年下载率为 76.8%。这些指标不只是在高等师范院校学报中独占鳌头,在综合大学学报的排名也位居第三。最令人注目的是,学报一部分单篇论文被引用的频次很是可观。据上述同一单位统计,1998—2008 年,学报被引用 30 次以上的论文有 68 篇,被引用 100 次以上的有 8 篇,其中俞国良等先生的《论教师心理健康及其促进》、林崇德先生的《培养和造就高素质的人才》,分别被引用 268 次和 211 次。这些数据表明,《北师大学报》已成为科研工作者的重要参考文献,其影响之深度可见一斑。

再次,从服务社会看影响的效度。《北师大学报》一贯鼓励从学术上、理论上探讨现实社会生活中的一些重大问题,以服务于社会。如前面提到的教育、心理、经济、管理、法律等学科的一部分研究论文,为相关部门制定政策提供了参考。特别是"可持续发展战略研究"专栏的论文,绝大多数是研究经济社会发展中的理论和实践问题。如有关西部大开发问题、生态建设产业化问题、资源管理和环境保护立法问题、低碳经济问题、粮食安全问题等等。该栏目的有关论文从理论和实践的结合上对上述问题进行了深入探讨。其中提出的某些理论、理念和具体主张,不仅在学术界引起了反响,而且受到政府有关单位的高度重视。如国家开发计划部门采纳了西部划分范围的建议,国家环保部门参考了《生态建设产业化》一文中的若干意见。《光明日报》曾刊登潘国琪编审的《"综合"出作为》一文，介绍了这一专栏的特色和所发挥的作用。就服务社会而言，《北师大学报》的影响确有颇高的效度。

最后，从各方评价看影响的公信度。《北师大学报》连续多年入选各类核心期刊，2003年首批进入教育部名刊工程，2005年又荣获第三届国家期刊奖提名奖。要入选核心期刊、进入名刊行列、获得国家期刊奖，都必须具备相应的条件，必须经过众多专家的慎重评审，必须公示，得到各方人士和读者的认可。《北师大学报》能获得上述各类荣誉称号，说明其影响的公信度是比较高的。

《北师大学报》的影响之所以有如此的广度、深度、效度和公信度，是由于它有着丰富的内涵。正如董晓萍教授在《大学圈中的学报效应》一文中所说："现在人们查阅北师大文科学报，能找到众多大师级先哲的文章，发现他们披露某种学术思想的最早时间和最初构想；能找到大批后来产生重大学科意义和社会影响的文章，发现其中对传统与继承的深刻理解；能找到许多科研团队起飞的学术规划和系列文章，发现里面老中青人才的结构和学科后劲；还能找到源源不断的国际国内项目课题，发现北师大人文社科学者与社会天地和世界学坛的广泛联系。"这段朴实的文字，对《北师大学报》作了充分肯定、高度概括的评价，话虽不长，却值得深思。

大学圈中的学报效应

——《北京师范大学学报》在中国民俗学发展中的作用

董晓萍

大学学报的角色是以大学学报为阵地,通过对大学作者学术成果的选刊,特别是与学科带头人的深入接触,对大学产生的具有重大学术价值和长远社会意义的成果加以推介。北师大学报与北师大民俗学国家重点学科的联系是由钟敬文教授生前建立的。民俗学的文化影响很大,价值不容低估,但它不是学术大户,学报与民俗学科的联系,还促进了北师大民俗学在大学圈中影响的扩大,并对北师大民俗学的特色建设、标准的坚持和传统的延续,起到了不可替代的作用。

一、学报对民俗学基础研究成果的重视

北师大民俗学科与钟敬文教授学说有一脉相承的关系。迄今为止,学报已刊载钟先生在 1949 年以后阐述民间文艺学和民俗学核心学说的各种论文,内容涉及继承和弘扬民族文化遗产、开辟民间文艺学史和民俗学史、设置大学民间文学和民俗学的课程、与苏联、日本和其他欧美理论界的对话、发展民俗文化学、建立民俗学的中国学派等。它们一经发表,都曾对当时国内民间文学和民俗学运动起到指导作用,也产生过相当的国际影响。民俗学因此成为北师大的特色学科,北师大也因此成为民俗学的重镇。学报对这些基础研究成果的重视,主要体现在对这类文章的征选上,特别是对其中几个重要问题的敏感认识与首刊发表上。

中国民俗学者始终面临着一个矛盾:即民间文学既然是口头文学,口头文

学既然是"风",稍纵即逝,如何有史?"五四"以来,民间文学的历史问题被提了出来,但假设它有史,又如何找到史的记录方式? 相关的两个问题是:第一,现代中国民俗学运动是与提倡民主与科学的五四运动连在一起的,它反迷信、反封建,力图朝着更理性、更科学的方向发展,但这也对民间文学的地方性和民族性、艺术故事的幻想性和上下层文学的相互渗透性,都提出了质疑,对口头资料的使用产生了一个冒险的问题,这也就影响了给它建史的学术原则的成立;第二,从资料学上说,民俗学者所注重的民间文学,保存不经意,流传不规范,说法不统一,进入学术资料系统的随意性很强。它们在进入文人著作、书面文献或社会应用后,还表现了很强的附会色彩,还有一定的经济属性和政治属性,如何表述和利用它,使它不是成为工具,而是成为学术研究成果,也始终是民俗学者考虑的一个问题。在这方面,学报发表了钟先生的若干文章,反映了他的重要建树,主要有以下两个方面。

(一)民间文学与历史文献的关系。德裔学者艾伯华(Wolfram Eberhard)从文本分析上认为,中国民俗学者喜欢对民间文学进行历史的和社会学的研究,原因有二:一是民间文学与古典文学和古代戏曲粘连,因而可以找到其历史的和社会背景的线索。二是中国民间文学被历代文人大量记录,但加上了个人观点、道德评价和社会上下文,这也使民间文学容易成为不同时期的史的研究对象[1]。美籍华裔学者丁乃通(Nai-tung Ting)扩大了对中国历史文献的使用范围,但排斥纯艺术故事[2],还不是民俗学意义上的民间文学研究。美国学者洪长泰(Chang-tai Hung)提出,中国知识分子历来有文化保管人的角色,正是这一阶层造就了民间文学与古典文献的历史联系[3]。钟敬文教授都为三者的著作写过序,但他更关注中国的实际情况,并要求作出中国民俗学者自己的回答。20世纪50至80年代,学报所发表的钟敬文先生的文章,反映了他在这方面的研究思想,其中的代表作是《晚清革命派著作家的民间文艺学》和《晚

---

① Wolfram Eberhard, *Folktales of China*. Chicago: The University of Chicago Press, 1965.(《后记》)
② [美]丁乃通(Nai-tung Ting)《中国民间故事类型索引》,郑建成等译,北京:中国民间文艺出版社,1986年,第8、11—12页。
③ [美]洪长泰(Chang-tai Hang)《到民间去——1918—1937年的中国知识分子与民间文学运动》,董晓萍译,上海:上海文艺出版社,1993年,《绪论》,第1页。

清时期民间文艺学史试探》①。他利用充分的资料，经过长期的研究，提出了
民间文学与历史文献关系的三个观点:第一,两者在中国文化史上有混合,到
了"五四"才被论层划分,但这不能代替两者混合的历史;第二,一部分民间文
学的传承有历史文献化的过程,其中部分成为地方史或国家史,同时也建立
了中国民间文学被记录的历史形式;第三,两者在民族情感和价值观上是相
连通的,共同构建了民族共同体的连续文化和遗产文化。需要说明的是,钟
先生提交学报发表的文章都是最初提出观点的文章,此外他还撰写了其他文
章,继续阐发他的观点,并投给中国民间文学研究会、中国社会科学院文学研
究所和中华书局等其他部门办的杂志,如《口头文学——一宗重大的民族文
化遗产》、《马王堆汉墓帛画的神话史意义》、《晚清革命派作家对民间文学的
运用》、《中国民间文艺学的形成与发展》等②,这就使民俗学的影响走出了大
学圈,进入了社会各学术界,但大学圈的效应是最主要的,这是他首先看重的。
我们把这些文章集合起来,能看出钟先生个人学说的特点,也能看出钟先生对
学报的倾斜。

(二)民俗学与民间文学的关系。钟敬文教授通过阅读大量田野调查资料
发现,民俗与民间文学具有不可分割的整体性,它造成了民族文化共同体价值
观的整体性、文化记载传统的整体性和现代转型的整体性。20世纪80年代以
后,学报重点发表了钟敬文先生的文章《论民族志在古典神话研究上的作
用》③、《民俗文化学发凡》等④,推广他的学术新成果。与此同时,钟先生也在
《〈民间文学概论〉序言》、《民俗学与民间文学》、《民俗学与古典文学》、《丁乃通

---

① 关于此问题,参见钟敬文《歌谣中的觉醒意识》,北京:北京师范大学出版部,1952年;《晚清革命派著作
家的民间文艺学》,《北京师范大学学报》1963年第2期;《晚清时期民间文艺学史试探》,《北京师范大
学学报》1980年第2期。

② 钟敬文《口头文学——一宗重大的民族文化遗产》,《民间文艺集刊》创刊号,1950年;《马王堆汉墓帛
画的神话史意义》,《中华文史论丛》1979年第2期;《晚清革命派作家对民间文学的运用》,《民间文
艺学文丛》,北京:北京师范大学出版社,1982年;《中国民间文艺学的形成与发展》,《文艺研究》1984
年第6期。

③ 钟敬文《民族志在古典神话研究上的作用》,《北京师范大学学报(社会科学版)》,1981年第2期。

④ 钟敬文《民俗文化学发凡》,《北京师范大学学报(社会科学版)》,1992年第5期。

〈中国民间故事类型索引〉序言》和《〈民俗学概论〉序言》等其他文章中①,继续补充和发展了他的思想。他特别要解决的问题有三个:

1.民间文学与民族志。在这方面,钟先生尝试解决两个问题,一是原型与异文的理论,他提出的观点有:第一,多民族的民族志可以互补,但在原型和异文的区分上要慎重,避免一元化的原型论②;第二,在多元文化交流中,有时各民族的差异点得到保留,这是形成原型和异文的一个原因③。二是是否搜集即文本的问题,他认为,对民间文学作品进行民族分层、阶级分层或原型分类,都容易得到不确定的文本,采用原型和异文比较与文化分层的方法相结合,可获得相对整合的文本④,关键是要重视民族志材料。钟先生提出这个问题的时间,与欧美学者首次提出这个问题的时间差不多。

2.口头与表演。这方面的研究决定着民间文学的性质和前景。对此,近年来,日本和德国学者提出了讲述人和原住民的研究,美国学者提出了口头表演理论与史诗演唱程式的研究,法国学者提出了文本仪式的研究等。钟先生对这些同行的新说法都很关注,但他在自己所主编的《民间文学概论》也已提出这个问题,他认为,从表演学上看,民间叙事和民间韵文是交叉出现的,歌谣就经常进入史诗和戏曲,充作开头、结尾或中间情节的特定成分,这些成分能起到组织表演、传达信息和巩固氛围的作用,已很难把它与史诗、戏曲分开。从史诗和戏曲来说,歌谣在特定场合出现,便有特定的意义,将之拆开研究,就脱离了其原有文化的本意,所以民间韵文的形式里面就有意义,过去对形式的

① 钟敬文《〈民间文学概论〉序言》,钟敬文主编《民间文学概论》,上海:上海文艺出版社,1980年;《民俗学与民间文学》,《民间文艺学论丛》,北京:北京师范大学出版社,1981年;《刘三姐传说试论》,《稻·舟·祭》,东京六兴出版社,1982年;此文同时收入钟敬文《钟敬文民间文学论集》(上),上海:上海文艺出版社,1982年;《民俗学与古典文学》,《文史知识》1985年第10期;钟敬文《[美]丁乃通(Nai-tung Ting)〈中国民间故事类型索引〉序言》,[美]丁乃通(Nai-tung Ting)《中国民间故事类型索引》,郑建成等译,北京:中国民间文艺出版社,1986年;钟敬文《〈民俗学概论〉序言》,钟敬文主编《民间文学概论》,上海:上海文艺出版社,1998年。
② 钟敬文《论民族志在古典神话研究上的作用——以女娲娘娘补天的新资料为例》,钟敬文《钟敬文民间文学论集》(上),上海:上海文艺出版社,1982年,第148—172页。
③ 钟敬文《中日民间故事比较泛说》,钟敬文《民间文艺学及其历史》,济南:山东教育出版社,1998年,第176—208页。
④ 钟敬文《刘三姐传说试论》,钟敬文《钟敬文民间文学论集》(上),上海:上海文艺出版社,1982年,第93—120页。

研究在中外学界都遇到了阻力,但这个问题应该解决。《民间文学概论》谨慎地提出以下三点:第一,思考口头表演的本质,对形式研究与内容研究做统一处理;第二,思考口头表演的原有文化,对民间文学与民俗学、人类学等做多学科思考;第三,思考口头表演的文化真实,搜集文本与田野资料,进行互补研究。

钟先生在《民间文学概论》和后来主编的《民俗学概论》中也引入了讲述人理论和听众理论,用来解决口头性与集体性、个人与集体性的问题。

3. 内容与形式。在现代人看来,在民间文学作品中存在着内容与形式的巨大不平衡现象,他们在搜集整理上,有时否定内容,强调形式;有时又强调内容,忽略形式。苏联在 20 世纪 50 年代初开展过对民间文学内容与形式的大讨论,日韩和欧美学者后来也都在各自的社会历史传统和学术思潮背景下,使用了一些适合自己的平衡方法,钟先生对这些都给予了长期思考。他主要根据中国的情况,强调引进上中层文献,与下层文学作交叉使用和对照研究。他后来还提出了民俗文化视角的平衡说,认为,一种民间文艺现象,从理性视角上看,是不平衡的,但从民俗文化的视角上看,是平衡的,所以不能把民间文学的研究往纯理性科学的道路上引。他举例说,如果讲纯理性,梁祝化蝶的传说就没有千古传唱的基础,李白"白发三千长"的诗句也就没有成为文学绝唱的理由。他在晚年的教学中,大都贯彻了这种反思精神和疑问的态度,并从这个层面,肯定民俗文化遗产的价值,鼓励学生重视民族遗产,寻找学术真命题。

钟先生在 20 世纪 80 年代以后的 20 年里,在学报文章的基础上,出版了一批著作,逾 150 万字。他给民俗学在大学圈中扩大影响建立了不同的上下文,并从不同的角度,深入讨论这些问题,发展了"民俗文化学"和"民俗志学"的新学说,学界可以通过这些学说,反过来看到他发表在学报上的文章的分量。他在晚年的最后岁月里,集学说之大成,提出了建立民俗学派的中国学派的观点①,达到了一个学者为之奋斗终生的人民学问的最高境界,也是对半个多世纪以来在学报发表文章的最后升华。

---

① 钟敬文《建立中国民俗学派》,哈尔滨:黑龙江教育出版社,1999 年,第 4、27—33 页。

二、学报对民俗学学科成果的推广

在中国全面开始现代化之初,1984 年,文化部发动了一场搜集整理中国民族民间文艺集成志书的运动①,对中国传统民俗文化藏品进行了一次不可重复的抢救和清点,这些宝贵资料今天已被视为非物质文化遗产。这场运动的历史成就之一,是对中国民间文学三套集成有史以来最大规模的搜集和整理,钟敬文教授任中国民间故事集成卷的总编,并使用这些资料发表了相应的文章,如《洪水后兄妹婚再殖人类神话》和《中日民间故事比较泛说》等②。1994 年春季,北师大召开中国传统文化讨论会,钟先生参加,他再度使用这批资料,给学报撰写了题为《传统文化随想》的文章,随即由学报发表③,同期发表的还有钟先生邀请季羡林先生写的《丝绸之路与中国文化》④、张岱年先生写的《中国文化优秀传统内容的核心》⑤,及赵沨先生写的《重视中国民族音乐,提高民族自信》等⑥,为此我曾几度领命跑季、张、赵宅,转达钟先生的意思,从中也看到这些知名前辈高度重视民族文化基础的学术境界。从后来国内文化遗产保护的进程看,这些文章的社会效应大体有三点:一是在"文革"之后,提升了国内重视民族文化的公众诉求和社会使命感;二是达成了政府文化部门与大学专业学者的合作,产生了制定相应社会公共政策的系列举措;三是在接踵而来的现代化和全球化中,对集成成果转化为特殊国情资源起到促进作用。钟先生以极大的精力投入这项工作,他在这方面所阐发的观点也成为他晚年学术思想的重要组成部分。

---

① 中国民间文学集成总办公室编《中国民间文学集成工作手册》,内部资料,1987 年。
② 钟敬文《洪水后兄妹婚再殖人类神话》,1990 年 4 月 26 日初稿,此文使用中国民间故事集成中的故事资料 300 则左右,后收入钟敬文《民俗文化学:梗概与兴起》,董晓萍编,北京:中华书局,1996 年,第 220—247 页。《中日民间故事比较泛说》写于 1991 年 2 月,后收入钟敬文《民间文艺学及其历史》,董晓萍编,济南:山东教育出版社,1998 年,第 176—208 页,此文使用中国民间故事集成中的故事资料 500 则左右。
③ 钟敬文《传统文化随想》,《北京师范大学学报(社会科学版)》,1994 年第 4 期。
④ 季羡林《丝绸之路与中国文化》,《北京师范大学学报(社会科学版)》,1994 年第 4 期。
⑤ 张岱年《中国文化优秀传统内容的核心》,《北京师范大学学报(社会科学版)》,1994 年第 4 期。
⑥ 赵沨《重视中国民族音乐,提高民族自信》,《北京师范大学学报(社会科学版)》,1994 年第 4 期。

2001 年，在北师大国家级教学成果奖评审会上，他说："我国民俗学的发展，必须在高校及国家级、省市级的教学、研究机构中占有阵地"，他还特别提到中国民间文学三套集成，指出，中国民俗学学科的创建与实践，"不可缺少这方面的社会人文基础，它也能对群体新文明的创造发生积极作用"[1]。近年联合国教科文人类遗产理论和工作框架已被逐步引进我国，使用得好，民间文学和民俗学两个学科受益很大，钟先生的前期工作已为这套理论框架与中国以往的遗产理论结合奠定了基础。钟先生逝世后，学报仍提供专栏，发表保护民俗文化遗产的文章[2]，这使北师大民俗学科能够持续占领前沿学术方向，给大学同行起到示范作用。

三、推广学科团队项目和人才培养成果

钟敬文教授晚年把主要工作放到培养研究生上，指导研究生按学科发展方向撰写学位论文。这些论文的选题分布有民间文艺学史论、民间文学与古典文献研究、民间文学与民族志研究、口头与表演研究、内容与形式研究（包括母题与主题、语言载体研究）等，都是钟先生长期关注的问题，研究生的论文则成为他思想的延续。在有条件的情况下，钟先生也经常带领研究生参加校外学术会议，回来再撰写文章，交学报发表，讨论一些大学圈的普遍话题和社会关注问题。1987 年，我还在读博士生的时候，钟先生带我飞赴杭州，参加全国艺术科学规划领导小组召开的集成工作会议。在美丽的西子湖畔，我首次见到了文化部原副部长周巍峙，看到了钟先生与周部长亲近相谈的知遇之情。会议休息时，他还带我到浙江省文联作学术报告，回京后嘱我整理成文，以《我与浙江民间文化》为题，交学报发表[3]。以后，我的师弟师妹们也大都参加过这种活动，跟随钟先生向国家部委和其他院校的专家学者学习和实习，拓宽了研究视野，激发了创新活力，也都逐渐成了学报的作者。学报通过陆续发表民俗

---

① 钟敬文《在 2001 年国家级教学成果奖评审会上的报告》，2001 年 1 月 10 日，手稿，第 1 页。

② 参见《北京师范大学学报（社会科学版）》2005 年第 5 期"民俗学专栏"。

③ 钟敬文《我与浙江民间文化》，《北京师范大学学报（社会科学版）》，1998 年第 2 页。

学科不同课题、不同年龄结构的师生文章，推广了这个集体的团队项目和人才培养成果。

1988年，民俗学学科点被评为国家级重点学科，几乎同时作出第一反应的就是学报。不久，学报开辟了"重点学科专栏"，并坚持到现在。钟先生和学报原主编潘国琪老师是知交，每当清样出来，潘老师都亲自送到钟宅，等钟先生看过再发。遇上好天，钟先生也常带我去学报旧址南平房小坐，我在那里认识了后来的继任学报主编林邦钧老师和编辑部其他成员。1996年，民俗学学科点进入211一期工程，在评审会上，钟先生用红绸带把八年的学报捆在一起，展示集体成果，也介绍了学报。以后，这些论文又发展成著作，继而获奖，这里面都有学报的功劳。

当然，北师大学报是北师大所有学科的学报，不止民俗学科。现在人们查阅北师大文科学报，能找到众多大师级先哲的文章，发现他们披露某种学术思想的最早时间和最初构思；能找到大批后来产生重大学科意义和社会影响的文章，发现其中对传统与继承的深刻理解；能找到许多科研团队起飞的学术规划和系列文章，发现里面老中青人才的结构和学科后劲；还能找到源源不断的国际国内项目课题，发现北师大人文社科学者与社会天地和世界学坛的广泛联系。一个学报的存贮能如此富有，不是靠短期能做到的，要靠长期坚持不懈的努力，要靠编辑部的智慧、共识和团结奋战。这样的学报就会成为学科建设的家园，就会始终有一流的作者、一流的成果。

民　俗　学

关于民俗学结构体系的设想

钟敬文

一

一门独立的学科大都有它的结构体系,民俗学也如此。这门学科的内容,应该包括对民俗原理的探索与阐发、对民俗史和民俗学史的研究与叙述、民俗学的方法论以及对民俗资料的收集保存等方面的理论与技术的探讨。这些方面的有机结合,就形成了民俗学的结构体系。

民俗学的结构体系,是这门学科经历了漫长的发展阶段,其理论积累达到了一定程度的产物。如中国古代自先秦两汉开始,下至魏晋南北朝时期,就先后出现了一些有关民俗事象的见解,乃至专著(描述性的和理论性的);后者比如东汉应劭的《风俗通义》、梁代宗懔的《荆楚岁时记》等,这些都是学界比较熟悉的。然而,它们尽管是属于民俗学理论范畴内的东西,但还远远谈不上构架成一个学科的体系,甚至那时连"民俗学"这个科学术语也还没有产生。这种情形一直持续到本世纪初。自"五四"开始,在新文化运动的推动下,加上当时西方先进人文科学思潮的影响,在北大创办的《歌谣》周刊上,"民俗学"这个名词才第一次被比较科学的使用了。从那时起到现在,已经历了半个多世纪,所收集的民俗资料的丰富自不必说,就是在理论研究方面,也出现了不少论文和一些专著,有时这方面的活动在学界还显得相当热闹。这当然是我国现代民俗学科大步迈进的一个时期。但作为一门科学,民俗学的活动有哪些方面?它由哪些部分构成的? 各部分的内容及特点怎样? 等等;也就是说,它的结构体系怎样？对于这些问题，从"五四"到当代，却很少有人提起过。

原因在哪里呢？无非是学科发展条件不成熟。就像水不到一定程度不会沸腾，花不到一定时节不会开放一样。

一门学科结构体系问题的提出，就其自身看，有赖于该学科的发达状况和由此产生的研究者们的学科意识的形成。而我国除古代"科学前史"的时期不算，就现代讲，虽然民俗学的发展已有六七十年的历史，并且其总趋势是前进的，但是这中间走过的道路还不免坎坎坷坷。新中国成立半年后，中国民间文艺研究会成立，我国学界从此在民间文学、民间艺术等领域的搜集、整理和研究方面，都取得了不小的成绩。但从整个民俗学的范围看，却颇处于停滞状态（除了因为调查少数民族的社会历史，曾注意到他们的风俗习惯外）。"四人帮"得势时期就更不消说了，连已有相当发展的民间文艺都遭受到严重的扼杀，更何况被扣上"资产阶级学术"帽子的民俗学？

只有到了70年代后期粉碎"四人帮"，中断了多年的中国民俗学才时运亨通，迅速崛起为一种热门学科。这是学术史的新兴时期。

新时期我国民俗学的发展兴旺，首先表现在这门学科的学术机构的纷纷建立上。1983年5月，中国民俗学会宣告成立（在这之前，有些省份如辽宁、吉林、浙江等已先后成立了省级学会）。此后几年，各省、市级分会相继建立，数量已达全国省、市总数的三分之一以上（按现在已经超过半数——校时记）。北京大学、中央民族学院、北京师范大学及牡丹江师范学院等一些高等院校，还成立了民俗学社。山西丁村、天津、苏州等地则开办了专门性的民俗博物馆。这种民俗专业机构的建立和队伍的壮大的形势，充分说明了民俗学事业的兴起是一种客观需要，它同时也大大推动了各地这方面学术活动的开展。其次，是民俗学专业书刊的出版数量可现，而且有些也具有一定的质量。在这类新出版的书刊中，有的是搜集和整理民俗资料的，如《侗乡风情录》；有的是致力理论探索的，如马学良教授的《云南彝族礼俗研究文集》、宋兆麟的《巫与巫术》；有的是重刊古、近代民俗资料以及介绍国外著作的，如晚清学者顾禄的《清嘉录》（重刊）、日本学者柳田国男的《传说论》，和世界民间文学、民俗学的古典名著——法国史诗《罗兰之歌》、弗雷泽（J·G·Frazer）的《金枝》等等。民俗刊物有云南的《民族文化》、广东的《岭南风俗》，以及吉林的《民俗报》等。它们都在不同程度上表述了新的民俗见解,普及了民俗学的知识,对我国当代民俗学运动的发展起到了有力的推动作用。1979 年,我曾和顾颉刚等七位教授公开发表重建民俗学及其机构的倡议书,但七八年后民俗学事业的这种迅猛发展盛况,却又是我们所始料未及的。

我国当代民俗学的发展,自然增强着我们把民俗学作为一门科学来研究的"学科意识"。当然,有时一种学术的发展,同其科学体系意识的发展,不完全是同步的。但如果总是对一门学科的体系结构缺乏认识,还要夸夸其谈这门科学,那么,即使偶然幸中,也是根基不牢、影响不大的。记得 1935 年,我曾写过《民间文艺学的建设》一文(刊于 1936 年《艺风》月刊),就民俗学中的民间文学研究,提出了一些学科建设的意见。近年有些日本学者们对它颇重视,其中一位青年学者曾问我,当时是怎样想到这个问题的。我现在回头想想,觉得当时自己在建立这门科学的意识上,还只是开始构想。这种构想念头的出现,又同"五四"以后民间文学的搜集、整理、研究历时十几年,初步具备了学科建立的一定条件有关。但今天看来,我那时的学科意识,到底是相当薄弱的。它有点像小孩子穿着开裆裤、拖着两条鼻涕时照的相。换句话说,学科意识虽已粗略具有,但是如体系结构一类的问题,终究是没有好好想过的。

我喜欢"实事求是"这句话。如同随着接触人类和人类文化现象的增多,从而人的意识上升,发展起人类学一样,民俗学也要经过这样一个过程。这样,它的研究者才能在实践中比较切合实际地提出其体系结构的问题。1986年,广州中山大学的人类学教授张寿祺撰写了《论民俗学的本体结构》一文,提出民俗学含有六部分内容:理论民俗学、历史民俗学、生活民俗学、意识行为民俗学、应用民俗学和综合民俗学。当我看到张教授的这篇论文时(它是提交给民俗学讨论会的),我自己的这篇《关于民俗学结构体系的设想》的大纲也恰好脱手了。事先我们彼此并不知道,这才真可谓是"不谋而合"了。我读了他的文章颇觉高兴,他也有同感。这说明当时对于民俗学提出这样的问题,主客观条件都相当成熟、或比较成熟了。

一门学科要发达起来,除其自身的发展程度及研究者的学科意识等因素外,还需要社会政治、文化环境的保证。这一点也是至关重要的。大家知道,从这个角度讲,解放前我国民俗学得不到长足的发展,那是由于缺乏相应的社会制度和文化需求的土壤。解放后就不同了。先进的社会主义制度,要求建立与之相适应的、反映最广大人民群众最根本利益的先进意识形态;特别是党的十一届三中全会以来,提出实现四化、建设两个文明的宏伟蓝图,并倡导将实事求是作为学界的指导思想和风尚。这些都是我国民俗学得以久废重兴的背景。缺乏它,任凭我们主观上具有怎样良好的愿望,也是不容易演成事实的。

更为可喜的是,在种种有利的背景下,整个社会对民俗的地位和作用的再认识。不错,现代民俗学是从某些资本主义国家兴起的,也的确有些民俗学者在他们著作的序言或导论里,说到民俗学可以为殖民政策服务的用意。但这只是某些国家(主要是英国)、某些学者的说法。即使在资本主义国家的学界里,这种说法也并不是普遍的。反之,有许多被压迫、被欺凌的民族国家,他们的提倡民俗学,是明确地为着强化国民的民族意识,宣扬本国的民族文化,恰好和上述那种说法相对立的(如过去的德国、芬兰、现代的埃及、韩国等)。这是因为民俗学所处理资料的地域,群体范围,在某些国家比较广泛;但是更多的国家却是把它的范畴仅限于本国、本民族,是为了强调本国、本民族的文化和历史,激发民族的觉醒和自强,才大力发展这一学科的。"五四"以后中国民俗学的兴起就多少是带有这种色彩的。事实也是这样。人生活在民俗里,就好像鱼生活在水里,两者是须臾不可分离的东西。不管一种社会文化发展程度的高低,都有一套为其社会需要服务的民俗。越是社会不发达,民俗的权威就越大,乃至一切文化都采取民俗的形式。而在今天世界上那些发达的国家里,民俗也同样没有消失。日本现在还是"民俗热"。美国有一位民俗学家,近年写了本《文明中的文化人类学》,谈到美国流传的一种汽车里有鬼的新故事。这就说明民俗存在于多种社会形态中的特殊地位与功能。

话回本题。总之,我国若不是这10年来学术界摆脱了极"左"思潮的干扰,不是民俗科学的诸方面都有了长足的进步,要提出这门学科的结构体系问题,也还是不可能的。这里体现了一定的学术发达的规律。

二

下面,谈谈我对这个课题的初步设想。

我个人认为,民俗学的结构体系,应该包括以下六个方面:

第一、民俗学原理

第二、民俗史

第三、民俗志

第四、民俗学史

第五、民俗学方法论

第六、民俗资料学

这六个方面又可归纳为三个方面,即:

(一)理论的民俗学

(二)历史的民俗学

(三)方法及资料的民俗学

甲、民俗学原理——对民俗事象的理论的探索与阐述,包括综合的或单项的问题的研究。

民俗事象纷纭繁复,大家看过《民俗学问题格》一类的小册子,便可以对这种事实有一个概括的了解。按照研究民俗事象的广狭、以逻辑思维的方法进行分析与阐明,情况又可以分为两种:一种是综合阐述各种民俗事象的,如柳田国男的《民间传承论》,S·C·班女士改编的《民俗学手册》(旧译《民俗学概论》)、P·山题夫的《民俗学概论》及后滕兴善的《民俗学入门》等。另一种是单项研究,如黄或石的《端午礼俗考》、江绍原的《中国礼俗迷信》、《发、须、爪》,以及顾颉刚的《孟姜女故事研究》等。而那些入门著作,一般都是综合的、概括的,既可以概括一个民族、地区,也可以概括对象的一个种类,单项研究有利于就某一专题做纵向深入的探讨,如秋浦的《萨满教研究》,便不限于论述当代这方面的宗教事实,而且对过去的历史事象亦可加以阐述。

对于民俗事象本身,除要进行理论研究外,还要进行应用问题研究。理论民俗学一般研究的对象,不一定都直接取之于现实生活,但应用民俗学一定是针对现实的,是对具体民俗问题的直接的科学研究。大专院校的教师侧重一般理论研究,地方民俗学工作者则往往侧重对应用问题的探索。后者例如现代我国重视旅游业,就有好些地方同志从这方面做文章,阐述"民俗学与旅游业的关系"等问题。当然,应用民俗学的问题要获得有效成果,也离不开遵循一般的科学研究方法和原则。只凭想象或者感想之类去写作,是不会得到可靠的结论的。比如用民间故事教育儿童属于应用问题,然而,为了使我们的结论切实有效,就必须对它进行种种分析和论证,如各类故事的自身特点怎样?它产生和流传的规律是什么? 儿童在哪一个心理发展阶段上喜欢故事等等,这便是涉及了理论研究的范畴了。总之,理论问题与应用问题的有效解决,都必须经过科学研究的程序,这是不能违拗的真理。

乙、民俗史——对综合或者单项的民俗事象的历史的探究与叙述,包括通时的、或断代的事象的探究与叙述。

综合的民俗史往往概括地论述一个民族、一个地区的所有或大部分习俗,如张亮采的《中国风俗史》等。单项的民俗史如袁珂的《中国神话史》(此书兼及神话研究史)、韩养民等《中国古代节日风俗》和钱南扬的《谜史》等。

民俗史与现代民俗研究的区别,在于民俗史侧重从文献中搜集资料。但这不等于它就成了资料的堆砌或铺排,而是要经过辨伪、考订,再用唯物史观加以分析综合所描述出来的事实(其中包括一定的规律)。如薄松年的《中国年画史》及白川静的《中国古代民俗》等,大体都属于这一类性质的著作。

民俗史的编著,主要采用历史的考索和叙述的方法。它与前面讲的民俗学原理应用逻辑的方法和理论表达方式有所不同。比如中国的放风筝习俗,研究它的起源、功能、后来的传承形式及内涵演变,再用论文的形式表达出来,使人们达到对该事物性质的正确认识,这就是理论考察,是作《风筝论》的内容。如果作《风筝小史》呢? 那就要讲风筝发生的时地、产生的社会条件、其多种形态及作用,和随着历史的演进它经历了哪些变化及其原因等。这种风俗史的著作,是跟一般理论著作有相当差别的(它以历史事象为考察和叙述对象)。

历史的方法与逻辑的方法,都为人们认识客观世界所需要。从马克思主义哲学讲,两者既有区别、又有联系。要写好《风筝论》,没有历史知识自然不行;而《风筝小史》的作者也需要具备逻辑思维的分析、综合能力,才能把历史的东西恰当地理解并描述出来。在这种意义上说,民俗史著作又是与民俗学理论研究相互联系的。

丙、民俗志或称民俗志学——这是一种对全国、全民族、或某一地区的民俗事象进行科学记述的作品。

民俗志是民俗学的基础,民俗学必须建立在这个基础之上。没有大量的、坚实的民俗志资料的提供,民俗学研究是不能有大作为的。

民俗志的主要特点是记叙的,或者说是描述的。它在时间上,以现代客观存在的资料为主,也不排除对过去时代资料的整理和记述。这一点,颇像生物学与古生物学的差别。生物学是搞现代的,古生物学就是搞史前的。民俗志与民俗史的关系也是这样。

民俗志的记述也有综合的与单项的两种。综合的如胡朴安的《中华全国风俗志》、山曼等的《山东民俗》、邓云乡的《燕京乡土记》,单项的如杨知勇等的《云南少数民族婚俗志》、郭子昇的《北京庙会旧俗》等。

民俗志的编著形式,约略有以下两类:(1)直接记述,如《荆楚岁时记》。(2)间接类抄,如《玉烛宝典》《北平风俗类征》等。

民俗志在民俗科学中的位置十分重要。它是民族文化史料不可缺少的组成部分。我们通常所讲的上层建筑,如宗教、政治、法律等,其中都包括风俗成分,甚至它们的早期形态本身就是一种风俗、习惯。这是因为风俗伴随人类社会集体生活的产生而产生,只要有社会群体生活的地方就存在风俗,就存在风俗服务于社会生活的现象。而要研究风俗,当然离不开民俗志的帮助。

我们举一个例子,即有名的关于“老鼠嫁女”的风俗记载,来说明民俗志可以为文化史研究提供有力论证的观点。开始,人们对老鼠又怕又敬,描画它,祝它娶亲,表现了初民原始宗教信仰。以后随着社会的进步、人类智慧的提高,人类控制自然的本领加强了,原始宗教观念淡薄了。因此老鼠嫁女的民间年画剪纸的内容上,前后显示出不同的形态——主要是构图中的有无猫的存在(参看拙文《从文化史角度看“老鼠嫁女”》)。民俗志又是同政治、法律等意识形态的活动密切相关的。人类早期法律——自然法(或称“不成文法”),便往往体现为某种风俗,如禁忌等。中国古代把自然法镌刻在钟鼎上,则是从不成文法到成文法的过渡。一些少数民族直至解放前还保留着一种把自然法刻在石碑上的风俗,叫“石牌话”(或石牌体)。它说明越是文化背景不发达,民俗作为一种政治法律,就越有更多的人能够接受它。

民俗志保存了大量的社会文化史料,可供给一般读者社会、历史知识(包括古人的心理状态），民俗志往往涉笔成趣，能够使人们享受到精神上的愉快。所以，研究民俗学的人，最好本人从事这项工作，它既能丰富个人的实践，也能普及民俗文化。

丁、民俗学史——关于民俗事象的思想史、理论史，也包括搜集、记录、整理和运用它们的历史。

从事民俗学研究，必须了解它的起源和演变过程；了解前人已经做了哪些工作，他们的成就和不足分别在哪里？这就要求我们清理这方面的历史事实，总结民俗学的产生和发展过程，以便使更多的人获得对这一门学科发展真相的认识。

我国早在先秦时期，就产生了有关风俗问题的零散看法，或断片言论。随着社会人文的进化，这种看法或言论当然更多了。但直到解放以后，我国在民俗学史方面的整理、编著工作还始终没有来得及很好地动手。近年许多报刊上发表的关于古代、近代或现代著名文人学者与民间文学、民俗学关系的论文，勉强可算是这方面的著述。我自己写过几篇关于晚清民间文艺学的论文，可以说是属于民俗学史范围内的东西。北师大民间文学研究室集体编纂的《中国现代民间文艺学史》，也是这类著作的一种，虽然都是偏于民间文学方面的。

据我所知，国外有关民俗学史的专著也不多，像我们所知道的如意大利学者科基雅拉（G·Cocc·Hiara）的《欧洲民俗学史》，就是其中之一。日本直江广治博士的《中国民俗学》，和泽田瑞穗博士的《支那民俗学的新收获》的长篇论文，都是以我国现代民俗学活动为论述内容的。外国学者对中国民俗学的历史研究尚且作了这样的努力（尽管只限于现代的），不管成就怎样，我们都应该表示敬意。

目前我国这块领域还近于处女地，有志者大有用武之地。我们可以从编写近、现代民俗学史入手，先干起来（似乎已经有人在尝试），以后再分阶段持续努力。这样就可能在短时期内编著出一部比较完整的中国民俗学史。这是我们民俗学工作者所时刻不应忘记的一项"基建"工程（张紫晨教授已经把他这方面的讲义整理成专著，正待刊行。这是个好信息）。

戊、民俗学方法论——关于民俗事象整体的观察、研究和具体搜集、整理的技术与方法等两个方面的理论。

　　整体性是民俗科学方法的实质和核心。在学科整体化的同时,也存在着一种不断分化的趋势。科学方法论是从哲学和一般科学的高度,探索对象的研究手段的综合性研究领域,目前在世界许多国家、许多学科都受到相当重视,并且这种势头还在加强。我国民俗学方法论研究起步晚,但历史的经验告诉我们,在方法论问题上,自觉与不自觉(或自觉的程度深浅),结果大不一样。要建设具有中国特色的民俗学,就必须把方法论问题提高到研究日程上来。我的《民间文学论集》(下)收有一篇《中国民谣机能试论》的文章。该文作于30年代中期。由于题目上用了"机能"二字(即"功能"),后来便有人问我是否受到马林诺夫斯基功能学派的影响。其实,我那时读过的马林诺夫斯基著作很少(现在记得起来的只有《原始社会的犯罪与习俗》),倒是后来才多看了几本。我当时能用机能的观点去分析民谣,主要是由于自己在平时接触民谣的过程中,在学习一般民俗学理论的过程中,慢慢地形成了这种模糊观念。如果现在一定要我讲具体受了哪一派的影响,老实讲,我真说不清楚。这种观点的采用,并不是很自觉的,因此文章所能到达的科学性也不免受到限制。

　　科学研究都是自觉比不自觉要好。不自觉也可能做出一些事情来,但在方法论上越清楚,选择的方法越适当,科学成果就越显著,这是毋庸置疑的事实。当然,如果只靠方法论的自觉,而没有其它条件同时配合,单枪匹马,恐怕也难有较大的成就。

　　现在我们从事学术活动习惯说自己是运用马克思主义的辩证唯物论作指导的。这当然是好事。但实行起来,却也颇不简单,因为情形相当复杂。本世纪40年代以来世界上陆续诞生的许多综合性学科,都从不同侧面揭示了人类社会、自然界和思维活动的相互联系及各自的内在规律,为丰富和发展辩证唯物主义提供了有益的素材,也为民俗学的发展提供了新思路和新方法。这样,在坚持马克思主义指导思想的前提下,参照当前科学方法论研究的新成果,结合本学科的实际情况,我认为民俗学的方法论应当包含以下三个层次:

　　(1)哲学层次的方法。哲学作用的一个根本标志是反映物质世界最普遍的本质联系、存在方式和属性。民俗学研究的哲学是否具有这种功能呢?回答是肯定的。这种观点以马克思主义的唯物辩证法为最高指导原则和方法,其中,恩格斯讲的三条尤其重要,即:一切事物都是相互依存和相互制约的;一切都处在运动和变化中;以及由量变到质变的规律。它既是方法,又是观点,也是一种世界观,是对民俗事象的总体看法、观察方法,同时也包括处理的方法。它高层次地统领着民俗科学的研究工作。

(2)与许多学科共同的方法。即一般学科通用的归纳法、比较法、调查法和统计法等。这是由民俗学的研究对象及目的与其它学科(特别是社会科学)有共同或相近之处所决定的。对这些方法的应用,大家比较熟悉,这里就不多说了。

(3)本学科的特殊方法。我们知道,研究天文学要借助望远镜,研究物理、化学、生物学要借助显微镜,各个学科大都根据自己的特殊研究对象而采用各自的特殊研究方法,民俗学也不例外。19世纪晚期,芬兰历史地理学派及其方法的形成,使民俗学(主要是民间文学中的民间故事)有了自己的一套研究方法。这种方法试图通过不同地区同一民间创作的种种异文的比较,探讨每一种对象的"原始形态"。用这种方法既可以从民间故事的历史演变过程中,追溯出故事的各种变态;又可以从地理流布途径及变化中,追寻到故事的产生地点。这种方法对于那些"世界大扩布"类型的故事(如"灰姑娘型"、"天鹅处女型"等)的研究,是很有效的。但也有的民间文学作品没有这样的传播情况,如中国的许多笑话(极少数笑话尽管与印度等有关,但也决无一般幻想性的民间故事那样传播广泛)、歌谣等,大都可以在国内广泛的流传。但一出国门,由于语言不通、韵律不叶,便失去了它的特殊味道。这就大大妨碍了它的广泛传播。因此,研究这一类体裁的作品,主要应根据它们自身的实际,选择合适的方法,而不能随便袭用上述方法。否则,就可能事倍功半,甚至完全徒劳。

即便是对那些以往民俗学者经常使用的方法,我们的态度也还是要以新的实践经验和认识观点为依据,来决定自己的用藏取舍。如对上个世纪以来许多民俗学者曾广泛使用的人类学派"取今(指后进民族及进化民族中的某些民俗)以证古"的"遗留物"研究方法,今天看来,就不能再原样照搬(两年前,我们研究室的同志曾为它召集过专门讨论会)。据我这几年的观察结果,在现代民俗中,从远古遗留下来的东西是有的,但数量不是太多,而且在性质上大都有着变化。很多古老风俗在其产生的时代大都有禳灾辟邪、驱妖赶鬼的目的与功能(主观的)。可是到了后来,风俗虽然传下来了,人们也还是大略照样去做,但风俗的内容,某些形式及功能,却已不知不觉随着社会的变化而变化了。例如吃粽子、划龙船,开始大都是具有宗教、法术意味的民俗,后来却说成了纪念大诗人屈原的行事。现在它的性质与作用则基本上是一种民众文娱活动了。这就说明风俗是跟随社会的前进而前进的。它不断调整自己不适应社会需要的一面,实现了性质和功能的转化。它不是简单地消亡(随时代而消亡的民俗是有的,但不是全部),或者完全成为"遗留物"。由此可见,根据学科的特点选择方法,提高方法论的修养和使用意识(善于选择),是很有必要的。

民俗学方法论的著作,目前国内还很少见,国外似乎也不多。芬兰学者科隆(K·Krohn)的《民俗学方法论》(此书日本有关敬吾教授的译本),是芬兰历史地理学派的重要著作。福田アツオ教授的近著《日本民俗学方法序论》,对日本民俗学大师柳田国男的"方言周圈论"和"重出立证论"两个著名方法提出异议,主张"地域研究方法",注意了地区文化的整体性,也不无新意。也有部分著作涉此方面者,如 B·汪继乃波的《民俗学的研究方法》(《民俗学》第三章)和尤·科普格洛夫的《搜集民间文学的方法》(《民间文学实习手册》第二章)等。它们都有中译文,大家可以参考。

己、民俗学资料学——关于民俗事象的资料的获得、整理、保存和运用等活动的探索、论述。

资料是科学研究的凭借。古人说:"巧妇难为无米之炊",就指出这个道理。资料的取得、保存、辨别、应用等等,处处都有一套道理,也就处处要进行考察和探索,以丰富研究的内容。所以,我们要保障资料的可靠,并使这种公共文化财产能够比较长久地保存下去。

资料民俗学,包括资料的来源(历史的和现代的、本国的和外国的),资料的采集和整理(指调查、收集、编目、分类、索引),资料的鉴别和保管(建立资料档案、资料馆),资料的信息交流等等。这些工作的进行,都应该有经验和理论的指引。经验的总结和理论的建立都有待于研究、探索,这就是资料学的任务。

以上就民俗学的结构体系,作了一些设想,并就设想的各部分内容要点作了简略地说明。这只是一个初步的想法,是一种备忘录性质的意见。

一定的科学结构体系的建立,在一定时期内有它的稳定性。但是从科学史发展的长远过程看,它又是处在不断调整和完善中的。我们今天所认识的结构体系,昨天未必产生,明天则可能要变成另外一副样子。所以,在我们的头脑里,应随时随事都具有唯物辩证法的观点,僵化的观点是不能真正认识和有效处理现实事物的。

　　作者附记:这是 1986 年末,中国民俗学会在北京召开第二次学术讨论会,我在会上所作的讲演(后来又在教研室讲过一次)。讲稿由董晓萍同志根根录音并参考我的讲话笔记整理而成。这里要附点小小声明,就是当时讲话里某些地方引用的著作例子不尽典型,因为当时未能找到很合适的作品。现在乘校稿之便,参考年来出版新成就,略作调整,希望能使它达到比较合适的地步。

1990.12.敬文记于北师大宿舍

从事民俗学研究的反思与体会

钟敬文

我致力民俗学的工作,时间是那么长,在这方面,当然要有许多经验和教训。因为我现在还在从事这项工作,在日常的独自思考中,或在与同行、学生的谈话中,总不免引起对过去工作得失的反思,或对于后辈值得注意的体会的种种念头。然而,它们平时大都只涌现于自己的心头或口上;偶尔形诸文字,也大都是断片的。现在,我想,有必要提出其中自己认为比较重要的几点,给予论述,或可作为一个老年学者赠与青年们的一点精神礼品。

先谈反思。

(一)从文学切入

我国早期致力民俗学的学者,他们原来的所从事的专业,基本上是各个不同的。有的是搞文学的,有的是搞史学的,有的是搞语言文字学的,有的是搞社会学的。自然,也有人一开始就搞民俗学,但那只是众多学者中的极少数人而已。这种情形,也许是一种新学术(特别是从外国引进的)出现的初期,在还没有形成较多的专家的情况下所难免的。但不管怎么说,这是一种客观事实。我自己原来是志在文学的。最初,在私塾里上过几年旧学。辛亥革命后,我上了半旧半新的所谓"学校",在那里开始了对旧文学的学习,甚至于也学做起平平仄仄的旧体诗来了。但是,过了几年,新文化运动起来了,我又转向了新文学,耽读新出版的新杂志、新诗歌、新小说,也兼读翻译的文艺作品及新的文学理论著作。光是阅读,还不过瘾,自己也学习写作新诗和散文,兼及文评。但是,事情并不那么单纯。当我正在热衷着新文学的时候,我又爱上了野生的文艺,并同样是那么痴情。在 1930 年以后,我的活动,尽管逐渐向民俗学方面倾斜,但平心而论,我始终没有抛弃我的"老朋友"(文学),不管在杭州时期,在东京时期,还是后来在坪石或香港时期。民俗学与文学(特别是诗歌),在我虽然有偏重偏轻的时候,却始终没有只务其一,不问其它的情形。这就使我的民俗学活动,或多或少的受到文学的熏染。这种熏染的结果,自然有积极的一面,如它使我在广泛的民俗事象的研究上,开辟了自己较专门的一部分园地(民间文学,特别是民间口头叙事文学),并对它进行着深耕细薅地操作。这种局部地、比较深入地研究成果,也有利于我对一般民间文化的理解和感悟。但是,不可否认的,它也有消极的一面,那就是限制了我对民俗事象的其他方面(物质生活方面、社会组织方面等)的更为深入的理解。这种限制(或说畸形),使我作为一门学科的领导者,分明是有它的缺点的。一种学科,特别是那些内容比较广阔的学科,作为它的一个研究者,要"十八般武艺,样样精通",自然是不容易的。但是,如果他处的不只是一个专门家的位置,而是兼负有引导整个学科前进之责的学者,则武艺越多,就越有利于事业的计划和策进。因此,我对于自己学术上的这方面局限,是耿耿于怀的。

(二)书斋学者

现代学者,从他们取得资料的工作过程和形成观点的治学方式看,一般可分为两类,一类是书斋学者,另一类是田野作业学者。前者,他的取材和观察的范围,大致限于古代文献或同时代人的著述;后者,则主要依靠到一定的时空场所去收集、采录和进行直接观察,以获得第一手资料来从事写作。这当然是大体上的分类,实际的情形可能是有交叉的。又由于学科性质的不同,这两方面的情况的侧重也会有所差异。民俗学是一门现代学,谨慎一点说,是带有浓厚的历史意味的现代学。这种学科,跟社会学、民族学、人类学等相近,它的基本资料和观点的形成,是需要由当前事实现象提供的。因此,田野作业是它的比较重要的路径(除了民俗史或民俗学史等史学著作之外),这正是现代国际大多数学者所承认和遵循的。但是,学问的进行或结果如何,也并不是千人一律的。像弗雷泽这样伟大的先驱,就是一个书斋学者(有人把日本民俗学之父柳田国男也列入这类学者之中)。我国初期的一些民俗学者,也很少是亲自到社会群体中去有计划地做过田野作业的(顾颉刚先生虽然到妙峰山搞过调查,后来又曾赴西北地区考察,也不过情形稍为好些而已)。但就一般的情况说,民俗学这门学问,是跟田野作业不能分开的。

我开始进行民俗学工作时,曾利用居住本乡本土的方便,从家族、邻里、学校等群体的成员的口中,收集过歌谣、民间故事等资料。稍后还公开印行过这种实地调查的资料集子,《客音情歌集》和《民间趣事》等。但当时我的专业知识很有限,也缺乏应有的技术训练,这只能说是很初步的、自发的田野作业,或者叫"亚田野作业"。以后,我虽然制作了调查表向学生征稿,或草拟过故事类型,向社会广泛征稿,但是,这已经是一种间接的资料搜集方式了。此后,虽多年从事这方面的研究工作,但所用资料的来源和观察的凭借,大多是取自近人的调查记录或历史民俗文献,这样写成的文章,虽然不能一笔抹煞,但从现代民俗学的方法论看,所走的路却不能说是阳关大道。我现在年龄已经高迈,不能随意到各种群体中去考察人们的行为、心态,亲自体味他们的生活意蕴,只有把这种希望寄托于眼前年富力强的研究生们了,这是我这个书斋老学者对后辈的一种恳切期望。

(三)民间文学与原始文学

以前,我曾经不止一次提到过,我年青时在踏上民俗学园地不久,所接触到的这门学科的理论,就是英国的人类学派,如安德留·朗的神话学,哈特兰德的民间故事学等。不仅一般的接触而已,所受影响也是比较深的。

从20年代后期到30年代中期,我陆续写作了好些关于民间文学及民俗事象的随笔、论文。在那里,往往或明或暗地呈现着人类学派理论的影响。例如,1932年发表的论文《中国的天鹅处女型故事》中的第10节,对于变形、禁忌、动物或神仙的帮助、仙境的淹留、季子的胜利、仙女的人间居留等故事情节要素的指出和论证等,就是例子。此外,从那稍后所作的《中国神话之文化史的意义》、《中国民谣机能试论》等文章里,也多少可以看出那种理论影响的存在。

从我国早期的民俗学理论思想史看,可以知道,那些在学坛上露脸的学者们,如周作人、江绍原、茅盾、赵景深和黄石等,大都是这一派理论的信奉者、传播者、乃至于实践者。我不过是这大潮流中的一朵浪花罢了。

人类学派的主要特点,是利用现代世界中文化比较落后的民族的社会制度、风习和心理(特别是信仰心理)等,去解释文化程度较高的民族(所谓"文明民族")的某些风俗或口头文学作品(故事、歌谣等)。换一句话说,就是从文明社会里寻找原始文化的遗留。这种理论的产生,自然是有一定的事实做根据的。它不是那种逞思辨的学说。在世界学坛上,它也产生过比较广泛的影响,本身的确具有相当的学术价值。但是,这种学说只解释了人类文化发展过程中的比较局部的、停滞的现象,而它(人类文化进程)的其他方面(甚至于更重要的、积极的方面的现象)却被忽视了。人类学派的理论本来是进化论的派生物,但可惜不能找出人类文化进程的根本法则。

我在30年代中期,多少已经察觉到这种理论的局限性。但是,由于受影响程度较深,摆脱的痕迹并不明显。后来在东京时期,自己大量阅读了有关原始文化社会史的著作(有考古学的、民族学的、文化史的等),这就使我的学术兴趣和知识积累,逐渐偏向了远古文化领域。正因为这种缘故,从那时起,我对于活着的民间文学与古老的原始文学(扩大一点说,对现代民俗文化中远古的原始文化)的界限的认识,始终不免有些模糊。记得解放初期,我偶然披读了英国某现代艺术学者的一部关于人类艺术的通论著作,在那书的第二部分里,开始一节的标题是"原始艺术",过了几节,又有"农民艺术"的标题。我当时没有深加思索,只仿佛觉得这种区分是不必要的。这点颇能说明我当时对两者的界限的认识,很不清楚。其实,民间文学艺术与原始文学艺术,两者虽然有相似、乃至于相同的方面或部分,但是,它们到底是不同时代、不同社会生活的产物。两者基本上是能够分开、也是应该分开的。我过去对它们在概念上未能自觉加以区分,虽然多少有些客观现象在起作用,但主要的问题,还在自己的认识能力上。

"四人帮"倒台后,学界加强了实事求是的精神,大家对以往的学术经历进行了反省。在这种境况中,我经过认真地反思,弄清了自己过去一些没有弄清的思想。这里所说的混淆民间文学与原始文学疆界的思想,就是其中的一例。

对这个问题反思的结果,我觉得有两点经验教训是值得注意的:(1)对学术问题,一定要从对象的实际出发,尽力摆脱过去的成见;(2)对某些事物的认识,要注意到它们的两面,即相同的方面与不同的方面——特别是后者;因为它往往是具有质的规定意义的。

(四)学习苏联理论

我接触马克思主义的时间是比较早的。因为我年轻时,适逢本世纪初的所谓"大革命时代"，我又恰巧居住在当时为"革命熔炉"的广州。我怀着热血男儿的激情，诵读了一批马列著作，还对《向导》和《人民周刊》等进步期刊爱不释手，又亲眼目睹了当地如火如荼的工人、农民运动。因此，我的社会观，乃至于部分人生观，急剧地改变了。但我的学术观点彻底向马克思主义靠拢，时间上却要迟些。这是我的社会观、世界观与学术观还不能和谐一致的地方。是伟大的民族抗日斗争改变了民族的命运，也解决了我的人生观和学术思想的矛盾！我感谢现实女神对我的治学境界和情感的开拓、陶炼，也感谢那些活动在我身边的革命同志用他们的行为和思想震动了我，启导了我！我的学艺活动就此跟整个民族的步调、呼吸融洽了。它从此牢固地奠定了我一般学术的指导思想和工作态度。

1949 年 5 月，正当天朗气和的时节，我来到了刚解放不久的北京，马上兴奋地投入革命的文教工作阵营。学习马列主义理论，是当时每个公民的任务，特别是从事文教工作的知识分子的任务。我当然积极地参与了。前苏联进入社会主义社会比我国早，在运用马列主义方面是我们的"老大哥"，在民间文艺理论上也是如此。我不满足于当时学界这方面的介绍成果，就组织同志，加强译述工作。又在我所指导的民间文学研究生班中，请人专门讲授苏联民间文学理论。我自己当然全心学习这种新理论，并在教学和著作中加以应用，当时所写的文章，像《民间故事中的阶级斗争》、《歌谣中的反美帝意识》等，从题目上看，就可想见它们的政治化、前苏联理论化了。有时自己也感到写作的不是文艺评论，而是政治思想评论。但是，在当时的政治气氛中，自己心灵中的一点反省的光芒是很微弱的，它像一些水藻，被淹没在汹涌的浪涛中。我在 1976 年10 月以前所写的文章，多少保存着这时代思想的烙印。

天佑中国，"四人帮"被摧垮了。学界的思想随之解放了，并提倡贯彻"实践是检验真理的标准"的思想衡量原则。近 10 多年来，我跟学界一些同志一样，对过去走过的道路，不断做过反省。现在，我认为，马克思主义的一些主要理论，如历史唯物论、唯物辩证法等，是不可动摇的真理。但是，我们也要看到，多年来，整个人类社会都在迅速发展变化，自然科学、社会科学和人文科学，在不断开拓发展。马克思和恩格斯的理论也需要丰富和发展。这是人类学术进步的公理，是贤明的马克思主义本身应具有的精神和性质。它也是今天我们学界一般共有的认识。至于 17 年间我们奉为圣经贤传的苏联理论,像我在上面说过的,当时起过一定的启蒙、涤荡的作用,这不能一笔勾销。但是,它那种唯我独尊的精神和态度,以及我们自己在学习上缺少灵活的、比较的态度,也应该反省。况且,无论什么时候,那样对待外来的理论学术的态度,都是对学术进步发展不利的。今天我们回顾过去,既应该理解,也需要清醒。最主要的经验教训,是像在政治上和经济上那样,我们在学术上,应该走独立自主的道路。因为,国家与国家之间彼此的学术,固然可以、乃至于必须互相借鉴,互相吸取营养,但也应该坚持民族的自主的态度,不能舍己之田而耘人之田。

以上四点,是我近来常常在脑海里盘旋的反省。下面,谈谈一些个人在学术上比较深切的体会。

(一)深入对象之中

无论从事哪一种学术,首先都要有一定的研究对象。研究文学的,主要对象是文学作品;研究史学的,主要对象是历史事象;研究语言学的,主要对象是语言现象;我们研究民俗学,那主要的对象,不必说,就是各种民俗事象。这是一种规律,也是一种常识。

我们研究民俗的目的,是要对民俗事象(整个的、或部分的)在性质、范围、结构、功用和历史等方面给以科学阐明。要达到这种目的,不熟悉对象本身又有什么妙法呢?但是,有些急性或懵懂的学者,却主张只读有关那对象的理论著作、并加以运用就行了。这样的结果,就不免要陷入从理论到理论的误区。它也许是一种捷径吧,可惜,它只能使你远离所要达到的学术目标。

理论是什么呢?理论是学者从对一定对象的观察和思考中抽象出来的研究成果。这种成果的深浅、正误,要取决于学者应具备的种种相关的条件。而其中极重要的一个条件,就是对研究对象的把握和熟知程度。作为一个民俗学研究者,当然要阅读有关的理论。在开始研究时,它是一种引导;再往后,它是一种借鉴、参考和强化分析、论证力量的助力。然而,如果我们自己始终不深入到所研究的学术对象之中去(前人有"寝馈其中"的话,是很有意思的),那么,就不但不能自己得出有创造性的理论;甚至对别人的理论,也缺乏一般评估和判断的真正能力。因为,他只是个手头缺乏资本和货色的买空卖空的商贩而已。

"不入虎穴,焉得虎子",古人这句名言,对于我们所说的学术研究取得成果的方法,是很适用的。希望选择了民俗学研究而愿意走正路的青年同志牢牢地记住它!

(二)必备的知识结构

无论研究哪一种学问,除了学科本身的知识以外,还大都必须具备相关的基础学科知识和辅助学科知识。这种知识的集合体,就是我在这里要说的"知识结构"。各种学科自身的性质不同,它所要求的知识种类也不同,数量多少也会有所差别。民俗学这门学科,到了现在,它包含的内容,是相当广泛的(从物质文化、社会组织到各种意识形态),因此,它所要求的基础知识和辅助学科知识也是相当广阔的。一般地说来,如语言学、社会学、历史学、社会文化史、文化人类学、宗教学、工艺学、考古学等方面的知识,都是应该知道的。当然由于个人研究的课题不同,所具备的相关知识也应当有所侧重,但总之,这些学科群的知识,对于考察、探索民俗事象,多少是需要的,因而也大都是必须具备的。

由于民俗学在我国学界还是比较年轻的学科,一些研究者,缺乏完备的、必需的相应知识,只凭借一些普通常识、或文学理论知识就去进行考察,并加以评论,因此,往往不免说"外行话"了。例如,大钟寺的传说,本来是人牲型的故事。匠人的女儿投身烈火中,是古代人以人为牺牲献神的信仰和行为的故事化的结果。这本是宗教学上的一种常识,但有的同志由于缺乏这种知识,就用常识性的猜想去理解了——把她去跟革命的女烈士刘胡兰的英勇的、自觉的献身行动相比拟,这就不可能真正地解答什么问题了。这类的例子是颇常见的。原因就在于学者缺乏应具备的相关的知识。这些知识,对于民俗研究者,是必不可少的。否则,不管其它条件怎样具备,也是很难探得真理的骊珠的。

充实必备的学科研究相关的知识结构,是年轻的民俗学者应该大力追求的方向。

(三)要勤奋、不要浮躁

不论自然现象、人文现象或心理现象,它的生长、成熟,大都要遵循一定的过程。果子不成熟,味道就不能香甜;蚕子不经三眠,也就不能作茧。小学生不可能具备大学生的知识。个别的情形虽有出入，但一般的情况总是有规律的。"欲速则不达"，"强扭的瓜不甜"，"水到渠成"，这些传世的话语，说明了我们的先人在长期的生活经验中，体味到了这是不能违拗的真理。

民俗学是一种学问。它的产生、成长，自然有一定的程序。从事这种学问的人，在学业的成长上也要经历一定的阶梯。勤奋是必要的。没有它，我们就无从前进。但它只能加速进程，却不能由此跃过应该遵循的程序，想一步登天是不可能的。

我从事民俗学的研究工作已经 70 多年了。虽然所经历的每个时期，都会有一些进步，但一下子达到豁然贯通境地的事情是没有的。学问、思想的进步，主要是凭不断地积累，而不是"弹指楼台"。我现在所悟到一些道理，是"水到渠成"的结果，并不是一蹴而就的。我常对同志们说，我现在的一些比较成熟的意见，是多年来学习、经验的结果。如果我在六七十岁时去世了，它们是不可能出现的。

现在有些青年同志，聪明力学，这是将来成大器的可贵基础。但是，他们在态度上有些急躁，希望一夜之间学问就成熟了。这种心情是可以理解的。但是，却不是正常的态度。它忽视了学术成长的必须历程，只能是一种空想，一种虚幻之花。我要以过来人的身份，诚恳地告诫他们：只有服从规律，才能获得成功！

七十年学术经历纪程

——《钟敬文学术论著自选集》自序

钟敬文

世途惊险曾亲历，
学术粗疏敢自珍？
——《九十自寿》次联

一

约略说来，我开始从事学术活动的时期是在 1924 年的夏秋间。它距离现在将满 70 年了。

那正是轰轰烈烈的，既是政治运动、又是文化运动的"五四"之后的几年。政治、文化两方面的运动各以另一种方式在继续着。北京大学《歌谣》周刊的刊行（1922）和收集、发表民间文学作品风气的广泛流传，就是那种新文化运动一个有机的和有力的部分。当时，作为一个刚见世面的青年，像触了电似的，我蓦地被卷入了这文化的狂潮里去。除了奋力学习新文学之外，我又不知疲倦地在向周围的人们采录民间歌谣、故事。这种活动，虽然在接触《歌谣》周刊之前的一些时候就已经开始（因为"五四"前一年发刊的《北大日刊》的《歌谣选》，早已影响了许多地方报刊，从而也引起了我的响应）。但是，它（《歌谣》）的出现，无疑对我这方面的活动大大地起了添柴注油的作用。我不仅在尽力采集、记录那些野生的文艺，而且还有意地探索它、谈论它——对它进行一种理论性的思维。

我在 1924 年写作了 15 则《歌谣杂谈》（陆续发表于《歌谣》周刊）。这些文章现在看来只是一些小学生的习作。但是,不要忘记,它是我少年时期对这门学术倾注着满腔热情写出来的,它也是我此后数十年这方面学术活动早期的"星星之火"。

1927年秋天,我由岭南大学转到中山大学任教。这时候,那原来在北京兴起并且影响到全国学界的歌谣学(或者说是民俗学)运动一时已经退潮了。一些本来在《歌谣》周刊等刊物上显过身手的新进学者,正好聚集在中山大学的文学院。校里的某些负责人又对这方面学术活动有些理解。顺理成章,中山大学的部分教师就成了举起那几濒于熄灭的学术火炬的接力人。这时我对这门新学术已经上了瘾,而客观上又需要我去工作。我怎能不尽力以赴呢?

这一时期,我先后参与建立民俗学会,编辑民俗刊物及丛书,管理民俗学传习班事务,当然也还写了许多文章发表在刊物上(稍后,大都收入《民间文艺丛话》一书中)。其实,那时我不仅缺少应有的工作经验,连比较基本的专业知识也不怎样具备。所凭借的,只是一股少年向往和肯干的热情、蛮劲。我的那些文章虽然还是习作性的,但是所从事的活动却并非没有价值。从我个人的学术经历来说,它的意义和作用是不容低估的。它不仅确定了我从事这方面学术的信心,也增进了对这方面工作的知识和活动才干。它正是我后来走向学术高峰期的必需准备。

二

过去数十年的学术生涯里,在经历上更有重大关系的是,我从广州到杭州以后的那几年的境遇和活动。这些境遇和活动,不管是在学习方面,在研究方面,或是在学术事业的建立和开拓方面,都有较大的益处。这一阶段,可以说是我一生学术生活中的第一个高峰期吧。

在这段时期里(1928年秋至1937年冬),我的活动大致上可分为三个段落。从1930年秋起,我辞去了浙江大学文学院的教职,转到一个培养民众教育师资和行政人员(如民众教育馆长和科长等)的特殊专门学校,讲授"民间文学"课。这是第一个段落。这时期,我除了讲课外,还和一些有同样学术兴趣的朋友,创办了近于全国性的中国民俗学会。又在进行过探索工夫的基础上,写了几篇论文,如《中国的天鹅处女型故事》、《中国地方传说》和《金华斗牛的风俗》等。这些论文,有的曾经试图运用唯物论的观点,但一般的观点仍是英国人类学派的。不过比起中大时期所作的急就章,在收集材料和考虑论点上,用力更加勤劬,思索也稍为精细了。这在自己治学的道路上不能不说是一种明显的进境。

从1934年春起,我暂时离开了杭州(当时我已回到浙江大学任教),去日本学习,至1936年夏回国,这是第二个段落。在东京的两年多时间,我主要的活动是学习。在这一时期的最初阶段,我虽然对民间文艺学和民俗学的理解及探索有了一定进步,但我总觉得自己的专业知识及跟它密切相关的学科知识都太薄弱,只靠它不可能在研究上取得较大成绩。如果要进而去推动全国这方面的学术运动,就更没有多大把握了。因此,必须有个机会,让自己去打好学业基础才行。由于当时我们已经与国外的同行有些学术上的交往,于是,我重新做起留学的梦——少年时曾经做过的梦。我辞去了教职,毅然到东京去当苦学生。

在那座九层楼的大学图书馆里,我每天(除了星期天)要花上七八个小时的时间。我贪婪地阅读着能够入眼的有关书籍,除了专业知识以外,也涉及民族学、人类学、宗教学、语言学、原始社会文化史以及文艺理论、美学等学科的理论著作。作为图书馆知识的补充,就是在假日里畅游神田和早稻田大学门前的书店街。虽然在知识的汲取上不免有些狼吞虎咽,咀嚼消化得还不够,但是,总算在从事学术的知识的基础上铺上了几块大石头。这是我以后在发现问题和分析问题的能力上的重要凭借。它无疑是我的一份重要的治学资本。自然,为了整理自己的见解和换取生活资料的需要,当然我这时还写作一些论文(如《民间文艺学的建设》、《盘瓠神话的考察》等),发表于国内外的专门刊物上。这更是检验自己学力的机会,也增强了自己治学的信心。

1936年夏,我从东京回到杭州。次年秋,因敌人炮火迫近,抱病离去那里,这是第三个段落。这一年,我主要的职业仍是教学,实际上还作了不少学术活动。我为浙江民众教育实验学校的《民众教育月刊》编辑了两个专号:《民间艺术专号》和《民间风俗文化专号》,又筹办了一次"民间绘画展览会",以及刊行过两册"民间文化小丛书"。这时期,我对民俗学产生了一种新的观点,就是它的范围应该扩大。不能再为英国民俗学会过去所刊手册的范围所局限。从上述所出的刊物和办展览会等活动,约略可以看出我这方面思想变化的轨迹。至于这方面的学术研究,应该同社会文化实践相联系的观点,我已在这时期的第一段落中意识到它,到这时不过更加增强罢了。由于日本军阀的侵略更见咄咄逼人,我们进一步了解广大民众的思想、文化,并利用他们习惯的事物和思考方式(包括文艺的表现方式)去进行对他们的宣传、教育工作,就更加感到是一种迫切的需要了。

总之,我前后在杭州度过的几年(中间部分时间在海外)中,我的学术经历和成果,不仅比前期有所提高,而且对我以后大半生这方面的活动,是具有相当决定意义的。

三

日寇的加紧侵略和我国人民的坚决抗战,暂时打断了我原定的学术活动的正常进行。但它也给我的思想和学术活动注入了一种新的生命力。它像某些民间故事里所说的,那具有超凡力量的神仙,把枯鱼点化为活泼泼的生物。

抗战的第二年夏天(那时我在桂林教书),我应邀至广州(当时的南方抗战前线)四战区政治部,从事对敌人和民众的宣传工作。民俗学一类的工作当然暂时抛开了。面对着铁与火的战争,面对着广大从事抗日宣传的青年战友,我有着新的庄严任务,在促进、提高他们宣传(特别是以文艺为手段的宣传)的效力上,我在竭尽自己的力量。我热诚地对他们讲话,并写作鼓舞性的文章。从20年代中期,特别是后期所学习过的关于社会、文艺的马克思主义理论,在当时严肃的生活实践里得到孵育和印证。它迅速活跃起来,并保证了它以后的不断成长。这种现象的形成,除了环境的巨大作用外,还有人的因素在,那就是当时在政治部内外一些进步同志的感染和切磋。尽管由于国民党顽固派的作梗,我不能在那种环境中久留,但这段经历对我终生都产生了不可磨灭的影响——对于下一时期学术思想、著作的影响。

由于政治的逼迫,从1941年起,我第二次到中山大学任教(当时它的临时校址设在广九铁路广东境内最北边的车站所在地坪石镇)。我每年重复讲授

"文学概论"、"诗歌概论"等功课,这使我对于文学理论、诗学等的原理、问题,有机会做比较广泛和深入的思考。我先后写作了一些长短不等的文章,如《略论格言式的文体》、《风格论备忘》、《我与诗》等文章;而《诗心》那个小册子的思想,在我的诗论上更多少是有代表性的。总之,这个时期,我的文艺思想一般已经定型,在性质上也逐渐趋于成熟。

这在我的学术思想及其活动上,也许可以称为第二个高峰期吧。

解放战争时期,南京政府悍然下了"戡乱令",他们要把一切进步力量从大陆上消灭掉和驱除出去。我跟中大一些被看做"危险分子"的教授这时都受到"解聘"的待遇。我们逃到香港,在民主党派创办的达德学院文学系等系任教。我教的是"民间文学"和"文学专书选读"等课。教师、学生大都有着明显的政治倾向。许多师生不是中共党员,就是民主党派成员。因此,我们的身份既是授业的教师,又是政治活动的指导者。自然,我们没有以政治代替或压倒科学。我们重视专业知识的传习,不过带有相当的倾向性,不是一般的学院式教学罢了。我们文学系(后改称文哲系)先后出版了《海燕》、《关于历史剧》等文艺理论兼创作的专集。我的《谈王贵与李香香》、《诗与歌谣》,就是刊载在那些集子里面的。这时候,香港进步文艺界人士为了配合两广方言区革命宣传的需要,提出用方言创作的理论问题(同时一部分人已经在进行创作实践)。我因为是方言文学研究会的负责人,一连写作了几篇这方面的论文,并主编了一个以理论为主的《方言文学》专集。此外,也写作了《海涅和他的艺术》,以及纪念郁达夫、朱自清等作家的文章。这段时期虽不长,但文艺理论活动颇活跃,以至于使有些日本的中国现代文学史家(菊地三郎)把我算作这时期"华南文学"活动家中的一人。平心而论,我这时期不但写作了许多一般文艺的文章,在有关思想、见解上也有些跃进的地方。它在我文艺理论活动的整个历程上,起着一种承上启下的作用。

四

1949 年春,北京解放。这年的 5 月,我跟其他一些留港的文艺界人士,响应号召,回到首都。开过全国第一次文艺界代表大会之后,我就任了北京师范大学的教职,一直连续到现在。它已经足足经过 43 年的岁月了。在这段时期里,我们国家和社会的变化是巨大的,个人的经历也相当曲折。这里,我只就学术上的经历和变化谈一下。

在这一大段时期里,大致也可分为三个段落。第一个段落是开国之初到"文化大革命"开始的前夜,第二个段落是那给民族和人民带来重大灾难的"文化大革命"时期,第三个段落是"四人帮"倒台到现在。在这些段落里还各有些小段落。

自 1950 年至 1957 年反右前夜,学界虽然有过思想改造运动,对俞平伯、胡风等的批判运动,但从我个人的经历来说,还是比较风平浪静的。在其中的第一个段落里,我首先参加了中国民间文艺研究会(后改名为中国民间文艺家协会)的倡建工作,并被任为该会的负责人。这对我的学术活动(民间文艺学活动),无疑是一种重大的鼓励和赞助。因此,该会成立不久,由于我的创议,就出版了一个以理论为主的《民间文艺集刊》。我当时所写的纲领性的论文《口头文学——一宗重大的民族文化遗产》,就是在它的第一期上发表的。这个刊物虽因抗美援朝战争精简刊物的缘故,只出了 3 期便停刊了,但是,它对新中国这方面的活动是颇有影响的。我因为自己教学和社会读者的一般需要,又编辑了一本《民间文艺新论集》。由于及时满足了客观要求,它很快就再版了。在这段时期里,我还在一些有关的集会(例如中国作家代表大会)上发表了宣扬这方面学术重要性的讲话,或发表这方面的宣传文章。这些活动,是跟我当时在北师大、北大等课堂上的讲授互相配合、多少起到促进这门学术的作用的。在大专院校文科的课程中,我也极力争取把这门学科列入学生的修习课。当时我们沿用苏联教学大纲的名称,叫做"人民口头创作"。但为了适应当时我们高校教师学养的实际情况,把苏联这门课原来的"历史"(文学史)性质改为"概论"性质。直到"三面红旗"运动起来之前,许多高校文科大都开设了此课,这对于我们国家这门学科知识的传播起到一定的作用。1953 年,我们第一个在北师大中文系开办了"人民口头创作研究生班",当时就读的同学后来大都成了教授,有的还当了博士生导师。以上这些活动,虽然本身不是我的学术研究活动或成果,但它对于推动我国整个民间文艺学科的建设与发展,却有着重大关系。何况它对我个人的学术思想和所从事的事业也同样是很有作用的。我在那些工作过程中增进了专业知识,增加了学术的分析和概括能力,而这种结果就必须要体现在我此后工作的成效上。

可惜好景不长。我们正在这条大路上健步前进的时候,一场政治的暴风雨袭来了!在一些时期里,我不但被剥夺了政治权利,也被剥夺了从事学术(包括教学)的权利。同时,那种发扬广大人民优越心智、才能的人民口头创作课程,也几乎被砍杀殆尽。虽然情况如此,在三年灾难之后的一些年月里,我的生活和工作虽然并不自由,但我凭着一颗对祖国学术的赤诚的心,利用了一切能够利用的时间和其它条件,奋力写作了几篇中国近代民间文艺学史的论文(有些已经收在这本自选集里)。这是对于我国民间文艺学史的一种开荒工作,是中国学者在这方面学术上必须完成的硬任务。那些文章,从现在看来,在某些方面虽不免也有缺点,但它的积极的科学史意义是不能否认的。此外,当时我还挤时间写作了《近代进步思潮与红学》那篇文章。它是对于当时那些非历史主义的红学批评的一种挑战吧。

以上是我在建国后第一个段落的生活经历和学术经历,它的前后期是截然不同的——后期所遭遇的情景是那么肃杀!但是,跟下一个段落比较起来,它多少还是有节制的,让人能够忍隐生活和偷空工作的。

60年代的后半段,那急风暴雨式的文化(其实是武化)大革命起来了,而且一直延续了长达10年之久!这是一个真正残酷的年代!过去人们一贯指责秦始皇焚书坑儒的虐政。但它比起“文革”对文化学术的摧残,也只能算是“小巫见大巫”罢了!无怪当时有些英雄要以这种超越历史的“功绩”自豪了。在这样的时期,我们这些老知识分子能够勉强生存下来,就是天大的幸事了,还敢过问那被认为对人民犯罪的学术么?这决不是我一个人的特殊遭遇,而是当时大多数知识分子的共同命运。如果说在这个历史的黑暗时期,我们在知识上、在科学上有什么认识或收获的话,就是那些英雄们的所作所为教给我们的历史和政治的“真理”,而这正是我们在任何书本上或文件上所不能读到,也不是我们凭空所能想象得出来的。这应该说是极宝贵的知识、极难得的收获!尽管全社会和个人所付出的代价是那么惨重!

这就是我在这个不平常的历史时期的经历和感受。这也是这个历史时期中的我学术经历的第二个段落。

"穷阴终久要回阳!"不可一世的英雄们终于倒下了。历史回复到比较正常的轨道上。我与其他知识分子一样,这时深感到一种解放的快慰! 但是,生命已经过了古稀之年,不但许多宝贵的时间被糟蹋了,个人的精力也日见衰退了。但只要一息尚存,为建设和推进民间文艺学、民俗学科的志愿就必须实现! 我利用当时的形势,竭尽自己的心力,既要对同志们大声疾呼,又要坐下来探索一些问题。寸阴是惜,双脚不停。终于与同志们重建了中国民俗学会,恢复了中国民间文艺研究会,并参加、推动、赞助各省市同类性质机构的恢复或创立。在学校里,我们恢复了民间文学教研室,大力培养了一批又一批的硕士和博士研究生。当前,从整个社会看,这些新学科也都有欣欣向荣的气象。这是70年来所少见的!

在这10多年里,我个人的精力虽然在教学和社会学术事业上花去不少,但还是争分夺秒地探索了一些问题,写作了论文及其它文章(如为同志们的著作写序文之类)。近年写作的几篇论文,其中如《民族在古典神话研究上的作用》、《中国民间文艺学的形成与发展》、《"五四"时期民俗文化学的兴起》等,多少是花费了一些心力的作品。对于我国这方面整个学术的建立和发展,多少是有所裨益的。

这是我在建国后这个时期里学术活动的第三个段落,也许还可以说是我生平这方面活动的第三个高峰期吧。

以上简要地叙说了近70年来我在学术活动中的各个时期的境况和得失,它对于本书的读者多少可能提供一些我学术活动的背景材料,以及引起某些思考的凭借。就我自己来说,它也许将是诱导进一步的反思之资。如果真是这样,那就不至于成为一种虚文浮说了。

五

在拨乱反正后所提倡的"解放思想,实事求是"的学风影响下,10多年来,我对于学术研究的观点、方法,对于民间文艺学、民俗学乃至诗学的性质、范围以及功能等,都做了一些反省,有些新的领悟和新的看法。例如,关于研究的观点、方法,我仍然真诚地相信历史唯物论、唯物辩证法的基本原理的有效性。

但是,我们必须放弃过去那种教条主义、或实用主义的态度。马克思主义是密切联系社会现实,吸收并改进一切新学理建立起来,并发展过来的。它是一种开放的学术体系。它与封闭的、僵硬的思维方式和治学态度是无缘的。现实是不断变化的,反映现实的思维和方法,也在不断变化,不断丰富。由此,我们对于马克思主义既要坚持其核心,保卫其精华,又要根据新的现实和经过检验的科学成果,加以丰富、补充,使之不断前进、发展。这是我现在所达到的对马克思主义的理解和基本态度。

　　至于对民俗学、民间文艺学乃至于诗学等理论的新领悟、新认识,方面颇多,这里只能举一两个例子。譬如关于民间文学的集体性问题。这是对民间文学性质认识的重要问题。从我个人的思想经历说,在 20 年代后期以后,我们对它就有模糊认识。后来接触了前苏联的民间文学的理论,这种认识就更加明确和强固了。但是,近年在尊重事实的科学精神指导下,我感到自己过去的这种理论认识,多少不免有点简单化,甚至有些武断之处。因为,这方面事实的状态,远比我们过去所认为与表达的要复杂得多、曲折得多。又如对于民俗事象性质的认识,过去也朦胧地知道它是文化现象的一种,但在论述它时,却很少着眼到这方面。鉴于世界学坛交叉科学的大量出现,我近年来意识到有建立一种"民俗文化学"的必要,因此草写了《民俗文化学发凡》那样的倡议性文章。这是我对民俗学这门学科一种新开辟的尝试。我希望它能够得到同志们的注意(今年《新华文摘》第 1 期曾予以摘载)。

　　总之,个人的学术思想和活动,是随着时代和个人生活的向前而进展的。只要生命存在一天,它就决不会停止,也不该停止。

六

　　首都师范大学出版社,近年为国内学者编纂一套学术著作自选集,这是有利于我国学术文化繁荣的一种美举。承主持者的好意,约我提供文稿。因事情比较忙碌,迟迟不能交卷。去年底,该社编辑同志催促甚急。我只得把打算选录和可备选录的一批文章交付连树声同志,请他代为选定、校订和编次。经过 3 个月的时间,这个"自选集"的初稿居然出来了。剩下的一个任务就是写

"自序"。尽管我刚离开医院,不敢多用脑力,但事在必为,只好草草着笔。以上几段文章,就是它的结果。

像本书开头时所述,我从事这方面的精神活动,已经将满 70 年了。但是,现在自己看看这个集子里所收的一些文章,不禁感到惭愧!它实在不免有些单薄!想起那些写出了许多使我爱读的学术名篇的文章巨子们,我是何等平凡、不长进的后辈和学生!造成这种现象,自然有些客观原因(例如出生地及家庭没有丰厚的文化背景,早年缺少名师指导、督促等等)。但是,从主观上说,我自己也有着不可推诿的责任。近日披读已故史学家和民俗学家顾颉刚先生的年谱,得知他去世后,遗留的学术笔记就有近 200 多册。这在治学上并不算是一件大事。但在这里,我们的前辈表现出对学业的何等专精和坚毅!他学术上的成功,原因自然是多方面的。但是,单就他做笔记之勤这件事,便不是我所能及的。我学术成果之所以如此寒伧,在这些地方,缺少那种"持之以恒"的毅力,就是原因之一吧。我希望像顾颉刚先生那样在学术上精勤的典模,能永为青年学者所继承!它也将使我减少那种自恶和不安吧。

末了,我谨对出版社的责任编辑吴海同志和为我分劳的连树声同志,致以诚恳的谢意!

                    1993 年 5 月 20 日自序于北师大励耘红楼,时年九一

一位外国学者对中国民俗学的贡献

——詹姆森教授《中国民俗学三讲》中译本序

钟敬文

"中国是民俗学者的乐园。"

——R·D·詹姆森

近现代,是人类社会现状一个巨大、剧烈转变的历史时期。由于欧美国家工商业的兴盛,世界各地交通工具和海陆道路的开拓,各区域人民本来天各一方,彼此"老死不相往来"的情况被打破了。文化发达国家的文人、学者,不但注意到对本民族历史和当代的文化状况、变迁的考察、研究,而且随着足迹的远去和眼界的开展,他们也把注意力放射到陌生的地方和人群。前世纪以来,人类学、民族学以及社会学等的兴起和发展,就是在这种历史情况下出现的。初期英国人类学派的民俗学的建立,也是属于这种事例之一。

中国是世界上开化较早的一个古国。它与巴比伦、古埃及、古希腊和古印度等,同为人类历史曙光期的先进民族国家。但是,在历史发展进程中,中国有它的独特命运。上面所提到的那些古民族国家,后来,或者国家消失了,或者文化停滞了。他们祖先的光荣成为历史的残梦。中国的情形却不大一样,它的疆域不断扩大,被同化的部落或民族与时俱增。因此,两三千年来,在我们东亚大陆上,政治、法律、文艺、科学,……都不同程度地在继续发展。从汉、唐时代直到近世(清代以前),中国不管政治或者文物,在世界上的位置和声望都是相当显赫的。过去所谓"天朝"一词,从我们这方面说,固然多少有些民族自傲的意味,但从客观上看,也并不是没有根据的。

中国过去在一段较长的时间里,它跟周围一些民族国家的关系,大多限于政治或文化输出方面。到了明代末期,欧洲学者(如利玛窦等)来华传教及输入科学知识。在鸦片战争失败之后,我们的国门就不能再关闭了。那些金头发、蓝眼睛的传教人士、外交人员、学校教师以及新闻记者、商人、医生,接踵而来(后期,除了西洋人,来华经商、教书、考察的还有东洋人)。他们职业不同,各人品格、学养也不同。来华动机也自然并不一致。有的人是为了办理公务或商务,有的人为了满足他学术兴致或好奇心理。至于对我们的态度,有的是不怀好意,乃至存在着邪恶之念的;但是,也有的心地比较善良,对我们的传统文化感兴趣,从而对它进行认真研究的。因为有上述的种种不同情况,他们对中国制度、文物等的记述和探索结果,也迥然不同。在后一种情形里(即对于我们的历史、文化感兴趣,从而对它进行认真研究的那些学者及其成果),尽管由于身份、教养、语言及文化背景不同的种种关系,他们的成果,可能有些不完全,乃至于不中肯。但是,由于他们对中国人民及其文化的没有成见,由于他们的专业知识和认真态度,往往获得优异的成绩,即使在时间经过相当距离之后,还值得我们加以研读,乃至于赞赏。

在近代和现代,西方和东方的学者(包括那些到过中国或没有到过的),在对中国历史、文化等的研究中,民俗事象(包括民间口承文学),当然也是其中的一个方面。在这方面,我们所熟知的、比较著名的学者及其著作,如戴尼斯的《中国民俗学》(1876)、出石诚彦的《中国神话传说的研究》(1943)等,还有詹姆森的《中国民俗学三讲》(1932)。这后一种,对我们来说,尤富有亲切感。因为除了著作本身的优越之外,著者还曾经在我国当时的故都(北京)任过大学教职,而他的学术论稿,又正是对中国学者讲述,并且在我们的故都刊行的。

R·D·詹姆森是一位出生在美国的、著有声誉的民俗学者。30 年代曾经在北京清华大学西方语文学系任教。后来我国学界知名的学者,如于道泉、季羡林诸先生,都曾经受教于詹教授。在华期间,他在教学之余,利用自己的学殖和分析能力,对我国传统的民俗事象(主要是口头文学)进行了科学的考察和探索。在一个连续讲演的机会上,他对于中国民间流行(包括早有文字记录的)的三个类型民间故事、传说,作了学术性的论述,并冠以一个概括性的导论。这就是本书《中国民俗学三讲》。除了《三讲》外,詹教授还著有《民谣歌手的足迹》，及关于神话、传说词典一类的书。

《中国民俗学三讲》，从本书的体积看，它只是一部篇幅不满二百页的小书。但是，从它的内容和在科学的意义上看，却远远超越过它体积的重量。

全书的主要部分，是对于三个具有世界性的中国民间故事、传说的论述——那就是灰姑娘型故事、狐妻型故事及狸猫换太子型故事（皇后虐待妃子的故事）。卷首还有短序及绪论各一篇。

此书，大概当时印数不多，流传不广。记得日本神话学权威松村武雄博士，在 30 年代前期曾经编纂《中国神话传说集》（《神话传说大系》之一），在它的那篇《导言》上，作为西方学者对中国民俗（包括民间文学）的探究著作，列举了戴尼斯的《中国民俗学》、威那的《中国神话与传说》等，却没有提到詹教授这部更为重要的书。当时住在北京的民俗学者，如周作人、江绍原、顾颉刚诸位，似乎都没在他们的著作中提及此书。我自己在二三十年代颇留心搜罗这类著作。但是，对于詹教授这部书，却是 1949 年夏到北京后，才在东安市场的一家旧书店里发见和购得的——你别问我当时心里有多高兴了！这不能不说是这部民俗学著作一种颇为奇特的遭遇吧。

这本在国内学术界被冷落了许多年月的书，现在已经由田小杭同志译成中文，并且就要与广大读者见面了。由于这部译书的底本是我提供的，并且译述的事也是由我劝励的。现在书将出版，译者和出版社同志都希望我在书前说几句话，而我自己也好像对它负有一定责任似的。关于这本书的大略情形，上面已经简单地说了一些，以下就让我谈谈书中各篇的具体内容及其意义吧。

本书所论述的三个类型的民间故事、传说，都是扩布颇广的，其中尤以第一篇灰姑娘型故事，传播更为广泛，声名更为显著。从 19 世纪末以来，关于这个类型故事，世界学者们先后已经出版了几部专著。至于单篇的论文，就不用细数了。而它（灰姑娘型故事）对我们来说，就更感到亲切和具有特别意味。因为在一千多年前（9 世纪），我们的古文献中就出现了关于它的记录。更使我们惊异的，是这个记录，跟许多古文献中民间叙事作品的记录大不一样——没有加盐加醋，也没有删枝削叶。它基本上保存着民间原来讲述的形态，除了用文言代替了原来的口语这一点之外。甚至于连现代许多文人记录所容易忽略的关于讲述人的身份以及流传地点等的交代,它也办到了。灰姑娘型故事,是一个具有很高价值的民间故事。它是人类精神产品的精华之一。而我们古文献上的这个记录,也正是人文史上贵重的财富之一吧。

关于这个世界故事学上珍贵文献的最早发见,自然不能不感谢我们邻国的一位既是自然科学家又是民俗学者的南方熊楠。他首先用随笔的形式,在彼国人类学杂志上揭示了这个学术史上的秘奥(1911)。在民国的初年,我国学者周作人,在论述民间童话的论文里,也举述了它。尽管如此,詹教授在 30 年代初年对它的提出和探究,仍然具有重要的学术意义,他不仅指出这记录的重要性,并且把它放在世界性故事的大系统中去加以考察。他把它去跟我国邻近民族(越南人)的同型故事作比较,并就其中的角色、鞋子等问题给以探索。最后,他排除了那些所谓"天体(太阳)崇拜"的说法,而明确地认为——

灰姑娘故事最直接的含义还在于它表现了一个小女孩对于美好生活的幻想。

这个结论,从某种角度说,是正确的,尽管它没有探及民间文艺创作的社会的集体意识问题,没有从它的社会背景(家庭间人物的矛盾)等去加以考察。

总之,詹教授这篇关于我国灰姑娘型故事的讲演,尽管我们今天看起来(在它发表已经过去 60 多年之后),仍然有它一定的科学价值,固不仅像 A·邓迪斯教授所指出的,它给灰姑娘型故事,提供了一个早期的记录而已。

第二篇讲演是狐妻型故事。

关于这类故事,我们过去以为只是中国(北方)所特有的。但是,詹教授在这篇讲词中,除了举出一些中国民间所流传的同型故事之外,还列举了琉球、爱斯基摩,以及北美、西伯利亚等广泛地域的同型故事,并指出这种类型故事的古老出处——古印度的神与凡人结婚,因为凡人违反禁约而破裂的故事,以及关于这故事所由产生的社会、文化内涵。最后,他得出自己的结论。他认为要了解故事原始幻想的最初含义,必须假定这类故事的最原始的发源地。他说:

　　人类的迁移已经有成千上万年了，人类的智力也已经极为发达了，这使得他们完全有能力把那些我们称之为故事的、以幻想的形式出现的习俗、行为、愿望加以模式化、符号化。这类故事的含义似乎比满足几乎是所有的辛勤劳动的男子想得到一个既能干又漂亮的主妇或情侣的美好愿望还要包含得更多一些。

　　这个结论，虽然不见得怎样新奇或精警，但大体上看，是相当切实近理的。

　　第三篇讲演是狸猫换太子型故事——"中国受迫害王后（妃）的故事"。正标题是《民间故事的形成》。20年代中期，胡适博士在《现代评论》上发表了《狸猫换太子故事的演变》的论文。他从种种文字记录上，对宋史上李宸妃被虐待故事的不断变异的情形给以考证和说明（这故事，从宋代的史书、笔记，到元代戏曲、清代小说，完成了一个历史事实（或历史传说）到民间故事的漫长历程）。

　　詹教授的这个讲演，以此为出发点，指出这个故事（后来的形态）的类型的世界性传播——据说有近400种异文。他举出了《灰斗篷》、《六只天鹅》、《十二个兄弟》等篇做例子。最后，在意义解说上，他抛弃了弗雷泽的"古文化遗物说"的见解，认为故事的本体，并不是真实世界的本来面目，而主要是一种想象与幻想，故事所描述的，也主要是人们的一种心理状态，是一种由家庭生活环境条件产生的心态、精神的表述。在讲词的结束，他明确指出：

　　　　（这种故事）历史原型中的简单内容，即继承人的母亲受迫害而未能得到她应有的荣誉和地位，在后来的发展变化中被不断地加以想象、丰富，得到加工与改编。这就是民间故事所特有的虚构性。可以说，一个民间故事的主题思想被确立了，那么一个民间故事也就会被逐渐编造出来。

　　在这篇讲词里，詹教授通过一个历史故事的演变过程，领会到一种民间故事的形成原则，无疑是这一组故事论中理论性更强的一篇。他所得出的原则，对于一部分民间传说乃至民间故事的生长史大体上是适用的。自然，民间故事、传说，有着各种不同种类，其起源及形成过程，也不会是完全一律的。中国的狸猫换太子故事的演变过程，虽然不是独特的，但也不可能适用于一切民间故事、传说。这种道理，我想明智的詹教授也决不会完全不知道的。不过他在讲述时没有明白指出罢了。

上文所谈论的三个世界性民间故事、传说的讲词，是詹教授在这本讲演集中主要成就的展示。它们既根据个别的民间传承对象，进行细致的分析和判断，也表现著者一般的丰富学殖和科学分析、综合的能力。那些结论，大都具有相当的准确性和创造性，因而必然能够对读者产生一定的说服力。这些对中国民间故事、传说的研究成果，产生在中国民俗学正在兴起的当时，不必说，是极其珍贵的。

詹教授对中国民俗文化的关心和探索，决不仅仅限于上述对一组故事的个案研究。他还广泛和概括地对它进行思考和论述，那主要表现在那篇《中国民俗学绪论》上。跟绪论相配合，他还专门为中国学者写作了《比较民俗学方法论》的文章。这些文章，虽然还不能说充分表现了詹教授关于民俗学的全面的学养和见解，但我们从这里多少也可以"窥豹一斑"了。

《中国民俗学绪论》，是詹教授对广泛的中国民俗现象进行考察、思索的结果。它跟那三篇关于中国民间叙事文学的论述，在性质和作用上，可以说是互相补充，相辅相成的。在这篇文章里，首先，他对中国的民间传承事象（俗信、传说等）作了些极扼要的概述，其中不乏富于启迪性的见解。接着，他结合着中国的民俗，从古希腊的赫西奥德起，谈论了欧洲民俗学理论流派，如历史学派、寓言学派、神话学派、语言学派，一直到人类学派、起源学派、心理学派。在这里，他及时提醒我们："（这些观点、学说）有的观点包含着部分真理，只有少数的观点，在提出时便已得到所有证据的检验，被认为是正确无疑的。"他还郑重说："迄今为止能够提供一个系统的、令人满意的假说或方法论的流派还未能发现。"在这断语之后，他讲述了芬兰学派的研究法。

詹教授还强调："在中国，我们力所能及地、详尽地去搜集民俗的材料，并认真、客观地对这些材料加以分类、分析，对于做好这项基础工作的必要性、重要性，无论我们怎样去强调都不过分。"

以后，他指出中国民俗现象的一般特征，他列举出四点。这些特征，因为是从对事实的认真考察得出来的，所以大抵是可信的。詹教授还对活在民间的民俗资料,找出它的两点特征,也都是确有根据,而不是"无的放矢"的。

在全文的最后处,这位西方民俗学先辈(同时也是我们的"老同行"),还说了一段不仅颇有意思,而且也带有诗意的告别话:

> 研究民俗学的重大价值,我认为还在于它向我们显示出我们已经朝着一种合理的思想,即那现代浪漫主义的蓝色之花,迈出了微小的一步;而且它向我们揭示了那一片仍然围绕在一切文明昌盛之地四周的未开化的原始人聚居的丛林,文明就从那大自然的丛林中升起,而有朝一日也许还要返回到那大自然的丛林中去。

这篇绪论,篇幅不长,但文中所含蕴的学术价值并不鲜少。它显示了著者这方面的充实教养,显示了他潜心探索中国民俗问题的成就,实在不愧是这门年纪还轻学科中的一篇重要论文。可惜这部民俗学专著,当时流传不广,使它未能充分发挥应有的作用。

詹教授的另一篇理论文章,是这个译本附录里的《比较民俗学方法论》。那是专为介绍一种民俗方法论而执笔的。在这篇文章里,著者热心地向中国的学者介绍了当时在世界学坛兴起而为他所比较信赖的芬兰历史地理学派的研究方法。他在论文的开始,说过几句开场白之后,接着就指出:"民俗的所有权是属于整个人类的","然而研究民俗的方法却明显地具有民族特色"。之后,他介绍了民俗学的定义。往下,他又介绍了对民俗现象考察、研究的观点、方法,并对它作了批评。然后转到对科伦父子等所创导和应用的历史地理方法论的论述。在这里,他结合着中国故事的例子(《鼻子树》),把那方法论作了通俗易懂的叙述,使一般没有机会读到科伦父子或阿尔奈著作的学者,也能大致了解这种新的民俗学方法的性质、特点等。

詹教授不但是一个中国民俗事象忠实的研究者,并且在这方面获得了不平凡的成绩;更重要的,是他希望中国出现一批有为的民俗学者。他是那样热情地期待着。在这篇论文的最后一段,他首先高度地赞美中国民俗资料的丰盈,他说:"中国是民俗学者的乐园。"为什么? 因为"中国人民经历了一切,吸取了一切,并且什么也没有忘记。几乎没有一种信仰、一个故事或一种习俗不是仍然存在于这个国家的某些最遥远的地方。"他要求中国学者在它(民俗资料)未被完全毁灭之前去收集它——这完全像我们近年来所惯说的"必须抢救"的那种迫切心情和坚决口气。

詹教授告诉我们:要做好这件抢救工作,还"需要有分析与研究能力的人,也需要有图书馆和民俗学学会,在那里各种民俗资料可以被存档、研究和比较"。詹教授在60年前,所热切希望的事业,也是我们近年所迫切希望它实现,并且在努力追求着的事业。不幸,我们学术道路太坎坷,那些可贵的事业,至今还不能完全如愿以偿。作为中国一个终生献身于民俗学事业的老学者,我今天重温詹教授对中国民俗学语重心长的话,实在不免深深感叹!

前文我对于詹教授的这本关于中国民俗学的论著(兼及其它在中国写作和发表的那篇论文),作了一些介绍和评论。这自然是极简略的。詹教授是一位有一定世界声誉的美国学者,他的这部著作,在他全部业绩中只是一部分。但它无疑是一部有贡献的东方学著作,特别对于我们中国学者来说,他的成绩,是值得尊敬和感谢的!

自然,一个外国学者的中国研究(特别是关于民间文化的),即使著者具有怎样的诚意和科学素养,也可能会有这样那样的缺陷之处。如果我们要从这部写作于60多年前的外国学者的著作中去寻找瑕疵,那自然也不是不可能的。在这方面,我觉得本书著者对于中国民俗现象的多方面、多层次,性质上极其复杂的民俗事象,在了解上不免有局限之处,例如关于灰姑娘型故事,除了唐代文人的优秀记录之外,当时就有近人不只一篇的新记录存在(参看刘万章编述的《广州民间故事》)。又如他在论狐妻故事那篇讲词中所举的中国故事例子,就并不是最道地的狐仙故事(那是自晋代以来的"白水素女故事或田螺娘故事"的变形)。又如关于他对中国民俗学的运动情况的了解。自《歌谣》周刊行世以后,到1932年(詹教授著作刊行的年份),已经10年时间。这期间,从北大的歌谣研究会,直到杭州的中国民俗学会成立,机构的建设,书报的刊行,以及民俗的收集、探索、研究活动,对于这些,詹教授似乎所知不多,因而不能根据实际情形,给予重要的评价和指引。对于他所属意的芬兰学派的方法论,也只见其长处，而没有注意到它的局限——这种方法，不重视故事的社会、文化意义（著者自己对故事产生原因的解释多偏重于心理方面，恐怕与此有关），也不着眼于文学、艺术性质的分析。……凡此种种，从我们今天看来，似乎都可以说是不足之处。但是，这到底正像古人所说的“白璧微瑕”。对于詹教授论著的重要成就来说，它又算得什么呢？

我们应该诚恳承认，詹教授这部著作，在中国民俗学研究史上（包括本国学者和外国学者的研究在内）是应该占有一个比较显著的位置的。因此，今天这个译本的出现，虽然时间已经较迟了，甚至于译文多少还有些可以推敲的地方，但是，它无疑是一件喜事。从写作和原著出版的时间上看，从著者是一个国际同行的身份看，这还是富有纪念意义的一件事。

今天，我国民间文化的搜集、研究事业，正在蓬勃发展，而这本论著又被移译成中文，将在中国学界广泛流传。我想，詹教授地下有知，定将欣然一笑吧。

　　　　　　　1995 年 7 月 27 日钟敬文序于北京八大处，时年九二

《民俗学说苑》编后记

连树声

在协助吾师钟敬文先生编完《学术论著自选集》之后,我又着手帮助编辑这部《民俗学说苑》,我的心情一直是兴奋、激动的。编选的文章,不但内容丰富,而且时间跨度大——长达四分之三世纪。这些著作,虽然很多我都分别学习过,但却没有这次学得这样集中,这样深入,因而认识和感受也就不同。这些著作大都闪烁着理论家的深邃而锐敏的思想的光辉,研读着这些论著,恍如跋涉于绵长高耸的理论的层峦之巅,又如徜徉于丛茂浓密的智慧之林,时时受到发蒙、明目的启迪,得到豁然于胸的感受。

这部《民俗学说苑》是先生在漫长时期中所写的关于民俗学理论文章的大部分,当然也是主要部分(因为它大都是近著),此外,还包括一部分关于民间文艺学的著作。众所周知,民间文学是民俗的重要部分,对于民间文学的研究,自然也是民俗学的重要内容。民间文艺学虽然由于它的长足发展而取得了相对独立的地位,但它与其母体民俗学毕竟是血肉相连,难以完全分割的。因此,研究民间文学固然常常需要借助民俗学,而研究民俗学,也不能不顾及民间文艺学。由此可见,在民俗学论文集中,包括一定分量的民间文艺学论文,是理所当然的。从本书所收的论著中,我们可以清楚地看出我国作为科学的民俗学的早期发生和后来长期发展的轨迹;而在这片科学园地中,先生是披荆斩棘的开拓者之一,是辛勤的园丁,是卓越的园艺师。诚然,在我国学术史上,早就出现了对于民俗(其中包括民间文学)的搜集与片断的探索;后来与先生同时代和以后的时期中,先生也不乏同道。但是在国内,如先生这样以科学的态度,用科学的方法,全力以赴、始终如一、长期坚持不懈地埋头于民俗学和民间文艺学这两门科学之中进行卓有成效之建树的,恐怕就再无他人了。这种献身于祖国学术事业的精神,不能不令后学叹服。尤其令人感动的是,在十年动乱结束之后,在拨乱反正的大好形势下,先生本可以集中精力埋头于学问的研究,从事早有准备的专题著作(如《女娲考》等),但是,为了我国上述两门科学的迅速发展,先生竟用去大部分时间,花费了主要精力于宣传、组织及培育后学的工作。先生认为个人的力量是有限的,为了学术事业的发展,必须建立机构、组织、培养一支庞大的专业骨干队伍。于是就联合一部分热心此道的学者,多方呼吁、奔走,营建学术机构,拟订发展规划,终于在 1983 年 5 月,在北京成立了"中国民俗学会",并任理事长。他老还不顾高龄,不辞劳苦地具体参与各省市区民俗学会分会的组织建立工作和专业人员的培训工作。我们看看先生在各地民俗学会分会成立大会上的讲话就可见一斑了。可惜因篇幅所限,本书只收录关于广东和西藏的两篇。

本书大体上分为三部分。实际上,第一、第二部分都是关于民俗学的论著,第三部分则是关于民间文艺学的文章。第一、第二部分所以分开,是因为先生在第二部分的主要文章中,创立了一个"民俗文化学"的新概念。这是对民俗学理论的新发展,我们把这部分集中起来独立列为一辑,就是为了突出这一新理论的特点。

本书的第一部分是关于民俗学的著作。先生在我国的民俗学中,是创始者之一和长期的建设者。我们可以在这部分著作中,特别是在其中的《关于民俗学结构的设想》、《民俗学的历史问题和今后的工作》中,看到先生在中国民俗学建设中所走过的足迹和所建立的功绩,看到先生的民俗学理论观点与对这门学科的理论体系及其涵盖范围的设想。这是重大的理论建设,具有重要的指导意义。上述的第一篇文章,把民俗学大体概括为"理论的"、"历史的"和"方法及资料的"三大类,这就大体划定了民俗学的范畴。第二篇文章,在众多的民俗学问题中,着重谈论了(1)民族的与阶级的,(2)农民文化与都市文化,(3)古代学和现代学,(4)理论和实践的关系这四大问题,这都是我国学界前人所未曾深入触及的问题。这些问题的提出,是一种创见,它体现了一个理论家的思想、见地的科学性、创造性、深刻性和现实性。先生在第二部分中所创立与阐发的"民俗文化学"的新概念、新学说及其体系结构,更是在世界民俗学中,树起了具有中国特色的学说。它闪现着理论家聪敏睿智的思想光辉。

先生在《民俗文化学发凡》中,谈到"民俗文化学"的含义时说:"它是这样一种学问,即对于'作为一种文化现象的民俗'去进行研究的学问。"这就把"民俗"明确地纳入了"文化"的范畴,这也是对中、下层文化的尊重。过去的学者们谈论"文化"时大都只谈上层文化,对中、下层文化总是带有某种程度的轻视,因而也就很少涉及"民俗";而谈论"民俗"的,又很少把它作为一种文化现象去对待。因此,先生创立"民俗文化学"这一科学概念,就充分肯定了"民俗"在民族文化中的重要地位。因而这在当时学界来说,是一种振聋发聩之举。先生不只是创立了这一科学概念,界定了它的范围,明确了它的特点及其在民族文化中的基础部分的地位,而且还提出了民俗文化学体系结构的设想,研究的方法及效用,这说明了先生对这门科学已有自成理论体系的成熟思考。这自然是大有利于它的进一步深入发展的。

在第二部分中,《"五四"时期民俗文化学的兴起》和《民俗文化的民族凝聚力》也是"民俗文化学"理论建设中的鼎力之作。前者着重谈论了"民俗文化学"的历史渊源,"五四"时期民俗文化学的性质及其学术史的价值和现实意义;后者,如题目所显示的,是对"民俗文化学"的一种最为重要的作用做了深入的论述。上面引出的这三篇关于"民俗文化学"的重要论著,较为全面地介绍并论述了这一新科学的理论体系及有关的重要问题,很有助于我们对它的理解。

本书的第三部分,是民间文艺学著作。应当说明的是,"民间文艺学"这一科学的概念,也是先生早在1935年写的《民间文艺学的建设》这一重要论文中在我国首次提出的。正是这篇论文宣告了作为具有独立系统的科学性较强的民间文艺学在我国的诞生,这是一篇具有划时代重大意义的文献。由于本书重点在民俗学,所以该文没有收入[参看《钟敬文民间文学论集》(下),上海文艺出版社1985年版和《钟敬文学术论著自选集》,首都师范大学出版社1994年版]。本书收录的《把我国民间文艺学提高到新的水平》和《加强民间文艺学的研究》两篇文章,是在十年动乱结束之后,为恢复和进一步建设民间文艺学工作的重要文献,具有十分重要的指导意义。前者,首先提出了"正确对待马克思列宁主义"的问题,反对教条主义,提倡实事求是,真正根据马克思主义的立场、观点、方法来进行研究,建立真正的马克思主义的民间文艺学;接着,指出要"认清专业对象的性质",指出民间文学具有自己的艺术性格;与上述这点有联系,随后又指出应"充实专业的必需知识",提高专业理论修养;最后,指出应"扩大知识领域",这就是在强调民间文艺学具有相对独立性的同时,又强调它跟整个历史、社会事象及各种意识形态之间或亲或疏的联系。后者,首先指出在当前加强民间文艺工作的重要意义;接着谈如何加强时,指出:(1)正确运用观点与方法——即正确运用辩证唯物主义及历史唯物主义的观点和唯物辩证法及其它各种行之有效的具体的科学方法;(2)开拓研究疆界——即就研究对象所提供的广泛内容和形态,去进行实事求是的研究;(3)进行"多角度的探究"——即不但可以从民俗学、民族学、民族史、人类学、社会学、语言学,而且可以从美学、艺术学、心理学、教育学、文化史等角度去进行研究。由此可见,这两篇文章是力求在更高的阶段、更高的水平上建立我国的科学的民间文艺学。而这些观点、理论所产生的影响,是有目共睹的。这两篇论著和前面谈到的《民间文艺学的建设》,在思想和学术内容的基本体系上,虽然相隔半个世纪,却仍然是完全一致的,只不过这两篇新作较前有了长足的发展罢了。

从上面的介绍中,我们可以清晰地看到,先生在民俗学以及民间文艺学这两门联系紧密的科学中,不但是一位创建者,而且是发展的理论建设者、指导者,实在无愧于中外学人所赞誉的中国民俗学和民间文艺学之父的称号。

本书各大部分文章的排列,先是一般理论,后是较为具体的问题或具体作品的论述;以类为主,兼顾时间的先后顺序。这些论著,大都是发表过的。对早年的作品,这次编收,只对个别字句做了必要的更动,一般的保留历史原貌。

最后,我要代表先生向为本书的出版工作付出辛勤劳动的同志们,深致谢意!

1994 年 5 月 30 日于北京

高质量、高水平的厚重之作

——评钟敬文教授主编的《民俗学概论》

童庆炳

钟敬文教授在97高龄之际,经过长达8年的努力,集全国30多位专业人员之力,终于主编出版了30多万字的高校教材《民俗学概论》,这是中国民俗学发展史上的一件大事,是一项伟大的学术工程,是很了不起的。对此,我们这些做学生的不能不深感鼓舞和激动。

钟敬文先生主编的《民俗学概论》是一部高质量、高水平的厚重之作,它将经得起历史和实践的检验,成为中国民俗学研究史上一个里程碑。《民俗学概论》一书实现了"四个"结合:

第一,事象与理论的结合。全书共16章。事象占12章,理论占4章。对一本民俗学概论来说,民俗事象的介绍与描述是极为重要的。钟先生主编的这部书很规范地把物质生活民俗、社会组织民俗、岁时节日民俗、人生仪礼、民俗信仰、民间科学技术、民间口头文学、民间语言、民间艺术、民间娱乐游戏等民俗事象列为专章,详细加以介绍,并揭示其历史的人文的意蕴,使学生能学到扎实的知识。同时,书中又有4章理论,把民俗和民俗学的概念、范畴,民俗学在中外的发展,民俗学的流派,民俗学的方法,作了具有中国特点的、准确的界说和阐述。事象的广泛介绍和理论的分析连为一个整体,构成本书的充实内容,这种安排反映了主编的学术视野的开阔和求是精神的可贵。

第二,逻辑与历史的结合。此书在逻辑的结构中,十分重视历史的描述。逻辑的严密是经过作者精心安排的。但一部教材若仅有逻辑的结构是不够的。作者深知此点,所以在介绍各种民族事象的时候,非常注意其中民俗事象在历史发展中的变化。如讲到"服饰变化的轨迹"时,作者写道:"每个民族的服饰,都随着历史的发展和文化的变迁而不断地产生变化。但服饰的变化与其他物质文化和精神文化不一样,它有发展变化的独特轨迹,即当各民族物质生活和精神生活日趋丰富复杂的时候,服饰的演变却走着相反的道路,愈来愈变得简便大方。"随后就此种变化展开了描述。这种描述不但反映了民族服饰变化的情况,更重要的是揭示了服饰变化的独特逻辑。值得注意的是,作者对民俗学思想在中国和外国的发展都设了专章加以论列。这种在逻辑中有历史在历史中有逻辑的写法,给教材带来了鲜明的特色,同时也使学习者对民俗和民俗学获得一个纵深的了解。这是许多学科的"概论"所未达到的。

第三,东方与西方的结合。在民俗学的产生与发展问题上,作者采取了东西方结合的态度。书中以介绍中国和东方的民俗学为主,折射出作者的民族感情。同时也充分介绍西方民俗学的产生和众多的流派,表明了作者善于吸收西方理论的长处,没有丝毫的褊狭思想。对中国民俗学的思想的梳理,既扼要又全面。上下几千年,要用一章文字表现出来,还要给人留下准确的知识和深刻的印象,这不是容易的,但作者做了这一点。这证明作者扎实的学术功力。同样对西方民俗学思想的介绍,作者也能高屋建瓴,在历史线索和流派知识的介绍中,表现出作者的独到理解。

第四,历史与人文的结合。这一点我认为是本书最成功之处。作者无论是介绍民俗事象,还是描述民俗学的产生和发展,都能揭示深厚的历史底蕴,同时又能挖掘其人文精神。例如第三章分析了我国各地的四合院住所与人文精神的关系,作者讲了四合院的四个特点,作者通过对墙壁的安排、房屋布局、堂屋回廊天井的功能等各个方面的透辟分析,既揭示了四合院所含有的政治、社会、教育、文化之精神,又分析其所含有的沟通人与人之间的功能,认为它是中国人伦的符号,又是融汇亲缘感情和增强内聚倾向的符号。这些分析不但合理,而且合情,把人文的内涵看成是民俗的重要属性,这是很有见地的。另外,作者在回答民俗学为什么兴起于浪漫主义时期的问题时,作者深刻地指出,这与西方工业化给社会带来的弊病有关。人的异化必然使人寻找回归非异化之路,回归民俗自然成为一条重要的路。因为民俗是与自然密切相关的,它不能不是浪漫主义回归自然的一部分。今天,在全世界弥漫开来的"技术全能主义"和"技术理性工具"思想,给我们带来什么呢?这是很值得深思的一个问题。民俗和民俗学的重要性就在它们是最人文的东西。民俗就是要以人为本。民俗学从某种意义上就是探讨如何通过民俗的弘扬，实现以人为本的学问。这些深刻的道理我们都可以在钟先生主编的《民俗学概论》中找到。

　　在今年3月20日庆贺钟敬文教授97华诞的时候，钟先生说："人是文化的动物，也可以说是民俗的动物，因为人一生下来就浸泡在民俗中。人与民俗的关系，如同鱼与水的关系。"当时我听了这些话，想到了一个世纪老人竟然能如此清晰、如此现代、如此深刻地思考，感到十分惊奇。但又想到他所主编的如此清晰、如此现代、如此深刻的《民俗学概论》也就觉得不惊奇了。祝愿钟先生开创的中国民俗学事业永远充满活力。

北平师大《礼俗》述评

陈子艾

1931 年 4 月 1 日,国立北平女子师范大学研究所创办了民俗刊物《礼俗》(自第 2 期起,随女师大并入师大,而后由北平师范大学研究所出版)。这个我国北方最早出现的专门性的民俗刊物,自问世至今,已整整 60 年。

《礼俗》半月刊能够得以问世,除与当时的社会文化背景以及学科本身的传统影响分不开外,还有一个具体原因,就是得到了当时校长徐炳昶的支持。曾为我国高等师范教育的发展作出过重要贡献的教育家徐炳昶,1929 年底被任命为北平女子师范大学校长。在他的倡议下,1930 年 6 月,正式成立了女师大研究所,由他自任所长,同时聘请该校原国文系主任黎锦熙为副所长。研究所下设包括民俗学在内的八个研究组。民俗学的研究工作开展后,为适应发表学术研究成果的需要,除原有的《女师大学术季刊》外,《礼俗》半月刊也就应运而生了。

这份由新文化运动积极倡导者、当时女师大国文系主任钱玄同题写刊名的期刊,在办刊过程中,不仅得到过民俗学开拓者之一顾颉刚的“特别帮助”(《礼俗》第 1 期《编辑之余》),同时,我国现代早期的民俗学工作者董作宾、娄子匡、卫聚贤、刘万章、陈光尧等,也曾给予过积极的支持。负责编辑者为赵憩之、李藻。

《礼俗》半月刊,虽然篇幅不大,又只出至第 9 期即停刊。但它却有着至今仍值得我们学习借鉴的地方。下面试从几个方面对刊物的内容及其特点,作一简略述评。

第一,刊物的多数文字是关于现代民俗事象的记录与探讨。地域所涉省份有四川、云南、山西、河南、河北、浙江、江苏等省,内容包括各地流行的节令、信仰、喜庆民俗与歌谣谚语等。而第9期上杜璟的《杨柳青岁时小纪》,则是别具一格的一篇。该文仿《燕京岁时记》的体例,对天津杨柳青镇自正月到十二月的各种民俗,逐一作了详略不同的介绍。如正月份有:元旦、初二、破五、立春日的打春、十五日的上元、十六日晚上的走百病、二十五日的填仓等;七月份有:七日乞巧、十三日理发师停业为祖师爷吕祖祝寿、十五日白日祭坟,晚间盂兰会、放河灯等;十二月份有:初一的乱节、初八腊八、二十三日祭灶王爷、二十六日到除夕的书市、贴春联窗花、吊钱、包饺子、插摇钱树等。一年下来,民俗名目不下四十种。这些习俗,既反映了当时人们某些良好的愿望与期待,也表现了他们中的某些落后、自私、迷信等意识。这些民俗,有不少一直被人们沿用,表现出习俗固有的顽强传承性。由于其中大部分习俗,在当时河北等省有其一定的普遍性,因此,这些习俗的记录,也就具有了超出于杨柳青一地的更为广泛的认识价值。

　　第二,刊物重视作品记录整理的科学性。如所登王君纲辑、顾颉刚序的《吴歌丙集》、赵同邵收集、赵憩之注音的《河南巩县歌谣集》和《山西河东一带的歌谣集》等歌集中的作品,一般都注明了采录地点,有的还注有采集者姓名。对土音重的字或注拼音或加注释,力求保证记音的准确性,有些难懂的土语,还加有说明性的解释。编者充分肯定了这种做法,认为这不仅"非常真实,毫无削改之处",有利于忠实保留作品原有的民歌本色和地方风味,同时,也为方言学等提供了可靠的学术研究资料。可以说,这是对顾颉刚等所辑《吴歌甲集》等作品注重记录整理的科学性这一优良传统的继承和发扬。更值一提的是,在有些作品之后还附有有关民俗的介绍。如下面两首山西一带的歌谣:

(一)高高山下放起火,	(二)我跑南头栽井啦,
人人说我没老婆,	我爹把我拉回啦,
一个铜钱买两个,	今年说,明年娶,
一个没过门,	一下把我骗到八十几,
一个没娶过,	耳聋啦,眼花啦,
还是我穷没老婆。	彻死没人叫爹啦。

作品末尾,除对"栽井"等词予以注释外,还附有一段说明:"一个铜钱买两个老婆,为什么老子还不给娶进来呢? 因娶得起媳妇,未必能养得起。三十年前,娶妻的礼洋,渐由三四十元增至三四百元,中等顺当的家境,十年积蓄,方能娶妻,而因天灾人祸,顺当家境的也没几多了,故现在,一般人家,非特是愁养不起媳妇,第一步先就是娶不起。"这种附录,既能帮助读者特别是后来的年青一代读者增强对作品思想感情的理解,又能成为社会学、历史学等的研究资料,从而有效提高了作品的学术价值。所以编者对此是肯定有加的。今天,这种前人的成功经验,对我们仍具有重要的借鉴意义。

第三,办刊的目的是为了发展科学,所以,乐于发表学术性强的著作。当年,当顾颉刚将杨堃历十数寒暑才写成的厚达六大本的《俗原》一书推荐给该刊时,尽管《礼俗》的版面不多,也还是决心不惜篇幅地连续四期刊登了其中的凡例及第一部分礼俗类。包括生、婚、老、死、丧、庆等各种常见的民俗事象八十多种和有关的溯源考证说明。如结婚时为何新妇要头上盖巾、撒帐有何意义、请客为何酒壶嘴不能向着客人等等。对这部溯源考证资料十之七八来自各家野史及历代丛书、知识性又很强的学术著作。编者出于对发展学术研究的高度责任感,在连续刊登同时,还表示要争取全书"在本研究所出版"。虽然后因多种原因而未果,但这种促进学术研究的热诚,是十分感人的。在有些出版单位因怕赔钱而不大愿意出版甚有学术价值的书籍的今天,就更感这种扶植学术发展精神的可嘉可贵。

第四,强调提出了应该注意加强西部地区民俗调查研究这一重要课题。刊于第 8 期的陈光尧致编辑部的信中提出:以前《歌谣》周刊和《民俗》周刊的资料研究文字,十之八九是有关我国东部地区的,西南、西北地区的少见,特别蒙古、西藏、新疆、青海等省则几乎没有。因此,建议大力加强这方面的工作,并提出可请在西北地区工作的历史学家、民族学家徐旭生、诸民谊等代为收集。编者李藻在复函中甚表赞同。尽管后来的事实是,我国西部地区的民俗,直到抗战爆发,大批文化人进入大西北与大西南后,才获得了较多的调查记录与研究,但陈光尧早在 30 年代初即已提出要关注这一工作,是自有它报春的意义在。

除以上四点外,《礼俗》最值得注意的内容特色,当是它刊登的两篇论文所体现的。第一篇是罗绳武①所写的《民俗学的社会史的研究》。这篇万余字的长文,是力求运用辩证唯物史观指导研究的力作。作者认为:记述与研究,都离不开理论的指导,试图超阶级的客观主义与实验主义的主张是错误的。宣传只有"抛弃事物静的观点,采取动的观点"、"抛弃'即事论事'的处置,应用历史的或发展的处置"、"抛弃事务孤立的见地,实施全体性或关键性的见地",才能获得好的成果。对安德路·兰视为"古文化遗留物"的民俗事象,认为要想了解其意义,也只有运用史的唯物论方法,追溯以往,且从相关的事物中去考察,才能从"活的、整体的、现实的情况中"去把握它。关于民俗学的研究对象,则认为,就宗教信仰、习俗、民间文艺三者言,若从"建立统一的理论与严整的体系"看,"自然以限制我们的主题指第二类习俗之为宜"。

文章探讨的中心问题是:习俗是否出于初民的心理作用。论述中他介绍了心理学家亨德(Hunter)、鲁滨逊(J. H. Rubjnson)和杜威的有些见解,认为他们所说习俗的产生与心理及智力有关等心理学的解释,是有一定道理的,但可惜未能从"生产技术"的进步推动"文化进步"来予以"更进一步"的说明。他强调了人类的物质生活、社会生活以及精神生活(观念形态)均随生产力之改变而改变,是受物质生产状况制约的观点。

文中以极大的热情,肯定了摩尔根对 19 世纪中叶美洲伊洛葛人原始社会民俗所作的"社会史的探求",称誉他的《古代社会》一书为"伟著",更颂扬了恩格斯在《古代社会》基础上写成的《家庭、私有制和国家的起源》②一书,赞扬他把"由乱婚、群婚到对偶婚,由母系制度到父系制度,以及由民族社会到国家的成立,都放在生产组织变迁的基础上",从而"把古代社会的秘密整个泄露了出来"的功绩。认为这被"英国正统学派或官学派所攻击"的科学学说,是具有"划时代"的意义的。

特别值得注意的是,他运用了马克思《政治经济学批判导言》中的论述。

---

① 罗绳武,河南新野人,1929 年毕业于北京师范大学教育系后,先后任教于开封北仓女中、杭州师范学校、河南大学、中原工学院等校,历任教师、副教授、教授等职。解放后,先后任开封师范、河南师专等校校长。后遭 1957 年的曲折,1979 年为河南省政协委员、河南省教育学会副会长,是我校校友会郑州分会的名誉会长。

② 该书最早的中译本由李鹰扬译,周佛海校,上海新生命书局于 1929 年 6 月出版。

强调指出，中国当时的研究民俗学，与过去帝国主义国家为侵略被压迫民族而研究是不同的，我们有着自己在新的历史条件下应有的新的研究目的对象和任务。我们应使研究工作帮助被征服者被支配者来完成其新的历史任务，并表示坚信：对中国民俗唯物主义社会史的研究，必将使研究工作"调一个新的方向"，使对中国以及人类一般历史发展的了解，获得"新的启示"。

作者还通过评述史学研究而评述了民俗学研究中的问题。他既批判了过去史学中"以己族为名教冠带之任，而以他族为夷狄禽兽"的狭隘民族主义的偏见，也批判了囿于封建观念的"固有之传统派"和视历史为"没有根源、不知去路"的"奇迹之历史观派"，还批判了"实事求是"派的某些观点，如认为仅强调客观主义地整理史料，是难以求得对事物整体的、规律性的认识的；他们那"还了某事物的原来状况"，就是说明了事物本身的看法，也容易失之"只求其然不求其所以然"等。他虽肯定了他们对"有计划而系统地搜集材料"的重视，但对其主张的正确的科学方法与整理国故的成绩缺乏应有的肯定，有的批评也失之简单、片面。

尽管此文在学习运用马克思主义理论时，还不免有其幼稚失当处，但与20年代末30年代初刊出的不少民俗研究文章相比，是显示出了它那特有的理论力量的。可以说，这是马克思主义与中国民俗研究实践相结合，从而获得的首批研究成果之一。

另一篇是任访秋的《谚语之研究》。这是1921年郭绍虞《谚语的研究》一文之后分量较重的一篇。文中论述了谚语的涵义、起源、社会作用，指出了谚语具有总结社会经验、哲理性强、有训诫性等特点，提请人们应重视对它的研究。同时，又分析了大量古籍与现实生活中的谚语，认为从这些"一般民众心坎发出真挚诚实的话"，是可以"了解他们的苦痛，明白他们的谬误"的。因从中可以"熟悉一般平民的病症"，所以，谚语"可以作为研究社会学者的参考资料"。同时，作者还表述了自己著文的另一目的是："有点想借题发挥，出一出胸中对旧社会不满的愤气"，从中自然地流露出了作者认为中国"仍然需要的是思想革新"的进步思想动向。

以上两文，特别是前面一文的出现于《礼俗》，与当时左翼文化运动先进思想的影响分不开，也与当时北平师大活跃的进步文化生活分不开。1929年，在马列主义理论由 20 年代初中期的主要指导社会革命进而日益深入到学术领域的这一大文化背景下,在进步校长徐炳昶的支持下,北平师大建立了社会学系。尔后,侯外庐、许涤新、马哲民、王思华等进步学者先后开设政治思想史、社会科学史、资本论等课程。同时,由发起者师大学生为主体,联络各校进步学生,组成了"鏖尔读书会",每周活动一次,学习辩证唯物论、社会发展史等,还于 1930 年 1 月出版了宣传马列主义的刊物《鏖尔》(随即又改名为《转换》,后还改名为《转变》),发表了《殖民地的革命运动》、《唯物辩证法介绍》、《社会转变与中国历史观》、《文艺运动与社会改造》等文。1930 年出现的"北平无产阶级文化大同盟",就是以"鏖尔读书会"的成员为基础成立起来的。正是在马列主义学习空气比较活跃的北平师大校园里,孕育出了罗绳武这类革命青年,也孕育了上述民俗学论文。而当年的《礼俗》,因为发表过这种初步学习运用马克思主义的民俗学论文,也就使它呈现出一种新的光彩,从而成为我国民俗学发展史上颇为值得重视的刊物。

转眼半个多世纪过去了。我国的民俗学事业,经历了曲折的发展历程,终于迎来了 80 年代初的复兴。迎来了 1985 年民俗学会首届年会在我校的召开,迎来了今日这欣欣向荣的美好景象。饮水思源,我们怎能忘怀于几十年为这事业的发展付出这辛勤劳动的前驱者们,又怎能忘怀于《礼俗》这类为建立我国民俗学作出过贡献的刊物! 我想,善于学习前驱者们的长处,善于吸取历史实践提供的丰富养料,来促进中国化的社会主义民俗学的建设,当是对前驱者和《礼俗》这类刊物的最好纪念吧!

流动代理人：北京旧城的寺庙与铺保(1917—1956)

董晓萍

在北京旧城的寺庙研究中,大都假设有一个具备自我功能的寺庙群落,它由政府管理系统和宗教系统两方面管理,并由政府管理系统的变迁引起宗教管理系统的变迁,但这种研究忽略了寺僧本身的能动性,也还不能解释寺庙在世俗社会包围中的具体生存方式。近年我们在调查中注意到一个中介——铺保,可以推进这方面的研究。铺保,是在政府和寺庙中间由一个商号做担保,以确保寺庙社会运行的合法性,包括寺庙生存的经济能力。然而,1956 年以后,寺庙归公,商号公私合营,大多当事人现已过世,也很难把寺庙和铺保联系起来研究。在解决这个难题方面,洪福寺成为一个重要的个案。

洪福寺,又名"红佛寺"、"宏福寺"或"弘福寺",是位于北京旧城外一区西兴隆街的明建佛庙,迄今已有四百余年的历史,明清北京地方史志和北京民国政府档案对它都有记载①。在它的周围,有著名的西打磨厂胡同、北翔凤胡同、栾庆胡同和贾家花园胡同,都是商号会馆云集之地。在西兴隆街的东口,有一座基督教教堂,教堂北面是正阳门,正阳门背后是故宫。从西口出去,是北京老火车站,南口是大栅栏。洪福寺就被包围在这样一个传统商业区的市民经

---

① 本文使用的有关洪福寺的北京地方史志主要有:[清]周家楣、缪荃孙等编纂《光绪顺天府志》,清光绪十五年本,北京:北京古籍出版社,1987 年。[清]朱一新著《京师坊巷志稿》,清光绪十一年本,北京:北京古籍出版社,1982 年。[民国]陈宗蕃《燕都丛考》,民国刻本,北京:北京古籍出版社,1981年重印本。[民国]吴廷燮等编纂《北京市志稿》,北京:北京燕山出版社,1998 年。本文使用的民国档案主要有:北平特别市公安局档案,1927—1928 年;北平市社会局档案,1930—1941 年;北京市工商局档案,1899—1956 年;北平市警察局档案,1920—1956 年。

济海洋中。它的寺僧和多个铺保现在还可加以调查,它的田野资料可以结合历史文献和民国寺庙档案进行研究,它的寺庙管理与政府和铺保的关系资料是一个比较清晰的系统,有助于研究者观察和分析。另外,洪福寺地处北京内外城和北京与外省经济交流的枢纽地带,寺庙本身还有不少向外延展的活动,也可以进行比较研究。它的各种资料在时间上也有一定的连续性,特别是民国初至1956年期间的资料比较详细,可以作比较系统的研究。由于洪福寺具备这些条件,我们将它确定为一个研究对象。

从文献和调查资料看,洪福寺是借助了民国政府批准的铺保才得以生存的,但它与民国政府的矛盾也因铺保而起。寺僧和铺保都要服从民国政府的管理,但他们又都利用民国政府政策的疏漏,获取了利益而又逃脱了部分行政责任,从而双双成为一种流动代理人。结果,寺僧保住了寺庙,铺保也获得了一些生存空间。从寺庙和铺保的角度看北京旧城寺庙,可以得到一些新的认识,本文重点讨论寺庙与铺保的关系及它们各自的角色与功能①。

一、寺庙与民国政府的关系

自1917年起,洪福寺住持开始把后院空地租给商号,并引荐商号当本庙的铺保,这就使寺庙与铺保发生了关系,直至1956年,延续了近40年。民国政府档案对此多有记载,我们从中能看出,民国政府对寺庙和铺保的管理政策,三方的矛盾焦点与磨合过程。

民国政府要求寺庙找铺保以证明其合法性,这使铺保成为政府管理寺庙的一个行政环节。当然,铺保的存在要早于这个时期。从我们目前搜集到的史料看,在清康熙年间前门商号的碑刻中,已有类似的名称。在民国寺庙档案和其他工商档案中,也有关于铺保的多种说法,如"庙保"、"铺保"、"中保"、"铺伙"、"铺户"和"伙友"等,我们对各种称呼的由来及其指称范围都可以追究一

① 北京师范大学民俗学专业部分博、硕士研究生跟我参加了这项调查:蔡锦碧和韩冰随我一起入庙入户调查,韩冰多次跟我抄写洪福寺档案和整理寺僧知情者数码录音资料,周锦章做了前门东区调查全部资料的前期整理工作,赖彦斌根据《清乾隆地图》做了GPS测查,鞠熙、邵凤丽、韩冰和张恒艳抄写了行业碑刻,特此说明并致谢。

番,但这些不是本文研究的重点,所以就不去细说。仅就民国政府的此举讲,在政府对寺庙不投资和宗教系统不投入的情况下,要求铺保介入,给铺保摊派宗教经济负担和行政责任,这对政府是有利的。但此事也要对寺庙有好处,否则寺庙自己就不会积极主动地去找铺保。洪福寺正是这种主动者。在它的档案中,有五种庙照,即自清光绪五年(1879)僧箓寺金批入册庙照至民国三十年(1941)庙照,持续62年,在我们以往看到的庙照中,这是数量较多的,其中还有庙产庙照和地税契照两种形式,也比较少见。值得注意的是一张"民国十八年(1929)地税契照",因为从档案和调查看,洪福寺是通过给民国政府缴纳土地税的方式,招进了比其他寺庙多出几倍的铺保的,反过来它也让民国政府承认了寺庙出租庙内土地的合法性,从而把寺庙和铺保绑在了一起,这对洪福寺后来在战争中和战后的生存起了关键作用。

民国政府、寺庙和铺保三方关系的建立过程,是寺庙每年要向民国政府提交三份报表,即户口登记表、铺保登记表和庙产登记表。民国政府以检查报表和重新颁发庙照的方式管理和控制寺庙。住持和铺保都是被注册登记的检查对象,民国政府再通过他们,管理其他寺僧和商号从业人员,于是他们便成了民国政府在寺庙里的基层行政代理人。

在这些登记资料中,洪福寺的特殊之处在于,民国政府在考察庙产登记表时,也要从住持和庙内铺保双方取证,并且还很重视庙内铺保的举证材料,这在其他寺庙是没有的。其他寺庙的铺保都是在庙外的,也叫"庙保"。洪福寺则不然,它的庙内铺保也能起证明作用,这就是它长年廉价招租后院空地获得的殊遇。但洪福寺内的铺保依靠庙内空地盈利,也在庙产权上引起了民国政府的注意,而如果住持和铺保都是民国政府的被动代理人,他们就应该老实听话,可实际上寺庙和铺保每次都被政府批评为申报"不符",就是说他们不够听话。他们在这一过程中,也不跟民国政府硬顶,而是用心搞好寺庙与铺保的内部关系,然后再共同应付民国政府。这一磨合过程体现为以下几点。

矛盾一:少报房产。民国二年(1913)的"中央佛教公会庙照"上注明该庙有房屋29间,到民国二十年(1931)住持登记时为47间,即每年增加1间,这些都是要交房租的。但住持对后院加盖的房屋就不登记了,也不强迫租赁它们的铺保另交租金。当民国政府查出多余房间时,住持就说已由师傅租给铺保,

"不能登为庙房"。我们能够看到住持态度的强硬,民国政府没有什么反应,这件事恐怕还是按住持的意见办了。从铺保一方看,住持维护他们的利益,并不从铺保身上加税,铺保也会真心贴靠。就这样,住持则宁肯得罪民国政府,也不得罪铺保,以便从中获取房利。

矛盾二:庙外铺保。洪福寺与民国政府的矛盾集中在后院空地的利益分成上。在社会局档案里,我们看到一个长达三个月的调查案卷,里面详细记录了社会局如何盘查寺庙,寺庙又如何运作铺保获得胜利的经过。事情发生在民国二十年(1931)的一天,洪福寺申报铺保,保单如下:

> 为担保从长计议,登记具结事,今保得外一区兴隆街门牌一号弘福寺,住持毓山呈请登记该庙庙产,计殿宇、住房共四十间,住持僧人四名,其余佛像、家具等物,皆另有详表呈阅。其中并无蒙混不报等事,均归商铺负责具结是实。
>
> 具结存查。
>
> 中华民国十九年六月二十一日具结人王肇学①

这个铺保叫"天义栈成记",印章顶头的地址写了"弘福寺庙",社会局认为这个铺保在庙内,不合格,就找来毓山问话:

> 问:所具天义栈成记铺保,即开设本庙内,不能有效,须另具保。
> 答:即另具保。②

不出四天,这位住持就在贾家花园胡同找了一个新铺保,叫"和兴顺麻刀铺"。这是一家大商号,专门制造建筑用麻刀和炉灶,资本雄厚,地址又在庙外,符合条件,民国政府对洪福寺找到这样的铺保,当然无话可说。

矛盾三:庙内铺保。民国政府也指出另一个问题,即住持不在庙内收税而

---

① 北京市档案馆《北京市社会局档案》,档号 J2-8-181,第7-8页。
② 北京市档案馆《北京市社会局档案》,档号 J2-8-181,第25页。

到庙外贷款，是违法的。住持毓山也在三天内就解决了。社会局后来登记说："十月十七日呈验民国十七年十二月二十日毓山借到丁宅大洋五百元，日息二分，十个月期满归还。"这里的关节点是，住持对寺庙应交的房地税，不是向庙内铺保征收，而是向庙外商户借贷后上缴，这样就既不违反民国政府的政策，又能在私底下将铺保交费归己，造成了铺保少纳和寺庙实得，两下双赢。而对民国政府追问的收费金额，毓山只说按师傅的契约沿袭而已，民国政府不满意也没办法，只能答应。不久，社会局批文如下：

> 据毓山称，前所欠外债，今已还清。所有手本、庙照，均呈局验讫等语。
> 核对铺保和顺兴麻刀铺，尚属相符。理合呈报。
> 准登记。[①]

这是两方在对话，一个是民国政府，以政治权力（包括从政治管理需要出发增加税收）为核心；一个是在民国政府威慑下生存的寺庙，以生存权利（包括从生存经济需要出发增加税收）为核心；双方接触的关键处在于寺庙不能与政府有冲突，在这个前提下，即便寺庙的动作稍有离谱，也还有饭吃。

矛盾四：历史铺保。进一步说，寺庙只要在民国政府容许的范围内说话，有时即便强调局部生存利益也无妨，弄得好，还能多获一些私利，在这一点上，洪福寺的表现是对庙内铺保一事始终未放弃，他们一再向政府强调前住持租给商户"王肇学、梁凤亭、张有义"等经商租期未满，不算庙产，所以这些商号也就不算是庙内商号，结果又获得了社会局的批准，老和尚的租期应到1937年，因为正好赶上抗战，庙内铺保身份的再鉴定一事，便也不了了之。于是这些铺保只要不死，就活下去，从民初走到了后来。至1941年，洪福寺共有了七家铺保。从后来的情况看，洪福寺内的历史铺保起了两个作用：一是构成洪福寺铺保作坊行业之端倪，洪福寺后来的铺保一直都以煤行和铁匠行为主，是有历史基础的；二是成为洪福寺将庙内铺保与庙外铺保联手经营的理由，并得到政府认可。当然这只是

---

① 北京市档案馆《北京市社会局档案》，档号 J2—8—181，第 27—28 页。

洪福寺的情况,其他寺庙与铺保关系是否皆如此,还需要通过资料证明。

矛盾五:分股经营。寺庙和铺保的能动性,还表现在他们明处保庙,暗地里却以入股的方式合伙合营,这是民国政府绝对想不到的。前面提到,洪福寺的庙外铺保"和顺兴麻刀铺"位于贾家花园四号,这从档案上是看不出任何问题的。陈宗藩在《燕都丛考》中,也对贾家花园胡同有记载,而且比档案时间更早。我们把档案与史志对照看,两条文献互证,似乎寺庙和铺保是守法联盟。然而,经过实地调查才得知,和顺兴的当家掌柜就住在洪福寺院外,两家仅一墙之隔,商号位于庙外等于在庙内,这就是他们的生存智慧。双方还实行买卖分股,洪福寺做道场,该作坊就出租丧仪席棚配合,事后两下分利。而他们在登记铺长时,却不填当家掌柜,只填写了一个不重要的股东,以障人耳目,这就对民国政府又留了一手。

合作:教会小学。毓山在连续得到民国政府的好处后,很快以捐助慈善事业的方式作了回报,并在社会局备案:

> 每月助资教会立慈济第八民众学校洋十元,余无他事等,语理合声明。
> 备注:查该庙保相符。①

这所学校是前门外一区一所颇有名气的"百年老校",现在还在,洪福寺对它的捐助到1956年为止。可见,寺庙住持不仅维持自家生存经济权利,也维持与民国政府的关系,如此便能继续当民国政府管理寺庙的基层行政代理。

二、从寺庙的角度看寺庙和铺保

从洪福寺本身看,它与铺保合作的契机有三个:一是住持是山东人,是外省人在北京的寺庙中当住持,因此需要找北京的商号当铺保;二是洪福寺是个子孙庙,比十方丛林庙有较大的自由度,因此可以在家族系统中运作养庙;三

---

① 北京市档案馆《北京市社会局档案》,档号 J2-8-181,第23页。

是前门地区流动人口和流动作坊多，对寺庙住房和寺庙保护有较大的需求，这也使寺庙容易获得经济来源和信徒来源。

但洪福寺的生存是经过了一番艰苦经营的。时间大体是从晚清到民国初期的几十年。在晚清时，山东籍住持漪真代替了原河北籍住持魁一，挽救了行将衰亡的洪福寺，但把"红佛寺"改名为"宏福寺"和"弘福寺"，并获光绪五年庙照，庙照内容如下：

　　具禀东南城关内前门外兴隆街弘福寺住持漪真，为恳恩更名入册事，窃此寺原系魁一在内住持焚修，今因一人不暇照料二处，情愿将此寺供养漪真，在内住持，永远焚修香火，诚恐稽查未便，理合禀明伏乞。

　　城主老爷恩准金批入册施行。

　　今有旧手本存案准期更名入册可也。

　　光绪五年三月二十四日。

　　公会验讫。①

这位住持创下了山东人和北京(河北)人合作的先例，在后来的民国档案中，都能发现洪福寺总是有两名主事僧人，一是山东人，一是北京(河北)人。民国二年(1913)，继任住持素志，通过中央佛教公会的认定，将僧舍和寺庙空地确定为"私产"，至民国六年(1917)，他又以私产的名义，将之租给北京商号，还将庙内王肇学开设的"天义栈成记"煤铺定为铺保，这使洪福寺很早就有了与铺保结成经济联盟的先例。素志的庙照如下：

　　中央佛教公会为发给执照事，本会章程内第六章整顿本会庙产及僧侣规约，经内务部批准内列第五款，本会各寺庙财产由舫派员调查，细分公私产界限，列表填注……弘福寺住持素志庙内殿堂、房屋共二十九间，庙外财产地段△段△顷△亩△分，确系私产。

　　大总统内务保护庙产之主意须至执照者

---

① 北京市档案馆《北平特别市公安局档案》，档号J181—15—111，《庙产执照》，第58,61页。

右发给宏福寺素志收执

中华民国二年八月二十三日①

查该庙据住持毓山称,前于民国六年间,其师素志老和尚将庙后院空地一段,租押于王肇学、梁凤亭、张有义等营商。铺长王肇学宛平人外一区兴隆街一号②

两年后,1919年,素志再一转手,又把洪福寺交给徒弟毓山,这就使洪福寺与铺保的结盟更加上一重保险。以后,每当民国政府检查洪福寺内的铺保时,毓山就以师傅相推诿,结果民国政府连续12年没有收洪福寺的税,这也给铺保以可乘之机,他们纷纷投奔洪福寺。民国十八年(1929),在世界经济危机袭来时,民国政府开始向洪福寺征税,在这个转折时刻,毓山才给寺庙办了一张前面提到的地税契照,从此洪福寺又靠着这张地照,当上了合法经营的寺庙。

洪福寺也不仅靠庙内租地生存,它还吸收前门的流动人口和流动作坊资源经营房租,提高生存几率。住持在1929—1933年连续五年内,登记流动僧人22人,我们能看出,他所填报的寄居僧不仅人数多,而且变化快,其中除一人重复外,其余都是每年一换,而在频繁更换的寄僧中,居然还有一位是我们调查过的内城隆长寺的老住持。我们能看出,寺庙对流动僧人是供养的,这就保持了寺庙的宗教功能。但从档案看,洪福寺的住持也有另外一个目的,即以寄僧多的名义,增加盖房,再吸引其他商号租房。但住持并不急于求成,而是走了两步棋。第一步,先争取寺庙的完全管理权。在1929年公安局和社会局的档案中,住持毓山都在"享有权利之种类"一栏内,填写了"本庙住持有完全管理权"的字样。他先探出一头,看民国政府有无反应后再说。这在其他寺庙填表中是不多见的,但对洪福寺是重要的。第二步,以供养寺僧的名义,在后院空地加盖房屋,用来吸引商号。1929年,在前事获准登记后,毓山再向社会局打

报告:"拟在大殿后原有空地处盖灰平房三间,请示批准。"①而社会局既然批准他出租后院空地,照此逻辑,也要承认他在空地上盖房是合理的,所以他又被批准,而招来的铺保又等于帮住持养了寄僧,也养了寺庙,这是他的又一招胜算。

洪福寺还对寺庙内部管理系统进行了家族式的改造。日军入侵东北后,毓山便着手更换住持,他将年仅 13 岁的族孙以家族俗名登入寺庙户口,又以"能宽"的法名,将这个孩子写入给社会局的呈文:"具呈人毓山、能宽。"②此后,毓山又将引入寺庙辅助能宽,还给能宽配了一个北京小和尚当助手,由此,他完成了对寺庙管理系统的家族式改造。

在洪福寺内部管理系统中,有四位是杨姓家族出身,这就不像十方丛林寺庙那样由同门宗教公推产生。在杨氏管理系统中,除两个杨姓住持之外,其他账房和帮工各有股份,所以铺保收入对这个庙始终是重要的,它有养庙和养俗姓家庭的双重责任。另外,寺庙房产对他们来说也很重要,这个山东住持的家庭四代人都住过洪福寺,这些北京房子不仅是他们的一座经济靠山,也是一处住房靠山。在这个临近北京老火车站的地区,一个来自山东的贫苦家庭,能找到这样一处属于自己的稳定住所,也是不容易的。而杨姓如果不把寺庙的行政代理权和内部财权家族化,也走不到这一步。四年后,抗战在北京打响,能宽正式成为住持。此后,洪福寺被他带过了战争岁月,直到解放。

总之,从寺庙的角度看,住持的能动性是相当重要的,铺保的存在也是重要的。洪福寺的住持就这样根据民国政府的铺保政策,反复利用后院的历史契约,发展出吸收流动资源的新办法,维持自身的生存和利益。

三、从铺保的角度看寺庙和铺保

从 20 世纪 40 年代起,洪福寺的注册铺保有 12 个,比 30 年代多 5 个。由于民国政府政策有一定的连续性,两个时期的寺庙和铺保登记政策并未发生

---

① 　北京市档案馆《北京市社会局档案》,档号 J2—8—181,第 43 页。
② 　北京市档案馆《北京市社会局档案》,档号 J2—8—181,第 43 页。

变化,因此可以通过铺保档案的记录,从铺保的角度再观察寺庙,这样我们会对两者的关系有进一步的认识。

从工商档案看,铺保进庙是从两方面占便宜的:一是薄利,二是薄税。但铺保的进出,是以适应寺庙原有的铺保行业和机器设备条件为限的。洪福寺原有煤行和铁匠行,后来一直延续下来。以后又少量增加了帽行、鞋行、五金行、馒头行、干果行和玉器行的商户。住持只需有人经营这些作坊和交租就行了,至于铺保商户的流动,反而为寺庙继续使用旧厂房机器提供了方便。像这样低成本的投入,其实对寺庙自然是合算的。前门地区不乏流动人口和流动资本,流动性越大,反而对寺庙越有利。不过,研究寺庙铺保的一个困难,在于不易找到铺保的经营资料,尤其是账本,这不是靠田野调查和口述资料可以解决的,但工商档案给我们提供了很大的方便。从这些档案看,从40年代起,在洪福寺的12个铺保中,除"保记煤铺"和"修理炉灶作坊"是30年代老铺保的遗留外,其余煤铁行业不变,只是铺保铺主有变化,并增加了其他行业的铺保(见表1)。

表1　1940—1956年洪福寺注册铺保一览表[①]

序号	商号名称	铺长				铺保的铺保		主要房地产权人签章
		姓名	籍贯	师承略历	从业	字号	地址	
1	董HZ修理炉灶作坊	董HZ	河北	庆泰成学徒3年	45	庆泰成砖瓦铺	贾家花园7号	王JM
						保记煤铺	洪福寺	能宽
2	兴顺涌蓆棚伙座铺	董QL	河北	弟承兄50年	11	德合顺化铜局	贾家花园1号 洪福寺	董HQ 能宽
						董记修理炉灶	贾家花园1号	董HQ
3	永昌厚铜铺 德合顺化铜局	张QC 于DY	河北 安东	厚记学徒2年/ 弟承兄	5	新成立医针局	洪福寺	能宽
						吉顺隆铁活作坊		
						凤凯工业社		

① 以下铺保资料引自北京档案馆《北京市人民政府工厂局私营企业设立登记申请书》,全宗号22,目录号4—7。

续表

序号	商号名称	铺长			从业	铺保的铺保		主要房地产权人签章
		姓名	籍贯	师承略历		字号	地址	
4	保记煤铺	李CJ	河北	35岁前种地/35岁开煤铺	6	吉隆顺铁工厂	洪福寺	能宽
						金亭工业社		
5	吉隆顺铁活作坊 吉隆顺铁工厂	王JF	河北	施家胡同文化铁工厂学徒7年	6	保记煤铺	洪福寺	能宽
						董记修理炉灶	贾家花园1号	
6	义德成小刀局	许YW	河北	草场10条学徒3年/合伙7年/自营	4	赵文深布轮工业社	洪福寺	能宽
						益昌小刀局	北官园胡同3号	
7	仲义成剪子局	张CZ	河北	双顺成剪子局学徒7年	3	泰顺兴剪子局	东兴隆街75号	能宽
						三义成剪子局	东兴隆街75号	
						德合顺化铜局		
						新成立京针局		
8	天利局陆记掐丝作坊	陆YG	北京	老天利学徒10年	1	德新成珐琅局	北官园胡同1号	能宽
						建新珐琅局	西便门杨道庙甲1号	
						新成立京针局	洪福寺	
9	新成立医针局(新成立京针局)	韩YX	河北	崇外细米巷学徒2年	3	高记锦匣铺	崇外细米巷5号	能宽
						赵文深布轮局	洪福寺	
						义德成小刀局	洪福寺	
						德合顺化铜局		
						德合顺化铜局	洪福寺	

续表

| 序号 | 商号名称 | 铺长 | | | 从业 | 铺保的铺保 | | 主要房地产权人签章 |
		姓名	籍贯	师承略历		字号	地址	
10	赵文深布轮局	赵WS	北京	玉清观私塾7年/珠市口翠纷茶庄学徒2年/鞋行7年	1	志成布轮局	南官园胡同22号	能宽
						新成立京针局	洪福寺	
						义德成小刀局		
11	金亭工业社马金亭铜铁活手工局金亭铜铁器制造局	马JT	河北	北京永增铁工厂学徒7年/徽章/风镜/无线电修理	3	金华铜铁作坊	草场胡同9条27号	能宽
12	凤凯家庭工业社凤凯铜铁器作坊	张FK	河北	北京永增铁工厂学徒8年/德义顺铁工厂伙友5年	7	马金亭铜铁活手工局	洪福寺	能宽
						吉隆顺铁工厂		

在这些铺保档案中,铺长"简历"一栏给了我们很多信息,它记录了铺长的学徒时间、其师傅作坊的字号和地点,以及徒弟出徒后,在入庙初办分号时,要由寺庙住持和师傅作坊分别担保等资料。在能宽时期,住持和师傅作坊共同担保徒弟作坊的有1、2、6、7、8、9、10、11号,共8个,占66%;另外3个是师傅把作坊转让给徒弟经营的,分别是2、3、11号,占26%,但这也要有住持的签章。这就说明,寺庙引进铺保,不仅要了解铺保本身,还需要了解铺保的铺保,特别是要了解铺保的师傅作坊。从实际调查看,师傅作坊是个枢纽站,可由师傅作坊向徒弟作坊和其他作坊推荐适合进驻的寺庙。在铺保之间,也彼此相传既安全可靠、又能赚钱的"福地"消息,洪福寺正是这样一个被看中的目标。洪福寺的铺保最后也不止12个,加上住持要签字的铺保的铺保,他的铺保圈共有53个铺保。

总之,从铺保的角度看,铺保把寺庙与外面社会的联系和经营权扩大了。这个扩大面还不止在民国政府注册的铺保,还有铺保的铺保,包括师傅作坊和其他大量作坊,它们只是在注册铺保的后面挂个名,实际由民国政府交给寺庙住持去签章和管理,这就等于把经营的自主权交给了住持。结果,洪福寺变成了一个菩萨超市,铺保也把寺庙沉浸在市民经济中。

洪福寺几代住持都善于在庙外寻找流动资本运作,提高了流动资本的地位和作用。到能宽时期,在洪福寺外,还有三个商号与之过从甚密,即胡同内的大香园浴池、福茂粮店和董记修理炉灶作坊。大香园是洪福寺吉隆顺铁匠铺的长年客户,承包该浴池的锅炉维修和取暖设备业务,住持就利用这层关系,到大香园化缘。我们也能从工商局档案中看到大香园给洪福寺捐资修庙的记录。福茂粮店位于洪福寺胡同的东口,是一家山东人开的粮店,兼营油盐酱醋。抗战时期,山东老板回乡避难,交北京人代理,能宽就从店中运盐,从北京到张家口出售,再从张家口买米面运回北京,投入粮店生利养庙,这使洪福寺熬过了战争的艰难岁月。洪福寺在董记修理炉灶作坊里也有股份,住持的北京助手和弟弟都入坊做工或做学徒获利。1950年后,住持本人也进入庙内的另一家五金行铺保"金亭工业社"做学徒。公私合营后,他随该铺保并入北京无线电厂当工人,直至退休。总之,寺僧及其亲属以挣工资的形式积股自养。

应该说,在民国初期和中期,包括抗日战争年代,洪福寺的住持和僧人亲属都受到了铺保的经济接纳和照顾,也保存了寺庙。同时,在近现代北京社会发生巨大变革的时期,他们还当了铺保的学徒,并因此改变了自己的人生。

四、寺庙、铺保与市民共有的生活传统

以前,我们已在前门外一区的350个院落作过调查,洪福寺只是其中之一。再经过对洪福寺个案的重点调查研究,重新看前门外一区的整体调查资料,能发现其中的市民共有生活传统。

行业碑刻是一个切入点。现搜集到前门行业作坊碑刻18通,最早的为1676年,最晚的为1933年,相隔257年,与洪福寺资料相比较,对我们深入认识洪福寺很有帮助。

表 2　前门行业碑目录及所记寺庙神灵与洪福寺寺庙行业对照表

行业	碑刻名称	寺庙神灵	立碑地点	洪福寺作坊
帽行	民国二十一年帽行工会碑	药王庙	銮庆胡同	
颜料行	清康熙十五年颜料行修庙碑记	仙翁庙 关公财神 真武大帝 二仙翁	北芦草园	帽户
	清乾隆六年建修戏台罩棚碑记	梅二仙翁 火神	北芦草园	
	清嘉庆二十四年重修仙翁庙碑记	梅葛仙翁 关公财神 火神	北芦草园	
	清道光十五年新建靛行会馆碑记	神灵	东珠市口	
丝绸行	民国三年京师绸缎洋货商会织云公所落成记	佛堂	珠市口 三里河 织云公所	
靴鞋行	民国三年靴鞋行财神会碑	财神 天神堂	干井胡同	靴鞋户
煤行	清道光二十二年太原会馆捐款东城煤行题名碑		宣武区储库营胡同	煤铺
	清道光二十二年南城煤行补修太原会馆捐款题名碑		宣武区储库营胡同	
	清光绪二十六年关帝庙碑	关公 关帝庙	西城宫门口 西岔关帝庙	炉灶户
	清光绪二十八年土地祠旗竿碑	土地爷 土地庙	西城葡萄园 土地庙	棚户
	民国十七年苍圣祠捐资题名碑	苍圣祠	西城宝产胡同 苍圣庙	
馒头行	清嘉庆五年糖饼行家庙碑	马神庙 雷祖圣会 圣山和尚	鲜鱼口	干果户
	民国二十年北平米面同业公会成立暨公庙告成始末记	马王会 马神庙	东珠市口	馒头户
芝麻油行	民国二十二年芝麻油业同业公会成立始末暨购置公庙记			香油户

行业	碑刻名称	寺庙神灵	立碑地点	洪福寺作坊
玉器行	清咸丰辛亥年玉行公立长春会馆碑	佛殿 财神 邱祖	北城沙土园	景泰蓝 玉器户
五金行	民国二十四年北平市五金业同业公会创立念碑	未记	前门崇外大街	工业社 铜铁器作坊 铁工厂 医针局 剪子局 小刀局 化铜局
商务总会	清宣统元年京师商务总会公馆落成记	入会名单含上述行会：颜料行商会、绸缎洋货行商会、靴鞋行商会、玉器行商会、煤油洋广货行		

由上表可知,洪福寺的铺保类型在前门地区具有一定的行业普遍性。帽行尤为突出。前门地区的帽店众多,经销量大,远过于内城。洪福寺内也有帽子户,称"山水王",专门给上等帽子绘画美化,与此相关的行业是颜料行、绸缎行和靴鞋行。再者是煤行,到1956年公私合营前,前门煤厂一直是北京内城的供煤中心,也是北京底层流动劳力的就业集散地,相关商号有铁匠铺、炉灶铺和麻刀铺等,这些在洪福寺都占全了。再次馒头行,馒头加上豆汁,为北京人喜爱的两种食品,前门流动人口多,对馒头和豆汁的需求量大,它们的行业户也住进了洪福寺。四是玉器行,为前门地区的老行当,商人多来自河北和山西,洪福寺内玉器户原有一家山西人,即后来搬进天利局景泰蓝掐丝点蓝的艺人,这也是与民国时期景泰蓝艺人流入前门一带的情况是一致的。最后是五金行,在工商局的分类中,含铁铜原料加工业和民国后兴起的无线电料各业。前门名流云集、外国人多,公馆行辕多,这种住房都需要用电,洪福寺内五金电料行的出现,反映了这一带的需求。

由上表中列二至列四"碑刻名称"、"寺庙神灵"和"立碑地点"看,其内容特点有三：

第一,行业信仰碑。主要记录了行业信仰习俗、行业与寺庙、行业与神灵的关系。主要信仰以道教为主,如邱祖和真武神。也有民间神,如药王、梅葛仙翁、关公、财神。

第二,行业网络碑。主要记录了前门地区的行业网络联合过程,再结合档案和地方志文献看主要原因有三点:一是清末义和团运动对商户的打击和后来社会动荡造成的经济不稳定;二是欧洲商品输入,对民族工商业造成威胁;三是北京与外地来京行业竞争激烈。这些都造成了北京作坊行情的下跌,商户便通过控制批发和零售价格的手段,维护行业利益。这也给了我们一个背景知识,即那些纷纷散落在胡同寺庙里的帽子、饮食、五金、景泰蓝等商户,是当时北京中小行业经济的一种求生形式。

第三,行业权益碑。这些碑刻拓片不是放在图书馆里,而是应行业会馆的要求放在档案馆里备查。石碑则放在前门地区的北芦草园胡同、鲜鱼口、鸾庆胡同、西河沿、珠市口大街和崇外大街等,都距洪福寺不远。它们是行业网络存在的象征,是行业权益的一部分。与宗教寺庙碑刻相比,它们虽然也与寺庙有关,也有时放在寺庙里;但它们更多的是被放在会馆或行业公会里;它们既属于寺庙,也属于行会。

将洪福寺与我们调查过的北京内城的隆长寺和双关帝庙作比较,可观察它们之间的异同点。在这三个寺庙中,洪福寺是外城的明建子孙庙;隆长寺是内城的明敕建十方丛林上层寺庙;双关帝庙是内城的元敕建庙,后沦为子孙庙,它们大体能反映北京旧城寺庙的某些类型。前面约略讲过,从档案看,我们调查过的隆长寺的一位老住持还在洪福寺住过,他在前门还管理其他寺庙,可见洪福寺与内外寺庙是有联系的。隆长寺的庙保新顺长裁缝铺的铺长原在前门草场胡同顺成衣铺做学徒,这也说明内外城的铺保圈有的也有一定的联系。

从比较看,三个寺庙与铺保关系的差异点有三。一是洪福寺的铺保多,且流动性强,内城两庙的铺保少,且比较稳定。截至1955年,隆长寺内一织布铺保开了15年,双关帝庙一照相馆铺保开了24年,而洪福寺的铺保大都是四五年或五六年一换,唯和顺兴麻刀铺经沿革保留了26年,但换了六次名称和经营内容。二是洪福寺铺保的从业人数多,多者逾40人,内城铺保从业人数少,一般为一至二人。洪福寺铺保还吸纳铺保的亲属捧房和帮工,整个寺庙像个工厂;内城的铺保却是住持的亲戚或亲戚的同行,寺庙以履行宗教职能为主。三是洪福寺铺保多为农民出身,内城铺保有八旗贵族破落子弟。

这三个寺庙与铺保关系的相同点有三。一是铺保学艺都以童工和少年工为主,大都从13岁至15岁开始,对师傅的依赖性很强,这种铺保圈是容易形成家族式管理的。二是学艺期限以工种区分,如制针行二年,麻刀建筑行三年,剪刀行七年,照相行七年,电料行七年,景泰蓝作坊十年以上等。学艺期决定了师徒铺保的生成周期。在这个周期后,徒弟出道单干,师傅当铺保,还增加了一层师徒恩养关系,铺保同行圈的关系更加紧密,如董记修理炉灶作坊,最后从业人数过百,南北城呼应,很有凝聚力,这与老铺长注意发展恩养关系有关,这是一种很稳定的家族式管理。三是大多青年农民出徒后,除了靠手艺,还有蹬三轮等第二职业,有的还要回乡种地,在洪福寺有第二职业的铺保伙友占80%,从中能看到铺保经济与城市其他中下层经济和农村经济的联系。

从工商档案和调查看,洪福寺铺保圈子的维持,不仅靠师傅关系和工种关系,还要靠降低成本信息网的传递,主要有四种:一是走水账,即由作坊自带料到主家做工,主家按毛利付费,作坊挣毛利与本利的差价,增加个人所得;二是以小本资金虚报大资本额开业,开业后,如亏损倒闭,损失不大;如赢利,小本滚大利,风险也不大;三是伙友和铺保之间生意往来获取薄利以自养;四是家庭人口加入从业人数,减少成本、增加工资。

五、余　论

在北京旧城的特殊社会历史条件下,寺庙和铺保是以表面守法和私下不守法相结合的形式运作的。住持要靠寺庙信仰生存,也要懂经营寺庙的方法,还要懂点行业技术,如此才能在北京社会的各种变迁下存活。总体说,它们有以下特征。

第一,洪福寺与铺保共同经济利益的发生点,是把庙产切成公产和私产两块,再将宗教系统、市民经济和民国政府系统结合起来运作,即通过切割房产权、寄养权和铺养权,获得生存之利。房产权,即前述民国政府登记表上的房屋庙产,指殿堂与僧舍。看洪福寺的档案,能发现洪福寺只登记前殿,从不登记后殿,把后殿从宗教大殿中切出去,当做摇钱树,而从档案看,民国政府没有一处是对后殿挑理的。寄养权,即前述民国政府的户口登记表,里面有流动人口一项,这也是民国政府的管理对象,洪福寺却把这一权利切成三份,一份是慈养,指对一部分老僧、贫僧和游僧施行免费接济;二是捐资,吸引香客正常捐资,但住持也向庙内铺保客户化缘,促其为修庙捐钱,这就是寺庙的主动出击了;三是铺税,即住持以铺保交纳的房地税为经济来源,这是民国政府批准的,但他又让铺保去招进亲属同住和分担房租,避免空房和房租落空,以保证回收房费和地产税,这些做法,既没有违反民国政府的规定,又把一部分流动人口房租纳为自己的资源,就是个自我升值的办法。最后,铺保权,指民国政府给了寺庙联合铺保的权利,但洪福寺却把此种权利发展成与铺保入股经营,包括以佛事分红作合股道场,以学徒身份进铺保挣暗股,以及寺僧直接加入铺保股份作明股等。寺庙正是在这三层生存经济中灵活运作,扩大了自己的生存机会。

第二,寺庙与铺保联盟的性质,是以住持为核心的家族管理,以做道场为标志的信仰管理,以掌握某种行业技能为收入的生活管理。他们不能不接受民国政府的领导,但他们的底层社会地位和经济地位又都不允许他们做长期稳定的顺民,而只能当流动代理人。在前门商户云集的特殊经济环境中,这种流动代理的方式也成全了他们,让他们能把寺庙的权威变成小本经济实体。加上住持和铺保的顽强奋斗,能对流动人口和流动资源进行吸纳,打下了生存基础,也能把寺庙保全下来。这种联保的结构还说明,寺庙的信仰群体与商业群体具有双向靠拢性,即寺庙需要铺保经济的供养和支撑,铺保经济也需要寺庙的保佑,因此寺庙与铺保的结合既是住房经济现象,也是宗教文化和技术文化现象。

第三,洪福寺与内城上层寺庙相比,它显得很俗,但也活得有滋有味。它视宗教经典为生存义理而非苦修教义,它把寺院当作寄身之地而非普度众生的他乡彼岸,它在清末民初以后动荡的北京城中得到了一席安身之地。1956年实行社会主义改造以后,洪福寺的这套运作系统也就随之结束了。从此,住持彻底进了铺保,直至跟着铺长和伙友一起改造和退休,但他们对市民身份的认同也很坦然,用不着像内城的上层寺僧一样经历极为痛苦的心路历程。

现代商业的社会史研究：
北京成文厚(1942—1952)^①

董晓萍　[法]蓝克利(Christian Lamouroux)

在中国历史上,有一个大问题,即在国家建立的过程中,国家政府与商人之间关系具有某种重要性。在某些关键时期,商人的商业活动对国家政府及其价值观的形成产生了不可忽视的影响。商人和政府官员的目标不同,但他们也有共同利益,这使他们在某些条件下具有结盟的可能性。现在也有这种情况,21世纪仍在讨论政界与商界的微妙关系。

我们拟以北京成文厚为个案,考察民国时期至建国初北京商人和商业活动所受到的政府决策的影响,重点考察时段为1942年至1952年,由一个商号的变迁,考察新国家的社会进程模式。主要讨论三个问题:商人和商业活动的资料、商人的商业经营能力和管理成效、商人理念与基层政府决策的微观比较分析。在此基础上,尝试进一步讨论城市中小商号变迁的社会趋势,阐述对中小商号的社会史研究在构建政治史中的价值所在。

成文厚^②,位于北京西城区西单大街139号,1935年在北京始创,原为私人家族企业,源自山东省招远县孟格庄村。自晚清至民国时期(1821—1949),该村刘姓农民创建了声势很大的书铺业,主要经营文具纸张和书籍,在国内16个

① 本项研究属于中法合作项目"行业文化和专业知识传承"北京组的子课题成果,北京师范大学民俗学专业部分博、硕研究生周锦章、吕红峰和连莉等参加了查阅档案和部分调研工作,特此说明并致谢。

② 成文厚,上世纪四五十年代名为"成文厚显记帐簿文具店",后几次更名,先后为"成文厚帐簿文具店"、"北京成文厚帐簿店"和"北京成文厚帐簿卡片有限公司"等。该商号在不同时期有不同的历史文献、政府档案和口述史,我们将在本项研究中予以综合利用。在本文中,为方便讨论起见,我们暂且将之统一简称为"成文厚"。

省（市）开办了"诚文信"和"诚文厚（成文厚）"等著名字号，对内又称"大书铺"和"二书铺"。北京成文厚的创始人为刘国樑，是二书铺的第三代商人，1909 年在山东老家出生，读过 7 年私塾，1925 年到东北的长春和吉林成文厚学徒和做事，1935 年到北京，时年 27 岁。1942 年，他吸收现代会计知识，开拓了北京城市帐簿业市场，将北京成文厚的发展带入了鼎盛期。新中国建立后，他成为成文厚公司首任经理，兼任同业公会副主席。1953 年，他在"三反"、"五反"运动中被定性为"严重违法户"，离开公职。1980 年，成文厚被商业部命名为第一批"中华老字号"。现在成文厚仍在开业，已有 74 年的历史，距其家族企业史也有近 200 年的历史。

　　本项研究不是以经济史为导向的，而是运用社会史的研究方法，了解国家政治变迁中的城市商人和商业活动。在北京现代史上，在民国初期，城市社会政治发生了剧烈的动荡，这是由帝制的终结和新政权的艰难交替造成的。至民国中期，日军的入侵，再次给北京造成了社会灾难。一般认为，商人在动荡的社会环境中很难生存，但成文厚提供了另外的事实：在民国现代史的进程中，市民和移民社会身份的断裂反而使行业成为城市社会的主要个体身份标志，行业技能和现代专业知识传承成为城市社会分层的新基础。可能正是根植于这个基础，促成了城市商业经济现代化的发轫。为此，我们需要了解民国时期北京商业的行业化取向，及其成为城市社会分层和城市社会网络的新成分的具体过程与动力。我们主要通过个案分析，使这种社会史方法的探究成为可能。

一、成文厚的商人和商业活动资料

　　这里重点谈谈我们搜集资料的类别和使用资料的原则。

　　自 2006 年至今，我们的工作经历了在北京和山东调查，搜集地方史料、政府档案、企业管理文件和口述史资料等过程。从结果看，北京民国时期商业史的资料相当缺乏，各种档案和行政管理文献也有不少局限，对老一代当事人的访谈几乎濒临中断的局面。从使用资料上说，其实我们不可能从历史文献和政府档案中直接获得所有想要的资料，也不会仅仅通过口述史获得准确的信息。但是,即使如此,对历史文献和政府档案的利用仍然是必需的,对当事人的访谈也是必要的。从学术考察上看,北京城市政府档案和现代商户的具体变动没有统一样式,我们也很难追踪不同工商企业的不同变迁之间的直接联系。所以,在这种个案研究中,我们还是要抓住特殊问题。成文厚正是具有特殊性的个案。

(一)政府行政管理文献、口述史和民国报刊

2007 年,我们开始与北京西城区文化局非物质文化遗产保护办公室合作。该区编纂了《非物质文化遗产普查项目汇编(西城卷)》[①],里面记录了 123 个传统行业和工匠的名录。根据这条线索,我们对北京传统行业做了调查,目前已完成的有玉器作、铁作、铜作(佛作)、老字号饭庄和茶行等,也包括成文厚。

我们把注意力集中到成文厚的原因之一,是它位于北京传统商业中心之一——西城区西单大街。清末民初至今,这里一直中小商号密集,政府管理与商号发展的矛盾也比较集中。另外一个比较直接的原因,是该企业领导对老字号的保护比较重视,积极配合我们开展研究,为我们提供了企业档案,包括 1950 年至改革开放后的工作总结报告和企业管理规章制度,原经理刘国樑编制的上世纪四五十年代设计生产的帐簿表单样本(收入帐表汇单 1132 种),几份民国广告,企业老照片和旧式合同书等,这些资料都相当珍贵。他们还把 1950 年代的老职工介绍给我们,给我们提供了调查访谈的方便[②]。成文厚的口述史资料也有重要价值。在我们的访谈人中,包括在 1949 年和建国初与刘国樑共事的老经理、公股代表和末科徒弟,他们详细讲述了刘的管理,行业的商业生活和企业改革的变化。此外,我们对其家族企业史的实地调查也多有收获,刘国樑的后代阅读了我们所搜集的资料,对我们撰写的论文交换了看法,还进一步提供了商人家庭的经营奋斗史和生活细节[③]。我们还曾赴刘国樑的故乡山东招远县孟格

---

① 北京市西城区非物质文化遗产保护办公室编《北京市非物质文化遗产普查项目汇编(西城卷)》,铅印本,内部资料,2007 年 1 月印制。

② 在本项研究中,北京成文厚帐簿卡片有限公司总经理崔连会、书记刘玉与副经理李真等领导班子成员曾给予多方支持和协助,谨此特别致谢。

③ 北京农学院的刘基厚教授与夫人关毓顺医生,北京物质管理学院的刘兴厚教授等,对本课题的研究有重要帮助,特此郑重致谢。

庄村调查,他的家乡亲属提供了刘姓家族企业的历史信息①。

我们还从民国报刊上找到刘国樑与北京会计贾得泉于 1942 年合作的广告,广告内容与两人签订的合作合同相符。在国家图书馆,我们还复制了贾得泉撰写的会计教材《改良商业簿记与报税》,1940 年出版,他和刘国樑的合作是在该书出版两年后发生的②。

在使用这些资料时,我们要面对研究对象资料的缺失和散存各处的其他书面文献、个人回忆与正史之间的复杂联系,处理它们之间的紧张关系,并在这种情况下开展个案研究。在这一过程中,我们主要强调两点:一是在搜集和利用个案资料中,承认城市历史文献、政府档案和企业文件的局限性,以及中小商户资料的不完整和个人回忆信息的不确定性等问题,而这大概正是个案分析的一般特点:它们带有社会现象与各种资料之间的紧张感,能引起学术思想范畴内的不舒服,但也会因此而促动学者去关注特殊社会史;二是从运用这些资料撰写城市现代商业史的目标出发,思考我们研究商业组织和行业文化的可能性,以及在具备这些可能性之后,怎样组织和解释这些资料,考察行业技能和专业知识的传承史。成文厚的个案因此具有特殊价值。如前所述,人们往往认为,巨大的社会动荡对城市商业发展和现代化不利,但成文厚的个案证明,中小商人在大环境动荡中反而可以发展自己的社会角色,增强吸收外来文化和外地知识的主观能动性,提升市场化的能力,取得创业成绩,这种现象是仅仅从宏观经济史和一般社会学史的角度所看不到的。

(二)北京政府档案中的商号档案和铺保档案

2006 年以来,我们在北京市档案馆查阅和搜集工商档案,重点考察城市政

---

① 本文中使用个人回忆资料,均引自本项目组撰写的调查报告和访谈整理资料,其中大部分资料引自董晓萍、周锦章、吕红峰《成文厚末科徒弟 LJZ 与业主刘国樑老家的调查报告》,2007 年 7 月 10 日。此外,还引用了下列访谈整理资料:吕红峰《北京市西城区百货公司财会科会计 SWY 访谈录音整理》,2007 年 8 月 28 日;连莉《北京市西城区百货公司副经理、总会计师 GQM 访谈录音整理》,2007 年 8 月 10 日;吕红峰《原成文厚副经理 FZG 访谈录音整理》,2007 年 8 月 29 日。周锦章、吕红峰、连莉《成文厚印刷制本工艺调查报告》,2007 年 11 月 26 日。根据田野调查伦理原则,并征求被访谈人意见,本文不直接披露被访谈人姓名,在文中均以"原经理"、"老职工"或"末科徒弟"代称;在注释中,以原姓名的拼音形式注出。以下皆然。
② 贾得泉《改良商业簿记与报税》,铅印本,得泉簿记学校发行,民国二十九年(1940)八月,国家图书馆藏本。

府管理与商人运作之间的关系。在此之前,我们从北京民国寺庙档案中发现,按民国政府的规定,寺庙要有商号当铺保,才能取得注册的合法性。这次在政府工商档案中也发现,各商号均要有两个铺保作担保,才能合法注册,并获得政府颁发的营业执照①,这样通过查阅商号及其铺保两种档案,就可以得到商人和商户社会网络的信息。我们对这两种档案都做了详细的数据采集,共录入 504 个商号、706 个铺保的数据,已全部做成数据库,并对其商号经理履历和铺保分布网点做了专题数据库,其中包括成文厚。

成文厚有商号和铺保档案共 10 种②,大致可分为三类:一是政府与商人互动的档案,二是商户与铺保互动的档案,三是家族私企与城市公共商业组织互动的档案。在这批档案中,还能找到刘国樑的房产登记文件,通过档案分析其房产权的实际使用方式,我们还能发现商人推进商业发展的一些比较重要的历史印痕。

现在我们做个假设,对成文厚的商户和铺保档案可以有三点解释。第一,商人通过购买房产获得房地产权证,取得市民合法身份。这可能是刘国樑从外地人转换为北京市民身份的可靠途径,而西单地区正是北京市民与外来移民融合的典型历史街区。除成文厚外,我们所调查的其他传统行业,如老字号饭庄和茶行,也有外地移民在西单落户和置房经商的成功例子。第二,西单是北京基督教会的发祥地,周围基督教信徒和家庭会很多,西方现代宗教思想和科学文化思想的影响也较明显,刘国樑的家族信仰基督教,他在这里容易接受

---

① 关于北京寺庙铺保的讨论,参见董晓萍《流动代理人:北京旧城的寺庙与铺保(1917—1956)》,《北京师范大学学报》2006 年第 6 期,第 35—44 页。我们从工商档案中查到的关于"铺保"的较早的说法,见于北京档案馆《清咸丰六年(1856)新正月吉日立诸公外欠总老账》,其中得到"天义切面"的"铺保"为"唐爷",全宗号:J106—1—0001,1856 年。

② 本文使用北京档案馆所存成文厚主要档案目录:《北京市人民政府工商局私营企业设立登记申请书(合伙)》(成文厚显记帐簿文具店),全宗号:J22—6—868—5,1949—1954 年。《北京市手工业换照登记申请书》(久大体育用品制造厂),全宗号:J225—450—1,1949—1955 年。《北平警察局关于傅怡超超价销售案的侦讯笔录》(春合体育用品商店),全宗号:J181—25—7251,1948 年。《北京市人民政府工商局私营企业设立登记申请书》(久大体育用品制造厂),全宗号:J22—6—1112—8,1949 年。《北京市人民政府工商局私营企业设立分支机构登记申请书》(久大体育用品制造厂),全宗号:J22—1—807—4,1954 年。《北京市手工业换照登记申请书》(永和寿材厂),全宗号:J225—450—1,1949—1955 年。北平市警察局《北平市警察局民国三十七年户口登记簿》,全宗号 J—181—6—887,1948 年。

西方新知识。第三,档案为我们勾勒了成文厚在西单大街进行店铺门市与房产投资的主要区域界限,而这正是成文厚的商业空间环境。成文厚的商号和铺保以这个空间为核心,结成商业联盟,以房产为链条进行勾连扩展,形成了由内城向外城发展的中小行业网络系统。它们承担着行业风险和金融风险的双重责任,同时抵抗社会变动的风险压力。它们的行业规模虽然不大,但市场化能力极强,社会角色重要。

二、成文厚商人的商业经营能力和管理成效

(一)"民族资本家"的形成

刘国桄的经商选择基于一个稳定的家族传统,下面要探讨刘姓家族的经营管理之道。我们首先利用政府行政管理文献、政府档案和口述史资料,分析成文厚在 1942 年后的传统继承和现代变革过程。在此基础上,讨论"民族资本家"概念的形成。

自 1942 年至 1952 年,成文厚都是家族股份制商号。与任何家族企业一样,成文厚商号模式的生成,一是由家族创立商号,依靠家族能力和人力求得发展;二是商号的经营管理应该在家族成员的掌控下进行。

起初刘国桄在经营上还是维持上一代的传统,与纸张印刷品有关。1937年他正式成为成文厚的经理后,销售的"图书仍然是黄历、课本、三字经、百家姓、农村读物等,新书很少"[1]。不久日军摧毁了吉林的成文厚分号,这时刘国桄可能明白,社会在动荡变化,他遇到了家族企业重创和损失的现实,也面临着自己与北京其他纸张文具行业的激烈竞争,他需要加强行业规模和专业知识技能,这正是刘国桄试图寻找新的发展出路的动力和社会环境。

为此,我们也要尝试重构他的主要策略。现在我们回到刘国桄领导商号在上世纪四五十年代设计生产的千余种帐簿表单[2]。这些样品展示了一个帐

---

[1]　北京成文厚帐簿卡片有限公司编《成文厚大事记》,内部资料,1985 年版,第 1 页。

[2]　为保存资料和研究工作的方便,由北京成文厚帐簿卡片有限公司与北京师范大学数字民俗学实验室合作,由北京师范大学数字民俗学实验室承担制作,将这些帐表汇存簿于 2007 年 7 月制成《成文厚老帐簿电子书》。

簿业从白手起家到设计成熟的过程,证明刘国樑在这项革新上极富创新精神,并做出了长期的探索。成文厚是集帐簿设计、纸张文具和印制装订为一体的综合性行业,经营者除了生产帐簿,还要掌握新的会计概念、各种法律法规知识、商业或银行会计知识和财政知识,熟悉各个生产环节,了解各方面政策的变化。我们由此也能看出刘国樑的才能。在现代会计知识方面,刘国樑与北京人贾得泉合作,使自己成为新兴财会行业的内行。贾得泉是会计师,在西单大街西四缸瓦市开办了得泉簿记学校,自任校长兼教员。1985 年,成文厚举行 50 周年店庆展,在展品中,有一份刘国樑于 1942 年 10 月 20 日以成文厚商号的名义与贾得泉签订的合作协议,协议规定,贾得泉同意担任成文厚帐簿的“设计顾问”,与成文厚“永久合作”。成文厚提供经济支持,将贾得泉的设计产品上架销售。贾得泉应利用其社会影响向业内人士和社会各界介绍成文厚“以服务社会为宗旨”的“新式帐册”①。自 1942 年 10 月 23 日起,北京《实报》对此予以报道。该报除了刊发得泉簿记学校 11 月份的招生计划,还刊载了该校以下三行信息:“本校设计新式帐簿,每本五元,预约九扣,十月底附送说明书负责解答,预约处西单北大街成文厚。”广告将会计学校与成文厚商号的推介混合,一直登到 11 月 13 日,共登载 23 次后停止。此后,自 1942 年 12 月 1 日至 1943 年 10 月 10 日,他们很少再做联手广告,只有得泉学校登载每月各班的招生计划。1942 年,第一批新式帐册出台,产品的成本很高,但迅速售罄。成文厚看到了这种产品的市场商机。1943 年,成文厚与天津文化制本厂签订协议,由对方制作帐簿,到当年 10 月,成文厚已能满足市场供应②。

　　我们还搜集到贾得泉和他的会计学校的档案,里面有课程表、会计专业文凭存底、学生和教员的名册③。在 1946 年的 4 位教员中,有 3 位毕业于辅仁大学(现北京师范大学)④。这很难得出什么结论,不过这 3 位教员都相当年轻:

---

① 刘国樑、贾得泉《合作协议》,1942 年 10 月 20 日签订,收入《成文厚 50 周年店庆展资料汇编》,内部资料,北京成文厚帐簿卡片有限公司提供,提供时间:2007 年 8 月。
② 北京成文厚帐簿卡片有限公司编《成文厚大事记》,内部资料,1985 年版,第 1 页。
③ 北京档案馆存得泉簿记学校档案 9 种,时间自 1938 年至 1955 年,全宗号:J182-2-20428,J181-23-4482,J4-2-1193,J4-4-1403,J4-4-172,J4-2-1834,J4-4-335,J4-1-933(教育局档案)和 J22-8-399-6(工商档案)。
④ 第 4 位教员来自民国学院。

分别是 26、28 和 28 岁,可能工作经验有限,他们在北京战后重建时被招聘,可能既表明年轻人有了工作机会,以及城市社会对行业教育师资的需求。会计学校也必须满足社会需求才能生存。

这所会计学校的教学内容更有意思。贾得泉于 1940 年 8 月出版了自己写的《改良商业簿记与报税》一书,这是一本通俗教本,附有习题,封面自题"无师自通"。此书以"改良"命名,内容涉及了当时中国会计业讨论的要害问题,如对中国旧式记账法进行改造,再推广使用,以免全盘采用西式记账法。贾得泉支持徐永祚(1891—1959)的观点,相信对中国旧会计制度进行"改良"是可能的。他反对全盘采用西方会计制度,反对高举潘序伦(1893—1985)旗帜的"改造派"①。我们推测,那些被贾得泉雇用的年轻教员一方面肯定受到在学院派中占支配地位的"改造派"的直接影响,另一方面还要服从得泉簿记学校的"改良派"观点才能授课。更有趣的是,贾得泉本人就是潘序伦创办的上海立信会计学校的毕业生,刚才提到的贾得泉与刘国樑合作的合同也应该是在这样的背景下签订的。

我们可以假设,成文厚和贾得泉之间的协议是互惠的。一方面,贾得泉帮助了刘国樑。刘国樑从贾的会计专业知识中受益,成文厚因之获得了会计学的新观念;贾得泉还帮助刘国樑将经营方向转到财会行业的市场专供产品上来,这等于给了刘国樑开辟新市场的灵感和商机。此外,得泉簿记学校在当时已经是颇有名气的职业培训学校,成文厚与它捆绑宣传,无疑扩大了自己的社会影响。另一方面,刘国樑也帮助了贾得泉。成文厚使北京会计贾得泉的财会理念市场化,发展了一些社会实践项目,推进了他的知识分子关怀和培训人才的理想。刘国樑的末科徒弟详细讲述了他在得泉簿记学校进修的经过,他按照成文厚的严格要求完成了全部 6 个月的培训,他说,刘国樑提出,"卖帐簿的必须会会计,从成文厚出来的人都会会计"。他补充说,这是一个规定,成文厚的每位职工都要坚实地掌握会计学知识。

(二)现代商号管理

成文厚的经营转向是几个因素促动的结果。我们的讨论可以从刘国樑家

___

① 关于改造派和部分接受西式记账法的改良派的争论,参见郭道扬《中国会计史稿》,北京:中国财政经济出版社,1984 年。

族思想开放的求知氛围入手。刘家的基督教信仰和西单基督教氛围表明,他们比其他人更接近于当时西方现代科学文化的方法和新观念。刘国樑的子女回忆说,父亲付出极大的心血送每个孩子去上学,还要为其他子侄的升学支付大量学费,可见刘国樑是热情地响应现代化的观念的,而这种教育观念又是有家族基础的。

刘国樑的现代商业管理才干也体现在他把家族传统行业与北京城市现代行业结合,形成新的商业经营结构。民国时期,北京的图书业网络已经建立了很长一段时间,难以扩展新的网络关系,刘国樑需要寻找新的行业结构方式。他在继承家族纸张文具业经营传统的基础上,把纸张批发与图书印制结合,提高了商业活动的技术含量,形成一半技术、一半商业的产品,逐步把成文厚改造成综合性高级服务企业。在创新发展过程中,他始终恪守家族传统,即保证原料质量、纸张质量和簿册产品质量的上乘一流。他的目标是可以为各种特殊需要的顾客提供专门服务。当时的会计帐簿、往来收据、销售凭证和记账表单等大都是这些独特需求的设计印制项目。事实上,这些产品文字少而空白多,并未把刘国樑推进一个未知领域,反而为他施展家族企业的本领和经营知识提供了用武之地,也展现了他灵活的商业头脑,他可以满足城市帐簿市场的各种需求。

刘国樑对现代化商业的改革,还体现在北京城市帐簿业崛起时所发明的行业技术及其中西结合模式。他将所整理和保存的帐簿表单汇总簿册自题为《大烈氏帐表汇存簿》,正是这种创新模式的现代遗产。它的设计和销售走过了1942年以后的八年历程,内含124种不同的客户,包括银行、钱庄、大中企业、工厂、军营、商店、供销社、小商号、财政局、使馆和驻京国际机构等,帐簿文字大都使用中文和阿拉伯数字,也有少量的中英文对译帐页和英文帐单。这表明成文厚商号已有能力适应当时在京中国和外国机构,以及大、中、小企业财会和商业财会等不同客户的专门需求。成文厚的高质量产品,及其不分巨细、诚信服务的供货方式,有效地适应了各种机构和商号会计人员的不同习惯。当时城市政府的财会制度还很不稳定,记账标准尚未有效地统一起来,各行各业会计从汉字记账到阿拉伯数字记账的转换也未彻底完成,在这种现代化的过渡时期,是需要刘国樑这种既有现代知识头脑、又有市场供求判断力的智慧商人的。

　　刘国樑在帐簿设计上有两项创新:一是"五色帐",一是制造各种开本的账本。成文厚的老经理和老职工都确信"五色帐"的技术是成文厚商业成功的秘密。简单地说,"五色"是一项实用性的创新:在表格的红色或灰色边框内,画上两种蓝线条和两种红线条,引导会计使用阿拉伯数字在右栏中写下大而详细的数目。这种方法使中国商人无需再用汉字记账。这里需要注意的是,要考虑到新会计制度在传播和推广过程中的变动性。成文厚商号成为"改良派"的商业代表,希望将中国传统与西方模式结合起来,实现中国商业会计的现代化。

　　这项新技术的转向对商号的业务结构产生了影响。刘国樑意识到,他的选择实际上把他推向印刷行业的专业化,这就要掌握以往农村家族企业所没有的新技术。因此,据他的徒弟回忆,他不能只从山东招远老家招工,还要从其他地区招工。1949年之后,成文厚的职工地区来源比例仍以招远县居多。还有几个核心人物来自河北和山西。显然,因为传统、方言和中保人等原因,原来成文厚还是以山东籍职工为多,但后来成文厚的管理已打破了家族地区网络。

　　现在我们要通过探讨行业文化和专业知识与技术传承,考察它们对企业新知识的形成的作用,说明刘国樑的现代化观念与商业管理之间的关系。我们的基本问题是:刘国樑是否促成成文厚职工集体专业培训并达到现代教育标准? 现代化对他的管理有什么影响? 由于与此相关的书面文献和口述史都是1949年后的资料,我们也将从建国初期进行探讨。

　　老职工说,新政权执政的前几年,在刘国樑手下工作的职工都要学会计。在刘国樑的计划中,这是成文厚职工学徒生涯的一部分。他们甚至猜想,这是刘国樑与贾得泉合作中的一项附加规定。不过,据我们查阅其他工商档案、教育档案和老职工的回忆,对职工进行会计培训并非成文厚所独有。第一,据其他被访谈人说,上世纪50年代初,在北京很难找到工作,但还有不少商号经理送职工去财会班学习,取得会计资格。他们看中这门新知识对生意有利,宁可支付学费。第二,被访谈的各位老人今天都记得当年在西单学徒的艰辛,但他们都从当时学会计的职业培训中看到了希望。他们说,当时有不少职业学校和业校课程,年轻的学徒都可以报名学习,有的是经理资助学费,有的是经理和徒弟各付一半,也有的是自费。不过在众多的职业培训学校中,得泉簿记学校是最有名的之一。

从北京市档案馆所保存的得泉簿记学校档案中,我们还可以获得了一些招生年龄范围和受教育程度的有用数据。在该校抗战前后的 1943 年、1945 年和 1946 年的档案中,同一水平班级的学生数从 1943 年和 1945 年的 21 人增加到 1946 年的 36 人,这几个班中每班都有女生:1943 年,4 人;1945 年,3 人;1946 年,11 人。学生的年龄范围如下:1943 年,15—38 岁;1945 年,18—32 岁;1946 年,16—30 岁。最后,名单中还包括学生入学时的教育程度。除了 1946 年之外①,没有大学生;中学毕业生分别是:1943 年,13 人;1945 年,13 人;1946 年,23 人,其他人都只读过小学。可以想象这种职业学校怎样把商号经理送来的学徒和家庭送来的未就业青年混编在一起培训。

由以上分析可见,刘国樑对成文厚学徒的进修要求与同时期其他商号经理的要求是一样的。当时学会计被当作改进商业管理和使管理现代化的一种途径,连小商号也这么认为。成文厚可能迎来了一个企业在过去十年间所梦寐以求的大趋势:它是否意味着战后北京的经理们愿意付学费来培训他们的有前途的学徒? 他们是否把这笔经费当作有效投资? 当然我们已无法得到确切答案,但我们可以将这种情形视为管理程序变迁的结果,从而尝试在更大的背景中思考这些问题,即可否纵观成文厚家族企业传统管理的主要现代变迁。

正如被访谈的企业老职工所说,在 1949 年前后,在成文厚的商业结构模式中,许多人起了各种不同的核心作用。刘国樑为了发展商号,招募各种人才,发挥资源整合的作用,其实这也是现代商业发展的基本模式。不过,在刘国樑的个案中,他除了知人善任,还要处理商号与"城市化"进程的各种问题。自上世纪 30 年代末吉林成文厚破产后,他不得不考虑家族企业在城市的行业认同和行业地位问题,他不能再仅仅按照农村家族模式分配资源,而要计算城市环境中的新投资,包括教育投资和建立新客户系统的社会成本投资。现代城市化,使这家老商号的商业活动变得更为复杂。刘国樑后来采用新技术、改造家

---

①　在 1946 年的名单中有一位 21 岁的大学生。

族传统模式，这是旧式家族模式所无法提供的应对危机的策略。他在寻找城市新商机和投资教育与先进技术设备的过程中，表现了他决心投入"现代化"和"城市化"的观念和行动。

我们要了解刘的选择，就还要进一步分析他在成文厚发展过程中，进一步整合社会资源的两个重要环节：建立供纸网络和提升印刷包装业的能力。

据成文厚后来的经理和职工回忆，从前成文厚没有自己的纸张原料基地。解放前，靠跑纸盒的山西临汾人来卖纸，解放后政府不让他们干了，刘国樑就接纳了他们。为了保证常规纸张供应，西单大街的几家纸行都与成文厚有来往。刘国樑整合行业资源的能力证实了一位历史学家所说民国时期北京商业循环利用过程的重要性[1]。刘国樑可以借助商贩网络，打通成文厚供货的大小渠道，而这些商贩洞悉微观层面的市场需求，可以为成文厚提供重要资源的渠道来路。此外，刘国樑还维护和巩固建立在忠诚基础上的商业保护关系，这在动荡年代是一种可贵的关系。但随后可见，这种忠诚模式在1952年后都变得不可靠了。

刘国樑对行业资源的整合还表现在管理成文厚的所有生产工序中。他的末科徒弟回忆说，"最关键的"是"加工，即印刷"。印刷工序的技术是"划线"，"由女工干，三四十人，拉着木制纺车一样的机械划，一次能划五条彩线"，就是五色帐。其中，红线填"分"，蓝线填"角"，这是刘国樑的发明。过去没有胶印，全靠女工一张纸一张纸地划，很费事。成文厚的赢利全在印刷。老职工们说，"过去"成文厚与两家印刷厂合作：前门的荣华印刷厂和白塔寺附近的宏大印刷厂。1949年后，有一段时间，他打算与荣华合作成立合资经营的印刷厂，使成文厚的纸业、帐簿业和印刷业之企业一体化得以完成[2]。老职工们认为，成文厚既没有其他特殊技艺，也没有更高级的技术，但在印刷加工上有一定的专

---

① 参见 Madeleine Yue Dong(董玥)，*Republican Beijing—The City and Its Histories*(《民国北京：城市和城市史》)，University of California Press，Berkeley—Los Angeles—London，2003，第172—207页；也可以参考她的文章，"Juggling Bits：Tianqiao as Republican Beijing's Recycling Center"(《杂要说唱：以天桥为民国北京循环利用资源的中心》)，*Modern China*，25/3(1999)，第303—342页。

② 成文厚老职工关于刘国樑与前门荣华印刷厂合作的说法在政府工商档案中得到证实，参见刘国樑与前门荣华印刷所合伙的订约文书(1952)，另见北京市档案馆藏《荣华装订印刷所》，全宗号：22—6—1068，1952年。关于这份档案的合作契约内容，我们以下还将继续讨论和分析。

业权威,再就是商业经销①。

各种资源的整合使成文厚的企业管理更为复杂。成文厚的业务结构分三块,即核心业务、基础业务和门市业务。核心业务是帐簿表单,这是代表刘国樑的现代技术改革的产品,是占领当时市场的主打经营。基础业务是文具纸张,这是刘国樑的祖传家底,是保证刘国樑稳扎稳打的商战底牌。门市业务是印刷品和图书,这是扩大吸引使用帐簿和文具的识字阶层的花边经营。在刘国樑经营成文厚的鼎盛时期,这三种业务互相帮衬,帐簿业成为其中的垄断业务,文具图书为之锦上添花;在刘国樑经营的低谷时期,文具业就成为他紧抓不放的支撑,成文厚因此成为一家多样化经营的商业企业,在此过程中,刘国樑获得了现代管理知识,成为一位现代经理。

我们已多次指出刘国樑是有“现代性(modernity)”的商人,这指他不仅是一个资本家和懂技术的经理,还是一个笃信基督教和具有儒家教养的家长。他长期代替自己父亲的角色,带领成文厚在北京城市社会的环境中和现代商业竞争中拼搏,同时还要承担管理家庭股份、照顾其他兄弟的家庭经济和培养家族子女的责任,这是一种复杂的社会文化角色,而不仅仅是城市商业管理者的角色。我们在讨论行业文化和专业知识技能时,是不能不讨论这种“文化人”的。他的卓越管理能力和文化代表性,体现在他在各种专业知识结构、各个方向的市场信息报告和各种传统家庭的危机中,都能找到平衡点;还能每每根据市场行情、不同行业资源组合的需求、家庭股份的利益,投放经济投资和人际文化成本。他的行为之道接近熊彼得(Joseph A. Schumpeter)所说的有关企业家经济角色的定义,即把业主和管理区分开来,才能把企业看成是一个理性组织②。

---

① 以下使用刘国樑末科徒弟的口述资料,引自董晓萍、周锦章、吕红峰《成文厚末科徒弟 ZJL 与业主刘国樑老家的调查报告》,北京师范大学,2007 年 7 月,打印稿。兹遵守田野调查的学术伦理原则,隐去被访谈人姓名,改用拼音字母注出。

② 此时我们应该想起熊彼得(Joseph A. Schumpeter)所撰写的最后一篇论文,其中谈到“社会主义的步伐”问题,原载 *The American Economic Review*(Vol. 40/2, pp. 446—456, 1950)。他在文中指出:“资本主义秩序正朝着自我毁灭的方向发展,中央集权的社会主义随后出现。”他还阐述了自己坚持这个观点的理由。

三、成文厚商人理念与基层政府决策的微观比较分析

在 1949 年中华人民共和国成立前夕,刘国樑采用社会主义的口号,在他的《大烈氏帐表汇存簿》的封内写了一句题签:"绝对为大众服务。"可以推想,他对新政权的拥护出于民族主义的情感,他还至少希望他的商业空间环境能够好转。换个角度说,刘国樑认为,他身为"民族资本家"管理和发展工商企业是"为人民服务"。以下,我们将对刘国樑的资本家立场和作为作考察,因为这导致他的处境发生逆转,并在"三反"、"五反"中成为阶级斗争的目标。

(一)商业组织和政治环境

所谓商业组织,如前所述,指成文厚是一个综合性结构行业,通过行业整合形成。刘国樑能够创造它,也能够保护它,使它成为他的现代化管理目标的一部分。他对这个商业组织的认识和运作,基于他对内部各业所具有的工商知识。这些知识建立在一个对比差异性的假设基础上,即假设内部各业管理者的非平衡性、永久的商业风险,与不同管理者之间的冲突,三者是长存的,要在它们之间达成一致是很难的,而这正是一种能够接近市场现实的过程,商机也正在这中间产生[1]。把关系紧张的三者结合起来运作的条件,是实行对整个结构性行业的自主管理,这样才能达到现代化与商业传统的有机结合。为了开展这方面的研究,我们需要重新回到成文厚的档案分析上,以具体讨论成文厚的商业组织形态与政治环境的关系。

在成文厚档案中,有一种新政府重估企业财产的通知文件,其背景是新政府清查私营企业资产和执行新的管理规定。通知所列财产清单分两列,每列都写有资产和债务两项,它是商人遵守政府管理合法性的法律凭据。北京市政府给成文厚的一份清单于 1951 年 11 月签发,在第二列"财产增资准备"类中,注明资金"281,842,225 元",在"负债"中注明 14,930,937 元,在"纯益"中注

---

① 参见 Tim Wright(蒂姆怀特),"The Spiritual Heritage of Chinese Capitalism':Recent Trends in the Historiography of Chinese Enterprise Management"(《中国资本主义的精神遗产:中国企业管理史的最近研究方向》),*The Australian Journal of Chinese Affairs*,19/20(1988),第 185-214 页。有关本讨论参见第 198-210 页。

明 179,584,525 元;在"资本金额"中注明 29,800,412 元①。在这份清单中,"增资准备"的含义值得注意。在当时的会计概念中,它是"本为公积之一部","从普通公积中划出",而所谓"公积金(Surplus)",又"本为公司资本之一部,以未分派之盈余积聚而成者也"②。在 1951 年,显然法律已将公积金与股利分开,要求用于增资资产,扩大再生产。次年,1952 年 12 月,该家族又有一笔时币 49000000 元的资金注入,实际是 1 台印刷机和配套印刷器材的费用③。在 1950 年至 1954 年,成文厚还通过了另外两次政府审核,这些都说明刘国樑是合法商人。

但是,仅看以上政府文件是不够的。从对照分析商号和铺保的档案可见,在 1951 年至 1952 年间,成文厚在奉公守法和企业自主发展之间,还与铺保联手,以政府鼓励和允许的方式,建立总、分号,对家族股份资产做分号注资,再领取新营业执照,发展企业空间。兹归纳其主要步骤。

第一,刘国樑把政府 1950 年评估资产当作一个机会,将被评估成文厚印刷机和配套机具定为"1950 年重估"的固定资产,与父亲刘显卿名下资产区别,用"刘国樑"的名字,划归个人股份④。

第二,1951 年 12 月,在政府评估成文厚和铺保久大的西单商人资产后的 1 个月,我们从久大档案中看到⑤,经刘国樑介入,久大当月把企业一分为二,以原企业所在西单商场 15 号为总店,又在西单北大街 131 号开设分店,然后重新注资,很快获得新的营业证。刘国樑为这个分号做了担保。1952 年 12 月,久大再次改变分号,并故意将原西单商场的总店说成是分店,将西单北大街 131

---

① "财产增资准备"(281,842,225 元)是"转入资本"(270,199,587.81 元)加"转入公债"(11,642,637.81 元)的总数,而 300,000,000 元的新资本是"转入资本"加 1952 年前的资本(29,880,412.64 元)的总数。

② 关于当时的这些会计概念,参见潘序伦《高级商业簿记教科书》,上海:立信会计图书用品社,1947 年版,第 383 页。

③ 北京市档案馆藏《荣华装订印刷所》,《合伙种类详单》,全宗号:22－6－1068,1952 年 12 月,第 78 页。

④ 关于刘国樑通过政府"1950 年重估"财产的机会将印刷机等以个人名义化为财产,称"财产价",另加部分现金,以个人财产入股,合办荣华印刷厂,参见北京市档案馆藏《荣华装订印刷所》,全宗号:22－6－1068,1952 年,第 78 页,详见其中《合伙种类详单》第 2 页。

⑤ 本文所述"久大",全称"久大体育用品制造厂"。关于久大与成文厚的铺保和房产权关系,参见北京市档案馆藏《久大体育用品制造厂》,全宗号:22－6－1112－8,1952 年,第 64、74 页。

号的分号说成是总店,并再次注入资金,获得新营业证①。这种变动的结果,是铺保久大将门市房(131号)移到距成文厚(139号)更近的位置上,同时也透露了商号与铺保的结盟更为紧密的消息。

第三,1952年9月,刘国樑正式以"成文厚显记帐簿文具店代理人刘国樑"的身份,以个人的名字,利用久大经理贾华山名下的前门荣华印刷所的房地产权,与荣华印刷厂登记合作办印刷厂,并命名为"分所",然后将成文厚的印刷机,不是以固定资产的概念,而是以"财产价"的概念注入荣华,另注入时币"11000000元",总计投资"60000000万元",成为印刷厂的股董。他的末科徒弟肯定地说,刘国樑当时的真正动机是要买下这家印刷厂,发展成文厚的印刷业,但刘国樑在填表时却写"不执行"业务,为自己的进退留了余地。3个月后,荣华领到了营业证,刘国樑也完成了转移成文厚部分资产的计划。我们还需要注意,他这次对股东资产分配的签约为:"年终红利、执行代理人和其他经理酬劳金、改善卫生安全基金、职工福利基金和职工奖励金",共5项。其中"公积金"由"年终红利"的10%抽取;其余4项由股东自己分配。这是当时家族企业股份制分配的通例。我们将这份契约(1952年11月政府批准),与1951年11月政府规定将公积金与股利分开计算、要求将获利全部用于企业增资资产的规定,两相比较,可以看到,在1951年和1952年期间,在新政府管理下,政府权力分配方案和家族企业股份制分配方案同时都在实行,商人给两种体制的企业注资后,申请执照也都能获得批准,他们经营的自由空间还是存在的。刘国樑同时选择了两者,也都是合理合法的。铺保正是他运作两者的杠杆。我们还能看到的,刘国樑注资荣华,也不仅是为家族资产寻找出路,就在这份合伙契约中,他还吸收了另一位宋姓合伙人,该人曾在北京、重庆和南京等多个城市的印刷所供职,这能说明刘国樑对发展印刷业有长远眼光。

1952年12月,刘国樑的家族内部股份制发生变更。我们已经知道,刘国樑此前已做好了充分准备,这样我们再来读成文厚档案,可以发现,在12月12日当天,有4种声明同时签出,里面有家族更股声明3种,其中的1种是刘国樑把放到荣华的印刷机拿回成文厚补报,这台印刷机转了一圈又回来了。对这

---

① 　北京市档案馆藏《久大体育用品制造厂》,全宗号:22-6-1112-8,1952年,第66、73、86页。

样密集的同日签约,也许我们可以设想,一切都在按刘国樑设计的方向发展。

　　现在我们集中来看刘国樑处理家族私企与成文厚公司的关系的方式。这是两种所有制不同的商业组织,他是有保全公私利益的双重倾向的。12月12日更东的背景是父亲刘显卿去世,成文厚到了变动权力的历史时刻,它的实际创业人刘国樑,经过17年的奋斗,终于从埋头苦干的"代理人"改为前台的"任职经理",并掌控了3/5的股权。更东后的成文厚家族管理层有4人,他们是刘国樑及其幼弟与两个侄子,但据档案记载,当时他的幼弟远在云南,两个侄子还都是在校中学生,整个家族企业实际上仍要由刘国樑单挑独任。这样刘国樑的一切作为就有一种解释,即所谓"绝对为大众服务",包括既为广大社会客户服务,也为家族私企利益服务。他的苦心经营围绕两个核心进行:一是将扩展商号规模与房地产权的结合,如通过贾华山对前门一带荣华房地产的利用,对铺保春和房产的并购,对铺保久大房地产的收拢,以及用大酱坊胡同的家族房产对永和铺保的控制等,这些都在他要做大成文厚的计划中;二是维护家族私企股份制与城市政府组织管理分配制的各自权益,他与荣华印刷厂股份合伙的签约,与铺保久大的密切关系,都是既维护家族企业,又壮大公司地盘之举。他把这两者关系处理得当,有利于他增加企业资本,使之从小资本变为大资本。

　　可惜的是,刘国樑对帐簿业的投资,对现代与传统商业模式的用心结合和精心维护,虽然曾使成文厚赢得过企业自主管理权。却做不到自始至终的自主管理。1952年以后,由于社会政治的原因,他遭到了历史性的处境逆转。虽然他的家庭成员曾投身于民族解放运动和爱国主义运动,他本人也在新中国开国前夕便把成文厚的全部帐簿表单样册上交国家,表达了他对在新社会条件下发展企业还抱有希望①,但他终于没能向前跨出一步。他以小企业集体化为核心的经营策略,与新政府的大计划经济战略目标,终成对立物②,他只能在

---

①　刘国樑努力发展企业的行为发生于1950年至1953年,给人印象深刻。他虽然卷入三、五反运动,但仍选择了对合办印刷厂的风险投资;他还于1952年春合破产时,买下了这个老铺保的不动产。他的末科徒弟曾热情地描述说,当时成文厚是西单一带最大的企业,繁荣发展:"如果不搞'三反'、'五反',我们早就都富了。"

②　薄一波《若干重大决策与事件的回顾》,北京:中共党史出版社,2008年,第99页。

全社会政治经济环境压力下退出历史舞台。1952 年底,他彻底失去了成文厚的领导权。

(二)定性为"严重违法户"

在 1950 年至 1952 年间,刘国桢的经营魄力令人叹服。即便在 1952 年后局势发生变化,刘国桢还是明确要继续投资发展,要为成文厚建成印刷厂。他买下春合和久大的房产,以相机扩大成文厚的经营空间。但商机是商业环境不断变化的产物,同时时代也在变化、人力和产品的资方分配也在变化,刘国桢又是怎样应对这些变化呢?

现在我们已经很清楚,到 1952 年上半年,刘国桢一手创建的成文厚是由多种行业成分构成的商业组织,已有灵通的市场渠道,能够满足不同客户的多种需求,他要继续选择新的投资方向,扩大企业经营,加强各行业成分之间的整合程度,是完全可能的。他对市场的敏锐直觉,基于他谙熟生产管理和产品性能知识,拥有开拓市场的经济实力,也有驾驭行业改造和打造新局面的胜算。把经营理念与市场需求结合起来运作的条件,是占有企业管理自主权①,这样他才能达到现代化与商业传统的有机结合。但是,正当刘国桢刚刚正式继任父亲的业主权,准备为新政府领导下的成文厚企业发展大干一场时,也就是说,在他可以行使企业自主权时,他的家庭成员却在政治经济体制的变革中放弃了股权,他操持多年的企业也在悄然向国有化过渡,他痴情于企业却孤悬一线。这时他寻求企业自主权反而使他成为枪口上的猎物。在新政府方面,经济动力与政治权力的对垒已经开始,刘国桢的经济目标本来应该被评价为目光远大,现在却成了不识时务。据此我们可以分析,其企业自主权所要争取的资本、人力和产品的个体化自治管理权力,与新政府国有化的改造趋势,在方针路线上相悖,这时他跃跃欲试,实际上究竟意味着什么? 政府又如何不觉察到这种个体化的商业活动是一种威胁。虽然至今成文厚的上下员工,以及刘国桢的后代,都确信和怀念刘国桢的一腔真诚,但也只能感叹他在当时的民族

---

① 对于市场的理解和商机选择之间的关系,参看 Ian I. Mitroff & Richard O. Mason, "Business Policy and Metaphysics: Some Philosophical Considerations"(业务策略与形而上学:论哲学观点), *The Academy of Management Review*, 7/3, 1982, pp. 361—371。

主义情感挣扎中必然退场。

关于建国后政府和个体化资本在人力和产品管理上的差异,已反映在当时的档案中。我们有幸找到了西城区档案馆的资料,其中有几份是区政府自1949年起在西单大街一带执行改造政策的总结报告。最早的一份报告写于1949年6月,对区政府建设定点市场,对旧摊贩实行集中管理的措施描述得十分详细具体。该定点市场设在缸瓦市附近的皇城根市场和佟林阁路市场①。纸贩子也在集中管理之内,如一位老职工所言:有一位"跑纸盒的""国家不让他干了,他就到成文厚了"②。新政府将城市商业合理改造政策灌输给商贩,要求商贩注册纳税,控制了产品价格和紧缺物资的分配。这对成文厚产品的重要资源——纸的供应造成了钳制之势。其中有的旧商贩是刘国樑在1949年前的老"拉纤儿",这时刘国樑从容地给他们提供了另一种选择,把他们吸收进成文厚。刘国樑的末科徒弟认为,刘国樑的做法出于基督教博爱的信仰,是照顾老熟人。但我们也不妨走出人情关系的思路,从商业利益上分析刘的考虑。他与这些基层商贩仅仅是商场上的熟人,他在他们危难之际答应接手,不无可能在新情势中重新结盟,保住原有的行业渠道和资源供应。

我们也要记住,当时北京城市商业的集体化控制才启动二三年,还处在试行、调整的过程中,政府也在观察商人的反应。在1953年1月的另一份简报中,提到了西单地区"资本家的思想动态"③。作者提供消息说,"私商在货源上受到了限制,因此资本家在思想上有点波动"。作者还把资本家的反应归纳为四种态度,例如,一些资本家要求"公私合营……晚走不如早走好";一些想解雇工人,尽快销售公司所存货物;还有一些"觉得企业没有前途,趁着申请公私合营或转工业从企业想捞一把",如通过"柜上长支着钱,存在银行里"或"把过去股东在柜上存着的款完全支出去";最后一种资本家是持"观望"态度。现在

①　北京市西城区档案局《第二区人民政府摊贩工作总结》,全宗号:2-1-248,1949年6月。关于北京市摊贩的再组织问题,参见崔跃峰《1949—1952年北京市摊商联合会筹备委员会初探》,《史学月刊》2005年第4期,第55-60页。

②　董晓萍、周锦章、吕红峰《成文厚末科徒弟LJZ与业主刘国樑老家的调查报告》,2007年7月10日,第21页。遵守田野作业伦理原则,此处隐去被访谈人姓名,以拼音注出。

③　北京市西城区档案局《对私营工商业户情况的调查报告》,全宗号:2-2-364,1953年1月。

我们可以了解成文厚 1951 年档案所记刘国樑仍在做"财产储备",是没有与政府作对或犹疑观望的,他甚至还在为扩建成文厚热情地投入资本,这至少在客观上是配合政府之举。

(三)商人活动空间的缩小对企业社会关系的影响

现在我们再次转向分析成文厚档案。从 1951 年开始的商号资本重组,显然是对成文厚家族企业控制性质的再次认同和内部定位。但也从这时起,成文厚的资产被纳入政府监管之下,档案中的政府清产文件表明,当时政府已经决定对所有城市工商企业做新的评估。刘国樑能够在这种情况进行投资,是在遵守政府总体方针政策的前提下适应市场变化,以保护家族企业利益的策略。然而,此时也正处在抗美援朝的非常时期,政府要求通过增加资本家的资产流动的方式予以物质支持,任何其他决策都有违背之嫌。这时刘转移印刷机以准备投资印刷厂的资本积累,以及为购置春合和久大的房产投入的经费,都可能被视为变换手法保存家族资本,对他产生不利后果。用官方的话说,他是"想捞一把",或者用当时公股代表的话说,他要把在企业的存款"完全支出去"。按照当时政府政策的框架,刘作为企业家无论做怎样的抉择,都有可能被置于"资本家思想状态"层面的阶级斗争的漩涡之中。

就商号及其经营网络而言,企业自主权也非个人所能自由选择,它还取决于商业管理者所身处的社会环境。在这方面,我们通过成文厚的铺保档案获得了一些历史信息。1951 年至 1952 年 12 月,成文厚的铺保久大体育用品制造厂和另一个铺保永和寿材厂,都因为更换股东受到了政府的批评。永和寿材厂的档案逾百页,内容相当复杂,概括地说,在 1952 年后,有 8 个股东在社会环境变迁中发生了激烈的矛盾冲突。股东之一李某参军复员,留在外地,他决定将股份转让给在北京的姐姐和西城区政府福利部门,获区政府批准,但此举却遭到另两位在京股东的反对,他们也曾提出出售股份,被区政府批评,说他们"平时懒散不爱劳动",现在他们也反对其他股东转让股权。

各种工商档案和个人口述资料都说明了新政府对商人的压力,我们也能从中看到,在建国三年后,在西单一带商户和经理们的周围,社会政治环境发生了巨变,这对在传统行业与现代经营模式结合的探索中谋求生存发展的商人们来说,已感到进退维谷,不知道应该如何做出反应。可以肯定地说,刘国槩的徒弟和后代都有无法知道的事情,但刘国槩后来行事更加谨慎是肯定的,从那时起,刘国槩对社会形势的任何反应都成为反面证据,被用来怀疑他要反对党的无产阶级专政政策,或者被用来证明他是企图破坏新政权的"奸商"。而基层政府的干部确信毛泽东主席在 1952 年 6 月的讲话是正确的,他宣布:"中国内部的主要矛盾即是工人阶级与民族资产阶级的矛盾。"[①]毛泽东利用工人和资本家利益的长期普遍的冲突构建了一种政治架构,如此"劳资两利"的原则就没有存在的空间了。

四、结 论

我们的研究通过一个中小商号的具体变迁过程,自下而上地考察了民国时期至新国家初建后的北京商业史的发展过程。目前成文厚的个案研究还是有局限的,肯定需要调查搜集更多的资料做补充。然而,在已有的个案分析中,我们阐明了历史文献与口述史资料的多样联系,以及在文献资料背后的多种社会环境的变革状况,特别是民国时期城市商人和商业活动的变革,以及一位资本家的身份在各种社会变革中的具体生成过程。刘国槩是从传统家族管理中走出来的商人,最终成为一位现代经理,并对北京城市商业现代化作出了历史性的贡献。他已建立了一种超家族管理模式的行业结构组织,他把不同行业与学校和教师都视为城市社会的新资源,纳入新的行业社会网络,推动了商业的行业化发展,这种策略也曾使他的商业组织自主管理的意识日益增强。在这种条件下,他努力把新行业知识开发、产品生产和市场销售整合在一起。他对新技术感兴趣,重视专业知识的重要性。他对"五色帐"的发明,表明他愿意采纳西方观念以适应中国市场的需要。他还注意提高职工的业务素质,鼓励商号员工获得较好的培训,只要认为有前途的年轻职工必须接受严格的培训。虽然我们对他的一些商业理念和商业活动还是推测,但这种情况是北京现代商业发展一个大趋势,成文厚也确实在这种社会实践中得到了发展和成熟。刘国槩曾被列为"民族资本家",在新国家政府建立之初,他可能为自己负

---

① 郑成林《1950 年代中国共产党对工商团体的改造》,《华中师范大学学报》2007 年第 2 期,第 84 页。

责管理同业公会而感到骄傲。他同时努力完善成文厚的经营策略,通过与各种合作者建立关系,如与师资和学校、摊贩和印刷厂建立网络关系等,以保持和扩大家族企业之外的联盟,还对成文厚新的扩大发展目标做出了规划。但是,他必须经受暴风骤雨般的社会政治现实的变化。

刘国櫆不仅是"三反"、"五反"运动的牺牲品,同时也是这场政治事件的社会行动者。一方面,我们可以看到,刘与西单其他资本家在商业组织和商业行为上的社会互动;另一方面,市区行政部门也不能不根据政府总体方针路线对工商改造运动给出相应措施。刘国櫆在企业自主管理条件逐步成熟的时候,提出了整合行业资源、市场渠道和产品的一体化发展策略,但在政府管理部门实行国有化集体发展的大趋势中,他的行为被视为与政府经济导向背道而驰。在一些档案文件中,政府管理部门还强化了对这种冲突的阶级斗争解释,并将之激化为政治斗争。刘国櫆曾试图保持他的商业活动空间,但由于处于商业企业和市场之间一体化的自由空间中,他的任何行动都被越来越看成是非法活动,越来越具有危险性,乃至应该被取缔。

本个案还需要补充和发展,但它已可以表明,社会史的研究方法可能是历史学和社会学研究的一个重要方法。我们应该注意历史文献的运用,但也应该更加明确和具体地描述社会事实。在艰难时期生活和商业经营方面的口述资料,不仅能提供活资料,也能提供当事人的各种不同的观点和思想分析的范畴。例如,成文厚的老职工们仍然相信,刘国櫆是模范经理;但也有人认为,工商业改造是"坚持无产阶级专政"的必不可少的过程;还有的管理者认为,在成文厚的商业发展史上,公私合营仅仅是新中国建国初期改革的第一步;而从这个角度说,成文厚的十年变动史不过是北京现代商业史的一个小插曲而已。

节水水利民俗

董晓萍

一种节水模式与个案

在华北严重缺水的农村,一些农民放弃了灌溉农业,耕而不灌,建立了另外一种用水模式。从一般国际水项目看,在这种地方就不存在水利了,因为不灌溉就无所谓水利,也就没有什么水利系统和水利管理的概念了。但据近年的实地调查看,这种说法并不全面,还不能概括陕山乡村水利工程的复杂性①。有时情况正好相反,不灌溉村社的水利活动照常活跃,水利系统也十分严密,水利管理的观念也很突出,这些都不亚于灌溉水利乡村,称之没有水利,连当地农民都不服。不同的是,在灌溉水利地区以供水为主,在这里节水却被大加强调。农民以节水为主导水利观念,视节水为供水的基本条件,还形成了自己的民俗传统和历史基础。节水水利管理成为支配性的制度因素,直接影响了当地人与自然界的关系,也影响了当地的社会关系,包括人际关系、婚姻关系、贸易关系、宗教关系和行政关系等。很显然,用从前考察灌溉水利乡村的知识来考察这种节水水利乡村是不合适的。从学者的角度看,还要避免另一种倾向,即过分强调传统文化的独立性。从调查看,缺水农民的梦想永远是水利灌

---

① 自1998年至2002年,我与法国同行共同就此进行了多次田野调查,北京师范大学民俗学专业的研究生庞建春、金镐杰、尹虎彬、李亚妮、李鹤、王杰文、赵晓双等参加了不同阶段的下乡调查,并承担了访谈助手的工作。

溉,所以缺水危机和传统文化功能的两端都被他们给放大了,办水活动成为一种在水资源物质基础上产生的非物质精神行为类型,其抽象化结果受到了信仰和直觉的严格限定,一部分还带有法理的性质,这正是当地非物质文化的一个特点。因此,学者考察这种节水水利乡村,要兼顾水资源的实际与传统文化两者,才能进行比较切合实际的记录与分析,山西四社五村正是这样一个民间个案。

四社五村是一个严重缺水山乡的村社组织,地处晋南地区的洪洞县、原赵城县和霍县交界,霍山脚下,800年前就缺水。仅从村民保存的"清道光七年四社五村龙王庙碑"算起,至少在迄今长达176年的时间里,农民每月平均只有4天水,最少的村庄平均每月只有1天水。一年12个月,各村平均共有48天水,最少的村庄只有12天水。也就是说,一年365天,他们平均317天没水,最少的村庄达到一年353天没水。一个乡村能在这种条件下生存,它的个案一定是很特殊的。

对这个调查点,我们反复考察的是,不灌溉水利工程与水利活动的关系。我们的问题是,在不灌溉水利条件下,农民的水利价值观是什么? 当地的水利系统是如何被农民维护、传承和实践的? 节水水利民俗的现实功能和控制网络是什么? 以及节水水利传统的现代地位怎样? 等等。通过田野调查、并结合历史文献分析,我们发现,在四社五村,灌溉水利规则是被逆向使用的,变成了节水水利的硬性边界和生死罚规。四社五村的农民社首集团掌握着控制和分配水资源的权力,他们通过祭祀仪式,将之转化为神授权威,然后带领村民长年与干旱做斗争,创造了节水的最高垄断目标、共享水利的原则和节水教育的价值观。在节水水利条件下,农民又是两难事物的斗勇者,他们既有见水萌生的灌溉梦想和个别举动,又要把灌溉梦想当作在现实生活中必须打破的东西予以摧毁。局部成员越是走近灌溉梦想,群体成员就越是给予致命的打击,结果,灌溉水利成了农民潜在压抑的幸福指标,节水水利成了他们生死相依的现实行为,节水水利的文化传统正是建立在这种梦想与现实的夹缝中,成为在最少水资源条件下所呈现的最丰富的非物质文化之一。

四社五村人一直活得很踏实,一块干涸的土地奇迹般地养育了近万口人。他们的节水水利制度历经金元、明清、民国、社会主义革命和改革开放时期延续至今,现在还有生命力。他们由节水水利管理发展起来的有限水源共享制度能够安民收心,造就了农民与干旱共处的社会格局。

我们从所搜集到的文字与田野资料中,所能注意到的重点,主要是这一历史悠久的节水水利制度的突出表现机制。其中,一个重要的方面,就是农民自治管理水资源的社首制度。

社首组织与自治机制

(一)社首集权分治

四社五村共有 15 个山村,同饮一条水量不大的、由霍山沙窝峪植被积蓄的渠水,并世世代代延续利用至今。各村结盟的文献叫水利簿,执行水利簿的文献是水利碑,农民对此深信不疑,群体恪守。根据祖先水利簿的规定,管理水渠的是 5 个主社村,即仇池社、南李庄社、义旺社、杏沟社和孔涧村。其中,前 4 个社,又称"四社",对内互称"老大"、"老二"、"老三"和"老四",握权中之权,此权又称"水权",主要是控水和分水、举行祭祀仪式、保存和修改水利簿,维修水利工程,因此他们又称"水权村",用水级别最高。其次是渠务管理,即渠权,四社五村中的"第五村"孔涧村也可以参与,他们内称"老五"。这 5 个主社村都有独立的水日,所谓"水日",指按照水利簿的规约,以每月 28 天为期,把渠水分成 5 份,各主社村各获一份,表示为若干日的水。下游村老大的水日最多,为 8 天;上游村老五的水日最少,为 3 天。其余的中、下游主社村分别为 7、6、4 天。管理水利工程又称"执政",由四社轮流承当,按照自下而上的祖制,从老大到老四,每社管理一年,四年一届。值年的主社当年称"执政社",次年换届,周而复始。但不准老五执政。这些规定都是水利簿中的基本条款。

社首权威的授受,是通过祭祀仪式实现的。每年清明节一到,四社五村的社首便齐集一处,遵奉水利簿的旧规,举行公祭龙神仪式。当年执政社在通过仪式后,等于接受了神灵的授权,然后率领众社首讨论当年治水,并对现实用水的新政策进行表决。最后,众人在焚香祝诵中,以神的名义,完成仪式,开始创造新一年的传统。

社首制管理的核心点,是集权分治和轮流治水。巩固这种制度的关键所在,是调动和运作水利工程,保证饮水供应的长远效益。社首抓住了这一点,就等于控制了四社五村生死存亡的命脉,控制了整个小社会。

四社五村水渠还供养沿途的其他附属村①。这些村庄皆无他水可饮,被允许享用该渠。他们分别按所在渠段被划归附近的主社村管理,每个主社村带一至三个附属村不等。附属村只能使用主社村的过路水和剩余水,并要为主社村分担修渠劳力经费,以换取用水资格。对附属村的管理,也是社首制度的内容。

在社首的管理下,四社五村社的水利工程按以下四个系统运行。

1.送水系统。四社五村水渠的送水是先由水源地沙窝村的总渠向支渠送水,再由支渠向各村坡池送水②,再由家户到坡池提水和存水,三点一线,布成水网。按四社五村水利簿的祖制规定,送水的顺序是"自下而上",即强调保证下游村要得到规定水量的饮用水,并以此为标志,衡量水渠的社会效益。在保证人人有水吃的前提下,优惠主社村的用水,允许主社村在人口增加时,扩建村内贮存渠水的坡池,附属村则不准。这样就在有限水资源的环境中,做到让下游和中游的关键村社满意,也照顾了附属村,上游村也无话可讲,能实现社区稳定。

送水系统管理的秩序从下到上,以示公平。不过,这种做法不止于山西四社五村,陕山古代官方灌溉水利系统也很重视自下而上的分配用水秩序,但四社五村是实行不灌溉水利制度的,却也提出了自下而上的原则,从这一点上,我们能看到这一制度被使用的共性。

2.借水系统。四社五村的另外一种取水风俗称"借水"或"借水不还",具体分三种情况:一是天旱时,主社村之间可以互借水日,借而不还;二是维修水渠时,施工村可以向过路村借水道,借而不还;三是附属村可以向主社村借剩余水,借而不还。至于家户之间应急借水,更为常见,事后不还,留个人情好交往。

---

① 据调查,"附属村"这个词,是1950年以后合作化时期开始使用的,现在社首和村民也都如此称呼。此前,在四社五村水利簿中,对这些水渠沿途村庄的用水也提到过,但没有具体指出村名。

② 坡池,当地方言,指在村落公共地修建的露天蓄水池塘。

　　借水系统的存在,说明当地在执行祖先水利簿的统一规约下,还是允许不同的用水情况存在的。此系统的重要功能是,水权村在借水中表现了相当的主动权,他们之间都是主社村,借水是平等互利的行为;他们也允许附属村向自己借水,这样一方面给附属村提供了存活的机会,一方面也塑造了自己的施主地位,能巩固双方的依附关系。水权村向渠首村借水时,因为自己持有水权,实际是自由取水,渠首村也只能任其取水,不敢阻拦。因此,此系统是把双刃剑,既创造了用水互惠的机会,也体现了社首对四社五村组织的社会控制。

　　3.家户用水系统。四社五村的家庭用水都十分节省,除喝水外,凡涮锅、做饭、洗手和洗脸,用水都不许浪费。用过的水事后要喂牲畜家禽,或洗抹布、搞卫生,或倒在庭院里浇花、浇树、除尘,均多次循环利用,这时家庭主妇成为节水的主力。

　　4.特殊用水系统。指在红白喜事或祭祖仪式中象征性地用水,水量很少,以意义为主。平时他们尽量过着不用水的生活,不洗澡,很少洗衣服,说“不脏”。从这方面,我们能看到四社五村人的另一个精神世界。

　　四社五村人的节水习惯是在缺水危机中产生的,他们习惯于放大缺水危机,也就等于放大了节水效应。他们有一种共识,即认为节水就有水。水不仅是从祖先那里来的,也是从自己的手心里攥出来的,是人人合作省出来的,因此他们从不跟水较劲,而是跟自己较劲。由此在他们内部形成了一种民俗高压,人人都把节水看得特别重,不给浪费水的人和事以任何借口。

　　四社五村的水利工程按照不同的功能系统运行,旨在体现其用水制度的合理性。从调查看,社首在这一过程中所强调的合理性,以及这种合理性的产生、自觉巩固和发展,是符合水权村利益的一种运作。至于学者在调查研究中需要清楚辨别的、体现于四社五村整体节水制度中的合理性,还需要在与社首的解释保持距离后,另外加以分析,这点我将在后面提到。

　　四社五村曾分属三县三乡,一般人会认为很吃亏,以为他们失去了不少行政资源。但事实上,长期的跨县生活,反而造成了四社五村社首对行政资源的精明把握。被他们利用得好,倒成了获取多县支持的理由,有时还能越级上访,寻求更上级政府的支持。1985 年,他们改造不敷使用的水渠管道,就利用了行政上三不管的机会,申请到洪、霍两县的上级临汾地区水利局的投资,解决了缺水危机。其他无论灌溉村还是缺水村,都很难得到这种关照。平时在不需要政府出面的时候,四社五村社首会从别的角度利用政府的政策,又不犯规。比如,社首们肯定地对我们说,水利簿是铁定的"宪法",不能改变;但从附属村一方看,却并不都是这样。洪、霍两县边上的附属村北川草洼村就是个例子,该村几易县属,主社村也变来变去,每次两县的主社村都对它踢皮球,要它按照对方主社村的行政县属解决取水点,以减少对本县水利的消耗。我们从这类日常事务中能看出社首对政府管理政策钻空子。

总的说,从社首执行角度看,四社五村的水利制度是一种控制水量消耗的制度。这种"水利"制度的本身,除了珍惜水资源之外,还必须考虑到周围自然界与社会的所有因素,包括水环境、取水点的生态分布、祖制规约、宗教信仰、村落性格、强人声望和用水秩序等。这一套运作便是民俗运作。只有民俗才能对付千差万别的、狭隘局部的、不同基层社会人口的行为因素,保护稀缺物,并由上一代向下一代不断传承。在这种运作中,水资源便成了社首集权的名义和资本,社首操作的水利技术便成了人与自然对话的策略、左右水利工程效益的行为惯制和神机妙算的工具,如此当地水利传统的各种机制才有了独立运作的意义和被使用的特殊内涵。

(二)理财机制

四社五村社首维修水渠和祭祀都要花钱,记载经费的文献叫账簿。账簿的经费由农民集资而成。社首组织的一个重要职能,是管理账簿和监督经费的使用结果,让农民放心。

首先是工程经费账簿,由当年的执政社管。工程经费不准浪费、不许错账。账簿在仪式上公开核对后,在众人眼下烧掉,等于给神送去了,上一年的账目也就此了结。我认为,经过社首同意和共同目睹把上年的账簿烧掉的过程,是一种神圣盟誓。它有两个功能:一是对账目合理性的认同,使以往的所有争议了结,从头开始,这在客观上也是一种社区团结教育;二是烧账仪式年年举行,能说明当地是很重视以局内团结为重的观念的。

其次是祭神账簿。四社五村社首每年要给龙神和山神烧香祭祀,所用经费由神账记载,从前由香首管理,民国以后,四社五村的大多神庙被拆除,这部分经费也明显缩减。但给神捐资的活动从未停止。神账的功能有二:一是社首集团相信,由此能获得神祇的暗示,增加自己的办事能力;二是社首年年给神捐资、烧香和祭拜,也等于确认了这个非物质空间的存在,能进行一次社区团结教育。

四社五村社首还管理另一笔钱,即附属村为主社村分担的水利经费,从附属村的利益上说,这笔经费带有压迫意味,但从水利财务的角度看,它解决了三个问题:一是免除了主社村水利工程对沿途附属村土地占用的付费问题;二是免除了主社村对附属村可能破坏水利工程造成维修经费增加的担忧;三是附属村每年给主社村提供了近半数的工程经费,大大地缓解了社首组织维修水利工程的经济压力。社首能把农民所积不多的钱财集中起来办一件水利大事,也深刻地体现了当地最大的社会问题就是用水问题,钱还由此成为组织社区关系的一种构件。

四社五村的理财机制,从水利工程上看,是社首的经济行为,但从水利管理的观念上看,也是社首与神权建立联系的一种象征,这时钱很神秘,能成为通神物,不是完全被经济杠杆操纵的。人与水所结成的这种通神的、非经济的联盟,还表现了与大自然的一种结盟,即人文地理关系。

(三)山区人文地理调节

四社五村是山村,水渠要借助高山地势,形成高程,造成水利,没有这个物质基础,四社五村社首的水渠运作就不存在了。但他们主要依靠水利簿运作水,而不是依靠山势和水势,这也是事实,因而是一种人文地理的调节运作。

从自然地理上说,水渠流经的所有村庄应该都是用水村,可以自上而下地顺势取水,这是"合乎水性"的。但四社五村水利工程却世世代代恪守自下而上的用水制度,强调在历史上建立起来的人际关系秩序中建立用水关系,并称此为"合乎人性",这就使它的人文地理精神被突出出来。

他们从不忽视地理地势因素,不过是善于把它运作成人文因素,以利于应付突发的自然灾害,避免陷入绝境。有时农民也会因此而跨县来往,有的邻县村庄比同县村庄走得还亲,附属村刘家庄就是一个例子。它的主社村是老五孔涧村,再顶头上级是水权村老三义旺村,三村都在霍县境内,本来有共同用水的历史渊源。但刘家庄在每逢大旱缺水时,可以不向这两个上司村开口,却绕道去向洪洞县的杏沟村求借,对方也援之以手,结下了一份缘分,据刘家庄人讲,原因就在于两村地势高下相接,能走过路水。孔涧村因此对刘家庄和杏沟村两边都盯得很紧,分别与两村订立了碑约或水规①,以防自己被架空。刘家庄则因为地理上的天赐之缘与老四杏沟村联手,多了一个选择权,这反而让孔涧村、义旺村和杏沟村三个主社村都要留神,自己也就成了一个很不寻常的附属村。

由上可见,在山区用水上,人文地理调节有时也能对历史规约起到抗衡作用,这是合乎水往低处流的自然本性的。这种现象说明,四社五村人在轮流用水上,既充分考虑人性,也不放弃水性,他们是巧算两者的成功者。

级差秩序与整体社会动员

四社五村共享水利的公平原则是建立在不平等的用水秩序基础上的。从调查看,在当地,没有不平等的秩序,就没有公平原则的稳定存在。这种从历史上遗留下来的用水机制,已被四社五村人所世代认同和加以维护。从理论上说,不平等关系是维护公平利益原则的一种动力,级差制管理是保护共同利益的基本条件。

(一)级差分层管理

四社五村水渠沿途的村庄都可以用水,这一水利规约的功能,等于主社村承认沿途附属村都有取水的合法性,这就在制度上提供了历史水利簿存在的合法性基础,它还有利于建设水利工程全线一体化的管理机制。但是,由于四社五村内部存在着水权村和非水权村的差别,渠首村和中、下游村的差别,以及主社村与附属村的差别,所以在实际用水管理上,也还有不同的层次,社首主要是根据水权和渠段分布的不同,实行级差管理。

第一级差,水权村。前面提到,四社都是水权村,他们指认水权的依据,是水利簿和碑刻,如在"清道光七年四社五村龙王庙碑"上,刻了他们的名字;在

---

① 关于孔涧村与刘家庄订立的碑约,见当地村民保存的"清乾隆二十一年孔涧村让刘家庄水利碑记",此碑条款现在还在执行。孔涧村还曾迫使杏沟村与自己签订互不侵犯保证书。被访谈人:孔涧村原社首李德辛,访谈地点:山西省霍州市阎家庄乡孔涧村,访谈时间:2002年5月5日,访谈人:董晓萍。

另一通"金明昌七年霍州邑孔涧庄碑"上,记载了老二打赢老五的历史。他们把这两种文献当作永久的权力资本,因此他们不是一般的用水村,是在公平利益原则下得到实惠最多的村庄。

第二级差,渠首村。在四社五村水渠的水源地,有 4 个渠首村庄,里面有老五孔涧村和它的附属村刘家庄,还有老四杏沟村和水源地村沙窝村。他们也不是普通的用水村,而是近水楼台先得水的高地村庄,都有一定的用水自由,沙窝村甚至有灌溉条件,但渠首村的存在,对中、下游村的用水形成了潜在的破坏力,所以一直受到社首集团的严格限制,也被上游主社村孔涧村所就近看管,不敢多占水和浪费水。

第三级差,用水村。绝大多数附属村既无水权,又地处下游,没有任何权利可言,只能服从水权村和渠首村吃剩余水,是纯粹的用水村。

这种差别也不是绝对的。例如,有的村庄是跨属两类的,如刘家庄是孔涧村的附属村,同时也是渠首村。再如,所有四社都是水权村和用水村,但不是渠首村。沙窝峪和孔涧村都是渠首村和用水村,却都不是水权村等。我要指出这种区分,原因就在于,从田野调查看,它是在农民头脑中实际存在的。缺水农民的思维是从水权管理和水利工程渠段的两个要害中抽绎而出的,一切目的都为了共享用水,因而他们能产生出超逻辑的概念,既涵盖水量,也涵盖用水人口的社会属性,使两者交叉在最省水点上,达到节水目的。从这种级差分层中,我们还能看到四社五村管理的另一个技巧,即在所有 15 村中,对水权村、渠首村和用水村的三项分类,每村都至多占满两项,各漏一项,因此各村都始终处在互相监督和互相关照之中,造成了一种相互牵制又彼此依赖的局面。

在现代社会中,四社五村的社首集团与村委会班子是一套人马,几乎所有的社首都是村长、支书或村委。平时他们依靠政治动员贯彻政府的农业政策,一旦谈到水利管理,他们就会自动将政治动员转化为民俗动员,改为社首的身份,去解决许多政府政策解决不了的缺水问题。这时他们会按照民俗程序,抓牢水权,轮流管水,把共享用水的原则贯彻到每家每户。民俗管理与村委管理,两者决不干扰,而是两利的。因为在轮流治水中,执政社都有获得神授水权的权利,都可以在自己执政期间,得到管理他村的最高权威,还能利用这个管理岗位竞争献策,进行综合治理,心气很高。以后,这个执政社变成非执政社,又会与另外两个非执政社在一起,充任执政社的监督者,也很牛气。如此往复,在四社五村形成了既掌权又互相监督的循环机制,造成了政治动员与民俗动员的互利效益。

在5个主社村中,只有老五孔涧村没有水权,屈居二等。这在客观上,等于在每年轮流治水的循环中,增加了一个监督成员,把对四社的监督力度,从内部扩大到了外圈。四社给孔涧村一部分渠权的做法,还有另一种机巧,即允许孔涧村在四社水源地和水渠之外另修编外支渠,并在这条支渠的很小的圈子内,默许孔涧村执掌该支渠的"水权",管理刘家庄,甚至准许孔涧村在上游村用水相对宽松的小环境中,在与他人无干的情况下,与刘家庄两家之间实行自上而下的不灌溉制度,这样既不违反四社五村共享水利的总体原则,又笼络了孔涧村,还可以表现出四社对渠首村用水优势的承认和尊重,同时也缓解了中、下游村对渠首村占水的焦虑,还为四社控制渠首村制造了合理借口。这个孔涧村,比不上四社的权力,更想占尽威风,于是对地位更低的他村监督积极性更高,这也带动了其他村发挥反监督的作用,村村都不想违反水规,都来参与治水管理,结果整个小社会都被动员起来治水,促进了管理机制的良性运行。四社五村的级差管理被笼罩在精致的民俗管理下获得了公平的意义。

(二)性别合作

在四社五村的整个社会动员中,包含了很完整的性别合作。社首集团是纯粹的男性组织,这与水渠作为人为工程破坏性很大、有时需要用暴力来维持有关。平时社首也把水权和渠权分开操作,自己操纵水权,把一部分渠权下放给放水员,让放水员去监督和检查水利工程,进行违规处罚,所以当地农民把放水员看成半个社首。社首的另一项重要工作是开展节水教育,方法是把灌溉水利条规倒过来使用,全部变成罚规。经过多年不灌溉观念的塑造,四社五村的农民都是节水者,水利簿中的"耕而不灌"一词家喻户晓。

但水利工程管理不是当地生活的全部,当地还有其他经济、宗教和民俗活动,在这些活动中,有时社首也出场,比如村里办红白喜事等。我们搜集到了一些旧礼单,发现仪式的头面人物如果有社首,其角色就比较固定,大都是帮助办事的家庭接待来客、拉水和洗碗,掌管节水的关键部位。

每逢极端干旱季节,四社五村有求雨习俗,过去男女都求。民国以来,经过多次"反迷信"的政治运动的冲击,男性已不再求雨,由中老年妇女承当。她们克服小脚、体弱等困难,到高山上的某个不寻常的地点寻找天然水源,引来雨水。社首和其他男性村民站在路旁,给她们当配角,不听话的还要挨打。女性的天然牺牲精神、忍耐力、克服社会阻力为群体谋幸福的品格,在这时体现出来,受到了男性的尊敬。

四社五村女性是家庭节水的操持者。当渠水分配到家户后,都由家庭主妇按每月的天数对水进行再分配,以日"担"或"勺"计,节缩使用。她们还对提水工具进行分类,规划渠水的用向;还根据用水对象对用水物品做分类,以精细地计划用水的质量和数量。其他特殊用水,如丧礼和祭祖等,女性也都是动水者和民俗意义的传承人。

四社五村男女两性在用水管理上是分工合作的,男性掌管历史水权与水利工程,女性掌管祈雨、日常用水和特殊用水。男女各司其职,共成民俗,这些都是节水农民精神世界的重要方面。

内外社会的冲突与协调

四社五村在长期的自治管理中创造了一套解决水源危机和社会危机的办法,使当地农民能适应内在的冲突和外来的压力,团结生存。近年他们所遇到的最大压力是农村现代化的挑战,下面是问题。

(一)冲突

节水制度的合理性局限。四社五村人对节水水利的理解,是与其历史传统分不开的,从某种程度上,历史水规塑造了四社五村人的节水合理观念。这一观念的物质基础,也是因为当地确实缺水,不能不节约水。四社五村所有节水制度及其执行的依据,就此水资源状况而言,都是合理、系统而完整的。在当地农民的眼里,尽管存在着事实上的用水不平等,但四社五村的节水水利制度仍然是无可挑剔的。他们从这种合理性的观念出发,建立了人与人和人与大自然沟通的关系,在用水人口与地理环境之间,建立了一套合乎"水"逻辑的关系圈,所有外来的人物、事件只要能融入这个圈内,就合法、合情、合理,否则会被看得格格不入,遭到排斥。

现在四社五村遇到的一个麻烦,是历史水规不能解释新增水源,如机井,不能对井进行有效的管理。传统水利簿是管理霍山植被水源和水渠的,现代机井不属于这个范围。在市场经济的运作下,现代机井实行了个体承包制,允许井水出售,个别人便试图脱离不灌溉制度管理,追求井水灌溉,这对于四社五村的不灌溉传统来说,不啻是一种严峻的挑战。此外,由于井水可以变成商品水,于是在井水户之间不再实行借水风俗,只有买卖交易,这也是过去从来没有的。看井户因为掌握了电泵提水和电器维修等较多的技术,还出现了私占机井的欲望,希望借此增加个人收入,这更是与四社五村的水资源共享观念相抵触的。在新的历史条件下,水的概念发生了分化,一部分水已失去了往日的神圣光环,这在四社五村是前所未有的。

上世纪80年代以后,霍山一带兴起采煤和砍树致富,逐渐破坏了四社五村的水环境。特别是最近省内修建高速公路通过四社五村,引发了外来人与当地人争水的严重矛盾。在这一社会变迁中,个别主社村社首开始向附属村施压,用水权去谋求私人的政治利益,这是过去社首所坚决反对的。

在现代化的冲击下,四社五村的目标出现了两个未完成性:一是共享渠水目标的未完成性;一是水利福利事业的未完成性,这些都需要他们寻找新的对策。

(二)协调

四社五村的节水水利传统也有与现代化相协调的地方,大致有以下几点。

保护历史遗产与创造传统。四社五村在使用水册村碑进行水资源管理的历史过程和社会现实中,创造了村民自我管理地方小社会的一个传统。这个传统包括两个方面:一是对历史遗产的强调,并由此形成了以节水为幸福观的集体意识和福利消费习俗;二是依靠在现实生活中使用历史遗产的新对策和常年取得的新实效,创造了新传统,如在实行自下而上节水水利管理制度中,也适当考虑上游村的用水优势,允许极少数上游村实行自上而下的不灌溉管理制度,使上、下游村相处自然和谐。在四社五村的生产生活中,这种保护遗产和创造传统的活动是紧密结合的。他们虽然缺水,却创造了相当成熟的用水制度和相关的非物质文化,用他们自己的话说,"人活的就是个文化"。

道德价值观与水法制裁。四社五村是一个高尚道德价值社区,农民十分强调用水道德,并在此基础上,建立了一个长期协作、生死共存的用水环境。农民把节水制度视为支配性的社会制度,社首通过严格执行水规,树立和保持自己的高尚道德形象,广大群体成员通过参与用水文化的伦理道德建设,化解了许多属于制裁范围内的矛盾。他们最终建设了以节水互助为核心的社区生活。

福利观念与社区运行。我们一直讲的福利概念是现代概念,但在四社五村早已形成雏形。它强调共享用水的"水福利",其特点主要是造就当地的用水秩序和由此发展而来的社会秩序。在四社五村与外界社会变迁的关系上,它也同样作为一种稳定因素,使四社五村人能接受社会主义计划经济的福利观念和现代化的福利工程。

不开发新水源的习惯。四社五村对有限水资源最大限度地延续利用,尽量过着不用水的生活,在一般不缺水的社会看来,这就是最大的节约了。他们还长期保持与自然环境相处的态度,尽量不开发新水源,这也是一种节能作为和环保行为,现在也应该提倡。

以上都与现代社会的历史遗产观、社会道德观和保护环境资源观等相吻合,许多经验值得我们深思。对华北现代城乡的用水生活来说,上述经验也有借鉴意义。

北京城市社会的民间水治

董晓萍

北京明清史料是北京城市社会的地方历史文献,从地方历史文献中考察民间水治,与从国家河渠志上考察,有三点不同:一是国家资料记载的水利工程,由水的自然环境所决定,以农村用水为主,而北京史料以城市用水为主;二是国家资料记载的水利功能,由农业国家的农耕水利命脉所决定,以灌溉水利为主,而北京史料则集灌溉、航运、城防和城市消费生活为一体;三是在历史上,北京史料的编纂者往往也是国家资料的编纂者,他们为了突出北京的统治地位和繁华的帝都生活,增加了对北京民间水治和社情民心的记述。明清以后,在国家级河渠志等专门文献之外,北京还出现了官修史志和私人风土笔记,它们在记述北京城市的社会生活中,也提到了用水,并描述了各种用水场合和大小人物,其中有不少供职朝廷的权要,有吟咏田园的知识分子,也有行业工匠、寺观僧侣和胡同居民等普通城市角色,还有往来于城乡之间供应粮草蔬菜、烧炭木材的流动人口,这些都使北京民间水治独具历史文化内涵,对认识现代北京城市的用水习惯有很多启示。

一、在水道分布中叙述城市社会结构与用水民俗

北京明清史志中的城市水利记载,受到了水利运行对北京城市社会运行的规定性的影响,也受到了北京城市社会功能对城市水利运行需求的限定。北京还是一个多民族聚居的城市,多样化的用水民俗共存,这也使北京的民间水治既有国家依附性,也有多民族性;既有等级性,也有内在的文化秩序。长

期以来,北京民间水治与国家水治相协调的优秀成分,还逐渐融会为一种城市性格,延续到现代社会。

(一)水道及其流经路线和社会布局

在北京明清史志中,对北京的水道记述很多。所谓水道,指北京城市供水工程,以及配套的井渠设施和城市建筑。我们通过这类记述能看到,自金元时期以来,北京在灌溉、航运、供水、防洪和城市环境建设方面,都取得了很多成就,水道的流经路线和沿岸的城市建筑分布默契,展现了北京的社会结构外壳,这是这批文献比国家河渠志更为地方化之处。

金元以后,开凿白浮瓮山河,引水入积水潭,此后,增修城市闸河,引金水河,并多次导引永定河和玉泉山的泉水入城,保证了城市用水,也提供了城市景观。明代蒋一葵的《长安客话》对此做了描述。他专门写了一章叫《积水潭》,我们读他的文字,能知道,一个三百年前的缺水城市,自从有了积水潭,曾是如何优美和繁华。

> 都城北隅旧有积水潭,周广数里,西山诸泉从高粱桥流入北水门汇此。内多植莲,因名"莲花池"。池上建有莲花庵、净业寺等,及王宫贵人家水轩、水亭,最为幽胜。于文定公慎行莲花庵潭上夕饮诗:"禅宫遥倚北楼开,楼下平湖落照来。金水环城全象汉,莲花涌寺宛成台。诸香各捧空王座,一叶能浮太乙杯。便是忘归归亦醉,夕阳清角莫相催。"……袁宏道游北城临水诸寺至德胜桥水轩集诸公诗:"西山去城三十里,紫山献青逻见湖底。一泓寒水半庭沙,攒得白云到城里。茭叶浓浓遮雉朵,野客登堂如登舸。稻花水渍御池香,槐风阵阵宫云凉。"[①]

我们能看到,在当时人眼里,北京市内有湖,好比杭州有西湖,是一种城市霸气、王者气象。积水潭自成风景,还把有限的水域融入城市文化,引得"诸香各捧空王座"。晚明公安派领袖袁宏道也曾来此游览,称赞从城外遥远的地方

---

① 蒋一葵《长安客话》,《常州先哲遗书》,清宣统盛宣怀本,北京:北京古籍出版社(重印本),1994年,第12—13页。

引水入城,是了不起的壮举。袁宏道是明代通俗文艺运动提倡者,他吟咏北京水道和积水潭的诗句也写得宛如民歌,朗朗上口,如"西山去城三十里"、"攒得白云到城里"。

作者还写了西山流水进城后,从"德胜门""流入西苑",再向东华门外"南出为玉河",整个水道是通向城市核心地带和市区要道的水线。(引文中的括号内文字为原著所加,原以小号楷体字表示,现改为括号内文字,以方便读者阅读和对照。本节以下引文中的括号文字,皆为相同的处理方法。)

> 皇城内有海子,在西苑中,源自宛平县玉泉山,合西北诸泉流入都城,汇集积水潭,亦名海子,(德胜桥东西是)复流入西苑,汪洋若海,人呼西海子。南出为玉河。元马祖常诗:"御沟春水晓潺湲,真似长虹曲似环。流入宫墙才咫尺,便分天上与人间。"永乐间周迥建亭榭以备游幸,赐名太液池。京师八景有"太液池"谓此。①

作者也说明,在水利工程技术上,从德胜门起,对城外入城的水量有特殊控制的,主要是从城门起,采用缓化的措施,减缓水的流速,而不是一定要修筑水坝。这让我们看到,当时在水道要害的建设上,是有对城市安全的考虑的。

> 德胜门之西,城垣下有水窦焉。西山诸水从此流入都城。水口为石犀以当之,遏冲突,缓水势也。而庵其上,名曰镇水观音庵。其北即水入处,泠泠有海潮之音。其南则晶淼千顷,草树菁葱,鸥凫上下,亭榭掩映,列刹相望,烟云水月,时出奇观,允都下第一胜也。②

从作者的介绍中,我们可以得知,当时的水利技术,是以城门"水口",在水口处,设"石犀"分水,缓和水势,以利节水和防洪。这正是我国历史上国家水

---

① 蒋一葵《长安客话》,《常州先哲遗书》,清宣统盛宣怀本,北京:北京古籍出版社(重印本),1994年,第14页。

② 蒋一葵《长安客话》,《常州先哲遗书》,清宣统盛宣怀本,北京:北京古籍出版社(重印本),1994年,第25页。

治和民间水治的共同经验。而这种率先保证政治中心用水安全的水利设计，也正是国家水治的一个特点，它也成为北京水治的一道政治文化风景线，被用来歌颂水利德政。据说在历史上不仅有袁宏道，其他很多参政文人都为北京水道做过应制诗篇①，他们看到了积水潭一带的水文地理重要性，把它命名为"京师八景"之一。

除了把守水口之外，还有其他一些技术措施。如从积水潭起，在高粱河的入城水道上分段设立闸门，凿井蓄水，让渠水能够得到节节控制，按照城市用水的社会需求分配水量，达到以合理利用水资源的目标。从文献看，从元代到晚清，这件事从未停止过，到清《光绪顺天府志》时还有此记录：

> 地安门外大街（地安桥）下闸迤西有石小桥一。火神庙在桥西，濒什刹海，唐贞观时火德真君庙遗址，庙前井一。②

这种城市水利模式的地位之重要，在于它能适应皇城环境建设和农田灌溉的两种目的，营造了早期北京史中的城市田园格局，如"积水潭水从德胜桥东下。桥东偏有公田若干顷，中贵引水为池以灌禾黍。……稍折而南，直环北安门宫墙左右"③。北京自汉代以来就是华北周围最先发展灌溉的地区，早有凿井灌溉的传统。到金元代建都引河入城后，又发展了井渠双灌，扩大了城市用水规模。

（二）水道流势对北京城门、城墙和市内建筑的决定作用

实际上，在北京史志文献中，我们能看到更为宏观的北京水系布局，及其对北京城市建筑的左右作用。首先，城市水系与城门关系密切，城门的地址要有利于水进水出，体现促进城市社会管理的功能。其次，城市水系与城市地形

---

① 蒋一葵《长安客话》，《常州先哲遗书》，清宣统盛宣怀本，北京：北京古籍出版社（重印本），1994年，第14页。

② 周家楣、缪荃孙《光绪顺天府志》，清光绪十五年本，北京：北京古籍出版社（重印本），1987年，第354页。

③ 蒋一葵《长安客话》，《常州先哲遗书》，清宣统盛宣怀本，北京：北京古籍出版社（重印本），1994年，第16页。

关系密切,水道要避高就低,而城市建筑要避低就高,由此形成了北京城墙与城内的高台和平地与水网流势恰成比例的格局,使自然环境与社会利用做到天人合一。再次,保障皇城和民居的双向供水。应该说,这些史志文献不是水利科学史,但它们仍以作者亲自考察的方式和简约的现场走访文字,说明了作者对北京水系的体验,让我们看到了一些与水利科学史一致的社会事实,这也体现了史料文献的价值。

很多文献记录了北京水渠所流经的"南顺城街"、"阜城门内大街"、现在赵登禹路上的"马市街"等地点,以及途中的水利建筑、井数和城市用途。

　　　　西直门南顺城街,井二(中心台井一,马圈井一)。[①]
　　　　阜城门内,历代帝王庙。历代帝王庙内,井一。[②]
　　　　东马市街,井五。亦称西大街,见旧闻考,井三。[③]

在水道沿途,重要的建筑是"历代帝王庙",它以井蓄水的目的,是祭祀统治北京城的帝王祖先和祈求福荫。陈宗藩在《燕都丛考》中引《顺天府志》,并做了实地考察,对此做了比较详细的解释:"景德门外东为神库、神厨各三间,宰牲亭、井亭各一。"[④]他也说明,在这条水线上,除了皇家宗祠,还有民间信仰的寺庙坐镇,包括蒙、满民族信奉的萨满教寺庙等。寺内有井,与附近其他三座井共同称作"四眼井",构成民用水系。

　　　　缸瓦市至新街口附近曰四眼井,曰甜水井,曰井儿胡同,曰沙井胡同,曰显灵官。《顺天府志》:显灵官,明建,崇奉萨真人及王灵官也。在四眼

① 周家楣、缪荃孙《光绪顺天府志》,清光绪十五年本,北京:北京古籍出版社(重印本),1987年,第376页。
② 于敏中《日下旧闻考》,清乾隆五十三年内务府本,北京:北京古籍出版社(重印本),1983年,第812页。
③ 周家楣、缪荃孙《光绪顺天府志》,清光绪十五年本,北京:北京古籍出版社(重印本),1987年,第365页。
④ 陈宗藩《燕都丛考》,民国刻本,北京:北京古籍出版社(重印本),1981年,第348页。

井,其旧门亦在兵马司胡同。①

还有一个重要的水利信息,就是水渠路线对北京城内高台地段采取避让措施,而不是硬性削地让路,如此能节水省工,减少开支。现在看,这种做法还保持了城市自然地貌,并能把本钱花在国家水治的真正目标上。例如,不少史料都写到了一个重要的地名的"上岗",并提到那里有井。此指西直门水渠行至现北京西城区二龙路南,遇到了一个高岗,受到了阻隔,于是水渠绕开了这块台地,从马市街向南,蜿蜒前行。明代将北京城向南扩展,也是要避开"上岗"②。

《光绪顺天府志》:"变驴胡同,上冈,井一。"③

《燕都丛考》:"西城阜成门内之上冈。《天咫偶闻》:阮文达公蝶梦园在上冈。此园今已改为花厂,无复亭台花木,只石井存耳。"④

北京城墙和城门的建筑定位,有时还受到民族传统文化的影响,而不都是顺从自然水系的原因。现南城墙的局部向外凸出,是因为当时要把双塔寺圈入城内⑤。双塔寺,金代游牧民族在北京城内兴建,元代蒙古族统治者当然重视,所以要把它保留在城内,继续使用。明代以后,它经历拆建,又延续下来,仍被当作正统寺庙。它的庙史伴随着北京皇城史的兴衰,连它的寺井也衍生了很多政治意义。

小时雍坊西长安街,双塔寺旁,井一。崇祯甲申三月十九日,都城破,工

① 陈宗藩《燕都丛考》,民国刻本,北京:北京古籍出版社(重印本),1981年,第342页。
② 李孝聪《北京城地域结构启示录》,法国远东学院北京中心编印《中法学术系列讲座》第3号,北京:中华书局,2002年,法国远东学院北京中心,巴黎法国远东学院图书馆藏,第5页。
③ 周家楣、缪荃孙《光绪顺天府志》,清光绪十五年本,北京:北京古籍出版社(重印本),1987年,第370页。
④ 陈宗藩《燕都丛考》,民国刻本,北京:北京古籍出版社(重印本),1981年,第272页。
⑤ 李孝聪《北京城地域结构启示录》,法国远东学院北京中心编印《中法学术系列讲座》第3号,北京:中华书局,2002年,法国远东学院北京中心,巴黎法国远东学院图书馆藏,第6页。

部尚书兼东阁大学士范景文于双塔寺旁井中死之。本朝顺治间谥曰文忠。①

北京水道南出崇文门而下，对南城的社会格局也产生了影响。过去崇文门一带坊巷胡同的设置皆依水利网络而成，它们即便被史志记载，分成不同的条目，也显得格局相似，整齐划一。例如，《京师五城坊巷胡同集》："东城（崇文门里，街东往北，至城墙并东关外）明时坊井儿胡同。东城（崇文门里，街东往北，至城墙并东关外）南居贤坊冯良儿井。"②

我们从北京史志中还能看出，在历史上，北京水道的航运作用也是十分突出的，这是与北京作为国家首都和国家水治中心的地位分不开的。航运进货，提供国库存储、皇室需求、安全保卫和民间日常之用，对它与北京城市建筑的关系，要放到当时全国物质输入北京的水路网络中去看。《帝京景物略》抄录了一首顾起元的诗，反映了时人的认识。

　　　　江宁顾起元《朝天宫》：黄金仙阙绛河开，白玉丹台落碧回。树杪鹤从远海集，池边龙自葛陂来。甘泉已奏扬雄赋，汾水还歌汉主才。何俟求仙遣方士，人间此地已蓬莱。③

这种开放性的水利工程，是一个技术系统的智慧体现，也是一个政治经济系统的规模象征。诗中所说的"黄金仙阙绛河开"和"树杪鹤从远海集"，都是以诗的语言，对北京元代以来水利成就与社会发展规模相映衬的概括，而不是普通的夸张，民间水治的说法是龙王爷保佑，如诗中说"池边龙自葛陂来"，其实这也是对吉祥的水利文化的憧憬。

二、在水井地点中描述城市社会关系与民俗

北京周围的水资源并不丰富，仅仅依靠永定河和西山泉水提供庞大的国

---

①　吴长元《宸垣识略》，清乾隆戊申刻本，北京：北京古籍出版社（重印本），1983年，第131—132页。

②　张爵《京师五城坊巷胡同集》，清嘉庆三十九年本，北京：北京古籍出版社（重印本），1982年，第8—9页。

③　刘侗、于奕正《帝京景物略》，明崇祯八年本，北京：北京古籍出版社（重印本），1981年，第187页。

家水治和民间水治的需求是不敷使用的,所以大部分官署衙门和城市居民还要饮用井水。在这个背景下,北京水系与北京城市社会关系,是由此塑造的社会关系。在北京史志文献中,往往通过描述水井地点,描述了这种社会关系,它们给了我们很多地方知识,也让我们了解到一些北京历史上的水井民俗。

（一）宗教公共管理

北京史志文献记载水井的一个重要特点,是体现了水井与寺庙的关系,在长达近三百年的记载中,几乎有井处皆有庙。我们在前面引用的史料中可以看到,积水潭水多庙也多,其实其他城内地区也如此,但比较而言,积水潭是国家水治的权力与财富,水井是寺庙神治的权力与财富。积水潭的使用是有封建等级的,水井的使用是城市集体的;积水潭的分配是有国家依附性的,水井的分配是有城市生活秩序性的;积水潭的共享是以皇苑、城防和公田灌溉为主的,水井的共享是以甜、苦水井的水质区分为主的。从水井看北京水治,更容易看到它的内部社会。

以下随手摘抄数则寺庙与水井关系的记录,以便使读者能大体看到我们所说的情况。

> 内四区武王侯胡同,宝禅寺内,井一。[1]
> 内四区正觉寺胡同,正觉寺内,井二。[2]
> 桦皮厂,关帝庙,北水关,北城根,井一。[3]
> 铸钟厂,碧霞元君庙后,井一。[4]

通过这些史料,我们可以具体地看到北京水井管理的特点。仍以积水潭

---

[1] 吴廷燮等《北京市志稿·宗教志》,北京:燕山出版社,1998年,第52页。
[2] 吴廷燮等《北京市志稿·宗教志》,北京:燕山出版社,1998年,第54页。
[3] 周家楣、缪荃孙《光绪顺天府志》,清光绪十五年本,北京:北京古籍出版社(重印本),1987年,第386页。
[4] 周家楣、缪荃孙《光绪顺天府志》,清光绪十五年本,北京:北京古籍出版社(重印本),1987年,第382页。

做参照。水井与积水潭不同的是,它是城市内部用水的象征。它的封闭构造和小块占地,使它既不能航运,也不能防洪,更不能被改道以转移水源,只能提供家户使用,因此,没有资料记载井的大、小等规模,只记载它的水井数量,如"井一"或"井二"。它的统计方法,被以寺庙的数量统计,如"庙前井一",也有的以坊巷数量或归入寺庙和坊巷的公共地统计。此外,北京的地形和水质情况,使水井的开凿并不容易、也不富裕,没有人可能把它们列为私家用品,都是要按照公开地点登记在册的,任何市民都可以按图索骥找到它。井权的性质,有的是庙产,有的是官署使用,也有的是坊巷居民利用,但总的说,以寺庙管理居多,特别对那些为数不多的甜水井,更强调寺庙管理。在这个意义上说,宗教寺庙是一种公共管理城市水资源的公平符号,但没有任何史料记载北京寺庙的管井权力是由政府颁发的,因此,寺庙以依靠神祇执行公共管理为最好的办法。我们甚至会从文献中看到,不依靠政府拨款,而是依靠僧道出资凿井,提供公用的个案,这种井也因此也获得广泛的赞誉,被呼为"义井"。北京流传的僧道治水的传说也很多,成为一种水利口碑,有的还被写入北京史志,转化为一种地方文献。如"僧善祖营寺"的事迹就被地方文献化了,在《日下旧闻考》中,把他列入"齐化门"和"太庙前"的历史事件,升格褒奖,百年后的《光绪顺天府志》和《燕都丛考》也都延用此例,予以接续记载。

《日下旧闻考》:

辽重熙清宁间,筑义井精舍于开阳门之郭,旁有古井,清凉滑甘,因以名焉。金天德三年,展筑京城,乃开阳之名为其里。大定中,僧善祖营寺,朝廷嘉之,赐额大觉。贞祐初,天兵南伐,兵火之余,寺舍悉为居民有之。戊子春,宣差刘从立与其僚佐高从遇辈请奥公和尚为国焚修,因革元为禅,奥公罄常住之所有续换寮舍,瑞像殿之前,无垢净光佛舍利塔在焉几仆,提控李德,至是施财完葺。继有提控晋元者,施蔬圃一区于寺之内,以给众用。庚寅冬,刘公以状闻朝廷,请以招提院所贮余经一藏迁于本寺安置,许之。于是创建壁藏斗帐龙龛一周,凡二十架,饰之以金,缋之以彩,计所费之直白金百笏。既成,请湛然居士为记。湛然居士集。[臣等谨按]大觉寺久费,考畿辅通志云,义井精舍在大兴县东,辽时筑义井精舍于开阳之郭,旁有古井因名。又考析津志,义井一在齐化门太庙前,一在思成坊洞阳观前。今大觉寺既废,义井亦不能确指其处矣。又按朱彝尊原书引湛然居士大觉寺初建经藏记,删去提控李德修塔句,又余经一藏讹余金,今俱据本集增正。①

　　陈宗藩补充了崇文门的明代史料,说明僧道人员开凿义井另有其例,如"南居贤坊有老君堂,云即洞阳观旧址也。元时观前有义井"②。关于寺庙与水井的关系,在北京史料中,能找到三条线索:一水井与关帝庙和观音庙的结合,二是水井与土地庙的结合,三是水井与皇家寺庙的结合。这些都有深厚的文化背景,也有元明清社会上层和民间宗教的影响。我们曾去过西城区西四报子胡同隆长寺调查,现在那里已变成寺庙大院,但当年寺僧对水井的管理至今还被居民所记忆。距此相望是白塔寺,北京史料对白塔寺水井的描写,便把佛教神权提升到了至高的地位,为一般水利史料所少见。

　　　　都城西北隅妙应寺(阜城门内),偏右有白塔一座,人多称白塔寺。世传是塔创自辽寿昌二年,为释迦佛舍利建,内贮舍利戒珠二十粒,香泥小塔二千,无垢净光等陀罗尼经五部,水晶为轴。后因兵毁湮没,每于静夜现光,居民惊疑失火,仰视之烟焰却无,乃知舍利威灵,人始礼敬。元至元八年,世祖发而详视,果有香泥小塔,石函铜瓶,香水盈满,色如玉浆,舍利坚圆,灿若金粟,前二龙王跪而守护,案上五经,宛然无损。③

　　这段资料讲,白塔寺内藏供奉佛舍利,所以连东西殿的两口井的中国龙王都进殿充任看守,这就进一步把寺庙管理井权的权力绝对化了。白塔寺以南,是前抄手胡同,那里曾住着西四双关帝庙的最后一位住持,这座双关帝庙毗邻隆长寺,据我们调查,至上世纪 50 年代初,也是由佛僧管井,并与胡同居民建立

①　于敏中《日下旧闻考》,清乾隆五十三年内务府本,北京:北京古籍出版社(重印本),1983 年,第 771 页。

②　陈宗藩《燕都丛考》,民国刻本,北京:北京古籍出版社(重印本),1981 年,第 313 页。

③　蒋一葵《长安客话》,《常州先哲遗书》,清宣统盛宣怀本,北京:北京古籍出版社(重印本),1994 年,第 25 页。

了密切的联系。

　　(二)水井的城市公共利用

　　封建中央集权是北京水治的大背景。在这个大背景下看,水道的性格是外向的,水井的性格是内向的,两者是有相对区别的。但两者也有诸多联系,这也是我们所不能忽略的,在整个北京城市社会的运行中,水井的使用与封建政治、封建文化和传统城市行业也有高度的综合,不过是从比较微观的层面上,体现了水渠与水井、国家水治与民间水治、国防、城防与传统城市行业的关系等。

　　1.官署用水:水井与水渠的关系

　　上面已约略提到,元、明、清国家政治文化机构的设立,是与北京地形和水渠路线的结构有直接关系的。虽然元代集权机构的布局经明代的改造后有了很多变化,但重要的中央机构对城市水利的支配权和享用特权没有改变。北京史料正在这点上做了记载。在《宸垣识略》和《燕都丛考》中,都提到了官署翰林院,并说那里"院内东偏有井","井之外为莲池","莲池"是由积水潭下来的水。总之,此处既有水井,又有水渠,水源相连,诗意无限。

　　　《宸垣识略》:

　　　　东长安街北玉河桥之西翰林院署院内东偏,井一。院内东偏有井,覆以亭,曰刘井。明嘉靖戊子始建御制五箴碑于敬一亭。亭树于堂南,左则刘文安井,井之外为莲池。右则柯竹严亭,亭之前为土山。刘文安名定之,官学士。柯竹严名潜,官学士。施润章刘井诗:青荧谁凿水晶寒?锦石银床位置安。起草群臣曾洗砚,论文异代一凭栏。宫云近覆晴犹润,海眼潜通旱未干。倘有泥蟠神物在,那愁霖雨被人难。又柯亭诗:仙客联翩倚槛来,丹亭曾向日边开。残荷蔽芾犹连井,芳草凄迷旧有台。接坐共怜星聚地,凌云谁称岁寒材?风流未坠余陈迹,怅望千春首重回。①

　　　《燕都丛考》:

---

① 　吴长元《宸垣识略》,清乾隆戊申刻本,北京:北京古籍出版社(重印本),1983年,第84—85页。

东长安门外翰林院,院内东偏有井,覆以亭,曰刘井。①

在其他史料中,也提到了另外一些中央官署的水井,如司礼监的两口井等②。在这个地点上,还有其他重要权力机构,如吏部、户部、兵部、工部、钦天监等,它们都和翰林院一样,位于紫禁城的城门与城市水道之间,尽享水渠和水井。与一般水井的坊巷用户不同的是,官署井水的享用者同时是国家水治的形象化身,因此他们的概念比较宏观,所要考虑的是举国水利的历史与现实。

2. 贵族用水:国家水治与市民和民族的关系

在北京史料中,我们能看到,城市历史街区与封建等级是有序划分的,一条史料特别记录了供养皇子、皇女的奶妈的府第“奶子府”及其水井分布,并且王府和官宦特权生活区的水井还都是比较充裕的,大都有“井二”。但相同史料也记载了共享用水的民居胡同,这就使这种特权的记载尽管突出,但又与我们在上面所讨论的社区共享用水是不矛盾的。

丰顺胡同,母猪胡同,灌肠胡同,奶子府,南大院井一,花园井一。③

王府大街,井二。④

太仆寺街,井二。⑤

太平胡同,黄面胡同,口袋胡同,翠花胡同,井二。⑥

---

① 陈宗藩《燕都丛考》,民国刻本,北京:北京古籍出版社(重印本),1981 年,第 180 页。

② 周家楣、缪荃孙《光绪顺天府志》,清光绪十五年本,北京:北京古籍出版社(重印本),1987 年,第337 页。

③ 周家楣、缪荃孙《光绪顺天府志》,清光绪十五年本,北京:北京古籍出版社(重印本),1987 年,第353 页。

④ 周家楣、缪荃孙《光绪顺天府志》,清光绪十五年本,北京:北京古籍出版社(重印本),1987 年,第352 页。

⑤ 周家楣、缪荃孙《光绪顺天府志》,清光绪十五年本,北京:北京古籍出版社(重印本),1987 年,第356 页。

⑥ 周家楣、缪荃孙《光绪顺天府志》,清光绪十五年本,北京:北京古籍出版社(重印本),1987 年,第353 页。

与之相关的另一种情况是,元、明、清政府的城市规划,特别在元代和清代,都曾按蒙、满、回、汉等民族的不同划分了不同居址,我们在这个历史背景下看水井的分布,还能看到对民族民俗用水的关照。例如,"枣林街,井一"①。枣林街,位于宣武区岗上地带,是北京四大回民聚居区之一。清康熙皇帝曾专门赐匾,强调民族团结。康熙也是在北京史上把国家水治和城市水利建设结合得最好的一位皇帝,他对北京永定河水源地的有效治理,现代社会还在受益。他的民族政策眼光也体现在水井利用上,我们能看到,在宣武高岗的这样一个供水困难的地方,仍有"井一"。

3.封建城市行业用水:国防、城防和社稷民生的关系

北京是传统消费城市,这种城市的性质,使它的传统加工业特别发达,这是在许多历史文献中都能看到的。但从水利史的角度看,这种城市行业的发达,又是与北京城市水利系统分不开的。北京水系长期承担着国家水治的责任和帝都城防的任务,它的传统行业的形成,是与这种政治军事结构相一致的,如以"枪"、"炮"、"箭"和"火药"行业居多,史料也有很多将城防、军备与粮仓和用井并提的记录。

　　　火药局胡同,井一。河沿龙王庙井一。② 火神庙井一。箭厂,井一。③
　　　天师庵草场,在皇城外东北,正统年间,以张天师旧初建,故名。有井。④
　　　禄米仓大街以禄米仓得名,清时为仓储之所,其西有安乐巷、井儿胡同。⑤

① 周家楣、缪荃孙《光绪顺天府志》,清光绪十五年本,北京:北京古籍出版社(重印本),1987年,第372页。

② 周家楣、缪荃孙《光绪顺天府志》,清光绪十五年本,北京:北京古籍出版社(重印本),1987年,第338页。

③ 周家楣、缪荃孙《光绪顺天府志》,清光绪十五年本,北京:北京古籍出版社(重印本),1987年,第385页。

④ 刘若愚《酌中志》,海山仟馆丛书,清康熙内府抄本,清道光二十五年本,北京:北京古籍出版社(重印本),1994年,第115页。

⑤ 陈宗藩《燕都丛考》,民国刻本,北京:北京古籍出版社(重印本),1981年,第223页。

北京漕运从京杭州大运河进入，分别在东城台基厂，北城西直门，南城崇文门等装卸粮食、草料、木材和军需物质等，所以这一带的粮仓、草料场、盔甲行等也跟着布建，并在这些物流重地，配有水井和相关管理寺庙，从而使国家航运和城市水井管理形成不解之缘。

另一方面，来自全国的物质在北京加工，也在北京发展对应的结构性行业。但仔细看北京史料，又能发现，北京也不单单是国家的行业加工厂，它还借助这些原料，加工和生产了自己城市需要的产品，扩大了自身手工行业的发展规模。从北京城市内部的角度看，北京手工行业的加工服务，又有很多是提供上层官署的日用、仪礼和岁时生活的，包括重大的节日庆典和岁时民俗活动等，它们都对北京风俗的结构形成产生了长期的作用，也对全国物质输入的地域结构和原料结构有相当的影响。北京史料在记载水井的同时，也记载了这些加工行业的来料结构和生产结构，这对我们进一步认识水利史事是有帮助的。以下，将一些与北京传统手工行业有关的条目摘抄如下，并用阿拉伯数字编号表示，以便做整体对比和分析。

1. 大、小石作，井二。[1]

2. 惜薪司胡同，土地庙，井一。[2]

3. 大、小红罗厂，井二。[3]

4. 天安门之东附近里新库其东曰鸭蛋井。《顺天府志》：户部所属缎库在南池子东，与大库、颜料库通谓之三库。[4]

5. 火药局胡同，井一。河沿龙王庙井一。火神庙井一。[5]

[1] 周家楣、缪荃孙《光绪顺天府志》，清光绪十五年本，北京：北京古籍出版社（重印本），1987年，第343页。

[2] 周家楣、缪荃孙《光绪顺天府志》，清光绪十五年本，北京：北京古籍出版社（重印本），1987年，第341页。

[3] 周家楣、缪荃孙《光绪顺天府志》，清光绪十五年本，北京：北京古籍出版社（重印本），1987年，第358页。

[4] 陈宗藩《燕都丛考》，民国刻本，北京：北京古籍出版社（重印本），1981年，第454—456页。

[5] 周家楣、缪荃孙《光绪顺天府志》，清光绪十五年本，北京：北京古籍出版社（重印本），1987年，第385页。

6. 炮厂,井一。庙前井一。①

7. 枪厂,井一。《会典事例》:盔甲厂在崇文门内之东,今贮废炮。芜史:盔甲厂即鞍辔局。②

8. 箭厂,井一。③

9. 快子胡同,盔甲厂,井一。④

10. 茶叶胡同,井一。⑤

11. 猪毛厂,井一。⑥

在第 1 条中,"大、小石作"归内官监掌管,但石匠作坊只是其中的一行。内官监还管另外的行业作坊,如木匠行、瓦匠行、木材行、土建行,油漆行、婚礼行、火药行以及米库、盐库、皇坛库和冰窖库等,这些行业,都在皇家宫苑园林的建造中和大型庆典祭祀仪式的举办中发展,成为北京政治文化中心不可缺少的项目。有些行坊,如木作,根据皇室打造龙桌、龙床和箱柜的专门需要,还另调工匠精工细作,成为御前作⑦,在皇帝办公的地方安设硬木桌椅等,又称佛作⑧。对于重要的粮油物质及其在北京市面上的粮价、面价、油价和盐价等,还要每月派专人向皇帝奏报,以使皇帝掌握农岁丰歉和了解市情民心⑨。所以,表面

① 周家楣、缪荃孙《光绪顺天府志》,清光绪十五年本,北京:北京古籍出版社(重印本),1987 年,第 359 页。

② 周家楣、缪荃孙《光绪顺天府志》,清光绪十五年本,北京:北京古籍出版社(重印本),1987 年,第 358 页。

③ 周家楣、缪荃孙《光绪顺天府志》,清光绪十五年本,北京:北京古籍出版社(重印本),1987 年,第 385 页。

④ 周家楣、缪荃孙《光绪顺天府志》,清光绪十五年本,北京:北京古籍出版社(重印本),1987 年,第 359 页。

⑤ 周家楣、缪荃孙《光绪顺天府志》,清光绪十五年本,北京:北京古籍出版社(重印本),1987 年,第 375 页。

⑥ 周家楣、缪荃孙《光绪顺天府志》,清光绪十五年本,北京:北京古籍出版社(重印本),1987 年,第 375 页。

⑦ 刘若愚《酌中志》,海山仟馆丛书,清康熙内府抄本,清道光二十五年本,北京:北京古籍出版社(重印本),1994 年,第 99 页。

⑧ 刘若愚《酌中志》,海山仟馆丛书,清康熙内府抄本,清道光二十五年本,北京:北京古籍出版社(重印本),1994 年,第 103 页。

⑨ 刘若愚《酌中志》,海山仟馆丛书,清康熙内府抄本,清道光二十五年本,北京:北京古籍出版社(重印本),1994 年,第 101 页。

看是木匠作坊等,但在实际管理上,却是通上达下的具体运作渠道,这种行业就有了晴雨表的性质。它们的水井不少,应该是与行业的性质相配套的。

第2条的"惜薪司"和第3条的"红罗厂",还有三口井和一个土地庙,是一个系统。据明刘若愚《酌中志》记载:

> 惜薪司专管宫中所用柴炭及二十四衙门、山陵等处内臣柴炭。每月初四、十四、二十四、开玄武门放夫匠及打扫净车,抬运堆积粪壤。每月春暖,开长庚、苍震等门,率夫役淘沟渠。正旦节安彩妆。凡遇冬寒,宫中各铜缸、木桶,该内官添水凑安铁箅篦其中,每日添碳,以防冰冻,备火灾。侯春融则止,皆惜薪司事也。凡宫中所用红罗碳等,皆易州一带山中硬木烧成,运至红罗厂,按尺寸锯截,编小圆荆筐,用红土刷筐而盛之,故曰红罗碳也。每根长尺许,圆径二三寸不等,气暖而耐久,灰白而不爆。[①]

这段文字,说到夏冰冬柴,写得充实紧凑。里面的传统行业就像走马灯一样终年忙碌,成为整个北京城市新陈代谢的器官,连皇室和老百姓都包括在内,无一不依赖行业机体的活力而生存。以柴行业为例,它的分工很细,加工要求极高,连来料地点、加工尺寸、包装筐形和颜色等都有讲究,不容马虎。红罗厂今存,虽然行业已去,但读此历史,仍能让现代人增加知识。其他惜薪司的行业也具有很强的岁时季节性,文字中充满了民俗风情。

第4条中的绸缎原料采集和加工,是一个集航运和作坊生产为一体的综合系统。北京的绸缎输入量历来很大,除了宫廷仪仗、服饰和军用以外,连市面店铺的加工也都需要。丝绸原料产于江浙,需要由京杭运河输入,朝廷便专设丙子库、承运库和广运库采办。其中,丙子库"每岁浙江办纳丝棉、合罗丝串、五色荒丝,以备各项奏讨。而山东、河南、顺天等处供棉花绒,则内官之冬衣、军士之布衣,皆取于此";承运库"职掌浙江、四川、湖广等省黄白生绢、以备奏讨钦赏夷入,并内官冬衣,乐舞生净衣等用项";广运库"职掌黄红等色平罗

---

① 刘若愚《酌中志》,海山仟馆丛书,清康熙内府抄本,清道光二十五年本,北京:北京古籍出版社(重印本),1994年,第106页。

熟娟、各色杭纱及棉布,以备奏讨"。这些原料运抵北京后,交由内织染局处理,他们"掌染织御用及宫内应用缎匹绢帛"。另有东城和西北城的蓝靛厂和洗涤厂做深加工。接着由衣行、缝行、帽行、鞋行和戏行等各行加工生产。还有绦作,专做"经手织造各色兜罗绒、五毒等绦,花素勒甲板绦,及长随火者牌总绦"①,形成了一条龙作业。北京的绸缎行业长盛不衰,涌现了八大祥的老字号,与此有关。这个行业生产的"五毒"服饰,还是官民皆用的端午节饰物,至今使用。而在这类行业中,水的使用是生产环节,也是织染的配方用品。

第5至9条诸行,属兵仗局,据明刘若愚《酌中志》,该局"掌造刀枪、剑戟、鞭斧、盔甲、弓矢各样神器",是国防与城防类的行业。但从它的水井配备看,却知道不同兵器的生产其实是分散在城区几处的,不像内织染局和惜薪司那么集中,这显然与原料储存和保管加工的特殊要求都有关系。最让人想不到、也最令人兴奋的是,这个兵仗局,在为国家做事的同时,也为北京皇城的传统文化活动服务,刘若愚的文字也写得绿肥红瘦、简捷生动。

> 又,火药局一处属者宫中。元宵上鳌山顶上之灯,例点放神器三位,则监工事也。凡每年七月七夕宫中乞巧小针,并御前铁锁、锤钳、针剪之类,及日月蚀救护锣鼓响器,宫中做法事钟鼓、铙拔法器,皆隶之。是以亦称小御用监也。②

我们能看到,兵仗局所对内制造的,主要是节日和救灾使用的焰火响器之类,提供"元宵放灯"、"七夕乞巧"、"日月救蚀"和"宫中法事"使用。从前北京民间的这类行业也很发达,在太平盛世时,还有朝廷与民同乐的景象。当然,在现代社会,这些都是民俗行业了,已由宫廷走向民间。而在这种传统行业中,水曾是航运工具,也是消防武器。

第10和11条,讲到茶叶和猪肉加工业,并提到其井址。茶叶、猪肉和牛羊

---

① 刘若愚《酌中志》,海山仟馆丛书,清康熙内府抄本,清道光二十五年本,北京:北京古籍出版社(重印本),1994年,第111、115、116页。

② 刘若愚《酌中志》,海山仟馆丛书,清康熙内府抄本,清道光二十五年本,北京:北京古籍出版社(重印本),1994年,第110—111页。

肉等都是北京的传统饮食,在传统饮食作坊加工中,对水井的水质要求是十分严格的,这时水既是产品的成分,又决定着产品的质量。

北京城市消费生活也体现在日常生活中。这方面的记载大都是民俗,如提到隆福寺庙会时说"寺后一井"[1]。隆福寺是北京历史上有名的两大庙会之一,另一个是护国寺,也有寺井的记录。过去民俗学者看这段资料时,只注意两大庙会的繁华,却不大注意它们的用水,现在这些资料给我们提了个醒。这些资料还有一个有意思的地方,就是在指出水井所在胡同之后,还顺便告诉读者一些民间称谓。在这些地方,作者笔调之活泼,是国家河渠志所不可能有的。例如:

> 大沟巷(俗讹打狗巷),井一。[2]
> 伽蓝殿胡同[俗讹车辇(碾、簾)店],井一。[3]
> 南、北养马营(俗讹羊毛营),井一。[4]
> 腾禧殿,井一。《金鳌退食笔记》:腾禧殿在旃檀寺西,明武宗以居晋王乐伎刘良女,俗呼为黑老婆殿。傍有古井,曰王妈妈井。[5]

这些民间说法,如果不是长期生活在北京的人,是不大容易知道的。而读者知道了这些说法,即便是不用按图索骥,也能凭着市民的现场指点找到这些水井,而史料本身同样能反映水井与国防、祭祀中心、街区行政、行业和日用的关系,有总比无好。

---

① 周家楣、缪荃孙《光绪顺天府志》,清光绪十五年本,北京:北京古籍出版社(重印本),1987年,第365页。

② 周家楣、缪荃孙《光绪顺天府志》,清光绪十五年本,北京:北京古籍出版社(重印本),1987年,第385页。

③ 周家楣、缪荃孙《光绪顺天府志》,清光绪十五年本,北京:北京古籍出版社(重印本),1987年,第383页。

④ 周家楣、缪荃孙《光绪顺天府志》,清光绪十五年本,北京:北京古籍出版社(重印本),1987年,第372页。

⑤ 陈宗藩《燕都丛考》,民国刻本,北京:北京古籍出版社(重印本),1981年,第445页。

三、在水利史事中介绍城市历史文化隐喻

北京水利史有很多传说具有深刻的社会意义,能让我们更深入地认识北京的城市社会史。这些史料,通过对同一事件、同一水利地点的反复记载,让我们看到,国内水治的一些主要问题,都能在北京得到基本的体现和较高的重视,同时北京水利也有自己的特点,形成了一些特有的象征隐喻,水事隐喻的稳定性还超过了政治事件的稳定性。

北京的水利与政治中心关系密切,一些位处中央皇权所在地的水井往往成为政治上的代号。当历史朝代更迭或社会发生巨大动荡的历史转折时刻,某些水井还被赋予政治属性,成为权力斗争的特殊象征。有一些井的命名,如"珍妃井"等,便与此有关,这在北京史上是不乏其例的。还有一些史志资料,介绍朝廷士臣的经历,也提到了水井,并被多次记录,反映了这种水利建筑有不平常的含义,以及作者要把它们流传下去的态度。早在明初,这种记录便已经出现,如明七子之一何大复记录元朝往事。

> 明何孟春余冬序录:洪武八年八月,天兵定燕都,危学士素走报恩寺,俯身入井。寺僧大梓挽出之,谓曰:国史非公莫知,公死,是死国之史也。危由是不死。翰林待制黄殷士辱投居贤坊井中,从人张午负以出,曰:君小臣而死社稷耶? 黄曰:齐太史兄弟皆死,小官,彼何人哉! 午使家人环守,至日昃,会大将军徐达下令,胜国之臣俱输告身。黄绐午取告身,午出,还求勿得,亟往视井,则黄已死。午买棺以敛,且营葬焉。[①]

何大复与李梦阳齐名,都是明才子,不过李梦阳写了北海,何大复写了一位元朝忠臣与井的干系。文中的报国寺,是一所宗教寺庙,内有水井,经过这次政治事件,此井便进入了政治史。此后,清代的《日下旧闻考》和《光绪顺天

---

① 周家楣、缪荃孙《光绪顺天府志》,清光绪十五年本,北京:北京古籍出版社(重印本),1987年,第385页。

府志》等,也都记录了这段井事,基本是全文抄录,惟《光绪顺天府志》增加了一行字:"有报恩寺,有明成化二年碑,修撰严安礼撰,寺内有井,元翰林待制黄瑨殉节所也"①,看来是经过勘察的结果。同类的"入井"轶闻,明亡清兴时也有,水井地点就在本文上面提到的西长安街双塔寺。

> 西长安街(双塔寺井),明大学士范文忠景文殉节所也。孙承泽《畿辅人物志》:崇祯甲申三月十九日,都城破,工部尚书兼东阁大学士吴桥范公景文,先已绝粒不食,至是见贼骑纵横,望阙哭,于双塔寺旁井中死之。②

此文的事主范某,被《畿辅人物志》的作者呼为北京历史人物,《光绪顺天府志》编修者则将此事称为"传信"或"无名氏甲申小纪"。从情节结构上看,它与上则史料属于同一个"入井"母题类型。更早的"入井"者还有"舜"、"象"等神话帝君,因此说它是"无名氏"之作也是有道理的,而水井史事一旦生成故事母题,便能广泛地传达城市的历史隐喻,而从北京史料看,这样的"入井"母题其实还有很多③。

综上所述,北京地方文献记述和介绍北京水治,具有传统农业社会国家水治的恢宏气象,也有首都城市水利文化的特有内涵,与现代水利资料相比,这个特点是十分突出的。相比之下,北京现代水利资料,主要是水利气象的现代科学管理记载,大多是北京水系的水利工程与水利减灾事件,如1949年前后的华北水利工程局和北京水利气象局的档案。还有不少散存资料,分别保存在环境、地理、地质、农业、建筑和城市民用工程等部门的档案中,各有分类标准,

---

① 周家楣、缪荃孙《光绪顺天府志》,清光绪十五年本,北京:北京古籍出版社(重印本),1987年,第499页。

② 周家楣、缪荃孙《光绪顺天府志》,清光绪十五年本,北京:北京古籍出版社(重印本),1987年,第499、355—356页。

③ 另如《燕都丛考》记申佳允投井:"《天问阁集》:申佳允,北直永平人,甲申三月闻变,仰天号哭,谓仆曰,往吾拜客时,顾得僻处,可随行。至王恭厂,见井趋投之,仓促仆挽袖,袖绝遂死。"(民)陈宗藩《燕都丛考》,民国刻本,北京:北京古籍出版社(重印本),1981年,第262页。《光绪顺天府志》记毛百户投井:"《甲申传信录》:毛百户,其名,住观音寺胡同,三月十九日贼入,举家三十余口悉入井死。"周家楣、缪荃孙等编纂《光绪顺天府志》,清光绪十五年本,北京:北京古籍出版社(重印本),1987年,第360页。

也反映一些在特定情况下急需解决的水利问题。上世纪 80 年代以后编撰出版的北京《水利志》，以及各城区相应编纂的水利分志等①，系统地反映了北京现代水利建设事业的建设过程和发展成就。我们将北京现代水利资料与北京水利史料相比较，能对传统水利术语的现代科学解释有了新的认识，也能发现它们共同关注的一些水利问题，包括北京水系的水利工程地点和水利事件等，我们还特别关注它们在处理水利纠纷过程中所依据的政府政策和民间习惯法的记述，考察通过这些记述所体现的北京城市用水传统和现代变迁。另外，也有一些北京文史资料和个人著作等，里面涉及到北京传统文化和用水，如北京市委员会文史资料研究委员会编《北京往事谈》，陈垣《从雍乾间奉天主教之宗室说到石老娘胡同当街庙》，都提供给了我们一定的地方知识。

---

① 北京市地方志编纂委员会《北京志：地质矿产水利气象卷·水利志》，北京：北京出版社，2000 年。

传统乡村社会中家庭的权益与地位

——黄浦江沿岸村落民俗的调查①

刘铁梁

"家族村落"历来为中国乡村基层社会研究所关切,以至于成为区别村落类型及自治组织形态的基本标准或者说一种理念。但实际上各地的村落自治在发展中却存在着多种选择,许多自然形成的聚居格局仅适合于建立跨家族的或者是家户联合的村落组织,这些村落除了有士绅、会首等权威控制下的政治权力制度之外,更需要在日常生活中依靠一整套不成文的习俗去维持秩序。再者,虽然各地方的婚丧嫁娶都会体现出家族的界限,但是几乎所有的制度性习俗又都体现出以家庭为界的利益与情感关系。因此,村落自治组织的普遍意义在于处理其内部各家庭之间或村落共同的利益与情感关系,同时形成一致性的对外势力。这应该是我们调查村落自治状况的着眼点。本文所叙述的具体案例属于家族和地域联合的民间组织形式均不明显的村落,但我发现在这样的村落中并不一定缺乏较为严整的社区生活秩序,特别是在围绕家庭权益关系方面的一些地方性习俗规范在各种人物的掌握下,发挥着重要的调控作用。国家对村落的政治干预与民间自治之间有长期互动的历史,结果是形成了今天聚落联合体的基本组织形式。

个案调查地点是黄浦江中游北岸相邻的两个行政村——联庄村和联建村,后者又毗邻昔日著名的码头——得胜港。两村均属于上海市松江区车墩

---

① 本文是福田アジオ教授主持合作项目"中国江南村落民俗志的研究"中的一部分成果。该项目原申请日本文部省科学研究费(国际学术研究)资助并获得审批,后改由日本学术振兴会资助。课题组中日双方成员于 1999—2000 年,在上海松江、嘉定等郊区农村进行 3 次调查,本人参加了 2000 年 8 月 7 日至 21 日对松江区 4 个行政村(包括本文叙述的 2 个村)的调查。

镇,该镇距离松江城区较近,隔着一个华阳桥镇,改革开放之前两镇曾同属于松江县的城东区。地处长江三角洲平原的松江,历来是农业发达地区,特别以"松江大米"等物产闻名,此外还是棉纺织业的发祥地。然而这里地势低洼易发生水患灾害,人口密集又使得人均占有土地不多且逐年减少,例如所调查的两个村目前人均耕地不超过 1.3 亩,是 50 年代的二分之一,所以长期以来一般农民的生活仅处在最低水平线上。1974 年,车宁公路及其跨江大桥的建成,使两村附近农民的生活发生了很大变化。由于建公路时征地,使一些农业户口转变为非农业户口,政府为这些家户中的成员安排了工作,或者是给他们一定的经济补偿。另一个变化是乡镇企业的出现,目前联建村(1978 年前是兴隆乡的陀兴和新河两个村)有中外合资企业两个:联美礼品玩具有限公司和联美填充料有限公司,所以使得村民人均收入增长很快。企业不仅为部分村民提供新的就业机会,而且每年能够交给村集体一笔资金,如去年是 100 余万元,主要用于农业投入、补足各种上交税款的亏空以及社会福利资金等。相对而言,联庄村(以前是长兴村、长胜村、马家村)由于没有村办企业,仅把建起的厂房和仓库向外出租,所以人均收入的增长还不能与联建村相比。

　　本文特别注意参考了费孝通的《江村经济——中国农民的生活》[①]和黄宗智的《长江三角洲小农家庭与乡村发展》[②],前者是根据在 30 年代对吴江县开弦弓村的调查,而开弦弓村与本文所说的两村同处于长江三角洲地区,后者是根据在 80 年代对松江县华阳桥公社薛家埭等村的调查,与我们的调查地点同在一个县,所以两书使我在理解当地农民生活与文化心理等方面都获益匪浅,也使得本文能够介入到相关问题的探讨当中。

一、自然村、行政村和亲属关系的分散性

水乡泽国中的村

从人文景观上看,这里村民的房屋沿着河道两岸排列,形成一个个小型聚

---

①　费孝通《江村经济——中国农民的生活》,北京:商务印书馆,2001 年。

②　[美]黄宗智(Phillip Huang)《长江三角洲小农家庭与乡村发展》,北京:中华书局,2000 年。

落,它们与纵横交叉的河网和种植水稻的田地相互间隔,散点分布在广袤的平原上。村干部叫它们为"自然村"以区别于范围更大的行政村,但是我认为不能排除历史上存在过由几个聚落组成较大的自然村的可能①。这一地区相邻的聚落之间都比较靠近,一般不会超过1—2华里,有一些相邻的聚落几乎已经连接起来。这种相靠拢的情况应当是形成较大自然村的空间基础,但也是这种自然村界限容易模糊的地理原因。民国时期以来特别是新中国建立后,这里的行政村(乡)划定频繁发生变动,可能与此有关。在集体化时期以来这些聚落已被称呼为第几生产队和第几村民小组,可是由于它们的界限始终未被打破,人们在言谈中还是习惯叫它们的旧名字。虽然如此,但并不能说明村民缺乏超出聚落而参与大规模公共生活的经验,也不应忽视长期以来行政村的一再规划对农民的集体观念和交际习惯所造成的影响。

聚落中的亲属关系

值得注意的是,许多聚落的名称是由姓氏加上关于水土的名词组成的,如联庄村的"周家埭"、"张家浜"、"奚家库"等,事实上在相邻聚落中一方面不存在姓氏重复的地名,另一方面相同姓氏的家户倾向于居住在同一聚落。不过虽然在少数聚落里建有祠堂,却几乎不存在由单一姓氏构成的聚落,这说明家族文化在此地区的发达程度一般来说是较低的。费孝通在对开弦弓村作调查后,就已指出过类似的情况,他说:"亲属称谓的延伸使用不应被当作过去或现在在中国这部分地区有'族村'存在的根据。对这个村子的姓的分布的调查可以说明,虽然亲属关系群体倾向于集中在某地区,但家族关系并没有形成地方群体的基础。"②所谓"亲属称谓的延伸使用"是指名义上的称谓或"拟亲属称谓",费孝通认为当地的这种称谓习惯和同姓亲属关系群体聚居的倾向并非表明家族已成为村落自治的基本形态,这一判断在目前家族文化研究中似乎没

---

① 费孝通所叙述的开弦弓村大约就属于较大的自然村,它在方言上有自己的特点,土地范围是11个"圩",在中间的4个圩上建有民居从而形成4个聚落,名称均为"某某圩"。黄宗智所叙述的薛家埭等村主要是一个行政村,但其中的西里行浜由3个小村落组成应该也是一个较大的自然村。见《江村经济——中国农民的生活》,北京:商务印书馆,2001年,第33—38页;《长江三角洲小农家庭与乡村发展》,北京:中华书局,2000年,第149—151页。

② 费孝通《江村经济——中国农民的生活》,北京:商务印书馆,2001年,第90页。

有引起足够的重视。

表 1.　两村村民小组与自然聚落的对应

组	联建村	联庄村
1	施家埭	横浜
2	冯家埭	柱头浜
3	沈家埭	范家堂
4	唐家埭	张家堂
5	吴家浜	周家堂
6	计家埭	叶家堂
7	丁家埭	马家堂
8	北陈	张家浜
9	南陈	马家堂
10	金家埭	野路浜
11		南兴桥
12		草鞋浜

渔民聚落

　　浦江边上的渔民聚落和一般农业聚落的关系是一个特殊的问题。二者之间由于存在着生活方式的明显差异,使得渔村成为这一地区主流社会的边缘地带。联建村临近黄浦江得胜港,因而村民们能够经常看到渔民的劳作和生活,但除了买卖之外,很少和渔民发生更多交往。联建村的一位老人告诉我,村民觉得渔民的生活习惯与自己大相径庭,首先是渔民劳动的时间没有规律,当台风来时,年轻夫妻不在家躲避反而趁江水大涨出船捕鱼,只留老人孩子在家里守护。这是因为他们的家当很少,又因为人人都会游泳,所以他们并不特别惧怕房屋被毁坏。再有,他们的信仰也和村民不同,在船上点烛燃香诚心供奉的是水龙王。还有,他们无论到哪里都是盘腿坐在凳上,一看就知道是坐惯了船头的渔民。他们的马桶很小而且没有盖子,因为随时可以把大小便倒入江里。小孩子常常不穿衣服。诸如此类,使村民觉得与他们很难交往,更不用说与他们通婚和共同生活了。但是在改革开放以来,渔民生活发生了很大变化,收入比农民还高,岸上的房子也盖得好起来,他们与周围村庄村民的交往已经正常,并且现在已有渔民户和农业户联姻的情况。

二、姻亲关系中的财产交换与抚养义务

男女双方家庭的姻亲关系在这一地区有着较为重要的人际交往意义。一般是倾向于村外婚,特别是尽量避免在一个聚落内联姻。可是在传统上婚姻圈的范围却不很大,一般的地理距离在 2—3 公里左右,绝大部分不会超过 5 公里,大致可以理解为现在比较靠近的十多个行政村的范围。这种情况使我们对此地的彩礼与嫁妆等习俗现象会发生更大的兴趣。家庭是中国农村中最小的生产组织和财产继承单位,这需要它是能够应付各种变化的稳定性团体,但受制于人的生命周期它又是非稳定性社会团体,需要进行不断重新建构,这从抚育新人的功能来看尤其如此[①]。因此,每一次联姻都是两个家庭之间建成特殊利益关系的事件。

嫁妆与哭嫁

嫁妆的费用一向是数倍于聘礼的费用。一般作为嫁妆的物品包括:被子,可达 8—12 条;衣服,最少 18 身,分一年四季穿用,多的可达 100 多件;家具,包括箱、大橱、小橱、梳妆台、自鸣钟;圆木,包括马桶、大脚盆(澡盆)、小脚盆、拎桶(提桶)、洗脸盆等;餐具,有大碗、小碗、碟子、筷子等;首饰,有手镯、发针(钗)等;布料多种,用于以后给小孩做衣服。

近年来,嫁妆费用达 4—5 万元,嫁妆中一般有彩电、冰箱、音响、空调等。而新娘家只得彩礼一万元(红包),不过,男方送给女方的戒指、项链等现在已作为定情物,不算在彩礼之内,一般是在订婚时就赠予。过年时,女方到未来的婆婆家还会得到一个红包(钱数不会太多)。

哭嫁习俗在此地区曾比较普遍,现在也还有流传。娘家母亲和新娘都有即景生情的哭嫁歌,一方面表达了母女难于分手的感情,另一方面也有她们为嫁妆多寡而争执的内容。如吴献珠(女,60 岁)向我们演唱的哭嫁歌:

女儿唱:

---

① 费孝通《乡土中国　生育制度》,北京:北京大学出版社,1998 年,第 211—214 页。

　　蚕豆花开黑澄澄,养个女儿黑良心;棉花桔梗拿干净,铺陈高来上擦梁,下擦地。(这是女儿故意夸张地说反话,说自己带走的嫁妆太多了。"铺陈"即被褥)

娘唱:

　　家里穷来没有典当,拿你女儿人典当;拿你们的银两,大礼拿来买嫁妆,小礼拿来买花粉,把你银两吃干净。

女儿唱:

　　养我女儿等于新打薄刀切芜葱,切得芜葱两头空;养我哥哥是新打锄头锄棉花,结上果子再开花。(说反话)

如果女儿出嫁时,因为与哥嫂关系不好,她会唱:

　　嫂子呀,长绳纺来做嫁衣,短绳纺来贴在家伙里;余来浮萍生了根,踏板头荷花掘起了根,为什么姊妹不成亲,讨我阿嫂外头人?(是埋怨嫂子的话,说她在为小姑子纺纱做嫁衣时偷工减料,又埋怨家里人不该冷落亲人而偏袒她)

　　哭嫁歌反映出新娘从未来生活需要和婚后家庭利益出发,对嫁妆的多少十分计较,也说明结婚对于娘家来说是一笔较沉重的经济负担。而且婚姻关系建立以后女儿就将成为男方家庭的劳动力,从这个角度来看,娘家的付出是巨大的。但奇怪的是,娘家总是早早就为女儿准备嫁妆,并没有人家公然反对这个规矩。据说是碍于面子或者是担心女儿到婆家后受委屈,可是经济的利害就不重要吗?要寻找问题的答案还需了解有关婚姻的其它习俗。

回娘家和娘舅

新娘在结婚的第一年有三次回娘家的习俗,分别是:二月二回娘家住一个月,六月二到六月二十八由娘家接回女儿,七月二"歇秋"时(秋收以前的一段时间)回娘家吃饭。歇秋这一次回娘家时间多少不固定,而且是每年都如此。农闲时,媳妇回娘家看亲爹亲娘,婆家不仅完全没有意见,而且还担心她迟迟不被娘家接回去,因为田里没有多少农活可做,媳妇回娘家后一方面可以减少自家的消费,另一方面往往会从娘家带回一些日后的生活用品。因此新娘在哭嫁时就对妈妈说,到了该回娘家的时候要及时去接她,免得婆家不高兴:

> 小枝杨花开来摇又摇,七月里叫我哥哥早点告,隔壁邻舍大妈阿婶,娘家叫去了,我娘家穷啦不来告。八月芝麻敲敲抖抖难过日,婆阿妈要讲糊知了躲得高,我们弟弟娘舅为什么不来告?("糊知了"即不会鸣叫的蝉;"弟弟娘舅"是对娘家弟弟的称谓)

六月二回娘家之前,婆家要在五月端午节一过就准备礼物,由媳妇带回娘家,包括鱼、肉、鸡、篮子(装枇杷等水果)"四样"。六月二这一天,娘家弟弟前来婆家接自己的姐姐,他要带给婆家一些礼物,主要是新做的衣服,还有油伞、檀香扇等夏天急用的物品。弟弟领姐姐回家后,会非常高兴,他敦促姐夫在乡邻面前多多露面,一个重要活动是由姐夫分发油炸馓子给邻居们吃。

娘舅在姐姐的两个家庭之间扮演着重要的角色,在双方利害关系的处理上,娘舅有不可忽视的发言权。早在给姐姐准备嫁妆时,他作为本家庭未来的户主人就有权知道嫁妆的内容,实际上是父母主动将情况讲给他。在姐姐家里作客时,他有一个最为尊贵的座位——八仙桌正面的左侧,俗话说"除了娘舅没大人"。娘舅对姐姐的子女又有教育的责任,他是小孩子成长过程中至为亲密的长辈。吃"三朝酒"和"周岁酒"时,娘舅都要前去探望;孩子每年一次的压岁钱往往也是由娘舅赠给。再如正月初二,小孩子随父母到外公家拜年,经常要接受娘舅的盘问和训示,话题多围绕过去一年当中是否做到敬重亲友、热爱劳动和努力学习等,这一天娘舅说话轻重均无人计较。更重要的是,在外甥们分家时,一般都会请娘舅到场监督和作出裁断。

招婿和抢孤孀

在姻亲关系中可以看出,女方家不仅要在嫁女时承受较大的经济负担,而且还要对在男方家成长的外甥尽到一定的养育之责。总之,从夫居的婚姻制度决定了各种习俗总是片面地有利于男方家业的延续。在仅有女儿的家庭中,为了解决家产继承的问题,通常是采取招女婿入门的办法,这等于说不经自己生养就得到了一个儿子。招婿习俗中的一个重要规定,是女婿的姓氏必须要改从女方家。个别情况下,有的家庭如果只有一个儿子,而且他在结婚后死去,那么,父母也可以用招婿的办法使已成为寡妇的儿媳再婚,如同重新得到了儿子。没有子女的家庭解决家业延续的问题还有其它办法,"过房"就是常见的一种,即兄弟家庭之间可以互相抱养儿子。过房儿子当然不会有改姓的问题,而且在对长辈的称谓上也不发生变化,原来叫叔叔仍然叫叔叔,原来叫伯伯还叫伯伯。与过房儿子相比,上门女婿,其社会状态改变的幅度要大一些。值得注意的是,女婿过来时一般也要带上"嫁妆",其数量和品种同女儿出嫁时是差不多的。

嫁妆与彩礼相互交换的规定,对于女方家庭来说是很不公平的,但联系上述有关习俗来看,情况就没有那么严重了。因为从女儿身上付出的可以从儿子身上得到,在通婚圈狭小的区域里几乎形成了嫁妆的循环馈赠;而对于有两个以上女儿没有儿子的家庭来说也不吃亏,因为可以采取招婿等办法,照样得到一定的"嫁妆"。如此看来,只有一个女儿的家庭在联姻的过程中甚至还会占到单方面便宜。费孝通所叙述吴江县开弦弓村的婚嫁习俗中也是嫁妆多于彩礼的情况,但差距上并不如松江地区这么悬殊。另一方面,那里的结婚仪式中女家父母往往象征地作出一些举动,包括痛哭流涕,以对抗这种不公平的交换,因而可能引起男家亲戚的不愉快①。这些同中有异的情况都是值得重视和加以比较的。

问题还在于,这一地区的贫困家庭不一定都能够为儿子正式娶亲,与其说是由于无力支付彩礼,不如说是由于过分贫困而失去了得到女家的嫁妆的资格。但他们可以通过特殊途径来解决婚姻问题,例如"抢孤孀"。习俗上认为,寡妇再嫁是不能主动进行的,所以就有"抢孤孀"的行为发生。实际上抢者已经事先通过一些渠道了解到寡妇是否同意,并不存在强迫婚配的问题,只是在

---

① 费孝通《江村经济——中国农民的生活》,北京:商务印书馆,2001年,第54—55页。

形式上避免了寡妇再嫁的难堪。一般是在晚饭后,男方和几个伙伴秘密地到寡妇家约她一起出逃。如果被寡妇的公婆知道,也会遭到强力阻拦,甚至发生伤人的情况。不过,只要将寡妇带到男方家里,高升一响,双人拜堂,一切就成定局。现担任联建村几个村民小组联合会计的施光明,就讲述了祖父当年抢孤孀时被打破头的往事。被抢来的祖母的出生地在华阳桥,嫁到这边的冯家埭以后不久,无子而丧夫。祖父和她成为一家人之后生了两个儿子,后来由于家境依然不好,一直都无力为儿子娶亲。在祖父死的时候,父亲把丧事和喜事一起办,也就是在给老人发丧的同时也给自己娶亲,乡邻认为这种节省花销的方式也算是尽孝道。各种婚姻方式虽然表现出家庭之间社会地位的差别,但基本上都是在维护着子承父业的家庭延续模式。

三、村内互助和节日庆典

家庭之间的劳动互助和共同参与村庄中的公益活动是两种规模层次上的邻里合作,但在实践的效果上都一样促进了村落集体的巩固。不过,前者表现为平等的协商关系,后者却需要建立领导与服从的权力关系。

帮工、换工和邻里交际

邻里之间在农田劳动紧张时常常互相帮工,而且被帮助的一方会随时根据对方的情况主动还工,因而事实上又存在着换工的关系。水牛除了用来耕地,也常常作为车水时的畜力。农忙时,水车和水牛常常会集中到某一户田地中。在本地区,车水的目的主要在于排涝。雨季时易发生涝灾,排涝的劳动强度是很大的,需要众多人的团结合作。这些互助的劳动形式是义务性质的,根本不同于雇工形式。雇工分为"长工"和"忙月"两种。种田较多而劳力不足的人家在插秧时节经常雇佣忙月,忙月常是外村的农民,雇佣前要讲好劳动报酬,雇主多会比较注意招待雇工,有请吃"插秧酒"的习俗。只有较大的地主才雇佣长工,长工一般都是劳动经验丰富、技艺高超的人,否则很难和挑剔的地主形成长期雇佣关系。

与非雇佣性质的生产互助行为相一致,村民之间在节日期间有互赠食品的习惯,例如端午节时邻居间互赠粽子,中秋节时互送南瓜塌饼,特别是如果知道哪一家没有做节日食品,一定就会有人热情地给他们送去,这些都是以增进感情为目的的行为。某些邻里之间还存在着拟亲属的特殊关系,即两家之间认作干亲,在这种情况下,互相馈赠的行为就更不可少而且具有特别的象征意义。这在认"干爹"或"继妈"(干妈)的仪式上和在日后两家的关系上都表现得十分明显。让孩子认干亲,一般会准备好一些礼物(如肉、鸡等)送到干亲家中,孩子要给干爹或继妈磕头。届时,继妈也会送衣物首饰和食品等给孩子。孩子在长大成人过程中经常会得到干亲家庭的照顾,到结婚时还会从干爹继妈那里得到比一般人厚重的贺礼,或者是钱或者是物。作为回报,每年正月拜年时,孩子是一定要去继妈家的;在干爹继妈年老时,干儿子也有义务前去照顾他们。

出灯和舞龙

这一地区在解放前,每逢元宵节前后有相当隆重的出灯和舞龙活动,这是村落集体的节日庆典。据联庄村张友裕(86岁)回忆:每年正月十四就把已经做好的各种灯饰集中起来,排好队伍,在锣鼓的伴奏下往预定的方向游行。这些灯饰大部分是动物形象:狮子灯、老虎灯、兔子灯、蚌蛤灯等,此外还有写着"头牌"二字的四方形大灯及荡湖船等。最重要的是龙灯,分为火龙、青龙、白龙和乌龙等四种。每条龙灯都由八个人执舞,其中一个人在前面举一柄龙珠,舞龙头、龙身和龙尾的有七人。人们最看好龙头和龙尾的舞姿,因为龙头分量重,龙尾摆动多。在整个龙灯队伍的顺序当中,"头牌"后面紧跟着的是一条龙灯,队伍最后也要有一条龙灯压阵。而乌龙,即黑色的布龙,往往夹在中间。龙灯出行的路线每年都不固定,关键要看有哪一方主人来邀请。1948年,严文泉当村长时是联庄村最后一次出灯舞龙,而且规模不大,游行的距离也不长,只到松江县城兜一圈就回来了。不过在这之前,有一次出灯是到上海县颛桥镇,第二天清早才返回。舞龙活动结束时必须要请"太保"说鼓书,以此酬谢"龙头"。如果没有这项仪式,村民就认为舞龙活动不完整,"龙就会变成虫",不仅达不到保卫村庄的作用,反而会给村庄带来灾害。太保可被认为是会说书的道士。说书完毕,付给太保的酬金起码是两块大洋,全村各个家户都会多少提供一点钱款,用一张红纸来公布捐款人的名单,收支的账目也要公布,以取得群众的信任。

　　舞龙作为村落集体的行为,需要有热心的会首出面组织。他们自愿出钱制作龙灯和其他灯饰,而这些灯饰又归制作者所有,比如现在第11村民小组(南兴桥)的严文普(81岁)的父亲就是当年制作老虎灯并表演老虎者,每年出灯后并不将老虎灯烧毁,而是由他存放起来预备来年继续使用。值得注意的是,舞龙活动当中,乌龙的主人往往是身强力壮且带有江湖气息的人。乌龙是不能随便可舞的,因为乌龙是"大哥",舞者也必须是乡间认可的一条好汉。如果在出灯时,观众中有人对这条乌龙的主人不服气,就会上去"拔龙梢"(拔龙尾)。为此而发生打架斗殴的事情一点也不奇怪。因此,妇女们很少跟随龙灯队伍,只是在龙灯经过时从旁观看而已。当地人说"好男不游荡,好女不观灯"。但是对于大部分男人来说,舞龙是令人神往的活动,所谓"咚鼓一响,脚底发痒"。现在是第10村民小组的野路泾当年就有一条乌龙,据说这条乌龙从来没有被拔过龙梢。野路泾是一个杂姓聚落,大部分都是从外边迁来的种田户,他们认为自己居住的地方风水不好,致使生病的人多和寡妇多,所以特别喜欢舞龙以消灾避邪和祈得好运。

　　联建村有一位农民张勤山被认为是急公好义的好汉,他就是舞龙梢者。没有他,龙灯就不敢出去。而这条龙平时是放在第9小组(南陈)的陈文生家里,陈、张都是身体非常强健并且在村民眼里很有势力的人。从这一现象来看,舞龙活动不仅是单纯的娱乐,而且是权力象征符号的运用,是某些男性人物在村中树立威望和获得权势的特殊手段。这些人当中有的是和跨村庄的帮会组织有联系,因而属于半个江湖人物。他们在附近的庙会上也常常起操纵作用,或有打抱不平之举,或有调戏妇女的恶行,如本地农历六月二十四前后三天的昌塘庙会期间,就常发生各种事故。不过,据说他们的暴力行为大多不会针对本村及其周围村落,相反由于他们的存在还可以减少外来强盗、土匪的骚扰,使本村庄的生活能够安全一些。因此,虽然村里人都知道谁是这种人,但不会在公开场合讲出他们的"土匪"身份。实际上平时也看不出他们有什么越轨行为,据说他们把"东洋刀"藏在竹子里边,不到用时不拿出来。联建村第6组(计家埭)有过一位人物叫张木生,在抗日战争期间就经常到浦南一带参与土匪活动,解放后,他被定为反革命而坐牢,后来因为发现他曾经救出过共产党的地下工作者而被释放。不过,"文革"中他又被作为"漏划地主"。年长的村民回忆说,他从来不在本地干坏事且肯于帮助人。而乌龙主人张勤山却是守家务农,与土匪没关系。他平时义务地给人治疗骨伤故受人们尊敬,甚至年龄比他大的人都习惯于叫他"勤山伯伯"。这些人的经历说明,虽然没有土匪的支持龙灯就不敢放出村庄,但是舞龙队伍成员的大多数包括为首者可能并不属于土匪的秘密组织,只是由于他们热心于公众事务,或者敢于跟土匪打交道,因而在村里享有威望。

　　关于类似舞龙组织者的社会地位及其在日常生活中所扮演的角色,以往的民俗调查资料中尚缺少报道。从村里老人的叙述中,我注意到舞龙组织首先是在某一小自然村由某位户主发动和领头,而活动范围至少是在大自然村(行政村),如果受到邀请则尽可能多地外出表演。总的来说,舞龙的集体活动对于凝聚两个层次的村落内部的团结和造成对外的一种威势,具有象征的和实际的作用。

四、村落中的土地制度

土地买卖制度

　　村落中每个家庭的经济地位取决于土地占有的多寡,而土地的买卖又经常是在村落中进行。买卖分为田面、田底两个层次。可以简单理解为田面是田地的使用权,田底是田地的所有权。如果某佃户是从田底的主人手中得到田面使用权,便要履行按年交租的义务,但不需要支付获得田面的购金。可是如果他将田面向别人转让,却形成一种买卖关系,因为他可以从田面的转让中得到一定的钱款。这种买卖尽管从来没有取得过合法地位,但在乡间却是经常的事情[①]。例如联建村老人沈友良说,他家当年卖田面3亩得几十块银圆。他还记得这个交易的过程:先是买卖双方请来"保正"一起到田底主人家的仓间去,保正向田底主人说明交易双方的态度;在田底主人表示没有不同意见之后,保正才可以写出合约三份;保正先盖上章,买卖双方再盖章,即共有三枚印章。田底主人既不盖章也不留"约"。写约时间是在买方请保正吃好晚饭时。

---

① ［美］黄宗智(Phillip Huang)《长江三角洲小农家庭与乡村发展》,北京:中华书局,2000年,第111页。

邻居们高高兴兴地前来旁观,像开会一样。当事人从交易额中抽出百分之二,分发给所有的旁观者,小孩也会与大人一样得到一份钱。因为田面买卖的结果希望得到村里人普遍的认可,分给大家的钱数又是固定的,所以人来的越多,当事人越欢迎。田面买卖没有年限规定,买者将代替卖者按年向田底主人交地租,而卖者则自动解除了交租的义务。田底的买卖一般是地主卖给佃户,即在双方正常租佃期间,地主不可以随便将田底卖给第三方。地契是拥有田底的凭证,在本地称"方单",上面盖有保正和地方政府的两个印章。随着田底的买卖,地契将会交给新的田底主人,这时也要由保正来做中介人,他需要在地契上注明转卖的关系。老人们强调说,在土地的买卖过程中,较大的地主即便面临经济困难,一般也不打算收回田面由自己耕种,因为他们早已失掉耕种田地的本领。田底的价格平均大约在 5 石米/亩,每石米约重担 160 斤。

"保正"的作用

保正在村落中除了作为土地买卖的经纪人和证明人,还在处理土地租佃关系等方面具有一定的职责和权力。他首先是站在地主的立场,向佃户催租。如果佃户三五年不交租,地主可以通知保正收回田面,保正有权判定收回田面的合法性。而当土匪来抢地主时,他要出面为地主说好话。其次,对于村中的公用土地如何使用,保正也拥有决定权和批准权,一般主要是批准坟地的占用。另外,坟地上生长的树木往往被他们视为己有。村民说保正并不是由政府任命的,而是因为他们嘴巴厉害、办事果敢等而得到村民的认可和遵从。但这种人物的存在其实是民国时期的当地政府对清代乡里制度的一个沿用[1]。

在松江两个村落中观察到的上述有关家庭权益关系以及民俗现象,虽然仅是具体地方的案例,但是它们可以说明农村个体家庭的稳定与生存,有赖于在不同层级的地域团体内彼此开展合作和共同参与公共事务,反之,村落社区生活空间的界限与秩序也需要通过家庭互助、契约合作和公益活动等一再开展的实践过程而得以建立和维系。由于地域生态与历史背景不同,各地的村落自治可能经由与国家政治的长期互动过程而形成今天的各种形态,但村落自治的基础却在于日常生活中家庭之间的紧密联合。

---

[1] 〔美〕黄宗智(Phillip Huang)《长江三角洲小农家庭与乡村发展》,北京:中华书局,2000 年,第 158 页。

村落集体仪式性文艺表演活动
与村民的社会组织观念

刘铁梁

在中日联合农村民俗考察中①,我一直把村落集体的文艺活动作为自己调查的中心内容。民间文艺活动,在中国浙江农村中有很大一部分是和节日仪式、宗教祭祀和人生仪礼等结合在一起的。可以说如果没有村落中各种仪式的举行,那么一些传统的"行会"表演、戏剧演出和某些实用性歌谣的诵唱,就失去了邀集的理由和进行的机会。反过来说,村落集体性的文艺表演活动,尽管有声有色和热闹非凡,满足了人们娱乐的需要,但是在习惯上经常冠以某种严肃的主题,配合一些庄重的仪式安排。世俗的和神圣的领域,在这些活动中是并存和相互交织的关系,很难决然划清二者界限。本文目的是将我在浙江省几个村庄调查到的有关仪式与文艺表演合为一体的传统民俗现象,作一些概括的叙述,同时对这类活动所反映出来的村民的亲属与地域认同观念和它所具有的加强宗族与村落凝聚力的作用问题,提出自己的看法。

一、庙戏和祠堂戏

在奉化市溪口镇畸山村,结合宗教信仰仪式的戏剧演出活动,有"庙戏"和"祠堂戏"之分。这两种演戏名义的不同,表明村落中宗族观念与跨宗族的居

---

① 中日联合民俗考察,系中国民间文艺家协会和日本国立历史民俗博物馆联合举办,由浙江省文联承办,日本文部省出项目经费。时间从 1992 年 8 月至 1994 年 1 月。在浙江的考察有两次,分别于1992 年 8 月 19 日至 9 月 11 日,1993 年 12 月 13 日至 1994 年 1 月 2 日;在日本的考察是 1993 年 9月 1 日至 15 日。

住地域观念并行不悖地渗入到村民集体文艺活动之中,也集中地体现出二者对于村民日常生活所发生的影响作用。

畸山村,按惯例每年正月初二要作戏,一连四天至初五,戏台在"畸山庙"院内正殿的对面,四天的戏,分别称作"天地戏"、"庙戏"、"龙王戏"和"祖先戏"。这是村中一次最大规模的酬神演戏活动,因此在每天开演之前,都举行隆重的仪式,而内容有所不同。第一天的天地戏,是由村中一位老人站到庙门口,点三炷香,执香朝门外前方拜三拜,然后进庙里将三炷香插到供案上的香炉里,再向悬挂在供案后面的"天地图"拜过。庙戏,是族长于开戏前,代表全村人向"畸山菩萨"跪拜行礼。龙王戏,是族长率众人先到山上的"龙庭",将"太白龙王"神牌请下来,供于庙中之后施礼。祖先戏,要由各姓族长代表族人先到祠堂拜祖先,然后请来祖宗的木主,即最高祖先的木制灵位,供于庙中桌案之上,再拜。无论哪一种酬神演出,均需完成各自的礼拜仪式之后才能开锣唱戏。其中,在请龙王时气氛比较热闹,需敲锣打鼓前往龙庭,在请祖先时需要在祠堂前放炮仗。

四天的戏剧演出过程中,有专人照顾香案,香火始终燃着。特别是演祖先戏时,要有专人陪祖先看戏,照料香火,不离木主灵位左右。每天向神灵、祖先供奉的食品有所不同,敬天地和龙王时,四张八仙桌上所摆放的都是素菜,因为村民认为天神地祇和龙王只享用素餐;敬畸山菩萨和祖先时,所摆的有荤菜也有素菜。八仙桌的放法,按桌面木板纹的走向也有所不同:敬天地、畸山菩萨和龙王时,木板纹是横向与门口平行的;敬祖先时,木板纹是竖着指向门口的。大概是因为畸山菩萨和祖先均为人神,所以在给他们的供桌上要放有酒杯,此外,给祖先预备有筷子,给菩萨预备的是刀子。用筷子与刀子究竟有什么意义的区别,还不太清楚,据提供上述情况的夏能青老人讲,菩萨是来娱乐的,他并不吃东西,所以不放筷子给他。

在畸山村,专为畸山菩萨作的戏称之为庙戏,但正月里四天为敬诸神与敬祖先所演出的戏剧,由于地点都是在庙内戏台,所以也都可称为庙戏。每年农历六月十八,是菩萨生日,白天抬菩萨出庙门在村中巡游,晚上作庙戏。一年中其它节日,特别是元宵节等农闲节日里也经常举行庙戏活动。

在任何时间,都可以进行祠堂戏的演出,地点是在各姓祠堂院内。据夏志成老人说,祠堂请戏主要是宗族中有人发财了,他愿意出钱请戏班子,给全族人演戏。届时,管账人发给本宗族各户一张戏票,其他戏票要出钱购买,票价只有一种,视请戏班子的费用高低而定。晚到一小时以后来看戏的人,票价可以便宜一些。祠堂中看戏,规定老人坐在中间座位,年纪轻的人坐在侧面,特别是女人只能在两侧的廊檐下面。虽然不排斥村里其他人来看戏,但给本族人作戏的目的十分明显。祠堂演戏,通常也抱有酬谢神灵的心理,由于畸山村在农业之外,人们主要是依靠烧窑制缸发财,所以认为祠堂演戏是一种还愿行为。烧窑人说,他们是"火里淘金",风险较大,全靠土地菩萨保佑。土地上不仅生长庄稼,而且提供了制作缸只用的泥土,所以畸山村相信窑上有保佑他们的土地菩萨,虽然演戏前不用请它来,但平时祷告时就说过:"土地菩萨,今年收成好就给你请戏!"

　　从上述庙戏与祠堂戏有所区别的仪式和惯例来看,两种请戏在满足人们娱乐需要的同时,还满足着人们不尽相同的信仰心理需求。正月、畸山菩萨生日和其它时间的庙戏,主要是为酬谢全村落的保护神,全村人不分男女老少大都前来看戏,与神同乐。而没有固定日期的祠堂戏,虽然不举行祭祖仪式,但团结本宗族人,祈求神灵保佑家业兴旺的目的比较显明。可见,庙戏与祠堂戏举办的动机是不完全相同的,前者通过与跨血缘关系的村民集体的敬神仪式相结合,可以达到凝聚全体村民的作用,后者比较重视血缘关系的认同和家族内长幼尊卑的秩序,可以起到加强宗族观念、扩大宗族对外影响的作用。

　　解放后,由于庙宇和祠堂逐渐废弃,畸山村的演戏活动已不再有庙戏和祠堂戏的分别,上述情况是解放前的事情。夏志成老人本人在解放前当制缸老板时,请过祠堂戏,他还记得用六石大米的花销请一次戏。一般来说,请祠堂戏所需费用主要依靠族中个人捐款和卖戏票所得,而请庙戏则主要依靠"庙田"的收入,庙田也叫"众家田",多由各姓后继无子的人家将私田送给庙里积累而成。畸山村四个缸窑于端午、重阳两节日,也有出钱请戏的惯例,地点有时在庙里,有时在祠堂。庙戏和祠堂戏的不同出钱办法在今天已发生变化。现在已不再有以一姓家族为单位,由族中富户出钱请戏的办法,也没有专项经费来代替过去庙田收入作为请戏的款用。近几十年来,主要是依靠各家各户自愿捐款的办法请戏,而最近十年左右,由村办工厂牵头并拿出较多的钱来请戏的办法最为多见。实际上,在畈山村按三个行政村(畈东、畈南、畈上)分别积款的办法已成为惯例,这说明三个行政村同时也是三个集体经济单位,在请戏方面发挥着重要作用。1990年,畈山村曾演过18天的戏,畈东、畈南和畈上三个村分别负担经费,每个村承包6天,均采取由各户自愿出钱的办法,每户从5元到几十元不等。看来,由于政治、经济的变化,畈山村的庙戏和祠堂戏有所分别的现象早已成为历史,但细推起来,传统的请戏方式似乎还保留着影响。首先,畈山村今天并不是一个行政大村,没有统一的管理机构,可是在文化活动上,它却习惯上联合三个行政村为一个整体,这与当年庙会规模是一致的;其次,由三个行政村分别请戏,虽然同当年以宗族为单位请戏在性质意义上不同,但从经济负担能力上看,两者的地位相仿。畈山村由夏、皇甫和吴三大姓人口组成,过去请祠堂戏时,基本以同族人为基本单位。不过总的来说,畈山村请戏形式与名义的变化表明:今天村民的村落集体观念仍然强烈地保留着,而宗族血缘观念已受到较大的冲击。

在所调查的其它村庄中,昔日普遍有庙戏习俗,而祠堂戏并不是一个普遍现象。后者的有无,可能与村中祠堂文化是否发达有密切关系,但问题在于,我们还不能根据有无祠堂戏来判断祠堂文化是否发达。在有些单姓村或主姓村,例如在金华地区兰溪市姚村,有总祠堂大、小各一所,各房族祠堂("厅")竟有23所之多,但那里就没有"祠堂戏"的说法,究其原因可能是在这个主姓村的戏台上所演出的戏剧,已经起到了加强宗族凝聚力的作用,特别是清明节的"鬼戏"具有明显的祭祖与追悼先人的功能。再如温州市瑞安县梅头镇东溪村是单姓村,有姜氏祠堂一座,建于明代嘉靖年间,1990年被列为县级文物保护单位。这个祠堂在土改前有"宗田"十多亩,由八大房族每年轮流管理。宗田收入,一是用来每年办一两次"祠堂酒",二是用于请戏(宗田中有"请戏田"),但演戏地点不在祠堂而在"娘娘庙"戏台。可见,东溪村由于是一个单姓村,宗族与村落几乎成为一回事,因而也就在请戏方面没有必要区分祠堂戏和庙戏。

在我们所调查的一些多姓村,同样没有祠堂戏,和作为多姓村的畈山村仍然不同。例如温州市东林乡东明村和宁波市北仑区溪东村等。在东明村,没有祠堂戏可能与周围地区祠堂文化本来就不十分明显有关,现在连祠堂旧址都难以寻觅。溪东村的祠堂已移作它用,在历史上也没有在祠堂中演戏的习惯,只有一处戏台在嘉溪庙。浙江南部,总的来说祠堂文化比较发达,但即便是这里的多姓村,也不一定有祠堂戏。如温州市苍南县桥墩镇碗窑村,人口由余、陈、朱、江、胡、华、巫七姓组成,300多户人家中有200多户是窑工户,以制碗和种植业为经济来源。这个村每年都要请几次戏班,都是在"三官庙"戏台上演出,没有庙戏与祠堂戏的分别。三官庙除供奉"三官菩萨"("天官"、"地官"、"水官")之外,神龛左边有"土地爷",右边有"公主"。敬土地爷一项,与其它村庄是共同的,但敬"公主"却颇为奇特。传说这位公主,名叫许远,是一位带兵之人。碗窑村最早的一代祖先,即江、胡、华、巫、余五姓兄弟,都曾是许远的下属。清代康熙年间,五姓兄弟从福建迁来此地,才有了碗窑村,所以村民共认许远为"公主",并崇拜为神。这一传说究竟有多少历史因素,暂且不论,但传说反映出碗窑村村民各姓之间有一种同舟共济的向心力,则是确凿无疑的。碗窑村的祭祖仪式一般在家中进行,一年中只有清明和中秋才进祠堂。村民为祭拜"窑祖爷"鲁班,在正月十五前后有"作福"仪式,届时各家各户将钱款集中起来,到外村买来糯米,统一做成叫做"糍"的糕点,分给各家吃,全村人还要在一起聚会进行娱乐。另外在"四年两头"(每四年一个周期的第一年和第四年)的正月十五前后还要举行"作醮"仪式,请师公前来设坛化符,且在遴选师公时非常严格,通过抛阴阳卦(即将一段竹子劈成两片,抛起落下看竹片正反面情况)的办法逐次淘汰。正月十八一定要请木偶戏,叫做"请三官爷作福"。二月二十七是土地爷生日,也要演戏。朱金柏(70岁)所提供的这些关于碗窑村节日仪式与演戏习俗的情况,可以和畸山村加以对比。畸山村有祠堂戏,而碗窑村没有,后者只有庙戏,这似乎说明,共认"公主"为全村各姓家族保护神的碗窑村,并不需要通过请戏来炫示某一姓家族,他们更关注于全村的事情。

　　总之,畸山村的演戏分别为"庙戏"和"祠堂戏",这种情况并不是到处都有的,但它却提醒我们,对村落中戏剧演出与节日、仪式的密切关系,应当注意调查,从中可以发现村民的社会组织观念究竟具有怎样的性质和特殊表现。自然这还需要结合生产活动、日常人际关系、村民组织制度等情况,一并进行深入考察。

二、"菩萨巡游"及会班组织

在浙江农村的许多庙会上,每年有抬出神灵偶像于乡里当中作游行表演的仪式,民间称之为"菩萨巡游"、"抬菩萨"和"行会"等,这种由村民自发组织和参与的集体活动,是宗教信仰同民间艺能互相结合的产物。农民通过这种隆重而热烈的举动,创造出人神交流的象征性情景,也荟萃了众多的民间艺术形式,因而能同时满足人们信仰心理与娱乐的需求。

考察这一类庙会的习俗,可以从民间信仰与艺术审美等不同角度进行,这里仅就其象征性行为和活动规模与范围所表现出来的村民的社会组织观念,作一些考察。

在湖州市东林乡东明村,调查到几十年前村中"抬菩萨"的一些情况。东明村由各有十几到几十户人家的9个自然村组成,大体上是由于河道交叉而被分隔开来的,在各村之间,村与田、路之间,有众多桥梁联结,加上分散于各村的小型庙宇较多,素有"十桥十庙"之称。东明村西南兀立一座"东林山",上有"三王老爷庙",据说村中各庙所供的菩萨中多是三王老爷的"家里人",例如9个自然小村最北端的"九百亩"村有"三侯庙",庙里的菩萨和三王老爷是外甥与娘舅的关系,但谁是娘舅谁是外甥,说法不一致,多数人说山上的三王老爷是娘舅。每年农历二月廿一日,东明村人举行隆重的"抬菩萨"仪式,将三王老爷(即大老爷、二老爷、三老爷三位菩萨)从庙中抬出,穿街走巷送往九百亩,在那里住上三天后,再抬他们回东林山。人们称这一次抬菩萨是"接娘舅"。此外,农历九月廿六和十月廿五还举行另外两次抬菩萨,但时间没有那么长。

很显然,抬菩萨及其有关传说,像村中那些精美的石桥一样,将9个自然村联结成一个村落整体,具有团结东明村不同姓氏和不同聚落的象征意味。中年农民吴阿大和73岁的谈年发都向我叙述了当年举行仪式的情景,吴阿大虽没有亲眼见过,但过去经常听当铁匠的父亲谈到这些事情。吴的父亲在抬菩萨时还曾"扎过香",所谓"扎香",是一种虔诚拜神的行为,将铁钩子穿进腕下或胳膊下的皮肤里,用以悬挂香炉,双臂各挂香炉一两个,走在菩萨轿前。谈年发老人的叔叔还曾在胸前扎香。扎香不会在皮肤上留疤,也不会流血,据说青壮年村民经常主动要求担当此任,以逞英雄。由于游行需经过龙山井、和尚湾、老街、绳家浜、沙滩、横埭、东溪桥,最后到九百亩,故历时约半天时间。其中"老街"也叫"老市"、"东林市",解放前十分热闹,队伍经过这里停的时间比较长,不仅本村人还有外村人都集中于此观看。抬菩萨,激发起信仰的狂热,同时显示出东明村同心协力的精神。

　　老街过去的店铺,据吴阿大讲有茶馆 14 户,饮食店 2 户,南货店(卖烟、酒等)4 户,药店 3 户,百货店 1 户,肉铺 3 户,皮匠店 2 户,棺材铺 1 户。附近的农民经常到这里购物,喝茶歇息,因此老街成为东明村和周围其它村庄的一个经济与信息交流中心。老街人称本村其它 8 个小村的人和外村农民均为"乡下人",说明老街曾有过一度繁荣的时光。居民有来自本乡的,也有来自外乡、外省的,吴阿大父亲就是南京附近来的(现已去世)。吴阿大 25 年前(22 岁)曾回原籍,名字上家谱,从原来的张姓。老街人现在多数从事农业,但居住的房屋还保留着店铺的老样子,讲起过去"抬菩萨"的事,他们比其它小村里的人更为清楚。类似这种有多种经营的村落,调查中还遇到余姚市河姆渡村。此村有许多人家除从事农业外,传统上还经营生意、作丧衣、摇船摆渡、烧砖窑、打小工、当泥水匠等,这和古老渡口的地理位置有关系。村民的姓氏达 70 多个,几乎没有大的家族,但以前居住在这里的曾主要是应、王两姓,以后又有孙、王、冯、钱、杨等姓人户进入。现在还保留孙、钱、杨三姓的祠堂,但孙、钱两姓的祠堂已住人进去,只有杨姓祠堂仍放棺木用。总之这是一个宗族势力衰退的杂姓村落,但各姓人户之间关系融洽,且与外村交往很多。在节日习俗方面,河姆渡村正月没有龙灯会,但在三月十五,以本村为主联合周围几个村一起举办"行会",由抬菩萨的仪仗队作为先导,跟随着高跷会、抬阁会、畜牲会、花篮会、旗队等,最后是龙灯会,所谓"龙压阵"。向我们介绍情况的方银伟(65 岁)、方文财(65 岁)、楼成明(41 岁)等都说,村民最重视"行会",认为只有举行这个活动,"年成"才会好,人们才会太平,所以在规矩上参加行会之前都要换上清洁的衣服,回来后要"吃素"七天。传说过去有舞龙的人回家后吃了荤食,被菩萨看见了而受到惩罚。

　　像上述有经常从事非农业常住人口的村落,那些逐渐进入村庄的杂姓人家,究竟在"抬菩萨"和"行会"之类仪式表演性活动中起到了怎样的作用,看来有必要结合村落的历史给予深入研究。1993年9月初在日本新潟县卷町福井区考察,福井这个村落由于有一条古道从中穿过,亦有很多店铺,像一个集镇。店铺经营对于这里耕地不足的农业,是重要的补充,但经营店铺的人户与一般农民户在日常生活和节日活动中结成怎样的关系,还有待向日本民俗学者求教,以有助于对两国农村相类似的问题作出观察与思考。

"菩萨巡游"、"行会"队伍的规模和节目的多少,除了物质条件、技能条件和观念上的重视程度等因素之外,显然还受到举办团体——村落或村落联合体人口数量与地域大小的影响和制约。从宗教信仰的表现上看,每一处的游行表演仪式都与民俗对地方保护神的认同有直接关系,仪式队伍的规模同地方保护神观念的特定范围应该相适应。所以在规模上,河姆渡村的行会比东明村的抬菩萨要大,东明村是一个大村单独举行,河姆渡村则是六七个村落联合举行。而宁波市北仑区溪东村每年农历二月十五前后,参加与周围约二十几个自然村联合举办的庙会游行仪式活动,历时三天三夜,规模和游动范围都更大。行庙会之前,溪东村所在的大碶镇周围区域内,24个庙的代表——"督理"集中在一起开会,商讨本次"行会"队伍的先后秩序,推选指挥者——总督理。一般来说,每次都由石湫庙的代表做总督理,因为石湫庙是24庙当中最大的一个,被称为"老行宫"。行会时,来自各庙所辖的人群队伍集合于石湫庙,首先进行迎庙中所奉"大地菩萨"神像出宫的仪式,然后开始游行。队伍最前面是24杆"帅旗"组成的旗队,每一杆旗都代表一个庙,需3人擎起(其中由1人举旗杆,2人拽绳)。在威风凛凛的旗队后面,是一个大锣,叫"杉木挂锣"(肩扛一根杉木,前端挂锣)作为菩萨仪仗队的先导。仪仗队由4个"喝道衙役"、4张(2组)"肃静、回避"牌和"大地菩萨"轿等组成(其它菩萨的轿子也可抬进队伍,但轿中无菩萨,以轿代表之)。轿后通常有扮演囚犯的还愿人群跟随。最后则是高跷会、九莲灯会和龙灯会等表演队伍。队伍每天赶赴8个庙所,将大地菩萨迎进庙中坐一坐。溪东村虽有"嘉溪庙",但不单独举行庙会游行活动,令村民所自豪的是,每次参加行会,嘉溪庙的精美轿子都受到欢迎,经常有外村人上前抢夺这顶轿子,尤其是渔民。据说,嘉溪庙中的菩萨,"钱阳王"曹彬,救过海上的捕鱼船①。

　　从上述几个地方庙会游行队伍的组成和走动区域来看,可以把这类集体仪式活动分为两类:1. 单一村落型;2. 村落联合型。在小的村落当中难以有条件组织起来,即便是一个村单独组织,这个村也实际上包括几个自然村。由此看来,村落联合的方式对于举办这种集体活动是最为有效的方式。此外,还应该看到,由各个村或各村之间的人自愿结合,以具体节目承担者的身份组织起来的"抬阁会"、"龙灯会"、"炮担会"、"香会"等"会"班,成为仪式游行的骨干力量。

村	畸山村	东明村	河姆渡村(联合他村)	溪东村(联合他村)
庙	畸山庙	三王老爷庙		石湫庙、嘉溪庙等 24 庙
菩萨	畸山菩萨	三王老爷	三灵官、岳帝	大地菩萨、钱阳王等
日期	农历 6 月 18 日	农历 2 月 21 日～24 日,9 月 26 日,10 月 25 日(3 次)	农历 3 月 15 日～18 日	农历 2 月 15 日～17 日
抬菩萨队伍节目组成	①鸣锣开道者 ②牛头夜叉 2 ③小鬼 6,油脸鬼 1 ④惩罚"刁刘氏" ⑤黑无常、白无常 ⑥判官和打伞人 ⑦菩萨轿 4 人抬 ⑧鸦片鬼 ⑨大头鬼、小头鬼 其它: ①放炮仗、放铳 ②乐队:锣、钹、扁鼓、咚鼓 ③卖菩萨糕	①放铳 ②吊香炉("扎香") ③抬菩萨 8 人 ④乐队:鼓 1,锣1、钹 1、唢呐 2,箫 1、笛 1 ⑤扮地戏	①放铳 ②肃静、回避牌 ③菩萨轿 2 ④鼓和乐队 ⑤旗锣 2 ⑥高跷会 ⑦抬阁会 10 组以上 ⑧扮动物("诸牲会"?) ⑨花篮会 ⑩香炉会 ⑪旗队,大旗 3、小旗和五色旗各 50 以上 ⑫龙队,大龙 24 人舞,小龙 7～8 条	①帅旗队,24 面,每面 3 人 ②杉木挂锣 2 ③喝道衙役 2 ④肃静、回避牌各 2 ⑤菩萨轿若干 ⑥扮犯人 ⑦高跷会 ⑧九莲灯会 ⑨龙灯会 其它:炮担 2

---

① 溪东村参加各村联合庙会游行仪式情况,主要由邵中庆(79 岁,曾参加仪式活动)、乐松年(62 岁)、邵有发(73 岁)、王信月(60 岁)等人讲述。

在北方，可能有不同的村落仪式队伍的组织形式。我在北京房山区张坊镇调查时发现，这个镇在山外平原的几个村庄，正月里分别组织起"少林会"、"旱船会"、"高跷会"、"作腔会"等，但并不合并为一个整体队伍，而是互相交换演出，有时也到更远的村里（如在拒马河对岸的河北省涞水县的村中）演出。村民说，这是一年当中村与村之间"行大礼"的举动。在进村时，"走会"的头目根据与该村的交情深浅程度，施行不同的礼节，或跪拜或欠身拜，到了交情很厚的村子甚至跪着、爬着进村口。可见，走会在当地具有联络村落之间感情的明显功用。这一交换演出的走会形式，可称之为不同于前面所说两种类型的第三种类型：村落分工交换型。

由于有多种节目的行会加入，浙江农村的敬神游行仪式既庄严肃穆又热火朝天，特别是各种民间技艺的会集，给人们以赏心悦目的感受，在队伍经过的地方往往呈现出欢乐的场面，表演者和观众之间互相鼓舞和感染，因而产生强大的社会影响作用。根据这一次还不完全的调查所得资料来看，文艺表演的节目内容在各地抬菩萨游行队伍里所占的比重存在着差异，但却是不可或缺的。有些表演内容直接表现了宗教信仰观念，几乎就是宗教幻想情节的小戏；有些是和宗教文化有关的道具表演，如"花篮会"、"香炉会"等；有些属于纯粹娱乐性的节目。各个会班在庙会以前一个多月就要进行演练，因而活跃了村里的娱乐气氛。会班培养和造就了村中一批民间艺能表演者。

总之，与村落中演戏活动相比较，抬菩萨游行这类集体活动一般体现出村民有更为广泛的生存地域观念。在这里血缘性组织观念表现不甚突出，而村落地缘集体观念和与其他村落共处一地的观念较为突出。特别是通过在物力与会班人才方面的比赛，在村与村的联合中树立本村的良好形象，以表达扩展村落生存合作空间的愿望，这一动机在仪式表演活动中表现得最为明显。会班的组成，从本质上说是超越血缘，也超越地缘的社缘关系，例如河姆渡村和其他几村，跨村组织的龙灯会，不仅参加菩萨巡游仪式，还单独到县内外许多村庄表演，在节日中为各村各户祝福，且抱有获得经济收益的目的，过去是"吃斋饭"，现在主要是收红包。除龙灯会等少数会班，大部分会班随着菩萨巡游仪式的消失已经多年没有活动了，不过传统民间文艺表演形式现在不仅仍然保留在上年纪人的记忆中，而且在"老人之家"的娱乐当中也有所演练和传承。

如溪东村老人之家的民乐队,以当年参加过"行会"的邵姓几位老人为骨干,经常一起活动,当我们中日联合考察团离开溪东村时,老人们用他们深情的表演前来送行,令我们感动不已。

村落文化应当借鉴传统而进行新的建设。满足村民之间和村与村之间信息交流与感情联络的需求,仍是当前特别应该注意的问题。在高度现代化的日本,传统的节日习俗在村庄里早已发生很大变化,如在福井区以前盂兰盆节跳假面舞的习俗,现在已没有了,一年当中过去至少有一两次的小剧演出(由5—6人表演),现在也不进行了。只是老人俱乐部里有时还学一学老歌①。在我们中国,希望在社会进步的过程中,能够把村落集体活动的某些传统形式予以合理的保留,以作为健全当代人精神生活的借鉴。

---

① 1993 年 9 月在日本新潟卷町福井区,吉川与一(81 岁)和平冈マサィ(75 岁)向本文作者讲述。

村　落

——民俗传承的生活空间

刘铁梁

　　村落调查可以视为我国民俗学研究的基础性工作。中国的民俗文化根本上说具有农耕社会的性质,而农耕民俗文化研究的田野作业几乎都是从进入具体的村落开始的。从调查常规来看,不论是带着什么课题进入村落,总要首先对村落的人口、姓氏、耕地、作物、聚落格局、周围环境和历史变化等作基本的查询,这是因为这些基本材料不仅本身是农耕民俗的组成部分,而且也是其它民俗事象的背景。也就是说,任何农耕民俗调查都不应忽视作为民间基层文化的民俗所发生和变化的实际空间。这个空间是指构成群体生活场景的一定地域范围,在农业社会中这种地域范围有特别明显的边界,除城镇外,在农村最清晰可辨的就是村落。

　　显然,村落作为农业文明最普遍的景观应当成为我们民俗学调查所把握的基本空间单位。但村落调查并非仅有空间意义,由于村落还是历史和时代的产物,因而对它的调查必然又有时间的观测,也就是对村落历史的调查。对村落生活过程和民俗传承过程的具体调查也离不开时间维度。所以"生活空间"的村落,也就是费孝通先生解释"社区"概念时所说的"时空坐落"[①]之一种。

　　村落调查对于民俗学研究的重要性,可以从村落的空间、时间限定上给予理解。道理说起来似乎并不复杂、难懂,但实际上,如果不将主要是属于社会学、人类学、历史学等学科对农村社区包括村落的调查成果算在内,我国民俗学调查现状却表现出对村落在理论和实践上的意义还不够重视,当然这与民

---

①　费孝通《乡土中国·后记》,北京:三联书店,1985年,第94页。

俗学田野作业在整体上的力度不足也有直接关系。

本文仅以以往一些学术研究成果和调查资料为参考，从民俗学的角度对村落研究的理论意义和方法问题谈几点认识。

村落的实体性

村落既是指农业社会中人们共同居住、生产、生活的空间，又是指在这一空间中生活的一个群体，此外还是指一种制度性的人群组织类型。研究社会组织的学者特别关心村落概念的最后一种所指——村落组织制度，或者是紧密的人际关系。因而当发现在村落中还存在着一种更为严整的制度如家族制度时，便很容易得出村落的实体性已为家族所削弱和取代的结论。但村落组织是否一定不如家族组织更为严密和更能发挥功能，或者情况相反，对这一问题的认识，我以为除了要考虑地区的具体情况不同以外，还要从二者在历史形成、延续过程中互相交错、替代的复杂性着眼，防止简单地下结论。

首先，村落群体是依靠地缘关系而结成的，因而和以血缘（主要是亲子）关系的家族群体相区别。但在实际历史过程中，完全可以想见，无论是家族还是村落都不可能仅依靠其中一种关系而巩固下来，亲缘关系对村落形成的作用不可小视。亲缘关系的一群人不易分散和流动，定居一处，"生于斯而长于斯"，故而形成了村落，这可能不只是诸多民间村落传说的讲法，而是实在的历史。相反，地缘关系对家庭形成与维系的作用亦重要，居住集中或邻近，是一切亲属关系得以加强的条件。以男系计算分支辈分的家族谱系真正对生活秩序和礼仪发生影响，也只能在固定地域中实现。从宏观上看，华南较之华北宗族组织壮大，这与华南的人口密度、农业密集化程度偏高，地域联系密切有很大关系。在华北，体现家族观念与亲属制度的生活现象集中于婚葬仪式之上[1]，而这些仪式活动显然也要受到地域的限制。

---

[1]　M·C·Choen,"Lineage Organization in North China", in *The Journal of Asian Studies*, 49, No. 3 August, 1990, pp509－534. 张永健《婚姻丧葬礼俗与中国传统农民家庭制度》,《社会学研究》1994 年第 1 期。

　　所以家族与村落虽然发生的根源不同,但实际都依赖对方而加强了自身的实体性。近年来的家族文化研究已证明,村落对于家族生活有限制作用。如王沪宁使用了"村落家族"的概念,尽管他主要是从"农村"意义理解村落,但所运用的材料基本上来自村落[①]。郑振满明确指出,宗族的形成虽然名义上根据"同宗共祖"的血缘关系,而实际还有地缘关系、利益关系在发生作用,因而他提出了宗族组织的三种类型[②]。

　　其次,村落的实体性还表现在它具有相对独立的组织结构及与外界政权、利益集团发生抗拒、协调的作用上。然而在以往对于中国农村历史与社会的著述中,向以讨论家族或宗族为重,以讨论村落为轻。之所以如此,首先是因为中国的家族组织制度从比较文化角度上看,具有鲜明的民族历史特点,其严密体系与国家制度相衔合,对整个中国社会和文化都有深刻影响。其次是因为历代文献中有关于家族文化和宗法制度的较多记载,容易引起学者对这一方面历史的重视。再次是受西方社会文化人类学的影响,以其关于部落社会血统亲属关系研究的理论和方法,解释中国家族制度及其变迁似有诸多顺理之处。问题在于,在强调家族组织与宗法政治制度对中国社会有深刻影响的同时,也不应该忽略民间社会实际上存在的村落组织形式及其对于社会政治、经济和文化心理的重要影响。多年来,国内外的一些学者将人类学、社会学、民俗学、历史学等学科互相交叉,进行深入的田野调查和文献搜集,已更多发现和觉察地缘集团、村落、代表地方与上层国家机构起联系纽带作用的绅士(乡村精英)阶层等在社会生活中的重要意义。在家族问题研究方面,今天总趋势也是尽量避免孤立看待家族组织和过多从规定、理念上,而不从实际作为上对它进行考察的偏向[③]。例如台湾学者在 70 年代进行的"浊水大肚两溪流域人地研究计划",有一个主题是"聚落发展的形态"。研究结论大体是:台湾的聚落型态是以地缘,包括移民社会的祖籍(祖居地缘)和在台湾生根落户成

①　王沪宁《当代中国村落家族文化》,上海:上海人民出版社,1991 年。

②　郑振满《明清福建家族组织与社会变迁》,长沙:湖南教育出版社,1992 年。

③　[美]杜赞奇(Prasenjit Duara)《文化、权力与国家:1900－1942 年的华北农村》,南京:江苏人民出版社,1995 年,第 81 页。

为土著民社会的新地缘为基础;而血缘的宗族是在此基础上发展而成的①。这一研究课题的开展表明,由于科际间合作等原因,曾经被历史学者等相对轻视的村落社会问题被提到研究日程上来,而研究的结论对于认识地缘的重要性以及理解血缘与地缘互相替换的关系都很有启发意义。80 年代以来,国外汉学界将村落组织及认同意识作为地方文化重要现象之一给予分析的方向,渐成气候。如周锡瑞(J•W•Esherick)著《义和团运动的起源》中对村社文化的分析,杜赞奇(P•Duara)著《文化、权力与国家——1900—1942 年的华北农村》对宗教型村庄与宗族型村庄的分析等,都带有这种意识。明确地将村落作为基本社会单位去观察中国农村经济史和社会发展史的著作以黄宗智《华北的小农经济与社会变迁》为代表。近年来大陆学者把村落作为实体的调查也开始出现②。

最后,村落组织的实体性一般被认为主要是因为国家政治的渗入而得到加强,这当然符合历史特别是近现代历史的事实,但这种实体性的基础却产生于相当久远的历史深处和农耕生活的自然规定之中。我国原始农业产生之初就有聚落出现,到仰韶文化时期,黄河与长江流域数以千计的村落遗址被现代考古所发现。再到龙山文化时期,可以说除了沙漠、草原、山区和高寒地区外,农业村落已点缀在辽阔的祖国大地③。从农村生活的自足性和人际交往关系上来看,正如费孝通所指出的,村落是人们彼此最相熟悉而不感陌生的社会④。之所以如此,是因为村民几乎难得走出本村的范围,他们的主要物质和精神需求都可以在村落当中得到满足。也就是说,一个平常的家庭可在所耕种的适量土地之上和在村民的协作与帮助之下过上稳当的日子。宏观上看,从我国定居农业的出现直到现在的广大农村,村落始终是一个比较稳定的地域社会

---

① 王崧兴《汉学与中国人类学——以家族与聚落型态的研究为例》,《建设中国人类学》,上海:上海三联书店,1992 年,第 85—88 页。参见李亦园《民族志学与社会人类学——台湾人类学研究与发展的若干趋势》,[台湾]《清华学报》第 23 卷第 4 期。

② 可阅读陈春生对粤东古港樟林村调查后写成的《社神崇拜与社区地域关系》,载《中国历史社会发展探奥》,沈阳:辽宁人民出版社,1994 年;袁学骏《耿村民间文学论稿》,北京:中国民间文艺出版社,1989 年。

③ 李友谋《中国原始社会史述》,郑州:中州古籍出版社,1986 年。

④ 费孝通《乡土中国•乡土本色》,北京:三联书店,1985 年。

单元,而每一个具体村落的固定存在,均表示出村民团体的不易分散和成员的不易流动。因而村落内部成员的交流互动与协作关系,较之与外界的联系就显示特别紧密,日常生活中如此,遇到天灾人祸的危机时刻更甚。这是村落组织制度形成的自然基础,也是村落巩固性特征的基本表现。所谓"鸡犬之声相闻,老死不相往来",并不属于村落人际关系的常态。应当看到,村落的实体性——巩固和严整程度不光表现在制度层面上,而是更大量地表现在村落集体生活的流动过程中。

自足的生活空间

从"社区"理论来看中国传统社会中的农村,可以发现村落是最为恒常稳定的社区。当然这并不否定各个区域的村落在历史上各个时期会发生松散与内聚、开放与闭塞等种种变化。总的来看,自然形成的村级社区在与外界市场、国家政权发生联系以及受婚姻圈、灌溉系统等影响的同时,自身内部基本上形成经济上和社会文化上的自我满足的生活格局。

经济生活的自足,一般认为包括农作物产出与消费的大体平衡,也包括副业、手工业生产的适度规模。但这并不意味着所有一切产品都仅供自我消费,实际上有许多村落都将自己生产的土特产品向外界(或就近或很远的地方)销售,然后购买自身所不足的粮食等生活必需品,而总产出与总消费则基本上持平。我到浙江一些地方就调查到这样一些村落,所生产的产品有陶缸、瓷碗、草纸、果木等,往往还通过直销方式,利用河流运输之便出售到较远的地方,如奉化畸山村的陶缸就一直是由村里贩缸人用船运到舟山群岛去卖。在兼营桑蚕、渔业的地区,以村落为单位的销售与购买活动更不可少。由于这些特殊产品的生产与大部分地区的农作生产不同,风险也较大,因而形成特色鲜明的信仰仪式、结社行为和互助习俗。村落经济"自给自足"的极端形式,也许是不与外界发生商品交换关系的封闭性的生产与消费格局,但分散在各地的集市却表明这种封闭的村落大约是不多的。

美国的史学家施坚雅基于他对南方商品流通较为常见的农村地区的观察,力图纠正以往人类学者过多注意村庄个体内部结构的倾向,提出了以基层集市为中心的"基层市场共同体"的结构模式,进而把这一模式扩展为全国范围内八层等级的"中心地"的模式。这一理论对美国的汉学界影响甚大。施坚雅注意到,以完全孤立的眼光看待村落及其自给自足生活方式是不妥当的,但他也曾经发现自己过分夸大了"基层市场共同体",因而在1971年提出了同时考虑"开"与"闭"的自然村随朝代兴衰而周期变化的模式①。黄宗智对自然村中的小农经济为什么未能始终沿着"开"的一面向现代化转化这一问题,作出一种解释:小农(特别是贫穷小农)经济行为的动机,是对生存的考虑重于对利润的追求。这一动机似为传统驱使,但更重要的是,由于在人口增长和土地单位产出已接近最高极限的压力下,农业生产只有以单位劳动日边际报酬递减为代价,换取单位面积劳动力投入的增加,也就是以生产率的递减换取产品的增加,这种"过密化"(involution),同样表现在为维持生计,而非追求高利润的经济型作物和家庭手工业的生产上,即出现"过密型的商品化",而不是出现西方社会转型时的那种农业商品化②。可见,村落的稳定和持续与小农经济行为长期没有发生本质性变化有着直接关系。

　　所以,所谓"自给自足",无论是对村庄还是对个体家庭来说,并不总是与商品化无关,而是说虽有一定的商品化,但农业生产仍然迈不过自然经济为主的阶段。村庄的自给自足与家庭的自给自足分不开,但二者不是完全同样的结构。与家庭内的分工结构不同,村庄内部有穷富分化和阶级差别,较富的家户与外界的销购联系要多一些,较贫穷户则少一些。另一方面,再孤立的家户也需要或多或少进行生产与生活必需品的交换(或买卖),这些需求大部分可以在村内得到满足。因此村落是使每个家庭能维持生活而有更多调适余地的社会单位。村落的自足状态就在种种内部关系,包括雇工与受雇、租出与租入的关系中形成。总之,村落的自足实际上是一种比较复杂的内部关系,而不是一系列独立自足家庭所组成的简单邻里关系。

　　以上是从自然经济结构的角度来认识村落作为自足生活空间的一般表现,

---

① 参见[美]施坚雅(G. William Skinner)《中国封建社会晚期城市研究——施坚雅模式》,王旭等译,长春:吉林教育出版社,1991年。

② [美]黄宗智(Phillip Huang)《中国农村的过密化与现代化:规范认识危机及出路》,上海:上海社会科学出版社,1992年。

即它的各种经济成分如何互补成一个主要是满足村落内部消费需求的结构整体。现在再来看村民的精神文化需求,是否也可以在村落空间中得到满足。

这里所指的精神文化大体包括:知识、技术、经验;伦理观念和行为规范;信仰心理和象征仪式;文艺和娱乐活动等。物质生活的自足性可以从上文所分析的村落经济结构去认识,精神生活的自足性则可以从村落人际互动关系上来理解。必须说明的是,正如村落经济结构所表现出来的自足性不等于封闭性,其人际互动关系结构也不等于"不知有汉,无论魏晋"的桃花源式的孤存状态,实际上村落的信息渠道是经常敞开着的。由于土地的束缚,村民不易走出村落,他们对外界信息的了解只能依靠亲友间走动、定期集市活动等渠道,所以显得天地狭小,见识不多。但是,由于村落内部人际关系亲密,交往相对频繁,来自外界的重要信息却可以迅速传播而由村民共享,这在很大程度上弥补了与外界联系不便的缺憾①。上述各种精神文化生活内容无一例外,从一般形式上看,都是个体与群体之间加强交往和加深互相了解的表现。在与外界人群交际方面受较多限制的情况下,村落便为村民提供了一个可以相互沟通的紧密空间。同时,这个空间又有内部的结构:首先是家庭与家庭之间明显的既相分立又相邻近的结构;其次是亲属与非亲属之间既相区别又相交错的结构;此外,是按年龄、性别、职业、贫富、受教育程度、承担公众事务等状况,划分出来的团组结构。也就是说,村落人际交往是在这些依地缘、亲缘、社缘建立起来的人群结构中实现的,有着不同的沟通渠道。但不论如何,村落作为一个聚集空间,村民"低头不见抬头见",接触机会十分频繁,因而较之现代都市中人,他们的生活更有人情味。有一次我在北京房山区随我过去的学生回到他住的村里,只见他一路上不断和乡亲们打招呼,有时还要互相调侃一番。我问:"如果不打招呼行不行?"他说:"都是一村的,哪能见面不理!"庄户人对外来客人也不特别疏远,你可以很快成为他们的朋友,我想,这也是他们主动接受外界信息的一种表现。

在村落人际交往的空间里,村民并不单纯满足日常接触,更注意积极参与

---

① 李银河认为:"村落文化是相对于都市文化而言的,它指的是以信息共有为其主要特征的一小群人所拥有的文化(包括伦理观念和行为规范)。"李银河《论村落文化》,《中国社会科学》1993 年第 5 期。我这里补充了这种"信息共享"特征在外来信息传播上的一种表现。

需要集体协作的事情,如婚丧嫁娶、造屋建桥修路等,他们都愿意按照一定的规矩出钱出力或担当角色。至于节日、庙会或临时举行的全村性仪式活动,更是人们充分交往的机会。所不同于平日的是,这些活动是村落集体凝聚力的突出体现,也是空前满足人们对环境、社会进行认识和情感交流的大好机会。总之,村落虽然是一个小圈子,但由于内部关系紧密、互动频繁、习俗丰富,所以成为一个不仅在物质需求上,而且在精神需求上可以自感满足的生存空间。当然我无意说明村落文化就没有更新变革的必要,从"文化压力"的角度讲,闭塞的一面对于想见大世面的人总是一种压力,反过来说外界的冲击也是一种压力,在现代化过程中后者必然强于前者,但这不是本文讨论的主要问题。

村落的自我意识

村落作为小群体社会,在稳定结合和充分互动的生成发展过程中,形成了共同生活方式与习惯成自然的种种文化规范。在表层生活现象之下,潜在的是村民群体的共同性价值观念和由相通的个人感受所构成的集体认同意识。在实际生活中,平常状态下,个人并不特别容易感觉到自己是村落集体的一个成员,然而在家庭需要帮助,村内外发生明显矛盾冲突,特别是来自外部的自然灾害和人为侵扰给整个村落的生活构成威胁的状态下,这种认同的感受就强烈起来。当然,在这种情况下亲缘团体认同的感受也一样强烈起来,但由于克服危机需要动员比较广大的社会成员,通常是全村总动员,然后是跨村联合,因此村落的自我意识便表现得尤为显著,其团结精神得以高扬。

太湖南岸的湖州农村,在防洪的斗争中,有以村规民约为保证的一整套措施。平时,所有村民都有保护堤坝之责,不准在堤上放牧、割草、挖泥,即使烂柴头也不能动一动。每村设有堤长,负责筑堤、修堤和指挥抢险的责任。筑堤时要推举领头和压尾的人,前者的泥担上插三角红旗,后者担上插绿旗,挑担队伍前呼后拥,鱼贯而进,蔚为壮观。洪情发生时,由村民组成几班队伍,昼夜沿堤巡逻,并通过敲"太平锣"和"报警锣"向村里人报告情况。一旦"报警锣"响起，全村男女老少一齐向锣声方向集结，人人竭尽全力，抢险保塘①。几乎遍及全国的求雨仪式，是团结村落渡过危机的集体行动，这种仪式在许多村民看来是经常可以达到目的的。在我们看来，仪式固然源自对雨神的信仰，但也是源自对集体力量的崇拜。

无论是以村为单位参加的村际庙会，还是各村庙会，都是表达村落自我意识的重要机会。在河北赵县范庄"龙牌会"（"打醮"）四天会期当中，周围一二十里的各村民众组成各种表演队伍，如鼓队、"太平车"（鼓置车上）、"同乐会"、"碌碡会"、跑驴、旱船、"少林会"等，所有的会旗上都必有村名冠于上方。其实，这些旗帜或标幅上标明的村落名称总是具体的，会名却往往含混。这是一年一度显示村落实力和与其它村进行比赛的盛会。两位老太太告诉我，她们那个村只有"香会"（进香队伍），而没有表演的节目，原因是男人们不争气。村落自我意识还表现在村际之间的礼遇上，一些地方正月拜年时，村里组织会班进行游行表演，一般都事先就受到外村邀请，而进入外村时要有一套礼节必须遵循。

平时，村落常年设有各种服务性组织，如办丧事而组成"旋风会"（河南濮阳），为借贷而组成的"扒会"（山东）等。村内帮工、换工、合用大车牲口、合伙车水等协力互助行为更是屡见不鲜。村落集体是各个家庭所经常依赖的力量。当然，村内的矛盾也是经常发生的，这就需要有威信的人出面调解，而这种人多是常年以村落保护人（领袖）的身份担当其职的。他们还要与上级国家政权打交道，以解决赋税征收的矛盾。关于这种"代表"村落利益阶层的分析，近年来在国外汉学界是一个热门话题。土改时，他们或者曾经是革命对象，或者是开明士绅。历史上，国家政权组织顺应农民的地缘结群意识，即利用村落自我意识，在向乡村施加影响、进行权力渗透的过程中，采取了许多巧妙措施。例如，杜赞奇在分析华北农村普遍存在的"青苗会"组织时，形成这样的认识："青苗会的重要性并不在于其护秋功能，而在于其在村财政中的作用。在许多村庄，青苗会不仅决定每亩看青费的多少，而且决定摊款的分配方式。另外，为了明确村与村之间财政权与管辖权的界限，青圈亦成为村界，使村庄在历史上

---

① 钟今伟编《湖州风俗志》，内部出版。

每一次成为一个拥有一定'领土'的实体。"①

个案调查的意义

　　村落自我意识与村落文化的个性相关。是否可以说,长期互动关系中形成的自我意识,使得村落好像一个人一样,有自己区别于他人的外在行为特征和内在心理特征。因此,走向村落的民俗学调查不仅具有个案资料的一般意义,而且又具有深入体验民俗生活中的人和群体心理的研究价值。

　　把村落作为一个整体的小社会进行观察和分析,曾是我国社会学、民族学家努力进行并取得有世界影响成就的一项工作。也就是说,"社区"(community)理论的方法曾作为费孝通等研究中国社会的有力工具。本文所讨论的"村落",在整体论的思考上来源于社区理论。之所以特别强调村落,首先是考虑它是中国农村广阔地域上和历史渐变中的一种实际存在的最稳定的时空坐落;其次,是基于"民俗传承"的概念,把它看作是紧密结合的小群体,也是在其内部互动中构成的一个个有活力的传承文化和发挥功能的有机体;再次,在村落中观察到民俗文化事象,就某一类别的民俗而言(如同民俗学概论书中所划分的那样),必然具有时空的限制意义,因而有助于我们避免急于概括某类民俗的内涵、结构、功能、演进规律等。民俗学在历史上形成了对本民族传统给予解说的学术倾向,但我们民族深厚和丰富的传统却是因时因地而异的。我们在把握共性的探索道路上,也许还要首先建设好村落或其它时空单位个案调查的坚实基础,需要走一段艰苦的路程。

　　此外,我们已愈来愈意识到,村落调查应当更多地把人(包括有典型意义的民俗传承人)作为生活的主体和文化的承担者,给予热情地关注。在民俗学与心理学结合方面,深入理解村落人的精神世界,虽然是不易实现的目标,但却是充满诱惑力的研究方向。在这方面,村落生活史与村落中个人生活史,可能成为一种便于操作的方式②。

　　村落召唤着民俗学者。

---

① ［美］杜赞奇(Prasenjit Duara)《文化、权力与国家:1900—1942年的华北农村》,第187页。
② 参见拙作《民俗调查中的心理观察问题》,《民间文学论坛》1996年第3期。

国家正祀与民间信仰的互动

——以明清京师的"顶"与东岳庙为个案

赵世瑜

大约70年前,顾颉刚先生为了研究神道和社会,先后对北京朝阳门外的东岳庙和京西南的妙峰山香会做过数次田野调查,并和他的一些同事们一起,发表了一些开创性的成果①,这可以说是对东岳神系及其信仰的较早的科学探索。在这些成果中,就已经有学者指出,对碧霞元君的信仰,在北方民众中要比东岳大帝更强②。实际上,通过普遍查阅明清以来的地方志,我们知道碧霞宫(包括娘娘庙、九天玄女庙等)主要存在于北方,东岳庙则普见于全国各地;前者主要分布于乡村,而后者则立足于作为统治中心的各级城市。这说明,自上古帝王的泰山封禅以来,东岳崇拜就更多地体现了国家信仰,而碧霞信仰则具有更多的民间性。在这里,本文试图对北京周边崇拜碧霞元君的各"顶"、东岳庙及其二者的关系略作探讨,并且通过各种祭祀群体之间的联系,折射出在北京这个首善之区民间信仰如何对官方信仰发生互动。

一

京师各顶,主要指北京城外几个有名的崇拜碧霞元君的寺庙,之所以称之为"顶",是指"祠在北京者,称泰山顶上天仙圣母"③。清人则说得更具体:"祠

---

① 参见顾颉刚《顾颉刚古史论文集》第1册,北京:中华书局,1988年,第68—74页。《歌谣》周刊,1924年第50、61号。《民俗》周刊,1929年第69、70期合刊。

② 罗香林《碧霞元君》,《民俗》周刊,1929年第69、70期合刊,第5页。

③ [明]刘侗、于奕正《帝京景物略》卷三,"弘仁桥",北京:北京古籍出版社,1980年,第133页。

庙也,而以顶名何哉? 以其神也。顶何神? 曰:岱岳三元君也。然则何与于顶之义乎? 曰:岱岳三元君本祠泰山顶上,今此栖,此神亦犹之乎泰山顶上云尔。"[1]意思是说北京人把原来的泰山顶上的碧霞元君移植到这里,仍相当于在泰山顶上。关于碧霞元君信仰的概况,由于70多年前顾颉刚等人对妙峰山的研究而受到重视。近年来,由于妙峰山进香活动的复兴,学者们对妙峰山及碧霞元君信仰的兴趣又重新恢复[2]。虽然在他们的研究中均提及明清北京的各顶,但多数语焉不详。

从明清时期的记载来看,主要的碧霞元君庙有五个,即所谓"五顶":

> 京师香会之盛,以碧霞元君为最。庙祀极多,而著名者七:一在西直门外高粱桥,曰天仙庙,俗传四月八日神降,倾城妇女往乞灵佑;一在左安门外弘仁桥;一在东直门外,曰东顶;一在长春闸西,曰西顶;一在永定门外,曰南顶;一在安定门外,曰北顶;一在右安门外草桥,曰中顶。……每岁之四月朔至十八日,为元君诞辰。男女奔趋,香会络绎,素称最盛。惟南顶于五月朔始开庙,至十八日,都人献戏进供,悬灯赛愿,朝拜恐后。[3]

其他记载与此大略相同,也有一些差异。这里讲西顶在长春闸西,但附近还有其他碧霞元君庙(如高粱桥),如:

> 碧霞元君庙在城外东南宏仁桥,成化时建。宏仁桥,元时呼为马驹桥。都人最重元君祠,其在麦庄桥北者曰西顶,在草桥者曰中顶,在东直

① 康熙三年四月十二日《中顶泰山行宫都人香贡碑》。《北京图书馆藏中国历代石刻拓本汇编》第六二册,郑州:中州古籍出版社,1991年,第35—36页。

② 其中重要的研究成果有收于刘锡诚主编的《妙峰山·世纪之交的中国民俗流变》中的若干成果,如李露露《清代〈妙峰山进香图〉》、刘守华《论碧霞元君形象的演化及其文化内涵》、邢莉《碧霞元君——道教的女神》等;还有美国历史学家 Susan Naquin 的长篇论文 The Peking Pilgrimage to Miao-feng Shan: Religious Organizations and Sacred Site,见 Susan Naquin 和 Chun-fang Yu 主编的 *Pilgrims and Sacred Sites in China*,加利福尼亚大学出版社,1992年,第333—377页。另外还应提及北京师范大学中国民间文化研究所吴效群的未刊博士论文《北京的香会组织与妙峰山碧霞元君信仰》,1998年。

③ [清]潘荣陛《帝京岁时纪胜》,"天仙庙",北京:北京出版社,1961年,第17页。

门外者曰东顶,在安定门外者曰北顶,又西直门外高粱桥亦有祠。每月朔
望,士女云集。①

这是说在高粱桥者非西顶。再如:

> 又有蓝靛厂,在都城之西,亦本局之外署也。万历三十六年,始建西顶
> 娘娘庙于此。其地素洼下,时都中有狂人,倡为进香之说。凡男女不论贵
> 贱,筐担车运,或囊盛马驮,络绎如织,以徼福焉。甚而室女艳妇,藉此机会,
> 以恣游观,咸坐二人小轿,而怀中抱土一袋,随进香纸,以往进之,可笑也。②

此外,南顶也有类似的问题,如:

> 碧霞元君庙 臣按通志,庙在左安门外东南弘仁桥,明成化中建。春
> 明梦余录云:弘仁桥,元时呼马驹桥。今此庙曰大南顶,旧曰南顶,共五
> 层,坊二,……在永定门外者曰南顶,有正德五年御制灵通庙碑,今曰小南
> 顶,康熙五十二年敕修。③

可知南顶也有大小两个。除了上述五顶(或说六顶)之外,明清京师附近吸引
大批信众的碧霞元君庙还有若干,如"涿州北关、怀柔县之丫髻山,俱为行宫祠
祀"④,通州的里二泗等等。

据前述,东顶的位置在东直门外,准确的修建年代不详,但已见载于《春明
梦余录》,说明在明代肯定已经存在。南顶如上述有二,大南顶在左安门外东
南弘仁桥或马驹桥,建于成化年间,明时最盛⑤;小南顶在永定门外"五六里,西

① [清]孙承泽《春明梦余录》卷六六,"寺庙",第 12 页下。《四库笔记小说丛书》第 3 辑,上海:上海古籍
出版社,1993 年。
② [明]刘若愚《明宫史》木集,"内织染局",北京:北京古籍出版社,1982 年,第 44 页。
③ [清]励宗万《京城古迹考》,北京:北京古籍出版社,1981 年,第 6 页。
④ [清]潘荣陛《帝京岁时纪胜》,"天仙庙",北京:北京出版社,1961 年,第 17 页。
⑤ [明]刘侗、于奕正《帝京景物略》卷三,"弘仁桥",北京:北京古籍出版社,1980 年,第 133 页记:"盛则
莫弘仁桥者,岂其地气耶!"

向",在永定桥以北,当建于正德五年或以前,《朝市金载》所记之"南顶"即此小南顶,而前者却已衰败。西顶在蓝靛厂,建于万历三十六年,或称其在"西直门外万泉庄"①,或称其在麦庄桥北(《春明梦余录》)、长春闸西(《帝京岁时纪胜》)等等,均指同一地②。该庙在明代称护国洪慈宫,于清康熙年间改称广仁宫。另外在高梁桥者也应比较出名,称天仙庙。北顶在安定门外,一说在德胜门内路东(《朝市金载》),一说在德胜门外土城东北三里许(《燕京岁时记》),除说在德胜门内者欠妥外,余均指一地。该庙亦建于明初③。中顶在今丰台区右安门外中顶村,旧说在右安门外草桥:"其在草桥者曰中顶,天启七年建,名普济宫。"④

但是,除了上述各顶外,还有一些庙也被民众列入"顶"之中。如崇祯十三年史可法撰文的《六顶进供圣会碑记》,其中说:

> 都城之东朝阳关外二里许,有敕建东岳庙焉。盖自元时迄今,威灵赫奕,耸动中外。内贵宫戚,士庶人民,近而都城市会,远而村落隐僻,及诸善信男女,无不□□□□,不约而同,千古有如一日,盖甚盛事也。……边缘都中,善人□□,□茹素事神,备心向善。爰以□□□□进贡白纸六顶等会,捐诚不苟,力独不倦。……其年例进贡东岳大帝、娘娘金身,珍宝珠翠,冠服带履……等项,□□□□、弘仁桥、西顶、北顶、中顶懿前暨药王庙六处,进贡香楮供祀之仪,必先秉达于勾魂之司,以为神庆之祀典也。……⑤

这里的"六顶"似乎是加上了药王庙,而且表明了各顶与东岳庙之间的密切关

---

① [清]励宗万《京城古迹考》,北京:北京古籍出版社,1981年,第6页。

② [清]光绪《顺天府志》,"京师志十七·寺观二",北京:北京古籍出版社,1987年,第550页记:"长河麦庄桥之西为长春宫,度桥为广仁宫。"

③ "北顶娘娘庙坐落北郊二区北顶村一号,建于明宣德年间,属私建。本庙面积二十二亩一分,房殿四十三间;附属茔地十亩,香火地五亩……"见《1928年北平特别市寺庙登记》(档号J181—15—107)。收于北京市档案馆编《北京寺庙历史资料》,北京:中国档案出版社,1997年,第89页。

④ [清]励宗万《京城古迹考》,北京:北京古籍出版社,1981年,第6页。

⑤ 《白纸会碑》,《北京图书馆藏中国历代石刻拓本汇编》第六一册,郑州:中州古籍出版社,1991年,第19页。

系。另外清康熙四年春一个称"展翅圣会"的会首钱坦所立碑记说：

> ……有彼都人士钱应元于每年三月二十八日圣诞,进贡冠服展
> 翅。……后稍有废弛而渐至冷落,而沈应科、李国梁……复为效尤,不忆
> 世代迁移,人心有懈,苟不振而兴之,善行又将泯灭。钱宗仁续而光倡之,
> 大为修举,子钱坦丕承先人,克绍前烈,相率同志,创为八顶圣会,可称善
> 述善继者。……①

该碑左右两侧分别刻有"八顶进贡展翅老会"和"沿途寺庙二百六十四处"字
样。虽然碑文中未提祭祀包括哪八顶,但可肯定在通常五顶之外,还有若干重
要庙宇被列入"顶"之中。同时也同样表明了这八顶与东岳庙之间的关系。

我们还可以看到有所谓"二顶圣会",这个西华门四牌楼一带成立的进香
组织,曾分别在东岳庙和蓝靛厂西顶立碑留记,似乎"二顶"是指东岳庙和西
顶②;在东岳庙还有康熙三十年十月的一块《扫尘会碑》,碑的两侧文字分别是
"九天、太乙、东岳三顶静炉掸尘老会"和"都城内外各城坊巷居住"③,指的更不
包括崇拜碧霞元君的各顶;更有正阳门外猪市口粮食店的四顶圣会,其会碑立
于东岳庙,但其四顶分别何指,于碑文中并无明载④。

由此我们可以知道,明清时期京师各顶虽以崇拜碧霞元君的五顶最为著
名,但也有其他寺庙被称之为"顶"(还有我们尚未提及的、在清代非常繁盛的
妙峰山金顶),但无论如何,这些顶都与朝阳门外的东岳庙发生了一定的联系,
这些联系又是由那些祭祀进香组织促成的,而这正是我们关心的问题。

二

碧霞元君是东岳的女神,与东岳大帝有密切的关系,这一点毋庸置疑。对

---

① 《东岳大帝圣会碑记》,《北京图书馆藏中国历代石刻拓本汇编》第六二册,第49页。
② 《二顶圣会碑》,《北京图书馆藏中国历代石刻拓本汇编》第六三册,第114、115、118、119页。
③ 《扫尘会碑》,《北京图书馆藏中国历代石刻拓本汇编》第六四册,第188—190页。
④ 《四顶圣会碑》,《北京图书馆藏中国历代石刻拓本汇编》第六三册,第155页。

她的信仰虽然比泰山信仰后起,但在北方民众中的影响却比泰山信仰还大。顾炎武《日知录》有"论东岳"一篇,说泰山的"仙论起于周末,鬼论起于汉末。《左氏》、《国语》未有封禅之文,是三代以上无仙论也;《史记》、《汉书》未有考鬼之说,是元、成以上无鬼论也"。秦皇、汉武封禅泰山,是为祭祀名山大川,或望风调雨顺,长生不老,但汉以后泰山治鬼之说渐盛,所以东岳庙里要有 10 殿阎王和 72 司。三国时管辂对他的弟弟管辰说:"但恐至太山治鬼,不得治生人,如何?"①为了解决这个问题,一方面在泰山的方位上做文章,认为东方主生②;另一方面人们又利用民间泰山女的传说(见《搜神记》),逐渐创造了泰山的女神碧霞元君,保佑生育,治疗疾病,补足了泰山神的治生功能。或以恐怖威吓,或以仁慈感化,自然以后者更易得到民众、特别是肩负养育子女之责的女性的欢迎。

虽然碧霞元君在北宋时得到了统治者的册封,但在国家祀典中显然没有东岳泰山神的地位那样高。按明代国家祀典分大、中、小三类,其中岳镇海渎属中祀,洪武时规定春秋二祭,天子也要在祭日行礼;在此之外还有京师九庙之祭,其中就包括东岳庙,祭用太牢。弘治年间礼部尚书周洪谟等曾上疏说:对东岳泰山之神,"每岁南郊及山川坛俱有合祭之礼",对京师的东岳庙的祭礼也沿袭了下来,因此提出"夫既专祭封内,且合祭郊坛,则此庙之祭,实为烦渎",主张罢免,但没有得到批准。同时我们发现,在国家祀典中,找不到碧霞元君的踪影③。检光绪《顺天府志》,东岳庙被列入《京师志·祠祀》部分中,而各顶的碧霞元君庙则被列入《京师志·寺观》部分之中,显然在制度的规定上二者是有别的,而后者是被官方视为民间信仰的。

东岳庙祭祀仪式的官方性质或"正祀"特征还可从参与者或支持者的身份等级上得到证明。在明代所立的碑中,无论由何人所立,撰文题额的都是高官

---

① ［晋］陈寿《三国志·管辂传》,卷二九,北京:中华书局,1959 年,第 826 页。

② ［清］光绪《顺天府志》,《京师志六·祠祀》,第 158 页,转引明英宗御制东岳庙碑记说:"天下之岳有五,而泰山居其东。民之所欲,莫大于生,而东则生之所从始。故书称泰山曰岱宗,以其生万物为德,为五岳之尊也。"

③ 《明史》卷四七,"礼一";卷四九,"礼三";卷五○,"礼四",北京:中华书局,1974 年,第 1225、1283、1309 等页。

显贵,即立碑者也往往是上层之人。如隆庆四年八月的《东岳庙圣像碑》记由原刑部侍郎郭惟清撰文,原工部侍郎王槐书写,湖广总兵、安远侯柳震篆额,述京师缙绅段时泰倡议更新庙貌,共有锦衣卫指挥、千户,御用监、御马监、内官监、司礼监、尚衣监、神宫监的太监参与。观其题名,除列名最上的发起者22人外,下列5名会首,再下为"信官"41名、"信士"150余名、"信女"80余名(包括5名女会首)①。又如万历十八年三月的《岳庙会众碑》为南京礼部尚书王弘海撰文,西宁侯宋世恩撰额,中书舍人谭敬伟书丹。

立碑者中,又尤以宦官这个群体最为突出。万历十九年的《岳庙会众碑》说"中贵周公宽、李公坤、郭公进雅重岳山之神,鸠众二百余,于十六年创起会祀之礼"②;次年的《东岳庙会中碑》则讲"御马监太监柳君贵、彭君进……监局官凡若干人,岁于神降之辰,张羽旗设供具以飨神"③;另有一碑阴题名中的领衔者为大名鼎鼎的司礼监秉笔太监魏朝④,这也就难怪可以请得动像翰林院修撰余继登、大学士王锡爵这样的名人来撰写碑文了⑤。

但即使是东岳庙这样的国家正祀也必须有民众的信仰活动作为基础。宛平城西有一东岳庙,"国朝岁时敕修,编有庙户守之。三月二十八日,俗呼为降生之辰,设有国醮,费几百金。民间每年各随其地预集近邻为香会,月敛钱若干,掌之会头。至是盛设,鼓乐幡幢,头戴方寸纸,名甲马,群迎以往,妇人会亦如之。是日行者塞路,呼佛声振地,甚有一步一拜者,曰拜香庙。有神浴盆二,约可容水数百石,月一易之,病目人虔卜得许,一洗多愈"⑥。朝阳门外的东岳庙碑文中也有类似的描述:"都城朝阳门外先年敕建庙宇一区,朝廷每岁遣官致祀,而祈祥禳祓,尤谆谆焉。以故都城人众事之典,无内外,无贵贱,无小大……"⑦,可见国家祀典与民间信仰并不完全相斥。

---

① 《东岳庙圣像碑》,《北京图书馆藏中国历代石刻拓本汇编》第五六册,第168—169页。

② 《岳庙会众碑》,《北京图书馆藏中国历代石刻拓本汇编》第五八册,第2、3页。

③ 《东岳庙会中碑》,《北京图书馆藏中国历代石刻拓本汇编》第五八册,第21、22页。

④ 《岳庙圣会碑》,《北京图书馆藏中国历代石刻拓本汇编》第五八册,第36、37页。

⑤ 王锡爵撰文之碑为《东岳庙碑》,《北京图书馆藏中国历代石刻拓本汇编》第五八册,第23、24页。碑阴题名中除宦官以外,还有德妃许氏、荣嫔李氏等一干信女。

⑥ [明]沈榜《宛署杂记》卷一七,"民风一",北京:北京出版社,1961年,第167页。

⑦ 《供奉香火义会碑》(万历十三年),《北京图书馆藏中国历代石刻拓本汇编》第五七册,第134页。

　　考虑到当时都城居民的社会构成,除了宫廷内的大量宦官外,还有许多人都与官府有着千丝万缕的联系。他们可能就是大大小小的官员,或者是他们的亲属;在具有一定经济实力和社会地位可以起会立碑的人中,不可能有太多平民百姓、特别是贫贱下层。即使是那些一般殷实富户,也需要拉拢官宦太监,列名其上,以壮门面。天启四年有一《白纸会碑》,前面没有高官显贵撰文、篆额、书写的说明,碑文简陋,应属一般市民所立:"京都明时等坊巷有老善首锦衣牛姓永福,领众四十余载,今年末命男牛应科同妻王氏接续,领诸善信,各捐净资。"①此会虽属民间组织,但"锦衣"二字仍表明会首具有一定的身份。崇祯五年的《敕建东岳庙碑记》中说:"凡一切诸司善众,各有发心,会名不等,而崇文门外东南坊领众姓弟子卞孟春等起立白纸圣会,每岁四季进供……"②这也应该是一个民间善会,但却能请来尚宝司卿王某撰文,如果不是会首有较高社会地位,至少也有意借此抬高自己。与地方社会不同,这也许就是京师这个天子脚下的"民间社会"的特色。

　　必须指出,入清以后,北京东岳信仰的民间化过程进一步加速。虽然政府对它日益重视,康熙和乾隆年间两次大规模修缮,"规制益崇",甚至在皇帝谒东陵途中,也通常在这里"拈香用膳"③,但还是可以看到,由宦官所立的会碑、由高官显贵撰文题字的会碑大大减少,而一般民间香会的立碑明显增多。如康熙二十三年一碑文中写道:

　　　　……若届圣诞朔望之辰,士庶竭诚叩祝者纷纷如云,神京远近,谁不瞻仰? 由是众等鸠集诸善,在于西直门里小街口,诚起金牛圣会……

碑阴题名列正会首若干人某某,副会首若干人某某以及众信弟子等,没有任何职衔列于前④。另一康熙二十九年的碑文这样写道:

---

① 《东岳庙四季进贡白纸圣会碑记》,《北京图书馆藏中国历代石刻拓本汇编》第五九册,第 154 页。

② 《敕建东岳庙碑记》,《北京图书馆藏中国历代石刻拓本汇编》第六〇册,第 41 页。

③ [清]富察敦崇《燕京岁时记》,北京:北京古籍出版社,1983 年,第 58—59 页。

④ 《金牛圣会进香碑》,《北京图书馆藏中国历代石刻拓本汇编》第六四册,第 52—53 页。

……而京师四民,老幼瞻仰,遐迩欢心。每逢朔望,大而牲帛,小而香烛,……尤虑人心久则懈,年深则泯,遂集同里之忠厚信心者,共成一会,攒印积金……

署名"东华门外散司圣会众善弟子等同立"①,显然也是社区性的祭祀组织。其他如同年安定门大街中城兵马司胡同扫尘圣会所立碑亦与此相同。再有康熙五十五年所立《子午会碑》,两侧分署"京都西安门外土地庙诚起子午圣会"和"内外各城坊居住众善人等名列于后"。从碑阴题名来看,最上为信官会首共 8 人,全为赵姓,下列正、副会首各姓若干人,善会若干人,最后是本庙西廊住持某某、西安门外土地庙住持某某,可知这又不完全是社区性的祭祀组织,大概是由官宦之家赵氏为主要资助人、由西安门外土地庙出面组织的、跨居住区的香会组织②。与此类似的还有:

而盘香之会,则弟子三人率众自雍正十三年始接续,以至于今。……吾会中男女长幼九十余人,住居各地,同心共意。……③

这也是一个跨居住区的祭祀组织,但不知是靠什么因素聚于一会之中。无论如何,尽管仍有署"大内钦安、大高二殿白纸老会"或请到大学士张廷玉题额的情况,表明官方色彩的持续,但清代民间祭祀组织介入的明显增多,也无疑是事实。

三

与此同时,祭祀碧霞元君的各顶又情况如何呢? 根据韩书瑞(Susan Naquin)的研究,明代创建的各顶到清中期以后便先后衰落,其朝拜的盛况无法

---

① 《散司会碑》,《北京图书馆藏中国历代石刻拓本汇编》第六四册,第 144—145 页。
② 《子午会碑》,《北京图书馆藏中国历代石刻拓本汇编》第六七册,第 48、49、50 页。
③ 《盘香会碑》,《北京图书馆藏中国历代石刻拓本汇编》第六九册,第 81 页。

与乾隆后兴盛起来的金顶妙峰山相比①。虽然如此,清人如潘荣陛还是说"京师香会之盛,以碧霞元君为最",励宗万也说"都人最重元君庙",乾隆年间还对南顶和中顶进行过重修,这说明至少在清前期各顶的香火状况还是差强人意的。而且,虽然情况有所不同,妙峰山金顶仍属碧霞元君崇拜浪潮的一个部分。

明清时期京师以及华北各地对碧霞元君的崇拜转热,也许与明清以来华北民间宗教中的"无生老母"信仰有某种关联。尽管罗教的祖师罗祖并没有明确直接地给出"无生老母"的概念,但已经暗示"祖即是母"的转化可能。我们看到,大谈"诸佛母,藏经母,三教母,无当母"的罗教经卷,正是《巍巍泰山深根结果宝卷》的《一字流出万物的母品第四》②。在晚清的一些民间宗教组织中,在最高层的无生老母之下,还有对不同层级的圣母或老母等女神的信仰③。虽然无生老母这个至高神很明确地与碧霞元君不同,但这至少说明了当时民众对女神信仰的普遍需求。甚至康熙皇帝在为西顶所撰御制碑文中也说:"元君之为神,有母道焉","母道主慈,其于生物为尤近焉"④。其基本思路与民间对女神的崇拜是一致的。

自宋代以来,国家往往通过赐额或赐号的方式,把某些比较流行的民间信仰纳入国家信仰即正祀的系统,这反映了国家与民间社会在文化资源上的互动和共享:一方面,特定地区的士绅通过请求朝廷将地方神纳入国家神统而抬高本地区的地位,有利于本地区的利益;另一方面,国家通过赐额或赐号把地方神连同其信众一起"收编",有利于进行社会控制⑤。尽管传说宋真宗时就赐号"天仙玉女碧霞元君",尽管明清两代的统治者先后把一些神祇,纳入国家正祀,也先后对一些"淫祀"采取了禁毁的行动,但碧霞元君信仰始终没有被列入国家正祀之中。由于历代皇帝都在不同程度上对其持赞同或支持的态度,因此它或许可被视为一种"准正祀",是一种被官方肯定的民间信仰。其之所以

---

① Susan Naquin,1992,p. 349.

② 参见马西沙、韩秉方《中国民间宗教史》,上海:上海人民出版社,1992年,第213页。

③ 参见程歗《晚清乡土意识》,北京:中国人民大学出版社,1990年,第244页。

④ [清]于敏中等《日下旧闻考》卷九九,"郊坰",北京:北京古籍出版社,1981年,第1640页。

⑤ 关于这方面的中外研究成果,可参见蒋竹山《宋至清代的国家与祠神信仰研究的回顾与讨论》,《新史学》1997年第8卷第2期,第187—219页。

得到官方的肯定,除了它与正祀东岳信仰的密切关系外,还在于它在京畿地区的流行性和朝拜活动的无危险性①。

我们可以从各顶的碑文中获取一些有关的信息。以康熙三十五年正阳门外猪市口百子老会立于中顶的碑文看,这是一个普通的社区性香会组织。碑阴题名有正、副会首各若干人、司房管事若干人,还有某门某氏等女性 140 人左右。但却有大学士张玉书篆额,翰林院官史夔、孙岳分别撰文和正书,可见民间信仰仍需要相当的官方色彩作为支持②。

西顶大概是各顶中香火最盛之处,留下的碑文也最多。从这个角度来看,它与东岳庙一东一西,遥遥相对,其他各顶都无法与之相比③,原来五顶所表现的传统宇宙空间格局似乎让位给了民众自身的信仰实践选择。从这里的碑文可以看出,虽然上述官方色彩依然保存,但其香会的民间组织性质仍是主要的。同时,尽管明清之际经历了改朝换代的巨大风波,北京又首当其冲,但对民众的原有信仰生活似乎影响有限。我们看到,崇祯九年一碑为光禄寺卿董羽宸撰文,宣城伯卫时春篆额,但碑阴题名之首为"京都顺天府宛大二县各城各坊巷居住总管会首……立",后列正、副会首、众会首及会众的题名。碑侧则为"在中城灵济宫南太仆寺街撒枝胡同总管香头　等立"字样④。推测可能是各社区性的香会组织又在进香过程中形成一共同的香会联盟,选出总管会首为最高领袖,而此人可能就居住在撒枝胡同。

其他碑文同样说明许多有意思的问题。顺治十一年的《泰山西顶进香三年圆满碑》是由德胜门迤南三圣庵老会所立,碑阴题名已模糊不清,由一在野官员篆额、撰文和正书,判断亦为民间组织⑤;类似的还有康熙十二年"宣武门

① 按王斯福的说法,官方宗教与民间宗教的区别之一,在于前者强调其行政层级,而后者强调神的灵力。依此,碧霞元君信仰当然是民间信仰。他还指出,这两者间有重叠的部分,即官方通过赐额、封号、建庙等方式将民间宗教纳入官方系统,这显然也符合碧霞元君信仰的情况。见 Stephan Feuchtwang,"School Temple and City God",in G. W. Skinner ed.,*The City in Late Imperial China*,Stanford University Press,1977。

② 《中顶普济宫碑》,《北京图书馆藏中国历代石刻拓本汇编》第六五册,第 85—88 页。

③ 《西顶施茶碑》,《北京图书馆藏中国历代石刻拓本汇编》第六二册,第 62 页。碑文中说:"西顶距神京十五里许,接玉泉、凤凰诸山,其形势之耸秀,香刹之崔巍,实甲于诸顶。"

④ 《西顶香会碑》,《北京图书馆藏中国历代石刻拓本汇编》第六〇册,第 75—77 页。

⑤ 《西顶进香碑》,《北京图书馆藏中国历代石刻拓本汇编》第六一册,第 62—64 页。

里单牌楼坐香圣会正会首张汉等同立"的《西顶进香碑》①、康熙二十六年"阜城门里三条胡同进香圣会正会首任秉直、王黑子、王永寿、李哥、栗必才合会众等同立"的《西顶洪慈宫进香碑》②、康熙四十一年"西直门里西官园口坐香圣会香首曹国相众等同立"的《曹国相创善会碑》③等多种。它们中原来撰文、篆额的官绅列名都在碑阳最前,现在或列于文后,或干脆连邀请官绅撰文写字都免了。这多少表明,来碧霞元君庙进香的组织更富民间性质。

　　从各种碑文来看,进香者来自京城内外各个地区。由于清朝将汉民、汉官一律迁至外城,而内城居住者应该都是旗人,虽然可能共同信仰碧霞元君,但民族间的某种隔阂有可能妨碍了前面提到明朝的那种跨社区的进香联盟组织的形成。康熙二十八年的一块《子孙进香圣会碑》,是由"顺天府大宛二县正阳门外各城坊巷子孙进香圣会当年正会首刘昌"等立的,碑文中称"大宛善信绅士刘昌等公起进香圣会"云云④,虽说明香会的发起人并非普通百姓,但这组织似乎是外城的汉人香会组织,因此在特殊的形势下也属于"民间社会"。而像前引曹国相创立的善会,从居住地区看,则应是旗人的香会组织:从题名来看,也有奴才、药师保、祖兴茂、三达子、鄂纳海、色勒、黑达子、索住、观音保这样的旗人姓名,但是碑文中开头便说"曹子国相,燕之清门庶人也。世居城西,尤好崇信佛教",似会首又应是老北京的汉人。再回顾以前所举的进香组织,多在某城门里,从会首、会众的题名看,也不见有特别明显的旗人色彩,因此判断沿城门、城根一带居住的普通汉人并不一定被外迁干净,有相当部分的老居民留下来与旗人混居的可能性。

　　与东岳庙香会相比,信奉碧霞元君的香会组织确实多在城墙的边缘或外围。前引康熙八年的一个西顶进香碑文中明确说:"盖都中之会固甲天下也,而城西之会,复甲于都中。创之者,关之西北善信……"甚至在西顶的一座《元宝圣会碑》两侧分别题为"山东济南府张丘县东二甲李凤"、"阜城关外六道口

---

① 《西顶进香碑》,《北京图书馆藏中国历代石刻拓本汇编》第六三册,第32—34页。

② 《西顶洪慈宫进香碑》,《北京图书馆藏中国历代石刻拓本汇编》第六四册,第93—94页。

③ 《曹国相创善会碑》,《北京图书馆藏中国历代石刻拓本汇编》第六六册,第6—8页。

④ 《子孙进香圣会碑》,《北京图书馆藏中国历代石刻拓本汇编》第六四册,第121—123页。

村西顶元宝圣会香首李凤等立"①。说明此人落籍在山东,却住在京师的阜外建立起香会组织。我们知道,在传统城市中,城市居民的身份等级高低是从中心向边缘逐渐递减的。从社会空间(social space)的角度看,城市中心往往由衙门或官僚住宅占据,京师是天子所在之地,就更是如此,汉人在清虽被驱往外城,但汉官居住区仍在外城的北缘而接近内城;旗人虽在内城,但沿城门居住的往往是守城的旗丁及其家属。下等人以及外来人口更是多居城市边缘或城乡交界地带。因此就目前我们掌握的材料来看,可以说,有关碧霞元君的香会组织(包括本文没有涉及到的妙峰山香会)大多是远离社会等级上层或权力中心的民间社会建构,尽管由于在京师的缘故,或多或少地带有官方的色彩。

另外值得一提的是,从西顶的碑阴题名来看,女性题名的数量引人注目。如前引顺治十一年碑,题名女性约有 70—80 人,占全部题名者的 30％左右;康熙八年碑有 410 多人,占全部题名者的 80％左右;曹国相碑有 170 多人,占全部题名者的 60％多。这一方面说明碧霞元君的女神特征、她保佑生育和治疗疾病的功能特别吸引女性信众;另一方面,女性的积极参与正是明清民间宗教活动的特征之一,这反过来又证明了本文所论朝顶进香活动的民间性质。

四

探讨明清时期信奉泰山神——东岳大帝和碧霞元君——的信仰组织及其活动在北京的表现,可能为学术界的相关讨论提供一个独特的个案。由于社会人类学和社会史通常论及的"社会"一词,是与"国家"相对应的一个概念,因此国家与社会之间的关系,特别是国家与"民间社会"的关系,就成为一个热门话题。研究民间信仰与基层社会组织的学者也从他们的角度切入其中,但由于他们(无论是历史学家、人类学家、民俗学家还是社会学家)所选择研究的点多属于中国的"边陲"②,或者是远离政治统治中心的乡村,因此民间信仰组织

① 《元宝胜会碑》,《北京图书馆藏中国历代石刻拓本汇编》第六六册,第 156 页。
② 从弗里德曼(M. Freedman)到施珀尔(K. Schipper)、王斯福、科大卫(D. Faure)、桑格伦(P. S. Sangren)、武雅士(A. Wolf)、丁荷生(K. Dean),再到郑振满、王铭铭、刘志伟、陈春声等人,他们的代表性研究成果都是关于福建、广东、香港和台湾的。他们的成果这里就不赘引了。

及其活动与国家及其代理人——地方官府之间具有相当大的距离。尽管国家可以通过赐额赐号来实现对民间诸神的控驭,可以通过地方士绅(民间权威?)的主持参与此类组织与活动,把官方的意识形态灌输到民众之中,同时地方士绅又可以代表家乡父老对官府要求和维护地方利益,等等,个中联系,千丝万缕,但民间社会与国家的二元对立还是相对清晰可见。

明清时期的北京却不同,对于外地或者边地来说,它本身就是"国家",至少是国家的象征。但是,当我们剖析它的内部结构时,它又与其他地方一样,是一个复杂的社会,只不过在这里,国家的力量空前强大、无处不在而已。从以上的叙述和分析中,我们已经知道,一方面,无论是作为国家正祀的东岳庙,还是民间性较强的祭祀碧霞元君的各顶,都是民众活动的舞台,这些地方都有纯粹民间的香会组织(并非官方组织)在不断活动。另一方面,国家的力量不仅充分地体现在作为官方祀典的东岳祭祀和东岳庙香会组织上,也同样体现在主要作为民间信仰的碧霞元君信仰与其香会组织上;这里不仅有官方或具有明显官方色彩者的主动参与,也有民众对高官显贵参与的渴求。甚至我们看到各顶的进香组织最后来到东岳庙,在这里立碑,却很少看到各顶,比如西顶有东岳庙的某些祭祀组织到这里来交流①。从碧霞元君庙与东岳庙在国家态度中的差别来看,这应该表现了在北京这个特殊的地方,一种民间信仰对一种国家信仰的顺从。

从碑文中我们看不到这种情绪的明显流露,但对东岳庙崇高地位的认可还是有迹可寻的。如康熙二十年正阳门外猪市口粮食店四顶圣会所立碑文中说:"盖五岳各□一区,必以岱岳为称首。帝位崇隆,宰制群物。"②又如康熙三十年一个三顶静炉掸尘老会所立碑文中说:"五岳于祀典皆等三公,而泰山之班次最贵。"③前面提到东岳庙有一碑两侧题为"八顶进贡展翅老会"和"沿途寺

---

① 在西顶,我们看到有康熙十七年的《二顶圣会碑》。碑文中有"仰观诸岳,如华有洗头盆、蜀有捣帛石,元君其亦赞岱岳而流碣石者乎"等语,似乎也显示出作者认为碧霞元君相对泰山的辅助地位。同样是这个"西华门四碑楼二顶进香圣会",同年也在东岳庙立碑。由于碑文中没有文字显示,故不知这是否表明这"二顶"指的是东岳庙和西顶。

② 《四顶圣会碑》,《北京图书馆藏中国历代石刻拓本汇编》第六三册,第155页。

③ 《扫尘会碑》,《北京图书馆藏中国历代石刻拓本汇编》第六四册,第188—190页。

庙二百六十四处"。由此揣测,该会是连续朝拜八顶及沿途经过200多座寺庙之后,最后以东岳庙为目的地的,这也表明会众把东岳庙祭祀置于各顶之上。

通过学者们的研究,我们知道,虽然国家通过区分国家的正祀、民间的杂祀和"淫祀",为神灵信仰划定了疆界,但是这种疆界的威慑力又与国家控制力的大小或是否可及有直接的关系。像东岳、关帝、城隍等虽被纳入国家信仰,在各地由官员定时祭祀,但在远离政治中心的地方或乡村,它们却被民众与其它杂祀鬼神同样对待[①]。相反,在北京,不仅东岳庙,就是在北方各地称为娘娘、泰山老母和天仙的碧霞元君也被官方化了,敬神的香会往往要请著名官宦书写碑铭,以壮声色,这说明京师民间社会所面临的官方影响和压力。

但是在另一方面,即使是在京师这样一个百官云集的地方,在天子脚下,在政令教化皆由此出的地方,民间社会的力量依然不可小觑。对民间香火极盛的碧霞元君信仰,皇帝不仅频繁赐额立碑,还派遣官员致祭,各种身份等级的官绅心甘情愿地为香会撰写碑文、篆额、书写,愿意把自己的一长串官衔爵位连带姓名镌刻在这些香会碑上。这充分显示出他们对这种民间信仰及其所显现的民间社会的力量的兴趣和重视。同时,也表明他们对这种民间信仰及相关活动的共享。

在这里,我们并不是试图暗示,在传统国家时代,国家与民间社会之间存在一种相对和谐的关系,实际上,这种国家的强力或者国家与社会的二元对立并不是到所谓现代民族——国家时代才凸显出来,在中国传统社会,专制君主始终试图通过各种手段控制和约束民间社会,而是想通过这个个案,说明在不同的地方,通过民间信仰表现出来的国家——民间社会关系,会有着相当不同的表现:在这里,民间社会利用了国家,国家也利用了民间社会;前者这样做的目的依然是为了自己的壮大,后者这样做的目的则仍是为了控制后者,只不过表现出来的不是激烈的冲突,而是温和的互动而已。

---

① 关于关帝与村民祭祀,见 Prasenjit Duara, "Superscribing Symbols: The Myth of Guandi, Chinese God of War", *The Journal of Asian Studies*, 47, no. 4 (November 1988): pp. 778—795;关于官方信仰与民间崇拜中的天后,见 James Watson, "Standarding the Gods: The Promotion of T'ien Hou along the South China", D. Johnson, A. Nathan and E. Rawski, eds., *Popular Culture in Late Imperial China*, pp. 292—324. 1985;关于福建莆田江口的东岳观,见郑振满《神庙祭典与社区空间秩序》,王铭铭、王斯福主编《乡土社会的秩序、公正与权威》,北京:中国政法大学出版社,1997年,第171—204页。

钟敬文、民俗学与民众教育

赵世瑜

　　民俗学——这门关注广大普通民众日常生活及其口头传承文化的学问——在20世纪初传入中国。这时,正是中华民族救亡图存的斗争几经挫折却持续不断的关键时刻,人们开始认识到启迪民智的重要性,而民俗学由于它的学科特性,必然要承载起这个艰巨的任务。众多学者在通过自己的理论探讨和研究实践努力确定其学术地位的同时,还积极探索着民俗学的社会教育功能,并试图将其与民众教育的实践活动联系起来。钟敬文便是其中最为执着的一人,他的努力使他不仅成为一位诗人、散文家,还是一位著名的民俗学者和教育家。

一

　　对于中国现代民俗学运动的创始人来说,创始民俗学或民间文学这门新学问的直接目的,最开始是为了推进文学革命或白话文运动。1916年,梅觐庄在给胡适的信中指出:"文学革命自当从民间文学入手"①,即为了改造旧文学,创造新文学,从而推进新文化运动。周作人在日本留学时感到,"在文学艺术方面摸索很久之后,觉得事倍功半,必须着手于国民感情生活"②云云,即出于学术的目的。此外,由于当时处在一种文化启蒙和教育救国的浪潮之中,因此

---

① 胡适《逼上梁山——文学革命的开始》,《东方杂志》,1934年第31卷。
② 周作人《我的杂学》,《苦口甘口》,上海:太平书局,1944年。

在"五四"时期,刊载过歌谣征集启事的《北大日刊》又宣布:"北京大学因以平民主义之大学为标准也。平民主义之大学,注重平民主义之实施,故平民教育尚焉。"①所以研究民间文化以有助于教育国民,也是早期就已明确提出,而且一直得到民俗学从事者强调的一个主要目的或功能。

早在1913年,鲁迅在倡导进行"国民文术"(即民间文艺之意)的研究时,讲到整理各地的歌谣、俚谚、传说、童话等,明确指出是要"发挥而光大之,并以辅翼教育"②。周作人于同年征集绍兴儿歌和童话,并撰写文章,讲"儿歌之与蒙养,利尤切近。……幼稚教育,务在顺应自然,助其发达,歌谣游戏,为之主课,儿歌之诘屈,童话之荒唐,皆有取焉"③。对民俗学兼有学术的和教育的功能,周作人一直还是比较坚持的。在他1926年为江绍原的《发须爪》一书所写序中,曾指出这项研究除"有益于学术以外,还能给予青年一种重大的暗示,养成明白的头脑,以反抗现代的复古的反动,有更为实际的功用"④。除了任何学科都具有的纯粹学术的目的之外,民俗学研究具有教育民众的功能,是最早被认识到的。

顾颉刚也是中国现代民俗学早期代表人物之一,他在1920年时曾撰文认为,改造中国的第一步是搞教育运动,"自己投入农工的社会",搞平民教育;第二步就是"学术运动",其目的有二:一是把各种各样的世界的学问拿到中国来,"医治数千年的积疾";二是把以前不被视为学问的那些东西整理出来,"供社会的应用,再可贡献于世界"⑤。1925年,在参加了对妙峰山香会的调查之后,他在《妙峰山进香专号引言》中明确表明,无论从社会运动还是从研究学问的角度出发,"我们应当知道民众的生活状况"。也就是说,民俗学研究具有纯学术的和改造社会的功能及目的。

但这一时期也是中国现代学术的创立和开始规范化的时期,学者们认为

---

① 张允侯等《五四时期的社团(二)》,北京:三联书店,1979年,第135—136页。
② 见其《拟播布美术意见书》,收于教育部《编纂处月刊》。转引自王文宝《中国民俗学发展史》,沈阳:辽宁大学出版社,1987年,第18页。
③ 周作人《儿歌之研究》,《歌谣周刊》,1923年第33—34期。
④ 周作人《发须爪——关于它们的风俗》,上海:开明书店,1928年,第4页。
⑤ 顾颉刚《我们最要紧的两种运动》,《晨报·五四纪念号》,1920年4月3日。

严谨认真的实证性学术研究是致用的基础,不可急功近利。1926 年,顾颉刚在北京大学国学门周刊的《始刊词》中谈到学者和学问的职责或功能的另一面时说:"我们所要得到的是事实,我们自己愿意做的是研究,我们并不要把我们的机关改作社会教育的宣讲所,也不要把自己造成'劝人为善'的老道士。……我们原不要把学问致用,也不要在学问里寻出道德的标准来做自己立身的信条。""我们寻了出来(事实)之后,我们也不想在这个上面得到什么用处。固然,我们得到的结果也许可以致用,但这是我们意外的收获而不是我们研究时的目的。"这样,研究者首先不应考虑作用或功能的问题,而应首先考虑学术上的求真。

实际上,顾颉刚批评的主要是那种急功近利的实用主义,是那种不深入了解国情而空喊政治口号的态度。他只是想说明不同的社会分工,而不是彻底否认学者的社会责任。他的结论是:"我们研究的东西也许是社会上很需要的,也许现在虽没有用而将来可以大用的,但这种的斟酌取择原是政治家、社会改造家、教育家的事情,而不是我们的事情。"①这就是说,学者不能以应用为目的进行研究,他们研究的目的就是为了搞清事实,追求真理,只有在研究、或者通过研究了解中国实际的基础上,应用才能落在实处。

这样,我们就可以知道,顾颉刚既希望保持学术的自由独立,同时又未排除学术本身具有的实际价值或功能。因此,当形势发生变化的时候,他总是立刻将学术研究的社会功能加以发挥。在大革命浪潮和孙中山三民主义思想的影响之下,他在为《民俗周刊》所写的"发刊词"中高呼:"我们要站在民众的立场上来认识民众! 我们要探检各种民众的生活,民众的欲求,来认识整个的社会!"②这样,等于是把民俗学研究的目的定在了"认识民众","认识整个的社会",对于学术的应用性一面,比以前有了更多的强调。

在关于民俗学研究的目的和功能问题上,许多学者经历了与顾颉刚先生相近的和类似的心路历程。在《民间文艺》创刊号上,董作宾基本上重复了北大时期关于民间文艺研究的三方面目的,即学术的、文艺的和教育的目的,只

---

① 　顾颉刚《始刊词》,《北大研究所国学门周刊》,1926 年第 2 卷第 13 期。
② 　顾颉刚《发刊词》,《民俗周刊》,1928 年第 1 期。

是把后者强调为"我们要改良社会、纠正民众的谬误的观念,指导民众以行为的标准,不能不研究民间文艺"①,比周作人讲教育功能的范围更加扩大。林幽认为:"这能把新的靠得住的材料供给人种学家和社会学家,把社会现在实际的情形供给社会问题和社会改造的人,以为他们研究改造的根据。"②1929 年,容肇祖则说:"改革社会者从我们的材料的根据,去提倡改革某种的风俗,我们固是赞同,但不是我们学问里的事情。如果我们的研究,有人藉着去保持某种的风俗,以为是我们承认他们的好处,当然我们更不去负这种的责任。我们也许是内中间插有评判好坏的话,而重要的目的,却是求'真'。"③这些看法都与顾颉刚的看法一致。

但在这一时期的学者中间,也有人持相当不同的观点。1930 年,刘万章以《民俗周刊》编者的名义写道,研究民俗学的人中除了为民俗学而研究民俗学的以外,主要是为研究文艺的、为教育的和为社会的三派。"在这三派中,我以为单因为研究文艺的目的去研究民俗,不是民俗学的幸福。"现在中国社会如此混乱,政治、经济都不景气。靠天天高唱文学是不能解决问题的。"因此我以为第二、三种的目的,是我们后起研究民俗的人不可不留意的",所以研究民俗学应该是"为改革社会的帮助起见"④。罗香林也认为:"若不将那些在社会上最占势力而智识则不充足的工农民众认识清楚,要想实地去做社会革命的工作,我不知道他们到底有什么把握?"⑤

1932 年,江绍原在其编译的《现代英吉利谣俗及谣俗学》一书的附录四中,专门谈到民俗学与教育的关系,表示除了英美人所说用民间文学作品为小学教材,"以发展儿童之想象力,并培养其民族意识"以外,也"决不止于供给文学、唱歌、游戏,及史地、语言等科的补助教材,以增加儿童生活的快乐,发展儿童之想象力与对于'小事物'注意力,并养成其合理的爱国爱种之心与社会观念。

① 董作宾《为民间文艺敬告读者》,《民间文艺》,1927 年第 1 期。
② 林幽《风俗调查计划书》,《民俗周刊》,1928 年第 7 期。
③ 容肇祖《告读者》,《民俗周刊》,1929 年第 71 期。
④ 刘万章《本刊今后的话》,《民俗周刊》,1930 年第 101 期。
⑤ 罗香林《序翁国梁的福建民俗丛谈》,《民俗周刊》,1933 年第 120 期。

在这些益处之外,在破除迷信和指导合理生活上,谣俗学尤其能予教育以极大的助力"①。

樊缩比江绍原更为激烈,1930 年,在他给江绍原的信中就已认为,过去研究民俗学的目的是走入歧途了。因为"北大歌谣研究会时代,研究歌谣是为了统一国语,研究传说是为了订正伪史;而今呢,研究歌谣成了搜集歌谣,研究传说成了比较传说"。而我们所应该做的,则是"摸清了一切被大人先生们所不屑道的文艺形式,倾出那里边的已发恶臭的内容,是可以灌入以新的内容,使其成为唤起民众的绝好工具的。……民学就此成为一种活鲜鲜而有生命之学"。1931 年,在他给叶德均的信中,正面论述了"一切学问是人类为了要在生活上有实益而产生的,……Folklore 是有用的一种学问"。他批评中大的民俗学活动"在量的方面的确陡然增加,而质的方面却悄然降落",这虽然主要指的是重比较而轻解释、重模仿而轻创造的情况,但也同时提出应至少在"消极的研究方面应用 materialistic dialectics 去解释材料,积极的研究方面利用科学去攻击、破除迷信及 pseud—science,民众的艺术去作唤起民众的工具。搜集以有计划、有系统为指导,解释以于生活上有实用实益为依归"②。

我们当然可以看出民俗学者在这些问题上的差异,比如有些人认为自己所从事的工作应属学术研究,将其应用于社会的改造并非自己的主业,而另一些人则更强调学者应具有更强烈的社会责任感。但在我看来,这绝不是截然对立的两种态度,而是在不同角度上论述一个问题的两个不同方面。学者从纯粹学术的角度去研究民间文化是无可非议的,非此就无法确立民俗学的学科地位,也无法将对民众的了解与理解运用于社会的改造;而在整个中国社会急需思想文化启蒙的当时,学者们感受到时代赋予自己的责任,力图把自己所学的知识和研究心得交还给社会,也是动荡社会的必然结果和学术研究的最终归宿。因此,尽管不同学者强调的侧重不同,甚至同一学者在不同时期、不同场合的态度也有变化,却都是可以理解、而且为社会的发展所需要的。

---

① 江绍原《现代英吉利谣俗及谣俗学》,上海:中华书局,1932 年,第 274 页。
② 江绍原《现代英吉利谣俗及谣俗学》,上海:中华书局,1932 年,第 310、315、321—323 页。

二

　　主要是出于学科建设、培养人才的目的,同时也为了扩大民俗学的影响,1928 年,中山大学民俗学会开始计划开办民俗学传习班。在 1928 年 3 月 26 日的《国立中山大学日报》上,刊出了《本校民俗学会最近之规划》,其中一项工作就是开办研究班,不久亦登出招生启事,25 岁的钟敬文将担任具体的组织工作及《歌谣概论》的讲授工作。同时,该校教育系创办的《教国研究》创刊,第 1 期上便有钟敬文的《陆安儿歌》一文。

　　1928 年 3 月 20 日,就在民俗学传习班的筹备过程中,钟敬文陪同顾颉刚到岭南大学做演讲。顾颉刚在题为《圣贤文化与民众文化》的演讲中,阐发了研究民众文化的重要性,他在结束时讲到:

　　　　八年前的五四运动,大家称为新文化运动。但这是只有几个教员学
　　生(就是以前的士大夫阶级)做工作,这运动是浮面。到现在,新文化运动
　　并未成功,而呼声则早已沉寂了。我们的使命,就在继续声呼,在圣贤文
　　化之外解放出民众文化;从民众文化的解放,使得民众觉悟到自身的地
　　位,发生享受文化的要求,把以前不自觉的创造的文化更经一番自觉的修
　　改与进展,向着新生活的目标而猛进。能够这样,将来新文化运动就由全
　　民众自己起来运动,自然蔚成极大的势力,而有彻底成功的一天了。①

顾颉刚把目前的民俗学研究视为"五四"新文化运动的继续深入,即把"创造新文化"当作"研究旧文化"的目的,为的是使民众觉悟,通过自身的努力获得解放。

　　尽管招生章程规定正式名额 20 人,旁听生数目不限,除该校本科二年级以上学生均可报名外,校外对本学科有兴趣者也可报名,但报名参加首届传习班的学员并不踊跃,大约将近 20 人,于是便于 4 月 23 日正式开班,钟敬文首先介绍了本班组织的经过,然后各位教授陆续进行专题演讲。据说数星期之后,

---

① 　顾颉刚《圣贤文化与民众文化》,《民俗周刊》,1928 年第 5 期。

学员便只剩 10 余人,最后结业照相时仅有 6 人,令主办者颇感沮丧①。

就在编完刊有《民俗学传习班第一期经过略记》一文的这一期《民俗周刊》之后,钟敬文便因校方的伪道学态度而被迫去职北上②。1929 年,钟敬文自杭州给容肇祖去信,认为:"民俗的研究,是一种纯粹的学术运动,……致用与否,是另外一个问题不能混为一谈,更不该至于喧宾夺主!"他希望"为严肃我们学术研究的壁垒",对周刊中的这类文字应尽量避免③。同年,他针对一些教育家、政治家把研究民俗视为宣传不道德的误解,在杭州的《民国日报》副刊《民俗周刊》上发表文章,指出民俗学家只是想获得真相,"他们自然不是想信仰或宣传这种东西,就是它在教育上是否不道德,在政治上是否反宣传,那不是他们所暇多顾及的,……研究与宣传信仰,是和黑白一样分明的两件事"④。在这里,他并不是反对民俗学应具有社会功能,而是反对那些只是盲目认为民众文化是愚昧的、迷信的、不道德的所谓"科学"批判,而是倡导客观求实的研究。

因此,他对于当时民众教育运动,包括乡村建设运动中的某些做法是有看法的。他曾举例说:"近年来国内从事农村民众教育工作或党务工作的人员,有些常因为急于破除迷信,随意捣毁乡间庙观的偶像或压制民众神事的行为,而致闹出极狂大的风潮。结局不但未能达到所谓'启发的'目的,反而增添了许多隔膜和纠纷。"他认为应该去了解宗教在民众传统生活中的作用,而不是"去做那样轻率的勾当",对于顺利而自然地解决问题就会大有帮助⑤。

正是与此同时,钟敬文亲历或参与了几项旨在普及民间文化研究,将民俗学研究扩展至民众教育的工作。1929 年 5 月,杭州举办了"西湖博览会",其中的教育馆为钟敬文来杭的引荐人刘大白所筹建,馆中除了陈列典籍文物之外,还陈列了民族民俗文物和民间文艺作品,引起许多人的不解甚至鄙夷。为此,钟敬文专门撰写文章指出:"我在此要明白地告诉读者一声,博览会最大的动

① 韦承祖《民俗学传习班第一期经过略记》,《民俗周刊》,1928 年第 23—24 期。
② 参见拙著《眼光向下的革命——中国现代民俗学思想史论(1918—1937)》第 130 页,北京:北京师范大学出版社,1999 年;施爱东《私情歌谣与〈吴歌乙集〉风波》,《民俗研究》,2001 年第 3 期。
③ 钟敬文《本刊通信》,《民俗周刊》,1929 年第 52 期。
④ 钟敬文《关于民俗》,《民俗周刊》,1929 年第 85 期。
⑤ 钟敬文《前奏曲》,《艺风民间专号》,1934 年第 2 卷第 12 期。

机与目的,固然据说是在振兴工商业这一件救护垂死的中国的当务之急,但事情却不是这样的简单。它在这个被人们出头地标榜着和认识着的作用以外,同时是肩承着其它许多努力于文化上的职责的。"①

1930年,钟敬文从浙江大学转入浙江省立民众教育实验学校任教。这所学校本来就是为了培养民众教育人才而设的,开设的课程也多与民众教育、乡村建设等有关。钟敬文先后在该校民众教育行政科和师范科讲授《民间文学纲要》和《民间故事研究》课程,将民俗学研究运用于民众教育人才的培养②。在听了该校教务长尚仲衣博士的讲话后,钟敬文想:"这个为养成民众师资兼试验民众教育的机关,如果能够真正做到充满生气充满生机的地步,因而把这种风气推开去,那么,对于中国目前社会的改造,不是一种很有益的助力么?……我对于那在自己本来没有多大信心的民众教育的前途,仿佛闪烁着光辉的希望。"③

在这样的背景下,1933年,钟敬文在为本校编纂的《民众教育季刊》之"民间文学专号"(第3卷第1号)上,发表了《民间文学和民众教育》一文,用生动的对话体强调了民间文学研究与民众教育的关系,指出:"在文化未开或半开的民众当中,民间文学所尽的社会教育之功能是使人惊异的!现在从事于民众教育工作的人,倘能够多明了些此种民间原有的教育工具,于实施新教育上决不是没有相当利益的。"④1934年,他的另一篇文章更专门论述民俗学等相关学科的功能问题。他明确提出:"在学艺的园地上,完全没有用处或不曾有过用处的学问,是决不会产生以及发达的。"因此研究民俗"仅仅是一种对于所谓'纯客观的真理'的满足么?不,决不这样。比于这个,它实在具有更重要的社会的价值"。他认为,人类学、考古学、民族学、民俗学、文化史是"作为'社会的工具'而被应用着的"⑤。这种观念已颇与他最初的想法不同。但这种价值和

① 钟敬文《为西湖博览会一部分的出品写几句说明》,《民俗周刊》,1929年第85期。
② 钟敬文《民间文艺学及其历史——钟敬文自选集》,济南:山东教育出版社,1998年,第4—5页。
③ 钟敬文《故人的一侧面——纪念尚仲衣博士》,《雪泥鸿爪——钟敬文自述》,太原:山西人民出版社,1997年,第108页。
④ 该刊由浙江省立图书馆印行所1933年1月31日出版。
⑤ 钟敬文《为西湖博览会一部分的出品写几句说明》,《民俗周刊》,1929年第85期,第13—14页。

作用是如何体现的呢？1935 年，他指出："现在一般政治的活动、教育的活动，以及学术的活动，都不能不冀求对于民众的内外生活有充分的了解。作为达到这种了解的途径之一，民间文艺是没有理由可以不被重视的，因为它能够帮助他们达到那所要达到的目的地。"①

在这一时期，钟敬文还把这种思想认识不断付诸实践。1933 年夏，他冒着溽暑奔赴南昌，为江西教育厅举办的音乐讲习班授课，讲述民间歌谣的研究。"在陌生的听讲者，为着我的讲述兴起了对于那民众心声的好感，因而来就切磋于我的时候，我不免自忘其浅陋地相与尽情畅论"，"为了教，我更广博地深度地，也就是体系地究明了我所从事的学艺的意蕴"②。

1937 年，钟敬文已从日本留学归来，他在浙江民众教育实验学校播下的种子已开始结果。几年来师生搜集了许多民间图画，并以展览会的形式将其展现于公众面前。他专门为此撰文，揭示民间艺术的意义："民间图画，是民众基本欲求的造形，是民众严肃情绪的宣泄，是民众美学观念的表明，是他们社会的形象的反映，是他们文化传统珍贵的遗产。"③同年，他又到浙江省广播电台做演讲，利用大众传媒宣传民众文艺的教育意义。他说民间文艺"是民众经验的宝库，民众思考的渊薮，而且直接间接地都有相当的教育作用。……一句话，民众文艺实在是培养民众道德和知识的一道不竭源泉"④。

此时，钟敬文对民间文化研究与民众教育的关系已形成系统的、理论化的认识。这些认识可以通过他在 20 世纪 30 年代末、40 年代初的一系列文章概括出来。首先，把教育仅理解为学校教育"是一种狭义的、同时多少也含有偏见的说法"，人们在日常生活中"都有着受教育的机会——或者教育别人的机会。在那种社会里，他们的礼仪、他们的习尚、他们的禁忌、他们的艺术，都是他们具体的教义和教材"⑤。这种观念，体现在 19 世纪末 20 世纪初开始编纂乡土教材，而且到今天一直在强调的乡土教育努力中。其次，民众教育者如果

---

① 钟敬文《民间文艺学及其历史——钟敬文自选集》，济南：山东教育出版社，1998 年，第 8 页。

② 钟敬文《为了民谣的旅行》，《艺风民间专号》，1934 年第 1 卷第 8 期。

③ 钟敬文《民间文艺谈薮》，长沙：湖南人民出版社，1981 年，第 241 页。

④ 钟敬文《民间文艺谈薮》，长沙：湖南人民出版社，1981 年，第 42 页。

⑤ 钟敬文《民间文艺谈薮》，长沙：湖南人民出版社，1981 年，第 252 页。

不能了解民众生活模式和民众的心理,民众教育必然失败。如果一个民众教育者认为民众生活只是一种简单的东西,甚至对其"漠然闭起眼睛来",那么其教育效果就大可怀疑。现在从事民众教育的理论家和实践者中,注意民众文化的人很少,而且多注意民众的经济状况等一二方面,成绩还是相当有限的①。再次,在利用民间文化进行教育时,对民间文化的内容与形式要注意"交替"与"相承"的辩证关系。也就是说,一方面要继承其中的精华,另一方面则要清除其中的糟粕,要注意"辨别弃取","因为交替是打破沉滞,而相承则丰富未来"②。最后,当形势的需要要求动员广大民众的积极参与,要求民众提高投身于社会变革的自觉性时,利用民间文化这种民众自己的文化传统,"为当前的宣传、教育竭尽能力",就是更加必要的③。钟敬文认为,在当时,从事这些工作的"多是那些救亡工作者和少数艺术界的专家,民俗学方面的同道却很少参加",因此"还是有继续加以号召的必要"④。

从钟敬文的思想历程可以看出,较之20—30年代,学者们关于包括民俗学在内的学科功能与目的的看法有了较大的改变。一方面,社会动荡和民族危机加强了学者们对现实社会问题的关注,为学问而学问的态度逐渐为多数知识分子所抛弃;另一方面,马克思主义逐渐深入人心,其社会存在决定社会意识的观点为一些进步知识分子所接受;此外,西方社会学、人类学强调功能的观点也在学术界产生了一些影响,西方民俗学的实际功能问题也逐渐为中国学者所认识,这都导致了观念上的变化。

三

新中国成立后,钟敬文受党和国家的感召来到北京,至今已达半个多世纪。在这期间,无论是民俗学还是钟敬文个人,又再度经历了几番风雨。但钟敬文对于民俗学的社会功用、对其在教育民众方面的作用,始终予以强调,其

---

① 钟敬文《民众生活模式和民众教育》,《民众教育季刊》,1937年第5期。
② 钟敬文《民间文艺谈薮》,长沙:湖南人民出版社,1981年,第252页。
③ 钟敬文《民间文艺谈薮》,长沙:湖南人民出版社,1981年,第232页。
④ 钟敬文《民间文艺谈薮》,长沙:湖南人民出版社,1981年,第230页。

思考也在不断深化。譬如他在《民间文学》的发刊词中,重点论述了人民口头创作的意义和作用,而把其教育作用放在了首要的地位①。

　　尽管在20世纪50—60年代可以发掘其宝贵价值的只是民间文学(包括少数民族文学),民间文化中的许多内容并不能堂而皇之地进入研究者的视野,但即使在民间文学范围内,重视的也多是反映人民反抗斗争的传说、故事、歌谣等,因此真正能够把钟敬文的主张加以实现的机会还是在改革开放以后,以至钟敬文自己也认为,他的民间文艺学活动的第二个重要时期,是从"四人帮"被打倒后,到现在这20年间②。在这期间,我们可以看到钟敬文在这个问题上的一些重要的思考与表述。

　　首先,他对于民间文化从内容到形式上所起的作用作了分析。1950年,在钟敬文的努力和各方面的支持下,中国民间文艺研究会成立,数月后,他所编辑的《民间文艺集刊》问世。在第1册中收入了他所撰写的《口头文学——一宗重大的民族文化遗产》一文。在文中,钟敬文提出了一个重要观点:"几年来,我们对于人民口头创作的利用,虽然主要限于形式方面,其实,它的内容方面一样是值得采取和运用的。"应该说,他的这一看法的表达,包含着某种批评。因为在战争年代,为了动员民众,人们广泛利用了民间喜闻乐见的民谣、儿歌、曲艺、漫画等形式,为其创作了全新的内容。在新中国,对民间文化的研究和利用,是否也只限于其丰富的形式呢? 几千年来民众传承下来的民间文化内容有没有有价值的精华呢? 在当时那样一个彻底清算旧社会及其文化的时代,钟敬文表达这样的观点是需要勇气的。

　　钟敬文主张:"我们有权利或义务,把人民在实际生活和斗争中所感受到的某些形象和真理(这种形象、真理,往往是经过千百万人民在数不清的年代中鉴定和陶炼过来的),再活在我们的作品里,去继续和扩大它的教育作用。"他主张忠实记录民众的口头创作,只有挖掘出其中的生动而富有思想性的内容,才能更好地发挥其社会功能。"这种作品,我们只要从人民的口头忠实地把它记录下来,就能够发挥新的作用。……人民口头创作在教化上的潜力,往

---

① 钟敬文《民间文学发刊词》,《钟敬文民间文学论集》,上海:上海文艺出版社,1982年,第444—448页。

② 钟敬文《民间文艺学及其历史——钟敬文自选集》,济南:山东教育出版社,1998年,第13页。

往不是我们脑子一时能完全测度得尽的。"①

　　但是,他对民间文化为人民喜闻乐见的丰富形式所起的作用也绝不低估。在纪念老舍先生85岁诞辰会上的讲话中,他赞扬了老舍运用与人民有血肉关联的民间形式,更有效地为文化程度不高的广大民众服务,并谦虚地说:"从工作对人民作用的直接性和广泛程度来说,我的工作却远远不能和他相比。"②

　　其次,他继续强调传统民间文化的重大意义,反对那种把它们视为无用甚至有害之物的看法和行为,重申研究与应用之间的辩证关系。

　　如前述,钟敬文在20世纪30年代就已多次谈到深刻理解民众生活模式和民众心理的意义,60年后,他进一步说明了民俗文化的民族凝聚力作用。1987年,他批评那种"对传统文化缺乏比较全面的理解,认为……它在我们今天现代化的社会里是格格不入的,甚至是只有毒害作用的"主张,认为"它决不是一种深明事象和通达事理的见解"③;几年后,他继续批评"国内有些偏激人士,……把传统文化看成一堆垃圾、一无是处,恨不能即刻一扫而空"!认为这是一种"无辨别地一味轻视祖宗文化遗产的态度"④。正因此,他60年前就反对民众教育中那种过激的、轻率的行为。60年后他登京西妙峰山、感受当年顾颉刚妙峰山研究氛围之余,又专门举例说:"禁放鞭炮以后,有的地方出现了改用能发出鞭炮声音的电产品去代替它,这说明鞭炮的声音是怎样与人们的心灵连在了一起的事实。对待这样的民俗事象,如果不研究,而贸然加以简单的处理,结果会合适吗?再比如对宗教信仰,也不能简单地一口斥之为'迷信'、'鸦片'就了事。"⑤因此,在社会转型过程中,思想文化工作的变化"要取得预期的成效,光靠政府命令或强迫的方法是不行的。有效的手段,是进行教育,进

---

①　钟敬文《口头文学——一宗重大的民族文化遗产》,《民间文艺集刊》,北京:新华书店,1950年,第21—22页。

②　钟敬文《新的驿程》,北京:中国民间文艺出版社,1987年,第357—358页。

③　钟敬文《我们要建立怎样的社会主义新文化》,《话说民间文化》,北京:人民日报出版社,1990年,第31页。

④　钟敬文《民俗文化的民族凝聚力》,《中国民俗学研究:第1辑》,北京:中央民族大学出版社,1994年,第7页。

⑤　钟敬文《谈谈民俗学研究中的几个问题》,《中国民俗学研究:第2辑》,北京:中央民族大学出版社,1996年,第232页。

行说理启发。在这里,就有民俗学的用武之地"①。

　　在这里,钟敬文把民俗学的研究、应用与民众教育有机地融为一个整体:正确的应用必须以科学的研究为基础,而对民众的教育就自然寓于这种正确的应用之中。

　　最后,钟敬文大力探索并亲身实践着发挥民俗学社会功能,特别是将民俗学作为民众教育重要内容的多种途径。

　　打从他热情赞扬西湖博览会教育馆的展览和组织民间图画展览会时起,就认识到向公众展示民俗文化的重要作用。多年后他曾说:"博物馆,具体地展示事物的资料,是教育、宣传的好场所。"他主张在民俗博物馆的陈列中突出展示这方面的资料,"会引起广大参观者的注目、乃至于动心的"②。后来他还在全国政协文化组召开的建立民族民间文化博物馆问题座谈会上发言,举出日本政府《文化财保护法》对民俗资料的保护措施为例,建议尽快建立这样的博物馆③。

　　钟敬文还主张通过普及读物的编写与中小学课程内容的变化来推动民俗学的普及工作,把对民间文化的研究成果渗入广大民众的日常生活中。他长期以来就希望能有人撰写一本关于民俗学的普及性读物,使社会上有更多的人了解民俗学的重要性,现在这个任务已由以文笔优美和熟悉乡土文化著称的烟台师范学院山曼教授承担。他还多次对笔者讲到日本中小学教育中的社会科所包含的大量民俗学内容,期望我们的基础教育也包括民俗教育。现在,乡土教育已经贯穿到各地的基础教育工作中,而在笔者参与制订的教育部综合文科课程《历史与社会》的国家课程标准中,也专门把有关内容列入④。

　　此外,他还不辞劳苦,不断在各种场合宣传民俗学与民间文学,如在为《榕

---

① 钟敬文《民间文学发刊词》,《钟敬文民间文学论集》,上海:上海文艺出版社,1982年,第186页。

② 钟敬文《我们要建立怎样的社会主义新文化》,《话说民间文化》,北京:人民日报出版社,1990年,第10页。

③ 钟敬文《民间文学发刊词》,《钟敬文民间文学论集》,上海:上海文艺出版社,1982年,第19—22页。

④ 在教育部制订的全日制义务教育《历史与社会课程标准(二)》中,将"关注普通人的生活,理解民众是历史的主人,是创造与传承文明的主体"列为一条课程目标,其内容包括"选择衣食住行等方面的事例,了解人们的物质生产与生活的状况及其变化"、"从娱乐、信仰、礼俗和语言文字等方面,了解民众的精神生活状况及其变化"、"选择具体事例,展示女性在历史上的贡献,领会妇女社会地位提高的意义"等。见该书第20页,北京师范大学出版社,2001年。

树文学丛刊》的《民间文学专辑》所写的文章中,大声疾呼要推广人民优异的文学作品,对采录的民间文学资料加以整理后,"还给广大人民。这样做,既丰富了人民的文化和教养,又滋养了他们新的文艺创作"①;在纪念《民间文学》创刊30周年的文章中,他赞扬这杂志是"社会主义新文化建设的参与者和推进者",应该"更加滋补地培育着人民的奋进精神"②,等等。

当然最为重要的是,钟敬文不断开办各种研讨班、进修班,开设讲座,进行讲演,既为培养专门人才,加强队伍建设,也为扩大民俗学在社会上的影响。他曾总结说:"要传播、推广一种新学术、新知识,像开办讲习班之类的措施,那结果将能产生何等巨大的作用!"③1979年,钟敬文受教育部的委托,在北京师范大学先后开办民间文学教材编写的进修班和暑期民间文学讲习班,继续着他和顾颉刚等人50年前在中山大学开始的事业。前者为期约1年,共有16个院校的教师参与;后者共60人参加,其中绝大部分人日后都成为此领域的骨干。在暑期讲习班的题为《民俗学与民间文学》的演讲中,钟敬文专门讲到了民俗学的作用。

1982年10月,钟敬文回到浙江。他此行是为了参加浙江民俗学会的成立大会,为此,他专门在暑假时准备了论述民俗学作用的发言,重点谈到了民俗学三个方面的作用④。随后,他又到杭州大学中文系进行演讲,题目仍是民间文学的价值和作用。他在演讲中专门讲到,"从社会上来讲,民间文学也受到群众的相当欢迎",并举了当地的刊物《山海经》为例,说明"广大的人民群众是怎样爱看民间文学作品的"⑤。

1996年9月,钟敬文在首届民间文化高级研讨班做了长篇演讲,再次重点论述了民俗学的功用问题。他针对当前关于本问题的主要看法提出了若干意见,如民俗学的多方面、多层次性,民俗学在精神方面、社会制度方面的作用等

---

① 钟敬文《新的驿程》,北京:中国民间文艺出版社,1987年,第336页。
② 钟敬文《新的驿程》,北京:中国民间文艺出版社,1987年,第347—348页。
③ 钟敬文《我们要建立怎样的社会主义新文化》,《话说民间文化》,北京:人民日报出版社,1990年,第9页。
④ 钟敬文《民俗学及其作用》,《浙江民俗》,上海:上海文艺出版社,1991年。
⑤ 钟敬文《新的驿程》,北京:中国民间文艺出版社,1987年,第50页。

等。他再次重申了对民俗学移风易俗指导作用的审慎态度,主张对民俗孰害孰利,不可以做简单草率的判断,必须做深入的研究。他也指出民俗的作用可能是眼睛看不到的,也即"润物细无声"的,不要因为它在表面上不能给人们带来经济效益而轻视它。他再次大力倡导建立民俗博物馆,认为这是"社会教育与精神文明建设的内容"。

在笔者看来,他讲辞的最后一段可以体现他从事民间文化研究80年始终摸索民俗学与民众教育之关系的毕生努力,同时也可作为本文的结束语:

> 我认为一种学问的成立有它的依据。民俗学研究的是民族文化的基础部分,它有助于民族精神建设,有助于民族自豪感的培养,有助于增强民族的凝聚力。我们不但要在大学建立民俗学基地,而且应该从中学开始进行民俗教育,并且还要把它普及到一般民众。要让我们的国民知道自己的祖宗怎样生活与怎样进行文化创造,从而提高国民对自己民族传统文化的认识和理解,有利于人民文化(特别是精神文化)的进步。从这方面看,我们的责任很重,我们不仅自己应该加强学习与研究,而且要将知识普及到社会。这是我们的使命,也是我们的光荣,后来者将会肯定它的重大意义。①

---

① 钟敬文《民间文化讲演集》,南宁:广西民族出版社,1998年,第34—39页。

历史民俗学与钟敬文的学术贡献

萧　放

　　作为中国民俗学的开创者之一,钟敬文教授在他的学术生涯中,强烈地关注着学科理论建设,他不仅持续地对一些重大的理论问题进行深入的思考,对学科体系建设的学理内容进行深入阐述,尽可能地将民俗学理论传向社会大众,而且对专门的民俗学科如历史民俗学领域进行深入的研究与细致的学术规范,并注重历史民俗学学术人才的培养,从而将历史民俗学学科建设落到实处。他在《建立中国民俗学派》一书中,特别强调了历史民俗学的学科地位,历史民俗学是中国民俗学学科体系的有机组成部分。本文重点讨论历史民俗学与钟敬文先生的学术贡献。

一、什么是历史民俗学,历史民俗学成立的学术依据

　　一门学科的成立乃至发展,学科理论的建设至关重要。就是说,它不仅应该在宏观的学术体系中有明确的学科定位,有自己特定的研究对象,更重要的是学科自身应有较完备的结构体系,较主要的研究方法,较清晰的学科宗旨。民俗学作为近代兴起的一门新兴的人文学科,同样面临着学科建设的重任。

　　"民俗学"这一学科名词是由英文"folklore"转译而来,它的原义是"民众的知识"。在创立"民俗学"这一学术词语的英国,它的本意是要研究文化较低民族的文化或保留于文明民族中无知识阶级的东西。这是适应英国城市化进程以及殖民需要的学问,它最先从属于人类学。所以班妮女士在《民俗学概论》中说:"民俗学对于人类知识的总量上恐不能希望过分的贡献,但有一个非常

实用的效果,当然会从这种研究中生出来。即统治国对于隶属民族可以从此得到较善的统治法。因为倘不研究隶属民族,就永不会正确地理解他们。"这是英国民俗学者最开始的想法之一。虽然后来在多位民俗学者的努力下,民俗学逐渐建立起较完善的学科体系,但它的学术重点仍在未开化的民族与文明民族的文化遗留物的研究上。

中国民俗学兴起之初,人们一度热衷于对西方民俗学理论的介绍,"诸同志都认此为一种开拓中国民俗(学)的利器"①。但这并不意味人们就都完全认同西方的民俗学宗旨。事实上,民俗学在 20 世纪初一传入中国就被置换了文化立场,中国知识分子以自己的文化传统与知识谱系接受、发展这一学问。当时的中国正面临着传统向近代转进的历史巨变,先进的知识阶层从西方引进民俗学理论的重要动机是要用平民大众的文化破除占统治地位的封建专制文化。他们认为长期被忽视的民众文化是一笔巨大的精神财富,它为民族新文化的建设提供精神滋养。1928 年《民俗》周刊的发刊词中的一段话格外引人注目:"我们要站在民众的立场来认识民众! 我们要探检各种民众的生活,民众的欲求,来认识整个社会! 我们自己就是民众,应该体验自己的生活! 我们要把几千年埋没着的民众艺术,民众信仰,民众习惯,一层层发掘出来。我们要打破圣贤为中心的历史,建设全民众的历史!"这样慷慨激昂地表白自己的学术立场与学术宗旨,它生动地体现出中国民俗学创建者们的文化热情与学术朝气,这与西方民俗学有着完全不同的学术趣味。

中国民俗学者的学术立场来源于深厚的民族文化传统。文化关怀是中国知识分子的传统使命,在历史变革的时代,人们的学术思考往往上升到民族文化建设的高度,民俗学成为与建设民族文化关系最密切的专门之学。中国民俗学在这一独特的历史背景中确立了自己的学术宗旨,即将民俗学视为研究民族基础文化的学问。中国民俗学的学术传统在 20 世纪前期已基本确立,虽然有人曾以强调学术的规范的理由,主张"要致力于民俗学,便不能不借鉴外国,尤其是英国"②。这在当时颇有影响,但人们在阅读英国民俗学译作时更多

①　杨成志翻译了班妮女士的《民俗学问题格》,他 1928 年《民俗学问题格》单行本出版前言中如是说。
②　何思敬在《民俗》周刊创刊号上发表《民俗学的问题》一文,表达了以英国民俗学为正宗的思想倾向。

地关心的是民俗学在中国的应用及中国民俗学学科体系的建立。在《民俗》周刊 119 期上娄子匡发表了《民俗学的分类》的文章,他说:"中国现有的分类法,差不多都重视英国班妮女士的意见,间或作部分的增删一点而已。这果然大家不该有什么非难,但是她是否合乎中国定期的民俗学研究对象,那是谁都应加注意的。我想偌大偌久的中国国土上,尽多着域外少见的特备的资料,似乎有还待订正分类法的必要。"这是从民俗学本体的角度说的。作为《民俗》周刊的专职编辑、中山大学民俗学运动健将之一的钟敬文对此自然有更深切地感受。在 20 世纪即将结束时,已是一位经历了中国民俗学发展全过程,并长期担当中国民俗学领军人物的钟敬文,竖起了建立中国民俗学派的旗帜,这是钟敬文个人的胆识,也是他们那一代人为之毕生奋斗的学术结晶。

　　建立中国民俗学派,就是要建立有中国特色的民俗学体系与方法论。用钟先生的话说:"所谓建立民俗学的中国学派,指的是中国的民俗学研究要从本民族文化的具体情况出发,进行符合民族民俗文化特点的学科理论和方法论建设。"①民族文化是学派成立的基础,建立中国民俗学派的主旨就在于在学术国际化的同时,保持学术品格独立与民族文化的自尊。实现这一目标的关键是要建立一套符合中国社会实际的学科理论与方法,而中国特色的学术理论体系的建设在很大程度上要依赖悠久的历史文明,因此以探讨民俗事象的历史源流与民俗观念变迁为对象的历史民俗学在其中至关紧要。

　　历史民俗学是研究历史上的民俗事象与民俗理论的学问,它包括民俗史与民俗学史两个部分。钟先生对此有具体的论述:民俗史是"对综合或者单项的民俗事象的历史的探究与叙述,包括通时的或断代的事象的探究与叙述"。根据民俗史研究的对象,钟先生提出了民俗史研究与现代民俗研究的不同方法,他说:民俗史侧重从文献中搜集资料,因此要对资料进行辨伪、考订,再用唯物史观对所描述出来的事实进行分析综合,民俗史的编著主要采用历史考索和叙述的方法。民俗学史是"关于民俗事象的思想史、理论史,也包括搜集、记录、整理和运用它们的历史"。研究民俗学史的目的是了解民俗学的起源和演变过程,了解前人在民俗学发展过程中所作的工作,总结出民俗学发展的一

---

① 　钟敬文《建立中国民俗学派》,哈尔滨:黑龙江教育出版社,1999 年,第 4 页。

般特性。钟先生没有特地指明研究民俗学史的方法，不过从他的思想精神看，大概与研究民俗史方法类似，首先是文献资料的搜集、整理，其次是从一般民俗理论原理出发，对历史上的个人与著述进行理论的分析与阐述①。

中国民俗学学科体系建设需要有历史民俗学参与，这是由于中国民俗学的性质与具体的历史文化传统决定的，具体说来有三方面的学术依据：

第一，民俗学本来就是研究民间传承的学问，传承是一个时间过程，也就是历史过程，历史性是民俗文化自身的特性。我们在讲民俗学是"现在学"的时候，是就它现在形态来说的，但这种现存的形态是历史形成的。田野工作很重要，这是我们民俗学的看家本领之一，但并不是说民俗学者去田野了，民俗学的问题就都解决了，要真正解决田野中遇到的问题，一般来说离不开历史民俗学的眼光与民俗史知识的运用，否则就不大可能对民俗事象的形成变化作出合乎实际的解释。比如说今年正月元宵节期间我们一道去山西柳林作民俗调查，那里有正月十五出"盘子"的习俗，盘子是一种供神的神盘，呈楼阁状，虽然现在供奉的神灵佛道都有，但主要与天官信仰有关，求天官赐福是出神盘的主旨。因为在那里天官庙很多，祭祀天官就在上元节。问题是为何这里如此盛行天官崇拜，它跟地方历史文化传统、地方社会构成有什么样的关系，这就不是单纯口头调查能够解决的，它更多地依赖历史文献的资料，来复原地方历史文化传统形成的过程。况且民俗本身就是这样一门历史性很强的学问，所以从学科自身的性质看，民俗学学科体系需要有历史民俗学。

第二，中国历史文化传统与文化积累决定了历史民俗学在中国民俗学中的学科地位。中国的民俗学虽然是在"五四"之后正式出现，但它有一个漫长的"前史"过程。中国是重史的国度，历史记录完备，虽然较一般社会政治历史来说，民俗史资料相对薄弱，但由于中国向有"观风问俗"、"化民成俗"、"移风易俗"以及回忆旧俗的文化传统，民俗文化常常成为记录与辑录的对象。文化人对民俗也较为敏感，自觉不自觉地记录、议论民俗，这样就为我们留下了丰富的民俗历史文献（虽然有的不那么纯粹），如《诗经·国风》、《风俗通义》、《荆楚岁时记》、《东京梦华录》等。这些文献为我们进行民俗史与民俗学史的研究提

---

① 钟敬文《关于民俗学结构体系的设想》，1990 年整理成文，见《钟敬文文集·民俗学卷》。

供了依据,同时也就为建立历史民俗学提供了便利。也有不少有关民俗的观点与评论,如《礼记》的部分论述等,也就是说,有民俗事象的记录史与民俗事象的理解史。在这样的历史文化基础上,我们就有条件建立历史民俗学。当然,在研究中国历史民俗学中我们应注意这样一个问题,那就是民俗史与民俗学史常常融合在一起,民俗的记录体例中体现了著者的民俗理解与观念,民俗的评论也离不开具体的民俗事象。如《风俗通义》等就是这样的古代民俗文献。拥有这样一份独特的文化财富,我们不去作专门的研究是说不过去的。

第三,历史民俗学即民俗史、民俗学史的研究将为当代中国民俗学提供一些适用的学术概念,如谣俗,礼俗、风习,风土等,并且我们的"民俗"与 folklore 不尽一致,我们的民俗除了民众生活习性外,还有民欲的意义。在先秦语言中,"俗"与"欲"音义相通,这在《汉书·地理志》中有反映,俗的变化"随君上之情欲"。民众的精神欲求很早就受到关注,被归在民俗的范围之内。

从这三方面看,历史民俗学都有成立的必要,用钟老的话说:"中国有丰富的民俗历史文献,不进行历史民俗学的研究是说不过去的。"[①]

二、钟敬文与历史民俗学的学科建设

钟敬文先生在建构中国民俗学学科体系中,将历史民俗学置于十分重要的位置,他明确提出,历史民俗学是与理论民俗学与记录民俗学并列的重要学问。将历史民俗学作为民俗学的一个有机部分,这体现了钟先生的卓见。钟先生曾说:"一般民俗学只讲以上两种(指理论民俗学与记录民俗学——作者注)。不过我认为,就中国的情况而言,还应该加上历史研究这一条。"[②]在民俗学研究中历史民俗学是较为薄弱的门类,但对于民族文化建设来说又非常重要,钟先生为了在中国建立、发展、壮大这一学问,特别从理论上对历史民俗学进行界定,并指出其研究方法,积极培养研究历史民俗学的人才队伍,对历史民俗学的关注在他晚年学术生活中有着明显的强化趋势。

---

① 钟敬文《建立中国民俗学派》,哈尔滨:黑龙江教育出版社,1999 年,第 49 页。
② 钟敬文《建立中国民俗学派》,哈尔滨:黑龙江教育出版社,1999 年,第 48—49 页。

　　钟先生的学术思想中有着深厚的历史关怀,这种历史关怀既来源于中国传统文化深入骨髓的熏陶,也是西方学术主要是马克思主义思想影响的结果。

　　对历史的关怀虽然有一定的价值取向,但更重要的是学术取向。钟老常引用经典作家的话说:一切的科学都是历史的科学。他在研究民间文艺学与民俗学时特别注重对民俗事象历史源流的探索,重视民俗理论史与民俗学科史的整理与研究。

　　他对本学科的学术史一向特别地留意,在其论著中,有关民间文艺学史、民俗学史的学术史内容占有相当重的分量。早在上世纪前半期,在民族文化的启蒙与反思时期,钟先生自身的文史修养与顾颉刚的影响,使他比较注意对历史上的民俗事象(包括民间文艺事象)进行专门的探讨。他在学术杂志上发表了系列的有关古代与近代民俗研究的文章。那时钟先生的历史民俗研究主要集中在历史民俗文献与具体历史民俗事象两方面。

　　首先,我们看他有关历史民俗文献的研究。钟敬文先生有着深厚的旧学功底,对于古代文学作品尤为熟悉,因此20年代初在北大《歌谣》周刊时期,年轻的钟敬文在接受民俗学新知识之后,一方面在家乡搜集故事歌谣,一方面注意研究古代文献中民俗记述。1924年钟敬文在《歌谣》周刊第67、68号连续发表了《读〈粤东笔记〉》的长文,可以说这是他在历史民俗学方面最初的尝试。

　　《楚辞中的神话与传说》是钟先生早年的一部有着重要意义的学术作品,它最先发表在《大江月刊》1928年11、12月号上,后中山大学民俗丛书出了单行本(1930年)。钟先生这一长篇论文在日后他自己看来不十分成熟。在他后来编辑的各种文集中都没有收录,但是这篇文章的意义主要并不在于它本身的学术探讨,更重要的意义是它开启了历史民俗文献研究的新路。1933年容肇祖先生在《民俗》周刊(111期)复刊词中特地提到了钟先生在这方面的贡献,他说:"认定古书而研究其中的民俗材料者,有钟敬文先生的《楚辞中的神话与传说》。由此开端,将来致力于《山海经》、《水经注》等各书的民俗学者,当必继起有人。"

　　事实上,在作楚辞中的神话传说研究之后,钟敬文先生就开始了《山海经》的系列研究(1929年)。《山海经》是中国古代的奇书,过去人们一般只对其神异记述有兴趣,很少有学理的探究。钟敬文首次以民俗学的眼光对这部奇书进行解析,他曾经有撰写《〈山海经〉研究》的整体计划,在研究大纲中他将《山海经》研究列为四部,第一部是总论与《山海经》的成书及版本;第二部是信仰祭祀;第三部是巫术、医药;第四部是神话研究。他强调说:"年来,研究古代史的虽颇不乏人,但对于我国古代民间的生活、思想、学艺等探究,却未见加以若何较大的注意。这不能不说是件颇觉缺憾的事!"①钟先生正是要从人们一向忽视而又十分重要的民俗学的角度看待《山海经》的文化价值。他当时完成了第一部的考证工作,并以《〈山海经〉是一部什么书——〈山海经〉研究第三章》为题发表在《浙江大学文理学院学生自治会会刊》上(1930);第二部也部分完成,他在《民俗》第 92 期(1930)上发表了题为《〈山海经〉神话研究的讨论及其他》的论文。有关《山海经》中的医药学研究成果,发表在杭州《民众教育季刊》第 2 卷第 1 号,原名为《〈山海经〉中的医药学》(1941 年 11 月)。钟先生的《山海经》研究因故未能成书,但他在《山海经》的民俗研究上无疑具有开辟之功,即使是在今天,他所拟的研究纲目也仍然具有参考价值,对《山海经》作神话、巫术信仰与医药民俗的综合研究是国内至今未能完成的学术课题。

沿袭着关注历史民俗文献这一学术思路,钟敬文先生对《杭俗遗风》(1928 年《民俗》周刊第 4 期)、《帝京岁时纪胜》(1935 年《艺风》第 3 卷第 3 期)、《东国岁时记》(1935 年《艺风》第 3 卷第 8 期)②等民俗文献进行了适当的学术评介。钟先生这一学术兴趣一直保持到他的晚年,在 1983 年他还为《北平风俗类征》的重刊写下了长篇序言,表达了他对历史民俗资料的一贯重视。生前他仍在积极筹划出版一套《中国古代民俗丛书》,以完善学科的基础建设。

其次,我们看他对历史民俗事象的研究。钟先生是一位强调实证性研究的学者,他很早就开始了对历史民俗事象的研究,1928 年他就发表了《七夕风俗考略》一文③,对中国的岁时节日文化进行探讨;《中国古代民俗中的鼠》是钟先生研究古代民俗的一篇力作,它在国内发表于 1937 年④。该文从民间对鼠

---

① 这是钟敬文 1930 年给关心《山海经》研究的郑德坤的一封信中说的,上面的计划也在这封信中得到披露,信件原文发《民俗周刊》(杭州民国日报副刊第 5 期,1930 年)。

② 《东国岁时记》是一本古代朝鲜人的岁时著作,钟先生认为它对中国民俗研究有参考价值。

③ 原文发表于《中山大学语言历史学研究周刊》第 1 卷第 35、36 期合刊。

④ 本文原以日文发表,译文刊于《民俗》季刊 1937 年第 1 卷第 2 期。

的俗信入手,论及古代与鼠有关的法术和中国关于鼠的民众传说,通过对有关鼠的民间传说剖析古人的思想,这体现了钟先生一贯坚持的文化史的研究思路。钟先生本着"理解人类过去智的生活进展史,更为着理解人类过去一般的生活的进展史"这样一种学术宗旨关注着历史民俗的研究。

　　值得说明的是钟先生对历史民俗的重视不仅在他开展了具体的历史民俗事象的研究,更重要的是他在研究现存的民俗事象时常常有一种历史文化意识,他注意抉发民俗事象的源头,以求对事象的真正理解。如 1931 年钟先生在《开展》月刊(10、11 合刊)上发表的《金华斗牛的风俗》一文,就是从作为娱乐的斗牛风俗谈起,比较了中国式的斗牛与西班牙的斗牛的不同风格,得出前者是狩猎时代的产物,后者是农耕时代的产物这一结论。为了说明中国的斗牛与农业的关系,钟先生就以较大的篇幅回溯历史上的犁耕时代的信仰,认为这是当时春祈秋报赛会祭神时所兼行的风俗。在钟先生的著述中这样的研究占有相当的比重,在他的中国动植物神话传说起源研究与人物传说等研究中,基本上使用这样的研究方法。贯通古今是钟先生治学的重要特点,这是我们应该特别予以注意的。这也就是他对历史民俗学始终抱有兴趣,并身体力行地加以倡导的原因。钟先生这时虽然没有提出历史民俗学这一概念,但实际上已作了大量研究工作。1934 年至 1936 年钟先生曾经在日本早稻田大学学习,在那里更强化了他的历史文化观念。钟先生多篇重要的与历史文化相关的论文,如下面说到的《中国古代民俗中的鼠》、《槃瓠神话的考察》等就写成于这一时期。

　　由于历史的原因,民俗学在 1949 年之后失去了发展的常态,虽然钟先生在学术逆境中坚持作晚清民间文艺学史的研究,写出了《晚清时期民间文艺学史试探》等系列分量很重的学术论文[①],但当时只是"地下活动",民俗学学科建设更是无从谈起。

　　直到上世纪 70 年代末,钟先生邀集了顾颉刚、白寿彝、容肇祖、杨堃、杨成志、罗致平等著名教授联名发表了"建立民俗学及有关研究机构的倡议书",呼吁全国的学艺界同志,为这门中断多年的学科能够在新的社会基地上迅速发

---

① 　系列论文刊于钟敬文《钟敬文民间文学论集》(上),上海:上海文艺出版社,1982 年。

展滋长,为今后提高民族文化的庄严任务,作出它的一份贡献。在这份倡议书中,民俗史与民俗学史的地位得到着重强调①。在其后民俗学学科重建过程中,钟先生在其学科布局中对民俗史与民俗学史常有适当的安排。

虽然顾颉刚、钟敬文等一批学者较早关注着历史民俗的研究,但由于多种原因历史民俗学的研究在中国民俗学界还是相对弱小。虽然在上世纪前半叶,出版了《中国风俗史》(张亮采)、《中国礼俗迷信》(江绍原)、《谜史》(钱南扬)等,但专项的民俗史与系统的民俗史研究都很不够,比如岁时民俗是中国传统民俗的重要部分,人们就缺乏对它的深入讨论,一般人讲节日传说,学者只考证它的来源与形成时间,很少有人从民众生活中的时间观念角度去考虑它的生成变化。整体的民俗史直到目前为止尚未出现。民俗学史相对于民俗史来说,系统性的成果要多一点,比如,近年来,张紫晨、王文宝二位先生的《中国民俗学史》就是较系统的民俗学史著作,具有开创的意义。不过现在还缺少一本具有较高理论意义的、逻辑与历史有着较完满结合的民俗学史。

新时期以来,钟敬文先生重点抓民俗学学科的整体建设,对于历史民俗学给予较高的位置。1986年末钟先生在中国民俗学会第二次年会上,谈到民俗学的结构体系,应该包括以下六个方面:第一,民俗学原理;第二,民俗史;第三,民俗志;第四,民俗学史;第五,民俗学方法论;第六,民俗资料学。他将这六方面又归纳为三大类:第一,理论的民俗学;第二,历史的民俗学;第三,方法及资料的民俗学。"历史民俗学"的名词第一次被钟老概括提出,并被视为民俗学结构体系的三大门类之一。他对民俗史与民俗学史的研究对象与范围、目的与方法进行了深入的论述②。

钟先生不仅对历史民俗学作理论的阐述,在各种场合的公开演讲和发表的学术文章中不断呼吁人们重视历史民俗学的研究;而且,他在学科队伍建设与人才培养上有意识地加强历史民俗学研究的力量,以适应中国民俗学整体建设的需要。

钟先生在博士生培养中,特别强调学术史的讲授与讨论,新生的第一门课

---

① 钟敬文《钟敬文文集·民俗学卷》,合肥:安徽教育出版社,1999年,第623页。
② 钟敬文《钟敬文文集·民俗学卷》,合肥:安徽教育出版社,1999年,第33—47页。

是"民俗学导航"课,在导航中历史民俗学是其重要的一个方向。在博士生中,钟先生注意发现、培养历史民俗学研究方面所需的新生力量,他根据博士生的学术素养与兴趣安排具体课题。在选题上钟先生尽量让他们选择民俗学史上的关键处,每一个题目力求在学术上有所突破,从而推进民俗学史的整体研究。学生的工作大多是钟先生学术生命的延伸。根据钟先生的安排近几届的博士生中有多位以民俗史、民俗学史为学位论文的专、研范围,并作出了相应的成绩①②。

　　钟先生重视民俗学史的研究,并且有由近及远特定的战略步骤,他在一次讲话中说:"我们可以从编写近、现代民俗学史入手,以后再分阶段持续努力。这样就有可能在短时期内编裁出一部比较完整的民俗学史。"③钟先生在新时期以来,坚持他一贯的文化信念,对民族文化的建设格外关注,将他的主要精力放在对民俗学发展方向的把握上。他所进行的学科体系的建构,学术队伍的培养,都是为了推动中国民俗学沿着正轨前进。为了丰富与扩大历史民俗学的事业,钟先生屡次呼吁投入更多的人力,进行这方面的深入研究。他自己还身体力行,在2000年带头申报了《中国民俗史》的国家社科基金课题,组织了国内一批专家学者从事《中国民俗史》撰著工作,这一工程的预期成果是一部多卷本,共计250万字的中国民俗通史。这说明他对历史民俗学的重视,更重要的是反映了钟先生的一种对优秀民族文化的挚爱。他在最近的一次接见"民俗学学科建设与人才培养"研讨会成员时,反复强调:"我们应该尊重祖国古老而富有活力的文化。""要具有民族的醒觉意识,将中国的精神视为命根子,将中国的优秀文化视为命根子。"钟先生语重心长,对我们从事民俗学事业的同仁来说,无疑是一种鞭策,我们更觉得对民族文化应有一份义务与责任。

　　中国民俗学的繁荣滋长离不开中国历史文化这块沃壤,而历史民俗学在认识、总结优秀民族民俗文化上有它特定的优势,因此,钟先生所倡导的历史民俗学研究具有广阔的学术前景与深远的理论意义。

---

① 赵世瑜《眼光向下的革命》,北京:北京师范大学出版社,1999年。
② 萧放《〈荆楚岁时记〉研究》,北京:北京师范大学出版社,2000年。
③ 钟敬文《钟敬文文集·民俗学卷》,合肥:安徽教育出版社,1999年,第42—43页。

秦至汉魏民众岁时观念初探

萧　放

秦至汉魏上承春秋战国秦朝，下启六朝隋唐，处在古代史上两大社会变革期之间，是中国本土文化创制的时代，也是与异域文化交融的时代。中国传统文物制度的精神、样式大多发端于这一时期，民众岁时文化传统亦定型于这一时代。

上古时期，限于生存能力，人们在较大的程度上依赖于自然的赐予。自然时序决定着人们的生活节奏，社会生活的观念与季节的观念一致。中国处在北温带，四季分明，四时的代换不仅影响着人们的谋生方式，也决定着人们的时间意识。农业生产的季节特性，使中国先民很早就十分关注自然季节变化，并以人们因适应自然而形成的生活经验推想自然机体的生命节律，以季节祭礼顺应并推动季节正常变化①。月令是上古时间观的典型表述，月令时代已出现了节气观念，有了季节祭礼和节日的萌芽，但节俗文化尚未形成。从岁时文化的角度看，先秦的季节仪式虽然与后世的节日习俗有着性质的区别，但就其规范与服务社会的功能上说，它们又有着一致的文化意义，其核心在于满足人们物质与精神上的需要。在先秦的季节仪式中，人们关注的是农事的顺遂，人民免于时疾，子孙的繁衍，族属安宁。虽然先秦的季节仪式属于集团性的宗教政治活动，但其关心的问题是后世人们同样关心的。因此在秦汉开始形成的岁时节日中传承了这一时季仪式的特定观念。汉魏时期是中国文化传统奠基

---

① ［法］格拉耐(M. Granet)《中国古代的祭礼与歌谣》，张铭远译，上海：上海文艺出版社，1989 年，第172—173 页。

的时代,适应新的社会性质要求的岁时文化体系的创建,虽然要突破前代的岁时观念,但同时它也要倚傍前代的思想基础,先秦岁时观念在汉魏时期仍具有相当的影响。中国文化的进步从来就是这样一个新旧相续的过程。

一、岁时仍从属于自然时序

从岁时的自然性质看,秦至汉前期仍然传承着时序的自然特性,顺应自然节律的二十四节气居主导地位,汉武帝之后虽然人文节日体系开始萌生,但岁时仍从属于自然时序。

中国很早就是一个农业国度,以农事为中心的社会生产,以农政为主体的宗教政治决定了中国农时对天时的依赖。汉代对农业十分重视,汉初帝王屡下劝农诏,"农,天下之大本也,民所以恃以生也"①。并且行籍田礼,"亲率天下农耕"。在基层用选拔"力田"以示奖掖的方式,激励农人,"为生之本"②。汉代的农业较之春秋战国时期有较大的发展,定居式的农业社会因农事的需要,注意观察四时的自然变化,在生活节奏上依循自然。"春温夏暑,秋凉冬寒,人民无事,四时自然"③(《论衡·寒温篇》)。汉代农书《氾胜之书》记述农耕生活时说:"凡耕之本,在于趣时。"④强调民人对自然时序的利用,"得时之和"。立春、夏至、秋分是四时中宜于农耕的时令,"以此时耕田,一而当五,名曰膏泽,皆得时功"。两汉时期古代月令体制的影响依然存在,特别是汉末至东汉政府有意复兴月令,强调人事对自然的顺从⑤。《四民月令》是反映汉代庄园生产生活时序观念的一部重要著作。人们依照二十四节气的时序安排庄园生活。以三月为例,清明节,命蚕妾,治蚕室。谷雨中,蚕必生,乃同妇子,以勤其事。对于自然之时十分重视,"时雨降,可种秔稻";"昏参夕,桑椹赤,可种大豆,谓之上时";

---

① 严可均辑《全汉文》,北京:商务印书馆,1999 年,第 11 页。
② 严可均辑《全汉文》,北京:商务印书馆,1999 年,第 13 页。
③ 黄晖《论衡校释》,北京:中华书局,1990 年。
④ 《氾胜之书》已亡佚,转引自《齐民要术》卷一,北京:中华书局,1956 年。
⑤ 东汉明帝曾下诏:"方春者,岁岁始也。始得其正,则三时有成。"有关部门应该"勉顺时气,劝督农桑"。见《后汉书·明帝纪》,北京:中华书局,1965 年。

"三月桃花盛,农人侯时而种也"①。由"时功"、"上时"等可见自然时序在秦汉人心目中的地位。《淮南子·天文训》是汉朝系统记述二十四节气的著作,春秋战国开始形成的农事历法二十四节气至此完全定型。此后二十四节气一直成为中国特有的农时指南。

秦汉时人的岁时观念以自然时序为基础,但人们对自然的理解及态度与前代相比已有相当的区别。上古人们是根据自己的生活经验理解自然,认为外部世界与人文社会是混融一体的。人时与天时合一,天时成为社会集团的时间,王者作为集团代表负责天时向人时的转化,天时的秩序就是人间的秩序。经历了春秋战国的历史巨变,秦汉人对自然与人事有了相对的区分,自然界与人的世界已开始分属不同的时间体系,汉魏二十四节气与岁时节日的分流可以为证。当然中国岁时节日与季节物候、农事活动有着密切的适应关系,农业生活的自然特性决定了中国岁时节日的自然性。汉魏人们在日常生活中强调利用自然节律,认为自然时序的变化是时气升降转化的运动。如果以崔寔的《四民月令》作为汉代的岁时观念依据的话,可见当时人们依自然节气从事农工活动,并且已不再强调违背时序将受到神秘处罚的警告。

二、岁时信仰中的世俗性质增强

从岁时信仰性质看,秦汉以后岁时信仰与上古岁时信仰比较已经出现性质的局部改变。时令祭祀虽然依旧是节俗的主要内容,但已在相当程度上体现出服务于民众日常生活的世俗性质,岁时中的人文因素多于自然宗教因素。岁时信仰呈现出多元混合的形态。

上古神圣的天道信仰在春秋战国疑天思潮的冲击下出现动摇。秦汉社会前期,虽然祖宗崇拜尚未得到重视,自然崇拜仍居民众信仰的中心位置,但无处不在、无所不能的天帝权威被大大小小神职各异的各色神灵所分享,人们根据日常生活的需要供奉着各种神灵,对于崇高的天帝人们因距离的遥远而少了切身的感觉。秦汉时期阴阳五行思想全面渗入民众社会,人们从一切顺从

---

① 崔寔《四民月令》已亡佚,今有缪启愉《四民月令辑释》,北京:农业出版社,1981年。

天命安排演进到根据阴阳五行的特性主动选择时日,从集团性的季节性的自然宗教祭仪分化为上层少数人的王朝时间典礼与一般社会成员的乡里家族的岁时祭祀习俗,天时的权威已受到明显的削减。统治者控制着社会时间,并利用人们传统的信仰心理,神化时间。因此秦汉以后时间的神秘化与先秦相比有着不同的形态特性。

秦汉时期天文历法知识有了显著进步,自然神秘因素趋于衰弱,人为宗教因素增长。在阴阳五行思想的框架之下,历法时间被赋予神秘特性,岁时、月讳、日禁等时间祭祀、时间禁忌成为社会时间的突出标志。王充在《论衡·讥日》篇中曾记述了当时的情况:"世俗既信岁时,而又信日。举事若病死灾患,大则谓之犯触岁月,小则谓之不避日禁。岁月之传既用,日禁之书亦行。"[①]这里的岁时俗信是指人们根据太岁所在的方位及四时的五行属性确定行事的方式与行事的时机。此外,秦汉的时日迷信与禁忌十分流行,这与我们通常所说的"岁时"有所区别。我们从考古发现的秦汉日书中可得到直接证明。日书是有关日禁之书,更明白的说,它是选择行事的良辰吉日、避忌恶日凶日的时间手册。在当时的社会心理中,没有纯粹的物理矢量时间,循环的干支时间表具有伦理的意义,每一具体时日都有相应的时间属性,人们依据时日的吉凶确定行事的宜忌。20 世纪 80 年代以来,中国南北的考古发掘中共出土了战国秦汉日书七批之多。已向世人公布发表的有云梦睡虎地秦简日书、天水放马滩秦简日书、武威磨咀子汉简日书、九店楚简等四种[②]。从其中三部秦简、汉简日书中我们可以寻绎出时人的时间观念,对于寻找秦汉岁时节日起源的线索有重要的参考价值。

在古代的天时信仰中,人们对主宰时间的物象有着特殊的敬意,定期举行神圣的祭礼。"埋少牢于泰昭,祭时也。相近于坎、坛,祭寒暑也。王宫,祭日也;夜明,祭月也。幽宗,祭星也。"[③]《礼记·祭法》从战国后期开始,人们时间观念有了变化,虽然秦汉宫廷仍沿袭日、月、四时祭礼,但岁时祭祀逐渐平民

---

① 黄晖《论衡校释》,北京:中华书局,1990 年。
② 李零《中国方书考》,北京:东方出版社,2000 年,第 44 页。
③ 孙希旦《礼记集解》,北京:中华书局,1989 年。

化,时间祭礼逐渐俗化为一般的时日祭祀,时间的神圣性也逐渐蜕变为日常的时间迷信。秦汉时期随着阴阳五行学说的深入社会,人们按照阴阳五行理论方法对历法时间进行了重新的排列,以建除法标示了时间的宜与忌,人们的日常生活被安排在不同性质的时日之中。时日迷信流行于秦汉,这时除了上层统治者依然沿袭古代的祭礼外,人们对时间变化的根源不大在意,一般只注意具体时间的伦理性质。

建除是古代术士常用的时间分类法,建除家将每月的地支日分为建、除、满、平、定、执、破、危、成、收、开、闭等十二类①。从云梦睡虎地秦简《日书》中可以看到在秦初楚地存在着"除"与"秦除"两种建除法,除(楚除)与秦除在名称上、建除具体日期上以及具体吉凶内容上都有不同。秦除为后世通行的建除。从建除日的性质看,建日,"良日也"。可以为啬夫,可以祭祀神灵,举行冠礼、乘车出行均宜。除日,家奴逃亡追不回来,有利于市易活动,驱除地上的邪气,饮酒作乐,攻打盗贼,但不可以捕捉。盈日,可以筑马圈,可以产子,可以修建宫室,可以作啬夫。如果得病,就很难康复。平日,可以娶妻,买入人口,办事。定日,可以收藏,可以进行官府、居室祭祀。挚(执)日,不可以出行。这天逃亡的人,必定会被捉回交公处理。破日,不可以作任何事情。危日,可以惩罚捕捉回来的逃亡者,攻击盗贼。成日,可以计划事项,办理事情,以及举行国家大事。收日,可以买入人口、马牛、禾粟及其他东西,娶妻纳妾。开日,这天逃亡的人捉不回来,请求拜见上司能够获得批准,提供盗贼消息,就能捕到盗贼。闭日,可以开决池塘,纳入奴仆、马牛和其他牲口②。放马滩秦简《日书》的建除内容与此大体一致③。

此外还有一种与建除不同的稷辰(即丛辰)法,其日名为"秀、正阳、危阳、敫、辖、阴、彻、结"等。秀日,良日,诸事利。正阳日,小大尽吉。危阳日,诸事不宜。敫日,有小逆,无大害。辖日,私公必闭,有为不成。阴日,先受辱后有喜事。彻日,六甲相逆,利于征战讨伐,不利于嫁娶纳入及祭祀诸事。结日,可以

---

① 《淮南子·天文训》:"寅为建。卯为除。辰为满。巳为平,主生。午为定。未为执,主陷。申为破,主衡。酉为危,主杓。戌为成,主少德。亥为收,主大德。子为开,主太岁。丑为闭,主太阴。"

② 吴小强《秦简日书集释》,长沙:岳麓书社,2000年,第28页。

③ 何双全《天水放马滩秦简综述》,《文物》,1989年,第2期,第23—31页。

出卖财货,不可收入东西,可娶妇嫁女。

在秦汉日书中对时日还有另一套命名,它们被具体分成阴日、阳日、结日、达日、害日、交日、外阳日、外阴日、外害日、夬光日、秀日等。它们似乎与丛辰对时日分类相近。下面具体看各日的行事宜忌:

结日,"作事不成"。就是祭祀也会有小麻烦。此日生孩子,不会再有儿子,即使生下来也会死掉。如果让别人来寄居,寄居者必将夺走主人的家产。

阳日,"百事顺成"。国家地方得到丰收,这天适宜祭祀天地群神,事事如意。

交日,"利以实事",即有利财货交易。掘井,吉。祭祀门神、行神,水路行走,吉利。

害日,"利以除凶厉"。驱除不吉祥的东西。祭祀门神、行神,吉利。不能聚众。

阴日,"利以家室"。祭祀神鬼,娶妻,嫁妇,接纳财货,均大吉大利。此日见君上,就会有多次腾达的机会,不会有过失。

达日,"利以行师、出征、见人"。本日祭祀,上下皆吉。生孩子,男孩儿吉,女孩儿将来必嫁出本邦。

外阳日,"利以达野外",可以出外行猎。这天逃亡的人是追不回来的。

外害日,"不可以行作"。本日如果去野外,必定遇到寇盗,遭遇兵事。

外阴日,"利以祭祀"。作事、进财货都吉利。不可以去野外。

夬光日,"利以登高、饮食、猎四方野外"。居家有饭食,出行有收获。生儿育女皆可爱。

秀日,"利以起大事"。是举行大祭祀的吉利日子。行加冠礼、制车、裁衣裳、佩带都吉利。生孩子吉祥,但孩子的弟弟会有凶事[①]。

上述的时日分类是基于阴阳时气变化来确定的。根据人们对阴阳属性的伦理认识及对日常事务的分类观念,不同属性的日子有不同的事务宜忌与行事方式。

对自古传承来的特定祭祀对象,当时也规定了具体的祭祀日。五祀原是

---

① 吴小强《秦简日书集释》,长沙:岳麓书社,2000 年,第 23—26 页。

古代王官的祭礼,据《礼记·祭法》记载:王为群姓立七祀,诸侯为国立五祀,大夫立三祀,适士立二祀,士、庶人立一祀。祭礼依四时属性分别举行。祭礼的这种等级限制反映了王官时代血缘集团控制祭祀权力的现实。战国后期规范的王官礼制已经松懈,五祀祭礼逐渐向日常祭俗演变。在江汉地区发掘的包山战国楚墓中发现了墓主祭祀用的室、门、户、行、灶五祀牌位,将五祀之神写在木牌上,并作为随葬品,说明当时五祀向礼俗转化的情形。在《日书》中我们明确地看到五祀之礼已成为日常祭祀习俗。祠室中(即上古中霤),吉日为辛丑、癸亥、乙酉、己酉,忌日在壬辰、壬申。祠户日,壬申、丁酉、癸丑、癸亥为吉日,禁忌丙寅、庚寅。祠门日,甲申、甲辰、乙亥、乙丑为吉日,戊寅、辛巳为忌日。祠行日,甲申、丙辰、戊申、壬申、乙亥为吉日,戊日、己日为忌日。祠灶日,己亥、辛丑、乙亥、丁丑为吉日,辛日是禁忌日。五祀之日不宜收留外人,否则不出三年家产就会落入寄居者之手①。

此外,与民众生计紧密相关的农牧业同样有自己的良辰吉日与禁忌日。如禾良日、禾忌日、囷良日,以及马良日、马忌日、牛良日、牛忌日、羊良日、羊忌日、猪良日、猪忌日等。

汉代《日书》考古发掘材料较少,但从磨咀子汉简材料中可以得到一个大致印象。日忌木简乙记述十天干的避忌事项:甲毋治宅,不居必荒。乙毋内财,不保必亡。丙毋直衣,□……丁毋威□□多作伤。戊毋渡海,后必死亡。己毋射俟,还受其央。等等。日忌木简丙记述十二地支的避忌事项:[辰]毋治丧,……午毋盖屋,比见火光。未毋饮药,必得之毒。申毋财衣,不烦必亡。酉毋召客,不闹若伤。戌毋内畜,不死必亡。亥毋内妇,不宜姑公。

这种以天干、地支标示避忌时日的方式在睡虎地秦简中已经出现。这种标示方式出于当时人们对干支属性的神秘理解,认为天干有刚柔之分,将地支纳入五行体系,地支日具有不同的五行属性。干支标示避忌的择日术在其后敦煌遗书中亦有发现。如刘复《敦煌掇琐》90号"吉凶避忌条项"中有下列两段文字:

甲不开藏,乙不纳财,丙不指灰,丁不剃头,戊不度□,己不伐树,庚辛

---

① 《云梦睡虎地秦墓》,北京:文物出版社,1978年,图版第146—147页。

不作酱,壬不书家,癸不买履。

　　子不卜问,丑不冠带,又不买牛,寅不召客,卯不穿井,辰不哭泣,不远行,巳不取女,午不盖房,未不服药,申不裁衣、不远行,酉不会客,戌不祠祀,亥不呼妇。①

　　从秦汉竹简到敦煌遗书的日忌内容可见择日民俗的传承。汉代是信仰混杂的时代,时间选择多样。《史记·日者列传》引褚先生话:"孝武帝时,聚会占家问之,某日可取妇乎? 五行曰可,堪舆家曰不可,建除家曰不吉,丛辰家曰大凶,历家曰小凶,天人家曰小吉,太一家曰大吉。辩讼不决,以状闻。制曰:'避诸死忌,以五行为主。'"②此后人们以五行家言为择日依据。从卜日情形可见当时诸家的流行。在本传《索隐述赞》中,还说到日者以前是"齐楚异法",司马季主就是楚地有名的日者。汉代汇聚了秦齐楚诸地的卜日习俗。

　　秦汉日书中大量的内容是为民众日常生活择日需要而设,祭祀、婚嫁、生育、病疗、饮食、制衣、居室、出行、交易、收藏、畜牧农作等。传统的四时祭礼在春秋战国礼崩乐坏之后演变为世俗祭祀行为,贵族的典礼向世间习俗转移。如社祭,它起源于原始社会的地母崇拜,在王官社会它与稷神结合成为国家的神权象征,故建国左宗庙右社稷。社在上古成为国土之神,在周朝层级分封的社会里,有王社、侯社之分,因此社祭成为国家礼制内容。秦汉以后,随着国家的统一,郡县制的确立,土地所有权的变化,人们的信仰意识趋于平民化,出现了官社与私社,汉代有县社、乡社、里社,这些为官社,里社之下的社为私社。在礼制平民化的过程中,原先只有王家才能祭祀的社稷山川这时也允许一般人民祭祀,"春旱求雨,令县邑以水日令民祷社稷山川"③。民人还以经济实力打破传统的宗教祭祀特权,经济状况决定人们的祭祀规模④,上古的政教等级

---

① 李零《中国方术概观·选择卷》(上),北京:人民中国出版社,1993年,第77页。
② [汉]司马迁《史记》,北京:中华书局,1959年。
③ [汉]董仲舒《春秋繁露》第十六卷《求雨》,引自《诸子百家》丛书,上海:上海古籍出版社,1998年。
④ 据[汉]桓宽《盐铁论》:"今富者祈名岳,望山川,椎牛击鼓,戏倡舞像;中者南居当路,水上云台,屠羊杀狗,鼓瑟吹笙;贫者鸡豕五芳卫保散腊倾盖社场。"引自《中国社会史料丛钞》八信仰·西汉杂神祠,上海:上海书店,1985年。

已失去约束力。古代帝王的大祭在后代演变为朝山进香。

　　巫者地位的变化也是秦汉岁时信仰由神圣趋于世俗的一种表现。上古巫者因为拥有通天的特权，受到人们的尊重。时日吉凶的预知是古代巫者的重要职能："昔先王之定国家，必先龟策日月，而后敢代；正时日，乃敢入家；产子必先占吉凶，后乃有之。"①汉初巫者依旧受到一定程度的重视，汉高祖入关之时，对故秦祀官尽数复职，恢复祭祀之礼，他下诏曰："吾甚重祠而敬祭。今上帝之祭及山川诸神当祠者，各以其时礼祠之如故。"四年后，"天下已定"，高祖起用巫者，重建祭祀秩序，"长安置祠祀官、女巫。其梁巫祠天、地、天社、天水、房中、(当)[堂]上之属；晋巫祠五帝、东君、云中君、巫社、巫祠、族人炊之属；秦巫祠社主、巫保、族累之属；荆巫祠堂下、巫先、司命、施糜之属；九天巫祠九天。皆以岁时祠宫中。其河巫祠于临晋，而南山巫祠南山、秦中。秦中者，二世皇帝也。各有时日"②。随着汉朝经济社会的发展，人们对天时信仰态度发生变化，巫者在人们心目中的地位明显下降。巫卜星相虽有世袭的职业技能，人们在日常生活中也经常需要他们的襄助，但已然没有了过去的神秘权威。"夫卜筮者，世俗之所贱简也。世皆言曰：'夫卜者多言夸严以得人情，虚高人禄命以悦人志，擅言祸灾以伤人心，矫言鬼神以尽人财，厚求拜谢以私于己。'此吾之所耻，故谓之卑污也。"③贾谊、宋忠之说虽有夸大之嫌，但也在一定程度上道出了巫卜之流实情。巫，很少有"精爽不贰"者，百姓对他们自然也只是利用。

　　人们在天神信仰普泛化之后，消解了上层对天道祭祀的垄断，人们可以不借助他人直接面对各式自然神灵或先人之灵，在阴阳五行的时间框架下进行求吉避害的个人与社会活动。人事有时可以挽救天祸，如睡虎地秦简《日书》中有这样两条记载：其一、"天火燔人宫，不可御。以白沙救之，则止矣。"其二、"到雷焚人，不可止，以人火乡(向)之，则已矣。"从汉代中期开始，社会上的鬼神信仰虽然浓郁，但其性质发生了重大变化。它不只是来自上层的神圣权威，更多受到社会力量的制约，社会性的信仰渐居主要位置。

① [汉]司马迁《史记》，北京：中华书局，1959年，第3218页。
② [汉]班固《汉书》，北京：中华书局，1962年，第1211页。
③ [汉]司马迁《史记》，北京：中华书局，1959年，第3216—3217页。

　　秦至西汉前期,岁时信仰主要表现在对天神信仰的泛化,鬼神的性格趋于世俗,人们对祖先神关注较少,祖先有时并不那么受人尊敬。秦简《日书》中记有对付亡父母祸害后人的巫术,这与西周隆祀祖宗的情形大不相同。这大概与秦楚地方文化传统有关,西戎与南蛮较少接受周朝宗法制度,祀祖没有成为社会政治生活的一部分,而秦、楚文化是西汉中期以前的社会主体文化,因此在岁时信仰中相对忽视人神因素。

　　西汉中期,汉武帝"独尊儒术"之后,儒家伦理思想逐渐成为社会居主导地位的意识形态。伦理纲常的道德律令在统治者的反复灌输与现实的社会激励机制之下,逐渐为社会普遍接受。岁时信仰在走向世俗化的过程中也逐渐由自然伦理转向人世伦理,人神的崇拜与人祖的纪念逐渐成为岁时信仰的核心。

　　佛教的传入与道教的兴起使国人的思想经历着前所未有的变化,传统的岁时信仰同样面对着这一巨大的精神挑战。不过汉魏时期佛道二教处在初兴阶段,对社会生活的影响还不像后世那样巨大。

三、岁时的政治性质转向社会规范

　　从岁时的政治性质看,汉魏时期的岁时已逐渐没有了明显的政治规定的性质,这是与先秦相比岁时变化最突出的特点。当然,在具有政教传统的中国社会里,岁时不可能完全没有政治的意味,不过它主要表现为一种社会性的规范,属于大政治的范围。

　　上古王者依托对天时的观测控制,以神秘的宇宙律令作为推行政令的依据,政治与时间结合异常紧密,当然,在生存技术不发达的社会里,它有着现实的指导意义。秦汉以后,农业生产有了显著进步,小农经济有了一定程度的发展①。生产技术的进步意味着人们生存条件的改善与生存能力的提高。与生存能力提高相伴生的是人的主动意识的增强与自信心的树立,人进一步从自然状态中脱离开来。荀子虽然早就提出了"明天人之分"的观点,但真正具体

---

① ［美］许倬云(Cho-yun Hsu)《汉代农业:早期中国农业经济的形式》,程农、张鸣译,中译本第1版,南京:江苏人民出版社,1998年,第116—132页。

为广大民众所接受却是一个漫长的认识过程。秦汉时期,人们开始了这一天人相分的过程,随着天文历法知识的进步与推广,人们的思想意识发生变化,人们自我管理、自我服务能力提高。人们不再被动地依赖自然时序,统治者依靠一套系统的社会政治权力机构维持现实的统治,天命、天道等宗教思想服从于现实政治需要,上古岁时逐渐失去宇宙律令性的宗教指导意义。因此,传统的时政意义的岁时向平民化、世俗化的岁时节日方向发展。岁时节日的文化意义主要体现在农事服务与家族、乡里社会生活与服务之中。

当然,秦至汉魏时期岁时政治性质的转变是一个曲折前行过程。月令是上古王官的时间体制,它强调对天的绝对遵从。春秋战国之时兴起的重视人道怀疑天道的思潮,为周王朝的最后覆灭准备了理论依据。秦以武力兼并天下,自然对天命不恭,因此将秦王尊号为皇帝,人间帝王直接拥有上天的权威。秦末楚汉相争,刘胜项败,汉朝初兴同样只重视高祖的功绩,对天道似乎也不太重视,祭祀礼仪例行故事,政事与天命没有直接对应关系。针对秦因暴政而亡的历史教训,汉初的政治家主张尊重伦理道德价值,关心民生疾苦①。汉文帝在《除秘祝诏》中谈了自己对天道的理解:"盖闻天道,祸自怨起,而福繇德兴。"②政府的错误由皇帝自己承担。采取与民休息、无为而治的统治策略,对民众社会生活干预较少,民众岁时活动自主进行。杨恽《报孙会宗书》:"田家作苦,岁时伏腊,烹羊炰羔,斗酒自劳。"③描绘的就是这样的民间岁时生活。秦汉《日书》中大量记载的是日常生活中内容,如五谷栽培、树木种植、裁衣、沐浴、婚嫁、祠亲、登高、出行、出货等。因此传统的月令时政在秦及汉前期受到漠视。汉成帝时仍有人上书批评朝廷"忽于时月之令"④。

汉末,在阴阳五行思想的推衍下,儒学神秘化过程加深,社会思想趋于保守,古代的思想传统重新受到统治者的青睐。经济上,儒家士大夫鼓吹贵义贱利、重本抑末,主张恢复到原始的经济生活状态中;政治上,主张王道政治。因

---

① [英]崔瑞德、鲁惟一编《剑桥中国秦汉史》,杨品泉等译,北京:中国社会科学出版社,1992年,第782—784页。
② [清]严可均辑《全汉文》,北京:商务印书馆,1999年,第13页。
③ [汉]班固《汉书》,北京:中华书局,1962年,第2896页。
④ [清]严可均辑《全汉文》,北京:商务印书馆,1999年,第559页。

此古代时政月令再次受到帝王的重视，人们以天人感应，人循天道之常的思想理解古代月令，试图在现实生活中重建其社会政治权威。汉成帝在阳朔二年（公元前 23 年）春颁发《顺时令诏》："昔在帝尧，立羲和之官，命以四时之事，令不失其序。……今公卿大夫或不信阴阳，薄而小之，所奏请多违时政，传以不知，周行天下，而欲阴阳和调，岂不谬哉！其务顺四时月令。"①（《汉书・成帝纪》）汉平帝时，为了缓解日益严重的社会危机，在王莽的鼓动下，复兴古代礼制成为一时的施政目标。不仅在长安设立了明堂，征求通晓月令之人筹划明堂事务，而且在全国真正推行了月令时政，敦煌悬泉汉简为我们保存了当时下发的诏书原件，为我们了解月令的内容提供了真实的依据。汉平帝循"敬授民时"的古训，元始五年（公元 5 年）五月甲子朔，颁发四时月令五十条，命主管官员"分行所部各郡"，执掌羲和（大司农）之职的大臣均表示"尽力奉行"②。

　　虽然帝王要复兴古制，但社会条件毕竟发生了较大变化，不仅一些朝臣不信阴阳，对四时月令"薄而小之"，就是月令本身也比上古月令简化了许多。在《吕氏春秋・十二纪》、《礼记・月令》中记载的上古王官祭祀、行政内容，大多不再被提及，悬泉汉简"月令"主要强调民众日常生产生活中所应遵循的月度禁令。为了明白传统月令与汉代复兴月令的联系与区别，我们不妨举例比较。

　　以孟春为例，《十二纪》、《月令》首叙太阳及标志星晨昏的位置，专司春季的太皞帝、句芒神，动物的类属，音律、气味、祭祀的神灵；其次，记述物候的情况；其三记述天子的服饰、饮食、器用，天子立春迎气、颁发政令、籍田活动，派遣农官劝导农政；其四遵循孟春自然生长的特性不杀生、不聚众、不动大的土工、不行兵事；最后是如果孟春月令失时就会有各种天灾发生。悬泉汉简月令著录孟春月令十一条："禁止伐木，谓大小之木皆不得伐也，尽八月，草木零落乃得伐其当伐者。毋摘剿（巢），谓剿（巢）空实皆不得摘也，空剿（巢）尽夏，实者四时常禁。毋杀幼虫，谓幼少之虫不为人害也，尽九月。毋杀孡（胎），谓禽兽六畜怀任（妊）有孡也，尽十二月常禁。毋矢鷇鸟，谓矢鷇鸟使不得长大也，尽十

---

①　［汉］班固《汉书》，北京：中华书局，1962 年。

②　甘肃省文物研究所《敦煌悬泉汉简释文选》，《文物》，2000 年第 5 期，第 34 页。

二月常禁。"①此外，毋麑，毋卵，毋聚大众，毋筑城郭等等。从其月令条文看，它没有天文、物候、宫廷祭祀等方面的内容，月令中只有依循自然伦理的禁止或施行的要求，从其具体内容看，这是适用于一般百姓的月令。它首述月令，然后对月令内容逐条进行解释，如果是禁行的条文，就说明禁止的期限。月令没有提到违时的灾祸警告，这说明汉代的月令主要是作为政令发布，月令的神秘色彩有所消退。

东汉历代帝王重视明堂月令的时政功能，明堂由太史专管，太史的职责是掌天时星历。②（应劭《汉官仪》）汉明帝在中元二年（公元 57 年）下诏："方春戒节，人以耕桑，其敕有司务顺时气，使无烦扰。"永平二年（公元 59 年）春正月，下诏祀光武帝于明堂，以配五帝，并颁发时令，迎气于五郊。明帝在诏书最后说："顺行时令，敬若昊天，以绥兆人。"③（《后汉书·显宗孝明帝纪第二》）此后，依从时令，成为帝王施政的总纲。汉章帝多次颁诏强调行政的季节性，在元和二年（公元 85 年）《冬至后不报囚诏》中说："《月令》冬至之后，有顺阳助生之文，而无鞠狱断刑之政。朕咨访儒雅，稽之典籍，以为王者生杀，宜顺时气。"④（《后汉书·肃宗孝章帝纪第三》）章帝在对学问之士的咨询及典籍的查考之后，对于古代月令的时间性质有了明确的理解，因此在施政过程中注意顺时行事。汉安帝时期仍然强调施行月令时政，但其时月令并未得到有效实行，"《月令》'仲秋养衰老，授几杖，行糜粥'。方今案比之时，郡县多不奉行。虽有糜粥，糠粃相半，长吏怠事，莫有躬亲，甚违诏书养老之意"⑤（《后汉书·孝安帝纪第五》）事实上，汉末复兴的月令时政，虽然有帝王的一再强调，但其效果并不十分理想。人们依照自己的生活状态来对待月令，月令是对自己生活的服务，而不是像上古那样的具有严格的指令意义。

《四民月令》明确地为我们记录了东汉岁时生活情形。大体沿袭了古代月令的记时体制，按月安排祭祀、农事以及庄园日常生活，但与传统的王家月令

---

① 甘肃省文物研究所《敦煌悬泉汉简释文选》，《文物》，2000 年第 5 期，第 34 页。
② ［清］严可均辑《全后汉文》，北京：商务印书馆，1999 年。
③ ［南朝宋］范晔《后汉书》，北京：中华书局，1965 年。
④ ［南朝宋］范晔《后汉书》，北京：中华书局，1965 年。
⑤ ［南朝宋］范晔《后汉书》，北京：中华书局，1965 年。

二者在性质上有了较大的区别。传统月令以王政为中心,严格依循阴阳五行的四时变化安排宗教政治与农事活动。作为"授时"政令发布的《月令》不仅在语气上是严厉的,能够作的与不能作的规定得十分明确,并且对违背时令的灾难性后果进行了强调。《四民月令》以庄园民众生活为中心,它按十二月序叙述民事活动,并突出八节的季节作用。阴阳五行的时气意识相对隐晦。它在叙述语气上相对平和,虽然有少量的劝导语气,但大多是一种提醒,告诉民人某一季节到了可作某事。时令的政治性质、神秘性质已明显降低,月令对于民众来说已经由社会规范转变为社会服务。在《四民月令》中除了传统的四时八节外,一些特殊的时日已经凸现出来,如正日、社日、伏日、腊日等已是祭祀日或庆祝日,而三月三、四月四、五月五、六月六、七月七、八月八、九月九等重阳日或重阴日后来大多成为民俗节日的生长点。

汉末至东汉古代月令在社会生活中得到一定程度的实施,说明汉代岁时信仰出现了复古的趋势,这种复古只能说明古代社会运行中的惯性力量在起作用。它在形式上正好为系统的岁时节日体系的出现准备了前提。

中国传统风俗观的历史研究与当代思考

萧　放

风俗是自先秦就已出现的文化概念,对风俗的不断诠释,反映了历代文人士夫的社会文化观念。在中国社会数千年的发展中,人们关于风俗的理解,变异较小。近代以后,西洋学术开始影响中国,人们的眼界渐开,对风俗的认识日趋科学,但仍基本保持着固有的风俗观念。人们在翻译英国的"民俗学"这门研究土民生活习尚的学问时,就不得不从中国传统学术中寻找对应的词汇,那么风俗是最贴近的专有名词[①]。将风俗变成"风俗学",这是西方学者对中国学术名词的贡献。1923 年,北京大学研究所国学门设立了风俗调查会。风俗调查会是歌谣研究会的扩大与发展,在该会的名称上,曾经有用"民俗"还是用"风俗"的讨论,最后因为"风俗二字甚现成,即用作 Folklore 的解释亦无悖,故结果不用民俗而用风俗"[②]。由此亦见当时中国社会通行的还是"风俗"一词。到了 1929 年,陈锡襄在《民俗周刊》上发表"风俗学试探"的长文,努力建构一个风俗学学科体系(第 57—59 页)。虽然陈锡襄在民俗学之外建构风俗学设想并没有得到更多的学人注意,但他在继承与发展中国风俗文化研究传统方面作

---

① 这从 1885 年英国人艾约瑟应赫德请求,编译出版的《西学启蒙十六种》之一《西学略述》对英国民俗学的译介中可以得到证明。当时的西学介绍中有"风俗学"一节云:"风俗一学,乃近泰西格致家所草创。原以备征诸荒岛穷边,其间土人,更无文字书契,莫识其始者皆可即其风俗,而较定其源流也。此学起于好游之人,或传教之士,深入荒岛,远至穷遽。见有人民,衣食皆异,兼之言语难通,无缘咨访。似此日记既富,要皆返គ印售。格致家取而为之互参慎选,勒部成书。皆各即其婚食丧祭诖算起居,以测定其或为今盛于昔,或为昔盛于今。……近英人鲁伯格与戴乐耳,皆喜访查此学,大著声称。"《西学略述》卷七,光绪岁次丙申(1896)镌,上海著易堂书局发兑。

② 容肇祖《北京大学歌谣研究会风俗调查会的经过》,《民俗周刊》,1928 年第 17—18 期,第 15 页。

出了可贵的尝试,未来的中国民俗学学科建设或许可从中得到某些有益的启示。本文从风俗词语的形成的历史文化渊源、古代文化人与近代知识分子的风俗观,以及因传统风俗观所引发的对当代民俗学研究的反思等方面进行论述,注意到风俗在社会文化变迁与社会整合过程中的社会功用。由此引发我们对传统学术文化资源的关注,帮助我们理解在近现代社会民俗学学科建设中人们为确定其学术门类名称时所作的思考与抉择。

一、"风俗"词语的生成

中国很早就进入了农耕社会,人们对农业与雨水,雨水与季风的关系早就有真切的感受。风是自然力量,风的威力无时不在,对于在很大程度上依赖自然生活的古代人们来说,风影响着甚至是决定着人们的生活习性、情感态度。在上古时期,风神受到特殊的崇拜,甲骨文中有关于四方风的记载。人们的生存活动因风而行。所以古人以"风"作为形成地方文化特性的根源,并且在后来直接将地方人民的总体生活形态称为"风"。

在上古社会,地方民群中最能引人注意的是声音言语,以及由变化声调而形成的歌谣。这种"言语歌讴"地方特色鲜明,它受制于地方的自然人文生态。因此人们将其称之为"风",或者"风谣"。以地域音乐风格、声音特性作为地方文化的表征是上古社会的通常作法,《诗经》十五国风,就是全国十五个地区的民歌搜集记录。国风的搜集记录,在当时主要是作为政治任务,是一项类似于国情调查的工作,"命大师陈诗,以观民风"①。这里的"民风",指的就是由人民的歌谣透露出的社会舆论及其背后的文化心态。

风,除了作为名词性的乐歌外,在古代它还兼有动词性的化导社会的作用。这种作用是其自然特性的延伸与扩大,《说文》:"风动虫生,故虫八日而化,从虫凡声。"②风的原始意义是指春天的气息③。春风是柔和的,它是带来生命

---

① [清]孙希旦《礼记集解》,北京:中华书局,1989 年,第 328 页。
② [汉]许慎《说文解字》,北京:中华书局,1963 年,第 284 页。
③ 《管子·四时》:"东方曰星,其时曰春,其气曰风。"沈阳:辽宁教育出版社,1997 年,第 124 页。

的新风。风的字形来源于其促动虫类生长的物质作用,"动物曰风"①,风能动物,亦能化人,《尚书·说命》:"四海之内,咸仰朕德,时乃风。"这里的风即化导之义。

风的教化意义在先秦尚处在萌芽状态,到了儒学昌盛的两汉之际,风的自然性质已全然被借用到社会文化方面。从汉人对古代典籍的阐释解读中,我们就能明确地得到这样的信息,风具有特殊的政治感染力。"风,风也,教也。风以动之,教以化之。"②风成为王者政治教化能量发散的载体,风化、风教、风纪等,都强调风自上而下的教化与导引。"风谓政教所施,故曰上以风化下。"③当然如果王者不德,其影响同样会扩散到社会之上,"幽公淫荒,风化之所行,男女弃其旧业,亟会于道路,歌舞于市井耳"④。由此看来,在古代社会"风"具有发散、流行的特点。

俗与风从其使用的范围看,有大致近似的性质。但从俗的原始含义看,俗与风的确有着明显的区别。俗在中国古代有两重含义,一是"习",《说文解字》:"俗,习也。"⑤习原指鸟的飞行练习,用到人事上就指仿效、传习,有延续、习染的含义。俗的这种意义后来延伸为民群的习性、习惯。二是"欲"的含义,俗与"欲"在上古音义相通,俗常作欲解。毛公鼎上有一句话:"告余先王若德,用印邵皇天,绸缪大命,康能四或(域),俗我弗作先王忧。"⑥这里的"俗",读为"欲",导向之意。为了说明这一点,不妨再举一例:《礼记》缁衣篇有:"故君民者章好以示民俗,慎恶以御民之淫。"⑦公元前 300 年左右的郭店楚简有《缁衣》篇:"古(故)君民者章好以视(示)民欲。"⑧由此确证俗与欲的通用。俗与欲同,就是说俗在古代社会有欲望的含义。后来汉人解说"俗"为人之情欲,即本此意。

---

① 《毛诗正义》卷一周南关雎诗序,《十三经注疏》上册,第 269 页下,北京:中华书局,1980 年。
② 《毛诗正义》卷一周南关雎诗序"风风也"释文引刘氏说,《十三经注疏》上册,第 269 页下,北京:中华书局,1980 年。
③ 孙诒让《周礼正义》卷六十四夏官合方氏,第 2698 页,合方氏"同其好善"注疏引贾疏,北京:中华书局,1987 年。
④ 《毛诗正义》卷七东门之枌序,《十三经注疏》上册,第 376 页中,北京:中华书局,1980 年。
⑤ [汉]许慎《说文解字》,北京:中华书局,1963 年,第 165 页。
⑥ 北京图书馆金石组《北京图书馆藏青铜器铭文拓本选编》,北京:文物出版社,1985 年,第 72 页。
⑦ [清]孙希旦《礼记集解》,北京:中华书局,1989 年,第 1326 页。
⑧ 荆门市博物馆《郭店楚墓竹简》,北京:文物出版社,1995 年,第 129 页。

"俗,欲也,俗人所欲也。"①

　　从上述解释看,俗既是个体的情感与行为,又是社会整体的欲望与习惯。俗相对于风来说,它强调的是其社会表达与社会传承方面的意义。俗是一种习以为常的生活模式,"俗,谓所常行与所恶也"②。这种习惯性的生活有地方性,"广谷大川异制,民生其间者异俗"③。如国俗、方俗、土俗等,就在于强调俗产生的地域差异;从古代对"俗"的指称看,俗又有着阶层性与集团性的特点,如世俗、民俗、夷狄野人之俗等。俗在这里有原始、古朴或粗放的意味,开明的统治者往往因俗而治,"以俗教安,则民不愉"④。对于中原以外的少数部族,尊重他们的生活习性,各安其俗。俗相对于风更强调其社会的特性。

　　风与俗是古人对一定时空范围下人们生活模式的概括,人们常说"百里不同风,千里不同俗"⑤。风、俗虽然小有区别,各有侧重,但其指称说明的对象大体一致,因此风俗较早就组合成一专门的名词。风俗是地方文化的表征,"入境观其风俗"⑥。汉平帝为了了解地方情形,特遣王恽等八人"分行天下,览观风俗"⑦。风俗的民间性与地方性得到当时人的高度重视。

二、古代学者风俗观的主要意蕴

　　"风俗"是古代社会中的一个重要词语,它出现的频率非常高,(《四部丛刊》中"风俗"一词出现了三千多次)只要讲到地方文化特性或社会风气时尚时,都会用到"风俗",风俗成为正式制度文化之外的、随处可见的"文化规条"。正因为"风俗"有如此广泛的文化约束力,所以传统社会的统治者就充分利用行政手段之外的"风俗"来实现对社会的控制(偏重于地方与基层社会)。正是

---

① [清]王先谦《释名疏证补》,上海:上海古籍出版社,1984年,第189页。
② [清]孙希旦《礼记集解》上册卷四,曲礼上第一之四,"入国而问俗"下郑玄疏,第91页,北京:中华书局,1989年。
③ [清]孙希旦《礼记集解》,北京:中华书局,1989年,第358页。
④ [清]孙诒让《周礼正义》,北京:中华书局,1987年,第705页。
⑤ [东汉]应劭《风俗通义》,上海:上海古籍出版社,1990年,第3页。
⑥ [清]王先谦《荀子集解》,上海:上海书店,1986年,第202页。
⑦ [汉]班固《前汉书》,上海:上海古籍出版社,1986年,第397页。

这样的政治原因,"风俗"在中国历代得到重视,人们对它的复杂含义也有多种理解,当然这种理解随着社会的变化而变化。

1. 从自然地理条件与社会政治影响角度界定"风俗"概念

风俗一词流行于古代社会,作为约定俗成的文化名词,它有着自己特有的文化内涵,但由于学人的学识、立场、趣味以及所处的时代的不同,人们对风俗的理解存在着一定的差异。

关于风俗一词的含义,先秦时期尚没有严格的学术界定,汉魏时期是中国文化的奠基期,风俗文化受到人们的关注。在注重学术辨析的汉魏六朝学者那里对于风俗已有明确的解读与阐释,这种解释体现了传统的学术理解。他们一般从风俗整体的角度,看待风与俗,从政治教化的立场看待风俗的产生与变化。

认为风俗是"风"与"俗"的组合,"风"与"俗"各有所指。风,指自然习性,与环境、气候条件相关;俗是生活趣味与行为习惯,来自于上层人士的影响。班固是第一位从学术的角度解释风俗词义的学者,他在《汉书·地理志》中注意对各地风俗的记述,在记述风俗之前,他先对风俗概念进行了定义:"凡民函五常之性,而其刚柔缓急,音声不同,系水土之风气,故谓之风。好恶取舍,动静亡常,随君上之情欲,故谓之俗。"[①]班固认为风是因水土等地理条件而形成的民俗性格、言语歌谣,俗是因统治者的好恶而形成的社会趣味、情感、欲望与行为,它随着统治者的个人意志的变化而变化。风与俗组合而成的"风俗"兼有自然性与社会性两重因素。班固在对风俗理解中强调统治阶层对社会风尚的影响,这在王权时代是合乎实际的。但一般人的生活习惯的形成,并非简单地由上层决定,这是显而易见的。

东汉末年的应劭与班固的风俗理解基本相似,但较班固更趋合理。应劭不仅写成了我国最早的风俗专著《风俗通义》,将风俗当作一个学术门类进行探讨,并且对风俗进行了较为合理的解释:"风者,天气有寒暖,地形有险易,水泉有美恶,草木有刚柔也。俗者,含血之类,象之而生,故言语歌讴异声,鼓舞

---

① 〔汉〕班固《前汉书》,上海:上海古籍出版社,1986年,第521页。

动作殊形,或直或邪,或善或淫也。圣人作而均齐之,咸归于正,圣人废则还其本俗。"①天气、水土、草木等各异的自然因素共同构成"风"的意义;应劭认为依据自然特性而形成的人的性情,就是俗的本义。俗来源于人的基本情感与行为,其表现的形式、性质不一,经过圣人统一整饬之后,俗才获得标准的性质。一旦社会失控,俗就回归其本原的驳杂样态。(应劭将俗区分为本俗与礼俗两种,礼俗来自于自上而下的"均齐"工作,即确定俗的标准形态,进行社会规范。这比班固将"俗"径直归于君上的情感欲望的看法,更符合"俗"的本意。)

　　南朝梁人刘勰也论述了风俗的含义。刘勰继承了汉代学者的观点,不过他更清晰地表述了风与俗的区别与联系。"风者,气也;俗者,习也。土地水泉,气有缓急,声有高下,谓之风焉;人居此地,习以成性,谓之俗焉。"②风是一种特殊形态的气。自然物态及人的生理特性,都是风的具体表现,风属于自然;俗是在特定的地方风气之下,长期形成的稳定性的生活方式,这种生活方式由社会传习而来。"习以成性",说明某种生活方式在潜移默化过程中,变成了人们的天性,这就是俗的由来。俗既是人们的社会化行为,又与自然环境密切相关。这种风俗的认识是合乎实际的。(当然刘勰对统治者在改良风俗方面的作用同样有特殊的强调。)

　　在上述三位汉魏六朝学者的"风俗"解释中,风是根据它与俗的差异来说的,强调其自然特性,这与上面所说的风教的意义有较大的区别。"风"的原始含义就在于它与"水土"的联系,俗话说:"一方水土养一方人",水土的自然条件,养育了区域人民,因此人们在精神禀赋上有着浓郁的地方性。晋人阮籍也是从这一角度来理解风俗,"造子(一作始)之教谓之风,习而行之谓之俗。楚越之风好勇,故其俗轻死,郑卫之风好淫,故其俗轻荡"③。

　　"风"的扩散及教化影响的含义是后人附会的、第二义的,虽然它在古代社会影响深远;俗是前人风教、风谣与情感、欲望等的合一。"风俗"一词在古代社会包含自然与人文二重因素,具有自然性质的"风"是习俗发生的先在的条

①　[东汉]应劭《风俗通义》,上海:上海古籍出版社,1990年,第3页。
②　[梁]刘勰《刘子新论》,《汉魏丛书》,长春:吉林大学出版社,1992年,第685页。
③　[魏]阮籍《阮籍集》,上海:上海古籍出版社,1978年,第40页。

件,"俗"是人们对客观环境的适应与文化创造。因此古代文化人一般持守的是风俗自然观与风俗政治观,在儒家伦理文化氛围浓厚的时代,风俗的政治意义得到格外的强调。

2. 从伦理纲常与政治教化的角度看待风俗的传承与移易

汉魏学者对风俗有着较为合理的解释,认为风俗的产生受制于一定的自然与社会条件。对于自发形成的风俗原生形态,他们大都觉得粗鄙、杂乱、朴野,尚不雅驯。而经过统治者整饬、改造过的风俗就显现出完全不同的形态,他们将其标举为良风美俗。因此在风俗的整齐过程中需要发挥社会精英的导引作用,以实现自上而下的风俗整饬与改易。辨风正俗,在传统社会成为政治家的第一工作要务①。

树立符合伦理标准的良风美俗,政治教化是必需的手段。"广教化,美风俗。"②只有这样,才能巩固江山社稷,"风行俗成,万世之基定"③,因此"移风易俗"是士人自觉承担的文化责任。为了张扬风俗中的伦理成分,他们甚至有意轻视风俗中的自然社会因素,强调政治教化,给风俗重新定义。班固在他的风俗定义中对"君上情欲"对社会影响作了过分的强调,其在地理志的区域风俗记述中,也时常将上层人物的文化影响视为地方风俗传统的精神核心。正面的事例,是秦地,在周文王与周武王影响下,"其民有先王遗风,好稼穑,务本业";反面的事例是"吴、粤之君皆好勇,故其民至今好用剑,轻死易发"④。刘勰认为"风有薄厚,俗有淳浇,明王之化,当移风使之雅,易俗使之正,是以上之化下,亦为之风焉,民习而行,亦为之俗焉"⑤。教化之风,自上而下,民众顺风而行,形成习俗。这与孔子"子欲善而民善矣。君子之德风,小人之德草,草上之风,必偃"⑥的说法如出一辙。风俗成为社会伦理教化的工具。

风俗中特别强调精神心意的部分,精神心意的表露是声音:"凡音之起,由

---

① [东汉]应劭《风俗通义》应劭《自序》"为政之要,辨风正俗,最其上也",第3页。《诸子百家丛书》,上海:上海古籍出版社,1990年。

② [清]王先谦《荀子集解》,上海:上海书店,1986年,第108页。

③ [汉]班固《前汉书》,上海:上海古籍出版社,1986年,第584页。

④ [汉]班固《前汉书》,上海:上海古籍出版社,1986年,第521、523页。

⑤ [梁]刘勰《刘子新论》,《汉魏丛书》,长春:吉林大学出版社,1992年,第685页。

⑥ 杨伯峻《论语译注》,北京:中华书局,1980年,第129页。

人心生也,人心之动,物使之然也。感于物而动,故形于声。声相应,故生变,变成方,谓之音。比音而乐之,及干戚、羽旄,谓之乐。"①音乐来源于心灵与外物的激荡,要安抚与调适人们的心理与精神,自然离不开音乐的化导。《孝经》云:"移风易俗,莫善于乐。"在古代,风俗教化特别强调音乐的作用,"故乐行而伦清,耳目聪明,血气和平,移风易俗,天下皆宁"②。音乐因为有促动或安抚人心的特殊效用,所以古代将其神化,"大乐与天地同和"③,就是说至善的音乐与天地的节律是合拍的。风俗本身包含着有关风谣的音乐特性,"风俗"多次出现在有关音乐理论的讨论中④。《史记·乐书》:"以为州异国殊,情习不同,故博采风俗,协比音律,以补短移化,助流政教。"音乐给人以心身的愉悦,人们心态平和、身体放松,"心气和洽,则风俗齐一"⑤。社会就会出现和谐的局面。

　　汉魏六朝以后,人们继承了他们对"风俗"的理解,并且更强调从政教的角度理解把握风俗的文化特性,风俗是世俗人情的反映,它既是社会文化的表征,也是政治教化的重要体现。"致君尧舜上,再使风俗淳"(杜甫)成为士人所向往的政治理想。在古代社会后期,由于宋明理学在意识形态方面的主导地位,社会生活的伦理化倾向加强,文人士夫十分关注社会风俗。苏轼在《上神宗皇帝书》中说:"人之寿夭在元气,国之长短在风俗。"⑥陆游也在《岁暮感怀诗》中强调:"倘筑天平基,请自厚俗始。"⑦美化风俗成为政治的起点。

　　风俗盛衰不仅成为国运的标志,而且是权衡政治得失的标准,"论世而不考其风俗,无以明人主之功"⑧。顾炎武是明末清初的大思想家,有感于国运时艰,他对前世风俗发表了许多议论,贬斥周末推崇东汉,"三代以下风俗之美,无尚于东京者"⑨。罗仲素曰:"教化者,朝廷之先务;廉耻者,士人之美节;风俗

① [清]孙希旦《礼记集解》,北京:中华书局,1989年,第976页。
② [清]孙希旦《礼记集解》,北京:中华书局,1989年,第1005页。
③ [清]孙希旦《礼记集解》,北京:中华书局,1989年,第988页。
④ 参见张紫晨《中国民俗学史》第九章《汉魏乐论的民俗观》。
⑤ [魏]阮籍《阮籍集》,上海:上海古籍出版社,1978年,第41页。
⑥ [宋]苏轼《苏轼文集》,北京:中华书局,1986年,第737页。
⑦ [宋]陆游《陆游集》,北京:中华书局,1976年,第833页。
⑧ [宋]陆游《陆游集》,北京:中华书局,1976年,第586页。
⑨ [清]黄汝成《日知录集释》,石家庄:花山出版社,1990年,第587页。

者,天下之大事。朝廷有教化,则士人有廉耻;士人有廉耻,则天下有风俗。"①

风俗在他们的理解中已经不是地方民情习俗的自然形态,是关乎伦理道德的文化成品,以风俗整合社会的政治功利色彩十分浓厚。元人李果在《风俗通义》题词中说:"上行下效谓之风,众心安定谓之俗。"②风是自上而下的行为示范与教化、提倡,它是一种具有一定方向的、流动性的文化影响;通过教化使上层社会提倡的观念深入人心,演变为稳固的心理定势与行为习惯,这样就成为人们常说的"俗"。这种风俗政教的观念在中国社会影响深远,明清地方志中常见"风俗以政教为转移","在上为政教,在下为风俗"的解题之说③。

强调风俗的政教意义是中国古代社会的重要传统,它与民众的社会生活内容扩充有着密切的关系。上古时期人们的生活习性与区域风土有着密切的关系,中古之后,随着社会的进步与发展,人们活动范围扩大,社会交往频繁,人们的心理行为习惯更多地受制于社会,自然环境对人们身心状态已不构成直接的决定作用。风俗形态的社会特性决定了人们对它的政治关注,而中国古代社会又是一个以集权政治为中心的社会,古代中国的政治文化体制,要求自上而下的思想行为的协调与规范,因此引导社会风气,移易地方风俗,培育适宜于封建伦理需要的文化习惯,就成为古代社会多数文化人追寻的社会政治目标。

三、近代学人关于"风俗"的新思考

风俗作为一种特定的心理与行为的文化现象,它往往在社会变化比较剧烈时引起人们的特别关注。社会风俗的变化是社会变化的一种风向标,它的细微变化往往是社会大变化的前兆。古代学者重视风俗文化的建设,将它作

---

① [清]黄汝成《日知录集释》,石家庄:花山出版社,1990年,第603页。
② [东汉]应劭《风俗通义》,上海:上海古籍出版社,1990年,第1页。
③ 胡朴安《中华全国风俗志》上编,福建一,总志:"风俗之殊,其与政通,阴阳寒暑之所布濩,山川燥湿之所融结,五土异宜,此柔于天者也。上导之则为风,下被之则为俗,此从乎人者也。"(石家庄:河北人民出版社,1986年,第114页)江苏:"然风俗者,教化之所移易,非独其水土之性殊,气习所尚不同也。"(同上,第61页)

为了解与引导地方或基层社会良性运行的有效措施。近代中国社会发生了巨大变化,人们对风俗的思考更为复杂,不仅关注上下层风俗的差异,以及风俗变迁的内部运行规律,而且重点在中西风俗比较的前提下对传统社会风俗价值进行评价。

近代是天崩地坼的大变动时代,古今中西各种文化观念在此聚焦碰撞。风俗作为一个特定的文化现象在当时受到世人的瞩目,无论是文化保守者、维新派,还是激进的革命者,都不约而同地选择了评论"风俗"作为表达自己社会政治主张的特定角度。他们对风俗的形成、风俗的变易、风俗建设的目标各抒己见,虽然他们之间的立场相去甚远。在近代这一特殊的历史阶段,"风俗"得到社会前所未有的高度关注。这一时期讨论风俗的特点是一般不大谈论风俗的定义,主要从现实社会文化建设的角度关注风俗的成因、影响及近代风俗变化趋向。

1. 对风俗成因与社会影响的思考

近代学人在风俗的成因与社会作用方面与前人有着较为一致的看法,但认识更为深入。认为风俗与人们最初的生活环境有关,人们在一定的环境之下,形成最初的习俗萌芽,逐渐推演由小至大,由弱转强,最后成为难以觉察、难以变易的文化传统。

近代著名外交家、思想家黄遵宪先后出使外国,他自觉传承古代轺轩使者"采其歌谣,询其风俗"的传统,"重邦交,考国俗",在《日本国志》(1890年出版)、《日本杂事诗》(1879年第1版,1894年定本)这两部著作中大量记录了日本的国内的风俗内容。他在《日本国志·礼俗志》中阐述了其风俗观点,认为礼与俗都出于人情习惯,人情习惯因地方风土的关系,形成各自的民俗特性。"人情者何,习惯是也。光岳分区,风气间阻。此因其所习,彼亦因其所习,日增月益,各行其道,习惯久,至于一成而不可易,而礼与俗皆出其中。是故先王治国化民亦慎其所习而已矣。"①(礼俗志一)这里讲述了习俗所以生成的自然条件与社会因素。习惯一旦成为传统就难以移易,人们也就很难不被其禁锢其中。"嗟夫,风俗之端,始于至微,抟之而无物,察之而无形,听之而无声,然一

---

① [清]黄遵宪《日本国志》,广州:羊城富文斋,光绪十六年。

二人倡之，千百人和之，人与人相接，人与人相续，又踵而行之，及其既成，虽其极陋甚弊者，举国之人习以为然，上智所不能察，大力所不能挽，严刑峻法所不能变。……乃至举国之人辗转沉锢于其中，而莫能少越，则习之囿人也大矣。"①(礼俗志一)黄遵宪看到了风俗发展变化的路径，对风俗社会作用有着较高的估计。事实上晚清学人无论是守旧者，还是维新者都特别强调风俗的社会意义与价值。

晚清张亮采撰写了一部总结传统风俗演变的历史著作《中国风俗史》，作者的旨趣，跟东汉末年应劭撰写《风俗通义》相近。张亮采是一位推崇宋明理学传统的晚清学者，他在本书的《序例》中同样对风俗的成因进行了论述，他说："风俗呜呼始，始于未有人类以前，盖狉榛社会，蚩蚩动物，已自成为风俗。至有人类，则渐有群，而其群之多数人之性情、嗜好、言语、习惯，常以累月经年，不知不觉，相演相续，成为一种之风俗。"在人类之前就有风俗的说法不能成立，但张氏对风俗形成过程的描述清晰而简明。风俗起源于"群"的生活，群体的性情、嗜好、语言及习惯，在岁月的淘炼中，成为自觉的文化需要，就成为一种无处不在的风俗，对于生活在风俗之中的人来说它的濡染作用十分的巨大，"而入其风俗者，遂不免为所熏染，而难超出其限界之外"。如果依从风俗，生活就会便利，违俗则不便。因此社会统治者制定礼仪制度的话，要根据风俗的实际，"圣人治天下，立法制礼，必因风俗之所宜"②。

对于风俗的形成及社会影响，在晚清激进改革人士那里更得到空前的强调。《支那风俗改革论》的作者从改革风俗，从而挽救国家的角度，论述风俗的社会作用。作者在文章的开篇进行了论述："风俗之力及于人间世者至深且大，一代有一代之风俗，一国有一国之风俗，一郡有一郡之风俗，一乡一家有一乡一家之风俗。风俗之善者，人民群相化于善，风俗之中而无不善之民；风俗之恶者，人民群相溺于恶，风俗之中无不恶之人。"风俗与人关系至密，儿童习染，老年演为天性，子孙传衍，莫不如此，"每有风俗已成，亘万千年而不灭"③。

————————

①　[清]黄遵宪《日本国志》，广州：羊城富文斋，光绪十六年。

②　张亮采《中国风俗史》，上海：上海三联书店，1988年，第1页。

③　无名氏《支那风俗改革论》，《大陆》，1902年第2—3期，第6—7页。

风俗社会作用在这里显然被超常的夸大,但他的确看到了风俗的时代特点、区域特性,以及风俗濡化人格的无形作用与传承影响的久远。

对于风俗的成因及社会影响近代各家都从自己的角度进行了充分的论述,意见大体一致。但接下来在对传统风俗评价及风俗文化建设方面,近代各家有着截然不同的看法。

2. 对传统风俗的评价与新风俗文化建设的意见

从近代各家有关风俗的表述情形看,可分为两大思想派别,这与近代政治文化生活的文化保守思潮与维新改良思潮大致合拍。他们在对待传统风俗的价值与变化方向上有着根本的分歧,但关注民族国家命运的心情一样急切。他们分别有如下的主张:

(1)保存国粹,以传统风俗统驭人心

在西方社会文化的冲击之下,清末具有文化保守思想的文人士夫,为了保存传承民族文化,他们在清理与总结中国的历史文化遗产时,特别强调风俗文化的建设,风俗的发展方向是回归传统社会的"良风美俗"时代。黄节、张亮采、胡朴安等人是其中的代表人物,他们分别专门论述传统风俗。

黄节(1873－1935)是晚清国粹思潮的代表人物之一。他看到传统礼俗在民族文化建设中的作用,因此,光绪三十一年(1905)黄节在国学保存会机关刊物发表《黄史·礼俗书》。他从礼治的角度谈论社会习俗。认为礼生成于俗,上古的礼俗是后人美化的结果。事实上,俗是在习惯中形成的,它与礼制不在一个层面。黄史氏曰:"无教化之民也,沿之而为俗,尚之而为礼。"礼来源于俗,是习俗的标准化,礼一旦形成,对习俗有规范引导的作用,礼在整饬社会秩序方面有着特殊的作用。"太古积俗以成礼,黄帝乃为礼以善俗,礼之著者在失道失德失仁失义之后乎。"黄节回顾了中国古代礼俗的演变,对近世数百年传统习俗的情形十分地失望,同时又对意欲引进西方礼俗来改变中国社会的做法表示担心。黄节与清末其他正统文化人一样,既痛心于现实的不古,又担心人们片面借用西方礼俗,从而扰乱固有的道德秩序。因此他著作《礼俗书》以备后人查考。"忧世者,今欲进西方礼俗以变异吾国,吾滋欲订焉。后王有起不远而复,其或慕考古之备,则旧典具在,而吾隘已作礼俗书。"①

清末张亮采是另一位关注风俗传统的学者。从他对于风俗史的清理评述看,他有着明显的文化保守的意味。他站在传统的立场上回应近代文化的挑战,体现了当时相当一部分民族主义者的文化趣味。在《中国风俗史·序例》中他明确表示:"盖视风俗之考察,为政治上必要之端矣。"张亮采向有改良风俗之志,在现实中未得如愿,于是以考察古俗为寄托。他认为要理解当时的习俗,不可不先述古俗。他将黄帝以前至明朝,分为浑朴、驳杂、浮靡、浮靡而趋敦朴四时代②。通过总结传统习俗,"正风俗以正人心,或亦保存国粹者之所许也"。在张氏看来,风俗的总体精神是符合伦理纲常,以敦厚朴实为标准。历史上一向推崇的汉唐盛世,其风俗或驳杂或浮靡,而宋明理学时代才合乎忠义廉耻伦理纲常的风俗敦朴标准。在晚清动乱之世,风俗与人心的问题更显突出,张亮采以一个传统文化人的自觉,著书明志,他以著述的形式为文化保存服务。

如果说黄节与张亮采是从文化价值上理解风俗的传统,那么胡朴安则是从社会政治的角度看待风俗文化。

胡朴安(1878—1946)是清末民初的一位知名学者,著述颇丰,他曾从事政府民政工作,对于国家政治与风俗之间的密切关系深有体会。鉴于当时当政者昧于风俗,治政不谙人情的情形,编撰了《中华全国风俗志》一书,为政治管理提供依据。根据胡朴安本书自序,可见他对风俗的理解。他说中国幅员辽阔,"各自为风,各自为俗。风俗之不同,未有如中国之甚者也"。中国的风俗如此不同,但数千年来在统一国家之下,卒能维持而不坏,"盖以学术统一而已矣"。这种学术就是儒家的儒术。他认为自汉以后,以迄清末,为儒术统一国家之时期。不同的风俗终能归于统一,在于儒术之功。在西学东渐,功利学说兴起后,儒家仁义之说,不能与之相抗,"学术分裂,各执一端,于是不同风俗之国家,遂无统一之望矣"。认为清末以前,儒术统领着风俗,国家因之有聚合的精神。他延续着传统的风俗教化的观念,认为风俗的建设有赖于儒家文化的

---

① 黄节《黄史·礼俗书》,《国粹学报》,1905 年第 3 期。
② 张亮采《中国风俗史》,上海:上海三联书店,1988 年,第 5—6 页。

贯注。在儒家学术不能继续支配社会文化的时候，风俗就有自己的表现。"学术既无统一之力，当留意于风俗习惯，而为因病施药之举。"强调对风俗习惯的重视。胡对当时的社会改革者多所批评，认为只有知晓国情，才能谈得上"治道"，"所以不周知全国风俗，而欲为多数人谋幸福，纵极诚心，于事无济"①。当时一些学者对胡朴安的全国风俗整理工作充分肯定，"盖风俗乃历史产物，乡间习俗，皆有渊源，一事一物，俱关文化，故能知古今风俗，即为知中国一切"②。

清末民初一批学者对风俗文化的思考，表达了传统文化人对民族文化命运的关怀，这种文化关怀是中国一向的传统，在中国民俗学史上凡是重要的民俗著作与民俗观念都产生在社会历史的变革期，春秋战国诸子百家的议论，东汉末年的《风俗通义》、南朝的《荆楚岁时记》、北宋末年的《东京梦华录》、南宋末年的《梦粱录》、近代的《杭俗遗风》等都产生在这样的特殊历史情境中。清末民初的黄节、张亮采、胡朴安等人关于风俗著述宗旨的言论与其一脉相承。这些文化人都希望通过风俗的保存与记述，传承历史情感与文化制度。正是通过风俗典籍的记录、辑录与评论的形式，不断地唤起乃至增强人们的记忆与思考。

（2）改良旧风俗，建构新国家

与上述学者有着针锋相对的，是另一派思想激进的学人。他们认为在近代民族国家的危机面前，要使中国存活延续，非得改良风俗不可，传统风俗是社会进步的障碍，风俗的改良是要抛弃旧有的恶风陋习。诚如《二十世纪大舞台》杂志所说："本报以改革恶俗，开通民智，提倡民族主义，唤起国家思想为惟一之目的。"③

《支那风俗改革论》（1902）作者是一个激进的风俗改革论者，他认为中国目前的社会腐败的根源在风俗之恶。在中西风俗比较中，他认为风俗有善恶之分，西方风俗与中国风俗迥然不同，二者各不相遇，或许安然生存，一旦猝然相会，则善恶盛衰的情形立见高下，"恶者不可以终存，善者乃日盛而莫遏"④。

---

① 胡朴安《中华全国风俗志》，郑州：中州古籍出版社，1990年，第1—2页。
② 胡朴安《中华全国风俗志》，郑州：中州古籍出版社，1990年，第1页。
③ 张锡勤《中国近代的文化革命》，哈尔滨：黑龙江教育出版社，1992年，第205页。
④ 无名氏《支那风俗改革论》，《大陆》，1902年第2—3期，第6—7页。

社会腐败源于风俗之恶，风俗在社会上既然有这般左右善恶的力量，社会的改良自然要从风俗入手。"故近世魁闳奇杰之士，靡不以改良风俗为切己之务。"①

改良风俗的途径在晚清学人有多种意见，其中特别重视改易民众的思想观念。以民众易于接受的方式教化民众，其具体的方式有二：一小说、二戏剧。

首先看小说。1897 年严复与夏曾佑就曾指出：小说"其入人之深，行世之远，几几出于经史上，而天下之人心风俗，遂不免为说部所持"②。小说与风俗之间的关系在晚清受到特殊的强调，"故小说而善，可以救风俗之弊；小说之不善，亦足以为风俗之蟊贼"③。爱国要先辨风俗好坏，矫正风俗又须倚重小说，"小说则有鼓铸风俗之力"，认为这是观风俗之道与改良之法之一。必须指出的是小说虽然在影响社会方面有一定的作用，但它的作用是有限的。对于缺乏阅读能力的农民来说，更难产生明显影响。

其次为戏剧。在风俗的形成与变易过程中，戏剧有着重要的作用。蒋观云、陈独秀等人都发表了相关文章④，而《支那风俗改革论》的作者特别强调戏剧与风俗关系，认为转移风俗的关键在戏剧。其一，他论述了戏剧的特异功能："演剧之功用，深入隐微之间，而他说不足以夺之。然所演之剧，无非演其风俗而已矣。"风俗贯注于戏剧之中，观者与剧情"一触即应，倏与相合于无影无形之间"⑤。其二，中国传统戏剧是腐败风俗的产物，"其演朝参之剧，则知风俗之工于媚上也，其演治民之剧，则知其风俗之敢侮下也"⑥。认为中国风俗的腐败，"遂酿为腐败风俗之演剧，既酿为腐败风俗之演剧，即日嬉乎其中而未由自悟，是亦大可哀矣"。其三，风俗能腐败戏剧，戏剧亦能清整风俗。"虽然风俗有腐败演剧之力，演剧亦有振刷风俗之权。"只要有一定的时间坚持，从前靡

①　无名氏《支那风俗改革论》，《大陆》，1902 年第 2—3 期，第 6—7 页。

②　张锡勤《中国近代的文化革命》，哈尔滨：黑龙江教育出版社，1992 年，第 182 页。

③　无名氏《支那风俗改革论》，《大陆》，1902 年第 2—3 期，第 6—7 页。

④　陈独秀《论戏曲》，1904 年用白话文发表在《安徽俗话报》第 11 期，1905 年又改写成浅近的文言，刊于《新小说》第 2 卷第 2 期，《陈独秀文章选编》，第 57—60 页，三联书店，1984 年。

⑤　无名氏《支那风俗改革论》，《大陆》，1902 年第 2—3 期，第 10 页。

⑥　无名氏《支那风俗改革论》，《大陆》，1902 年第 2—3 期，第 11 页。

烂的风习同样会得到潜移默化，"此又观风俗之道，与改良之法之一也"①。戏剧在社会中有如此深入地影响，借戏剧之力自然也能转变风俗。

对于风俗意义的把握，这位作者认为，小说、演剧、日用动静、俚谚童谣均与风俗关系密切，它们之间是外与内的关系，事物行为是风俗的载体与外在体现，风俗作为内在的精神质素蕴涵在事物行为之中，"百事汇其外，感之而成风俗；风俗处其中，又触之而成百事。舍百事而言风俗，则风俗无可寓之地；舍风俗而言百事，则百事亦无所籍以贯注"②。因此我们在为中国风俗悲痛，并求改良的时候，不能托之空言，而小说、戏剧是我们身边的日常熟悉的风俗事项，所以我们首先以此为改良风俗的突破口。"故居今日而言救国，必先改良风俗，改良风俗之道，当举小说、演剧为首。"将改良风俗视为存亡继绝的历史大任，"续吾支那人已绝之生机"，可见当时风俗内涵的厚重。这与宋人所说："国之长短在风俗"的说法，如出一辙。所不同的是宋人主张重视往古淳朴传统，近人是要移易旧有之风俗，以适应近代社会的新需要。"举中国数千年习俗之弊，摧之、抉之、荡之、涤之！"这项工作还必须从士大夫开始③。

四、传统风俗观的当代意义

从上述学人对风俗的理解看，风俗作为一种特定的文化，它的存在是无形的，不可捉摸，又无处不在。风俗的影响既深且广，人们的思维方式、价值观念、生活习惯，无不受到它的制约。对于传统风俗，爱之者视其为精神家园，恨之者必"摧之、抉之、荡之、涤之"而后快。

1. 传统风俗观下的风俗特性

归纳起来传统风俗观认为风俗具有以下文化特性：

第一，风俗具有较强的伦理品性。风俗有善恶之分，"无国而不有美俗，无国而不有恶俗"④。

---

①　无名氏《支那风俗改革论》，《大陆》，1902 年第 2—3 期，第 11 页。
②　无名氏《支那风俗改革论》，《大陆》，1902 年第 2—3 期，第 12 页。
③　无名氏《支那风俗改革论》，《大陆》，1902 年第 2—3 期，第 12 页。
④　［清］王先谦《荀子集解》，上海：上海书店，1986 年，第 143 页。

　　风俗的教化是文化人的重要职责。一般传统士人认为自发产生的原生态的习俗是粗野、朴陋、杂乱、腐蚀人心的，"良风美俗"来自于上层的提倡与示范。因此，"广教化，美风俗"成为自古迄今的政治目标。近代学人从遵从传统与变易传统两方面论述风俗，提出自己的救世方案，但无论其政治意见如何分歧，他们都有一个共同点，就是对民众施行教化，正人心，以正风俗。"夫风俗盛衰之故系于人心，正人心厚风俗存乎教化。""故欲振国势，必先挽颓风，挽颓风必先从社会着手。"①

　　第二，风俗具有流动贯注的传习性与扩散性，又有着难于变化移易的凝固性。风俗是地方民众在特定的自然历史条件下对生活方式的选择，这种选择受特定时空的局限，但也有一定程度的随机性。风俗形成是一个渐进的积累过程，它从不知不觉的细微处起步，逐渐向社会扩散，最终形成千万人的共识，世代传习。风俗一旦成为人们的第二天性，即使它不利于社会的进步，要想变易它，也十分困难。首先，人们习惯成自然，难以觉察风俗之弊；其次，即使了解到风俗的不宜，也因恋旧的习惯，不想去改变它；最后，即使觉察到了风俗之弊，也想改变它，但风俗的习惯势力十分强固，要实现改易风俗的目的，需要持久艰巨的努力。

　　第三，风俗习惯虽然难于改变，但它还是能够移易的。无论今古，人们都主张"移风易俗"，以适应社会伦理秩序与文化建设的需要。"世异则事异，时移则俗易"是古人早就有的说法②，韩非的民俗见解是：习俗因时而变，"古今异俗"③。明清之际的顾炎武更是明确地指出："天下无不可变之风俗。"世界上没有不变的事物，在事物中只存在着变化程度大小、变化速度快慢的区别。对于风俗习惯的转变与改易，古代与近代学者也多有探讨。

　　首先，是时机的把握，在风俗兴起之初，因势利导，如黄遵宪所说："故于习之善者导之，其可者因之，有弊者严禁以防之，败坏者设法以救之。"④这样可以培植良好的社会风习。其次，在风俗既成的情形下，利用当政者的优势地位，

①　孔昭汾《改良社会刍议·序》，戴忠骏《改良社会刍议》，上海：商务印书馆，1908年，第25页。
②　陈广忠《淮南子译注》，长春：吉林文史出版社，1990年，第511页。
③　《韩非子》，沈阳：辽宁出版社，1997年，第178页。
④　［清］黄遵宪《日本国志·礼俗一》，广州：羊城富文斋，光绪十六年。

自上而下进行政治教化。教化手段的选择要考虑民众接受的习惯,如古代的风谣、变文,近代的小说、戏曲,以及良风美俗的表率等都是"化民成俗"的方式。"移风易俗,天下皆宁"是古今社会管理者追求的社会政治目标。风俗改革是社会变革的先导。

风俗事关国家民族兴衰。重视风俗文化建设是一切社会政治的主要内容之一,尤其在社会发生变动的时代。保持文化传统与重振社会秩序都需要风俗文化的参与。

2. 传统风俗观对当代民俗学研究的启示

传统风俗观所关注的社会风俗问题在当今社会仍然具有较强的现实意义,虽然我们面临的社会环境较之于我们的先人有了巨大的变化。传统社会风俗观是从国家政治角度出发认识风俗文化形态的,风俗有着较强的意识形态色彩,无论是保持社会和谐,还是腐蚀社会肌体,风俗的影响都至深至远。

当代中国正处在民族文化传承与发展的重要历史时期,在城市化与国际化的双重冲击面前,中国人广泛地处在文化震撼之中。我们的民俗生活面临着矛盾的情景,在不同质的相互矛盾的生活文化之中,我们一方面享受着现代生活的物质乐趣,一方面又保守着旧有的思维与行事习惯。当前这种混杂乃至混乱的文化状态,很可能正在孕育新的生活文化形态。不过我认为这种新的生活文化形态,它的主导精神应该是传统中国文化的传承与更新。虽然在城市生活方式与欧美生活方式的巨大影响下,建立在农业社会基础之上的风俗文化系统处在弱化与边缘化过程之中,但有着数千年历史传承的传统民俗,她的生命力是顽强的,她有益的积极的文化成分不会消亡,甚至在新的环境中,在国家有意识的提倡下,她还有着复兴的机缘。

在"五四"之后兴起的中国民俗学正关注着中国传统的生活文化,它在经历了数十年的冷清之后,重新回到了社会主流话语中,民俗学从默默无闻的弱势学科正日益成为国家学术的热门学科之一。以研究民众生活文化传统为学科内容的民俗学在中国之所以具有显著的位置,跟中国传统社会重视风俗文化建设的传统有关。我们的学科意识虽然开始于近代,但我们学术关怀、学术积淀却有久远的历史。传统风俗观对于今天的民俗学建设仍然具有现实的启示意义。我们的民俗学应该关注现实社会风气时尚的研究,应该从自己的学术立场出发,阐释自己对民俗文化价值的看法,应该区分民俗的美善与丑陋,注意与国家政府合作,培育、提倡"良风美俗",为社会的良性运行提供积极的学术支持。比如开展对青少年消费习惯的专项民俗调查,对青少年年龄组织的关注,对城市新移民民俗适应的考察、对跨国公司员工习俗方式的调查等,都应该纳入当代民俗研究的视野。关注现实学术传统从古到今始终具有积极的社会意义。

在全球化浪潮之中,以商业消费为主要特征的大众文化正逐渐成为社会的强势文化的时候,我们既要看到民风民俗的变易的快捷,也要注意传统民俗不会在一朝一夕消亡,它经常会以更新变化的形式重新回到现实生活之中。如果我们要坚守民族文化传统,在世界文化殿堂中确立自己的文化身份,我们就不应该盲目媚外,或冷眼旁观,而应该珍重我们的文化财富,积极地创建新的文化传承机制,使具有人性且有感情的传统文化转变为新的文化资源,成为我们新文化的主干内容之一。中国经历了无数次外来文化的冲击与社会动乱,但中国始终没有失掉自己的文化个性,其主要功绩就是我们传承了民族赖以生存的精神传统。当然,社会的发展,文化的更续是人类社会的正道,对于那些的确不合时宜,甚至阻碍社会发展的陈规陋俗,必须要因势改易。对于一些腐朽的生活方式,虽然对一些人来说,是利益或趣味的所在,也不应姑息。人类无论古今,一些服务于人性正当需要,促进人性发展与完善的习俗文化,它具有恒久的价值。

德国民俗学

廖居甫译

民俗学(Volkskunde)是关于"传统的制度中的生活(列奥坡尔德·施米特)"的科学,这也就是说关于那些在不同的社团组合中接受过来、又延续下去的行为规范及表现形象的科学。民俗学所从事的是关于高度文明的民族的底层的文化形式和生活形式的研究,就是关于人口的广大的群众,关于历史上和当代的"小人物"的文化的世界的研究。就这一点来说,民俗学今天是带有倾向经验的、社会研究的强烈趋势的、一种社会历史性地定向的学科。在大学学科结构上,它现今特别徘徊于历史和民族学(文化人类学)之间,可是就它科学的来源而论,在欧洲,它多半是从民族语文学产生的,因此在德国,由于与之有关的理论的前提和思想的牵涉,——就像所有流传的人文科学一样——一场各走极端的方法论之争来得特别明显。

今天的倾向

人们不能单独通过它的工作范围和研究对象来描述民俗学,它是通过特殊的方法的问题的提法,决定它科学的地位的。可是有时不免为缺少一个越界的理论的夹箍而抱怨,或者对这方面的贯穿全面的定义的尝试加以坚决的拒绝。民俗学研究迄今为止,总是与每一种人类学的理论形式讲个明白,从"先万物有灵论"越过"先逻辑思维结构"的学说,或者从文化持续性越过功能主义,直到"批判理论"和政治党派性。在具体工作方法上,它应用历史——语文学的考订学,舆图的文化空间研究、系统地推行的档案的原始资料分析,以及现场上的社会科学的经验。

思想批判的努力导致了对直到现在还在承受的民俗学基本概念的距离,

特别是：人民、部族、社团、传统、延续性、礼仪。代替根源研究的，是历史的变迁的考察；而代替"民族性"的追溯渊源的本质展览的，则是流行文化的批判分析的尝试。称为"人民生活的研究"的，是斯堪的那维亚的范本；比较低下的社会阶层的"生活方式"的探究，则是出自马克思主义观点的相应的概念。革新过程与扩散过程的观察，亦即文化财富的显露和传播，当前在乡镇研究及社团研究之外起着重要的作用。肤浅作品探究的广大领域也由民俗学分担起来（读物、壁饰）。然而它的最独特的场所却是"民俗主义"的，作为一种现代文化工业的现象的发现。

学术机关

在德意志联邦共和国，目前有民俗学的（或者从这一传统产生的）研究所、研究班或者大学的科系设在波恩、法兰克福、弗赖堡、哥廷根、汉堡、基尔、美因兹、马尔堡、慕尼黑、明斯特、蒂宾根、维尔茨堡。此外还存在一些以地方性或专门性为目的的学术机关：弗赖堡（东德民俗学的民歌档案研究所，巴登州民俗学研究所），慕尼黑（巴伐利亚科学院研究所），明斯特（地方联盟民俗学委员会），斯图加特（符腾堡州民俗学学会）。

研究点是：波恩（德意志民俗学地图集），哥廷根（童话百科词典）、弗赖堡（传说简明词典）、基尔（德意志研究同盟重点东海分区）。关于陈列室和博物馆参看民俗学博物馆专条。

在德意志民主共和国，有一个属于德意志科学院的受到国际重视的民俗学研究所，1970 年以后，它的设在柏林、德累斯顿及罗斯托克的工作机构附属于历史中心研究院。在洪堡大学讲授民俗学属于历史系民族学专业。

在奥地利，格拉茨、因斯布鲁克及维也纳均设有民俗学讲座。这些地方同时也有大型的独立的民俗学博物馆。

在瑞士，巴塞尔、伯尔尼和苏黎世均设有民俗学讲座，巴塞尔还有瑞士民俗学博物馆和一个民俗学研究所（同时也是地图集的工作点）。

历史

这个今天有争议的名字民俗学，并不是像长期以来所认为的那样，到了 1806 年之后才从文学的浪漫主义的那些日子里产生的。它在启蒙的政治科学行政科学的那些草案里已经出现了，第一次是在 1787 年。可是关于风土与人情的特点的研究却可以追溯到中世纪晚期,而且有从人道主义以来,已经成为民族的自我理解的一种学术性的深切关心的事情。这里已经发展成为文化传统的重要的根本概念,看它怎样——出自邻近的动机——促进了19世纪初期以来那些科学的努力,它不再是后期启蒙运动意义上的平淡——实际的地方调查,而是对心目中的民族和社会的假想的原始根据的推进。从此以后人民概念是确定了而且形成了一种合乎观念典型的,农民气质的风格。就在这一情况之下平行地运动着:一家保守的社会学说和一家冒险的神话主义。它希望从每一件文字上流传下来的东西发掘到历史的源头,因此始终是探源研究。从中欧出发,到处都是赫德尔和格林兄弟的关于自然诗歌和创作的人民心灵的集体性质的思想,对世界范围的收集活动在发挥作用。这一套思想的目的是,把那内容——动机的细节的据说是"太古的精神"的联系和固有的根本意义重现出来,凡此种种是应该作为历史文物(残留物),首先可以在乡下普通人民口头上流传下来的东西,或在他们为装饰用制造的日用物品上认识出来的。"Folklore"(民俗学)这个概念,是1846年按照格林神话学的意义才作为民间流传创作的总和定下来的术语。这一个盎格鲁撒克逊的新创造,不论是对所指的财产,还是对它的研究的科学都在国际上被采纳了。当然在德语领域不是这样,这个名称1890年前后在这里已经常有蔑视的声调,而且认为是业余玩票式的热心人。可是到了今天这里的纯粹口头故事研究者也部分地被称为Folklorist。具有特别强烈的后果的是宗教学及人类学的理论,名列前茅的是W.曼哈特和J.G.弗雷泽,反之,那位20世纪重新被发现的W.H.历耳当时却得不到共鸣。

　　经过19世纪最后数十年民俗学作为科学的学科通过定期印行的书刊、专门博物馆和大学的独立讲授之后,方法批判和理论争辩开始了。它是首先在民歌、童话和民间艺术这些资料领域点起火来的,因为这里能够用历史——语文学的考订和形式比较证据确凿地进行工作。互相矛盾的"生产理论"和"接受理论"主宰了20世纪开头三分之一的战场。今天这些理论又通过创始的研究获得了现实的意义。讨论会主要是由日耳曼学者进行的,因为民俗学在德国(例如不同于奥地利)是在一种广泛的德意志文化范围之内整体化了的。除了一种也影响严肃的科学的民族意识形态的种族倾向之外,在20世纪的第二个四分之一还有H.诺曼(关于沉淀文化财富的学说)和J.施维特令(功能主义的接受)以及科学组织的开路先锋 J. 迈耶(民俗学会联盟)和 A. 施帕默(中央研究机构)。公职性质的纳粹的民俗学由独自的组织承担(祖宗遗产及"罗森堡业务处")。经过第二次世界大战之后,才在中欧完成了民俗学从语文学中的解放,而且开始了向人类学的及经验主义的社会科学的转向。在最近二十年的实际的研究工作中,有一份民俗学从文化史的角度来进行研究,工作领域的扩大,打下了这一学科的新的基础,它不是建立在思想的假设上,而是建立在现实的历史的制约和联系的认识上,从而使得许许多多的遗留下来的想象和观点的驳难或校正成为可能。就是这样,民俗学今天成为带有历史的和经验的重点的文化科学。

参看词条:迷信、德国民俗学地图集、农舍、风习、德国民俗学博物馆、德国民歌档案馆、露天博物馆、乡土课程、女巫、巫术、童话、奇迹、合法民俗学、传统、德意志民俗学会联盟、人民、民间话本、民间故事、民间节日、民间的虔诚、人民精神、民间信仰、民俗学博物馆、民间艺术、民间生活研究、民歌、民间医药、民间音乐、民间诗歌、民间舞蹈、民族服装、许愿、朝山进香、奇迹全书、符咒、符咒全书、咒语。

文献汇集:民俗学文库(1917 年起,1948 年以后改名国际民俗学文库);普查民族学信息汇编(柏林——东,1960 年起);奥地利民俗学文库(1965 年起)。

手册及入门书:德意志迷信词典,H. 贝希托尔德——施台布里编印,十卷,(1927—1942);德意志民俗学手册,W. 皮斯勒编印,三卷(1934—1935);德意志民俗学,两卷,A. 施帕默编印,(^{2}1935);A. 哈柏兰特:奥地利民俗学袖珍词典,两卷(1953—1959);T. 格布哈德:巴伐利亚农舍研究指南(1937);欧洲各国 IRO 民俗学〈注〉,前人及哈尼卡编印(1963);A. Bach:德意志民俗学(^{2}1960);A. 霍尔特克兰兹:一般人类学基本概念,国际词典(哥本哈根 1961);德意志语文学概论,W. 施塔姆勒编印,第三编民俗学;民俗学(^{2}1962);L. 博德克:民间文学,国际词典(哥本哈根,1965);H. 鲍辛格:民俗学(1971);O. 埃利希与 R. 拜特尔:德意志民俗学词典(^{2}1974)。

地图册:德意志民俗学地图集,H. 哈米安茨与 E. 略尔编印(1937—1939),新(续)编,岑得编印(1958 年起);瑞士民俗学地图集,P. 盖格尔、R. 魏斯、E. 埃舍尔等编印;奥地利民俗学地图集,E. 布克斯塔勒、A. 黑尔博克、R. 沃尔夫拉姆编印(1959 年起)。

历史和方法：G. 容保尔：德意志民俗学历史(1931)；R. 魏斯：瑞士民俗学(1946)；列奥坡尔德·施米特：奥地利民俗学历史(1951)；H. 莫塞尔：关于今天民俗学的一些想法，载巴伐利亚民俗学年鉴(1954)；H. 弗雷登塔尔：德意志民俗学的科学理论(1955)；民俗学，G. 路茨编印(1958)；H. 默勒：民俗学 1787 年，载民俗学杂志，第 60 号(1964)；H. 鲍辛格：民间意识形态和民间研究，同前，第 61 号(1965)；W. 雅各拜特：农村工作和经济，贡献给科学历史的一份文稿(1965)；延续性？H. 鲍辛格与 W. 布律克纳编印(1969)；英格博格·韦伯—凯乐曼：德意志民俗学(1969)；G. 路茨：德意志民俗学与欧洲民族学，载欧罗巴民族学，第 4 册(1970)；同一篇载民俗学杂志，第 69 号(1973)。

德意志民主共和国的民俗学：W. 施太尼茨：德意志民主共和国的民俗学工作(1955)；J. 台勒：马克思与恩格斯论民间艺术(1964)；民俗学信息，P. 涅多编印，三册(1967—1968)；民俗学当前研究的问题和方法，W. 雅各拜特与 P. 涅多编印(1969)；生活方式的研究，马克思主义民俗学论文集，载洪堡大学科学杂志，社会科学与语言学特辑，第 20 号(1971)。

德语杂志：民俗学协会杂志(1891 年起，1930 年后改名民俗学杂志)；奥地利民俗学杂志(1895 年起；1919 年以后改名维也纳民俗学杂志；1974 年以后又名奥地利民俗学杂志)；西利西亚民俗学协会消息(1896—1938)；瑞士民俗学档案(1897 年起)；黑塞民俗学专页(1902—1972)；莱因威斯特法伦民俗学协会杂志(1904—1934；1935—1936 改名西德民俗学杂志)；下德意志民俗学杂志(1923—1942)；中德意志民俗学专页(1926—1943)；上德意志民俗学杂志(1927—1943)；民歌研究年鉴(1928 年起)；巴伐利亚民俗学年鉴(1950 年起)；莱因兰民俗学年鉴(1950 年起)；奥地利民歌作品年鉴(1952 年起)；莱因—威斯法特伦民俗学杂志(1954 年起)；德意志民俗学及古代文化研究论文集(1954—1973)；东德民俗学年鉴(1955 年起)；德意志民俗学年鉴(1955—1969)；谈天(1958 年起)；欧罗巴民族学(1967 年起)；民俗学杂志(1968 年起)；基尔民俗学专页(1969 年起)。

当前的位置讨论：向人民生活告别，K. 盖格、U. 耶格勒与 G. 柯尔夫编印(1970)；法尔肯施坦纪录、W. 布律克纳编印(1971)；W. 埃梅里希：国民特点意识形态的评论(1971)。

关敬吾先生与中国民俗学①

[日]加藤千代著　朱丹阳译

一、《日本民间故事》译本

日本与中国民间文艺学界的交流,曾因二战而中断了半个世纪之久,自1980年终于恢复了正常化。那时我正巧在日本的中国民话之会事务局工作,因此有幸常陪来自中国的研究人员拜访关敬吾先生。

来访的第一位是《日本民间故事》汉译本的译者之一——朴敬植女士(任教于中央民族学院朝鲜语教研室)。那是1981年6月的一天,朴女士去关先生府上拜会,此次是译者与著者的首次见面。但是翻译工作实际上早在一年前就进行了。译者共有8名,他们都是中央民族学院的教师,负责人除朴女士外,还有朴女士的丈夫金道权先生。其间,翻译方面的问题,由我负责转送给关敬吾先生。其中方言问题,查阅字典能解决的部分,我就查字典做了答复。我自己无法解决的,就直接向关先生求教。例如,鹿儿岛的《天人之妻》(汉译本译作《天女下凡》——译者注)年青人米格朗的名字既不像日本人名,更不知其含义。我把这个问题送到了关先生面前,记得先生也未做出明确的回答。因为以前已有上述书信的交往,及至两位先生见面后,畅所欲言,气氛融融。事后,朴女士请关先生撰写汉译本的序言,先生欣然应允(《日本民间故事选》汉译本,由中国民间文艺出版社于1982年10月出版,收译了原著240篇故事中的

---

① 本文译自《日本民间故事与文学会报》第59期。

203 篇,关先生作序的日期是 1982 年 3 月 5 日)。当时两位先生谈论的话题始终围绕日、中民间故事的比较方面。谈话结束后,关先生说:"在我的作品集中,只有那本岩波出版的《日本民间故事》一直交纳一次又一次的出版税。"每谈及私事便露出腼腆之色的先生,此时却笑容满面地接着说:"至今我还能收到出版社转来的中、小学生和教师的信哩。"

10 年过去了,我已经记不清当时那间客厅的陈设,但当时先生谈笑风生的表情历历在目,那些话语依然不绝于耳。记得在中学 2 年级时,我得了一套《日本民间故事》后,一口气就读完了整套的三本书。然后入魔似地写了一篇长长的读后感,并从书中选出了一段故事,将它改编成了广播剧交给了老师。假如将读后感和广播剧也寄给关先生,我想关先生一定会细细阅读的。关先生的一句无意之语,竟唤起了我少年时代的回忆。

《日本民间故事》(1956—1957 年出版,岩波文库,现已第 44 次印刷)是一部经久不衰的畅销书,而它在关先生的赫然事业中仅占编集的地位。这部书的启蒙作用是不可估量的。在日本,跟我一样通过读这部书而了解日本民间故事全貌的人,多得如天上的星星,难以计数。而在先生的晚年,那些孩子们的来信,也激励着先生做学问的热情。不久以后,爱新觉罗·连湘先生也翻译了《日本民间故事》,汉译本书名为《日本民间故事选》,于 1983 年由上海文艺出版社负责出版。这两种版本《日本民间故事》的译著,是中国人了解日本民间故事整体的译本,它在中国定会像在日本那样发挥不可估量的作用。

二、关敬吾先生与钟敬文先生

《民俗学》(关敬吾主编,大间知笃三、最上孝敬、櫻田胜德、冈正雄著,1963 年角川全书出版社出版)一书是我们这一代人,即现在四五十岁的人学习民俗学的入门书。这本书也已经译成汉文,1986 年 6 月,中国民间文艺出版社出版发行,由王汝澜女士承担翻译。关先生在此书汉译本序文中写道:(前面叙述了获悉中国民俗学恢复及发展盛况后,作为民俗学界一员倍感欣喜之情)听到钟敬文教授担任了去年五月建立的中国民俗协会理事长的消息,更使我不禁回首往事。那已经是 50 年前的事了。钟教授在日本民俗学会会刊《日本民俗学》(1933年第五卷11期)上发表的《中国民谭型式》,使我不禁对中国民间故事第一次打开了眼界。在此之前,我仅以民俗学一般事项作为研究的对象,对于民间故事及其比较研究并没有特殊的兴趣。钟教授的论文,是把我的注意力引向口承文艺的契机之一。在这个意义上,应当说钟教授是我在日、中口承文艺比较研究方面的前辈(因我手头没有关先生的原文,此文译自中文序——作者注)。序文(《日本民间故事选》序言——译者注)的开首还写道:"我拜读了钟敬文先生的《中国民谭型式》(1930年)之后才首次发现日中两国的民间故事比我原先所想的还要相似。从此领悟到中国民间故事是研究日本民间故事不可缺少的领域。今天重读钟先生的文章后,仍觉得中国民间故事要有半数以上与日本民间故事一致或相似。"(《日本民间故事选》、《中国民话协会会报》第26期,1982年8月)有关中国民间故事,关先生还曾有过如下发言:"我对中国民间故事的兴趣始于读了德国隆普(音译)著的《日本民间故事》之后。此书刊利用爱伯哈德的类型索引的原稿,对中国、越南、朝鲜、印度尼西亚等国的民间故事进行了比较。从中可见,有半数以上的日本民间故事与这些国家的类似。从这个角度说,若不看东亚的例子就无法研究民间故事。于是我开始注意有关中国的介绍。"(1982年12月5日,在"日中民间文艺研讨会暨欢迎王松、刘魁立两位先生"的欢迎会上)

被关先生誉为"日中民间故事比较研究的前辈"——钟敬文先生比关先生小4岁,出生于1903年,祖籍广东,现年87岁,任北京师范大学教授,是中国民间文艺界的泰斗,也是我在北京师范大学留学期间的指导教授。钟先生在1934年春至1936年夏留学日本期间,就读于早稻田大学。我在拙稿《钟敬文留学日本》中介绍了钟先生的事迹及辉煌的研究业绩。新中国成立后,钟先生因"学术权威"的"高帽"而遭到不公正的批判,从反右派斗争(1957年)一直持续到"文化大革命"结束(1976年)。在这整整20年的时间里,钟先生一直未能从事正常的研究工作。尽管如此,仍被关先生赞誉为"前辈"。我想这对钟先生来说实在是最大的喜悦和最佳的安慰,也是对一向关心年青人的钟先生的最好鼓励。

自1983年以来,我几乎每年拜谒钟先生。钟先生每次必问关先生的近况,回国时总让我给关先生捎去新著和北京礼品。有一次捎去的礼物是一对咖啡色核桃,当时钟先生的右手已开始发颤,他不希望关先生也这样,因此特送这对核桃,以利关先生手的运动。遗憾的是关先生和钟先生始终未能见上一面。二次大战前,钟先生留学期间不曾有见面机会。1980 年日本口承文艺学会访华时,中国方面向关先生也发出了邀请,但先生因身体欠佳,未能成行。而1987 年秋,就在日本的中国民话学会邀请钟先生的一切准备工作就绪的情况下,钟先生却因病不能来日。此时此刻,不知该怎样下笔向钟先生转告关先生逝去的不幸消息! 1988 年此刊物登载了一首钟先生贺关先生米寿的"汉俳"。所谓"汉俳"就是"汉文俳"句之意,受日语俳句影响而创作的"五、七、五""韵句"、十七字三行诗体。钟先生不仅是著名的散文家、书法家,也是一位誉满海内外的汉俳师匠。

　　本人有幸得到关先生与钟先生两位大师的赐教,感激之情难以言表。现在唯一的祈愿就是关先生的讣告迟一点传到钟先生那里。就此搁笔。

民间文艺学

谈谈民间文学在大学中文系课程中的位置

钟敬文

据说近日教育界有些同志，出于要减少中文系二级学科的考虑，主张将原为二级学科的"民间文学"的内容分别并入"中国古代文学"及"中国现当代文学"等学科，这样"民间文学"学科的地位就将被降低了。这种意见虽有它的一定根据，考虑却不是很周全的。从本学科的重要性、特殊性以及学科的体系性（完整性）等方面看来，它是值得商榷的。现在我试根据自己数十年从事这种学问教学和研究的认识与经验，对此谈一些看法，以供同志们认真考虑。

民间文学是民族文化的重要组成部分，又是民间长期传统教育的重要教材和教育手段。

民间文学，是民族中广大人民（大部分还是劳动人民）所创造、享用和世代传承的精神文化。它产生于人民的实际生活，也服务于他们的实际生活。从内容上说，它表现着人民集体的生活形态，抒述着他们对自然、社会和人生的思想、感情。他们在这里驰骋着他们的幻想，寄寓着他们的理想，也放射、显示着他们的艺术才华。跟他们坎坷、艰辛的现实生活相对照，在这里，往往闪亮着他们心灵的高贵、美好的光芒。

民间文学是民族文化中的精华，是人类文明史的耀眼篇章。

在过去的历史长流里，广大人民，在政治上处于无权地位，在经济上处于贫困地位，作为当然的结果，在文化上也同样被排斥在享受者地位之外。他们一般没有读书识字、享受学校的教育的机会。但是，他们要从事生产活动，要过人类起码的生活（如衣、食、住、行，乃至必不可少的娱乐）。他们还有人群交际，对付自然灾害的必要活动。凡此种种，都使他们不能不有与自己境遇相适应的文化。于是,他们就产生和继承了自己的那种文化——民间文化。民间的文学,就是这种密切地为广大人民生活(包括物质的与精神的)服务的文化的一部分。我们从现代许多兄弟民族的活动中,分明可以看到文学、艺术(神话、传说、故事和舞蹈、音乐等)跟他们的生产和生活的密切关系。汉族绚丽多彩的民间文学、民间艺术,正跟它们经历着同样或相近的状况。

先民既创造、享用了这种自然文化(有别于上层阶级或精英人物的"人为文化"),为了把它传递给子孙,就必须进行教育活动。他们用行动把生产、生活必需的知识、技能、信念、仪礼等传给下一代,同时也用口头语言把它传授给他们。这后者大部分就成了多种体裁的民间文学。过去时代,不仅大多数民间的儿童、青年无例外地要受到它的教诲、陶冶,就是那些社会上层阶级的儿童,也要直接(通过保姆等)、间接受到它的哺育。所以许多后来成为文艺上的精英的人物,在使他们成功的诸因素中,往往就有这种民间文学(故事、歌谣)教养的宝贵的成分在。这是民间文学在民族文化中所产生的巨大、深远的作用。

民间文学所能给予人们教养的因素是多方面的,是重要而不可缺少的。例如民间故事里,在幻想和现实交错的情节中,往往蕴含着极深刻的道德教训,体现着庄严的正义批判。又如在许多民歌中,或诉说着人间的不平,或追求着人间的美好愿望,而音律谐和,不知不觉地培养着儿童美好的情趣。至于谚语的指导着人生行为,谜语的开拓着人们智慧,就更不用细说了。总之,这种自发的教育内容和形式不但在民族非正统教育起着经常的和巨大的作用。它在我们新时代的教养中,也是不可缺少的有效手段的一部分。所以在我们对儿童、少年的新教育中,也注意到对它(童话、儿歌等)的运用。

民间文学,是民族文化中的一份瑰宝,也是一种富有生命力的、民族传统教育的内容和手段。

民间文学与作家文学的关系与区别——它的相对独立性。

民间文学是民族整个文学的一部分。不管从历史的发展看,或从作品本身的内涵与表现形式因素看,民间文学和作家文学的关系都是相当密切的。我曾经把它们比做同一棵树上开放出来的不同花朵。或者说,它们是原来同种类的动物的不同科属,比如狗与狼。

　　从历史发展的情形看,民间文学和作家文学的远祖是"原始文学"。原始文学有如树的根柢,而民间文学与作家文学则同是在那根柢上发生出来的枝干、花叶。原始社会人们的物质条件和精神状态,只能产生原始文学那样幼稚的艺术。社会发展了,由于人们活动的分工和物质增殖的结果,文学活动也必然随之发生变化。一部分上层的人们中,产生了能够运用文字写作的专业或者半专业的作家,而广大的人民,由于生产力的低下和生活的贫困,一般只能以口头语言形式去创作和传布他们的作品,而且作者大都是非专业性的。当然,由于社会的不断发展,民间文学与作家文学在各自范围内也发生着或大或小的变化——不管在内容或形式上,或在创作上与传承上都一样。

　　尽管在历史发展的过程中,民间文学与作家文学出自同一根源,但已经各自分门立户,甚至于彼此对立,或视同路人了。但是,两者作为同一社会文化的一种形态,到底是有许多相同或类似之处的。何况两者共同植根于一个共同的土壤——民族共同体中。因此,两种文学在民族历史的长河中,终不免有许多或密或疏的关系。早期的作家,如屈原,他的创作,不管是内容素材,或表现体式,都跟当时当地的民间文学有密切关系(参看拙作《屈原与民间文化》,见《话说民间文化》)。这只是一个突出的例子。我国文学史上,许多著名作家作品,从体裁、主题思想,到创作方法等,都与民间文学有明显的关系。历代文学的形式,如诗歌中的四言、五言、七言乃至于杂言诗,其源泉都在民间。又如魏晋六朝志怪小说(包括那些讽刺笑话),唐代的传奇小说、唐宋的小词、元明戏曲、话本、拟话本,几乎包括所有的文学体式,差不多都有民间创作的根源,或深受其影响。关于这些情形,80年代我曾有过一次答记者的讲话,后来经访问者整理成文章,标题为《古典文学与民间文学》,刊于《文史知识》(后收入拙著《新的驿程》等文集)。文中对于这两种文学亲切关系的情形,曾有相当叙述,这里就不多絮说了,总之,民间文学虽然早与作家文学分了家,但是,作为一个民族共同体内一种文化形态的分支,两者的关联处是相当密切的。它们像一般分了家的亲兄弟,彼此仍然有着这样那样的关系。

　　如上所述,民间文学与作家文学尽管有许多关系,但是,我们必须看到:民间文学作为民族文学的一部分。它是一种特殊存在。它与一般被视为文学正统的作家文学(或精英文学)有着显然区别。民间文学有它相对的独立性。

民间文学的相对独立性表现在哪里呢?

首先,表现在作者和作品的集体性上。民间文学的作者,大都是一般非专业的普通老百姓,并且是名不见经传的。一个民间作品产生后,在群众中口耳相传,并不断受到修改、磨练,结果就成为大家共有的东西(它没有什么个人著作权)。民间也有些近似专业的作家(民间故事讲述家、民歌歌唱家兼创作家),但他们的身份仍然是老百姓的一员。他们的艺术教养、艺术情趣以及一般心态,也都是老百姓型的。因此,这种民间专业作家或半专业作家,跟由上层社会出身兼受特殊教养的专业作家,仍然是两种类型的人物,不能混为一谈。

其次,从民间文学创作和传播的媒介看,它主要是民间的活语言,而不是书面上的文字。这就使它跟作家文学作品呈现出不同的面貌。它跟作家文学作品的"定型化"不同。它是流动的、乃至于不断变化着的文学(除了它被作家用文字固定下来)。

再次,从作品的内容上看,民间文学跟一般作家的文学,差异也是显然的。同样的叙事文学作品,两者所叙述的人物、故事乃至主题思想都是大有区别的。民间故事、传说中的人物、故事情节,是从他们现实当中提取出来的,或是跟他们的生活、心灵有这样那样关系的。这就使它跟过着不同生活、具有自己情思的专业作者的作品中所表现的面目、性质各异了。有些外国学者,从文学的"人民性"的角度着眼,认为伟大作家作品的人民性是"间接的",而民间文学的人民性却是"直接的"(因为它的作者正是具有人民思想、愿望的人民本身)。这种说法,不但说明两种文学在这方面的差异,也表明民间文学的思想价值。

最后,从作品的艺术风格看,两种文学间的差异、同样是显然的。由于实际生活和传统文艺教养等的关系,对于专业化的作家来说,民间文学的形态,一般偏于简练、纯朴(有些学者称它是"刚健、清新"),这跟作品所表达的内容是统一的。当民间作品这种艺术风格达到成熟程度的时候,正是文学风格的一种极高境界。但一般专业作家,多不能充分理解这点,也不容易做到这点。这正像一般大人不能回到健康儿童的纯真品格一样。

总之,民间文学,在民族乃至于人类文学的大花园中,它是一种别有体态、别具色香的花。

民间文学的学科体系——我们不能把它消解于一般作家文学的学科中。

民间文学，在我国古代长期的封建社会中，大量存在着，并且不断在发展。但它始终被排斥在正统文学之外。尽管某些时期，由于统治阶级的政治需要，它受到一些采录、保存，有时也受到个别炯眼文人的欣赏。但是，它"下贱"的身份，没有什么根本改变。即使到封建末期，民俗文化受到一批进步文人（如冯梦龙等）重视的时候，也还是如此。晚清旧民主主义抬头时期，学界对民间文学的看法才有较大的转变。"五四"新文化运动狂飙突起，这才比较彻底地使久被压在下层的民间文学翻了身。它被大量采集，被高度评价，更被认真研究。但是即在这时期，民间文学进入大学讲堂，作为正式学科，还只是个别尝试性的现象。

好运终于到来了！新中国成立不久，我们在文化教育上，全面学习世界第一个社会主义国家、政治上的老大哥——苏联。我们把它设在大学里语言文学系的科目"人民口头创作"（即我们的"民间文学"）移植过来（由于我们一时的学界条件的限制，把它的"历史叙述"改为"概论"形式）。从此之后，民间文学的科目，就在我们文科大学及师范院校（特别是少数民族地区的）里站住脚跟。虽然后来有一段时期，由于左倾路线的干扰，曾经被停止开课，但是，"四人帮"倒台以后，我国文化教育事业又恢复了生机，过去被排斥了的民间文学科目迅速回到大学讲堂，并且在教师、教材、研究等方面有较大发展。到现在，这个学科不但在文科大学及师范院校中广泛开设，而且好些院校已建立了硕士培养点乃至于博士培养点。十几年来，这方面我们已经培养出大批硕士以及一些博士。当前民间文学及与其密切相关的学科民俗学，不管在高等院校、省市研究所或是社会文化界，差不多成为一种热门学问。这决不是一时偶然的学界现象。它是跟我们社会主义国家的性质，是跟我们广大人民当家做主的社会现实密切相关的。因为它讲述的，是几千年来数亿人民自身的精神文化产物。

在大学（包括研究院）中重视民间文学的学科，是我们中华人民共和国教育的特点，而且可以说是一种优点。我们这方面文化事业的发展，无疑是我们国家和人民的一种骄傲！

民间文学作为一种学术体系和学科体系，它应该包含如下几个方面：

一、民间文学理论(包括民间文学概论、民间文艺学等)

二、民间文学史(包括神话史、歌谣史、谚语史、民间小戏史等分支学科)

三、民间文学研究史(包括民间文学各种体裁的研究史的分支学科)

四、民间文学作品选读

五、民间文学方法论及资料学

现在各大学或师范院校一般开设的是"民间文学概论",也有的并开设"民间文学作品选读"、"民间文学史"(少数民族地区民族师范院校多有开设此等科目,并于科目名称上加上"某某民族"等字样),还有的兼开"神话学"、"歌谣学"等分支学科的选修课。至于硕士研究生或博士研究生,则视各校教师学养情况,分别开设五方面中的大部分(包括所属分支学科)。从这种简单叙述情形看,我们的民间文学学科在大专院校中不但一般受到重视,它的整个教学体系,也在逐渐得到推广和充实。这不能不说是我国教育在民主性质上的一种胜利,许多资本主义国家是不能比拟的。

面对学科这种发展形势,我们教育工作者应该当积极的促进派,使这种数亿人民的文学、50多个兄弟民族的主要文学(由于历史的关系,少数兄弟民族过去的文学主要是民间文学)得到重视和发扬,能够牢固地、也完整地占据民族的大学讲堂,以发扬它在精神上哺育和振奋人民的贵重作用。这也正是我们建设精神文明任务的重要一着。

我们决不能以任何理由,让这种民族文化教育上的趋势倒退;我们决不能使这种重要的、具有自己特点和优点、而且已经逐渐形成完整体系的学科,受到割裂、削弱! 我们应该知道,一种学科的形式和建立并不是那么容易的;而由于考虑不周,予以削弱,乃至撤销,却是比较容易的事!

我们虔诚希望,民间文学这门展示、发扬、阐述民族精神文化的学科会永远受到重视、推广和深化! 这也正是我们中华民族精神文化的深远福利所在!

1996.8.24草于京郊八大处,时年九三

作者附记:我于前月中旬,从学校寓所,暂时移居京郊工人疗养院,藉以避城市炎热,并稍事休养。一天接友人电话,得知关于"民间文学"科目

有分别并入其它科目的说法。我觉得如果真的这样做,对于这门具有相
当重要性和自己特点的学科的发展殊为不利,因而草成此文。日前回到
城里,才见到上级关于对《授予博士、硕士学位和培养研究生的学科、专业
目录》等征求意见的通知文件,比较了解上级对这种简化二级学科的根本
意图及其详细办法。对该文件的较全面的意见,当另文申陈。本文所述
三点,虽不能完全回答该文件的要求,但对问题的主要点,是具有回答的
一定作用的。因为文章交稿日期紧迫,就不再加工改动,照原样发表了。
希望它对这个问题的妥善解决多少有一些用处。

　　　　　　　　　　　　　　　1996 年 8 月 29 日于励耘红楼

关于中国民间故事研究^①

刘魁立

中国民间文学的搜集,特别是其中民间故事的搜集,近年来取得了很大的成就。关于这方面的情况,各位先生想必有所了解。作为参与其事的一名中国学者,我想在这里介绍一些情况。1979 年末,中国召开第四次文代会,中国民间文艺家协会正式恢复工作,各地的分会也相继恢复,并开展了搜集、出版、研究等方面的组织工作。在以后的四五年间,在有关出版物上,发表了 7000 余篇民间故事。1984 年春天召开民间文学工作者会议,商定编撰中国民间文学三套集成问题。但是这项工作在全国范围真正开展起来,已经是 1985 年的事了。《中国民间故事集成》的第一卷,吉林卷,出版于 1992 年,共收集民间故事和神话传说 595 篇,另附异文 41 篇,共计 636 篇,约 120 万字。1985 年吉林省开始培训集成工作者,举办 300 余次讲习班,培训集成工作骨干 3000 余人。在 3 年的普查工作中,全省有三四万人参加了实地搜集工作。搜集作品总字数约一亿字。在这期间出版了 64 册资料本,约两千余万字。这些市县集成所收的不全是民间故事,但是民间故事占了相当大的比重。这仅仅是一个省的情况,其他省区的情况也大致相仿。就全国而言,截止到 1990 年为止,各地共搜集民间故事 183 万篇,民歌 302 万首,谚语 748 万条,总字数约 40 亿字。目前编印出版的仅为其中的一部分作品,全国近 3000 个县,出版了约 4000 本县卷本。

请宽恕我的孤陋寡闻,对台湾的民间故事搜集情况我所知不多,但不久前我很荣幸地收到台北清华大学胡万川教授寄赠的《台中县民间文学集》,先后 8

---

① 本文是在"亚洲民间故事学会第一届国际学术研讨会"的报告。

卷,内中有石岗乡的故事集两卷,这种搜集如能继续推广开去,坚持下去,收获一定十分可观。

目前中国大陆各省区围绕编辑三套集成而开展的普查工作,基本告一段落,有近 10 个省区已经编完了省卷本,其余大部分省份都在紧张编撰之中,由于经费的原因,出版工作可能还要拖一段时间。

我个人以为,这是中国有史以来最大规模的民间故事搜集活动。为了这项工作的开展,各县、市、区都成立了民间文学集成工作领导小组、办公室、编委会等组织。由于对参与工作的人员作了一定的培训,所以所搜集的资料就总体来看也是较为扎实可信的。通过搜集,积累了大量的手稿和录音等珍贵资料。我想,过去一些学者的误解和怀疑是应该得到释解了。

对于这些珍贵资料的编目、分类,需要有比较长的时间和投入相当多的人力,当然也需要较大的财力(到目前为止,我们还没有一个全国性的资料馆,以便集中保管这些珍贵的资料),至于说对这些材料进行科学的分析和研究,那就不止是两个十年、三个十年的事情了。

这期间的中国民间故事的研究工作,也蓬蓬勃勃地开展起来,我个人认为这些研究无论从立论的角度,还是从方法的角度来说,都空前地多样化了。研究的范围和对象,较"文化大革命"以前的任何时期,都更广阔了。研究著作,也从来没有像现在这样与民间文学的现实情况和实际材料结合得这么紧密。在我看来较为突出的几个方面是:(一)某些类型的故事以及与故事相关的传说,得到较为深入的挖掘,例如孟姜女的传说、牛郎织女、梁山伯与祝英台、白蛇传、刘三姐、问佛祖(AT 465)、狼外婆(AT 333)、蛇郎(AT 433)、机智人物故事等等。学者们对大约 20 个以上的故事类型进行了程度不等的专题研究,对"机智人物故事"的主人公也有较为深入的类型学分析。(二)从比较研究的角度入手写出的论文也很多,钟敬文先生、季羡林先生、刘守华先生等在这一方面,都有研究文章问世。对一些民间故事在中国不同民族间的流传情况,以及中日、中印……等国际间的流传情况,也有一定的探讨。(三)对于民间故事家的研究,应该说是近年来一直引起广泛注意的课题。不仅有一些著名故事家的一些故事专集出版,而且还有关于这些故事家的较为深入的研究(刘德培、金德顺、满族四老人等)。(四)对于讲述环境的全面分析和研究,也有尝试性的著作问世(例如《耿村民间文学论稿》等)。(五)有的学者从接受美学、原型批评、结构主义、文化人类学分析等角度,观察和研究民间故事,许多有趣的和颇有新意的文章不断出现。(六)对少数民族民间故事的注意,也是这一领域近年来颇为重要的新特点。

应该说明,相当一部分从事研究的人员是在中央和各省区不同程度地担任着民间文学集成工作的同时,进行研究工作,贡献出自己成果的。总的说来,民间故事研究领域,人手甚少,而要求学术研究回答的问题又不胜其多。这些年来,神话领域、史诗、叙事诗领域以及与民间文学有关的民俗学、文化人类学领域都开辟了新天地。相当多的同志学术兴趣较为广泛,这在一定程度上分散了民间故事研究的注意力。所以,时代所期待的那种和现实的民间故事蕴藏情况相匹配的鸿篇巨作,尚未出现。集成工作的行将结束和全国各省卷的陆续出版,盼望着有更多的新生力量充实到民间故事研究者的队伍中来,而且也将成为对故事学方面重要理论著作的一种强有力的呼唤。

面对浩如烟海的民间故事资料,中国的研究者痛感有建设一个好的分类系统的必要。早在半个多世纪以前钟敬文先生就曾进行过具有历史价值和开创意义的中国民间故事和传说的类型归纳。此后我们又有了两种域外学者所编的较为全面的索引:艾伯华(W. Eberhard)索引(FFC120)和丁乃通索引(FFC223)。前者虽然以德文出版了半个世纪以上(1937年),但十分遗憾,中文版至今尚未出版,在中国,自然就谈不上它的广泛应用了。丁乃通索引是 AT系统的索引,在 1986 年和其前两年,先后两次译为中文出版。但是,同样应该承认,AT 系统到目前为止还没有成为中国大多数民间故事研究者所熟练掌握和经常运用的一种索引。至于 Thompson 的 Motifindex 则更是较少有人使用了。

每个国家的民间文化研究,立足点首先要放在本国学术力量的基础上,这是毋庸置疑的。像中国这样的历史悠久、民族众多的国家,民间故事资料丰富、极具特色,中国学者自当做好中国的事情,以无愧于伟大的民族、伟大的文化,也不辜负国际学界的殷切期望。

随着国际交流的日益扩大和深入,随着民间故事研究者的研究视角从一个民族、一个国家向更远、更宽的地域向其他民族和国家不断扩展,编纂涵盖多民族、多国家民间故事资料的比较索引的必要性与日俱增,学者们的呼声也越来越高。

12年前我曾写过这样一段话,当时所表达的心情如今变得更迫切了:

"我国与许多国家接壤或隔水相望,文化的相互交流和彼此影响具有悠久的历史。对我国和日本、朝鲜、越南、印度、泰国、缅甸、蒙古等国家以及阿拉伯国家的民间故事作比较研究,可以帮助我们探索出各民族文化交流的历史规律,同时也可以帮助我们更深刻地认识我国民间故事的特点和本质。因此,编纂各国民间故事比较索引,将是一项很有意义的工作,对于世界民间故事研究来说,也是一种有益的尝试和有价值的贡献。"(《世界各国民间故事类型索引述评》,1982)

编纂比较索引的想法,虽然是中日两国许多学者80年代初提出来的,但当时中国的条件尚不十分理想。如今有了大量的新的扎实可信的民间故事资料,这项工作应该说是具备了良好的基础。比较索引对世界民间故事研究,当然是功德无量的事,尤其是有关国家的学者将更加受惠良深。

我想针对学界前辈编辑索引的历史经验,谈一谈个人的体会。

Aarne1910年编纂情节类型索引,虽然主要建筑在芬兰民间故事的资料基础上,但是他大量引用了丹麦等北欧国家及至德国的资料,所以它一开始便具有一定的国际性。在它刚一出版时,似乎没有引起学术界的特别注意,而只有在许多国家相继接受Aarne的体系,依照他创立的体系编制本国的索引时,这部索引才彻底站稳脚跟,并充分显示出它的国际性特点。到Aarne逝世为止,大约在十三四个年头里,出版了将近十部类似的索引。

这部索引进一步走向世界,功绩在于美国学者Stith Thompson。他将欧洲各民族的民间故事资料,以及亚洲部分民族的资料,尽量包括在内。以当时的条件来说,这当然是难能可贵的了。经过大半个世纪的实践,应该承认,AT体系确实对世界民间故事的发展起到了极大的推动作用,对世界民间故事资料的整理编类,提供了一个便于操作的或者可以借鉴的方法和原则。对观察分析不同国家、不同民族的民间故事的一致、相似或相异,开辟了一个简便的门径。这部索引大大地促进了民间故事的比较研究和类型研究。当然在比较研究中就更有助于发现某一民族的民间故事的诸多特点了。这些历史功绩是应该予以肯定的。

但必须看到，AT 体系也有许多的局限和不足。我认为很重要的一点是，Aarne 和 Thompson 的指导者、芬兰学派的创始人 KarlKrohn 有一个基本的指导思想，即民间故事的一元发生论。在这些学者看来，一个类型的所有故事相互间总是存在着一定的遗传关系，这种根本性的观点在编者划分大小类别时，特别是在提炼每个类型的基本情节时、乃至在整个索引的编辑方针上，都不能不明显地反映出来。这在客观上就影响了类型索引的"全面"和"公正"，因此也缩小了编者初衷所要追求的国际性特点。以往人们常说的"欧洲中心主义"，以我个人的理解，不一定就是社会政治观点的体现，而可能更多的是一种学术方法在一定历史阶段所导致的客观结果。在 20 世纪初叶，欧洲民间文学界的学者们，除对印度和阿拉伯各民族的民间文学有一定的研究之外，对欧洲以外各民族的情况实在是比较陌生的。

我们接触包括 Aarne、Thompson 在内的一系列学者的索引，似乎谁都没有给故事类型（Type）下一个明确的定义，好像这是一个不言而喻的对象。Aarne 说："一个完整的故事为每个类型提供了一个依据。"然而，"完整"的标准是什么呢？我们看到，对于一个民族说来是"完整的"故事，在另一个民族当中有可能从来没有当作独立的故事讲述过。

Thompson 说："一个类型就是一个独立存在的传说故事，它所讲述的是一个不依赖于其他故事而有完整情节的故事，当然也可能碰巧带有另外的故事，但这种可能出现的事实也证明着它的独立性。"这个俨然是定义似的论断仍然有其含混之处。情节的中心要素是什么？主人公？行为和事件的过程？整个过程的语义内涵？还是所有这些要素的统一？在划分类别的过程中又以何者为主呢？由于这些问题以及类似的问题没有得到深入探讨和及时澄清，所以在 AT 的编制原则上就产生了某些不统一甚至混乱的情况，有时人们不得不把索引当作字母表一类的事物，只取其实用的侧面，而搁置它理论的侧面。

俄罗斯学者普罗普在《故事形态学》一书中，就从理论的角度对 AT 体系的基本原则，提出了许多质疑。然而当他重新编辑出版阿法纳西也夫的俄罗斯民间故事集时，又反过来借用 Aarne 和俄罗斯学者 Andrew 的成果，编制并附录了 AT 体系的故事索引。

我们看到,在诸多民族运用 AT 体系的原则和编码,编制该民族的民间故事类型索引时,总是要结合本民族的特点,对 AT 进行一定程度的改制。我甚至认为,这大概是一个不坏的惯例。

在归纳类型的过程中,异文的作用是十分明显的。我想可以极而言之地说:没有异文也就没有类型。我们对一个民族的某一民间故事的异文把握得越全面,对这些异文所反映的民族传统体会越深刻,我们在一个民族、一个国家的范围内所概括出来的类型也就越全面、越完整、越体现出它的"独立性",越有其科学的生命力。这一观点如果不错的话,那么在编制区域性的比较索引时,它就同样也应该是适用的。

我就要结束这篇讲话了,最后我想概括地说:我认为,编纂亚洲有关民族的比较索引不仅是必要的,而且也是适时的。我希望在编制之前能通过一定方式对从理论到实践的一些原则问题,进行比较深入的讨论,或许还有必要进行一定的也可能是不同性质的实验。我希望这种索引既能真实地、科学地反映有关民族的传统特点,也能同世界民间故事研究接轨,不仅施惠于有关国家的学者,而且也便利于整个世界的民间故事研究界。21 世纪行将到来,东方文化将对世界文化作出更大的贡献,东方各国的学者将在这伟大的文化发展活动中显示自己出众的才华。最后我要感谢稻田浩二教授和崔仁鹤教授有如此宏大的学者胸怀,主持召开这样的学术研讨会,我愿为亚细亚民间故事比较研究协会取得伟大的学术成就而衷心祝福,也愿为亚洲有关民族民间故事类型索引早日成功而衷心祝福!

谢谢各位!

1994 年 3 月 23 日

民俗学和民间文艺学

许 钰

民俗学和民间文艺学这两个学科,不论在历史发展过程中,还是在当前的学术活动中,都有十分密切的关系,也存在一些难以辨清的问题。弄清这些问题和它们之间的关系,直接关系着两个学科的建设。本文想从整体上粗略地谈谈这方面的问题和一些肤浅的认识。

一、民俗学的发展和民俗学领域的扩大

(一)"民俗学"术语的提出和英国早期人类学派民俗学

关于民俗资料的搜集和对民俗事象的论述,中国和外国都在很早就开始了,并且在这项活动中使用了种种名称。在我国古代,对于不同的民俗事象就有:风、土风、民间歌谣、谚语、谜语、寓言、笑话,以及风俗、谣俗、民风、民俗等名称,并把搜集歌谣称作采风等等。在国外,19 世纪中期以前,对于民俗事象也使用了种种名称,如民族学、迷信学、妖怪学、民间错误、民间古俗、古物、民间文学(或大众文学)、神话学等等[①],上述中外名称的纷繁和不稳定状况,表明民俗学作为一个学科尚未形成,还处在自发发展的过程之中。到了 19 世纪中期,这方面发生了根本的变化,1846 年英国学者威廉·汤姆斯创造了 Folklore 这个撒克逊语的合成词(意为民众的知识、学问,通常译为"民俗学"),用它来取代原来的"民间古旧习俗"、"民间文学"(或大众文学)之类的名称。此后这个名词逐

---

① 杨堃《民俗学与民族学》,《民族与民族学》,成都:四川民族出版社,1983 年。

渐被各国这方面学者所承认，成为国际通用的术语。Folklore 名称的创立，标志着民俗学发展进入一个新的阶段，这个名称较此前各种名称更为规范化，大体上概括出各类民俗事象共同的性质（它们主要属于知识、学问的范围。中文版《简明不列颠百科全书》把 Folklore 译为"民间传说"，同样认为它是一门知识性学科，含有大量世界性知识）。同时，汤姆斯在创造这个名词时还附带地表明了它所包括的范围，即："古老年代的礼貌、风俗习惯、典礼仪式、迷信、歌谣、寓言等等"或"古老岁月的记载——是目前被忽略了的风俗习惯的追忆——是在消失的传奇、地方传统或片段的歌谣。"①

汤姆斯创造 Folklore 这个术语，在民俗学的发展上迈出了重要的一步，但是，我们从他对民俗内涵的指示上，可以看出他依然带有明显的嗜古的学术倾向。事实上在英国学术界这种倾向有着长期的传统，这是由于英国的资本主义首先得到发展，它在发展起来之后，资本主义的社会文明和残存着的过去农牧业为主的封建社会的风俗习惯有了很大的差异，在进化思想的影响下，这种社会风习的差异引起学者们探讨的兴趣，从而形成英国民俗学长期以来嗜好古旧习俗的传统。同时，亚、非、澳等洲落后民族文化的记述，人类学的发展，也扩大了学者们的眼界，他们看到海外落后民族一些民俗现象同所谓文明社会下层民众的民俗存在着某种程度的相似，从而得出文明社会某些民俗事象实为古代风习的残存物的认识，这就是人类学派"从生物进化论中发展起来的古代文化遗留物的学说"②。泰勒在《原始文化》中提出了遗留物（Survivals）的概念，为这一学说奠定了基础。

这种"文化残留物"的学说影响了很多学者对于民俗的本质和范围的认识，比如，弗雷泽认为民俗是"那些在其它方面已达到较高的文明阶段的民族中非常原始的观念和习俗的遗留物"③。贡姆认为民俗学是"把残存于现代的

---

① ［英］威廉·汤姆斯《民俗学》，《民俗学译丛》第一辑，中国民间文艺研究会民俗学部编印，1982 年
② ［美］理查·M·多逊《民俗学研究在英国》，《民间文学参考资料》第八辑，中国民间文艺研究会研究部编印，1963 年。
③ ［英］弗雷泽《社会人类学界说》，《魔鬼的律师》，阎云翔、龚小夏译，上海：东方出版社，1988 年，第 159 页。

古代的信仰、风习、传承加以比较,而阐明其本质"①。并在他1890年出版的《民俗学手册》中把民俗分为四类。贡姆这个《民俗学手册》1914年由班尼女士加以增补改订,把四类归并为三类,即(1)信仰与行为;(2)惯习;(3)故事、歌谣、成语。在细目上加入了社会政治制度、个人一生经历的礼仪。对于民俗学范围的看法,她较弗雷泽和贡姆稍有扩大,认为民俗是"流行于文化较低的民族或保留于文明民族中的无学问阶级里的东西"。但对民俗的本质,她同样坚持人类学派的传统看法,认为"民俗包括民众心理方面的事物,与工艺上的技术无关"。还说民俗学家所注意的不是犁的形式,而是用犁耕田的仪式;不是桥梁屋宇的建筑术,而是建筑时所行的祭献等事,并归结为"民俗实是蒙昧人心理的表现"等等②,表现了民俗学研究重视内在精神的倾向。班尼女士关于民俗学的著作在我国和日本都有影响,它在一定程度上代表着英国早期人类学派民俗学这个流派,其他国家民俗学和后来民俗学的发展,大多以不同于这个流派或突破这个流派为特征。

(二)民俗学不断扩大领域的世界性趋势

欧洲大陆国家民俗学的界说和范围一向和英国不同。比如德国,由于国家分裂,德国民俗学从赫尔德、布伦塔诺和阿尔尼姆搜集民歌,格林兄弟搜集故事开始,一直强调民俗的民族精神。德国民俗学的用语 Volkskunde 也早在英国汤姆斯创造 Folklore 之前几十年就在使用,并和 Folklore 有不同的含义。Volk 指的是民族全体,因此德国民俗学研究一直以民族(国民)生活、思想为中心,尽管也曾有人主张民俗学应以"国民中的庶民"为对象,但并未取得学术界的一致同意,仍然有人主张民俗学对象应包括"一切国民的全体",主张"民俗学的最终目的是就民族性的一切形式探求其发展动机"③。在内容方面,德国民俗学的范围也比早期英国民俗学要广,这一点早有人指出:"Volkskunde 不得看作英语 Folklore 的相等词,盖前者的用途广得多,其中除旁的东西外,还包

---

①　[日]大藤时彦《民俗学及民俗学的领域》,后藤兴善《民俗学入门》附录,北京:中国民间文艺出版社,1983年。

②　林惠祥《民俗学》,上海:商务印书馆,1934年。

③　[日]松尾幸子《德国民俗学的发达和现状》,《民俗学译丛》第一辑。

括农民美术与农民技术之研究。"①

民俗学的发展和它领域的扩大,总是和关于民俗的基本观念相伴随。在法国汪继乃波认为民俗学"研究民间生活",它是"一门综合的科学"。塞比约1904年在《法兰西的民俗学》中着眼于民俗的外观,把民俗分为:(1)天空与大地;(2)海洋与淡水;(3)动物与植物志;(4)民众与历史等四类,而把属于精神现象的信仰、故事等,归入各个相应的细目,表现了明显的重视外在事物和生活样相的趋势。另一个法国民俗学家桑提夫认为"民俗学是文明国家内民间文化传承的科学",进一步扩大了民俗学的领域,并于1931年把民俗分为三类:物质生活、精神生活、社会生活②。桑提夫的主张受到日本学者的重视,1924年出版了他的《民俗学概论》的日译本,很多日本学者把基层文化作为民俗学研究对象,1950年出版的后藤兴善等的《民俗学入门》,接受了民俗学是"研究文明国庶民阶级生活中传承文化的科学"的概念,同时在桑提夫分类基础上吸收柳田国男分类的长处,把民俗分为:物质文化、社会文化、语言文化、精神文化等四部分③,使扩大了的民俗学领域更加完善化。

看来民俗学在发展中不断扩大其领域,是一种世界性的趋势。在这种趋势下,英国民俗学者也不断调整他们关于民俗学的认识和范围。1927年英国民俗学会会长瑞爱德在演说中宣布,应把民间艺术纳入民俗学研究范围,并且抛弃过去一些英国学者仅把民俗当作"旧传",不承认有近代民俗的主张,认为"谣俗不是个死物,它是在我们左右前后处处活着的"。瑞爱德还对一向肯定的遗留物说产生疑问,感到"无论如何,将遗留物遗给我们的那个古时,许比我们所猜想的要近得多。所有的民间故事,并非如我们以前所想,全是人类文化中一个早期阶段的遗留物"④。这种调整在1964年版英国大百科全书《民俗学》条中仍有反映。它说:"伴随着时间的流逝和知识、经验的获得,任何一项有生命的、涉及充满活力材料的研究,都必须相应地改变和扩大其范围。民俗

---

① 江绍原编译《现代英吉利谣俗及谣俗学》附录七,北京:中华书局,1932年。

② [日]大藤时彦《民俗学及民俗学的领域》,后藤兴善《民俗学入门》附录,北京:中国民间文艺出版社,1983年。

③ [日]后藤兴善《民俗学入门》,王汝澜译,北京:中国民间文艺出版社,1984年。

④ 江绍原编译《现代英吉利谣俗及谣俗学》附录一。

学自从被业余考古学家和偶然发现者提出后,许多年来,它的范围也在不断扩大。"还说:"汤姆斯首创这个词时,指的是民众的知识(或学问),这里'民众'是指不识字的农民。""在现代城乡条件、环境下,受现代思想观念影响而产生的新的传统习俗,已成为今天民俗学研究的一个重要部分。""另外,过去曾被排斥在外的某些物质文化领域,现在也纳入了民俗学研究不可缺少的范围。"它还指出:"在斯堪地那维亚、威尔士、德国、奥地利和其它地方,掀起了搜集民间生活用品和民间音乐的热潮,正是早期观点发生变化的结果。"①这些论述虽说是立足于英国民俗学,但也确实抓住了这种世界性趋势的基本点。

(三)中国民俗学发展概略

我国民俗学发轫于"五四"新文化运动,它适应于人民觉醒的潮流而兴起。作为新文化运动的一部分,它从搜集、研究歌谣开始,这显然具有我国民族文化传统的特点,但却注入了新的民俗科学的血液。1922 年北京大学创办《歌谣》周刊,在它的发刊辞里明确提出搜集歌谣有两个目的,一是学术的,一是文艺的。它说:"歌谣是民俗学上的一种重要的资料,我们把它辑录起来,以备专门的研究:这是第一个目的。"又说:"从这学术的资料之中,再由文艺批评的眼光加以选择,编成一部国民心声的选集,……这种工作不仅是在表彰现在隐藏着的光辉,还在引起未来的民族的诗的发展:这是第二个目的。"这个发刊辞把民俗学研究的目的摆在第一位,对于两个目的的关系和完成两项任务的顺序,也讲得十分明白。从这里可以看出,周刊后来逐渐扩大其内容并增加了民俗学方面的文章,是很自然的。紧接着《歌谣》周刊的发行,1923 年北京大学又成立风俗调查会,1927 年中山大学成立民俗学会,并于次年创办《民俗》周刊,正式揭起"民俗学"的旗帜。稍后,在杭州又有中国民俗学会的成立,也印行了自己的刊物。

建国以前,我国民俗学活动主要受英国人类学派民俗学的影响,一些民俗学著作,如林惠祥《民俗学》、方纪生《民俗学概论》,都以班尼女士的《民俗学手册》为蓝本,该《手册》的部分章节也曾译出,杨成志还翻译了该《手册》附录的《民俗学问题格》出版,当时刊物上发表的民俗资料,其范围也大体上不出班尼

---

① 张紫晨编《民俗学讲演集》附录,北京:书目文献出版社,1986 年。

所分的三类。此外,郑振铎还翻译出版了柯克士以人类学派观点写作的《民俗学浅说》,江绍原编译出版了《现代英吉利谣俗及谣俗学》,并出版了《发须爪》的民俗学专著,在研究神话、民间故事时,人们也大多运用人类学派的观点方法,郑振铎还把民俗学、人类学的方法引入古史研究,写作了《汤祷篇》等等。当然,建国前我国学术界在这方面也并没有完全囿于人类学派的理论,世界其他学派的著作也多有介绍,如李安宅翻译出版了功能学派的马林诺斯基的《巫术科学宗教与神话》(中译本名称),费孝通等翻译了他的《文化论》,吕叔湘翻译了阐述传播观点的罗伯特·路威的《文明与野蛮》(中译本名称),还有其他学者翻译介绍日本学者关于民间传承、神话的理论、法国社会学派的理论、拉法格的有关论著,普列汉诺夫关于原始艺术的著作等等。

　　建国后一段时间内,民俗学未能得到发展,只有它的一个组成部分(民间文学和艺术)以劳动人民文艺创作的身份,作为民间文艺学探究的对象,得到一定程度的发展。1978 年以来,我国民俗学得到重建,民俗学工作者重新集结,成立了全国性的中国民俗学会,并在实行开放政策和建设具有中国特色的社会主义方针鼓舞下,努力迎头赶上世界民俗学发展的潮流,积极地在民族民间文化的广大领域里展开调查、研究活动。

二、民间文艺学同民俗学的分立与交叉

　　从上述民俗学发展的情况,我们可以看到它有很长的前史时期,到了 19世纪中期以后,它才渐渐地出现了规范化的术语,形成独立的学科,并把前史时期分散搜集、探讨的那些性质、功能相近的事象包括在内,并在发展中不断更新观念、扩大范围。如果我们联系民间文艺学来看民俗学领域,不论是早期英国人类学派民俗学,还是其他扩大了的民俗学,它们基本上都是由两大部分组成的:一部分大体上是民间文学(或称口承文艺),一部分是其他各种民俗事象。这可以看作是广义民俗学。但是,近世科学研究精密化的趋势相当普遍,某些相同或相近的文化事象往往成为不同学科的研究对象,因而一些学科既各自分立而又互相交叉(或部分交叉),这在民俗学同民间文艺学之间,表现得特别突出。

　　(一)民间文艺学的确立

　　民间文艺学的发展既和民俗学有关,也有它自己特殊的情况。古代对民间文学各类作品的搜集与论述,既酝酿了后来的民俗学,也是民间文艺学的滥觞。进入 19 世纪之后,以格林兄弟为首的神话学派,以比较语言学为工具,以探求印欧民族原始神话为主体,提出了民间文学各种体裁起源于神话的学说,从而形成民间文艺学史上第一个流派,并且在时间上略早于人类学派的民俗学。但神话学派的形成并没有使民间文艺学从此走上独立发展的道路,在很长一段时间内,各种流派研究的只是民间文学的几种体裁,并且大多依附于其他学科而存在,作为完整的独立的民间文艺学的建立,则是比较晚近的事,各国的情况也不尽相同。

　　在一些国家里,民间文艺学是从广义民俗学中分化出来的。如美国民俗学,占主导地位的也是广义的民俗学①,但进入 20 世纪之后,有些学者力主把民间文学同其他民俗分开来研究。G·森纳尔 1906 年出版的《民俗学》就主张"狭义民俗学",他把民间文学部分从传统民俗学中分离出去,确定民俗学只包括:风俗、惯例、习惯、道德和德型(Mores,或译民德)以及规范秩序等等,并且为自己研究的对象另外使用了 Folkwasy 一词(有人译为"民风"),而只把各类民间文学归在 Folklore 的名词之下②。和森纳尔持相同立场的有威廉·R·巴斯寇姆,他把民俗学(Folklore)作为文化人类学一支,认为它只是文化的一部分,不是全部,它包括:"神话、传奇、传说、寓言、谜语、歌谣和其它歌曲的唱词内容,以及次要的其他形式,然而不包括民间艺术、民间舞蹈、民间音乐、民间服装、民间医药、民间习俗或民间信仰。"③

　　关于民间文学从广义民俗学中分离出来的倾向,苏联学者也有所论述,B·E·古谢夫在《简明文学百科全书》的"弗克洛尔"词条中说:"就其概念而言,'弗克洛尔'囊括民众精神文化(有时甚至包括物质文化)整个范畴;迨至二十世纪初叶,出现了这样一种倾向,即:将该术语的含义囿于'口头文学'、'口头

---

① 参阅 1980 年《百科全书》的《美国民俗学》和 1981 年《民俗神话、传说标准辞典》的《民俗学浅说》二条词目译文,张紫晨编《民俗学讲演集》附录,北京:书目文献出版社,1986 年。

② 潘雄《美国民俗学》,张紫晨编《民俗学讲演集》,北京:书目文献出版社,1986 年。

③ 〔美〕巴斯寇姆《民俗学与人类学》,张紫晨编《民俗学讲演集》,北京:书目文献出版社,1986 年。

文学创作'(无庸置疑,'民间音乐创作'应属此例)。"①对于"弗克洛尔"这种狭义用法,《苏联民族学》发表的文章认为一直是俄罗斯科学的传统,它说,在革命前俄国和苏联科学中,"使用民族学这个术语来表达研究民族(无论是欧洲民族或非欧洲民族)文化特点和生活特点的各个学科的总称",又说:"在俄罗斯的科学中 Фолбклор(民俗学、民间文学)这个术语的含义和操英语国家中的民俗学完全不同。在俄语中'Фолбклор'的含义是口头民间创作,但绝不是只用于俄罗斯的或乌克兰的口头民间创作,而且还用于所有民族的口头创作,包括美拉尼西亚、澳大利亚人和布须曼人等等。与此相应的,研究民间口头创作的科学,就称为民间创作学。"②

近年来西方一些学者也提出这个问题。他们在探讨民间文学作品本文的含义时,发生了种种分歧,从而不满于过去民间文学研究只是运用其他学科的理论,作为其他学科的附庸出现的状况,认为应该重视民间文学本身的价值和含义。于是产生了一种"独立的愿望",要求民间文学研究从其他学科中独立出来,建立主要用于民间口头艺术研究的科学的"民间文艺学"(Folkloristics)③。显然这是随着对民间文学作品本身的重视和语言学、文学研究比重的增加,而引起的一种转变。这种转变的意识早在芬兰学派一些学者中已经萌发,他们认为 19 世纪民间文学许多学派都是从别的学问来的,经常运用别的学问的方法和名词术语来讲民间文学。民间文学研究的自己的一套方法,他们认为就是芬兰人发明出来的历史地理学派的方法④。

这样,我们看到,在当今世界这方面学术活动中存在着三种互相区别而又关联、交叉着的学科:广义的"民俗学",狭义的"民风",还有只以民间口头文学为对象的"民间文艺学"。在民间文艺学方面,它的确立有着各种动因和途径,不同学者或不同国家所采取的角度和所持的观点也不相同,它所归属的学科

---

① 《民间文艺集刊》第三集,上海:上海文艺出版社,1982 年。
② 《苏联民族学》1960 年第 6 期,引自王恩庆、李一夫编《国外民族学概况》上,中国社科院民族研究所编印,1980 年。
③ 阎云翔《国外民间文学研究新动向拾零》,《民间文学论坛》1985 年第 3 期。
④ 丁乃通《历史地理学派及其方法》,北师大民间文学教研室编印《民间文艺学参考资料》第一集,1982 年。

系统也不一样。因而我们认为只要以各类民间文学为对象,作为一个独立的学科进行学术活动,就属于民间文艺学,不论它是称作民俗学(Folklore),还是民间创作学。

(二)我国民间文艺学的提出和发展

我国民间文艺学在"五四"时期和二三十年代是同民俗学混合在一起的。"五四"时期打的是歌谣的旗帜,1927年以后打的是民俗学的旗帜,而不论打什么旗帜,民间文学的内容都占有很大的比重,也出版了许多专著。如茅盾《中国神话研究 ABC》,黄芝冈《中国的水神》,顾颉刚《孟姜女故事研究集》,容肇祖《迷信与传说》,朱自清《中国歌谣》,郭绍虞《谚语的研究》(论文),钱南扬《谜史》,郑振铎《中国俗文学史》,以及钟敬文、赵景深、闻一多等人关于神话、民间故事的论文,顾颉刚关于吴歌的研究,董作宾关于民歌"看见她"的研究等。此外还有以介绍国外关于神话、童话的理论为主的论著多种,出版的许多传说、故事、歌谣、谚语、谜语的作品集等等。至于作为一个学科的"民间文艺学"的提出,则是在民间文学和民俗学研究进行了十几年以后。

1936年1月钟敬文发表了《民间文艺学的建设》一文,这是专门为了提出"创设一种独立的系统的科学——民间文艺学"而写作的。文章主要针对一般文艺学而说,它认为民间文学和普通的文艺(文人的文艺、书本的文艺)是有很不相同之处的,因此,单凭一般文艺学不能完成研究民间文艺的任务,有必要在一般文艺学之外,再建设特殊的文艺学——民间文艺学。为了阐述这种必要,文章论述了民间文艺学研究对象的独立的范围和特殊性质,指出民间文学制作上的集团性,以流动的语言为媒介的口传性,以及它在民众生活中特殊的机能等等。关于建设民间文艺学问题,该文还从社会条件方面作了考察,指出:今日民众已将从奴隶的地位,回复到主人的地位,许多以人类文化为对象的科学从狭隘的范围中解放出来,"这是民众在学术史上光荣的抬头"。文章还论述了民间文艺学的任务和方法,强调借鉴深受自然科学影响的孔德实证主义方法,并指出在研究中要集中注意与民间文学相关的社会条件等等[1]。

作者这篇文章发表后在当时学术界没有得到反响,作者本人此后至建国

---

① 钟敬文《钟敬文民间文学论集》(下),上海:上海文艺出版社,1985年。

前这段时间内也没有再对这个问题作更进一步的探讨。但从"五四"以来民间文学研究的发展来看,"民间文艺学"建设的提出,却反映了中国民间文艺学由分散的、专题的研究走向总体建设的客观要求。从在此以前民间文学研究同民俗学混合在一起的历史情况来说,这一要求也可以看作是从民俗学中分立出来的一种趋势,但这一分立不涉及民俗学领域的广狭,它是在民俗学之外另辟蹊径,从文艺学着眼,把民间文艺学作为一般文艺学的一个特殊的分支。

这个时期主张从一般文艺学出发进行民间文学搜集、研究的,有胡适为1936年4月复刊的《歌谣》周刊所写的发刊辞,他明确表示改变"五四"时期《歌谣》周刊两个目的的提法及其侧重在民俗学的主张,而认为替中国文学扩大范围,增添范本是最大的目的。该刊大体是按这种精神来作的。在一般文艺活动中涉及民间文学的,还有这个时期"左翼"文艺活动,它在30年代初开展了"文艺大众化"讨论,广泛涉及运用民间文艺形式的问题,鲁迅还运用马克思主义阶级观点论述了有关民间文学的很多问题。进入40年代后,解放区文艺工作者在毛泽东《在延安文艺座谈会上的讲话》指导下,在创作新的人民文艺的活动中着重吸取了民间文艺的营养,同时进行了民间音乐、民歌、民间故事的搜集(尤其注意搜集了具有革命内容和时代色彩的民间文学作品),改造旧的民间艺术的活动等等。影响所及,原来在国民党统治区从事民间文学研究的学者,有的也接受了马克思主义,参加到这方面的学术活动中来。这些活动在民间文学方面的直接成果虽然不十分丰富,但它以其鲜明的人民大众的革命立场和新的工作内容,为民间文学工作者开辟了新的局面,这无疑是我们应当继承和发展的一种传统。同样,"五四"时期和二三十年代开展起来的民俗学和民间文艺学活动,把这些新兴学科引入我国文化界,它不但在当时属于新民主主义文化的组成部分,而且是我们今天社会主义时代的民间文艺学的先导,对它加以分析总结,批判地接受这批遗产,也是我们义不容辞的责任。

建国以后,民间文学工作在新的历史条件下继承了40年代的革命文艺工作的传统,建立了全国性的"中国民间文艺研究会",引进了苏联的民间文学理论。这时虽然没有明确地提出建设相对独立的民间文艺学学科的问题,但由于工作的扩展,在刊物上进行了关于民间文学界说、范围界限问题,搜集、整理问题等的讨论,显示出民间文学作为整个文艺工作一部分的特殊性,继而提出民间文学工作"全面搜集、重点整理、大力推广、加强研究"的方针,发表了一批优秀的作品集和研究论著。这个时期(50 年代至 60 年代中期)由于民俗学、民族学、社会学等与民间文学有关的学科未能发展,民间文学方面主要是从文艺学、美学的角度进行评论和研究,客观上形成一个比较单一的民间文艺学的阶段或流派。同时,由于"左"的简单化思想的影响,对于民间文学多方面的题材内容和功能,多种多样的艺术形式和风格等,注意不够。有些问题(如民间文学与宗教的关系、清官形象等)还一度成为禁区,从而大大限制了从文艺学方面研究民间文学的广度与深度。这种历史的局限,目前已经得到相当的克服,并且进行了许多新课题的探讨。

(三)民间文艺学同民俗学的交叉和分立

"文革"以后,民间文学界及时提出了建设具有中国特色的、马克思主义的民间文艺学的任务,并展开了讨论。由于前一阶段工作的某些不足,也由于在当前这个历史时期里民俗学等学科得到重建和发展,因而民间文艺学方面的讨论,首先提出的是进行多角度、多侧面研究的问题,从而直接涉及民间文艺学同其他相关学科,特别是同民俗学的关系问题。

民间文学作为民间文艺学的对象,它同时又是民俗学的一个组成部分。这也就是说,当我们把民间文学当作一种文学来看时,首先要看到与一般书面文学不同的最突出的一个特点,即它经常是作为人民大众民俗活动的一个组成部分出现的。这在汉族古代和现代某些地方,以及许多少数民族当中至今仍在流行的定期唱歌的习惯,把讲故事作为教育和娱乐的手段,把民间艺术活动作为节日庆典和各种礼仪、某些劳动活动的必不可少的组成部分等方面,看得最为明显。其次,各类民间文学作品的内容往往直接反映、描述其他民俗活动或民俗意识,具有民俗志的功能。研究对象这种民俗文化的性质要求民间文艺学在考虑对象的本质时,不能不以这种情况为前提,即不能不把民间文学确定为与人民大众的生活、文化紧紧联系在一起、为人民大众所创造、享用和传承的一种特殊的文学,并且把传承者和接受者对于民间文学的各种态度看成是举足轻重的事,重视它在文化史上的价值,其次,由于民间文学常常反映其他民俗活动,民间文艺学在探讨民间文学某些内容时,也就不能不吸收和借鉴民俗学有关的研究成果。过去人类学派神话、民间故事研究,专门以追求原始文化残留物为目的,自然有其主观性和片面性,但是不能因此就否认在民间文艺学独立体系基础上吸收和借鉴民俗学及其他相关学科某些研究方法和具体研究成果的必要性。

毫无疑问,民间文艺学应该有自己看待民间文学的角度,有自己研究的侧重点和自己的任务,没有这些也就没有独立的民间文艺学可言;有了这些,对于和民俗学部分相同的对象的研究,其成果也就不那么相同了。民间文艺学对于自己研究对象的基本观念是把它看作一种相对于一般作家书面文学的特殊文学,这也就是说,它基本上是从文艺学的角度,或说特殊文艺学的角度来审视民间文学的。因而它的侧重点总的说来在民间文学作品上,并且对民间文学进行全面的、系统的、专门的研究。从这种观点来看,我国的民间文艺学,首先是以全国各民族民间文学为对象的。第二,是要对所有民间文学体裁进行搜集与研究的。第三,是要对民间文学各方面问题进行探讨的。这些方面,就我们已作和正在作的以及可以作的,大致有如下列:

(1)民间文学的基础理论和基础工作:

1)基础理论是关于民间文学总体的基本认识和基本知识,一般包括下列诸问题:本质(定义、性质、特征),分类和体裁,起源与发展,传播与接受,变异,结构(基本形式及形式与内容之关系),功能与价值等。

2)基础工作:

A、田野调查、搜集的理论、方法和实践;

B、资料的处理:a、记录、重述、改写、改编等方式之研究与实践;b、整理、分类、编码等等方法;c、推广(普及民间文学优秀作品)、保存民间文学资料(资料馆之建设、信息之交流等);

C、民间文学专业工具书(辞典、索引、书目等)之编写。

(2)民间文学作品和讲唱活动之研究:

1)作品本文意义、作品构成因素(人物、情节、母题、结构、形式、手法、语言、韵律等)和整体特性(审美特性、地方色彩等)之研究;

2)讲唱活动及传承与创作关系等等调查与研究;

3)民间文学作家论(包括各种体裁的讲唱家、杰出的传承者);

4)民间文学在当前人民生活中存在的现状和发展趋势的调查研究;

5)民间文学的评论工作；

6)民间文学史研究(包括综合的、分体裁的等)；

7)各民族民间文学的交流与渗透之研究。

(3)民间文学功能以及它同其它文艺关系之研究：

1)民间文学(总的、分体裁的)在群众物质生产、生活习俗、宗教等方面的固有功能及其变化；

2)民间文学同其他民间艺术之关系；

3)民间文学同作家文学、通俗文学之关系；

4)把民间文学应用于政治宣传、教育、文艺创作等方面的实践经验与理论探讨；

5)民间文艺学同其他社会科学(语言学、民族学、宗教学、心理学、历史学、民俗学等)交叉之研究。

(4)民间文艺学方法论及民间文艺学史研究。

(5)民间文艺学理论分支,如：民间文学类型学、民间文学形态学、民间文学传播学、民间诗律学、民间文艺美学、地区文艺学、比较民间文学论等。

(6)民间文学各体裁分支学科建设,如：神话学、传说学、故事学、史诗学、歌谣学等。

上述各项是就整个学科着眼提出的,各个学者或个别学派一般都各有专攻,不一定面面俱到。当然,就整个民间文艺学作总体的综合的研究,也是需要的。总之,民间文艺学作为一个独立学科,有自己一系列课题,并逐渐形成和完善自己的学科体系。民间文艺学研究可以运用一般文艺学中的许多方法,但不消融在一般文艺学之中；它承认民间文学是民俗文化的一部分,注意从民俗学中获得滋养,也不把自己混同于民俗学或其他人文学科,这是自不待言的。而目前国内外学者关心较多的则是民间文学研究同其他学科相结合的问题。比如,美国学者巴斯寇姆在《民俗学与人类学》一文中,鉴于对民俗(他所谓民俗即民间文学)的文学研究和人类学研究两方面单干的倾向,他从人类学角度著文为双方的隔阂搭桥,希望从文学角度研究民俗的学者,也来讨论相同的课题。他说："民俗因为是文化的一部分,因此就在人类学中研究起来。民俗是人类知识传统及风俗习惯的一部分,是社会传承的一部分。它可以按对其他传统及习俗的同样方法来分析,按形式及功能,或按与文化其他各方面的相互关系来研究。民俗提出成长与变迁的同样问题,也从属于(知识的)传布、发明、予以接受或不予接受、溶成一体的相同过程。"另一方面他提出:"人类学家指望得到有关民俗的文学分析方面的指导,指望从讲述故事人所起的创造性角色问题及格调问题上得到合作",还说在"民俗主体的风格特征"方面,人类学家也要依靠受过文学方面锻炼的民俗学家来研究等等①。另一个美国学者布鲁万德在《美国民俗研究序论》中也说在今天"对民俗进行文学研究和人类学研究相结合的研究,也是民俗学研究的一个新的发展"②。这种要求"结合"的呼声,苏联学者在很早就提出来,索柯洛娃在《苏联民间文艺学四十年》中说:"要进一步有成效地发展民间文艺学,必须消灭民族学与民间文艺学之间出现的脱节现象。"③另一位苏联学者古谢夫更进一步提出:"当代马克思主义民间文艺学,坚持对民间创作进行综合研究,主张民间文艺学家、语文学家、民族志学家、音乐理论家密切合作。这势必为民间文艺学这一综合性学科开拓广阔的前景。"④建国以来我国民间文学工作在这方面有深刻的经验教训,我们应该吸取这些经验教训,为民间文艺学开辟广阔的道路,发展多种形式和流派的民间文艺学,既发展单一文艺学角度的民间文艺学,也发展与民俗学或其他学科相结合的复式民间文艺学,还可以让民间文艺学朝着综合性学科的方向前进。

1990 年 5 月修订

---

① [美]巴斯寇姆《民俗学与人类学》,张紫晨编《民俗学讲演集》附录,北京:书目文献出版社,1986 年。
② 《民间文学论集》第一集,辽宁民间文艺研究会编印,1983 年。
③ [俄]索柯洛娃《苏联民间文艺学四十年》,北京:科学出版社,1959 年。
④ [俄]古谢夫《民间文艺学》,《民间文艺集刊》第三集。

中国近现代口承故事概观

许　钰

1840年鸦片战争以后,我国进入一个新的历史时期,即习惯上所称的"近代"(1840年至1919年"五四"运动)和"现代"("五四"运动以后)的时期。由于帝国主义列强的不断侵略,我国自1840年以后逐渐由一个独立的封建大国沦为任人宰割的半封建、半殖民地国家。在这种民族危机十分严重的时刻,各民族各阶层人民进行了一次又一次争取民族独立和民主的反帝、反封建斗争,直至1949年彻底推翻压在中国人民头上的帝国主义、封建主义、官僚资本主义三座大山,建立了中华人民共和国,并展开了蓬蓬勃勃的社会主义现代化建设。鸦片战争以后的150多年,是中国人民生活发生翻天覆地变化的时代,在这样的时代里活跃在人民群众口头的民间故事,也不能不发生变化;同时,这个时期的民间文学工作也有了新的进展,因此,我国民间故事在近现代自然形成一个单独的发展时期。

民间故事主要在人民群众口头流传,只有进行调查采录才能对它有切实的了解。在近代,我国文化思想发生许多新的变化。当时所谓"西学"波及各个学术领域,关于民间文化也引进了不少新的观点,但在民间故事的采录方面,尚未发生重大变化。当时除了出版少数笑话集,其他传说、故事还是散见于各种文言笔记小说和史、地杂著之中。当然,其中也不乏具有一定时代色彩的作品,如讽刺清代官吏的笑话,反映"西人"采宝或盗宝的故事(如《千里井》,见《醉茶志怪》)等。可是,到了"五四"新文化运动期间,情况就大不相同了。

在"五四"新文化运动中兴起了搜集、研究民间文学和民俗的新学科,这方面理论探讨和作品发表出版的活动十分活跃。1922年12月北京大学歌谣研究会出版了《歌谣》周刊,但它不只搜集、研究歌谣,从该刊第 69 号起连续刊出讨论《孟姜女故事》的九个专号,对民间故事的采录与研究起了很大的推动作用。此后,中山大学民俗学会的《民间文艺》和《民俗》周刊,杭州中国民俗学会的《民间月刊》和其他报刊,也经常刊出各种传说、故事。中大民俗学会和其他出版社还出版各种故事的集子,仅北新书局在 20 年代中期到 30 年代中期就接连出版林兰编的故事集 37 本。当时较有影响的故事集有《徐文长故事》、《呆女婿故事》,还有《大黑狼的故事》(谷万川编)、《巧女和呆娘的故事》(娄子匡编),《祝英台故事集》(钱南扬编)、《广州民间故事》(刘万章编)、《娃娃石》(孙佳讯编)、《泉州民间传说》(吴藻汀编)等。

在《歌谣》周刊创刊至 1937 年抗日战争爆发这段时间内,民间故事采录发表的情况,和此前最突出的不同之处在于,这时的采录工作是在一种新的认识之下进行的,民间故事作为一门新兴学科的资料和群众性读物,出现在新文化阵营之中。由于"五四"以后白话文流行开来,这时民间故事的记录也都采用白话,从而在口头故事的忠实记录方面迈出了重要的一步。当然,这个时期多数故事的记录在保存民间语言方面还有较大差距,但在故事情节和思想内容方面则大体保存了当时民间流传的原貌。

中华人民共和国建立后,民间文艺工作者在毛泽东文艺思想指导下,把民间文学工作作为整个文艺工作的组成部分,在中国民间文艺研究会和各地相应机构的推动下,广泛开展了各种民间文学作品的搜集、整理与研究的工作。尽管在一段时间内这方面的专业人员不太多,但全国参与搜集工作的人数和发表出版作品的数量,都是二三十年代所无法相比的。而尤其突出的是,在人民革命胜利之后,人民生活充满蓬勃生机。搜集工作者直接深入到劳动群众中去,有些人还长期在基层工作,因而这时发表的作品大多具有新的时代特色。其中以表现长工和地主斗争的故事,关于近现代历次革命斗争的故事(如关于鸦片战争中抗英故事,太平天国故事,义和团故事,红军故事),反映劳动人民生活和智慧的故事等,影响最为显著,有一些还获得学术界的赞许。这时各少数民族的故事也得到发掘,出版了包括几十个民族作品的《中国民间故事选》(两集)(贾芝、孙剑冰编)、《白族民间故事传说集》(李星华记录整理)、《大凉山彝族民间故事选》(四川民研会编),藏族民间故事集《奴隶和龙女》(肖崇素整理)、《泽玛姬》(陈石峻搜集整理)等。各省市自治区也大多出版了本地区的民间故事选集,如北京出版金受申编写的《北京的传说》,上海出版赵景深主编的《龙灯》(华东民间故事集)等,可以说在50年代到60年代中期,我国民间故事的采录形成了一个高潮。但是,随着搜集工作的发展,在部分搜集工作者中间渐渐出现把民间文学作品的教育作用、欣赏价值和科学研究价值对立起来的倾向,于是有的在整理作品时拔高传统故事的思想,有的不作忠实记录,仅根据片断情节就加以发挥,从而在一定程度上混淆了民间作品的记录、整理和改编、再创作的界限,损害了民间故事可贵的科学价值。

经过1966年至1976年动乱之后,文化界深入批判了那种把传统文化一律打成"封建主义"糟粕的谬论,民间文学界也吸取了过去搜集工作的经验教训,进一步扩大民间故事搜集范围,那些过去搜集不够的故事,如关于清官和历代文学艺术家的故事,各地山川风物、土特产和风俗的故事,关于仙佛等带宗教色彩的故事等,一时如雨后春笋般地发表出来。在前一阶段已注意搜集的作品,这时期又有发现,并出版这方面的选集,如《历代农民起义传说故事选》、《老一辈革命家的传说故事选》等。一些有影响的搜集工作者,这时期也出版了个人作品的选集,如董均伦、江源出版《聊斋汉子》(两集)、孙剑冰出版《天牛郎配夫妻》等。民间故事家的发掘是这时期故事采录的一项突破。故事家专集的出版(如《金德顺故事集》,裴永镇整理;《满族三老人故事集》,张其卓、董明整理;《新笑府》,王作栋整理),促进了这方面工作的进一步开展。还有,我国大多数少数民族的故事这时期都得到发掘,仅上海文艺出版社《故事大系》第一、二辑就出版了16个民族的民间故事选,其他出版社也出版了这方面的作品。并有《少数民族机智人物故事选》、《中国少数民族神话》(上下),《中国少数民族民间故事选》(上下)等分类综合性选集问世。

为了更有计划地进行民间文学作品的搜集,使之及时为社会主义现代化建设服务,中国民间文艺研究会在国家有关部门支持下,于1984年发起《中国民间故事集成》、《中国歌谣集成》、《中国谚语集成》等三套集成的编纂工作,提出指导此项工作的全面性、代表性、科学性的原则,再一次掀起民间文学普查、采录的高潮。这次普查、采录,投入了大量的人力和物力,普查的地域、民族和采录的对象十分广泛;采录作品数量十分巨大(1984年至1990年全国采录民间故事 184 万多篇);在普查中发现大批各种类型的民间故事讲述家(全国能讲50 则故事以上的 9900 多人);部分地区还对故事讲述者比较集中、故事蕴藏量较大的"故事村"进行了重点采录。如河北省藁城县耿村,行唐县杏庵村,湖北省丹江口市伍家沟村,四川省重庆市巴县走马乡等,有的已编印故事村作品的专集。其中河北省石家庄专区和藁城县对 200 多户人家的耿村先后进行 8 次普查,采录到 4300 多篇故事,编印了 5 个资料集。此次普查、采录成果十分丰富,兼有"五四"以来采录的作品为集成编选的基础,集成卷本为了贯彻"三性"原则,在编辑体例上也突破过去一般故事集的格局,兼收部分优秀作品的异文,以编者"附记"的形式介绍故事的历史、民俗背景、流传地区及有关讲述情况,还采取了其他保存有关科学资料的方式(如讲述者基本情况简介、作品注释、图表、索引等)。由于此次集成编纂工作声势浩大,发动面广,作品甄选严格,科学性较强,质量优秀,卷本规模宏大等等,因此从一开始就引起国内外民间文学界的关注,在广大人民群众中也引起强烈反响,实为我国民间文学工作历史上空前的壮举。

经过"五四"以来几十年民间故事的科学采录工作,我们清楚地看到,在近现代这个历史时期,各种民间故事依然广泛流传在各族人民的口头上,活在各族人民的生活中,因而这个时期的民间故事较之古代书面记载保存的作品,具有更大的丰富性和生动性。在古代,由于种种原因,很多故事只能保留其情节骨干(甚至仅存情节片断),具有民间生活气息、有血有肉的生动记录,十分难得。在近现代人民群众的口头上,此种完整、生动的故事,则随处可见,即使是一些十分古老的故事体裁(如神话),同样以活生生的完整形态流传在人民之中。

我国各民族社会发展极不平衡,处在边远地区的一些民族,如基诺族、独龙族、珞巴族、鄂温克族等,在中华人民共和国建立之前不久,还处在原始社会末期。另外一些民族,如景颇族、傈僳族等,虽已进入阶级社会,但在社会组织、生活习俗、思想观念、宗教活动等方面,都还保留着比较浓厚的原始社会残余。有些少数民族社会文化已高度发展,但在某些方面还存在着原始文化成分,如蒙古族和满族中萨满教在一定范围内仍有影响。因而在很多民族的社会、文化生活中都还存在着神话产生和发展的肥沃土壤,现代都流传着各种口头神话,有些神话还有多种不同的说法。例如关于天地开辟,珞巴族认为天地自开;景颇族、傈僳族、独龙族认为是神或神化的人把天地分离开来;在壮族和苦聪人中有世界树把天地撑开之说;白族、彝族、哈尼族等,则传说神或某种动物死后尸体化生世界;阿昌族、土家族、瑶族、布朗族等,还有由神创造天地的说法;在满族中则传说在天地开辟过程中天宫诸神发生大战等等。其他关于人类起源、洪水、谷物起源等神话、传说,也都流传许多不同说法,显示出各族神话的丰富性。在各族口传神话中除了单个故事的形式之外,南方许多民族还把一些单个故事组织成具有完整系列故事的创世史诗,如瑶族的《密洛陀》,苗族的《古歌》,阿昌族的《遮帕麻与遮米麻》,拉祜族的《牡帕密帕》,羌族的《木姐珠与斗安珠》等,有的民族此种史诗还不只一部,如彝族中就流传着《梅葛》、《阿细的先基》、《查姆》、《勒俄特依》、《阿里西尼摩》等多部这种作品。这种创世史诗是我国各民族神话体系化的重要形式,它在古代即已出现,并见于书面记录,在现代人民口头流传数量之多和形式之完整,更是世界各民族神话和史诗发展史上罕见的。

　　但是,如果从总体来看,我国民间故事各种体裁中,当以传说流传最为广泛,作品数量最为丰富。这一点早在 20 年代末民间文学工作者已经看出。当时中大《民俗》周刊的《传说专号序》就说:"中国立国之久,地方之大,传说不知有几千几万件,有的已发展而今衰落,有的还日在发展之中,材料的丰富决不是随便可以估计。"①尽管神话的生命力很强,一些优秀神话作品在社会文明高度发达的民族中仍有流传(如汉族中原地区近年发现不少神话,其他汉族地区也有大量神话),但那毕竟是一种余波,因为神话以荒古时代生活为背景,以原始思维为想象的基础,随着社会文明的发展,原始思维逐渐削弱,许多神话就不得不日渐消失。传说这种故事体裁主要根据特定的人物、事件、自然物和人工物等的特点为题材。我国文明发达较早,历史发展波澜壮阔;地域广大,物产丰富;民族众多,生活多彩,传说的题材取之不尽。同时,传说还具有较大的适应性,它可以在原始思维基础上展开想象,也可以只根据现实生活编织故事情节。它可以描述著名历史人物的活动,表现对于祖国和家乡的热爱,对于英

---

① 　中山大学民俗学会《民俗》第 47 期,1929 年 2 月 3 日。

雄人物的敬仰,对于劳动技艺的赞扬;也可以用各种生动的故事解释风俗习惯、地方风物、土特产品等的来源和特点,因而不论过去的书面记载,还是现代口头流传的作品,传说的数量都是最多的。

现代口头流传的传说,有大量作品是以古代历史人物、历史事件等为题材的,一般群众进行此种作品的创作并不一定直接从历史著作中取材,他们往往将本地区历史文化的遗迹结合历来传承的故事,或是从著名人物在本地的行踪,以及对本地出身的人物的了解等出发,来编讲故事,因而许多传说常常把地方的与历史的、民族的、宗教的因素综合在一起。如有关北京建城的传说,其中主要讲刘伯温、姚广孝等的活动;湖北一些地方流传三国时期人物的传说,大多和当地三国历史遗迹相结合;各地著名古代建筑的传说,其中多借鲁班的巧艺来赞扬劳动者的智慧;蓬莱、崂山等地,历来有方士、道士的活动,这些地方的著名风物,多被命名为"仙人桥"、"聚仙台"、"玉女盆"之类。即使是古代神话人物的故事,在现代流传时也常常以某些地方的文化古迹为中心,并表现出地方化趋势,这种情况也是我国传说不断产生,日益丰富的重要原因。

在各地区和各民族中,虚构性的"故事"体裁同样十分丰富。和传说相比,"故事"不需要依附特定的人物、事件、地方、风俗等等,它的题材和思想意义一般具有较大的普遍性。因此,如果说传说的丰富性主要表现在题材内容上,那么"故事"则主要以其艺术形式的多样性给人留下深刻的印象。在这里有专以表现各种动物之间的纠葛的动物故事;有将现实生活与神奇幻想交织而成的幻想故事;有借鬼、狐及其他精怪表现社会人情世态的作品;有据普通劳动者生活虚构而成的、情节曲折的传奇性故事和具有幽默、诙谐特点的生活故事;有专以喜剧性手法讽刺统治阶级和人民生活中落后现象的笑话和滑稽故事;有专门表现人物机智行为和恶作剧的故事;有以隐喻的方式说明生活教训和哲理的故事;有用谜语、通俗诗歌、谚语、对联等结构而成的故事等等。

近年来对民间故事进行全国性普查、采录,还使我们看到许多故事传播的地域是很广的,例如,关于盘古、伏羲、女娲、大禹和射日、奔月、洪水等神话;关于鲁班、诸葛亮、李白、包拯、八仙、秃尾巴老李,以及牛郎织女、孟姜女、白蛇娘娘、梁山伯与祝英台等的传说;还有关于龙王和龙女、老虎外婆、蛇郎、猫狗成仇、十二生肖、狐仙、呆女婿、巧女等的故事,都在很多地区和民族中流传。但是，在各地区和各民族民间故事中，数量更为众多、更具代表性的，则是本地区和本民族所特有的作品。例如，各民族大多有自己的创世神话（如鄂温克族女萨满创世神话，布朗族《顾米亚创世》，哈萨克族《萨迦甘创世》）；各民族各有本民族的英雄传说（如彝族的支格阿龙，蒙古族的成吉思汗，满族的老罕王，侗族的吴勉，赫哲族的乌克定）；各地区各有关于本地区和本民族特殊的宗教、风俗和物产的传说故事（如藏族《茶和盐的故事》，傣族《泼水节的传说》，永宁纳西族关于干木女神结交阿注的神话，白族关于本主的故事，满族《尼山萨满的传说》，汉族舟山群岛关于海洋动物的传说和故事，桂林山水的传说，东北地区关于人参的故事）。此外，各地区和各民族还大多有本地区和本民族的以机智著称的人物的传说和故事等等。这样，我国各民族民间故事就表现出异彩纷呈而又有一定共同因素相联系的特点。

　　形成上述特点的原因是多方面的，从共同因素方面说，民间故事在口头流传（还有书面流传）起着直接的作用。由于各地区、各民族在经济、文化上长期互相依赖、互相往来，还有由于历史上的战争、灾荒等原因造成大规模人口流动，各民族在发展过程中的分化与融合，氏族迁徙等等，都会把固有的民间故事带到新的居住地和新形成的民族中去（自然，各地区某些共同的故事有的也完全可能是在各地独立产生的，这是一个需要具体分析和考查的问题）。但是，这些来自民族历史上的"精神行囊"和其他地区的传闻，不可能完全满足本地区人民的精神需求，因而各地区人民根据本地区民情风俗、宗教信仰、地理环境、语言特点等等，创作反映本乡本土、本民族历史和反映本民族性格的故事，乃是十分自然的事。就是那些历史上传承下来和别的地区传播而来的作品，也常常要根据本地区生活习惯、民族心理等予以改造，因而它们同样表现出民族的差异性和地方的差异性。例如，畲族和瑶族关于槃瓠的神话有着共同的根源，但因两族分布地区、文化发展不同，两族槃瓠神话在现代口传中有许多相异之点。又如，关于洪水的神话传说，我国许多民族中都流传，但情况各不相同。在汉族中从古代的书面记载到现代的口传，大都以治水为核心内容，现代流传的水灾故事则着重表现惩恶扬善的主题，甚至连人物的姓名也已经性格化（王恩——忘恩；石义——实义）。但在南方（特别是云南）许多民族中，洪水故事大多和兄妹结婚相结合，并谓兄妹婚后生肉团，砍碎后成为周围各民族先民；或谓兄妹结婚后种出葫芦，从葫芦中生出各族先民。而在大小凉山彝族和纳西族中，洪水后遗民却只有一个男性，由他到天上娶得天女为婚，再次繁衍人类等等。这些差异大都有民族历史、婚姻制度、民族道德观念等的根源。其他以共同基本情节和主题构成的传说故事的类型（如望夫石型、谎粮堆型的传说，两兄弟型、田螺娘型的幻想故事）其在各地的具体作品因地方生活、关联的风物，以及主人公身份、遭遇等的不同而产生差异的情况，同样十分常见。至于像汉族"四大传说"传入少数民族之后，那就更要发生一系列变化，如孟姜女和万喜良的结合，在壮族传说中变为二人因对歌而发生爱情。梁祝二人在白族中，也不再是书生、小姐，而成了自己动手盖课堂、造桌椅、挑水、做饭的劳动者；他二人求学的地点也移在贵阳（布依族）、镇远（苗族）。至于故事的结尾，除了化蝶之外，在各少数民族中还有化为孔雀、金鱼、柳树、翠竹、金佛等说法，整个故事的面貌大为改观。总之，各地区各民族的民间故事，尽管存在着各种联系，但其口头流传的形态总是富有鲜明的民族特色和地方色彩的。

近现代口头流传的故事，不仅因为横向传播和各地人民依据本地区生活进行创作等原因，显示出明显的地区的和民族的差异性，而且因为纵向的传承和时代变化的影响等，显示出历史演变和发展的轨迹。口头故事的时代不像书面创作那么容易确定，很难追寻它的具体创作年代，我们只能结合作品的内容，从一定历史时期或一定社会发展阶段着眼，看出故事发展和演变的一些线索。比如，神话从反映人类和自然万物起源、天地开辟、洪水和人类再繁衍的内容，到关于社会文明的创造和反抗天神的英雄的出现，以及创世女神演化为男性天神等，都曲折地体现着原始社会发展的某些历程，其中也就存在着神话发展的轨迹。关于古代历史人物和以历史事件为背景的传说，尽管不一定都是人物生存时代和史事发生当时的创作，但其中多少保留了一些历史内容，具有一定的历史性。至于反映近现代历史事件和人民革命斗争的传说故事，以及1966年至1976年期间流行的讽刺"四人帮"的故事等，更是生动有力地表明民间故事、传说在现代生生不已的发展。

各种民间故事的发展，并不完全表现在直接反映特定时代生活的作品上，更多的情况是一个故事、一种故事模式，或某个人物的故事，由于反映了人民生活的某些基本方面，而在民间长期流传，并且形成多种演变方式。例如，关于识宝传说,它以持宝者和识宝者识宝、购宝活动组成稳定的情节模式,不同时代故事的演变主要表现在构成情节模式的各个成分上。在唐宋以前和唐宋时期,故事主要讲"波斯贾胡"在我国各地识宝、购宝活动,从一个侧面反映当时中外通商的一些情况,这时期故事中的持宝者多为上层人物(官吏、富豪、书生等)。故事在民间进一步传播,持宝者渐渐变为一般百姓、农民、手工艺工人;宝物也不再是珠宝之类,而多为民间习见之物(如打草鞋用的石头,农家种植的瓜类,蓄养的小猪、小鸡等);识宝者的身份也变成中国人,在北方流行的故事则称之为"南方蛮子"(或江西人)采宝。到了近代,这个故事中采宝的人物和情节又有新的变化,出现了"洋毛子"(或称"西洋人")"盗宝"的传说,在传统的识宝故事模式中注入中国人民对帝国主义侵略和掠夺的憎恶感情,故事也因之获得新的生机。又如孟姜女传说,它的流传演变方式和识宝传说又有不同,它主要是在长期流传过程中人物和基本情节几经转变(特别是由杞梁妻到孟姜女故事的大转变),而一直流传至今。牛郎织女故事,则由《诗经》中关于牵牛、织女二星名称开始,在魏晋南北朝时形成牛郎织女婚后一年一度相会的格局,此后在流传中继续演变,现代口传又吸收了两兄弟故事和"天鹅处女型"故事的部分情节,整个故事沿着由简到繁、逐渐丰富的道路长传不衰。鲁班的传说从春秋末期开始出现,但鲁班作为巧匠的基本性格特征一直保持不变,他的传说的发展演变主要通过各种故事的增多,逐渐把历史人物变为箭垛式传说人物,并在现代和各地古代建筑联系在一起,流布的范围继续扩大。西王母故事的演变则是另一种情形,她的身份、职能屡经改变。在《山海经》中西王母是一位女神,"其状如人,豹尾,虎齿",执掌瘟疫和刑罚。到《汉武帝内传》中,她被描写为年三十许"容貌绝世"的女仙,还把三千年结果的蟠桃赐给武帝。后来她进一步成了女仙领袖,称为王母娘娘,作为玉皇大帝的配偶,经常在口头故事传说中出现。

此外,由于时代发展,古代故事中的某些因素逐渐淡化,致使故事体裁发生转化,这也是民间故事演变的一种方式。如古代一些表现图腾崇拜的神话,在流传过程中图腾观念逐渐消失,演变为人和异类婚配的奇闻(传说或幻想故事)。某些神话,动物故事在流传过程中变成寓言,也属于这种情况。还有,某些同一类型故事,古代记载视为传说,强调人物姓名、地点等细节的真实,而在现代口传中这些成分则变得比较模糊，而突出故事情节的曲折和生动，从而转化为虚构性"故事"。如清代《墨余录》所记《石洞绣鞋》，确切记述孽龙所居的石洞在终南山秦岭之下，孽龙所掠之女子为唐代某公主；还说至清代乾隆三十年夏间，有人还在该石洞中寻得一只绣鞋云云。这些确凿无疑的记事，其用意不外加强故事的可信性，但所记孽龙掠夺公主的"事实"，实际上就是现代口传的"云中落绣鞋型"幻想故事，文献中那些确切的细节在口头传说中都不再存在，而故事的曲折性却是大为增加了。当然，相反的情况在民间也可见到，即虚构性"故事"在传承过程中被"落实"到某个地方，成为解释地方风物的传说等等。由此可见，现代民间故事活在人民群众的日常生活和口碑之中，它的许多方面（从作品的情节、人物到作品的体裁特征等等）都经常处在运动变化之中，而这正是口承故事生命力之所在。

　　附注：本文是在中国民间故事集成总主编钟敬文先生直接指导下，和几位副主编反复讨论基础上写成的《中国民间故事集成总序》稿的一部分，在本文之前尚有关于古代民间故事发展的简述。本文在写作过程中，除了参阅各地内部刊行和已出版的部分民间故事集成作品和民间故事集成工作历次会议的文件外，还参阅了已经发表的有关各民族民间故事的研究论著和对各地民间故事集成工作的评论文章，这些论著和文章主要有以下各种：顾颉刚《孟姜女故事研究集》，钟敬文《新的驿程》、《钟敬文民间文学论集》（上、下），毛星主编《中国少数民族文学》（上、中、下），天鹰《中国民间故事初探》，袁珂《中国神话史》，刘守华《故事学纲要》，李子贤《探寻一个尚未崩溃的神话王国》，乌丙安《论中国风物传说圈》，程蔷《中国民间传说》，孟慧英《活态神话》，《民间文学论坛·耿村国际学术会议专辑》等。

口头叙事文学的流传和演变

许　钰

　　在人民群众中流传,是各种口头故事的一个根本特征。口头故事保存在人民的记忆之中,以口头的形式发表,它只有通过上一代向下一代的传承、和甲地向乙地的传播,才能表明它的存活。讲故事是人民群众的一种生活习俗,故事在这种习俗活动中传播开来,并在传播过程中被加工、修改,或产生新的作品。流传又是群众进行集体创作和故事不断更新、发生、发展的一种独特方式。因此,随着世界各民族故事记录数量的不断增加,各民族文化交流的日益频繁,故事的流传问题越来越引起人们的重视。在过去 100 多年广义故事学史上继起的各个学派,虽然各有自己研究的重点和学术主张,但都不否认故事传播的现象,而且先后产生两个专门研究故事流传的学派:流传学派和历史地理学派(又称芬兰学派)①。

　　口头故事流传涉及民族文化形成的问题,在这方面应该看到,各民族的文化首先是该族人民自己在历史发展过程中创造的;其次,各民族文化同时又是在和其他民族文化相互交流过程中发展的。文化的交流,包括不同民族和地区口头故事的交流,是人类文化发展中的正常现象。正如高尔基在谈到民间故事流传问题时所说:"借用并非任何时候都会发生歪曲,有时它会使好的民间故事锦上添花。古代民间故事的借用和用每一个种族、每一个民族、每一个

---

① 这两个学派的情况可参阅刘魁立《民间文学研究中的流传学派》,见《民间文学论坛》1983 年第 3 期。又［美］斯蒂·汤普森《世界民间故事分类学》(原名《民间故事》)中译本第四部分,上海:上海文艺出版社,1991 年。

阶级的特点加以补充的过程,在理性文化和民间创作的发展中曾经起过重大的作用,这一点大概是毋庸怀疑的。"①

口头故事在不同国家和民族间流传,总是和文化的其他方面的交流关联着。在历史上中国和印度有过长期的文化交流,随着佛教传入中国和两国僧人长期交往,佛经中的故事和其他印度故事不断传入我国,很多作品被采入我国文人的创作之中和在人民口头传播。有的日本学者在研究日本故事的起源时,特别把故事的流传和日本整个文化的发展联系起来考虑,重新检讨了该国过去流行的民俗学理论。他说:"已成为我国基层文化核心的稻作文化,先行于它的杂谷农耕文化,被认为在古代国家形成中与稻作同为重要基础的金属文化以及各种文化都曾从海外传到我国,唯独要把故事与传说纳入'一国民俗学'的框框之内,而来谈论其起源如何如何,从一开始就有了局限,这个道理是不言而喻的。"②

和故事流传关系最为直接的是人口的移动。在世界范围内,15 世纪开始空前规模的民族迁移,欧洲人进入非洲和新发现的美洲,致使旧大陆的民间故事传入这些地区。我国和邻近的日本、朝鲜、越南,以及东南亚各国,有长期交往的历史,随着人员往来和华人侨居这些地区,我国民间故事(包括某些少数民族的故事)有很多流入这些地区。30 年代钟敬文就探讨过发源于中国的"老水獭稚子型"故事在朝鲜、越南等地流传的问题,近年来有的学者也指出明清时代福建一带人民入居日本带去妈祖信仰与传说的实例③。在国内,由于历史上民族分化与融合、各民族错杂居住在一起,以及由于战乱、饥荒,南北人口多次大规模迁移,加上日常各地人民的交往和商贸流通等原因,使得许多故事、传说、神话在全国各地广泛流传,其中既有原为某个少数民族的故事,逐渐在汉族和其他少数民族中流传开来,如盘古神话;也有汉族的传说故事流入各少数民族的情况。故事不只在口头上流传,书面文献的流通同样对故事传播有很大作用,如我国先秦诸子著作、《山海经》《淮南子》《笑林》《搜神记》《述异

① 《论民间故事——〈一千零一夜〉俄译本序》,《光明日报》,1962 年 2 月 20 日。
② [日]伊藤清司《故事、传说的源流——东亚的比较故事、传说学代序》,《民间文学论坛》1992 年第 1 期。
③ 宋兆麟《中国妈祖神与日本姐妹神》,《民俗研究》1993 年第 3 期。

记》、《酉阳杂俎》,以及众多历史、地理著作和其他笔记杂著、戏曲中的故事,有许多至今仍活在人民之中。

　　从理论上说,故事传播总有个出发点。芬兰学派研究各个类型的故事,任务之一即找出它的发生地,但是该派学者经过若干实例的探讨之后,也深感要找出每个广泛流传的故事的发源地是很困难的。汤普森在谈到神奇境界的故事时说:"许多这样的故事都来自于东方,还有一些故事流传太广以至无法找寻其发源地。"①阿尔奈也说:"找到发明故事的地点并不总是可能的,在多数情况下能够期待的倒是某种一般化的指示,如像西南亚、巴尔干半岛、北非、小亚细亚,如此之类。尤其是童话(不像地方传说),它很少涉及确定的地点,因而实有的文本可能不会对探索其发源地有太多帮助。"②阿尔奈所以说故事的发源地经常只能找出一个具有相当范围的地区,这是因为任何故事产生后总要在人们口头流传,从来未经口头流传的故事不成其为民间故事。而故事最初产生的机遇极少可能被研究者碰上,采录者也很少提供出来,因此在很多情况下只能把流传比较集中的地区视为其发源地(辅以相关文化成分的特点、或故事流传的其他规律为参照),而这类地方往往也就是所谓"传播中心"。所以阿尔奈在说了上述的话之后,又说:"更好的证据是对故事传播中心的探求,这需要顾及在一定地区之内故事的整个地理分布,而特别是它的出现频率和普及性。"③对于故事的传播中心,日本柳田国男在谈到传说的特点时也提到:"传说有其中心点。……传说的核心,必有纪念物。无论是楼台庙宇、寺社庵观,也无论是陵丘墓冢、宅门户院,总有个灵光的圣址,信仰的靶子,也可谓之传说的花坛发源的故地,成为一个中心。"④这种情况在传说中相当普遍。关于故事由中心地向外传播的情况,芬兰学派也积累了带有一定普遍性的认识,这些认识归纳起来有以下几点:

---

① [美]斯蒂·汤普森(Stith Thompson)《世界民间故事分类学》,郑海等译,上海:上海文艺出版社,1991年,第286页。
② [美]斯蒂·汤普森(Stith Thompson)《世界民间故事分类学》,郑海等译,上海:上海文艺出版社,1991年,第522页。
③ [美]斯蒂·汤普森(Stith Thompson)《世界民间故事分类学》,郑海等译,上海:上海文艺出版社,1991年,第522页。
④ [日]柳田国男《传说论》,北京:中国民间文艺出版社,1985年,第26页。

（1）故事在它们的发源地附近通常得到最好的保留,也就是说它们更完整。

（2）当故事离开发源地更远些,它就会与其他故事混合到一起,形成地方性发展形式。

（3）故事传播开去,有时其原始形态在中心地反而少见,在它传播最遥远的边缘地区却可以发现某些最古老的情节特点。

（4）有的学者提出,故事传播像水的波浪那样,向邻近地区一步一步地传开;但故事并不都这样有秩序地传播,更多的情况是散漫自发地进行,有时也会超越一些中间地带,在更远的地区传播,这大多是受故事携带者远距离移居或旅行的影响。书面文献的传播也常超越一些地区,跳跃到更远的地方。

（5）故事流传范围,芬兰学派学者研究个别故事都具体标示出其流传路线和地点,此外,在总体上他们把世界民间故事区分为:"区域性民间故事"和"流行性民间故事",认为前者的数量远比后者要大。他们这种区分大体上是以欧洲范围以内流传,主要是各国和几国相邻地区内流传的故事为"区域性"故事,这种故事也称为"由各国繁衍出来",或"只在一个地区流行和从来不离老家远传"的故事;超出欧洲,在整个西方世界,或"遍布全球"、"全世界普遍熟悉"的,为"流行性"故事①。按照这种区分方法,像中国这样历史悠久、民族众多、地域广大的国家,其故事则可以区分为流传于各民族、各地区的地区性故事;在全国大多数地区广泛流传的故事;和邻近国家及世界其他地区共同流传的故事。这种区分的意义在于承认故事地区性和民族性特点,从而从流传的角度反映出故事既是各民族、各地区、各国人民自己繁衍、创作出来的,又是在同其他民族、地区相互交流、从它们那里接受、借鉴过程中发展起来的。

故事的流传经常伴随着变异。变异不仅有简单的形式变化,还涉及新的故事文本的产生、适应接受者文化传统以及故事的创作方式等问题。阿尔奈

---

① 　上述五点,分别见于:詹姆斯《比较民俗学方法论》,原刊于《清华周刊》三十一卷 464 号,译文见 1982 年北师大编印《民间文艺学参考资料》第一集(上册)。又,丁乃通《历史地理学派及其方法》,见同上书。又,〔美〕斯蒂·汤普森(Stith Thompson)《世界民间故事分类学》第四部分,郑海等译,上海:上海文艺出版社,1991 年。

曾经举出故事流传中的 15 种变化[①]，按其产生原因、性质和意义大略可分为三种情况：

第一，15 种变化中有一些是因为故事口头流传而经常发生的变异，大多不影响故事主题和基本情节。如(1)(2)(4)(6)属于细节的失落、增添、变换；(8)—(11)属于各种角色变换，其中动物和人互换，有的可能影响作品体裁性质，如动物故事变成生活故事或相反。在传说中，同一故事常常在流传中归到不同人物名下，也是一种角色变换。

第二，变异涉及到故事创作方式和新作品的产生。(3)将两个或更多个故事串连在一起，这种变异的结果，常常使简单故事变为复杂故事或复合形式的故事。如把《老虎外婆》与《蛇郎》故事连结成一个故事。(5)重复一个原故事中只出现一次的事件，这种变异也常是产生新的异文的一种方式。如我国吉林省流传《好心的和尚》，通过三个事件(有的人"一针不图拐银走，烈女拉着情郎手，出家和尚偷吃肉")表现"世上好人哪里有！"的主题。山东故事家宋宗科讲述这个类型的故事《学好人》时，增讲了同样假充好人的五个事件，最后又讲了一个真正好人做的三件好事，把原来世上好人难寻的主题，改为肯定世上有真正做好事的好人。(7)改换故事结尾的素材，有的不影响整个故事的面貌，改动较大就和(3)接近。(12)改变故事叙述人称，(13)一种成分变化促使其他成分也变化，以保持其连贯性。这两种变化大多发生在优秀故事讲述者讲述中，他们比较自觉地注意故事的连贯性和统一性。至于把第三人称的故事变为第一人称，更是少数故事家才能做到，我国目前只有湖北省刘德培有这种故事。

第三，阿尔奈提的第(14)条变化是故事在传播中为了适应新的环境，使人们陌生的习俗或器物可能被熟悉的代替。这种变异主要发生在不同文化传统的地区或民族之间，如《灰姑娘》类型故事，在日本流传时，没有女主人公失鞋、试鞋的细节，因为古代日本妇女不穿鞋子。这个故事欧洲文本中都有女主人公参加舞会的活动，我国这个故事的女主人公则多为赶庙会、看戏、走亲戚，或参加歌圩之类。因文化不同而发生的变异，不只是习俗或器物的简单替换，接

---

① ［美］斯蒂·汤普森(Stith Thompson)《世界民间故事分类学》，郑海等译，上海：上海文艺出版社，1991 年，第 523 页。

受者常常要对传入的故事的某些成分有所抛弃,和进行再创作的工作,如我国龙王、龙女故事接受印度那伽(蛇)故事影响的过程就是如此[1]。故事的接受与改造还常涉及民族心理、民族性格等文化的深层结构,如汉族梁祝故事传入壮族后,壮族人民按本族妇女从小参加劳动的传统,把汉族祝英台这个富家小姐塑造成吃苦耐劳、性格大胆泼辣的壮族姑娘。对于这个问题,日本研究东亚故事圈的学者也指出:"东亚不容易接受西方的典型民间故事,即使接受了,在相当多的场合也是变质的。"[2]阿尔奈的第 15 条是过时的特征可能由现代的代替,属于因传播时间不同所生的变异,这就和故事在历史传承过程中发展变化的问题有关了。

口头叙事文学的各种体裁虽然各有自己的特点,但作为意识形态,它们归根结底都是社会生活的反映,它们的发展也都要受社会生产、习俗、制度以及其他意识形态的影响。在这方面,过去国外某些学者认为民间文学"世代因循,向来如此;讲的是同一故事,唱的是同一支歌"[3]。是不符合实际的。各种口头故事是一种流动的文学,它不断地伴随着社会历史的发展而发展,像原始社会由母系制度向父系制度的转变,当时婚姻家庭形式的变化,以及原始宗教由自然崇拜、图腾崇拜到祖先崇拜等,在神话中都留有明显的痕迹,神话本身也是在这过程中有所发展。这种发展或者表现为神话形象由动物向半人半兽和人形神的变化;或者表现为各种神话故事由独立、分散流传,到某个神话人物的故事逐渐集中,甚至整个民族神话体系化等。

古代神话在原始社会解体和进入阶级社会后,随着社会思想的发展,人们在传承古代神话时,往往使其中某些野蛮因素"合理化",因而相当一批神话被历史化,一些神话人物被奉为部落和民族始祖,古史上"三皇"、"五帝"大体上是这样产生的。此外,还有一种情况,即随着神仙思想的发展和道教的流行,一些古代神话又被"仙话化",很多古神被拉入仙人的行列,黄帝和西王母就是明显的例子。特别是西王母,她由古代的"豹尾虎齿"、"司天之厉及五残"的刑神,

---

① 阎云翔《论印度那伽故事对中国龙王龙女故事的影响》,《民间文艺季刊》1987 年第 1、3 期。

② [日]斧原孝守《关于东亚民间故事比较研究问题》,《民族文学研究》1993 年第 4 期。

③ 俄国布斯拉耶夫语,转引自刘魁立《欧洲民间文学研究中的第一个流派——神话学派》第九节,《民间文艺集刊》(三),上海:上海文艺出版社,1982 年。

逐渐演化为女仙领袖、王母娘娘,在后世新的神圣界继续发挥作用。在历史传承过程中,不只部分古代神话经历这种演变,其他故事体裁的作品,有的因其反映人民生活某些基本方面,或因其构成模式新颖,也受到各个时代人民的喜爱,不断被加工、修改和补充,发生种种变化,这种变化常见的有以下五种形式:

(1)主人公性格基本定型。在长期流传过程中,故事数量不断增加,流传地域不断扩大。如鲁班传说,从春秋末期开始,鲁班就是一个著名的巧匠,以后关于他的传说日益增多,他由历史人物渐渐变成一个"箭垛式"的传说人物,很多著名建造都归到他的名下,于是他的故事不只在广大汉族地区流传,在许多少数民族中也有鲁班故事,云南蒙古族中还有"鲁班节"①。

(2)故事主题或主人公性格在历史传承过程中发生重大转变。如白蛇传说,在唐代《白蛇记》和宋代《西湖三塔记》中还是一个蛇精害人的故事,以后渐变为肯定白蛇女追求美满婚姻的传说。孟姜女传说,经过北齐北周大修长城的活动,促使古代杞梁妻故事转变为孟姜女哭长城传说,人物和主题都发生了根本性变化,仅与杞梁妻保持了一点历史的因由。

(3)故事的中心母题不变,在传承中各种成分不断变化。如识宝传说,唐代以前主要表现波斯贾胡在中国识宝、购宝活动;唐代以后发展为中国人"南方蛮子"或江西人采宝,持有宝物的人由上层人物变为普通百姓,宝物也多为民间习见之物;到了近代,又演变为"洋毛子盗宝",成为中国人民反对列强侵略和掠夺的故事②。

(4)在传承中不断吸收其他故事的情节和母题。如《牛郎织女》传说,在魏晋南北朝时形成牛女婚后一年一度相会的模式,此后吸收了"两兄弟"和"天鹅处女"故事的一些情节,作品的风貌更接近幻想故事。又如盘古神话,现代河南桐柏地区流传的文本,除了讲盘古开辟天地、造大山之外,又吸收了洪水和兄妹结婚、生八子,死后葬于八子山,用泥土造人、盘古山和盘古庙传说等③。

(5)故事流传后,在原来基础上又增续新的内容,使故事情节进一步发展。

---

① 许钰《鲁班传说的产生和发展》,《民间文艺季刊》1986 年第 1 期。
② 程蔷《中国识宝传说研究》,上海:上海文艺出版社,1985 年。
③ 《盘古开天》,《民间文学》1986 年第 1 期。

如田螺娘故事,《搜神后记》中的《白水素女》,男主人公发现田螺女后,她即离去。后来唐代《原化记》中的《吴堪》增续了吴堪与田螺女结婚①,婚后二人又和县令反复进行斗争,成为这个类型故事现代流传的基本模式。又天鹅处女型故事,《搜神记》中的《毛衣女》,叙男主人公与变形为鸟的女子结婚,生三女,后鸟女得毛衣而去,不久把三女也接走。唐五代时勾道兴本《搜神记》中《田崑仑》故事,叙白鹤仙女生子田章,仙女离去后,田章寻母,此后又增续了田章从天界返回人间,应皇帝之诏,连续辨识世间罕见之物的内容等等。

---

① ［宋］李昉《太平广记》第 83 卷。

黄帝传说的象征意义及历史成因

刘铁梁

河南省新郑县以"轩辕故里"著称于世,这里至今流传着关于黄帝的传说故事。反映出此地作为史前黄帝部落活动地区的特殊地位。"轩辕故里"是否就是真实的历史事实? 具体来说,史前是否有黄帝这一位伟大的历史人物,而是否他又出生在"轩辕之丘",国于"有熊之墟"? 这种问题从历史文献的诸多叙述上看,似乎是可以作肯定答复的。但随着历史科学的现代发展,特别是人们对没有文字之前的远古时代认识的进步,这一类问题就需要被重新考虑了。目前,学界比较统一的看法是,传说中的黄帝代表着原始氏族社会时期生活在黄河流域的一大部落联盟(或称部落集团),而不单纯是个别的历史人物。这与炎帝代表黄河流域另一大部落联盟,蚩尤代表东部地区的一大部落联盟,三苗氏代表长江流域的一大部落联盟等,在道理上都是一样的。当然,种种传说也透露出黄帝可能是这一部落联盟在其兴盛时期的著名首领,而且更可能是领袖人物的化身,也是可以的。但传说毕竟是传说,而且黄帝传说又具有神话的性质,所以我们如果用信史的眼光看待,就过于牵强和拘泥了。同样,我们也不能仅从历史真实的角度去为"轩辕故里"作论证。如果说封建时代的史家为了给古代帝王治系的目的,把黄帝和其它本来带有标志意义的名字完全当成实有的个人看待,因而犯了牵强附会的毛病,那么我们今人就应当对这一类口传现象给予正确恰当的分析,而不必重蹈覆辙。人类学、考古学、民俗学等对于分析这些传说是绝对必要的知识。从民间口承文学的角度来看,这些传说除曲折地反映出某些原始社会的历史现象之外,其保留到今天的意义,在很大程度上是我们中华民族共同心理的表现,是包含着丰富的象征意蕴的。所以,新郑作为黄帝出生之地的说法,既有某种历史依据方面的信息,也有我们民族为满足确认自己始祖所居之地的心理需要方面的内涵。这两个方面统一于传说当中,就产生出有力的社会影响,使人们宁愿相信新郑是其它地方不能代替的我们民族始祖出生和创业的地方,是不容怀疑的"轩辕故里"。现在让我们把史载的和新郑至今流传的黄帝传说结合起来,考察一下它们所表现的民族精神方面的内容,也就是它们在从古至今的流传过程中所形成的象征意义。

一

黄帝是中华民族的共同始祖先,这是黄帝传说的一个基本象征意义,也是中华民族团结统一的强大的精神支柱。中国几千年的历史虽然有分有合,但国家统一的局面始终居于主导地位。这除了政治、经济和一般文化上的原因之外,共同尊崇炎黄祖先的民族心理是起到了巨大作用的。而这种心理又是在长期历史上形成和稳定下来的,史籍所记载就说明了这个问题。

最先把黄帝作为传说对待的是汉代的司马迁。《史记·五帝本纪》云:

> 太史公曰:学者多称五帝,尚矣。然《尚书》独载尧以来,而百家言黄帝,其文不雅驯,荐绅先生难言之。孔子传宰予问《五帝德》及《帝系姓》,儒者皆不传。余尝西至空峒,北过涿鹿,东渐于海,南浮江淮矣,至长老皆各往往称黄帝、尧、舜之处,风教固殊焉,总之不离古文者近是。

所谓"儒者皆不传"而各地长老皆称的黄帝之事正是民间传说,但当时司马迁却深感对这些传说难以征引,只能"择其言尤雅者"。重要的是,司马迁已告诉我们,黄帝传说在他那个时代已遍及中土。先秦的史书《国语》《左传》已均提及黄帝,特别是《国语·晋语四》载:"昔少典娶于有蛟氏,生黄帝、炎帝。黄帝以姬水成,炎帝以姜水成,成而异德,故黄帝为姬,炎帝为姜,二帝用师以相济也,异德之故也。"是关于黄帝所出生及发迹之事的有影响的一种说法。《国语》又说:"黄帝之子二十五人,其同姓者,二人而已","其同生而异姓者,四母之子,别为十二姓"。这表现出战国时期史家重视世系,不仅要说清黄帝是少典氏之子,还要说清黄帝的子嗣问题。同时期的《大戴礼》在《五帝德》和《帝系》篇中更是列出黄帝后裔的谱系。其中《五帝德》将黄帝与颛顼、帝喾、帝尧、帝舜这五帝之间的裔承关系讲得很明白,已经很少记述关于他们的神话,而是将天神之黄帝一变为人王之黄帝。类似这种情况,反映出战国时我国史官文化已经相当成熟,其史学意识明显地表现出来。这种将神话色彩极浓的黄帝传说改为人事之历史的工作,一方面使得神话传说的一些丰富内容失掉,另一方面又客观上把黄帝作为中土历史上最早帝王的地位肯定了下来。司马迁基本上采取这种做法,因此没能留下他亲自调查到的"不雅驯"的传说材料。

当时的这些记载还反映出人们对作为古代人王祖先的崇拜心理,并且是和祭祀仪礼结合在一起的。本来,"黄帝"之"帝"意即"天神",有很多卜辞为证,如"今二月帝不令雨"(见《铁云藏龟》);"帝其乍(作)王祸"(见《殷虚文字乙编》)等。祭帝的礼仪叫作"帝",所以后来又加示旁作"禘",而在卜辞中原为一字,如:"贞帝于王亥"(见《殷虚书契后编》)。"黄"字,据推测又是"皇"的本字,意为"光"[①],在此形容天神的光辉。可能这说明至商周之时,这种超氏族的神,即皇天上帝,开始与氏族神相结合,而为人们所祷祭。顺便说明一点,史前既有对天体的崇拜,又有对祖先的崇拜,二者并行不悖。因为对于祖先的崇拜只能由血缘关系的氏族内部发生,并且对天体自然的崇拜应该不会发生得太早。这一点,我同意某些宗教学家的意见,比如苏联学者约·阿·克雷维列夫在其《宗教史》中所言。那么后来战国之时对黄帝的记载又说明黄帝已具有的天神地位,即结合自然崇拜的超氏族神的性质,这时又进一步发生了变化。在这个时期的人看来,天神的性质并不能完全决定该神作为超氏族神的地位。不仅如此,即便那些感生神话、图腾神话之类也不能完全约束人们去敬祭某位超氏族神。人们更关注的是自己这一族人究竟与这位超氏族神有无亲缘关系。战国史籍对于黄帝世系的谱写就反映了此时人们的这种倾向于现实的心理。表现在祭祀制度上,就出现所祭对象的远近差别。《国语·鲁语》引《展禽》:

---

① 《汉书·艺文志》:"中道者,黄道,一曰光道。"《风俗通》:"黄,光也。"

有虞氏禘黄帝而祖颛顼,郊尧而宗舜。夏后氏禘黄帝而祖颛顼,郊鲧而宗禹。商人禘舜而祖契,郊冥而宗汤。周人禘喾而郊稷,祖文王而宗武王。

徐旭生先生认为这种整齐划一的祭祀制度,实际上都是周以后的事情。有虞氏实指陈人,夏后氏实指杞人和鄫人,商人实指宋人(见《中国古史的传说时代》第五章)。这制度中的"禘"是天子诸侯宗庙的大祭;"郊"是在郊外祭天地;而"祖"和"宗"则是偏重对先人的拜祭。四者既有规模大小,又有对象远近的差别。所禘的对象时代较远而更令人敬畏,所以才规定:"礼不王不禘。王者禘其祖之所自出,以其祖配之"(《礼记·丧服小说》又《大传》),其祖不曾王的后裔就没有资格行禘礼。总之,这种祭仪中重亲缘分远近的现象是值得注意的。虽然是王室、贵族之礼,亦反映出时代心理的变化。而这种变化在对黄帝祖先的认同上不可能不产生影响。黄帝既威严,又后嗣众多,其人王祖先的地位愈益显著。

黄帝成为中华民族的祖先,除了史家为帝王治系和尊祖崇宗心理早就浓厚起来的原因之外,与政治上朝着宗法制度发展也有很大关系。早在西周初期的"分土封侯",对于巩固周王室对被征服地区的统治,起了重要作用。分封的诸侯有三类,一是周的同姓贵族,二是功臣谋士,三是古帝圣王的后裔,其中以同姓者居多。《左传》僖公二十四年:"周初立七十一国,姬姓独居五十三人。"这样,以血缘宗族关系来调整周王与贵族的关系,就成为西周奴隶制宗法制度的基本内容。那些非同姓诸侯在自己族人内部也奉行这种宗法制。血缘关系和政治关系一相结合,对血缘关系的重视程度就必然加重,同时,由于嫡长子继承制的严格实行,又必然强化人们对政治权利世袭关系的服从意识。这对于以后的史官为传说中古帝圣王作世系,不能不说是客观的政治上的原因。

在周初,一些古帝圣王后裔被封为诸侯,表明了周统治者对这些异姓人所祀奉的祖先是极其尊重的。如《左传》昭公八年:"及胡公不淫,故周赐之姓,使祀虞帝。"这里所说的是舜的后裔胡公被封在陈的事情,此外像商纣王的庶兄微子被封在商丘,承商祀建立宋国。夏禹的后裔东楼公被封在杞,承夏祀建立杞国等。关于胡公被封在陈,又关系到晚周彝器《陈侯因资镎》:"其惟因资,扬皇考绍緟(昭统),高祖黄帝,佚(迩)嗣桓文,朝问诸侯,合扬厥德。"按因资即田齐,陈胡公二十三世孙。此彝文明示他是黄帝之后。此外《吕氏春秋·慎大》记有武王封黄帝之后的另外一件事:"武王胜殷,入殷,未下辇,命封黄帝之后于铸。"这些情况都表明,在周初建立奴隶制的宗法制度之后,周人对以前帝王的后代是很宽容的。特别是黄帝后代的被分封,使得黄帝高祖的名声得以播扬。这可能是黄帝后来被各姓氏的人都认作始祖的一个契机。

从秦人禘祀制度的变化可看出晚周各方诸侯间信仰观念的交融。秦人原系东夷部落联盟首领伯益的后裔,周孝王封伯益之后于秦地。秦灵公时修祀典,将黄帝与青、白帝并祀。《史记·封禅书》:"秦襄公既侯,居西垂,自以为主少暤之神,作西畤,祠白帝,……文公梦黄蛇自天而下属地,其口止于鄜衍。文公问史敦,敦曰:'此上帝之征,君其祠之。'于是作鄜畤,用三牲郊祭白帝焉。……秦宣公作密畤于渭南,祭青帝。……秦灵公作吴阳上畤,祭黄帝;作下畤,祭炎帝。"秦人将黄帝并入祀典,说明他们在扩充疆域的过程中,不得不尊重中原及西部地区人民的信仰。后来秦始皇统一中国,秦人对黄帝所取的尊重态度,也为黄帝传说的流传和扩布提供了有利条件。

所以说,黄帝作为中华民族始祖的象征意义,其形成是有一个长期过程的。在这个过程中,有多方面的原因促使黄帝传说向人王祖先这个核心上变异。原始神话传说被史官们历史化,周秦以来各方宗教文化的交流和融通,政治制度的需要等,就是重要的几方面原因。当然除此之外,还有道教兴起等其它原因,比如《山海经》及其它古籍上均有关于黄帝的神话色彩浓厚的故事记载,这可能反映出在民间,黄帝传说的实际流传仍然没有受上层政治、宗教、文化的完全限制,而与民间巫术、道教等发生了更密切的联系。但《山海经》中把黄帝视为沟通天地的神,并且居天地鬼神之首席①。《淮南子·天文训》也说:"中央土也,其帝黄帝。"高诱注:"黄帝,少典之子也。以土德王天下,号轩辕氏,死托祀于中央之帝。"这种情况与黄帝作为始祖的传说,有着内在统一的神格关系,从人们尊崇的心理上看也没有什么矛盾。

---

① 《山海经·西山经》:"昆仑之丘,是实惟帝之下都,神陆吾司之。"《韩非子·十过篇》:"昔者黄帝合鬼神于西泰山上……大合鬼神,作为《清角》。"

二

　　黄帝是中国人民心目中为民造福和发明创造的英雄,这是黄帝传说的另一个象征意义。这个意义和上一个意义在人们的观念中其实是不可分开的统一整体。我们作这样分析,只是为了说明问题。

　　从新郑县流传的黄帝传说看,这一个象征意义表现十分突出。传说中的黄帝受到民众拥戴,他身边有许多贤臣名将;他在中原艰苦创业,虚心向能人求教,作出重大的发明创造;他矢志不移地寻求治国之道,推动了社会历史的进步。

　　关于黄帝开发中原,创始中华文明的传说,历史记载与今天的流传是一脉相承的。其基本精神总括起来就是:史传黄帝时代,黄河流域的中原大地才开始了古老的农业生产,人民生活才得以稳定,发明创造才迅速出现。传说赞颂黄帝的丰功伟绩,实际是赞颂整个民族艰苦创业和文明开端的历史。

　　据传发明农业的,是炎帝神农氏,或后稷。《商君书·画策》:"神农之氏,男耕而食,妇耕而衣。"《太平御览》引《周书》:"神农作陶冶斤、斧、钼、耨,以垦神莽。"《国语·周语》:"稷勤百谷而山死。"《山海经·大荒西经》:"帝俊生后稷,稷降以百谷。"还有说炎帝后裔"烈山氏之有天下也,其子曰柱,能殖百谷"(《国语·鲁语》)。以后,《史记·周本纪》中有后稷稼穑的故事,晋《搜神记》有神农鞭百草、播百谷的故事等,而黄帝不曾作为农业创始人出现于故事中。《大戴礼》和《史记》说过黄帝之时"播百谷草木"和"淳化鸟兽虫蛾"这样简单的话。可见在传说中,黄帝对于农业的贡献,主要不在最初发明,而在大力发展上。

　　原始农业是在采集植物的基础上产生出来的,而在农业生产成为人们主要生活来源以后,在相当长的时期内,采集依然是不可缺少的。后稷稼穑和神农尝百草的故事中都曲折地反映了这个过程。后稷、神农是在采集中善于观察植物生成习性和食用价值的。但种植百谷还需要土地和水利的条件。为开辟宜于种植的土地,先民主要是采取刀耕火种的方法,即在森林边缘纵火焚烧荆莽,再进行点种。这种办法还起到驱赶野兽的作用。在传说中,黄帝时代就是这样做的。《管子·轻重戊》:"黄帝之王,童山竭泽。"就是说黄帝之时用火烧掉山地上的草木和使沼泽变得干涸,来创造条件进行农业生产。《管子·揆度》又说:"至于黄帝之王,谨逃其爪牙,不利其器。烧山林,破增薮,焚沛泽,逐禽兽,实以益人,然后天下可得而牧也。"开辟土地发展农业的举动看来是很大的,并且达到了"牧"(治理人民)的效果。现流传在新郑的一则故事更生动地叙述了黄帝在平原上发展农业的情况,比刀耕火种阶段似又大大前进了一步,这就是收在《轩辕故里的传说》中的《访贤》。故事说,黄帝不辞辛苦,寻找到能播五谷的老人后稷,并且了解到后稷和乡亲们虽然懂得农业,却无力抵抗一种怪兽用洪水来袭击和另一种怪兽用干旱来破坏。于是,黄帝就表现了自己善于驱散野兽的本领,诚心诚意地和后稷结成了联盟,并且一起迁居到具茨山下,姬水河畔,共同开垦土地,整修田园。这个故事是有某些历史影子的。我国远古的农业很可能有一个由丘陵地带向大河流域平原推展的过程。有关考古资料表明,在河水泛滥地区和干旱高山地区,都不利于最初的作物种植,而只有在人类掌握了一定的水利技术和掘井技术以后,种植业才可能由"山前"向"大河"发展。当然,这也不是绝对的。

　　新郑的另一则黄帝传说(《黄水河的传说》)讲述黄帝在大旱之年亲自寻找河流上游的水源,在一个山涧里发现了岩石边有一片湿地。他带领大家用打木桩的方法,掘出了泉水,于是水流成河,就是现在的黄水河。这一故事也反映出先民在农业生产中的一项重大发明创造。我们如果从逻辑上推测,人类掘井技术应该首先出现于狩猎阶段,即用挖陷阱的办法捕获野兽(《易·井》:"旧井无禽")。在种植业出现以后,人们除了自身饮用需要以外,灌溉的需要也逐渐突出。这样,人类从对地表水的观察到对山泉水的观察是可以想见的;进而用狩猎时的掘井技术来开掘泉水则也是顺理成章的事情。此外,按照徐旭生先生在《中国古史的传说时代》的说法,最初凿井技术的发明,是与在河流湖泊近岸挖土有关系的,因为第一,石器时代遗址都离水边不很远;第二,古代人传说协助大禹的伯益是凿井技术的发明人。而他必然是用石器时代末期的简陋工具常在河湖附近挖土取深的人。徐先生推论正是大禹治水的时代才发明凿井技术。新郑的这则传说,在基本情节甚至一些细节上(如先发现湿地;用打木桩方法等)都跟一般人推测和徐先生的分析相合,只是发明掘泉的时间比徐先生说的早,但这属于传说中时间、人物不那么确定的正常情况。如果说掘井技术的发明使得农业民族开始不受河湖水源限制并向广阔地区发展的话,那么黄帝发明掘泉技术,就正是为农业大踏步前进做出了沾溉后世的伟大贡献。"吃水不忘掘井人",故事的象征意义是十分显明的。

与农业生产的发展密切相关,居室和村落的出现,也是原始人类取得重大进步的标志。传说黄帝是宫室居住的发明人。《白虎通》:"黄帝作宫室以避寒湿。"在新郑传说中也提到黄帝时代,有巢氏把建筑房屋的技术传授给中原的人民;还提到"鬼打黄帝城"这种大规模的建筑之举。

黄帝及他的臣子发明甚多,其中很多是跟农业生产和手工业生产相联系的。应该指出,只有当农业生产达到可以基本满足人类对食物的需求之后,才可能出制陶、纺织、甚至冶炼等手工业,而传说中的黄帝时代,这些手工业都出现了。新郑有《黄帝选妻》《嫘祖养蚕》的传说故事,都是讲发明养蚕的嫘祖,被黄帝看中和娶为妻子。一方面,故事赞颂了嫘祖神奇的发明创造,另一方面也赞扬了黄帝重才甚于重貌的择偶标准。这实际是追溯黄帝时代,尊重创造和勇于奉献的精神成了最高的道德标准,同时,"男耕女织"的社会分工方式也开始出现了。这些都可能反映出一定的历史真实。

至于黄帝时代发明舟、车的传说,也是农业生产力提高以后,物质交流和人事交往不断加强的历史折光。总之,有关黄帝及其臣子等作出众多发明创造的传说,曲折地反映出我国原始农业在经历了一段相当长的时间之后,曾经由于在土地、水利条件方面和工具、耕作技术方面发生突破性的变化,而进入一个较快发展的阶段;同时,农业的进步又给其它物质的生产造成了有力的影响,从而带动了整个社会的前进和文明程度的大幅度提高。当然,原始农业及其手工业的进步不可能像我们想象的那么快,即使是在突破性发展的时期,其节奏在今天看来也是缓慢的。黄帝传说对这种进步过程的描述,当然具有艺术的象征性和浓缩性。

传说黄帝及属下的发明创造,不仅在物质和生产技艺方面,也在社会组织方面和精神文明方面。

在社会组织上,黄帝"始作制度"(《白虎通·号篇》)。他"经土设井,以塞争端。立步为亩,以防不足"(《通典·食货》)。这显然是对土地、灌溉方面加强了管理。他"能成命百物,以明民共财"(《国语·鲁语》)。这些说法都反映出氏族制度后期社会发生的深刻变化。也就是说,随着生产力的发展,氏族内部的生产出现了剩余产品,因而在交换当中引发了人们占有更多社会产品的欲望;从牲畜、工具等动产,到土地、水源等不动产,渐次由公有制向私有制一步步变化。在这一过程中,原有的公社所有制处在瓦解崩溃当中,新的分配关系和占有关系必然要由一定的习惯上升为一定的制度规定。这一社会活动可能就是"黄帝始作制度"的实际内容。值得注意的是,在民间传说中,黄帝并不是依仗部落联盟首领的地位而占有更多财产的人,相反他忧国忧民,面对社会变化急于寻求治国之道。在新郑搜集的传说《黄帝治国》中:黄帝梦游华胥氏国,对那里的人民没有私欲、财产共有和相亲相爱的状况十分羡慕。故此他抱病出游,终于得到了治国的宝书和神图。故事里的华胥氏,在一般传说中是伏羲氏的母亲,而伏羲所处的时代要比黄帝时早,也就是渔猎和采集时代。这样看来,原始共产制仍然使黄帝留恋。但我们相信,黄帝时代必须要有新的制度,而不能使历史倒退。那么民间传说中黄帝治国的方案,实际所反映的是广大劳动人民反对剥削压迫的愿望,与封建时代史家所赞扬的意思并不完全相同,另有一篇《双洎河的传说》,讲黄帝通过难题测验来教育他的两个儿子,让他们懂得治国要旨在于使百姓齐心协力的道理。这与《庄子·天运》中所言"黄帝之治天下,使民心一,民有其亲死而不哭",基本精神也是一致的。

在精神文化方面,黄帝令仓颉作字,伶伦作律吕,大桡作甲子,隶首作算数,容成作调历,巫彭作医,等等,不胜枚举。所有这些都反映了黄帝时代,中原大地正迈向人类文明的门槛。考古发现,在相当于史传黄帝时代的新石器时代中、晚期,确有与上述传说相吻合的文物遗留。如西安半坡遗址出土的彩陶外壁,发现有很多整齐规则并有规律性的刻符,对此,郭沫若先生在《奴隶制时代》中指出,这是"中国文字的起源,或者中国原始文字的孑遗"。在许多仰韶文化彩陶上都可以看出表示数字的刻纹和几何形的图案。在郑州大河村遗址的彩陶上,发现有太阳、月亮、日晕和星座图案,特别是一组十二个太阳的图案,这些都是我国最早的天文或者还包括历法的实物资料。从河姆渡遗址发现药用植物的采留堆积,仰韶文化发现骨折愈合的死者骨骼等,可以知道当时的医药水平。

黄帝发明创造的传说,透露出在原始农业占居主导地位之后,一方面配合生产的知识需要，一方面配合生产组织和分配关系的复杂发展，当时的人在对自然规律的认识上，同时在对社会人事关系的理解上以及信息交流的水平上，都有了很大的提高，而且此时已经出现了众多的专门知识人才。黄帝及属下的名人就是当时杰出人才的代表，也是那个时代广大人民的代表。

　　我们说黄帝是"人文始祖"，就是说他不仅在血缘关系上是我们民族的祖先，而且在文化继承关系上是我们民族的祖先。我们中国人都为自己有这样的祖先而骄傲。黄帝的名字是与古往今来关于他的传说联系在一起的，是与这些传说体现出来的精神意义联系在一起的。所以，考察黄帝传说同我们民族历史的种种实际关连，就可以更深刻地理解黄帝传说所蕴含的民族心理积淀及其历史发端的象征意义。

民间文学体裁学的学术史

董晓萍

民间文学有哪些体裁？这些体裁怎样被民众和知识分子们所认识？各种体裁在不同历史时期如何发生不同的社会作用？……这些都是涉及民间文学体裁学的问题。民间文学体裁学研究的实质，是对于民间文学艺术本质的一种理解。本世纪以来，特别是 80 年代以后，民俗学者在对这些问题的研究上，产生了许多新见解，本文就此稍加讨论。

一、民间文学的特征在各类民间文学体裁中的反映

民间文学的基本特征，如集体性、口头性、变异性和传承性等，是通过民间文学的各种体裁形式反映出来的。中国民间文学的体裁，按照钟敬文先生主编的《民间文学概论》所确定的范围，有神话、传说、故事、歌谣、史诗和民间叙事诗、谚语和谜语、民间说唱、民间戏曲等 10 类①。在搜集整理民间文学作品和开展研究工作的时候，又通常把神话、传说和故事划为散文类，并泛称其为民间故事，在老百姓的讲述活动中，也习惯上把它们归为一类，称之为说故事，或说瞎话。歌谣、史诗和民间叙事诗、谚语和谜语，被划为韵文类；民间说唱和民间戏曲，被划为表演艺术类。在国际民间文学比较研究（特别是类型研究）中，又将散文类和某些韵文类、表演艺术类的民间文学作品合并起来，以其共有的情节要素特征，统称为民间叙事作品；把余下的谚语和谜语，称为非叙事类民

---

① 钟敬文《民间文学概论》，上海：上海文艺出版社，1980 年。

间文学作品。目前我国学者大都持这种意见。

但是,把学者的研究和民俗志的资料结合起来看,就会发现,在各类民间文学体裁的划分上,存在着一些矛盾。比方说,在观察民间讲述活动和从事田野资料研究的阶段,还要从民众观念、或这种研究角度出发,去把握对体裁的认定。这里举两个例子。第一个例子,是我国地域广大,一种民间文学作品,在这里是传说,在那里可能是故事;在这里是山歌,在那里可能是戏曲。第二个例子,是我国民族众多,在汉族的叙述中,神话是散文,在西南少数民族中间,有时却是韵文。在这种情况下,会感到以往对民间文学体裁的界定,都不灵了。其实,这正是民间文学研究进入民俗志阶段后,要经常发生的困惑,现在民俗学界称之为“全丢了”(lost everything)的现象。它提醒学者,对于民间文学体裁划分的认识,既要看到它的稳定性和相对性的一面,而更主要的,是应该牢牢抓住民间文学艺术本质的思维目标,去讨论民间文学作品的体裁问题。

如何认识民间文学的艺术本质,是研究民间文学体裁学理论的关键。这一本质,通过各类民间文学体裁的作品得到体现,它可以分为三个方面:体裁的艺术特点,体裁反映观念的方式,体裁的形式的内容与民间文学基本特征的关系。刚才我们说过,在民俗志的资料中,民间文学各类体裁的界限,往往交织在一起,变幻不定,就是这三个方面的不同组合所变化出来的不同体裁样式。你看在老百姓的讲述中(或表演中),民间文学体裁的边界,可能是跳来跳去的,会像“空中的鸟不受任何阻碍地从这一类飞到那一类”[①],但不变的是民间文学的艺术本质,它是稳定的。民间文学的体裁形式的相对化,正好证明,这种艺术产品在民众集团的口头流传中,能根据不同地区、不同民族的欣赏需求,自由地调整对内容本质的表现方式。在民间文学的生态环境中,体裁只是一个过程而已。但这个过程不能没有,民间文学的四性特征[②],是在这个过程中表现出来的,民间文学的艺术本质,则是这个过程的唯一结果。下面,我们

---

① ［罗］Ⅰ·奥普里桑《从美学观点谈民间散文体创作的研究和分类的若干问题》,徐淑敏译,中国民间文艺研究会研究部编《民间文学理论译丛》第一集,北京:中国民间文艺出版社,1986 年,第 191—203 页。原文未出示译文原作者的外文姓名,特此说明。

② 四性,即本节开头提到的民间文学的四个基本特征:集体性、口头性、变异性、传承性。

做一个简要分析。

　　先说神话、传说和故事体裁。它们都是人类社会早期的产物,在艺术表现特点上,都有幻想色彩,三者的体裁边界经常混淆。尽管如此,三者体现艺术本质的各自过程还是存在的:

　　1.完成过程的形式不同。神话是幻想作品,主人公是神格形象,讲述另外一个生命世界的故事,而原始先民深信不疑,认为是"现实的"人和事。传说是民间的口述历史,主人公有名有姓,情节线索有一定的历史依据,具有很强的历史性,讲述以让人相信为前提,解释人物、事物或社会风俗的由来,信息量大,结果使人半信半疑。故事主要表达观察或批评、讽刺社会现实的观念,主人公多为泛称,情节结构采用三迭式,穿插套话,听者明知是虚构,又乐于接受其寓意性和娱乐性,传播能量最大。

　　2.完成过程的思维材料的差异。故事听来听去,好像是"眼前事儿",人们总能对故事里面的人物和事物找出身边生活的影子;传说老是"讲古";在叙述的时间和人物上都保持着明确的时代距离感,但还不至于到不可捉摸的程度。神话不然,神话形象一般都是面目模糊或与人体相差很大的异类,神话作品在流传过程中,往往对此作隐喻的解释,使神话的生存得到现实合理性。例如,一种解释说:

　　　　四川彝族古代英雄吉支呷洛用箭射掉五个太阳,六个月亮,留下一个太阳,一个月亮。太阳是女的(有的说她被射瞎了一只眼睛),害羞,不敢出来,吉支呷洛就给她一把绣花针,当她出来时就撒下一把针来,人们就不敢看她。云南傣族也说是女人变的,害羞,出来时撒下一把针,使人不敢看她。①

　　究其根源在于,神话的幻想是对未知事物的解释,而传说和故事是已知事物与幻想构思相结合的产物。

　　再看韵文类的歌谣、史诗和民间叙事诗体裁。它们近年被国际学界统称

---

① 朱宣初《论我国各族民间文学的相互影响》,《山茶》1980 年第 1 期。

为"民族志诗歌",旨在强调其以音乐文学的方式,表达某一民众集团普遍认同的思想、情感、审美价值观和生活习俗的特征。民族志中的民间诗歌体裁,还含有运用民间音乐之意。我国学者已经注意到,西方学界在这方面有不少研究成果,并进行了介绍,如有的学者在译文中说:"音乐的传统从一个地域传到另一个地域变化很大。在某些地方歌词是不大重要的,它似乎主要是用作音乐的补充。经常有无意义的单音节词和很多重复伴随着歌声或乐器。在世界上很多地方,人们用皮鼓和拨浪鼓、用手或脚打拍子,或弹竖琴,给所有民歌的吟唱者以强烈的韵律音响。……很多地方,有些表面上无意义的民歌是很重要的,是用作激发战争或爱情,以及作为宗教或世俗仪式的一部分。通过它们,集团表示它的共同情感或减轻公共劳动的重荷。"①但在我国,民间诗歌的情真,是直接打动人心的民间文学魅力之源,它主要是通过歌词得到体现的。在我国民俗学界,这一类的研究更多一些。

韵文体的谚语和谜语体裁,形制短小。它们的大部分作品,在文学史上的意义不大,但在民间文化史上却意义重大。例如,在中国这个农业国家,农谚起到了总结生产经验和指导农业生产的作用。谜语的表述过程是描述的,诡秘的,说谎式的和娱乐的,但在远古时代,它却是检测人口的智力以"择种留良"的工具;在我国的先秦时期,谜语的使用过程,还带有严肃的政治、军事和外交意义。至今它仍是开启人们心灵智慧的钥匙。

表演艺术类的民间说唱和民间戏曲体裁,以平凡人物为日常生活的镜子,容易引起广大农民和市民阶层的亲切感,更能打动人心,受到欢迎。中国元代以后,以关汉卿为代表的书会才人,加入民众创作队伍,改编民间说唱和戏曲原作,提高了这类民间文艺体裁的表现力,扩大了它们的社会影响。元代是中国知识分子第一次自觉地给民众提供文艺产品的时代。但在知识分子加入的那些民间文学生态过程中,民间文学体裁的相对化界限消失了。民间文学的艺术本质也改变了,变成了通俗文学。

---

① 《大英百科全书》"民间文学"条,洪怡译,《民间文艺学集刊》,上海:上海文艺出版社,1981 年,第 1 期,第 340—364 页。

二、民间文学体裁的使用语境

民间文学来自于民众生活,这就决定了民间文学体裁的一部分形成因素,蕴藏在民众生活之中,现代学界流行的词汇把它叫做"语境"。那么,有否可能用民众生活自身的语境中的概念来研究民间文学的体裁?换句话说,我们能否知道老百姓怎样认识这些体裁,从而站在他们的角度来调整我们的体裁观,以确立另外一种体裁研究的范畴呢?

本世纪以来,我国民俗学者的认识,已经涉及到这个范畴,像上面提到的,在民间诗歌的概念中包含了运用民歌的见解,不过,一般学者喜欢作功能论的解释,即把体裁与民间生活的联系,说成是一种直接的、平面的整合。近年来,国际学界开辟了这个课题的专门研究领域,提出了"民族诗学(Ethnopoetis)"的新概念,指出不要平面地、而是分层次地研究民间文学体裁与民族志文化生活资料的关系的必要性。有的学者还进一步指出了民间文学体裁的"谱系"现象,意思是说,在民族共同体的文化中,经常存在着从书面文献到口头传承、再从口头传承的一种体裁到另一种体裁之间的过渡问题,像光谱一样,是一层一层地、由深到浅地淡化或渗透的。这也启发了我国学者,在思考民间文学体裁的使用语境问题上,注意这种多层次性。

目前学者对民间文学体裁的使用语境的认识,大致包括以下几种角度。

(一)体裁与生活

一种活着的民间文学,它从集体到个体的传播,或从个体到集体的传承,中间有一个过渡,被学者称之为喻说式的描述。这一过渡的完成,离不开讲述人的幻想或想象[1]。而从体裁学的角度看,在完成这个过渡的过程中,还存在着一种民间文学与民众生活沟通的自然手段。当我们研究无论哪种民间文学体裁的时候,都会感到有某些个"我们"在通过各种话语,表达自己属于多重社

---

[1] 美国历史学者怀特借用 18 世纪意大利哲学家维柯的神话四重式喻说学说,发明了历史话语的喻说理论。其影响遍及人文学科的许多领域。我国学者也在民间文艺学的研究中,借鉴了这一理论。参见拙作《民间文学传承研究概论》,原载《民俗博物馆学刊》1998 年第 1 期,第 51—59 页。

会境界的深情。民间文学里的多重社会境界,是用家庭、家族、氏族和部族的谱系关系来编制的。神话是在讲"我们和神们"的故事,传说是在讲"我们和祖先们"的故事,故事是在讲"我们和我们"的故事。按照家庭谱系的生活方式,这些故事体裁中的形象(人、事、物),以与"我们"的关系远近清晰不等的程度进行排列,于是出现了神话、传说和民间故事差别。不用说,神话与我们的关系最远,传说与我们的关系不远不近,民间故事与我们的关系最近。

但不论怎样,体裁是被溶入民众的生活后加以使用的,脱离民众生活方式的民间文学体裁是找不到的。比方说,在中国神话里的"神们"的故事是如何被叙述的呢? 神话讲神祇们的姻缘关系和血缘关系(包括他们的长辈和晚辈),讲他们的氏族系统(扩大了的家庭),讲他们的生活方式、存在方式、体型、肤色和发音,这就像一家人看另一家人一样,虽然是未知的,但又是富于想象的。另一方面,神话体裁的叙述又是与人类生活长距离的叙述,如神祇们的生活方式和体貌像飞禽走兽一类的动物;神祇们的发音很简单,如《黄帝战蚩尤》的神话讲,蚩尤"兽身人言",我们无法知道动物能说的"人言"是什么? 但神话告诉我们,神祇只会简单的发音,有时只有一、两个音节,如畲族神话讲,神人结合后生了三个孩子,给老大起名姓钟,给老二起名姓白,给老三起名姓蓝,他们就是畲族的祖先。在这则神话里,"钟"、"白"、"蓝"只是三个单音词;有时只是一种含糊不清的声音,如神话中的雷声、风声、夔的乐器声等;辨认神话形象只好凭借功能和角色两个要素;等等。人们由此意识到了神话的遥远。

(二)体裁与宗教

中国神话的谱系,是经过学者的历史知识推导得来的。他们也利用历史化了的资料,去认同其它神话。历史化的神话经过中国民间宗教的改造后,就成了宗教神话,也称创教神话。在西汉道教的创教说中,就有西王母的神话。民间宗教也保护了一些民间文学体裁,在有的历史时期,还促进了它们的发展。如宗教在确定了起源时间和文化英雄在各种谱系传承中的位置后,又要以同样的方法,划定一片中心区,认为世界应当是围绕着它而构成的。大量的民间宗教圣地的传说、朝圣传说、"乐土"传说、讲经故事和宣卷说唱,乘机兴盛。一位学者总结说:"几千年来,我国的宗教史和上古社会传承下来的神话之间,存在着互渗的错综关系。单线型的神话史和宗教史都是不存在的。"①马学良等认为:"许多神话既是宗教观念的基础,也是民间文学推广的泉源,二者表里杂糅,难分难解。"②他所持的民间宗教和民间文学对神话体裁双重使用的观点,在我国兄弟民族的民间生活中表现得更为明显。

（三）体裁与文献

据调查,福建的福安、福鼎、霞浦和宁德等县的畲族有一种民间文学体裁叫"小说歌",又叫"全本连",主要是改编汉族的古典小说或评话唱本发展而来的,所依据的书面文献有《西游记》和《三国演义》等。季羡林先生认为,中国民间文学中的变文故事体裁的来源,有两条路,其中的一条便是印度佛经的翻译文献③,这是书面文献的影响。其次,有些民间手抄文献也对某种民间文学体裁的生存起着至关重要的作用,河北乐亭的皮影戏就是这样。出身皮影世家的著名艺人曹永泰说:"不看本子,就没戏了。"考虑到体裁与文献的关系,张振犁谈过这样一条田野作业的经验:"为了反映古代神话在民间传播的整体信息,除选入神话的原始作品（或比较接近）之外,同时收入调查得来的历史、文物、图片、档案等资料,分类插入各个专题的神话作品之后……"④他说的历史、文物和档案,包括了上中层的书面材料。

在民俗志资料中,上述民间文学体裁,均非被首先当做文学作品看待,在民众的观念中,它们的严肃性大于娱乐性。

三、民间文学的体裁史

在这方面,学者主要研究了民间文学各类体裁的产生和发展过程。

（一）民间文学在体裁史中如何形成自己的艺术特点

从"五四"时期至40年代,我国学者对此的解释以进化论为主。胡钦甫所

---

① 张振犁、程健君《中原神话专题资料》,郑州:中国民间文艺家协会河南分会,1987年,第7页。

② 马学良、王尧《民族民间文学与宗教》,《民间文学》,1980年第2期。

③ 季羡林《印度文学在中国》,《文学遗产》,1980年第1期。

④ 张振犁、程健君《中原神话专题资料》,郑州:中国民间文艺家协会河南分会,1987年,第7页。

撰《从山海经神话中所得的古史观》一文,专门研究神话体裁,是这方面的一个例子①。钟敬文先生自 30 年代开始运用唯物主义的观点,兼受社会学派的影响,主张生产方式与生活方式制约说。以后,钟敬文先生的体裁理论向两层文学说发展。80 年代以后,他提出了中国文学的三条干流说,民间文学是其中的一条干流;三者各有体裁特点,又互相交叉渗透等②。我国现代民间文艺学的体裁理论建设,基本遵循这一轨迹。

(二)艺术传统的形成过程

口传形式决定论。苏联学者指出,口头形式对于民间文学体裁特点的形成,具有规定性。他们发现:"有些体裁适用于口头创作,也适用于笔头创作。……对于某些体裁,口头形式是作品生存的主要形式,譬如谜语和某些神话便是"③,这种看法,对我国学界有影响。

人种地理论。持这种论点的学者认为,某一人种集团与另一人种集团在对民间文学体裁的兴趣上,有时存在着很大差异。一个人种集团可能喜欢唱民歌,另一个人种集团却可能喜欢听故事。"这种差异常常是地理上的,所以太平洋岛屿上的民间文学的研究者可能后来要探索一个中非的部落时,将会发现在两个地区有着完全不同的重点。"④

民族志整体论。法国学者若·赛尔维埃(Jean Servier)对此概括说:就是要"借助于物品、制度、故事、仪式这类杂散的素材,重新建立一个严密的思维体系——观念和形象的整体,至于汇集来的事实,则只是这个整体的表达而已"。简言之,这一派提倡在民族志资料的整体网络中,寻找民间文学体裁的艺术传统的个别事象的成因⑤。

民众加工论。民间听众对民间文学体裁的艺术加工起了相当重要的作用。只有他们才熟悉这些口头体裁的知识,知道加工到什么程度的体裁才能

---

① 胡钦甫《从山海经的神话中所得到的古史观》,《中国文学季刊》,1929 年第 1 期。
② 参见钟敬文《民间文学的价值和作用——1982 年 11 月在杭州大学中文系的讲话》,原载《杭州大学学报》1983 年第 3 期。钟老还在后来的撰文中,多次提到他的"三条干流"观点。
③ [俄]契切罗夫《文学和民间口头创作》,朱方译,北师大中文系民间文学教研室《民间文艺学参考资料》,第 2 集,1982 年,第 432 页。
④ 张振犁、程健君《中原神话专题资料》,郑州:中国民间文艺家协会河南分会,1987 年。
⑤ [法]若·赛尔维埃(Jean Servier)《民族学》,王光译,北京:商务印书馆,1996 年,第 4 页。

在口头流传下去。钟敬文先生主编的《民间文学概论》阐述了民众加工的两种形态:"加工的第一种形态,是人民根据现实的需要、切身的感受,对原有传说进一步提炼思想、丰富情节。……加工的第二种形态,是把同类的事情集中到一个已经成型的人物身上。鲁班传说、包公传说就经过了这样的加工过程。"①这是从中国大量的民间故事中概括出来的认识。

(三)体裁在不同历史时期的社会作用及它所表现的人们世界观的特点

苏联民间文艺学者古雪夫的著作,在50年代对我国有一定影响,他指出:"民间文学艺术体裁的对象本身世世代代都在发生变化,这变化取决于社会上人们利益的性质和广阔程度,取决于人的艺术观包括的都是哪些为人所创造的自然界现象和物质世界现象(按马克思的说法就是'第二自然界'),包括的都是人的哪些社会关系,哪些品质和哪些特性。这些变化就是艺术形式的历史发展的客观基础。"他认为,体裁学是研究艺术观中的世界观的(包括自然观和社会观两类)②。40年来,民俗学者又取得了许多新的研究成果,它们表现了学者讨论民间文学体裁的观念,在继续调整和丰富。

兽类与人类。进化论者认为,在人类社会的早期阶段,民间文学的各类体裁,标志了野蛮与文明的分野。这种分野的界限,经常是通过兽类与人类的关系来划分的。有时兽类是人类的朋友,乃至亲属;进化论者对此解释为先民时代的从动物过渡到人的原始印象。有时兽类是人类的对手,只要一碰上它,人就要倒霉,乃至遭殃;进化论者对此解释为原始先民既崇拜又畏惧动物和自然的心理特征。

阶级文化。马克思主义民间文艺学家对民间文学体裁作了阶级分工,如神话和传说是贫困的土壤里开出的一朵幻想花,故事和歌谣是下层阶级反抗思想的传声筒,说唱戏曲是中下层阶级文化的消费品等。但不管怎样,中下层文艺还都基本属于劳动人民的文艺,他们的世界观叙述,大体上是劳动观念的套路,如"经人加工过的石头,曾是具备某种用场、某种功能的工具"③。

---

① 钟敬文主编《民间文学概论》,上海:上海文艺出版社,1980年,第187页。
② [俄]古雪夫《美学问题与民间文学》,王文、孙宝鸿译,《民间文学参考资料》,第5集,1963年,第146—181页。
③ 《苏联大百科全书》,《民间创作》,蔡时济译,曹葆华校,《民间文学》,1955年,第8、9合辑,第87页。

除了物质标志之外,马克思主义民间文艺学家还认为,那些争取民族独立和解放的社会历史事件激活了某些民间文学体裁的生命力。他们说,例如,"在俄罗斯民间诗歌创作的形成上起了巨大影响的是下列的历史事件:从鞑靼的压迫下解放,莫斯科之集聚俄罗斯土地,国家在 15 到 16 世纪巩固,以及阶级矛盾的深刻化和阶级斗争的尖锐化。在 17 世纪出现了关于斯捷潘·拉辛运动的歌谣;冒险的和讽刺的神话题材越加丰富和多样化了;无数的抒情的日常生活歌谣产生了,这些歌谣反映了到 16 世纪所形成的家庭社会关系"。但我看,对这一观点的理解,限于某种体裁的历史作品,因为社会历史事件可能产生情节单元,如原始社会的血缘婚,产生了许多民族神话中的兄妹开亲情节,但不产生体裁本身。把握两者之间的联系,无疑是一种研究方法;可是不能太离谱,去把它当做创作方法,甚至误以为历史事件可以创造民间文学体裁。打个比方说,苏联学者认为,可以为了特定的革命历史事件创造新的民间文学体裁①。中国在 50 年代大跃进时期也掀起过新民歌的创作运动,结果呢? 运动一过,老百姓就把这类新创作忘掉了。我想,教训就在于民间文学体裁不是社会历史事件所能创造的。

边缘人。西方当代兴起的后现代主义思潮提出了研究"边缘人"的思想,许多民俗学者接受了这一思想,用它来反思历史上的民间文学记录,他们发现,有时这类体裁原来具有明显的边缘性特征。所谓边缘性,是指一种生活事象带有两种以上文化的特点。类似的情况中国也有,如《山海经》。西方认为,这类民间文学,是人类的先辈"走了样"地描述了另一些我们没有猜到的人种集团。是不是这样? 我们无法知道。但我认为,研究边缘体裁的意义,在于可以知道两种文化接触后,所产生的第三种文化形态:它可能不是原来的两种文化的相加,也不是两者之间的融合,而是已经相对独立出来的第三者。那么,如此说来,某些神话传说未必都是原始思维的表现,或是原始思维向现代思维过渡的产品,它也许就是某个人种集团的世界观,是在我们的既定理论框架之外的第三种、第四种也说不定。肯定边缘思想的意义,就在于给学者发现民间

---

① 〔俄〕契切罗夫《文学和民间口头创作》,朱方译,北师大中文系民间文学教研室《民间文艺学参考资料》,第 2 集,1982 年,第 432 页。

文学体裁的含义,进一步认识民众世界观的丰富性,留有余地。

　　以上我们谈到民间文学体裁的研究观念,它们在早期曾被陌生感和偏见充斥着。当它们以后发展到一种占统治地位的意识形态时,也引起了本地人的不满。他们认为,学者说的和做的,代替了自己想法,他们不愿意。我认为,当代民间文学体裁的研究,正在抓住比较的方法,汇拢各民族集团的民族志或民俗志,以设法悟得某种民间文学体裁特征的含义,并给予解释,这是一种倾向。一旦人们获得了对民间文学作品体裁的深入认识,就可以加强对民间文学本质的了解。

华北说唱经卷研究

董晓萍

日本人类学者渡边欣雄把中国的汉族宗教命名为"民俗宗教",用以概括中国民间宗教类型的混合性现象[①]。在渡边之前,许多欧美学者已在研究中指出了中国的民间宗教混合传承的事实,但没有说成是民俗。但渡边在提出"民俗宗教"的名称时,还缺乏民众本身的解释,这需要补充。从华北民间宗教在民众生活中的传承看,老百姓自己对是佛是道还是有区别的,不过区别的依据是地方小社会内部的谱系传承,比如祖先怎样说,或师傅怎么说,而不是宗教经典对佛、道教类别如何规定。所以,我认为,学者在研究民俗时,无法摆脱民间宗教,在研究民间宗教时,也要考虑到民俗传承。学者尤其不能只从已有的道教或佛教的概念出发,去解释这方面的历史文化现象,而应该把民众的分类习惯也考虑在内。学者还应该从地方社会的民间文化生态分布入手,对当地的民俗和宗教加以考察和分析,这样才可能发现不同区域内的民间宗教在民俗文化中传承的特征,得出符合实际的判断。作者近年研究的马街书会,是这类个案之一。

一、马街说唱经卷的区域分类与经卷书目

马街位于河南省宝丰县,距省会郑州 143 公里。马街书会的历史,据马街村火神庙碑刻所记,可追溯至元延祐年间(1314 年),距今已近 700 年了。每年

---

① ［日］渡边欣雄《汉族的民俗宗教·前言》,周星译,天津:天津人民出版社,1998 年,第 2 页。

农历正月十三,都有华北各省和陕西、安徽、四川、湖北、广东等地的大量说唱艺人来到这里,参加书会,从元代至今,历时七百余年而不衰。从马街艺人的讲唱经卷历来在地方社会中的传播分布状况看,它们可分成三类:即开封类、周口类和河北顺天类。各类的内容按照传统宗教学界的分类肯定是混合的,这里试采用马街书会艺人的普遍说法,统称为道教经卷,以下不再做更细的分类,以求尽量完整地展现这些经卷被使用时的原来面貌。此外,这些经卷在讲唱时,一部分是直接诵经,一部分是在讲戏曲故事的过程中夹叙经文,经卷的题目也有经词式和戏文式的两种,按讲唱者的说法,它们都是一样的"劝人方",这里也根据民间的看法都归入经卷唱词。兹列举比较主要的经卷书目如下:

(一)开封类

1.观音老母劝世谕。叙述全真道祖师王重阳的创教经历和全真道的消劫、善存、孝顺、道德、清净、卫生、是非的学说①。

2.道教全神经。有《全神经》等五十余种②。

3.八仙戏。分三种本子:一是八仙戏,有《韩湘子出家》、《韩湘子度文公》等10余种;二是神话戏,有《姜子牙收余化》、《佛祖收吾兰》等;三是忠孝戏,有《丁兰刻木》、《郭巨埋儿》等,共三十余种③。

4.经师劝善。主要有《罗成算卦》、《观音母度人》、《神仙经》、《心经》、《神圣经》、《十劝善经》、《人物经》、《祖师省经》、《七仙女经》、《发财经》、《龙三姐上寿》、《拉荆笆》、《朝廷段》、《穆桂英挂帅》、《劈山救母》、《磕头经》、《老婆难》、《龙花经》、《十不足》。

这类经卷的讲唱者为说书艺人、经师、皮影艺人和一般信众。在马街书会上,经师唱得最卖力,讲唱人面朝火神庙唱经,信众一边听经,一边随声附和,

---

① 讲唱者:孙桂兰,女,52岁,不识字,农民,河南宝丰县杨庄镇人。唱词有木刻本。搜集者:董晓萍,搜集时间:1998年2月9日,搜集地点:马街书会火神庙前。

② 讲唱者:王树德,男,81岁,不识字,农民,河南郏县人。搜集者:董晓萍,搜集时间:1998年2月7日。搜集地点:河南郏县薛店镇谢庄村王树德家。

③ 讲唱者:索辛酉,男,65岁,小学文化,农民,河南灵宝人。搜集者:董晓萍,搜集时间:1996年12月3日,搜集地点:河南灵宝县尹庄镇西车村。

一边许愿、还愿。

（二）周口类

5.灶王经。又称《灶君经》。《灶王经》开头唱："灶王爷，本姓陈"，"灶君本是女人身"，"老母修成多是火，身坐石头是火精"。可见信仰者是把灶神、火神和老母人祖神（一说女娲）合并成一个灶王神供奉的。《灶君经》稍有不同，口口称佛，又把祭祀仪式拐到了燃灯上，把"火"、"灯"和"灶"的信仰连在一起①。

6.十个弥陀经。讲诵弥陀下世，时来运转。从一数到十，歌颂弥陀是救星。在经卷中，多次提到"一盏灯"、"放光明"，说明这类词汇在周口地区的使用频率是比较高的。

7.灯经。是灯节期间由"灯心"唱诵的唱白。内容有两种，一种是谐谑的，劝人行善；一种是严肃的，祭神敬祖②。

8.上香经。主要有《十上香》。

9.交九经。经文把"观音"祖师、无生老母和人祖娘娘合称"观音老母"，赞颂她送来了日月光明③。

10.豆芽经。讲善人身后享福。当地的道教经词大多不讲地狱惩罚，不讲生死轮回，与佛教不同。

11.祈雨经。在当地中老年妇女中普遍流传。

12.挑担经。这一类经词在宝丰、汝州、鲁山和周口地区广为传诵、历史悠久。

周口类经卷的讲唱者为说书艺人，有的是能唱能舞的"灯心"（唱经的人）。也有一般信众，如"香客"、"斋公"。这类经卷的讲唱都有道具，如灶台、经棍、扁担、伞灯和简板乐器。表演时，道具就成了一种神话装置。它能使持有道具的人，如"灯心"和"斋公"等，占据民俗环境的中心位置，由他们指挥、掌握、协调整个表演场地的气氛。随着表演的进行，经词的神性似乎被转移到了道具上，信

---

① 手抄本保存者：耿秀英，女，62岁，小学文化，家务。搜集人：董晓萍，搜集时间：1995年12月2日，搜集地点：河南开封市顺河区铁塔大街。

② 搜集人：李敬民，男，32岁，大学文化，河南信阳师范学院副教授。搜集时间：1986年8月，搜集地点：河南固始县。这一带流行的灯经，又称灯歌。

③ （河南省）宝丰县文化局编《宝丰文化志》，宝丰：宝丰县文化局，1990年，第271—272页。

众认为神灵就附在那里,而道具的形制、声音、节奏和被敲打的力度等都会被看成是神灵发出的信号,可以控制人们的呼吸和神经。它等于"开口说话"的经词。

(三)河北顺天类

13. 武圣帝君救世血心经。据经词的暗示,在马街书会史上,还有明清罗教的踪迹。经卷以通俗的语言,历数罗教的五部经典,讲创教说、最高神、人生的归宿、戒规和悟道明心。

14. 佛说大圣末劫真经。经词涉及黄天道的来历和走势,但也吸收了本地《灶王经》的一些成分,融合了火神信仰。

这类经卷的讲唱者都是经师和说书艺人,但行踪不定,上午在这儿,下午在那儿;白天上书会,晚上到马街附近的各村流动宣讲,顺带算命收徒。

马街人的自我意识很强。他们把马街当做全国文化的中心,对来自各地的艺人加以地域区分。对他们来说,区分的地域越多,就越荣耀,所以年年要区分,在以地域划类上成为习惯。在这种中心意识的支配下,近年来,马街人还加强了对书会讲唱现场的修缮,重盖了在"文革"中被推倒的火神庙,扩划出广严禅寺被占用的殿堂,由村民自愿捐资恢复了香山寺院的建筑。由于马街书会与全真道关系深厚,艺人和信众还把所有的经卷都说成是一个祖师所传,敬奉一位叫"三皇爷"的新造神。也许这样就可以免去书会祖师姓"马"、还是姓"张"、还是姓"阙伯"的矛盾,把马街唱经收拢为一个体系严密的整体。

二、马街书会的基层社会组织与流浪走唱民俗

从研究田野资料看,马街能形成盛大的书会,与当地基层社会组织的管理有关。这个管理组织的构成有三个层次。

第一层是书会组织——三皇会,是马街村民自治组织。在当地基层社会中,管理马街书会,是一种民间的文化权力。按照一般的情况,与政治、经济权力相比,它是弱权力,但在马街不同。由于深厚的宗教基础和数百年的说唱影响,马街书会成了一种民俗权威,管理它的文化权力举足轻重,有时不亚于政治经济的权力,因此在当地出现了以竞争这种文化权力为荣的现象。马街村

的司姓家族出的官员、文人和教师多,文化素质比较高,一直是有力的竞争对手。三皇会处于书会的中心地位。没有它,华北诸省的说书艺人不会到马街来,马街的宗教朝圣活动也不会这样持久和一直富有号召力。

第二层是马街村周围的宋元寺庙会社,如火神社、广严寺香会等。它们以书会活动为后盾,吸收宝丰、汝州和鲁山县一带的男女信众参加。平时接受日常性的在家居士的诵课活动,书会期间,日夜兼作,迎接各地前来的说书艺人和听众,举行许愿、还愿仪式,自称"做流水席"。它们是书会香火的长年受益者。

第三层是香山寺及其信众组织。香山寺是华北的一处民俗圣地,被认为是全真道等一些佛、道教派的祖师神灵之所在,朝圣者众。四面八方的人们每年来此过龙花会或玉华会。它是马街书会艺人取得不可动摇的全真道字辈最高地位的历史依据,也培养了马街书会容纳其他民间宗教的开放性格。

能维系这个几百年书会的核心力量,主要是以全真道为主的民间道教,此外还有其他佛、道教因素。

全真道是宋代在陕豫鲁地区流传的一种民间道教,元代中叶失势后,流入马街,与民俗融合,成为书会说唱的主体部分。这种民俗唱经分为以下几种情况:

(一)讲述创教起源说

这方面的资料,有马街书会的传说,共 10 种[1],还有唱本故事。其中涉及到全真道的两代创教祖师王重阳、马丹阳和另一位道教名人张三丰。一个传诵王重阳的本子唱道:

> 观音游了十三省,惟游陕西放悲声。
>
> 上皇把我苦责问,受民香火不化人。
>
> 陕西凡民心顽梗,为挽劫运屡淘神。
>
> 挽凡不转咽喉梗,气得观音泪淋淋。
>
> ……

---

[1] 参见孙清、司连辰搜集整理《马街书会渊源考》,原载马街村民自办的《马街书会会刊》,1998 年 2 月 9 日刊印,内部资料。

非怪上皇降劫运,这是人人自造成。

凡民急急改性情,凡事各把天良存。

上皇劫运加了等,更比上年重十分。

因为劫运不松劲,看你凡民怎活人。[①]

唱本说,祖师历尽艰辛,到华北数省传教,却不为统治者所认可,信仰下移民间。在宣唱中,说唱艺人把最高统治者叫"上皇",把王重阳叫"观音"。马丹阳是王重阳的大弟子,曾在马街附近的汝州传教,至今汝州还有丹阳观遗址,传说一直称他做"马祖师"。张三丰在马街书会的朝圣地香山寺传过道,也被当地奉送"祖师"之称,其实他是武当派名人,在此是附会,但他后来名声更大,把他加进马街书会的祖谱,肯定能增加全真道的人气[②]。

(二)说书班社的字辈谱

1949 年以前,马街书会的说书艺人清一色是男性。说书艺人通过这个字辈谱,彼此确认是全真道门里的人。在字辈谱中,把王重阳称为"龙门"派,把马丹阳称为龙门派的二世祖,把邱处机称为"龙门"派以下的"高门"派。整个全真道一共排了 100 辈:

赵德通玄静,真常守太清。

一阳来复本,合教永圆明。

至礼宗信诚,崇高嗣法兴。

世景唯荣懋,希徽衍自宁。

未修正仁义,超升云会登。

---

① 讲唱者:孙桂兰,女,52 岁,不识字,农民,河南宝丰县杨庄镇人。唱词有木刻本。搜集者:董晓萍,搜集时间:1998 年 2 月 9 日,搜集地点:马街书会火神庙前。

② 关于张三丰在宝丰县香山寺活动的资料,参见《鲁山县志》第 806 页:"清嘉庆《鲁山县志》载:'元《香山寺碑》:鲁山县西,十里保东婆娑店,有下院天宁观音禅寺。(案)《碑》称本寺前住持僧松月长老,照依绍圣四年公据四至碑文,盖北寺。自宋已为名刹。原址久湮,旧志失载。'今发现此院庙遗址,规模之大,世传为祖师庙,张三丰曾在此,后入武当。……民国后,庙院被毁,道教分裂成若干小群体,其活动逐渐减弱。今,道教活动场所已不存在,但信仰者颇多。"(河南省)鲁山县地方史志编撰委员会编《鲁山县志》,郑州:中州古籍出版社,1994 年,第 714 页。

大妙中黄贵，圣体全用功。

虚空乾坤秀，金木情根逢。

山海龙虎交，连开献宝新。

行端舟书诏，月盈祥光生。

万古续仙号，三界都是亲。①

据艺人们说，马街书会吸引众信徒的重要原因，是曾在当地传业的马丹阳辈分高，因而追随者众，内部也很抱团，如字辈谱所说："虚空乾坤秀。"

从调查看，说书艺人主要是要依靠字辈谱获取全真道嫡传弟子的资格，然后才能撂地说书。艺人自己把所得到的"字辈"称作"法号"，100 代的字辈谱加起来就是一个"法号"系统。它的功能是建构一个准血缘家谱，把流散各地的说书艺人联结成一个道仙世家。连他们的子孙也必须投师学艺，在血缘家族之外，再续一个仙界的准血缘家谱，以争取两界人的资格。有了仙号的艺人谓之"腿长"，在说书业内吃得开。没有仙号的谓之"腿短"，低人一等，如被发现擅自听师傅说书或在外说书，会被同业人带到邱祖庙接受神判，或被当场砸毁弦子，永不准从艺说书，招致严厉地惩罚。

现在看，说书业通过严格的字辈谱管理，维持了全真道传承的连续性；全真道依托说书业，也成了一种生存方式。但字辈谱的管理基础又是民俗的，对老百姓来说，它好像家常便饭，很容易被接受。入了这个字辈谱，还会被认为列入仙班，在精神上高人一头，说书人对此很看重。所以，在民俗调查中，问起全真道，他们并不讳言。

另外，从前继承字辈谱的都是男艺人，其中还有大量的盲人。他们年复一年地从华北各地赶到马街书会，过去全靠步行，一路流浪，一路讲唱，风餐露宿，形同乞丐，历尽千辛万苦，最后结聚为一个庞大的讲唱群体，见面三天后，再流浪远走，却不以为苦。这是什么道理呢？据老年艺人解释，这是规矩。从

---

① 这个字辈谱经北师大函授学员纪云清和河南人民出版社任骋分别调查搜集，后来我们在田野考察中又做了个别访谈。从考察看，这个字辈谱的主要来源是马街的书状元王树德老人提供的口述史资料。王从十五六岁起开始学说书，曾拜开封人郭元福为师，经郭指点，他成为开封说书行第 19 代弟子。

田野资料研究看,老艺人的说法是在行的。这一男性流浪式的宗教活动方式,正是历史上全真道之所为。王重阳就主张门人四处游走,传道念经;居简陋的茅庵,不慕富贵;先择人为伴,不可先为伴而后择人。在全真道受到官方打击的情况下,盲人云游,隐蔽性更大。由此学者可以了解为什么成千上万的说书人,包括盲艺人,一定都要流浪到马街来,而且时间固定、地点固定,数百年不变。

(三)书会的祭祖师仪式"望空"

还有一点,能看出马街书会艺人与众不同。他们通常在正月十一、十二日提前赶到马街,在师傅的带领下,举行"望空"仪式。仪式的过程是祭拜祖师,祭奠历代艺人亡灵,同业互拜和认徒规约,然后才能亮书说唱。"望空"的"空"字是道家术语,其他信徒是无法了解"望空"的内幕的。70年代以后,老师傅相继去世,举行这个仪式的人少了,现已蜕变为师徒结社的民俗,但它能说明,在传统的民间宗教活动中,讲唱民间文艺,是信众在过另一种严肃的精神生活,不是娱乐。

马街书会能兴盛至今,还有佛教原因,信仰的传播范围,在宝丰马街至周口地区一带,属古陈州和蔡州。在马街书会的起源传说中,祭祀"阏伯火神"一说,就有佛教成分。在当地,"火"与"灯"又互有联系,凡是信火神的地方大都过隆重的灯节。因为要燃灯兼颂经,所以嬗变成了"写灯书"的民俗。周口地区的灯节还格外盛大,表示大放光明。灯又分岔灯、岔伞灯、告岁灯和祭坟灯,各路明灯皆有灯经,由"灯心"率众人在正月庆典或祭祀仪式上演唱,因而不同于普通的"玩灯"①。与此相关的是,当地人敬火神,尚红色,手持拴红布条的经棍唱经礼佛,这也是信奉"明王"的旧俗标志。但在当地,这种信仰后来又与灶神信仰混合在一起,由道教徒编成了《灶王经》。《灶王经》开篇唱"灶王爷,本姓陈"②。佛教的"宵散夜聚"坐庙活动,也在这一带的正月民俗里保留至今。如在马街,说书艺人正月灯节说书,妇女信徒就在广严禅寺或香山寺等处坐庙③。

①　李敬民《浅议豫南"叉灯"的民俗意义》,手抄稿,第6—14页,1999年12月29日搜集。

②　鲁山县地方史志编撰委员会编撰《鲁山县志》,郑州:中州古籍出版社,1994年。

③　张翠玲《女娲城调查报告》,《民俗研究》,1996年第2—3期连载。

如果说,说书艺人的传承以男性为主;那么,这类习俗的民俗承担者主要是女性。

　　总的说,在马街书会的说唱经卷民俗中,道教的活动是主要的,但也不排斥佛教。几百年来,不同派别、不同观点的民间宗教都能在马街共存共生,有条不紊地开展活动。它们之间有差异,但不矛盾,因为没有根本利益的冲突。相反,在民众的日常生活中,这种差异是被允许的,而且是被再生产的,这就是民俗。民俗差异可以面对社会差异的现实,民俗差异也可以激励不同宗教派别的发展,但不妨碍它们彼此融合。这类民俗经卷讲宗教而不神秘,不主张恐怖的地狱惩罚,态度很乐观,替老百姓鼓劲,它的观念是自成系统的。

三、民间经卷的信仰与民间文艺表演

　　宣讲经卷是宗教,民间说唱和民间小戏是民俗。马街书会艺人的讲唱经卷把两者紧密地结合在一起,使书会活动的表演性很强,具有相当的艺术魅力。但在马街,文艺表演始终是外壳,讲经明理始终是内核,两者的位置从不颠倒。马街的村民自治组织一直把请戏班子当做服务性的工作,用于烘托、陪衬艺人的说书讲唱。马街的"写书人"和数万听众则把参与书会的传承,看作是加入一种"真理性"的文化,是相信说书中的"理",对戏文本身的情节叙述,反而不大热心。马街艺人更不是剧场舞台上的戏曲演员,他们穿着朴素,食宿简陋,一把琴、一个行李卷,说来就来,说走就走,从不讲排场,但能让人感到他们有一种特殊的精神。那么,对民间宗教来讲,马街书会的民间文艺表演就是一种功能性的教具了。从田野调查看,它的功能,一是把民间宗教的传承民俗化,二是以好看易懂的表演方式,把民间宗教的思想观念传送到老百姓的心里去。我们分析了一些艺人讲唱的个案,也调查了听众对象的反映,发现双方信仰书会经卷的内容主要有两点,本节试稍作探讨。

　　(一)劝善升仙的观念及其民间文艺表演

　　从局外看,上述的三类经卷虽然一概被视为道教经卷,但彼此也有矛盾,有的经卷的上下文甚至相互抵触。比如,在地狱惩罚的问题上,大部分全真道的经卷是予以否认的,并举出灶王当证人。可是,也有少数道教经卷附带描述了地狱刑罚,混合了佛教,并增加了儒家的伦理说教。它们混入的原因,也往往被说成是灶王的手段。这么说,灶王就是一个出尔反尔的人。其实民间传说也正是这样形容灶王的性格的。按照日本学者饭岛吉晴的解释,灶与厕所、井、储藏室等一样处于"此界与异界之间的境界"①。呆在这种地方的神与公认的一般的神不同,它们多被供奉在家中的最深处,住在比较黑暗的地方。尤其是灶神,很早就有,与传统地位低下的妇女关系密切,因此他的地位并不高,还经常出错,不被信任,在神格上带有残疾性。可能正因为如此,这个神祇比较平民化,容易被各种民间宗教所利用。全真道正好能利用他的残疾性的一面,号召残疾盲人拜师求仙,踏上传道讲唱的漫漫旅途。

　　像灶王这样的神祇,用来劝善是最合适的。他曾经有缺陷,但他修善改过,成了神,世上还有什么故事能比这更有说服力呢? 因为他当过坏人,又变成了好人,所以还可以拿他来说明悟道成仙要有一个"修"的过程。经过讲唱者的说服,老百姓愿意祭灶守戒,照着教规说的样子去做,这个过程就是劝善。与一般劝善不同的是,马街说书的劝善是把自然神和社会神截然分开的。自然神高不可攀,是经卷里的"上八仙",人类无法企及,劝善者决不强求,干脆把他们束之高阁。但他们认为,"下八仙"是人人能为的,灶神就是例子。比灶神更高的人生归宿是"中八仙","中八仙"是绝对的利他主义者,能当穷人的救星,但普通人做不到,也就不勉强。普通人还可以保留自己的七情六欲,过家居火宅的日子,只要利己并利他,就还能当上"下八仙"。在马街书会上,这方面的一个被唱者和听众双方公认的、重复率最高的经卷是《韩湘子度戒》。故事讲,韩湘子本人修成了中八仙。一天,他见到了自己的叔叔,要把叔叔也超度成中八仙,但没有成功。于是韩湘子和叔叔各自去过各人的修善生活,一个继续当中八仙,一个继续当下八仙。经卷第九段《西山观景》唱:

　　　　韩湘子(侄):小老已在万里终南山修仙学道。

　　　　韩愈(叔):你可知终南山有多大? 上边有多少神仙?

　　　　韩湘子(侄):大老爷,终南山这大。上边光出的是神仙。有这上八通

---

① [日]饭岛吉晴《灶神与厕神——异界与此界的接境》,东京:人文书院,1986年,第9—14页。

神仙,有这下八通神仙,三八共有二十四通神仙。上八通神仙和下八通神仙,小老有些不知,唯有中八通神仙,小老也属内。略知一、二。

　　韩愈(叔):即知就该讲来。

　　韩湘子(侄):大老爷即问,说是你也听。

　　头通神仙汉钟离,洞宾本是二通仙。三通神仙张果老,国舅本是四通仙。五通神仙铁拐李,兰采合本是六通仙。七通神仙何仙姑,韩湘子本是八通仙。

　　这类经卷文艺,口口称"仙",但看重的是"人"。另一篇经文《观音老母劝世谕》,前面提到过,讲神仙即人,说得更直接、更恳切:

　　　今生失了人根本,万世难修这人身。莫说作福无感应,神圣尽是凡人成。①

　　过去学者以为,民间宗教的神灵寄寓不是天堂就是地狱,其实不然。在华北民俗社会的这类道教传承中,还讲"人"的一界,即普通人也可以变成一种神仙,这种神仙就是经过善化的好人。这类道教宣传的"三界说",把一般所说的天神、地神和鬼蜮的"三界",给人分出了"两界"——中八仙和下八仙,其中包括地神;而淘汰了鬼神一界。它提倡尊重人、鼓励人,开发人本身的自信自强潜能,然后争取幸福生活,不用去依赖空洞的天神和玄奥的教义,不用惧怕凶煞的恶鬼。这就给在传统社会的贫穷、疾病和动荡中挣扎的亿万老百姓带来了希望,给他们改变自身命运提供了一个广阔的行为空间。除非不得已,这类民间宗教决不说让谁下地狱,这也让老百姓无比快乐。在这里,"仙"的含义被扩大了,成了一种关怀世道人心的平民人文观。

　　(二)被各种社会关系接受的平民知足观及其民间文艺表演

　　"三界推命"道教观的实质是告诫人知足常乐。"上八仙"无需攀比,因为

————————

① 这两段韩湘子的唱词皆由河南灵宝县说书艺人索辛酉先生提供。搜集人:董晓萍。搜集时间:1996年6—7月。搜集地点:河南灵宝县城。

有点离谱,普通人做不到;也要摆脱对地狱的恐怖,因为身后的事情谁也无法逆料。经卷要让老百姓知道的,是他们的现实存在合理性。经卷认为,平民的生活现实,低而不贱,穷而不苦,朴素而不难堪,劳作而不抱怨,进财而不贪婪,付出而不浪费。这种大多数人共享的状况,就是一种社会秩序。平民要改变自己的现实命运,只有放弃本来已经很有限的资源利益和较大的产品分配压力,在物质上和精神上获得解脱,再上一层思想境界,变成中八仙。别的路,万万不能走。硬要当"上八仙"玉皇大帝,或者觊觎其他社会阶层、社会角色的机会、财富、运气等,就要吃亏。

马街书会通过说唱文艺的形式讲解这种道教观,在表演上还有一定的针对性,大体可分以下三种情况。

1. 男性观。解释男性平民的"知足"概念和男性平民"知足"的行为类型,如守贫戒色、逍遥无为和老实公平等。

2. 女性观。解释女性平民的"知足"概念和"知足"的行为类型,如孝敬公婆、拼命地协助丈夫成功、生育抚养儿女和自己不打扮等。

3. 夫妻观。解释平民夫妻的"知足"概念和"知足"的行为类型,如全家福、双性合作、家和万事兴等。

这三种演唱的共同特点,是强调在贫穷和多灾多难的日常生活中,人人都有天地造化的机会,人人都有幸福的可能性,所以穷人不能失去信心。《绒线记》唱:

> 白玉进京领文凭,离了山西县洪洞,赶赴北京顺天府,路上行走地不平。走了一川又一川,走了一城又一城,这说没有一徒路,还着响马像贼情。抢去包裹与行李,一家四口怎度生。……
>
> 远看河岸一锭金,近看河宽水又深,有心过河把金捡,河中缺少摆船人。①

---

① 讲唱者:徐九才,男,54 岁,初中文化,河南宝丰县文化局干部,说书艺人出身。搜集者:董晓萍,搜集时间:1998 年 2 月 8 日,搜集地点:宝丰县文化局。

故事讲白玉夫妇遭受劫难,患难与共,终于获得美满人生。这个曲目是河南马街书会的旧唱段,但在思想观念上,颇像河北的道教宝卷经词,如唱词中的"远看河岸一锭金,近看河宽水又深……"之类的谶语,在河北明代混元宝卷里也一直使用。深受混元教熏染的河北定县秧歌《杨富禄投亲》在描绘夫妻患难时,同样用了这段话①。这至少能从一个侧面证明,民间文艺对华北道教有载体作用。

马街书会讲唱经卷的民俗长久地保存和传播了一批道教资料,这种现象,可以引起学者很多思考。首先,说唱经卷是一种快乐而不痛苦的宗教活动,因而能在民间社会产生持久的兴趣;其次,劝善是农民自我教育的历史方式,因而也能被用于解放农民的革命思想运动,许多讲唱人后来还成了新中国社会主义农村文艺的骨干②。再次,这类道教与民俗相融合,给了农民一套人生哲学,这种哲学的外在形态是提倡"仙道",但在功能上,能帮助农民战胜懦弱、贫穷、痛苦、骚动、焦虑等下层社会病,让他们感到活得有劲。

　　　　作者附记:本文根据 1996—1998 年作者在河南宝丰县马街书会进行田野调查的资料撰写而成。在调查期间,作者还曾跟随流动走唱的艺人做了跟踪调查。调查地点以宝丰县为主,但也到过相关的其他县做访谈。美国历史学家欧达伟教授(R. David Arkush)参加了这次调查。北京师范大学 1996 级硕士生庞建春和严优做了协助调查的工作。马街的众多说书艺人和广大乡亲们对这项调查工作给予了大力的支持,三年来为我们无私地提供了宝贵的资料,在此郑重致谢。

---

① 董晓萍《民间记录中的僧道度劫思想》,《北京师范大学学报》,1995 年,第 5 期。

② 王树德就是一个例子。解放后,他经过扫盲,可以粗识文字,能够用文字进行比较初步的曲艺创作,还多次获得各级政府的奖励。另外,解放后从政府角度扶持说书艺人的,参见襄城县地方史志编撰委员会《襄城县志》,内部资料,1996 年印行,第 49—50 页。其中提到"县文化馆定期举办说唱艺人培训班,聘请外地知名老艺人任教"。

民间故事与禁忌民俗的传播

万建中

民间故事作为民俗文化的一个重要组成部分,又是民俗文化的载体,一方面表现和释解民俗事象的内涵,另一方面又影响和促进民俗事象的传袭。禁忌(又称"塔布",英语 tabu 或 taboo 的音译)民俗的传承受益于民间故事的现象十分明显、突出。对此,我国老一辈民俗学和民间文艺学家早已有所认识,钟敬文先生在为清水编民间故事集《太阳和月亮》作序时说:"在原始人的生活中,所谓'禁忌'(tabu)这种东西,至少和在我们所谓'文明人'的生活中的道德、法律等,有着同样重要的意义。所以在远古的和现在的原始人的现实生活中和反映现实生活的文艺中,很自然地要表现出这种观念和行为。"[①]那么,民间故事促使禁忌民俗传播的具体情形是怎样的呢? 本文拟对此作详细阐述。

一

弗洛伊德 1913 年出版《图腾与禁忌》(Totem and Taboo)一书,实际上是目前有关禁忌的最有代表性的著作之一。弗氏认为禁忌的真正原因必然是"无意识的"。禁忌的各项禁令既很难找出它的根据,也不知道它们的起源[②]。禁忌风俗渗透民众生活的方方面面,对民众的言行作种种千奇百怪的限制,而这

---

① 钟敬文《中国神话之文化史的价值》,钟敬文《钟敬文民间文学论集》(下),上海:上海文艺出版社,1985 年,第 357 页。
② 朱狄《原始文化研究》,北京:三联书店 1988 年,第 97、91 页。

些限制本身又无任何客观上的需求。"禁忌最主要的特征之一是这种禁规无论怎样也不可论证。"①唯一刺激禁忌民俗萌生和传袭的因素便是"切勿激怒魔鬼"②。而这"魔鬼"却是人们刻意虚幻的。也即是说,禁忌对人们言行的约束往往是无谓的,并不能产生现实的益处。禁忌的目的在于要避免不希望得到的结果。这不希望得到的"可怕的结果也并非真的,由于触犯禁忌才出现。如果那个设想的不幸必然要跟随犯忌而到来,那么禁忌也就不成其为禁忌,而是一种劝人行善的箴言或普通的常识了。'不要把手放在火中'这句话并不是禁忌,而只是一种常识性的道理"③。禁忌民俗的实质是诉诸人的心理,而不是人的言行,似可称之为心理民俗,或说是一种社会心理层面上的民俗信仰。如果禁忌产生了事实上的效果,那也完全是犯忌者的心理作用所致,并不符合事理逻辑。

禁忌是一切社会规范中最古老的社会规范。越是处在人类社会的早期,禁忌的威力越强,对社会的作用越大。随着历史的发展,人类生产力水平的提高,这种恐惧感会逐渐减弱,也即是说,禁忌民俗自身的流布能力是有限的。

尽管有的禁忌含有现实意义,譬如,性禁忌就曾为人类的健康繁衍起了巨大作用。但这只是顺带的,并非严守禁忌的人的着意欲求;否则,能给人类的发展和社会生活带来利益的禁忌,就不成其为禁忌,而是科学法则了。其他的"非性关系的禁忌自身演变成遍及整个文化领域的变化多样的形态,这些禁忌可能起因于一系列不同但又有些类似的心理因素"④。与此形成鲜明对照,禁忌之外的民俗皆可以带给人们事实上的好处。也正是因为有好处,人们才世代沿袭。尤其是物质民俗和社会民俗,具有实用价值和功利性;即便是精神民俗,一般也皆为民众情感和愿望的寄托,有因可寻,于人有益。唯与禁忌关系密切的巫术(弗雷泽称禁忌为消极的巫术)的意义亦为虚妄,对民众的作用力

① [苏联]谢苗诺夫(Ю. N. CeMeHoĎ)《婚姻和家庭起源》,蔡俊生译,北京:中国社会科学出版社,1986年,第70页。
② [奥]弗洛伊德(Sigmund Freud)《图腾与禁忌》,北京:中国民间文艺出版社,1986年,第39页。
③ [英]詹·乔·弗雷泽(J. G. Frazer)《金枝》(上),北京:中国民间文艺出版社,1987年,第31页。
④ [美]A. L. 克罗伯(A. L. Kroeber)《回顾:图腾与禁忌》,金泽译,《20世纪西方宗教人类学文选》,上海:三联书店,1995年,第55页。

仅仅是心理上的,只不过施术者的目的是为己驱灾或致敌死地,而禁忌则是民众套在自己头上"额外"的紧箍咒。

二

禁忌民俗的起因和结果的不可证实,使得它和迷信有着千丝万缕的联系,其流传呈现明显的"内弱"性。这样,它的传承往往需要借助"外部"因素。民间故事正是充当了这一角色。民间故事是维系和证实禁忌的唯一的话语。因为在现实生活中,禁忌本身并不能客观地展示自己强大的魔力,亦即是说,它并不具备对违禁者实施直接惩罚的属性。而"民间故事和神话中的人物可以干一些违禁的或在日常生活中被认为是可怕的事情"[①],并在故事的结尾,让这些人都得到应有的报应。在本文中,民间故事为广义的概念,指民间叙事(narrative),包括神话、传说和故事。

渤海湾里行船打鱼的船家中,有一大忌讳:船上用的锅碗瓢盆,绝对不允许翻着放,说是翻着放船就翻。为啥有这个说道呢? 这其中有一段故事。

渤海湾深海里有一个坨子,坨子上有座龙王庙,里面的和尚整天为渔民烧香祷告。被感动的海龙王给了他一颗为渔民导航的夜明珠。后来,坨子渐渐为海水所淹没,和尚也被狂浪冲走了。船家把和尚的锅碗瓢盆拾起,留在船上使用。说来也怪,这些东西在船上只许平放,不许翻着放,一翻着放就起风浪,起风浪就翻船伤人[②]。

"蛤蟆开叫不吹笙"是黔东南丹寨排调一带的禁忌民俗,其产生与一则民间故事有关。

古时候,人间没有芦笙,只天上有。后来凡人获晓芦笙的制法和吹法后,即使到了春耕季节,仍沉湎于吹笙和跳舞之中。天神非常生气,告诫凡人,春雷响过,吹笙的话,吹笙的人就会变成蛤蟆。第二年开春,几个年轻人偏不听,

① 〔美〕威廉·R·巴斯科姆(William. R. Bascom)《民俗的四种功能》,陈建宪译,《世界民俗学》,上海:上海文艺出版社,1990年,第401页。

② 吴宝良、马飞《中国民间禁忌与传说》,北京:学苑出版社,1990年,第165页。

吹了芦笙,脖子一下变粗了。幸好他们不敢再吹,身子才没有变成蛤蟆。但人间从此便有了"泡颈病"(注:方言,即甲状腺囊肿)①。

这两则故事(因篇幅的原因,文中所引故事皆作了必要的压缩)的结局都道出了禁忌风俗产生之因和破坏禁忌之代价。此类故事,以节日民俗故事为多。譬如关于"牛王节"来历的传说②:

牛王节,亦称"敬牛菩萨"、"祭牛王",是贵州省遵义、仁怀一带仡佬人民的传统节日。节日在每年农历十月初一。

相传很久以前,某山寨的仡佬族人民奋起反抗封建统治阶级的压迫,遭到残酷的镇压。眼看就要寨破人亡,突然一条老牛衔住寨头的衣裳,把他引到通往山谷的山洞。这个寨头带领全寨人从洞中撤到后山,免遭杀害。事后,仡佬族人民把耕牛看成恩人,认为耕牛身上附着神气,养成不打牛、不食牛肉的习俗。违反者将受惩罚。迄今,有的仡佬族聚居的山寨还流行着"仡家一头牛,性命在里头"的歌谣。

为报牛王大恩,形成了不吃牛肉的禁忌风俗。故事同样含有一种极其严重的告诫效果:牛为仡佬族崇奉的对象,已神化,自然不能有不恭的行为。

这些关于禁忌民俗来历的民间故事,给禁忌民俗的起因作了"合理"的解释,证实了禁忌民俗的可信性,为其产生和流传提供了依据。同时,这些故事中似合逻辑的结论,恰恰是对具体的禁忌行为的规定,即对"不能做什么"给予了明确的答案。故事不仅昭示人们为何守禁,而且指导人们怎样守禁。如果说民众之所以要守禁,是因为怕招来灾祸,那么,这类民间故事就使"灾祸"形象化,具体化,并深嵌于民众的脑海,促使人们自觉地守禁。

上述例子或多或少带有幻想性,给禁忌的对象(人或事)涂上了一层神秘色彩,宣扬了"超自然力(Mana)"的恐怖。另一些民间故事告诉我们,有些禁忌风俗纯粹是日常生活中偶发事件所致。

黔东南丹寨县流传这样一则故事,情节如下:

1. 老人进棺材试试大小。

---

① 杨鹲编《风俗的起源》,上海:上海文艺出版社,1998年,第121页。
② 李竹青《中国少数民族节日与传说》,北京:北京旅游出版社,1985年,第72页。

2.儿子们刚盖上盖,一只野羊出现,他们追赶去了。

3.老人被闷死在棺材里。

为今后不再发生类似事件,族长规定:凡同宗同姓死了人,在未落土安葬以前,一律忌油,不得吃荤①。

似乎有了民间故事,才引发出禁忌风俗,至少当地民众这样认为。当问起"忌油"风俗的来历和理由时,他们肯定会和盘托出这个故事。故事就成为"忌油"风俗最直接的注脚。此俗的形成为或然,民俗事象本身于人们的日常生活又无任何益处,因而人们施行此俗的心理依据便是民间故事;换句话说,民间故事充当了"魔鬼"的角色,具有了"威慑"作用。故事的流传就是在不断地炫耀其对民众禁忌行为的导向功能。

显而易见,列举的故事皆为不符合逻辑规律思维的表现,即把偶然巧合当作必然的因果关系的结果。人们在试图对禁忌观念和民俗作出解释时,由于没有唯物辩证的思维方式,无法找到正确的答案,便借助想象,杜撰了一个个表面看来合情合理的故事。美国当代著名的民俗学家威廉·R·巴斯科姆于1954年发表了一篇经典论文《民俗的四种功能》,文中提到:"当人们对某已认可的行为模式表现不满或怀疑,或者对它产生怀疑时,不管它是神圣或神秘的,通常会产生一种神话或传说使之合理化。有时由一个解释故事、忠诚的动物的故事或一句谚语来履行同一职能。"②民俗由若干事象构成,其传承是某一地区或一个特定的集团、阶层的民众不断显现事象的过程,也即一个行为过程。谁也不会否认,民俗的传承有着内在的强烈的"惯性",它来自于民众的感染和仿效的行为本能。禁忌民俗有着特殊之处。禁忌的基本原则是:别这样做,以免发生什么什么事。可见,禁忌民俗的传承是一个禁止的行为过程,也即是说人们无需诉诸任何言行。由于禁忌是无动作的事象,其传承便失去了直观的参照系,加上前面提及的种种"缺陷",这就使得民众对其怀疑更为敏感、更为强烈。因此,禁忌民俗的承袭,除了需要依靠感染和仿效,还需凭借生动形象的民间故事为其合理化和教化。倘若民众意识到禁忌并无事实上的效

---

① 杨鬃编《风俗的起源》,第122页。
② 美国民俗学会编《美国民俗杂志》,第67卷。

果,禁忌民俗便面临末日。这样,依靠表现了守禁或违禁的结果的民间故事来突出强化禁忌之不可亵渎,就显得尤为重要。

三

禁忌的范围极为广泛,产生的契机亦多种多样,有些禁忌民俗并不是民众错误地运用因果律的结果,而为理性的产物。譬如河南的汲县在历史上叫卫辉府,这里的各家各户办喜事也不漆红门。有一则关于此禁忌民俗来源的故事,梗概为:卫辉府的潞王荒淫无道,准备夜晚抢夺一个快要成婚的新娘。他告诉手下人,这家人按传统习惯,大门漆上了红色,闪闪发亮好认。这话被百姓知道了,全街一齐动手,把所有的门都漆成了黑色。从此,这里的人怕惹灾祸,办喜事不用红漆漆门①。

我们没有理由认为这个故事是人们为了获得卫辉府办喜事为啥不漆红门的原因而特意虚构的。它应是忌漆红门的习俗的源泉的忠实记录,产生的经过很可能是这样:在卫辉府曾发生过故事中所描述的或类似事情,久而久之,不漆红门就成为一种习俗,潞王抢人家新娘的事也就演变为传说故事流传开来。因而此故事与前面的故事有别,带有客观性,是禁忌观念和民俗的真正的依据。它们与禁忌民俗的关系最为密切。倘若失传,不仅所反映的禁忌民俗得不到诠释,而且也不利禁忌民俗的传袭。相反,即使人们意识到办喜事漆红门于事于人无损,守禁于人无益,但由于故事代代相传,深入人心,保存了原初的意义和目的,民众为了某种情感、祝愿和纪念,仍然一如既往地恪守禁忌,期望不漆红门曾带来的好处得以为继。

我们再来看看另一类和禁忌民俗有关的民间故事。它们的侧重点不在展现禁忌民俗的肇始之因,而是叙述守禁或违禁的过程,以此揭示禁忌之不可违背。如著名的《讳九》故事②:

草堰王老九的儿媳妇很贤惠,说话从不带公公名字的"九"和与"九"同音

---

① 《民间文学》1981 年第 5 期,孙捷搜集。

② 见娄子匡编《巧女和呆娘的故事》,载"民俗丛书"第 9 辑,(台湾)东方文化供应社。

的字,王老九对此四处宣扬,有两位朋友不相信,愿跟王老九赌东道。

九月初,那两个朋友去王老九家,老九不在,请他媳妇转告:"我们是张老九李老九,手里提的是一瓶酒,特乘今天九月九,相约老九去喝酒。"说完走了。

老九回来,媳妇就对他说:"一位名叫张三三,一位名叫李四五,手提一瓶交冬数(江苏为酒的别名),约定今天重阳节来请公公去赴宴。"两个朋友听了,东道输给了老九。

丁乃通教授编的《中国民间故事类型索引》中的 875F"避讳"型故事①,收录了 33 条,内容皆与《讳九》故事类似,为名讳。

如果说此故事叙说的是一个守禁过程的话,那么下面的故事的情节则由一个破禁的过程构成,其破禁的结果是禁忌民俗观念的验证。

惭愧祖师建寺的时候是使法术用稻草人变成的工人建筑的,当时没有一个人晓得。每天送饭给他吃的姊姊后来感到很奇怪,想看看究竟怎么回事。所以有天早上她送饭去的时候,便不对弟弟说,悄悄地走进建寺的场地。那些稻草变的人看见她,便忽然一概变成稻草人倒在地上了。幸好寺刚刚建毕,正在给神像贴金身②。

惭愧祖师的姊姊触犯了法术禁忌,致使法术失灵。施法术时,生人是不准在场的。现在一些巫师为保持法术的神秘性,仍遵守这一禁忌。钟敬文先生曾记述了他故乡关于人为什么会死的解释神话,正好印证这一点:人类本来没有死这回事,到了老年,像虫类一般,脱了一层皮,便又回复少年了。后来,有某人正在施术脱皮时,误被媳妇窥见(破坏了他的禁戒)。从此以后,人们便永远存在着死神了③。

守禁的故事对遵循禁忌的人进行赞扬,如《讳九》;违禁故事对冒犯禁忌的进行批评以示惩罚,如《惭愧祖师》。两故事皆将相对静态的禁忌民俗化成了时间的艺术。当我们在表述某一禁忌民俗事象时,几乎尽是这样的结构:某种人或某时不能干什么,否则就有某种危险。如:"五月盖屋,令人光秃","喜庆日

---

① 丁乃通《中国民间故事类型索引》,北京:中国民间文艺出版社,1986 年 7 月,第 264 页。

② 廖喜隆搜集《阴那山的鱼、螺、米》,载《民俗》(国立中山大学民俗周刊)第 37 期。

③ 见钟敬文《中国的天鹅处女型故事》一文,《钟敬文学术论著自选集》,北京:首都师范大学出版社,1994 年,第 354 页。

忌打碎器皿", "婚期忌单"等等, 禁忌民俗事象本身不能证明自己存在的理由, 无说服力。另外, 民众在实施禁忌事象的过程中, 一切言行旨在完成禁忌民俗事项(程序), 而不能展示结果。这容易给人造成一种看法:违禁的不幸仅仅是臆想的。禁忌民俗所以能延续下来, 主要靠习惯势力的作用。民间故事正好弥补了禁忌民俗之不足。富有幻想色彩的民间故事可以将禁忌的三要素:实行禁忌的主体(人)——在一定时间和场合被禁忌的对象(人或事物)——禁忌的目的(结果)一并展现, 使禁忌民俗形象化, 达到艺术的真实。在民间故事里, 所有的违禁都得到报应。"在大量的平原故事中, 一位科约特老人与他的岳母有性关系, 而以此为幽默和取乐素材的美国印第安人自己则必须遵守严格的岳母回避制度。"①民间故事与人们的民俗行为之间的鲜明对照显现出前者的"优越性"——可以形象地再现违禁者遭受的恶果。在民俗行为中, 人们是不敢以身试"禁"的, 否则, 便无禁忌可言。这些"艺术"的恶果, 使欲违禁者看到自己的"下场", 为禁忌民俗的传承提供了活生生的例证, 加重了人们在一定时间和场合对某些禁忌的恐惧心理, 提醒人们不要跨越禁忌的雷池。这样, 民间故事实际变为一种行为内省的方式。当一个人受到私欲或坏朋友唆使的引诱, 欲以身试"禁"时, 充溢着神圣的胁迫力量的民间故事便威吓他立即断了念头。

四

现今, 由于生产及生活环境的改变, 人们的认识及征服自然的能力普遍大大提高, 年轻人对有些传承下来的禁忌不以为然, 采取轻视的态度。土家族人在过年前后, 最怕细伢讲不吉利的话, 有则故事说:"正月初一早晨'出行'(敬天王菩萨), 向老万叫孙伢帮忙拿酒杯, 孙伢在后面说:'公公! 我踩到一包屎(死)。'向老万说:'莫做声, 不是的。'孙伢说:'当真啦, 是屎, 好臭哟。'向老万

---

① [美]威廉·R·巴斯科姆(William. R. Bascom)《民俗的四种功能》, 陈建宪译, 《世界民俗学》, 上海:上海文艺出版社, 1990年, 第401页。

说：'是狗屎。'孙伢说：'不是狗屎，硬是人屎。'"①青年人显然不若年长者专心执著地恪守禁忌；但是，他们决不会嘲笑民间故事的虚妄与荒诞。包含禁忌主题的民间故事尽管同其他类型故事一样，具有娱乐、教育、认识等等功能，但这些功能可视为在保持禁忌习俗得以沿袭这一单独功能下的集合。这一特定类型的故事作用于社区以确保人们已接受的禁忌行为的一致性。在这个意义上，民间故事与人们已接受的禁忌形成互渗，并提供一种社会可领会的故事文本固有的娱乐或幽默、想象或幻想的方式，以抵御禁忌免遭主要来自青年人的直接攻击。无疑，要在民间故事中找到谴责懒惰、自私、自满、无视传统的例子是轻而易举的，然而，有哪一则民间故事建议人们去鄙视和摧毁禁忌习俗呢？否则的话，讨论民间故事的禁忌民俗传播功能就无必要。

　　问题是违禁在民间故事中是不是都表现为恶报？回答是肯定的。禁忌本身一般不会产生实际效果，如果故事里违禁的人安然无恙，这就说明民众已有此禁忌无效的观念，其"魔鬼力量"已被识破，不再具有束缚人们言行的能力。这样，此禁忌亦即消亡，当然禁忌习俗也就停止流传。当人们对某一禁忌习俗的迷信本质已看透，此俗又因其"惯性"在苟延残喘时，民间故事便成为鞭挞的武器。有则《不能动土》的笑话是这样的：

　　风水先生要出门，先看皇历，皇历说"不能出门"，于是他就从墙上爬出去，墙倒，被压，人们想刨土救他，他又急止之曰，"看看皇历再动"，一看"不能动土"，只好等明天再说②。

　　笑话反映了从事生产实践的劳动人民对一些禁忌民俗和观念的理性思考，在讽刺了迷信禁忌的财主的同时，也对"不能动土"的禁忌作了否定。

　　从历史发展上看，越是人类早期，生产水平低下，人们对自然的斗争处于软弱无力的状态，伴随着宗教观念而来的禁忌也就越多。譬如在人类的图腾崇拜的年月，会有五花八门的图腾禁忌事象。对此，现在人们是难以想像和描绘的。但这并不是说远古的图腾禁忌就无迹可寻。

　　湖南洞庭湖一带流传有渔夫和仙鱼的爱情故事。其大意为，为报救命之

---

① 施雪搜集《忌话》，载《中国民间禁忌与传说》，北京：学苑出版社，1990年，第320页。
② 段宝林《中国民间文学概论》，北京：北京大学出版社，1981年，第83页。

恩,龙女送给渔夫一个宝盒,要他好好保存,什么时候想念她,要她出现,只要冲着盒子呼唤她的名字,就可以如愿以偿。不过,千万不要打开盒子。渔夫上岸后,龙宫一日,人间十年,村庄变样了,好似不认识了,他大为惊诧,急于想见龙王公主,问个明白,便无意中打开了宝盒。只见一股浓烟升起,渔夫立刻由一个俊美青年变成一个80岁的老翁,老死在海岸上①。

同类型的还有盘瓠神话:盘瓠原名龙犬,只要罩上金钟,蒸上七天七夜,就永远变成人形。可是高辛王后见婿心切,急于把金钟揭开,因只蒸了六天六夜,盘瓠从足部到颈部都已成人形,但头部仍保持着龙犬的原来面目②。

两则故事表现的不能揭盖的禁忌,可能与图腾观念有关。主人公看见不该他们目睹的事物,一为龙,一为犬,都曾被原始人奉为图腾,为原始人所崇拜。"图腾"(Totem)是印第安奥日贝语,原义为"他的亲族"或"他的兄弟"。尽管图腾与氏族成员关系极为亲密,先民们对其顶礼膜拜,但也会有几分畏惧。闻一多先生曾辩证地指出了人与图腾的这种双重关系,"传说,经过祝发文身(在身上画饰龙)的妆饰后,海中蛟龙,就把人看为同类,不加伤害了——这就说明人和龙毕竟是有着矛盾的"③。对神圣之物,远古人看来,凡人应尽可能地与它们保持距离,敬而远之,这样才能确保它们永远处在神圣和神秘之中,而不致为凡人所侵而丧失灵气。同时,凡人亦获得一种安全感,因为对崇拜的对象,人们总怀着恐惧心理,担心它们降祸于人。为消除与图腾之间的矛盾,不惹恼图腾物,原始初民必然会设立种种图腾禁忌观念和事象。这种不能擅自揭盖,看看里面的图腾物的禁忌很可能就是远古某一图腾禁忌的曲折反映。尽管故事表现的不是现在仍"活"着的禁忌民俗事象,但它们洵非臆造,它们延续了一些古老的禁忌观念和禁忌民俗事象的"寿命",成为人们追忆远古禁忌习俗的现代文本及研究古人类文化的一种渠道,在某些方面(比如图腾禁忌事象)甚至是唯一的。这也说明,当民间故事所载录的禁忌习俗在现实生活中不复存在时,故事仍会为人们津津乐道。因为此类故事除了具备禁忌民俗的传

① 李岳南《神话故事、歌谣、戏曲散论》,上海:新文艺出版社,1957年,第27页。
② 高明强编《创世的神话和传说》,上海:上海三联书店,1988年,第130页。
③ 《闻一多全集》"神话与诗"中的"端午考"。

播功能外,同样具有一般故事的所有功能。

以上论述的是民间故事导引禁忌民俗纵向的传播过程。在禁忌的空间伸展方面,民间故事同样具有无可替代的意义。作为口头文学作品,民间故事横向流布显然较之禁忌本身要便利得多。无需任何言行构成,流传又呈明显"内弱"性的禁忌事象,委实缺乏传染力;而民间故事的口耳相传,是人们生活本身的一项有机活动,随着某一故事圈的不断扩张,此则故事所阐扬的禁忌亦必获得相应的推广。

可以肯定,并不是所有的禁忌民俗的传播都得到了民间故事的帮助,我们也不可能将所有的禁忌民俗的载体——民间故事——罗列出来。无需再多举例,本文的论证已足以令人信服。马林诺夫斯基强调指出,神话不是解释,而是巫术、仪式、礼仪和社会结构的"一个根据、一张契约、通常还是一位向导"①。反映了禁忌观念和民俗的民间故事的流传,正是在不断地宣扬禁忌观念,为禁忌提供依据,引导人们自觉地恪守禁忌,并且使远古的禁忌观念和民俗得以遗存。

---

① ［英］马林诺夫斯基(Malinowski)《原始心理学中的神话》,纽约,1926 年,第 29 页。

一场关于人与自然关系的深刻对话

——从禁忌母题角度解读天鹅处女型故事

万建中

1. 天鹅处女型(Swan—maiden type)故事在全世界流传非常广泛,历来为民俗学家所重视。班尼(Burne Charlortte Sophia)女士《民俗学手册》(*The Handbook of Folklore*)一书所附录的约瑟雅科布斯(Joseph Jacabs)所修正的斯·巴林古德(S. Bring Gould)的《印欧民间故事型式表》①中,第三种型式即为天鹅处女故事(母题 D361. 1)。丁乃通教授在《中国民间故事类型索引》中,仅 313A 型"英雄和神女"中,标明含有天鹅处女母题的异文,就达 40 多篇。我国许多民族的先民,在民间神话故事里,塑造了众多神采各异的既为动物又为"处女"的两栖类形象。比如天上飞的天鹅、孔雀、大雁,水里的鱼、田螺、青蛙以及陆地上的老虎等,她们与人间好后生邂逅、成婚。我们把这类传说故事称为天鹅处女故事。

此型故事为人兽婚类,只不过"兽"已部分地改换了其本来面目而融合了相当大的人性成分。可以说它是原始人兽婚型神话传说的变体。早在 1929 年世界书局出版的《童话学 ABC》一书中,赵景深就依据英国学者哈特兰德(E. S. Hartland)的研究成果明确指出:"天鹅处女的童话是表现禁忌的。"我国现代民间文学学者也从禁忌母题的角度审视了此型故事。汪玢玲说:"在故事中,鹤女在拔掉自己的羽毛织锦时,不许人看,这就是禁忌。被戒者违犯了禁忌,她再就不能以人的形象留在人间。雁姑娘因为丈夫违犯禁忌,委地复变为

---

① 此文英文题目为 *Some types of Indo—European Folktales*。此文为杨成志、钟敬文合译,原由中山大学语言历史研究所于 1928 年印为单行本。

雁,无论她怎样思念自己的儿女也不能回来,忍不住回来看望一次,便触地而死,她是以自己的生命为代价的。"①我们对此型故事分解之后发现,其中有些含两个禁忌母题。

傣族有一则著名的长篇故事《宝扇》,大意为:王子来到一个风景旖旎的湖畔,看见七位仙女从天而降,裸体在湖里沐浴。他偷偷走出树林取走最小的那位仙女的衣服。仙女无衣不能再返天庭,王子和仙女结为夫妻。同族的《召树屯》故事与此雷同。这几乎是所有飞鸟类天鹅处女故事前半部分的基本框架。表面看,似乎无禁忌,其实潜藏着深刻的民俗内容。仙女脱衣沐浴,不仅出于健康卫生的需要,与后来的宗教上的清除污秽的意义也不尽相同。它隐含有这样一个禁忌母题,即仙女的贴身衣服不能为凡人所触摸。

钟敬文先生曾于1932年对仙女脱衣之根源作了精辟的诠释:"我以为鸟兽脱弃羽毛或外皮而变成为人的原始思想,或许由虫类脱蜕的事实做根据而演绎成功的也未可知。我们故乡,有一个关于'人为什么会死'的解释神话。大意说,人类本来是没有'死'这回事的,到了老年,只要像虫类一般脱了一回皮(即蜕),便又回复少年了。后来,有某人,正在脱皮时期,误被媳妇所窥见(破坏了他的禁戒)。从这以后,人间便永远存在着死神了。这明明是应用虫类蜕化的事实到人类上面来的想法。"②脱衣类似虫类的蜕皮,是身体变形的"现在进行式"。脱弃羽衣超越了虫类蜕皮更新的"进化"层次,这是一种生命样式向另一种生命样式的转换。其间的行为都是自在的,而且受到一张严密的禁忌网络的掩护,任何惊扰都会阻断仙鸟新的生命样式的呈现。因此,王子的一切举动都是"偷偷"的。倘若他面对眼前美妙绝伦的情景而忘乎所以,那么,故事便停滞了话语的流动而戛然中止了。

何以仙女贴身羽衣为人触摸(或取走),她便不得回到天庭了呢?仙女之衣为其上天的"翅膀",失去它便不能飞上天——这仅仅是故事表面及常理的逻辑。云南怒江傈僳族一则名为《花牛牛和天鹅姑娘》的故事中,男主人公偷

---

① 汪玢玲《天鹅处女型故事研究概况》,《民间文学论坛》,1983年第1期。

② 钟敬文《中国的天鹅处女故事》,钟敬文《钟敬文民间文学论集》(下),上海:上海文艺出版社,1985年,第36—73页。

的是仙女的腰带,仙女不能与同伴一道上天,孤零零被抛在一个陌生的星球,她应对藏衣的男子憎恨才对,却还是愉快地甚至毫无羞涩地以身相许。理由何在?"在这里衣服显然已经通过魔力的附加而变成了一种象征。"①"南部斯拉夫人的不孕妇女想怀孩子,就在圣·乔治日前夕把一件新内衣放到果实累累的树上,第二天早上日出之前,去验看这内衣,如果发现有某种生物在上面爬过(按,生物的生殖力互渗到内衣上面),她们怀子愿望就可能在年内实现,她便穿上这内衣,满心相信她也会像那棵树一样子息繁衍。"②女之衣既为她们的遮体及上天的媒介,同时又是她们抑制情爱萌发的紧箍咒。凡间男子触摸她们的内衣,按弗雷泽接触巫术的原理,是对仙女本人施了魔法,男子强烈的性爱欲望传导给了无邪的仙女,使她和牛郎一样亦处于灼热的思春煎熬之中,情窦未开的仙女(因此故事命名为天鹅处女,而非天鹅仙女)顿时焕发了男女意识的觉醒。这恰如伊甸园里的亚当和夏娃受蛇的引诱,吃了禁果一样。这样理解,也可解释为什么其他仙女不愿留在凡尘。这是因为他们不像被凡人触了衣服的仙女,未被染上凡俗之气。可见,仙女留恋凡尘,正是王子的行为触犯了仙女的禁忌之故。

禁忌乃是人或物身上的阿基琉斯之踵(Achilles heel)。男主人公之所以能知晓仙女的这一弱点并恰到好处加以利用,达到与仙女结合的目的,往往是受了神仙(或神性动物)的指点。神仙实际是充当了向凡尘传报仙女禁忌信息及教唆如何违禁的角色。

2.结合之后便是生儿育女,这是自然规律。然而,人同异类交配本身就是对自然规律的破坏和蔑视。这在富有幻想精神的民间故事中也是不能容忍的。除非异类有充足的理由和不带任何禁忌的变形的本领以及又能完全为众人所接纳,否则,故事绝不会无视这种"畸形"的结合,无视生活常识地让异类永远滞留于凡尘,任其自由自在地繁嗣后代。不然的话,故事就只能用我们从未听说过的语言来表述,文本也只能诉诸于我们不能理解的文字。既然人与异类的结合肇起于男主人公的违禁行为,那么,也必然会引发另一违禁行为导

---

① 王霄兵、张铭远《脱衣母题与成年仪式》,《民间文学论坛》1989年第3期。
② [英]詹·乔·弗雷泽(J. G. Frazer)《金枝》(上册),北京:中国民间文艺出版社,1987年,第181页。

致他们的最终分离(当然,也可能像伏羲与女娲一样,借助于难题的解决即实质为神判,来寻求圆满的结局)。这就是民间故事的逻辑。民间故事可以让我们为其绝妙的想象力而惊叹,而永远不会让我们苦于匪夷所思。于是,故事又向我们提供了另一个值得细细咀嚼品味的禁忌母题。

我国有世界上最早关于此型故事的文献记载。《搜神记》收录了"毛衣女"故事:

> 豫章新喻县男子,见田中有六七女,皆衣毛衣,不知是鸟。匍匐往,得其一女所解毛衣,取藏之。即往就诸鸟,诸鸟各飞走。一鸟独不得去。男子取以为妇,生三女。其母后使女问父,知衣在积稻下,得之,衣而飞去。后复以迎三女,女亦得飞去。①

按钟敬文先生的观点,《毛衣女》"不但在文献的时代观上,占着极早的位置,从故事的情节看来,也是'最原形的',至少是'接近原形的。'"②故事中,男子告诉仙女,"衣在积稻下",使她得以飞走的禁忌情节,在后来的天鹅处女故事中得到更为明显的强化,发展为不能说某女是某某变的。不许看,不许触动某种事物等,谁说了,看了,摸了,就会给谁带来灾难性的后果。斯蒂·汤普森也说:"有许多故事讲某个男子娶了一个仙女。有时是男子到仙境去同她生活,有时是男子娶了她并将她带回家去生活。在后一种情况下,他每每有一些要严格忌讳的事情(母题 C31),譬如不能叫出她的名字,在某个特殊时刻不能看见她,或在某些琐事上不可得罪她。"③美国当代著名的民俗学家 R. D. 詹姆森认为这一禁忌实施的过程,构成了这类故事主要的发展脉络。他说这类故事"描述的是一位神女爱上了一个凡人,神女要求他严格遵守禁令,就同意和他生活在一起。但是,他违反了这些禁忌,神女随即就离开了他。他寻了很长

---

①　[晋]干宝《搜神记》,北京:中华书局,1979 年。

②　钟敬文《中国的天鹅处女故事》,钟敬文《钟敬文民间文学论集》(下),上海:上海文艺出版社,1985年。

③　[美]斯蒂·汤普森(Stith Thompson)《世界民间故事分类学》,上海:上海文艺出版社,1991 年,第269—297 页。

时间才找到她。"①

　　这一禁忌母题的背后更隐藏着古代的信仰,"似乎与早期图腾崇拜或早期母权制有关"②。在中国古代,以飞鸟为氏族或部落图腾的现象相当普遍。据学者们推断,殷、楚、赵、秦,虽然立国有先后,但在神话传说中都以某种鸟类作为自己的图腾③。既然有鸟图腾的氏族存在,其他氏族或部落与之通婚,加以附会想象,就自然进入了人鸟结合传说"创作"的情境。古典文献中关于商氏始祖契降生的神话即为一例:

　　　　殷契母曰简狄,有娀氏之女,为帝喾次妃,三人行浴,见玄鸟堕其卵,简狄取吞之,因孕生契。(《史记·殷本纪》)

这里讲的在水池边行浴的女人吞吃玄鸟的卵而生子的故事,实即以玄鸟为配偶的传说。"而且,如所周知,这也是亚洲式'天鹅处女'或所谓'羽衣天女'型故事真正的源头。""这说明,羽衣神话、天鹅处女本质上表现的仍是图腾机制、图腾意识。玄鸟(或凤凰)本来跟简狄是二而一的鸟图腾祖先,不过后来逐渐变异罢了。所以她们的故事里往往都要出现'沐浴'的场面——这也正是天鹅处女故事的重要情节。"④英国的 S. M. 哈特兰德在《童话学》最后两章中认为,考察这类故事中的家庭关系就可以看出它们反映了古代的禁忌在现代的遗留,这些有关婚姻的禁忌,体现了某一图腾的女人被另一图腾的男人带走时所必须的礼仪。詹姆斯·弗雷泽(James Frazer)也持有这样的观点。天鹅的"变形"(最初大概不是变化为人),原本是向男人图腾的转换和附就,而男人所被要求遵守婚姻的禁忌,则可能是对女人归依的一种回复。

　　到了此型故事流传的时代,神鸟只有化为美女才可与人通婚,足见人类幸福的婚姻观取替了图腾观,原始的图腾禁忌观念受到摇撼,并逐渐为大自然观

---

① 　[美]詹姆森(Jameson)《一个外国人眼中的中国民俗》,上海:上海文艺出版社,1995 年,第 72 页。

② 　Hartland, E. S. *The Science of Fair Tale* , London,1891.

③ 　甄朔南《中国石器时代人类对动物的认识和利用》,《科技史文集》第 4 辑,上海:上海科技出版社,1980 年,第 65—73 页。

④ 　萧兵《中国文化的精英——太阳英雄神话比较研究》,上海:上海文艺出版社,1989 年,第 74—80 页。

所取代。天鹅初化为人形时,作为"处女",博得人们的仰慕,其身上有种种禁忌,男子是不得违背的,否则,天女飞返天庭或悲痛而死,造成婚姻家庭的破裂。同时,她又毕竟是鸟化的,有种种弱点,男子极欲利用之以期对她们实行控制。更何况,在妇女社会及家庭地位极其低下这一大的历史背景之下,天女的神性会被男人逐渐淡忘,对其的禁忌也随之松弛起来。情郎的违禁及其悲剧的结局,反映了这两方面的内容。前者,"表现出女性对于从妻居转向从夫居,从母权制转向父权制的抗拒心态,这些实际上是婚姻制度和习俗经历重要变革在口头创作中留下的印记。"①在一则名为《雁姑娘》的故事中,雁姑娘的丈夫只说了一句"雁变的女人",原型一旦说破,妻子立刻闭了口,一句话也不说了,只悲伤地盯了丈夫一眼,脸色惨白地在地上一滚变成了一只雁,由窗口飞走了,融进了天边的雁行之中。故事中所谓"雁"当为女方氏族的图腾,氏族成员是可以变化为图腾物的。从夫居以后,妇女失去了原先熟悉的环境和自身的自由。禁忌不得点破,不过是其对于旧有氏族图腾的一种遥远的捍卫。男方如果连妻子这一点最深沉的复归情结都不给予理解和尊重,则女子在男方家族中的地位之低下也就可以想见,无怪妻子无法再留居下去。后者,表现了人类支配自然的欲望。神鸟既为图腾的"后裔",又为大自然的一分子。犯禁是情郎利用巫术控制自然的潜意识的反映,说明人与自然的关系有了明显的嬗变。

3. 这一禁忌母题在此型故事的不同种类中都占据着显要的位置。像田螺姑娘以及丁乃通在《中国民间故事类型索引》一书所列的 400D 型的全部故事都是此母题的衍绎,只不过女主角的原形扩展为田螺、狐狸、虎等,于是羽衣也随之替换成了螺壳、狐皮和虎皮,洗澡的情节已失落了。唐皇甫氏的《原化记》提供了一则"老虎精"故事的古代版本:

　　　　天宝年中,有选人入京。路行日募,投一村僧房求宿。僧有在,时已昏黑,他去不得,遂就榻假宿,鞍马置于别室。迟明将发,偶巡行院内。至院后破屋中,忽见一女子,年十七八,容色甚丽,盖虎皮,熟寝之次。此人

---

①　刘守华《纵横交错的文化交流网络中的"召树屯"》,《民族文学研究》,1990 年第 1 期。

乃徐行,掣虎皮藏之。女子觉,甚惊惧,因而为妻。……载之别乘。赴选,
选既就,又与同之官。数年秩满,生子数人。一日俱行,复至前宿处……
明日,未发间,因笑语妻曰:"君岂不记余与君初相见处耶?"妻怒曰:"某本
非人类,偶尔为君所收,有子数人。能不见嫌,敢且同处。今如见耻,岂徒
为语耳。还我故衣,从我所适。"此人方谢以过言。然妻怒不已,索故衣转
急。此人度不可制,乃曰:"君衣在北屋间,自往取。"女人大怒,目如电光,
猖狂入北屋间寻见虎皮,披之于体。跳跃数步,已成巨虎。哮吼回顾,望
林而往。此人惊惧,收子而行。

　　这类故事属天鹅处女型的不同种类,正如日本民俗学者直江广治所言:
"这是一个可以变化的东西,画中的美女也好,狐狸精也好,都是它的变化而
已。"①而其中深嵌的两个禁忌母题是完全一致的。关于前一使异类"就范"的
禁忌,尽管因异类的不同呈现的行为对象不一样——有的是藏羽衣("毛衣
女"),有的是藏狐皮("狐狸精"),有的是藏虎皮("老虎精"),有的是藏螺壳("田
螺精"),但禁忌的性质并无差异。

　　以往学者从禁忌的角度审视此型故事时,关注的是后一禁忌母题。正如
刘守华教授所言:"过去有些学者认为它是'表现禁忌的童话',因为故事里的
男子违犯了禁忌,才使女主人公重新获得羽衣,得以飞走。"②这一禁忌行为的
样式有多种,归纳起来为两类:一是无意中让异类知晓羽衣或皮或壳的藏匿之
处,一是有意无意提及从而揭露了异类的真实身份。何以这桩跨星球的令人
艳慕的婚姻会走向悲惨的结局,而悖弃国民固有的"大团圆"的喜剧心态呢?
沿着这一思路,便可通入禁忌母题的"腹地"。

　　此禁忌母题显然亦包括三个恒定不变的情节单元,即设禁、违禁及惩处。
人间男子通过触犯异类的禁忌,即藏匿它们的"外衣",阻断了它们复原"本体"
的路径,从而求得结合。而这同时又设下了另一个更为严重的禁忌:"外衣"绝
对不能为它们所获取。"外衣"是从兽变人或人易兽的唯一媒体。脱去"外

① 〔日〕直江广治《中国民俗文化》,上海:上海古籍出版社,1991年,第7页。
② 刘守华《比较故事学》,上海:上海文艺出版社,1995年,第388页。

衣",异类浑身便充溢着人性,而一旦为"外衣"所包裹,便成为地地道道的带着仙气的禽兽。我们再看一则此种类型的故事:

　　　　一猎人追赶一只美丽的鸟来到池塘边,看到天女在洗澡。于是,他藏起仙女的衣服,二人结为夫妻。过了几年,有一天,天女去洗衣服,出门的时候告诉丈夫不许开锅看。那是只奇妙的锅,打开盖子一看,里边只有一把米,凭着天女的力量,每天不断地作出饭来。可是,由于男子偷看了,以后就不再增多。米柜中渐渐空了,藏在里边的羽衣露了出来,天女穿着羽衣飞回天上去了。①

　　此故事中,设禁、违禁及惩罚的三个环节十分明显。"不许开锅看"的禁令是由仙女自己发出的,可在前面的例子中,皆没有出现传报禁令信息的角色。俄国民俗学家弗拉基米尔·普罗普(Vladimir Jakovlevic Propp)认为,禁令和违禁是相互联系的一对功能。没有前者就不可能产生后者,但前者也可能被省略或暗含在叙述中,而不明确揭示出来②。也即是说,设禁的环节往往被省略掉了。

　　这一情节脉络的形成是建立在此故事类型固有的"二元对立(binary oppositions)"结构模式基础上的。首先故事中两个主要角色分别来自两个不同的世界,一为人类,一为异类;其次,他们的性别不同;第三,他们最终属于不同的生存空间。这三项对立因素包容了人类发展史上两个最基本的、也是无法回避及消除的矛盾,即人与自然和男性与女性。现实世界的这两大矛盾刺激了人类思维的"二元对立"模式的形成。这一模式必然会在作为人类集体思维和智慧结晶的民间口头散文叙事文学中留下深深的印迹。这在神话作品中已得到了验证。天鹅处女故事作为神话后的直接文本,更是将"二元对立"作为故事的基本构架。

　　在此故事类型中,禁忌无一例外发自异类。禁忌的对象集中显现了异类

---

① ［日］君岛久子《羽衣故事的背景》,《民间文艺集刊》,1986年。
② 罗钢《叙事学导论》,昆明:云南人民出版社,1994年,第30页。

的各自本性。不能暴露异类的禽、兽身份，不能让它们知道"外衣"（皮、壳及毛羽等）在何处。身份及"外衣"（其实为异类的表征）作为它们或超自然力或天界的象征意义是显而易见的。已化为人形的异类正是靠称呼和外表把自己与人类区别开来。表面上，设禁是异类为了掩饰自己的弱点，同时保持自己的"神"性不致为人类并能够长久滞留于人间的"俗"性所浸染。而在更深的层次上，设禁既表明异类欲借助超自然力控制人类的企图，又折射出异类对人、异无法调和的矛盾有了清醒的认识（实际反映了人类自身的认识水平）。在这里，设禁实为超自然力控制人类言行的隐喻，而禁忌对象则为双方都已理解的象征符号。

身份及"外衣"即外表又都散发着浓烈的性别意味，其性别的象征意义也是不言而喻的。由于生理及繁嗣本能的需要，雌雄结合在一起。然而，两性间固有的罅隙难以弥合。这种罅隙在人类与异类之间同样存在。在天鹅处女故事中，一般情爱的故事应有的缠绵情调还未酿成，两性的结合及对立皆处于一种较原始的状态。娶仙女为妻本应是一个要多浪漫就有多浪漫的话题，在这里竟然无缘无故地失去了谈情说爱的时空，而唯一能让读者感受到一点家庭气氛的，是仙女大多可以弄出一桌好菜。但这与其说出于仙女对丈夫的温柔与体贴，不如说是民间男子对食欲虚幻的满足。美女和佳肴在现实生活中人多是可遇而不可求的。色与食这两大人类的本性却被有机地嵌入此禁忌母题之中，并获得画饼充饥式的宣泄。

4. 人是大自然的一部分，又是异于自然存在的文化产物，生而有之的征服自然的欲望，使得人类决不会屈从于异类身上的禁忌，违禁势在必然。在英雄神话中，英雄行为主要表现于对大自然的抗拒和征服，不要说逐日的夸父，就是娇小可爱的精卫，身上喷发的也是不可摧折的向大自然复仇的意志，她化作鸟，不是化出一腔柔情，而是化出一身侠骨。《山海经》写到的另一些女神，如帝之二女、西王母，都有一种野性强悍，都未及爱情的缠绵悱恻，古神话的这种思想倾向在"天鹅处女"型故事得到直接承袭，使其在漫长的演进历程中，终究未能成为动人心魄的爱情故事。

在此型故事中，违禁大都是有意为之：或是丈夫和孩子们对异类恶意中伤，在民间现实生活中骂人为禽兽是对人的最大的侮辱；或是对她们的"外衣"

不加珍爱,随意外露。在有的故事中,丈夫竟然把妻子的蚌壳翻取出来任意敲打。江西省南丰县城乡流传的《田螺壳》故事说:男的以为这么多年在一起的夫妻,又生儿育女,老婆不会有别的想法,看着扶椅凳学走路的儿子,便拿出当年的田螺壳来,用一支筷子挑起,用另一支筷子一边敲,嘴里一边唱:"钉钉磕,钉钉磕,磕你娘的田螺壳。"两爷(父亲)崽一心只顾玩得起劲,把什么都忘记了。女的走进来一看,气得一把抓住田螺壳,往身上一套,人就不见了。违禁的人一般都已知晓异类的原形(否则也无从违禁),他们的骨子里视这些异类为禽兽,而绝不是神灵。因为敬畏与崇拜意识早已被淡化。在长期狩猎活动中积聚起来的征服自然的潜在欲望,无疑会涌动于人与动物结合的整个过程之中。如果说第一次违禁,使男子拥有占有仙女的权力并取得了控制她们的法宝的话,那么,第二次违禁,则是丈夫及子女们对异类厌恶心理的最终流露。倘若摈弃伦理及情感的因素,这是"纯洁"人类的正当行为,与《白蛇传》中法海的除妖举动的性质并无二致。按常理,也只有异类的称呼和"外衣"(原形)才具备禁忌的意义,才会成为凡人铤而走险的诱因。这类禁忌母题,在凡人与凡人之间则难以演绎出来。人和异类为了"故事"的缘故可以暂时组合成一个家庭,但即便在故事里,其间的裂缝也不可能任意弥合。这是人类与整个大自然对话的永恒的定理。

从故事发展的逻辑关系看,设禁之后自然会进入违禁的阶段。也就是说,设禁——违禁构成了一种时序对应关系,即普罗普所说的"功能对"(Function Pairs)[①],它在此类故事的情节构架中起着举足轻重的作用。巴尔特(R. Barthes)说:就功能这大类来说,不是所有单位都具有同样的重要性,有些单位是叙事作品(或叙事作品的片断)的真正铰链,这些功能是基本(或核心)功能[②]。如果仙女下"嫁"人间,其"外衣"又不知在何处之后,故事没有沿着这一线索进展,即设禁之后没有违禁的跟随,设禁作为一个主要的情节单元,就失去了本有的核心功能和真正铰链的作用。另外,设禁——违禁也符合此种禁

---

① Propp, V. *MORPHOLOGY OF THE FOLKTALE*, London: University of Texas Press, 1975. p. 8.
② 《马克思主义文艺理论研究》编辑部《美学文艺学方法论(下)》,北京:文化艺术出版社,1985年,第541页。

忌的本质特征。纯粹由异类建立起来的禁忌,在凡人看来皆为"合理的行为"。倘若自行停止这种"合理的行为",就预示着人类在某种程度上失去了生活的理性及征服大自然的要求和信心。

违禁便会得到惩处,在此型故事的禁忌母题中无一例外都是这样。违禁(因)——惩罚(果)也是故事中的一个核心功能。缺少惩罚,设禁者和违禁者的结局都无以交代,故事也会变得残缺不全(这在中国故事中是绝对不允许的)。另一方面,惩罚也是设禁者(异类)的必然行为和权力。孤独无援的异类面对凡人的破禁侵害,凭借自身的超自然力(主要是变形),向违禁者发起了攻击。事态的发展显然是凡人遭受了厄运,真正的悲剧只会在人间上演。男主角重又陷入性饥渴的煎熬之中,幻想着另一次人兽姻缘的到来。至于异类,本来就来自一个虚无飘渺的遥远的世界,所设禁忌被破坏后,只是原形毕露,以其本来的面目沮丧地远去,回归原处,终于结束了这次浪漫而又残酷的对人间的造访。

人与大自然关系的真谛隐含于设禁——违禁——惩罚的情节序列之中。人类历史的长河恰恰是这一情节序列的不断重复。另外,这一情节序列也是两性之间相互较量过程及结局的形象描述。两性结合,天经地义,这种结合又是两性间控制(设禁)与反控制(违禁)状况出现的前提。故事中处于同一空间中的两性总是在不断地设禁,不断地违禁。结合,分离,再结合,再分离,这不正是此种禁忌母题对人类两性生活的高度概括和永远的昭示吗?

仅从禁忌母题而言,仙女仅是传报禁忌信息的一个媒体人物。整个故事的重负几乎全部落在男子及其家人身上。他们必须处处小心翼翼来求得家庭的平安和"结合"的延续。他们也成为故事的推动力和焦点,情节的扩展、挺进都取决于其守禁还是违禁。在现实生活中,能让妻子倾心的男子的品性不外乎是善良、正直、温柔;故事却无视生活的参照,把建立和维持"美满"家庭的希望寄托于男子的胆量、勇气(窃取异类的"外衣",即违禁)及智慧(藏匿"外衣"不致被发现,即守禁)。故事里男子汉们正是凭着这些优良的品性,通过了一个又一个征服异类(自然)的考验(违禁再违禁)。这些优良品性恰恰是人类与自然的较量中最显威力的强大因素,它们并不怎么适宜家庭生活。这也表明,此型故事的禁忌母题中,人与自然的关系尽管只是被象征性地透露出来,却占据了母题的中心位置。

　　5.刘守华教授认为,中国天鹅处女故事的内容经历了四个发展阶段:第一代异文是人鸟结合,以某种飞鸟作为始祖来崇拜;第二代异文是人鸟结合的情节得到充实,加上了偷衣服而结婚和仙女找到羽衣后飞返故乡;第三代异文增加了丈夫追寻妻子的情节;第四代异文中男女主人公的身份升为王子和公主,在他们的婚姻与悲欢离合中,穿插着战争、宗教冲突等,构成更复杂的情节①。

　　陈建宪认为第二代异文是此型故事的基本原型(archetype)。而正是第二代异文(以《搜神记》中"毛衣女"为代表)囊括了两个禁忌母题,也就是说此型故事的最基本的形态是以禁忌母题为核心的。只是在以后的演变过程中,原故事因或与"难题求婚"型故事,或与族源传说,或与动物报恩故事相混合,故事的重心后移。随着故事前半部分篇幅的逐渐缩小,禁忌母题被排挤甚至被遗弃掉了。譬如,与祖源传说联姻后,图腾及祖先崇拜意识骤然膨胀起来,成为故事表述的主要内容,完全淹没了禁忌观念。异类的"外衣"不再为禁忌的对象,将其焚烧之后,异类即永远不回复原型,却以其神异的"出身",跃上人类部族始祖的地位。在一则名为《母狐的十个儿子》传说中,青年猎手将狐皮放在火堆上烧掉了,并对狐狸姑娘说:"今天天气晴朗,是个好日子,咱俩结成夫妻吧!"这样,他们成为两口子。后来,鄂温克人之中存在着一个大的狐狸氏族②。无怪乎有人指出:"它(指此型故事)是一个表现人类爱情婚姻生活的故事,有关禁忌的情节,不过是作品中具有象征意义的情节单元之一。"③但仅就此型故事的基本形态而言,禁忌母题无疑起到了左右整个故事思想艺术倾向的作用。事实上,也只有第二代异文才富有天鹅处女的原汁原味;第三、四代异文,只是女角仍挂着"天鹅"的名分,仙气还未褪尽而已。

　　第二代异文深得后世文人的青睐,唐人传奇的某些作品更是全盘承袭了此禁忌母题。比如"毛衣女"模式是由鸟变来的女子由于毛羽被藏而滞留人间,一旦发现毛羽,即重新披上而飞走。薛渔思《河东记》申屠澄故事,则是其

---

① 刘守华《比较故事学》,上海:上海文艺出版社,1995年,第386—402页。

② 沈其新《图腾文化故事百则》,长沙:湖南出版社,1991年,第177页。

③ 刘守华《孔雀公主故事的流传和演变》,《民间文艺集刊》,1986年第8期。

妻发现自己的虎皮并披上后重新变为老虎"哮吼拏攫,突门而去"。"很显然,申屠澄妻之虎皮和毛衣女之毛羽,两者的禁忌与远古神话中的禁忌,性质是相同的。当然,禁忌的范围在唐人传奇中似乎又有所发展。他们很强调外界环境对于变形者的影响。裴铏《传奇》中的孙恪故事,李隐《潇湘录》中的焦封故事,他们的猿妻之所以最后会回复原形逃逸而去,就因为他们由于其种原因又回到了猿猴聚居的深山老林。这种环境的变换,同样是犯了禁忌的,于是恢复原形和兽性的事便发生了。"①

阿兰·邓迪斯认为较长的美国印第安民间故事由缺乏(L)、缺乏的结束(LL)、禁令、违禁、后果、试图逃避后果六母题组成的②。天鹅处女故事的基本结构形态正好与这六母题吻合。故事中,男子没有妻子(L),后由于触犯了仙女的禁忌,迫使仙女与之成婚(LL)。如果他不违反禁忌的话(禁令),他便可永远占有仙女。那位男子不可避免地违反了禁忌(违禁),他终于失去了妻子(后果)。丈夫追寻妻子,重新团聚或从此离异(试图逃避后果)。两个禁忌母题就把"六母题"全部包含在内。也就是说,无须其他情节单元的参与,两个禁忌母题就完全可以构成一个完整的"原型式"的天鹅处女故事。当然,作为故事内在的禁忌母题,其在故事中是顺带的,潜藏的。正因为如此,解读起来才更显兴味。

直接激发此型故事创作灵感及传播热情的是民间普遍存在的性爱饥渴及性爱幻想。人们津津乐道这些故事时,毋庸讳言,从"与现实相反的幻觉"(illusion in contrast to reality)中,感受到了"替换性满足"(substitute—gratification)③。尤其在旧时,民间男子难以有美满的姻缘,而上层贵族却普遍有三妻四妾,郎才女貌是他们理想的婚姻模式。由于有了现实生活的参照,下层民众会产生对性爱生活的奢望。文学艺术永远是对不完美的现实的一种改造。于是,现实生活中最美的女子都难以媲美的仙女们便纷纷下嫁平民男子。比如十分著名的牛郎织女故事的前半段,往往被雅文学避而不述:牛郎本孤苦伶

---

① 程蔷《唐人传奇与神话原型——兼论文人创作与民俗文化的关系》,《民间文学论坛》,1990年,第4期。
② [美]邓迪斯(Alam Dundes)《世界民俗学》,上海:上海文艺出版社,1990年,第286页。
③ [美]诺尔曼·布朗(Norman O. Brown)《生与死的对抗》,贵阳:贵州人民出版社,1994年,第59页。

仃,父母去世后,兄嫂待他如奴隶,驱来驱去,做牛做马。在极端困苦中日渐长大,也初通人事。于是内在的性要求觉醒加上现实生活的苦痛,都促使他耽迷于属于自己的幻想(这些当然是我们现在的破译,是从故事的表层结构中找出的隐含的逻辑)。于是,牛郎有了奇妙的艳遇。他偷看到七个美丽少女的裸浴,一种情不自禁的冲动使他瞬间具有了极大智慧,他窃取了一套衣服,致使七仙女不能随姐妹们重返天界,只得委身下嫁给他。

然而,倘若一味如醉如痴幻想下去,而完全不顾异类变形的"法则",置异类的"外衣"于存无,无视异类的原型,拒绝禁忌的掺入,那么,故事便索然无味(挂靠另外的故事类型,又另当别论),故事即不成为故事。从这一点来说,此禁忌母题还具有故事学上的意义。

禁忌母题固定的叙事模式支撑起了整个故事(指第二代异文)基本情节的框架。正是因为主人公违犯了禁忌,才使他们的命运发生转折,整个故事更具戏剧性效果。此母题与原始的图腾崇拜、原始思维有关,为原始文化的遗存,只不过这些文化因素为故事本身的逻辑结构覆盖罢了。只有当人们发出疑问:为什么仙女要在脱衣沐浴、"外衣"被藏匿之后,才与男子一见钟情时,其间的禁忌母题方露端倪。

钟敬文民间故事研究论析

——以二三十年代系列论文为考察对象

万建中

早在上个世纪初叶,钟敬文先生就曾倾心于民间故事的研究,撰写了一系列民间文学方面的经典性论文。到了新世纪,这些论文仍闪烁着耀眼的学术光辉。其中大部分的论点、论据和论证至今也没有被超越,诸如《中国的天鹅处女型故事》、《中国的地方传说》、《槃瓠神话的考察》、《老獭稚型传说的发生地》、《中国的植物起源神话、传说》、《中国民间故事型式》、《中国的水灾传说》、《蛇郎故事试探》、《中国古代民俗中的鼠》等等,目前仍旧是处于学术前沿地位的。即便是表述的语言,也未显丝毫的"老态",依然是那么的"鲜活",甚至可称得上是"现代"。半个多世纪过去了,钟先生自己也说:"这里的有些篇章用力颇勤,曾受到国内外学者的注意","在杭州、东京时所写的一些论文,不管结论是否正确,在写作态度上是严肃的,在论证上是比较认真的。这是随着自己学术眼界的扩大和专业知识的增进所带来的一些新成就。"①下面从 3 个具体的方面,谈谈钟先生研究民间叙事文学的高超技艺和严谨的治学态度。

一、关注故事类型比较研究中的"差异"

民间故事中具有某种雷同或相似因素的各个作品的集合构成了"异文群",一种异文群可称之为某一故事类型。对故事类型的研究形成一种专门的方法,即"类型学"的方法。这是故事学比较研究的基本方法之一。钟敬文先

---

① 钟敬文《民间文艺学及其历史》,济南:山东教育出版社,1998 年,第 6、11 页。

生是我国民间故事类型学研究的开创者,上面列举的他早期的系列论文,皆可视为运用这种方法的经典之作。

1928 年,钟敬文先生、杨成志先生合译了《印欧民间故事型式表》,1931 年钟先生又撰写了《中国民谭型式》,即《中国民间故事型式》,原计划写 100 个,后因故只做完了 45 个。这 45 个型式的确立,尽管参照了《印欧民间故事型式》,但却是对中国民间故事开拓性的系统的立型归类,在我国故事学研究史上具有划时代的意义。此成果译成日文后,在日本学术界产生了很大的影响。当时,日本的民俗学家也刚刚走上了比较故事学研究的道路。钟先生自己也说:"我在 30 年代初制作和发表的类型,虽数量不多,在时间上却是领先的。"[1]这一基础性的工作也为钟先生本人日后的故事学研究作了良好的准备。当时,钟先生对我国许多著名的故事类型进行了专门的论述,诸如老獭稚型、灰姑娘型、老鼠嫁女型、天鹅处女型、蛇郎型、田螺精型、呆女婿型等等。

故事的类型只是钟先生进入故事研究的起始和前提,或者说钟先生是从"类型"的角度对所考察的故事进行框定。一个个不同的故事类型构成了钟先生故事研究的具体的目标和对象。每个故事类型都有自己独特的可供阐释的空间,钟先生充分把握并根据这种"独特",选择和运用了相应的解读故事的方法和手段。可以说,是研究对象即故事类型的差异性导致了研究方法和手段的差异。1996 年 9 月,钟先生在北师大举办的"中国民间文化高级研讨班"上的讲话中,有一段话为此作了个案式的诠释:

> 又如灰姑娘的故事,外国搜集了很多故事异文,但我若研究这个故事,大概会从社会、家庭来看,它说明了什么,里边透露了什么信息。我初步这样考虑,母亲爱她亲生的女儿,这是血缘关系,再一个是财产分配问题,如果不将非亲生大女儿排除出去,那她也要占一财产份额。当然还不只这两点。这就是我与其他用众多故事比较同异的研究方法不一致之处,我注重从故事所体现的意义上分析,这也是一种思考问题的方法。[2]

[1]　钟敬文《民间文艺学及其历史》,济南:山东教育出版社,1998 年,第 11 页。
[2]　钟敬文《中国民间文学讲演集》,北京:北京师范大学出版社,1999 年,第 136 页。

钟先生根据故事类型本身的内容和意义,确定研究的方法及手段。因此,同样是故事类型的研究,方法及手段则呈现极大的差异性和多样性。而且这些方法及手段大多被精彩而又细腻的阐释所掩盖,给揭示和归纳带来一定的困难。

当然,导致这种困难的真正原因还在于钟先生对故事类型内部差异性的关注。根据以往世界故事学的研究途径,如果仅从类型的角度,亦即从雷同或相似的因素来解读故事,那么在比较研究中可以借助的方法大概也只有故事结构形态分析方法、历史地理学派研究方法以及流传学派的研究方法等数种。毋庸讳言,钟先生曾受到这些流派的影响,并对这些流派的方法加以合理的而非机械的运用。钟先生的故事学研究没有为这些外来的方法所局限,更没有刻意标榜和宣扬自己的研究使用了哪些方法,而是将这些方法渗透于字里行间,为具体的阐释服务。在钟先生的论著里,研究方法不是框框,不是套路,不是表层的和外显的,大多情况下也不是单一的;他的故事学研究不是为了实践某种或几种方法,不是要用中国的民间故事去充实西方有关的理论构架,而是从解读的对象出发,运用多种方法和手段来完成解读的任务。

依据自己半个多世纪研究民间故事的经验,钟先生曾特别提醒大家,在比较研究上要注意差异点,他说:

　　　　过去许多从事民族间民间故事比较研究的学者(包括我自己在内),往往多着重对象的共同点,并在这个界限内作出结论。重视故事间彼此的共同点,自然是对不同民族故事的比较所应取的正当态度。但是,同样重要的,却是对差异点的注意,乃至重视。因为同一类型故事中的差异点,往往正蕴含着那民族特有的文化背景和心理素质,而这对理解、评论民间故事的性质、特点是至关重要的。忽略了它,那研究的结果,至少是不完全的。①

　　　　天下有许多事情,是免不了"例外"的,有正面的文章,常有反面的陪衬。故事是民间许多聪明好事的人创造出来,传述开去的。他们对它可

---

① 　钟敬文《中国民间文学讲演集》,北京:北京师范大学出版社,1999 年,第 300 页。

以随时增加或减少,变换或粉饰。不但它的外形要因时因地而不同,就是它的内容也要因为他们的口味而改变。如中国最通行的徐文长故事,无论它的方式如何更易,但内容总要是在表现为人的机智、尖刻、恶作剧。可是,事实上,大多数的篇章固然是在表现他的智慧,然而却不免有小部分说他怎样吃亏上当的故事。同样,呆女婿的故事也如是。呆女婿他本来是一切"呆子"的代表,不论他的故事在形态上如何差异,总应走不了愚呆这一点。哪里晓得,他在某些地方的故事中出现时,往往却变成很伶俐的好女婿,要使丈人们大大为之称羡、惊奇(这是这个类型故事很值得研究的一个问题,可惜这方面的记录目前还不太多)。①

后一段话出自钟先生《呆女婿故事试说》一文的末尾,以现在的目光,似乎没有什么深奥之处,然而其含义却十分丰富和深刻。其揭示了文学存在的口头形式和文学书面存在形式的一个本质区别,就是前者呈现出多样性。在口承文学中,一个故事被重复多少次,就会有多少次细微变异。重复的次数无限,变异的数量也无限。因此,各种口承文本之间的相互差异就成为必然。

我们往往关注的是这些异文之间的相同之处,并基于这种相同,才提出了为学者们一致认同的"类型"概念。把具有相同情节单元的民间故事放在同一平面加以考察,突显民间文学研究的个性。但是类型之中的差异则常常被忽视,钟先生认为这种"例外"是"很值得研究的一个问题"。有的故事为什么会走向同类故事共同趋向的反面?显然这不仅仅与记忆有关,更与方言、民间意象和民间修辞有瓜葛。这实际上是民间文学类型的地域性的问题。一个故事类型进入不同的生活区域,肯定会有所"例外",只是"例外"的程度和方面不同而已。

钟先生所运用的研究材料,尽管也是口承文本,但他很注意这些文本的地域性。他认为口承文本都是"地方"的,像国民一样,都是有籍贯的。凡是能指出明确"籍贯"的故事文本,钟先生在论文中都会加以交代。我们常常自省,对故事文本的研究缺乏地域性,"例外"即是地域性的产物,对"例外"的关注自然

---

① 　钟敬文《钟敬文民间文学论集》(下),上海:上海文艺出版社,1985年,第239页。

就能进入到故事文本的地域性方面。在这方面,钟先生给我们做了绝好的示范。他特别注意收集某一故事类型的不同区域的文本。

1932 年秋钟先生写了《老虎与老婆儿故事考察》一文,对"老虎与老婆儿故事"的地域特征作了精辟的分析。他认为在此类故事中,地域性的显现主要集中于故事异类主角形态的变化。异类主人公的种属有:虎——直隶、闽南、绍兴(浙江)、灌云(江苏)、东莞(广东)等;猪精——梅县、潮州、陆安(皆属广东);猢狲——? 直脚野人——余姚(浙江);猫精——江苏(?);狖瓜麻——翁源(广东);熊——广州(广东)。

　　由这小小的表看来,说那位想"吃人"而终于"吃亏"的主人公的种属是属虎的,较占多数,次之是说猪精的。但这个统计并不全面:第一,收集的地域不够普遍;第二,材料的分配不平均(如占第二位的猪精,其传述地都在广东境内,并且仅限于东江一带)。可是,它对我们也有相当的参考意义,那是:

　　(一)这区区的十数个同型的故事中,它的主人公竟有七种以上不同的种属。

　　(二)在将近半数的广东境内所传述的同型故事,(这故事的全数,本十五篇,有一篇说主角是虎的,因地址不明,所以略去。又有一篇是潮州的,说主角是猪哥精,因表中已有全同的,故亦从略。附此声明。)而主人公的种属,竟多至在全表中为四与三之比。

　　至于这些好吃人的主人公,或为家畜,或为猛兽,或为不经见的动物(如直脚野人,狖瓜麻),这怕多少有点地域及其它的关系使然吧。①

钟先生注意到,这样一个同型故事,主人公种属差异是如此之大,"例外"如此普遍,"怕多少有点地域及其它的关系使然"。任何一个民间叙事文本,都是一个特定地域的"套话",都会打上地域的烙印。烙印即"例外","例外"即烙印,研究民间故事的目的之一,就是要将这些烙印突显出来,从而进行比较分

---

① 钟敬文《钟敬文民间文学论集》(下),上海:上海文艺出版社,1985 年,第 209—210 页。

析,清楚"人类文化的递嬗之痕迹"①。

现在的故事学家们,在文章中已很少标示故事文本流传的区域,他们热衷于对故事类型历时性的比较,梳理其演进的历史轨迹,而对其空间横向的差异则熟视无睹。这主要归咎于田野作业本身的地域不够广泛,难于发现大量的"例外"。然而,任何一种民间文学类型都是由许许多多"例外"的形态构成的,差异性是民间故事的常态。对此,钟先生说:"如我们所知道的,恐再没有一件事物,比民间的故事,更容易把它的形态纷歧得使人难于捉摸的了。(自然在另一方面看来,它还会不全失其'本是同根生'的面目的。)"②这是民间文学的"在",是其"在"的方式、规律和魅力。民间故事当然也包括整个民间文学的研究,绝对不能放弃对于这种"例外"的热忱,否则,就很可能失去研究的动力和根本。阅读钟先生的论文总会产生这样的感觉:他常常会为获得某种故事类型的异文而狂喜,即便是文章已完稿之后获得的,也要将之作为"附记"挂于文后。钟先生在中国民间故事研究兴起的初期,就清晰地意识到这一点,是强烈的学科意识和高超的学术能力所致。

在《老虎与老婆儿故事考察》一文中,钟先生一再遗憾"这个统计并不全面"、"收集的地域不够普遍"、"材料的分配不平均"等,说明他对研究资料的要求多么全面和严格。只有尽可能多地收集到"例外"的文本,不同地域的文本,充分掌握"差异",才能使论据得以坚实,论证更有说服力。

二、结尾:寻求不足与问题意识

西方学者说,东方的民俗是"永远讲不完的故事"。同样,对东方民间故事的研究也是无止境的。尽管钟先生在民间故事学方面著述颇丰,但这些著述研究的课题并没有完结,他的论文的结尾几乎都是在自省和前瞻。上面论及的对"例外"的关注,还来自于他严谨的学术态度,对这门学科的执着追求和科学、辩证的治学方法。这些从上述钟先生部分论文的结尾明显体现了出来。

---

① 钟敬文《钟敬文民间文学论集》(下),上海:上海文艺出版社,1985 年,第 211 页。
② 钟敬文《钟敬文民间文学论集》(下),上海:上海文艺出版社,1985 年,第 225 页。

《中国的植物起源神话》的结尾：

> 末了，我要再郑重地声明一下。黄先生（按指黄石）和我所论述的植物起源神话，都是限于我国前时代所记录的。现在新从民间搜集起来的这种记述，为量固颇丰盈，在质上也很有足供论究之处。关于它的罗列和考察，留等将来有相当机会时再续写吧。当然，关于前代的记录的记述，也希望有个弥补缺漏的机缘①。

《中国的水灾传说》的结尾：

> 本文，要在这里结束了。因为限于时间及精力的关系，使上文的论述，只完成了个草案。材料的搜集，固然有所不周；许多待说的意见，也有些没有表达出来，或表达得非常率略。最感到惭愧的，是有几处地方，应该做个适当的交待，但为了行文的便当，却把它刊落了。这是耿耿于心的事②。

《槃瓠神话的考察》的结尾：

> 本文对于槃瓠神话的考察，应该说还是不够充分的。如对外婚制、氏族制及母系制与图腾主义有关的问题，本来也有一一加以探讨的必要。但是，因为时间、学力等限制，只好等待将来有条件时再续笔了③。

每次读钟先生的这些论文，都有新的收获。而这些论文的结尾更增添了我对钟先生的仰慕之情。这种并非结束的结尾的方式，已成为当时先生论文的显著风格之一。文章的结尾，一般是对全文主要观点的概括和总结。可钟

① 钟敬文《钟敬文民间文学论集》(下)，上海：上海文艺出版社，1985年，第161—162页。
② 钟敬文《钟敬文民间文学论集》(下)，上海：上海文艺出版社，1985年，第190—191页。
③ 钟敬文《钟敬文民间文学论集》(下)，上海：上海文艺出版社，1985年，第190—191页。

先生把结尾的情结放在检讨论文的不足方面,并对此"耿耿于心",祈望"有个弥补缺漏的机缘"和"再续笔"。这不仅需要学术才华,更需要学术勇气、信心以及对故事学的深切理解。能够对自己的研究成果进行清醒的自我评价,这是实事求是的治学态度,能够把成果的不足袒露出来,这是大师级的风范和气度。我们常常为他严谨的学风、对学术孜孜不倦的追求以及谦逊、永不满足的学术精神而感佩不已。

　　论文写就,一般的学者都会松一口气,甚至沾沾自喜,可钟先生并没有停止对论文中一些问题的思考,他还在不断提出新的观点,寻找新的材料和证据。人们大多认为,民间口承故事是浅显,听或读懂了故事,亦即理解了故事的意义,故事的意义外显至可供民众普遍欣赏和接受的层面。其实,民间故事的表层下都掩藏着深层的意义,其意义之隐蔽排除了每个人成为意义揭示者的可能。民间故事并非不需要解释者,而且,它们存在着不断解释的必要和深层空间。或许正是基于这种认识,钟先生不仅给自己提出了进一步的要求,而且也给我们后学提供了新的课题,为我们树立了学术探究永无止境的榜样。

　　过了半个多世纪,钟先生对当时的论文评价道:"我写作这些文章的时期,是我从一个初学者逐渐成为一个专业工作者的那一段,因此,这些文章里有的属于'习作'的东西是不必说的。"[1]其实,现在回过头来看,这些论文的学术水平已经达到了当时学术界的制高点。在钟先生的学术道路上也是第一个高峰期。按钟先生自己的话说,这些论文"比起中大时期所作的急就章,在收集材料和考虑论点上,用力更加勤勉,思索也稍为精细了,这在自己治学的道路上不能不说是一种明显的进境。自然,它距离成熟程度还是有些遥远的。"[2]写这些论文时,先生还只有二三十岁,可已有了攀登学术高峰的远大胸襟。这些论文的发表,在一定程度上坚定了钟先生牢固树立民间文艺学这一学科的决心。但他意识到自己的专业学识和能力还不足以担负起这一伟大的事业,于是他东渡日本,充实自己的专业理论知识。这些已昭示了他必将成为这个学科的大师和泰斗。按理,八九十年代写的文章早已不是"习作"了,但其间温婉而又

---

① 钟敬文《钟敬文民间文学论集》(下),上海:上海文艺出版社,1985年,第524页。

② 钟敬文《钟敬文民俗学论集》,上海:上海文艺出版社,1998年,第13页。

谦逊的文风依旧。不仅如此,还保持着年轻时候那种强盛的对真理孜孜以求的学术精神。《洪水后兄妹再殖人类神话》写于钟先生米寿之年,其结尾有这样的话:"由于篇幅、时间的限制,也由于个人学力和精力的限制,在意义的发掘、理论的阐述和论据的援引等方面都有些简略,或者不免于疏失。这些缺点,只好等待将来有机会再补正了。……我虽然年龄已经老大,但在有生之年,总要在这种学术园地里竭力去继续耕耘。"《刘三姐传说试论》"绪言"部分的结尾是这样的:"本文因限于时间等,只拈出两三要点加以论述。其他问题,请俟他日再作续篇或补篇,以弥缺陷。"①钟先生既是给自己提出了继续研究的具体任务,又为后学们提供了进一步研究的课题,更是在激发我们探索真理的强烈欲望以及达到更高学术境界的雄心壮志。

《马头娘传说辨》一文的结尾亦颇有意味:

> 一个人的意见,因种种关系,有时总不免失于疏略或偏颇。我自己就是常常犯着这种毛病的人呢。沈先生(按指沈雁冰)是我们现在文坛上比较肯小心地讨究学问的人。他对于这个相传已久的蚕女神话,突然给予否定,自然这种怀疑的精神,是很勇敢而可佩服的,可是我觉得他的意见,似不免有些流于疏漏或偏激。但我这个很粗心的人,偶尔感到的一点管见,未必比沈先生的更不偏颇。如果有人像我这样不客气地向沈先生请教者启发我,我心里是当要感到很大的欣幸的。②

这是一篇和沈先生商榷的文章,钟先生提出的论据极其充分,论述有很强的说服力。但钟先生既没有因顾及朋友的情面而不发表自己的观点,也没有因言之凿凿,自以为有理而不顾及朋友的情面,更没有把自己的观点视为绝对的真理,反而认为自己"偶尔感到的一点管见,未必比沈先生的更不偏颇。"这是何等宽大的学术胸怀,这是何等程度的谦逊、求真与好学。

钟先生一向认为,学术上的观点和结论不能太绝对化,太绝对化了反而不

---

① 钟敬文《钟敬文民俗学论集》,上海:上海文艺出版社,1998 年,第 100-103 页。
② 钟敬文《钟敬文民间文学论集》(下),上海:上海文艺出版社,1985 年,第 251 页。

科学。因为学术探讨是没有绝对真理的。即便有了99%的证据,也不能忽略和排除1%的"例外"。因此,在文章的结尾,他往往要对所阐述的论点加以适当的检讨,为自己也为他人腾出进一步探索的空间。下面的话语形式在钟先生的文章中随处可见:"在故事产生的初期,或许那丈夫真是一条可怕的大蛇也未可知";"古今中外,恐怕曾经存在过的民族,能够不经过一个神话时期的是恐怕很少吧";"把它们(按指老獭稚型传说)共同的起源断说在中国,也都是有很大的可能性的";"如果我们精细地加于考察,中国的这传说中(按指老獭稚传说),或许不无一些是较属于后起的成分,但是,从大体上看,中国传说比起朝鲜和越南的,较近于这传说产生时候的形态,这总是可以相对地肯定的"。钟先生在下论断的时候,总是格外的小心谨慎,语言的弹性较大,尽量留有余地,不至于没有退路。这与许多青年学者好下全称和斩钉截铁的判断的做法大相径庭。尽管这些文章大多是在钟先生信仰马列主义之前写的,但已充溢着辩证的法则和全面看问题的思想。

三、多种研究方法的运用与研究空间的拓展

方法论是钟先生一直予以重视和关注的,提出了"方法三层次论"的独创见解。他说:"在我们研究的活动上,方法大体可以分为三个层次。第一层次,是世界观或文化观的层次,也可称为哲学的层次。它属于学术活动的最高层,是指导研究者客观地去审察所面对的事物(民俗事象)的根本性质的。""其次,是一般或大部分科学共同使用的方法,例如分析法、比较法、归纳法以及调查法、统计法等。""再次,是某种学科特殊的研究方法。一种学科,大都有它的共性和个性(特殊性),后者就要求一种特殊的研究法。……在民间故事学的研究上,有类型研究法、心理学研究法等,而芬兰学派的历史地理研究法更是赫赫有名的。""以上三种方法,虽然各有性质、范围,实际上大都是互相联系的,在使用上也往往彼此互相协力。它们并不一定是'楚河汉界'、截然分开的。"[1]

就钟先生早期研究民间故事的系列论文而言,已经使用了三个层次的研

---

[1]　钟敬文《钟敬文民俗学论集》,上海:上海文艺出版社,1998年,第210—211页。

究方法,按钟先生自己的话说:"我从早期开始写作一般文艺论及民俗学(包括民间文艺学)的文章,直到三十年代前期,很少自觉地注意到方法论问题。自然,在实际作用中,是不自觉地使用比较法、溯源法、分析法及归纳法等研究方法的。"①在第三个层次上,则"是完全运用着人类学派的神话学、故事学观点和方法的。其次,民间故事学上的类型分类及其研究方法"②,也在他的文章里留下明显的足印。不仅如此,为了更好地揭示故事的历史文化内涵,他还借助了一些相邻的研究方法,诸如心理学、宗教学、社会学、民族学、历史学以及传播学等等。这些文章的"指导思想是颇为复杂的,有英国人类学派的,也有法国社会学派的,自然也有马克思主义的某些因素……总之,是有些杂乱的,而不是怎样统一的。"③

钟先生在谈到自己过去的研究方法时,总是持一种谦逊的态度,他说:"我接触方法论的著作不可谓不早,对它比较留心学习,也有半个世纪以上的光阴了。但是在作业实践上,到底情形如何呢? 稍为回顾一下,我要坦白承认,我在研究工作的进行中,并非经常自觉地选择和善于运用它。至少,一方面我没有很好地运用所具有的知识,换句话说,即没有‘物尽其用’;另一方面,又没有处处选择恰当的方法,换一句话说,也就是没有做到‘量体裁衣’的地步。"④对这段话应该这样理解:钟先生非常注意吸收能够应用于故事学研究的各种方法,但在具体操作上,并不拘一二种方法,即"并非经常自觉地选择"方法,而是多种方法的综合运用。这样做,主要是由民间故事本身的特质决定的。民间故事是民众生活的一部分,与人们的生产活动、生活习惯、生存环境以及各种意识形态等都有关联。另外,也与钟先生研究民间故事的独特思想有关。他所理解和要求的故事学,应该是研究者联系着故事产生和流传的社会生活、文化传承,对它的内容、表现技术以及演唱的人和情景等进行分析、论证,以达到阐明这种民众文艺的性质、特点、形态变化及社会功用等目的⑤。基于这种认

① 钟敬文《钟敬文民俗学论集》,上海:上海文艺出版社,1998 年,第 209 页。
② 钟敬文《钟敬文民间文学论集》(下),上海:上海文艺出版社,1985 年,第 524 页。
③ 钟敬文《钟敬文民俗学论集》,上海:上海文艺出版社,1998 年,第 206 页。
④ 钟敬文《钟敬文民间文学论集》(下),上海:上海文艺出版社,1985 年,第 211—212 页。
⑤ 钟敬文《钟敬文学术论著自选集》,北京:首都师范大学出版社,1994 年,第 295 页。

识和目的,他对某一民间故事类型的解读大多不限于某一侧面,而是多角度和多方位的,可谓是全面的民间故事研究观。这仅从许多论文题目便得以证实,诸如《中国的天鹅处女型故事》、《中国的地方传说》、《槃瓠神话的考察》、《中国的植物起源神话、传说》、《中国的水灾传说》、《蛇郎故事试探》、《中国古代民俗中的鼠》等等,这些论题都是开放式的,并没有对考察对象作某一方面的限定,也没有指出主要运用了哪种研究方法。不仅如此,钟先生还把中国的故事类型置于世界范围内加以考察,更显其学术视野之开阔。

当然,这些论文的阐述并非没有中心论点。以《中国的天鹅处女型故事》为例,主要集中于对此型故事传播情形的探寻;在探寻的过程中,又将整个故事类型分解出十个母题,并从不同的学科角度,对十个母题的历史文化内涵作了揭示。这十个母题是变形、禁制、洗澡、动物和神仙相助、仙境淹留、季子胜利、仙女居留人间、缘分、术士的预测、出难题。这是一篇篇幅较长的文章,由于要突出论述的重点,有些方面的论述也只能点到为止,难于展开。而且正如钟先生自己在文章结尾所言:"关于这故事中所包含的要素,尚有好些。"解读钟先生的论文,其实是在遭遇学术发散点。在钟先生流畅的字里行间,张扩着一个个奇妙的学术空间,从这一个个空间可以延伸出许许多多的学术生长点,沿着这些生长点,又能砌出一座座高墙乃至大厦。钟先生的学术著作需要我们细细地品味、咀嚼,越嚼越感滋味之浓厚。

作为一个世纪学术大师,钟先生的学术成果不仅给我们提供了研究方法、理论观点和学术思想,而且从微观上看,还给我们提供了研究的素材、基础和出发点。

经过反复研读这些论文,我发现禁忌实际是钟先生关注的一个热点问题。若所遭遇的故事本文中潜藏着禁忌的话,他都会敏锐地将其揪出,并加以剖析。譬如,他明确指出:"天鹅处女型故事中的女鸟的羽毛或仙女的衣裳被人所藏匿,便不能不受人的支配。一直到她重得了羽毛或衣裳,才恢复了原来的自由。这是显然的禁制思想的表现。"[①]钟先生在清水所编的民间口头叙事文学作品集《太阳和月亮》中,竟然发现里面有8篇传说故事包含了禁忌的内容。

---

① 　钟敬文《钟敬文学术论著自选集》,北京:首都师范大学出版社,1994年,第355页。

他说:"在这集子中,像聪明的女子,因把污秽的裤裆布披在头上而失掉了她的机智(《头帕》),鲁班师的神奇墨斗,因为被装上尿汁而消失了它的灵力(《杨公先生和鲁班先师》),燕岩的佛像,因被衡量于凡人而不再继续长大(《燕岩的佛像》),以及走石的败于俗言(《猪泷的故事》),地灵的制于狗血(《狮形地》)和天子地的坏于回头检物(《天子地》)等,这些,不都是有着深远历史的禁忌观念和行为的反映么?"①钟先生点到为止,并没有把禁忌作为一个专题进行研究,但在这里,钟先生为我们设置了一条研究路径,禁忌可以说是钟先生为我们锁定的审视民间叙事文学的一个角度。许多民间传承文本,惟有沿着这一路径和角度,才能真正揭示出蕴含的文化内涵。既然如此,难道我们不应该顺应钟老开拓的这条路子走下去? 在钟先生的指导下,我的博士学位论文便把民间叙事文学中表现的"禁忌"行为和观念,作为一个"主题"来进行研究。

阅读钟先生的学术论著,我们能够随处发见和享受这种学术思路和机遇。再以《蛇郎故事试探》一文为例,这篇文章完成于 1930 年 9 月。在文章的第 3 和第 4 部分,对故事中的变形情节进行了极为精彩的阐释,揭示了这种变形在故事结构中的逻辑关系。他说:"蛇郎妻的冤死变形,是这个故事中极重要的情节"。第一次所变的,差不多无例外地都说是"鸟";第二次所变的有"树"与"竹"两种的不同;第三次所变的较为复杂,有几处都说是金菩萨。许多地方的说法,故事都已在蛇郎妻第三次变形复仇之后终止了。其有未结束的则于第四次仍变回为人,与蛇郎再为夫妇。

钟先生认为,前一处的变形,"似乎不只是平面的形态的差异,或许还当有纵的文化变递的形迹存在"。由于论述侧重点的缘故,钟先生并没有进一步追寻这条"文化变递的形迹"。但他却给我们提供了一个十分值得研究的课题,即民间故事中的灵魂(soul)与鸟(birds)的关系。围绕着灵魂与鸟互变的主题,我们可以搜寻到大量的故事文本和异文。它们涉及到民间的思维方式、灵魂崇拜、自然崇拜以及故事内在的讲述逻辑等等。进一步,传统的古老的社会观念如何由鸟来转换,如何用鸟的声音(sound)以隐喻的形式表达出来。钟先生的思考是极其深刻和前沿的。

---

① 　钟敬文《钟敬文民间文学论集》(下),上海:上海文艺出版社,1985 年,第 359 页。

　　在蛇郎故事中,一般是幼女嫁给蛇而获得了幸福,钟先生对此颇感兴趣并予以了极大的关注。他说:"如我们所知道,在传说、故事中,谈到兄弟姊妹们,同从事于某一项(或多项)工作,而终局占取胜利者,多是最幼的一个。这是不是偶然的呢? 不。据学者们探讨的结果,它是远古制度季子权的倒影。这故事中蛇郎妻子的属于幼女,只是一个类例而已。"在这里,钟先生敏锐地发现远古家庭中的季子权等习俗和观念,深印在一些民间文学,尤其是表现了家庭关系的民间叙事文学之中,诸如天鹅处女故事、蛇郎故事、巧媳妇故事、狗耕田故事以及大量其他的两兄弟故事等。钟先生说:"中国古代,是否存在过季子相续制(Ultimogeniture),这问题还有待于社会学者们的探讨、证实,但民间故事中这种情节的存在,确乎是无可怀疑的,至少现在口碑中,这种讲述极为丰富。"[①]从这些类型故事,我们可以进入到文献少有记载的民间传统的财产继承习惯法、家庭成员地位差异、民间家庭伦理和家庭或家族情感移位的领域。实际上,钟先生指出了一条用民间叙事文学来复制和演绎民间家庭生活的广阔的学术路径,或者说这是用民间家庭生活来对民间叙事文学的表现空间进行扩张和延伸,将民间生活和民间叙事加以贯通、互诠的文学解读方式。

　　钟先生的著述有着或显露或隐含的相当广阔的学术空间,我们可以在这神圣而又趣味盎然的空间里尽情地遨游。

---

① 钟敬文《钟敬文民间文学论集》(下),上海:上海文艺出版社,1985 年,第 68 页。

民间文学本体特征的再认识

万建中

民间文学是以传统的民间形式展示自己的,它诉诸于口头语言系统,创作和流传都由某一特定的集体共同完成,是一种活态的文学,流传中有变异,变异时有流传。这是界定民间文学范围的显著的外部标记,也是它在创作和流传方式上的特征。现在所有的学者在确定民间文学的基本特征时,几乎都以口头性、集体性、传承性和变异性作为界定的标准。这四个基本特征是20多年前确立的[①],对它们的认识是基于与作家文学的比较,而主要不是从民间文学本身的实际情况出发。随着对民间文学研究的不断深化,对这四个基本特征的把握应该更加科学和全面。

一、口头性:一种表演模式

口头性(Orality)是民间文学最显著的特性。民间文学是存在于民众口耳之间的活动着的文学。"如果'民间文学'只能转换成文字的存在方式,那么可能变成另一种形态的'通俗文学',而非'民间文学'了。'民间文学'可以被采集,以'文字'方式出现,其真正的生命还是在'语言'上,惟有还原到'语言'的表达形式和情景,才能体会到民间文学的浓厚情感。"[②]只有在民众中口耳相传的

---

① 钟敬文《民间文学概论》,上海:上海文艺出版社,1980年,第24页。
② 郑志明《民间文学的研究范畴及其展望》,《文学民俗与民俗文学》,台北:台湾南华管理学院,1999年。

民间文学才能真正展示其艺术和生活的魅力。

民间文学是民众在生产和生活过程中产生和传播的,民众不是专业作家,一般没有专门的时间学习文学创造和从事文学活动,不能离开生产和日常生活而专心伏案写作。由于运用的是口头语言,运用口头语言交流的能力是自然生成的,不需要进行专门的学习。民众在创作和传播民间文学时,不需要纸和笔,一般也不需要腾出专门的时间和空间,也就是说,不会影响民众正常的生产和生活。创作和交流民间文学本身就是民众不可缺少的生活样式,它和民众其他的生活样式共同构成了民间生活的有机整体。

在过去,民众不可能拥有书写、印刷的传播手段。在很长的历史阶段中,始终只能使用口头语言传播自己的思想和感情,民间传唱艺人和小戏职业演员的学艺,也都是一直沿袭着"口传心授"的方式。"口传心授"即是面对面的交流,构成了一种彼此互动的具体情境。没有交流就没有民间文学,人们面对面的交流是民间文学最基本的生存状态。美国的表演理论大师理查德·鲍曼(Richard Bauman)"所说的'表演',是交流实践的一种模式(one mode of communicative practice),是在别人面前对自己的技巧和能力的一种展示(display)。"①传统的村落就是一个口头交流的社会,社会生活完全诉诸于口头交流,人们在不断的口头交流中形成了种种民间文学的范式。

民间文学的口头交流实际为一种表演(performance)活动,譬如,"讲故事使用口头语言,这种语言不仅靠语词表现内容,还凭身势、表情以及话语的速度、音律、语调等,来传达理智与情感。语词之外这些'非言语行动'手段的使用,使讲故事具有一定表演性。"②美国"口头程式理论"(Oral Formulaic Theory)的大师米尔曼·帕里(Milman Parry)和艾伯特·洛德(Albert Lord)认为,口传的艺术(verbal art)与其说是记忆的复现,不如说是演说者在同参与的听众一起进行表演的一个过程③。口传的内容、形式、特定的时空,口传活动的参与者包括讲者和听者,研究者与社会文化背景,共同构成一个特定的演说舞

---

① 杨利慧、安德明《理查德·鲍曼及其表演理论》,《民俗研究》,2003 年第 1 期,第 69 页。

② 许钰《口承故事论》,北京:北京师范大学出版社,1999 年,第 180 页。

③ 叶舒宪《文化与文本》,北京:中央编译出版社,1998 年,第 153 页。

台,文学的过程远远超越了文学的意义而表现为以文学为纽带的个人与个人、个人与社会的多向互动,这种互动表达了种种的情境,种种社会关系和文化历史脉络。鲍曼(Richard Bauman)主张,应关注口承文艺表演的过程、行为(act、action),以及叙述的文本与叙述的环境之间的联系,具体主要落实在演说时的情境(context)①:

(1)演说者的个人特性、身份背景、角色以及其承袭的文化传统;演说时的语速、腔调、韵律、修辞、戏剧性和一般性表演技巧等;所有演说技艺所含的意义。

(2)所有在场者,包括"作者"、演说者、听众、观众等,及其所有的参与行为;在场者与研究者之间的各种互动关系。

(3)其他各种非口语(non—verbal)的因素,包括表演动因、情感气氛、形体姿态,甚至于演说的时间、地点、环境,包括音乐、布景、服装、颜色、舞蹈、非口语的声音等等。

所有民间文学的创作和传播,都是一个表演的过程。当然,在歌谣和戏曲这类口头传承的形式中,信息交际的语境因素显著,表情和动作语言的表意功能也很突出,因此,表演色彩浓厚,表演行为的语义具有至关重要的理解价值。民歌的文学成分——歌词,与它的音乐成分——曲调密不可分,有的还结合着舞蹈动作,歌舞表情。民间故事和曲艺也有表演或表情的成分在内。民间文学的表演过程,与单纯文学性的作家创作大不相同。作家可以创作供人读的诗,而民间文学中则没有这种"诗",即便是史诗,也是由歌手演唱出来的。如果忽视这种演说特点,只孤立地看它的歌词,往往不能对史诗有全面的了解,这对欣赏与研究都不利。

民间文学作为口头的综合艺术,和音乐、舞蹈、表情、动作等等艺术手段结合起来,便产生了更大的艺术表现力量。这就逐渐形成了民间文学语言艺术本身的一系列特点。可以说,民间文学的传统艺术形式及传统艺术特色主要是由其口头演说决定的。民间文学的确是一目了然的,听或看懂了,亦即理解了其全部的意思。通俗、篇幅短小(除史诗外)的民间文学,外显至可供民众欣

---

① 　Ruth Finnegan,*Oral Traditions and the Verbal Arts*,London:Routledge.

赏和接受的层面。然而,由于流传的久远和广泛,和群体生活关系的密切,授受之间的直接口头交流等等,使之脱离了演说情境,文本(text)就可能会被误读。民间文学文本是表演中的文本,表演决定着文本的性质。尽管民间文学情节较简单,人物很单纯,但民间文学并非不需要解释者,并没有失去解释的必要和深层空间。因为任何演说的表面下都掩藏着难以表面化的意义和功能。其表演内涵之丰富排除了每个人成为意义揭示者的可能。

需要特别指出的是,民间文学口头性特征的形成和存在,不仅有上述社会历史的根源,同时也有口头语言本身的因素。口头语言是一种最灵便的交流工具,既便于传,又便于记,民众用口头语言反映生活异常及时、方便和生动。有些人认为,口头创作是民众在未能掌握文学时不得不如此的一种表达方式,一旦广大民众掌握了文字,口头创作存在的可能性就消逝了。这种看法是错误的,口头语言表达的优越性使得广大民众在掌握了文字之后,仍会进行口头演说,只要口头语言存在,民间文学就不会消亡。其实,"口语文学原较书写文学更为普遍。普遍的意义是双层的:前面曾说过书写的文学是限于有文字的民族,没有文字的民族是不可能有书写的文学的。可是口语文学不但流行于没有文字的民族,同时也流行于有文字的民族,而与书写的文学并存着。在另一方面,书写的文学是属于知识阶级的人所有,而口语文学则不论识字或不识字的人都可以接触到它。"[1]还有,现实生活中的许多内容,诸如"黄"色的和带有政治讽喻性的笑话、歌谣等,就不能进入当下社会的主流话语之中,也不能"白纸黑字"地公开诉诸于文字或各种大众传媒。这类作品只能口耳交流,并在口耳相传中不断得到修改和完善。

当然,我们不能机械理解和把握民间文学的口头特征,尽管面对面的口头交流仍为民间文学演说的主要状态,但随着大众传播媒介的无孔不入,导致一些民间文学的传播脱离了面对面的口头交流。大众传媒的新的视听感觉,在某种程度上,使现代社会返回到早期的部落团体——数百万人看同一个节目,为同一个喜剧而笑,崇拜同一个明星。大众传播媒介与口头传承之间的关系,可以从两个方面来理解。在较浅的层面,一方面,大众传媒在很大程度上取代

---

① 李亦园《从文化看文学》,《中外文学》,1975 年,第 4 卷第 2 期。

了民间文学的口头交流;另一方面,它又帮助仍然存在的口头传承得以顺利完成。在较深的意义上对二者之间关系的探讨,需要回答海尔曼·鲍辛格(Hermann Bausinger)提出的问题。他认为,民间文学研究最紧迫的问题之一:"是不是我们这个时代口头讲述的基本需要还没有被各种完全不同的媒介,如电影、电视、某些阅读材料等所满足。毫无疑问,这些媒介在今天比以往任何时候都有更多的接受者。"①

李扬曾做过一项随机调查,请一些青年学生讲述中国著名的四大传说之一的《白蛇传》,结果有不少学生的叙述,是来自香港导演徐克的电影作品《青蛇》。在故事情节和人物形象方面,《白蛇传》与《青蛇》有许多不同。这种现象在现代民间文学的传播中具有相当的普遍性,说明民间文学"形成了新的传播通道,即口传——媒体——口传的往复循环"②,借助大众传媒无比强大的传播力量,可以迅速扩大民间文学的传播空间,同时产生大量的当代异文。这类经过大众传媒过滤的民间文学,引导我们对其进行现代性的思考。

二、集体性:演说者与听众(观众)互动

集体性是民间文学在创作和流传方式上的本质特征。一般认为,民间文学由集体创作、集体流传,为集体服务并为广大民众所共有。在这一点上,它和书面文学有着明显的区别。作家所创作的作品本身和整个创作过程终归属于个人,至少作家个人的成分重些。因为,作家创作的整个作品中的内容必定要由作者个人去感受、去构思,并最后写作出来。它们无论如何都应当被看作是作家个人精神活动的产物。

民间文学是广大民众集体所有的财富,是集体创作的,它既不署某个创作者的名字,也不为某个创作者所私有,民众既是创作者、修改者,又是传播者、演唱者和听众。"在民间文学的讲述和演唱活动中,讲者和听者经常处于互相转化之中。此时此地的讲者,到彼时彼地,可能又是听者,而此时此地的听者

---

① 吴秀杰《当代民俗学的新课题》,《民间文学论坛》,1995 年第 2 期,第 16 页。
② 李扬《当代民间传说三题》,《青岛海洋大学学报》,2002 年第 1 期。

到彼时彼地有可能是讲者。因此,听者、讲者是相对的。听者并不是永远处于被动地位。他不仅同时是保存者,传播者,而且也参与创造过程,成为集体创作的一员。当他由听者转为讲述者之后,他的创作活动便开始了。"①

　　民间文学是集体的创作,但并不都是你一句我一句凑起来的。在一般情况下,常常是先由个人创作出来,然后逐渐在流传中得到加工。这种加工主要是不自觉的,也是必然的。其流传过程就是创作过程,传播者自觉不自觉地参加到创作中来,这就使民间文学成为集体智慧的结晶。英国民间音乐家塞西尔·夏普(Cecil Sharp)经过长期对民歌的田野调查,于1907年出版了《英国民歌:若干结论》一书,书中有如下结论:

　　　　民谣的每一行、每一词最初是从某个人(某个吟唱者、行吟诗人或农民)的头脑里冒出来的,正如一首民歌的每个音符、每个乐段当初都是从某一个歌唱者的嘴里发出来的一样。共同的活动从来不曾创造一歌一曲,也不可能创造一歌一曲。共同创作是不可思议的。毋庸置疑,集体发挥着作用,不过,那是在较后的阶段,是在个体的创作已经大功告成之后,而不是在此之前。在这个阶段,集体来衡量,筛选,也就是从大量个人创作中选取那些最准确地表达了流行的趣味和民众的理想的作品,而舍弃其余;然后,在集体不断的重复中产生更多的变异,如此一而再,再而三。这一过程持续不断,民谣也就生生不已。当然。如果有受过教育的歌唱者参与这一过程,使它纳入印刷品,这一过程就会受到影响②。

　　以往讨论民间文学的集体性特征,主要局限于创作的过程,其实,任何一个民间文学的表演场合,都是由集体组成的。集体中的听众(观众)不是像读者或电视观众一样只是被动地接受,他们也是表演的积极参与者,构成了民间文学口头传统的有机组成部分。没有听众(观众),民间文学的表演就难以进

---

① 张紫晨《民间文学的讲者和听者》,《张紫晨民间文艺民俗学论文集》,北京:北京师范大学出版社,1993年,第129页。
② [美]阿兰·鲍尔德《民谣》,高丙中译,北京:昆仑出版社,1993年,第6—7页。

行。正是在表演者与听众(观众)互动关系中,表演才真正得以完成。

民间文学在创作、流传、演唱过程中,形成了集体共享的状况,这一过程表现了鲜明的历史特征。在不同的历史发展时期,民间文学的集体属性有不同的表现。

原始公社时期民间文学的特点,就是集体性与个人特性无条件的融合和统一,这时的个人特性必然地是从属于集体性的,这一点,得到原始文化史和民间文学发展史的共同确认。任何民间文学活动都不是个体的,而是集体的,具有强烈的展示性。过去,民间文学的传播表演及其力量的释放主要集中在神庙、祭祀场、竞技场等公共场所。人们常常在这些公共场所表演、祭祀、聚集、歌舞、庆贺等等,举行场面宏大的公共仪式,所有的人都是仪式的参加者,同时又是民间文学的传播者。此时,民间文学的能量在瞬间聚集、释放,人们在刹那间融为一体。

随着阶级的出现,整个文学的创作活动有了变化,出现了专门从事文学创作的个别人。但这个时期民间文学的创作和流传依然存在。一方面集体创作方式继续流行,并进一步得到发展;另一方面民众中的某些人也逐渐擅长于口头文学的创作和演唱,有一些人甚至脱离了劳动生产,成了民众中的职业口头创作家和演唱家(即职业艺人)。这种现象的出现与集体性不但不矛盾,相反倒是统一的。民间文学的集体属性与独创性是辩证统一着的两个方面。本来集体就是由个人组成的。创作者是集体而演唱者却常常是个人,许多歌谣和故事常常是由个人触景生情即兴创作出来的。尤其是民间艺人、歌手和故事家的个人创造作用就更大了。因此,我们在理解民间文学的集体性特征时,不要片面夸大集体性而忽视了民间文学的独创性和个体性。

我们说,民间文学是特定群体共同创造和流传的,但事实上,民间文学是特定群体中一小部分人创造和流传的,"个别人"的作用往往至关重要。以甘肃东南部洮河唱花儿的场景为例。洮河流域花儿会上的对唱,不是个人对个人,而是集体对集体。因此,双方都把对方视为最重要的听众。一个演唱小组,必然是在一位"花儿把式"(又叫"串把式"或"花儿行家")的率领下,由五六人组成。"花儿把式"这个重要角色,总是由那些具有丰富创作和对唱经验的歌手担任。他的主要任务,是应付对方的挑战,在极短的时间内编好歌词,并把这首歌词及时口述给自己小组的各位歌手,由大家一人一句地轮流去唱。"花儿把式"是一个演唱小组的灵魂和主心骨,这个小组赛歌的成败,主要取决于这个核心人物的应变能力和创作质量①。"花儿把式"传承花儿的作用显然远远大于一般歌手,不是"花儿会"上所有人都能成为"花儿把式"。民间文学其他体裁作品的创作和流传情况也是这样。瑞典学者卡尔·威廉·冯·赛多(Carlw ilhelm Von Sydow)指出:民间故事"在很大程度上是以一种散漫的状态流传的,只有极少的有好记忆、生动的想象力和叙述能力的积极的传统携带者们才传播故事,仅仅是他们才向别人讲述故事。在他们的听众里,也只有极少的一部分人能够收集故事以便讲述它。而实际上这样去做的人就更少了,那些听过故事并能记住它的大部分人保持着传统的消极携带者状态,他们对一个故事的连续生命力的重视程度主要取决于他们听一个故事然后再讲述它的兴趣。"②民间文学被演说时,在场的观众和听众中绝大多数人并不会成为传承的演说人,"积极的传统携带者"毕竟是少数,甚至是"个别人"。因此,应该辩证把握民间文学在创作和交流过程中集体和个人的关系。

捷克的东方学家普实克认为,"在中国的话本小说里,追求不同语言风格的可能性是不存在的。首先,职业说书人所说的故事或小说的概念,就与那种可能性相抵牾,因为它意味着应采取某种公认的风格。"③作为话本小说前身的民间文学更是如此。集体性除了上面直观或者说外显的表征之外,更应该理解为民间文学的所有演说活动都不可能超越当地的文化传统。格言、谚语、俗语、传说和故事等使民间话语倾向于成为一种隐去说话人个性的语言,它使说话人成为一个融合于话语共同体的成员,语言的个性属于共同体(相对于另一话语共同体),而非个别的成员。当地人作为一个集体即共同体,拥有同样的方言、民间艺术的表现形式、表现空间和时间,乃至所要表现的内容,等等,一句话,拥有完全一致的口头传统。

一个区域民间文学演说风格的陈陈相因,主要是由口耳相传这一传播方

---

① 柯杨《听众的参与和民间歌手的才能》,《民俗研究》,2001年第2期,第49页。

② [美]阿兰·邓迪斯(Alan Dundes)《世界民俗学》,陈建宪、彭海斌译,上海:上海文艺出版社,1990年,第232页。

③ 《中外比较文学译文集》,北京:中国文联出版公司,1988年,第234页。

式导致的。在并不强调个体意识、个人经验以及文化产品的署名权的口传文化的领域，无论是一则寓言、一篇笑话、一个传说，还是一个部落或一个民族的神话与史诗，都是无数代无名无姓的成员共同参与口口相传这一传播链条的结果。故事的作者是匿名的，或者说一种话语共同体才是其恰当的作者。而每一个听众都是另一次讲述的合法的演说人。共同体成员在口耳相传中分享这一话语共同体所创造的集体经验、集体智慧与集体想象。

三、变异性：表演活动不可复制

民间文学的不断变异是由民间文学的集体口耳相传导致的，其变异的程度远远高于书面文本。因为民间文学口耳相传，是集体创作，作者不可能署名，这就形成了民间文学的"无名性"（又称"匿名性"）。在流传过程中，作品不归一人所有，人人可以改动，所以作品常常是不固定的，它的内容和形式不断处于变化中，于是就产生了同一"母题"（motif）的不同"异文"或版本。

民间文学能跨时空地传承，但是，由于社会客观环境诸种因素的变化，及民间文学自身质的局限，它在传承中要原封不动地流传下来，在实际中是罕见的，一般或多或少要发生变异，这是民间文学传播中的一个重要状况。"民间文学的一个本质性的创作机制，在于它不是一次完成、一劳永逸的过程。它似乎永远没有绝对的定本。在历史的长河中，在流传过程中，它在不断更新，不断变异。"①变异性是民间文学的生命所在。其存在的条件是演说者不受完全固定的文本的限制；当演说者依据固定文本演说，他们就成为复制者而非再创作者，相应的，被演说的作品再也不会出现真正的异文，因为文本已经固化和单一化了人们的记忆。"在口头传说中，一个神话被重复多少次，就会有多少次细微变异。重复的次数无限，变异的数量也无限。"②

异文是民间文学在流传过程中出现的必然现象，即同一母题在不同时空

① 刘魁立《刘魁立民俗学论集》，上海：上海文艺出版社，1998年，第97页。
② ［美］瓦尔特·翁（Walter Ong）《基于口传的思维和表述特点》，张海洋译，《民族文学研究（增刊）》，2000年，第21页。

流转之下会产生诸多的变体。《中国民间文学大辞典》对"异文"一词作了解释：由于民间文学自身存在的口头性和变异性特点，同一作品流传于不同的国家、民族、地区，会产生这样或那样的变化，形成差异，从而导致一个作品同时以几种不同的形态存在。它们互有差异，却又是同一作品，因而称之"异文"①。

　　民间文学的变异不仅表现在流传过程中，在演说的情境中同样有突出的展示。阿兰·邓迪斯（Alan Dundes）说："史诗歌手的每次演唱都是与以往不同的重新创作，他们利用从传统程式中所抽取的某个选择，来填充整个主题空间中每个转折当口的空位。"②史诗是这样，民间文学的其他体裁也是如此。民间文学演说者的每次实践活动，都是创造性的即兴表演，是特定情境中的特定的口头交流。即便同一表演者表演同一作品，每次也都是有差异的。艾伯特·洛德说："每一个文本都代表一位歌手的一次表演，无论是以演唱的方式，背诵的方式，还是以口述的方式；每次表演都是惟一的独一无二的，每一次表演都带有歌手的标记。"③在同一部书中他又指出："每次表演都是一首特定的歌，而同时又是一首一般的歌。我们正在聆听的歌是'这一首歌'（the song），因为每一次表演都不仅仅只是一次表演；它是一次再创作。"④民间文学具有浓厚的生活属性，民众在表演和传播民间文学时，是在经历一种独特的生活，一般不会意识到自己在从事文学活动。对于听众（观众）和表演者而言，一次表演活动，就是生活经历，而生活具有不可重复性，以后不可能被复制和得到完全追忆。民间文学的变异既来自表演环境的改变，也是由表演本身造成的，任何表演都不可能是简单的重复，而是创造性的发挥。

　　民间文学的每一次演说，就是一个相对独立的异文。演说者被允许有所遗漏和添加，当地的听众依据已掌握的口头传统，可以填补演说者的遗漏，或者有选择性地接受添加的部分。实际上，异文是研究者的发现，因为研究者可以获得从不同地区搜集到的同类型的作品。当地的民众一般不会意识到异文

---

① 　姜彬《中国民间文学大辞典》，上海：上海文艺出版社，1992年。

② 　［美］约翰·迈尔斯·弗里（John Miles Foley）《口头诗学：帕里－洛德理论》，朝戈金译，北京：社会科学文献出版社，2000年，第35页。

③ 　Albert Bates Lord, *Epic Singers and Oral Tradition*, New York: Cornell University Press, 1991. (p. 12)

④ 　Albert Bates Lord, *Epic Singers and Oral Tradition*, New York: Cornell University Press, 1991. (p. 40)

的存在。因为当地民众被演说的所有信息和情境所吸引,也能够理解和获得被演说的所有信息。研究者或局外人关注的主要是记录下来的文本,而变异恰恰主要表现在记录文本方面,他们不可能像当地人那样理解和获得演说的所有信息。一个地方的口头传统是当地人所独有的,研究者或局外人不可能完全拥有,拥有口头传统的当地人是不会在意同一作品每次演说的差异的。

　　处于生活状态中的民间文学包括文本(text)、表演情境、特定的时间和地点、伴随事件(行为)、表演者和观众、表演功能等等。鲍曼(Richard Bauman)将这些因素概括为三个层次:被叙述的事件、叙述的文本和叙述的事件;换句话说,就是演说过程中伴随发生的事件、文本和语境(context)。在每次表演中,这些因素都会发生不同程度的变化。我们以往讨论民间文学的变异,主要指文本的变异,其实,其他因素的变异同样值得关注,它们对文本(text)的变异具有重大影响。仅就文本的变异而言,"变异的模式包括细节的精雕细刻、删繁就简、某一序列中次序的改变或颠倒、材料的添加或省略、主题的置换更替,以及常常出现的不同的结尾方式等等。"①对民间文学的变异,需要在民间文学演说的过程上加以把握和认识。

　　变异作为民间文学的一个特征,是一个相当普遍的现象。变异不仅导致民间文学出现大量不同的版本,即异文,同时也引发出许多文本上难于见到、惟有在讲述现场的互动情境中才能释放出的民间文学的附加意义。

　　民间口头创作的变异不仅是由于集体的口头创作与流传所造成的,还有以下几种客观的外在原因:

　　(1)民间创作是依靠记忆保存的,而记忆往往不能做到像文字固定下来那样保持原状。因此,作品的"大同"部分(即作品的基本内容)比较容易保存,但在流传时不免要出现各种各样的"小异"。而且,民众对自己的口头文学并不要求固定化,相反他们永远是要求活生生的。

　　(2)口头文学的创作没有创作权观念,演说者可以因时、因地、因人,对所记忆的民间文学文本进行词语、内容,乃至主题方面的改动,不必承担任何责

---

① ［美］约翰·迈尔斯·弗里(John Miles Foley)《口头诗学:帕里－洛德理论》,朝戈金译,北京:社会科学文献出版社,2000 年,第 101 页。

任。口头作品的传播者与创作者几乎没有任何区别,传播本身就是再创作活动。这样,口头作品的不断变化就自然形成了。作家书本文学的任何改动都需经作者同意,编辑不能擅自删改。对民间文学创作活动来说,这种观念不存在。口头作品不断传播的过程,就是删改和不断加工的过程。

(3)不同地域的生活习惯、风土人情也是造成民间文学创作必然变化的根源之一。同一个故事在乙地就不一定要讲得和甲地一样。民间文学在横向传承中,糅入了民族性、地方性的变迁踪迹。

(4)时代的演变使民间文学增添了或改换了内容;社会生活的巨大变革往往使民间创作发生本质的变化。民间口头创作在代代相传中,不断地以当代的生活内容补充或改换了原作的内容,这完全是自然的事。民间文学的纵向传承变异是研究同一类型民间文学过去和未来的一把钥匙。这对了解民间文学的源起和社会诸因素的关系以及预测其将来的发展趋势都是必不可少的。

四、传承性:演说模式相对稳定

一部民间文学作品一经"说定",就会不断得到演说。民间文学的变异是有规律的,"万变不离其宗",它只能在传承口头传统(oral tradition)模式的基础上发生变化。民间文学在流传过程中,一方面不断增多异文,另一方面又趋于模式化。"在口头传统中存在着某种叙事的模式,围绕着这种核心模式的故事会千变万化,但是这种模式仍具有伟大的生命力。它在口头故事的文本的创作和传递过程中起到组织的功能。"[①]

变异并非随意的改变,事实上,演说者总是努力保持演说作品传统的一贯性,同一作品类型的核心情节和基本母题总是不断被重复讲述。"即使是从同一歌手的角度看,每一次演唱之间的稳定性,并不在于文本的词语层面上,而是在主题和故事类型的层面上。"[②]每一次演说都是一次再创作,但这种再创作不是对传统规范的超越,因为听众或观众对演说模式耳熟能详,已经习惯接受

---

① 尹虎彬《古代经典与口头传统》,北京:中国社会科学出版社,2002年,第159页。
② 尹虎彬《古代经典与口头传统》,北京:中国社会科学出版社,2002年,第157页。

这种模式,一旦演说脱离了演说模式,听众或观众便难于接受,演说也难于进行。任何民间文学都属于一定的模式,假如一位演说人完全不顾模式而演说某一叙事文本,那么听众很可能觉得这位演说人不会演说。相对稳定的模式,对听众而言是一种"预期",对演说人而言是"依据和标准"。任何一次演说,演说者都有意无意因循着传统模式。民间文学的传承性,实际上指的就是演说模式的相对稳定。落实到文本,就是"叙事范型"或"故事范型(story pattern)"的相对稳定,"在口头传统中存在着诸多叙事范型,无论围绕着它们而建构的故事有着多大程度的变化,它们作为具有重要功能并充满着巨大活力的组织要素,存在于口头故事文本的创作和传播之中。"①

对于演说者而言,能够记忆和需要记忆的就是这些稳定的模式。它们使得民间文学的演说能够实现并不断延续。对此,艾伯特·洛德(Alber Lord)有过具体阐述:

> 我们小时候像记忆语言那样去记忆程式。这是无与伦比的。他在听到其他歌手的歌时学到了这些程式,在运用中就变成了自己演唱的一部分……歌手没有必要学习一大堆不相关的程式。他最先使用的最普遍的程式构成了基本的范型,一旦他牢固地掌握了基本范型,它就只需要将关键词用别的词汇来替代……只有当歌手将特殊的程式置于脑海中的基本程式之中时,这一特殊程式对他才是有意义的。一个歌手达到了这一步,他就越来越少地依赖于对程式的学习,而越来越多地在程式范型中替换词汇。②

民间文学的变异主要表现在内容上,在艺术模式上则不会有突然的巨变。民间文学的艺术传统有很大的稳固性,如果脱离了传统模式,就不可能被民众所接受,当然也就不成其为民间文学了。"民间文化事象的雷同性、重复性和

---

① [美]约翰·迈尔斯·弗里(John Miles Foley)《口头诗学:帕里—洛德理论》,朝戈金译,北京:社会科学文献出版社,2000年,第109页。

② [美]瓦尔特·翁(Walter Ong)《基于口传的思维和表述特点》,张海洋译,《民族文学研究(增刊)》,2000年,第78页。

不断再现性,是以这些事象的稳定性,或者说传统性,以及它们的变异性为前提的。如果没有前者,就不存在所谓不断重现的特点。如果没有后者,一切比较研究,也就变得毫无意义、毫无价值了。"①

民间文学作品在生活中一旦形成,就可以自我调节演进的方向,并以相对的稳定性,陈陈相因,延续承袭。只要适合这一民俗事象的主客观条件不消失,传承的步伐就不会中止。某一民间文学一旦流传开来,就成为一个自控又自动的独立系统,这是由其本性所决定的。民间文学和一般静态的文学模式如作家文学不一样,它是动态的文化模式。这种动态,也不像电影画面一类艺术的机械光电流动,它是一种自然的流动,如同风一样,或者说像"流感"式的,无阻碍地口耳相传、流传感染。民间文学的这种"动势"是其本性的一部分,它在民间文学形成时,就被组建进去了。此外,任何一个冠之为民间文学的作品,都不是一蹴而就的,它本身也是一种动态的积累产物。

民间文学作为一种重要的口头传统,在流传的层面上与书面传统有一明显的区别:前者必须得到反复表演才能延续下来,某种民间文学作品一旦停止了演说,也就失去了生命力。道理很简单,民间文学是"表演中的创作"(composition in performance),只有在表演中才能显示其真正的社会价值和文化魅力,如果某种民间文学长期没有被表演,人们便会逐渐失去对它的记忆。而书面传统则可以借助文字确保其永久的存在。真正的口头传统不能完全诉诸于书面的。而且,一部作品在确定为民间文学之前,也经历了反复表演的过程。任何民间文学类型都有相对固定的模式,模式普遍存在于各种民间文学样式之中,所以,普罗普才能建立"故事形态学",帕里和洛德才能创设"口头程式理论"。幻想故事和史诗是这样,民间文学的其他样式也是这样。显而易见,民间文学的传统模式不是一次性就能被建构出来的,必须在不断的演说中才能形成。

在一个文本的真正的口传阶段,任何后续的部分都可能纳入记录文本之中,《摩可婆罗多》或《格萨尔王传》在传播的过程中,像滚雪球一样扩展着自身。但当口头叙述被记载下来,由于文字所具有的"圣言"性质,也由于文字的确定

---

① 刘魁立《刘魁立民俗学论集》,上海:上海文艺出版社,1998年,第96页。

性,口头文本的更进一步的扩展就终止了。即使有后续的部分也会被排斥记录文本之外,以便限定记录亦即权威文本的含义,而不是使它陷入多义性和歧义性的蔓延。口传似乎不如书写那样具有权威性,口传文本的演说者是寻常百姓或演唱艺人,而笔录者和书写者则身居庙堂之上。口传文本是可以在口传中随时添加的,记录文本则是处在被反复"引用"的权威地位。

　　以上我们重新认识了民间文学形式上和流传方式上的四个特点。掌握了这四个特点,就可以正确划分民间文学同俗文学、大众文学、群众文学的界限。民间文学有两个主要标志,这两个标志缺一不可:(1)必须是一个特定区域内民众自己演说出来的,没有脱离当地民众的生活环境和生活实践。(2)必须是用当地民众最熟悉的传统形式创作和交流的,一般说,它交流于口耳,为某一集体共有,在传承中发生变异。

神话的现代理解与叙述

万建中

一提及神话,人们自然就会想到上古时代的神话文本。目前,似乎只有神话学学者在面对这些神话文本,神话文本的价值似乎只是神话学的研究对象。既然神话是一个民族古老的百科全书,是一个民族各类学科知识乃至精神及思想的源泉,那么,神话就不应该只是学术的或者说知识的,不应该只是远古的,更应该是现代的,是社会现实和现实生活的。也就是说,神话需要不断叙述。这里的"叙述"指的是神话在现代社会的延续和呈现。

一、神话不等于神话文本

迄今为止,中国神话学仍以古代典籍中的神话文本为关照对象,这些神话文本成为神话的同义语。神话学的目的似乎只是解释神话,陷入了解释神话学的窠臼。其实,神话的意义主要不是研究的,不在于相关的文章和著述,文章和著述对神话本身没有丝毫影响,而在于获得新的生机。既然我们认定民间文学是"活态"的文学,民间文学记录文本是民间文学,但民间文学不等于民间文学记录文本,那么,神话就不能是例外,神话同样不等于上古的神话文本。《山海经》不等于神话,《淮南子》不等于神话,《离骚》不等于神话。神话既是远古的,也是现代的,是当下的。

然而,我们需要面对的神话事实是:神话传承中的文字化、文本化问题。一旦人们接受和宽容了这一神话事实,人们就认定神话已失去了继续发展的可能性。这是学者们固执的学术偏见。的确,袁珂先生编写的《中国古代神话传说》中的神话,早已极少在口头流传了;我们都是炎黄子孙,但很少口耳相传炎黄的故事。当今人们将远古神话视为可供阅读的文本,只是强调一些神话原型仍在释放无意识的力量,以及强化神话作为"起源"的意义,这是神话的贬值。就神话形态而言,神话是一种综合的文化遗留物,它所蕴含的意义非常丰富。单就其所演述的方式来说,主要的形态就有口头的、仪式的及实物的,以信仰的尊严来组织社会与文化生产,以禁忌的教化来传播神谕和神的言行,神话因此必然是神圣的。如果我们只停留于文本化的接受和解读之中,神话的内在精神会丧失,神话的传承也会大受影响。

神话的实质是传统的、古老的,然而,其呈现的方式则应该是当下的或说是现代的。上古神话不能被复制,却可以得到延续。可以说,神话资源转化从中所延续的,正是对简单的阅读神话文本的一种修正与补充。神话的意义存在于其存在,而主要不是意义的解释。神话的意义存在于神话叙事的不断延续。在口传时代,神话叙事的形式是单一的,至少那时流传下来的神话形式是单一的。人们认定上古神话作品就是神话的全部。

由于汉民族远古神话与史诗的分离,其地位很难像古希腊神话那样成为衍生出多种叙事形态的元叙事。中国远古神话埋葬于文字,这些神话的意义在人们的反复阅读中早已固定下来,书面叙事的形式很难激发上古神话的复兴。这就需要我们以开阔的视野对上古神话资源作出研究,并以多元形式去重新阐释、重新发掘上古神话的形态与意义,在现代神话学的语境中为上古神话寻找新的时代价值。

中国的神话学者几乎都将神话存在的时间限定于上古。在整个中古时期,由于人们的思想为"不语怪力乱神"的儒家所统治,神话失去了生存的土壤,完全退出了中国文化系统。但在西方现代神话学的视野中,中国神话状况并非如此。英国学者凯伦·阿姆斯特朗(Karen Armstrong)在《神话简史》一书中是这样论述中国中古神话的:"中国没有正式的神殿、没有创世说、也没有神人同形同性的神祇。同时,各城乡都没有保护神,也缺少崇拜仪式。但这并不意味着中国古代社会没有神话基础。中国最重要的神话仪式是祖先崇拜,它指向一个先于人类世界而存在的先验世界。"①接下来,凯伦·阿姆斯特朗又描

---

① 〔英〕凯伦·阿姆斯特朗(Karen Armstrong)《神话简史》,胡亚豳译,重庆:重庆出版社,2005 年,第 93 页。

述了一条贯穿整个中国古代社会的神话主题：

> 中国的"昊天上帝"跟其他神话体系的"天空之神"命运不同，它不仅没有随着时间的推移凋敝退隐，反而越发强盛起来。在商朝（约公元前1766—公元前1122年），皇帝即"天子"的正统性和合法性来源于他是惟一有权祭祀天帝的人，而且，根据永恒哲学，天子就是上帝在尘世中的"副本"——在1911年辛亥革命之前，这一天人对应的神话在中国长盛不衰。①

西方学者的观点为我们重述中国古代神话开启了一扇大门。中国神话并非就是上古神话，中国神话史需要在更为开阔的视野下重新书写。如此，才能将中国神话真正纳入世界现代神话话语体系之中。

另外，上古神话要获取新的话语地位，也需要寻求当代性的发展空间。在《神话学》(*Mythologies*)一书中，法国思想大师罗兰·巴特(Roland Barthes)将"流行"视为神话，将符号学诠释为神话学，构建了现代社会神话的知识谱系，为"陈旧"的神话学注入了旺盛的生命活力。罗兰·巴特说"神话是一种言谈"②，任何打破神话既定生存状态的行为，都可能促使神话之再生"神话"。热衷于形象表现的上古神话，其生命的复活大概也在于立体、直观的展示。譬如，就最近已进入开放阶段的武汉大禹治水神话园而论，借助于大量的雕塑作品来展示大禹治水的事迹与伟大功德，作为一种神话资源转化的举措，很可能成为一个成功的范例。

神话是一种叙事的言谈，叙事是没有风险的，而评论、判断及对意蕴的探询都可能失之偏颇。罗兰·巴特说："神话并不否认事件，相反地，它的功能是谈论它们；它简直是纯化它们，它使它们无知，它给予它们一种清晰度，那不是解释的清晰，而是事实叙述的清晰。如果我叙述法国帝国性的事实状态而不

---

① ［英］凯伦·阿姆斯特朗(Karen Armstrong)《神话简史》，胡亚豳译，重庆：重庆出版社，2005年，第94页。

② ［法］罗兰·巴特(Roland Barthes)《神话学》，许蔷蔷、许绮玲译，台北：台湾桂冠图书股份有限公司，1997年，第169页。

解释它,我将发现它是自然的而且毋庸多言的:就会消除疑虑。……它建设了一种极为幸福的明晰状况:事件似乎是自动意味着什么。"①上古神话的魅力正在于其叙事性。上古神话是纯粹的叙事,马林诺夫斯基也断言:"神话不是因为哲学的趣意而产生的野蛮人对于事物起源的冥想。它也不是对于自然界而加以思辨的结果,不是标记自然律底甚么表象。它乃是一劳永逸地证明了某种巫术底真理的几件事件之一所得到的历史陈述。……神话不过说明巫术怎样到一个族,一个地方,或一个部落底手里的叙述。然在任何时候,神话都是巫术真理的保障,是巫术团体底谱系……而主要的神话不过是叙述巫术底荒古奇迹罢了。"②在这里,马林诺夫斯基指明神话不是哲学上的"冥想"、自然界中的"思辨结果"、自然规律的"表现",而是一种"历史陈述",荒古奇迹的"叙述"。

然而,在早熟的知识分子手里,一旦受到"历史"和"文学"的掠夺,加上学者们自以为是的推波助澜,上古神话叙事便无情地中断了。这种中断并不在于《中国古代神话传说》中的神话没有得到继续讲述,而在于这些神话不再成为人们生活的有机部分。我们早已习惯了对神话肃然起敬和敬而远之,一味地颂扬神话的崇高与神圣,致使神话高高在上而终究未能回归现实大地,神话世界与生活世界之间高耸起一道难以逾越的屏障。

二、传统神话回归生活世界

回归生活世界是现代哲学的重要趋势,也应该是现代神话学努力的方向。这里的生活世界并非胡塞尔通过回归前科学和前逻辑的生活世界而重建的意义世界和价值世界,而是指我们现在正在经营和实践的文化与生活的世界。传统神话回归生活世界,就是进入我们的生活和文化领域。

神话,尤其是创世神话,属于宏大叙事,是向宇宙万物发出最神圣的追问。

---

① [法]罗兰·巴特(Roland Barthes)《神话学》,许蔷蔷、许绮玲译,台北:台湾桂冠图书股份有限公司,1997 年,第 201—202 页。
② [英]马林诺夫斯基(Malinowski)《巫术科学宗教与神话》,北京:中国民间文艺出版社,1986 年,第 71—72 页。

上古神话专注于全人类、全部落、全民族的根本问题,其功能是解释最基本的概念和事实,如宇宙、太阳、人类的起源等。在原始民族中,神话并不像我们理解的那样,只是一种古老的故事或者说是可以结束的故事。在他们看来,神话包含的不仅是古老的故事(且多看成历史故事),而且是有关事物起源的道理,不可动摇的信念及言行的规矩等等。"神话思想不关心明确的开端和结束,因此,不走完整的行程:它总是留下一点未完成的东西。像仪式一样,神话也是'不可终止的'(按:原文为黑体)。"①然而,本身不会中断的中国神话叙事却被神话学者无情地框定在最遥远的历史顶端。随着社会的发展,神话学逐渐演变为神话哲学,使用上古神话表现为超越时代生活的抽象的、思辨的理性活动,神话哲学内化为现实生活世界的上层建筑。

古往今来,似乎能够享用神话的精英们不厌其烦地、过度地解释着神话,似乎只有他们理解了神话的真谛和价值。并断言,神话思维和神话叙事只能产生于人类的初始社会。于是,神话在中国学者们的操弄之下,越来越远离现实社会,成为一门纯粹的学问,神话作品早已成为遥远的故事。中国文人和学者沉溺于解读和诠释神话文本,却忘却了对神话叙事的继续经营。学者和文人在一再感叹中国神话没有得到充分发育的同时,却无心给予神话新的滋养,视而不见当下生活中的神话叙事。上古神话资源的再利用似乎成为天方夜谭。

既然神话是原始族民共同的文化创造,是百科全书,关涉到所有的人类,就不应该变成少数神话学家的学术独白,神话的本质就决定其本身具有回归现实生活和大众的强烈要求。

由于神话解释的是世界本原问题,而这些问题实际上没有可以接受的一元实证的终极答案,人类一直在寻求关于这些问题的新的解释。所以,神话叙事并不会终结,只是在发生不断的变化。结构主义大师克劳德·列维—斯特劳斯(Claude Lévi—Strauss)指出:"我们知道,神话本身是变化的。这些变化——同一个神话从一种变体到另一种变体,从一个神话到另一个神话,相同

---

① [法]克劳德·列维－斯特劳斯(Claude Lévi—Strauss)《神话学:生食和熟食》,周昌忠译,北京:中国人民大学出版社,2007年,第13页。

的或不同的神话从一个社会到另一个社会——有时影响构架,有时影响代码,有时则与神话的寓意有关,但它本身并未消亡。因此,这些变化遵循一种神话素材的保存原则,按照这条原则,任何一个神话永远可以产生于另一个神话。"①不同的时代有不同的神话世界。在后世的演变过程中,上古神话不断地迎合"当下"的叙事策略而调整叙述方式和内容。

神话从一种变体到另一种变体,其实就是利用原有的神话资源构建新的神话世界。而这种利用的依据恰恰是神话思维。西方文人和艺术家们一直在努力继续着神话叙事。远古神话的变形法则演绎成《哈里波特》、《指环王》、卡夫卡的《变形记》、T. S. 艾略特的《荒原》、乔伊斯的《尤利西斯》以及毕加索画笔下的《格尔尼卡》。这些"后上古神话"产品令秉承了神话思维的当下人如醉如痴。电影《金刚》把原始叙事与现代叙事紧紧连接了起来。借助大众传媒,神话叙事突破了远古时期的单一形态,变异为千姿百态的符号系统,震撼着现代人的神经。

在中国后世一些经典性的口头叙事中,同样直接再现了神话的变形法则,体现了万物有灵、物我化一的观念。例如,中国神话中的炎帝之女——女娃,"游于东海、溺而不返",化作精卫鸟,"常衔西山之木石,以堙(因)于东海";大禹在治水时,也曾化为一头熊。而这种变形手法,在后世的民间叙事中也得到运用。譬如,在梁山伯与祝英台的传说中,他们死后就化作一对飞蝶;有嫂在山中找姑姑,饿死后幻化为叫声是"找姑! 找姑"的找姑鸟。这是人化为禽兽的传说。在传说和民间故事中,还有禽兽变人的诸多实例,如在《白蛇传》中,白蛇和青蛇变成娘子和丫鬟,天鹅处女型故事中的天鹅化人。传说和民间故事中的这种神、人、物互化的变形手法,是对神话的直接继承。从思维的层面考察,两者完全通达。

远古的神话叙事和神话思维其实早已深深嵌入现代人的心理,演绎为神话的思维定势。后世民间传说所叙述的事物同神话一样,都有着久远、巨大的时空特征。例如,神话中的盘古,身长九万里,夸父与日竞走,一口喝干黄河渭

---

① ［法］克劳德・列维—斯特劳斯(Claude Lévi—Strauss)《结构人类学》,陆晓禾、黄锡光等译,北京:文化艺术出版社,1989 年,第 259 页。

水两条河；普罗米修斯因盗火给人类被绑在高加索山上,宙斯派鹰每天啄食他的肚脏,吃多少长多少,这个处罚是永久的。民间传说中能看到类似的描写：牛郎织女银河分开,孟姜女万里送寒衣,白娘子永镇雷峰塔,久久无终期。可见,民间传说表现时空的夸张叙事是对神话幻想的借鉴和移植,它以空间的宏大或遥远,以时间的久长和无限来叙述不可能存在的人物和事件。16 世纪以后,人们普遍深信只有逻各斯才能将人类引向真理,科学已将神话打入了深渊。"人们试图用理性的言辞来重新诠释神话,但这是一项注定要蒙受失败的新事业,因为神话从来和永远都不是在陈述事实。"①

当代神话学家温蒂·朵妮吉说："在宗教史中,神话所以可能出现,是因为神话首先是被相信的故事,被信以为真,是因为尽管有时大量证据表明它其实是一个谎话,人们还是照样相信它。"②精卫填海,大禹化熊治水,牛郎织女银河分开,孟姜女万里送寒衣等等,显然是"谎话",人们之所以津津乐道并坚信不疑,在于这些叙述都表现了无限、永恒、壮烈、崇高和伟大,以及对生命价值的执著追求,其间充溢着悲剧精神。而这些,提升了我们的生活境界,是我们的生活世界永远不能缺少的。

然而,在中国,传统神话回归生活世界似乎更多表现在民间口头叙事之中,文字叙事、影视叙事、图像叙事、大众传媒及建筑、服饰、绘画等则很少展示神话叙事的想象魅力。神话资源被学者们高高悬搁起来之后,要重新回到生活大地就必须重构神话思维。被现代一些学者断言为缺乏想象力的"我们",应该像我们的祖先一样,展开想象的翅膀,让神话叙事全面进入我们的生活。否则,我们可能仍热衷于观赏缺乏想象力的韩剧,而且"看了又看"。

三、现代神话的另类叙事

上述神话的现代表达,是远古神话在现代的自然延续。神话还有另一种

① ［英］凯伦·阿姆斯特朗(Karen Armstrong)《神话简史》,胡亚幽译,重庆：重庆出版社,2005 年,第141 页。
② Wendy Doniger. *The Implied Spider—Politics & Theology in Myth* ［M］. New York：Columbia University Press,1998. (p. 1)

表达形式,即富有时代特色的现代神话。现代神话学家之所以很难给神话下定义,一个重要原因是存在着与上古神话形态迥异的现代神话。神话学开始转向阅读现代化进程中的都市神话。

温蒂·朵妮吉说:"我不希望把神话限定为涉及超自然生命的故事(虽然许多神话确实如此),而且,尽管在神话与史诗、传说、历史、电影之间存在着重要差异,但在很多方面我认为这些文本发挥类似功能,所以应该放在一起研究。我的确不愿把神话限定于书写的文本,更不用说仅限定为古代的书写文本;神话可能是书面的,也可能是口头的,可能是古代的,也可能是当代的。"[①]影星、歌星和体育明星层出不穷,近些年还出现了文化之星,他们成为社会的热点,成为庞大人群追捧的目标。社会以各种不同的方式,口传、报刊、电视、网络等等共同讲述着他们的事迹和精彩。他们的扬名及扬名的运作过程正是现代神话。他们神"化"的过程,与我们祖先的神话制造过程一脉相承。期间同样充满了想象、夸张、神奇和信仰。如果说远古神话是永恒的话,那么,现代神话则是有限的言谈。这些人物"变成暂时性神话言谈的牺牲品,然后就消失了,其他的则取而代之,并且获得神话地位。"[②]

罗兰·巴特把对现代神话的解释及意义的征询定义为《神话学》。这部书中的文章,是以法国时事为主题的感言。面对大众文化产品的不断涌现,罗兰·巴特试图定期就法国社会所蕴涵的一些(流行)神话进行反省。他在《神话学》一书的初版序言中说:"一开始,神话的概念对我而言,似乎就是要解释这些冒牌事实(fausses évidences)的几件事例。在当时,我仍然使用传统意义上的'神话'(myth)这个字眼,但我也已确信一个事实,也是我稍后试图归纳所有结果的依据,那就是:神话是一种语言(mythe est un langage)。……然而,只能在探测、研究一系列的现代社会现象以后,我才决定试以有条不紊的风格,来定义所谓现代神话(流行)。"[③]神话语言自然是叙事的语言,也是流行的语

---

① [英]凯伦·阿姆斯特朗(Karen Armstong)《神话简史》,胡亚豳译,重庆:重庆出版社,2005年,第2页。
② [法]罗兰·巴特(Roland Barthes)《神话学》,许蔷蔷、许绮玲译,台北:台湾桂冠图书股份有限公司,1997年,第170页。
③ [法]罗兰·巴特(Roland Barthes)《神话学》,许蔷蔷、许绮玲译,台北:台湾桂冠图书股份有限公司,1997年,第3页。

言,人们共同使用的叙事语言,便构成现代神话文本。

罗兰·巴特对现代神话的解读十分广博,流行即为神话。沙滩上的旗帜、标语、广告牌、衣服、甚至日晒赤褐的皮肤,对他而言都是讯息,都需要解释。《神话学》一书的第一部分"流行神话",所叙述的对象在现代都市司空见惯,诸如"摔角世界"、"玩具"、"肥皂粉与清洁剂"、"葡萄酒与牛奶"、"脱衣舞"等等。这些神话"至少有双重的意义,它或者是古典或人类学意义下的一篇叙事(récit),甚至也可以是一种文类(比如'摔角'和'环法自行赛')或者它指的是一种程序、一种功能,这时它意谓着'神话化程序'(mystification)。"①尤其是现代传媒,它本身就是神话,同时它又在快捷而迅速地制造成批神话。在现代社会,神话不是一个形容词,而是一种客观的社会体裁。如果说,远古神话是关于祖先起源的叙事,那么,现代神话则是关于神话自身的叙事。

辽宁沈阳有一种名酒叫"道光二十五",流行整个东北。这种酒从无到有,从无名到有名,也就数年时间。"道光二十五",多么响亮的名称,酒的名称与清王朝联系起来了,与一百多年前的宣宗联系起来了。它在炫耀自己悠久的历史与辉煌的起源。尤其是"道光二十五"的地下发掘,更是为这种酒建立了非凡起源的谱系。它已不是一般的白酒,经过了精心的装饰以后,表现出超然于物质之外的社会功用。其散发出来的酒香,洋溢着东北满族人特有的历史荣耀。"道光二十五"不仅是一种酒的品牌,也是一种现象、一个过程,是现代社会的元叙事。

"道光二十五"及其成名的过程就是现代神话。这则神话是如何被讲述的,谁参与了这则神话的制作,是如何制作出来的,参与制作的各种因素是如何达成协议并共同进行运作的? 所有的品牌及影星、歌星都有其形成的规律和机制,透视出强烈的社会动机。"每个神话都有它的历史和它的地理;每个神话事实上是另一个神话的符号:神话因为扩散而成熟。"对神话还应该进行社会地理学研究。"只要我们缺乏报纸媒体的分析社会学,神话的社会地理,

---

① [法]罗兰·巴特(Roland Barthes)《神话学》,许蔷蔷,许绮玲译,台北:台湾桂冠图书股份有限公司,1997年,第5—6页。

就仍然难以追踪。"①所有这些,都是罗兰·巴特所定义的"神话学"应该解释的问题。

罗兰·巴特是这样认识法国玩具的:"法国玩具完全预示成人世界功能的事实,必然使孩子准备接受这些东西,将他依次组成,甚至在他能够思考之前,个性便已消失成为军人、邮差和伟士牌机车。玩具在这里展示了成人不觉得奇怪的东西:战争、官僚体系、丑陋、火星人等等。"②罗兰·巴特就是这样运用他自己的"神话学"来解释所面对的各种讯息,努力探询所指、能指与物体本身之间的关系。正是由于他能够发现讯息和产品的深层意义,才有了再生神话的冲动与信心。

当然,纳入现代神话的并不只是这些社会的宠儿。罗兰·巴特说,"每件事情都可以是神话吗? 是的,我相信如此,因为宇宙的启示是无限丰沛的。世界上的每一种物体,都可以从一个封闭、寂静的存在,衍生到一个口头说明的状态,可供社会使用,无论自然与否,没有法律禁止谈论事物。"③另外,神话作为一种言谈,并不限于口头语言系统。"它可以包含写作或者描绘:不只是写出来的论文,还有照片、电影、报告、运动、表演和宣传,这些都可以作为神话言谈的支援。"④

当代社会所传承的神话,其神圣性渐趋淡化,神话已演变为一种讯息、一种精神、一种符号及一种意义构成方式。神话要复兴时代的活力,需要重新经历"神话化程序",即重新建构可供人们想象的神话空间。也就是说,我们有必要认识神话的时代性过程,正如我们所知的上古神话的历史演变一样,每一个时代的神话都被注入了时代的因素,数个世纪以后,这种时代性转化为神话内部的一种因素。而对时代来说,神话则是其活力的来源之一。当一个时代能

① [法]罗兰·巴特(Roland Barthes)《神话学》,许蔷蔷、许绮玲译,台北:台湾桂冠图书股份有限公司,1997年,第208页。

② [法]罗兰·巴特(Roland Barthes)《神话学》,许蔷蔷、许绮玲译,台北:台湾桂冠图书股份有限公司,1997年,第45页。

③ [法]罗兰·巴特(Roland Barthes)《神话学》,许蔷蔷、许绮玲译,台北:台湾桂冠图书股份有限公司,1997年,第169—170页。

④ [法]罗兰·巴特(Roland Barthes)《神话学》,许蔷蔷、许绮玲译,台北:台湾桂冠图书股份有限公司,1997年,第170页。

够为神话的再现提供充分的空间和时间,那么,无疑便孕育了强烈的民族意识和进取动机。一定程度上,通过神话资源的转化,人类文化的总体精神与诗性智慧得以传承和理解,人类的本质意义得到维护与强调。

神话沉迷于自身的叙事,远离了所有的论证。尽管中国上古神话的情节后世没有得到有效的延续,但神话叙事一直没有终止。"人和神话的关系并非建立在真理,而是在使用上:他们根据需要将其去政治化。"①我们的生活离不开叙事,惟有叙事能够将古代口头传统延续至今。远古神话叙事是取之不尽的叙事资源。人们在通过大众传媒进行神话叙事的同时,也会激活处于休眠状态的上古神话客体。黄帝、炎帝、伏羲、颛顼等三皇五帝的故事并没有讲完,它们不止是原型、不止是崇高、不止是精神,不是陈旧、过时了的文化符号,它们必将重新开启"神话化程序",而步入社会生活,融入各种叙述形态而复活自身的叙事。

---

① ［法］罗兰·巴特(Roland Barthes)《神话学》,许蔷蔷、许绮玲译,台北:台湾桂冠图书股份有限公司,1997年,第202页。

历史关怀与实证研究

——钟敬文民间文艺学思想研究之二

杨利慧

钟敬文(1903—),是中国现代民间文艺学、民俗学的开拓者和奠基人之一①,也是这两门学科最高学术成就的集中代表者之一和杰出的领导者,在国内外享有崇高的学术声望。在其长达 70 余年的学艺探索及教书育人生涯中,钟敬文的学术活动及学术思想对中国民间文艺学、民俗学的形成和发展产生了巨大而深远的影响。因此,对其学术历程及学术思想进行梳理和总结,对于学科目前和将来的发展,也具有重要的现实意义。

在拙文《钟敬文及其民间文艺学思想》(《文学评论》1999 年第 5 期)中,笔者曾经指出:相对于民俗学而言,民间文艺学是钟敬文跋涉最早、用力最勤的领地;在钟敬文长期的民间文艺学活动中,表现出许多鲜明的学术思想和特点,并就其强烈的学科整体建设意识、强调民间文艺学是一种特殊的文艺学、倡导多角度的综合研究等三点,进行了初步的梳理和分析。这里,笔者想继续就钟敬文的另外两个重要的民间文艺学思想和特点——浓厚的历史关怀和注重实证研究——加以论述,以求将对钟敬文学术思想的研究进一步推向全面和深入。

一、浓厚的历史关怀

钟敬文的历史主义思想在他长期一系列的民间文艺学学术活动——无论

---

① 民间文艺学,按照目前国际上较普遍的分法,是民俗学的一个分支学科,但又有自己相对的独立性。在中国,它往往被作为一门独立的学科而与民俗学相并列。

是宏观的基础理论和学科体系建构,还是微观的专题研究——当中,都比较浓厚地贯穿着。这首先普遍地体现在他在论述一般民间文学现象或相关学术理论时,往往都会由"历史溯源"讲起,交待它们产生的背景和原因,以及其发展演变的过程等等。不过,具体地讲,他的这一思想特点还突出地体现在三个方面:强调民间文学的历史认识价值和历史教育价值、重视民间文艺学史的建设、专题研究多从社会文化史角度进行等。

　　民间文学在人民群众的现实生活中具有种种实际的功用,同时,对它进行搜集和研究也有着多种学术和现实的意义。这一点,钟敬文在他的著述中已多有指出。在谈到民间文学客观上具有的各种价值时,钟敬文经常特别指出它的历史价值,强调它对于社会文化认识的"史料"作用。在他看来,民间文学不仅是现实中生存着的活文化,是时代的回响,同时,作为过去和现在广大人民生产生活、悲欢苦乐的真实反映,其中蕴含着丰富而真切的民众的生活和历史资料,蕴藏着无价的民众心理。因此它是民族的可贵"精神遗产",是了解过去社会真相的"一种历史的忠实纪录片"和新社会生活、制度和道德、风尚等的"一面明镜",具有珍贵的"历史文献价值"。因此,对它的搜集和研究,在人文科学诸领域具有十分广阔的使用范围,可以"裨益历史科学的著作",给普通社会史、文化史、文艺史等,提供丰富而真实的史料①。他一再指出民间文学的历史教育作用是不容忽视乃至于不可替代的。他说:"我们需要认识当前世界的文化现状;同时也必须知道、了解我们民族的历史,我们祖宗的生活历史,以及他们的文化和思想的历史。而民间传统的文艺,正是这种文化史资料的一个构成部分。缺乏这方面的知识和教养,不但不能成为一个好的艺术家、好的文学家,就是作为一个社会主义公民的教养来说,也是有缺陷的。"②

　　钟敬文在民间文学宏观体系建构上的历史主义思想,还体现在他对于民

---

① 参见钟敬文《民族民间文艺的巨大作用》(1991)、《关于故事记录整理的忠实性问题》(1980)、《〈民间文学〉发刊词》(1955)、《搜集研究民间文艺对其他学艺的益处——民间文艺论的一断片》(1949)等。见钟敬文《钟敬文民间文学论集》(上),上海:上海文艺出版社,1982 年;钟敬文《民间文艺学及其历史》,董晓萍编,济南:山东教育出版社,1998 年。

② 钟敬文《民族民间文艺的巨大作用》,钟敬文《民间文艺学及其历史》,董晓萍编,济南:山东教育出版社,1998 年,第 111 页。

间文学作品史和学科史建设的重视。他多次提出作品史(各种体裁的或综合的)和学科史(理论史,如神话学史、歌谣学史、民间文艺学史等)是这一系统中不可或缺的一环。认为:"从马克思主义的观点看,一切人文现象及关于它的理论、见解,都有它的起源、发展、演变,乃至于衰亡的历史过程。因此,在以研究民间文学现象为职志的科学体系中,就应有探究和论述这种现象本身的历史和关于它的理论、见解的历史著作。这种著作是科学史的民间文艺学结构中所不可缺少的。但是在我们的学术界里,这方面还是一大块亟待开垦的处女地。"(《建立新民间文艺学的一些设想》)为了填充这一空白和缺憾,他率先垂范,在60年代初期极端艰难的条件下,倾注心力写作了系列关于晚清民间文艺学史的长篇论文,为近现代中国民间文艺学史的清理作出了拓荒性质的贡献。在这一系列的论文中,钟敬文谈到他对于研究学科史意义的认识:"我们是历史主义者。我们要创造灿烂的新文化、新学术,是不能不吸取、消化长期以来千百万人所创造的优秀文化成果的。同时我们又是历史公正的评判者,有责任给过去学术上的活动和成果做出科学的总结。"(《晚清革命派著作家的民间文艺学》)"如果我们忽略了这一科学的阶段,不但对近代整个学术史的了解是不完全的,对于我国整个民间文艺学史和民间创作史的了解也将是有缺陷的。"(《晚清改良派学者的民间文学见解》)钟敬文对于学科史的重视,一是出于学科系统建设的需要;更主要的还在于他对历史的重要意义的清醒认识。

近20年来,他陆续撰写和发表了《"五四"前后的歌谣学运动》(1979)、《作为民间文艺学者的鲁迅》(1981)、《60年的回顾》(1987)、《30年来我国民间文学调查采录工作——它的历程、方式及成果》(1988)、《"五四"时期民俗文化学的兴起》(1989)等多篇论文。以至有人认为:民间文艺学科史是钟敬文在民间文艺学里用力最勤的两个领域之一[1]。

与这种整体上的历史观相呼应,钟敬文在微观专题研究上也显示出很强的历史探索特点——他对于民间文学、特别是对于民间故事的研究,往往注重从社会文化史角度进行。

---

[1] 董晓萍《民间文艺学及其历史·编后记》,钟敬文《民间文艺学及其历史》,董晓萍编,济南:山东教育出版社,1998年,第530页。

在民间文学诸体裁中,钟敬文关注最多的是叙事性的民间故事,包括神话、传说以及狭义的故事。他在这一领域里的勤奋耕耘和杰出成就,使他成为中国民间文艺学界优秀的学术带头人,享有广泛的国际声誉。对于故事,学者们关注的内容不同,研究方法也多有差异。从民间文艺学建立至今,已有语言学派、人类学派、历史—地理学派、功能学派、心理学派、结构主义学派等等,分别从不同角度对民间故事进行分析。钟敬文则善于从历史,尤其是文化史的角度切入故事研究。从二三十年代直到八九十年代,他的故事研究关注的核心,经常是这样一些问题:故事的基本型式是什么(从古籍文献和口头记录来看)? 最初发源地是哪里? 从最初文本发展到今天,故事在形态上发生了哪些规律性的变化? 这些变化发生的社会历史原因是什么? 故事中的某些情节蕴含了人类社会文化发展历史的哪些文化现象(信仰、社会制度、风俗习惯等)? 或者说,故事产生的社会文化史根源是什么? 研究故事,对于我们认识和了解人类社会文化史有什么意义? ⋯⋯例如常为人们称引的《中国的天鹅处女型故事》(1932)、《盘瓠神话的考察》(1936)、《老獭稚型传说的发生地》(1934)、《蛇郎故事试探》(1930)、《中国民间故事试探》(1930)、《中国神话之文化史的价值》(1933)、《为孟姜女冤案平反》(1979)、《刘三姐传说试论》(1981)、《洪水后兄妹再殖人类神话》(1990)等,虽然探讨的专题不同,研究内容也各有差异,但研究的主要思路和方法大都有上述共同点。那篇因他忙于学科整体建设而始终没有写成的《女娲考》(或《从女娲神话看我国原始社会史》),也是打算通过女娲在神话中的种种活动,去论证这位女神所由产生的社会文化背景的①。直到最近,他在指导学生研究中国的"巧媳妇"故事时,也仍然主张以探讨故事中蕴含的社会文化史价值为内容。可以这样说,钟敬文从故事研究中经常看到的,是一幅幅历史上人民生活和思想的图画,是人类社会文化发生和演进的"迁移的脚印"。他曾开玩笑承认说自己属于"文化史学派"。对于历史的特别关注,使钟敬文的民间文艺学研究带上了浓重的历史感。

钟敬文的浓厚历史关怀特点的形成,自然与民间文艺学学科本身研究对

---

① 钟敬文《女娲的神话与信仰·序》,杨利慧《女娲的神话与信仰》,北京:中国社会科学出版社,1997
    年,第7页。

象大多具有历史的传承性有一定关系。此外,可能还有着以下几个重要原因。

(一)人类学派的深远影响 人类学派是 19 世纪末到 20 世纪初,在欧洲学术界盛行的一派人类学理论,它是把达尔文的进化论运用于社会文化领域,认为现代的高级文化是由人类的初级文化逐渐发展或传播起来的。为了把握文化现象之间的历史联系,他们多采用"取今以证古"的方法,即运用现代还停滞在较原始阶段的民族(部落)的神话、信仰及风俗,去解释古代或现代文化比较发达的民族的相关文化,尤其是那些看似"不合理"的文化现象,认为前者是后者的原形;后者是前者的"遗留物"。这派理论的兴趣,往往并不在研究对象本身,而是力图由此探寻并重建人类思想和文化的历史和发展规律。不消说,它打量研究对象的眼光和角度是"历史"的。这派理论在本世纪初传入我国,在 20—40 年代的神话、传说、故事、民俗等研究上,产生了很大影响,像周作人、茅盾、黄石等人,都是它的宣传者、实践者。钟敬文在走上民间文艺学道路不久,就接触到这派理论,阅读了一些介绍人类学派的民间故事理论,并运用这派观点和方法来研究中国的神话和故事,成为"这大潮流中的一朵浪花"。据他自己回忆说:

> 我年青时在踏上民俗学园地不久,所接触到的这门学科的理论,就是英国的人类学派,如安德留·朗的神话学,哈特兰德的民间故事学等。不仅一般的接触而已,所受影响也是比较深的。从 20 年代到 30 年代中期,我陆续写作了好些关于民间文学及民俗事象的随笔、论文。在那里,往往或明或暗地呈现着人类学派理论的影响。例如,1932 年发表的论文《中国的天鹅处女型故事》中的第 10 节,对于变形、禁忌、动物或神仙的帮助、仙境的淹留、季子的胜利、仙女的人间居留等故事要素的指出和论证等,就是例子。此外,从那稍后所作的《中国神话之文化史的价值》、《中国民谣机能试论》等文章里,也多少可以看出那种理论影响的存在。[①]

---

① 钟敬文《从事民俗学研究的反思与体会》,《北京师范大学学报(社会科学版)》,1998 年第 6 期,第 13—14 页。

不过,据笔者看来,人类学派对于钟敬文的影响是深远的,并不只限于30年代中期以前。直到他90年代所写的《洪水后兄妹再殖人类神话》中,我们依然可以清晰地看到这派学说生存的痕迹①。

(二)对于原始文化的浓厚学术兴趣　30年代中期,钟敬文开始逐渐发觉人类学派的局限性——它只解释了人类文化发展过程中比较局部、停滞的现象,而忽视了其他甚至更重要的方面,但由于受影响的程度深,摆脱的痕迹并不明显。后来在东京时期,他阅读了大量有关原始文化社会史的著作(有考古学、民族学、文化史等),"这就使我的学术兴趣和知识积累,逐渐偏向了远古文化领域。从那时起,我对于活着的民间文学与古老的原始文学(扩大一点说,对现代民俗文化中远古的原始文化)的界限的认识,始终不免有些模糊。"由于对远古文化的学术兴趣和对二者疆界的模糊认识,钟敬文在对于民间文学的认识上,往往把它当成是"民族的精神遗产",是"文化史的一个构成部分",具有"历史文献价值"。

"文革"结束后,随着学术思想的解放和实事求是精神的加强,钟敬文对自己的学术思想也进行了清理和反思,其中就包括检讨自己在民间文学与原始文学界限上的一度混淆不清。

(三)马克思主义的强大影响　钟敬文接触马克思主义的时间是比较早的,但他在民间文学的研究上,比较自觉和认真地运用马列主义的观点,是在30年代末期以后。1949年解放后,在全民学习和运用马克思主义的热潮中,钟敬文对于马克思主义的认识和理解也更加扩大和深化了(《我在民俗学研究上的指导思想和方法论》)。由此给他的民间文学研究带来了新的气象——马克思主义理论精髓中的历史唯物主义和辩证法,对钟敬文逐渐产生了巨大而恒久的影响,成为他世界观以及学术研究上的主导思想。钟敬文曾经由衷地说:

---

① 见《钟敬文学术论著自选集》,北京:首都师范大学出版社,1994年,第223—247页。在这篇论文中,钟敬文试图解决的问题之一,是这类神话的产生时期。作者认为,神话的产生是在血缘婚还在流行(至少也是被允许)的时期。其立论的依据是:当代民间口头传承中,"还遗留着比较原始形态的说法";在我国周围的许多地区或民族中,也有相关的神话资料;在我国古代文献上,有相关风习的记述。作者在文中明确地说:"其实,这不过是原始时代风习的遗留……它作为一种文化残留物,一直被保存在现在的口头传承中","它是经过严格的历史筛滤而仅存的'文化遗留物'"。从关注问题的角度、论证方法到所用术语,显然是人类学派的路数。

"据我个人的经验和体会是：对于自然、社会和人生等的理解，在我所接触的许多世界性学理中，总的说来，还没有比马克思主义的哲学更有说服力的。"(《新的驿程·自序》)马克思主义的唯物史观的基本要求是：尊重历史实际、注意历史演变、注重阶级分析等。历史唯物主义从更高的层面上强化了钟敬文原来的注重历史研究的倾向，并且使他日渐自觉地认识到历史研究的重要性。这一点，从钟敬文的许多文章中都可以明显看出。例如上引《建立新民间文艺学的一些设想》，在谈到民间文学史、民间文艺学史建设的重要性时，就引述了马克思主义的原理。在《给〈西方人类学史〉编著者的信》(1985)中，他谈及学科史建设的重要意义时也说：

> 依据马克思主义基本原理，任何国家的思想、学术，都跟产生和流行它的社会、历史的背景有着直接或间接的关系。不弄清这种背景和关系，要正确地、深刻地理解它、阐明它是不大可能的。

由于马克思主义的巨大影响，钟敬文在写作学术理论文章的过程中，更加经常地使用了历史法以及矛盾法和联系法，这使他后期的学术著作，在方法上颇显出一些特点(《我在民俗学研究上的指导思想和方法论》)。

二、注重实证研究

钟敬文明确主张：学术研究要从客观事实、基本材料出发，然后从中进行理论的"抽象"，而不是先从现成的公式或原则出发，或只凭自己主观的好恶、感想等去进行判断。用他的话讲就是，学术研究要熟悉和把握材料，要"深入对象之中"，反复咀嚼琢磨，这是学术研究取得成就的一项重要条件，只有这样，才有可能得出有创造性的理论，也才能够具备对别人的理论进行评估和判断的真正能力。甚至就在不久前，钟敬文还以 96 岁的高龄，撰文谈自己治学多年的切身体会，其中就谆谆告诫年青人要深入研究对象之中，而不要只读有关的理论著作就加以运用,以免"陷入从理论到理论的误区"①。

钟敬文的这一实证研究思想,无论是在其民间文艺学宏观体系建构的文章中,还是在其专题研究的论著中,都有比较成功的实践,而尤以专题研究中体现最为突出、强烈。可以说,"实证",是钟敬文民间文艺学研究的一大特点。

早在本世纪20年代末到30年代后期,钟敬文的民间文艺学研究就已经达到了相当成熟的程度。他在这一时期写作了大量民间文艺学论文,形成了他民间文艺学活动历程上的第一个重要时期②。他的一些至今常被学界称道和征引的论文,例如《中国民间故事型式》(1929-1931)、《中国的地方传说》、《中国的水灾传说》(1931)、《蛇郎故事试探》、《中国的天鹅处女型故事》、《老獭稚型传说的发生地》、《盘瓠神话的考察》等都写在这一时期。有学者甚至据此不无偏颇地认为钟敬文的"最重要的著作产生于战前(即抗日战争之前——引者注)时代"③。在这一系列的文章中,已经体现出了钟敬文学术研究上的强烈实证精神。例如《中国民间故事型式》和《中国的地方传说》,虽然是受到国际上对于民间故事情节的类型或母题等进行归纳的学术潮流的影响,但其中对于中国若干民间故事、民间传说类型的总结,完全是立足于本土本民族的资料基础,是从大量的文献记录、当时的口头传承上概括出来的,因此反映了中国民间故事的特色。他所概括并命名的一些故事、传说类型,例如"云中落绣鞋型"、"狗耕田型"、"百鸟衣型"、"老虎母亲(或外婆)型"等,都因为是建立在中国自身民间故事客观事实的基础上,所以至今仍被国际国内有关学者所接纳和引用。至于《中国的天鹅处女型故事》、《老獭稚型传说的发生地》、《盘瓠神话的考察》等文章,虽然对故事的分析借用了人类学派或传播学派等的理论,但全文立论的根基完全是中国记录与流传的众多相关文本,结论是从对于故事的实在分析得到的。丰富的中国资料,细密的逻辑分析,平实的风格,使这些论

---

① 钟敬文《从事民俗学研究的反思与体会》,《北京师范大学学报(社会科学版)》,1998年第6期,第15-16页。

② 钟敬文《民间文艺学及其历史·自序》,钟敬文《民间文艺学及其历史》,董晓萍编,济南:山东教育出版,1998年,第3-13页。

③ [德]沃尔弗莱姆·爱伯哈德(Wolfram Eberhard)《民间故事百科全书·钟敬文》,杨哲《钟敬文生平、思想及著作》,石家庄:河北教育出版社,1991年,第736页。

文不仅在当时及以后为钟敬文赢得了广泛的国际学术声誉,至今读来也依然令人感到其中严谨踏实的科学魅力,仍然具有不容忽视的学术价值。

解放以后,尤其是近20年来,钟敬文的实证思想和风格不仅一脉相承,而且愈加自觉和娴熟。他在这一时期里用力写作的一些论文,例如《论民族志在古典神话研究上的作用——以'女娲娘娘补天'新资料为例证》(1980)、《刘三姐传说试论》、《洪水后兄妹再殖人类神话》、《中日民间故事比较泛说》(1991)等,都是立足于丰富、翔实的资料基础的,而且,值得注意的是,与解放前写作的许多论文有所不同,这些论文所提出的问题,一般都是从大量中国民间文学的实际材料中敏锐发现的,所得到的结论,也是从材料的实际比较和分析中得出的,而很少征引或运用国际上较风行的流派或方法。例如《洪水后兄妹再殖人类神话》一文所力图解决的3个问题(兄妹婚神话产生的年代是血缘婚正在流行或还被容许的时代,还是在它已被禁止的时代? 神话中的两个母题——洪水为灾和兄妹结婚——是原来就结合在一起的,还是后来才拼合到一起的? 神话中预告灾难的石龟和石狮子,是原来独立产生的,还是在故事流传过程中前者逐渐蜕变为后者的?),就是年近90的钟敬文不惮劳烦,考察比较了古籍文献、近现代以来大量采集的民间口承神话,并参照了相关课题的研究史而提出的;研究所得出的结论(这类神话产生的时期是血缘婚还在流行或被容许的时期;两个母题是流传过程中才拼合到一起的;神话中的石龟是较原始的,狮子是后起的),也完全是依据有关资料、尤其是近年来汉民族中大量记录的现代民间神话而"抽象"出来的。另外,钟敬文近年来常常谈到的中国民间文学流传演变中的一个规律性现象——民间文学在流传演变中形态的发展是不均衡的:有进展相当迅速、变异相当大的;有消失的;也有发展比较迟缓甚至近于停滞的。这也是他多年来与形形色色的民间文学作品打交道,并从兄妹婚神话、孟姜女传说、刘三姐传说、灰姑娘故事等等一系列具体作品的众多异文的流传演变情形中归纳抽象出来的。从目前的情况看,这一结论是符合实际、具有概括力的。

坚持"深入对象之中"、结论必须从实际材料中抽象出来的实证思想和研究态度,对钟敬文的学术风格产生了极大影响:钟敬文的民间文学研究,一般都不骋思辨、凭玄想,绝不靠空洞时髦的理论和抽象玄虚的结论吓唬人,而往往是以事实和材料为基础和依据,经过客观、细密的分析来言事说理,得到结论,因而他的论文一般资料丰富翔实,分析细致周密,论证逻辑性强,遣词造句很注重分寸,风格踏实平易,结论往往有概括性,令人信服。正由于是植根于中国民间文学的实际资料之上,钟敬文的民间文学研究能够在一定程度上克服时代的局限,而具有较强的生命力:长期以来,他对于中国民间文艺学领地中诸多现象(尤其是对神话、传说和故事诸民间叙事体裁)的概括和总结,常常被作为代表性的观点之一,被国际国内学界同仁频繁引用和评述。

钟敬文实证思想与风格的形成,除了一般学术研究上的要求外,可能还与以下几个具体因素的综合作用有关。第一,本世纪 20 年代初期,受到"科学救国"时代风潮的影响,年青的钟敬文曾立志学习"一门有用的(自然)科学",好为祖国和人民服务,并曾一度对生物学颇感兴趣。当时在全国范围内进行的一场有关科学方法与世界观的大讨论,也在他心中打上了不浅的烙印。这对他以后毕生致力的民间文艺学、民俗学研究,产生了影响。

第二,人类学派的影响。钟敬文曾经在《钟敬文民间文学论集》的后记(1983)中,回忆人类学派对他的影响并论及这一学派的长短得失,对人类学派的实证方法仍然颇为首肯:

> 那些学者(指人类学派学者——引者注)在建立自己的理论和具体论证上,是以当时所能看到的人类学资料为根据和凭证的。这是一种实证主义的方法。跟那些只凭思辨的方法是很不相同的。这是此派成为比较科学的神话学、故事学的主要原因,也是它所以能够取代语言学派,并有广泛影响的主要原因。

人类学派在论证上的实证方法,也对钟敬文的学术思想和研究方法产生了深刻的作用。

第三,日本学风的影响。日本学者的学术研究风格,人各有别,但大都比较讲究资料翔实丰富、考证细致、逻辑严密,实证性较强。钟敬文一生的对外学术交流活动,与日本关系最为密切。早在 30 年代去日本留学之前,他已阅读过日本民俗学的书籍,并通过通信、约稿等方式,与日本著名的神话学家松村武雄有来往,还将自己的《中国民间故事型式》等文章,寄到日本的学术刊物上发表。1934年春至1936年夏,钟敬文赴日本早稻田大学留学,师从人类学家、神话学家西村真次,受其一定影响。同时,松村武雄博士对于神话的研究方法,也使他受到教益(《钟敬文民间文学论集·自序》)。直到今天,钟敬文与日本民间文艺学、民俗学界还保持着比较密切的联系,当今日本有名的民间文艺学、民俗学者,例如大林太良、伊藤清司、野村纯一、福田亚细男等,都与他有学术交往。因此,钟敬文在治学历程中,思想和方法上自觉或不自觉地受到日本实证的研究方法和学术风格的影响,是很自然的。

第四,马克思主义的巨大影响。这点上文已经指出,其中,马克思主义的实证求知精神,也对钟敬文产生了巨大作用,在《把我国民间文艺学提高到新的水平》(1979)一文中,钟敬文特别提到破除教条主义、坚持马列主义实事求是作风对于民间文艺学发展的重要意义:

> 马列主义的经典著作家一再声明,马克思主义不是什么教条,而是行动的指南(所谓"行动",在我们这里,就是所进行的科学活动);他们谆谆告诫我们,研究事物或决定政策,必须从眼前客观的事实出发,而不是从某些公式或原则出发;他们谆谆告诫我们,科学工作不是简单或仓猝所能做好的,"即使只是在一个单独的历史事例上发展唯物主义的观点,也是一项要求多年冷静钻研的科学工作"……

可见马列主义对于钟敬文实证的学术思想的显著影响。

当然,上述4项因素对于钟敬文的作用是有先有后的,影响的程度上也有些强弱的差别。但是,它们最终统一起来,综合发生作用,共同塑造了钟敬文实证的学术思想和研究风格。

伏羲女娲与兄妹婚神话的粘连与复合

杨利慧

伏羲、女娲，是中国神话乃至中国民族信仰中两位显赫的大神。相传伏羲发明了八卦，制作了婚嫁的礼仪，又教会人们结绳为网、以佃以渔、冶金成器、烧烤食物等等①，是上古各种文物器用、典章制度的创造发明者，或者又是一位春之神并主管东方的天帝。由于他的这些了不起的业绩，伏羲被人们尊奉为三皇之首，百王之先②。至于古老的大女神女娲，在古代神话中也是伟大的始祖、造物主和文化英雄，她创造了最初的人类，修补了残破的天体，祛除了宇宙间的大灾难，又为人间制定了最初的婚姻规矩、制造了笙簧等乐器③。因为她劳苦功高，所以也充为三皇之一④，被载入了封建统治阶级的正史，并在国家祀典中占有一席之地⑤。

兄妹婚神话，是世界神话宝库中的一批珍贵珠玉，其流传相当广泛，在东亚、东南亚一带蕴藏量尤其丰富。它在这一地区的分布，大抵西起印度中部，经过苏门答腊岛、印度尼西亚、加里曼丹岛、泰国、菲律宾、台湾岛，以及中国大陆，向东一直延伸到朝鲜和日本。有学者认为，这一类型神话甚至构成了东南

① 参见《易·系辞下传》、《绎史》卷三引《古史考》及《三坟》、《路史·后纪一》及《淮南子·天文篇》等等。

② 郑玄注《尚书·中侯敕省图》引《春秋运斗枢》、《文选·东都赋注》引《春秋元命苞》、《白虎通义》、《汉书·律历志下》、《帝王世纪》等等。

③ 参见《楚辞·天问》、《山海经·大荒西经》、《淮南子·览冥训》、《太平御览》卷七八引《风俗通义》、《世本·作篇》、《路史·后纪二》等。

④ 郑玄注《尚书·中侯敕省图》及《风俗通义·皇霸》引《春秋运斗枢》、《吕氏春秋》高诱注、《文选·东都赋注》引《春秋元命苞》、司马贞《补史记·三皇本纪》等，都将女娲尊为三皇之一。

⑤ 详见拙著《女娲的神话与信仰》第三章"古代的女娲信仰"，中国社会科学出版社即将出版。

亚文化区(culture area)文化复质(culture complex)的一种"文化特质"(culture trait)①。神话中兄妹成亲、繁衍人类的情节,有人认为是对原始时期血缘婚和血缘家庭的追忆②,也有人认为这是对血缘婚和血缘家庭的反映,它的产生是在血缘婚尚在流行的时期③。

中国的兄妹婚神话,不仅数量丰富,而且分布的区域也相当广泛。除南方苗、瑶、彝、高山、土家、侗等少数民族外,它还流传于北方的满、回、鄂温克、鄂伦春等民族中。解放以后,尤其是近十几年来,随着各项民间文化普查工作的迅速开展,在汉民族中发现的这一类神话,数量也是惊人的,从而大大突破了以往学者关于这一类型神话流传在"非汉族原始居民(苗、彝、瑶族)和中国南方受非汉族影响的地区"④,以及"南方少数民族的例证丰富,而汉民族的记录早,各有优势"的结论⑤。不过这一神话的源头在哪里,恐怕离结论的时间还尚远。

这一类型神话的基本情节,按照 W·爱伯哈德的构拟,主要有五个基本要素:

第 48 型,最初人类的兄妹夫妇

1. 兄妹独自在世界上或在他们所居住的地方。

2. 他们祈询神谕,是否允许他们结婚。

3. 让磨臼石从两个山上滚下来,结果它们碰在一起。

4. 他们结婚。

5. 生产的肉团或葫芦;通过分成许多份,形成了全人类⑥。

当然,在具体的神话中,情节与这五个要素又或多或少有出入。不过从爱

---

① 芮逸夫《苗族的洪水故事与伏羲女娲传说》。原载中央研究院历史语言研究所办《人类学集刊》第 1 卷第 1 期。此据芮氏著《中国民族及其文化论稿》(下),第 1059 页。台北:台湾艺文出版社 1972 年。

② 乌丙安《洪水故事中的非血缘婚姻观》,中国民间文艺研究会辽宁分会编《民间文学论集》,第 1 册,1983 年。

③ 钟敬文《洪水后兄妹再殖人类神话》,《中国与日本文化研究》第 1 期,第 149 页;张余《晋南的神话与传说》,《民间文学论坛》1990 年第 2 期。

④ Wolfram Eberhard, *Typen Chinesischer VoLksmärchen* (FF. Communications, N: 120, HeLsinki, 1937),p. 89.

⑤ [日]谷野典之《女娲伏羲神话系统考》(上),沉默译,《南宁师院学报》1985 年第 1 期。

⑥ Wolfram Eberhard, *Typen Chinesischer VoLksmärchen* (FF. Communications, N: 120, HeLsinki, 1937),p. 88.

伯哈德对这一类型作的说明中,已可以看出,这"兄妹始祖"实际上有两种情况:

1.世界之初,兄妹始祖结婚,首次繁衍了人类(我们称之Ⅰ型);

2.兄妹是大灾难后再造人类的始祖(我们称之为Ⅱ型)。

从目前搜集的资料来看,中国的Ⅱ型神话较Ⅰ型为多,它流传在从北到南的近40个少数民族中,尤以南方诸民族为盛。一向被认为在这类神话的贮量方面相对贫乏的汉民族,近年来的发现却使情势大有改观,它不仅数量惊人地丰富,在形态上也呈现出颇复杂、多层次的特点,因此引起了一些较为敏感的学者们的注意。

Ⅱ型的情节,有些研究者认为是由洪水为灾传说与兄妹结婚产生人类的神话传说相结合而产生的[①]。它在不同的地域、民族中又有不同程度上的差异。总的说来,它的基本情节如下:

1.由于某种原因(或无此点),宇宙间发生了灾难(一般是洪水,也有油火、长久干旱、罕见冰雪等等),或出于自然劫数(或无此点);

2.灾难后,人世间仅剩下由于神意或其他帮助而存活的一对兄妹(或姐弟);

3.遗存的兄妹,为了传衍后代,用滚磨、合烟、追赶等方式占卜神意,或直接听从神命,结为夫妻;

4.婚后生产了正常或异常的胎儿,(或用其他方法)传衍了新的人类。

就目前所见到的兄妹婚神话(包括Ⅰ型和Ⅱ型)在中国和其他国家、地区的传承情形而言,其中的"兄妹"大多没有名字,往往只交待是"哥哥和妹妹",有时也有"姐弟",或者也有姑侄、母子、父女等异式。在一些神话中,这"兄妹"也具有名姓,但这名姓往往因地域、文化背景的不同而有差异。在我国汉民族与少数民族中较常见的,如汉族的伏羲兄妹、拉祜族的扎笛与娜笛兄妹、阿昌族的遮帕麻与遮米麻、侗族的丈良与丈妹、苗族的姜央兄妹或伏羲兄妹、瑶族的伏羲兄妹等。在众多的名字中,较有共通性的是"伏羲兄妹"及其各种异称,如"伏依兄妹"、"伏哥羲妹"等等。少数异文中"妹"的名字也出现了"女娲"字样。例如唐代李冗的《独异志》卷下记载:

---

① 钟敬文《洪水后兄妹再殖人类神话》,《中国与日本文化研究》第1期,第153—158页。

　　昔宇宙初开之时,有女娲兄妹二人,在昆仑山,而天下未有人民。议以为夫妻,又自羞耻。兄即与妹上昆仑山,咒曰:"天若遣我二人为夫妻,而烟悉合;若不,使烟散。"于烟即合。其妹即来就兄,乃结草为扇,以障其面。今时取妇执扇,象其事也。

　　这是我们目前见到的较早的兄妹婚神话的记录了,属于Ⅰ型。其中合烟卜婚的情节以及结尾的推源性解释,都是这一类神话中常见的。值得注意的是,其中只出现了"女娲"的名字,而并未交待"兄"为何人。

　　这一类Ⅰ型神话在现代汉民族中也有流传。例如河北涉县的《女娲兄妹结亲的传说》讲:

　　——开天辟地的时候,世上只有女娲和她哥哥伏羲二人,孤孤单单的。后来伏羲就与女娲商量,不如二人结为夫妻,生儿育女。女娲说:应该问问天意。于是二人各扛扇磨,分别爬上南北山头。二人向天祈祝完毕,滚磨,磨合。兄妹成亲的时候,女娲害羞,就用蒲草编织成扇子,把脸挡上。后来新娘用扇子或手帕挡住脸儿,据说就是照着女娲奶奶的样儿。①

　　这个神话的记录本有着较明显的修饰色彩,情节却完全是民间普遍流传的。据它的整理记录者李亮同志介绍:这则神话是他从老人们那里听来的,原来只说"女娲和她哥哥",后来李亮从书本中得知"女娲的哥哥是伏羲",于是在记录中就加上了伏羲的名字②。这一点也很可注意。

　　湖北省江陵县流传的《女娲配伏羲》则是典型的Ⅱ型,伏羲女娲是大洪水后经过血缘婚姻而再殖了人类的始祖:

　　——古时候,地上满处是洪水,人都被淹死了,只剩下伏羲和女娲两

---

① 李亮、王福榜编《娲皇宫的传说》,北京:中国民间文艺出版社,1989年。
② 笔者涉县采风资料,1993年。

兄妹。伏羲对女娲说:世上没人烟了,我们俩成亲吧。女娲不答应。二人就用两根檀香,在太阳山的东、西两头各点一根。烟升到半空中,未合拢,被一只老乌龟看见,吹一口气,烟就合拢了。女娲又提出要滚磨、追赶等。由于乌龟的帮助,伏羲都办到了。女娲很恼火,把乌龟砸死了。伏羲在乌龟身上屙了一泡尿,乌龟又活了,只是从此身上有股骚气,龟壳正好斗成个八卦形。兄妹成亲后,女娲怀孕三年,生下一个肉球。被伏羲砍碎,里面蹦出五十男孩、五十女孩。伏羲、女娲就给他们一人取了一个姓,从此世上传下了"百家姓",并有了"哭姊妹"、"放生乌龟"的习俗。①

由于伏羲女娲在一些兄妹婚神话中的出现,加之古代文献中有着"女娲兄妹"成亲的记载,以及伏羲、女娲从汉代以来的密切联系,伏、女被众多研究者推为这一类神话的代表,甚至认为伏羲女娲神话与兄妹婚神话同出一源,而盛行于中国南方②——这一观点,被日本学者谷野典之称作"一元论"③,在伏、女与兄妹婚神话的关系研究史上长期占据着主导地位。

然而,追溯伏羲女娲较早期的文献记录,如《易·系辞下》、《史记·太史公自序》,以及《楚辞》、《山海经》,尤其是《淮南子》和《风俗通义》,我们便会发现汉代以前,伏羲女娲的古典形态不仅同兄妹婚毫无干系④,而且他们的主要神话业绩同其他的神祇也没有什么联系。伏羲结绳而为网罟,以佃以渔,又作《易》和八卦;女娲在天地开辟、未有人民的情况下,用黄土抟制了最初的人类,甚至化生了万物,又独立地修补了残缺的天体,恢复了宇宙间的秩序。他们独立的

---

① 《民间故事集成编辑工作会议资料选编》,《湖北省民间故事卷》编辑部,1989 年。

② 在本世纪三四十年代的有关研究中,这一观点是颇有普遍性的。参见芮逸夫《苗族的洪水故事与伏羲女娲的传说》;闻一多《伏羲考》,《闻一多全集》第 1 卷,北京:三联书店 1982 年重印;常任侠《重庆沙坪坝出土石棺画像研究》,原文载《说文月刊》第 1 卷第 10、11 合刊等。当代的研究者中,继续持这一看法的也不少,例如张福三《简论我国南方民族的兄妹婚神话》,《思想战线》1983 年第 3 期。

③ [日]谷野典之《女娲伏羲神话系统考》,《南宁师院学报》1985 年第 1 期。

④ 1942 年,在湖南长沙子弹库出土的战国中、晚期的帛书上,出现了"曰故大熊雹虘出……乃取(娶)虞(且)墨子之子曰女墨,是生子四"字样,有学者认为"雹虘"即指伏羲、"女墨"就是"女皇"也就是"女娲"(见饶宗颐《楚帛书新证》,饶宗颐、曾宪通《楚地出土文献三种研究》,北京:中华书局,1993 年,第 230—236 页)。对于这种看法,古文字学与考古学界尚有异议,有待进一步确证。而且其中所述神话故事,主要与二神所生四子即四时有关,与我们所讲的兄妹婚神话看不出有什么联系。

造物主或大母神、文化英雄的神格都是鲜明而突出的。虽然他们的神话业绩尤其是女娲的神话业绩中，有些在细节上与兄妹婚神话有类似之处，例如都有人类的创造与繁衍、世间的大洪水等，但从神话学的学理来讲，它们无疑是属于不同类型的神话，有着不同的传承与分布形态。

直到唐代《独异志》的记载中，女娲才被明确地与兄妹婚神话粘连起来，成了其中的一位重要人物①。这当然已是较晚近的事了。女娲与兄妹婚的粘连，恐怕比这要早。然而要确定其具体时间，是相当不容易的。

汉代可能是这一转变的关键时期。其间不仅有了女娲同另一位大神伏羲的兄妹关系的明文记载（《风俗通义》佚文等），而且在这一时期颇流行的石刻画像中频繁出现的人首蛇身的二神交尾像，也一般被研究者们认为是伏羲、女娲夫妇关系的表现。此说如果成立，那么至少在东汉以前，女娲在身份上就已经有了从独立神向对偶神的变化。不过，她同伏羲以兄妹而成夫妇，是否一开始便与兄妹婚的神话相关联，还很难说。

很可能，如一些研究者所指出的，伏羲、女娲本是为不同地域的人们所敬奉的始祖或文化英雄，还可能代表着不同的文化发展阶段，随着部落、民族的交流与融合，这两位神灵才被撮合到一起②，在亲缘关系上渐渐有了"兄妹"、"夫妇"的说法，并在历史化的古帝王谱系中，不仅世代相承，职位也有了主次的分别。

原本独立的女神，在社会发展过程中，尤其是到了男性中心的社会，会逐渐粘连上一位男性神作配偶，这也是文化史上常有的事。比如中国古典神话中，原本"蓬发戴胜"、"豹尾虎齿"的西王母，后来嫁给了一位被创造出来和她匹配的东王公；另一位女性神仙嫦娥，本是以月神常羲为原型的，同后羿也并没有什么关系，但到了汉初《淮南子》等文献中，他们就变成了夫妇关系了，并在

---

① 在抄写于五代后汉时期的敦煌遗书残卷《天地开辟已（以）来帝王记（纪）》中，也出现了伏羲、女娲在洪水灭世后，由于天神授意，兄妹成婚、传衍人类的故事。有学者考证，这一卷本应写于六朝时期（郭峰《敦煌写本〈天地开辟以来帝王纪〉成书年代诸问题》，《敦煌学辑刊》1988 年第 1、2 期）。如果这一考证确实，那么伏羲女娲兄妹婚在文献中明确出现的时代可以提前到六朝——尽管这样，那仍然是较迟的。

② 钟敬文《马王堆汉墓帛画的神话史意义》，《钟敬文民间文学论集》（上），上海：上海文艺出版社，1982 年，第 127 页。

后来的民间神话传说、戏曲以至文人诗词中逐渐固定下来。女娲与伏羲的婚姻关系,情形大概与此相同。不过,二者的粘合,大约还因为都是被尊奉的部落或氏族的始祖或文化英雄的缘故。

　　虽然女娲与伏羲在汉代、至少在东汉末期,已有了兄妹乃至夫妇的关系,但二者的粘合并没有在所有流传地区完全固定下来。这一点,可以由汉代画像砖(石)中二者表现形式上的差异来证明。汉画像砖(石)中所表现的女娲,主要有三种形式:1. 单独的人首蛇身像。例如长沙马王堆汉墓帛画中处于明显优越地位的至高神①。这可能是女娲较早期形态、地位的反映。2. 伏羲、女娲均作人首蛇身状,但并未交尾。例如河南南阳县汉墓画像、洛阳卜千秋壁画墓画像、四川广汉桥梁砖画像,等等。伏、女或手执灵芝,或手执日轮月轮。值得特别一提的,是四川简阳鬼头山出土的东汉岩墓石棺 3 号,在石棺后端,刻有伏羲、女娲像,均为人首蛇身,手中没有执物,蛇尾也没有相交。榜题作“伏希”、“女娃”。蛇尾之间刻一巨鱼,榜题“玄武”②。这幅画像,难得的是其榜题明确了两汉直到隋唐间大量出现的人首蛇身对偶像所指,对学术界自清代瞿中溶以来,费力考证却仍然布有疑云的人首蛇身对偶像问题,某种程度上,应该是一个有力的证明和澄清。遗憾的是,这一富有学术价值的画像似乎并没有引起有关研究者们太多的注意。3. 伏羲、女娲作交尾状。如四川重庆沙坪坝出土的石棺画像、山东武梁祠画像石、河南南阳县的伏、女交尾图等等。这方面的例证较多。隋唐时期吐鲁番地区出土的彩色绢画上,伏、女也是这样的形态。交尾状的伏、女或执日、月轮,或执规、矩。由此可见,虽然女娲与伏羲逐渐发生了兄妹或夫妇的关系,但这种粘合在相当长的时期内都没有完全稳定下来。甚至直到唐李冗的《独异志》中,也仅言“女娲兄妹”而不言伏羲,这在男性为中心的社会里,在封建文人的笔下出现,应当是有一定说明力的。直到今天,在民间神话传说以及民俗信仰中,女娲与伏羲完全无关或者各自独立的现

---

① 关于这个显赫的神是谁,学界尚有争议。发掘报告中说它是烛龙。郭沫若《桃都·女娲·加陵》(《文物》1973 年第 1 期)、〔日〕谷野典之《女娲伏羲神话系统考》、李福清《人类始祖伏羲女娲的肖像描绘》(《中国民间故事论集》,马昌仪等译,北京:中国民间文艺出版社,1988 年,第 69—71 页)等均以此神为女娲。钟敬文《马王堆墓帛画的神话史意义》以为是伏羲。本文从郭等说。

② 参见赵殿增、袁曙光《“天门”考》,《四川文物》1990 年第 6 期。

象,还常常可以发现。

可能主要是因为女娲、伏羲曾被敬奉为始祖或者文化英雄、身份上又有了同另一位神祇的兄妹乃至夫妇关系的缘故吧,所以逐渐与兄妹始祖型神话粘连起来。女娲仍然是创造了人类的始祖母,这一点是粘连前后所一致的。可见粘连并不是完全无缘无故的,有时候,彼此的某些相似之处,就作了粘着、附会的"媒介"。不过,二者何时与兄妹婚发生粘合,具体的时间还很难断定。伏羲、女娲是不是同时与兄妹婚型神话发生粘连,也很难说。至少,从民间流传的兄妹婚型神话(包括Ⅰ、Ⅱ二型)来看,伏羲、女娲与兄妹婚相粘合的程度并不是完全相等的,伏羲被借用的频率要相对大些。在笔者所搜集的汉民族近230则兄妹婚神话中,"兄"或"弟"是伏羲的(包括妹为女娲以及称"兄妹"为伏哥羲妹、伏西伏妹等明显由伏羲异化而成的异文)有62个,而"妹"或"姐"直言女娲的另有42个(包括"兄弟"无名或有名字者)。其中,"兄妹"即"伏羲、女娲"者,有38个。在150多个少数民族同类型神话中,这一比例更加悬殊。"兄弟"称伏羲的有22个(包括异文),"兄妹"是伏、女的,有4个。而"妹"为女娲、兄无名姓的,一个也没有。

上面所举的数据,还可以说明问题的另一个重要方面,即女娲、伏羲与兄妹婚神话的粘合也是不牢固的。大多数的"兄妹"(或姐弟)是无名无姓,或有名姓、但并非伏、女。有的神话将其说成伏或女,还是受了书面传统的影响(如前河北李亮所言)。

现就女娲与兄妹婚的粘合情况来说。神话中女娲与兄妹婚的联系大致有三种:

1.女娲是兄妹婚的女主角,兄(或弟)是伏羲、盘古、香山老祖或者并无具体名姓。这一种形式,在这三种联系中自然是占主要的。我们上面已举了几个例子,这里就不多谈了。

2.女娲虽出现在兄妹婚神话中,但并非是成亲的"妹"或"姐",而是另外更高的神灵。例如流传在山西的《兄妹神婚与东西磨山》,其中近亲成婚的伏羲兄妹,是女娲用泥捏制出来的,又完全在女娲的指导下占卜、结合以至生子、生活①。这

---

① 《中国民间故事集成·山西卷》,送审稿。

则神话中,女娲不仅与"兄妹"无关,她同伏羲的关系也与汉以后较普遍流行的"以兄妹而夫妇"的说法不同,而是依然保持了独立的始母神特点,她的抟土制作最初人类的方式也与伏羲兄妹以婚姻孕生人类的方式并存,不过这两次造人方式在性质上的区别——初次创造人类与再次孕生人类——是明显的。

辽宁本溪县的《姐弟成亲》神话中,女娲是大灾难后炼石补天的神人,洪水后成亲的姐弟俩除自然的繁衍人类外,还捏泥人,并靠了女娲的特殊神力(对着泥人吹气),这些泥人才活了[①]。

这类神话的一个较明显的特点,就是将有关女娲的原有情节与兄妹婚型神话掺杂复合在一起,并构成情节发展的条件或背景,而女娲并不直接以"妹"(或姐)的身份与兄妹婚发生联系。这一类神话与第一种相比,女娲与兄妹婚相粘连、复合的痕迹是更为明显的。

3. 女娲是兄妹衍生的后代。

这类神话并不多见,仅在个别异文中存在。河南正阳县流传的《玉人和玉姐》中,大灾难后,仅存的胡玉人和胡玉姐兄妹并未成亲,而是直接捏泥人。女娲就是这些泥人中的一个[②]。

这则神话,是洪水后兄妹始祖型的一个异式,即并未成亲结婚,而以其他方式——在这里是捏泥人——传衍了人类。女娲是所捏泥人中的一个,而且也没有任何显著的神话功绩。显然,这种简单的粘合是变异的结果。不过也多少可以从中看出,民间对于女娲与兄妹婚关系的表现是颇复杂的。

伏羲与兄妹婚神话的联系,与女娲的有关情形相比,显得较为单纯——他在兄妹婚神话中,往往是以"兄"或"弟"的身份出现的,而且很少牵连进他独立神时期的神话业绩,因而一般不会引起兄妹婚神话情节上的太多变化。然而,从上文可以看出,他与兄妹婚神话的粘连远非必然的,而多呈现为偶然、不牢固的状态。由此可以推断:伏羲、女娲与兄妹婚神话很可能是逐渐牵连到一起的,是不同类型的神话在各自流传的过程中发生的粘合。这一粘合并非普遍发生,粘合的具体情形也各有不同。从所搜集的材料来看,以地域来讲,有的

---

① 《民间文学集成本溪县资料本》(上),本溪县三套集成领导小组,1987年。

② 张振犁、程健君编《中原神话专题资料》(内部印行),第131—134页。

地区,如河南等地,粘合的现象比其他地区较为常见,并形成这一地区较为固定的传承模式,而在浙江、四川等地,更多的是二类神话相对独立地传承。以粘合的程度来看,有的神话仅仅是将其中的"兄"换成了"伏羲",或将"妹"换成了女娲,其余情节变动不大;而有的神话,牵连上女娲的同时,与原有女娲神话也发生了复合,整体情节上变得更为曲折、复杂了。

伏羲与兄妹婚神话粘合之后,他的神格变得更加繁复了:由原先的造物主和文化英雄,又兼而为传衍人类的始祖了。身份上也由独立神变成了对偶神。

女娲与兄妹婚神话相粘连以后,虽然其始祖母的性质基本没变,其神格的核心内蕴——衍生、繁殖——也没有变①,但在身份上,她也由独立神变成了对偶神,原先抟土造人的方式也变成了孕生人类。如果再加上洪水、油火等灾难作背景,女娲又从创造了最初人类的祖先变成了再生人类的祖先了。从这一点来看,有的学者,如谷野典之,将女娲与兄妹婚的粘合,即从独立神向对偶神的转化,作为女娲神话前、后期的分野,是有一定道理的②。

女娲与兄妹婚神话的粘连,不免引起原有情节与兄妹婚神话的复合。为适应新的神话格局,原有的情节常常有所变动。例如原本是女娲独立完成的补天、造人事迹,到了兄妹婚神话中,有时会加上伏羲做帮手,变成协作式完成。而有时情节上的复合,会造成故事逻辑上奇特的局面。比如女娲抟土造人的情节,随着女娲与兄妹婚的粘连也掺和进来,于是神话中常常出现女娲既捏泥人又生孕人类的现象,有时候,甚至造成了矛盾。例如有一类像《玄武、女娲、伏羲和黄帝》的神话③,女娲伏羲兄妹成亲本是为了繁衍人类,可成亲后,这一动机似乎被忽略,中间也缺乏必要的交待,而直接代之以捏泥人方式造人。在故事情节的发展逻辑上,是存在着矛盾的。在这一类神话中,粘连、复合的痕迹就更明显了。

---

① 参见拙文《始母神——女娲神格的基点和中心》,《民间文学论坛》1996 年第 2 期。
② 不过需要强调指出一点:女娲神话的发展、演变情况是相当复杂的,仅仅以这一身份上的变化来作前、后期分野的界限,似乎考虑得不够周密。事实上,目前在民间流传的神话中,女娲保持独立神面貌的,比作为对偶神的,数量上要多得多。在后世一些敷衍得很厉害的神话中,女娲也可能仍然保持着鲜明的独立大女神的性质。
③ 《中原神话专题资料》,第 93—97 页。

　　关于伏羲女娲与兄妹婚神话的逐渐粘连关系，近些年来一些敏锐的学者也曾有过推测或论述①。但总的说来，有关论证还不是十分充分，特别是近年来采集的丰富的汉民族民间口承兄妹婚神话资料较少加以利用。本文即是力图在古代文献记录与考古学发现的基础上，利用现代汉民族民间口承的相关神话资料，对伏羲、女娲与兄妹婚神话的关系作一番新审视，以期能对有关研究多少起到深化与推动作用。不当之处，恳请方家斧正。

---

①　参见［俄］李福清(Riftin, Boris Lyvovich)《中国神话论》，《中国民间故事论集》，第110页；王孝廉《中国的神话世界——各民族的创世神话及信仰》，台北：时报出版公司，1987年，第386－395页；［日］谷野典之《女娲伏羲神话系统考》等等。

仪式的合法性与神话的解构和重构

杨利慧

仪式与神话之间往往存在着密切的联系——仪式需要神话的证明和支持，神话也有赖仪式而得以传承、强化和神圣化。19 世纪末至 20 世纪上半期现代神话学史上有影响的"神话—仪典学派"(Myth and Ritual School)，即特别关注神话与仪式之间的渊源和派生关系，以从中推寻神话的本源及其与仪式之间的相互联系，取得了令人瞩目的成就，其影响至今绵延不绝。但是，今天看来，这一派学说存在这样的几个局限：1. 以"溯源"的思路和视角，关注神话和仪式的原初形态的追寻①，对神话和仪式在当代社会中的功能和意义关注不够②；2. 机械、静态

---

① 比如追寻阿弗罗狄特与阿都尼斯、得墨特耳与佩尔塞福涅等有关死而复生的神话与古代农事祭仪之间、阿基琉斯与奥德修斯神话与古代航海术的春季节期礼仪之间、天女婚神话与成年礼仪式之间的渊源与先后派生关系等。有关神话—仪典学派的简况，可参看叶舒宪选编《神话—原型批评》，西安：陕西师范大学出版社，1987 年；［俄］叶·莫·梅列金斯基(Е. М. Мелетинский)《神话的诗学》，魏庆征译，北京：商务印书馆，1990 年。

② 最近，美国印第安纳大学古典学教授 William Hansen 在一篇文章中，对著名民俗学家 Stith Thompson 在 1955 年提出的陈旧观点——神话和故事的意义存在于故事的最初创造者的头脑中，民俗学者的任务，就是要挖掘、寻找出这个原初的意义，这是故事的"真实的意义"，也是故事最重要的意义，而后来那些讲述人和传承人赋予故事的意义都是次要的——进行了反思和批评。他举了两个例子来证明这一观点至今依然流行。其中一个例子是古典学者 Bernard Sergent 在其著作《希腊神话中的同性恋》(Homosexuality in Greek Myth，1984 年在法国出版，1986 年被译为英语出版)里，认为希腊神话里有关珀罗普斯的神话，是建立在史前时代古希腊盛行的鸡奸仪式制度的基础上的，后来成为男子的一项成年礼仪式。因此，他认为对珀罗普斯神话的阐释，不是根据它们对不同时期的不同听众意味着什么，而只要根据它们对最初的那些编创者意味着什么，这些最初的意义才是故事最真实、最本质的意义。但是，如 Hansen 所指出的：这些研究都没有对另一个重要问题做出解答——为什么神话故事在后世继续代代相传，而众多传承者可能根本不知道神话的原初仪式和原初意义？ William Hansen，"Meanings and Boundaries：Reflections on Thompson's 'Myth and Folktales'"，In *Myth：A New Symposium*，eds. Gregory Schrempp，William Hansen. Bloomington and Indianapolis：Indiana University Press，2002，pp. 19 — 28.

地看待神话和仪式的关系,似乎神话和仪式的最初渊源关系一旦形成,以后就一直这样机械地维系和传承下去;3.关注神话和仪式本身的内容,而对行动主体的创造性和选择性相对忽略。

有鉴于此,本文将把神话与仪式之间的关系置于更广阔的社会文化语境中,通过个案分析,来探讨中国大陆民间庙会在近20年来复兴的过程中,为谋求更充分的合法性而对神话或者神话要素进行的解构和重新建构。本文的目的是:1.对神话与仪式之间的关系进行重新审视,关注仪式与神话之间的"动态的互动过程"(dynamically interacting process);2.透视这一关系的演变与中国社会文化变迁之间的内在联系;3.探讨各种力量利用神话或者神话要素以建构合法性的不同策略。

本文的研究受到高丙中有关民间社团和仪式的合法性研究的诸多启发①,但更关注行动主体在建构合法性过程中对神话或者神话要素的主动利用。

在正式开始本文的论述之前,先交代一下文中使用的几个核心概念。

1.合法性(legitimacy):高丙中曾经对"合法性"做过一个简明扼要的界定:"概括地说,'合法性'表明某一事物具有被承认、被认可、被接受的基础,至于具体的基础是什么(如某种习惯、某条法律、某种主张、某一权威),则要看实际情境而定。"②他从韦伯和哈贝马斯等人关于合法性的理论中,引申出一组分析社团兴起和运作的操作概念,分别从社会合法性、行政合法性、政治合法性、法律合法性的层面,解释社团何以能够在与法律不一致的情况下"正常"地存在并开展活动。本文的"合法性"概念将沿用高氏的界定。

2.神话:神话的定义一向有广义和狭义之分。本文将采用美国著名民俗学家 Stith Thompson 在 1955 年对神话提出的一个"最低限度的定义",它"所涉及的是神灵及其活动,是创世以及宇宙和世界的普遍属性"③。"神话的解构"主要指的是剔除神话中神奇、神秘、超自然等的因素,以使神话"回复"或者接近历史和现实生活的做法,文中将主要分析其中的历史化(historicize)。"神

---

① 高丙中《社会团体的合法性问题》,《中国社会科学》,2000 年第 2 期。

② 高丙中《社会团体的合法性问题》,《中国社会科学》,2000 年第 2 期。

③ Thompson, Stith. *Myth and Folktales* [A]. Myth: A Symposium [C]. ed. Thomas Sebeok. Bloomington: Indiana University Press, 1955, pp. 104—110.

话的重构"则是指神话的创造和传承主体主动地对古典神话或者神话要素予以创造性地重新建构,以使之适应不同的社会和文化语境下的特定需求。

3. 仪式:郭于华在其主编的《仪式与社会变迁》一书的导论中,曾经对"仪式"做过一个比较宽泛的概括:"仪式,通常被界定为象征性的、表演性的、由文化传统所规定的一整套行为方式",它"可以是特殊场合情境下庄严神圣的典礼,也可以是世俗功利性的礼仪、做法。或者亦可将其理解为被传统所规约的一套约定俗成的生存技术或由国家意识形态所运用的一套权利技术。"①本文也将在这一宽泛的理解上运用仪式这一概念,而庙会无疑是仪式中的一个重要部分。

民间文化在自1949年中华人民共和国建立以来的半个多世纪中,经历了巨大的变迁:一方面,在前30年,尤其是在"文化大革命"的10年中,民间文化被视为"封资修余孽"、旧文化、旧风俗和旧习惯,而被贬低、批判;另一方面,在十一届三中全会以后的20多年间,随着国家迅速向现代化迈进以及经济的全球一体化,中国的基层社会发生着急剧的变化,与之相适应的许多传统民间文化形态面临着衰落甚至消失的危机;但是与此相反相成的另一面是,国家"开放、搞活"的新政策促使国家和地方政府想方设法促进经济建设,这为民间文化的生存和发展留下了空间。"集体致富、发挥地方优势、保护农民利益以调动积极性等,是国家农村政策中所包含的一些新精神;与此同时,随着将权力向地方下放,国家在对农村文化规范和行政建设方面采取了相对平和的渗透方式。"②在这种国家权力对民间意识形态的控制相对松弛的情况下,部分民间文化在较大地域范围内出现了"复兴"的局面:拆毁的神庙被重新建立起来,而且往往更加宏伟壮观;被禁止的庙会重新兴盛起来,香火甚至更加兴旺;衰落的花会被重新振兴起来;族谱被重修并成为凝聚宗族力量的新途径……那些曾经一度被压制的、被国家权力称之为"迷信"和"封建"的民间文化,在新的历史和社会文化语境下被赋予了新的形态、功能和意义。

总体来看,当下社会中的大传统与小传统之间的相互关系呈现出这样的

---

① 郭于华《仪式与社会变迁》,北京:社会科学文献出版社,2000年,第1—3页。
② 刘铁梁《村落庙会的传统及其调整——范庄"龙牌会"与其他几个村落庙会的比较》,郭于华《仪式与社会变迁》,北京:社会科学文献出版社,2000年,第299页。

特点：一方面，大传统对小传统是容忍的，二者的关系模式与文革时期的"命令与服从"的单一模式相比显得更加多样化①；但是另一方面，大传统对小传统并未完全放任自流，而是继续管理和控制，特别是对与民间信仰有关的活动，一直保持谨慎、限制的态度。

在此情形下，各地民间庙会在复兴的过程中，一方面基于前 30 年的历史经验的记忆和总结，对"封建迷信"、"落后愚昧"的政治定性心有余悸；另一方面是出于对当前政治、经济、文化（尤其是宗教信仰）管理制度的适应，想方设法在当前的体制和政策语境中，为庙会的复兴和进一步发展谋求更充分的合法性。在这一过程中，一些地方的庙会积极利用古典神话或者神话要素的解构和重构，来谋求庙会的合法性，而且，各地因地制宜，各显神通，充分表现出了"草根的智慧"。

一、神话的历史化与庙会的政治合法性

在近 20 多年来各地民间文化复兴的浪潮中，许多地方的庙会是通过将所敬奉的大神历史化为"始祖"的做法，来谋求政治合法性的。例如河南省淮阳县太昊陵庙会，近几年来打出了"伏羲是中华民族的始祖"的旗帜，而且有专家出版专著论证说，伏羲是比黄帝、炎帝更古老的中华民族的始祖，也是天下万姓之根；山西省洪洞县赵城镇侯村的女娲庙和女娲信仰的重建，也是借助"中华之母——女娲"的口号进行的；在陕西省，近年来更是不断以空前盛大的仪式规模，进一步巩固和强化黄帝和炎帝作为"中华民族的始祖"的信仰，国家领导人往往出席公祭仪式，全国各省、市、自治区以及特别行政区的代表都要参加公祭仪式②。

---

① 高丙中在其所著的《居住在文化的空间里》一书中，也多次指出这一点。广州：中山大学出版社，1999 年。

② 2003 年 4 月 5 日，"癸未年清明公祭轩辕黄帝典礼"在陕西省黄陵县隆重举行。据报道："公祭现场响起了 34 声礼炮，代表 34 个省、市、自治区、特别行政区崇敬先祖的共同心声。全国人大常委会副委员长许嘉璐、全国政协副主席罗豪才、中央统战部副部长田鹤年、国家文化部副部长郑欣森及海外侨胞和港澳台同胞代表，兄弟省、市、自治区代表分别敬献了花篮。天津市副市长只升华、安徽省副省长黄海嵩代表 34 个省、市、自治区、特别行政区敬献了祭品——34 个精制面花。""港澳台各界代表、陕西省各界代表，加拿大、澳大利亚以及东南亚地区的 1000 多位华侨华人参加了公祭典礼。"（http://218.30.15.161/show/）

山西洪洞县赵城镇侯村,位于今山西省临汾市洪洞县赵城镇东南约三公里。解放前,除了村东边的女娲陵庙以外,村里还有许多其他的庙宇,比如三官殿、水神殿、火神庙、禹王殿等,人们经常到这些庙里上香,比如天旱时到龙王殿里祈雨,播种之后要到三官殿里祈求风调雨顺,没有孩子要到女娲庙里求子。但是这些建筑在解放前后的战火和"破四旧"运动中毁坏殆尽,庙会活动也随之渐趋沉寂①。

侯村女娲陵庙,位于村落东北的高台地上。其中的女娲庙,在宋代碑刻上称为"女娲庙",元代碑刻上称为"娲皇庙",村里人则大多称之为"娘娘庙"或"奶奶庙"。有关它的最早的文字记录,目前可以看到的是《平阳府志》所记:"唐天宝六年(公元 747 年)重修。"可见,该庙宇至少在唐代以前已经存在。从目前尚存的两块宋元石碑的碑文以及清道光七年(公元 1827 年)《赵城县志》的记载都可以看出,这座女娲庙曾经在唐宋以后受到过皇家的供奉和祭祀。解放战争时期,女娲庙受到了严重破坏,庙中的大多数建筑毁于战火,女娲庙会也随之由盛而衰,"破四旧"运动以后曾一度中断。解放后,村委在女娲庙原址上建起了侯村小学。

1994 年的春天,山西省社科院的一位研究员来到侯村,考察女娲陵庙的现状。这位学者从 20 世纪 90 年代初开始,根据山西古代文献中有关女娲活动于山西的记载,对山西境内的一些相关地方进行了实地考察,发现晋城浮山上有女娲炼石补天的遗迹"娲皇窟",平定东浮山有"补天台",以后又在壶口瀑布旁发现了距今万余年前的"女娲岩画",在侯村找到了"娲皇陵"。他还对女娲神话进行了一系列新的阐释,认为:

"女娲补天"之"天",应该是指原始人类所栖息、居住山洞的"洞顶"。由于当时发生了空前规模的巨大地震,引起山崩地裂、洪水泛滥,人类所栖身的山洞的"洞顶"崩裂、坍塌,才引发了"天柱折,地维裂","地陷东南,

---

① 本文关于侯村女娲庙及其相关民俗的田野调查资料,除特别注明外,均来自徐芳《从山西洪洞县侯村女娲神话及信仰的个案研究看民间传统的重建》,北京师范大学硕士学位论文,2002 年。该论文属于杨利慧主持的教育部课题"现代民间口承神话的传承与变异"的一个部分。

天倾西北"的巨大恐慌,才产生了女娲氏"炼五色石以补苍天"的伟大创举。……山西太行山是"女娲补天"史实的"原发地",其他东南、中南、西南地区各地的所谓"补天"传说和遗迹,不过是"女娲崇拜"传布开来以后的"衍生物"而已。①

以此方法,这位学者把"断鳌足以立四极"的神话解释为"女娲氏面对人类所赖以栖身的山门洞穴遭受到地震坍塌的灾难造成了人类伤亡,她乃从巨鳌以四足支撑身体的现象受到启发,创造了用树木立四柱以搭建茅棚、遮避风雨的原始建筑方法,从而使人类的生活、居住条件产生了一个巨大的飞跃。""积芦灰以止淫水"则实际上讲的是女娲氏在"杀黑龙以济冀州"、"断鳌足以立四极"等抗灾措施的同时,"又采取了利用森林火灾产生的灰烬、焦土,填塞沟壑,堵止洪水等防洪措施,大大减少了人类面临的死亡威胁。"②

经过这一系列的考察和神话的历史化阐释之后,这位学者最终认为:女娲是中华民族的伟大母亲,是一位确实存在过的历史人物,她从事补天和造人等重要活动的区域,乃是在山西太行山的黄土高原③。作为省政协委员、省社会科学院研究员,这位学者进一步向地方政府建议:1. 由有关部门组织进行专门调研,就修复、开发、利用"女娲陵"的可行性提出方案;2. 把修复"中华之母——女娲陵"工程确定为省重点文化工程和山西省旅游发展重点工程;3. 用政府拨款、民间集资、对外引资等方式,筹集资金,使修复女娲陵工程尽快进行。

他的建议得到了有关领导的重视,并由此引发了侯村女娲庙的重修工程。侯村专门成立了一个修复女娲陵庙的领导小组,由一些民间精英组成。2000年的农历三月初十(据说该日是女娲的生日),修复之后的女娲庙举行了新的庙会,侯村提前9天便开始搭台唱戏,以吸引更多的人参与对她的纪念活动。

① 孟繁仁《中华之母——女娲陵》,http://www.taihangshan.net(该文1995年5月初稿,1996年11月定稿)。
② 孟繁仁《中华之母——女娲陵》,http://www.taihangshan.net(该文1995年5月初稿,1996年11月定稿)。
③ 孟繁仁《中华之母——女娲陵》,http://www.taihangshan.net(该文1995年5月初稿,1996年11月定稿)。

　　在此特别值得注意的是将神话历史化的做法。神话的历史化,学者们或者又称之为"欧赫美尔主义"(Euhemerism)、"历史主义"、"史实说"等,在中国神话学史上有着悠久的传统,自先秦到晚清直到如今,一直绵延不绝①。法国汉学家马伯乐(H. Maspero)在《书经中的神话》一书中指出:"中国学者解释传说从来只用一种方法,就是'爱凡麦'(即欧赫美尔主义——引者注)派的方法。为了要在神话里找出历史的核心,他们排除了奇异的、不像真的分子,而保存了朴素的渣滓。神与英雄于此变为圣王与贤相,妖怪于此变为叛逆的侯王或奸臣。"②孔子将"夔一足"(夔长了一只脚)解释为"夔一而足矣"(像夔这样的贤能大臣,有一个就足够了)、罗泌将女娲补天解释为上古圣王女娲氏平定诸侯叛乱、杨慎将简狄吞燕卵而生契的神话解释为"契母以玄鸟至之日请子有应"、赵翼将女娲补天解释为女娲氏第一个识别出了石中的五金,并以火锻炼而出,"其后器用泉货无一不需于此,实所以补天事之缺"等等,都是神话学史上比较有名的例子③。美国汉学家博德(Derk Bodde)在谈到历史化以及儒家的理性主义态度对中国神话的解构时,曾经论及由此产生的影响,"中国古老典籍本应成为中国神话的渊薮,而由于上述种种苦心孤诣,中国古代神话或者荡然无存,或者经历了令人痛惜的更易(尤为习见)。"④从世界神话学的发展历史来看,神话的历史化是具有一定普遍性的,而且都延续了相当长的时间。钟敬文、杨利慧在《中国古代神话研究史上的合理主义》一文中,认为包括神话的历史化在内的合理主义(rationalism)神话观,还与时代的发展、变化以及人类理性的进步有关⑤。

　　值得关注的是,神话的历史化在近年来各地民间文化复兴的过程中扮演

①　钟敬文、杨利慧《中国古代神话研究史上的合理主义》一文,对自先秦至晚清时期的神话史实说和虚妄说进行了比较系统的梳理。《中国神话与传说学术研讨会论文集》,台北:汉学研究中心,1996年,第33—59页。

②　[法]马伯乐(Henri Maspero)《书经中的神话》,冯沅君译,北京:商务印书馆,1939年,第1页。

③　钟敬文、杨利慧《中国古代神话研究史上的合理主义》,《中国神话与传说学术研讨会论文集》,台北:汉学研究中心,1996年。

④　[美]博德(Derk Bodde)《中国古代神话》,[美]塞·诺·克雷墨(S. N. Kramer)《世界古代神话》,魏庆征译,北京:华夏出版社,1989年,第350页。

⑤　钟敬文、杨利慧《中国古代神话研究史上的合理主义》,《中国神话与传说学术研讨会论文集》,台北:汉学研究中心,1996年。

了新的角色,成为一些地方庙会利用其来谋求政治合法性的一项重要策略。第一,将神话历史化,也即排除神话中奇异的、超自然的、或者神秘的成分,把神话中的神变为现实中的人,把超自然的神奇事件变为现实中的真实历史,有助于消除相关庙会与"封建迷信"的瓜葛,有利于庙会在现行的政治和宗教管理体制中求得合法的生存空间。第二,与"始祖"挂钩,有利于将地方信仰转化为民族—国家的象征符号,有利于将地方信仰阐释为"有助于国家和民族安定团结大局"的积极因素,从而获得政治合法性。在侯村女娲庙和庙会复兴的例子中,地方政府和民间精英正是充分利用了学者对女娲神话的历史化阐释,正如有的报道所说的,这一"考证成果石破天惊","断定女娲确有其人,且系山西人,完全符合民众的愿望①。为什么说这一考证结果"完全符合民众的愿望"?因为这一结论将女娲认定是上古时期活跃在山西的实有历史人物,并将其提升为是与炎黄二祖并驾齐驱的一位女性始祖,是"中华之母",有利于侯村女娲庙以及庙会谋求复兴的合法性。侯村的民间精英们对此显然有清楚的认识,而且也有充分的利用,所以在他们编写的宣传女娲庙修复的小册子《中华之母——女娲》中才会明确地写道:

> 我们出这个小本子,目的有两个:一是远古时代的"女娲精神"对于我们正在倡导的精神文明建设,发扬祖国传统的优秀文化,藉古鉴今,同样可以发挥重要的作用……二是开发女娲陵庙这个人文景观,除了其不可低估的历史价值和文化内涵的现实作用外,对于发展地方旅游业、促进经济发展,同样会产生很大的贡献。在提倡"男女平等"、"尊重妇女"的今天,我们应该在纪念"炎黄"二帝这两位伟大男性祖先的同时,不失时机地重新修复女娲陵庙,以永远继承和发扬女娲的伟大精神。

与此相似,在 2003 年陕西黄陵县的黄帝陵庙会的宣传中,也称"5000 年来,轩辕黄帝开创的中华文明将全国各族人民紧紧凝聚在一起。祭拜黄帝,不仅反映了华夏儿女缅怀中华民族人文始祖的情怀,也反映了全国人民在党的

---

① http://news.sina.com.cn/c/229073.html.

领导下,团结一致搞建设、呼唤和平盼统一的心愿。"①

这些话显然都在极力表明庙会复兴活动是与现行政治秩序一致的:一、它的效果与国家意识形态所推崇的价值(如社会主义精神文明)相一致;二、它的效果与目前国家的中心任务(如促进经济建设)相一致;三、它的效果还有利于国家统一和安定团结的政治大局。这样的表述有利于相关活动获得国家和地方政府有关管理部门的认可。

目前,在各地利用神话资源以促进地方经济发展的过程中,将神话历史化,将神话和民间信仰中的神尽力阐释为"始祖"的做法是比较普遍的,在这些做法的背后,我们可以发现地方社会为追求政治合法性的努力。

二、神话情节的重组与新神话(传说)的建构

龙牌会是河北省赵县范庄的一个庙会,近年来由于诸多民俗学者的参与,成了中国民俗学史上最受瞩目的民间庙会之一,涌现了许多相关的研究成果。龙牌会上最受敬奉的是龙牌。"龙牌"是一个上书"天地三界十方真宰龙之神位"的牌位,平时供奉在一位会头家里,农历二月二日前后移到临时搭建的大棚里供来自方圆百里的民众朝拜,形成持续四天的庙会。根据1995年的调查,除龙牌之外,龙牌会的醮棚中还供奉着150多位佛教、道教和民间信仰中的神灵,有远古的伏羲、女娲、神农,也有清代的医学家王清仁②。案桌一侧还供奉有一个玻璃匣,里面装着几十只白蛾。

据说龙牌会有很长的历史,一些地方传说将其追溯到远古的开天辟地时代。根据一位老会头的回忆,土改开始后,龙牌会的公开活动即遭到压制,"龙牌藏着,大家到日子悄悄地烧几炷香,上了供就算了事";"文化大革命"期间,庙会和有关敬奉活动消失殆尽,龙牌也没有摆脱被烧毁的命运。村民大概在1979年重新供奉龙牌,并从1983年开始重新举办龙牌会。刚开始,连醮棚也没搭,后来搭了一个小棚,门口还有人放哨,看看有没有公安局的人来。最后,

① http://218.30.15.161/show/.
② 根据安德明1995年对龙牌会的调查。

公社也同意搭棚唱戏了[①]。

　　至于龙牌会供奉龙牌的来历,在范庄一直有许多不同的说法。有的老会头说:龙牌并非是祖龙(勾龙)的牌位,而是因为龙牌上有龙的装饰,所以被称为"龙牌"[②]。一位70多岁的老会头说:康熙年间就有了二月二上供的习俗,但是供奉龙牌却是在滹沱河改道(道光和咸丰年间)之后,因天旱求雨,有老人搬几张桌子搭个庙,摆个龙的牌位,看能否下雨。结果真的下了雨,于是大家开始合伙买菜、做大馍供龙牌。这个习俗一代一代传了下来[③]。但是,一个有意思的现象是:在1990年前后,随着龙牌会的规模越来越大,龙牌会的一部分文化人逐渐统一口径说:龙牌供奉的是勾龙。勾龙的神话传说开始被大肆宣传并被写进正式的宣传材料中。1991年,一篇由地方知识分子编写、由庙会组织者认可的《二月二龙牌会的由来》的短文这样介绍了龙牌会的缘起:

　　　　据老一辈人说,龙牌是纪念勾龙的,勾龙是二月二的生日,这里的老百姓十分崇拜勾龙,勾龙又是谁呢? 相传遥远的时代,自盘古氏开天辟地造出万物,人类就有了部落,部落首领叫共工氏,传说共工氏是一个人面蛇身、能耐很大的人物,他带领部落以打猎为主。后来一个叫颛顼的,与共工氏争地盘,二人打起来,只战的天昏地暗、飞沙走石,以至把天打了个窟窿,从此大雨下个不止,沥水成灾,万物难以生存,害的女娲氏花了很大工夫才把天补好。共工被战败,共工的儿子勾龙也被赶的无法存在。勾龙来到范庄一带另劈天地。那时候遍地都是洪水无法打猎,勾龙有排山倒海的本领,便带领部落治水造田,栽培谷物,从那时起人们食五谷生存了下来,勾龙带领着部落过着安居乐业的生活。可是颛顼有侵吞之心,一次将勾龙部落围的风雨不透。颛顼要勾龙让出领导地位。勾龙为拯救部

① 参见高丙中《民间的仪式与国家的在场》,载郭于华《仪式与社会变迁》,第319—320页,以及岳永逸《范庄二月二龙牌会中的龙神与人》,《民间文化研究所通讯》(北师大,内部刊物)第6—7期。其中关于龙牌何时被重新供奉,高说是1979年,岳说是1973年。

② 王杰文《河北省赵县范庄二月二龙牌会》,郭于华《仪式与社会变迁》,北京:社会科学文献出版社,2000年,第260页。

③ 岳永逸《范庄二月二龙牌会中的龙神与人》,《民间文化研究所通讯》(北师大,内部刊物),第6—7期。

落,便化为一道白气,变成一只白蛾飘然而去。每年正月初一一过,范庄便有白蛾翩翩飞来。人们便认为是勾龙显圣,为了表示对勾龙的崇敬,设龙牌来供奉,龙牌就是勾龙的化身。……老一辈人又传说勾龙是土地爷,据《礼记》说:"共工氏的儿子勾龙,能平水土祀为社神。"

　　在这一个地方化了的神话或者说地方传说中,古典神话中的许多著名神祇,例如盘古、共工、颛顼、女娲等都出现了,一些相关的神话情节,如盘古开天辟地、共工与颛顼(一说祝融等)打仗、失败后毁坏了天空、女娲补天等也被编织到了一起。勾龙在古典神话中原是一个不彰其名的小神,文献中关于他的记录寥寥,只知道他是共工的儿子,能平水土,死后祀为社神。但是在《由来》介绍的神话传说中,他却成了显赫的部落始祖神和保护神。这一解释在范庄逐渐盛行开来,并成为对龙牌会的权威解释①。持这种说法的大多都是现今对外界,尤其是对前来调查和访问的学者和媒体拥有优先解释权的龙牌会组织中负责对外宣传的人。许多学者认为:勾龙的神话传说与龙牌会是近年来才附会在一起的,是龙牌会在新的社会文化环境中演变的产物,它部分受了外来学者的影响,在地方文化精英主动、积极的加工和推广下成为一种霸权式的话语并慢慢地散布开来②。

　　为什么这一神话传说会被选择、甚至被创造出来以解释龙牌会的来历呢?一位对复兴和开发龙牌会具有至关重要影响的地方民俗学者,介绍了他发现、参与开发龙牌会、为龙牌会定性的过程,及他对勾龙的神话传说与龙牌会联系的认识。从中我们能看到这一联系是被有意识地加工、创造的,也是地方社会为谋求庙会的更大发展而寻找政治合法性的策略。

　　在这位学者撰写的《二月二"龙牌会"》一文中对龙牌会的价值与功能做了明确的阐释:

①　据安德明的调查,在 1995 年,勾龙说已经开始在部分地方知识分子和政府官员那里成为关于龙牌会的权威解释,但大部分老百姓并没有认同这一说法。可到了 2003 年,许多老百姓也开始持这样的说法。

②　高丙中《民间的仪式与国家的在场》,载郭于华《仪式与社会变迁》,第 324 页;岳永逸《乡村庙会的多重叙事——对华北范庄龙牌会的民俗学主义研究》,《民俗曲艺》(台北),2005 年第 147 期。

　　一、"龙牌会"所反映出的龙文化具有联合、吸引"龙的传人"的功能,有着很强的民族凝聚力。范庄"龙牌会"以龙为主神、把龙看作主宰一切的至高神和范庄人的祖先而加以崇敬和奉祭,表现了所有"龙的传人"共同的心态和图腾观念,使所有炎黄子孙感到亲切,有着很强的吸引力和凝聚力……随着宣传的深入广泛,龙牌会知名度会越来越高,海内外炎黄子孙赶来寻根祭祖的人会越来越多。龙的威名必然会成为凝聚中华民族团结自强的一股巨大动力。

　　二、勾龙传说提供了远古民族迁徙和勾龙部落归宿的信息,为研究史前史、神话、远古民俗提供了口碑资料。从勾龙传说可以看出范庄人对开天辟地、人定胜天的科学认识,基调是健康向上的,看不出"天命论"的影响。这样一代一代传下来,实在是难能可贵的。范庄将作为勾龙平水土、兴农业改造自然的基地而光辉闪耀、彪炳千秋。

从这段文字中可以看出,与勾龙神话传说挂钩,有利于将"勾龙的子孙"转变为"龙的传人",而"龙的传人"在近年被赋予了爱国主义的政治含义①。正像这篇文章所说的,"'龙牌会'所反映出的龙文化具有联合、吸引'龙的传人'的功能,有着很强的民族凝聚力","龙的威名必然会成为凝聚中华民族团结自强的一股巨大动力"。可见,龙牌会的组织策划者是通过自觉的意义和认同的再生产,使自己的信仰活动由原本可能不被政策管理部门和社会舆论接受,变成了在政治上具有合法性的东西。从龙牌会后来的发展看,这一合法化的策略显然是成功的,而附近其他那些没有经过这样合法化生产的庙会就没有能摆脱被遏制的命运。2001年,一位阻止研究者进入赵县县政府大门做调查的门卫,就对研究者要调查赵县的其他庙会感到不可理解,说,"龙牌会是合法的,是民间文化,你就去调查龙牌会吧,其他的都是迷信。"②2003年,一座以"龙文化博物馆"的名义修建的"龙祖殿"在范庄建立起来,庙会期间在殿里还摆放了一些

---

① 高丙中《民间的仪式与国家的在场》,郭于华《仪式与社会变迁》,北京:社会科学文献出版社,2000年,第323—324页。

② 岳永逸《乡村庙会的多重叙事:河北范庄龙牌会中的龙神与人》,《第二届民间文化青年论坛论文》。

反映龙文化的图片,更加主动地展示了该庙会与龙的密切联系。

三、神话的地方化与更充分的社会合法性

高丙中在论述到社团的社会合法性时指出:"对于民间会社来说,传统具有无可质疑、不容否认的正当性","传统本身就具有不证自明的合法性"[①]。本文却想表明:社会合法性也并非只要有传统的根基,就完全具备了不证自明、无可质疑的正当性——实际上,社会合法性也是处在不停的生产和再生产过程中。这里笔者想通过侯村女娲神话发生地方化的例子,来说明在女娲庙会复兴的过程中,神话的地方化在谋求更充分、坚实的社会合法性过程中所起的作用。

根据徐芳的调查,在侯村女娲庙修复之前,叙事的地方性因素已经是女娲神话在当地生存的要素之一。比如,村民们一般不主动讲述女娲和伏羲的神话故事,而只有当提起"爷爷庙"时,才会讲到这个邻村风物的来历。但是,在侯村女娲庙进行重建以后,女娲神话的地方化倾向较修复之前更为突出、更加鲜明,并且有了服务于修复这一现实活动的目的。在女娲庙及女娲信仰重建过程发生的神话地方化有着更加明确的现实目的。"首先是为了'名正言顺'的需要"[②]。为了让侯村的女娲传统得到社会的认可,就必须为它"正名",使在全国许多地方都有流传的女娲神话、存在的女娲庙宇与侯村发生特殊的、个别的联系。因此,侯村的民间精英们就更加突出了女娲神话的地方化,使它进一步论证和支持重建女娲庙、复兴女娲信仰的必要性和合法性。比如通过讲述"为什么要到女娲陵前来求子"、"女娲是儿童的保护神"以及"添仓节的来历"等地方化了的女娲神话,以宣传侯村女娲庙以及侯村的风俗习惯、信仰行为、自然地理以及庙宇建筑等。在侯村女娲庙重修的同时,相隔几十里的汾西县辛村的女娲庙也正在被修复。2000年庙会时,辛村的庙宇负责人被邀请到侯村

---

① 高丙中《社会团体的合法性问题》,《中国社会科学》,2000年第2期。
② 徐芳《从山西洪洞县侯村女娲神话及信仰的个案研究看民间传统的重建》,北京师范大学硕士学位论文,2002年,第41页。

参加女娲庙的"开光"仪式。仪式之后，申海瀛给这些人讲了"辛村女娲庙的来历"：

> 我给你们讲讲咱这个庙为啥没有塑像？这是个传说，为啥没塑像，原先是有个塑像的，以后就发了大水了，大水把这个像冲到西边，西边就是你们辛村。娘娘像到了辛村以后，停在河里边。村里人到天亮听见河里边有女人哭，不知道发生什么事了，这些人就去到河边，看见了塑像。有人说，这是娘娘的像，娘娘想住在咱们这，就把像抬回去，盖了庙，辛村的娘娘庙就是这样来的。所以说，你们那供的那个像就是我们侯村的。

徐芳在调查中发现：在当地人看来，侯村的女娲庙才是"正宗"，对它的修复，自然是天经地义的事情，而辛村的女娲庙只是侯村这个"源"分出去的一个"流"。因此，在讲述与侯村相关的女娲神话故事时，自然带有了鲜明的功利色彩①。此例表明：侯村女娲庙和女娲信仰虽然有着悠久的历史传统，但是相关的信仰活动在特定的社会文化语境中依然需要不断加以维系、巩固和强化，特别是在面临外部力量的冲击（比如竞争）时，其存在的社会合法性更需要加以论证和阐释，以维系和强化该传统，巩固社区内部的自我认同和自信心。适应着行为主体的需求，神话在这一过程中就发生了更加明显的地方化，以巩固和增强相关仪式活动的更充分的社会合法性。

通过上文的论述，本文得出的初步结论是：1. 神话与仪式（本文主要论述了庙会）的联系并非机械的、固定不变的，实际上神话在变，仪式本身也在变，双方都处在不断的变迁和重建过程中，适应着不同的社会文化语境而发生着变化，所以它们之间的关系是在复杂的动态变迁过程中的互动。2. 在近 20 年来民间文化复兴的浪潮中，以往常常被视为"封建迷信"、"旧文化的余孽"的庙会为求得更充分的现实合法性而利用各种手段，神话的解构和重新建构就是其中的一种。而各地利用神话作为资源以谋求合法性的方式和策略又是多种

---

① 徐芳《从山西洪洞县侯村女娲神话及信仰的个案研究看民间传统的重建》，北京师范大学硕士学位论文，2002 年。

多样的,充分显示出了民间的智慧。3."民间"并非一个均质的整体,实际上在其内部,民间精英与普通百姓之间,对合法性问题的态度和关心程度有着很大的差异。比如一般民众对于政治合法性并不十分关心,只是少部分民间精英和地方政府官员才重视。在范庄的个案中,勾龙神话的最积极的宣传者是那些龙牌会组织中负责外事、宣传的人,直到 2003 年,依然有许多普通老百姓对勾龙神话不甚了解[1]。在太昊陵,至今老百姓依然说伏羲是"人祖爷",只有部分民间精英和地方政府领导在对外宣传时,说伏羲是"中华民族的始祖"[2]。追求政治合法性的过程,主要只是民间精英与官方(国家)政策之间的对话、协商与较量。4. 在谋求和建构合法性的过程中,充满了多种力量的互动和共谋。在侯村和范庄的案例中,国家政策、地方政府、社区外部的知识分子、社区内部的民间精英(包括社区内的知识分子)都在谋求和论证合法性过程中扮演着不容忽视的角色。这在某种层面上成为反映当代社会民间文化生产和再生产复杂图景的一个缩影。

最后,本文还想引发一点余论。在神话学界,神话长期以来往往被视为是远古文明的产物,是属于遥远古代的、静止不变的东西,人们只是经手而代代机械地传承它,而对它的内容、形式、本质和功能不会产生影响,因此只有远古的神话才是纯洁的、本真的(authentic),而后世传承的神话都是不同程度上对古老神话的扭曲和污染(pollute)。相应地,学者们在阐释神话的意义时,总是去追寻它们对于远古文化的意义,而忽视(轻视)了对神话在当下社会文化中的变迁和重建现象进行研究。而本文则认为:从来没有静止不变的神话,神话总是处在不断变迁和重塑的过程中,所以,今天的神话学不应该一味将眼光投向遥远的古代,同时还应该关注神话与当下现实生活的联系,关注神话在当下社会文化语境中呈现出何种形态? 具有何种新的内容、功能和意义? 经历了怎样的生产和再生产过程? 人们如何主动地、创造性地传承和利用神话以服务于其当前的社会生活? 其目的何在? 笔者以为:这样的探讨,不仅有助于对

---

[1] 岳永逸《乡村庙会的多重叙事——对华北范庄龙牌会的民俗学主义研究》,《民俗曲艺》(台北),2005 年,第 147 页。

[2] 仝云丽,2005 年 2 月的调查资料。

神话的生命力的研究——有助于解答 William Hansen 教授所提出的问题：为什么神话故事在后世继续代代相传，而众多传承者可能根本不知道神话的原初仪式和原初意义？——也有助于使神话学跳出自身狭隘的小圈子，而参与到与活生生的现实对话、与更多学科的对话中。

全球化、反全球化与中国民间传统的重构

——以大型国产动画片《哪吒传奇》为例

杨利慧

52集大型国产动画片《哪吒传奇》于2003年起热播至今,曾获得首届北京亚太青少年电视节最佳儿童故事类节目奖、第二届中国国际动漫节上"最受欢迎的十大国产动画片"等诸多奖项,其中的主题曲被孩子们广为传唱,相关的光盘和故事书等都十分畅销。该剧主要讲述的是在中国书面文学、口头文学以及民间信仰中都十分著名的小英雄哪吒的成长历程,融汇了几乎所有有关哪吒的主要传说,并以此为线索,编织进了诸多民间传统中的叙事情节和人物形象,例如神话中的著名人物女娲、盘古、祝融、共工、夸父、后羿,以及三足乌等。不过,在剧中这些神话或者神话元素往往被赋予了新的内容和功能,重新建构成了新的故事。

本文将从民俗学的视角,集中探讨《哪吒传奇》是如何展现(represent)和重构(reconstruct)中国的民间传统——即那些为中国人"传统上所信(believe)、所为(do)、所知(know)、所制(make)、所言(say)的事象"①的? 为何如此展现与重构? 它与中国当前的社会经济和文化政治语境有什么样的内在关系? 并借此进一步探讨如下问题:全球化会怎样影响中国民间传统的传承与变迁? 民间传统在此语境下又担负着怎样的功能与角色? 笔者力图通过这一探索,对于目前热烈然而不乏局限——例如其中很少对民间传统予以充分关注的全球化和反全球化讨论,贡献一份自己的观察和思考。

---

① 对"民间传统"(folk traditions)的简要界定可参考美国民俗学会官方网站 http://www.afsnet.org/aboutfolklore/aboutFL.cfm。

一、《哪吒传奇》中的民间传统及其重构

在第 20 和 21 集中,该剧着重讲述了哪吒与夸父解救三足金乌以及夸父追日的故事。关于"日中有乌"或者"日载于乌"的信仰以及神话,在我国有着久远的历史。有学者认为:早在新石器时代的河姆渡文化中,已经有"双鸟载日"的图案出现,而在仰韶文化庙底沟类型的图案中,则清晰地出现了太阳鸟、三足乌以及"金乌载日"的意象①,与此相关的神话也很早就有流传②。

"夸父追日"是该剧重构的另一个著名神话,相关的文字记录较早可见于《山海经》中。其中《大荒北经》中描述的夸父形象多少有些怪异,他追日的动机也被说成是"不量力"③。以后的一些古代文献大多只谈及夸父追日神话在各地遗留的风物遗迹,很少提及夸父追日的原因。东晋陶渊明在《读山海经》组诗十三首中,对追日而死的夸父多有同情和称赞,夸父与日逐走的行为被视为宏伟的志向,但对于夸父为何要产生这一"宏志",诗中也没有说明。此后,对"夸父追日"的动因以及该神话所传达的精神意蕴的阐释依然众说纷纭,夸父的行为也开始越来越多地被赋予自强不息、坚韧不拔、知其不可为而为之等精神价值,有时他的这类情操被视为人类的道德典范,有时则被具体化为"中华民族"伟大精神的表征。尽管如此,夸父追日也依旧常常遭到"负面的评价"——在西北师范大学编纂的《汉语成语词典》中,对"夸父追日"这一成语的

---

① 吕微《中国民间文学史·神话编》,祁连休、程蔷、吕微《中国民间文学史》,石家庄:河北教育出版社,2008 年,第 31—32 页。

② 《山海经·大荒东经》载:"大荒之中,有山名曰孽摇𩖌羝,……上有扶木,一日方出,一日方至,皆载于乌。"同书的《海内东经》中描述了这十日居住在扶桑树上的位置:"……下有汤谷,上有扶桑,十日所浴……有大木,九日居下枝,一日居上枝。"《楚辞·天问》中有一问:"羿焉彃日? 乌焉解羽?"汉代的王逸在注解此句时,引用了汉初《淮南子》的相关神话解释说:"尧时十日并出,草木焦枯。尧命羿仰射十日,中其九日,日中九乌皆死,堕其羽翼,故留其一日也。"在汉代的画像石和帛画等中,描绘"日中有乌"的图像很常见。在这些图像中,日中的金乌有时是两只脚,有时是三只脚。

③ 《大荒北经》记载:"大荒之中,有山名曰成都载天。有人珥两黄蛇,把两黄蛇,名曰夸父。……夸父不量力,欲追日景,逮之于禺谷。将饮河而不足也,将走大泽,未至,死于此。"同书的《海外北经》中还记有另一则异文:"夸父与日逐走,入日。渴欲得饮,饮于河渭,河渭不足,北饮大泽。未至,道渴而死。弃其杖,化为邓林。"在这条记录中,夸父追日的动因并不清楚。

阐释便鲜明地体现了这一点："这则神话故事表现了古代人民征服自然的坚强决心。也用以指不自量力。"①

在仔细检视上述资料时，可以指出与本文的讨论直接相关的几点：第一，与太阳鸟和夸父追日的神话相关的民间传统悠久而丰富，尤其是对夸父的形象及其追日的行为，一直存在着多样化的阐释。第二，三足乌与夸父追日的神话是彼此分离、没有多少关联的：在以往的各种叙述中，也未曾发生过三足乌被缚的事件。第三，夸父追日的目的和动机常常并不清楚，有时这一动机被解释为"好奇"（想知道太阳与自己谁走得快，或者太阳是如何落下的），有时这一动机被做了负面的阐释，是"不自量力"的结果。

《哪吒传奇》对以上的民间传统进行了选择、吸纳与重构：夸父是北方草原上一支巨人族的首领。邪恶的女神石矶娘娘为控制大地之脉，成为人类永远的主宰，命令一群石山精把住在扶桑树上的太阳之精三足金乌捉住，绑缚在石山上，太阳因此无法下落，宇宙间的正常秩序和人类的正常生活都被打乱，世间生灵面临着灭亡的危险。为了拯救天下苍生，女娲娘娘命哪吒前去请求夸父帮助。夸父打败石山精，解救了被缚的三足金乌。但三足乌因此厌恶了世间的罪恶，打算飞到死海中自沉。为了阻止三足乌、避免世界陷入永远的黑暗，夸父开始了艰难而不懈的追日旅程。途中他一口气喝干了黄河水，最后终于赶上了太阳，但是自己也力竭而死。临死前，夸父发出了这样的宣言："我个人的生命不算什么。如果太阳沉入了死海，所有的生命都会灭亡，不能让这样的事情发生，哪怕用我们的生命作代价！"他的诚挚劝说和崇高举动感动了三足乌，它没有自沉，而是重新升上天空照耀世界，人类和万物重又开始了富有生机的生活。夸父倒下了，他的身体化成了田土。这时女娲娘娘重新出现，告诉痛哭的哪吒和他的伙伴小猪熊："夸父是不会离开我们的，他一定会把这片不毛之地变成世界上最美的地方。夸父将永远和我们在一起。"故事的最后出现了大片美丽的桃林。

这两集故事采用了诸多民间传统的元素和情节，联系到本文所讨论的问题，这里要重点指出其中发生的几个重大变化：第一，剧中对夸父形象及其追

① 西北师范大学中文系《汉语成语词典（增订本）》，上海：上海教育出版社，1986年，第351页。

日行为的阐释,是从以往丰富多样的民间传统中,选择并延续了其中对夸父追日予以正面道德评价的一脉,不仅将夸父及其行为与崇高的道德品行联系起来,而且进一步将之突出。为达到这一目的,该剧采用了新的叙事策略,使剧中的神话事件发生了不小的改变。第二,最为明显的改变是:在以往的传统中不相关联的三足乌和夸父追日神话被串联、复合起来,出现了三足乌被缚、夸父救日、夸父追日的系列神话事件。第三,由于这样的串联、复合和重新建构,夸父的故事更加丰富,他的一系列行为(包括追日)的动机变得非常清晰。在这一新神话的讲述中,夸父的形象显得前所未有地崇高,这使他的形象以及追日神话被赋予了更加浓厚的道德教化色彩——有时这道德教化的色彩似乎有些过于强烈,尤其在故事的结尾部分。我曾在讲授"神话学"课程时放映该神话的片段,并就此与大学生们展开讨论。常常有学生在看到夸父的豪迈宣言以及女娲娘娘声明"夸父是不会离开我们的,……夸父永远和我们在一起"时会发笑。我问他们为什么发笑,他们说这很像德育课上讲的内容。还有一位学生在期末的考试卷中写到:"观看重新塑造的夸父形象及其救日、追日神话,让我联想到了黄继光、邱少云、雷锋、焦裕禄,他们都在主流话语中被塑造成了公而忘私、勇于奉献、为了他人的利益不惜牺牲自己生命的英雄,是我们学习的榜样。"

那么,为什么该剧要如此演绎夸父和三足乌神话呢? 仔细探究,会发现这种重构与中国近30年来的社会经济和文化政治语境紧密相关,具体地说,造成上述重构的一个重要因素,与目前国产动画在全球化浪潮的冲击下面临的外来文化的压力以及由此激发起来的民族主义情绪和反全球化思潮有关。

二、《哪吒传奇》与当代中国的全球化和反全球化思潮

1978 年以来,随着"改革、开放"新国策的全面施行,中国迅速走进了全球化时代。据报道,中国经济在此后的 30 年中,保持着年均 9.8% 的高增长率,超过了同期世界经济年均 3% 左右的增速[①]。2001 年,中国加入了 WTO,其融

---

① 车玉明等《伟大的创举 划时代的变革——中国社会主义市场经济体制之路》,《中国青年报》,2008年 10 月 27 日,第 3 版。

入世界的速度更是进入了一个新阶段;2006年,中国的外汇储备已位居世界第一位;2008年,中国成功地举办了奥运会和残奥会⋯⋯

作为全球化的重要体现和推动力量,大众传媒在中国也经历了迅速全球化的过程。以动画片的生产为例,据统计,自1920至1980年代初的六十多年间,中国播映的动画片基本上都是国产的,但1980年以后,中国的动画市场逐渐为外国动画所占据①。中国社会科学院新闻研究所的一项调查显示,1991年,在北京播映的电视动画片中,66.7%是外国生产的,其中50%来自迪斯尼②。这一情形在随后的十多年中似乎变得更加严峻:复旦大学新闻学院的一份调查报告表明,2002—2003年间,北京和上海两地的青少年最喜爱的动画片是日本的,其次是美国的,国产动画位居最后。在“最喜爱的10部动画片”中,只有上海的学生选择了一部国产动画,而北京的初中、高中和大学学生对美国片兴趣较浓,小学生则“完全为日本片俘虏”③。

观看这些“洋动画”对中国青少年产生了不小的影响。许多外国的动画形象成为了孩子们崇拜的英雄,对他们的服饰装束乃至言行举止的模仿成为青少年的时尚。80年代末,北京流行的一首民谣描述了外国动画对国产动画业的冲击以及对青少年日常生活行为的影响:“头戴克赛帽,金刚怀里抱,晚间看老鼠,一休陪睡觉。”④近年来,奥特曼、迪斯尼公主、芭比娃娃等又纷纷成了许多少年儿童喜爱的明星,不少孩子都拥有印有这些偶像形象的服饰、书包、玩具、画书、光盘等,甚至在照相时也经常摆出偶像的动作造型⑤。

这些现象是否显示了一种“均质化(homogeneous)的全球性文化”正在当代中国出现? 全球化会将中国传统文化彻底摧毁吗? 中国传统(包括民间传统)将在此情形下发生何种变迁?

---

① 陈舒平《中国动画片如何走向世界》,《电视研究》,2002年,第9期。

② http://www.cctv.com/tvguide/tvcomment/wtjj/dsrshss/1833.shtml(2003年6月9日)。

③ 郭虹、张国良《中国青少年与动画传播的实证研究——以北京、上海动画的传授状况为例》,《新闻大学》,2003年(冬)。

④ 其中涉及的动画片分别是日本的《恐龙特急克塞号》、《聪明的一休》以及美国动画片《变形金刚》和《猫和老鼠》。

⑤ 可参见《奥特曼带给中国孩子什么?》,http://news.xinhuanet.com/mrdx/2005-06/12/content_3074272.htm。

事实上,在谈到世界各地纷纷涌现出的"全球性现象"时,已有研究者提醒我们注意:"要将内容与形式区别开来",因为一方面,我们看到的所谓世界文化的"相同性"可能只是"一个幻觉,一个遮掩了地方对全球化全副武装地加以应对的幻象"①,比如在北京,美国大众文化的著名代表麦当劳餐厅"已经被转变为中产阶级家庭的设施,人们可以在此享受闲暇时光,并体验一种中国版本的美国文化"②。另一方面,全球化也可能遇到来自地方社会的反省、批评、竞争以至抵抗,由此激发起地方传统的复兴。

在当代中国,人们对全球化的态度也发生着很大的变化。上世纪 80 年代,现代化、"洋化"(尤其是西方化)往往受到欢迎和鼓励,"西方"常常被视为先进、自由和民主的楷模。可是到 80 年代末和 90 年代以后,随着全球化进程的快速推进,这种乐观主义态度开始变得凝重和复杂③,有关全球化对中国社会和文化造成的负面影响的反思、担忧和批评越来越多地见诸各种媒介之中,主张"竞争"与"抵制"的声音日益强烈。90 年代,国内出现了新的民族主义思潮④。

在对全球化的各种担忧和批评中,主要的一项是全球化削弱和限制了中国民族工业,挤压了国内市场。以国内动画市场为例,不少研究者指出:本世纪初,国内市场的 80％以上为外国动画所占据⑤。由于外国动画的大量进入,国产动画市场受到了严重压制⑥。90 年代以后,有关加强和提高民族产业以抵御外国资本的侵占、赢得国内市场的呼声和建议日益强烈。

对全球化的另一个主要批评是外国文化正在侵蚀中国传统文化,造成了

---

① James Watson, ed. *Golden Arches East: McDonald's in East Asia*, Second Edition. Stanford: Stanford University Press, 2006[1997]. (pp. 196-197)

② Yunxiang Yan. McDonald's in Beijing: The Localization of Americana. In *Golden Arches East: McDonald's in East Asia*, Second Edition, 2006[1997]. (p. 72)

③ 有关 80 年代和 90 年代对于全球化态度的差异的更多讨论,可参见陈晓明《回归传统与文化民族主义的兴起》,《天津社会科学》1997 年第 4 期;薛利山《文化民族主义与国学热》,《社会科学论坛》2005 年第 1 期。

④ 陈学明《当代中国民族主义思潮研究综述》一文将 90 年代以来国内民族主义兴起的原因归纳为如下三点:中国综合国力的增长与西方国家的打压之间的矛盾、传统意识形态功能的弱化与政府合法性重建的需求、经济全球化的影响与国家战略利益调整的选择。《广东省社会主义学院学报》,2006 年第 1 期。

⑤ 江严《中国动漫何时赶超世界?》,《电子出版》,2005 年,(Z1)。

⑥ 肖珉、张世浩《国产动画片在跨文化传播中的缺失》,http://www.southcn.com/cartoon/make/dmzt/200604170171.htm。

中国传统以及民族认同的危机。外国文化时常被认为是"文化帝国主义"的代表，是一种从美国、日本、欧洲等发达国家向世界其他各地输出其流行文化而导致的新形式的剥削。由于它们的强大影响，中国的青少年、尤其是"80后"和"90后"被认为严重地"洋"化了。他们追求西方的时尚，却很少了解自己悠久丰富的民族传统①。更为糟糕的是，随着他们对外国流行文化的欣赏和接受，他们也有意或无意地接受了异文化的价值观、人生观和艺术趣味——例如许多动画片中渲染的个人主义精神等②。许多研究者和教育工作者担心，这些外国文化和价值观念会给中国原有的传统文化及价值观念（例如集体主义等）带来冲击和削弱，将中国的青年一代变成不了解中国传统文化的"黄皮白心的香蕉"，从而使中国传统面临危机。

"应该采取何种措施以保护中国的传统文化以及民族精神？如何在全球化的冲击下强化和重新确立民族的认同？"诸如此类的反思在当代中国思想界和文化艺术领域普遍盛行，为此，许多批评家和研究者献计献策，力图加强传统文化的知识和价值观的传播与教育以抵御文化帝国主义的侵蚀。在此形势之下，自90年代以来，国内出现了传统文化的复兴。许多大学和研究机构建立了"国学院"，学校里纷纷开设有关传统哲学、文学、历史等的课程。

国产动画也在这样的社会经济和文化政治语境中成为体现与承载社会变革与发展、全球化与反全球化的重要力量。一方面，特定的社会和文化政治形势迫切需要它与外国动画竞争国内的消费市场；另一方面，它也被赋予了"载有传承中国文化之职"、用中国的传统文化和精神去教育青少年以抵御外来动画片影响的职责③。在这样的语境中，1995年，上海美术电影制片厂拍摄了第

---

① 例如侯虹斌《传统文化的清单上我们遗失了什么》称："90年代出生的人开始相信圣诞老人了，开始在麦当劳、必胜客里过生日，不知道阿福，没见过长命锁，没上过八仙桌，没爬过大门槛，所以，传统的东西在他们看来，是没有质感的，是苍白的。"《阅读与作文》，2005年第11期。

② 参见肖珉、张世浩《国产动画片在跨文化传播中的缺失》，http://www. southcn. com/cartoon/make/dmzt/200604170171. htm。

③ 例如肖珉、张世浩在《国产动画片在跨文化传播中的缺失》一文中明确指出："在对本国文化传承及跨文化传播中，只有坚定地发扬本民族的特色才能抵制外来强势文化的入侵，而这也是我们国产动画片在跨文化传播中所应承担之责。""我们的动画片不但起着对青少年的启蒙作用，更重要的也是我们对外宣传的一个窗口。……要求我们的动画产业要生产出高质量且有民族特色的动画片。"http://www. southcn. com/cartoon/make/dmzt/200604170171. htm。

一部国产百集动画系列片《自古英雄出少年》。研究者陈舒平的话明确地道出了这一时期包括《自古英雄出少年》在内的许多国产动画片拍摄的内在动因：是在"外国卡通形象占据中国荧屏，成为少年儿童偶像的非正常形势下"，要用"中国自己的动画英雄形象"、"民族形象""去占领荧屏，去教育人、感染人"，"提高……青少年文化素质和增强民族凝聚力"①。与此追求一脉相承，1996 年，中宣部和国家新闻出版总署联合启动了"中国儿童动画出版工程"，在中小学中发行《中国卡通》杂志，以抵御境外动画对国内少年儿童造成的不良影响。1999 年，为与美国迪斯尼运用中国传统文化题材拍摄的动画片《花木兰》"一比高低"，上海美术电影制片厂又生产了动画片《宝莲灯》。

正是在这样的社会经济和文化政治语境中，《哪吒传奇》于 2002 年被制作出来。此剧的拍摄正是有感于"近年来，中国著名民间神话传说频频被日本改编成动画片，而作为所有者的中国人却并没有让自己的民间文化在下一代心中扎根"，因此央视才"花大力气在儿童影视范围把中国传统神话进行推广，一改日本动画垄断青少年的局面。"②该片的制作有着明确的目的：力争拍出"富有民族性"的"国产动画的精品"，"在剧情的演绎中向少年儿童讲述了中华民族的优良传统，弘扬了民族精神，在少年儿童心中帮助他们树立正义必将战胜邪恶的信念和信心。"③

正是出于拍出"富有民族性"、"讲述中华民族的优良传统，弘扬民族精神"的目的，该剧在取材上广泛吸收了中国悠久而丰富的民间传统，采用了有关哪吒和"封神"的诸多传说以及不少神话；同时，为适应这些新的需求，其中所援引的神话和传说又被加以改造和重构——三足乌和夸父追日的神话因此被串联、复合起来，这样夸父追日的动机就变得更加清晰。无疑，剧中的夸父是被作为中华民族传统美德的典范来塑造的，其追日神话也因此被赋予了更加浓厚的道德教化色彩。

有报道称《哪吒传奇》播出后，受到不少学生和家长的肯定④。这些意见从

① 陈舒平《中国动画片如何走向世界》，《电视研究》，2002 年第 9 期。

② http://www.ylaaa.com/moviehtml/728.html(2006 年 11 月 3 日)。

③ http://www.snweb.com/gb/people_daily/2003/05/30/p0530003.htm.

④ http://www.southcn.com/cartoon/ctnews/chnnews/200306020764.htm.

侧面证明了该剧的创作旨趣获得了成功。更有报道用"中国民间故事挑战哈里·波特"的醒目标题，认为《哪吒传奇》画书的销量超过了《哈里·波特》，"这充分说明，我国民族传统文化具有持久的生命力，这类题材的少儿作品具有广阔的市场空间。"①

三、《哪吒传奇》重构民间传统的特点

上文的分析清楚地表明：民间传统在《哪吒传奇》中的展现和重构与中国当代的全球化和反全球化思潮有着密切的关系，正是在此思潮之中，三足金乌与夸父追日神话等诸多民间传统的元素和情节被积极地选择、吸纳并重新建构，以达到抵御外国动画影响的目的。从制片方以及相关报道和评论的话语中可以发现这一吸纳和重构的一个根本特点：在全球化与反全球化语境中，民间传统依然被视为面对外来压力以重新确立民族文化根基、弘扬民族传统美德、重建民族自我认同的最为重要的文化资源之一。

由此来看，中国的民间传统不一定如许多民俗学者担心的那样，会在全球化的进程中逐渐萎缩并走向衰亡。事实上，全球化可能遭遇多样化的"地方回应"（local responses），甚至可能刺激和引发民间传统复兴的浪潮。《哪吒传奇》的拍摄及其对民间传统的运用和重建，即显示出了这一点；目前中国大陆民俗旅游的盛行、传统节日放假以及如火如荼进行的"非物质文化遗产保护运动"，也都或多或少与全球化的作用力与反作用力有关。

这一重构体现出的特点不禁令人联想起一个多世纪前发生的相似一幕：鸦片战争以后，"有识之士（包括部分的政府官员）觉得非参照欧美国家情形，改革某些固有制度，大力开通民智等，不足以抵御敌人，保护自己"，于是促成了五四时期新文化运动以及现代民俗学学科的兴起。新文化运动的亲身参与者、中国民俗学的重要奠基人钟敬文认为，新文化运动具有民族性、民主性与科学性等性质，其民族性主要体现在：第一，民俗文化（民众语言、口头文艺、通俗文学、风俗习尚等）被视为民族特性的体现，它"广泛地存在、流传于民族众

---

① 　http://news.xinhuanet.com/english/2004—05/31/content_1500437.htm.

多成员中","体现着民族社会生活及其多数成员的思想、感情和创造能力",而"新的文学创作不能离开民族广大成员的民间文艺传统的哺育";第二,当时新文化运动的参与者们都抱有民族独立和民族自尊意识①。

　　然而,很难由此简单地得出这样的结论:历史重新回到了原点。与本文所分析的当代中国发生的民间传统的复兴相比,二者的一个共同之处在于:面对外国力量的压迫,民族内部(尤其是知识分子中间)感觉到了生存与认同上的危机,于是力图通过挖掘、弘扬民间传统,提高民族的文化和精神素质,寻找或重新确立民族文化的根基、树立或重建民族的自我认同。不过,二者也有许多不同之处。例如五四时期民俗学的兴起,还负担着"反正统"与改造"国民性"的任务,具有"民主性"的性质。"要想使民族自强,就必须要从精神文化上对传统的国民性进行改造;要想改造国民性,就必须把束缚国民、其中首先是知识分子头脑中的一切正统思想彻底消除;要想清除正统思想,又必须清除维护这种正统思想的一切工具——白话文运动、文学运动就此产生。"②而这一"民主性"的特点,在当下的民间传统复兴浪潮中,体现并不明显,甚至恰恰相反——许多情况下民间传统的兴盛乃是"民间"与主流话语、资本等多方力量之间"共谋"的结果③。

　　在人类历史上,将民间传统视为确立与巩固民族文化根基、建立民族自我认同的重要文化资源的观点由来已久,利用民间传统来拯救衰微的民族文化、重振民族精神的做法也不鲜见。例如18世纪时,德国深受法国的语言、文学和生活模式的影响,本土传统被打断。为了重拾失落的民族精神,弥合当下与过去的裂缝,思想家赫尔德(Johann Gotterried Herder,1744—1803)主张对残存的民间诗歌进行搜集,利用它来接续中断的民族传统,重新恢复民族精神④。他的浪漫主义民族主义思想,直接影响了格林兄弟从事民间传统搜集研究的热

---

① 钟敬文《"五四"时期民俗文化学的兴起》,钟敬文《钟敬文学术论著自选集》,北京:首都师范大学出版社,1994年,第488—538页。

② 赵世瑜《眼光向下的革命——中国现代民俗学思想史论(1918—1937)》,北京:北京师范大学出版社,1999年,第257页。

③ 刘晓春《民俗旅游的意识形态》,《旅游学刊》,2002年第1期。

④ 刘晓春《从维柯、卢梭到赫尔德——民俗学浪漫主义的根源》,《民俗研究》,2007年第3期。

情——"他们的民俗学研究直接服务于他们重建德国民族文化、抵御当时的法国威胁的政治目的,民族主义和爱国主义是贯穿于他们著作中的一条主线"①——从而奠定了德国民俗学(现更名为欧洲民族学)的基础。在芬兰,民俗学更是民族主义运动的"孪生兄弟",为摆脱来自瑞典和俄国的长期殖民影响,芬兰知识分子有意识地利用民俗研究来启迪民族精神,民俗学之父隆诺特(Elias Lönnrot,1802—1884)将他从不同地方搜集到的民间短歌合并到一起,经过了许多加工整理,编纂成了一部史诗《卡勒瓦拉》,这部经过加工、拼合的史诗,成为了现代芬兰立国的重要根基,它极大地振作了民族精神,确立了芬兰民族统一的语言和文化基础②。

在《哪吒传奇》对民间传统进行重构的做法中,我们显然能看到浪漫主义民族主义的深刻印记——民间传说与神话等依然被视为重拾失落的民族传统、拯救衰微的民族文化、弘扬民族传统美德、重振民族精神的疗救之方。不过,比起18、19世纪欧洲大陆面对外国压力而激发起的对民间传统的浪漫主义民族主义热情相比,《哪吒传奇》以及与它相类的其他国产动画片对中国民间传统的重新运用和改编,还有一个不同的实用目的:为了与外国动画片争夺国内的消费市场。正如中央电视台动画片部的负责人所说的,"《哪吒传奇》的制作⋯⋯在衍生产品开发等方面,也将探索一条中国动画产业化发展的新思路。"③出版该片动画图书的出版社社长在接受记者采访时,也充分道出了经济利益和市场空间是推动发行者的另一个焦点:"《哪吒传奇》已经再版14次,销售超过了40万套、420多万册,取得比较好的经济效益和社会效益,这充分说明,我国民族传统文化具有持久的生命力,这类题材的少儿作品具有广阔的市场空间。"④这样自觉地将民间传统作为文化商品来赢得国内消费市场的文化营销策略,显然是当下市场经济的产物,是浪漫主义的赫尔德等未曾述及的。

别有意味的是,尽管《哪吒传奇》的拍摄有着与外国动画相抗争的目的,但其中也明显地吸纳了外国影视的影响。例如石矶娘娘的形象令人一望而知是

---

①　钟敬文《民俗学概论》,上海:上海文艺出版社,1998年,第424页。

②　钟敬文《民俗学概论》,上海:上海文艺出版社,1998年,第424页。

③　http://www.southcn.com/cartoon/ctnews/chnnews/200306020764.htm.

④　http://news.xinhuanet.com/english/2004—05/31/content_1500437.htm.

来自迪斯尼动画中的女巫形象:剧中有关恶神力图吸取大地之脉的精华、成为人类永远的统治者的构想,显然也有美国和日本动画的影子:哪吒身边增添了助手小猪熊,也是"小英雄加动物帮手"的典型迪斯尼模式。可见,在制作者的心中,全球化与反全球化并非水火不相容,竞争、抵制与吸收、接纳可以并存。杨美惠(Mayfair Mei-hui Yang)在对上海大众传媒的研究中,发现了同样的现象:"在今天中国的大众传媒中正在发生的,不再是'第三世界文化被锁定在与第一世界的文化帝国主义进行着生死较量'的简单图画,而是更加复杂多样的对外国文化的急切适应、挪用(appropriation)和抵制的过程。"①从这个意义上看,有人建议将流行的"反全球化"(anti-globalization)一词改称为"另类全球化"(alternative globalization),也许不无道理,因为前者中蕴涵着"反对全球化"的意思,而事实上,没有人彻底反对全球化,人们反对的只是全球化的某些方面,因此,反全球化不过是全球化运动的一个"特殊形式"(particular version)而已②。

　　《哪吒传奇》之后,又有更多的国产动画生产出来。2006年,中国新闻出版署作出了新规定:晚上5点至8点的黄金时段禁止播放国外动画片。这一保护国产动画的举措一时引发了巨大的争议。目前,对外国动画的借鉴、吸纳和抵御、竞争依然继续,对传统文化素材的吸取和重构也仍然被认为是国产动画的根基之所在。这又将为中国民间传统的传承和变迁带来怎样的影响? 民间传统又将在这一过程中负载何种功能和角色? 动画片作为一种不同于口语的媒介形式,将为民间传统的传播带来怎样的影响? 这些都是当下摆在中国民俗学者面前的新课题,需要我们继续进行敏锐的观察和细致的分析。

---

① Mayfair Mei-hui Yang, *Mass Media and Transnational Subjectivity in Shanghai*: *Notes on (Re)cosmopolitanism in a Chinese Metropolis* [C]. In The Anthropology of Globalization: A Reader. Jonathan Xavier Inda and Renato Rosaldo, eds. Malden: Blackwell, 2002. (p. 326)

② Chamsy el－Ojeili, Patrick Hayden. *Critical Theories of Globalization* [M]. Hampshire and New York: Palgrave Macmillan, 2006. (p. 186)

普罗普故事学思想与维谢洛夫斯基的"历史诗学"

贾　放

弗·雅·普罗普(1895—1970)作为俄国民间文艺学界一位大师级人物,与许多卓有成就的学者一样,是博采众家然后独树一帜的。他富于独创性的理论贡献,尤其是他的故事文本结构功能分析,已成为世界故事学界熟知的经典,几十年来不断被许多国家的学者阐发、运用,乃至"克隆"出本国的"版本"。而且,其影响早已越出民间文艺学的疆界,成为诸多学科共享的财富。至于他所"博采"的"众家"有哪些,他"采"了什么,如何"采"的,即他思想形成的理论渊源问题,受关注的程度似有所不同。在俄国,虽有日尔蒙斯基、梅列金斯基、普济洛夫、契斯托夫等著名学者在各类文章中从不同方面有所涉及,并颇多精辟之论,但单就此问题做的全面系统的探讨似乎还暂付阙如。在俄国之外,这方面的研究就更为薄弱了。然而,要全面完整地把握一位大学者的学术思想,以求得窥其全貌,避免盲人摸象式的片面理解,追根溯源这一环节又是不可或缺的。

当我们从这一角度开始探索之旅时,首先看到的"源头"之一,便是维谢洛夫斯基的历史诗学。亚·尼·维谢洛夫斯基(1838—1906)的学术活动贯穿19世纪下半期至20世纪初,是此期活跃于俄国文艺学界的学院派的杰出代表之一。他所构建的以历史比较方法为依据、以建立科学的世界总体文学史为目的的历史诗学体系博大精深,对后世产生了多方面的深远影响。普罗普对他的继承主要体现在他的"情节诗学"、历史起源学和方法论上。通过具体的比较分析,我们可以看到,普罗普对维谢洛夫斯基历史诗学理论持的是一种富于革新精神的扬弃态度,在充分评价其意义、充分汲取其精髓的同时,又有自己的发展创新,二者的关系可以说提供了一个学术思想薪火相传的范例。

一、故事的结构功能研究与"情节诗学"

普罗普在《故事形态学》(1928年)第一章中回溯故事研究的历史时,认为对一个现象的研究可以或者从其组成与结构方面,或者从其经历的沿革与变化方面,或者从其起源方面进行。这三方面研究的排列顺序照他看来,"只有在对一个现象进行描述之后,才可以谈它的起源"。因此,他对当时占统治地位的一些所谓故事起源研究持不以为然的态度:"……像通常所做的那样,未对描述问题做专门的阐述便去谈起源问题——那是徒劳无益的,显然,在阐明故事从何而来这个问题之前,先必须回答它是什么这个问题。"①他将自己这本书的任务定位于"从本质上描述"②故事,即研究故事的"组成与结构方面"。论及前人在这方面的研究,他首先提到了维谢洛夫斯基的情节诗学理论。他认为维谢洛夫斯基专谈这一问题的言论虽然不多,但却有重大的意义。

维谢洛夫斯基在此问题上的理论贡献首先在于他对叙事文本进行切分,划分出了"情节"与"母题"两个量级的结构要素。他将情节理解为母题的综合,一个母题可以归属于诸多不同的情节。"一组母题便是情节"③,"将母题理解为最简单的叙事单位,它形象地回答了原始思维或日常生活观察所提出的各种问题。在人类发展的最初阶段,在人们生活条件和心理条件相似或相同的情况下,这些母题能够自主地产生,并表现出相似的特点。"④对维谢洛夫斯基来说,母题是第一性的,情节是第二性的。要研究情节,先要研究母题。普罗普在对维谢洛夫斯基提出的一般性原则给予高度评价的同时,也指出维谢洛夫斯基对"母题"的解释现在已无法接受。因为母题依然可以再分解成若干

---

① [俄]弗·雅·普罗普(В. Я. Лролл)《故事形态学》,列宁格勒:科学出版社,1928年,第11—12页。

② [俄]亚·尼·维谢洛夫斯基(Веселовский, АлексанАрНиколаевич)《历史诗学》,莫斯科:高等学校出版社,1989年,第21页。

③ [俄]弗·雅·普罗普(В. Я. Лролл)《民间文学与现实》,莫斯科:科学出版社,1976年,第31页。

④ [俄]亚·尼·维谢洛夫斯基(Веселовский, АлексанАрНиколаевич)《历史诗学》,莫斯科:高等学校出版社,1989年第24—25页。

要素,每个要素可以有不同的变体,而最小单位不应是个逻辑整体。

不过普罗普并未在同一层面上继续切分下去,而是提出了一个新的概括性的结构成分单位——"功能"(function)。他后来在《神奇故事的结构研究与历史研究》(1966年)一文中记述了这个概念的形成过程,他说这种理论方法的产生"缘于一个观察结果":他大学毕业之后研读起阿法纳西耶夫编选的故事集,读到了一系列关于被逐的继女的故事。在不同的故事里,继女被后母派到树林里去时分别落到了严寒老人、林妖、熊等等的手里,普罗普发现它们考验奖赏继女的方式不一样,行动却是相同的,他认为这些故事应该算同一个故事。那么阿法纳西耶夫为什么把它们作为不同的故事呢? 原来阿法纳西耶夫认为不同,根据的是出场人物;而他认为相同,根据的是角色的行为。这一发现激发了普罗普的研究兴趣。"于是我开始从人物在故事中总是做什么的角度来研究其他的故事。这样,根据与外貌无关的角色行为来研究故事这样一种极为简单的方法就通过深入材料的方式,而非抽象的方式产生了。我将角色的行为,他们的行动称为功能。"①

"角色"与"人物"这两个概念的区分最早源于亚里士多德的诗学传统,"角色"可直译为"行动者",如哈里逊所说,"应当小心地把行动者与人物区别开来,行动者——发出行动的人——对戏剧是必要的,而人物,在亚里士多德的术语中,却是后来增加上去的。事实上,对一出成功的悲剧来说,并不是非要不可的。"②这里划分所谓必要与不必要的标准便是在故事结构中是否具有功能作用,能否引发功能性的事件。普罗普的区分应该说以上述观念为本,但他偏重于揭示故事的具体内容层面("人物")与抽象结构层面("角色")的辩证统一关系,他举出四个故事进行比较:

1.沙皇赐给主人公一只鹰,鹰负载主人公到另一国度。

2.老人送给苏申柯一匹马,马负载主人公到另一国度。

3.巫师给了伊凡一只船,船将伊凡运载到另一国度。

4.公主给了伊凡一个指环,从指环中跳出的年轻人将伊凡背负到另一国度。

---

① 〔俄〕弗·雅·普罗普(В. Я. Пропп)《民间文学与现实》,莫斯科:科学出版社,1976年,第136页。

② 罗钢《叙事学导论》,昆明:云南人民出版社,1999年,第101页。

从中可以看出故事的具体内容层面,如人物的姓名、身份、获赠的方式等为可变的因素,而角色的行为及其功能,即抽象结构层面是不变的,它们构成了故事稳定的内核,是最基本的要素。因此"角色的功能是可以替代维谢洛夫斯基的'母题'……的那种组成成分。"

普罗普在《故事形态学》中通过对阿法纳西耶夫选集中100个神奇故事(第50—151号)的分析比较,得出了神奇故事具有31项功能的学说,这已是学界熟知的经典,不再赘述。至于诸项功能的排列顺序,普罗普的看法与维谢洛夫斯基相左。维谢洛夫斯基认为母题的组合顺序是偶然的,他说:"难题与相会(母题举例)的选择与安排具有相当的自由。"①形式主义学派的代表人物之一什克洛夫斯基亦持此说。普罗普则认为,事件的发生顺序有其规律,偷盗不会发生在撬门之前。"至于故事,它同样有其十分特殊的规律……要素的排列顺序是严格的、同一的。"由此他推导出"所有神奇故事按其结构都是同一类型"的结论。后来他称"这于民间文艺学家来说,是个十分重要的发现。"②

维谢洛夫斯基的"情节诗学"有十分丰富的内涵,它对于叙事研究的意义,首先在于这一取向开启了进入作品内部结构的大门。普罗普作为一位有胆识的后继者,继续深入"迷宫",以自己的探索辟出了一片更为新奇的天地。

二、历史起源学研究与民族志主义

在俄国民间文艺学发展史上,与神话学派和流传学派的强大影响相比,人类学派的影响相对较弱,但到了维谢洛夫斯基,情形有所改观。在故事起源问题上,他认同英国人类学派泰勒、兰格、哈尔特兰德、弗雷泽的"遗留物"说,认为叙事类作品的情节内容反映了古老的风习和制度(外婚制,图腾崇拜,母权制,父权制,结拜制)及一些历史事件。其中母权制和父权制形成的渐进过程对民间创作的发展具有尤为重要的意义。他认为所有的民族都经历了这样一个发展阶段。他通过分析比较斯拉夫与西欧的口头文学作品、拜占庭的文献史料、

---

① 〔俄〕弗・雅・普罗普(В. Я. Лропп)《故事形态学》,列宁格勒:科学出版社,1928年,第31页。
② 〔俄〕弗・雅・普罗普(В. Я. Лропп)《民间文学与现实》,莫斯科:科学出版社,1976年,第144页。

圣经故事及一些殖民地原始部落的民族志材料,从中发现了一些共同的主题,如贞节受孕、奇迹化的诞生、父子交战、血亲婚配等等……这些主题发生在母权制及母权制为父权制取代的过渡阶段,是这段历史的反映。要强调的是这里所说的历史不是按照纪年、而是按照文明的发展程度来划分的。维谢洛夫斯基在他的时代能以这样的眼光提出问题和分析问题,实属难能可贵。普罗普因此而称他的学说是"真正意义上的历史诗学"。

普罗普在《故事形态学》中完成了对故事的内部结构分析,即回答了"故事是什么"的问题之后,按他的计划转向了下一个课题——探讨故事的历史起源,即"故事从哪儿来"的问题,"开始寻找在神奇故事情节比较中揭示出的那个系统的历史根基","尽可能有条不紊和循序渐进地由对现象与事实的科学描述转入对其历史原因的解释。"①这便是他于 1938 年完成、1939 年作为博士论文通过答辩的第二本专著《神奇故事的历史根源》(由于战争,1946 年才获出版)。俄国著名民间文艺学家泽连宁在他为这本书写的学位论文评语中称其是"立足于两门学科——民间文艺学与民族志学的交界线上"②。旁征博引世界范围内的民族志材料、通过具体的分析比较来说明神奇故事作为一个整体及各个母题的历史源头,的确是这本书的突出特点。普罗普循着弗雷泽、维谢洛夫斯基等开辟的道路,将"仪式说"运用于神奇故事这一体裁的具体研究,并做了淋漓尽致的发挥,且有所补充。

普罗普在该书第一章开宗明义,指出这部著作的任务是想阐明"历史往昔的哪些现象(不是事件)与俄罗斯的故事相符合并且在何种程度上确实决定以及促使了故事的产生。"③接下去,他对"历史往昔"的概念加以扩展并使之更为准确。在他看来,故事所对应的并不是直接的生产形式,而是与不同历史发展阶段中的生产形式相适应的社会制度,具体而言,便是作为该制度具体表现形式的各种法规(在此指仪式与习俗),许多故事的情节和母题正是在这些法规

① ［俄］弗·雅·普罗普(В. Я. Пропп)《民间文学与现实》,莫斯科:科学出版社,1976 年,第 138 页。
② ［俄］德·康·泽连宁《秋涅尔纪念文集》,圣彼得堡:科学院人类学与民族志学研究所,1998 年,第 142 页。
③ ［俄］弗·雅·普罗普(В. Я. Пропп)《神奇故事的历史根源》,圣彼得堡:圣彼得堡大学出版社,1996 年,第 16 页。

的基础上产生的,其中最为重要的,便是在原始民族生活中具有重大意义的成年礼仪式,除此外,神话、原始思维的形式也都在故事起源的考察中占有一席之地。

普罗普将成年礼仪式称为"神奇故事的远古基础"。如故事中孩子们被带到树林里或被林妖劫走,主人公被妖婆亚加痛打或接受其它考验,主人公被怪物吞下又喀出,林中的男人之屋,主人公得到宝物或神奇的助手,故事结尾的婚礼等,都可在成年礼仪式中找到呼应。

但这种对应关系并非是单一的,普罗普将其划分为三种类型:一是直接对应型,即故事与仪式、习俗完全吻合,这种情形较罕见。二是重解型,即故事对仪式的重新解读。具体说便是将仪式中某些由于历史变化而变得无用或费解的因素替换成合乎逻辑的情节,在有的例子中二者之间的关系有清晰的脉络可寻,但更多的时候是混沌一片,辨析起来并不容易。三是转化型,即在故事中保留的仪式痕迹与仪式本来的内涵或解释意义相反,这其实是重解型的特例。这证明"情节有时产生于对往昔曾有过的历史现实的否定态度。"[1]

故事与神话的关系一直是个众说纷纭的话题,很多人往往从形式的角度来划分二者的界限,对此普罗普提出了自己的见解。他认为:"神话与故事的区别不在其形式而在其社会功能。"但是"神话的功能并非一成不变,它取决于民族的文明程度。"[2]在这里,根据研究的需要,他"将神话作为故事可能的源泉之一"。值得一提的是,20年后,普罗普在与法国结构主义理论家列维-斯特劳斯论战时再次论及这个问题,他除了依然坚持"神话作为一个历史范畴要比故事古老","它们的界限不在形式方面"的立场外,又对故事与神话各自的本质属性做了更明确的界定,对神话的各分支系统与故事的关系作了更细致的说明,并分析了神话在不同历史阶段的存在情况及其作用的变化。

梅列金斯基认为,注意到神话是故事的来源之一是普罗普胜过维谢洛夫斯基的地方,他说:"维谢洛夫斯基对情节起源的许多解释的不准确及经不起推敲缘于忽视了生活与故事之间常常还夹着神话以及故事最初是由神话发展

① 〔俄〕弗·雅·普罗普(В. Я. Лpoпп)《神奇故事的历史根源》,圣彼得堡:圣彼得堡大学出版社,1996年,第25页。

② 〔俄〕弗·雅·普罗普(В. Я. Лpoпп)《神奇故事的历史根源》,圣彼得堡:圣彼得堡大学出版社,1996年,第26页。

而来,其中包括与成年礼仪式相关的神话,对此,桑狄夫、普罗普、凯姆贝尔在自己的时代都注意到了。"①

除了成年礼仪式与神话起源外,故事中还有一些形象不是从任何一种直接的现实中发源的,如飞蛇或飞马,鸡足小木屋,不死的科谢依等等。普罗普将它们的起源归之于原始思维的形式。普罗普发挥了列维-布留尔的学说,认为原始思维不懂抽象概念,它在活动中,在社会组织形式中,在民间文学中,在语言中表现出来。故事中有一些母题便源于原始人的死亡观念,如奇迹化的降生,死者转生为新生婴儿,主人公出行时穿的铁鞋,主人公前往的遥远的王国等等。

进行了上述分析后,普罗普再次重申:"故事结构的单一性并非隐藏在人类心理的某些特点中,也不是在艺术创作的特殊性里,它隐藏在往昔的历史现实中。"②这一贯穿始终的主导思想,使他判然有别于那些从文本到文本的理论家们。在写于1946年的《民间文学的特性》一文中,普罗普专题论述了民间文学与民族志学的关系,他认为只研究文本的方法是有缺陷的方法,"民族志学对于我们进行民间文学现象的起源学研究尤为重要。在此民族志学构成了民间文学研究的基础,没有这个基础它便成了空中楼阁。"③

有研究者认为,在30—50年代的俄民间文艺学界,当运用民族志学材料研究民间文学的方法迫于文艺学、纯语文学方法论的压力而被削弱的情况下,"普罗普不仅是这一传统的少数几个捍卫者和继承者之一,而且还为其注入了新鲜血液。他以独具一格的思想丰富了它,形成了当代民间文学现象历史起源研究的方法,这可称之为民族志主义的方法。"④

三、"归纳诗学"与历史主义

就整体而言,19世纪的俄国学院派推崇西欧的实证主义文艺学、文化学

① [俄]叶·莫·梅列金斯基《历史诗学:结论与前景》,莫斯科:科学出版社,1986年,第41页。

② [俄]弗·雅·普罗普(В. Я. Лропп)《神奇故事的历史根源》,圣彼得堡:圣彼得堡大学出版社,1996年,第353页。

③ [俄]弗·雅·普罗普(В. Я. Лропп)《民间文学与现实》,莫斯科:科学出版社,1976年,第28页。

④ [俄]鲍·尼·普济洛夫《重读和重新思考普罗普》,《古风今存》,1995年第3期,第5页。

研究,并将这种精神贯注于自己的实践中。当他们从不同角度探讨文艺创作和文学历史发展的规律性时,不约而同地把目光投向了民间文学、古代文学、民族志及文化史等方面的文献史料的发掘整理和考证。维谢洛夫斯基是其中突出的代表。他所倡导的运用历史比较法研究世界文学的整体发展历史,正是以实证为基础的。他强调注重事实材料、注重从对事实的归纳概括中发现事物发展的内在规律性和因果联系。与传统的规范化思辨诗学相反,历史诗学的任务在于"为文学史的研究方法,为归纳的诗学收集材料,这种诗学将清除关于文学史的各种思辨理论,为的是从诗歌的历史中阐明它的本质。"①尽管对实证的过分强调使他的学说带上了形而上学直观性的局限,削弱了其方法论的意义,但循此方法构筑的大厦,毕竟比从先验的理论出发基础要坚实些。

　　这种"归纳的诗学"在普罗普的故事学研究和一般理论阐述中都有充分的体现。在与列维-斯特劳斯的论战中,他认为自己与这位法国结构主义理论家的根本分歧之一在于自己是个"经验论者,并且是个坚定不移的、首先注重仔细观察事实并精细入微和有条不紊地对其进行研究的经验论者",是一位做"十分经验化、具体化、细致化研究"的学者。而列维-斯特劳斯是位哲学家,二者的不同在于"哲学家会认为那些合乎此种或彼种哲学的一般性判断是正确的。学者则认为正确的首先是那些从材料研究中得出结论的一般性判断。"②《故事形态学》中神奇故事的结构要素与结构模式是通过对大量故事材料的比较分析而概括归纳出来的。所以当列维-斯特劳斯奇怪于普罗普为何不把自己的方法用于神话而要用于故事,并对此做了想当然的解释时,普罗普更奇怪列维-斯特劳斯提出问题的方式,他认为在科学中从来不是先产生方法,然后再考虑把这个方法用到哪个对象身上。

　　在《论民间文学的历史主义及其研究方法》(1968)一文中,普罗普进一步强调了归纳方法对于民间文艺学的一般理论意义:"关于民间文艺学历史研究

---

① 〔俄〕亚·尼·维谢洛夫斯基(Веселовский, АлексанАрНиколаевич)《历史诗学》,莫斯科:高等学校出版社,1989年,第42页。

② 〔俄〕弗·雅·普罗普(В. Я. Лролл)《民间文学与现实》,莫斯科:科学出版社,1976年,第133页。

的方法……我认为,民间文艺学的方法只能是归纳的,即由材料研究得出结论。这一方法在精密科学和语言学中已经确立,但在民间创作的科学中尚未占统治地位。这里是演绎法占优势。即从一般理论或从预设前提考察事实的角度出发的途径。"①他列举了民间文学研究中种种随心所欲的解释,尽管这些假设中也有零星的真理,但它们方法论的基础却是靠不住的。

归纳与演绎作为不同的推理方法,从逻辑层面上说应该具有同等重要的意义,实证主义的局限也就在于对后者的轻视。不过普罗普是从民间文学研究出发点的角度论述归纳方法的独尊地位,这与实证主义似还有所不同。

对故事的历史研究上文已有所涉及,历史主义又是个很大的话题,在此难以充分展开。仅就事论事,通过对普罗普故事学理论渊源的梳理和对其民间文艺观的整体观照,笔者以为,许多人心目中仅作为《故事形态学》作者的普罗普,与作为一个整体的学者普罗普是有距离的。尽管他因故事结构功能分析的理论创新被后起的结构主义者们引为同道,但他从来不是一个"纯粹的"结构主义者,也不存在所谓 40 年代"转向"的问题,对故事结构的历史根基的看法,在他是"从一开始就明确的"和一以贯之的,只不过在第一部著作中它是作为一张有待日后兑现的"期票"。他始终在历史的新旧更替这样一个动态过程中考察民间文学与现实的关系,"历史主义始终处于他学术兴趣的中心地位。"②而这正是结构主义者们不屑一顾的态度与方法。应该说,普罗普是不多见的能将故事的结构研究与历史研究、共时研究与历时研究结合得较好的学者之一。

在一篇纪念普罗普百年诞辰的文章中,普罗普研究专家普济洛夫对这位大学者的贡献和地位做了如下总结:"弗·雅·普罗普留给我们的一条遗训是:不要在文本表层和局部现实中寻找民间文学的情节、母题、诗学因素与现实的关系,而要在文本的深层内容,在言外之意中,在其与传统的相互关系中,在这一传统转换的性质和方法,在潜在的民族志根源中寻找。弗·雅·普罗普的一大功绩在于——他克服了习见的对民间文学文本表面、直观的阅读,而深入到了其内部。在这方面他继承发扬了在波捷布尼亚、维谢洛夫斯基、弗雷

---

① ［俄］弗·雅·普罗普(В. Я. Лропп)《民间文学与现实》,莫斯科:科学出版社,1976 年,第 128 页。

② ［俄］弗·雅·普罗普(В. Я. Лропп)《民间文学与现实》,莫斯科:科学出版社,1976 年,第 10 页。

泽、马林诺夫斯基的著作中体现的本国及世界民间文学研究的优良传统,同时又做出了自己独特的卓越贡献,他因此而加入了民间文艺学经典作家之列。"①

① 〔俄〕鲍·尼·普济洛夫《重读和重新思考普罗普》,《古风今存》,1995 年第 3 期,第 5 页。

中国民间文学及其记录整理的若干问题①

[德]傅玛瑞(Mareile Flitsch)

在中国,口头传承至今仍然是一个十分活跃的、有生命力的传统。人们采用众多的叙事形式与类型,重新讲述古老的故事,转述个人的亲历事件,传播客观知识,评判人间是非。口头传统为人们的经验和日常知识、地方性的历史事件、传闻、幽默的智慧、道德评判和艺术趣味提供了有效的表达方式。在职业故事讲述者之外,口头传承是日常生活中与讲述活动的社会情境紧密相关的艺术。一个简单的母题,如充满治人欲望的婆婆,可以出现在不同的文本类型当中,包括口头俗语、谚语、惯用语、笑话、轶事、故事、传说、回忆、寓言、俗谣、民歌、曲艺、手指游戏或数数儿歌。民间叙事的研究者、民俗学者、文学作品研究者或历史学家在研究口头传承时,依赖的是固定的口述文本。尽管仅就技术而言,当今时代具有重现声像的可能性,但是,最重要的固定文本形式仍然是书面文字。对口传内容的每一次书面转录,都意味着将口头形式的翻译成书面形式的,由此引起的对口传内容的改变是不可避免的。民歌、俗谣和其他的短小韵文等易于记忆的形式,尚可以比较容易以韵文的形式被重新转写出来,可是,对民间叙事文字的转录就相对困难了。长期以来,欧洲搜集者们把民间叙事的文学化当作书面转录的有效手段,格林兄弟可以最好地代表这一趋向。19 世纪以后,伴随着唱片录音(19 世纪末)和磁带录音技术(20 世纪 30

---

① 本文原为作者于 2002 年 11 月 28 日在德国柏林自由大学发表的教授答辩报告《搜集·整理·出版:中华人民共和国民间文学书面转录的理论与实践》,原文为德文版,原刊于 *ORIENS EXTREMUS(HAMBURG)* 2002 年第 43 号,第 221—236 页。现首次发表中译文,本文根据中国读者的实际情况,已对德文原文略有删改。

年代以来)的发展,一种严格忠实于字词的故事记录方法被日渐采用并得到逐步发展。这一学科的国际权威学术机构"国际民间叙事研究协会"(ISFNR)将对口传作品进行忠实于字词的书面转录规定为该学科当今通行的学术准则。

受制于汉字的特点,中华人民共和国走出了一条独特的转录民间文学的道路。在当代中国,转录民间文学时所采用的方法是:提倡在将口头传承的内容转化为书面形式的时候,仅对其作部分的(必需的)加工,对其余的部分,无论在内容上,还是在语言上,都要求尽可能地与原初资料保持一致。在这样的规定下,中国民间文学便有了三种不同的形式,即口传的原初资料、用于研究目的的资料以及服务于道德教育目的和政治目的的正式出版物。

中国的口头文学搜集及其文字转录可以追溯到文字使用的最初时代。中国历史上不断出现艺术家和文人受民间文学影响(并将民间文学的内容纳入他们自己的作品中)的实例。因此民间文学的母题形象在各种不同的文献形式中都非常丰富多彩。现、当代中国的民间文学运动被称为"世纪运动"。自19世纪中叶以来,中国被迫向欧洲敞开大门,接受欧洲影响,这曾使知识分子们明确地意识到中国的软弱无力。在这样的历史背景下,激进派学者们寻找中国文化之根的努力,导致了他们拒绝使用经典的古代汉语,而提倡以口语为基础的现代文学语言——白话。1919年"五四"运动时期,年轻的中国知识分子在日本、俄国和欧美的学术思潮影响下,有意识地将他们的关注对象转向民间口头传承[1],"到民间

---

① 赵卫邦(Chao,Wei—pang)《现代中国的民间文学研究》(Modern Chinese Folklore Investigations),原刊《民俗学研究》(*Folklore Studies*),Peking,Vol. I,1942,pp. 55—76,Vol. II,1943,pp. 79—88。另见:[美]洪长泰(Hung,Chang—tai)《到民间去:1918—1937年间的中国的知识分子与民间文学运动》(*Going to the People. Chinese Intel-lectuals and Folk Literature 1918—1937*),Cambridge(Mass.):Council on East Asian Studies,Harvard University,1985。[美]洪长泰(Hung,Chang—tai)《战争和通俗文化:现代中国的抵抗,1937—1945》(*War and Popular Cul-ture. Resistance in Modern China,1937—1945*),Berkeley:University of California Press,1994。陈云根(Chin,Wan—Kan)《中国现代民间文学研究(1919—1945):从欧洲民俗学对中国传统影响角度出发的关于民间文学搜集、国家行政管理和民族国家形成之间相互关联的比较研究》(*Die Folkloristik im Modernen China (1918—1949). Eine vergleichende Studie zum Zusammenhang zwischen Sammelarbeit,Staatsverwaltung und Nationenbildung im Blick auf die Chinesische Tradition unter dem Einfluß Europäischer Volkskunde*). Aachen:Shaker,1997。

去"成为一种政治运动①。他们当中的理想主义者和乡村浪漫主义者的代表者们,力图寻找民族的文学,并抱有以此为手段改变"民族性格"的雄心壮志。我们如果考虑到历史悠久的民歌搜集传统的话,可以说,这类对口传文学的重视是中国的一贯传统。中国年轻的知识分子在这一时期所作的努力,为一种新形式民间文学的出现和形成奠定了基石。在20世纪末期,这一民间文学运动以一个意义深远的、全国性的、搜集编纂"中国民间文学三套集成"项目达到了迄今为止的最高峰。

由此观之,一百年来被搜集记录的民间文学作品、考察报告以及手稿、录音和图片等珍贵资料都得以留存。如果把外国传教士和民族学者在中国搜集的资料一并计入在内的话,可以说,我们今天已拥有相当可观的研究资料。

对20世纪初到1949年的中国民间文学,已经有人做过较详细的研究,如洪长泰(Hung,Chang－tai)和陈云根(Chin Wan－kan)。对中华人民共和国时期民间文学的研究,到目前为止,仍被西方汉学界搁置一旁。本文将勾勒1949年以后中国民间文学发生的背景,集中关注"中国民间文学三套集成"项目的进行情况和资料成果,以便对民间文学的记录和整理这一复杂问题中的某些细节进行比较深入的探讨。

序　曲

中华人民共和国成立以后,只有在极少数的情况下,民间文学的搜集才成为独立的、私人的活动。大多数情况下,它们是不同民间文学研究群体的工作结果,而这些群体的形成,基于20世纪初期不同的学派和学者。

从"五四"运动中走出,并对当代中国民间文学研究有重大影响的学者,是不久前辞世的钟敬文(1903—2002)。钟敬文出生于广州,是中国最早的民俗学者之一。由他所代表的学派坚信,在社会政治允许的前提下,为了研究的目的,有必要在书面转录过程中,尽可能地保持口头传承资料的原初面目。

---

① ［美］洪长泰(Hung, Chang－tai)《到民间去:1918－1937年间的中国的知识分子与民间文学运动》,董晓萍译,上海:上海文艺出版社,1993年。

在共产党内，也有人很早就认识到，可以有效地利用民间文学，教育党的基本依靠对象农民阶层。广为人知的是，毛泽东本人曾经一度亲自搜集民歌。在中华人民共和国成立之前，在延安解放区最早的整风运动中，深入农村搜集民间文学，并对此加以研究，被确立为将来的一项中心工作。与此同时，延安也积累了如何将民间文学用于政治宣传的经验。延安鲁迅艺术学院的马克思主义学者们预先确定了以后几十年的（民间文学研究的）发展方向。属于延安学派、至今对中国民间文学的研究有重大影响的政治领导人物，是1913年出生于山西的贾芝。他的追随者们倡导对民间文学的彻底更新，他们要在记录转写民间文学的过程中进行大幅度的改变，以达到教育人民的目的。此外，在苏联学习的第二代和第三代知识分子，也把苏联民间文学研究的影响带回中国。

50年代初，若干大学的中文系曾经开设了民间文学专业。在全国范围内，民间文学研究者的专业协会是"中国民间文艺家研究会"，各省市分别设立了分会，他们各有自己的学术特点和地方特色，并追随不同的学术派别。他们都热衷于出版工作，编辑出版专业杂志是他们的业务内容之一。此外，培训搜集者、组织搜集活动、从理论和方法上对书面转写民间文学的整理的活动进行讨论等，均由国家级和地方级的民间文艺研究会组织进行，"民间文学干部"们被委托对内部出版物和公开出版物进行检查把关。

中国日常生活的逐步政治化，尤其是50年代末的整风运动，也波及到了民间文学：知识分子应该在日常生活中对农民的生活方式有所了解。对数量众多的作家、教师、学生、文化部门的工作人员和其他不同职业群体的代表来说，搜集民间文学也是他们接受思想教育的一部分。他们从城市到农村，在调查期间，与当地农民同吃、同住、同劳动，以便向他们学习。他们的任务是对民间文学"全面搜集，重点整理，大力推广，加强研究"①。

---

① 丁乃通关于这一时期写道："这一阶段的消极一面是，来自官方的指示要求民间文艺不仅要被搜集、保存和研究，同时也要被'改造和提高，以便在此基础上产生新的、民主性的文学和艺术'。按照毛泽东的观点，'所有的封建统治阶级的糟粕产品必须与民间文化的精华部分或者与那些天然的民主的和革命的因素区分开来'。由于语言表述上不够清晰，民间叙事的搜集者和研究者对这一基本原则各自有不同的理解。"TING, NAI—TUNG 1997/1999：1348。

关于如何整理搜集来的口头传承作品，自 50 年代以来，一直存在激烈的讨论和争执，不同学派在此问题上各持己见。不过，在对民间文学的书刊进行直接或间接的检查时，他们却似乎在某种程度上取得了共识。比如，他们都把民主的和革命的成分当作"精华"看待，对所谓"黄色"主题和所谓的"封建迷信因素"，一直视为"糟粕"。直到 80 年代，对社会中个别群体和少数民族的侮辱性内容，均被认为具有"错误的阶级观点"。但是，另一方面，对色情和宗教因素的禁止，则在中国由来已久，并非是共和国成立以来才开始的①。

50 年代末期以后，随着不同学术派别之间的路线斗争的发展，民间文学内容的政治标准也变得日益严苛。严格遵照原初资料的搜集整理方法受到批评，受极"左"思潮影响的"改旧编新"方法在 60 年代初期占据了上风。这一进程在"文化大革命"期间达到了高峰，这便是对民间文学的完全拒绝，因为民间文学作为"四旧"之一，被认为是阻碍中国发生改变的因素。许多搜集者和研究者都成了政治斗争的目标。

直到 1978 年以后，民间文学作为一门学科才得以恢复，与此同时，钟敬文和许多其他学者也得以平反。在很短的时间内，中国民间文学研究者确立了新的方向。首先，他们要集中于长期被忽略的民间文学民俗学研究。他们认识到，以往的岁月损失巨大，而中国的现实日常生活将在短期内迅速发生巨大的变化，在这一显而易见的事实面前，要再次实施搜集民间文学资料的计划，是一项不可回避的任务。因此，中国产生了新形势下的首例民间文学国家项目申请报告书。

---

① ［德］傅玛瑞(Mareile Flitsch)《吉林长白山地区民间叙事传统中的人参体系》(Der Ginsengkomplex in den Erzähltraditionen des Jiliner Changbai—Gebietes)，Frankfurt a. M. ：Lang，1994，also《习俗和故事中的"索拨棍"：吉林汉族民间文学中挖参人的物质文化》(The Suobo Staff in Custom and Tale. Ginseng Seekers' Material Culture in Jilin Han Folk Literature)，in Techniques et culture，Paris：29，1997，pp. 41—65，also《搜集整理：从口头到文本——中华人民共和国的民间文学的整理过程》(Souji zhengli—Vom Wort zum Text. Volksliteratur in der VR China im Proze Bihrer Systematisierung. ，in Bernhard Führer Hg. In Zensur：Text und Autorität in China in Geschichte und Gegenwart，Wiesbaden：Harrassowitz Verlag 2003）,also Der Kang. Eine Studie zur materiellen Alltagskultur bäuerlicher Gehöfte in der Manjurei，Wiesbaden：Harrassowitz Verlag，2004。

中国民间文学三套集成

　　1984 年 5 月 28 日,中国文化部、国家民族事务委员会、中国民间文艺研究会联合发布了开展搜集整理民间文学"三套集成"的第 84/808 号文件。该文件指出,中国丰富的口头传承是一笔巨大的财富,该项工作的目的是"让民间文学更好地为人民服务,在社会主义物质文明和精神文明建设中更好地发挥作用"①。

　　该文件还提出,要编辑和出版"中国民间故事集成"、"中国民间歌谣集成"、"中国民间谚语集成"。其他类似艺术形式的搜集整理工作也将同时在"全国十套民族民间文艺集成"项目中展开。

　　在正式宣布开始"民间文学三套集成"工作的同时,该文件也对到当时为止的民间文学工作进行了总结:肯定了 50 年代和 60 年代的工作,谴责了"文化大革命"期间对民间文艺资料的破坏和对艺术家和搜集整理者的迫害,充分肯定了"文革"以后各地抢救民间文艺资料的努力,但同时也指出区域性搜集工作的限制与不足。发动者还考虑到另外一个因素,即当时在世的讲述家和老艺人大都已步入高龄,几乎没有后代可以继承,其艺术将面临断层,于是搜集工作被列入计划之首,并要加紧实施。

　　老一代民间文学工作者的搜集作品也被考虑列入其中,包括他们的部分早期出版物(有的是被加工过的)②。在三套集成的卷本中,还收入了一些以前曾出版过的文本。

　　为了便于实施计划,一个全国性的机构"三套集成办公室"宣告成立了。从前不同学术观点的代表人物均承担了该机构的领导工作:钟敬文、贾芝担任主编。中国民间文艺研究会此时改称为"中国民间文艺家协会",具体主抓该项计划的实施。在项目进行之初,1984 年 7 月,"集成办"在山东威海召开了第

---

① 刘守华《谈精华与糟粕的分辨与处理》,刘守华《故事学纲要》,武汉:华中师范大学出版社,1988 年,第 1—2 页。

② 按规定,在可能的情况下,要与现存的记录反复核对,然后进行筛选。但是筛选的标准却没有精确表述。关于这个问题,参见中国民间文学集成总办公室编《中国民间文学集成手册》,内部资料,1987 年,第 4 页和第 68 页。

一次工作会议。同年9月,"三套集成"项目的主要负责人在云南昆明举办了培训班。"三套集成"工作的最初经验是从云南开始的①。在各省市、自治区,那些已鬓发花白、曾活跃于50年代的民间文艺研究者们纷纷出任顾问和编委。该项目的经费由国家财政部门资助。

　　1985年,搜集工作在所有行政区划单位展开。在准备阶段,搜集者都明确了他们在即将开始的工作中所应遵循的规则和方法:他们应当做"充满敬意的听众",尽可能准确地做笔录,以便日后在书面转录时得以再现"语言和内容的完美"。搜集者要提交某一地区民间文学总体状况的报告②。在搜集民间文学作品时,要采用科学的方法。此外,要根据规定的格式,对文本和讲述人的详细情况做卡片登记。在搜集时,还要借助现代技术设备,如录音机、照相机和摄像机等,进行记录,以便在书面转写时,保证民间文学学术意义上的精确性。但是,这些都是纯粹的理论设想。在80年代中期,在搜集工作真正进行的地区,上述现代技术设备的普及程度还微乎其微。组织者们似乎也明白当时的现状,因此制定和印行了一些非常详细的指导性文字,以便使搜集者学会如何做符合学术规范的笔录:要求对讲述者、搜集者的个人背景以及资料搜集的情形应该有所记录,以便保证学术上的准确性和可靠性;对相关资料和照片也要做附录;对少数民族民间文学作品要求用本民族语言做记录,然后译成汉语③。

　　被搜集上来的书面文本要求能够表现、保留和传播民间文学的完美性。但对不同体裁作品的书面转写也会有不同的要求。比如,对民间叙事的转录,应该从口头形式转化到与之相对应的书面文本形式,尽可能保持原貌。作品的题目,母题,与情节相关的人物、语言和风格均不可改变,不能附加整理者的主观评论和意见。编者应首先遴选需要转录的民间叙事作品,然后逐句记录下来。全篇作品要分段,按开头、正文、结尾结构顺序排列。对需要说明的文

---

① "云南省民间文学三套集成"在整个项目中被赋予特殊的意义。参见《中国民间文学集成工作手册》,1987年,第9—10、174页。项目的大事年表亦可参见该书,或参见姚居顺、孟慧英《新时期民间文学搜集出版史略》,沈阳:辽宁大学出版社,1989年。

② 关于这个问题,有详细列表,说明应该搜集哪些信息资料。

③ 中国民间文学集成总办公室《中国民间文学集成工作手册》,1987年。

字应做注。对不同异文要详细地记录下来,做综合归纳,尽可能形成一种"完美"的全本①。对少数民族讲述人要尊重其本民族的文化,汉族搜集者应注意杜绝将自身的观念和审美意识强加于对方的作品之上:"如果有些少数民族认为黑牙齿、长脸或者单眼皮美,那么就不应该改成白色的牙齿,圆脸和双眼皮。"②在这里,需要提及的是,随着"三套集成"工作细则的颁布,许多关于民间文学研究的理论文章也相继发表。在苏联民间文学研究专家和神话学家李福亲的建议下,20世纪70年代在苏联民俗学家和民间文学研究者当中流传的田野工作手册被翻译出版。它们当时是为大学内部使用而编写的,作者是尤·科鲁格洛夫(Ю. Г. КРУГЛОВ)③。所有这一切都表明了《中国民间文学三套集成》项目的基本学术取向。

在各县完成普查的基础上,一些县卷本被编印出来,供内部使用。对编者而言,各卷皆应具备科学性、全面性和代表性三特征。民间叙事被按照主题类型进行分类,这样就可以制作该主题类型的分布图。一些学者和专业工作者再从县卷本中筛选出一些文本用来编辑市(区)卷本,最后形成省卷本(包括直辖市卷本和自治区卷本)。所有集成卷本的总体框架和印制形式都有统一格式④。从不同县、市(区)和省卷本中,我们还可以看出某些文本在不同书面转录阶段时的形态。据初步估计,全国编辑出版的各类资料本可望达到12500册⑤。

在该项目启动十余年后,1977年,《民间文学论坛》杂志刊登了关于"全国三套集成工作"的第一份统计报告,当时该项目尚未结束。根据这项统计数字,1984年至1990年大约有200万人参与了该项工作,共搜集民间故事184万个,民间歌谣302万首,民间谚语748万条,资料总额可达4亿字。到1997年,县、区、市级资料本大约有3000卷。1996年以来,各地开始陆续出版省(市)、自治区卷。这些卷本印刷质量上乘,装潢精美,并附有照片、地图、专业术语词

---

① 中国民间文学集成总办公室《中国民间文学集成工作手册》,1987年,第60—64页。
② 刘守华《谈精华与糟粕的分辨与处理》,刘守华《故事学纲要》,武汉:华中师范大学出版社,1988年,第66页。
③ [苏]尤·科鲁格洛夫《民间文学实习手册》,夏宇继译,北京:中国民间文艺出版社,1985年。
④ 季成《任重行难　成绩斐然——全国民间文学集成工作已逾十年》,《民间文化》1997年第1期,第75页。
⑤ 季成《任重行难　成绩斐然——全国民间文学集成工作已逾十年》,《民间文化》1997年第1期,第2页。

汇表和类型索引,对重要搜集者和讲述者还有简短的介绍。当时大约三分之一的省卷本均已出版①。

我们仅看这些搜集卷本的数量,便几乎不可能对"三套集成"的价值有所怀疑。我仔细阅读了其中的四个省份共 220 册市(县)卷本,发现,它们当中蕴藏了很多极珍贵的细节资料,可以给人带来诸多意想不到的学术收获。在此,值得一提的是《中国民间文学三套集成辽宁卷本溪市补遗资料本》。该资料本"是从本溪市明山、南芬两区的全部稿件和市直的一些自然来稿中选编而成的"。当地的明山和南芬两区由于经费和人力等诸多因素限制,无法自行编印成册,由其上级单位本溪市集成办编印成补遗资料本,将所有资料全部收入,未加筛选,其目的是妥善保存,以免流失。所以,此卷本的语言和内容加工很少,一些有学术价值、但在其他地方的县卷本中可能不会被接纳的口传故事,也被收录进来。某些在编者看来过分不雅驯的词汇和字眼,被用叉号代替(但对熟悉当地语言文化的读者来说,不难明白被叉号代替的那些字词的原意)。

自民国时期至 20 世纪 70 年代,中国民间文学搜集活动一直是学术界集中讨论的话题之一。《中国民间叙事类型》的作者、美籍华裔民间故事类型研究者丁乃通(Ting,Nai—tung)得出这样的结论:

> 大多数文本正如编辑者和搜集者强调的那样,忠实地再现了情节。中国的搜集者在注释和评论中对搜集实践的描述,可以使人从中看出他们在哪些方面受到了束缚。根据这些情况,就有可能在最大的程度上重构原初资料②。

---

① 乌丙安《关于中国民间文学集成的编辑出版介绍》,未刊稿,1991 年。

② [美]丁乃通(Ting, Nai—tung)《1850 年以来的中国的口头叙事》(Chinesisches Erzählgut von ca. 1850 bis heute),原刊:《童话百科全书——口头文学历史与比较研究手册》(Enzyklopädie des Märchens. Handwörterbuch zur historischen und vergleichenden Erzählforschung),Berlin: De Gruyter 1977/1999, S. 1335—1361.《中国民间故事和主要经典文学中的故事类型索引》(Type Index of Chinese Folktales in the Oral Tradition and Major Works of Classical Literature),[FF Communications Vol. XCIV—3, No. 223]. Helsinki: Suomalainen Tiedeakatemia,1978. 另见:徐丁丽霞(Hsu Ting, Lee—Hsia)《中国民间叙事文献指南》(Chinese Folk Narratives: A Bibliographical Guide)[Chinese Materials Research Aides Service Center, Incl. Bibliographical Series No. 4.]. San Francisco:Chinese Materials Center,1975.

　　我本人同意丁乃通对产生于 50 年代及 60 年代早期的、以书面文本形式出现的中国民间文学作品的肯定性评价。正因为搜集者与农民关系密切,民间叙事中的母题和主题所涉及到的民俗志细节也都能被精心地转录出来。

　　也许对类型研究或者对诸如普罗普(V. Propp)的结构形态学研究来说,由书面文本重构"原初资料"是完全可能的。但是,由书面文本重构非韵文形式的口头文本,却几乎是不可能的。不过,我们有各种不同的办法可以推测口头文本在多大程度上被作了改变。这是一项非常困难、但也非常引人入胜的工作。由此我们不得不提出一个"民间文学三套集成"书面资料的本真性问题①。

　　就民间叙事而言,无论在五六十年代,还是在"文化大革命"之后,记录民间文学的目的,都不在于保存口述性的内容。口头历史(oral history)和口头文学(oral traditions)没有被严格地区分。作为标准样本流传下来的是无时间性的叙事,其目标是创造一种尽可能本真的、书面形式的、意识形态上纯粹的民间文学②。

　　当然,我们只能希望从文本中得到一定程度上的语言本真性,它们最多只能保留在口语的用词表达以及特殊的词汇和语言风格上。不过,主题、母题和情节的本真性是可望达到的。学者们预先假定,最大程度上保留内容上的原初性是充分必要的。以此为出发点,他们开始讨论口头性与书面性的关系,口头资料与被整理出来的书面文本之间的关系。专业领域的工作规则总是在强调民俗志描写的精确性。因此,我选择了一些在民俗志上可以把握的、与具体的传统相关的主题和母题作为自己的研究对象。

　　1985 年夏天,时值"民间文学三套集成"工作刚刚展开,我在一次田野调查

---

①　完全依据讲述内容的转录自 20 世纪初开始在欧洲通行,它似乎更多地是为了保持与讲述文本的完全一致以及尊重讲述者的个人创造。这一转录方法是在约翰·布恩科(JOHANN REINHARD BüNKER)出版了扫街工托比亚斯·凯尔恩(TOBIAS KERN)的故事(1905/1906)以后才开始慢慢风行起来的。参照 MOSER 1979/1999。直至今日,在中国只有极少的文本是完全按照口述内容转录的,而且它们大多数用于语言调查的目的。

②　近年来,在西方的叙事研究者当中,强调口头性的优先性这一倾向已经有所淡化,人们开始重新估价口头传承中的真实性。在有文字的文化当中,可以清楚地看到口头传承与作家文学交融的半文学化过程(SCHENDA 1993:217-238)。口头传承的文学化被当作在某个特定的文化内用来交流讲述内容的有效形式而得到认可。

中,使用现代录音技术采录了一个民间故事,这个故事后来也出现在"吉林省民间文学三套集成"中。民间文学研究者康庄陪我去采访了故事的讲述人滕荣恩。当时,康庄和我对面而坐,在给我解释了许多滕荣恩讲述的细节,同时他自己也做了笔记。后来,他把其中一部分故事转录成书面形式,这些故事被收入当地"三套集成"的县卷本中。对我来说,现场录音的资料使我有可能在这篇论文中核对、或者重构不同书面文本中的"原初资料"。现在,康庄转录的文本和我自己转录的文本都已经正式出版,但是,时至今日,我仍然无法真正地估计出其价值。

这次田野调查是我为写作博士论文而做的。我的博士论文的研究对象是长白山地区挖参人的信仰和民间文学。关于这一题目,我有 89 个实地采录的民间故事和 731 个在中国出版的人参故事文本可供比较研究。当时我手中只有很少的几本"三套集成资料本"。我的印象是,资料本中的大部分人参故事我都已从以前公开出版的故事集中看到过①。

这里涉及到的是一个在民间文学中经常出现、但是在转录时直到今天都必须做很大改变的主题:"封建迷信"。截止到 80 年代初,在理论上,这些所谓的"封建迷信"的东西是不应该出现在民间文学中的。但 80 年代以后,这些内容得到了某种程度的宽容。只要不是纯粹为了宣扬封建迷信,而是关涉到"艺术上的想象"和"传统的风俗习惯",这些内容便可以进入民间文学中②。在"三套集成"的工作指南中,"封建迷信"并没有被明确定义。搜集者甚至被要求对宗教专职人员和他们讲述的民间故事予以特别的关注。

在吉林,挖参人的梦境被认为是当地典型的"封建迷信"因素。与冰岛的渔夫类似,在挖参过程中,挖参人很相信并依赖他们梦中出现的景象,梦的内容被解释为发现人参生长地的"路标"。在根纳普(Van Gennep)的经典仪式学说的意义上,这里所谈的是接受仪式。在梦中,挖参人让人参精灵把他们引导到可以发现人参的地方。在初次的挖参经历和接受仪式中,第一个梦境使挖

---

① 刘守华《谈精华与糟粕的分辨与处理》,刘守华《故事学纲要》,武汉:华中师范大学出版社,1988 年,第 41—65 页。

② 刘守华《谈精华与糟粕的分辨与处理》,刘守华《故事学纲要》,武汉:华中师范大学出版社,1988 年,第 81 页。

参人与山神结盟，而这一结盟会在整个挖参过程中决定挖参人的运气。

当时在中国，根纳普及其后继者关于民间宗教的理论还处于刚刚被接受的阶段。直到今天，在讨论民间宗教问题时，许多中国民俗学者还主要集中于宗教民俗的描写上。挖参人相信梦中的情景在民俗学者当中并非秘密。在80年代以后的民俗志中，对这一现象也有足够多的记载。

如果一个梦得到了证实，它就会给挖参人留下极深的印象。他们会把梦当成亲历的故事来讲述。吉林民俗学者一致认为，这种回忆性的讲述是人参故事中一个十分重要的母题源泉。这种故事一旦离开了原来的挖参背景而被继续转述，讲述者便不可避免地会不断改变其中的某些单项母题。

为了使文本保持本真性和接近现实的生活世界，民间文学的搜集者总是在寻找"专业人士"：在伐木人那里搜集伐木故事，在挖参人那里搜集人参故事，在木匠那里搜集工匠故事。讲述人的职业特点也体现在讲述的内容中，他们也以这样的方式将自己的职业经验传承下去。对吉林省的民间文学搜集者来说，挖参人的梦境成了一个难以处理的问题。作为地方民俗中的重要因素之一，不可能把这些内容干脆"整理"掉。但是，这些回忆根本不属于任何可以出版的民间文学形式。我们可以发现，无论在哪个搜集阶段的文本中，梦都是一个有某种特定含义的母题。搜集者们向我证实，直到80年代，类似的回忆都被改写整理成传说或者童话。

我和康庄记录的就是一个这样的回忆，是挖参人滕荣恩对自己亲历事件的叙述。把我的转写稿与康庄转写的文本进行一番比较，我们就不难通过这一具体实例看出"三套集成"中的民间文学被进行了怎样的整理。需要再一次指出的是，康庄记录讲述内容的技术手段仅仅是手写的笔记，而我使用了磁带录音机。

在转写这个故事时，康庄严格遵循了"三套集成"工作手册中规定的对不同故事中相同情节进行综合整理的原则。他采用了一个在人参民间文学中普遍通行的、在全世界范围内流传的叙事类型：三段式的主人公叙事。在故事中，主人公首先位于一个不利的处境，一个临界的状态，即一个严峻的转变阶段。如果能够战胜考验，他便会因此得到奖赏，他的不利处境也会因之改变。按照康庄的说法，60年代期间，在类似的挖参人的亲历叙事中，讲述者的梦境在整理时都被"改编"成间接的、临界考验阶段。

　　在转录这个故事时,康庄用了一个小小的技巧将故事与现实的距离拉开:他把应验了的梦境当作故事中的故事来讲述。如果我们将滕荣恩的第一个梦境的叙述与被整理过的文本中的相应段落对比,就可以发现一些非常有趣的细节:

　　(以下是本文作者根据录音、严格按照口述的内容所作的转录)

　　　　到那黑了我也作了个梦
　　　　……
　　　　就是从我们拿——
　　　　这个五品叶那个地场
　　　　个上边儿下来一个老太太
　　　　这个老太太呢
　　　　有六七十来岁儿这么个样
　　　　哎呀挺胖的
　　　　五大三粗的一个老太太
　　　　那个脸啊通红的
　　　　头发呢
　　　　就像你的头发是这个惨白色儿的
　　　　啊
　　　　哦
　　　　这个老太太呢
　　　　脸那是通红通红的脸
　　　　她领着我
　　　　顺着那么拿棒槌这个地场下来
　　　　下来的时候呢
　　　　就到达棒槌埯间
　　　　我和她说一句话
　　　　我说"是不是这些都是
　　　　都是你的
　　　　小孩儿"

她点点头

啊——

领着了到这个棒槌掩子间呢

那个意思呢

她这么扑落扑落这个草

又拍了这个坡

朝那边儿去了

我就在后边儿跟着她了

跟她走了认见一家哈

走这一家的时候呢我到现在那梦都没忘

……

过去了

过去的时候呢

这边儿就是一个——

平台儿

平台儿呢好像这意思呢

就像他妈的

哦——

一个

一个大——

铺了那么一个大被褥似的

在那个地场

她就躺下了

她就和我说的

她说我就在这儿等你

你到

以后你再来的时候

我他妈的我急了就醒了

她那儿一躺着我一看是个棒槌

我急了就醒了

下面这一段描写的是成功地找到了人参后的情形：

拿回来的棒槌我一看

正是我作景作的

那个老太太呢

她这个——

脑袋上呢

是——

一个疤瘌

作景作的时候呢

通红那个脸上边儿叶勒盖子上一个疤瘌

就知道这一个疤瘌别处来这四个卡巴

（笑）

它那个芦头受了伤①

······

---

① 在本文德文版中，为了使德语读者明确地意识到方言的口述文本与书面文本之间的区别，作者在当时九十岁的农妇 ANNA STOHLMANN 和一位退休的小学教师 ERWIN MÖLLER 的帮助下，将一部分滕荣恩的口述内容翻译成德国北部 MINDEN－RAVENSBERG 地区的方言德语：

Wor et duister worde, däo hadde ikäok n Dräom

...

düt was an de Stuie wo wui dän Ginseng met de fuif Bliare halt het —

däo kümp van buaben herunner näolet Frübbensminschke / Wuif

un dü täole Wuif

was

ungefaiher sestich, siäbensich Joahr

och n ganz dicket

gräodet un derbet äolet Wuif

dat Gesichte gloige ganz räot

un dat Hoar

dat was ähnlich wie duin Hoar von düsse bleiken Kloiore/Fiarben ...

ja —

康庄的整理稿如下：

> 一天夜里，三星偏西的时候，岳把头到炝子外解了个小手，回来刚躺下就迷迷糊糊地做了个梦：岳把头顺着小巴山嘴子往前走，走着走着就碰见一位七八十岁的老太太坐在一棵大红松树下歇脚，就上前搭上话了。知道老人家住在前面不远的地方，走到这走不动了，就扶着老人家往回走，一直把老太太送到家，老太太很感激，非让他进屋歇歇喝口水。岳把头随老太太进到屋里，见一个小媳妇在炕里叠大红被，一个十六七岁的小姑娘在炕边逗一个小胖子玩。小媳妇见老太太领着个生人进来忙下地给沏茶倒水。那茶可香啦。老太太对岳把头说："你这人心眼挺好使，把我一直送到家，我应送点啥谢谢你，可是我们家今年没有下山的，明年你再来吧。我可以告诉你，别看你们没开眼，这季子山你们还是不错的……"岳把头离开老太太家又往前走。……他冷丁醒了。……
>
> 大伙都说："老太太说她们家今年没有下山的，叫咱们明年来，明年可得准来呀！"后来听人传说，岳把头他们这季子山卖了大价钱，都发了财①。

当我 1999 年与康庄再次见面时，我们又多次谈到了民间叙事。他坚持说，他对这个故事的整理完全符合"三套集成"的规定，而且内容上尽量保持了原貌。需要指出的是，康庄是一个富有经验的民间文学搜集者，按照中国的标准，他也是一个出色的民俗学者。他的工作的意义和价值首先在于，使得讲述人的日常生活世界可以用书面的形式再现和保存。

在康庄的文本里，口头文本中的所有的因素都得以保留：梦、老太太、山路、平台儿、被子、（老太太的）指点、应验。在这个意义上，康庄完全做到了规定中的要求。他选择了将多个类似的文本进行综合整理的方式。他把滕荣恩讲述的两个梦合在一起，他让不同的母题进入同一个被整理过的文本中，并以这样的方式"抢救"这些母题。但是，为什么在书面文本中，梦中主人公是以情节

---

① 吉林省民间文学集成抚松县集成办公室《吉林省民间文学集成抚松县故事卷（下）》，1987 年，第 249—251 页；中国民间文学集成总办公室《中国民间文学集成工作手册》，1987 年，第 224—227 页。

的推动者、老太太的救命者形象出现呢？为什么老太太是一个普通的老太太，而不是一个吓人的形象呢？小媳妇是从哪里来的呢？为什么被子是红色的呢？

如果对吉林省的四十多个书面形式的人参故事作一项总体考察的话，也许我们会找到答案。50年代以来，民间文学中的人参精灵的形象被慢慢固定下来了。占主导地位的人参精灵形象是一个类似于植物根茎的外形，但是在一定程度上被美化了的形象。在口头传承中，人参根（变成的人物）经常没有美观漂亮的外表，因为在挖参人经受考验之前，人参的真正价值是不会显现给挖参人的。在被整理过的文本中，人参精灵大多数是美好的、漂亮的人或物，他们是从口头传承中被过滤出来的。在50年代的插图中，人参精灵至少还保留着圆滚滚的、满是褶皱的根茎人的形象。逐渐地，他们的形象中被糅杂进通行的仙女、神仙等形象的因素，并且完全取代了口头传承中的人参精灵形象。毫无疑问，搜集整理者们汲取口头传承中的惯常因素，创造了人参精灵的文学形象。康庄采用了这类在某种程度上已经被定型化了的形象，使主人公梦中人物光彩照人。长着惨白头发、通红通红的脑门、有伤疤的老太太，被褥和老头（讲述人滕荣恩）的着急都与真实的人参精灵信仰过于接近，（因而不能出现在被整理过的书面文本中）。在1985年，描述这样的形象仍然被当作传播封建迷信来看待，这在当时是不允许的。于是，这个母题便由一个新的叙事来承担，一个平常的、需要帮助的老太太。在这里，（整理者用）小媳妇和大红被象征丰富的收成和挖参时的好运。

滕荣恩的梦境叙述中没有主人公。康庄可能在其他的口头传承的基础上创造了岳把头这个形象。在介于口头性和书面化之间的被整理过的民间文学文本中，主人公的形象要高于信仰。主人公的孝顺行为被突出描写，主人公也因此得到了奖赏。这样，搜集者从现有的叙述形式中汲取了某些通行的因素，把一个简单的回忆变成了一段民间文学。

从某种意义上说，这个例子是偶然的、个别的。它只提供了将生动的口头传承转化为书面文本实践中一个小小断面而已。甚至这段口头叙述也不具有典型意义，因为搜集者采录的大多数故事，并不是这类回忆。在我自己搜集的故事当中，也有很多非常符合搜集者对民众的文学的想象，（那些口头传承）在出版时仅需做少量的加工。

结　论

　　认为中国民间文学工作者制造了类似格林兄弟式的"虚假的、模仿性的口头传承作品"肯定失之公平①。中国民间文学工作者创造了非常多元的书面转录民间文学的形式。在一些文本中,所谓的"封建迷信"被毫无遮掩地提及,但是对它们的操作实施的描写还是被蒙上了一层面纱。尽管如此,我们仍然有可能对它们进行重构。

　　本文旨在概述中华人民共和国民间文学研究的形成和发展,介绍一个相对而言自成一体的巨大资料源即"中国民间文学三套集成"资料卷本的产生和规模,并通过一个具体的文本实例对这些资料的价值进行说明。综合上述知识,我们可以得出怎样的认识呢?

　　就口头传承的书面化这一问题而言,在中国历史上,没有其他任何一个时代有如此丰富的材料可供研究,有如此众多的可能性可以用来检验(它们的本真性),有如此斑驳多彩的理论知识和民俗志描写作为参考。在这样的知识背景基础上,我们似乎可以把数量无限的民间文学出版物进行归类,可以理解不同民间文学形成的地域性背景和特征。我本人对中国物质文化的研究实践表明,在重构东北地区日常生活中的一个侧面,即这一地区的火炕文化时,东北三省的"中国民间文学三套集成"资料卷本可以被当作非常重要的资料予以使用。

　　我们感谢中华人民共和国的民间文学搜集者们所付出的努力和辛劳,同时也感谢他们在将口头文本转化为书面文本时做到了基本认真仔细的转录。这些民间文学资料为我们了解中国的老百姓,尤其是中国农民的生活方式和日常生活提供了一把不可多得的钥匙。当今急迫的任务是,如何使"全部资料"得以保存并能为学术研究所用。稍微长远一点的问题便是:我们将以何种方式利用它们?

---

① 　Röhrich, Lutz, Erzählforschung, ir Rolf W. Brednich[Hg.]. *GrundriB der Volkskunde*:*Einführung in die Forschungsfelder der europäischen Ethnologie* [M]. Berlin:Reimer,1994,S. 353—379. (p. 359)

民俗志学

编撰地方民俗志的意义

——《绍兴百俗图赞》序

钟敬文

中国现代民俗学史,从北京大学歌谣征集处(后改为歌谣研究会)活动开始,到现在已经将近八十年了。但是,从 1918 年到 1976 年("四人帮"倒台的时候),一路上起起伏伏,尽管整个学术活动没有完全中止过,成绩是有的,却不能说是太理想——或者应该说距离我们的理想颇遥远。十多年来,由于领导上"解放思想,实事求是"的明智号召,由于学科本身的生命力和发展要求,更由于学者们的学术意识自觉和认真努力,这时期民俗学跟其它社会科学、文化科学一样,呈现出一种从来没有过的繁荣景象。

1976 年以后,我们民俗学的各方面(机构、队伍、搜集、研究、出版,及其它活动),有着不同程度的发展,而且步子相当迅速。从学术的机构方面说,全国32 个省市(包括自治区),不但都恢复了固有的民间文艺研究会(现在改称"民间文艺家协会"),而且 2/3 以上的地区先后建立了民俗学会——中央一级的"中国民俗学会"是在 1983 年成立的。许多文科院校,特别是少数民族地区的高等院校,都开设了民间文学或兼及民俗学等功课,设有教研室或教研组,有的并设立了师生共同活动的民俗学社。有些院校兼设有本学科硕士学位授予点,北京师大并设有博士学位授予点。现在国内从事这方面工作的已有数千人,得到硕士和博士学位的也有数十人。专业活动和培养机构有很大的发展,队伍也比过去任何时期都更为壮大了。

出版著述方面的进步,更体现了这时期民俗学景象的繁荣。这方面的著述,在质或量上都显示了它脚步的前进。在理论方面,除个别课题的专著之外,还出现了许多系列性的著作。更值得注意的是,某些同一主题(例如关于傩戏、萨满教等)的理论著作陆续出现了。总之,在理论著作上,更扩展、更集中、也更深化了。民俗资料记录(民俗志)的编著、出版,数量更多、规模更大,成就也更显著。不仅有许多地、县级的民俗志送上书店,省、市级的大本头的民俗志也相继出版了(例如河南、山东、广西等省志的"民俗卷")。在文学艺术方面的记录中,由文化部牵头主办的全国民族民间文艺志书、集成,近日已经出版了100多卷(全书约300多卷),成为我国这方面的民族民间文化的巨大长廊,使国内外学者对之不禁瞪目动心,叹羡不已。

此外,像这方面学术专题的研讨会、国内外学者意见交流会的经常出现,外国专业名著(如《金枝》、《原始文化》、《原始思维》……)的不断译成中文,等等的可喜现象,就不遑一一举述了。

总之,我们这十多年间,民俗学事业大有一种突飞猛进的趋势。它已经成为我们学界的一种"显学",或者用现在的时髦话说,成为一种"热门学科"了。

如上所述,形势的确是非常喜人的。但是,我们冷静地进一步加以审察,就不免有些歉然。我们这门新学问,尽管已经历了数十年的历史,近年在它的各方面又有较大的发展,但是平心地说,它到底还是一种未成熟的学问。它有待于我们的进一步大力耕耘。这种学问,在整个结构上大致有三个主要方面:1. 理论研究(包括方法论的研究);2. 民俗现象的记录,即民俗志;3. 民俗发生、发展史及思想史(民俗科学史)。成熟的民俗学,必须在这三方面都有比较圆满的成果。现在,我们只就民俗志方面的情形来说吧(民俗现象的记录,是民俗学的一种基本作业,而中国这方面的"矿产"又是惊人地丰富),六十年前那位曾在中国工作过的美国学者詹姆森,他那句带有感叹意味的话:"中国是民俗学者的乐园",就我们现在所理解的实际情形来看,它不但不算夸张,而显然有些不足之感。十多年来,我们对各地民俗资料的记录和出版,的确尽了巨大的力量,也取得了丰富的成果。但是,如果把已经取得的成就,去跟客观铺天盖地、无处不存在的民俗现象相比,就会感到彼此差距之大。这种差距,即使不是鸿毛与泰山之比,至少也是侏儒与巨人之比。别的话,我不想多说,只试举一点阅读的经验,来证明我们现在的民俗志工作成就距离应该达到的程度的遥远。近来常有一些相识或不相识的朋友,给我寄来一些地方民俗志的书,我翻读一下,总觉得书中有些资料是自己所不知道的(我自从跟这种学问打交道已经七十多年了,自己又是一个重视资料的实证论者),而有些却是在学术史上很关重要的:它们有的在二三千年前就已出现于我国文献上,有的更具有世界民俗学史的比较价值。我往往为之赞叹,也痛感到我们民俗志工作的薄弱。

我们正在打算加强我们的民俗志工作,并且在草创"民俗志及民俗志学"这种新分支学科的时候,有机会读到朱元桂同志主编的这部《绍兴百俗图赞》,我一时心上的快慰,真是不容易用语言表达的。

绍兴,是幅员广阔的祖国的一个行政区域。它地方并不怎样广大,也并不是商业或政治的要区。但它牵系着许多知识分子的心,自然同时也牵系着我的心。这大概是因为它具有一种历史和文化的意义吧。春秋时它是越国的所在地,所谓报仇雪耻之乡。汉以来,它产生了(或在此寓居过)许多名贤。随便举几个名字,如王羲之、谢安、贺知章、陆游,以及徐文长、张岱等,都是大家所熟知和敬慕的先贤;在现代,名豪杰士就更多了。一些新文学界的先辈(如鲁迅、周作人等)的学艺业绩,是哺养了当时我们年青一代的食粮。就我个人说,又曾在杭州住过几年,得以跟一些绍兴籍的文友(例如许钦文、孙福熙、陶元庆诸君)交往,不但在学艺上得到益处,在为人处世上也很受到他们的熏陶、感染。在过去数十年中,我曾前后两次到过绍兴,在游览大禹庙、快阁、东湖、兰亭、古轩亭口和鲁迅故居等名胜古迹时,自然的美和人文之美是交织于心灵深处的。

在杭寓居的几年中,正是我民俗学工作最活跃的时期。建立中国民俗学会,出版民俗刊物和丛书,广泛搜集学术资料及潜心进行研究,这些活动,都是和浙江籍、特别是绍兴籍的学术先辈和朋友密切相关的。刘大白先生不仅是优秀的诗人、文学史家,他也是民间文学、民俗学事业热心的支持者和实践者(30年代,我所编辑的《故事的坛子》,就是他老先生记录的成果),浙江第一个民俗刊物(《民俗周刊》民国日报副刊),是以他的名义从报社领受而交给我和钱南扬先生负责编辑的。中国民俗学会的建立和《民间月刊》的刊行都是和绍兴籍的同行(娄子匡、陶茂康)合作进行的。这些事情,现在虽然已经成为历史了,但是,没有历史,就没有现在。眼看到我们今天民俗学事业的繁荣,眼看到朱同志所主编的这部民俗志的成果书,我怎能不深切地回忆起那些绍兴籍的先辈和同行呢?

　　《绍兴百俗图赞》,是绍兴市文联为传播乡土知识、发扬民族文化而编纂的《绍兴百字图赞丛书》的一种。它的主编是绍兴市文联主席。他先制出蓝图,约请有关专家学者执笔,而后汇集成书。书中正文 100 篇,附录 3 篇,内容遍及"岁时节令、衣食住行、婚育丧葬、交际仪礼、生产经贸、文体技艺、社会组织、信仰祭祀、兆卜禁忌"九个方面(见该书《编写过程的几点说明》)。全书为随笔体,各篇相对独立,彼此没有什么明显的关系。文字一般为叙述体,必要的地方稍作考据。全书文字明晰、简要,可读性较强。并附有许多线条简朴的插图,更有利于广大读者的鉴赏。我反复读后,留下相当深刻的印象,现在简述两点如下:

　　(一)资料搜罗丰富。本书像写作说明上所说,涉及民俗事象有九个方面,对于这些方面,大都提出了一些事项加以叙述。自然,在个别方面叙述的事项中,并不都是重要的(例如,关于社会组织的叙述,家庭、宗族及村落形态等相当重要的事项却没有涉及)。当然还有那些没触及的民俗方面。可是,作为一部地方民俗志,像这样方面周全,叙述又比较得当的并不很容易见到。我披阅着它,颇有点像前人所说,行在山阴道中,千岩万壑,应接不暇的感觉。

　　(二)提供了一些极具学术价值的资料。本书所记述的民俗资料中,具有较高学术价值的颇不少。例如,第四则《正月初一敬女日》,它告诉我们,在嵊州民间流行的那种很值得寻味的古俗。大家知道,在过去人们受封建伦理束缚的许多地方民俗中,年初一这天大都是禁止妇女到人家拜年或串门的。但嵊州人却不然,这一天,他们的妇女却被称为"玉女",不但可与"金童"(男子)同出去拜年,并且还备受欢迎。她们也可以单独去做这种活动,并得到与上同样的待遇。"尤其是伶俐的女孩,漂亮的姑娘,生育旺盛的妇女和福寿双全的老太太,则被认为是利市的吉星。"人们往往事前就约她们到时(初一)去做客,以求吉利。这种习俗,决不是偶然出现的,它一定有它产生的社会背景。依我们看来,它很可能是当地原始时期女系制度所产生和遗存的一种古俗。把它去与本书中所记同地区(嵊州)流行的"麻鸟饭"仪式中女性(头脑婆)主祭的习俗联系起来看,性质就相当明显了。此外,书中如关于那些民间工艺、民俗文学艺术活动的记载,大都是民族文化的可贵资料。至于像《吃讲茶》中所记,那种民间自动调解民事纠纷事件办法的美俗,就不仅是民族社会文化史的宝贵资料,而且是在社会主义文明建设中特别值得提倡的良好风尚了。

除上述两点外,本书还有其它的一些优点,就不细说了。

完美无缺的事物,大都只存在于人们的理想之中。大多数优秀的著述,都不免同时有着这样那样的缺点或不足之处。这本民俗志,如果我们对它严格检查起来,当然也可以找出一些缺点。这里试举一例,那就是关于民俗起源的解释。书中有些地方对民俗的起源作了解释。这种解释资料,大都有两个来源,一是从古书上援引来的,另一是采自现在民间流行的传说。前者之中,有的是学者们的推测,有的也是当时民间有关传说的记录。不管是前者或后者,大都是距离民俗产生较远的后代的人们凭借他们的生活、经验和知识去推测的结果;而他们的生活状况和社会背景已经跟产生它(民俗)时的情境有了很大的差异,他们的心理状态也一样。因此,他们一般不可能理解那些风俗产生的实际情况和真正意义。严格地说起来,他们的推测和臆断,并没有多少科学价值。要真正解决民俗的起源,只有凭借考古学、人类学、民俗学和社会史等现代科学知识,对它加以分析判断,才有较大可能性。但由于我们民俗学等学科还不够发达,因此,民俗学上的那些问题,没有做出比较正确的答案并给以传播;而一般学者就只好满足于古书记载或民间口头传说的解释了。这是近年所刊行的这方面著述的共同现状,并不仅是本书所独有的缺点。这种现象的存在,使我们深深感到民俗学者任务的沉重。本书虽然也有这类缺点,但从全书的成就说,它不过是"白璧微瑕"罢了,何况这种缺点,又是当前这类著作的共有现象呢?

在当前全国学界正在共同致力于地方民俗志编著的时候,当此有些专业学者正在搜集资料,企图建立民俗志学科的时候,同时又是全国读书界正在盼望读到较好的民俗志这类出版物的时候,这部具有自己一定特点和优点的绍兴民俗志的出现,无疑是适时的,是值得大家鼓掌欢迎的。而这部书也将以自己的实际成就,去鼓舞民俗学者的工作,去唤起和满足广大读者的兴趣。作为一个老民俗学者的我,对此深感欣慰,那更是自然不过的事情了。

1997 年 7 月 23 日序于京郊八大处,时年 95

论田野民俗志

董晓萍

现在国内民俗学者有几件要紧的事要做,如深化理论研究、提升资料学的层次和拓展民俗学教育等,在它们中间有一项联通式的工作,就是田野民俗志。田野民俗志是各种民俗学活动的共同支撑,任何开放的学科发展策略和升级的学术要求,都需要它打底。在现代学术环境中,它的研究,已处于前台的位置;它的存在,还是一种标志,可以从一个角度,展示民俗学的学科理念和现代视野。

一、民俗志与民族志

"民俗志"一词,首见于钟敬文《建立中国民俗学派》一书,也称"记录民俗学"①。这一概念,吸收了国外民族志的理论,但主要是根据中国民俗史的实际提出来的②。它的范畴十分明确,指搜集、记录民俗资料的科学活动和对民俗

---

① 钟敬文《建立中国民俗学派》,哈尔滨:黑龙江教育出版社,1999年,第45页。
② 钟敬文在《建立中国民俗学派》一书中提出:"民俗是一个民众文化事象,对它的研究,不仅仅是理论考察,它的资料本身也是有价值的。这就关系到民俗志的问题,我把它叫作记录的民俗学。如植物,单纯讲研究植物的理论,就是植物学,假如讲记录各地方的植物生态,就是植物志。再比如戏剧,从理论上考察它,那是戏剧学,假如是对某一地区的戏剧资料加以具体的描述,那就是戏剧志。"见钟敬文《建立中国民俗学派》第五节《拟议中的中国民俗学结构体系》,第45页,黑龙江教育出版社,1999年。钟敬文对国外民族志著述一直比较关注,包括各种重要辞书、百科全书所刊载的这方面资料,如王云五《云五社会大辞典》的《民族志》辞条,提到Dias的观点:"'民族志'乃是记述的民族学","'民族志'一词似乎是Camle在1807年提出来的,意思是'对于民族的记述'。"还提到Sebillot的观点,"把民俗学的研究范围界说为'传统民族志'"。又说:"在芬兰,把对于物质文化的研究叫做民族志。"王云五《云五社会大辞典》(第十册),《人类学》:台北:商务印书馆,1975年,第95页。

资料的具体描述。钟敬文在其他一些著述中,也谈到这个问题,在确立原则上,也都是通过这种建立与传统国学联系的方式,赋予其民族理论形态的。更早些时候,他在为中国大百科全书撰写的《民俗学》辞条中,已表达了这个思想。他认为,现代意义的民俗学产生于20世纪初,但民俗志的萌芽在先秦已经出现,又延续到近、现代社会,两者是可以衔接的。他说:"中国历代学者积累了不少民俗资料,提出了某些见解。大约成书于先秦至西汉的《山海经》,记载了丰富的神话、宗教、民族、民间医药等古代民俗珍贵资料。东汉时期产生了专门讨论风俗的著作,如应劭的《风俗通义》。魏晋南北朝时期产生了专门记述地方风俗的著作,如晋代周处的《风土记》,梁代宗懔的《荆楚岁时记》等。隋唐以来,全部或部分记录风俗习惯及民间文艺的书籍更多。但是,具有现代意义的民俗学著作,却产生在新文化运动之后"①。在他看来,民俗志应是现代民俗学的组成部分,在中国历史上,它是一个客观存在,并非西方输入的新东西,但从前不重视它,不能给予科学的认识。民俗学能够发现它,揭示它的文献系统,将之变为学问,所以两者是不能分开发展的。民俗学框架下的民俗志,不只是资料,还有搜集资料的原则和方法,从资料中提取的民众知识等,钟敬文对此都有论证②。这种"民俗志"的对象,主要指民俗文字文献,并有长远的挖掘、清理和研究的目标③。它不忽略田野口头资料,但比较关注田野口头资料的记录文字,强调在掌握可靠的文字资料的基础上,对来自书面文献的文字资料和来自田野调查的口头记录资料两者,做对照考察和互证研究。钟敬文曾发表了数篇论文,创造了一些分析的个案④。

---

① 钟敬文《民俗学》,《中国大百科全书》编委会编《中国大百科全书》(民族卷),北京:中国大百科全书出版社,1986年,第301—302页。
② 钟敬文《建立中国民俗学派》,哈尔滨:黑龙江教育出版社,1999年,第46—48、55页。
③ 钟敬文《民俗学的历史、问题和今后的工作(摘要)——一九八三年五月在中国民俗学会成立期间的讲话》,钟敬文《新的驿程》,北京:中国民间文艺出版社,1987年,第391页。
④ 一个突出的例子,是他在1980年撰写的《论民族志在古典神话研究上的作用——以〈女娲娘娘补天〉新资料为证》,仅从各节标题即可看出作者的构思:民族志与古典神话研究、女娲在我国古典神话上的位置及有关记录的缺陷、《女娲娘娘补天》的发现及其史料价值,(附录)《女娲娘娘补天》(原始记录),见钟敬文《钟敬文民间文学论集》(上),第148—172页,上海:上海文艺出版社,1982年。在此文中,钟敬文尚未使用"民俗志"一词,仍沿用"民族志"的一般概念,但从使用资料到思想观点都有明显变化,是他提出"民俗志"一说的前奏。

　　在学术建构上,"民俗志"学说的构件,一是传统国学理念,即礼失求诸野;一是民俗学理念,即将反思文化与生长文化相比较,探求本土文化的本质。在我国,两种资料都极为丰富,就此入手,已非穷几代人之力所能完成,在这种优越条件下,倡建"民俗志",体现了中国民俗学发展的一种内在规律。这是从民俗学本身的情况看。

　　从外部条件看,二战以后,西方民俗学、人类学、民族学和社会学等学科,都获得了迅速发展,彼此之间的关联也十分密切。其中,人类学异军突起,通过撰写民族志的革命,依靠田野研究,突出地发挥了学科的创造性,新理念、新学说、新方法和新问题层出不穷。民俗学受到人类学的影响,也开始调整学科的理念,注意学者搜集、整理和撰写等学术活动对资料品质的打造作用。在这一转向中,民俗学重新发现了民俗资料的潜质,也发现了民俗学和人类学、社会学等在所谓"民俗"对象上,有一个广阔的交叉领域、共享资源和田野平台。在这一国际学术新潮流中,民族志,充任了扛鼎的角色。当然,在西方,民族志的内涵是不固定的。它的产生,比上述诸学科都早,不过在后来的发展中,出现了分流,有的独立门户,有的成为人类学、民俗学或民族学的一个分支,从不是整齐划一的,视各国学术史而定,而它的地位从未被忽视。还有一个共同特点是,在现代社会,民族志的形成与田野作业的过程环环相扣,互相丰富,造成了新术语、新学理的培养基。新民族志的改进是通过田野作业的改进实现的,田野作业也由于明确了撰写民族志的目标而增添了人文精神和理论色彩。在支持诸学科的力度上,民族志与田野作业,或是一条筋,或是左右手,乃至被直呼为"田野文化",亦称"写文化"[①],其作用渗透到人文社会科学研究的各个阶段和整体方面。

　　20世纪60年代以后,西方民俗学出现了写文化的趋势,还像人类学一样,到异域远方去做田野作业,不再裹足于本土。民俗学者索取资料的性质,仍以民俗为主,但比起以往的工作,学术活动的范围大大增加,资料田野化的程度

---

① Raymond Firth, Foreword to the series, in R. F. Ellened, *Ethnographic Research : A Guide to General Conduct*, London: Harcourt Brace & Company, Publishers, 1984. Ninth printing, 1998. p. 7, 23. James Clifford and George E. Marcus, ed. , *Writing Culture*, Berkeley: Universty of California Press, 1986.

也有了明显地提高①。他们却没有提出"民俗志"的概念,似乎"民族志"已经可以涵盖了,这和中国的情况不同。

问题还不在于西方民俗学与人类学的彼此照应,而在于西方民俗学吸取了人类学的经验,开掘了不同文化的田野调查基地,恢复了民俗学比较方法的活力。20世纪初,西方民俗学曾通过故事文本研究,发现了故事类型比较法,并利用民间文学去建立民族觉醒意识,推动民族独立和民族解放运动,赢得了学科的地位和国际声誉。20世纪后期,在进入全球经济一体化的现代社会后,西方民俗学又通过田野文化研究,发现了民俗类型比较法,有力地促进了各民族民俗文化成为人类文明共同财富的进程,扩大了民俗学的理论疆域和现实地盘,再度变成一门具有现代意义的重要科学。这一学术历程,值得我们反思。

我想强调说,在当今经济全球化和文化多元化的趋势中,后殖民、后工业、后结构、后现代的思潮接踵而来,东方与西方、现代与传统、古典与通俗、地方化与统一性等种种矛盾不期而遇,人们已很难找到沟壑分明的界限,也难以割舍自我中心的情结,大多数社会文化都处于内与外、新与旧、传统与现代、西化与扬弃的纠葛中。这时,田野作业成了弥合不同社会、不同民族、不同文化、不同学科之间的缝隙,提倡相互理解、相互尊重和相互沟通的科学活动。民俗学的现代田野作业很本土化,也很国际化,凡介入田野作业的民俗学者和民众群体双方,都在现代社会事件的层面上互动,在田野环境中打造出舍此未有的表情形象、行为方式,分享利益原则和写文化成果,发展一种能展现自己、也能被世界接纳的民俗学。

人类的学术活动发展到现在,已出现了一批这样的学问,而不只是民俗学,它们通过研究别人,重新发现了自己,以后变得更加宽容。它们追求自我文化的繁荣,也欣赏别人文化的繁荣,创造了不同文化平等对话的渠道。它们来自传统,又出入现代,能理解此为人类社会发展的双轨。它们激励无数看上

---

① 一个与中国有关的例子是,1986年,国际民俗学中心芬兰的民俗学者劳里·韩克(Lauri Honko)等来我国广西进行田野作业,后出版联合考察和学术交流论文集。参见中芬民间文学联合考察及学术交流秘书处编《中芬民间文学搜集保管学术研讨会文集》,北京:中国民间文艺出版社,1986年,第1—7、312—316页。

去很成功的学者,走出原来熟悉的学术圈,到不熟悉的田野领域去从事一番研究,开辟综合研究的新成果。它们呼吁提高一向被忽略、被轻视的民俗文化的地位,自下而上地阐释社会运行模式,反对一切文化霸权,创造人类社会文化的新理念。近几十年来,大量学者热情地投入这门学问,成为一种现代学术现象,也反映了人类学术发展的普遍进程。在民俗学界,这种学问的名称,就是田野民俗志。

二、田野民俗志与文献民俗志

　　田野民俗志,是在继承我国"民俗志"或"记录的民俗学"学说的基础上,吸收西方新民族志或现代田野作业的理论①,根据我国民俗学田野作业的实际资料和相关成果,所提出的新概念②。田野民俗志的工作过程是民俗学田野作业,撰写成品是民俗志,成果形态是学术资料系统和理论阐释的双重产品。

　　田野民俗志的内涵,在范畴上,包括民俗学田野作业的宏观理论思考,也包括田野作业中的微观操作,如发现、搜集与分析资料的过程和达到目标所采取的学术原则与方法等。在对象上,关注田野口头资料的记录本,也关注在田野工作中挖掘到的书面文献,考察不同资料的民间解释、民众情感和日常争论,以及在民族共同体的文化系统中,民俗文化的运作模式和社会倾向。在方法上,它以民俗学者为工具,考察和研究民众对方,也把自己当成研究对象的一部分,营造平等、互动的对话氛围,从中认识民众的知识,正确地诠释民间社会。它的主旨,是研究建立民俗资料系统的基本原则,也研究民俗学田野作业的理论体系,要求从总体上把握民俗学的资料、理论与方法,解释民俗文化与

---

① Edgar H. Schein, *The Clinical Perspective in Fieldwork*, in *Qualitative Research Methods*, Volume 5, Newbury Park: Sage Publications, Inc., 1987. p. 5. Maurice Punch, *The Politics and Ethics of Fieldwork*, *in Qualitative Research Methods Series* 3, Newbury Park: Sage Publications, Inc., 1986. pp. 6, 11.

② 现代西方学界把民族志或田野作业的成果视作理论内容,已成为一个共识。在许多著作中,讨论了它们的问题意识、原创成分、参与观察和文本分析的核心技术、学者观念的投入与变化,长期的、开放式的索取与回报过程,对话策略、术语建立、社会上下文类型、伦理原则、描述写作与文化阐释等,揭示了它们的理论特征,这对建设田野民俗志是颇有启发的。

民族共同体其他文化的分流与合作关系。它是一个揭示民俗资料的社会内涵、文化脉络和思维结构的理论系统。

田野民俗志的命名,是与"文献民俗志"相对而言的。从我国的实际情况看,是存在着这两种区别的。文献民俗志,即一般所说的民俗志。在我国文化史上,它拥有自己的"史名",被称作"风土志"、"土风录"、"岁时记"和"俗言解"等,形成了相对固定的文体,积累了可资夸耀的书籍财富。它的特点,是使用文字媒介记录、保存和流传,呈现为书面文献形态。它描述和评价民俗事象,传达出文人记录者的见识、心态、情感和理想寄托,使民俗成为一种广见闻、正人心、美风俗的学问①。但是,在传统社会,民众基本上没有读书识字的权利和机会,无法直接享用它们,所以,文献民俗志的功能,主要是反映了识字阶层的回忆、抒怀和劝谏。我们则能透过他们的文字,多少听到当时底层民众的声音,看到当时社会底层的生活画面,认识民族共同体不同社会阶层之间的差异、矛盾、冲突、调合和社会运行的全景,这是一笔宝贵的民族遗产。当然,文献民俗志所记载的历史生活和社会结构,由于时过境迁,很多已无法做田野调查,后来民间残留的记忆和模仿的传承,大都是象征物,不能直接变成现实解释。那些历代文人的记录,用现代民俗学衡量,也都不是自觉的,但却是直觉的,是在当时当地进行的。在中国漫长的历史中,这些文人记录累世汇集,形成了无数个由"当时性"的片段组成的地方史。正是在这个意义上,与上层正史相比,它们成为后人认识民俗史的第一手资料。中国历史上富于民俗志,是中国人的幸运,不是世界上哪个国家都能这样的。

田野民俗志的性质,与文献民俗志相比,是一门现代学问。它需要几个要素才能成立,如受过现代学术训练的民俗学者、自愿与学者合作的民众被调查者、学者的现场搜集活动、实证研究、撰写成果及其学术化和文化化等。在这些要素中,现代搜集观念是从20世纪初输入中国的,是在西方人类学和民俗学被引进后,随之带来的。从现代性上说,田野民俗志和文献民俗志,不是一个

---

① 何九盈教授与作者的私人通信,他说:"我总以为民俗学是广见闻、正人心、美风俗的学问。钟老长寿,恐怕与他终生从事此种学问研究大有关系。他的心与民心相通,心境就会淡泊,就能从大地、乡土中汲取营养、力量。"2002年8月3日。

学术根源,但在搜集民俗资料这一点上,两者较早地取得了认同。在我国民俗学发展起来以后,在长达近一个世纪的时间里,搜集活动还获得了显著的成绩,形成了相当的社会规模,产生了广泛的学术影响。可是,这种工作,还不算现在说的田野民俗志。上面说过,一个重要的差别,是在田野民俗志中引进了"学者工具"的概念,这是文献民俗志的搜集活动所没有的。田野民俗志强调对民俗学者自身观念和行为的审视,继而引申到对民俗学者田野过程和搜集资料品质的审视,在坚持这一步骤的基础上,做资料的归纳和研究。它不承认民俗学者天生是做田野的材料,不认为凡民俗学者搜集的资料就都能成为民俗志,而在从前,这似乎是不争之事实。实际情况比我们设想的还要糟糕,现在的民俗学者比起历史上的文献民俗志记录者,多了一层学术的功利性,少了一分"当时性"的直觉,又受到项目、课题或学位论文等的驱使,有时反而会减少对民间"天籁"的感悟,徒增主观构想和代人放言的胆量,结果把搜集的资料变成了放大自我的照片。一些过去的文人记录者,出于国学的智识、真情实感和热爱乡俗的"情商",也能在特定环境中,表现真正震撼人的素质,捕捉到民俗真谛,写出符合当时社会历史情况的民俗文化见解,发真人真声,为少数急功近利的民俗学者所不及。田野民俗志的理论核心,正是把学者放到民众中间去,让他们在民间社会的原环境中,建立资料系统,考察民众,也反观自己,然后在双方认同的条件下,进行理论提取,指认文化脉络,阐释民俗和保管民俗。当然,从结果上说,文献民俗志也能解释民俗和保管民俗,但它主要是文人一方的自发行为,不是文人和民众双方的自觉行为,即便民众配合了文人,也处于从属地位,解释权还是在文人手里,这样一来,所搜集资料的性质,也就有所不同。对民俗学研究来说,这种听不见民众发言的资料是很可惜的。即使在上面提到的某些情况下,文人的描述和见解很精彩,它也是有缺失的。事实证明,民众由于主要不使用文字媒介,他们的创造力也会产生另外的奇迹,有时还会远远出于超出识字阶层的想像,创造更严整的社会秩序、更和谐的精神文化和更精美的物质产品。田野民俗志正要弥补这个缺陷。

在我国,将田野民俗志与文献民俗志分开来研究,是相对的。它们也有互补性。文献民俗志所提供的史料内容,与原人原时一起逝去了。即便仍有可能保留一些原地和原物,它们的民俗解释和民俗功能,也发生了变化。在现代社会急剧变迁的形势下，那些偶然被历史文献化而得到流传的民俗，还会"与时俱进"，被各种社会现实加工成按需增值的文化资本。在这种情况下，文献民俗志所提供的朴素材料，就成了田野民俗志的必要参考文献。田野民俗志对照文献民俗志的记载，可以发现同一民俗事象的历史阶段、文化层次和各种社会反应的共同点和不同点，增加对民俗传承、民俗变迁和民俗类型的了解，由此观察整个社会文化中的局部变化。相比之下，田野民俗志的长处，是到现实生活中的现场中，对活着的人们的实际活动做调查，它可以搜集到非文字媒介的口头资料，观察到不为文献民俗志所记录的民众行为方式和行为含义，补充文献民俗志的内容。对那些被文献民俗志记载的文本，也可以通过专题调查或回访调查，了解其在民间实际传承的情况和社会历史变迁状态，在一定程度上，将文字上看不出来的民俗含义揭示出来，也把文人观念与民众观念加以区分。当然，学者对待田野资料，也要考虑被调查者在新社会制度和现代社会环境下，所做的合理化解释。在此，我们再次强调田野民俗志把学者当工具的方法，就是要对历史文献和田野资料两者，都保持一定的距离，要批评性的使用两种资料。这样做，才能从根本上改善民俗学的资料理论阐释的性质，能体现民俗学的现代特征，使双方都能承担对方所不能承担的工作。

瞻顾中国民俗学史，上一代国学修养深厚的民俗学者，已提出了"田野作业"的概念，启动了田野民俗志的建设的前奏①。现在，在祖国丰富的文献民俗志之外，把田野民俗志独立出来，使两者扩大发展，这是学术趋势，也能相得益彰。

三、田野民俗志的功能

建设田野民俗志有独立的学术意义。

首先，可以总结民俗学田野作业的学术史。广义地说，20 世纪以来，在前、

---

① 例如，钟敬文在《建立中国民俗学派》中说："民俗志是很重要的。民俗学的理论，是从实际中来的。这里所说的实际，不外两个方面：一是民俗学者从事田野作业，直接获得有关民众的知识；一是学者通过他人记录的民俗志来间接地认识研究对象。"详见钟敬文《建立中国民俗学派》，哈尔滨：黑龙江教育出版社，1999 年，第 45—46 页。

后期两个阶段,在我国民俗学的领域里,从事过田野作业的,大约有三种学者:一是"五四"新文化运动的先驱,他们是现代文学、历史学、语言学、人类学、社会学、民族学和宗教学等各个门类的学者,曾热心地搜集民间文学和民俗资料,出版了理论著述,北京大学历史学者顾颉刚等赴妙峰山采风的活动,成为现代民俗学田野作业史上一个开端。二是职业民俗学者,他们创办了民俗学会等团体组织、建立了专业学术制度、出版了民俗学书刊、开办了民俗学大学教育,创立了民俗学和民间文艺学两门学科,并在民俗民间文艺的实地考察和资料搜集上,积累了历史经验、科学见解和田野成果。三是外国学者,他们先后到达了华南、东南、华北和西北等地,进行田野考察,撰写和出版了一些著作。改革开放后,国内开展了多地域的中外联合田野作业,所搜集的资料和研究项目,在数量和质量上,都超过了以往任何历史时期,"田野作业"的影响力也在不断扩大。总之,在我国民俗学的田野作业史上,学者辈出、方面众多、内容复杂,需要进行专门的梳理和总结。建立田野民俗志,可以弥补这一缺陷。

其次,有利于民俗学理论与资料学的建设。民俗学史上的一大问题,是搜集者与研究者分家。"五四"民俗学者大都有深厚的国学功底,加上接受"五四"平民思想和当时西方的先进学说,因而在探讨民俗学的学理上,往往能指出一些本质特征,把某些民俗传播规律写深说透,这是他们那一代人的过人之处。新一代民俗学者就不完全一样了,不少人失去了修炼国学的文化环境,缺乏充分的相关学科理论修养,又不大重视自己去搜集民俗资料,这样写出来的民俗研究文章,就未免要大打折扣了。与他们条件相反的是,基层文化工作者搜集了大量的民俗资料,却苦于没有理论素养,不知如何分析利用,好钢用不到刀刃上,只能当懂俗的边缘人。这些研究者或搜集者,哪一头都有黑暗面,谁都无法照亮对方。另一种常见的情况是,把田野作业只看成是搜集资料,这也是偏见。田野民俗志说明,民俗学的理论研究从搜集田野资料的第一步开始了,从那时起,民俗学者就处在理论批评的资料漩涡中。成功的学者,其驾驭能力是从理论和资料两方去双向增长的。现在不少学术争论皆因偏执一端而喋喋不休,如甲说甲理论,乙说乙理论,谁也不听对方的道理;或甲出示甲的资料,乙出示乙的资料,谁也不看对方的资料和自己的资料之间的联系,结果争来争去无穷期,无法形成研究的焦点。田野民俗志就要避免这类问题。

再次,建立民俗学对外交流的对话平台。改革开放后,我国民俗学界首次对外交流就是围绕田野作业展开的,当时钟敬文做了题为《三十年来我国民间文学调查采录工作——它的历程、方式、方法及成果》的学术报告①。从那时起直到现在,国内的田野作业,一直是中外学者共同驰骋的舞台。来中国做田野考察的外国学者,大都是学问高手,到中国来,就是拼材料来了。来自不同文化、不同学术背景的各国学者,面对同一田野现场,都使尽了十八般武艺,搜集、拆解和诠释资料,而大凡能对资料"点石成金"者,都是理论过硬和创造力强的人。田野民俗志将充分展示这一过程,创造多元文化和多学科对话的平台。

最后,促进民俗学研究生教育。现在的民俗学博士、硕士论文,都要求研究生自己搜集一部分或大部分资料,而他们到达田野现场后最为难的,就是面对千差万别的地方场景,不知如何进入、如何建立田野关系、如何发现、搜集和分析资料、如何调整自己的理论观念。这些问题解决不了,将会直接影响他们的论文质量,田野民俗志就是要提醒这一点。从我个人从事研究生教学的实践看,研究生应及早介入田野民俗志的训练,获得较为自觉的民众观念、对话意识和互动知识,再反复下田野去锻炼和调整,掌握这一工作要领。等他们完成了学位论文,走出了研究的第一步之后,还要继续练飞,直至逐步成熟,才能进入民俗学的理论阵容。这种研究生教育坚持下去,就能提高国内民俗学研究的整体水平,田野民俗志的目标也就达到了。

四、田野民俗志的视角、目标与现代实证原则

从逻辑上说,田野民俗志属于民俗学,但从研究上说,也可以倒过来,从田野民俗志的视角看民俗学,好像用儿子的眼睛看母亲一样。从田野民俗志的视角看,民俗学始终是有自己的领地的,即"民俗"。它是人类世世代代、普普通通、实实在在的日常生活,是民族共同体的血缘标记,是习而不察的传承模式,是一种说话的文化。在古代文明中,它简朴而淳厚,在现代社会,它故旧而

---

① 姚居顺、孟慧英《新时期民间文学搜集出版史略》,沈阳:辽宁大学出版社,1989年,第160—168页。

趋新,但无论怎样,它养育社会的每一个人,谁对它反感谁就不属于这个社会。一个社会的大多数人可以不从事政治、军事等权力活动,但却享用民俗,少数人掌握国家权力,也有民俗生活。人不可以不做民俗人而去从事社会百业。文字文献、考古文物等会被历史磨成断字残片,民俗不然,总有自己的一套说法和做法。不论在最复杂的社会,或是在最简单的社会,民俗都恒常存在,乃至于人类就是民俗人类。19世纪中期至20世纪初以来,民俗学诞生,从此人类看民俗,犹在镜中,属于自己看自己。同时,就像人很难了解自己一样,人也很难了解民俗,民俗学者也莫能外,你不去做田野,民俗飘浮在空气中,你去做田野,民俗和你迎头相撞,你却不见得能把它说个明白,而要颇下一番调查研究的功夫,才能明白自己是谁。在这个意义上说,田野民俗志发现民俗,也发现民俗学者自己。

田野民俗志的目标,是鼓励民俗学者自己搜集资料和对资料做理论研究。它告诉民俗学者如何阅读和描述民俗事象,促使民俗学者在田野工作中,通过对方的视角,反思自己的日常经验。它告诉民俗学者将个人领悟到的知识表达出来的科学方法,并帮助民俗学者创造可以阐释民俗事象的术语和观念的新成果。它还指导民俗学者学习前人的田野作业经验,撰写自己的田野民俗志。

田野民俗志依靠实证分析资料产生理论,比起书斋研究,花费的时间要多,积累的过程也要长一些,这已成为一种学术规律。田野民俗志强调遵循这一规律。

一个更实质性的原则是它对现场性(或前面提到的"当时性")的强调,这点田野民俗志不能忽视,民俗学者正是在现场时间的消耗中产生思想质变的。田野作业是一种充满创造活力的现场工作。它的许多灵感和方法,是在现场操作的环境中迸发的,许多独特地方意识的表达,也是在现场注意力高度集中的情况下合作完成的。从这点看,田野民俗志十分强调现场意义的工作,它的原创精神正来自田野。它的每次田野工作背景和现场运作都有不确定性,不可事先完全预料,每次的收获也是不一样的。这是一项很个人化的工作,工作的效果因人而异。田野民俗志就是要讲这些具体内容,别人听了才有收获。因此,在大学课堂上,这门课程的精髓是口传的,一代传一代的。在学生的眼里,这门课最有魅力的地方,就是听教师讲自己的田野作业。这时教师要讲自己原来的研究方向,后来通过田野作业得到了哪些资料,从中发现了哪些问题,使原来脑子里的想法发生了哪些改变,最后解决了什么问题,才达到现在这样的效果等。总之,要讲清楚自己的进退得失,才能使田野民俗志成为学生容易消化的理论与方法。从学生方面讲,别人的田野经验就是一本书,多听别人的田野经验,再去翻理论书,才有收获。

在现代实证研究中,田野民俗志还要求学者在介绍自己的田野作业经历和撰写民俗志时,应阐述已进行的田野工作的局限和已取得的理论成果的使用限度,说明尚不能解决的问题,而不能夸大学者的成果和工作能力。田野民俗志强调行文谨慎,与旧民俗志时期搜集记录民俗的文字相比,显得更为成熟些。

田野民俗志强调田野作业的伦理原则,要求民俗学者了解自己在调查和撰写时的反应要对研究对象负责,并且怎样负责。它鼓励民俗学者像审视别人那样审视自己,也像接纳自己那样接纳别人。有了这种伦理原则做指导,民俗学田野作业就能成为一个文化发现、文化学习、文化反观和文化交流的愉快过程。有人说,田野作业锻炼人品,没有好人品,就做不好田野作业,这是有道理的。

田野民俗志把民俗学者的资料搜集能力、理论阐释能力和写作能力结合在一起,要求三者之间的整体观照和方法贯通,它无疑含有丰富的学术生长点。以田野民俗志为一分支,同时建设它的另一分支文献民俗志,可以发展钟敬文的民俗志学说,促进中国民俗学派的理论建设。

民俗志研究方式与问题意识

刘铁梁

一、作为研究方式的民俗志

民俗志,一般是指记录、描述、说明和解释民俗现象的一类研究成果形式,而撰写民俗志可以说是民俗学家比较独特的研究方式。在民俗学整个研究体系当中,民俗志可以被理解为资料性的部分,与它同样重要的是关于民俗本质、构造、作用和流变规律等问题的理论研究部分,关于历史上民俗事实变化的民俗史研究和关于理性认识民俗过程的思想史(与科学史)研究部分①。也就是说,就研究结构而言,民俗学与其它人文社会科学有大致相同的一面。但应当看到,民俗学与其它学科相比,其记录与描述生活现象的文本并非只是具有基础资料的性质,这些文本事实上还构成了民俗研究的主体部分。民俗志文本的撰写是大多数民俗学研究者首先要作的工作,从发表数量上来看,属于民俗志性质的文章著作也明显比其它部分的民俗学著述为多。从影响作用来看,民俗志由于能够为读者和研究者提供现实生活中民俗现象的丰富事例和真实图景,因而能够在很大程度上表现出民俗学的实证和体验风格,具有它独具特色的学问魅力。这些情况都值得我们对于民俗志在民俗学中的位置给予认真思考。

---

① 钟敬文《编撰地方民俗志的意义——〈绍兴百俗图赞〉序》中说明了民俗学的这种研究结构。《北京师范大学学报》1997 年第 6 期。

民俗志在民俗学著作体系中占有主体地位的事实是与民俗学者所采取的研究方式相关联的。简单说，民俗学者比较独特的研究方式就是人们常说的"采风问俗"，即民俗学田野作业或民俗学实地调查。民俗学研究的对象基本上不是依靠书本传习的知识，而是在实际生活中由民众创造、传承和使用的知识。这类知识虽然可以在一定程度上被书本所记录，但就其本身形态而言是属于口头语言、行为举止和身心感受等传习方式为主的知识，性质上属于直接能规范与服务于日常生活的文化。因此对民俗的把握通常要求研究者进入民众生活身临其境地去进行询访、观察和体验。在这样的田野作业之后整理和写成的调查报告即属于民俗志的范围。虽然受课题目标与调查地域的限制，这些报告所关注的内容重点和叙述的文本框架会有各自的特殊情况，但总体上都是以记录、描述和解释民俗现象为目的。

目前出版的许多地方民俗志著作，在叙述结构上有相当明显的统一性，即面对一个较大区域（如省、县）范围，按照现时学术界关于一般文化层次性的观点，将民俗分为物质、制度、精神三大方面，结合以往民俗文献的类项命名习惯，分门别类地陈述这些文化的基本事象，但于细处常注意突出比之其它地域不尽相同的表现。我们从这一类著述文字中不仅能读到民俗知识的系统性内容，还能间接体味到作者长年累月接触民众、访谈询问、熟悉民俗的调查研究过程。像较早出版的《山东民俗》①的作者之一山曼，我知道他在长期基层工作和写作生涯中始终保持着与农村群众的密切关系，一有条件就背起行囊走进民众生活的广阔天地。他搜集的民俗知识已形成诸多文字和实物资料。这样的一些民俗学者，最擅长的著述以及研究方式自然就在民俗志方面，而且由于比较熟悉民俗生活内在关联和民俗话语逻辑体系，故能够将被研究的民众自身的解释习惯呈现于民俗志的描述当中。正如克利福德·格尔茨（Clifford Geertz）所代表的解释人类学所主张的，人类学家应当通过了解"土著观点"（在民俗学中可改称为"乡土观点"），以解释"地方性知识"（Local Knowledge）所形成的独特世界观、人观（Personhood）、社会观背景；而了解土著观点的办法正在

---

① 　山曼等《山东民俗》，济南：山东友谊出版社，1988 年。

于厚重地描述那些包括物质、行为、事件、言语等一切具有意义的"象征"及其关系体系①。我们的民俗志与人类学家的民族志（ethnography）固然在本土文化或异文化的调查背景方面有很多不同，但在对地方性知识和传达体系的解释、理解以及在描述方式、手段的讲究方面并没有更多差异。民俗志作者虽然是在本土社会考察下层的文化，没有跨社会跨文化的冲突问题，但不等于说他就能轻易克服与民众的隔膜，在对民众文化传统进行理解时，仍然会受到精英文化传统的妨碍及限制，因此有必要努力掌握民俗文化系统自身的解释习惯。现时的民俗志在体现解释意图的描述文字中既包含着对民众解释传统的尊重，也存在由于某种主观态度而妨碍揭示民众解释传统的一些问题。但总的来说，现有民俗志主要是出自有田野作业功夫的学人之手，因而能使我们通过他们的描述、说明文字，在理解民众及其文化创造的探索之路上获益良多。

分门别类叙述民俗的框架模式尽管能较好地体现出著者对一地方民俗的全观性，也能在某些细部上表达出民众自身的解释方式和话语，然而它给人以将本来有机联系的生活整体造成分裂肢解的感觉。因此，有两种较新的叙述模式正在实验。一是受较小的时空范围限定，写出如某个村落、某个会社等组织的民俗志，我见到过几本村志：《南庄村志》、《铁匠庄志》、《下院村志》，它们不仅包含"民俗"或"风俗"的篇章，而且就整书来说都具有记录描述民间生活的意义，更有《耿村民俗志》这样的书出版，预告着小区域的民俗志将被人们更多重视。另一个是专对某一种民俗现象给予多侧面多角度的描述，以这一民俗现象为聚集点实际描画出一个民俗生活文化的网络状貌。这一模式虽也不是新近才出现的，如顾颉刚等前辈20年代对妙峰山的调查报告就是，但最近一些年出版的《东南桑蚕文化》（李希佳）、《江南民间社戏》（蔡丰明）、一些傩戏文化的调查报告等，已经在文本框架的扩展上和描述的深入方面又有所发展。至于将这两种努力方向结合起来的民俗志实际也已出现，如《耿村故事论稿》（袁学骏）、《燕赵傩文化初探》（杜学德）以及一批个案性的专题调查报告等。两种方向的努力未必都具有很自觉的模式建立意识，或者说很可能主要由于兴趣

---

① 王铭铭《文化格局与人的表述——当代西方人类学思潮评介》，天津：天津人民出版社，1997年，第97页。罗红光《克利福德·格尔茨综述》，《国外社会学》1996年第1—2期。

和材料使然。不过北京师范大学民俗学专业近两三年毕业答辩的博、硕士论文中就包含了不同模式的设计和思考,例如博士学位论文《渭水中上游地区的农事禳灾研究》(安德明)、《一个客家村落的家族与文化——江西富东村的个案研究》(刘晓春)、《北京的香会组织与妙峰山碧霞元君信仰》(吴效群),都不同程度地在文本结构、表述方式上表现出对民俗志方法的特别重视,并将理性见解体现于对事实的描述当中。这几位研究生都深入生活现场做过多次田野作业,可以说他们所采取的主要研究方式就是"民俗志"。

民俗志无论以何种形式表达,也无论具有何种阶段性意义,其共同之处是一般都需要进行一定量的民俗学田野作业,并且需要将这一工作有机地融入自己的整个研究过程中。田野作业的本质就是到实地做研究,可是目前民俗学者对这种研究方式意义的认识尚不十分一致,一些人认为田野作业就是"采风"、"挖掘"和"抢救"。可是这三个术语仅是就资料搜集而言的,尽管还带有另外一些关于野外工作特点的浪漫含义。从资料意义来说,田野作业所搜集的第一手资料有别于文献资料的根本价值,不惟在真实(当然"真实"十分重要),更在于这是利用多种手段已经在实地理解过、研究过的资料。此外,田野作业不仅只是搜集和研究资料,它还可以检验有关的理论、假说及自己事先设计的调查提纲等。例如本人曾多次到河北赵县范庄考察一个叫做"龙牌会"的节日祭仪活动,但至今还对某些细节的意义迷惑不解,不明白范庄的村民为什么将"二月二"之前飞来的白蛾视为龙的化身,而且对它敬拜有加。我们可以用自己已经知道的各种知识来解释这一现象,但这不等于是范庄村民的解释。当地人的回答相当简单,是强调白蛾只在这个寒冷时节和范庄才能看到,而此时正要迎"龙牌会",也许这正体现出一种民俗信仰的经验性逻辑。像这个小例子就说明田野作业的收获是多样的,除一般事实记录之外,还有一些调查者个人主观方面的疑问、感想、体验等。再有,调查经历,即关于本人与民众交往的记忆亦具有研究价值,因为这关系到不同背景文化相互理解的问题,是如何才能在民俗志描述中处理好主位与客位关系的现实依据。所谓民俗志不单是为别人的研究提供资料,它自身还是一种复杂研究过程和认识表达方式。由于它是直接面对自己的研究对象——现实中的民俗——进行实地研究的结果,所以从这个意义来说,正是民俗志的研究和撰写首先代表了民俗学学科的根本特征,甚至是关系着学理能否向前发展的基本的研究方式。

二、民俗志的问题意识

民俗志之所以不单纯是资料基础而且还进一步作为本学科体系中的基本研究方式,这是与民俗志研究者深化了对民俗本质的认识和增强了推进学科发展的问题意识密切相关的。所谓问题意识主要是指研究者主动带着问题去进行实地研究,这些问题应该对于学科基本理论及前沿课题研究的开展具有检验的和创新性的意义。也就是说,民俗志研究者越来越自觉地运用自己的研究方式从两个方面为本学科的前进作贡献,一是对原有理论概念系统和个别推论进行实地检验,发现可能存在的问题,进而给予重新判断与纠正;二是在实地发现新的现象和新问题,填补原有研究中的空白和补充原有的不足,同时通过这种拓展的努力使学科的理论方法更臻完善,对其它人文社会学科也给予积极影响。

举例来说,以往我们曾对民间文学和民俗学的"集体性"特征理解得比较简单,即过多看重这类文学和文化创造与文人、精英的创造之间的对立性质。然而近十多年来的民间文学普查工作和大量民俗调查的经验说明,应充分认识集体性创造当中还包含着民众中个人发挥的作用。所以就产生了对民间文艺和民俗传承人以及"地方精英"的研究课题,而正是那些关于故事家、民间艺人的民俗志起到了检验和纠正原有认识偏颇的重要作用①。至于民俗志工作带来学术新见和开辟新领域的例子可以举近年来各地方对傩戏的研究。傩戏研究又推动更大一些范围的仪式戏剧、仪式表演的研究。这些研究又与国际文化人类学的一些最近发展,如解释主义、象征主义等互相影响,从而体现出民俗志调查研究的巨大作为。

事实上关于实地研究的重要性,与民俗学学术性格相似的文化人类学已有很多值得我们参考的议论,如罗伯特·F·墨菲《文化与社会人类学引论》中

---

① 对民间文化传承人的调查,甚至已产生了由他们本人口述的民俗志文本,如:吉克·尔达·则伙口述的《我在神鬼之间——一个彝族祭司的自述》,昆明:云南人民出版社,1990 年。

所说:"人类学家从事田野工作是要阐述某些理论问题或假说。或许这是极为深奥的课题,如关于时空的文化观对亲属制度的影响;或许是十分简明的,如专门用于销售的作物对初民社会的结构愈益增长的影响。不管理论涉及什么,田野工作者必然对本门学科作出充分贡献,而不只是为了描述的目的才去做。"可见,从田野作业一开始,民族志或民俗志研究者就应该抱有强烈的提出和解决理论问题的欲望。从一定意义上说,民俗志今后能否发挥其应有的或更大的学科建设作用,取决于研究者是否真正超越了仅为他人提供资料的认识。民俗志当中必须渗入深刻的问题意识。

　　一般认为,民俗志不是民俗学理论,这就著作类型来说是对的,但在实际操作性研究当中,我们发觉并不存在缺乏理论指导和理论思考的民俗志,而是存在着理论思想深与浅、理论与现实吻合程度如何的问题。特别是由于民俗学所研究的生活世界极为阔大和深奥,又极为多样与多变,因此我们如果忽略认识它掌握它的方法和轻视对已有理论的深入思考,那么民俗志的记录必然大大失掉生活本身丰富的魅力。虽然民俗志研究方式在现在民俗学体系中已显出它的潜在张力,但我们对它的发展前景还缺少研究与预测,现在仅就目前一部分民俗志研究者已遇到理论困惑来谈论几点意见。

　　"民"与"俗"。在过去一段长时间里,民俗学者形成了特别看重民众于生活中创造出来的成果,而较少注意作为创造主体的民众这样一种学术倾向。因此,对于主体方面的研究总感觉不够习惯,好像那主要是另外学科的任务。不过,现在的一些民俗志调查与研究已发生一些变化,首先是对民众的社会关系即社会制度民俗加强了研究,如宗族、村落、艺人组织、庙会组织等。其次是在研究民俗信仰、文艺表演乃至生产技术和产品时,也注意兼顾对创造传承主体的团体和个人的研究。这种趋向我认为是合理的。因为民俗文化固然与文字著述等专家文化相比,其创造主体的个性不甚突出,因而不易确定其身分,但作为生活文化它恰恰是始终紧密与人的需求、运用等活动相联系,人本身就是民俗文化传承的载体,所以应该将人和文化,民和俗看为有机整体来予以观察和认识。假如只看见民间窗花剪纸的精美,不知道剪自何人之手,什么时间张贴到地方等这些属于创造和使用主体行为过程方面的情况,那我想对窗花剪纸的意义将不可能彻底明了。而事实上目前也没有其它更多的学问来代替我们研究剪纸的人。

民间传统与上层传统。人类学有小传统与大传统的说法与这一关系对应。民俗学最初在"五四"时期诞生之时,其学术革命性的意义是十分显明的,它宣告要谱写包括民间社会历史在内的整体的民族历史,因此而把历来不能登大雅之堂的民间文学和民间文化作为自己致力研究的对象。这一革命性意义今天仍未衰退,民俗学的存在对于今天学术界的许多人来说继续起着一种提醒的作用,即对中国历史文化传统的认识不可忽略民间文化传统这一方面。钟敬文先生提出建设"民俗文化学"①的主张,我以为是对"五四"新文化运动中民间传统研究突出以来中国思想学术发展变化的一个历史总结,和在此基础上给民俗学自身提出的新要求。就要求自身来说,将"民俗"与"文化"相结合意味着对民间传统的研究应当联系着"上层文化传统"。那么民俗志的调查研究工作显然也应该对这一合理要求做出回应,目前,符合这要求的民俗描述与解释模式似乎在少数著述中正给予探索,希望这方面有更多创造性成果出现。这是民俗学与其它学问展开对话的一个重要前提条件,因此民俗志研究者有必要对"纯民间文化"的追寻兴趣予以反思,而适度考虑对两类传统互动的关系进行实地考察。

国家与社会。这个关系是社会学和社会人类学等学科普遍关心的问题之一,在民俗学内部,向来很少讨论。但在民俗实地调查过程中,其实非常突出地感觉到这种关系的重要。在"现代民族国家"形成和继续强化的时期,民俗传统的命运发生了巨大变化,已经不是传统社会时期官方与民间关系的含义。一方面是现代化与全球化的大背景与地方性文化特点的张扬之间形成活跃的互动,一方面是社会内部国家力量与民间自治传统力量之间形成新的互动结构。例如民间自治组织的一些形式,庙会、宗族等曾在这个时期几起几落,现在出现了所谓"复兴"局面。如果不顾及现实存在的社会历史背景,仅就民间文化传统本身来讨论它的所谓"流传演变"规律,显然有悖于从实际出发的科学原则。当然适度掌握学科的界域,以关心民俗存在现状为重点来切入这种

---

① 钟敬文《民俗文化学发凡》和《"五四"时期民俗文化学的兴起——呈献于顾颉刚、董作宾诸故人之灵》,钟敬文《钟敬文学术论著自选集》,北京:首都师范大学出版社,1994年。

关系的讨论中来可能是一种好的选择①。由于研究对象本身的复杂性决定,以往那种过分注重学科间差别的研究方式也不应该作为束缚手脚的东西。

　　类似的理论问题,同时都是民俗志研究的现实问题。此外还有"新俗"与"旧俗",是否应该加强文化批评等问题,可以留待今后讨论。总之,民俗志研究在现实复杂生活中既面临发展的机遇,也面临创新模式的挑战。不过只有主动增强问题意识即对于学科建设的意识,才能适应自己所处的学术生存环境和胜任自己庄严的职责。

---

① 　如郭冰庐《陕北"老三殿"是怎么一回事?》就是一篇关于庙宇和信仰在今天乡镇中被几种力量利用复杂情况的实地研究报告。《广东民俗》1998 年第 3 期。

"标志性文化统领式"
民俗志的理论与实践

刘铁梁

一、民俗调查的新思路

近年来,不但中央与地方各级政府,而且广大的社会人士都开始普遍关注并加入到抢救和保护民间文化遗产的行动。除了仍在进行的"十套文艺集成"志书的编纂工作之外,知识界像冯骥才这样的知名人士的大声疾呼①,文化部、中国民间文艺家协会等相关的政府、团体的积极组织,还有高校、科研院所的专家、学者的热情参与和理性反思,共同促成了这一行动的深入开展。同时还应该看到,大批地方学者包括像田传江这样长年生活在村落的"老农"②,一直是这一行动中的活跃力量;从 1990 年以来,台湾和海外华人学界也已经作出了某些抢救的工作③。所有这些都表明,在中国社会转型的过程中,在全球化浪潮的冲击下,全社会的生活方式正在发生急速而深刻的变化,人们认识到作为民族文化组成部分,甚至是民族文化基石的民俗文化正面临艰难境遇与巨大挑战。对于民间文化的保护,不仅体现出国家关于现实和未来社会发展方式

---

① 冯骥才《中国民间文化遗产抢救工程普查手册》,北京:高等教育出版社、高等教育电子音像出版社,2003 年。
② 田传江《红山峪村民俗志》,沈阳:辽宁文化艺术出版社,1999 年。
③ 这尤其以台湾王秋桂教授主持的"中国地方戏与仪式之计划"为代表,该计划最终出版了"民俗曲艺丛书"80 种。丛书的内容分为调查报告、资料汇编、剧本或科仪本(集)、专书、研究论文集等五大类,丛书所涉及的地域则包括辽宁、山西、安徽、湖南、江西、江苏、浙江、福建、广东、广西、四川、贵州、云南等十多个省市、自治区。

的新思考,而且体现出全民日益增长的"文化自觉"①意识。

在这种情势下,民间文化研究的学术既迎来了时机也迎来了挑战。毫无疑问,对各民族、各地方民间文化遗产开展普查和给予认定应该是首当其冲的工作。但是目前对这一工作目标的设定还只是为了"摸清家底",即从表面上查清"遗产"的数量、种类、现状和保存地点等表面的情况,以解决我们应该保护什么和能够保护什么的问题,但是这并不等于很快就可以取得对于这些"遗产"的深刻认识。从文化自觉的要求来说,"保护"不是最终的目的,也不是最高的原则。对于研究民间文化的专家来说,一方面需要积极关注目前的保护行动,为之献计献策;另一方面更需要借助这一行动加强田野调查,能够对这些遗产的历史发生、传承方式、社会性质、文化意义等问题进行深入的研究。特别是要结合特定社会时空中人们的活动来理解、描述和解释这些传统民间文化现象。以往对民间文化的研究,最容易发生的偏向是将民间文化现象从生活中游离出来,给予单个抽象的理解,或者是按照种类和类型将它们排列开来给予形式的比较。建立在田野作业基础之上的研究则可以纠正这种偏向。

所谓"民间文化",是指生活文化的传统形态,与"民俗文化"基本上是同一个概念。作为在民众日常生活中创造、享用和传承的文化现象,民俗文化具有群体性、地域性、整体性和互释性等多种特征。所以,尽管在今天的地方社会空间中,原本作为整体的民俗文化已经在不同程度上被碎片化,但我们却应该尽可能地将它们放到一定时空的社会生活和文化传承的场域当中,作出相互联系的理解与认知。也就是说,许多民俗文化事象之所以成为"遗产",是因为生活已经前进,历史难以复原,因而它们也不可能回到所谓"原生态"的环境中去,但是我们对于这些"遗产"原有形态和意义的认识却应该坚持社会生活的整体观和历史观,对这些遗产所在地的社会生活及其历史过程尽可能给予完

① "文化自觉"是费孝通先生一个重要的学术概念,他本人对此有清晰的阐释,可主要参看《反思·对话·文化自觉》,《北京大学学报(哲学社会科学版)》1997年第3期;《百年中国社会变迁与全球化过程中的"文化自觉"——在"21世纪人类生存与发展国际人类学学术研讨会"上的讲话》,《厦门大学学报(哲学社会科学版)》2000年第4期;《关于"文化自觉"的一些自白》,《学术研究》2003年第7期。在本文中,我主要是将费孝通先生提出的文化自觉视为今天我们民族的一种精神。具体指的是正因为各阶层的人有了这种文化自觉意识,整个社会也才有了对传统民俗文化、对民族民间文化遗产方兴未艾的关注与热情。

整的考察。经由这样的道路,我们的研究才能比较贴近民众生活的实际历程,特别是能够写出既真切丰满完整又富有解释力的地方民俗志。可以预见,在未来一段时间里,民间文化研究将日益受到社会的关切,而社会也日益增长对民间文化研究的要求。而民俗志作为一种基本的研究成果形式也是面向社会的主要成果形式,因此如何书写民俗志,就成为摆在民俗学者面前的尖锐问题。事实上近年来,有关民俗志的理论思考和书写模式创新的实践已经比较活跃[①],但问题还没有得到很好的解决。

　　首先,是民俗志调查如何选控地域范围和空间界限的问题。民俗是体现民族生活方式的文化,具有全民族的统一性特征,但是其存在和传承的具体时空却是各个地方的社会,在分布上呈现出"百里不同风,十里不同俗"的面貌,所以,能够描述出生活方式和在实践中的"文化图式"特点的民俗志,其观察的地理范围必定有所限定。在这种限定当中,需要我们意识到一个国家的生活文化是由各个地方的生活文化具体地构成和具体地体现的,每一个地方都在整个国家中占有一定的文化区位。也就是说,在我们这样一个古老的国家里,各个地方既不是孤立的存在,也不是完全相互并列的关系。这种具有时空背景的民俗志,将以地方性为着眼点,并且能够从地方历史中感受到民俗文化的深刻底蕴。虽然民俗的分布范围与行政的区划并不完全一致,但是从操作办法的方便来说,目前我国最缺乏的是县一级以下的地方民俗志,这里指的不是县级地方文史志当中的风俗篇,因为它还不能比较详细和深入地描述本县的

---

① 如刘铁梁的《民俗志研究方式与问题意识》、王杰文的《反思民俗志——关于钟敬文先生的"记录民俗学"》和岳永逸的《红山峪村村民生活的浓描与实录》、《传说、庙会与地方社会的互构——对河北C村娘娘庙会的民俗志研究》等文章,分别参看《北京师范大学学报(社会科学版)》1998 年第 6 期、《西北民族研究》2004 年第 1 期、《民俗研究》2002 年第 1 期和《思想战线》2005 年第 3 期。特别需要指出的是,在钟敬文先生的建构的民俗学学科体系中,民俗志一直占有重要地位。晚年,他还专文评介田传江的《红山峪村民俗志》。这一系列文章都体现了钟敬文先生对民俗志理论深入的思考,本文相关理念的提出,正是在钟敬文先生民俗志理论基础之上进行的。关于钟敬文先生的文章,可主要参看《民俗文化学发凡》,《北京师范大学学报(社会科学版)》1992 年第 5 期;《关于民俗学结构体系的设想》,见钟敬文《钟敬文学术论著自选集》,北京:首都师范大学出版社,1994 年,第 417—433页;《编撰地方民俗志的意义——〈绍兴百俗图赞〉序》,《北京师范大学学报(社会科学版)》1997 年第6 期;《建立中国民俗学派》,哈尔滨:黑龙江教育出版社,1999 年,第 45—48 页;《民俗学:眼睛向下的学问——在田传江同志与北师大研究生座谈会上的致辞》,《民俗研究》2001 年第 4 期。

民俗。换言之,无论从民俗文化的地方性来看,还是从目前保护行动的基层政府机构的作用上来看,县级民俗志的调查、研究和写作工作都需要及时进行。

以长期作为国都的北京为例,其现时留存和记忆的民俗文化遗产就肯定不同于其他地方。除了自然地理条件和接近游牧文化地区等特殊性之外,北京有 800 多年的建都历史,长期是全国政治、经济、文化中心。北京的这种历史地位,使得民俗文化积淀深厚,既深受宫廷文化、士人文化和官商文化的影响,也反过来对这些文化直接发生作用,并在互动中成为整个北京文化的有机组成部分。然而,近百年来,随着社会变革的加剧,虽然标志宫廷文化的故宫等建筑物在不同程度上得以保留,但是与多数北京人息息相关的民俗文化却逐渐被无情地冲散、消解。特别是最近 20 多年来,随着现代化进程的加快,许多传统民俗文化正在以更快的速度消失。这种态势不仅对全国产生影响,也为世界所关注。北京民俗文化的抢救和保护工作已经十分迫切。因此,我们率先开展了对于北京城市与郊区农村的民俗普查、研究和民俗志的书写工作[①]。

其次,民俗志的成功写作需要采取系统的观点,不能仅停留在将民俗文化进行种类划分和类型比较上面,更需要在"生活文化"或"生活层面的文化"的理解上对各地方民众的生活进行整体的观察。在以往的民俗志中,原本在一定时空中是一个整体的生活文化,却没有被整体地描述出来。这可能是书写方法的问题,但更是认识的问题。我们惯有的思路是按"物质民俗、社会民俗、精神民俗、语言民俗"这种四分法对民俗现象进行分类,然后以此思路进行文字资料的搜集或者调查题目的设计,最后又以此为体例进行写作。这种办法在一定程度上忽视了民俗文化的整体性,肢解了民众的生活世界。按这种分类法写成的民俗志,资料虽然面面俱到,但缺乏对地方生活整体与民俗文化逻辑的解释力,可读性也十分有限。基于这一反思,我们最近在民俗调查纲目和民俗志书写体例的设计上,一直尝试着突破传统的"四分法",根据不同调查地域的社会生活结构的特点进行了有针对性的编排。例如,我们在 2003 年底推

---

① 这一工作被列为北京市文学艺术家联合会近年来的年度计划,是响应冯骥才同志和中国民间文化抢救工程的号召而开展的,由北京民间文艺家协会和本人所在的北京师范大学民俗学与文化人类学研究所共同承担课题任务。

出的《北京民俗文化普查方案(试行)》[①]当中,突出地强调了调查的整体性原则和特色性原则。

再次,我们还必须认清民俗文化的留存状态。一般而言,可以被我们了解的民俗文化有三种留存状态:一是在民众中已经消亡,只存在于文献资料之中的民俗;二是已基本消失,但仍活在人们记忆中的民俗,或者是在当下人们的生活中偶有显现,正在淡出日常生活的民俗;三是当下广大民众传承、享用的活态民俗。文献资料记载的那些已经消逝的民俗固然需要整理、研究,但它们显然不是我们此次调查的重点。民俗学既是一门关于过去的学问,更是一门关于现在的学问。因此,在田野调查中,我们将主要关注的是第二和第三种民俗的留存状态。此外,从"场域"(field)或"情境"(context)的观点来看,每一次田野调查都是不可复制或重现的,都是对当时、当地民俗存在状态的记录。这种在特定时空下对民俗文化存在状态的记录,既是田野调查的方法所决定的,也是民俗志能够记录生活层面上鲜活文化的资料基础。所以,我们对调查纲目的设置,重点集中在仍存活于民众记忆中的民俗和仍在民众生活中传承的民俗。

在以上认识的基础上,2003年底编出的《北京民俗文化普查方案(试行)》中第一次系统地推出了城区和乡村两种不同的民俗文化普查纲目,我们认为城区民众与传统乡村民众的生产、生活方式都有所不同,二者相互之间的知识也存在差异,因此各自享有和传承的民俗文化与对对方的想象都各有自身的特点。更重要的是,我们在方案及纲目中始终贯穿着如下思路:不同的民俗现象是在不同形态的社区中和不同关系的人群中存在的,因此对于人们如何在社会交往中运用民俗的情况应格外给予重视。在一定意义上说,民俗就是在社会交往、交换和协作中形成的知识和习惯,因此我们在调查纲目中增加了比较多的关于传承主体、交往关系等问题的设计,以此审视一个地域社会中城市与乡村的连接与不同。如果从长时段的发展历程来考察北京这一具体地域的民俗文化传统,研究者就会发现北京民俗文化所具有的城乡一体的区域间结构以及变迁过程。在北京,皇权、官方和民众的生活文化彼此渗透、影响;各民

---

① 参看刘铁梁等《北京民俗文化普查方案(试行)》,《民俗研究》2004年第2期、第3期连载。

族、各行业、各地区的民俗汇聚京师、交流融合；城市、关厢、乡村三条环状文化带互相影响，相辅相成①。因此，我们将调查纲目分为城区和乡村两部分，具体设置的条目有很明显的区别。如同样是关于居住习俗的调查，在城区中我们设置了关于四合院或大杂院中人们的居住关系和房屋租、卖的问题，在农村中则设置建房如何选址和如何帮工、合作问题。但是我们也指出要注意城乡二者之间的联系或者属于过渡形态的情况。总之，在民俗调查的思路上，我们认为需要将对于地方社会生活整体特征的认知与对于民俗事象具体形态和内涵的认知结合起来。

二、标志性文化统领式民俗志

如何将上述思路贯穿于民俗调查和民俗志写作的过程，在实践中还存在一个兼有理性与操作意义的问题，需要全体人员达成共识。经验告诉我们，对社会生活整体特征的认知需要在比较宏观的层面上就一般历史与现状问题进行调查，而对具体民俗事象的认知需要在村落、家户的层面上进行调查，二者的结合只能等到调查之后的案头工作中才能完成。但是，我们不应该忽略民俗现象之间的关联性和互释性，其中某些事象还特别具有体现地方社会生活整体特征的象征意味。因此，在调查的过程中，有必要在生活整体的视野下去充分理解每一个具体民俗事象的社会性动机和文化性创意。为此，我们提出了"标志性文化"的中介性概念。也就是说，在地方民俗文化中，某些事象显得特别重要和饶有深意，体现出当地民众生存发展的适应与创造能力，也证实着当地民众与外部世界交往的经历，因而成为群体自我认同，并展示于外人的事象，这就是"标志性文化"。

2004年4月底，我们进入北京市门头沟区，开始进行第一个县级民俗普查和新式民俗志写作的实验。与当地学者一起组成了30余人的队伍，先用一个月时间对原有资料给予整理和讨论，从6至9月开展了村落调查。我一开始就

---

① 赵世瑜《京畿文化："大北京"建设的历史文化基础》，《北京师范大学学报（社会科学版）》，2004年第1期，第114—120页。

提出了书写"标志性文化统领式"民俗志的设想,经过讨论得到了积极的反响。这一设想既来源于现实中各地方文化建设规划上提出的问题,也来源于近年来一些民俗学者特别是年轻学者研究和书写民俗志的经验,应该说是借鉴了当代人类学民族志的理论探索和实验。由于考虑到门头沟区民俗志将作为全国县级民俗志的样卷推出,所以一定要在体例和书写模式上的创新上作出示范,这是形成这一设想的直接契机。

门头沟区内的民俗文化并非同质,山区村落与平原村落有很大的不同,拥有矿工家庭成员的村落、兼营商业运输业的村落与一般农耕村落也有所不同。每一个村落都有自己的历史和文化,在物质生活与精神生活两个层面上都具有"自我"的个性,换言之,有赖于特定自然条件和相应资源的村落,是相对独立的民俗传承的生活空间。同时,村落又不是封闭的,村落之间,甚至村落与京城、国家之间都存在着或物质或精神上的关联。进一步说,门头沟各个区域之间又形成阶梯状衔接的结构,在整体上与京城百姓生活互相依赖和紧密互动。所以,无论从村落内部,还是从村落与外部世界的关系而言,整体的、联系的视角在调查和民俗文化的描述中都不可或缺。但是,这并不全是我们主观的判断,而是在选择"以点带面"的调查方法时,从大量民俗资料的比较和分析中所观察到的。其中一些特别具有象征意味的民俗事象更是提示了有关区内民俗文化整体面貌、关系结构和特殊历史的信息。

通过与占有丰富地方知识的当地民俗学者们的讨论,我们明确了区域文化的总体特征,一个个具体的民俗事象逐渐被勾连起来。如门头沟山里的一些村庄,最早是由各地来戍边的军人建立的,这些村落沿着古代的"军道"分布,村民们已记不得他们的祖籍在那里,但是在他们的婚嫁仪式中保留着某些特别的习俗。娶亲时,新郎在头天晚上要带上一斤白面去新娘家,然后,新娘家的人用这面粉连夜烙成大饼,但必须加进半斤盐。第二天新娘过门,将这张饼带到男方家分给大家都吃一点,以表示双方结成姻缘。这张饼叫"盐分饼",谐音"缘分饼"。婚礼正席上,要给祖先留下一席空位,表示结婚要让祖先知道。考虑到盐曾是门头沟与西北商旅运输中的一种重要物资以及这里不少村落都曾驻军的特殊历史,朝廷对军户的不同政策,我们体会到"缘分饼"具有象征和解释地方文化的重要意义。所以,我们在民俗志撰写过程中,将"缘分饼"

作为了一章的标题,将山里的婚俗和村落的历史联系起来。这里的"盐分饼",也就是我们所说的具有标志性意义的文化事象。因为它作为结婚仪式上的细节的规范,同时反映出这一地方社会整体所经历的特殊年代和人们对于这种共同历史的认同感。

所谓标志性文化,是对于一个地方或群体文化的具象概括,一般是从民众生活层面筛选出一个实际存在的体现这个地方文化特征或者反映文化中诸多关系的事象。标志性文化的提出是为了书写出揭示地方文化特征的民俗志。

什么样的事象才称得上是一个地方的标志性文化? 笔者初步认为,它一般要具备以下三个条件:第一,能够反映这个地方特殊的历史进程,反映这里的民众对于自己民族、国家乃至人类文化所做出的特殊贡献;第二,能够体现一个地方民众的集体性格、共同气质,具有薪尽火传的内在生命力;第三,这一文化事象的内涵比较丰富,深刻地联系着一个地方社会中广大民众的生活方式,所以对于它的理解往往也需要联系当地其他诸多的文化现象。标志性文化不是对地方文化整体特征的抽象判断,对于它的确认,要求我们能够找到代表这地方文化整体和特性的具体文化现象。

标志性文化可以是有形的事物,也可是无形的创作或表演。比如,中国的长城、延安的宝塔、北京的四合院等都是有形的,而藏族的史诗、苗族的歌场、庙会上的祭仪等都是无形的。这些文化事象都从某一方面,符合标志性文化的特征,可以作为某一地域或某一群体的标志,为地域或群体内外所认同。而且,标志性文化在一个地方或群体文化中不是只有一个,凡能够表达出文化的特征或反映出文化中关系、秩序、逻辑的具体现象、事物以及符号,都具有标志性的意义[①]。

标志性文化的概念来自于调查实践,对于写出贴近民众生活文化传统的民俗志有现实的指导意义。事实上,这种类似的追求,在人类学界、民俗学界早就发生了。1922 年,马凌诺斯基(Bronislaw Kaspar Malinowski)发表了现代民族志(ethnography)的开山之作——《西太平洋的航海者》[②]。他考察了特罗

---

① 刘铁梁《标志性文化与昆仑文化》,《昆仑文化新谈》,西安:陕西旅游出版社,2004 年,第 49 页。
② 这与我们所理解的现代学术的民俗志是同一种成果形式。

布里恩德群岛一种称之为库拉(Kula)的特别的交换制度。这一交换制度,牵扯了一系列独特的风俗信仰、巫术神话、经济生活和技术知识,反映出土著人心智特征①。我们可以说,库拉就是特罗布里恩德群岛的标志性文化。

埃文思－普里查德(Evans－Pritchard)在描写尼罗河畔努尔人(Nuer)的生活方式和政治制度时,他写道:

> 牛是努尔人的日常生活赖以围绕其身而加以组织的核心,并且是他们的社会的和神秘的关系得以表达的媒介,如果不借助他们,要想与努尔人讨论他们的日常事件、社会关系、仪式行为,或者实际上是任何主题,都是不可能的。努尔人对牛的兴趣也并不是囿于它们的实际用途与社会功用,而是体现在他们的造型艺术和诗歌艺术之中。②

很明显,与特罗布里恩德群岛的"库拉"一样,"牛"也可以说是努尔人社会中的标志性文化。这两部现代经典民族志的成功,与敏锐发现并深刻记述、分析了地域或群体的标志性文化是分不开的③。

另外,标志性文化的概念与象征人类学、解释人类学的理论主张也可以形成对话。解释人类学的领军人物格尔兹(Clifford Geertz)主张民族志是一种"深厚的描述"(thick description)④,强调"地方性知识"(local knowledge),从而实现"理解他人的理解"⑤。在《深层的游戏:关于巴厘人斗鸡的记述》一文中,他解释说:

---

① [英]马凌诺斯基(Malinowski)《西太平洋的航海者》,梁永佳、李绍明译,北京:华夏出版社,2002年。

② [英]埃文思－普里查德(E. E. Evans－Pritchard)《努尔人——对尼罗河畔一个人群的生活方式和政治制度的描述》,褚建芳、阎书昌、赵旭东译,北京:华夏出版社,2002年,第59页。

③ 赵旭东和岳永逸的研究表明,在某种意义上,梨也就是河北赵县梨区的标志性文化。参看赵旭东《权力与公正——乡土社会的纠纷解决与权威多元》,天津:天津古籍出版社,2003年,第41－54页;岳永逸《庙会的生产——当代河北赵县梨区庙会的田野考察》,北京:北京师范大学博士学位论文,2004年,第28－38页。

④ [美]克利福德·格尔兹(Clifford Geertz)《地方性知识》,王海龙、张家瑄译,北京:中央编译出版社,2000年。

⑤ [美]克利福德·格尔兹(Clifford Geertz)《文化的解释》,纳日碧力戈等译,上海:上海人民出版社,1999年。

巴厘人从搏斗的公鸡身上不仅看到了他们自身,看到他们的社会秩序、抽象的憎恶、男子的气概和恶魔般的力量,他们也看到地位力量的原型,即傲慢的、坚定的、执著于名誉的玩真火的人——刹帝利王子。①

这表明,斗鸡在巴厘人的社会生活中也具有标志性文化的解释和象征意义。

一个地域或群体的标志性文化,既包含丰富的细节,又象征地反映出特定地域和群体的整体生活秩序和精神世界的律动,是人们集体记忆、传承而不肯轻易放弃的重要习惯。这种文化现象就像是我们认知、解释这一地域和群体社会的一把钥匙。当进入一个陌生的地域或群体的时候,如果能够准确地发现它的标志性文化,我们就可以迅速地发现问题,对民众日常生活也会有更为系统和深刻的理解,调查时也就不会感到无所适从了。但是,以往将生活文化分解而进行记叙的民俗志,恰恰就是缺少这种鲜明的"问题意识"②。我们不难发现,以往民俗志书写的目的更多地表现为累积资料。如前文所言,本来丰富灵动、相互联系的民俗文化被条块分割到不同的类别之中,缺少逻辑关联的叙述,因而对民众生活的解释力便十分有限,甚至几近于无,这无疑强化了中国民俗学成为"资料学"的外在形象。门头沟的实验表明,以标志性文化来统领的调查和写作,一定程度上可以克服这种缺陷与不足。如门头沟的斋堂川,以往在天旱时有一个大规模的联村活动,"五十八村龙王大会"。作为象征性的仪式,它表达了山区旱作农业的困境和与这种自然生态相协调的生存意识。这一事象,就像巴厘的"典范庆典"活动一样③,深嵌于地方社会结构之中,通过一种仪式秩序,反映出生态秩序、社会秩序,所以是社会文化的一次集中展演。以"五十八村龙王大会"这一民俗文化事象的调查、整理为线索,我们就可以对门头沟山区的农业生产结构状况、各种经验以及与农业生产紧密相关的求雨等信仰活动,给予完整的描述,而不是进行分散的记述。

---

① 〔美〕克利福德·格尔兹(Clifford Geertz)《文化的解释》,纳日碧力戈等译,上海:上海人民出版社,1999年,第501页。

② 刘铁梁《民俗志研究方式与问题意识》,《北京师范大学学报(社会科学版)》,1998年第6期。

③ 〔美〕克利福德·格尔兹(Clifford Geertz)《尼加拉:十九世纪巴厘剧场国家》,赵丙祥译,上海:上海人民出版社,1999年,第116—144页。

　　如何确认一个地域或群体的标志性文化呢？笔者认为，一个重要的前提，就是要了解当地人是怎样认识和创造他们的生活的，什么才是他们认为最重要的东西。这需要我们与当地人深入的相互沟通。不仅限于访谈或谈话，还要观察他们的实际生活。比如，从他们日常的行动和节日的活动中，我们可以观察到他们最关切的事物是什么，甚至从他们制造、使用工具和产品上，我们也可以体悟出许多重要的文化意义。总之，在讨论和确认什么是一个地方或群体的标志性文化的时候，存在一个必然的前提条件，就是我们必须要从地方或群体文化"自身的表述"当中去发现问题。

　　另外，我们还要从地方文化实际传承的历史过程来认识标志性文化。标志性文化大多具有比较丰富的象征意义，或者经由一定的诠释具有了为群体所认同的新的象征意义，这些意义都应该有文化传统的根据。比如，一个刚落成的现代雕塑不能作为标志性文化，只有当地域或群体将其作为区别他地、他者的符号，成为民众生活网络中的重要节点时，这一雕塑才可能成为标志性文化。所以，标志性文化不是由学者武断确定的，而是原本存在于民众生活世界中，也是发生在民众与他者互动交往的过程之中的。我们需要对特定时空中展演的民俗事象给予细致敏锐地观察，需要历时的考察和共时的比较，特别是我们确定的标志性文化要得到地方民众的认同。换言之，标志性文化一直存在于特定地域民众的日常生活中，它既是主位的，也是客位的，是该群体自观和他者均共同认可的。

　　在标志性文化概念的指引下所进行的民俗文化普查，其最直接的成果形式就是新式民俗志，即"标志性文化统领式"民俗志。这是一种突出地方文化特征，体现地方文化自觉的民俗志。我们认为它至少表现出下面三个特点：首先是民俗志的章节标题就是地方的标志性文化，包括它的一级标题和它下面的几级标题；其次在描述中，体现出民俗文化的整体性、内在联系和象征意义；最后大量使用鲜活的民俗语汇，并且有对具体民俗个案进行的"深描"。要体现新式民俗志的特点，就要求我们在使用方案进行调查时，要与地方民俗学者合作，要从平淡的日常生活中，纷繁复杂的民俗事象里筛选出地方的标志性文化，然后要根据所确定的标志性文化灵活调整调查提纲，深入地方民众生活，理解民众的理解，解释民众的解释。

　　标志性文化的概念和标志性文化统领式民俗志的撰写理念形成于《方案（试行）》被最初运用过程之中，从学理上讲，它还不够成熟，而且在此种观念指导下所编撰的《中国民俗文化志·门头沟区卷》还有待学者和地方民众的检验。正像类分式民俗志不是唯一的选择一样，我们这种民俗志的书写模式也不是唯一的。我们的目的是，不妨将标志性文化作为更新民俗调查方法和改变传统民俗志书写方式的一种理念。我相信，这一尝试行动本身，对于民俗志学术品格的进一步形成和研究范式的创新将会起到一定积极作用，从影响社会的作用上看，通过对于民间文化资源的认识和利用，将有助于各地方社会的协调发展和增强社会的自我调节能力。

民俗文化学

民俗文化学发凡

钟敬文

一、学科名称的由来及其概念、性质

1989 年 5 月 4 日,中国社会科学院召开国际学术讨论会,隆重纪念"五四"运动 70 周年。大会筹备组事先发出通知,邀请我参加会议,并希望提交学术论文。我答复同意了。

70 年前的这一场伟大的思想、文化运动,像一夜春雨,催开了现代中国的民主和科学文化事业的花朵。对此,多年来已有不少文章予以论述。我个人对这场运动怀有特殊的感情,一是因为我多年来所从事的民间文艺学、民俗学两学科,是这场运动的伴生物;二是因为我自己当时转变为追随新思潮的"新党",进入了这两种学科之门,也是"五四"运动启蒙的结果。"五四"运动与现代中国民间文学、民俗学运动的关系,在某种意义上,决定了"五四"与我个人学术道路的关系。10 年前,即 1979 年"五四"前夕,我也曾应邀撰写纪念文章。我那一次撰写的文章题目是《"五四"前后的歌谣学运动》。它只就民间文艺学方面的一些问题进行了论述。现在,10 年过去了。我们经历了学术界不平凡的 10 年,或者说我国民间文学、民俗学与文化学事业在解放思想、实事求是的方针指引下蓬勃发展的 10 年。这时再回顾 70 年前的"五四"运动,和它所派生的现代中国民间文艺学、民俗学运动,我的思想认识不能不有所前进。我感到,这两场运动之间的联系,不止于民间文艺学,它在以下四个方面都有所体现:

(1)在上、下两层文学方面，"五四"前后的歌谣学运动，抨击封建上层文学，使一向被贱视的下层文学的地位得到提高。这自然是一个重点。

(2)在语言学方面，"五四"运动又是一场白话文运动和推行国语的运动。它所提倡的以平民的白话代替传统的文言，用白话写新诗，以及主张以北京话为基础向全国推行国语和用它编写教科书，反映出了一种思想、文化载体方面的重大变化。这是世界上新旧思想、文化更迭时经常出现的现象。欧洲文艺复兴时期和日本明治维新以后的文字改革时期，都有过类似情况。

(3)在鼓吹通俗文艺方面，"五四"新文化运动宣传明、清以来广泛流传的通俗小说和戏曲，称赞它们是中国文学史上的典范优秀作品。这样抬高通俗文艺的地位，是非常大胆的做法。

(4)在民俗调查和研究方面，"五四"知识分子首次呼吁对一般民族民俗资料的调查与搜集。北京大学还曾建立方言调查会和风俗调查会，开展了一定范围内的风俗学活动。它是我国今天广泛推进的这一活动的起点。

总之，重视口头文字，宣传通俗文艺，提倡白话和推行国语，以及收集整理一般民俗资料；这四种事实，要比单纯民间文艺学的范围远为宽泛。大体上它们都属于民俗学的范畴。它们并非彼此孤立，而是在"五四"运动和现代民俗学运动中，互生共存，成为一个有机的整体。同时，它们既是民俗学现象，也是文化学现象。从历史本身讲，它们的叠合，说明这两场运动的多重联系；从理论角度讲，它们表现了两个学科（民俗学与文化学）之间的交叉现象。用从前的"民间文艺学"、"民俗学"等名称去概括这些事象，显然有些不够。于是，我大胆创用了"民俗文化学"这个新名词。它比较符合"五四"的史实，既照顾到当时的民俗学活动，也使之与文化学挂上了钩。由于这个原因，我便把前面说到的1989年国际学术讨论会上我所提交的论文，题目确定为《"五四"时期民俗文化学的兴起》。

我提出"民俗文化学"的概念，还有另外两点考虑。

第一，它适合我国的国情。中国是一个文明古国，也是一个民俗大国。作为文明古国，它的内部有着文化层次的区别。中、下层文化（包括民俗）是其基础部分。民俗不是靠文字传承的，但它是民众后天习得的知识、行为的一部分，也是一种文化样式。中国封建社会延续几千年，占人口绝大多数的是农民。那么民俗文化的主要创造者和承担者便是农民,还有渔民、工匠等劳动者。此外,民俗的发生和传播虽然不靠文字,但民俗被借助文字而记录下来,是我国的一种长期存在的历史事实。这使我们民族拥有丰富的民俗文献遗产,同时也表现出民俗文化与上层文化之间的历史联系。这种情况在世界其它国家并不多见。当然,在传统社会里,这种民俗文化与上层文化发生联系的现象,往往是不自觉的。它甚至是被上层社会的正统观念压制的。这种情况到了结束帝制的现代民主革命阶段,开始扭转。特别是到了"五四"运动掀起后,鼓吹民族觉醒,倡导民主与科学,民俗文化与上层文化的关系更加亲密。从这种意义看,现代中国的民俗学运动,继"五四"运动之后崛起,不过是前述历史联系的递进,并带有革命性质的表层化罢了。

世界各国的民俗学研究,大都有从本国国情出发的不同路数。有的国家偏重于未开化民族习俗的探究;有的国家侧重研究上、下两层文化的升沉交流规律;有的国家呼吁发扬自己民族的文化传统;也有的国家苦苦寻觅本国文化的根源。……我国今天建设民俗文化学这门新学科,是适应我国的历史情况和社会主义新文化、新科学的要求。它不是一种盲目的模仿结果,更不是好事者的闲事业。

第二,它具备了学科建设的基本条件。"五四"以后,我国的民间文艺学、民俗学不断发展。特别是近十几年来,它有了长足的进步。改革开放以来,国情因素日益受到注意,民族文化研究也随之后来居上,并产生了一定的社会反响。这些都为我国民俗文化学的建立和发展,提供了有利条件。1990 年,我出版了一本小册子《话说民间文化》,它的主要论述对象就是中国的民俗文化。它曾引起学界的一定注意。

总之,我采用民俗文化学的观点和方法,去回顾 70 年前的"五四"运动,有客观的社会、历史原因,也有个人学术思想发展的原因。这是一种综合思考的结果。前面讲的 1989 年"五四"时我那篇论文在大会宣读后,颇引起某些国际同行的兴趣。但当时并没有充分的机会,可以让我对这门新学科作进一步的阐述。

民俗文化学的含义是什么? 它是这样一种学问:即对于"作为一种文化现象的民俗"去进行研究的学问。这里,我们把民俗研究纳入文化的范畴,是对固有文化观念的扩展。是不是这样做,那结果将大不一样。过去学者们谈论"文化",很少涉及"民俗",因为他们所注意的文化对象,一般只限于上层文化;对中、下层文化是轻视的。而谈论民俗的,又很少把它作为一种文化现象去对待,似乎民俗算不得一种文化。其实,民俗在民族文化中,不但是名正言顺的一种,而且是占有相当重要的基础地位的一种。我们只有把民俗作为文化现象去看待、去研究,才符合事物的实际;也才能强化我们的学科意识,促进这门新学科的研究成果。

民俗文化学,是民俗学与文化学相交叉而产生的一门学科。现代社会信息量增加,各种学科分支或交叉的现象,日益显著。一些分支学科或交叉学科,又逐渐发展成为独立的学科。如民俗学和文化学,各有百年以上的历史。它们作为独立学科,也都产生了自己的支学。如民俗学的分支有宗教民俗学、历史民俗学、语言民俗学、艺术民俗学和心理民俗学。文化学的分支更加名目繁多,略举之如:文化社会学、文化地理学、文化经济学、文化生物学,以及文化史学和文化哲学等。民俗学与文化学两个主体学科相交叉,产生了民俗文化学。它是一种新学科,也是国际国内学术潮流大势之所致。

在民俗学史上,较早将民俗纳入文化范畴的,是英国文化人类学先驱 T·E·泰勒。他在 19 世纪后期发表的巨著《原始文化》(1871)中,把习俗与知识、信仰、艺术、法律等现象,统称为"文化",并把研究这种现象的学问称为"文化科学"。这是一个学术史上的里程碑,我们正是根据这种精神创立这种新的文化学支学——"民俗文化学"的。

我国的民俗文化学的建立,又是在创建祖国社会主义新文化的整体布局构思,并将通过借鉴外来先进学术、文化成果,和弘扬优秀民族传统文化的过程来实现的。从科学分类上讲,它属于社会科学,也属于人文科学。

二、民俗文化的概念、范围和特点

民俗文化,简要地说,是世间广泛流传的各种风俗习尚的总称。

民俗文化的范围,大体上包括存在于民间的物质文化、社会组织、意识形态和口头语言等各种社会习惯、风尚事物。物质文化,一般包括它的各种品类及其生产活动两个方面。它是由人类的衣、食、住、行和工艺制作等物化形式，以及主体在物化过程中的文化传承活动所构成的。像传统的民居形式、服饰传统和农耕方式等，都是物质文化的内容。社会组织，指人类社会集团中氏族、家属、宗族、村落、乡镇、市镇，以及各种民间组织，包括民众职业集团的总称。当它们彼此之间的关系，通过某种约定俗成的方式固定下来，成为维护民间人际关系和生存方式的纽带时，它们也就进入了民俗文化的范畴。意识形态，涉及民间宗教、伦理、礼仪和艺术等，是在物质文化和社会组织的基础上形成的精神民俗部分。此外，还有口头语言。口头语言不属于以上三类。它是人际关系的媒介，是许多文化的载体，是一种特殊的符号民俗传承。世界上一些国家，如美国、日本等，他们的某些学者，往往十分重视对口头语言民俗的研究。我国自"五四"民俗学运动兴起之后，也在口承语言民俗的领域，做过一些调查和探索，但成绩不太显著。倒是在民族学界做出了许多成绩，这是值得我们借鉴的。

民俗文化的特点，从交叉学科的角度看，它具有一般文化科学对象的共性，也具有自己的个性。这两种性质的有机结合，使它形成以下五个特点。

(一)集体性。所谓集体，包括氏族、部落、村镇、民族及其他种种人群集合体。民俗文化的集体性，指它是由集体创造、集体享用、集体保存和传承的文化。也有的文化产品是先由集体中的个别人创造，再由集体的认可或加工后传播的。但从整个过程来讲，总要有集体参与的主要因素，才能成为民俗文化。我国的民俗文化，有些是带有普遍性的，也有些只是局部性的，这与我国的地域辽阔、各地文化发展不平衡和某些民俗本身的性质等因素有关。但不管怎样，只要习染成风，就要为某些社会集团所享用和传承，成为一种公共文化财产，而不再是个别人、或少数人的东西，这一点是很明确的。

(二)类型性(或模式性)。指民俗文化事象在内容和形式方面彼此类似的性质。它是群众在共同需要、共同心理的基础上，所形成的和不断给予陶炼的结果。它是一种模式化的文化事象，是与上层文化的重视个性与独创性相对的。我们姑且拿文学史的现象做例子。上层社会作家的作品，一般不但要署名，而且大都是个性化的。没有哪一篇伟大作家的作品不带有个性。从中国的古代诗人李白、杜甫，到外国的诗人作家莎士比亚和托尔斯泰，莫不如此。

上层社会的文学越个性化(尽管在某些方面也另有共通之处),就越被认为有价值。民俗文学则不然。它一般是具有类型化特征的。如老虎外婆、田螺娘、巧媳妇、傻女婿、四大传说,——这些故事谁来讲、在哪儿讲,它们的基本情节,乃至于某些语言,都是大体相同的。即使不是相同类型的故事,它们的母题(情节单位)也往往是相同或相近的。民俗文化由于是民众的自发创造,又为同一社会的民众所享用和传播,因此它们一般缺乏个性,而表现为一种类型、模式是极自然的。

当然,讲类型不等于否认变异。类型文化在结构上,是一种同中有异、或大同小异的文化。类型性简化了民众识别、传习与操作这种文化的难度,提高了它在人脑传递中的信息贮量和在时空蔓延中的关联程度。变异是对于类型文化的适应性生态调整。但总的说,类型性虽然标示着民俗文化在文化史上的早期状态,但是对于这种文化所产生和存在的那种社会,是起着相适应的作用的。

(三)传承性和扩布性。传承性指民俗文化在时间传衍上的连续性;扩布性指这种文化在空间伸展上的蔓延性。一切文化,大都具有这种传承性和扩布性。但是,民俗文化跟上层文化比较起来,它们在这方面是具有自己的特点的。例如,在传播媒介上,上层文化(如文学、历史、哲学等)的传播,主要依靠文字;而民俗的传播,主要依靠口头语言。由于这种传媒的不同,便使两种文化在某些方面,产生了明显的差异。比如,一则民间故事,一个民间传说,由于是用口语传播的,它就不但从横向上能产生出许多"异文";而且在纵向上也能不靠文字记录,却以大同小异、或小异大同的形式,流传许多世代,从而形成故事学上的独特方法。过去有许多学者,只把传承性看成民俗的主要特征,忽略了它的扩布性,这是不应该的。

关于扩布性,我个人还有两点看法。一是从扩布性自身的规律看,那些发生时间较早,社会功能较宽泛的民俗,扩布地域可能要相对广大一些。那些发生时间较晚,又与一般民众生活关系较少的民俗,扩大的地域就可能相对狭小。二是从扩布性的研究趋势看,过去一般着眼于地域民俗之间的共同点,以寻求民族文化的同源性,这是必要的。但我认为,不注意差异性也不行。例如灰姑娘故事,已有些学者指出,它在全世界有500多个异式。远的不说,据我所知,仅在中、日两国各地,就流传着许多灰姑娘故事的异式。当我们研究这种世界大扩布民俗文化事象时,只看到它们都属于"辛特里拉型"的相同点行不行呢? 我看不够。我认为,要同时研究它们在中、日本土流传的各自差异点。因为,正是这些差异点,反映着两国不同民俗文化的各自特点,同时也是各自民族文化的特点。

(四)**相对稳定性与变革性**。民俗文化是广大民众在长期社会生活中所创造、传承和享用的文化。比起上层文化,一般具有较大的稳定性(特别是在社会不太发达的时代)。但它在时空中传承、扩布和演进,也必然呈现出种种变形(或变质),以及消亡等现象,从而产生与自己的稳定性相联系的变革性特点。

英国进化学派的人类学者曾经创立了"文化遗留物"说。他们把不少民俗文化事象认定为过去人类文化的"遗留"、或者"活化石",过分突出地强调了民俗文化的稳定性方面。实际上,稳定与变革,是民俗文化特征中的一对不可分割的范畴,这是我们在这方面的大量资料中得到证明的。

中国社会在数千年的发展中形成了自己的民俗文化特色。这种特色是通过我国民俗文化的稳定性体现出来的。比起世界上一些发达资本主义国家,我国的民俗文化的稳定性,主要是农业小生产制度的产物。新中国成立后,大力创建社会主义新文化,传统的民俗文化有些适应社会的发展,淘汰了其中的陈腐成分;也有些在今天的现代化目标面前显得格格不入,必将被改革,才有利于社会主义两个文明的建设。移风易俗与弘扬优秀的传统文化相结合,以达到更高层次的、民族民俗文化的稳定形态,这就是历史文化进步的自然法则。它也是我们与过去进化论的人类学派的观点区别所在。

(五)**轨范性与服务性**。民俗文化是一种适应性文化——表现为适应民众集体心理和生存需要的相对稳定的模式。这种模式的稳定性和约定俗成,使它具有不成文法的强制或约束力量,起到对它的主人——民众的侍奉作用。这就是它的轨范性与服务性特点。

轨范性,指民俗文化对民众行为和心理具有制约性。服务性,指民俗文化在轨范民众的同时,具有满足民众需求的功能。像其它文化一样,民俗文化的轨范与服务性质,根据环境和对象的不同,也有程度强弱或隐显不同等差别,但它总是在不同方面和不同程度上,对民众的集体生活起着一定的作用。

　　轨范性与服务性,是一对历史范畴。在人类历史发展的过程中,人类自身生产的文化方式是不断变化的,拿婚姻形态来说吧,开始是原始群婚阶段,后来经过对偶婚等衍变,逐渐成为今天的一夫一妻制婚姻。但在群婚或对偶婚时代,谁违反了这类婚俗,谁就要受到鄙视或惩罚。这就是民俗文化的轨范性与服务性在起作用。当一定的婚俗形式适用于一定时期人类繁衍与社会生活、文化的水平,被集体成员当作典范普遍遵守时,它就既发挥服务的功能,又同时轨范着人们的婚姻行为,具有一种威慑力。现代学者要研究民俗文化,就要注意民俗文化的这两种性质。当然,像前面说过的,民俗文化的轨范性与服务性,根据环境和对象的不同,在功能体现上有所差别。有些民俗文化的制约作用比较虚幻,乃至在后来的社会发展中转为消极作用或者作用消失,如巫术和部分民间组织形式。也有不少民俗文化即使在今天看来仍具有积极作用,如端午节饮雄黄酒驱毒,六月六日晒衣物和年终掸尘搞卫生等。它们在轨范与服务民众生活方面,表现了较强的历史适应性,也带有比较长久的现实意义。

三、民俗文化在民族文化中的位置

　　民俗文化是民族文化的基础部分,因此,民族文化的涵盖面当然大于民俗文化。

　　1982 年,我在杭州大学中文系讲话时,曾经说明,中华民族的传统文化可以分为三条干流。第一条是上层文化,从阶级上说,它主要是封建地主阶级所创造和享用的文化。第二条是中层文化的干流,它主要是市民文化。第三条干流是下层文化,即由广大农民及其他劳动人民所创造和传承的文化。中、下层文化就是民俗文化、它虽然属于民族文化的一个部分,但却是重要的、不可忽视的部分。

　　在我国过去的长期封建社会中,一般出身(或依附)于上层阶级的文人学者,是看不起中、下层文化的。这种情形到了近代多少有些改变。建国后,我们学术界由于受到前苏联学术的影响和极“左”思潮的干扰,有些人曾经过分夸大了某些民俗文化(例如民间文学)的意义和作用,把它抬高到民族文化的唯一主体的地位。这种作法也是不妥当的。现在提倡实事求是的学风,我们就要从本民族三层文化的事实出发,恰当地估价民俗文化的位置。

从民俗文化本身讲,它内容宏富,其中有些还是人类文化宝库中的优秀部分。它们在民族长期的生活中,发挥过广泛、巨大的作用;有许多在社会主义新社会中仍在发挥积极作用,成为祖国新文化的一部分。

当然,从文化根源上讲,三层文化都发生于没有阶级时代的原始文化。它们曾是一个统一体,后来却分化了。在封建社会里,统治阶级的文化是占统治地位的文化,它要侵入被统治阶级的民俗文化是必然的。但是,就是在阶级对立的社会文化中,也不能排除民俗文化对上层文化的基础作用及不断影响。以文学史为例,中国历代的上层社会的文学体裁,不少是从中、下层社会的创作那里汲取来的。从先秦的《诗经》、《楚辞》到汉魏六朝的五七言诗歌,以及后来的词、小说、戏曲等,都是如此。上层阶级取用民间体裁后,一般要从内容和形式上给予不同程度的改造。这不一定都是坏事。平心而论。传统文人学者对民间体裁的改造,有的能起腐化作用,也有的能起提高作用。对此要做具体分析。这种例子说明,中国历史上上层文化的发达,不是与民俗文化无关的。今天我们在创建史无前例的社会主义新文化,更要重视民俗文化和不断从它那里得到营养。

总之,中华民族的三层优秀文化的荟萃,构成了我们民族传统的灿烂文化。我们在民族文化的大系统内,研究民俗文化,一是可以更全面地了解民族文化的总体面貌及其历史和现状;二是可以帮助我们有根据地去分辨传统文化的优劣,从而汲取和弘扬那些优秀部分,借以壮大、繁荣我们的社会主义新文化。这无疑将是很有意义和实益的一种学术文化工作。

四、民俗文化学与其它社会科学的关系

民俗文化学与其它同文化相关的社会科学关系密切,也与其它同民俗相关的人文科学关系密切。

与民俗学、文化学的关系。民俗文化学所涉及的民俗事象,是广大民众创造和传习的物质财富与精神财富的各方面,带有一般文化的特征。因此,研究

者要树立"作为文化的民俗"的观念。这门学科所涉及的文化事象，又不是民族文化范畴的全部，只是其中的中、下层那一部分。因此，研究者还要树立有关民俗的文化意识。民俗学与文化学各自丰富的内涵，成为这门学科的外延，以及考察它的性质的两种"家族亲缘"所在。而它作为一门独立的科学，又有自己的一定的性质、范围、结构和功能等。这又使它区别于一般的民俗学与文化学。

与文化人类学、民族学(包括民族志)、社会学、文艺学、伦理学、宗教学、语言学等的关系。文化人类学、民族学等人文学科一个共同的范围特征，就是在其研究对象中都囊括或者部分涉及到民俗文化事象。而民俗文化学的研究，也要牵涉、或者必然要联系到这些邻近学科。具备民俗文化学的知识，可以在一定程度上，帮助上述相关社会科学或人文科学的研究。例如，《说文解字》之中，记述了大量有关我国古代动、植物字源以及民俗信仰的资料。它们反映了我们的祖先当时对动、植物形态、性质的认识和"万物有灵"等的崇拜心理。许慎收录并解释了这些文字，就为后人留下了解读古人思维的钥匙。一位语言学者如果运用民俗文化学的知识来研究《说文解字》，就会对许慎的工作成绩有新的认识。从另一方面讲，民俗文化学者也需要借助上述相关学科的知识。比如，历史上某些地区或民族存在过"初夜权"习俗，文化人类学和民族学的研究证明，它是初民主动把这种权利让给氏族或部族中的权势者，以祈求消灾远祸的风俗遗存，而那些原始时代的权势人物往往又是宗教的执行者，是初民信奉的神职人员。一个民俗文化学者如果不了解这种原始文化史背景，把它都说成是统治阶级压迫人民的罪证，那就不符合原始社会的实际情况了(在阶级社会里，情形当然有所不同)。可见，各种社会科学、人文科学虽各有自己的性质、作用，但是在某些方面又是彼此密切相通、能够通力合作的。

五、民俗文化学体系结构的设想

一门学科的建立，要具备相应的结构体系。民俗文化学的结构体系，我以为应该包括以下六个方面。

(一)一般民俗文化学——指通论性的研究和论述，或称"普通民俗文化学"。目前国内所流行的几种民俗学《概论》的本子,就是近于这种性质的论著。它是对于民俗文化学的一般探究和表述(不过他们很少注意到它的文化性质)。

(二)特殊民俗文化学——指对民俗文化某一门类的研究和表述,如家族民俗文化学、经济民俗文化学、宗教民俗文化学、艺术民俗文化学,等等。

家族在中国是很有特点的。家族民俗文化,包括家庭结构、婚姻制度,亲属关系、财产继承方式及其相关的文化心理等,它们在社会学,人类学、民族学等的研究上,都已成为一个重要的方面,但作为民俗文化学的对象,相对来说还是一个新领域。

经济民俗文化学,着眼于中、下层社会的生产、经营、分配、消费等活动所表现的风习的探究。在国际上,它的研究已成为专门学科。这对我们是一种启发(近年国内学者已经注意及此的,如"消费民俗学"、"风物传说的宣传与旅游业的兴起"等等的提出和探究)。

至于宗教民俗文化学和艺术民俗文化学的研究,也是我们这门新学科不容缺少的两个部门,这里就不一一缕述了。

(三)描述民俗文化学——也可以称为民俗文化志学。它指理论性的民俗文化内容以外的、记述民俗文化事象的部分。这种描述性著作,有概括全民族的众多民俗事项的,也有限于一地区的事项的,乃至于以单一事项为对象的。

理论的民俗文化学,是对学科的特征、范畴、功能及演变等的逻辑概括。描述的民俗文化学,则是对学科对象的具体事项现象的整理和叙述。例如,人生仪礼中的婚娶习俗,就其理论阐述讲有《婚俗文化论》,就其事象的描述讲有《婚俗文化志》,两者的分工不同。我国历史典籍中有不少记录民俗的文献,如早在一千多年前就出现了专门论述民俗事象的书(应劭《风俗通义》等)。其余如梁朝宗懔的《荆楚岁时记》,南宋周密的《东京梦华录》等,它们谈不上是理论著作,但却辑录和保存了某一历史阶段,某一地区的风俗,在描述中羼杂着传统文人学者个人的一些见解。这些都是值得我们重视的。

(四)历史民俗文化学——指以古代民俗文化为研究对象的这种学问。原始民俗文化学也可以归入此类。一般地说,民俗文化学是"现在学"。但中国文化史上富于民俗志积累的特点(如前文所述),也使中国建立历史民俗文化

学条件比较优越。历史民俗文化学在民俗文化学中的位置,好像历史考古学
在一般考古学中的位置一样。历史考古学着眼于各历史时期地下和地上的各
种文物资料,一般考古学则以人类史前及各历史时期共通的物化资料为主要
研究对象。历史民俗文化学,它应该面对祖国漫长的社会发展时期中,积累起
来的丰富物质民俗和精神民俗财富,给予科学的研究与阐明。它的结果不仅
可以辅助一般民俗文化学的研究,而且可以向广大国民提供民族文明史教育
的必要教材。

(五)应用民俗文化学——研究当代民俗存废的理论。它是民俗文化学中
不可缺少的项目。它直接体现着民俗文化学的发展现状和未来趋势,是民俗
文化学在实践应用中的转化形态。

建设应用民俗文化学,在于强调民俗文化学是一门有直接效益的现在学。
它牵涉到的问题有两个。

第一,从科学理论方面讲,它要提出民族的现实民俗事象的存废理论界
限。这就需要考察我国现实和历史的真实情况,观察和思考世界文化的发展
现状,服从创建社会主义新文化的总体目标。在这个前提下,我认为,我们对
现存民俗的抉择与去取,不外以下三方面:

一是完全保留或基本保留的。如许多已经世界闻名的古雕刻、古绘画、古
建筑,手工艺品以及某些民间优良道德等。

二是经过批判、改造,可以继续流传下去的。如有些民间年节习俗,群众
文娱活动,以及某些民间医药等。

三是必须完全消除的。如现在还有一定市场的纯粹迷信活动、买卖婚姻,
片面的夫权等。这些有害的文化遗存物,在现实生活中,必须扫除,但是,作为
历史现象,可以把它们送进博物馆或者研究室,供专业研究者去探究。因为它
们毕竟可以告诉后人,传统文化发生、发展的过程,以及我们的祖先在这方面
是怎样思考和活动过来的。

经过抉择、批判或改造的旧文化成分,在跟新的文化成分的互相配合下,
就会产生一定的、新的性质,为新时代的生活服务。

第二,就实际应用来讲,它要提出保护民族优秀民间文化的现行措施。当
然,这也需要进行科学研究。有些人认为,应用民俗文化不存在研究的问题,

只要动手干就够了,这是一种错觉。缺乏研究,民俗文化的应用就不是科学的实践,就难以保证所实行的措施有效。西方有些国家自19世纪下半期起,经过科学的观察研究,利用本民族的优秀神话、童话及民间游戏,进行儿童教育;现在则更广泛地利用国内的民俗文化扩大社会教育活动(所谓"民俗主义"的做法),这都是值得借鉴的。只是我们对于民俗文化的具体应用,要注意我国的国情特点。比如,同样说到民俗文化的社会教育吧,一个人从幼年到老年,除了生理变化外,在心理上也有不同的变化。各种年龄阶段对教育读物的要求就各有不同。没有调查,拿不出研究结果,也就提不出合理的办法,那怎么能取得好的应用效果呢? 所以在这个问题上,我反复强调,应用是重要的,但决不能不调查、不研究而任意动手!

(六)民俗文化学方法论——方法论是民俗文化学体系中不可缺少的结构要素。它的提出,是有可资借鉴的科学史背景的。上世纪末,英国语言学家麦克斯·缪勒,利用他对印度欧罗巴语系的良好素养,去研究古典神话,创立了语言学派的研究方法。稍后,这种方法为英国人类学派的安德鲁·兰等的进化论方法所代替。本世纪初,以芬兰学者科隆和阿尔奈为代表的民俗学派崛起,创设了地理历史分析的方法,在一定程度上,也推动了学科的前进。这些方法,在应用上各有局限性(特别是语言学派),但它们各自对于某些民俗文化事象的探究,都发挥过一定的历史作用。而且越到后来,方法论越趋向成熟。

我的意思是说,民俗文化学的建设,应该在上述科学史的基础上,选择自己的最佳、或较好的方法,以使充分获得民俗文化的研究成果。

六、民俗文化学的方法论研究

民俗文化学的方法论,有两层含义:一是认识民俗文化自身的观点,二是处理民俗文化事象的专业方法。

我把民俗文化学所应用的方法,分成三类:

(一)观点兼技术性的方法。这就是我关于民俗文化研究的概括审视的总体方法。具体地说,就是历史唯物主义和唯物辩证法的世界观与方法论。我多年从事民俗研究,深感历史唯物主义与唯物辩证法,对于研究民俗文化事象至为重要。这是其它任何层次的方法论都无法替代的。人们的认识,由于自身条件的限制,开始往往不免片面或浑沌。要达到对事物的科学认识,就要掌握一种技术的方法去进行探索。但同时又必须具有一种更高层次的、宏观透视能力,即哲学的观点。马克思主义的唯物辩证法,正是这样一种哲学观点的代表。它既具有哲学的概观性质,又兼有对事物进行分析的技术性质。我认为,它在我们的学科研究上,是应该担当主导作用的。当然,在坚持主导的观点和方法的前提下,为了更有效地观察和处理时象,还可以、乃至必须吸收其它一些观察、处理对象的观点和方法。因为,我们既要坚持马克思主义,又要使之发展和丰富。一百多年来,由于社会的不断进步,学术成果和研究方法也有新的增进和发展。对于一切有益于人类科学文化进步的学术成果,马克思主义将是一个开放的体系。因为它本来就是吸取和消化(改造)当时的科学成果(包括方法)而创造出来的。

(二)搜集资料的方法。科学理论的成就,首先取决于研究者的观点、方法;其次取决于对资料的掌握程度及分析能力。

在这个问题上,大量占有资料,是开展研究的第一个步骤。马克思讲过:"研究必须充分地占有材料",这话是完全正确的。其次,要辨析材料。材料的可靠性不一,使用价值的大小也不等,研究者因此必须具备辨别能力。历史的资料固然要辨析,就是当代的资料也要细别。近年来,在国内外不都是有"假民俗"的问题出现吗? 如果我们把那些由于某种原因伪造的"革命歌谣",或者半创作、乃至完全捏造的所谓"民间故事",当作真正的人民口承文学,那就大上其当了。

民俗文化学的搜集资料的方法,主要有两种。

甲、田野作业的方法。它也称实地调查法(兼及区域调查法和参与调查法)。近年这方面的论述很多,我就不在这里多讲了。我想强调两点。

1)中国地域广大,各地区之间的风俗差异颇大。全国范围内的民俗文化普查要抓紧,各省(市)、自治区的民俗文化普查也要抓紧。在某种程度上说,只有区域性的调查搞好了,才能摸清全民族民俗文化的整体面貌。一些国际学者认为,只有区域调查的资料才算科学。他们重视局部调查的用意当然是不错的,但他们也有偏颇。区域调查缺乏对民族整体文化的大体了解也不行,特别是像中国这样一个多民族的文明大国。因此,我主张加强区域调查,同时注意到对民族整体文化的把握。这样局部与整体同时进行,在观点或结论上是可以互相补充、互相得益的。

2)田野调查中的参与方法必不可少。这在国内外都有成功的先例。参与是生活方式的参与,也是文化心理、民族意识的参与。这种整体文化参与,所得资料不但数量大,而且可信程度高。因此我在发展中国民俗学上有一种思想战略,就是在少数民族民俗文化研究方面,要尽量注意培养本民族自己的专家、学者。他们在参与性上具有天然优势,更适合了解和研究本民族的民俗文化。北京师范大学近几年的研究生培养,已在尝试着这样做。我们热心期待着这些少数民族的青年学者,对我国的民俗文化学事业,做出特殊的贡献。当然对于汉族广大地区,我们也同样希望能产生许多本地区生长的中、青年学者,为祖国和本地做出优异的学术贡献。

乙、文献学的方法。我再三说明,历史文献比较丰富,是我国民俗文化基础的一个特点。所以,适当地采用文献学的方法,是由这种特点决定的。

我国"五四"以后,颇有一些学者,从文献入手,开辟了各自的民俗文化研究领域。像顾颉刚先生的孟姜女传说研究,钱南扬先生的祝英台传说研究和容肇祖先生的迷信与传说研究等。我个人也曾依据文献,写过《七夕风俗考略》一类的文章。那时不是一点也没有田野考察,例如顾颉刚先生就同容肇祖、孙伏园先生等做过有名的妙峰山调查。我是说,那时学者们的主要倾向是面对历史文献。出现这种情况,与当时我国的民俗学运动刚刚发轫,不像现在这样意识到田野作业的重要性有关;也与这些出身文史专业的学者的学术功底和个人兴趣有关(在他们的知识结构上,大都是以丰富的国学文献为基础的)。前代民俗资料的记录,大多不能算是纯粹科学的资料,有的不免掺杂了封建说教和文饰成分。但是我们之所以不能够完全摒弃它们,是因为它们毕竟是先人的直观记录。只要运用适当,就可以与现代资料互相比较发明,为今天的田野调查提供历史佐证。否则,放弃它们,将是一种损失。至于搞古代民俗文化研究的学者,运用民俗文献史料,当然就更重要了。

丙、以上两种方法的综合使用。就中国的情况讲,我认为,将田野调查与文献学的方法相结合,效果可能比较理想。明白一点说,这样会提高我国民俗文化学建设的层次。

(三)专业操作的技术性方法。它指进行具体科学探究的操作做法,是民俗文化学工作者必备的专业技能。

甲、分类法。分类是开展科研、收集到足够资料后的第一道工序。经过对材料的科学分类,才可能进一步进行分析和比较研究。国外有的名牌大学,把分类学列为研究生的必修课,反映了对它的重视程度。我国的民俗文化学工作者也要进行这方面的训练和实践,使我们的科学研究工作在正规的轨道上进行。

乙、分析及综合的方法。分析及综合,是科研工作中的最重要环节。有些同志认为,科研的主要步骤是撰写论文;但实际上,分析及综合才是关键所在。对大量资料,进行周密的分析,找出对象所包含的各部分因素;然后加以整合,以达到对事物要素联系的整体认识,这就是分析及综合的工作内容。它的结果不是要素的机械相加,而是要素的有机结合,即不是加数、而是乘数。有了这种过程,对象的内在脉络才能显示清晰;研究者对于对象的有价值的结论,才能获得。论文写作不过是对这种结论的一种表达罢了。

丙、比较方法。它属于一般科学方法。人们认识别的民族的文化特点,往往比认识本民族来得容易一些。在认识规律上,通常是先看到别人,才比较清楚地了解自己。因此,民俗文化学也应该强调比较的方法。小到一个故事情节单位,大到一个地区、一个民族的整体民俗形态,都可以进行比较。我国30年代的比较民俗研究一度很活跃,虽然带有种种局限。现代日本和韩国学界的比较民俗研究颇发达,我国正在重新赶上来。

丁、统计方法。以上方法的使用,比较偏重于质的规定。但是,现代社会的研究工作日益进步,已不满足于质的规定,而要求同时具有量的规定。例如,20年代中期,董作宾研究那首几乎遍布全国的歌谣《看见她》,就不仅运用分析和比较方法,而且兼用了统计方法,来处理收集到的同一类型的几十首歌谣,从而对于《看见她》所反映的民俗文化现象,既揭示其性质(定性),又指出其分布数量(定量)。这是我国早期民俗学运动中运用这种方法的一个尝试。它启发我们,在现代科学发展的今天,我们学科的建设,适当地运用统计方法是必要的。比较与统计两种方法并用,则能取得更好的科学效果。

戊、各种方法的综合使用。研究方法在实践中的使用,是采取单一性的好,还是采取综合性的好? 这要取决于研究对象自身的需要。采用综合性的方法可能更普遍。当然其中有主导的、或辅助的区别。

(四)选择、使用方法的自觉性。这是指研究者在选择使用方法过程中的主观能动作用。它有三层含义。

(1)研究者自身强化方法论意识。自觉与不自觉,效果大不一样。搞科研的人哪有不运用方法的? 但不少人处于不大自觉的状态。这样也能搞研究、写文章,但终究不免有些盲目。只有明确了方法论意识,才能随时鉴别、选择好的、适用的方法,淘汰坏的、不适用的方法。

(2)研究者对于所选择的好方法,在运用过程中,也有消化与生吞、熟练与生疏的区别。如果要解决某种学术上的问题,特别是一些难题,即使有了好方法,但对它掌握不牢靠,运用不灵活,加上其它一些缺点,那成效自然就不会理想。

(3)研究者从对象出发选择方法。还是前面讲过的,选择方法,归根结底,要从研究对象的需要出发。就是说,要符合对象的客观实际。例如,研究周作人的民俗文艺观。如果我们只根据他后期的某些民间文艺见解,去概括他的全部民俗文艺观,就不一定妥当。因为他在这方面的言论前后期并不完全一样,谈论的背景也有差异。要全面了解和说明这个课题,就必须全面考察周作人的前后期见解。从方法论上讲,就是要用历史的方法。而这种方法的选择,是适应研究对象的要求而来的。

七、民俗文化学的效用

民俗文化是一种传承文化,但它如果不能与民众的现实生活保持血肉联系,它就早被民众淘汰了。民俗文化的研究离开现代性,同样也就失去了存在的价值。所以,建设一门民俗文化学,不能不考虑到它的社会效益。

民俗文化学的效用,概括地讲,有两方面:一是保存现有的民俗遗产。一个国家在世界历史中的地位,正是由这个国家的民族文化传统地位及相关的人民心态所决定的。我们中华民族拥有十分丰富的传统文化,它不但过去起过积极作用,直到当前,它还是广大国民不可缺少的祖国文明史知识的一部分。二是研究民俗,认识国情(包括广大民间文化和民众心理在内),以利脚踏实地参与现实改革。只有正确了解全部民俗文化的性质、功能等,才能有效地弘扬优秀民俗文化,并创造新民俗。

民俗文化学的效用,具体地讲,可以从以下三个层次来认识。

(1)对民族民俗文化现象(包括它的历史现象)的科学认识(这部分现实文化及其文明史的认识)作用——这种科学认识为文明国的国民不可缺少的一种修养。这几年,大家公认民俗学"热"起来了。其实,这种"热"有几种类型:如1)运动宣传型:为配合某项政治运动,开展民俗宣传,运动过后,"热"也就消逝了。2)节日纪念型:各种大型节日前后,电台报刊出现一批民俗探源文章。年复一年,重复搬用,形成固定模式。3)文艺技巧型:影视文艺镜头或作品,穿插民俗,作为民族化"技巧"。4)商业广告型:名目繁多的西瓜节、荔枝节、服装节、……看宣传与民俗沾亲带故,实际上与民俗甚少关系。厂家的目的只是做商品广告。不管怎样,这些活动,多少能使一般国民比从前更多地看得起自己的传承文化,谈论起民俗,这是好事。但如果满足于上述情形,用民俗去完成非民俗的各种任务,或者主要仅仅为追求经济利益,而不顾及其它,那就偏离民俗文化学的全面宗旨了。

目前世界上许多发达国家,都把民俗传统的效用,看作是对一个国家的历史地位的证明。这对于我们这样一个文明古国,更应如此。何况我们还肩负着更艰巨的继往开来的使命。我们的目标是、弘扬民族传统优秀文化,借鉴外来进步文化成果,创造社会主义的新文化。在这个大前提下,我们研究祖国的民俗文化,主要目的,是提高国民精神的、文化的素质,以帮助改善国情,促进民族自强。这个意义是深远的,也是根本性的。我一向主张这种深层的民俗文化学研究。像这样一门科学,倘若只能为眼前一些孔方兄服务,而忽略了它的更深远的目标,那就不免自己贬值了。

(2)指导或辅助人们去正确辨别,改革当前传统民俗文化事象的性质效用。研究民俗文化学,掌握这方面的科学知识,我们的工作,像前面所提到的,不外三种:一是考察、论证传统文化中可以基本或完全保留、继承的民俗部分。二是考察、识别经过批判、改造可以流传下去的民俗。三是考察、辨明必须淘汰的陈规陋俗。

在这一过程中,我们不能回避对外来先进文化的借鉴与合理吸收问题。所谓外来文化,主要指现代欧美等经济比较发达的国家的文化。它们在内容、性质和功能等方面,都是相当复杂的,因此,对于我们的适用性,也是参差不齐的。例如,它们的先进科学、技术和某些精密的产业管理方法等,跟它们的政治、思想经济等制度,以及生活道德风俗,就不能完全一律看待。我们积极学习他们的先进科学技术和管理方法等,克服我们某些传统的生产方式、社会组织方式以及文化观念的局限,是十分必要的,有时甚至是刻不容缓的。但借鉴、吸收的目的,是促进本民族的现代化事业。如果忘了祖宗,一味模仿,就会变成盲从。盲从不可能把自己变成别人,反而失掉了自己。比如中国的某些陈腐的家族伦理观念要改革,但套用西方的伦理模式来处理中国人际关系,就未必合适。何况我们还有自己的社会制度与传统伦理文化中的优良部分。至于那些跟我们的社会制度和改革要求不相适应的社会弊病和思想、作法,就不用说了。总之,对于外来文化,我们要采取一种科学态度。我们的原则是,借鉴和吸收,要有利于我们的四化建设大目标。要取人之长,而不掩没自己的好处;并使两者有机地融合起来。

(3)其它效用。如协助民俗旅游业的开展等等。民俗文化学用于提高国民素质是务虚,用于协助民俗旅游业等的发展是务实。我看,务虚的重要性,决不亚于务实,或者说意义更加重大。国民有教养而务实,国家各项事业都会获得良好的发展。因此,在这个问题上不能本末倒置。民俗文化学主要的任务,还是提高民众的素质(包括文化、历史知识的水平),这不但是我国的当务之急,也是关系到民族兴败、存亡的基本战略。有了这一条,再去促进改革开放后出现的新事物,如旅游业等,才能真正从根本上有助于国力的增长。

八、结束语

以上论述,只是关于所讲题目的大略意见。对于这门新学科,我们的知识和所能想到的话还不多。因为它还处于婴儿状态。

这门新学科的前途是远大的。就我国的国情和世界文化发展的趋势看,它存在着以下有利的发展因素：

（1）我国社会主义时期的科学、文化建设和研究，需要这种新学科的参与和贡献；

（2）全人类民俗文化（各民族的基础文化）的科学研究和历史（文明史）叙述，正有待于我们这个古国兼大国的这方面的学术成就给以助力；

（3）我国广大民间富有这方面的学术资料，学术界对它也有一定的积累，而这正有力地催促着这门学科的建设；

（4）当前我国民俗学和文化学相当繁荣的事实，对于民俗文化学这门交叉学科的建立和展开，是极有利的条件。

对于这门新学科的建设和推进，如上所述，当前，既有内外的迫切需要，也有顺利进行的条件。事在人为。希望对这种学问有兴趣和志向的同志（特别是中、青年同志）努力奋进！

我这个民俗学界的"老牛"，也当竭力以助其成功！

　　　　　　　　　　1991.3.14.于民间文化讲习班初讲，

　　　　　　　　　　1991.10.6.于北师大中文系再讲

　　　　　　　　　　　　　　　　（董晓萍整理）

传统文化随想

钟敬文

美雨欧风急转轮，更弦易辙为图存。

一言山重须铭记：民族菁华是国魂。

热门话题非偶然现象

"传统文化"，近来成了我们学界的热门话题。它不禁使人记起80年代那阵"文化热"来。这种一时学界兴行的风气，决不是偶然现象，也不是二三学者的"兴到笔随"。冷静地考察起来，它是在一定时期和文化背景下，社会迫切要求的产物。

从我国近、现代的历史事实看，这种把民族传统文化（虽然过去学术界不一定用这个名称）当作问题，加以思索，从而表达了个人的看法，乃至于彼此引起争论的，并不是什么新鲜的事。晚清时期，不管是洋务派、改良派或者革命派的学者们，都曾经认真审视过这个问题，并各自发表了不同的乃至彼此相反的意见。在"五四"那个震撼世界的政治、文化运动时期，革命派、守旧派以及中间派都曾对这个问题动过脑筋，各自表达了自己的看法。我们现在只要翻翻当时学界舞台上那些角色，如陈独秀、胡适、梁漱溟、梁启超、林纾诸位的文集或所发表的文章，就可以约略知道他们是怎样重视过这个问题的（尽管他们彼此的见解是那样不同）。抗日战争的初期，作为共产党理论家的代表，毛泽东同志就一再在他的论文里接触并且回答了这个问题。他的言论曾经得到当时进步人士的热烈反应,同时那种不同观点的言论当然也是存在的。

上述那些时期,学者及社会活动家们对于这个问题的思考和答案,自然大都是认真的,有的直到现在还在闪烁光芒。但是时代过去一百多年或半个世纪,社会又正在急剧地、深刻地变动着,旧问题就自然地要在新的层次上要求新的答案。

"传统文化"这个问题,现在又成为学界谈论热门,原因就在这里吧。

新时期要求新答案

今天我国的社会形势,一方面虽然是过去情况的延续,但是,另一方面,它变革的巨大程度却是超越历史的。

十多年来,我们为了经济建设正在实行改革开放政策。我们进入了一个社会主义市场经济的新时期。随着市场的迅速开拓,与高楼大厦到处拔地耸立的同时,洋商、洋货和外国资本蜂拥而来。他们的各种文化,不管是精华,是破烂乃至于毒药,也都风狂雨骤地打进来。这真有点像古人所描画的:"鱼龙混杂"、"泥沙俱下"的景况。

在不长的时间里,我们的社会结构、生活方式、价值观念和审美情趣等,都受到不同程度的冲击、骚扰乃至于改观。我们试就教育、文化范围内举一些例子。有的大学教师卖馅饼受到表扬,有些女大学生忙于上宾馆作舞伴,大学里举行选美活动,成群的青年成了"追星族,"……这些情形,不能不使有心人和有识之士感到惶惑和忧虑。

在另一方面,那些缺乏知识和高尚情操而又先富起来的人,有的或赌或饮,纵情挥霍,有的忙于建祖庙、造坟墓和修神祠,……他们把社会宝贵的财富随意浪费,让自己的精神倒退到过去时代。这是另一种令人不安的景象。

在上述那种非常的情况下,必然要唤起关心祖国、民族命运的知识分子们,对祖宗所创造、与我们现实生活和精神状态有紧密关联的传统文化,重新认真加以审察、思考和评价:它的性质、价值怎样? 在民族生活现代化的今天,它是否还享有生存权(或有多大生存权)? ……这是极自然的一种社会现象;也是极必要的社会现象。

在对于民族传统文化的考察、评价中,由于各学者的出身、学养、经历和对问题着眼点等的差异,那结果自然会有不同,甚至彼此严峻地对立。许多同志认为传统文化，在人生哲学、实践伦理乃至文学创造、工艺美术等这里那里，都有着宝贵的遗产，值得我们重视，并在实践中给予继承、发展。

但另外一些同志，却怀有不同乃至于相反的意见。他们着眼于传统文化的消极面，认为它是封建时代乃至于更长远时代的遗物，是过了时，甚至充满毒素的东西。它与我们今天现代化的生活、心态，是格格不相入的。它是一种阻碍前进的绊脚石，非下决心把它搬掉不可！

自然，在对传统文化的不同意见中，还有一些是折衷的，就不更详细叙述了。

在这里，我只想大略介绍一些不同的看法，并不拟加以评判。因为要对它们作出公正、合理的判断，必须进行详细、精密的分析、论证，而这种任务并不是本文所能承担的。

传统文化的涵义、范围、作用等

要有效地讨论民族传统文化问题，存在着一些必须先行决定的事情，那就是要弄清名词的涵义、它的范围、性质及其在民族生活上的作用、地位等。

首先，谈谈"传统文化"这个名词的涵义。这个名词是个复合词，它是结合"文化"和"传统"两词而成的，而重点在"文化"一词。因此，必须先弄明它的意义。

大家知道"文化"一词，在用法上有广、狭二义。狭义的是指精神文化，如伦理、宗教、民俗、哲学、科学及艺术等。广义的，除精神文化外，也包括物质文化和各种社会制度（如政治、法律、经济、教育等）。后者是现代人类学者、民族学者等所惯用的。我个人是比较赞成这种定义的。

从上面对文化定义的确定，我们可以进而给传统文化（或民族的传统文化）以大略的定义，那就是——

　　　　传统文化，是指我们民族千百年来历代祖先们为了生存和发展的需要，根据现实所能的条件，所创建、改造、享受、传承的物质的、制度的和精神的各种事物的总称。

这种文化事物，有的在流传过程中消失了（它也许可能被记录在文献里），有的则直到现在仍然活在我们的行动上和心灵里。它或短或长的,对人们生活的相应方面效力。它跟广大人民有着绵远的、紧密的关系,有的即使它已经成为文明史上的化石之后,还能够起着某种作用。

总之,传统文化,是民族成员长期生活要求的结果,是集体和个人的创造力和智慧的体现,也是整个民族存在的重要标志。

对待传统文化应采取的态度

我们根据今天的客观形势和主观要求,对于浩如"恒河沙数"的民族传统文化,主要应该采取什么态度呢?

由于传统文化,本身存在种种不同性质、价值的情形,我们应该有三种不同的对待态度。

第一种,是对它放心继承,乃至于给以大力发扬。如对传统伦理中交友要讲信义、对师长须尊敬,处事要尽忠诚等,大都是可以照样继承的。又如对那些历史上遗留下来的优秀艺术品,我们要认真保存和品赏,研究它,使它发挥多方面的现实作用。

第二种,是有条件的继承——继承它并适当加以改造。这方面最明显的例子,就是对那些原来各地流行的花会、庙会的继承。那些活动的起源,开始大都是与宗教、巫术有密切关系的。换一句话说:它是人们正当欲求(祈丰穰·祝祥瑞等)的幼稚或错误的表现。但是,在社会不断的变化过程中,它的娱神作用逐渐转为娱人的作用,并且附有繁荣经济和增强人际和睦关系等有利作用。原来的宗教、巫术意义往往只留下淡淡的影子。只要这影子消失了,这种千百年传承下来的民间文化模式,就将成为群众一种必需的、新的文化娱乐形式了。现在,许多地方这方面的活动,基本上正是朝着这条道路前进的。

像这一类的传统文化改造成功的例子是很多的,"五四"时期一度被废去了的传统格律诗,现在不正是由于内容等的改造,成为社会主义文苑中一种芬芳的花朵么?

第三种,是应该决然予以摒弃的。古人由于历史的种种限制,虽然出于现实需要和认真从事的文化制作,却往往无法避免错误。这种错误,在当时条件下,被容许了,乃至于被视为一种当然、合理的做法。但是这种现象,到了我们的时代,就不免被人们的理性和直率感情所厌弃,甚至成为法律惩治对象。这

种文化事象虽然不限于某方面,但是它特别显现在家庭伦理及其它社会制度
方面。例如旧式家长的绝对权威、夫妇间权利的不平等、师傅对徒工的剥削、
经济关系中的高利贷等,例子几乎举不胜举。这类传统文化事象,经过多年来
的社会、思想的变革,已经逐渐被摒弃了,但并没有完全绝迹,有的还在继续坑
害无辜。如近日报上屡见不鲜的买卖婚姻和父母迫办婚事之类的事,便是明
证。对于这类有害的传统风习,在现实中是应该决然把它废除的。但是作为
历史文化现象,可以让少数社会科学史家去予以研究,或加以整理说明,展览
于历史文化博物馆中。这样做的目的,是为了揭示历史事实,借以提高群众的
历史知识,从而使他们能够明智地生活。

以上三种的不同态度,主要是根据传统文化本身的性质、价值等而采取
的。这样做,才可以免犯那种对它一刀切的错误态度。

着重提出两点意见

在这里,我想着重提出两点意见,以供思考传统文化问题的同志们参考。
因为我认为它在我们考虑这个问题上是相当重要的,而事实上又往往被忽略
了。那两点意见是:

(一)对民族传统文化的全面理解。

民族传统文化,虽然有它全体统一的一面,但同时又是有分明的层次区
分。古代学者文人文化观念上的"雅"与"俗",就是对这种不同层次的看法。
"五四"时期,学者们把古代文学分为"贵族的"和"平民的",这也是这种层次上
的区分。根据我个人近年来的考察,中国传统文化,有三个大层次,即上、中、
下。上层是指过去的正统文化,即士大夫阶层的文化,中层是指城市市民层的
文化(在文学上,即戏曲小说,时调等通俗文学),下层是指农民及手艺人等文
化,在文艺上,主要就是以口头传播为主的歌谣、故事以及小戏等。现在为了
述说的方便,把它暂只分为两个层次,即上层与中、下层。

当前学者们谈论到传统文化,多侧重于上层文化,特别是其中的"经典文
化",例如对《易经》的探索,就成了当前的一个热门。此外如对于《诗经》、《史
记》、《孙子兵法》以及宋、明理学等的探索、评论,都是这种倾向的表现。经典文
化,自然是我国可贵的传统文化的一部分。但它主要偏于上层文化范围。而
中、下层文化,领域既广阔,又多为未开辟的学术境地。从它所处的位置等看,

更使我们不得不予以重视。这种文化结构上既是整个传统文化的基础部分，有的还是它的深层部分。这样巨大而且重要的民族文化层次，如果把它放在考察的视野之外，那不但将使所得结果是残缺不全的，甚至于它是否能真正探得"骊珠"——取得要领，也是可怀疑的。

事物主身有一定分野，学术工作也不能不有所分工。因此，我们并不求所有传统文化的研究者个个都精通传统文化中的上、中、下层（事实上这也是不可能的）。我们只要求他们各人胸中都有这种层次的区分和它们中间的联系；他们在从事某项工作时，不把自己研究的对象完全孤立化就行了。我相信这样做，对于研究工作将会是很有益的。

（二）传统文化与我们的特殊关系。

在未入正文之前，先让我说点对科学工作态度的话。我从青年时期开始，就受了那种对研究事物，应该采取纯客观态度的训条。不管研究对象是自然现象，抑或社会、人文现象，在研究者的态度和方法上都应该是一样的。我所研究的，主要是人文现象（文学、神话、风俗等），在实际的活动上能否真正做到与自然科学者那样的纯客观态度，虽然不无疑问，可是在我主观的意识上，却是坚守那种训条的。

但是，近年来我却多少有些怀疑了。难道在实际生活、感情上，我们能把对一个甲虫或一片叶子跟自己的亲人或战友等同起来么？我们又怎样能够把跟自己生活、心情有密切关系的某些人文事象（例如诗画作品或交际伦理等）跟那些与人关系疏远的事物同样看待呢？是否关于人文事象的研究，多少要有一点不完全等同于自然科学的人文主义态度呢？这虽然是我一时幼稚的、初步的想法，但似乎并不是怎样违背情理的。

还是进入正文吧。那就是：祖国传统文化与我们的特殊关系。因此，我们对它也应有一种特殊态度。

从具有相当普遍性的经验说，我们对于自己的家人或亲近朋友，比对于一般路人或外国人士，总具有一种更浓厚的感情，在生活上，工作上，有着更多的关注或互相帮助之处。这种特殊的亲切感和亲密关系，是自然的，也是合情合理的。记得年轻时，曾经读过一本经济学的教科书，里面谈到物品的价值问题，在特殊价值的项目上，它就举了子孙对祖宗肖像的例子。当时我觉得很有意思，直到现在还没有忘记。这可能不仅它道理上的新奇（对当时的我说来），也因为它切合人情的缘故吧。我们现在对民族祖先所遗留下来的传统文化有一种特殊的亲切感，正是一样的道理吧。

由于这种自明之理和事实的需要，我们现在还要宣扬提倡子女要奉养父母（父母也要负责哺育子女）、青年学生要尊敬师长。乡里居民要睦邻，……这种人际美德，是自然形成的，是相沿已久的。它不因为我们社会进步了，就应该消灭——特别是人工地使之消灭。

对于民族、祖国及其众多文化遗产的态度也是如此。民族、祖国，是在一切方面哺育我们的。没有他们，就没有我们。我们对她的爱是无条件的，而传统文化，正是这种哺育的乳汁、口粮。我们从呱呱坠地，到呀呀学语，以及上学校求知识，入社会干工作，哪一件事情，哪个生活环节能脱离民族文化关系而进行。从这个意义上说，民族、祖国及其文化，真是我们每个国民的大恩人！对于这样的大恩人，我们又怎样能够不抱有一种特殊的感情呢？

我们常常在口头上或文字里提到我国古代的"四大发明"的伟绩。这是为什么？因为这些世界性的发明，是产生于我们祖国、产生于中华民族，那些发明者正是我们的祖宗！从远古到现在，地球上有不少的民族、国家，他们贡献了大大小小数不清的文化恩物。它们并不一定在我们发明之下。但是，我们的感情却使我们更加记住我们祖国和先人的业绩。我们尊敬世上一切民族以及他们的文化创造。我们决不排外。但我们更敬重和热爱我们祖先和他们的文化的创造！这种敬重和热爱，不仅表现了我们自然、高贵的情操，也增加了民族的凝聚作用，满足了民族求生存与进步的正当欲望。它是一种任何事物不能取代的精神力量。

我们知道，列宁是伟大的国际主义者。但他并不缺少对祖国及其文化的挚爱。当他痛恨那些高喊祖国、民族的虚伪言论的时候，他写了《大俄罗斯人的民族自豪感》，在那里，他明确地说："我们酷爱自己的语言和自己的祖国。我们竭尽全力把祖国的劳动群众提高到民主主义者和社会主义者的自觉生活的程度。"在同一文章里，他称赞贵族地主的革命家十二月党人和赫尔岑，称赞平民知识分子革命家从"车尔尼雪夫斯基到民意党的英雄"。对于托尔斯泰列宁虽然没有放过他的弱点，却不犹疑地吐出"作家，托尔斯泰是伟大的"的崇高赞词。他谆谆告诫从事教育革命青年的工作者们："只有以旧社会遗留给我们的全部知识、组织和机关为出发点,利用旧社会遗留下来的人力和物力,我们才能建设社会主义。"(《青年团的任务》)列宁的许多意见,虽然是在几十年前发表的,但它的基本精神,对我们今天讨论传统文化的问题,还是富有参考意义的。

近年,在关于建设社会主义新文化和吸取外国文化的问题上,我曾经一再强调要注意民族文化的主体性。我现在还没有改变这种意见。

为了适应社会发展的需要,今天我们不能不建立新的文化体系,而为了建设我们这种新文化体系,在当前不能不吸取和消化外国的文化(即一般所谓"现代化"),这是无可置疑的。但是,同时我们决不能丢掉自己固有的文化(尽管它需要经过一番清理和改造的手续)!何况我们这方面"家底"并不是菲薄的。在两种文化的接触、交汇过程中,自然要有主体和客体。建设新文化体系的,正是我们的民族;而我们民族所以要吸取、消化外国文化的主要目的,正是为了振兴和强化自己,使她有足够的力量厕身于世界强国之林。如果我们创造的新文化,失去了民族的主体性(像身体没有脊梁骨),即使真能现代化,那又有多大意义呢?(她不过是一个没有民族传承的世界公民罢了。)过去学术界曾经流行过一句讽刺话,就是"有奶便是娘"!不顾主体性,而把自己沉没于外国文化的狂潮中的新文化,不正是这讽刺话所瞄准的靶子么?

如果我们要使祖国的新文化体系,成为有体有魂的东西,那么,我们就必须重视自己千万代祖宗创造和遗留下来的文化遗产。认真地清理它、洗刷它、辨别它,把那些的确优秀的部分大力加以弘扬、普及,使它在新文化体系中占主体地位发挥着新的历史作用。这样,我们所建成的新文化体系才是真正民族的、科学的、大众的(民主的)社会主义新文化。

丝绸之路与中国文化

——读《丝绸之路》的观感

季羡林

稍微了解情况的人大概都会认为,这样一个题目太空泛,太陈旧,简直有点老掉了牙的味道了。如果摆在小报上或通俗刊物中,还可以勉强过得去。但当做学术论文,则没有再写之必要。我们对于丝路和中国文化的关系知道得实在已经够多了。

在读阿里·玛扎海里著,耿昇译,中华书局出版的《丝绸之路 中国—波斯文化交流史》(1993年出版)之前,我也有这样的想法。关于中波文化交流的著作,我们确实已经有了不少,举其荦荦大者,就有劳费尔、张星烺、朱杰勤、方豪、林悟殊、沈福伟等学者的著作。如果再计算上论文,那数量就更加可观。中国古代典籍中还有大量的原始资料,迄今还没有人认真探讨和利用。在这样情况下,再谈丝路与中波文化交流,真有"曾经沧海难为水"之感。

但是,我读了耿译的《丝路》(以下皆用此简称)以后,眼前豁然开朗,仿佛看到了一个崭新的"丝路"。我原来根本没有想到的问题,书中提出来了。我原来想得不深的问题,书中想得很深了。这大大地提高了我对"丝路"的认识。阿里·玛扎海里,祖籍伊朗,波斯文是他的母语。此外,他还通晓阿拉伯语以及许多中亚重要语言。研究"丝路",这些语言都是绝对需要的,断断不可少的。至于西方重要的现代语言,他也大都能掌握。再加上他那极为丰富的学识,他可以说是撰写研究"丝路"专著的最恰当的人选。因此,他这一部书,即使难免还有一些不足之处;但总起来看,它超过了所有的前人的著作。我手不释卷,欲罢不能,在繁忙的工作和会议之余,几乎是一气读完。我应该十分感谢阿里·玛扎海里先生,我应该十分感谢耿昇同志。我想把这一部书推荐给所有研究"丝路"和中波文化交流史的学者们。

内心的激动逼迫着我拿起笔来,写了这一篇论文,想把我所感兴趣的一些历史事实介绍给读者。我一向对中外文化交流史感兴趣,其中对中波和中印文化交流史更感兴趣。最近若干年来,我从文化交流这个角度来研究糖史,而正是这个看似微末不足道的糖,却在中印、中波、中阿文化交流中占有一定的地位。因此我的介绍,除了一般事实之外,重点是放在制糖术的交流上面的。

分以下几节:

一、几句内容充实的"套话",

二、中国文化对外国文化的贡献,

三、对研究中国历史有裨益的小资料,

四、埃及制糖术,

五、波斯制糖术。

一、几句内容充实的"套话"

科学研究,包括人文社会科学和自然科学,其目的首先在于求真。真就一定能符合社会发展的规律。因此,真本身就是价值,就是意义。真,有的能够立竿见影,产生政治、经济或其它效益;有的就暂时不能。具体事例多得很,用不着列举。

文化交流史是一门科学,它当然不能脱离上述原则。但是,我个人认为,它是一门能立竿见影的科学,它能够产生政治、经济和其它效益。它至少能让人们了解到,人民与人民之间,民族与民族之间,一向是互相依存的,互通有无的,互相促进的,谁也离不开谁的。了解到这一点大有用处。它能加强人民与人民间,民族与民族间的感情与友谊。有了争端,双方或者多方要心平气和地来解决,不必大动干戈。对真正的侵略者和压迫者,他们是世界人民的公敌,当然不能照此处理。我始终相信,不管当前看起来世界上有什么矛盾,有什么危机,人类最终总会共同进入大同之域的。

二、中国文化对外国文化的贡献

中国人民对人类文化的杰出贡献,皎如日月,有口皆碑,无待赘述。但是,人们谈论的和我们想到的,无非是那著名的四大或几大发明。这是非常不完全的,也是不符合实际情况的。有众多细微的(也许并不细微)发明创造,我们不十分清楚。这无疑是一件憾事。令人奇怪的,也或许是令人欣喜的是,一些外国学者在这方面知道得要比中国学者多得多。英国著名的学者李约瑟就是一个最好的例子。现在我在谈的阿里·玛扎海里是又一个例子。

在他的这一部巨著里,在很多地方,好像是在有意与无意之间,它都指出了许多中国文化影响外国文化的事实,有不少是从来没有人提到过的。他讲得没有体系,我也不画蛇添足,勉强制造出一个体系来。我只是按照本书的顺序,把他讲的记录下来,标上中译本的页码,以便读者查阅核对,做进一步的探讨。我间或也抄一点他对这个问题的议论,有时我自己也发上一点议论,目的只在弄清事实,提高大家探讨研究的兴趣而已。

"译者的话",页2:

作者于1960年著文《论杆秤起源于中国》,说古代罗马人使用的杆秤以及后来由此发展起来的衡具都应追溯其中国来源。

"中译本序",页11:

波斯和中国两种文化有相似性。

同上,页13:

"我于此把中国读者当作知己而无所不谈。他们将会看到,在经过这样长的岁月之后,我是第一个受他们及其历史吸引的伊朗人。"(羡林注:加引号者是抄录的原译文,不加者则是我的叙述)

"导论",页4:

"在促使古老的丝绸之路遭到遗弃的主要因素中,应该提到近代技术工业的诞生和发展,这种工业以代用品取代了来自中国的传统产品。"

同上,页5:

讲到中国纸的情况。

同上,页8:

波斯语曾是丝绸之路上的通行语言。

同上,页9:

讲到中国的大黄。

同上,页10:

讲到中国茶和"茶叶之路"。

同上,页12:

从明代到清代,中国出国的商队都一律具有"使节"的官方特点。外国人也只能以使节的身份进入中国。

同上,页17:

"中国人在与西亚的贸易中仅仅偏爱唯一的一种西方产品,即作为阿拉伯马之先祖的波斯马。在丝绸之路正常运行的整个期间,也就是说在近2000年期间,中国天子们一直不停地索求波斯马。"

羡林案:本书中多次谈到马,比如页136,页314等等。下面页19,讲到大黄治马病。

页20:

"大黄、大枣等在很古老的时候就从中国传入(到)波斯。"

页25:

这里作者谈到了"具有滋补强壮作用的人参或糖。"糖,我将在下面专章论述。

我引一段话:"来自穆斯林一方的使节—队商要比来自中国一侧的多得多。因为主要是伊朗—伊斯兰世界需要中国产品,而中国则可以离开'西域'"。

正文,页81:

这里作者谈到酿酒的起源问题。他认为应该归诸中国。

页85:

作者对"中国的娱乐活动在世界上是独具一格的"(页45)这一句话所作的注是:"我们不应该把'中国的娱乐活动'理解作已被萨珊——阿拉伯文明所抛弃的戏剧和喜剧。如同异教徒艺术一样,这种艺术被他们完全如同对待雕塑和某些油画一样而抛弃了。事实上,在'中世纪'的文明中,戏剧(尤其是喜剧)已遭'遗忘'。'中世纪'是在佛教的影响下放弃了这一切。中国的宋朝,尤其是15世纪的明朝则必须重创戏剧。在拉丁世界和南印度也采取了同样的作法。当时在世界的三极,在远离伊斯兰教直接影响的地方,存在着3个复兴中世纪大陆文明的中心。这就是'中国的娱乐活动在世界上是独具一格的'一句话的意义。"

羡林案:这一段话很有意义,很值得重视。大多数研究中国文学史,特别是中国戏剧史的学者们,眼光往往囿于国内,对宋元明戏剧的复兴说不出令人信服的道理来。本书作者把这个问题放到世界范围内,来加以宏观的考察,使我们的眼界为之一扩。作者的说法也有欠周到的地方,比如他只提宋、明,而不提元,显然是不全面的。

页86,注(45):

"波斯商人穆罕默德·吉拉尼老爷于15世纪下半叶在肃州和威尼斯之间从事中国药品贸易,他为其顾客们准备有一本图解药品目录,从中可以看到普通中国人用药的情景。他对其意大利顾客说,在肃州附近有非常丰富的大黄,人们用来喂家畜,还作为'神香'而用来在偶像前焚烧。檀香木(中国檀香木)、麝香、诃子、茶叶、姜黄('印度红花')等使肃州成了一个向西方出口的重要中心(卫匡国:《中国新舆全图》)。最后,我们还应补充说明,中国人把相当于我们所说的'阿拉伯数字称为肃州数字'。"

羡林案:这里提到中国药品传入西方的情况。其中值得注意的是大黄。我在上面讲到原书,页17和页20时,已经提到大黄,下面还将提到。另一点值得注意的是商人在肃州和意大利威尼斯之间做生意。下面我在"埃及制糖术"一节中还要谈这个问题。由此可见,马可波罗来中国,不是偶然的。

参阅本书,页299,注(6)关于中国医药的论述。

页121:

讲到中国针灸。

页124:

《大明律》代替了蒙古人的《大元圣政国朝典章》。"当时中国文化的中心处于中国南方,蒙古人的政权未能对那里实行全面统治。因此,'汉族法学家'

(我们使用了契达伊的表达方式)也成功地恢复了先前的汉地法制。至于在伊斯兰教界,那里的文明中心在中亚而绝不是像大家经常错误地认为的那样在‘阿拉伯世界’。一旦当伊利汗和其他‘成吉思汗后裔们’彻底摧毁了这一中心之后,穆斯林法学家们复兴古‘阿拉伯法’的企图彻底失败了。当我们在以比较的方式研究不同王朝的穆斯林法和中国法的时候,不应忘记‘佛教法’和萨珊王朝的法,它们都曾是远东法和近东法之间的媒介。所以我们必然会对所有这些法律之间存在的密切关系而感到吃惊。事实上,尽管在中国法和‘阿拉伯法’之间存在着宗教学和社会学方面的差异,但这两种均起源于‘天’的法则更应该是相似的,仅与我们那完全是经验性的近代法律是对立的。”

羡林案:这一段话是很深刻的,用比较的方法来研究《大明律》,把中国法、佛教法和阿拉伯法加以对比,确定其相互间的关系;另一方面又把东方三法与西方法相以对比,一下子就扩大了我们的眼界。这对探讨东西文化之差异,也具有启发意义。我甚至想把它与东方传统的“天人合一”的思想联系起来。

参阅下面页 129,页 166,关于《大明律》的论述。

页 127:

这里讲到 16 世纪奥斯曼人占领波斯首都,大肆劫掠。“赛利姆算端(按即苏丹——羡林)则更是有过之而无不及,他也仿效帖木儿作出的榜样,如同对待‘战俘’一样劫掠了所有具有科学才华的人、学者、艺术家、瓷器匠、青铜器匠、铸铁工、铁匠、画师、草药药剂师、化学家……”

羡林案:这一段记载很有趣。这立刻就让我们想到中国同大食的坦逻斯之战,中国战败,大食人俘虏走了中国的工匠。世界史上许多战争都有这种情况。连本世纪的二战也不例外,美国不是把德国的导弹专家抢到美国去了吗?

页 135—137:

《中国志》的导论中,历数全书 20 章的内容,讲到中国各方面的情况,其中不少是中国文化的优秀部分。读者可以自行阅读,我在这里不一一列举。

页 139:

“他们的和尚和尼姑以及他们念咒语练气功的方式。”“他们的”指的是“中国人的”。下面页 148—149 对这句话加的注对中国的气功作了详细的解释。作者在这里写道:“但中世纪熟悉苏菲派信徒们习惯的契达伊却未从中看到任何荒诞可笑的内容。据他认为,本元之气实际上与心理之气没有差异,它们二者都是一种换气的方式。其唯一的差距仅在于内气具有'肉体的'和'恶臭的'特点,从其气味中便可以分别出来;而上气则是由'肺脏''抛泄'出来的,具有一种'精神的'和'神奇的'特点。"无论如何,总可以看出,中国的气功早就引起了国外人士的注意。研究这个问题的中国学者,不妨根据本书作者提出来的线索加以探讨,这要比眼光只限于中国要好得多。

页 154—156:

作者用了三页长的篇幅对于火炮作了详尽的阐释,其中包括 1257 年蒙古大军围攻巴格达时使用过火炮。研究中国史以及火炮史的学者都应该参考这一个长注。

页 199—215:

契达伊的《中国志》的第 6 章,内容讲明代皇帝的统治,从皇宫一直讲到政府组织。这对于中外学者研究明史会有很大的帮助。页 215,《中国志》的作者说:"如果中国人的帝国在如此之多的'千年纪'中安然无恙,而且还每年都在扩大,那末难道不是由于他们奉公守法吗?"这只能是作者一个人的臆断。封建王朝的皇帝和政府哪能谈到什么"奉公守法"呢? 可是经作者这样一理想化,在国外产生点好影响,也不是不可能的。

页 204:

《中国志》原文是:"3 扇主门的门扇都是用中国钢铸成的。"阿里·玛扎海里给"中国钢"写了一个注,见页 222:"有关这些钢和铸铁,见笔者的论文:《刀击剑,论熔炉钢的中国起源》,载《经济、社会和文明年鉴》第 4 期,1958 年。中国钢完全是熔铸的,完全如同我们的铸铁。……波斯人从帕拉亚人时代起就已经从中国进口许多铸铁产品,尤其是长把平底铁锅和一般锅。……此外中国铸铁工们的工艺可能是经伊朗而传入了西方,即与第一批大炮是同时传去的,始终是由于受威尼斯人(如果当时不是由热那亚人)诱惑的某一匠人的背叛而造成的后果。"由于篇幅关系,我的引文不能再长,请有兴趣者阅读原书。

此外,在《中国志》中还多次提到中国的铸铁。页 294 说:"中国的铸工们用铸铁铸造了一座如同岗楼那样高的供像,但它内部是空心的。"阿里·玛扎海里又作了注释,见页 296。注中说:"但商旅们最早似乎也从中国向波斯出口非常豪华的铸铁器。"下面他讲到"中国的镜子"、"中国剃刀"、"中国剪刀",还有马蹬,被波斯人称为"中国鞋"。

下面,页315,《中国志》又说到中国商品,绸缎以及马蹬、铠甲、剪刀、小刀、钢针等等用钢铁制成的东西。阿里·玛扎海里在注释里又讲到"中国的钢铁铠甲",页322;讲到"剪刀",页324—325。页376,注(20)中,阿里·玛扎海里强调说:"我们对于丝织物和钢刀的中国起源论坚信不疑。"

本书页435,"梅南德·普洛特科尔(6世纪)有关突厥人的几段记述"中说到突厥人要出售铁,"使人知道其国盛产铁"。这可能与中国也有关系。

我在上面从本书中征引了许多关于中国钢铁的记述。这当然还不够全。但对古代中国出产钢铁这个事实,已经足够了。

关于中国古代能生产优质钢而且输出这种钢,我早就注意到了。最初给我启发的不过是一个梵文字:cīnaja,是由两个字组成的:cīna,意思是"支那",即中国;ja,意思是"生",合起来意思就是"生于中国的"。真正的意思却是"钢"。可见中国产钢,在古代印度是著名的。我曾在拙著《中印文化交流史》,《神州文化集成丛书》,新华出版社,1991年,页20—22,谈到过这个问题。现在阿里·玛扎海里的《丝绸之路》又提供了这样多的宝贵的资料。我对自己的说法更加坚信不疑。

页230注(54):

作者在这个注里讲到了中国的印刷术。他认为,《中国志》的作者契达伊间接地了解到了中国的印刷过程。

同页,注(57):

作者讲到中国的矮桌子和常见的桌子,后者由伊利汗传入波斯,又由此地传入意大利。作者说:"这次文艺复兴在许多方面都有求于中国:食物、衣着、室内陈设、印刷术、火炮等,完全如同它在文化和文学方面也有求于阿拉伯人和拜占庭人一样。"

页260—262,注(14)—(15):

这里讲的是瓷器。中国瓷器原有两个传统品种:乳白色的和杏黄色的。但是,早在明代,这种古瓷就已停止生产,并开始制造"穆斯林"们的那种蓝色瓷。作者开列了几种西方研究中国古代瓷器的参考书。读者如有兴趣,可以

找原书查找,我不一一列举。他在下面又详细讲了古代波斯在一些典礼上和
丧仪上使用中国瓷器的情况。

页 269,注(29):

作者在这里注的是上面页 253 的"临清",但是那里的注号是(30),作者显
然是弄错了。

上面讲到临清出产瓷器;但是,我们都知道临清并不出产瓷器。这怎样解
释呢? 阿里·玛扎海里的解释是:"契达伊把临清一名扩大运用到了大运河沿
岸的整个地区。"他还认为,契达伊可能混淆了山东的临清和江西的龙津,龙津
在鄱阳湖东南,距南昌不远。乾隆时代,中国瓷器制造中心是位于鄱阳湖东北
的景德镇。

页 299,注(6):

这里讲的是中国医学。作者写道:"我们仅仅讲一下中医在波斯所享有的
威望。这种威望可以追溯到萨珊王朝时代,但特别是自 13 世纪中叶以来得到
了复兴。我们还应提请大家注意,早在加利安和奥斯科里德身上就已经反映
出了中国的影响。后来于 12 世纪又重新变成波斯医学的中世纪"阿拉伯医学"
中便有半数以上充满了中国的药理学和临床的药剂及配方。15 世纪所绘制的
帖木儿王朝医学的 5 种图案、"血液小循环"的发现,最后是许多被认为是"阿拉
伯人"、"意大利人"或"新教徒们"的发明的许多问题归根结蒂都要追溯到中国
医学。最奇怪的事实是,由伊利汗的中国医生们发现的血液流动论立即被苏
菲派信徒们归于了他们的圣人,被什叶派信徒们归于了他们的医学博士,最后
被新教徒们归于了他们自己的医生。同样,正如大家所知道的那样,基督教和
伊斯兰教禁止解剖身体,而南宋人(公元 10 世纪,原文如此,应为 11 世纪)则在
中国允许这样作。在伊利汗(当时尚为异教徒)统治下的波斯于 13 世纪中期,
在帖必力思的医学院中,中国医生们传授并亲手进行解剖人体的活动。他们
甚至还从事活体解剖,以便讲授血液的流通以及其它许多内容。蒙古人的许
多犹太族医生也被准许与他们的汉族同事一道工作,所以在他们返回意大利
之后便可以向正在酝酿中的文艺复兴运动传授医学的最新发展成果。"

这一段话实在太重要了,所以不觉就抄得多了一些。从中我们可以看出
中国医学对西欧文艺复兴及其后的影响。中国医学和解剖术以及血液环流的

理论之传入欧洲是经过波斯人和阿拉伯人的媒介的。要特别注意中国与意大利之间的文化交流。我在本文中几个地方都讲到中国与威尼斯和热内亚之间的贸易关系。我在前面本书页87,注(45)中已经讲到中国医药,请参考。

页299－301,注(7),前面页295:

这里讲的是天文。众所周知,世界古代天文学的互相影响是一个十分复杂而迄无定论的问题。世界上许多国家的天文史专家写的论文和专著,即使不能说是汗牛充栋,数量也极为可观。作者在这里旁征博引,涉及的问题多,文章太长,无法征引,请读者自行参阅吧。我只提出一点,请读者注意作者在页301提出来的"中国天文学的贡献实际上曾有过了大高潮。"

页302－303:

"中国和伊朗—伊斯兰世界的文化关系要比大家一般所想像的那样重要得多。这种关系与'丝绸之路'一样古老,它们缓慢地不但形成了西方文学的内容,同时也造就了其形式,即波斯文学、阿拉伯文学,而且还有新拉丁文学、拉丁教会文学,特别是行吟诗人文学。……事实上,新拉丁文学由于其内容和形式都要经过丝绸之路而追溯到中国文学。……我们仅仅希望指出这一点。此外,我们还想说明,在中世纪中期,一名多少懂一点汉语的波斯普通商人是怎样把汉语中的一些措辞、谚语、谜语,当然还有中国乐曲从北京带到了君士坦丁堡在'中世纪',中国文化从东向西缓慢地取代了希腊文化。中国文化形成了我们文化的基础,我们那由文艺复兴造成的新希腊文化仅仅是晚期的一层美丽外表。"(羡林案:这一段话恐有排印错误。"君士坦丁堡"后面应该断句。)

页308:

在这里作者引用了"纯粹的古典作家撒德"的一首诗,说中国人40年制造一件瓷器,在波斯一天可造100件,"这样一来,你就看到了两种瓷器的行情。"下面,作者接着写道:"阿维森纳写道:'我在布哈拉萨曼人的皇家图书馆中发现了一些任何人都从未见过的书。'这里只能是指由摩尼教徒们译作的粟特文或波斯文的汉文文献。……这就是为什么继萨珊王朝的思想家们(阿尔法比尤斯、拉赛斯、阿维森纳)之后,他们的弟子们不断地被迫将他们的'中国哲学'伪装上一种'亚里士多德的外表',这正是'启示哲学',也就是'被灯罩遮住的烛光'。"

页 311：

作者首先写道："整个'中世纪'的伊斯兰文明的脊柱、脊髓、消化器官和动脉就是丝绸之路，即那条通向中国（即今天著名的'红色'中国）的大道。"下面他说到伊斯兰世界所急需的中国产品，"如用防腐剂处理尸体必不可缺的樟脑或麝香。"

页 324—325：

"剪刀似乎是中国人的一种发明。……我们看到中国在考古发掘中已得到了这种工具。……对所有这一整批资料的研究都可以使我们坚信，裁缝的剪刀，简单地说也就是'裁剪术'在传入西方伊斯兰世界之前曾是一种中国技术。"

页 345：

"最早到达中亚的穆斯林非常惊奇地在那里发现了风磨。阿拉伯人（也就是伊朗的拓殖区）在西西里和西班牙模仿了这种风磨，又从那里传到了弗兰德和其它拉丁地区。这种风磨也应追溯到一种中国的发明。"

页 361：

"它（羡林案：指郁金香）实际上是一种国花，波斯植物学家们称之为'中国罂粟'。……郁金香在 15 世纪末就很著名，并在帖木儿朝的京师赫拉特（哈烈）被广泛种植，它很可能是从那里被首次移植到伊斯坦布尔（似乎是在美男子苏莱曼时代），荷兰于那里发现了它并将之移植到自己的国家，被以一种突厥文名字 tulpen 相称，我们由此而得出 tulipe（郁金香）一名。"

羡林案：这是一段很有趣的说法。荷兰郁金香名满天下，由此而获得极大的经济效益，想不到竟是一种中国花。

页 376：

"继萨珊王朝之后，费尔多西、赛利比和比鲁尼等人都把丝绸织物、铜、砂浆、泥浆的发现一股脑儿地归于耶摩和耶摩赛德。但我们对于绸织物和钢刀的中国起源论坚信不疑，对于诸如泥浆—水泥等其余问题，它们有 99％的可能性也是起源于中国。我们这样一来就可以理解安息—萨珊—阿拉伯—土库曼语中一句话的重大意义：'希腊人只有一只眼睛，唯有中国人才有两只眼睛。'

约萨法·巴尔巴罗于 1471 年和 1474 年在波斯就曾听到过这样的说法。他同时还听说过下面这样一句学问深奥的表达形式:'希腊人仅仅懂得理论,唯有中国人才拥有技术。'(吉希斯:《论有色人种较白人之优越性》)"

羡林案:上面这一段话十分重要,涵义十分深刻。我将另文阐述。这里讲到了中国与希腊的区别,因此,我想对这个问题做一点补充,再抄一段本书前面页 329 讲到的中国与希腊对比的话:

"在伊斯兰教初期,还流传着有关中国人的另一种传说:'中国是雅弗的后裔',他们创造了大部分专门艺术(艾敏—艾哈迈德·拉齐:《七大洲世界》,约为公元 1617—1618 年)。根据这种在 17 世纪时还可以解释一种事实真相的传说认为,中国在工艺和技术方面都较西方民族发达,是中国发明了大部分艺术。在当代的欧洲,大家还认为是希腊创造了所有的艺术,'希腊奇迹'是官方教育中所热衷的内容。在波斯,大家则持另一种观点。他们在承认希腊人于科学理论领域中无可争异(羡林案:应作'议')的功德的同时,却发现他们在技术领域中完全无能。"

"由扎希兹转载的一种萨珊王朝时代的说法是:'希腊人除了理论之外从未创造过任何东西。他们未传授过任何艺术。中国人则相反,他们确实传授了所有工艺,但是他们确实没有任何科学理论(羡林案:原文作'论理',似误)。'"

"其他人同样也介绍了下面另外一种说法,它无疑是起源于摩尼教:'除了以他们的两眼睛观察一切的中国人和仅以一只眼睛观察的希腊人之外,其他的所有民族都是瞎子'(扎希兹:《书简,论黑人较白人的优越性》)。这些作者们认为,这种观察证明了中国人(如同'阿拉伯人'一样也属于有色人种)较希腊人、波斯人和'突厥人'(费尔干纳人,即锡尔河上游的塔吉克人)等民族(他们都是'白人')的优越性。"

因为这些话实在很重要,所以多抄了一些。这对欧洲中心论者和言必称希腊者,无疑是一剂清凉药,能让脑筋清醒。这对实事求是地探讨和研究东西文化的差异者,也是极其重要的参考。这对真正想进行爱国主义教育者,也是一个极其有用的教材。这对想认真研究中国传统文化与现代化者,也是一个异常有意义的异常具有启发性的参照。

页 379：

"从非常远古的时代至今，中国人就一直拥有持续不断的编年史和断代史，非常喜欢纪年和列传，而类似的作法仅仅才近几个世纪以来才在西方出现。'古代史'和'编年史'应该通过丝绸之路而追溯到中国的体裁。塔西佗、蒂特利夫、絮埃顿、厄赛卜、宗教史学家（亚美尼亚人、穆斯林、拜占庭人、克什米尔人、僧伽罗人和拉丁人）则都根据年代顺序而记载各位君主及其事实，他们都是中国人血缘遥远的弟子……在我们的'史学之父'希罗多德的著作中，既无时间，又无任何衡量已度过的时间之标准，而仅仅是一堆无年代顺序的辩词片断。它与司马迁的《后汉书》（误，应为《史记》。——译者）该有多大差距啊！司马迁的书中充满了在我们 20 世纪仍值信赖的时间和传记。"

页 424：

这里讲到中国蚕卵被一位波斯人藏在手杖的空心中带往拜占庭。

页 441：

"据我认为，谷子和高粱是古代中国大陆上的农作物，经过丝绸之路先传至波斯，后传到罗马。"下面页 519 又讲到中国的谷子和水稻。

页 442：

"随同谷子和高粱一起外传的还有中国人的'封建文化'和村社制度。"下面页 519 又谈到谷子和水稻。

页 444：

"其中用佛教的、中国的和东伊朗（呼罗珊）的医学丰富了地中海人的医学。"

"总而言之，穆斯林中使用樟脑香脂的习惯肯定要通过祆教徒和其他民族而沿着丝绸之路追溯到中国人本身，中国人当时是世界上樟脑的最大生产者和消费者。"

关于中国医药西传的记载，上面页 86 和页 299 已经谈到过，请参考。下面页 452 和页 455 又谈到樟脑，也请参考。

页 452：

这里讲到中国茶叶的西传。

页 455：

"《智慧的乐园》是第一部典型的中世纪医学著作,因为它是中国、印度和希腊三种科学交叉的结果。"请参阅上面页444。

页463—486:

这里讲中国肉桂的西传。

页487—518:

这里讲到中国姜黄的西传。

页522—535:

中国麝香的西传。

页536—552:

中国大黄的西传。

中国文化对外国文化的贡献就讲到这里。

尽管看上去我在上面征引得已经相当详细了;但是,离开完备还有一段极长的距离。因为本书中谈到中国文化影响外国文化的地方,太多了,太细了,完全征引几乎是不可能的,我的征引只能算是鼎尝一脔。我还是劝有兴趣者取阅原书。作者博闻强记,内容极其丰富,极有启发意义,阅读决不会失望的。

我在前面已经说到,作者引了许多细微的东西,我们过去从来没有注意到过。然而,正是这一些为我们所忽视的"细微的"东西具有极大的说服力。对我个人来说,读了书中的记载,眼前真似豁然开朗,真正感到中国文化,包括精神的和物质的两个方面,实在是太博大精深了,实在是太伟大了。我们的文化曾照亮了丝绸之路,曾照亮了欧亚大陆。这是我们的骄傲,这是我们的光荣。

我们现在不是强调进行爱国主义教育吗? 对中国青年来说(中年和老年也一样)这无疑是十分必要的。进行的方式,据我个人的看法,不外两途:一是讲道理,讲理论;一是摆事实。而后者的作用往往胜于前者。只要把事实一摆,道理自在其中,爱国之心就会油然而生。如果只讲理论,最容易流为空疏;空疏一过头,反而会产生相反的效果。我们平常讲的"事实胜于雄辩",其实就是这个意思。

但是,我必须再强调一下。文化是多元产生的。世界文化是世界人民共同创造的。世界各民族,不论大小,都对人类文化做出了贡献,只是程度和性质不同而已。我说中国文化伟大,并不等于说其他民族的文化不伟大。这一点必须说清楚。

三、对研究中国历史有裨益的小资料

我在上面几次说到，此书资料丰富，可抄者极多。但总不能漫无止境地抄下去的。我现在仅把对研究中国历史有用的资料再抄一点，其余的就都免了，请读者自己在这一座宝山中去挖掘吧。即使是对研究中国历史的资料，也只能是有选择地抄一点，聊作示范而已。

"导论"页 2—4：

这里讲了丝绸之路与海路盛衰消长的情况。"我们不要认为丝绸之路在 18 世纪是骤然间消失的，完全是因为葡萄牙人发现了海路。因为这两条路曾在长时间内相辅相成，它们甚至稍晚在 18 世纪期间尚互为补充。……在促使古老的丝绸遭到遗弃的主要因素中，应提到近代技术工业的诞生和发展，这种工业以代用品取代了来自中国的传统产品。"下面作者举出了麝香、铜镜、铁铸火炉和饭锅、钢针、钳子、铁锉、火镰和几乎所有的小五金制品来做例子。

页 8：

"在中世纪，也就是直到 19 世纪初叶，波斯语在奥斯曼帝国以及亚洲的其余地区尚扮演着一种英语在我们当今世界所具有的角色，即贸易和外交界以及稍后不久思想界的一种国际通用语言。"

页 12—13：

讲到明朝的对外政策，进出中国都有类似海关的机构。中国官府严格要求进出口的关文。某些交易被严格禁止。中国商队一律具有"使节"的官方特点。外国人同样也只能以使节身份进入中国。任何人都不能以普通商旅的身份越过中国的"关卡"。西域所有的王国都要进贡，每个王国原则上每年只有一次派遣使节的权力。有的使节带着"奇兽"，更像一个流动的杂技团。真正的商人跟随使节从事贸易活动。

页 26：

朱元璋于 1398 年晏驾，发生了皇位继承问题。年迈的瘸子帖木儿想以成吉思汗和安拉的名义征服中国，征集 20 万大军，而永乐还被蒙在鼓里。

第一编,页53—61:

波斯使节沙哈鲁具体生动地记录了他朝见永乐皇帝的情况。天子上朝的情节、永乐的相貌、皇帝审问罪囚的情况、沙哈鲁同永乐谈话的细节、御宴的菜肴,以及音乐和杂技的表演等等,都一一绘形绘声地记录了下来。在中国史书中都是难以找到的,对于研究明史的学者会增加许多感性认识。

页62:

"皇帝自己出资修建了一座漂亮的清真寺以供北京的穆斯林使用。"这可能是一种怀柔政策。

页62—63:

描绘了处决犯人的场面,令人毛骨悚然。这样的史料,中国载籍中几乎难以找到。鲁迅先生在南明史料中找到了差堪与此媲美的资料。

页65:

"有人把所有来人都领进了新宫殿内。从契丹、中国中原、摩诃支那、卡尔梅克(蒙古)、吐蕃、哈密、哈剌和卓、女真(满洲)、海滨地带(渤海国)和其它未知名地区的四面八方涌来了10万之众。有人把他们引进了新宫殿,皇帝在那里盛宴群臣。"

羡林案:这一段话颇为重要。地名中的"摩诃支那",梵文是 Mahācina,究竟指的是什么地方,学者们之间是有争议的。本书中还有几个地方提到它,我现在抄在下面。页260:

"拉施特、贝纳凯蒂、阿穆利和瓦萨夫等人均写作:'蛮子是中国东南的一个城市,蒙古人称之为印度和摩诃支那或大中国,我们波斯湾的其他穆斯林则称之为大秦。杭州是该国的一个主要港口。'"

"mahā-cina(摩诃支那或大中国)也有可能仅仅是 mingchu/menzu(明州)经梵文化之后的形式。但某些人却提议把它看作是 mènzè,即'蛮子',这勉强可以使人接受,因为在该名称传播的时代,'南蛮子'获得汉地文化就有数世纪的光阴了。"

下面页450,又有关于这问题的一段话:

"被马立克·穆宰菲尔称为'小中国'的地方更难比定。它可能是出自印度语的一个名词,与'大中国'(在印度文作 Maha-Cina,在波斯文中作 Ma-Tchin

（羡林案：应即是汉文'大秦'之对音），即摩诃支那）相对。我记不起来是否曾在阿拉伯文献中遇到过其同义词 al-Sin al-Kubra，也记不起穆泰米德书中的 al-Sin al-Sughra 的波斯文对应词了。在拉施特史（蒙古人的历史）中，我们遇见了一个阿拉伯—波斯文短语 sin-kalān（大中国），它可能是印度文 Mahā-Cina（摩诃支那）的伊斯兰文形式。"

关于 Mahācina 的材料就抄这样多。我在这里不再进一步探讨这个问题。我相信，上面的材料对同行们是非常有用的。

页 67：

描绘了中国人过新年的情景，也很生动。

页 69：

记载了永乐对使臣的赏赐。

页 79，注（15）：

在波斯文中称佛陀为 But。请参阅拙著：《浮屠与佛》，《季羡林学术论著自选集》，北京师范学院出版社，1991 年，页 1—16；《再谈浮屠与佛》，《历史研究》，1990 年第 1 期。

页 85，（39）：

这里谈到中国的戏剧，极有参考价值。

页 113—116：

在这里作者讲了明代中国宗教的情况。作者说："他（按指赛义德·阿里—阿克伯·契达伊）提到了大明历代皇帝对穆斯林教徒们的好感以及他们个人希望皈依伊斯兰教的那种具有不同程度真实性的愿望。"下面他又说，甚至蒙古诸汗都曾认真地考虑过皈依伊斯兰教。他还讲到了伊斯兰教与萨满教、喇嘛教、佛教和儒教（这是原书的名称——羡林注）之间的竞争。他说喇嘛教是一种由伊斯兰教因素所丰富了的佛教，清王朝后来也皈依了该宗教。这些都是新颖而有趣的说法，值得我们进一步探讨的。

页 116：

正德皇帝（1506—1521 年）登基时，契达伊已经离开中国相当久了。他定居在君士坦丁堡，一些来自北京的商人—使节向他详细叙述了正德皇帝是怎样刚刚经北京穆夫提之手而皈依了伊斯兰教。下面页 157，契达伊（羡林案：即

《中国志》的作者)又绘形绘色地描绘了皇帝(可汗)信仰伊斯兰教的情景。"可汗令人于其宫殿中绘制了人类最高领袖(穆罕默德)的画像。穆罕默德的画像完全以宝石镶嵌"。更下面一点,页162:"总而言之,中国政府的习惯是各自信仰其宗教,而又不会表现出以不宽容的态度对待其邻居的信仰。但是,他们对伊斯兰教的偏爱胜过了其它所有宗教。"这些都是非常有趣而又重要的叙述,对于治明史的学者极为有用。上面页62,已经提到明成祖建清真寺的事情,也可以参阅。总之,我认为,明代皇帝对伊斯兰教有所偏爱,恐怕是一个事实。但是,这恐怕是出于一种策略。说正德皇帝皈依伊斯兰,颇难置信。我非明史专家,记下这些资料,仅供专家学者们参考而已。

页132:

《中国志》的"题献"中说,兀鲁伯算端派驯鹰人和护送狮子的人到中国来。明朝皇帝对鹰和狮子特别喜爱,本书中屡有记载。参阅下面页136,页154—155,页321,等等。

页135—136:

这里列出了《中国志》的章节,可参考。

页136:

西域贡品中有马。自古以来,西域的马就为中国皇帝所喜爱,本书中屡有记载。

页161:

"中国的法律是欢迎所有外来宗教团体的信徒,只要他们明确宣布承认中国皇帝为其君主。"这句话真说到了点子上。作者对这一句话作的注见页169:

"事实上,根据穆斯林教法(这是获得永久拯救的关键),穆斯林教徒们只有在中国皇帝本人也是穆斯林时才能成为他的'臣民'。因此,为了确保其穆斯林'臣民'们的忠诚,大明王朝曾试图以标准'算端国'自居。在举行穆斯林们的公开祈祷时,很可能是以'大明汗'的名义作呼图白(演讲,圣训)。当时曾流传说大明人是秘密信仰伊斯兰教的,那里有祭天的绿色教堂以及用阿拉伯文写成的载有《古兰经》主要章节的牌子。"

羡林案:这一段话非常重要。我在上面几个地方提到了大明皇帝同伊斯兰教的关系,初看似难以理解。现在就得到了理解的钥匙。我从此还联想到

本书下面的几段话,因为有密切联系,我也一并在这里讲一讲。页167:

"在蒙古人统治时代(1206—1370年),中国的穆斯林变得人数众多和力量强大了,并且在那里受到了所有人的爱护和尊重。明朝的创始人太祖对穆斯林教徒们重新实行了元代的政策。"

羡林案:这一段话也非常重要。明太祖的子孙们对穆斯林特别垂青,一方面是为了巩固统治;另一方面又为了继承先人的遗志和政策,这已经是非常清楚的了。

还有一个问题就是太监掌权的问题。这种现象在中国历史上屡见不鲜。但是自古已然,于明为烈。原因何在呢? 本书中收入的契达伊的《中国志》对此有具体的记载,见本书页174—176,请参阅。但是,本书页176有几句话:"中华帝国繁荣昌盛的另一种原因是存在着一些如同皇帝养子一般的太监。这些人大部分都是穆罕默德的信徒。"第一句话容易明白,第二句话就颇费解。赫赫有名的郑和就是回教徒。原来好像还没有人追究其原因。现在,如果把我在上面所说的情况联系起来,就可以恍然大悟,这看似偶然的事件,也是事出有因了。我因此想到,研究中国史,必须多读外国书。这意见恐怕是大家都能够同意的吧。

页162:

波斯人讲释迦牟尼和佛教,有一些颇为奇特的说法,很值得参考。

页169—170:

作者在这里讲儒教,也很有参考价值。他写道,注(21):

"理学(新儒教)的创始人朱熹完全同圣·奥古斯丁一样,他也被认为是接受了摩尼教徒们神秘学说,其学说令人难解的一面及其非常宽宏的容忍精神即由此而来。孔夫子本人的施教就是一种不可知论和一种无神论。曾有人断言,忽必烈首先把理学变成了中国的一种信经和他希望成为其'哈里发'的一种教派。因此,取代了元帝国的大明皇帝继续为官方新教派的宗教首领,其官吏们形成了他的教士。所以,早在契达伊那个时代,理学就以其倚仗'先知'孔夫子名义的"哈里发"和广泛容忍外来信仰之双重特点而引起了外来人的注意。正是这种双重特点后来在清代轮番地引起耶稣会士们及其对手——18世纪的'哲学家'们的好感。前者向它借鉴了由大清人传入的'禁书索引',后者向它借鉴了一种广泛的宽容制度,甚至对外来宗教也无动于衷。"

羡林案:这些意见十分值得重视。研究中国思想史的学者,必须参考外国学者的看法。否则,思想方式总跳不出老框框,这对学术研究十分有害。

页 187:

讲的明英宗的被俘。契达伊的叙述非常值得参考。

页 199—215:

关于明代皇宫的描绘有参考价值。其中上朝仪式,更为具体、生动。页212—215 的政府组织,也很具体。

页 272:

这里讲到于阗和于阗人的古伊朗文名称,可以参考。

页 281:

这里讲到妓女求雨。关于这个问题,我曾写过一篇论文:《原始社会风俗残余——关于妓女祷雨的问题》(见《季羡林学术论著自选集》,北京师范学院出版社,1991 年,页 539—548),可参考。证之以文中讲的阿里·阿克巴尔的《中国纪行》,契达伊在这里的说法是完全可信的。

页 291:

"在 2000 多年中,白银曾是唯一的国际货币。因为在这一漫长的时代中,世界上唯一的'工业国'中国出售它那颇受'西方'重视的产品时完全索要金属银。"请注意两件事:一,当时黄金不是国际货币;二,中国曾是世界上唯一的工业国。

页 381—383:

讲到纳迪尔王(沙)和乾隆在中亚的较量,值得参考。下面页 410,有乾隆送给纳迪尔沙的礼品单,极有趣。

资料就抄到这里。

这方面的资料,比起中国文化对外国文化的贡献的资料来,数量还要多,头绪还要复杂,完全抄录几乎是不可能的。没有办法,我只能劝有兴趣者去阅读原书了。

在结束本节之前,我还想补充一点我认为非补充不行的史料。我在上文中多次提到中国产的大黄(参阅原书页 9,页 20,页 119,页 251,页 499,页 536,

页 549)。我曾提到大黄能医马病。现在我补一点大黄能治人病的叙述。元陶宗仪《辍耕录》,卷二,"大黄愈疾":

> 丙戌冬十一月,耶律文正王从太祖下灵武。诸将争掠子女玉帛,王独取书籍数部、大黄两驼而已。既而军中病疫,惟得大黄可愈,所活几万人。吁! 廉而不贪,此固清慎者能之。若其先见之明,则非人之所可及者。

可见大黄能治瘟疫。

四、埃及制糖术

这可以说是本文的主题。写了将近两万字,到现在才写到主题,不是很有点"博士卖驴"的意味了吗? 这有两个原因:一个是,所谓主题是对我正在撰写的《糖史》而言的,并不意味着其他的东西都不重要。第二个原因是,本书中的珠宝实在太多,即想少拣,也是欲罢不能,只能把文章拖长,势不得已耳。

我的《糖史》第一编,第七章是:《元代的甘蔗种植和沙糖制造》。其中我提到了名闻世界的《马可波罗游记》。马可波罗是意大利威尼斯人。在中国任官17 年,深得元世祖的信任。引起我的兴趣的是《游记》中关于福建产糖的记载。我抄一段冯承钧译本的文字:

> 自建宁府出发,行三日,沿途常见有环墙之城村,居民是偶像教徒,饶有丝,商业贸盛,抵温敢(Unguen)城。此城制糖甚多,运至汗八里城,以充上供。温敢城未降顺大汗前,其居民不知制糖,仅知煮浆,冷后成黑渣。降顺大汗以后,时朝中有巴比伦(Babylonie,指埃及)地方之人。大汗遣之至此城,授民以制糖术,用一种树灰制造。(冯承钧译《马可波罗行纪》,1936 年初版,1937 年再版,商务印书馆,第 77 章)

在上面这一段引文中,学者们之间有一些争论的问题,首先是温敢指的究竟是什么地方? 这个问题与我要讨论的主题关系不大,可以略而不论。

最重要的是关于巴比伦的一句话。我翻阅了《马可波罗游记》的一个权威的本子:A、C、Moule 和 paul pelliot(伯希和)的 Marco Polo, The Description of the World, George Routledge, London 1938。共两册,第一册是英译文,第二册是在 Toledo 发现的拉丁文本。这个本子中有关巴比伦的记载是这样的:

> 在三日行程之后,又走了 15 哩,来到一座城镇,名字叫 Vuguen(武干),这里制造极大量的糖。大汗宫廷中所食的糖皆取给于此城;糖极多,所值的钱财是没法说的。但是,你应当知道,在被大汗征服以前,这里的人不知道怎样把糖整治精炼得像巴比伦(Babilonie)各部所炼得那样既精且美。他们不惯于使糖凝固粘连在一起,形成面包状的糖块,他们是把它来煮,撇去浮沫,然后,在它冷却以后,成为糊状,颜色是黑的。但是,当它臣属于大汗之后,巴比伦地区的人来到了朝廷上,这些人来到这些地方,教给他们用某一些树的灰来精炼糖(这是我的译文,原文见 Moule。伯希和本 155,p347)。其他与《马可波罗游记》有关的段落,就不抄录了,请读者参阅我那一篇论文。

对我来说,最重要的问题是:巴比伦(Babylonie, Boblilonie)究竟指的是什么地方。上面抄录的冯承钧译文:"指埃及"。而 Marsden 的本子则说:"'巴比伦'应该理解为巴格达城,这里技艺繁荣,虽然是处在蒙古鞑靼人统治之下。"(见 William Marsden, the Travels of Marco polo, London 1918,页 557,注 1104)

把上面抄录的和论述的归纳起来,我个人认为,有几个问题,虽极重要,但却模糊,必须进一步澄清。这些问题是:

(一)马可波罗是一个远距中国万里之外的意大利威尼斯人,他为什么到中国来了呢?

(二)"巴比伦"究竟是指埃及呢,还是指巴格达(伊拉克)? 在中国制糖史上,阿拉伯制糖术的传入,标志着一个新阶段,是一件大事,必须弄清楚的。

(三)阿拉伯国家的制糖术是怎样传到中国来的? 通过什么渠道? 是海路呢,还是陆路?

这些显然都是重要的问题,解决不了,我始终耿耿于怀,心里很不踏实。

我可是万万没有想到,解决问题的关键,远在天边,近在眼前,它就在我偶尔读到的阿里·玛扎海里的《丝绸之路》中。

我还是先抄一些有关的资料? 只要讲到糖的地方,我尽可能都抄下来:

页 25:

"我们通过书末所附的索引而将看到的具有滋补强壮作用的人参或糖。"

请注意"滋补强壮作用"这一个词儿,糖好像是也包括在里面了。

页 59:

永乐时代,招待外国使臣的伙食中有"突厥果仁糖"。

页 82:

蒙古人和突厥人有一种朗姆酒,"用蜂蜜或甘庶(蔗?)尖梢酿成"。

页 82—83:

"克什米尔所拥有的全部褐色糖都用于酿制其酒(克什米尔酒)。在该算端执政年间,于那里再也找不到棕色糖了。棕色糖与可以廉价得到的白糖、粗红糖和精炼糖不同(巴黎国立图书馆新增波斯文藏卷第 245 号,第 202 页)。"

页 83:

"埃及的麦木鲁克王朝(奴隶王朝)的人每次在可能的情况下也都使用丝绸之路,而不是海路。哈烈的赛义菲(《哈烈史》)指出了阿富汗北部的山地人于 10 世纪中叶(而且这是一个非常混乱的时代)抢劫经大夏前往中国的埃及商队的事实,这些骆驼队满载麻织品和糖。他指出,古里斯坦的山人'很久'就没有任何东西可吃了,也没可能穿的东西,只好咀嚼冰糖和穿麻织细纱'绑腿布'。"

页 86:

波斯商人在 15 世纪下半叶在肃州和威尼斯之间从事中国药品贸易。引文已见上面二中,这里不再具引,请参阅。

页 180—181:

"阿维森那曾建议用赫卡尼亚的枣子入药,'与糖'同时服用(枣饯),如同中国人的'蜜枣'一般。枣子的最佳品种是'无核枣',生长在中国北方,如山东的乐陵。……在中国,北方地区及其多毛细孔的碱性黄土和毛毛细雨的寒冬气候肯定为枣子的发源地。大枣沿丝绸之路而大量传到那里。蜜枣在中国流传之广就如同葡萄干在伊朗和安纳托利亚或耶(案应作'椰'——羡林)枣在阿拉伯人中一样。中国人把枣子放在糖水中煮熟再于空气中凉(似应作'晾'——羡林)干之后,又用蜜来渍枣(蜜枣),再第二次风干(参阅《中国百科全书》)。大枣正是以这种形式进入他们食物中的。"

页257—258:

在对前面页251原文"甘州"的注(注(3))中,作者写道:"在15世纪下半叶,对该城(指甘州——羡林)的最佳记述是由波斯商人火者·穆罕默德·吉拉尼所作。此人在甘州和威尼斯之间经商(裕尔:《东域纪程丛录》,第一卷,第218—219页)。"

页259—260:

在对前面页251原文"讨来思"的注(注(12))中,作者写道:"我们还掌握有一名威尼斯商人于1511—1520年间留下的对该城的记述(《波斯经商纪》,哈克鲁特学会1873年版,第166—172和182页)以及由于1436—1471和1478年间参观过该城的其他威尼斯人留下的记述(同上引书)。"下面作者接着写道:"帖必力思的贸易特别吸引人,因为威尼斯人前往那里用伦巴第和西方其余地方的产品交换中国的,甚至印度的产品,这尚且不说在帖木儿王朝中亚及波斯卡香和耶兹德等地制造的绸缎、绒布与其它织物。威尼斯人输往帖必力思的主要是银钱。……总之,帖必力思当时是位于威尼斯和中国之间的一座最宏伟、最庞大的商业最发达的城市,无疑也是伊斯兰世界最为光辉灿烂的城市。对于'古开罗'一名,我们应理解作'穆斯林们的大都市',并不一定是指埃及首都。从前也是根据同一意义(现在尚这样讲)'最大的都市萨拔特(Sawâd,即 Sabât 大都市萨拔特)在指萨珊人的京师(泰息丰—塞流西亚,绥芬和拜特—赛鲁基)之后,接着又指黑衣大食人的缚达(巴格达),我们可以理解作指任何一个大京师。"

页275—276,(41):

这是上面页256—257的一个注。原文是:"中华帝国12个布政司中的第12个位于大地尽头和远东大海之滨,它包括广西和广东这两大地区。……该布政司出产的主要产品是糖。那里的甘蔗相当好。那里1赛儿(29.16克)白糖能出售5种不同的价钱,即3个第拉姆的白银(14.58克或8.748克)。这一布政司是绝对的热带雨季区(即热带地区)。"阿里·玛扎海里的注是:

"马可波罗(韩百诗版本,第 219 和 223—225 页)观察到:'蛮子地区占有为世界其余地区两倍的糖。'契达伊也声称他吃过的糖出自福建(其省府在福州,位于面对台湾的海岸上)。"

"在蒙古人征服之前,汉人就会煮甘蔗汁,打去其泡沫之后便使之冷却,这样就获得了一种黑面团似的东西。这是一种'古老的方法',该阶段已被'阿拉伯人'的技术所超越,以至于苏西亚那(苏斯特)的'阿拉伯人'向他们传授澄清这种糖并使之成为面包状的技术,这就是说使用某些他们懂得其碱性特征植物的灰烬来净化。"

"糖(阿拉伯文作 at-Sukker,我们的 sucre 即由此而来)在波斯文中(shèker)指甘蔗及其汁液。从甘蔗中榨出的汁液在波斯文中叫作'经过净化的干蔗汁'(在阿拉伯文收作 al-sukkar al-mukarrar,阿拉伯文歪曲了这一词组而从中得出了 askar Mukarram)。"

"在波斯,大家把'白糖'称作 Shèker-isēfid(法文中 Cand,冰糖),把圆锥形的糖块(粗红糖)称作 ablug(我们所说的 Cassonade,该词可以翻译波斯文 kassa-nabat)。在马可波罗时代,中国人经过福州和泉州而接受'阿拉伯糖'。在 15 世纪的契达伊时代,这种贸易掌握在苏门答腊人手中。"

"在 18 世纪时,欧洲商人在印度斯坦采购两种糖,即'粗红糖'(阿拉伯文中作 al-sukkar al-tabarzad;在波斯文中作 sheker tēpērzèd,它仍是萨珊王朝人的一个术语)和冰糖(阿拉伯文中作 al-Cand,来自波斯文 khayendi)。这两种产品均出自一种萨珊王朝的技术,在贡迪萨布尔完成,后文(疑当作'来'——羡林)传入苏萨,最后在为逃避蒙古人而出走的波斯工匠们的帮助下传到了古开罗。"

"在 1300 年左右,这批工匠中的一些人又被请回波斯自由地工作。伊利汗哥疾宁曾鼓励其中的某些人应忽必烈的邀请前往中国,以便在那里传授他们先祖的方法(巴黎国立图书馆波斯文特藏 1059 号,第 76 页正面和背面)。"

"总而言之,虽然'糖'一词起源于印度(如同甘蔗一样),但制造纯白糖或冰糖的方法相反却起源于萨珊王朝。在这一问题上,波斯人先向阿拉伯人,后来又向中国人(14 世纪)传授这些技术之后,最后又于 16 世纪传给了印度人。"

页 515:

"中国人为此而剥去姜块的皮,将它投入浓稠的糖浆中,然后再放在日光下曝晒。"

羡林案:这一段资料并不重要,也与我要讨论的问题无关;但为了完整起见,我也把它抄在这里。

资料就抄到这里。

不用过多的解释,仅仅从上面抄录的资料中就能够看出,停留在我脑海里的那三个问题,统统都得到了比较满意的解答。

先说第一个问题:为什么威尼斯的马可波罗会到中国来?从资料中可以看出,丝绸之路的西端的重要城市之一是威尼斯,而东端则是中国,至于中国的哪一个城市,有人说是西安,有人说是洛阳;最近又有人提出,应该是山东,因为当时山东生产丝绸。对于这些意见,因为与本题无关,我在这里不去讨论。不管怎样,在中国境内,肃州是一个重镇。本书中屡屡提到。至于本书中讲到威尼斯的地方,除了上面征引的以外,还有多处。因此,许多威尼斯人通过丝绸之路这一条大动脉,不远万里,来到中国,其中主要是商人,他们来中国是为了做生意。其他的人间或也有。马可波罗一家几代,都来到了中国,也就丝毫没有什么可怪之处了。从资料中还可以看到,雄踞丝绸之路中间的波斯人,在东西贸易活动中起着重要的作用,下一节中还要谈到。

现在谈第二个问题:"巴比伦"究竟指的是什么地方?过去研究这个问题的学者们的眼光宥于开罗与巴格达,非此即彼,没有能跳出这个界限。我自己也一样。读了上面征引的页 259—260 的论述,我似乎有点豁然开朗。作者说:"对于'古开罗'一名,我们应理解作'穆斯林们的大都市',并不一定是指埃及首都。"很有可能,"巴比伦"也同"古开罗"一样,不一定是指某一个具体的地方,而是指"穆斯林们的大都市",它既指埃及首都开罗,也指伊拉克首都巴格达,这两个地方都处在阿拉伯世界中。如果我这个猜想能成立的话,这一个开罗和巴格达的矛盾也就可以说是解决了。

上面征引的页 275—276 的论述说:"在 1300 年左右,这批工匠中的一些人又被请回波斯自由地工作。伊利汗哥疾宁曾鼓励其中的某些人应忽必烈的邀请前往中国,以便在那里传授他们先祖的方法。"这个事实同《马可波罗游记》中所讲的完全能对得上,两者都是可靠的。在中国古籍中也能够找到旁证。元杨瑀的《山居新话》(四卷,北大图书馆善本部藏有手抄本)卷之一有一段话:

李朵儿只左丞,至元间为处州路总管。本处所产荻蔗,每岁供给杭州砂糖局煎熬之用。糖官皆主鹘回回富商也。需索不一,为害滋甚。李公一日遣人来杭果木铺买砂糖十斤,取其铺单,因计其价,比之官费有数十倍之远,遂呈省革罢之。

这同马可波罗讲的有些差异。这里讲的是杭州,马可波罗讲的是福州。这里讲的是"糖官",马可波罗讲的是"授民以制糖术",二者好像难以统一。但是,我认为,最重要的是两处讲的都是穆斯林(回回)。是不是"授民以制糖术"者就成了"糖官"? 这个可能性是相当大的,否则,为什么偏让回回来当"糖官"呢? 无论怎样,杨瑀的这一段话完全可以作为上面谈到的大汗派埃及人或巴格达人到福州来教民制糖这一件事情的佐证,道理是讲得通的。

最后谈第三个问题:阿拉伯国家的制糖术是怎样传到中国来的? 海路还是陆路? 为什么会提出这个问题呢? 在很长的历史时期内,阿拉伯人到中国来大都走海路,因为这最方便。这种情况,唐代已然,明又加甚。可是,根据上面所引的资料,制糖术传入中国却是经过陆路。原因资料中已经说得非常清楚,不烦颊缕。至于波斯人在其中所起的作用,下一节再谈,这里就不啰嗦了。

我只想对阿里·玛扎海里的论述做一点不太重要的补充。"糖"这个字在阿拉伯文和波斯文中,在近代欧亚一些语言中的形式,都来源于一个梵文字 śarkarā。至于阿拉伯文中的 cand 和波斯文中近似的形式,近代欧洲语言中的 candy(英文),kandis(德文)、candi(法文)等等,都来自一个梵文字 khandaka,意思是"冰糖"。

五、波斯制糖术

在上一节"埃及制糖术"中,波斯制糖术实际上已经涉及了。现在我做一点归纳工作,再补充一些资料和论述。

在从西端的威尼斯到东端的中国,主要是肃州和甘州的迢迢万里的丝绸之路上,波斯人在做生意方面起着举足轻重的作用。他们既能在全路进行贸易活动,又能在中间传递或者转运。我在上面曾经提到:全路的通行语言是波斯语,这一件事就能充分说明波斯人的重要性,没有他们参加,丝路的贸易活动简直是无法想像的。

专就制糖技术而论,把上面的资料归纳一下,可以列出下面一个表:

制糖技术源自波斯,主要是贡迪萨布尔→逃避蒙古人的波斯工匠把它带至开罗→又从开罗或巴格达(巴比伦)传至中国。

把这个表简单化一下,就成了:

波斯→开罗(巴比伦)→中国

由此可见波斯制糖术的重要意义。但估计阿拉伯人一方面利用波斯工匠,一方面也自己发展和创新。

阿拉伯人制造的是什么样的糖呢? 我现在不敢肯定地回答,因为书缺有间。但是,从上面四中引的页83的那一条资料来看,很可能是冰糖。因为阿富汗北部的山地人抢劫经大夏前往中国的商队的骆驼队携带的是冰糖。当然,这并不能证明,除了冰糖外,他们什么别的糖都不制造。

是冰糖又有什么意义呢? 宋代王灼《糖霜谱》讲到唐大历间(766—780年)有一个邹和尚来到四川遂宁,教人民制糖霜("一名糖冰",就是冰糖)。邹和尚这个人迷离恍惚,不像是一个真人。我曾写过一篇论文《邹和尚与波斯》(发表于深圳大学国学研究所《中国文化与中国哲学》,1991年),在文中我提出了一个"大胆的假设":邹和尚是波斯制糖术,具体地说就是制冰糖术传入中国四川的象征。文章很长,不具引,请有兴趣者自己参考。现在,在玛扎海里的著作里又找到了冰糖的踪迹。难道这仅仅是偶然的巧合吗? 我个人认为,其中有必然的联系。

还有一个问题,我想在这里也谈一谈,这就是:波斯人制糖(糖霜和石蜜)始于何时? 德国学者 Lippmann 在他的名著《糖史》(Geschichte des Zuckers seit den Ältesten Zeitenbis zum Beginn der Rüben-Zucker-Fabrikation,Berlin 1929)中提出了一个说法:4世纪末波斯人还不知道甘蔗。连甘蔗都不知道,当然更谈不到制糖了。这个说法是有问题的。我曾写过一篇论文:《西极(国)石蜜》,是我的《糖史》中第二编,第六章(一),顺便补一句:上面提到的《邹和尚与波斯》是同书、同章的(二)。在这篇文章中,我讲到后汉、三国时期一些作家文章中使用一个词儿"西极(国)石蜜",比如张衡的《七辩》、刘劭《七华》、傅巽《七诲》、魏文帝《与朝臣诏》等等。据我的考证,"西国"或者"西极"指的只能是波斯。"波斯"这个名,欧洲早就有,中国则大约是始于《魏书》,汉代叫做"安息"。三国时的许多姓"安"的人,都来自安息。总之,波斯这地方制糖已有很长的历史。如果说5世纪末释。印度种蔗制糖早于波斯,这一点恐怕是可以肯定。是否印度就是甘蔗的原生地,那是另一个问题,不在我们现在讨论范围以内了。

中国文化优秀传统内容的核心

张岱年

　　一个民族必须具有民族的自信心、自尊心和民族凝聚力,这个民族才能够自立于世界。如果一个民族的人民丧失了民族自信心、自尊心,也就丧失了民族的凝聚力,这个民族是没有希望的。民族的自尊心、自信心和民族凝聚力有其思想基础,必须对于本民族的文化的优秀传统有所认识、有所了解,才能萌生民族自信心、自尊心以及民族的凝聚力。如果一个民族本来没有优秀传统,那就一切谈不到了。如果一个民族具有优秀文化传统,而人们对之无所认识,也就无从萌生民族的自信心、自尊心。因此,正确认识中国文化中的优秀传统,是十分必要的。

　　中华民族屹立于世界东方,已经有几千年之久,中国文化传布于东亚地区,而中国成为东亚文化圈的中心;而且中国文化传布于东亚邻国不是靠武力,而是靠文化的榜样作用,这就证明中国文化必有优秀传统。

　　我们现在正在建设具有中国特色的社会主义,在建设具有中国特色的社会主义的历史进程中,认识中国文化的优秀传统、弘扬中国文化的优秀传统,是十分必要的。

　　中国文化的优秀传统也有丰富的内容,现在只谈谈这优秀传统中的主要核心。我认为这优秀传统中的主要核心就是关于人的自觉的思想。中国古代的儒家和道家都强调人的自觉。所谓人的自觉就是认识自己是一个人,人应自己解决自己的问题,而不必求助于超自然的神。儒家强调人的道德觉悟,孔子对弟子说:"务民之义,敬鬼神而远之,可谓知矣"。要努力提高人民的道德意识,对于鬼神应敬而远之。所谓敬鬼神而远之,虽然没有明确否定鬼神的存在,却否认了人的生活与鬼神的联系,认为人的生活不必依靠鬼神。这就与西方的基督教文化大不相同。中国的知识分子受儒家学说的影响,宗教观念淡薄。梁漱溟先生认为中国文化有一个特点是以道德代替宗教,我认为是符合事实的。儒家强调道德的自觉。孔子说:"仁远乎哉? 我欲仁,斯仁至矣。"又说:"有能一日用其力于仁矣乎,我未见力不足者。"这都是认为实行道德乃是人的自觉。儒家强调道德自觉性,道家则强调个人的精神自由,认为人应摆脱外物的干扰、超脱情绪的牵累,而自得其乐。老庄的道家学说也否认了关于鬼神的迷信。

儒家宣扬人的自觉的思想可以称为古代的人本主义。这种人本主义强调"人之所以为人",主张提高人的道德觉悟,一方面强调人格尊严,坚持"可杀不可辱";一方面强调人的责任心,"思天下之饥者犹己饥之"、"思天下之溺者犹己溺之"。主张"以天下为己任"。我认为这种深湛思想正是中华民族自立于世界的思想基础。中华民族屹立于世界,坚强不屈,虽经艰难险阻,而仍能保持独立的地位,正是由于具有这种优秀的文化传统。

儒家都是教育家,儒家的哲学是教育家的哲学。儒家的主观愿望就是使人成其为人,教人以做人的道理。中国自秦汉以至明清时代,在政治上实行专制主义。马克思曾讲:专制主义的本质就是使人不成其为人。我认为,在中国的秦汉至明清时代,存在着王权与士权的斗争。专制的王权力图使人不成其为人,而儒家则力图使人成其为人。王权常常压制了士权,如汉末党锢之祸,明末东林党争,是最显著的例子。汉代以后,专制王权名为尊儒,事实上是借儒家的名义来维护其专制独裁。孔子虽然主张君权但认为如果国君实行"言莫予违",就有丧邦的危险;孟子更认为君臣关系是相对的。而历代统治者是不允许士人言论自由的。明代实行廷杖,清代实行文字狱,都是专制独裁的极端表现。儒家学说维护君权,表现了严重的时代局限性。这是儒学的严重缺点。

对于传统应加以分析,不能笼统看待。在清醒地对于传统中的失误缺欠进行批判的同时还应发扬传统中在一定程度上反映了客观真理的优秀思想。

重视中国民族音乐，提高民族自信

赵 沨

刚才张老、季老都提到爱国主义和民族自尊心的问题。我从我从事的这个小的学科来说，最近考古学的发现，中国的音乐文化发达得非常早，早到 8000 年以前，有实物为证。在河南舞阳县贾湖出土，现在一般称为骨笛，恐怕不能称为笛子，不是笛子，是笛子的前身，还是称之为一种用骨头作的管乐器吧。确切地证明是 8000 年以前的遗物。8000 年前有这样的笛子，暂且就叫它笛子吧，并不十分稀奇。稀奇的主要在于那个时候，先民们已经有了很高的音响学的知识。我亲自吹奏过，它具有非常完美的、准确的下徵调的音阶。用现在的读谱法是"56123"这样的音阶骨干音，非常准确，而且可以转调，在转调之后，声音还是很准确。这证明了当时中国的音乐文化，从物理学和音响学上已有很高的发展。所以到底中国的文明史怎么样写，有许多新的考古资料出来以后，将要重新来研究这个问题。在这个笛子出现的同时，在这个墓主的头旁，还有一个龟甲。在这个龟甲上就开始有不同于殷墟的文字。虽然只有一个字，但是有了字了。为什么殉葬品除了两个笛子以外，会有一个龟甲呢? 龟甲上还有一个字呢? 用刀刻的一个早于殷墟的简单文字。这是应好好研究探讨的。从这个事实，说明我们是一个文明古国。从教育方面来讲，它为爱国主义教育，提供了事实。中华文明发达很早，这是可引为自豪的，应该提高我们民族的自尊心。

从中国音乐史角度看，在《尧典》中都曾明确表达音乐教育是"人格教育"的思想，也就是张老所说的"人本主义思想"。"诗"通过音乐，使人的人格达到最完美的程度。至少在先秦时代，这个思想早已经占有相当主导地位，当然在尧舜时代还是传说时代，一时还不能作结论。但至少在儒家思想中这种"音乐教化"的思想便十分明确。它明确提出，音乐教育的目的是为了人格的完善，为了人格的完美，所以才有孔夫子的"兴于诗，成于乐"的说法。许多说法都可以说明这一点。但是呢，非常遗憾的呢，从光绪皇帝下诏办新学以来，咱们学校的音乐教育基本上抄袭的是日本，日本抄的是德国。把中国的东西呢？对不起，给忘记了，中国过去的东西都忘了，不管了。所以现在我们音乐教育上完全采取的是西方、欧洲的所谓大小调体系的乐理概念来搞我们的音乐教育。我们从普通教育到专业教育都是自觉或不自觉地在"欧洲中心主义"的统治之下。这是很遗憾的，历史的遗憾。现在呢，连一本非常完善的中国的乐理的书都没有，用西方那一套来套我们中国的乐理，有许多是根本套不上去的，没有方法套的。随便举个例子，像潮州音乐，弹奏古筝，有这个"活三""活六"。"活三""活六"，即第三条线，第六条线，可以用力压紧，它所产生的音，根本不管五线谱还是简谱，没法儿记载它，只能另外想一个记号来记录它。这个声音，是西方的音乐所没有的，只有中国潮州音乐才有这种声音。像这样，都是由于没有一本完善的中国乐理的书，使这种记谱都变成一个很大的困难，更不要说其它各个方面了。

所以说，在音乐方面，在音乐教育方面，真正的来考虑到我们的民族的优秀而悠久的遗产的继承和建立，是一个非常大的事情，是非常严肃的一个问题已提到了我们面前。我常常这样说，我们这一代，如果不把这个事情提出来，不开始做一点工作的话，将要上愧对祖先，下愧对子孙万代。的确有这样一个问题。因为我们的先人遗留下来的那么多的东西，我们应该总结的没有总结，应该传承的没有传承。我们在民族音乐教育上来说，我说不如日本。日本文部省，可以有一个明确的明文规定，小学生必须定期去看"歌舞技"。定期，而且音乐老师必须得解说。解说之后，学生必须写后记。像这样的规定，他们对自己的、从中国传去的所谓"邦乐"，民族音乐，是十分重视的，是作为文化财富保护起来。而我们现在呢？不仅把自己的文化财富丢掉，甚至有人把西方的一些文化垃圾，引入到中国来。引入中国来，还当香花供养起来，可恶的就是这一点。邓小平同志说，门窗打开了，苍蝇、蚊子要进来。苍蝇、蚊子进来了，不是消灭它，而是供养起来。我们的有些电台，我们的有些报刊，我们的有些广播，在有些时候都作了不少这样令人遗憾的事情。最近，当然中央讲话了，好像这些文化垃圾开始有所被抵制了。这是令人感到高兴的。的确不能像有些人那样千方百计的,把一些非常不利于我们的东西千方百计地引进来。例如某国的"人妖",曾经就以旅游的方式来过中国,秘密的演出了一场。被北京发现后才明令禁止,据说是在广西某处演出的。现在还有一些新闻界人士,用尽一切方法来把西方,甚至美国人认为是他们最丑陋的音乐文化之一,著名的所谓脱衣的明星介绍到中国来,并且与那明星书信往返,电讯往来。据说在有关这位明星演出,向有关方面的报告中提出,明星说:为尊重中国国情,到中国去演出,我在舞台上脱衣服脱到适可而止。说的这样的具体,就是想千方百计要把这个引进来。这个"适可而止","适可"到什么程度,"而止"到什么程度,总而言之有这样一批人,的确热心于此。由于种种原因,甚至于我不能不怀疑,这其中既有纯粹的金钱的原因,也可能由于思想糊涂,甚至别有用心,要想把这些东西引进中国。要知道,比脱衣明星还"文雅"些的这种东西对我们的青少年已经产生了极为恶劣的影响了。

我们"中国关心下一代委员会"下属的下面一个小委员会,有几个同志每年春节都到东城区少年犯罪管制所,去跟那些孩子们过年。这些少年犯罪分子中,失足分子中间,百分之九十五以上的犯罪动机中间,都是受了恶劣的所谓"文艺作品"的影响堕落、失足的。正像季老说的,在《丝绸之路》这部西方人所写的书中讲的,中国文化对世界作出过伟大的贡献,但当前西方的恶劣的文化对我们青少年影响的例子真是触目惊心,不胜枚举。所以如何在教育方面,真正重视中国传统音乐教育,特别是其中的教育思想,就是人格的陶冶、人格的培养、人格的完善、人格的完美。弘扬、发展这样一种教育思想的确是我们教育界的当务之急。但是我们呢,无论在普通音乐教育,还是专业音乐教育方面,还没有真正的贯彻这种传统音乐教育思想。传统音乐的各个方面的总结都还没有做出应当做的工作,这一点是非常应该引以为憾的。

参加这个会,在钟老、赵老的提倡下,在教育方面,就教育和中国传统文化结合方面提出问题,这是一个很大的课题,也是一个很严肃的课题。所谓建设社会主义精神文明啊,以至于整个建设社会主义国家,这恐怕都是一个带有根本性的重大命题。所以我很乐意参加这个会,向诸位求教,并且把我这一个小的学科中的非常肤浅的认识略述一二。时间太宝贵,不敢占用大家过多的时间,非常感谢。

中国傩文化的流布与变异

张紫晨

一、对傩的认识

傩,作为一种文化现象,在中国出现是很早的。一般认为滥觞于史前,盛行于商周。这是就中原文化的角度而论的。人们对它的认识是从秦汉前中原古籍中开始的。一个主要的依据,便是《周礼·夏官·司马下》中关于"方相氏"的记载。即:"方相氏,掌蒙熊皮,黄金四目,玄衣朱裳,执戈扬盾,帅百隶而时傩,以索室殴疫。大丧,先傩,及墓,入圹,以戈击四隅,殴方良。"其次是《礼记·月令》中的"季春之月命国傩九门磔攘以毕春气。"在这两条记载中,各有所指。前一条,在于解释周代夏官方相氏的司掌之职。这里有傩的装束,傩的目的。所谓时傩,说明傩的时间。《礼记》中有季春、仲秋、季冬之月的傩仪活动。这里只提大丧时的傩仪,在下葬前,入圹,动作是以戈击四隅、殴方良(魍魉)。其所表现的傩,是一个完整的活动。以方相氏为帅,掌其进行。这样才能对古傩有个全面的理解。但我们现在讨论的傩文化,特别是从傩面具展览开始的讨论,往往多注意其蒙熊皮、黄金四目的侧面,而忽略此点或不及其他,必然影响对傩的本质的认识。特别是我们现代人接触到的多是傩戏的形态,是傩经过长期变异而发展了的形态。傩戏是一种面具戏,它吸引人们重视面具的起源,而忽略了傩仪的起源,即使遇到了傩仪的表现,也尽量将其剥离,从中寻找戏剧的内核。这种着眼于戏剧古形态的探究,自然是戏剧史方面的重要研究。不用说,其意义也是十分重大的。它对于理解傩文化当然也是重要的,但是,傩戏的面具表演,毕竟不是傩文化的全部,更不是傩的完整的原始形态。因此,如果要判明傩的性质,解决傩文化的原始及其根源,必须顾及古傩的整体活动,从文化发展的角度研究,方能获得确切的认识。这不仅因为后世的傩戏源于原始的傩仪,也不仅因为借助幻面驱邪是我国最古老的巫术之一,而且在于处于原始文化阶段的人类所创造的傩的祭仪活动是有其远古社会的物质基础和思想基础的。任何文化现象,割断其发展源流,都是不可理解的。还有一种认识,就是傩是某一地区或民族的特有现象,因而它的渊源,只能在某一地区或民族中去探寻。这种认识把今天存有傩戏遗踪的地区,看作是从古即如此,从而排除了傩在历史上长期流布与变异的过程。我以为,这对我们认识傩文化也是不利的,傩文化产生在历史悠久,幅员广阔的中国,要认识它就需要在更广阔的地理历史背景上去探索。

二、中国古傩的性质与原型

中国古傩,如前所述,是在《周礼》中首见记载。因而古代多把它看做是一种礼仪。《礼记》所记春、秋、冬三季傩仪,也把它放在礼俗典仪之中,这种做法,很长时期影响了人们认识傩的性质,而且也模糊了它的原型。长期以来,人们并没有真正认识其文化史的价值。

古代的礼来源于俗。由俗而上升为礼。在礼仪化或纳入礼仪之前,有一个长期的民俗传承阶段,这个阶段,往往是其原型或接近原型的阶段。因此,探讨古傩的原型,应是透过其纳入周礼以后的形态,从而寻找其古文化的渊源,而不是在其古老的形态里寻求其近于现代的东西。这点与剥离其傩祭的表现因素寻求近世戏剧内核的方法,完全是两个不同的视角。因而所得的结果也是不尽相同的。

傩文化今天已经发展成为一个丛系,包括傩仪、傩祭、傩舞、傩戏、傩画、傩具、傩神、傩坛、傩面等等。这个文化丛系的形成,是历史的文化积淀,也是傩文化本身发展变异的结果。但其实质,乃是一种巫文化的表现,即中国古傩仪具有巫术性质。它是人类早期创造的抗拒鬼邪的手段。它的思想核心和积极意义在于相信人们的自身力量和创造的手段,可以战胜鬼邪,保护平安生存。

唯其如此,所以始终以逐除仪式为其重要表现。

巫术(包括巫术思想和行为),是人类早期普遍存在的。原始社会史的研究向我们表明,人类进入氏族社会以后,群体意识有所增强。但生产能力、生活能力以及对客观事物的认识能力依然低下,在这种情况下,人们有一种普遍的愿望,就是避免各种厄运和鬼邪的侵扰,能使氏族成员平安地生存。于是首先围绕人们的生存而展开各种企图影响和控制外界的活动。因而追求健康、生存,抗争邪鬼,便首先进入巫术的领域。成为原始氏族的人们最经常的活动。而在求得生存,保持健康之中,如何对付观念中的鬼邪又成为一个中心问题。鬼邪的存在,在人类的蒙昧时期是一种虚妄的观念。按照人们原始的思维逻辑,鬼邪可以影响或侵扰人,人也可以按照自己的意愿采取相应的手段和方法去影响和控制它。于是创造了许多被认为有效的方法,如祈禳咒词、神刀令箭、避邪物、护身符及各种逐除仪式与活动。其中,对于鬼邪施加威力,就有傩的仪式的出现。显然这种巫术仪式和傩仪活动是在人们的实际能力与知识不能完全控制环境的时候产生的。越是人的现实能力所不能及,便越会产生出控制的要求。正是在这种积极的意愿之下,才把虚幻的想像和实在的做法融而为一。那些令人不解的符咒,挥舞刀剑的舞蹈,捕风捉影的逐除举动和仪式表演,都成为人们提高自身抵御能力的手段。这些巫术性质的活动,对于认识古代傩的思想和行为,意义是十分重大的。傩的出现及其主旨,正是这一愿望和思想的结果。在这个意义上说,古傩的存在,正是这种巫术心理和作为的重要表现。

惟其如此,所以无论历史上还是现在所看到的傩活动,都离不开巫术的做法。史籍上记载的"索室殴疫"、"驱除魖魅"、"击鼓驱疫","磔禳以毕春气"等固然如此。就是现存的傩仪和傩戏也莫不如此。我国西南地区德江一带土家族的傩堂戏除用于祭祖外,仍有驱鬼逐疫的内容,不仅面具中有驱鬼逐疫的神,而且在酬神演出中还要设香案,悬挂"三清图"和"司坛图"。整个过程有开坛、开洞、闭坛三个步骤。开坛由巫师(当地称土老师)演唱开坛歌舞。开洞由两人表演桃园土地和唐氏太婆,而最后的闭坛还要送神归位,押疫鬼上盘,表示送走瘟疫,求得平安。在演出中,其傩堂正戏中有不少剧目都围绕着冲傩还愿而展开。开坛和闭坛,必不可少,实际是由古傩仪转化而来的傩坛法事。在贵州眉潭县,傩堂戏的内坛可以有十二坛法事,进行一天一夜,包括开坛、申义、立楼、请神、下马、打下马卦、领牲、上熟、发兵、招魂、上灯、送船、送神等。在道真县,一场盛大的法事竟多达二十三坛。尚有抛傩、占卜、拜星辰牌、以纸船送瘟病邪鬼等。做法时,巫师头戴法冠,身穿法衣,肩披牌带、吹牛角、卜神卦,敲令牌、摇司刀、做各种法诀咒语。铜仁地区的傩祭开坛,六人演出,主司手执法刀,手托方盘(盘上放黄表纸),另一人身穿法衣,头戴野雉翎,坛前置方凳,摆牛角、神刀、卜箸,主司穿红袍,手执神鞭,肩背镇尺牌带、卜卦、念咒、开表,将牛角套入神刀,尖朝下立于凳上,牛角尖放一神面,然后演开山,手执开山斧,身着虎色衣,胸部绘有虎头,唱苗歌,进行舞蹈。所用法器有赶神鞭、牛角神号、紫荆木的镇尺(外挂百衣色布条)还有震鬼神的灵牌,所设傩堂,正面为玉皇殿,侧面为太保殿、祖师殿。太保殿对联为“发鼓三通光投天堂三上主,吹角十声申奏地府十地王”。玉皇殿联为:“云角三声天地动,傩牌一响鬼神惊。”至于上刀梯和杀铧等也是各地傩仪中常有的巫术表演。在傩坛活动中,上刀梯和踩犁铧都是慑鬼驱鬼的巫术行为。巫师赤脚,登利刃刀杆,踏烧红的犁铧都有威慑作用。特别是手捧烧红的犁铧到各家房中索室驱鬼,大有神惊鬼泣的效果。其他如法印、符版、祖师棍等的使用,也充满巫术的气氛。这些因素流传至今,为傩仪的核心部分。离开这些,傩仪就不成为傩仪,傩戏也不成为傩戏。因此,傩仪实际上就是巫仪,傩祭也就是一种巫祭。它所贯穿的乃是从古传承下来的驱鬼逐疫的巫术。由此,我们可以寻出古傩的原型,它是巫术中驱鬼活动的重要表现。

古傩的原型是一种原始氏族社会中的群体巫术,所掌司的巫师是群众中的巫师,它集巫技、巫法于一身,并不断创造和丰富各项巫祭表演。这是人类早期抗拒外界的重要精神支柱。它时时鼓舞人们的勇气,抗争一切侵害者。其所用的神刀、法器、避邪物都是在这原始巫术基础上的发展。可以判断,古傩的原型,即是巫术的驱鬼,复杂的傩仪乃是后来所丰富。由这点也可以断定傩和围绕傩的活动即是原始巫术。我国先秦记载的傩已成为一种仪礼规制,是民间驱鬼巫术活动纳入宫廷大礼的表现,是民间傩仪的宫廷化。

三、商周至汉古傩的发展

我国古傩盛行于商周,这不仅因为《周礼》有记载,而且因为当时已有专门司掌的官,即方相氏。《周礼·夏官》所叙多为掌国家大礼的官职。巫官、乐官等也是在民间巫乐基础上被宫廷任用的官职,但均列为春官,而方相氏属夏官司马。按周制,凡国家举行者为大傩或国傩,与一般民间的乡傩有所区别。是由专门官员方相氏掌之,其手下有狂夫四人。行傩驱鬼时,主要以狂夫四人充当,另有百隶从之。这与少数傩师的活动已有不同。它可以说是有领导有组织地进行。傩分三季,季春是"命国傩",显然是遵从王命而行傩。夏季无傩。仲秋"天子乃傩"。季冬"命有司大傩"。所以如此,按古人的解释是,阴则鬼神现,像阳气抑阴气,行傩则索阴匿之鬼,属厌胜之举。这是根据古代的阴阳哲理将巫术的驱鬼转化为扶阳抑阴的一种解释,从而完全掩盖了它的原始性质。但是索室殴疫的内核却一直贯穿着,以傩却凶,始终是傩仪的中心目的。然而周代的傩毕竟是礼仪化了。此时的傩,在王室看来实为一种傩礼,并用于大丧,在灵柩下墓之前进行,用戈击刺墓穴四边角落驱除山川精怪。唯其如此,所以古傩仪形成了如下要素:

(一)戴傩面(蒙熊皮、黄金四目),(二)化装(玄衣朱裳),(三)手执武器(执戈扬盾),(四)入房搜求驱逐疫鬼(索室殴疫),(五)向四方击打,殴鬼(以戈击四隅,殴魍魉),(六)有驱鬼队伍(狂夫、百隶)。

前三项为行傩时逐疫者的装扮,是逐疫活动中在鬼疫面前的强力战斗者。第四项的索室殴疫是傩仪中逐疫的主要方式,其中的"索室"表明它原是家庭驱鬼的一种做法,逐疫者手执戈盾,入房搜求,是将家中鬼疫逐于室外。坟圹中以戈击四隅,亦为墓室,同样具有索室殴疫的意味。只是将家室转为墓室而已。是由活人之居,转为死人之居。其中狂夫是主要战斗力量,百隶则是助战助威者。至于所用熊皮、黄金假面,则是傩仪纳为官傩后在物质条件方面的改善,是古傩面具装束方面的一种提高。用面具除可能有图腾因素之外,乃是以凶御凶的做法。当这种傩仪再度升级为"国傩"时,上述的几个要素均相应地发生变化。首先,由索室逐疫扩而为宫之九门磔禳,用动物牺牲禳九门之鬼。

至汉代,大傩则方相氏帅百隶及童女以桃孤棘矢土,鼓鼙、且射之以赤丸,五谷播撒之。除百隶外,又有童女。增加避邪的桃弓,射鬼疫的赤丸,并设鼓以惊慑。至后汉,大傩则先腊一日举行,方式则逐恶鬼于禁中,并持火把出端门,弃于雒水。各百官官府行傩,则又扩黄门弟子百二十人为侲子。装扮为赤帻皂制,执大鼓。除方相氏外,另有十二兽。还吸收民间惯用的桃梗、郁儡、苇茭以做避邪物。其中十二兽神追逐凶恶,念咒语:"赫汝躯,拉汝干、节解汝肉,抽汝肺肠,汝不急去,后者为粮。"从《汉书》、《后汉书》礼仪志反映的这些行傩方式看,不仅规制更加扩大,而且逐鬼的手段也大大增强。

这个情况,说明我国的傩在汉代已得到极大的发展,并与中原、原有的民间祭祀逐渐结合,其于先腊一日举行,重视冬季,淡化春、秋。突出腊日,乃受周秦中原祭的影响。周代腊祭于十二月,秦腊于孟冬,大腊之祭,三代有传。在汉代以戌日为腊,即冬至后三戌为腊,得禽兽为祭百神以相其功。这是汉代崇土德的表现。腊祭为事神的时刻。先腊一日,则行傩驱疫,目的之一,即在用驱鬼逐疫,清除邪祟,以便更好地举行腊祭。而傩仪中的磔牲更直接与中原腊祭有关。仪礼成分增加,巫术意义与礼俗合而为一。同时,按古制,傩的举行,至季冬则下及庶人。孔子所见乡人傩,恐其惊先祖五祀之神,所以朝服而立于阼阶,其时亦在冬季。季冬之傩,实为通上下行之。这就使傩的发展既受上之礼仪之促进,也受原有乡间庶人傩之影响。这两种因素共同作用于傩,因而其形态亦成为上下文化之综合表现,其变异也在这种不同因素的促进下不断发生。

四、汉唐以后傩的流布与地方化

我国中原傩,从周秦至汉,其传承主要在都城长安及黄河文化区。这是官傩的正统表现。并发展成完善形态。但就在汉代开始,官傩已向地方州县波及,出现向地方流布的趋势(当然地方傩仪傩礼也同时在发展)。后汉时,傩仪傩礼又有普及,已有各地百官官府行傩的记载。即所谓:"百官官府各以木面兽,能为傩人师讫桃梗、郁儡、茭毕执事陛者罢。"至唐之开元,则有诸州县傩。规定上州六十人,中、下州四十人,县皆二十人。由方相四人执戈楯率之。前一日之夕,所司率领宿于州门外。县则当日由县令或辨色官引傩者入。官者引傩队遍索诸室及门巷,而后出大门,趋四城门,出郭而止(见《旧唐书·礼仪志》)。这种州县傩仪的实行,使傩迅速走向地方化。民间傩仪进入宫廷,但它本身仍然发展,并有传统。汉唐以后官傩发展至州县以下一经与下层结合,便又有对民间傩仪的复归。其表现为,在巫师逐鬼中,不仅穿皮衣,戴假面,遍索诸室门巷,而且击鼓狂呼。气氛由严肃,而转为粗犷、奔放。还以酒洒奠于门右。唐代诗人孟郊在《弦歌行》中,有"驱傩击鼓吹长笛,瘦鬼染面唯齿白"的描写。苏轼《除日诗》也描绘了驱傩举动的气氛:"府卒来驱傩,矍铄惊远客","爆竹惊邻鬼,驱傩聚小儿"。这些目击之描述,均可见出当时傩仪的环境与情景。

傩向地方流布的趋势,从汉代已经开始。其前提是所流布的路线,和地区均有民间傩的基础。其流布路线,首先是由长安而至秦中,再至荆楚,而且在波及地方后,与当地民族固有习俗传统结合,因而变化也十分显著。

秦中为古秦之地,距汉都最近,因此,傩文化首先从这里开始流布。在秦中,进行傩仪是在岁除之日,而最重要的是在傩仪鬼神中出现了傩公傩母。这是一个重要的变化。

《秦中岁时记》云:岁除日进傩,皆作鬼神状,内二老儿:

傩公、傩母。

秦中进傩时间为"岁除日",与"先腊一日",无大区别。其所以选择岁除,也有它的道理,那就是与当地腊祭结合,岁除要祭诸神。祭神是容不得鬼疫邪祟的。需先驱鬼而后迎神。这与《礼记》中"季春之月"、"仲秋之月"、"季冬之月"却有不同的意义。古傩以春、秋、冬三个季节行傩,是根据春阴、秋阳、冬阴极安排的,同时用以区别国傩、天子傩、大傩的不同等级。但重要的是秦中傩在皆作鬼神状中,"内二小儿:傩公傩母。"这是前所未见的。作鬼神状,自然是戴面具的傩仪表演,而其中出现了傩公傩母,则将傩推到神的位置,灌进了祖师观念。傩,有了傩公傩母,既有传傩神的意味,又有保护神的意味。它一经出现,便成为傩仪中所崇奉的形象。直至现在,贵州地区,在傩的面具中仍有傩公傩母形象,而且在演出傩堂戏时,必有祭奉傩公傩母的举动。这可以说是傩仪发展中的一个重要的环节。它奠定了西南傩的基础。今日的黔傩与秦中傩有直接的渊源。

傩仪在秦中的形态是很可珍贵的。它由秦中而扩展,南向,至荆楚则与"荆蛮"固有的鬼神观念结合,并向祭祖观念靠拢,呈现出浓厚的民族信仰成分。而在后世,又多溶于祖先崇拜的观念和习俗。巴蜀与荆楚地域相连,俱事鬼神,笃信巫术,楚之先祖居郢以后,那里成为"信巫鬼,重淫祀"的重地。古人早有概括:"昔楚国南郢之地,沅湘之间,其俗信鬼而好祠,其祠必作歌乐、鼓舞以乐诸神。"(《楚辞章句·九歌序》)这种信鬼好祠的习俗,实为傩之最好的土壤。而运用鼓舞以乐诸神,又是不可缺少的举动。"鼓舞"既可用以娱神,也可以逐疫除魅,"击鼓呼噪"。这原是相通的。唐刘禹锡在奉节仍看到"荆楚鼓舞"、"吹短笛击鼓以赴节"的情形,可以帮助我们理解这点。这个民俗土壤,不仅与傩有一致性,而且必使中原傩得到进一步的流布与发展。

荆楚傩,请看《荆楚岁时记》的记载:

> 十二月八日为腊日,谚语:"腊鼓鸣,春草生",邨(村)人并击细腰鼓,戴孤头及作金刚力士以逐疫。

这里所记有四点均可注意:

一是当地以十二月为腊日,且鸣腊鼓驱傩逐疫。此为时间上的变化。

二是傩仪活中邨为(村)人为之,乃乡人活动,即百姓傩,非州县官府所为。

三是进行时击细腰鼓,与地方乐器结合,具有地方传统。

四是戴假面为狐头,并出现佛家神金刚力士的形象。

在这个记述中,已看不到宫廷傩仪的程序,是按地方村民的做法进行的。其中细腰鼓、狐头面具,增强了地方民族色彩,金刚力士又接受了佛教中有威力的形象,再不见方相氏的狂夫了。这些都是前所未有的,开创了傩仪地方化和世俗的发展道路。而这种变化趋势在《东京赋》中已有端倪,如其所描绘:"卒岁大傩,驱除群疠,方相秉钺,巫觋操茢,侲子万童,丹首元(玄)制,桃弧棘矢,所发无皋。"即很可琢磨。卒岁大傩,与秦中傩时间一致。虽有方相秉钺,侲子万童,但巫觋操茢,桃弧棘矢却有新的因素,不仅丰富了民间傩仪的内容,而且呈现民族民间的色彩。

从上述可以看出,以中原巫术为基础的中原傩仪,从长安而至秦中,逐渐与巴蜀、荆楚古俗相融合,与少数民族原始宗教以及佛教的文化相渗透,形成一个巨大的传统势力,演变成一个多元巫术和宗教的文化系统。由此也可以看出,傩仪由于宫廷和官家的推行,是有其影响力的。当然,更重要的是地方固有古俗及各式驱鬼活动,为傩仪的流布提供了很好的土壤和极为顺畅的条件。民间驱傩所行的傩仪,不重礼仪性的排场,而在逐除疫疠的实际目的。因而尽管官傩仪式如何完备,流入民间也必有变化。只有那些为官府所直接把持的地方傩,规仪才大体如旧。查各史书之《礼仪志》、《礼乐志》,所记均按周以来之成礼记述,僵化沿袭,远不如岁时记类记述之真实活泼。如明代冯应京《月令广义》即仍引录《礼乐志》一类的固有记载,沿袭古往之说,不考察现实之变化。这是我们研究傩文化时,必须注意到的。否则将世代一统,千地一面,处处方相氏,时时有侲子,岂有他哉!而敦煌发现的民间流行的《儿郎伟驱傩》文(石室遗书,伯三二七〇、四〇一一、三五五二)以及《除夕钟馗驱傩文》(斯二〇五五)也表露出将古方相氏变为伟郎或钟馗的演变形迹。而在巫风极盛的地区,更以巫师直接登场("巫觋操刃"即是)。其变化均在活的发展之中。唯其如此,所以各地的傩神、傩公傩母的概念亦很不一致。南楚故地,笃信的傩神则衍成孟姜女,湘西南侗巫傩祭所奉傩神为姜良、姜妹。亦有称女娲、伏牺为傩坛之神的。源陵县,傩坛神案所供又为南山圣母,东山圣公。这种傩神地方化的趋势,使傩取得了长久性,可以长久地超时间地扎根于地方文化之中。

驱疫行傩活动,一经与民族巫术结合,便适应一些少数民族的民俗土壤和文化层次,按照他们民族固有的习惯,继续传承和发展。

巴蜀、湘鄂地区,民族成分较多。在巴蜀文化中至今仍有跳傩、跳神为主的傩愿戏及祈禳驱鬼的坛戏。"凡病家延巫道设香楮酒者,诵北斗、莲花、乐师诸经,谓之禳星。用桃木书符,谓之压鬼,巫觋统号端公。小禳为花船,大禳为打保福,及冬庆坛,如戏剧。"(《南充县志》)如此频多的傩戏活动,又将傩仪发展了一大步。傩、巫结合,巫、道共现,驱鬼治病结为一体。唯有庆坛,表演戏剧,娱神娱人,但庆坛仍有官坛与民坛之分,实为法事仪式与戏剧演出的一种交织。

四川一些地区,在汉唐时期,已有傩祭、傩仪反映。受道教影响之后,带上许多宗教色彩。其傩愿戏供奉傩公傩娘,傩坛戏供奉儒、释、道三教祖师。川南之傩坛,有上、中、下三层神祇。上层为孔丘、老君、佛祖,中层为玄帝、观音、文昌,下层为川主、土主、药王。除川主、土主等外,均为道教、佛教之神。其傩坛戏有正傩、耍傩之分。正傩用以做法事驱鬼逐疫,并有踩刀山、过钉山等巫术表演。耍傩以娱乐为主,但也贯穿傩仪的气氛。川南还有端公戏,师道戏,亦属傩戏系统,不过已有些异化。

宋代以后,是傩仪向南流布最盛的时期,大体有东西两个传播路线。西线,由秦中至荆楚巴湘,再进而为黔地。形成独具特色的贵州傩戏。

贵州傩仪傩戏久负盛名,而且至今仍被誉为傩文化的活化石。现存贵州傩戏为多元的产物。其来源,除中原傩的影响外,还有当地各民族的原始的宗教、巫术活动的传统内容。特别是在千百年中,所发生的拓土开疆,屯边流徙、改土归流等举动,更直接影响到当地的文化及傩戏傩仪的发展。因此,它在汇集、融合中原文化方面,较其他地区都为充分。由于广为吸收,所以在其傩仪傩戏中,面具人物大增,娱人的戏剧成分,也加大了它的因素。

贵州傩已摆脱方相氏、十二兽的系统,许多新鬼神面,代替了旧鬼神面。说明中原宫廷禁中傩对它已无束缚力。其实,这种变化在川傩中已经开始。南宋《大觉禅师语录》中即有"戏出一棚川杂剧,神头鬼面几多般"的诗句。它所指的乃是四川涪陵一带的傩戏。这种神头鬼面的加多,是傩表演的一个重要发展。它是将本地神祇,外地鬼魅,汇为傩的神鬼集团。过去"大傩"中的百廿侲子,在这里皆转化为傩面人物。它们在城乡士民中广有施行。

贵州苗傩,在一个历史时期内,号称"七十二堂神"。而在实际表演活动中,其所用面具要超过这个数目的几倍。当然,如此众多的面具及其所代表的鬼神,是在不同的傩仪中出现的。并不是如方相氏的侲子一样,在一场傩仪中列阵而出。贵州傩,一般内坛法事,围绕"冲傩还愿"和各种祭祀进行,有一套鬼神系列。傩坛戏的外坛戏,又根据演出内容的需要而有其自身人物系列。如"开路将军"、"唐氏太婆"、"引兵土地"、"开山莽将"、"甘生赴考"、"秦童挑担"等等。都在各自的故事里设置若干人物,其戏剧性的增强和人物的增加是相互为用的。

贵州德江土家族与湖南湘西土家族有渊源关系。其先民已将傩仪的功能由驱鬼逐疫发展为祭祖活动。而贵州铜仁地区的傩仪功能在驱鬼逐疫基础上扩大到成丁渡关、医疗、求子等方面。因此,巫技成分大大加强,其人物也似乎换了一个世界,如开山将军、开路将军、尖角将军、仙娘、青苗土地、梁山土地、天门土地,河神土地、牛头马面、勾簿判官、节植土地、铁公老者、先锋小姐、八庙和尚、歪嘴秦娘、杨泗将军、唐氏太婆、陈氏太婆、灵官、大师和尚等。其组成成分相当复杂了。此外,还有关羽、周仓、柳三、梅香、关索、神猴等,不仅神话传说、佛道俗人等多有出现,就是《三国》、《水浒》等古典小说人物也有列入。这是傩仪在宋明以后发生的不小的变化。它为内坛、外坛、正戏、插戏的分离创造了条件。使娱神与娱人、巫术与艺术逐渐分野。

傩戏傩仪的这个变化,从其本身来说,是一种重要的发展和演变,但是从当地各民族的民俗传统来说,将酬神、祭祖、医疗、成丁礼、求子等溶于傩仪则是民俗活动正常的综合运用。正如中原傩仪有时与腊祭结合一样,却是一种发展的必然。在民间,凡是相近相通的东西都可以相互为用的。

以上是西线传播的情形,再看看东线传播。

东线指长安之东,以及东南各省。从现有文献看,傩仪的东线传播,从宋代已开始了。北宋定都开封,出现了政治、文化中心的转移,使中原傩由开封展开。当然,在此之前的北魏、北齐等朝也都有“冬季大傩逐恶鬼于禁中”的活动,不过多循旧礼,与隋唐等并无区别。

宋代开封所进行的傩仪,虽仍在禁中进行,但已呈现出许多不同,《东京梦华录》载:

> 除日,禁中呈大傩仪,并用皇城亲事官诸班直戴假面、绣画色衣,执金枪龙旗,教坊使孟景初身品魁伟,贯全副金镀铜甲装,将军用镇殿将军二人,亦介胄装门神。教坊南河炭丑恶魁肥装判官,又装钟馗、十妹、土地、灶神之类,共千余人,自禁中驱祟,出南熏门外,转龙湾,谓之埋祟而罢。

此开封禁中傩仪,为教坊中人装扮,并用皇城亲事官和镇殿将军。除绣衣假面外,尚有金枪龙旗、镀铜金甲。在人物方面,有门神、钟馗、判官、土地、灶神而无方相、侲子。出宫门后,进行埋祟,而非投入水中。十分明显,它已和唐以前大傩有很大的不同。它的这种做法又形成一个很大的影响波。

至南宋,江南傩仪引人注目。赵彦卫《云麓漫钞》云:"岁将除,都人相率为傩。俚语呼为野雩戏。"其形态不同者为:"禁中腊三十日呈女童驱傩,装六丁、六甲六神之类。"(《乾淳岁时记》)这里女童驱傩,与后来江苏僮子戏有直接关系,与浙江跳灶王亦有渊源。这里,重要的是人物变化。它不是装扮钟馗、土地,而是六丁、六甲、六神之类。六丁,为道教神。按《宋史·律历志》,六甲神为"天之使,行冰雹,笑鬼神。"六丁为六甲中之丁神。《云笈七笺注》谓"六丁,阴神玉女也。"六神为军之神,富战斗性,均为有神法者,是直接与鬼邪交锋的人物。这一变化,将时代的印记又加在历史的沉积上。江苏南通、盐城等地的僮子戏保留了这一传统。亦有"内坛"、"外坛",且有文僮傩与武僮傩两种。除戴面具外,还运用圣刀、黄表、符箓、神吊、神歌等巫术手段。但僮子戏的功能,除了除祟之外,为僮子渡关则为主要。其方法,用五个僮子,用五色彩纸,剪五个神像,称"五路瘟神",为"渡关送五路"。另有扎稻草人做替身的做法。南通僮子傩活动亦设坛,称"红山坛",而且跳神时手执单面神鼓,巫师称为端公,其所吸收的影响也是多方面的。

在南方,桂林地区,亦为傩仪重地。范成大在《桂海虞衡志》中曾说:"桂林人以木刻人面,穷极工巧,一枚值万金。"周去非《岭外代答》曾云:"桂林傩队,自承平时名闻京师,曰静江诸军傩,而所在坊巷村落,又自有百姓傩,严身之具甚饰,进退言语,咸有可观……盖桂人善制戏面,佳者一值万钱,他州贵之,如此宜其闻矣。"

广西,除桂林外,苗瑶地区亦是傩文化的一隅。壮族师公舞与贵州跳傩有相似之处。其还愿、赶鬼、打醮、作斋等均用假面跳舞。广西象州地区跳傩中有三元祖师、雷部元帅的道教神,有农婆、白马姑娘、莫一大王等传说神,还有似贵州傩仪中的甘五仙娘等神面。瑶族以三清道教神系为主,玉皇、天师等都成为其主要神头。苗傩一直有其自身的文化特征。雷公为主系,多用雷字符,且以祭祖活动为重。祭雷鬼、祭祖做法事,都是原始巫术的表现。它使苗傩带有古老的色彩。

除这两条传播路线外,安徽、江西在历史上也有过傩文化的存在。它们与这两条线的关系,还有待于进一步的考察。

值得注意的是,傩文化今日何以在我国西南贵州等地存留,并得到发展。

我们首先看到这种傩流南归,汇集西南,是数千年历史造成的一个趋势。其次南方固有的重巫的古傩传统亦不可忽视。

傩从已有文献看,兴于中原,但长江以北,中原地区文化开发较早,重礼仪而敬鬼神。因此,原始的民间傩仪,很早即被纳入宫廷,作为礼仪而规范化。但因其开化程度、文化层次日益向高层次发展。在对待宗教和原始巫仪上便发生变化。因而以巫术为本质的傩的活动,便渐淡化,而强化了它的宫廷礼仪程序。此后,在乐舞和戏剧文化高度发展的时候,对古傩则又发生冲击,这样傩仪则发生沉淀,由上层文化积淀到下层,与下层文化结合,便产生了另一系统的传承。当上层文化,宫廷傩仪逐渐消失以后,下层民间反而得到留存,并与原有文化结合,得到发展,成为一个不易消失的存在。这就是中国古老的傩文化在边远的贵州存留下的原因。一种文化现象的振兴,往往首先在政治文化中心显现,然后向边远地区波及。但经过长期历史变化以后,边远的余波,反而要盛于其波源,而且越是边远遗声,反而越加古老。这几乎成为一个规律。因此,傩仪的地方化的结果,却能够在数千年后的今天,看到其存留的活化石。当然这个活化石,与地方民族自身古文化的结合,以及历史的沉积,时代的粘着,已经是有不小的变异了。

总结以上,我国傩仪的流布路线,可如下图:

五、中国傩文化丛系

我国傩文化,经过几千年的传承发展,已经成为一个庞大的丛系。这个丛系,包括关于傩的观念,傩的文化根基、傩舞、傩仪、傩戏、傩神信仰、傩面的制作与使用、傩堂设施、傩器、傩画以及有关驱鬼、祭祀、酬神、求子、渡关、医疗、娱乐、超度法事等丰富的内容。

傩的观念有其原始性。它是由灵魂观、鬼神观、祖灵观、巫术观、祭祀观等诸因素所构成。表现人神关系、人鬼关系、人祖关系以及人与自然界的关系，它是人和人之外的想像世界的一种原始的精神观念。傩的文化根基是人在蒙昧时期的实际能力与认识水平的状况，限于当时人们的物质能力与开化程度，人们企图控制和征服侵扰者，提高自身能力的愿望，只能采取这一方式来表现。傩舞是傩仪中的一部分，分离后，形成自身的发展。但它长期以巫舞为核心，为巫师及其助手等所创造和表演，却很少变化。傩戏是在傩舞、傩仪基础上发展的后期形态，其剧目和表演都有些特殊的东西，并多纳入傩坛，成为傩仪中表演的傩堂戏。由傩坛戏又发展成正坛之外的耍戏，增强了娱人成分，常与正坛戏并用。傩神、傩面、傩仪为傩表演中的有机部分。傩神是傩的供奉神，傩面是驱鬼逐疫用的神鬼面具。傩器为巫师行法事的神器、卜具、巫具，傩画为傩艺术的系列，均为傩事所需要的。在道教影响下，傩坛图、三清图被纳入傩艺术。为傩坛和大型傩仪所张挂。这一庞大的傩文化丛系是多元的综合文化系统。其影响所及十分广阔，功能也日渐多样，使傩的适应性大为增强。

围绕傩文化，一切神坛制造，面具刻制，绣衣彩画的制作以及卜具的筶、令具的印、尺、杖、符、表疏印刷制作等工艺均相应发展，并成为傩文化丛系的重要组成部分。各傩坛傩址、傩具神库以及巫师和傩表演的场所也都有一系列的维建工作。巫物、面具、神器原料的产地、收购、处置、加工、运输等与傩文化有密切联系。至于傩表演者、接受者、参加者、赞助者及对傩的信奉者，其所涉及的面则更为广阔。它们都与人们的物质文化、精神文化有密切联系。

由于傩文化的存在和长期传承，使傩文化区的其他文化，如口头文艺、神话、歌谣、传说、语言文字、绘画、雕刻、音乐以及衣食住行，均受到不同的影响与制约，从而呈出某些不同的色彩。

唯其如此，所以傩文化的研究价值及其意义就非常重要。傩文化目前已在有关研究者中初步形成热潮，其硕美的结果是可以预期的。

从古俗遗存谈妇女地位的变迁

陈子艾

探讨本课题,既能有助于对遗留至现代的某些古俗文化内涵的认识,从而丰富加深对人类社会发展史中至关重要的两性地位变迁等问题的理解,也能有助于以科学的眼光,从纵深的角度来审视剖析当今的某些妇女问题,从而更好地探寻解决这些问题的最佳办法。

一

环视今日世界,男女的不平等,仍是一个带有一定普遍性的社会问题。而在人类社会演化的进程中,却曾有过一段女性地位远高于男性的时代,那就是母系氏族社会时期。

原始社会初期,人类共同劳动、共同生活,人们最初的分工,即性交方面的分工。后来,随着生产、生活的需要,出外狩猎捕鱼、防御野兽等,主要由男子承担,采集植物、烤炙食物、哺育孩子等,则主要是女子的事情。由于生产力的低下,野兽捕捉不易,且收获很不稳定,男子劳动所得不多,而自然界的富饶,人员的稀少,使妇女的劳动不但所获丰盛,且相当稳定。

后来,随着原始农业及家畜饲养的出现,妇女作为原始农业的发明者,在日常生产和经济生活中的主导作用更为明显,由于她们的劳动成果,成了保障生命存活的主要物质来源,也就决定了妇女在社会生活中地位的重要,加以在繁衍下一代的人类再生产方面,女性拥有男性所无法具有的绝对优势,从而更强化了妇女在社会生活中的主导地位。女性也就自然受到社会的异常尊重和崇拜。

反映这种古代女性崇高地位的民俗文化事象,遗存下来是不少的。

世界众多民族丰富多彩的神话及创世史诗中,出现了大批光彩夺目的女始祖大神的形象。以我国为例,汉族神话中的女娲,人头蛇身,一日七十化,她抟土造人,炼五色石补天,断鳌足以立四极,杀黑龙以济冀州,积芦灰以止淫水,她还"为女媒"、"置昏姻"、制造笙簧等乐器……布努瑶的创世女神密洛陀,她双臂顶天天上升,双脚踏地地下沉;她开天辟地,制造太阳月亮,还用蜂蜡造人,又指挥众神造田、造地、造动物,并射掉了多余的太阳和月亮……侗族的萨天巴,靠她神异的生产能力,生天、生地、生众神,造人、造万物,从而成为侗族至高无上的女性大神。

通过这类想象奇特的女神形象,不难窥见母系氏族社会时期,妇女因在社会生产和人的繁衍方面的功绩而备受崇敬的现实生活的折影。当历史推移到20世纪80年代,我在陕西骊山上的老母庙中,也还能听到老住持不无自豪地给我讲女娲老母怎样抟土造人的事迹,神情是那么严肃恭敬;在歧山脚下周朝的发源地周原上,我曾有幸目睹了一个村民的拜神会。那高挂墙上的神像图,自上而下排列着众多神像,最高处有一女神,下为玉皇大帝、八仙、土地爷等。当我向旁跪的村民大嫂问及:玉皇大帝上面的女神是谁时,她似乎惊讶于我的无知,回答道:"是老母呀!"我再追问:为什么排在玉皇大帝之上时,她更是自豪地说:"当然啰,玉皇大帝也是老母生的嘛!"这种崇拜妇女生殖功能的古老传统意识,积淀何其之深!

再考察一下作为我国古老文化组成部分的姓氏取名习俗。我国古籍中保留至今的最早一批古姓,大多是以"女"字为偏旁。这一民俗文化现象,也标志着古代女性曾有过的辉煌。

"姓"字,由"女"、"生"二字组成,表示由女性来定血统关系,可见古代女性权力之大。我国最古的一批姓,如:姬、姚、姒、妫、媿、姞、姻、嫪、姜、娄、嬴、妘等,都离不开"女"字。这都留有母系氏族社会的烙印。而"氏"字,源于父系氏族社会,比"姓"字出现得晚,是指从属于"姓"的派生氏族支系。如大家熟知的黄帝轩辕氏,是从属于母系的姬姓部落的。炎帝神农氏,从属于歧山东姜水一带的姜姓部落。虞舜出自母系的姚姓,夏禹出自母系的姒姓等等。由这些帝王诸氏皆为母系各姓的氏族分支,可以想见当时的女性在人们的心目中,有着何等崇高的地位。

与此相关联的,还有母女连名制的遗存。这种始于母系氏族社会的取名习俗,女儿的名字必与母亲的名字相关联。在我国的布朗、独龙、拉祜、傣、高山等族中尚有此俗。如布朗族,若母名玉南坎、女儿名字的第三字就要同于母名的第二字而叫玉×南如玉甩南等,而玉甩南的女儿就应是玉×甩如玉温甩等。儿子命名也必与母名相连的母子连名制,与此类同。

古代女性的备受尊敬,还表现为对女性生殖器的崇拜。远古时期,人的繁衍是群体能否生存的十分关键的问题,而原始人不懂男女交媾生殖的科学道理,以为生殖与男人无关,只是从人孕育于母腹并经由阴户生出,又由母亲哺育等现象,而直观地认为,生儿育女仅是母体独立的作用,因此,对母体的乳房、腹部、阴户、臀部等,自会产生由衷的敬意,从而夸大其外形,视其为神秘的生育神器而倍加崇拜。表现形式则有或崇拜其人的整体,或仅崇拜其阴户这一生殖的最关键部分。

从国内外考古发现的一些母神神像看,崇其整体的,如:二万年前奥地利的圆雕维林多夫母神,法国巴黎圣热芒博物馆馆藏的石壁浮雕塞鲁尔母神,我国辽宁左县东山咀红山文化红陶裸体的牛河梁女神等,都有着十分夸大的丰隆或因哺育过多子女而下垂的乳房、肥厚宽大的臀部和腹部以及倒三角形的大阴门。更为多见的则是仅突出地表现阴户这一关键部位,如:英国不列颠博物馆馆藏的古腓尼基人的生育女神伊斯塔,就有着放大了的成团粒状卷毛的阴户;古特洛伊城废墟里发现的约 4000 年前的女神遗像,其阴户为倒三角形▽,其周边也布满了大颗粒状的卷毛。印度女神玛亚提婆的阴门,则为硕大的橄榄形。在孟买市琼纳尔洞中古舍利子塔上,画有一个女人,站在一个子宫之中,那作为生命之门的阴户十分显突。我国大理的石钟寺,在其建于 1179 年的第八窟中,赫然居于上龛正中的,是莲座上的一个巨大女阴形的神像,白族语称之为“阿央白”或“白乃”,该神比它左右两侧壁龛中的佛像,更是备受崇敬地得到人们的顶礼膜拜。来祈求生育顺产的人们,常会在其阴户深槽内涂抹香油。由于年代久远,拜朝人多,以至其座前石板上都留下了深凹的痕迹。更有甚者,印度的阴门女神黑天,还要接受僧侣们的亲吻。日本有一洞室中的巨大阴门石雕品,由于经历过几世纪前来朝圣者的敬拜,不断地用舌亲吻和爱抚,已被磨得溜滑光亮。

这类由二条曲线联成的宗教象征中众所周知的"生命之门",除习惯地表现为椭圆形外,也还有棱形的。在我国,这"生命之门"还被称为"蛙口"或"蛤蟆口",这种俗语称谓,至今仍保留在有些中医的口中。关于这一点,不少学者认为,这与女娲神话以及蛙崇拜是相关联的。

有时也可见,这组成"生命之门"的两条曲线,并非由点联成的单线,而是由一对鱼左右相向所构成。如我国西安半坡、临潼姜寨等母系氏族社会遗址出土的陶器上,就有一些类似女阴性质的双鱼纹。由于鱼多籽,与人类希望多繁殖后代的愿望相适应;在渔猎社会,鱼是人类赖以生存的极其重要的食物,就自然更易以鱼来象征女阴。我国侗族至今仍称鱼为萨(意即:始祖母),其古歌中,也留有"造起鼓楼①像大鱼窝"的歌句。青海柳湾人像彩陶壶上、姜寨与河南庙底沟的陶盆等器物上,都有肚子很圆大且多黑点的蛙形图案,这明显地是象征子宫的。今日民间工艺品中的莲蓬、石榴、瓜、葫芦等,有时也积淀有类似的象征含义。

也有以贝壳作为阴门象征物的。如罗马埃斯库拉皮由斯神殿里的还愿匾上,那裸露的三位仙女,就各持一大贝壳置于阴门之处。而埃及生殖女神爱西斯则是以新月为其象征物的,因此,妇女们也就有喜佩新月形饰物为护身符的习俗。当这种信仰引入基督教,就有圣母玛利亚站在新月上的艺术画像出现。至于佛教发源地的印度,则以红莲象征女阴最为多见。

国际上还习见,以洞穴、洞室象征子宫的习俗观念,而拱门、洞穴、墓穴的入口,则成为阴门的象征。在亚洲的一些神殿里,较低的拱门是卵形的,象征女性,正与尖塔的象征男性相对应。

类似的象征性性崇拜,也可见于我国现代南方某些僻壤之乡的求子习俗中。如我的家乡湖南,在常宁县就有一凹形岩壁下的石洞,名叫"求子洞",不孕妇女常来回几十里地跑去烧香焚纸、跪拜求祀,然后用竹木杆插入洞中上下抽动,最后喝洞边井水以求孕。在有些地方,对这类同性质的岩壁下、峭壁旁的大洞或凿于庙宇墙上或石上的小洞,也有俗称为"女人眼"、"子孙洞"、"子孙

---

① 鼓楼,是侗族村寨中,同姓侗族村民进行集体性政治、文化活动的场所。侗民有先盖鼓楼后盖住房的说法。

窑"、"鸡儿洞"的。人们对其或烧香祈拜、或投钱祈福、或以手抚摩,以求感孕。

云南永宁的摩梭人,则是把格姆山腰的山洼、泸沽湖(当地人称亨拉美,意为母海)西部的一泓水、喇孜岩穴内的钟乳石凹,视为女性生殖器来加以祈拜的。而这些地方多半都有的一幽清泉,则象征"产子露"(精液)。来此祈拜的妇女,都要喝上几口,且当夜必与男性交媾以求孕①。这种习俗,至80年代仍有不同程度的遗留。至今,湘西土家族还求子愿时,必用瓦钵;福建福鼎县的畲族,则用瓠盘。瓦钵、瓠盘,在还愿祭礼中都象征母体。

如果说,这种种性崇拜所反映的,仅是对女性在人类自身再生产方面不朽功勋加以肯定的话,那么,从仍留存于今世的女儿国的社会家庭组织形式,则更可以今证古:妇女在整个家庭社会生活中,的确处于绝对的领导地位。例如:在南美洲巴西边界,还有着全由女性组成的氏族。女性首领在政治、经济、军事、教育等各方面,都执掌领导权。她们实行氏族外婚制,与相距不远的另一氏族的男人们,每年交往一次。男女相欢数天后分手,一年后男性再来相聚时,将生下的男孩带走,女孩留下。

我国云南宁蒗彝族自治县永宁地区的纳西族,解放前夕虽已属封建初期的社会形态,但也还保存一种母系家庭形式。每个家庭由一始祖母的后代组成。母系血缘纽结是维系家庭的基础,血统按母系计算,财产依母系继承。在一年老女性家长的管理下,女孩于13岁举行"穿裙子"的成丁礼后,就成为家务劳动和农业生产的主力。婚姻形态则是男子夜间到女家住宿,清晨即返自己家劳动,生的孩子由女方抚养,男方可不负责任。神圣的祭祀活动,也是由老年妇女或女性家长主持。女性家长病危,管家钥匙传于长女。基于现实中的这种崇高地位,人们也就特别崇拜女神,每年都要举行一次祭祀女神的仪式。

二

从上述这种种古民俗文化的遗存,我们看到的是女性备受崇敬的社会地

---

① 这是人们已知生育儿女是男女交媾的结果而采取的实践活动。古代不懂此道理,祈拜后的实践活动是女子多多吃鱼。

位。按人类社会发展的一般规律,当母系氏族社会逐步向父系氏族社会发展时,女性的地位也自然会日益走向低落。而有关民俗文化,也就虽缓慢但却必然地会发生新的变化。

随着社会生产力的发展,尽管男性在农业生产等经济领域中作用日显突出,从而取代了女性原有在社会生产中的主导作用。但就另一种生产力——人类自身的繁衍发展来说,妇女在生育儿女方面所占有的重要地位,却是男子所无法取代的。男性为了进一步巩固自己的权威地位,必然要力图将生育儿女的功劳攫为己有,从而促使社会出现了一种新的生育习俗——男子坐褥的产翁制。

这种风俗是,妇女刚产下孩子3天,就要下地操持家务,而丈夫却像产妇一样穿戴,抱着孩子躺在床上,20天乃至一个月或更多的时间才下地,而真正的产妇,则要里里外外操劳家务,服侍产翁,喂养乳婴。

这种习俗,在我国《太平广记》、《桂海虞衡志》、《岭外代答》、《百夷传》、《景泰云南志》及清袁枚作《新齐谐》(即《子不语》)等古籍中,都有详略不同的记载,意大利人的《马可波罗行记》,也较早地记录了我国西南地区的这种古俗。从保存下来的民族学资料可见,我国南部、西南部地区,古代的越、僚、傣、苗、仡佬等不少民族中曾流行此俗。在世界其它不少地方,如:印度、日本、亚洲北部、欧洲西南部、西班牙北部山区、法国南部的科西嘉岛以及南美亚马逊河流域、火地岛、大洋洲的美拉西尼亚和澳大利亚等地,也都有过这种风俗。

我们如果从民族学、人类学的角度,对这种古老习俗作进一步的探讨,就会得出这样的结论:这种父权制初期的古俗,是男性与女性争夺社会地位以及对子女的"亲权"所获胜利的一种标志。以后,随着私有制的发展、私有财产的增长,妇女也就日益沦落到被压迫的地位,愈来愈成为男人的隶属品,成为男人生育纯血统财产继承人的工具。

世界各民族神话中,有着一大批建有丰功伟业的男性大神形象,这应该主要是进入父系氏族社会以后的产物。多民族的中国神话中,不但各类男性创世文化英雄多,而且国外不多见的射日英雄也不少。如汉族的羿射十日、苗族的昌扎射十二日、彝族的支格阿龙射六日、瑶族怀特的射十日、壮族特康射十一日、黎族的大力神射七日、赫哲族的莫日根射二日等等。其它如与太阳竞走干渴至死也要将手杖化为桃林造福于后代的夸父,向洪水作顽强斗争以求群体能安居乐业的禹,还有那具有顽强斗志的反抗神刑天,为人类走向文明生活作出了重要贡献的伏羲氏、神农氏、轩辕氏等,其创造奋斗精神至今仍为人们所乐道。在三皇五帝这类比较后起的神话中,相当深地寄蕴着人们对男权领袖所建功勋的景仰之情。

男性神取代女性神地位所反映出的女权的失落,也表现在社会取名习俗的变异中。我国周朝时,还是女称"姓",男称"氏"的,但到战国后,就"姓氏"联称了。原来表示以母系定血统关系的"姓",也变内涵而同于"氏"了。子女的姓,也就由原来的依母"姓",而改为依从父"姓"。如:本是姬姓始祖母后代的轩辕氏,就取代了始祖母的地位,而成为姬姓始祖,并被尊称为黄帝。神农氏则取代了原姜姓始祖母的地位,而成为姜姓始祖,并被尊称为炎帝。……

当然,由随母姓改为随父姓,也必然会经历一个相当长时间的逐渐变化过程,从遗留至今的"亲子联名制",可以窥见这种历史进程的影子。这种联名制,是子女名可任意连父名或母名,这应产生于由母系氏族社会向父系氏族社会过渡的阶段。这种习俗,除记于古籍外,在今天我国云南西双版纳的克木人、台湾北部的泰雅人等中尚有残留。如克木人的子随父姓、女随母姓习俗。泰雅人的偏重于父子连名,但也可母子连名,而遗腹子(女)、赘夫承家业者的子(女)、父母离婚归母所有的子(女),则必联母名。与这种"亲子联名制"遗留至今的极为少见相比,产生于父系氏族社会发展期的"父子联名制",遗留至今的就比较多在我国的彝、纳西、哈尼、景颇、基诺、独龙、佤、怒、珞巴、苗、瑶、维吾尔、哈萨克、塔吉克、柯尔克孜等民族的部分地区中仍有保存,且联名方法多样。如彝族等父名在前子名在后的正推顺连法,"海来木石"其人,"海来"为父名,"木石"为子名。又如维吾尔族等子名在前,父名在后的逆推反联法,"艾里坎木·艾合坦木"其人,"艾里坎木"是子名,"艾合坦木"为父名等等。如联名后的名字相同,则可再加上祖父名或家族名、部落名、地名等来表区别。

今天,最为普遍多见的取名习俗,是子女都随父姓。这种习俗,伴随男权重于女权的历史以迄于今。我国封建社会漫长,重男轻女思想严重。从而出现了这种习俗:喜以带弟、跟弟、宜弟、招弟、宜男、小来子、小多子等作为女儿的名字。还有甚者,由于"在家从父、出嫁从夫、夫死从子"封建伦理观念的不断强化,更使许多妇女(主要是汉族)陷入了有姓无名的悲惨境地。翻开旧地方志或解放前乃至解放初期的户口簿,可以看到许多妇女只有"××氏"的名字符号,而无具体的名字。前一"×"字是婆家姓,后一"×"字是娘家的姓,例如:出生于王家的女子,嫁到李家,就叫"李王氏"。因为嫁出去的女儿是泼出去的水,出嫁要从夫,所以连本有的"王"姓也只能屈居于夫家"李"姓之后。

女性的这种卑下地位,在不少传统妇女歌谣中有着深刻的反映。如,在娘家是:"一瓶醋一瓶酒,打发闺女上轿走,爹跺脚,娘拍手,谁再要闺女谁是狗。"到婆家后:"买来的媳妇买来的马,由我骑来由我打"、"公公打、婆婆骂,小姑子上来揪头发"。丈夫死了还得守活寡:"守寡守的我成了鬼,站在人前张不开嘴。"以至发出"上刀山来下油锅,也比守寡强的多"这样痛绞心弦的哭诉! 处于父权、夫权等四权重压下、生活如此痛苦的女性,只有姓氏没有名字是不难理解的了。

伴随男权的上升,对女性的性崇拜,也自然会向男性转移。父系氏族社会的发展,男权的确立与强化,人们对生殖的观察与认识能力的提高,为崇拜男性生殖器信仰的产生准备了条件。从文字记载与考古发掘的实物等考察,对男性生殖器崇拜的古民俗文化遗存,比对女性的更为多见,这当然与男权社会历史悠久且又更接近今天是分不开的。

表现男性生殖器崇拜的性崇拜物,主要可分为模拟性实物、象征性物品及神灵、神像三类。

模拟性实物,大多是土塑或石雕而成形的写实性阳具。如古希腊罗马神殿里的普里阿波斯的形象,就是一根直立的阴茎。古罗马的大城市,凡供奉男性生殖神的田野、花园、广场,都饰有伟岸的男根。2世纪时,叙利亚一座陈设华丽、香火兴盛的庙宇中,就有伟壮的巴考士那挺举的男根造像。印度在祭生殖神的仪式中,婆罗门僧常将饰有名贵宝石的银制大阳物,举向顶礼膜拜者。虔诚的妇女们一边扭摆跳舞,一边搂着大阳具狂吻,向其献鲜花或喷洒恒河的圣水。在我国海南岛通什市等地博物馆中,在日本的有些神庙中,也可见到这类阳具的展现。

象征性物品,颇为多见的是尖塔状的纤茎、矗然屹立的石柱、硬直的金枪、尖尖的箭矢、长而直的竹木杆以及"△"、"丫"的图形等等。丫的分叉象征睾丸,

△为国际性的最为习见的象征符号。埃及的金字塔,为塞提生命神的巨大象征,而吉泽一座陵墓墓冢入口处的两位守护神的腹前,则都有一个大△形象征物。印度森林中,有许多似男性生殖器的神龛,不育妇女来进香时,要用女阴部与之接触以期怀孕。我国祖宗神位的神牌,似椎形"且"字,郭沫若早已考证出这即男性性器官的象征。湘西有的地方,人们向呈圆锥形的"鬼崽山"乞子。这类神山,在不少少数民族中都有。如:云南剑川,有向冒水石笋小峰供祭求子习俗,云贵川地区,有些妇女不育时,求祭于"石童子"洞中的石柱或山竹。求于石竹,还与古代即有的石竹图腾崇拜有关,如:至今不少彝族的祖灵牌还必须用竹扎制。其它还有妇女到男性石头人似的小石笋上坐坐以乞孕;还傩愿求子时,要边用木槌在陶钵中擂动,边唱性交求子歌等。

神灵、神像,如希腊的玳安奈索斯、印度的悉法、埃及的乌色里斯、罗马的丘比特、闪族人的巴力等。他们都是掌管生育的男神(中国的高禖神则性别不明)。埃及卡纳克神殿中的生命神塞提,是挺着他那甚为夸大的细长阳具,来接受法老梅尼夫塔的献祭的。19世纪时,法国有些边远郡县,人们还常从生殖神像的灵根上刮取粉末和酒吞服以求孕。

有时,人们又视某种禽兽为生殖神灵所寄,或直接即以之象征繁殖。以鸟象征男根,是世界先民颇具普遍性的思维方式。《诗经》的"天命玄鸟,降而生商",据考:玄鸟即男性生殖器。简狄是吞玄鸟卵而生契的。所以,今日俗语中,还以"鸟"为男根的别名,睾丸的别名则是"卵"。此外,在四川还称之为"雀雀",湖南则叫"鸡鸡",而河南又名"鸭子"(压子意)等等。我国古代,人们崇拜的蜥蜴、壁虎、龟、蛇、虎等,也都曾有过象征男根的内涵。

由上不难窥见,先民是怎样从直观表象、万物有灵以及神灵观念出发来拜祭性生殖器的。他们往往通过注意其构造,寻找其象征物,又进而运用文化手段给予写实性的再现或象征性抽象化的表现,从而在长期祈求生育的活动中,逐渐形成了这种种生殖崇拜的习俗文化。

三

男权至尊种种古俗的产生,基于社会上男性的处于主导地位,标志着妇女地位的失落。但失落并不意味着女性就会停止为维护自己原有崇高地位而作的斗争。拿我国来说，直到解放前乃至解放后，包括汉族在内的有些地方，还留存有不落夫家的习俗，由中就可窥见这种斗争的历史痕迹。

不落夫家，又称长住娘家、不落家、坐家等。这种母居制习俗，一般是女子出嫁三天后，即回娘家住，直到有孕生孩，才去夫家长住。女子住娘家时的情况，大致有两种：一种是可以与异性自由来往相欢，如布依族的"赶表"、壮族的"拜同年"、苗族的"打私交"、黎族的"放寮"等。这在当时当地人的眼里，是合法的。只有生孩子去夫家长住后，才会失去这种自由相欢的权利。正因此，丈夫往往认为第一个孩子不是自己的，从而采取幼子继承财产制。这当属于较早期的形态，保留这种婚姻形态的民族较多。另一种则出现得晚。出嫁妇女，三天后即返娘家长住。只在逢年过节如端午、中秋、春节等，才去夫家暂住一晚，且是晚上才到清晨即离去，相会时还不让点灯，因此，往往结婚数年的夫妻相逢于集市时，竟至互不相识。妻子只有待怀孕后，才有希望与丈夫长期共同生活。当她在长住娘家时，不允许与其他男人相好交欢，从而等于活守寡。这种习俗，是其早期形态又加贞节封建伦理观念桎梏的混合物。福建惠安、广东顺德等地不少女性，就曾是这种非人道陋俗的受害者。

早在秦始皇时期，为了巩固夫权制，消灭源于母权制的从妻居制度，曾立过法律：嫁男赘婿，如同公猪，可被人随意处死。法律固然残酷，但习俗力量也是很顽强的。直到现代，从抢婚制及其遗留如新郎要冲过女方的棒打阵才能娶回妻子，以及丈夫要到妻家干几年活才能接妻回家同居的服务婚制等，也还可窥见由妻方居发展到夫方居的过程中，女性曾有过的抗争。这也说明，父权制的取代母权制，的确是漫长且有过激烈争斗的历史演化过程。

与这母权的由强而弱、父权的由弱而强的社会演变进程同步，人们对神的崇拜，一般是沿着这样的历史轨迹：早期尊女性神——中期女性男性神并尊——后期则多尊男性神且还要为其配夫人。但由于人类繁衍离不开女性生育之功劳这一极明显易见的客观现实，人们对生育神的信仰，则并不一定完全同于这种一般的演进轨迹。

从遗存至今的民俗文化看，男神女神并尊的事象不少。如非洲刚果的一些小神庙中，所供奉的具有夸大性器的神像是男女兼有的。达荷美人的每条街巷,也都可见这类男女神像。大洋洲巴布亚新几内亚的人面蛙形生殖神的树皮画像,其头部的两个羽状角,左为鸟头(象征男性),右为鱼体(象征女性)。马来群岛的喀楞格鲁神,干脆就是一位阴阳性器兼于一体的双性神。我国临潼姜寨原始彩陶葫芦瓶上、西周青铜器上的鸟连鱼纹图案,所反映的生殖信仰是很古老的。而那些秦汉瓦当、汉代石或砖画像、魏晋南北朝的金饰品以至于明代织锦上的鸟衔鱼或鸟啄鱼的纹样,则有可能是属较后一些的男权已重于女权时的象征形象。

此外,还有这类民俗事象的遗存。如在北美印第安人的水牛舞、阿拉伯和中美墨西哥的太阳舞、我国苗族鼓社节的祭祖舞、土家族的茅古斯舞中,都有男性腰挂或手持一仿制阳具向女性求爱的动作。河南淮阳太昊陵人祖庙会(阴历2月2日—3月3日)时,已婚未孕妇女,不仅要手摸人祖陵统天殿台基石东北角的"子孙窑"(这是青石上被人摸出来的一个小洞),且人们在跳花篮舞时,舞者长衣后尾部的有时相缠接,易使人联想到伏羲女娲两尾相交的汉武梁祠石刻上的形象;联想起古高禖之祭时的表男女交媾的"桑林"之舞、"万"舞的形式,云南摩梭人的达巴教卜书中,还保存有男女的性器并表性交的图画文字。

这种种民俗文化的内涵,是人们基于巫术观念而有的祈求生育内心愿望的表现。这决非像有些人所误解的乃为发泄情欲的对性快感的追求,而主要是出于要繁衍族群添丁增口的神圣职责感。在远古时代当然就更是如此。当时生产力极其低下,面对变幻莫测的自然灾害、面对随时可危害人群安全的凶猛野兽,能否尽多地添人增丁以增强人群与自然抗争的力量,是极其重要的问题。如果想到古尼安特人平均年龄不到20岁、山顶洞人也刚活过30岁,就更应能理解这一点。基于万物有灵观,人们认为肉体与灵魂是可分开的。人死后,灵魂将活着而附于他物或变为他物。同样基于此,人们相信巫术,以为通过以相似物为代用品来致孕的摹仿巫术或脚踩雄性足迹等有感而孕的接触巫术,就可以实现生育儿女的愿望。

这种基于巫术观念而有的祈育行为,其内涵还不仅止如此。人们从男女交媾可促农作物丰收的模仿巫术观念出发,有时还意图由此而有助于农业的生产。如:欧洲罗马等地,昔日过农牧神节时,宗教仪式过程之一是两性的随意性交;印度尼西亚的爪哇人,要在种水稻的季节,男女成双露宿地头;我国有些民族在3月、7月等农事重要节气的节日活动中,视两性自由交欢于山野田头为合法行为,还有在这种节日中,无论怎么耍都不为过的谚语流存。本来这种种节日文化的原始内涵是为了娱神以求丰收,只是演变到后来,娱人意义愈来愈强化显露而已。

尽管在长期封建性社会中,我国妇女地位低下,但下代乃妇女孕育而生的事实,使民间信仰的生育神,除个别的如张仙床公外,几乎全为女性。从汉族看,最有影响的最古老的生育女神主要有始祖母女娲,至今仍受礼拜,保留有不少古迹。如陕西骊山老母庙、河北赵县女娲陵、涉县娲媓宫(奶奶顶)、山西临汾、蒲县、灵石、闻喜等地的女娲庙等等,这都是每年人们曾经或至今仍向女娲娘娘求子之处。

在我国,主要是南方,送子观音的信仰是相当普遍的。由印度传入的佛教观世音,至唐代因要避唐皇李世民之讳而改称观音,为适应中国民众对女菩萨的需求,其男身也渐向女身演化,且日居优势,到北宋时,世人所知的就基本只有救苦救难的女观音菩萨了,并且还有了其化身送子观音以及子安观音,以专司生育神的职能。手抱孩子的观音,不仅供于佛寺的正殿,且可见于其它神庙之中。如旧北平城隍庙就曾辟有娘娘殿,合肥的山神庙中都可见到观音的神像等等。民间还习称其为观音老母,台湾等地称为观音妈。

对碧霞元君的信仰则主要盛行于我国北方。人们找她拴娃娃,一般为土塑,但也有赠金银娃的,如《醒世姻缘》第六十九回中就记有:"方到圣母殿前,殿门是封锁的,因里边有施舍的袍服金银娃娃之类。"这位天仙圣母娘娘被通认为是东岳大帝之女,所以本宫在泰山。而在旧北平城,她却是与其他八位女神①同奉于朝阳门外东岳庙和崇文门外南药王庙的娘娘殿内的。在华北地区

---

① 八位女神,东岳庙娘娘殿内,与天仙娘娘一起的有送生、培姑、催生、眼光、子孙、乳母、瘢疹、引蒙八位娘娘。南岳王庙娘娘殿内,与天仙圣母永佑碧霞元君一起的。是职能标志更为明确的眼光圣母惠照明目、子孙圣母育德广嗣、斑疹圣母保佑和慈、乳母圣母哺婴养幼、催生圣母顺度保幼、痘疹圣母立毓隐形、送生圣母赐庆保产、引蒙圣母通颖导幼八位元君。由此不难看出,这八位神祇都是由子孙娘娘推衍出来的,以满足人们生产与养育儿女各个环节的祈求之需。下述的临水夫人,金花娘娘的众多属神,其出现的原因应与此类同。

的娘娘神庙中,这位泰山娘娘又常与子孙娘娘紧挨一起。在民间,这两位娘娘又往往被混而为一。这种信仰,后来伴随移民由黄河流域进而扩大到了东北黑龙江等省(参见清嘉庆十五年版长白西清《黑龙江外纪》)。

此外,各地区还有其特有的女神。如闽广地区信仰的临水夫人(1928年出版的《民俗》61—62期有"临水夫人信仰"专号)(保佑生产平安的神)。民间也称之为注生娘娘。福州的注生娘娘庙,除奉注生娘娘为主神外,其两旁还有36婆姐。伴随添丁之祀,又有添丁之俗,生男就挂一对新灯,生女则不挂,当此俗传至台湾后,属神由36减为12婆姐。广东人特别信奉的是金花娘娘(保佑生产和婴儿的神),又叫她金花夫人、金花小娘,属神有19位,分司安产换胎(女转男)、保痘、教养等职能,她的庙很多,且年年举行金花会,人们拜祀之热情,甚至超过祀拜临水夫人。

除以上的生育、守护女神外,由于民间的多神信仰、各神职能的相互混融以及民间信仰的实用心理,民众也有向其它神灵祈求生子与保护的。如沿海不少地方与台湾的拜海神天后,求天后娘娘、妈祖娘娘赐子,而在我采访过的海南文昌县,渔民拜的则是地域性的海神水尾圣娘。除拜女性神外,就近拜村头土地爷爷奶奶、家中床公、床母以及男神张仙、高元帅等神以求子,也是相当普遍的。不过,就整体看,专职主管生育的,绝大部分是女神。

应该说,尽管女性地位已有失落,但妇女孕养哺育儿女这一永恒的现实,却铸就了女性神在生育神神谱中所居的绝对优势,这种优势,恐怕是男性神所永远难以取代的。

种种传承下来的妇女古俗,固然包含有不少迷信落后的因素,但也的确可从中窥见不少女性不甘受歧视而抗争的现实生活与精神心理的因子。这种以多种形式进行的、一直未停息过的抗争,到"五四"新文化运动,特别是全国解放后,进入了新的时期。新思想的指引,社会性质的变化,使妇女获得了与男子平等的法律地位和广泛权利,妇女真正成为建设新生活的生力军。歧视妇女的种种旧观念不断地受到强有力的冲击,重男轻女等封建伦理观念愈来愈不合时宜。改革开放以来,妇女的解放,更是出现了新面貌。

以过去受压最深的农村妇女来说,已有4000万人参加乡镇企业的劳动,占乡镇企业工人总数的40%;进入特区、经济发达地区等的"打工妹"也已近1000

万;更多的妇女则在农村家务及多种副业与第三产业的劳动中大展身手。受教育学科技文化机会的增多与自觉性的提高,使女性的整体素质水平得到了较大的改善。9600万农村妇女掌握了一门以上的致富技术,34万人被评为农民技术员,女能手。女状元纷纷从围着锅台转的妇女中涌现出来(统计数字引自关涛《以经济建设为中心推进妇女解放》一文,《妇女研究论丛》1993年1期)。尽管轻视女性的思想还时有顽固的反复的种种表演,但妇女解放的主流是奔腾向前不可阻挡的。

在这种新形势下,从女性古俗遗存考察妇女地位的变迁,进而探索人们民俗心理的演变及其原因,对我们更好地理解今天的某些民俗现象及心理,更好地推进当前的妇女工作是有帮助的。

古俗的形成演变,既然其主要原因在于生产力的发展变化和人们头脑中观念的演变,因此,推进工作也要从这两方面着手。一方面,妇女要作推动改革发展社会生产力的生力军,在自己所从事的社会劳动中,不断学习提高,尽可能地发挥自己的聪明才智,力争工作取得最好的经济与社会效益。同时,在少生优育这一繁衍人类自身生产力的活动中,作出最佳的贡献。另一方面,需要全社会一齐行动,认真批判因袭势力很强的重男轻女等封建伦理观念,科学地认识和对待精华糟粕杂陈的种种遗存古俗。

由前述可知,不少民俗事象的传承,内涵有妇女合理的抗争与愿望,同时,也确实包含不少非科学因素,而其非科学的核心,在于认为世界有超自然力的种种神灵存在,认为人的肉体与灵魂可以分离,人死后灵魂会依附或转生为另一物体。这与祥林嫂的不明人死后是否还会有灵魂活着,是否会在阴间被两个丈夫撕分的疑问,与阿Q相信自己死后魂会投胎,20年后自会又成一条好汉的观念同出一源。这种信仰及其有关的求神、问卦,请巫师、道士、佛徒作法事等行为模式的融入民间社区生活,影响了妇女焕发其自觉的主体性精神,影响其对国家民族及地方社区集体的责任感。相反,强化了妇女家庭本位个人优先的自私心理,助长了她们追逐福、禄、寿、生男育女的功利心态和听天由命的顺从意识,如果当地工作水平低,干部工作作风不正,更加重人们生活中的实际困难与苦恼时,这种种现象与心态就尤为加重。

因此,一方面,要努力提高民众的文化教育水平及其作为国家主人的自觉公民意识,使其真正能从"神权"等的桎梏中解放出来。另一方面也亟需改进干部工作作风,提高其施政水平,俾有助于人们合理愿望要求的尽快解决。这才是真正的治本之法。而要想通过发展文化教育事业和提高工作水平来从根本上解决问题,首先需使女性获得应有受教育的权利,且需使所获得的科学知识能切合其生产生活之需。同时,各项工作的开展也要真正符合其合法的切身利益。只有当其物质与精神生活中的问题得到合理的解决,有关个人、家庭、社区、国家以及人生意义等与世界观相关的问题得到中肯的解释,人们所接受的科学知识才不会容易被忘掉。否则,现实困扰的难以解脱,又易将其推向对神灵的祈求,将其吸引到对自然宗教和人为宗教的信仰中去,其观念与行为方式,又易重新淹没在传承力强且又每年予以重复演习的惯俗之中。这种惯俗的吸引力量,往往使正规的现代教育也难以与之相抗衡,一般政治教化工作更难与之相匹敌,又何况是目前与城市学校师资、设备等差距尚大而又有些内容并不切合实际情况与需要的一般乡村教育!何况是那些与其切身利益需要相脱离甚至是相违背的土政策和错误措施的强制性推行!

如何面对现实,正确剖析有关妇女古俗的内涵,密切关注其细微的发展变化,如何因势利导地调动惯俗的积极因素,善于及时抓住有关要害问题予以解决,这是民俗学、妇女学的重要研究课题,愿有更多的力量来投入。

钟敬文"民俗文化学"的
学科性质及方法论意义

刘铁梁

1991 年,钟敬文在讲演中最初提出了创建"民俗文化学"的主张①。之后他曾为征求意见而邀集教研室师生进行讨论,大致被提问过如下的问题:民俗学和民俗文化学都是研究民俗文化现象,两者的区别在什么地方? 这门新科学是文化学的一支,还是民俗学的一支? 这说明,对民俗文化学做出理解并不是一件简单的事情,需要我们给予深入的研究。今天看来,这一新学科的提出,不仅体现出钟敬文学术思想发展的脉络及其治学的风格与特点,而且对他在 7 年之后提出"建立中国民俗学派"也发生了深刻的作用。从民俗学本位的立场来看,其最重要的学术贡献是为中国民俗学建立了一种与文化学相结合的理论与方法体系。本文仅结合民俗文化学提出时的现实学术背景,就这门学科的性质和方法论意义发表几点意见。

一、学科发展和"文化讨论"的现实背景

钟敬文提出和建构"民俗文化学",有明显的现实背景。一方面是 20 世纪 80 年代民俗学恢复后的快步发展,另一方面是在这一时期掀起的文化讨论热潮。

---

① 见《民俗文化学发凡》,这是 1991 年 3 月和 10 月两次在北师大民间文化讲习班上的演讲稿,后发表于《北京师范大学学报》1992 年第 5 期。又收录于钟敬文《民俗文化学:梗概与兴起》,北京:中华书局,1996 年。

　　先简单回顾一下当时民间文艺学、民俗学的发展状况。10 年浩劫后,民间文艺学的研究机构很快得到重建。在 1978 年秋,钟敬文等 7 位教授发出《建立民俗学及有关机构的倡议书》①,这是中国民俗学在停顿近 20 年之后被恢复的标志。至 1991 年,两门学问在新时期的建设都已有 10 多年时间,从出版物和发表的论文来看,这时的民间文艺学和民俗学,已进入整体发展的新阶段。在基本理论方面有钟敬文主编《民间文学概论》(1982)、乌丙安《中国民俗学》(1985)、张紫晨《中国民俗与民俗学》(1985)等;学术史方面有王文宝《中国民俗学发展史》(1987)、潜明兹《神话学的历程》(1989)等。这些成果,反映出民间文艺学和民俗学界在基础理论建设和总结学术传统方面,已取得初步成就。而在神话、传说、歌谣研究等方向上,还出现了分支学科建设的良好态势。这一时期,国家文化部门领导的对全国民间文学进行的普查和集成工作在加紧进行,并且不断传来令人振奋的消息。与此同时,各地对民俗现象进行描述及整理资料的工作也开展得比较迅速,例如山曼、李万鹏等的《山东民俗》(1988)就是一部率先问世和具有示范意义的成果,它和稍后出版的刘兆元《海州民俗志》(1991)、姜彬《吴越民间信仰习俗》(1992)等一批成果,都表明民俗学田野作业已在一些地方积极地开展。总之,"这种迅猛发展盛况""是我们所始料未及的"②。

　　但两门学问在发展中也存在着一些问题。主要的一点,民俗和民间文学研究在这时所取得的成果,是由业有专攻的学者分别完成的,虽然彼此之间大体形成了互相补充的关系,但并未很好地互相交流、融通。特别是研究范围非常广泛的民俗学,研究者需要加强对学科结构的认识,否则将妨碍一个学科整体的真正形成。因此,钟敬文在 1986 年末,及时发表了《关于民俗学结构体系的设想》的演讲,虽然是从正面论述问题,但显然是要解决当时存在的问题。他认为,民俗学从"五四"以来已有半个世纪的发展,特别是 10 年来"诸方面都有了长足的进步",因而为这种学科的整体建构准备好了条件。同时他又指

---

① 此倡议书正式发表在《民间文学》1978 年 12 月号,署名为:顾颉刚、白寿彝、容肇祖、杨堃、杨成志、罗致平、钟敬文。

② 钟敬文《钟敬文文集·民俗学卷》,合肥:安徽教育出版社,1999 年,第 35 页。

出:"有时一种学术的发展,同其学科意识的发展,不完全是同步的。但如果总是对一门学科的体系结构缺乏认识,还要夸夸其谈这门科学,那么,即使偶然幸中,也是根基不牢、影响不大的。"①

　　钟敬文的这篇论文,为认识我国民俗学的整体结构做出了重要贡献。文章在谈论学科体系结构中的第五部分"民俗学方法论"时,提出了值得重视的观点。钟敬文指出:"方法论上越清楚,选择的方法越适当,科学成果就越显著,这是毋庸置疑的事实。"②他认为民俗学的方法论包含三个层次:哲学层次的方法;与许多科学共同的方法;本学科的特殊方法。在每一个层次上,他都结合民俗学(包括民间文学研究)已有的经验,举例说明了一些重要的方法。这对于民俗学者在方法论方面提高认识和增强自觉,有十分重要的意义。钟敬文也谈到了自己个人的经验,他说在30年代中期写作的那篇《中国民谣机能试论》,虽然采用了机能的观点去分析民谣,但这并非由于主动接受马林诺夫斯基功能学派,而是自己学习一般民俗学理论过程中形成的模糊观念。由于文章性质决定,钟敬文不可能更多地总结自己学术的方法论特点。然而笔者认为,钟敬文回顾自己学术历程的许多文字,有时尽管没有使用"方法论"一词,而实际上是谈了自己在方法论方面的看法,也需要我们从方法论的角度去给予认识。下文将讨论钟敬文"民俗文化学"的方法论问题,就是从这一实际情况出发的。

　　总之,当钟敬文提出民俗文化学的时候,一般民俗学以及民间文艺学已经发展得比较迅速,钟敬文始终密切关注着全局性的问题,发表了指导性的意见,特别是在他对民俗学体系结构的设计当中,包含了许多重要的观点。因此,民俗文化学的提出,与他在这一时期重视学术整体性思考有很大关系。但问题是,他为什么特意提出与文化学结合的民俗文化学呢? 这就使我们不能不关心他在这一时期的另一方面的学术活动。

　　20世纪80年代中,国内学术文化界,发生了一场文化讨论的热潮,讨论的问题主要是如何评价中国文化的性质、特征,如何对这一文化进行改造和创新

---

① 钟敬文《钟敬文文集·民俗学卷》,合肥:安徽教育出版社,1999年,第35页。
② 钟敬文《话说民间文化》,北京:人民日报出版社,1988年,第43页。

等。参加讨论的学者,几乎来自人文学界的所有领域。一些研究民俗民间文学的年轻学者,也参与了这场讨论。他们或者是运用民俗的资料,考察民族的生存方式和精神心理特征;或者是根据当时讨论的基本问题,对中国民俗或民间文学的历史文化性质做出重新判断①。但是民俗学界的大多数人,似乎无暇顾及这场讨论,仍然是以主要精力耕耘着自己的园地,而且也形成了一个学术上相对独立的"小气候"。分析起来可能有两方面的原因。一是在心态方面。民俗学虽然有较快的发展,但对主流学术界的影响仍然不大。参加那场讨论的人,大部分是研究精英文化、依据文献资料的学者,在许多问题上都有一定的对话基础。但是,他们对当时的民俗学一般都不很熟悉。在这种情况下,民俗学研究者自然会感觉到,与其加入到讨论当中显得形影孤单,不如在自己的园地里多一分耕耘而多一分收获。二是在学术条件方面。文化讨论的一个中心问题,是对中国的传统文化如何定性。本来民俗学对于认识传统文化是一个不可缺少的学术工具,照理应该参与这一讨论。可是当时的民俗学刚恢复只有几年,总体上还处于重新起步的阶段。它的整体结构还不甚坚固,与那些积累深厚和基本没有停顿过的学科,如历史学、文学、哲学等相比,尚缺乏研究宏观性问题的学术基础,因而就妨碍了民俗学者参加那场文化讨论。此外,民俗学作为一门现代科学,虽然可以联合文化人类学、社会学等一道在讨论中发出声音,但并不像后两者那样重视有关文化比较、文化类型、社会转型和变迁等问题的研究,这也使得民俗学者难于在当时的一些热点论题上发表意见。

　　钟敬文的情况有所不同,他在开展民间文艺学和民俗学研究的同时,从容不迫地参加了这一场关于文化的大讨论,并且陆续为此发表十几篇文章②。从他一再被邀请参加会议和要求提供文稿的情况来看,可以推想人们是把他作为民俗学的大师和著名的文化学者看待的,因而特别重视听取他关于文化问

---

① 这类的著述虽不多见,但可以举出谢选骏的《神话与民族精神》(济南:山东文艺出版社,1986年)、张铭远的《黄色文明——中国文化的功能与模式》(上海:上海文艺出版社,1990年)等例证。

② 这些文章基本上被收入钟敬文《话说民间文化》,北京:人民日报出版社,1990年。

题的意见,同时也愿意从他那里多少接受一些民俗学知识①。他的学识宽广,对于上层精英文化和典籍资料亦十分熟悉,又广泛地了解人类学等现代科学,所有这些,都使他在参加关于中国文化及历史一般问题的讨论时,能够应付裕如。

但是,钟敬文加入文化讨论还有更重要的一个主观原因。这就是,他在以往的学术生涯中,向来注重采取文化和文化史的角度研究民俗。早在 20 世纪 30 年代,他就创用了"民间文化"这个新术语,甚至认为可以用它来取代"民俗"一词,而把民俗学称为"民间文化学"②。他的许多著述,特别是对中国神话、传说以及某些风俗的研究,一般都从文化史的角度解释问题。另外他注意对所使用的历史文献资料进行分析,从中发现民间文化的真实情况,并把民众的文化与知识分子的文化联系起来,看作是民族文化的一个整体。他对自己提出的"民间文艺学",也是强调它在文化性质上的相对独立性。钟敬文受当时一些现代社会文化科学的启发,不仅发现民间文学在艺术特点上跟作家文学有很大的不同,更发现它具有诸多作用于民众生活的"机能",所以他认为"民间文艺学,是文化科学(也即是社会科学)的一种"③。到了 80 年代,这一认识已更加明晰,指出民间文艺学是"特殊的文艺学","是伴随着广大人民的现实生活的,它是他们现实生活不可缺少的部分,是紧紧贴着现实生活的文化产物"④,只是没有说出"民间文学也是生活文化的一部分"这样的话。所以当人们热烈讨论文化问题的时候,钟敬文特别注意是否将民间文化也作为了讨论的问题。另外,钟敬文对于民俗文化的民族凝聚力、如何接受外来文化和保持民族文化的主体地位等问题都有自己鲜明的观点,这也促使他主动地参加文

---

① 钟敬文在《话说民间文化·自序》中,回顾他与 20 世纪 80 年代文化讨论热潮的关系时说:"我也被卷了进去,虽然不是什么主角。我的被卷进去,自然有那些客观的原因,如座谈会主持者的邀请,报刊编辑同志的指定约稿等,但是同时也有不容忽视的主观原因。"钟敬文《民俗文化学:梗概与兴起》,北京:中华书局,1996 年,第 37 页。

② 钟敬文《民俗文化学:梗概与兴起》,北京:中华书局,1996 年,第 37 页。

③ 钟敬文《钟敬文民间文学论集》(下),上海:上海文艺出版社,1985 年,第 8、11 页。

④ 《加强民间文艺学的研究工作——〈民间文艺学丛〉卷头语》,钟敬文《钟敬文民间文学论集》(下),上海:上海文艺出版社,1985 年,第 431 页。关于"特殊文艺学"概念及其思想发展的过程,杨利慧已有比较详细的分析。杨利慧《钟敬文及其民间文艺学思想》,《文学评论》1999 年第 5 期。

化讨论。

　　但钟敬文是"从自己专业的角度参加了这种学术活动",所发表的言论与当时的大多数人所关心的话题不尽一致,他强调不能只观察上层文化现象,下层的民间文化不应该被忽视,而这一点并没有成为当时讨论的重点话题,但他觉得这种"冷遇"也没有什么可怪的①。他倒是受这种讨论的推动,进一步树立了自己的文化观。其中主要包括:明确地采取广义文化概念②;注重考察文化的不同形态,即包括物质生活、精神生活和社会组织的三大文化范畴③;将中国传统文化的社会层次从上、下两层又进一步分为上、中、下三层④;强调由下层生产者(农民、工匠等)创造的文化是民族文化的基础⑤;认为我国目前要建设的是现代化的、人民民主的、民主化的(或中国化的)文化⑥,主张全面地准确地理解本国固有文化,在输入文化过程中重视自己民族的主体性⑦等。这些思考都为他后来提出民俗文化学,做好了一个方面的充分思想准备。

二、民俗文化学:从概念到学科

　　1989 年,钟敬文参加了纪念"五四"运动 70 周年国际学术讨论会,发表了长篇论文《"五四"时期民俗文化学的兴起》,这可以看作是在 80 年代文化讨论热潮的末尾时期,钟敬文关于中国文化整体研究方面的最有代表性的一篇论文,也是他在民俗学学术史研究方面所取得的一项新成果。他不同凡响地指出,多年来在"五四"新文化运动对待传统文化态度方面的研究,只注意当时严厉批判旧制度、旧伦理、旧文艺的一面,而对于当时学者热情扶植民众口头话

①　钟敬文《民俗文化学:梗概与兴起·自序》,北京:中华书局,1996 年,第 6 页。
②　钟敬文《话说民间文化》,北京:人民日报出版社,1988 年,第 35 页。
③　钟敬文《话说民间文化》,北京:人民日报出版社,1988 年,第 29、35—36 页。
④　关于文化社会层次划分的这个变化,时间大约在 1987—1988 年。1987 年初还采取两分法(《我们要建立怎样的社会主义新文化》),而在 1988 年春则提出三分法(《话说民间文化·自序》)。钟敬文《话说民间文化》,北京:人民日报出版社,1988 年。
⑤　钟敬文《话说民间文化》,北京:人民日报出版社,1988 年,第 16—17 页。
⑥　钟敬文《话说民间文化》,北京:人民日报出版社,1988 年,第 23—33 页。
⑦　钟敬文《话说民间文化》,北京:人民日报出版社,1988 年,第 39—46 页。

的语言及口承文学,赞扬优秀的通俗文艺,以及关心民间风尚等情况的另一面,却较少涉及,更不用说将这些方面联成整体加以评论了。这"是应该弥补的一个缺陷。只有这样做,才可能使人们对这个伟大的文化史的理解更为全面,更为丰富和深刻。"①他第一次提出了"民俗文化学"的概念,并说明,用这个"草创的名词"是"为了便于称呼"在"五四"时期学者们对待传统文化里的中下层文化的共同态度和活动②,其内涵包括四个方面:"白话升格及方言调查";"口承文艺的挖掘";"通俗文学登上文坛";"风俗习尚的勘测、探索"。在钟敬文看来,这些不同方面的学术活动虽然相对独立,但是又是互相联系互相照应的一个系统,是"五四"新文化运动"大系统"里的"小系统"③。民俗文化学活动的兴起,说明了当时进步的学术界在批判一般旧制度、旧伦理、旧文艺的同时,亦重视发现和研究民族文化传统内部被正统文化排斥的民间文化的长处,而且用来对正统文化进行"更基本的、积极的批判"④。这种活动是"五四"新文化运动整体中的重要组成部分,同样具有的"民族的、科学的、大众的"性质。钟敬文后来说:"我重新翻阅了当时的史料,参照近年来国内文化科学的发展情况,领悟到当时进步学者们对祖国固有文化的态度是双重的,对于上层的封建文化(士大夫的文化),是抨击的、否定的。反之,对于中下层的民俗文化,一般都是赞赏和扶植的。并不像某些学者所想象的,只有打倒,没有拥护。"⑤可是,钟敬文的这些正确意见在纪念"五四"70周年的会上,遇到了前面提到过的"冷遇"。这说明,民俗学关注民众的学术旨趣和眼光,即使到了接近世纪结束的80年代末,在一般学术界还是不被许多人理解。不难推测,钟敬文对这种状况尽管不觉得有多么奇怪,但从民俗学家的责任心来说,感受应该是深刻的。也就是说,在研究中国传统文化方面,民俗学如何才能做出自己更多的贡献,应该是他思考的一个现实问题。

　　两年之后,钟敬文将"民俗文化学"这一概念再次加以运用,不过,此时已

---

① 钟敬文《钟敬文文集·民俗学卷》,合肥:安徽教育出版社,1999年,第104—105页。
② 钟敬文《民俗文化学:梗概与兴起》,北京:中华书局,1996年,第90页。
③ 钟敬文《民俗文化学:梗概与兴起》,北京:中华书局,1996年,第132页。
④ 钟敬文《民俗文化学:梗概与兴起》,北京:中华书局,1996年,第135页。
⑤ 钟敬文《钟敬文文集·民俗学卷》,合肥:安徽教育出版社,1999年,第14页。

经不是用来综合"五四"时期的一类学术历史现象,而是将它作为了一个新学科的名称①。为提出这个新学科,他曾发表两次讲演,而且中间隔了半年之久,说明他对于这一新学科的思考是既积极又慎重的。讲演又过数月才正式发表,这就是《民俗文化学发凡》(下简称《发凡》)。

"民俗文化学",虽然已由对历史上一种学术活动的概括变为对一种新学科的设计,但前后思想的基础却是一个,这就是:民族整体文化中的民俗文化观。《发凡》开宗明义地指出:

> 民俗文化学的含义是什么?它是这样一种学问:即对于"作为一种文化现象的民俗"去进行科学研究。这里,我们把民俗研究纳入文化的范畴,是对固有文化观念的扩展。是不是这样做,那结果大不一样。过去学者们谈论"文化",很少涉及"民俗",因为他们所注意的文化对象,一般只限于上层文化;对中、下层文化是轻视的。而谈论民俗的,又很少把它作为一种文化现象去对待,似乎民俗算不得一种文化。其实,民俗在民族文化中,不但是名正言顺的一种,而且是占有相当重要的基础地位的一种。我们只有把民俗作为文化现象去看待、去研究,才符合事物的实际;也才能强化我们的学科意识,促进这门新学科的研究成果②。

可以看出,钟敬文的《发凡》所面对的谈话对象不只是一类学术群体,有时是面向一般研究中国传统文化的学术界,有时是面向专门研究民俗的同行。这说明,作者一方面并没有从几年来参加文化讨论的话语环境中完全退出来,而是通过设置民俗文化学这一共同的研究领域,以期与一般文化学者开展更加有效的对话。另一个方面,他又在情况的对比当中,感觉到研究民俗的同志,尚缺乏将民俗作为"文化"来研究的自觉意识,主要是没有从民族文化的基

---

① 钟敬文在《民俗文化学:梗概与兴起·著者自序》中说:"讨论会虽然过去了,但这个自己新提出的学科——民俗文化学,却牢牢盘踞着我的脑海。我在考虑它的学科性质及结构体系等。"好像是说,作为新学科的民俗文化学早在1989年讨论会时就已经提出,但只要读上下文,就会清楚作者这段话的原意不在于此。

② 钟敬文《民俗文化学:梗概与兴起》,北京:中华书局,1996年,第7—8页。

础地位上来充分认识它,所以他希望用民俗文化学来改变这种情况。关于后者,他在正式发表《发凡》后不久又说过:"民俗本来就是一种文化现象,但意识到和没有意识到,对于学术研究来说,就大不一样。这就是我们常说的学科意识。如果说这种提法比以前有所发展,关键就在这里。"①

总之,民俗学在 20 世纪 80 年代的恢复与发展,学术界普遍讨论民族传统文化的热潮,作为两方面现实的学术条件和背景,促成了当时已担当民俗学引领者的钟敬文,在思考、探究学科体系和学科意识问题的过程中,出色地发挥了自己一直就有的将民俗观与文化观相结合的学术思想,并使"民俗文化学"从概念生成为一个新的学科。

三、"民俗文化学":性质与方法论

上文所考察的,是钟敬文在最近 20 年,伴随、借助时代的学术发展潮流,对自身的学术思想进行了怎样的反思、总结和创新。这对于我们理解他在这一过程中所形成的新思想,特别是"民俗文化学"思想,是一个必须经过的认识途径。但为了说明民俗文化学的性质、意义等问题,还需要直接讨论它的基本著作和参考相关的学术文献,特别是对它的内容体系和逻辑方面进行一些必要的分析。

先简要地讨论一下这个学科的性质问题。钟敬文在《发凡》中明确指出,"民俗文化学,是民俗学与文化学相交叉而产生的一门学科。"但关于如何交叉的问题,作者叙述的文字并不很多,看得出是无意于在学科概念上作过多纠缠。不过,就我们理解的方便而言,有必要首先明确,民俗学与文化学是在什么意义层面上进行交叉的。我们都知道学科的交叉主要有两个层面:一是对象范围上的重合,二是观点和方法上的互渗。前者使原学科观察现象的视野与角度发生变化,经常在现象的联系方面形成新的研究领域;后者使研究的问题意识发生变化,往往由于吸收对方的观点、方法和手段而形成新的研究方式。而这两个层面的交叉,一般又是同时发生的。钟敬文关于民俗文化学的

---

① 　钟敬文《民俗文化学:梗概与兴起》,北京:中华书局,1996 年,第 275 页。

基本主张,是对于"作为一种文化现象的民俗"进行科学研究,那么,这一主张
是否体现了民俗学和文化学在两个层面上都发生了交叉关系呢? 从前文所引
的他解释学科"含义"的一段文字来看,答案应当是肯定的。因为,在研究对象
范围的层面上,论者一再强调我们民族文化的整体,从社会性质来看,是由上、
中、下三层文化组成的,而这主要是批评一般民族文化研究只限于上层,轻视
中下层,等于说明了新学科的研究视野扩大到全体的民族文化的范围。在观
点方法的层面上,他强调应将民俗看作一种重要文化现象,指出民俗学研究往
往缺少这种自觉的意识,表示出新学科有助于改变这种状况。另外,所以要提
出民俗文化学,也并非纯粹为了一个新学科创造,现实目的是通过学科的交
叉,以解决民俗与文化研究中现实存在的互不搭界的问题。因此对于两方面
学者,"交叉"的层面意义不尽相同,所发生的作用也不尽相同,就是说,这一新
学科的学术影响具有明显的双向性。

　　但所交叉的两门学科,它们原来各是什么样子,这对于理解民俗文化学的
性质也是需要辨明的问题。特别应该讨论的是:文化学是什么? 它的研究范
围、性质、基本观点是什么? 这不仅是民俗学者,而且是许多学者都不很清楚
的问题。钟敬文谈论那些研究传统文化的学术时,一般并不采用"文化学"的
字眼,这说明,他感觉那些研究虽然大多具有潜在的学科意义,却还不是严格
意义的"文化学"。他在《发凡》中指出,是泰勒在 19 世纪后期较早地将民俗纳
入文化的范围,并提出研究"文化科学","我们正是根据这种精神创立这种新
的文化学支学——'民俗文化学'的。"[①]文中没有对"文化学"进行更多的系统
的解释,只是采取一种说明方式,即举出若干文化学"分支"或者说"支学"的例
子。可见,在钟敬文看来,文化学是很大的一个学科,也是具有自身体系结构
和方法规范的学科。后来,他在《民俗文化学:梗概与兴起》的《著者自序》里介
绍自己民俗文化学思想的形成过程时,提到了黄文山的《文化学体系》和 L. A.
怀特的《文化科学》,说这类著作曾使他颇感兴趣。不过,在《发凡》当中并没有
给予具体的讨论和引用。原因可能在于,这类著作都具有文化人类学的性质,
和现在所讨论的民族传统文化的社会层次、结构等,在思考问题的方向上有着

① 　钟敬文《民俗文化学:梗概与兴起》,北京:中华书局,1996 年,第 8 页。

一定的距离。

　　就黄文山的《文化学体系》来说,目标是建立"文化的法则科学"。他假设如下的一些问题应该在文化学当中得到解答或证明:文化学是科学体系中最高的科学;文化与社会可以分别研究;文化对于有机体的人来说是"超有机体";文化决定人的活动范围;但人对文化也有持续或变革的力量;另外的假设还有关于文化类型、东西方文化两大体系、文化走向"会通化"(按:似同于现在说的"一体化")、文化学并非排斥其他科学①等②。怀特的文化科学虽略晚于黄文山而提出,但对文化人类学界的影响却较大,一般认为他是"新进化论"的代表。他指出,"符号"是文化秩序得以产生的机制,认为这一观点有助于说明"作为有机体的人与制约对自然环境作出反映的超有机体的传统之间的关系"③。尽管我们从《发凡》当中不能找到直接的证据,用以说明这些著作中的思想观点如何影响了钟敬文对民俗文化学的讨论,但一般文化科学主张将文化现象进行独立研究的思想,应当给钟敬文以很大启发。另外,文化学对于钟敬文的影响,也许还有创立新学科的勇气。

　　笔者认为,钟敬文所指的文化学,具有比较灵活的含义:有时指一般研究民族传统文化的学术,这层含义,多被运用于讨论"民俗文化在民族文化中的位置"等联系现实研究状况的问题方面;有时,为说明民俗文化的表现形态和范围等,其意义多同于文化人类学或文化科学的观点,这一层含义除了在说明自己思想形成的过程时被运用,在《发凡》的其他章节里也一再有所表现。例如在论述"民俗文化的概念、范围和特点"的一章中,全取的是这种含义。可以这样认为,文中所说的"文化学",基本上着眼于文化的视野以及各方面文化的特征,所指的基本内容包括两大方面:文化在社会层次表现上的"三层说";文化在历史与空间表现上的"广义文化说"。钟敬文所论述的"文化"和所说的"文化学"有自己认识上的一致性,并非完全照搬他人的意见,其思想不仅对民俗学研究者,而且对所有研究文化的学者都有现实的指导作用。所以,对于民

①　黄文山的这种假设是:文化学与其它各种科学之间共同构成文化、人格、社会"三度的"的相互关系。
②　黄文山《文化学体系》(上),台北:中华书局,1971年,第2—4页。
③　L.A.怀特(L.A.White)《文化的科学》,曹锦清等译,杭州:浙江人民出版社,1988年,第1页。

俗文化学学科特点的认识,首先需要从上文所述两个"层面"的交叉意义上给予分析,其次要结合中国文化的历史实际与当时研究工作的实际,考虑到事实上存在着两方面比较隔阂的研究领域,而对其学理和观点进行双向性的理解。

最后,探讨一下民俗文化学的方法论意义。钟敬文在最近 20 年多次论及研究方法,他认为民俗学的方法是由三个层次构成的,而研究这些方法本身,就是民俗学的方法论。关于方法论的概念,有学者指出,方法论一词,一般是"作为该科学宏观性指导方法的哲学理论(methodology),而不是对各种具体研究方法的理论总结,即'论方法'(on methods)。"[1]这说明钟敬文在这里使用的方法论一词,和哲学意义的方法论概念有所不同。不过,如果不是从论各种具体方法的角度,而是从建构方法体系的角度来讲,似乎二者的内涵就有所接近。因为,在对全部民俗学方法体系的认识上,钟敬文是把与世界观作为一体的方法论——辩证唯物主义和历史唯物主义置于最高层次,而又将下面两个层次的科学方法都理解为受哲学层次最高方法的指导。再者,我们讲某一学科及某一学派的方法论,主要还是看它对所研究对象的本质,采取了何种基本观点以及何种解释方式,因为这些将对于所采取的具体研究方法起到规定性作用。所以,除了钟敬文直接叙述方法论的那些文字之外,我们发现,他对于民俗的文化性质的判断和基本观点,才真正表明了学科层次上的方法论思想。或者说,钟敬文尽管没有更多地讨论文化科学,但所强调的"作为文化现象的民俗"的根本性观点,却是包含了文化科学的方法论思想。

讨论方法论的问题,还有一个意义就是它与树立怎样的"学科意识"紧密相关。方法论一词经常为某学科所使用,作为研究方式、方法的综合,也含有这种学科朝什么方向发展的意思。钟敬文将"文化科学"或曰"文化学"作为和民俗学交叉的科学,其方法论的意义,主要是在于影响民俗学学科发展方向上。钟敬文提出民俗文化学,固然是与他在 20 世纪 80 年代的学术活动与思想上受到的触动有直接关系,但更是他在长期学术生涯中对一种研究方式所做的选择及其结果。前面分析过,他虽然参考了一些文化学著作,却有着自己对

---

[1] 赵世瑜《眼光向下的革命——中国现代民俗学思想史论(1918—1937)》,北京:北京师范大学出版社,1999 年,第 208 页。

"文化"的理解,并用自己的语言来表述。一个重要原因是他对"文化"的认识由来已久,而且特别体现在对神话、传说、故事以及风俗现象的研究方面。他说,自己在 20 年代后期就已经形成了"把民俗当成文化现象"的初步观点,如在 1930 年前后着手研究《山海经》时,曾将书名定为《山海经之文化史的考察》,1933 年又曾为一本书作序《中国神话之文化史的研究》,这说明他的民俗文化观点已经"发源"①。还有一些事实可以说明,在钟敬文的思考中,"文化"及"文化史"概念尽管是逐渐成熟的,却始终占据着十分重要的位置。例如他在 1936 年曾创用"民间文化"这一新术语,编辑了一批资料小丛书。他还说,1950 年发表的《口头文学——宗重大的民族文化遗产》②,"它明确地把民俗事物(口头文学)作为文化现象,在论文题目上标榜出来。这也可以说是过去那种观点的一时闪亮吧。"③应当指出,钟敬文的民俗文化观,很早就形成两大特点:一是由于运用历史文献,而强调对民俗的文化史的研究;二是由于较早接受英国人类学、法国社会学等关于文化的广义的概念,而能够比较全面地解释资料的文化意义,这些资料既包括古代文献的也包括现实民众生活中流传的。

钟敬文在长期民俗研究的实践过程中,由最初不很自觉地选择,经由中间不断地积累经验,在 20 世纪 80 年代活跃的学术环境中,"水到渠成"地总结出"作为一种文化现象的民俗"的基本观点和方法,而这正是对文化科学方法论的一种理解与实践。有学者指出,钟敬文"终于为自己平生倾全力从事的科学研究事业,找到了一个确切的名称,那就是民俗文化学。"④这是十分正确的看法。我们所要指出的是,钟敬文在谈论民俗学和民俗文化学的方法论时,虽然已提出了三层方法体系,但从确立自觉的研究方式即学科意识的角度来看,他的"民俗文化学"是从整体上对学科的方法论。实在是一个学科能否朝着明确的方向主动向前发展的关键。学科意识的含义一般来说是大于方法论的,因为它还包括研究的对象范围、基本问题、学术传统等方面内容,是比较宽泛的。但学科意识的加强,很大程度上依赖于学科方法论的思考与规范。钟敬文主

---

① 钟敬文《民俗文化学:梗概与兴起》著者自序,北京:中华书局,1996 年,第 2 页。
② 钟敬文《钟敬文文集·民俗学卷》,合肥:安徽教育出版社,1999 年,第 1—20 页。
③ 钟敬文《民俗文化学:梗概与兴起》,北京:中华书局,1996 年,第 4 页。
④ 程蔷《坚实的奠基 睿智的启示——〈民俗文化学:梗概与兴起〉读后》,《文教资料》1998 年第 1 期。

要从总结自己学术的角度,也根据学术发展的潮流与对现实问题的观察,提出了民俗文化学。他并不想把这一主张规定为民俗学的全部研究方式。但是在实际上,他却一马当先地在方法论的研究上为我们做出了表率,特别是在该如何发展中国民俗学的思路上,极有力地启发了我们,此一种深刻意义是不容忽视的。而对于钟敬文本人来说,这一关于"民俗文化学"的思考及其结果,成为了他在不到10年之后,又提出"建立中国民俗学派"的坚实的理论基石。这需要将二者有机的联系起来,进行进一步的研究。

非物质文化遗产与民俗评估

董晓萍

非物质文化遗产的重要对象是民俗,但又不能简单地把它理解为从前民俗学所讨论的对象,而需要对以往许多人文社会学科的研究对象加以整合,因此必须有坚实的理论基础。同时,展开多学科的、各社会层面的讨论也是十分必要的。只有这样,非物质文化遗产的理论建设才能建立在公认的价值体系之上,才能产生一种新的、严谨的科学对象。

时下,非物质文化遗产所面临的不幸命运,既是理论认识问题,也是实践问题。不论是国际组织、各国政府、地方官员、基层群众,还是专家学者,当务之急,都是对正在遭受威胁和破坏的非物质文化遗产提供保护。在这种工作中,对民俗的现代评估势在必行,它的使命就是为民俗保护找到一套科学的、自成体系的、又能得到国际社会公认的操作办法。

非物质文化遗产中的民俗评估,绝不是一种象牙塔里的纯学问,而应该是对政府和民众都有实际应用价值的学问。这种学问是否具有生命力,也在于它的理论运行是否具有强有力的实践性、或说可操作性,这正是它区别于从前民俗学的一个重要特征。

一、民俗评估的历史基础与现状

近一个世纪以来,民俗学的每次兴衰,都有自评和他评问题,不过在不同的历史时期、不同的社会背景和不同的学术条件下,评估的目标和内涵都会有所不同。

　　第一，民族国家初建时期的民俗评估。一战前后，许多国家掀起了民族独立解放运动，民俗评估成为社会改革的工具。这一运动的成果，是制造了国家民族的概念、国家的边界现象和民族共同体学说[1]，产生了巨大的革命影响。它的局限，是由上层学者代替下层民众说话，还把古与今、内与外、传统与现代、中心与边缘、工业文明与农业文明、主流意识与非主流意识等对立起来加以评估，有不少观点后来被证明是假想[2]。

　　第二，工业社会标准的民俗评估[3]。二战以后，特别是 60 年代以后，建立和推行了工业化社会的国民经济增长指标，在国民经济和社会发展计划中，学术研究与教育事业参与排序。从我国民俗学的情况看，在民间文艺学方面，借助政府的环境，建立了独立学科，民族民间文艺的大量资料得到了搜集整理，但也有部分民俗受到批评，或被改造利用，还有部分内容成为民族形式的标签。

　　第三，多元文化标准的民俗评估。20 世纪后期，发达国家和发展中国家都全面进入现代化时期，并受到经济全球一体化的冲击，民俗成了一些跨国公司和商家企业的人文面具，也成了现代人的消费对象[4]。随之而来的是，保护文化多样性的呼声日隆，民俗同时提供了文化多样性的历史依据、现实模式和民族文化主体性的核心成分。联合国的相关文件出台后，民俗的传承发展很快被纳入国际监管、政府工作、文化评价、环保机制、公民教育和生活方式选择等各种讨论框架中，扩大了人们的认识视野。这是个大盘子，过去没有，各民族国家自己也不可能单独拥有。在这个大盘子里，民俗被合理地盛放、被深情地回忆、被优雅地珍惜。过去不明白的，现在逐渐看清楚了。

---

[1]　Daniel Nordman. *Frontières de France*. De l'espace au territoire XVIᵉ- XIXᵉ siècle [M], Paris, Gallimard, Bibliothèque des histoires, 1998.

[2]　[日]福田亚细男《民俗学者柳田国男》，东京：东洋经济印刷株式会社，2000 年，第 32—66 页。

[3]　法国学者 Patrick Viveret 已指出，二战后，许多国家使用工业化社会 GDP 国民经济指标评估系统，并对此进行了批评。他提出，应建立新的人类财富观，重视精神文化的作用。参见 Patrick Viveret, *Reconsiderer la richesse*, Paris, Francois Ascher, Les nouveaux principes de L'urbanisme, 2001. 本文借用 Patrick Viveret 的工业化社会评价系统概念，但作了一些不同的解释，主要是侧重分析民俗与农业社会评估标准的关系。

[4]　董晓萍《印度之行识居易》，《社会学茶座》，济南：山东人民出版社，2004 年，第 139—144 页。

现在对民俗的需求量增大了,此时开展非物质文化遗产保护的讨论,并思考民俗评估的问题,有积累、也有细节:一是从世界各国的经历看,都有一部分民族民俗要进入现代化文化,同时成为其非物质文化遗产的组成部分;二是在现代化过程中,出现了经济、科技与人文的冲突,需要一种整合社会的文化,民俗就是其中的一种,而从非物质文化遗产的角度看,这是一种重要的现实价值;三是在全球信息网络化的潮流中,民俗成为认同符号,这在口头传统、表演、通讯等文化产品的创造上表现得尤为突出,这正是非物质文化遗产的历史价值的体现,是民族历史文化的精髓被传承、被更新和被延续的展示;四是联合国教科文组织出台《保护非物质文化遗产公约》和《保护文化内容和艺术表现形式多样性公约草案》①,促使民俗保护被纳入政府公共政策,这有利于提高全社会的民俗保护意识和民俗权利意识,也推动了民俗评估工作在非物质文化遗产保护的新层面上进行。

现代民俗评估要建立在历史基础之上,因为任何文化遗产的评估都是不能拔根的。但现代民俗评估又是与以往的评估有根本性质的区别的,除去学理的因素不谈,现在的国际背景、国内国情、社会结构、政府职能和民间保护的价值观也在发生变化。现代民俗学的研究正在突破单一学科的界限,与社会学、公共政策学、人类学、历史学、语言学、宗教学、人类遗产学、地理学和计算机应用科学等进行交叉和综合研究,这也能扩大民俗评估的视野,有助于解决在现代化和全球化中遇到的民俗难题。

二、民俗评估体系和标准的准备工作

我国是一个文化大国,过去一般认为,民俗不受重视,这与历史上采用精英文化评价的体系有关。后来又采用工业化社会的评价标准,学术界还长期

---

① 联合国教科文组织《保护非物质文化遗产公约》,2003 年 10 月 17 日法国巴黎通过,英文原名为 *Convention for the Safeguarding of the Intangible Cultural Heritage*,中译本应译为《保护无形文化遗产公约草案》,但现在将"无形文化遗产"(Intangible Cultural Heritage)译成"非物质文化遗产"。《保护文化内容和艺术表现形式多样性公约》(*Preliminary Draft of a Convention on the Protection of the Diversity of Cultural Contents and Artistic Expressions*),2004 年 7 月法国巴黎通过。

采用西方的人文学科标准来评价本国的人文学科,这些都影响了民俗评估的正常进行。当然在不同的历史时期,这些工作也都有有利的一面。现在开展物质文化遗产的保护,对民俗评估是一个新的启示和带动。在现代社会,民俗的传承已被多方式地参与,民俗保护的内外运作也正在成为一个亮点,这对民俗评估新体系和标准的建立也很有利。

在现代化之前,我国的民俗主要是农业社会的民俗,民俗学界的评估体系也主要是针对"三农"的。我国的农业民俗传承悠久、扎根深厚、同质性强,作评估分类,条块明显。我国也有都市形态和都市民俗,但长期以来,整个社会结构都是农业性质的,农业社会民俗评估就占了主导地位。它的性质是一种生态文化的评估,即强调地方性的、历史性的和民族性的差别,把事件和过程都看成是人,或者有人情的工作。从前民俗学者依据这种生态评估,采集和撰写民俗书籍,这种成果是有自己的特点的,不一定要与西方的人文学科标准相一致①。当然,民俗学者对此点的自觉,要站到工业化评估标准的角度后才能实现,这时才有距离差,才能清楚地发现农业社会生态评估的特点。

农业社会评估系统下的民俗,是一种特殊的非物质文化遗产,它是天下最大的定性文化,构筑了丰富的现实精神世界,也创造了奇妙的物质世界。它还营造了一个神灵世界,里面的所有神祇也都有人味儿。今天的世界虽然被商品和科技弄得很精彩,但无论如何,是先有民俗,后有它们。现代化和全球化不可能完全摧毁民俗的传承,反而是民俗的观念行为会左右人们的衣食住行,并使无数新产品被赋予旧的意义。非物质文化遗产概念下的民俗评估,还要在多元文化的比较中进行,要能体现本国民俗的代表作,要可以被理解和交流,要有能被保护操作的要素。从中国民俗看,先说三点。

(一)三空间

20世纪初以来,人文社会学者多把世界分成两块,主观世界一块,客观世

---

① 在这里,一个例子是,钟敬文主编的两部高校教材:《民间文学概论》,上海:上海文艺出版社,1980年;《民俗学概论》,上海:上海文艺出版社,1998年。这两本教材基本都是按照民俗生态形式利用原材料和进行理论阐释的。参见此两书之第二版,北京:高等教育出版社,2010年。

界一块,中间的被称为"迷信"①。但依照民俗观念,却是把世界分为三块的,中间的是神灵空间,它给人们寄托精神、奔跑俗事、制造希冀和修复危机心理。我国进行现代化建设,民俗的三空间又浮出了水面,符号是寺庙和宗教造像。这与现代化的性质有关。现代化首先是一个世俗化的过程,它前所未有地把人类追求幸福的愿望与少数人追求商品利润的行为扣在了一起,使人人获得物质利益的合理性都得到了承认。在我国,在这种世俗化中,产生了三种倾向:宗教化、大众化和精英化,此后才轮到保护民俗的公民教育。

一是宗教化。在全社会大幅度的经济利益分化中,曾产生了大量的社会不平衡现象,随之宗教活动增多。现在大多数中国人过上了温饱的日子,不缺吃喝穿用;中国人跟外国的文化、人民和社会的接触也多了,不缺兼容心理。但还是需要一个宗教的空间,容纳两者间的转折、冲突、失衡和修复。这种宗教空间是有非物质的人文属性的。没有这种属性,想外加一个空间,也是加不进去的。

二是大众化。在我国,大众化一直与现代化双赢。大众化是廉价的产品、流行的心态、富人的活法、俗透的包装、足球式的从国王到老百姓的最大疯狂。它能给上下层以互补,符合一般的社情民心。它能开发民俗的经济属性,广有市场,生产力颇高,手机短信是另一个例子。

三是精英化。中国精英对民俗关注很早,历来有儒家的运用、道家的化用、佛家的转用、文学的引用、民族工艺技术的利用和社会改革者的使用。上层统治者也利用民俗,民俗由此被赋予政治属性,成为精英运用中最具支配性的一类。在这次非物质文化遗产保护方案出台前后,对民俗关注,再次突显了精英化的倾向,但与历史上的情况不同。现在有三类精英倾向,一是政治精英使用民俗,用于良政建设和文化外交;二是文化精英使用民俗,成为民俗的自觉认同者和为保护工程发言的中坚;三是技术精英的利用,他们对民族科技和民间工艺的研究和传承呼吁②,比常人更自觉。总之,现在的精英是用民俗"四两拨千斤"的人。

---

① 　马西沙、韩秉方《中国民间宗教史》,上海:上海人民出版社,1992年。金泽《宗教禁忌》,北京:社会科学文献出版社,2002年。

② 　曾祥书《抢救传统工艺刻不容缓——访中国传统工艺研究会理事长华觉明》,《文艺报》,2004年3月16日。

（二）原点性

所谓原点性,指农业民俗的祖先观和祭祖的实践。现代社会变化很大,但很难触动这种原点,可以在此之外另建属性。

在中国人的精神文化中,体现原点民俗的,是祭祖节日。改革开放以来,中国人过节虽然有变化,但符合原点特征的节日是亘久不变的,它能召唤所有华夏儿女认祖归宗,百脉凝聚,四海同心。变化了的,都是非原点性的节日。

在物质民俗中,体现原点民俗的,是被公认为祖传的资源部分,主要是对水利、土地和粮食资源的生态平衡观念和公平利用传统。现代化破坏了一些地区的生态与人文平衡,造成了污染、退化、浪费。但从我们近年下乡调查的实际看,凡有原点民俗的基层社会都波动较小,农民只是部分地接受了现代化,其余还是保持了节约资源的习惯①。有些农民反对违反祖规的经济用地行为,引起了很大的社会反响②。还有些事件促使各级政府加紧解决三农问题,保护农民利益,保护粮食安全,保障农业生产③。

在非物质文化遗产的定义中,这些原点民俗,是"有关自然界和宇宙的知识和实践"④,这方面的中国民俗,都是中国人自己的好东西。

（三）情感价值

民俗是有感情的文化,凡是有感情的文化都是热情的文化。它与人们的出生地、父母之邦、民族族属、国籍、性别等与生俱来之物相关,对人们的情感取向、价值判断和社会选择具有重要影响⑤。

部分民俗还有很强的表演性,能表演的民俗就有共享性,容易进行情感沟通,这点是与书法、绘画、京剧、昆曲一样的。它们都能娱乐基层,能上舞台,能出国交流,极大地展现了非物质文化遗产定义中的"表演艺术"的生命力⑥。

中国人还有一套礼俗习惯,强调对父母兄弟尊亲孝悌,并推及天下国家,

---

① 董晓萍、[法]蓝克利(Christian Lamouroux)《不灌而治》,北京:中华书局,2003 年。

② 王其恒、陈俊杰《对话村官会上村民遭殴打》,《新京报》,2004 年 2 月 28 日。

③ 顾强、李亚东《癌症高发地悬疑:经济发展比生命更重要?》,《法制文萃报》,2004 年 5 月 3 日。

④ *Convention for the Safeguarding of the Intangible Cultural Heritage*,Paris,2003. p. 2,No. 2(b).

⑤ 董晓萍《田野民俗志》,北京:北京师范大学出版社,2003 年。

⑥ *Convention for the Safeguarding of the Intangible Cultural Heritage*,Paris,2003. p. 2,No. 2(b).

这些都有约定俗成的评价标准,也都有世界影响。现代化、西方影视、全球卫视,并不能改变它。但中国社会不是公民社会,在公民社会领域就缺少中国民俗,缺乏社会约束,造成了很多现实问题,国产电影《雷锋离去的日子》,雪村的歌曲《东北人都是活雷锋》,都是对这种公德建设的诉求。总之,民俗的情感价值观在传统领域仍然传承,在公共社会领域需要引导。

以上三点绝不是全部,更不是民俗评估的体系和标准本身。但在非物质文化遗产保护的前期,思考这些要素,可能是制定现代民俗评估的系统和标准的某种准备步骤。

三、政府社会公共政策对民俗评估的影响

现在中国毕竟已在现代化的进程中,使用工业社会标准是政府评估工作的一部分,这也是现代化和全球化的一个内容。在这类工作中,也触及民俗,但主要是使用民俗的资源属性,并附加了其他属性。

第一,可转移性。政府倡导的旅游业最早把民俗唱红了。在早期,主要在自然景观区和特定历史文化建筑的开发上,制定政策,引导游客认同。然后,是对多民族文化资源的开发和鼓励民俗表演。再然后,才是商品化。在广西桂林地区,著名的自然景观和少数民族风情结合,资源优厚,十分适合旅游观光。政府的开发政策,建立在多年的民族工作基础上,建立了一批民俗旅游村,创造了民俗就业、文化扶贫和农村致富的机会。当然,这种工作也导致了追求经济利益的倾向,有些村寨民俗的传承就脱离了原有的民俗环境和民族空间,随客拆解,标价售出,变成了摇钱树①。90年代中期以后,国际游客增多。不久,国内实行双休日和五一、十一长假制,国内的游客数量也在攀升。各国各地游客来自发达国家或城市地区,很多人都反对环境污染,厌恶工业化危害,寻求生态农业民俗,展现了较高的文化素养,这促使旅游业从商品化转向文化品味定位。在贵州地区,政府从国际文化交流的层面上,构筑展示思路,

---

① 徐赣丽《民俗旅游村的政府管理刍议——以广西桂林龙胜县为例》,2004年9月22日,打印稿。

提高了民俗展示的档次①。云南迪庆自治州的新辟景点，还邀请了很多学者参与政府政策的论证②，对他们所发表的保护非物质文化遗产和民族民俗的意见，政府表示关注，这也是政府工作的一个亮点。中国加入 WTO 以后，旅游业受到国际组织的监管，在运作时间、规模和制度上，进一步公共政策化。2004年十一长假期间，四川峨眉山大学生旅游被困，政府对肇事者及时进行了法律制裁③。当代中国还出现了农村城市化的问题，在这一过程中，民俗的可转移性，还给超大城市的边缘化提供了可接受的理由，给中小卫星城的建设提供了诱人的资源。中国的情况比较复杂，但在这些过程中，政府公共政策是在改善的，总的趋势是对民俗资源的转移方式和民众权益进行了规范与保障。

　　第二，可评估性。民俗是定性文化，不是定量文化，因此假定人文属性能被评估的前提是必要的。都说一种传家宝值多少钱，不在于金钱的数额，而在于子孙后代的情感，这就是一种人文属性的评估。但过去中国在农业社会的封闭状态下，民俗评估是在文化内部进行的，文化成员自己有个谱。现在社会开放了，申报非物质文化遗产、评选民俗保护试点和设计民俗研究项目，都要在多元文化的比较中进行，原先的谱，有的灵，有的就不灵了。不少东西自己看着好，别人看了未必；也有些东西自己不理不睬，经过多元文化的比较，可能成为无价之宝，所以现代评估是多元视角的，是综合性的。自己看好的评估系统，还不能丢，在非物质文化遗产的定义中，这属于"被各群体、团体、有时是个人视为其文化遗产的"东西，是一种被尊重和被强调的主观评价系统。此外，还要有客观评价系统，即在多元比较中，确定优先保护的代表作，以利提高"对非物质文化遗产及其相互欣赏的重要性的认识"，以利"开展国际合作及提供国际援助"④。根据非物质文化遗产保护的文件，我国政府已制定了地方评估、国家评估、国际评估等多层级的评估文件，这是很好的开头，而在过去是做不到的。

　　第三，可控制性。在现代社会的工业化评价体系中，民俗传承是政府的可控制资源。2004年在江西宜春进行的全国农民运动会是个新例子，政府体育

①　龙超云《贵州民族村镇的保护与建设》，《贵州日报》，2000 年 1 月 11 日。

②　李茂春《新编迪庆风物志》，昆明：云南人民出版社，1999 年。

③　中央电视台新闻联播节目，2004 年 10 月 1 日。

④　*Convention for the Safeguarding of the Intangible Cultural Heritage*，Paris, 2003. pp. 1—2.

部门将有关"三农"的民间传统体育项目加量上马,把其他非农项目压缩下马,欢喜了天下农民,弘扬了民族传统体育项目。在举国上下燃烧精英体育的奥运圣火时,这届农运会保证了民族民俗体育的发展。

四、现代民俗评估的功能

民俗也不是样样都好,不都能成为非物质文化遗产。那些长久留传的民俗遗产,在中国人中间,已成为心里的文化、守规矩的文化、生存的文化、民族特征的文化。那些不好的民俗,也损毁了文化家底,破坏了自然环境,近年有不少这种教训。

开展非物质文化遗产保护的一个明显作用,是在国际社会的保护经验和自我反省中,重新进行民俗评估,并使之获得新的合法性,这种工作至少有以下几个功能。

第一,打造共享文化。中国是个多民族统一国家,从前民俗学的研究者比较关注民俗的地方差异和民族差异功能。现代民俗评估,已将视野由地方的、局部的、家族的、小团体的、或社区的利益,整合为全民族社会的共同利益,乃至中华民族民俗在世界文化格局中的地位。在现代化和全球化的潮流中,民俗评估还提醒人们认识自己的民俗权利,选择了适合日常发展的机会。仍以广西桂林地区的民俗旅游村为例,现在当地的民俗旅游村样式,都不是原村寨模式的,而是数村连片的,用整个民族冠名的,叫"苗寨"旅游或"壮寨"旅游,而不是某个别村寨的旅游。民俗旅游村的兴旺,此起彼伏,形成了民族小社会的规模,获得了外界的欣赏和延续的生命力。当地民众、政府和企业三方也从实践中学习,加强合作,把民族地区民俗旅游,变为保持自我特点的和与外间共享的双向文化,这提高了当地社会整体的声望①。

第二,建设根性文化体系。20 世纪以来,中国经历了多次华夏儿女寻根归宗的

---

① 徐赣丽《广西民俗旅游村样本研究——对金竹寨、平安寨和黄洛寨三个村寨的调查报告》,2004 年 7 月 28 日,打印稿;徐赣丽《当代节日传统的保护与政府管理——以贵州台江姊妹节为例》,2004 年 6 月 17 日,打印稿。

运动,推动了民族国家的建设,也促进了海外华侨对就居地文化的适应和对本民族文化的传承①。在民俗学界,民间文学、作家文学、通俗文学和海外华侨文学之间早已建立了交叉研究的关系②,促进了叙事认同、情感认同和审美认同。80年代以后,有了对外开放的条件,继续发展了全球华人华侨根源文化的多元形式的共建,近年福建泉州的妈祖祭祀③、山西洪洞的四海寻根④、陕西黄帝陵的五洲祈祷,都是这方面的著名友好活动。它们还在某种程度上改变了民俗传承过程的概念,将从前的封闭传承和上下位传承,部分地变化为开放传承、公民教育传承、观光接触传承和远程网络传承,这些都有其现实合理性。现在的海内外民俗又被纳入非物质文化遗产体系内传承,这又给民俗带来了前所未有的好运。

第三,在联合国工作框架下建立具有主、客观评价标准的钻石结构和评估系统。近年文化部根据联合国文件和中央政府的决策,在制定公共政策工作中,纳入了民俗保护问题,引起了相当的社会反响。民俗保护出现了新的钻石结构:即政府、学者、企业和民众四者结合,沟通运作,成为可持续的工作框架。这种新框架的产生,是历史性的突破,有利于建立民俗评估的主观评价体系和客观评价体系。它的功能是把民俗保护提升到大学教育、公民社会建设和环境保护的层次上,使其合理合法,具有不可拒斥的意义。

第四,建设数字化保护工程。这使民俗保护在高科技评价体系中也能获得新的合法性。这项工作才起步⑤,但很有必要。在现代化和全球化中,各国

---

① 钟敬文《晚清改良派学者的民间文学见解》,《钟敬文民间文学论集》(上),上海:上海文艺出版社,1982年,第290—306页。

② 近年叶春生出版了这方面的著作,参见叶春生《俗眼向洋》,哈尔滨:黑龙江人民出版社,2002年。另见过伟主编、王光荣副主编《越南传说故事与民俗风情》,桂林:广西人民出版社,1998年。

③ 参见法国劳格文(John Loferway)主编《客家传统社会丛书》,香港:国际客家学会,海外华人研究社,法国远东学院,1996—2003年。

④ 葛剑雄《家山何止大槐树》,安介生《山西移民史》,太原:山西人民出版社,1999年,第1—6页。

⑤ 芬兰民俗学者 Lauri Harvilahti 开始了民俗数字化的探索,芬兰国际民俗学会杂志 FFC 最近出版了美国口头传统学者 John Miles Foley 研究斯拉夫史诗歌手的民歌的著作,末附电子书 E-companion。Anna-Leena Siilala 就目前国际民俗学界数字化的起步情况作了简要的成果介绍。参见 Anna-Leena Siilala, *Folkloristics moves into the digital age*, in Folklore Fellow Network, No. 26, May 2004. p. 2. 在国内,有文化部民族民间文艺发展中心李松等近年从事中国民族民间文艺集成基础资源数字化工程的项目。另见拙文《电子书的空间与领域》,高等教育出版社《高教人》,内部发行,2003年10月15日,第108期第7版。

高端科技都争相使用民俗,使其技术发明落地①。从民俗本身讲,比起其他人文事象资料,也更适合数字化。历来民俗被讨论的是政治合法性、文化合法性和经济合法性,下步会讨论技术合法性,这对民俗学者来说,是又一个挑战的时刻。

五、民俗评估体系的操作设想

民俗评估是人文科学的评估内容,不能被自然科学的评价标准牵着走,也不能照搬以往社会科学的评估体系。民俗评估要以民俗学者为主,还要注意多学科交叉互补,改进人文科学的工作方法。要考虑和尊重民众的主观标准,也要体现民俗的历史价值、人生价值和社会价值等客观标准。要在多元文化比较中,选择优秀民俗的代表作。民俗评估,侧重人文属性的定性原则,在这一总体指导思想下,适当使用量化指标,辅助搜集、整理、保存和利用民俗资料,但不能简单地使用量化指标。

在操作实践上,大体可分三个级别。

第一级别,是对民俗特色和功能的评估,目标是将民俗与其生活功能一起保护。根据我国的社会历史情况,可设民族和地区两个并列的层面,建立民族民俗和地区民俗的传承发展的评估项目,下设评价指标。

第二级别,是对民俗传承结构的评估,目标是将民俗与相关社会结构要素一起保护。根据对中国民族民间文艺十大集成和中国新地方志的资料分析,可设社会构成、环境构成、人口构成、经济构成和地方评价等并列层面,考察民俗传承所受到的整体制约,以及遗产地民俗与民俗的变迁。下设评价指标。二级评估指标要与评估项目在逻辑上相衔接,例如,在"人口构成"条下,可设"民族人口"和"地区人口"两项;在"民族人口"条下,再设"传承人"和"传承方

---

① Kline, Ronald and Pinch, Trevor: *Users as Agents of Technological Change*: *The Social Construction of the Automobile. in the Rural United States.* In Technology and Culture 37, 1996, pp. 763－795. 此文较详细地讨论了现代民俗传承与因特网技术的关系。另见拙文《"非典"民谣中的网络民俗》,陈文博、郑师渠主编《"非典"北京:文化切入的思考》,北京:北京师范大学出版社,2003 年,第 281－287页。在拙文中,就国内现代民俗与电子邮件和手机短信的关系作了初步讨论。

式"两项。在"传承方式"条下，再设"认知结构"、"年龄结构"、"性别结构"、"艺种结构"等项。再如，在"地方评价条"下，可设"同行评价"、"师徒评价"、"自我评价"、"政府评价"等项。总之，要有逻辑地递次设项。

第三级别，是对民俗类型的评估，目标是将民俗代表作与学术成果一起保护，并提供研究。这个层面即专家系统，由各学科、专业提出各自的评价指标，然后分民间故事、歌谣、谚语、音乐、戏曲、舞蹈等不同种类，进行各种代表作的评估指标制定，还可以制作专业术语量表，细化指数条目，适当地利用地图和图表表达。以"中国民间故事集成"为例，在这一级的专业评价指标上，可设多套详细的指标，如"故事类型"、"故事主题"、"故事讲述人"、"故事的民族分布"、"故事的地区分布"、"故事文本的记录数据"、"故事内容的分析数据"、"故事传承的时间要素"、"故事传承的空间要素"、"搜集者的专业构成分析"、"政府搜集公共政策量表"等。

当然，现在是设想，仅用于就教和讨论。实际上肯定不止这三个级别，也不止这些指标。

现代民俗的评估系统，应该是一个大体兼容多元保护目标的工作框架，一个非物质文化遗产的现代知识框架，也是一个提供保护操作的应用框架。在这种评估中，政府、学者、企业和民间人士，都应该大有用武之地。

非物质文化遗产与"物质"的关系

——以民间传说为例

万建中

依据联合国教科文组织《保护非物质文化遗产公约》,非物质文化遗产包括五个方面:口头传统及其表现形式,民间表演艺术,民众的生活形态、礼仪和节庆活动,古代遗留下来的各种民间生活及科技知识,民间传统工艺和艺术。这五个方面的展示和传播,显然都依附于"物质"的因素。而这种依附不是连带的,"物质"成为非物质文化遗产流传过程中的结构内核。任何非物质文化遗产的呈现或展示,大多依赖物化形态的"道具",都不可能是纯粹的、稍纵即逝的举手投足和声音。我们在把握和认识非物质文化遗产的时候,不能对其"物质"的因素视而不见。实际上,所有的非物质文化遗产都是在塑造或重构某一物质形态。时下各地兴起的对非物质文化遗产的抢救工作,毋庸讳言,在一定程度上也在从事物化或固化的处理。下面以民间传说为例,展开这方面的论述。

一、民间传说由"物质"而存在

民间传说是非物质文化遗产的主要形态之一,以民间传说为考察对象,比较容易讨论这一问题。日本民俗学家柳田国男曾对传说与当地历史文化的关系予以特别关注,认为这是传说的主要特征:"传说的中心必有纪念物的存在。自然、神社、寺庙、古冢以及其他的灵地、家族的本家,原本就是信仰的相关,因而各自占据了可谓是传说的花坛之地位。村落成为中心之一,在于其作为发生地之外廓:奇岩、老木、清泉、桥、坡等的每一样,或许原本是类似于大纺织品中的一个图样之物,如今却大部分独立出来,并成为了传说的纪念物。"①除了关于人物和历史的传说之外,所有的都是"物质"的传说,都是在说或传某一物质,传说由"物质"而存在。

在民间传说中有一类叫风物传说。钟敬文先生在《浙江风物传说》一书的"序言"中说:"所谓'风物传说'主要是指那些跟当地自然物(从山川、岩洞到各种特殊的动植物)和人工物(庙宇、楼台、街道、坟墓、碑碣等)有关的传说。……除了自然物、人工物外,还有一些关于人事的,如关于某种风俗习尚的起源等。这些传说,也应当包括在内。"②风物传说是对一个地方人工或自然景物形象的一种想象性叙事,是对某些风俗习惯的诠释。叙事和诠释的目的在于确认和提升景物、习惯的文化地位,并注入历史的逻辑力量。给风物提供的传说一般不是一个发生过的事实,却成为当地人一种"集体记忆"的历史资源,并为当地人的生活注入了生存环境的意义。可见,民间传说这类非物质文化的作用在于对物质形态人文因素的强化和提升。

风物传说的亚型之一物产传说更是直截了当的"物质"与非物质(口传)的结合。物产传说不仅描述了物产的生产情况和神奇作用,而且给这些劳动成果增添了人文的因素。在中国,地方物产与民间传说的联系极为紧密,似乎它们没有敷衍出一个或数个传说,那么它们就够不上地方物产的档次。国民一向比较不擅冒险,不思开拓,固守于自己狭小而平淡的生活空间,却热衷于谈神弄鬼,善于营造怪诞的生活氛围。通过传说的路径,把周围的自然或人工物产奇异化、神秘化,便是其中的突出表征。传说即成为"异化"物产的一个关键性的叙述话语。这一叙述话语的成功运用,给物产的坐落或遭遇添加了人为的成分,使原来纯为物质形态的物产跃上了人文的层次,拉近了人与自然的距离,并拓阔了人们的文化生活空间。这显然是对乡民每天重复单调的生活方式的有效补偿。

有则鲁班的传说,很巧妙地与地方风物特色结合在一起。由于赵州桥的坚固,又明显有些倾斜,就编制出下面的情节:鲁班造好赵州桥以后,自以为很

---

① [日]野本宽一《来自传说的环境论》,许琳玲译,《民俗学刊》,2004年第6期,第58页。
② 屈育德《神话·传说·民俗》,北京:中国文联出版公司,1988年,第97页。

牢固。多事的张果老就用他的毛驴驮了太阳和月亮,还有四大名山,要上赵州桥,并问鲁班,你的桥是否受得住我们驮的东西,鲁班没看出他驮的是什么,就自夸说:"这小点东西,过得。"但张果老一行一上桥,桥身就晃得"嘎吱嘎吱"作响,并朝一边倾斜。鲁班一看事情不妙,赶忙跑到桥下用手托,用身子撑,才保住了桥。张果老过桥后,桥身就倾斜了,桥下石柱上还留有鲁班的手印和背靠的印迹。

地方风物将民间传说这类口传的非物质文化遗产演绎得有板有眼,由于两者捆绑在一起,容易发生变异乃至失传的传说获得了和赵州桥同样久远的生命力。其实,大多非物质文化遗产就像民间传说一样,尽管作用于精神和心理的层面,属于意识领域的,通过口头和行为的方式展现出来,但它们同样包含了某种物质实体,不可能稍纵即逝,表演完,就消失得无影无踪。

二、传说肇始于"物质"实体

一些非物质文化之所以能够流传下来,成为遗产,主要在于某一"物质"形态的推动。一般认为,物质是可感的、直观的、具象的、有形的、静态的,而非物质是活动的、意识的、无形的、难以直观的。在所有的非物质文化遗产中,民间信仰大概是最最意识的了,可对民间信仰的体验恰恰需从某一物质形态切入。

禁忌既是一种常见的民间信仰现象,在常态下又是一种无形的文化符号。由于它是"没有外在行为的民俗",其实施既没有大的仪式场面,甚至也不会影响社群内成员的日常生活及民俗生活,人们不必为之特意腾出活动的时间。实施禁忌的全过程是平静的,似乎什么事都没有发生。禁忌只有在被怀疑或遭遇被冒犯及其载体被表述时,人们才真正意识到它的存在和威力。

1998年8月至9月间,笔者在江西省抚州地区南丰县太和乡茶衕村做了为期半个月的调查。在调查中发现,尽管禁忌无处不有,但并不会妨碍村民的生活。他们并没有意识到自己生活在禁忌的网络之中。当笔者询问他们有什么事情不能做,做了就会发生灾祸时,他们竟一个也回答不出来。在笔者提示之后,他们才说出了一些。但他们对此不以为然。他们说,一种东西不可以吃,还有很多东西可以吃。当问到有没有人违禁时,他们说祖宗传下来的规矩,无人会反。似乎这是极容易做到也极自然的事情。他们对本社区的禁忌风俗习以为常,从不以道德及科学的理念去评判身边的禁忌,以为禁忌即为生活本身,无需为之添枝加叶。除了很可能被触犯的危险期,禁忌实际上一直处于"休眠"的状态。

笔者如果不主动开启禁忌方面的话题,大概直到我离开村子,也不会与禁忌相遇的。茶衕村东北角的山脚下有一座方砖大祠堂。我随父母来到那里时,祠堂已成为生产队的粮仓。在距祠堂北角近十米的地方生长着一棵需四人才能合抱住的樟树。枝杈四面延展,四季郁郁葱葱,遮天蔽日。枝叶之下阴气森森,极少有人光顾。

上世纪 70 年代初,六七个上海知识青年进入村子,不久就开始盛行制造樟木家具。当时上海知青回上海探亲,主要带两种土产品,一是小竹子笋干,一是樟木箱。大概是出于保护森林的目的,政府后来规定一人只能携带一个樟木箱。他们采取变通的手段,大箱套小箱。不到一两年的时间,村子附近的樟树砍伐殆尽。有一天,一位知青不知从哪儿弄来一把大锯,把古老樟树一根低垂的枝干锯了下来。此事立即在全村炸开了锅。人们纷纷说有大难降临,全村笼罩在一片令人窒息的恐怖气氛之中。祠堂大门口挤满了人,个个惶惶不安,人群中间站着的是德高望重的炳仔公公。他大约七十多岁,负责查看和管理农田里的水,不需和大家一道出工。此时他脸色铁青。大家一个劲地问他该怎么办,他叫大家立即清扫祠堂,列放邹家(村子里 95% 的人家姓邹)祖宗的灵牌,并叮嘱不能挪动已锯下的樟树枝,就让它放在树底下。当天晚上,宰了一头猪,杀了数只鸡,费用由肇事的知青出。猪鸡烹煮熟后及时端至祠堂祭祖。祠堂内香火摇曳,烛光闪烁,樟树四周也燃起了数堆纸钱。请求祖灵宽恕、息怒的声音响彻夜空。接下来的几天是在忐忑不安中度过的。大概是平时山村"无事"的缘故,这一重大事件给笔者的印象特别深。二十多年过去了,当时的情景仍历历在目。

不过,笔者那时毕竟只是个孩子,不谙事理,只图热闹,而不关心事情的原委。这次重访故地,主要目的是探寻这棵古樟成为禁忌物的由来。樟木在整个江西意义非常,清道光《清江县志》记载:"木之属有樟,诸材独此为最,故古称豫章也,以材著也。"《搜神后记》、《豫章记》、《太平御览》、《宣室志》等,都记有三国时东吴大将聂友"夜射白鹿，中樟灭怪"的故事。大意是聂友打猎，逐白鹿至此，矢中大樟，灭了樟树精。关于古樟精的传说在江西十分流行。然而茶衕古樟肯定另有"故事"。炳仔公公早已作古，我拜访了几位 70 岁左右的老人，他们对二十多年前知青伐樟事件亦记忆犹新。当笔者问何以人们极度恐慌时，他们都不约而同地讲述了下面的传说：

很久以前的一个夏天，伢崽邹细毛的母亲生了重病，请了好几位郎中，吃了很多药都未见好。后来在胡乔伪（南丰县城乡流传的一位徐文长式的机智人物）的指点下，从很远的付坊乡请来了专治怪病的神医。他开出的药方中有一味是引药，就是用猫头鹰煮的汤来做药引子。伢崽一连几天昼夜四处寻找，连猫头鹰的影子都没看见，急得团团转。

他知道祠堂旁的古樟树上有猫头鹰，因为在晚上时常可以听见它们的叫声。没有办法，伢崽在一个夜里，提着铳，打着松明火，来到樟树下。借着火光，不一会儿，就发现一只猫头鹰栖止于一根树枝上，一动不动。"轰"的一声，铳响划破静谧的夜空，猫头鹰应声落地。各种鸟类皆被惊起，搅得树叶哗哗作响。伢崽急忙拾起猫头鹰，赶回家熬汤煎药。

第二天清早，男人们像往常一样来挑水，却发现井里盘着一条粗蛇，蛇头仰出井口，甚是吓人。不一会，井的四周围满了人，谁也不敢向前，有些小孩企图向蛇扔石块，被老人们严厉制止。有人提到了晚上的铳响，并说肯定是惊扰了樟树上的祖灵，祖灵生气了。这条大蛇是祖先显的灵。细毛这时也在人群里，他颤抖、哆嗦着对众人说，他是为了母亲的病打死了树上的一只猫头鹰。

蛇的上身突然升出井口好几尺高，嘴里呼呼吐气，显得愤怒异常。大家商议之后，纷纷来到祠堂，拜祭祖先，请求宽恕。细毛的母亲也被抬到祠堂点香焚纸。敬奉了大约三天三夜，大概是神灵被感动了，蛇才缓缓从井里出来，向古樟爬去。从此以后，谁也不敢伤害古樟，连掉下来的枯枝也无人去捡。

茶衕村的成年人几乎都知道邹细毛打死猫头鹰的传说，它传达出关于古樟树的禁忌以及违背禁忌所导致的恶果。在有这传说之前,古樟无疑是崇拜和禁忌的对象。为了保持不伤害古樟树、崇拜古樟树的观念和行为这类文化符号的神圣性及神秘性,人们让它附会在一个"真实可信"的传说之上,并成为口述史世代传播下来。传说诠释了古樟树崇拜和禁忌的起源,并纳入了深入人心的祖先崇拜意识。这样,已具威慑力和权威性的传说便成为村落内成员相互(主要是年长的对年轻的)训诫的宗教式话语。超越了祖先崇拜辐射的区域,这话语便不起作用。甚至还有这样的情况,尽管村落成员的理性与智慧的程度足以使他们认识到触犯禁忌(砍伐古樟树)绝不会招致事实上的惩罚,但他们对祖先生而有之的情感及敬畏也足以使他们负担不起亵渎祖先的罪名。

当地人对古樟树崇拜观念的表述和延续,显然依赖了上面引述的传说。对当地人而言,古樟树毕竟不只是自然遗产,而是非物质文化遗产,是一个已经符号化了的象征物。这一从"物质"到非物质的提升,传说起了决定性的作用。在有关古樟禁忌不被触犯的情况下,其实际是没有丝毫"动静"的存在,缺乏任何外在化的直观可视的举动和程式。禁忌"力"的释放也是静悄悄的、不知不觉的。而一旦古樟禁忌转换为民间口头传说,也就将自己固有的魔鬼力量张扬开来并移植给了传说,或者说禁忌的魔力在传说中得到转换和加强。如此,与其说禁忌作为一种习俗存在于民众生活之中,不如说禁忌作为一则口承文本,存活于民众的口耳之中。禁忌习俗只是一个空壳,传说则是血肉文本。犹如"风物"借助传说使自身获得了文化价值一样,古樟等禁忌物依靠传说而获得了其"神"性,而"神"性是一切处于常态中的物体进入禁忌层次的必要条件。

这反映了非物质文化遗产流传和保存的一个普遍现象,即它们的存在形式往往不是单一的,任何一种非物质文化遗产都处于一个系统的结构之中,牵涉到诸多的展演形式,这些展演形式构成互为依存的关系。尤其是民间信仰,它不能自我展示,一定要在仪式或传说中获得认定。古樟树崇拜、古樟树禁忌、古樟树传说及古樟树本身四位一体,共同营造出一个神圣的空间。这四个方面的排列从虚到实,也可以说是从非物质到物质,古樟树是这一信仰体系中的核心和基础。没有古樟树,神圣的空间就无从建立,传说也无事可传。古樟树支撑并延续着信仰与传说。

非物质文化遗产的生存离不开人的言行,或者说,言行表达和构建了非物质文化遗产,而物质文化则是由人创造和认定的客观实在。"言"是在"说"物质,"行"是在制造物质,反之,物质文化的客观实体也在不断衍生出文化"言行"的遗产话语。物质与非物质之间互为依存、互为表达。

三、传说伴随着景观的构建

许多非物质文化遗产之所以能够流传,实际上并不在于人们认识到其价值,而在于其本身迎合了流传的规律。其中"物质"的因素起了重要的作用。传说总是和特定的事物相关。传说的核心,必有纪念物。无论楼台庙宇、寺社庵观,也无论是陵丘墓冢、宅门户院,总有个灵异的圣址,信仰的靶的,也可谓之传说之花坛,发源的故地,成为一个中心①。

又以人物传说为例。屈原传说最初见于汉代诗人贾谊的《吊屈原赋》,其中一节为"侧闻屈原兮,自沉汨罗。造托湘流兮,敬吊先生。遭世罔极兮,乃陨厥身"②。点明了屈原投江的事件仅仅是侧闻,即传说。之后,司马迁《史记·屈原贾生列传》的描述更为详细:

> 屈原至于江滨,被发行吟泽畔。颜色憔悴,形容枯槁。渔父见而问之曰:"子非三闾大夫欤? 何故而至此?"屈原曰:"举世浑浊而我独清,众人皆醉而我独醒,是以见放。"渔父曰:"夫圣人者,不凝滞于物而能与世推移。举世混浊,何不随其流而扬其波? 众人皆醉,何不铺其糟而啜其醨? 何故怀瑾握瑜而令见放为?"屈原曰:"吾闻之,新沐者必弹冠,新浴者必振衣,人又谁能以身之察察,受物之汶汶者乎! 宁赴常流而葬乎江鱼腹中耳,又安能以皓皓之白而蒙世之温蠖乎!"乃作怀沙之赋。……于是怀石遂自投汨罗以死。③

① 〔日〕柳田国男《传说论》,连湘译,北京:中国民间文艺出版社,1985 年,第 26—28 页。
② 〔汉〕司马迁《史记·屈原贾生列传》,北京:中华书局,1959 年,第 2493 页。
③ 〔汉〕司马迁《史记·屈原贾生列传》,北京:中华书局,1959 年,第 2502 页。

司马迁所记述的屈原在投江之前的神态与渔父之间的对话以及"怀石"投江的细节,都使贾谊所谓的"侧闻"变得实实在在起来。此后,人们"认为屈原确实是在汨罗投江自尽,并且以地名、建筑物和端午的竞渡风俗及投吊的祭祀活动等形式,标志屈原投江和遗体回乡的具体地点,纪念投江的日期,使贾谊之赋所传承的'侧闻'逐渐变为以实物、风俗等文化景观为记载形式的事实。"①传说在流传的过程中不断地被细节化、"物质"化,后者主要指增加了村落、建筑、石碑及其他物象的具体景物。"物质"的因素可以明确传说的具体地点,从而强化传说的真实性。

屈原传说在传说的途中,不断有相关的"物质"因素为之佐证。首先是地名。屈原流放的沅湘一带有一地名叫"秭归",北魏郦道元在《水经注》中引用了东晋人袁山松的说法:"袁山松曰:屈原有贤姊,闻原放逐,亦来归,喻令自宽。全乡人冀其见从,因名曰'秭归'。即《离骚》所谓'女媭婵媛以詈余也'。"②女媭,这里即指屈原的姐姐。"秭归"地名的设立与屈原姊弟一起归乡的传说密切相关。实际情况是,据《汉书·地理志》记载,西汉时期,秭归是南郡所辖18个县之一③。说明"女媭"传说之前,秭归已是一个行政区划的地名。显然是人物传说对这个地名进行了附会和演义。

又据同上《水经注》记载,秭归"县北一百六十里有屈原故宅,累石为室基,名其地曰'乐平里'。宅之东北六十里有女媭庙,捣衣石犹存。"④捣衣石后又被称为"女媭砧",清代地方志《宜昌府志》云:"每当秋风苦雨之间,砧声隐隐可听"⑤。隐隐可听的砧声隐喻着当地人对屈原投江的追念。秭归、屈原故宅、女媭庙和捣衣石等地名和建筑物,都是带有"物质"性质的文化景观,使屈原投江的传说更加有根有据。这些富有地方特色的文化景观成为当地最为显耀的文化标识和符号。它们以及后来再建的与屈原有关的文化景观,一直默默地讲

---

① [日]小林佳迪《"屈原传说的现实化现象"及其地域性表现》,《客家与多元文化》(创刊号),2004年,第174页。
② [北魏]郦道元《水经注》,卷三十四"江水",陈桥驿点校,上海:上海古籍出版社,1990年,第645-646页。
③ [汉]班固《汉书》,地理志第八上,北京:中华书局,1962年,第1566页。
④ [北魏]郦道元《水经注》,卷三十四"江水",陈桥驿点校,上海:上海古籍出版社,1990年,第645-646页。
⑤ [清]聂光銮、王柏心《宜昌府志》,清同治三年刊本,台北:成文出版有限公司,1970年。

述着屈原的传说,以使屈原的传说不被遗忘。

　　作为非物质文化遗产之一的民间传说,其出发点和落脚点都是某些"物质"形态,传的和说的都是某种具体可感的文化景物。倘若秭归、屈原故宅、女嬃庙和捣衣石等地名和建筑物不复存在了,屈原的传说便很可能处于危机之中。正因为如此,后来人总是在依据已有的传说,修建人文景观。"《异苑》:长沙罗县有屈原自投之川,山水明净,异于常处,民为立祠,在汨潭之西岸,磐石马迹犹在。相传云:原投川之日,乘白骥而来。"①除立祠外,后人又据前引屈原对渔父所吟"举世浑浊而我独清,众人皆醉而我独醒"之句,在汨罗江畔建造了一个叫做"独醒亭"的渡船亭。屈原传说的流传一直伴随着这类相关景观的建造。这种建造,不仅是为了单纯纪念的需要,也不仅是为了丰富当地人文环境,潜在的目的恰恰是满足了屈原传说本身的流传。

　　依据民间传说,建造出纪念景观,而每一个人造景观,又都是为后人提供的讲述范本。以纪念景观为中心,形成了传说圈。与其说传说是围绕历史上的屈原展开的,不如说是围绕后世不断建立起来的屈原纪念物进行讲述的。如果说诸如民间传说这类非物质文化遗产主要是依赖记忆得以保存的话,那么,相应的物质形态则使这种记忆得以强化。

---

① ［清］迈柱、夏力恕《湖广通志》,卷十一,清雍正十一年(1733)刻本。

传统节日:一宗重大的民族文化遗产

萧 放

在全球化、现代化的浪潮中,中国正自觉或不自觉地进入世界格局之中,中国社会正经历着重大的历史变迁,民族文化传统经受着前所未有的洗礼与考验。作为民族文化重要载体的传统节日,它的命运也受到越来越多人的关注。传统节日是一宗重大的民族文化遗产[①],传统节日不是一般假日,它是民族文化情感的凝聚与价值观念的体现。我们应该充分认识它的文化价值与意义,并主动进行传承与建设。

本文从以下三方面进行论述:

一、非物质文化遗产与传统节日

非物质文化遗产是指特定空间、群体传承的知识、信仰、情感、艺术、技术及其外部表现形式。传统节日作为民族文化的时间传承与表现方式是非物质文化遗产的重要内容。

非物质文化遗产是近年的热门词汇。非物质文化遗产保护是新世纪以来联合国机构工作的重点之一,它是世界遗产保护工作的重要扩展。世界上一些国家很早就开始了非物质文化遗产的保护工作,如日本 1950 年就颁布了《文

---

① 钟敬文先生在 1950 年就撰写了论文《口头文学——一宗重大的民族文化遗产》(《钟敬文民间文学论集》上册,上海:上海文艺出版社,1982 年,第 1—20 页),提出了民族文化遗产保护问题,本文就是受到钟师文章启发而作,谨以此文表达对先师去世三周年的纪念。

化财保护法》,其中就有"无形文化财"(包括演剧、音乐、工艺技术等)、民俗文化财(包括有关衣食住行、生产、信仰、年中节庆等风俗习惯、民俗艺能的无形民俗文化遗产和表现上述习惯与艺能的衣服、器具、房屋等物件的有形民俗文化遗产)等内容。受到日本对无形文化遗产的保护和实践影响,韩国在 1961 年颁布了"无形文化财"的保护法,以后逐渐得到菲律宾、泰国、美国和法国的响应。法国在文化遗产保护方面成就突出。1972 年联合国教科文组织通过了保护世界文化遗产与自然遗产的《世界遗产公约》。在讨论世界自然与文化遗产名录的过程中,人们对无形文化遗产也给予了相应的关注。1989 年在巴黎召开的联合国教科文组织第 25 届大会上,通过了《保护民间创作的建议案》,这里的民间创作也可表述为传统的民间文化①。

1998 年联合国教科文组织执委会在第 155 次会议上通过了《人类口头和非物质遗产代表作宣言实施规则》,号召各国政府、非政府组织和地方社区采取行动对那些被认为是民间集体保管和记忆的口头及非物质遗产进行鉴别、保护和利用。对于人类口头和非物质遗产有一个定义,并明确指出它出自《保护民间创作建议案》,定义如下:"指来自某一文化社区的全部创作,这些创作以传统为依据、由某一群体或一些个体所表达并被认为是符合社区期望的作为其文化和社会特性的表达形式,准则和价值通过模仿或其他方式口头相传。它的形式包括:语言、口头文学、音乐、舞蹈、游戏、竞技、神话、礼仪、风俗习惯、手工艺、建筑及其他艺术。"此定义中强调特定文化空间,强调空间内自发传承的生活知识、艺能与技能,以及社区共享的文化传统。

2001 年 5 月 18 日联合国教科文组织公布了首批人类口头和非物质遗产代表作,保护世界非物质遗产工作进入实质性阶段。同年 11 月发布了《世界文化多样性宣言》,从文化多样性的角度,重视文化生态的保护,重申应把文化视为某个社区或某个社会群体特有的精神与物质、智力与情感方面不同特点之总和,除了文学艺术外,文化还包括生活方式、共处的方式、价值观的体系,传说和信仰。确认相互信仰、理解的氛围下尊重文化的多样性、宽容、对话及合

---

① 参考杜晓帆《文化多样性与人类口头及无形文化遗产的保护和传承》,2003 年 7 月乌鲁木齐"非物质文化遗产保护传承与开发利用"学术研讨会会议论文。

作是国际和平的最佳保障之一。希望在承认文化多样性,认识到人类是一个统一整体和发展文化间交流的基础上开展更广泛的团结互助,认为尽管受到新的信息技术和传播技术迅速发展积极推动的全球化进程对文化多样性是一种挑战,但也为各种文化和文明之间进行新的对话创造了条件。

2003 年 10 月联合国教科文组织第 32 届大会通过了《保护非物质文化遗产公约》(Convention for the Safeguarding of the Intangible Cultural Heritage),对非物质文化遗产重新定义,这一定义与 1998 年的定义相比在非物质文化遗产的界定上更为明确:"各社区、群体,有时为个人视为其文化遗产的各种实践、呈现、表达、知识和技能,以及与之相关的工具、实物、手工制品和文化空间。各社区、群体为适应他们所处的环境,为应对他们与自然和历史的互动,不断使这种代代相传的非物质文化遗产得到创新,同时也为他们自己提供了一种认同感和历史感,由此促进了文化多样性和人类的创造力"①。《公约》还就非物质遗产涉及的范围作了具体的界定,非物质文化遗产有以下五个方面的内容:(1)口头传统,包括作为无形文化遗产媒介的语言;(2)表演艺术;(3)社会实践、仪式礼仪、节日庆典;(4)有关自然界和宇宙的知识和实践;(5)传统的手工艺技能。进而确定非物质文化遗产的"保护"是指采取措施,确保非物质文化遗产的传承的生命力量。对于非物质文化遗产的保存,重视文化空间(cultural spaces)整体,重视文化遗产的生命力量。在非物质文化遗产保护公约中,节日庆典得到前所未有的重视,以前的宣言、条例中都没有明确节日在非物质遗产中的位置,仅在首批 19 项世界非物质遗产名录中有一项节日内容(玻利维亚:奥如诺狂欢节)。2004 年 8 月十届全国人大常委会第十一次会议批准了联合国教科文组织《保护非物质文化遗产公约》,标志着中国在保护非物质文化遗产的进程中迈出了重要一步。

---

① 联合国教科文组织官方网站刊发《公约》关于非物质文化遗产的英文原文为:The "intangible cultural heritage" means the practices, representations, expressions, knowledge, skills—as well as the instruments, objects, artefacts and cultural spaces associated therewith—that communities, groups and, in some cases, individuals recognize as part of their cultural heritage. This intangible cultural heritage, transmitted from generation to generation, is constantly recreated by communities and groups in response to their environment, their interaction with nature and their history, and provides them with a sense of identity and continuity, thus promoting respect for cultural diversity and human creativity.

　　非物质文化遗产是以人为主体的,依靠语言、行为等方式进行传递的无形的文化遗产,虽然有时候要表达无形的文化需要有特定的物质形态呈现,如表演艺术离不开乐器、舞台,工匠离不开工具、材料,但其文化的核心是思想、情感、技艺与设计等非物质因素。这些非物质文化因素既源于人的个性,也是民族群体文化特色的体现。同时,它也构成了文化多样性的基础。由于非物质文化依托于人,人又受制于生存的历史社会条件,外部社会条件的变化对非物质文化遗产的传承有着重要的影响。随着现代社会进程的加快,经济全球化的加剧,大量形成于传统社会的非物质文化遗产面临着灭顶之灾。联合国教科文组织之所以由重视文化遗产推进到重视非物质文化遗产,就是已经看到经济全球化对世界文化多样性破坏的现实。联合国教科文组织《世界文化多样性宣言》(2001年11月2日第二十次全体会议根据Ⅳ委员会的报告通过决议)指出:"人类的共同遗产文化在不同的时代和不同的地方具有各种不同的表现形式。这种多样性的具体表现是构成人类各群体和各社会的特性所具有的独特性的多样化。文化多样性是交流、革新和创作的源泉,对人类来讲就像生物多样性对维持生物平衡那样必不可少。从这个意义上讲,文化的多样性是人类的共同遗产,应当从当代人和子孙后代利益予以承认和确定。"民族传统节日文化,正是文化多样性的重要体现。

　　中国传统节日是民俗文化的主干内容之一,传统节日的形成是一个长期的历史文化模塑过程,它承载着丰厚的历史文化内涵,是民众精神信仰、审美情趣、伦理关系与消费习惯的集中展示与传承的文化空间,传统节日在非物质文化遗产中占有至关重要的位置。

　　传统节日是人们在长期的历史社会生活中逐渐形成的划分日常生活时间段的特定人文符记。但这种时间段落的划分,又不仅仅是由人们的主观的时间观念,或者如胡塞尔所说的由"内在时间意识"来决定。它是自然时间(季节时间)过程与人文时间意识的有机结合。岁时节日是人们认识、处理自然时间过程与人事活动协调的时机。岁时节日随着历史社会的阶段变化,不断地调整着自己的文化主题,在早期社会它主要表现为人对自然的时间顺应,以及对神灵的祭祀,这时人们对自然的认识是戴着神秘的眼镜的,是神化了的自然。所以人们是在顺应神灵意志的形式下顺应自然,所谓循时而动,遵循的就是神秘的天时,是自然性与宗教性的时间表达。后来随着人们主体意识的增强,社会力量的强大,人们更强调国家与社会在人们生活中的影响与地位,岁时节日中的自然时间性质日渐淡漠,季节性祭献的时间仪式也逐渐世俗化为家庭或社会的聚会庆祝活动,岁时节日主要成为社会性与政治性的时间表达。

岁时节日的这种演变从人本角度看,无疑是巨大的历史进步,是文化演进与社会生活调整的积极结果。但换一个方向思考,从自然时序的角度,考虑人们的社会生活安排,同样符合人的本性。只要我们脱去神秘的信仰意识,将天时回归到自然季节流转的本质属性上,我们就会从早期社会的时间意识上升华出适应真正人性需要的现代时间观念,从而建立一套新的时间生活体系,以服务当代人们生活的需要。在有着强大文化传统的中国,这种新的节日生活体系的建立,当然离不开传统节日民俗,它只能是在传统节日生活基础上的继承与发展。

作为非物质文化遗产的传统节日,它要在文化遗产学上确立自己的位置,首先,必须阐明其文化内涵;其次,要说明它在当代社会的文化功能与意义。只有明确了这两大方面,我们才能对传统节日是一宗重大文化遗产的评估,真正落到实处。

二、民族节日传统内涵论析

从上述"非物质文化遗产"的定义看,它强调了两大方面,一是特定空间的传统形式的文化活动,二是特定群体传承的文化传统。传统节日的文化内涵正符合这一概念规定。我们结合传统节日民俗活动,重点探讨中国节日传统。

传统是既有的文化模式的传袭。传统二字,从语义上看,是动态的抽象,传者,延续,统者,头绪,人们将复杂的事物理出一种头绪,也就是说抽象出一种能够概括与说明具体事物的认知模式。更明确地说它是指在历史过程中形成的一种特定的精神信仰与价值观念,以及行事的习惯模式。有人进一步说:

传统是在文化发展中由社会集体记忆的"既有的解决各种人类问题的文化途径"①。中国是一个悠久的文明古国,在长期的农业社会生活形成的精神文化传统是天人合一、人与自然的和谐,有人说"和合"是中国的文化传统。这里就不仅是天人的和谐,还有一个人事的和谐,"礼之用,和为贵,先王之道斯为美"②。我们用这种思想来解决各种文化问题,在传统社会被证明是有效的。节日传统正是在这样一个文化大传统中形成的小传统,是从传统节日文化中凝练出来的精神要素,节日传统具有超越地域、阶层、时代的意义。节日传统具体说来有如下几个层面:

(一)节日物质生活层面的传统。如衣食住行的生活消费传统,其中节日饮食传统尤其鲜明。几乎每一个传统节日都有特定的节日食品,甚至人们直接用食品名称称呼节日。正月初一,北方饺子,南方年糕。饺子与年糕既是节日美食,又都饱含民俗寓意,饺子谐音"交子"象征着新年旧年在午夜子时的交替。年糕是南方年节祭祖与馈赠的节日食品,年糕谐音"年高",意味着人们生活质量年年提高。我们的节日就是一路"吃"过来,正月十五的元宵,二月二的龙鳞饼,三月三的荠菜煮鸡蛋,寒食清明的清明团子,四月浴佛节的缘豆,五月端午节的粽子、七月七的巧果,八月中秋的月饼,九月重阳的重阳糕,腊月八日的腊八粥,年三十的团年饭。人们在节日中注重饮食生活,这固然是在物质匮乏的时代,人们对物质生活的周期性的满足与享受,同时我们必须看到,它是中国人处理天人关系与社会关系的一种特殊表达方式,节日食品在传统社会首先是献给神灵(包括祖先)的祭品,其次才是家庭共享的节日美食。以饮食亲宗族兄弟是自古以来的礼仪,《礼记·礼运》曾经说过:"夫礼之初,始诸饮食"。节日食品在节日不仅是物质产品,同时是文化创造物,如端午粽子、中秋月饼等,每一节日食品都负载着深厚的民俗情感,围绕着节日食品形成了丰富的民俗传说,节日食品不单是节日美味,更多的是一种心情的表达。节日食品的献祭、馈送与集体分享,构成了中国节日物质生活的重要传统。

---

① 　傅铿、吕乐《论传统·序》,[美]E·希尔斯(E. Shils)《论传统》,上海:上海人民出版社,1991年,第7页。

② 　杨伯峻《论语译注》,北京:中华书局,1980年,第8页。

　　（二）节日社会生活层面的传统。节日生活既是家庭的，又是社会的。从中国的传统节日看，大多是以家庭为主的内聚性节日。传统节日活动注重家庭成员间的团聚与交流，将节日看成培育家庭意识与强化家族人伦的民俗时间。中国节日生活传统中人伦传统是其中的核心传统。如在三大传统节日春节、端午、中秋之中，以家人团聚为主题的就有春节与中秋，即使是以驱疫、祈求平安为主题的端午，民间也通过节俗活动强调它的伦理内涵，如出嫁女儿回娘家，未婚女婿给岳父母上大礼等。节日人伦传统浸润在中国节日民俗生活之中，在节日活动中随处可见。传统中国是一个伦理文化张扬的社会，伦理文化浸透到社会各个角落，而传统节日自始至终充满着这种伦理情怀。

　　（三）节日精神生活方面的传统。节日是文化的节点，是民众精神生活的集中体现，是人们沟通、调节天人关系、人际关系，以及安抚、表达人们内在情感的时机。我们从岁时信仰、节日传说、节日娱乐中可以提炼出节日民俗的精神传统。我们从传统节日民俗中可以经常看到与神灵对话的仪式，人们往往在自然时序的转接点与重要的农事季节跟神灵沟通。伴随着节日民俗仪式与祭祀活动的是人们的系列民俗解释，"与节庆历史同时并行的是节庆诠释的历史"[1]，这种解释既有对过去历史的片段的、变形的、或象征性的记忆，也有从民众理解的角度对新习俗产生的说明。虽然其中纷繁复杂，甚至相互抵牾矛盾，但都是民众心路的历程，是他们的精神痕迹，更是其情感聚焦的所在。节日传说构成了民众精神生活历史的重要组成部分。节日娱乐与节日游艺同样是民众精神生活的重要表达方式，民众通过节日化装的巡游，节日锣鼓的敲打，节日竞技的展演，抒发内心的情感、期望，并显示自己的生活地位，加强村落社区成员之间的情感依赖与精神联系，从而促进民俗共同体的内聚意识，保证民俗共同体的内部和谐。中国传统节日习俗中的这种精神传统具有重要的现实意义。

　　上述三大节日传统文化内涵在当代的节日文化建设中仍然具有重要的启示意义。

---

① ［德］皮柏（Pieper Josef）《节庆、休闲与文化》，黄藿译，北京：生活·读书·新知三联书店，1991 年，第38 页。

三、传统节日文化遗产与当代社会

在经济全球化的时代,要想保证世界文化丰富性与多样性,就必须强调保持不同民族、不同地域文化的个性,文化生态的保护与自然生态保护同等重要。对于当代中国来说,民族传统节日是亟待抢救保护的文化遗产。遗产不是历史的陈迹,遗产是一笔可贵的精神财富。民族传统节日是在长期的民族历史发展过程中逐渐形成的,它是民族文化传统传承的重要载体,是凝聚社会群体的重要力量。民族节日是文化对话交流理解欣赏的桥梁,它是调整社会内部关系的最佳方式之一,同时节日是展示个人才艺、表彰伦理道德、弘扬民族精神的时机。传统节日因其特有的历史文化内涵,在当代社会有着特定的文化功用:

(一)传统节日是传承民族文化的有效方式。传统节日是民族时间认知的重要标志,它起源于民族成员对年度时间的感受与时间经验,不同地域、不同民族的人有着不尽相同的时间认知方式。雷夫金说:"时间带着口音发言,每个文化都有一套独特的时间纹路。了解一个民族,就是在了解居民看待时间的价值。"①中国的传统节日是民族文化的集中体现,它不仅体现了民众内在的时间意识,以及这种意识所体现的文化观念,同时是民族文化传统周期性复现的重要时机,民族文化通过节日进行着有效的家庭与社会传承。

首先,节日是传承民族文化的重要载体。民族文化在当代社会更多的时候是隐藏在后台,或者说它是作为一种文化底色。在经济全球化的时代,人们的日常生活日益趋同,人们对外来的文化也采取越来越宽容的态度。对于希望继续保持民族文化本色的国人来说,周期性出现的民族传统节日异常重要。人们利用节日定期进行传统的表演与传统的教育,使传统在民众生活中得到延续与加强。传统有时隐藏在生活的背后、隐藏在人们的思想深处,人们要选

---

① 引自[美]劳勃·勒范恩(Robert Levine)《时间地图——不同时代与民族对时间的不同解释》的"前言",冯克芸、黄芳田、陈玲珑译,台北:台湾商务印书馆,1999 年,第 1 页。见台湾艺术人文社群网,心灵小憩社区,哲学世界栏目。

择具体特殊的时间将它呈现出来，人们通过各种节俗活动，在耳濡目染中自觉理解、接受传统，从而实现传统的传递与继承。

其次，节日保守与强化着民族文化传统的记忆。民族文化传统记忆需要持续反复的加强，民俗节日的周期性出现，不断地为人们提供脱离日常世俗时空，回归神圣的历史时空的现实条件。人们在节日状态中，通过各种节日仪式与传说的讲述，直接面对自己的祖先，反复重温传统，体味传统，使传统始终具有鲜活的生命，给民族文化的传人以生动的文化力量。

（二）传统节日是提高民族自信心的重要途径。民族自信心是维护民族尊严与文化本位的精神基础，一个民族如果缺乏自信，就会在精神迷茫中失去自己的民族位置。特别在当今全球化的浪潮中，在经济一体化的挤压下，面对强势文化的巨大压力，民族自信心显得更为重要，保持高度的民族自信是自立于世界民族之林的重要保证。民族自信不是空洞的浮夸与盲目的自大，民族自信需要强大的实力作为支撑，它建立在强大的经济基础之上，同时也建立在深厚的文化基础之上。

我们对于经济基础在提升民族自信心方面的重要性，容易理解和认同，对于培植民族文化根本，以牢固民族自信心方面，则缺乏充分的认识。固然，一个民族在经济上的贫弱会影响到民族形象与尊严，让它缺乏自信；可是假如一个民族失去它的文化根基，它可能就不只是缺乏自信，而是失去自己民族精魂，心甘情愿地成为他人文化的附庸。相反，如果我们坚守自己的文化传统，保持"威武不能屈，贫贱不能移"的浩然之气，那么我们的民族就有着光明的未来与复兴的希望。

近代以来中国所走过的历程正说明这一点。今天中国的经济成就举世瞩目，中国正日益上升为经济大国，但是我们民族立身的传统文化正逐渐稀薄减少。不少年轻人对于依附西方强势经济进入中国的西方生活方式兴趣浓厚，对于来自欧美的西洋节日，也觉得时尚有趣，而倍加追捧。人们对于外来文化的新鲜与好奇无可厚非，在文化多元化的时代，人们有不同的文化消费需要，也可以理解。重要的是，我们不能因此而丢掉维系中华民族血脉的文化传统，我们可以"美人之美"，但切忌"东施效颦"。

历史悠久、文化灿烂的中华民族，在经济社会全面转型的今天，正在大量、迅速地流失着自己的文化资源,而这些非物质文化遗产正是我们建立文化自信的重要的精神基础。可是目前有相当一部分人,对自己的文化缺乏自信,对民族文化的深厚内涵缺乏真正的认识。

有鉴于此,我们应该尽量利用各种机会展示传统文化的魅力,增强民族的自信。传统节日,是民族文化的心结。人们通过节日饮食、节日仪式、节日信仰与传说、节日艺术等集中展示民族文化的精华。我们在民族节日活动中,纪念自己的先人,触摸我们民族的魂灵,回归文化根本。传统节日在当代社会的价值与意义,就在于我们不断地给自己创造回归传统的机会。我们通过回归传统来辨识、确认自己的文化身份,树立我们的民族自信。

(三)传统节日是发展民族新文化的基础与凭借。传统节日在当代社会不仅是传承传统文化的重要载体,同时它也为民族文化传统的创新与发展提供了基础与凭借。"民间文化不仅仅是物质的和精神的宝贵财富,它同时还是建设先进文化,将之推向前进的坚实的基础和重要的助力。"[①]传统节日就属于这样的民间文化。我们可以进一步从以下两方面理解:

一是传统节日在历史发展中有着适应社会需要更新变化的文化创造力。民族文化传统依赖家庭与社会传承,其中节日是重要的时间载体。对于传统的认识与理解各时代都有不同的侧重,人们在传承传统时,不断地通过习俗解说赋予传统以新的解释。这种新解释往往构成新的传统内涵。我们一向强调中华文化传统的精神核心是和谐,这种和谐的含义就经历了不断更新发展的过程。在古代偏重于人与上天,人与家族的和谐。人们多以祈求祭献的方式取得与神秘上天的沟通,通过祭祀祖先、家族聚会的方式维护家族的联系。随着节日习俗的演进,我们常常看到民众依托节日进行的文化创造。人们在节日活动中不断地将天神俗化成人格神,继而创造出人们与具有高尚情操的历史人物的情感联系,如端午节本来是驱邪避疫、祈求平安的节日,但在六朝时期由于历史时势的因缘,人们将它与爱国诗人屈原联系起来,将龙舟竞渡与节日食粽的习俗都解释为追悼屈原,从而将一个普通的民俗节日上升为一个具

---

① 刘魁立《同历史对话,以利于开创未来》,冯骥才《守望民间》,北京:北京西苑出版社,2002年,第22页。

有重大的伦理意义的重要节日。还有七夕本来是立秋时节的星神祭祀，但后来人们逐渐不满足遥远上天的故事，将其变化为充满人间情趣的牛郎与织女相会、庭院穿针乞巧的习俗。在节日发展过程中，人们逐渐将传统的家族关系扩大转化为人与社区民众之间的情感联系，如元宵与市井娱乐等。由中国节日文化演进的历史看，传统节日不仅保守着文化传统，同时也不断更新发展着民族文化。

　　二是任何民族文化的创新离不开既有的历史文化基础。钟敬文先生曾经说过："真实的建造，大都是要有已经存在的事物作凭借或借鉴的。它的选择、消化，进而综合、创造。新的东西主要从旧的东西蜕化出来。"①在当代社会，传统节日同样构成民族文化创新发展的文化基础，新的具有民族特色的节日文化的形成应该从中国节日文化传统中汲取营养。人们逐渐重新认识到，集中于节日习俗中的调节人与自然及人伦关系的方式是现代社会所需要的文化之道。重新强化人与自然，人与社会的和谐是人类可持续发展的当务之急。在现代化的快节奏生活中，人们重新发现传统中的人性意义，亲近自然、亲近身边的人正成为现代休闲生活关注的中心内容。当代西方的思想家之所以对中国先秦儒家、道家思想发生浓厚兴趣，就在于人们对文化传统的重新体认。节日正是生发强调这一传统的最佳时机。同时社会可持续发展概念近年来纳入联合国教科文组织世界遗产工作范围，如何让传统的文化遗产在现代社会发挥实际的效用，为人类的健康进步提供知识与智慧也是遗产保护工作者所致力的方向②。

　　（四）传统节日是造就和谐社会的文化动力。和谐社会的建立，除了保证公平、公正等社会正义，化解社会矛盾，以及政令畅通、上下同心以外，精神文化建设十分必要，精神世界与文化心理的和谐是社会和谐的根本保证。在当代中国要调动民众的精神力量，就不能忽视我们几千年形成的文化传统，特别是民俗文化传统，"民俗文化不再只是传统意义上的下层文化和地方知识，而

---

① 钟敬文《口头文学——一宗重大的民族文化遗产》，《钟敬文民间文学论集》（上），上海：上海文艺出版社，1982年，第1页。

② ［法］杜明纳克《联合国教科文组织遗产保护工作与中国—北京》，《文史知识》，2004年第1期，第7页。

是全社会的公民素质、民族意识、价值哲学、政府公共管理政策、多元文化选择和大学教育的构成元素,是先进的人文文化"①。而民族节日文化传统是民众最直接感知、最易于产生文化能量的文化传统,它是构建当代和谐社会的重要精神动力。

和谐社会是中国人民追求的现实目标,和谐社会的建设依赖广大人民群众的共同努力,最重要的是通过有效手段,消除不和谐因素,营造和谐的氛围。传统节日伴随着中华民族走过了千年历史,经过不断的淘炼,传统节俗中累积了丰厚的民族文化内涵。中国的春节、端午、中秋等传统大节超越了汉民族,超越了地区,超越了社会阶层,成为覆盖全国的节日,甚至影响到东亚。传统节日习俗适应了中国社会广大阶层物质、精神、伦理与审美的共同需要,它在营造和谐社会的氛围上有特殊的作用。传统节日在和谐社会建设作用上主要有以下三点:

首先,传统节日适应人们定期精神调整的需要,通过祭祀娱乐的节俗进行精神调剂与休闲,以积蓄未来生产生活的心理能量。中国的传统节日一般在季节的转换时节,这一时节人们会因身体不适,造成一定的精神困扰,人们通过节日的庆祝娱乐调整情绪,鼓舞精神。我们在传统节日活动中常见锣鼓喧天、爆竹齐鸣、彩旗翻飞,所有这些物像都是为了发泄与平衡人们内在的情绪,正如《论语》所说:"百日之劳,一日之蜡。"节日不是空洞的说教,它以实际的习俗活动,以"润物细无声"的方式,浸染人们的心灵,短暂的节日狂欢是为了长期的心灵安宁,"乐则安,安则久"②,社会成员的"血气和平"是社会和谐的真正基础。

其次,传统节日能有效协调家庭关系与社会关系。中国传统文化重视人情伦理,重视家庭,重视邻里交往。在传统节日中几乎每一个节日都有回归家庭的主题,家庭内部关系的和谐在节日习俗中得到特别的强调,节日给家庭成员提供了周期性的聚集机会,家庭是社会组织的细胞,家庭的和谐与稳定给社

---

① 董晓萍《民俗文化遗产保护三阶段论要》,《文史知识》,2004 年第 1 期,第 17 页。
② [清]孙希旦《礼记集解》,北京:中华书局,1989 年,第 1029 页。

会和谐稳定提供了坚实的基础①。传统社会有"忠臣必出于孝义之家"的说法,在现代社会,守法公民同样得力于良好的家庭关系。同时传统节日注意调节乡村邻里与城市社区关系,节日除了家族内聚的一面,它也有扩大社会交往的特性。我们看春节的社火表演,清明的郊游,端午的龙舟竞渡,中秋节物的馈送,重阳的登高等,都给人们创造了交往的机会。家庭伦理关系与社会伦理关系通过传统节日得到周期强化,这是建设和谐社会的重要保证。

再次,传统节日以其独有的传统魅力,为协调社会经济发展提供了机会。传统节日为社会消费提供了重大商机。传统节日因其负载的特殊文化内涵,它较一般公众假日更能激起人们的消费欲望。西方社会的圣诞节消费,中国春节的消费都是传统节日推动经济消费市场的典型。传统社会的庙市,当今的城乡庙会,一般都依附于传统节日,传统节日期间人们因为节日物质享受与社会交往的需要,有着超常的消费需求。传统节日为活跃城乡经济,扩大商品市场提供了文化动力。

传统节日是一宗重大的民族文化遗产,它是民族成员情感、知识、智慧、伦理规范的凝聚。它不仅是我们创造民族新文化的凭借与基础,同时它也构成了我们时代生活的一部分。虽然从文化整体上看,传统文化已经成为过去,但其中优秀的文化精华部分,融入了我们的生活,成为镶嵌在我们新时代衣衫上的熠熠生辉的珍宝。传统节日就是这样的文化瑰宝,它的文化价值与文化魅力不仅奠定了它在世界人类非物质文化遗产中的历史地位,同样也影响着民族文化的未来。

---

① 萧放《岁时——传统中国民众的时间生活》,北京:中华书局,2002 年,第 96—101 页。

非物质文化遗产调查中的主体意识

——以民间文学为例

万建中

"非物质文化遗产"的一个重要内容,就是"口头传统以及作为文化表达手段的语言",实际为民间口头文学。非物质文化遗产并非原本就显现,它需要人们去发现、去发掘并且进行必要的阐释,也即是说,非物质文化遗产不会自己"说话",它是由调查者、研究者及相关机构认定的。非物质文化遗产的发掘和确认过程,在很大程度上也就是田野调查的过程。在调查中,如何把握调查者的主体意识,如何发挥调查者的主体意识,是一个非常重要的问题。下面以民间文学为例予以论述。

一、主位和客位的立场

一个地区的民众拥有当地文化知识的产权,这是毫无疑义的;他们对这些文化现象背后的意义有自己的理解,这也是毫无疑义的。然而要把这些理解当作非物质文化遗产叙述出来,只能是调查者和研究者们完成的事情。所有的民间文学工作者都是在面对异地的民间文学,只是"异"的程度不同而已。一个民间文学学者对某地的民间文学无论多么熟悉,但也只是"熟悉"而已;他不可能是一个真正的当地民众,他不可能完全和当地人一样去生活、思想。

正因为如此,民间文学学者需要"田野作业",同理,非物质文化遗产调查,首先要确立主位和客位的立场。就民间文学而言,就是把当地演唱者的观点和研究者的观点区分开来,或者说要区分文化主位(emic)即拥有民间文学的当地人的观点与文化客位(etic)即民间文学的记录者和研究者的看法。说得具体些,"主位研究强调在研究中,要求调查者去习得被调查者所具有的地方性知识和世界观,即研究者不受自身文化的束缚,置于被研究者的立场上,去了解、理解和研究问题。否则,观察者在一个陌生的文化模式中,只能看到若干不相关联的因素,而看不到一个整体。它强调能用本地人的观点来努力理解当地人的文化。而客位研究是以调查者本身的立场为出发点来理解文化,研究者所使用的观念并不是当地人的观点。"①这是对认知人类学(Cognitive Anthropology)方法的借鉴。

只要经过努力,主位研究和客位研究我们都可以做到,这实际上是研究的立足点、态度和角度的问题。田野作业的成果即非物质文化遗产,毕竟是研究者"看到"、"听到"、"想到"的,是他们"表达"出来的,忽视研究者的主体性是不科学的。20世纪前期的德国哲学家胡塞尔、海德格尔以及20世纪中期法国哲学家萨特等都强调我思、权力意志、先验意识等,认为"自在"是"自为"中的"自在",对象是意识中的对象,世界是在人的主观中展现出来的。除非借助研究者的主观意识,田野作业的对象自身无法自我呈现出来,而研究者所运用的调查方法、观点不同,所认识、理解、经验和把握到的调查对象的层面、属性、情状也大相径庭。发现、识别、认定和表述非物质文化遗产都离不开客位的立场。

人们总是想像非物质文化遗产(他者的世界),或者说民间社会是一个统一的整体,民众生活的内部结构具有内在的一致性,口头传统的结构模式先于研究者进入之前就早已存在了。这应该符合结构主义的思维路径。结构主义大师列维-斯特劳斯(Levi-Strauss)认为:"神话、习俗、姻亲关系等都被共同的深层结构所控制,一个遵守这些习俗或神话的民族自己不会感到这深层结构,就像以汉语为母语的人并不感到自己说的话服从于汉语的语法规则一样。"②结构主义的核心范畴是"结构"(structure),在结构内部有一个中心。正是这个中心将事物和结构的各种因素组织起来,使之成为一个统一的整体。法国符号叙事学家德里达(Jacques Derrida)则认为结构的中心不在其自身,而在其之外,在"他者"(other)或称参照物中。而一种结构的"他者"、参照物是无

---

① 麻国庆《走进他者的世界》,北京:学苑出版社,2001年,第34页。
② 赵毅衡《符号学文学论文集》,天津:百花文艺出版社,2004年,第34页。

穷无尽的,与之相应,结构的性质状态也处于不断变异之中,并非是固定不变的①。正是通过对结构主义"结构"的解构,德里达建立了后结构主义的差异论思想。

主位和客位只是非物质文化遗产调查的立场或意识的问题,无论是主位还是客位都不像一般人所认为的那样是纯粹的一体的,相反,客位以它的另一面——主位为前提条件,没有后者也就没有它本身,反之亦然;它们中各自深深隐含着它们的对立面;主位和客位都不是纯一的而是异质的。真正的田野作业不可能只是主位立场或只是客位立场,两种立场应该是相辅相成的,主位中有客位,客位中有主位。这种认识是受到埃德蒙德·胡塞尔(Edmund Husserl)现象学的指引,现象学"所追问的是到处都被断定的那种东西,即某物'是',并且着眼于某物在其中'作为是者而被给予'的那种意识方式,只有从这些意识方式出发,某物对于认识批判性的研究来说才是可理解的。"②非物质文化遗产调查面对的是意识方式下的对象,也就是说所谓的主位经过了意识方式的判定。

二、调查者的立场左右调查结果

非物质文化遗产是由于有了"田野作业"而得以发掘的,调查者的目的是努力进入田野和理解田野。于是,在田野作业过程中,调查者往往一再强调主位立场,即用当地人的观点来努力理解当地人的文化,但实际情况是,"客位"立场始终依然存在。每一个调查者都可设立独一无二的"他者"或参照物,其本身的立场、方法、观念的不同,所得出的研究结论必定有很大的差异。那些自以为是主位研究的学者们,一再标榜自己调查和研究的成果是对他者的世界的客观、真实描述,认定调查的对象原本即是如此,这实际上行使了话语霸权。"在研究对象被视为客体的时代,客体只能接受研究者主体的言说而绝无

---

① Jacques Derrida. *Writing and Difference*[M]. Trans. By Alan Bass. Chicago: The University of Chicago Press, 1978. (p. 280)

② [德]埃德蒙德·胡塞尔(Edmund Husserl)《笛卡尔式的沉思·编者导言》,张廷国译,北京:中国城市出版社,2002年,第3页。

拒绝接纳此言说的权利,因为主体的言说被认为纯粹是客体内在本质的客观反映。"①因此,我们对田野民俗志应有清醒的认识,这类成果一再标榜自己为"元叙事"(metanarratives),实际上它们都是与叙述权力捆绑在一起的。

不论是主位研究还是客位研究,既然研究者如此重要,他们可以左右调查和研究的进程及结果,那么,就完全有必要将研究者本身纳入研究的视野之中。对此,已有学者发出了这方面的呼吁。民间文学工作者要把民间文学工作者自己,把民间文学工作者自己的学术活动纳入学科的对象。"在通过田野作业进行研究的诸学科之中,把研究者本身也纳入研究对象的范例是由美国人类学家保尔·拉比诺开创的。他把他在摩洛哥一个乡村开展田野作业的过程作为叙述的材料,将自己与调查对象的互动一起作为研究的对象,完成了《摩洛哥田野作业的反思》这一民族志著作。看调查者与被调查者的互动,反思调查者自己的经历,这种界定研究对象的思路必然要把研究者纳入进来。在田野作业中参与观察,不就是观察者参与到对象之中而成为被观察的对象的一部分吗? ……从知识生产的过程来看,田野作业中的民俗学者同样应该被置于观察、反思的对象之中。"②

除了"口头传统以及作为文化表达手段的语言"之外,非物质文化遗产还包括"民俗生活、仪式礼仪、节日庆典";"本土智慧、民间记忆及其象征形式";"表演艺术";"有关自然界和宇宙的民间传统知识和实践";"传统的手工艺技艺和诀窍";"与上述表达形式相关的文化空间"③。这些都是存在于一个特定区域之中的,而且需要通过某种叙述的形式才能表现出来。作为一个"局外人",调查者如何进入这个区域,从事非物质文化遗产的生产? 马林诺夫斯基(Bronislaw Malinowski)提出的以"移情"来达到从当事人观点看当地文化的境界,似乎仍是田野工作的最高指导原则。在《从当事人观点》一文中,格尔茨(Clifsord Geertz)对"移情"提出了新的解释。他认为所谓的"移情"并不是要人类学家变成当事人,而且前者也不可能变成后者。人类学者对异文化和当事

① 吕微《反思民俗学、民间文学的学术伦理》,《民间文化论坛》,2004 年第 5 期,第 6 页。
② 高丙中《知识分子、民间与一个寺庙博物馆的诞生——对民俗学的学术实践的新探索》,《民间文化论坛》,2004 年第 6 期,第 14 页。
③ 刘魁立《中国民间文学概论》,北京:中国人民大学出版社,2004 年,第 1 页。

人的观点的了解有"经验接近"(experience－near)与"经验远离"(experience－distant)的程度差异。前者指用当事人的概念语言来贴切地描述出该当事人的文化建构;后者指用学术语言或研究者自己的概念语言来描述所研究的异文化。对当事人文化的全面描述关键是"经验接近"与"经验远离"的并置(juxta-position)①。

如何做到这种"并置",美国当代文化人类学家本尼迪克特(Ruth Fulton Benedict)的《菊花与刀》一书为我们提供了成功范例。1944 年 6 月,第二次世界大战的结局已开始明朗,美国政府着手制定对待日本的政策。两国的国情迥异,美国政府需要了解日本的文化特性和民族性格。由于研究目的的缘故,本尼迪克特对日本民间文化的考虑就必须摆脱猎奇的心态,她是怀着尊重日本民众情感、理解日本民众知识的意愿进入日本民间文化领域的。譬如,她指出日本人的所谓理义声誉的概念,除了指各种扬名的行为之外,还包括排除他人的谩骂及侮辱的行为。其实,在这里,后者意即报复,正确地说,指雪耻的复仇行为。这种极端的名誉感和报复的态度在美国现已甚为鲜见,而日本人把它视为人品高尚的一部分,是大家广泛推崇的美德。对此,本尼迪克特没有妄加评论,而只是认为,既然日本人认为它是一种美德,那它就是美德。由于有了这样一种"公正"的解释态度,她所阐述的日本民族的文化知识,得到了当地民众广泛的接受,或者说她对异民族民间文化的理解既达到了抽象的、本质的层次,又为当地人所理解和认同。

三、参与观察与深度描写

非物质文化遗产从其生存的田野走向学术的层面,要经过研究者的参与观察和深度描写。西方现代人类学之父弗朗兹·博厄斯(Franz Boas,又通常译作鲍亚士,1858—1942)提出了"参与观察法"(participant observation)的田野作业要求。就民间文学而言,即民间文学工作者一定要参加到被调查对象的

---

① ［美］乔治·E·马尔库斯(George E. Marcus)、米开尔·M·J·费彻尔(Michael M. J. Fischer)《作为文化批评的人类学》,王铭铭、蓝达居译,北京:三联书店,1998 年,第 53－54 页。

生活中去,成为其中的一员,在实际生活中感悟当地的民间文学,而且要站在被调查者立场上思考问题、观察问题。具体说,参与观察的主要内容有:(1)作业者住在作业地要有一定的时间长度。一般是一年,使他有机会看到当地人整年内口头传统的表演情况、观察不同时间口头表演的差异。(2)学习当地语言。(3)作业者要像当地社会成员一样生活,深入到民众生活之中,才能真正了解他们的口头文化。在参与的过程中,作业者既要深入当地社会生活中去,又要防止"土著化"(going native),即做过分的感情投入。应时刻记住自己是个民间文学工作者①。

除了参与观察之外,还要对观察到的进行"深层描绘"(deep description)。阐释人类学大师格尔茨大力倡导在田野工作基础上对地方性知识进行深描的方法。他说过:"我与马克斯·韦伯一样,认为人是悬挂在由他们自己编织的意义之网上的动物,我把文化看作这些网,因而认为文化的分析不是一种探索规律的实验科学,而是一种探索意义的阐释性科学。我所追求的是阐释,阐释表面上神秘莫测的社会表达方式。"②民间文学学者当然也包括所有非物质文化遗产工作者所从事的工作,其实也正是这样的文化阐释。这种阐释必须在田野笔记和记录当地人所叙述的叙述基础上进行。格尔茨以日常生活中的"眨眼"为例生动地说明"阐释与描述"的多重性与"意义"的多重性。对于一个"眨眼"的事实,当它处于交流过程时可以出现几种可能性:(1)故意的;(2)对某人刻意的;(3)传递一种特殊信息;(4)在情境中建立起的语码;(5)随意性行为。对民间文学表演行为的解释与描述终究还是"人为的"、"人文的"③。

民间文学的田野工作可分两种类型:(1)全面调查(holistic investigation),即对一个特定村落或社区的所有口头表演样式作全面调查,运用民族志诗学方法,构建一个区域内口头表演的整体空间。(2)定向调查(problem—oriented investigation),即对一个特定村落或社区的某一种民间口头表演形式进行调查,解决某一个具体问题。比如,就某地民歌歌唱传统而言,歌唱传统是如何

---

① 汪宁生《文化人类学调查——正确认识社会的方法》,北京:文物出版社,2002年,第27—28页。
② 〔美〕克利福德·格尔茨(Clifford Geertz)《文化的解释》,纳日碧力戈等译,上海:上海人民出版社,1999年,第5页。
③ 叶舒宪、彭兆荣、纳日碧力戈《人类学关键词》,桂林:广西师范大学出版社,2004年,第101页。

得到延续的,歌唱活动是如何组织起来的,歌唱进行的程序以及程序如何得到保障等等。这里需要特别提醒的是,"除了民间文学以外,当地如有著名的文学家,或有因反映当地风土人情而著名的文学作品,自亦不应忽略。人所熟知的某些文学作品如在当地特别流行,应了解其社会根源及所起作用;而如果当地以本地语言复述或加以改造(如某些少数民族对于《西游记》),则应作为当地文学加以调查和搜集。"①

　　社会人类学功能主义学派的创建人拉德克利夫一布朗(Radcliffe—Brown,1881—1955)说:"田野工作者为了发现他所观察的文化事实的意义,必须采取特殊的技术。这种技术在某方面相似于词典编纂者第一次记录口语的工作,但从总体上讲,前者要比后者困难得多。这种技术目前正缓慢地得到发展,它的充分发展,只有等社会学理论取得进步时才有可能。"②同样,非物质文化遗产田野作业技术和书写要得到发展,只有在关于非物质文化遗产新的理论指导下才有可能。

　　目前,中国对非物质文化遗产的保护、利用,并没有全面铺开,而是选择所谓的"重点"。因此,深度描写还表现在对某一遗产身份的确立方面。身份是关系,即身份不在非物质文化遗产本身,而在某一遗产与其他遗产的关系之中。要解释某一遗产的身份,就必须指明此遗产与其他遗产的差异,就不仅仅是考察此遗产本身,而是要考察建构遗产之间的差别体系。换句话说,某一遗产身份不仅仅是包含在其"身躯"之内,而是由差别构成的。而如何确定这种差别,或者说如何进行比较,也是深度描写,同样也有一个主体意识的问题。

---

① 汪宁生《文化人类学调查——正确认识社会的方法》,北京:文物出版社,2002年,第198页。
② [英]拉德克利夫一布朗(A. R. Radcliffe-Brown)《社会人类学方法》,夏建中译,北京:华夏出版社,2002年,第64页。

数字化与现代大学遗产：钟敬文工作站

董晓萍

现代大学的名校和名师现象已普遍受到重视，名校和名师持续地打造知识精英，形成了相当的社会影响。但我们也需要思考另外的问题，即大学影响社会的理念和成果。仅从文科说，以往的这类营造无非是两点：一是创造优越的大学学术环境，二是出书。但大学的学术环境也有两重性：它既是影响社会的思想基地，也容易造成与社会应用的距离；出书也有两面性：书面著作既能保存一部分研究成果，也能损失更多的非书面传承信息和行为智慧；而对民俗学这种学科来说，这可就要得失参半了，因为民俗学是与社会整合文化和非书面传承距离最近的人文科学之一。

从上世纪60年代起，民俗学者花了三十多年的功夫，靠近人类学，吸收它的具体描述文化的思想；也靠近社会学，吸收它的社会网络运行理论，民俗学由此得到充实。它对民族内部文化的解释，不再是重复"文化惊奇"的历史，也不仅仅是强调"祖先遗产"的现实，而是揭示可观察的文化传统，发现可跨文化交流的民俗对整个人类社会发展的意义。但这又给民俗学者带来了新的问题，也让民俗学者棘手：民俗学者总是勤奋的学者，他们背负行囊走进非书面传承的庞大世界，同时要向被书面文化控制已久的戒律挑战；民俗学的对象，在世界不同地区、不同民族、不同文化之间，也还长期存在着各种各样的不平等，这又使民俗学的研究目标有时是复杂的，有时还不仅是民俗学本身的问题，还有政治、经济和现代教育等因素在起作用；当这些因素综合在一起的时候，民俗学也会很难处理。因此，在现代大学教育中，民俗学理论和方法上的创新显得尤为重要。数字化，正好提供了解决这类问题的新工具，包括理念和产品。

　　近期在北京师范大学民俗学国家重点学科建成的钟敬文工作站,正是将数字化与民俗学相结合的一项探索性成果。在这里,数字化被纳入现代民俗学的知识体系中,成为现代大学名师遗产的理念构成,也成为民俗学的社会公共教育产品。

一、数字化与民俗学高等教育的联系

　　数字化,在20世纪过来人的心目中,最初还只是"计算机"的代名词。但人类靠了计算机,才登上了航天器,飞向了太空。中国第一台大型快速运行计算机也叫"银河",它代表了中国科学家的梦想,也显示了自然科学的强大技术进步。更早的时候,至少在2500年前,中国就有了歌颂银河的诗歌,发明了牛郎织女跨银河的故事,还创造了纪念银河鹊桥的七夕节。银河民俗早已把科学家的梦想编织得美丽动人,而民俗学家正是研究这种美丽文化的一群人。

　　数字化,在21世纪人的眼中,又叫"网络"。网络本来是计算机的一种运行技术,但现在网络已成为人类获取知识的绿色通道。据说从二三岁的儿童到八九十岁的老人都会上网,没有网络的世界已匪夷所思。网络还能结成社会关系、组织文化交流,轻松地解决老规矩中的不少难题,节约人际关系成本。网络与人文科学的深度结合,还能使民族民俗传统广为传播,远比牛郎织女时代的鹊桥口传更有世界影响和后世影响,所以我们不能不关注网络。

　　随着现代高科技的延伸发展,现代民俗学者已可以通过数字化登上"银河鹊桥"。数字网络的金丝银线,把中国的民俗告诉世界,也让世界把民俗告诉中国,这是沧海桑田的巨变。在这种时刻,我们更要郑重纪念先师钟敬文先生的历史奠基之功。

　　说一件我和钟先生之间发生的关于计算机的小事。1992年的一天,我刚刚学会用计算机,不久技痒,给钟老打了一张小纸条送过去,上面写了我当天完成的芝麻绿豆的小事。他一眼就看出来我是没事找事,就问:"说说就行了的事,还用计算机,花这么多时间?"我看心思被拆穿,一笑了事,但此事我至今没忘。他是要求我节省时间最严厉的人,还曾从四川带回一个"惜时如金"的条幅送我。他常告诫我学问如树,要去掉枝蔓,才能树干结实,树大叶茂。我从这件事中悟到,学习计算机新技术,是要做旧方法做不到的事,不然新不如旧。旧法因为顺手,反而熟能生巧,也有创新的机会。后来我就用这件事惕励自己,要明确探寻新方法的原则和目标。因此,我们多年来坚持用数字化解决民俗学界解决不了的问题,而不是拿它当盆景。

不用说,数字化之于民俗学,好比盖房使用的梯子。借一句欧洲数字家欧拉(Leonard Euler)的话说:"再笨的建筑师也会盖完房子后把梯子收起来",民俗学者也如此,我们要的是房子,不是梯子,所以我们没有去死扣复杂的计算公式,实际上民俗学的数字化也未必需要尖端的计算机技术。我们所要讲清楚的,是民俗学与数字化结合的理念和最佳交手处,这正像没有去夸耀梯子。

2006年,钟敬文工作站建成。2007年,我受命到美国某大学工作。在美国这个提出"数字地球"概念的信息大国,我以世界上最快的上网速度,以查询多元文化信息的工作背景,写中国民俗数字化的书,这时真有抬头看飞机的感觉,也有从飞机上找万里长城的感慨。数字化,能让人们去看天大的世界,也能让人们从天文信息中准确地找到某个最小地点。人为什么要找某个最小地点呢?因为那个最小地点可能叫"祖国",她跟你三生有情。这种"遥看"和"遥感"的心理活动,还促使我强烈地反思先师的民俗学,也容易看到民俗学的一些基本问题,在你进门的时候,这些基本问题就摆在学问的门口上;在你百战归来之际,它们还摆在学问的门口上;这让我终于明白,把门口的问题说懂了,也是一种创新。

二、钟敬文工作站的理念与内涵

钟敬文工作站,主要以先师钟敬文先生为典范,把先师以毕生精力所建设的民俗学学说,转化为现代大学遗产;把他所高度凝练的非书面传统研究精华,开发为社会公共财富;把他那高尚境界化的学术命题,转化为有高分析含量的习题样本。我们重点以数字环境、数字整合和数字拉链为概念,以符合民俗学研究目标的数字技术路线为方案,以名师网作为概念成果,以数字名师地图为应用产品,建成个性化的现代民俗学研究专家系统。先师一生秉持"人民学者"的信念,我们愿意借此促进他的这种伟大信念和思想学说继续传承。

(一)数字环境

在大学影响社会的介质和方式上,两年前,我就曾应《北京师范大学学报》之邀,写过一篇文章,主要谈先师钟老的贡献;讨论的范围,限于书面成果。兹就相关部分略作摘述。

> 大学学报的角色是以大学学报为阵地,通过对大学作者学术成果的选刊,特别是与学科带头人的深入接触,对大学产生的具有重大学术价值和长远社会意义的成果加以推介。北师大学报与北师大民俗学国家重点学科的联系,是由钟敬文教授生前建立的,民俗学的文化影响很大,价值不容低估,但它不是学术大户,学报与民俗学科的联系,还促进了北师大民俗学在大学圈中影响的扩大,并对北师大民俗学的特色建设、标准的坚持和传统的延续,起到了不可替代的作用。

> 北师大民俗学科与钟敬文教授学说有一脉相承的关系。迄今为止,学报已刊载钟先生在 1949 年以后阐述民间文艺学和民俗学核心学说的各种论文,内容涉及继承和弘扬民族文化遗产、开辟民间文艺学史和民俗学史、设置大学民间文学和民俗学的课程、与苏联、日本和其他欧美理论界的对话、发展民俗文化学、建立民俗学的中国学派等。它们一经发表,都曾对当时国内民间文学和民俗学运动起到指导作用,也产生过相当的国际影响。①

先师本人不搞数字化。在他生前的时代,数字化虽已兴起,但对一般民俗学者来说,还仅是一种自然科学技术。不过,到撰写此文时,北京师范大学民俗学专业已开展数字化三年,这是因为后来的大学学术环境发生了变化。在先师身后,国际国内高校的文理科专业都出现了数字化的氛围,一些可参考的外围工作也已铺开。当然,对北京师范大学民俗学学科点来说,接受和利用数字化,主要还是传承钟敬文先生的思想文化学说,推动民俗学的基础研究与社

---

① 董晓萍《大学圈中的学报效应》,《北京师范大学学报》,2006 年第 5 期。

会应用。数字化带来了一些全新的认识,其中之一,就是"数字环境"的概念。本专业在建设数字环境中,从头到脚地自我更新,并在整体学术推进与团队合作锻炼中,提升了对先师学术文化思想及其社会成就的理解。

从学科整体发展角度建设钟敬文工作站,要抓紧核心问题,主要是将钟先生的理论成就和人文学术资源的书面传播优势,转化为数字传播优势,在国内外同行尚未解决的民俗海量信息储存和民俗人文成果评价标准的共同难题中,以中国民俗学为例,尝试走出自己的解决道路。重点根据钟先生学术文化学说和中国民俗学的实际,以国际前沿、国内空白、政府提倡、社会急需和民间关注的课题为选题原则,发挥北京师范大学文理资源综合、大学与政府的已有合作基础和民俗学国家老牌重点学科的积累优势,在较短的时间内,完成数字民俗资源的原始积累,跨越外界同行将数字博物馆和数字典藏库分开建设的漫长时期,直接进入两者的整合建设,把钟先生丰厚的精神遗产转化为社会公共财富。

中国是世界上出书最多的国家,也是数字信息资源大国,但首先是书面文献大国。我们在进行数字环境建设时,是始终与书面文献相参照的,对著作等身的先师更是如此。

所谓数字环境,有两层含义。一是硬件部分,指建立数字民俗研究所需要的数字仪器、数字氛围、数字技术、数字项目团队和数字产品等;二是软件部分,指恢复重建民俗生态社会的数字运行环境,再现民俗传承和民俗时空运作的历史价值和社会现实意义。在现代化和全球化进程中很多传统民俗生态环境遭到破坏或消失后,这种数字运行环境的建设就变得更为迫切和更有价值。在数字化工程中,民俗学者也在数字环境下,发展数字民俗的概念群,发展出民俗学的新概念,解决民俗学的学术困扰问题,开发民俗学的新产品。

数字环境所给我们提供的东西,不是个别专篇或主题的叶片枝杈,而是根深叶茂一棵树;不是静态文字,而是可以在恢复整体运行的、活起来的思想和行动;不是单一项目和单层思想,而是多步骤方案和多层次成果迭进的复杂呈现系统。这种数字环境所能做的搭建,是有序网状结构,为纸介著作的线性认知效果所无法比拟。对一位学术宗师来讲,很显然,他更适合在数字环境中的具体地点、具体时间、具体社会背景和具体学术事件中,被娓娓陈述。

（二）数字整合

不是所有民俗学名师成就都适合数字化的。数字化的得益之处，一般民俗学者可能认为，除了构建民俗信息系统，还能虚拟，能把人用肉眼无法观察的民俗传承过程予以再现，再把学者研究民俗传承的核心命题时所看不见的思维活动和论证过程复写出来。但是，从建立钟敬文工作站的目标来讲，这些都还是远远不够的。

所谓数字整合，指以数字化的现代手段，研究民俗学名师的生平学说数据，按其人文属性和数字逻辑，建立元数据和数据集，进行时空框架内的数据整合，演示名师与社会主流文化建设共进的史实。重点组建先师生平、学术、创作和社会活动的数据资源，全面展示民俗学名师的特征。

钟敬文先生是中国民俗学之父，著名民俗学家和民间文艺学家、现代诗人、散文家和作家，曾建立和长期指导北京师范大学民俗学国家重点学科的建设。他的多方面社会成就，没有数字化，要整体传承下去是很难的，但在数字整合之后，就有望变成现实。在建设钟敬文工作站的工作中，我们借助"数字整合"的概念，通过组建生平、学术、创作和社会活动的数据资源，把先师的个性化的成就置于数字环境中做研究，开展时空框架内的数据整合，大体做到了全面展示这位民俗学大师的成就。

数字整合，也能帮助社会用户从名师本身和后学以数字化手段研究名师的两个角度，有近有远地了解名师与社会主流共进的史实和可学可仿的素质。

据我们所知，到目前为止，从国内到国际，还没有一所由大学文科专业人员创办的名师研究工作站。钟敬文工作站，以钟敬文民俗学学说为理论基础，以国际先进人文学科理论和文理交叉的数字化实验室为前沿，以钟敬文教授在北师大工作期间积累的大量学术资料为原始数据，充分利用北京师范大学文理工学科集中和综合人才聚集的优势，采用计算机制作、数字化技术和缩微处理等现代手段，征集和整理以钟敬文的学术成就为代表的中国民俗学理论、民俗学田野作业资料、民俗学者参与中国十大文艺集成工程的社会应用成果、民俗学学科点人才培养和国际学术交流成果，并加以呈现。没有数字化的队伍，要完成这样庞大的方案，是纸上谈兵。但在数字整合之后，它具有可操作性。

　　钟敬文工作站,还要体现学术大师独特的人格教育魅力,展现他对高级专业人才的培养教育历程,体现他热爱祖国文化事业和献身民俗文化遗产研究与高校教育的崇高精神,探索高校民俗学教育与现代社会大众文化遗产公共事业接轨的道路。主要把他的教育成就用四阶段数据展示出来,即名师进入主流社会的分析性起点、过程描述、学术探索的快感、欣赏做学问并回报社会的超级境界。它们缺一不可,缺少任何阶段,都不会成为影响型的名师,都不能造就后续精英队伍。

　　分析性起点,与名师切入发明性的学术问题的最初起点有关,它是原创性、高层次的分析起点,是名师在特定社会背景下和学术思潮基础上,对创建一门新学问的选择起点。

　　过程描述,指名师在建设理论和方法论上的正确运行,也指其能将学术探索的内部运行过程具体地描述出来,并能为后人验证和模仿。很多学者能正确地运用理论和方法解决问题,却不能把个中的过程具体描述出来,因此只能是"匠",不是"师"。只有少数人不仅能将自己头脑中的理论思维活动和资料处理过程精细完整地描述出来,还能科学地概括成学术规则,这种人才能成为"名师"。钟敬文先生等一批著名学者都是描述头脑内部思维的高手,因而是"大师"。

　　学术探索的快感,指学者经过长期的考察和艰苦的求索,一朝得到结论,便会产生豁然开朗的愉悦感。它是一种由神经系统传达到生理身体上的舒服感,是一种通体透亮的精神性解放感。普通人得到它,能抛却压抑,放松心情。名师得到它,能酿造学术精髓,还能在学问之外,将之化为锦绣文章、抒怀诗篇和壮丽戏剧,引邀广大后学前来共享,乃至产生社会公众对该学问的兴趣。

　　做学问而至欣赏其苦,报效社会而至情操忘我,这更是名师的精神世界。一般好的学者也多少具有这个品质,但对名师而言,它正是其日常人生的化境和生命意义的所在。

　　没有数字化,这些心理的、思维活动的、素质型的、情致性的和境界级的东西,是很难表达的,更不能从看不见的东西变成看见的东西。它们从来只属于古人所说"只可意会,不可言传"的神秘内容。以往的纸介成品,包括学术著作、散文诗篇和传记文学等,也能表述它们,但却要分门别类地肢解多面手学者的成就,现在要促进人类对这类学者的全面理解,就要借助数字化的功能。在"数字整合"之后,先师的这些独具特质都能得到展现。

在当今现代化和全球化的背景下,民俗学得到蓬勃发展。在先师身后,建立他的数字化工作站,是北师大民俗学国家重点学科中青年后学弘扬传统、面向未来的重要基础工作,是继续践行先师建立中国民俗学派的总体规划的组成部分,是编制中国现代社会民俗学发展史的重头教材,也是培养一代接一代民俗学新生力量的可视化课堂。没有数字化,所有这些工作将假以时日;有了数字化,可以将民俗学宗师的学术成果、教育成果和社会公益事业成果共同推出。它还能吸引世界各地热爱中国民俗文化和希望了解中国民俗文化的学者、留学生,扩充国家文化遗产保护的经验,把民俗学国家重点学科的水平和功能提升到新高度。

(三)数字拉链

进入21世纪以后,短短几年,在高校内外计算机的应用已很普及,不足以用课程科目来描述。现在的它,是普通教具,是生活方式,是从孩子起就接触的外部世界,是地球各角落文化揭密的公开武器,这是个大题目。

但本文讨论的数字化与计算机普及并不相同。在这里,数字化被放在应用民俗学的目标下大题大作。民俗学者用它发展出自己的新概念,解决自己的学术困扰问题。在钟敬文工作站的产品中,我们创用了"数字拉链"的概念,同时完成了它的概念产品,如钟敬文纪念站、研究站、遗产站和数字名师教育地图集等。

"数字拉链"的含义,是针对民俗学研究对象的区域差异、民族差异、文化认同差异、代际差异和性别差异而言的,用现在的流行语说,叫"文化多样性"。其他现代自然科学和人文社会科学的研究对象也存在这些差异问题,但民俗学与之有原则上的不同。在民俗学中,以这些差异为国家主体文化的核心,以阐释这些差异的共享模式为主业、以坚持这些差异的传承为文化权利,这些都是民俗学独有的任务和目标。钟敬文所强调建设的中国民俗学派,还强调尊重这些差异,推进跨文化的差异性交流,以期将中国优秀民族民俗文化的代表作奉献于世界文明宝库,也把中国民俗学研究思想和学者的声音呈现于世界学坛。他的学说,因适合中国国情和符合世界学术思潮的方向而引起中外同行的关注。另外,"文化多样性"的内涵,又大于民俗学所研究的上述差异的本身,民俗学要据此扩大自我学科的现代知识体系,增强学科的社会应用功能。

从创造概念性的产品上说,数字拉链,既要兼顾民俗事象自身的差异,也要兼顾跨文化背景下的民俗读者和享用者的差异。有些差异总是差异,始终不能被统一,不能被同化。数字化工程,把所有的差异按原样做成数据,按差异的人文生态分类入库,按差异的研究成果分类登记,按差异的社会用户分类打包。然后,再以一个可求同存异的文化主题为总拉链,把打包后的产品都放进去,拉上封口,组装成型。打开拉链,它们的差异犹存;合上拉链,民俗对象的总体文化象征就能显示出来。这样的数字化概念产品,就是人文研究成果,而不可能是一架严丝合缝的机器。与此相关,它的数字化应用产品,也是现代民俗学投放社会公共使用的创新教具,而不是原生态的物品。

三、把钟敬文思想学说变为公共财富

通过将民俗学与数字化相交叉的途径,把钟敬文的思想学说变为社会公共财富,对此,我们有几点体会。

交叉。伟业大都是在交叉地带出现的。钟敬文先生开创民俗学及其多个分支学科,都是不同学问交叉成功的结果。数字化,是迄今人类最复杂的信息交叉工程,值得民俗学去交叉。交叉得好,还能壮大民俗学的实力。

兼容。人类是在与自然和社会兼容中生存的。民俗学以研究多地区多民族文化兼容学说见长,但过去都是研究本土内部的兼容文化,现在还要做跨文化的兼容研究。钟先生治民俗学的理想,是要建设民族文化主体性与现代世界民俗权利兼容的知识体系,民俗学与数字化联手,可以帮助后学承担这一使命。当然,数字化科学是一种兼容,民俗学是另一种兼容,人文现象的兼容研究还可能更复杂,但这并不妨碍把人家的好处学到手。

技术文化。现代世界多元文化交流需要高明的技术。民俗学原来擅长在原生态文化中做交流研究,现在遇到跨文化交流竞争的世界,还要发展新的技术。数字化是目前世界上公认的共享技术,若令其符合人文科学文化的需求,看准了再用,能帮着民俗学长本事。

境界。很多前无古人的科学探索都是要在超越个人的境界中完成的,探索的过程有时竟是炼狱。钟先生和他的同时代许多学术大师都无悔无怨地走完了这个历程,他们的身教对后学来说也是无价之宝。

我们以一位名师、一个学科和一个国家社会的关系为例,建立数字化学者工作站,让国家间、区域间、人种间、代际间的文化歧视弱化,让跨文化民俗传播长存,让文化解密与民俗权利并存,让学术深描与社会应用同行。我们怀着理想而奋斗。

附　录

《北京师范大学学报》"民俗学专栏"
数据库论文述要(1991—2010)

1991 年

钟敬文《"民俗学特辑"前言》

《北京师范大学学报》1991 年第 2 期,第 1—2 页。

内容提要:北京师范大学民俗学国家重点学科与《北京师范大学学报》合办"民俗学专栏",发表民俗研究的前沿成果,辅助民俗学科建设,学报同时也成为发展当代中国民俗学的一个重要据点。本期有 8 篇文章,分别讨论民俗学的结构体系,民俗学与民间文艺学的关系和当前傩文化的热门话题,日本民俗学研究现状、美国和加拿大高校的民俗学专业设置等。

关键词:民俗学科、学报、民俗学专栏

钟敬文《关于民俗学结构体系的设想》

《北京师范大学学报》1991 年第 2 期,第 2—9 页。

内容提要:中国民俗学的结构体系分六部分,即民俗学原理、民俗史、民俗志、民俗学史、民俗学方法论和民俗资料学。在研究方向上,又可以概括为三方面,即理论民俗学、历史民俗学和方法与资料的民俗学。这个结构体系的构建,经历了长期的学术历程。中国民俗学的酝酿与发展还有民间文艺学有密切关系。

关键词:民俗学的结构、民俗学的分支研究、理论民俗学、历史民俗学、资料民俗学

许钰《民俗学和民间文艺学》

《北京师范大学学报》1991 年第 2 期,第 10—18 页。

内容提要:民俗学和民间文艺学的关系界定有一个历史过程。在民间文艺学史上,两者是有一定联系的。现在看,一切以民间文艺为研究对象的,都可以纳入民间文艺学的研究范畴。民俗学则有自己的研究对象和功能。民俗学和民间文艺学在条件成熟时可以分立,并各自独立发展。

关键词:民俗学、民间文艺学、定义、分立和独立发展

张紫晨《中国傩文化的流布与变异》

《北京师范大学学报》1991 年第 2 期,第 19—27 页。

内容提要:从民俗学角度研究傩文化,有三个问题值得关注:一是从文化角度对傩的界定;二是傩的性质与原型;三是傩的仪式和傩的民艺的发展历程。

关键词:傩文化、傩仪式、傩分布、傩的原型与历史

[日]小南一郎《壶形的宇宙》

《北京师范大学学报》1991 年第 2 期,第 28—31 页。

朱丹阳、尹成奎译。

内容提要:现存很多壶形文物和日用器具反映了古人的壶形宇宙观,这种宇宙观其实与祖灵和谷灵观念有关,围绕它形成了许多神话故事和宗教仪式。

关键词:壶、葫芦、宇宙观、祖灵、谷灵

陈子艾《北平师大〈礼俗〉述评》

《北京师范大学学报》1991 年第 2 期,第 31—34 页。

内容提要:1930 年代初北平女子师大研究所创办民俗刊物《礼俗》,得到顾颉刚、董作宾等学者的支持。它的特点是刊载当时搜集民俗的文章和歌谣,记录整理文本时提倡学术原则,发表学术性强的文章,关注西部民俗研究。它还初步探讨了民俗学研究的社会史方法。

关键词:北平女师大、民俗刊物、《礼俗》、顾颉刚、西部民俗研究

[日]桐本东太《福田氏〈日本民俗学方法序说〉简介》

《北京师范大学学报》1991年第2期,第35—37页。

何彬译。

内容提要:福田亚细男研究柳田国男的民俗学理论,对柳田国男的民俗学研究方法"重出立证法"和"方言周圈论"提出了质疑,也对柳田国男提出的民俗学研究对象是"常民"等概念,提出了批评。他认为,这与柳田国男是书斋学者有关。福田没有讨论柳田国男在书斋之外所从事过其他方法的研究,以及同时期与柳田国男十分不同的折口信夫和南方雄楠等的民俗学著述,这是十分遗憾的。

关键词:福田亚细男、柳田国男、重出立证法、方言周圈论、常民

董学艺《美国和加拿大高等院校民俗学专业及课程设置情况》

《北京师范大学学报》1991年第2期,第38—41页。

内容提要:在北美高等院校里,民俗研究不断发展。美国至少有509所高等院校、加拿大至少有19所高等院校开设民俗学课程,通常开设在英语系里,以民俗学概论课为最常见。虽然民俗学学位课程并不普遍,但联合以民俗学为重点课或副修课的某些学科一起,授予民俗学学位的专业却不断增加。绝大多数民俗学教师并没有获得过民俗学学位。

关键词:北美高校民俗学课设置、挂靠院系、民俗学学位

廖居甫《德国民俗学》

《北京师范大学学报》1991年第2期,第42—44页,转第37页。

内容提要:德国民俗学者曾把民俗视为研究传统制度中的生活的科学,但这种观点在变化,此外还应关注德国民俗学的学术机构、民俗博物馆和出版民俗学地图集、童话百科全书、民俗手册等传统,及其研究方法和问题等。

关键词:德国民俗学、学术机构、出版物、方法和问题

1992 年

钟敬文《民俗文化学发凡》

《北京师范大学学报》1992 年第 5 期,第 1—13 页。

内容提要:钟敬文先生的《民俗学文化学发凡》与《五四时期民俗文化学的兴起》是姊妹篇。将两篇文章联系起来看,可以了解"民俗文化学"的历史基础、民俗学与民俗学的关系。民俗文化学的成立,使民俗学者能从文化现象的角度分析民俗,接受以往所不接受的部分研究对象,如上层文化中的民俗、手工技术文化中的民俗等。它使民俗学者的研究能突破不少禁区,对所谓"迷信"和"民间宗教"领域开展拓展研究,它还促进民俗学者关注那些具有深厚传统的现实民俗活动,介入国家民族整体文化的分层研究和交叉研究,参与保存和利用现有民俗遗产的社会实践。

关键词:民俗文化学、文化分层、民俗学的效用、民俗文化遗产

许钰《中国近现代口承故事概观》

《北京师范大学学报》1992 年第 5 期,第 14—20 页。

内容提要:1840 年后的一百五十年,我国的民间文学的搜集利用趋势产生变化,晚清记录讽刺笑话和中外往来关系的故事增多。"五四"以后,我国学者转向民间文艺学的初期探索。新中国建立初期,民间文艺被纳入社会主义新文艺的组成部分,这也影响了这一时期民间文艺学研究的取向。改革开放后,开展中国民间文学三集成的搜集整理工作,取得了新的历史成就,提升了民间文艺学的研究水平。

关键词:近现代故事、白话文学、搜集研究的方法、中国民间文学三集成

陈子艾《民俗文化调查中的理论思考》

《北京师范大学学报》1992 年第 5 期,第 20—30 页。

内容提要:田野调查能促进思考民俗文化研究中的许多问题,包括情歌的起源与发生、居住民俗文化与环境论、纹身的实用与审美功能等。

关键词:民俗文化调查、黎族、情歌、民居、纹身

[德]阿尔文·P·科恩《怀念东方学者 W·爱伯哈德》

《北京师范大学学报》1992 年第 5 期,第 31—34 页。

杨利慧译。

内容提要:德裔美籍学者爱伯哈德曾致力于西亚、中亚和东亚社会与文化研究,出版了不少研究中国故事、民俗和社会生活方面的著作,编纂了中国和土耳其的故事类型。他在民俗学、历史学、社会学和人类学等多方面都有学术贡献。

关键词:爱伯哈德①、中国故事类型、中国民俗

钟敬文《读后附记》

《北京师范大学学报》1992 年第 5 期,第 35—36 页。

内容提要:钟敬文和艾伯华在 1929 年至 1934 年间多有书信往来,当时曾互赠学术书刊,报告彼此关心的中国民俗学学术信息,钟敬文还将个人撰写的中国故事类型和民俗研究论文寄给艾伯华。钟敬文还就与艾伯华讨论的一些问题写成论文发表,如《与爱伯哈特(德)博士论中国神话》等②,这些论文保留在《钟敬文民间文学论集》(下)中。

关键词:艾伯华、钟敬文、中国故事类型、中国神话、民俗文化

[日]加藤千代《关敬吾先生与中国民俗学》

《北京师范大学学报》1992 年第 5 期,第 37—38 页。

朱丹阳译。

内容提要:日本民俗学者关敬吾早年受到钟敬文先生比较故事学研究文章的影响,热爱民间文学,后终生从事民间文学研究。关敬吾所编辑出版的《日本民间故事》六卷本,引起国际学界的极大关注,他本人在日本故事学史和中日故事比较研究领域都占有重要位置。

关键词:关敬吾、钟敬文、《日本民间故事》、中国故事比较

1993 年

钟敬文《七十年学术经历纪程——〈钟敬文学术论著自选集〉自序》

① 本篇中译文未提供作者的原文姓名。文中的爱伯哈德,英文原名为 Wolfram Eberhard,中译名"艾伯华"。

② 钟敬文《与爱伯哈特(德)博士论中国神话》中的爱伯哈德,即艾伯华(Wolfram Eberhard)。

《北京师范大学学报》1993年第4期,第1—6页。

内容提要:钟敬文总结对民间文艺学和民俗学治学七十年的历程,对学术研究的观点和方法,对民间文艺学和民俗学、乃至诗学的性质、范围与功能等都做了反省。在改革开放后解放思想、实事求是的原则下,他提出保留传统精华,又要根据新的现实和经过检验的科学成果加以补充和发展。他在一些学科的基本理论上提出了个人的新观点,包括重新解释民间文学的集体性和民俗事象的性质等。他晚年提出建设"民俗文化学",是希望从总体上对解决这些问题有所裨益。

关键词:钟敬文、理论反思、民间文艺学、民俗学、民俗文化学

许钰《黄帝传说的两种形态及其功能》

《北京师范大学学报》1993年第4期,第7—11页。

内容提要:黄帝传说有两种形态,一种是原生形态的黄帝传说,其功能是保存黄帝和黄帝族的历史;一种是后世附会的黄帝传说,其功能是提升其人文始祖的位置。黄帝传说满足了人们追怀民族祖先的需求。

关键词:黄帝传说、传说形态、传统功能、认祖追宗

陈子艾《古代黄帝形象演变论析》

《北京师范大学学报》1993年第4期,第12—19页,转第41页。

内容提要:传说中的黄帝形象发生了多次演变,先是上古神话中的神祇,后来变成五帝之首,再后来进入道教神谱等。在黄帝传说中蕴含了丰富的文化史知识。

关键词:黄帝形象、传说的变异、文化史

刘铁梁《黄帝传说的象征意义及历史成因》

《北京师范大学学报》1993年第4期,第20—25页。

内容提要:黄帝传说具有中华民族祖先的象征意义,还有文化发明英雄的象征意义。这些象征意义是在中华民族的漫长历史和农业文明的建设过程中逐渐演化形成的。

关键词:黄帝传说、象征意义、中华民族始祖、文化英雄

[美]欧达伟(R. David Arkush)《"人勤地不懒":华北农谚中的创业观》

《北京师范大学学报》1993年第4期,第26—34页。

董晓萍译。

内容提要:从华北农谚看,在中国农民的传统文化中,有一种积极的创业成就感。这方面的农民思想观念和实践对中国的社会主义革命起到特殊作用。

关键词:华北地区、中国农民、农谚、创业的成就感、勤劳的含义、社会主义革命

董晓萍《历史与民俗对谈录——美国历史学家欧达伟来华讲学及民俗考察活动漫述》

《北京师范大学学报》1993年第4期,第35—41页。

内容提要:美国新史学中的通俗文化史学派,使用中国农民稳定使用的农业谚语为下层文化资料,研究阐释20世纪初至1949年前的中国社会主义革命,分析革命中的华北农民精神世界。本项研究与以往历史学者的文献研究不同,作者使用了农谚资料,需要开展历史学与民俗学的交叉研究,并在建立资料系统上建立学术原则,在研究方法上也要缜密地论证。

关键词:美国新史学观、通俗文化史、华北、中国农谚、历史学与民俗学的交叉研究

1994 年

钟敬文《传统文化随想》

《北京师范大学学报》1994年第4期,第25—29页。

内容提要:近年兴起的传统文化热并非偶然现象,它反映了新时期的新要求。在现代化文化的建设中,在民俗学的研究领域,要正确解释传统文化,首先要界定传统文化的内涵、范围和作用,全面地认识它,正确地发挥它在现代化文化建设中的作用,同时也要注意发挥民俗文化的作用。

关键词：传统文化、民俗文化、现代化文化

季羡林《丝绸之路与中国文化——读〈丝绸之路〉的观感》
《北京师范大学学报》1994 年第 4 期，第 2—20 页。

内容提要：伊朗学者阿里·玛扎海里《丝绸之路：中国—波斯文化交流史》(1933)，阐述了丰富的中波文化交流史料，作者以波斯文为母语，并通晓阿拉伯语和许多中亚国家的其他重要语言，掌握西方重要的现代语言，这为他研究"丝路"提供了不可缺少的条件。他所讨论的中国科技文化史资料，可以帮助我们了解中国文化对外国文化的贡献，也对研究中国历史文化有所裨益。

关键词：伊朗学者、丝绸之路、文化交流史、波斯文化、中波交流

张岱年《中国文化优秀传统内容的核心》
《北京师范大学学报》1994 年第 4 期，第 21 页。

内容提要：一个民族必须具有民族的自信心、自尊心和民族凝聚力，这个民族才能自立于世界。要对于本民族的文化的优秀传统有所认识、有所了解，有了这方面的思想基础，才能产生这种自信心、自尊心和凝聚力。一个民族还必须有优秀传统，否则一切都谈不到了。中国文化的优秀传统的内容核心是关于人的自觉的思想。要有人的道德觉悟，有人的人格尊严，有人的自认信。然后人应该解决自己的问题。中华民族屹立不倒，正是因为具有这种优秀的文化传统。

关键词：中国文化传统、人的自觉、民族凝聚力

赵沨《重视中国民族音乐，提高民族自信》
《北京师范大学学报》1994 年第 4 期，第 22—24 页。

内容提要：中国音乐文化起源很早，从物理学到音响学都达到较高的成就。在中国历史上，音乐被用来进行人格教育，使人的人格达到完美的程度。近代中国的学校音乐教育采取西方模式，用所谓大小调体系的乐理概念从事音乐教学，丢掉了中国乐理的传统，这是很可惜的。在现代化文化建设中弘扬中华传统文化，也要注意发掘和继承中国自己的音乐教育传统，保护本民族的

音乐文化遗产。

关键词:民族音乐遗产、民族自信、民族文化财富

钟敬文《民族传统文艺的巨大作用——在民族传统文艺 10 套集成志书工作会议上的讲话》

《北京师范大学学报》1994 年第 6 期,第 1—3 页。

内容提要:新时期文化部发动的中国民族民间文艺十套集成志书搜集整理运动,是对民族传统文化财富的清理工作。这笔财富是祖国文化史的组成部分。编纂和出版中国民族民间文艺十套集成志书将对保存和利用民族民间文艺遗产发挥巨大作用。

关键词:民族民间文化、民族传统文艺资料、中国民族民间文艺十套集成志书、保护利用民间文艺遗产

许钰《口头叙事文学的流传和演变》

《北京师范大学学报》1994 年第 6 期,第 4—8 页。

内容提要:口头叙事文学的变异性的发生,有人口移动和文化传播等原因,也有口头叙事本身的内在原因,应对这种内在原因展开更专业、更细致的分析。

关键词:口头叙事文学、口头性、传承性、变异性、AT 类型

陈子艾《从古俗遗存谈妇女地位的变迁》

《北京师范大学学报》1994 年第 6 期,第 8—17 页。

内容提要:使用神话故事资料,以及使用相关的民俗文化考察资料、民族志资料和考古资料等,有利于从以往不大关注的民俗文化史角度,探讨妇女社会地位的变迁,获得新认识。

关键词:神话故事、民俗文化、民族志、考古学、妇女地位

刘魁立《关于中国民间故事研究》

《北京师范大学学报》1994 年第 6 期,第 18—21 页。

内容提要:搜集出版中国民间文学集成的后续工作之一,是对这批集成资料开展学术研究。在这方面的研究工作中,可以重新借鉴芬兰学者的 AT 类型法,但也还要补充符合中国实际的新方法,编纂多种形式的中国民间文学索引。

关键词:中国民间文学集成、故事类型研究、芬兰学派、AT 分类法、故事母题索引

[日]渡边欣雄《在中国民俗学会讲演》
《北京师范大学学报》1994 年第 6 期,第 22—24 页。
朱丹阳译。
内容提要:1990 年代以来,日本民俗学研究有两种倾向,一是研究大和民族的结社组织,二是研究比较民俗学。中国高校通过邀请日本民俗学者讲座的方式了解这些学术动态。

关键词:日本民俗学的最新研究、中国高校讲座、比较民俗学、民间结社研究

连树声《〈民俗学说苑〉编后记》
《北京师范大学学报》1994 年第 6 期,第 25—27 页。
内容提要:钟敬文的《民俗学说苑》,在理论范畴上,分三部分,一是民俗学,二是民间文艺学,三是民俗文化学的新概念和新理论。

关键词:钟敬文、民俗学、民间文艺学、民俗文化学

1995 年

刘铁梁《村落集体仪式性文艺表演活动与村民的社会组织观念》
《北京师范大学学报》1995 年第 6 期,第 1—7 页。
内容提要:民间文艺表演活动,在我国东部沿海农村中,有很大一部分是与村落的节日仪式、宗教祭司和人生礼仪活动相结合的。没有村落集体仪式,这些民间文艺表演就失去了邀集的理由和进行的机会。近年在浙江农村调查所搜集的庙戏和祠堂戏合流、菩萨巡游和会社活动结合等,提供了这方面的观

察和思考的机会,它对民俗学者思考村民的亲属和地域认同观念,以及这类活动所呈现的强化宗教和村落凝聚力现象,提供了实际资料。

关键词:村落和亲属、集体性仪式、民间文艺表演、庙戏和祠堂戏、中日民俗比较

许钰《民间故事讲述家及其个性特征》

《北京师范大学学报》1995年第6期,第8—15页。

内容提要:在对口承故事的研究中,不仅要注意其集体性特征,还要注意故事讲述家的传承特征。我国历史文献已记载了有才能的故事讲述家。在我国现代民间文艺学的研究中,关注民间故事讲述人,要对其概念、界定和研究方法做仔细地分辨,也要对其个性特征与故事传承集体性的关系做认真地研究。在这方面,一般可区分两种讲述人,即传统讲述人、传承兼创作的讲述人,同时也要留意部分故事的书面传承路径。

关键词:故事传承论、民间故事讲述人、讲述人分类、讲述人的个性特征

董晓萍《民间记录中的僧道度劫思想》

《北京师范大学学报》1995年第6期,第15—23页。

内容提要:在民间戏曲唱本中,有相当的民间宗教内容,有时民间戏曲表演是民间宗教仪式的组成部分。定县秧歌戏提供了这方面的个案。在研究这类唱本时,从民俗学和历史学综合研究的视角切入,使用故事类型分析法,可以发现民间戏曲传达民间宗教的传统套式,如佛道度劫型,其中包括度劫成婚、帝王还家、讲唱新史和自嘲愚昧等母题要素,它们在特定的历史条件下和地方文化语境中流传,曲折地表达了农民群众追求解放和阶级平等的思想意识。

关键词:民间记录、民间宗教、民间戏曲、定县秧歌、僧道度劫的观念

钟敬文《一位外国学者对中国民俗学的贡献——詹姆森教授〈中国民俗学三讲〉中译本序》

《北京师范大学学报》1995年第6期,第24—29页。

内容提要:詹姆森的《中国民俗学三讲》是一部在西方学界颇有影响的早期民俗学著作,在我国现代民俗学史上也有一定的历史价值。该书分析了三个中国故事类型:灰姑娘、狐妻和狸猫换太子。作者对这些故事类型的分析内容和科学意义,超过了该书的体积本身的重量。

关键词:詹姆森、中国民俗学三讲、灰姑娘、狐妻、狸猫换太子

萧家成《景颇族创世史诗与神话》

《北京师范大学学报》1995 年第 6 期,第 30—41 页。

内容提要:景颇族创世史诗包括了很多神话故事原型,如关于请稻谷的神话、祭祀木代的神话、祭牛的神话等。

关键词:景颇族、创世史诗、吟唱场合

1996 年

刘铁梁《村落——民俗传承的生活空间》

《北京师范大学学报》1996 年第 6 期,第 42—48 页。

内容提要:以往民俗学调查报告相对缺少村落个案材料,此文提供了这方面的调查资料,并就村落社会的性质和村落民俗的表现等问题提出一些看法。对村落社会的性质,应从结群机缘、村民组织和生活方式等方面给予认识,家族与村落实际上是互相依赖而加强自身的关系。村落在物质生活与精神生活两个层面上都具有"自足"的性质,但不应该将这种情况简单地视为"封闭"。对村落民俗的认识,应该关注其表现出来的共同文化规范,以及在这种规范下潜在村落自我意识,它是由相通的个人感受构成。根据以上分析,村落个案调查可向"生活史"方向进行。

关键词:村落生活空间、民俗传承、家族与村落、村落自足、村落规范、体验通识

熊飞《中国古代的月崇拜及相关节俗文化》

《北京师范大学学报》1996 年第 6 期,第 49—54 页。

内容提要:日月崇拜是世界文化史上的共性现象,月崇拜至今传承,与之

相关的许多节日民俗也值得关注。

关键词:世界文化史、日月崇拜、节日文化、民俗文化

杨利慧《女娲信仰起源于西北渭水流域的推测——从女娲人首蛇身像谈起》

《北京师范大学学报》1996 年第 6 期,第 55—60 页。

内容提要:长期以来,在女娲信仰起源地的研究上,"南方说"较有影响。但从女娲的人首蛇身形象着眼,结合古文献记录、民俗志资料和田野调查资料,也能发现不同的情况。在甘肃天水地区出土的鲵纹彩陶的考古发现,提供了另一种思路,即很可能与女娲有着某种渊源关系的鲵纹(或称人首蛇身像)彩陶,较早地出现在西北渭水流域一带。由此推测,女娲信仰有可能起源于这一地区。

关键词:甘肃天水地区、鲵纹彩陶、女娲信仰、民俗学田野调查、考古资料

钟敬文《谈谈民间文学在大学中文系课程中的位置》

《北京师范大学学报》1996 年第 6 期,第 61—65 页。

内容提要:在中文系建设民间文学学科具有重要性和必要性。民间文学是民族文化的重要组成部分,也是民间长期传统教育的重要教材。与中文系的其他课程相比较,由于民间文学区别于文艺学和作家文学的特征,不能将之与文艺学、古代文学和现代文学课合并。

关键词:民间文学、民族文化、民间传统教育、大学中文系课程

安德明《多尔逊对现代中国民俗学史的论述》

《北京师范大学学报》1996 年第 6 期,第 66—71 页。

内容提要:美国民俗学代表人物多尔逊在对中国民俗学史的讨论中,向西方学者介绍了中国民俗学兴起的背景和历程,也介绍了中国搜集、调查和探讨民间文学资料的传统,同时指出,钟敬文是中国民俗学史上处于转折时期的代表人物。

关键词:多尔逊、中国民俗学史、搜集整理、钟敬文

1997 年

赵世瑜《黄石与中国现代早期民俗学》

《北京师范大学学报》1997 年第 6 期,第 5—12 页。

内容提要:黄石是中国现代民俗学运动史上的一个重要学者,曾在宗教学、人类学和民俗学研究领域,翻译和编译出版了关于家族制度和神话的著作,并陆续发表了多篇民俗学方面的学术论文,尤其在妇女民俗方面做出了较大成就。其研究特点在于既注重利用文献资料做历史的考察,也注意尽量利用田野调查的材料;既注意吸收国外相关学科的理论,又专注于对中国本土的民俗事象的研究。

关键词:黄石、中国现代民俗学史、宗教学、人类学、民俗学、女性民俗

万建中《民间故事与禁忌民俗的传播》

《北京师范大学学报》1997 年第 6 期,第 13—19 页。

内容提要:在传统的民间生活中存在着许多禁忌。这些禁忌在不同的社会条件下,对人们的思想和行为起着较大的约束作用。尽管某些禁忌的性质可能是非科学的,但依然为人们约定俗成,并围绕这些禁忌形成一整套规范或者仪式,这就构成了禁忌民俗。禁忌民俗的传承有多种形式或途径,民间故事就是其中的一种。这不仅是因为民间故事内容的吸引力和口传特征使其成为传承民俗的最好手段,而且也因为它们内容中的神秘或奇幻色彩本身就与禁忌民俗的内容接近。这样,民间故事就往往有意无意地或自然而然地充当了传布禁忌民俗或其它民俗的有力工具,或者它就构成了禁忌民俗的一部分。

关键词:民间故事、禁忌民俗、传承工具

杨利慧《伏羲女娲与兄妹婚神话的粘连与复合》

《北京师范大学学报》1997 年第 6 期,第 20—26 页。

内容提要:长期以来,在伏羲女娲与兄妹婚神话的关系上,一派重要的观点认为伏羲女娲是兄妹婚神话的代表,甚至两者同出一源。其实只要在古代文献与考古学发现的基础上,利用近年来采集的现代汉民族口承神话资料,来

重新考察这一问题,就可以发现,女娲伏羲与兄妹婚神话很可能是在发展过程中逐渐粘连、复合到一起的。

关键词:伏羲女娲、兄妹婚神话、粘连与复合

阎云翔《欧美民俗学略说》

《北京师范大学学报》1997 年第 6 期,第 27—35 页。

内容提要:民俗学是 19 世纪在欧洲首先创立的学科,在这之前,世界各国对于民俗事象的记录和探讨,都还处在前科学的阶段。在 18 到 19 世纪欧洲浪漫主义和民族主义思潮发展的背景下,民俗学学科异军突起,并将影响传布到美洲和亚洲、非洲,使其成为世界性的学科。因此,对在民俗学的产生和发展起了重要作用的几个欧美国家的民俗学增加了解,并给予适合的学术评价,对于掌握世界民俗学的发展脉络和估计民俗学发展的未来走势,都是有其积极意义的。

关键词:欧美、民俗学、神话学、遗留物说、人类学派、历史—地理学派

钟敬文《编撰地方民俗志的意义——〈绍兴百俗图赞〉序》

《北京师范大学学报》1997 年第 6 期,第 36—39 页。

内容提要:近年我国不少省市开始编纂地方民俗志,并出版了著作。它们与中国民族民间文艺集成志书在一起,成为民族民间文化的巨大长廊。

关键词:地方民俗志、搜集与编纂、民族民间文化

许钰《口承故事概说——〈口承故事论〉自序》

《北京师范大学学报》1997 年第 6 期,第 39—43 页。

内容提要:口承故事研究有一些基本问题,如人类讲故事的动力,故事的体裁论、故事的具体演变和传承过程,讲故事的空间文化活动和故事学史等,应该加强研究。

关键词:口承故事、流变与传承、讲述空间、故事学史

1998 年

钟敬文《从事民俗学研究的反思与体会》

《北京师范大学学报》1998 年第 6 期,第 12—17 页。

内容提要:在以往的民俗学研究上,有几个方面值得反思,即从文学切入、书斋学者、民间文学与原始文学的关系等。1950 年代,民俗学界盲目地学前苏联理论,进入了一些误区。历史经验证明,在本国民俗学的研究上,应该以我为主,放眼世界。在当代中国对外开放的新条件下建设民俗学,同样需要坚持民族自主性,另外,也要拓展现代民俗学的知识结构和提升研究水平。

关键词:对民俗学研究的反思、学术自主性、开放体系、提升研究水平

赵世瑜《国家正祀与民间信仰的互动——以明清京师的"顶"与东岳庙为个案》

《北京师范大学学报》1998 年第 6 期,第 18—26 页。

内容提要:近年来,国际学术界对中国传统社会中的民间文化问题研究甚热,特别是通过对民间信仰的研究试图透视出国家力量与民间社会的关系。我们通过对明清时期北京祭祀碧霞元君的各顶和东岳庙及其二者关系的探讨,可知在国家政治权力高度集中的地区,在信仰活动中民间社会究竟如何运作以及国家与民众相互影响、相互利用的特殊关系。这可为目前的讨论提供一个比较独特的事例,亦可作为以往对"边陲"和乡村进行的同类研究的参照物。

关键词:国家正祀、民间信仰、明清京师、顶、东岳庙

萧放《社日与中国古代乡村社会》

《北京师范大学学报》1998 年第 6 期,第 27—35 页。

内容提要:社日作为曾在中国传承数千年的民俗节日,它在公众生活中曾有着特殊的地位。社日既是村社成员的兴奋点,又是维系村社共同体的精神纽带,社日在乡村生活中尽着有效的调节服务功能。社日在中古之后出现了历史性的衰变,这种衰变是中国村社制度动摇的结果,同时也是村社公共精神

失落的标志。

　　关键词:社日、村社、民俗节日、公共生活

董晓萍《民族志式田野作业中的学者观念——对我国现代田野作业中的 8 种学者著述的分析》

　　《北京师范大学学报》1998 年第 6 期,第 36—43 页。

　　内容提要:中国学者的田野报告中保存了一部分很值得注意的资料,它们反映了中国学者的田野作业观既不脱离民众,也不盲目。他们的工作方法和写作成果建立在中国文化传统和现代社会生活的基础之上,具有自己的逻辑和目标。在他们的学术思想和文化价值观中,他们的田野行为都是有充足理由和实际意义的。他们藉之振兴民族国家,寻找让全中国人都明白的一种语言形式、一种奋斗意象、一种理想社会的比喻和一种自由民主的精神。东西方其他国家在二战后积累了一些新的田野作业经验,而当代中国民俗学者从本国的实际出发,借鉴外来学说,走自己的路,这是有益的。

　　关键词:民族志、民族志式的民俗志撰写、学者意识、民众反应、国学传统

刘铁梁《民俗志研究方式与问题意识》

　　《北京师范大学学报》1998 年第 6 期,第 44—48 页。

　　内容提要:民俗志在民俗学研究体系中占有资料基础部分的位置,但由于民俗学早已形成自己比较独特的研究风格,即必须直接"阅读"民众生活这个"文本",故采取田野作业方法,所以民俗志就成为代表本学科特点的和占据主体位置的"研究方式"。在对此有足够认识的基础上,民俗志研究者应进一步增强学科的问题意识。这些问题意识实际包含着两个方向:检验修正与填补开拓,这均关系到民俗学理论的建构。

　　关键词:民俗志、研究方式、描述、解释、问题意识、实验

1999 年

钟敬文《五十年来民间传承文化研究的新收获——〈中国民间传承文化学文集〉导言》

《北京师范大学学报》1999 年第 6 期,第 5—9 页。

内容提要:民间文化传承研究是民俗学的一种研究方向分支,它的创建,在学理上和社会应用上都有必然性。它的学说,以民俗学为核心,又吸收了"小学"和文字学、文化学、人类学、社会学、历史学、宗教学、东方学和比较文学等多学科的成果。

关键词:新中国、民间文化研究、传承文化研究、交叉学科研究

赵世瑜、杜正贞《太阳生日:东南沿海地区对崇祯之死的历史记忆》
《北京师范大学学报》1999 年第 6 期,第 10—19 页。

内容提要:太阳生日及其信仰习俗一直流传于东南沿海一带,研究者或对此不明所以,或者以其为天地会所创,实不知其隐含着当地明遗民对灭亡的明王朝的怀念,通过民俗的形式寄托着他们对鼎革的历史记忆。对这个文化隐喻,从"地方性话语"和"历史记忆"的理路出发,进行破解,或可得其深意,同时也可反映出从社会史的视角重新观察重大政治事件的努力。

关键词:太阳生日、地方性话语、历史记忆

董晓萍《民间文学体裁学的学术史》
《北京师范大学学报》1999 年第 6 期,第 20—26 页。

内容提要:我国学者对民间文学体裁的谈论自古就有。然而其含义却同我们今天的研究不无差异。在现代民俗学理论中,对民间文学体裁学的研究,从概念到理论内容都发生了变化,它的要点是关注对学者和民众解释双方的研究。我国"五四"时期也开始出现这种研究倾向,但直到近二十年,这种研究才得到了较快的发展。阐释这方面的理论成果,一并讨论怎样讨论什么是现代民俗学意义上的民间文学体裁学,对于推动现代民间文艺学的研究是有意义的。

关键词:民间文学;体裁学;民间文学艺术的本质

杨利慧《历史关怀与实证研究——钟敬文民间文艺学思想研究之二》
《北京师范大学学报》1999 年第 6 期,第 27—33 页。

内容提要:对于钟敬文的两个重要民间文艺学思想及特点——浓厚的历史关怀与注重实证研究——的主张、表现、影响及其形成原因等进行分析。指出:前者使钟敬文的学术研究带上了厚重的历史感;后者使他的文章资料翔实、结论有说服力、风格踏实平易,并使他的学术研究在一定程度上克服了时代局限,获得了较强的生命力。这与钟敬文自身的经历、人类学派以及马克思主义理论等的影响有关。

关键词:钟敬文、民间文艺学思想、历史关怀、实证研究

童庆炳《高质量、高水平的厚重之作——评钟敬文教授主编的〈民俗学概论〉》

《北京师范大学学报》1999 年第 6 期,第 34—35 页。

内容提要:钟敬文主编《民俗学概论》,在对民俗学的研究对象、理论、方法论和学术史的阐述上,将事象与理论结合、逻辑与历史结合、东方与西方结合、历史与人文结合,为中国民俗学研究增添了新成果。

关键词:民俗学概论、民俗事象、民俗学理论、民俗学史

2000 年

钟敬文《十年纪念——〈民俗学研究〉专栏刊行和成果的回顾》

《北京师范大学学报》2000 年第 6 期,第 30—32 页。

内容提要:北京师范大学民俗学国家重点学科与《北京师范大学学报》合办"民俗学研究专栏",有三个特点:一是在民俗学理论上提出了一些对学科具有重要意义的问题,并具有较高的学术价值,也在学术界起到一定的作用;二是在学科团队建设上,有力地锻炼了教研室的中青年后学;三是确定了以本国为主,了解世界的研究方向,这种学报专栏因此也成为中国高校民俗学科建设的一个重要据点。

关键词:民俗学科、学报专栏文章、前沿成果、人才培养、国际化

董晓萍《华北说唱经卷研究》

《北京师范大学学报》2000 年第 6 期,第 33—41 页。

内容提要:民间文艺表演在民间佛道经卷中扎根很深,其表演经卷经常受到基层社会组织的保护。这类经卷以劝善为主,在讲唱活动中以农民的意识改造农民,容易为农民接受,是一种农民自我教育的历史方式。它们经过长期流传,已形成一套自成体系的民间文艺形态,对其加以关注和改造利用,可以辅助农村文艺舞台建设。

关键词:华北地区、马街书会、说唱经卷、劝善表演、民间道教、佛教

万建中《一场关于人与自然关系的深刻对话——从禁忌母题角度解读天鹅处女型故事》

《北京师范大学学报》2000 年第 6 期,第 42—50 页。

内容提要:天鹅处女型故事隐含着两个禁忌母题,它们共同建构了此型故事第二代异文的基本框架,对故事的形态结构起着举足轻重的作用。禁忌母题所演示的设禁——违禁——惩罚的情节序列,其实为人与自然的矛盾、对立关系的民间隐喻:人和异类为了"故事"的缘故,可以暂时组合成一个家庭,但即便在故事里,其间的裂缝也不可能任意弥合。

关键词:天鹅处女型故事、禁忌母题、人与自然

萧放《地域民众生活的时间表述——〈荆楚岁时记〉学术意义探赜》

《北京师范大学学报》2000 年第 6 期,第 51—57 页。

内容提要:《荆楚岁时记》作为岁时民俗志的开创之作,它改变了中国古代以《月令》为代表的政令性时间表达方式,以地方民众的岁时节日作为时间生活的节点,开创了民俗记述的新体裁。本书贯彻了民俗记述的实录原则,对民俗进程作动态的描述。将"月令"与"岁时记"比较,我们不难发现上层社会的王官之时与一般平民百姓的日用之时在文化性质上有着历时的差别与层位歧异。

关键词:《荆楚岁时记》、地域、民众、生活、时间

贾放《普罗普故事学思想与维谢洛夫斯基的"历史诗学"》

《北京师范大学学报》2000 年第 6 期,第 58—63 页。

内容提要:普罗普的故事学理论直接继承发展了维谢洛夫斯基"历史诗学"的某些重要思想,两者的学术渊源关系可以从三个方面概括:一、维谢洛夫斯基的"情节诗学"与普罗普的故事结构功能研究;二、维谢洛夫斯基的历史起源学研究与普罗普的"民族志主义";三、方法论:"归纳诗学"与历史主义。

关键词:普罗普、维谢洛夫斯基、历史诗学、结构功能研究、民族志主义

2001 年

万建中《禁忌民俗的式微——以民间叙事文学为考察对象》

《北京师范大学学报》2001 年第 6 期,第 36—42 页。

内容提要:在民间叙事文学中,禁忌往往得到比较充分的反映,禁忌本身及恪守禁忌的人大多成为被嘲讽的对象,说明一些禁忌民俗正在走向末路。这类民间叙事文学对禁忌民俗的式微起了推波助澜的作用,从一个侧面颂扬了广大民众蔑视迷信的科学的生活态度以及制造嘲讽话语的智慧。语言禁忌之所以引起这类文本的特别关注,主要是语言禁忌的目标太大所致。

关键词:民间叙事文学、禁忌民俗、语言禁忌、传统

萧放《秦至汉魏民众岁时观念初探》

《北京师范大学学报》2001 年第 6 期,第 43—51 页。

内容提要:秦至汉魏时期民众岁时观念在继承前代思想的基础上,呈现出新的时代特性。虽然人们在时间生活的总体上仍依循着自然时序,但岁时信仰中的神秘因素在向日益世俗的方向发展,秦岁时的政治指令性质也逐渐转变为社会规范的性质。

关键词:岁时、世俗、社会规范

董晓萍《陕西泾阳社火与民间水管理关系的调查报告》

《北京师范大学学报》2001 年第 6 期,第 52—60 页。

内容提要:在华北村落自治组织的水管理活动中,存在着现实管理与象征性管理两种形式。在一年一度的社火表演中传达的村社组织水管理传统信息,便属于象征性管理的范畴。在陕西泾阳泾惠渠畔的田野调查中,可以发现

较多的这类个案。采用象征研究方法进行个案分析,重点分析社火表演队伍的组织结构、节目单、祭祀时间对现实时间的控制、表演传统与表演功能的冲突,可以揭示当地社火与水资源管理的关系和内涵。

关键词:陕西泾阳、社火表演、民间水资源管理、象征性研究

刘铁梁《传统乡村社会中家庭的权益与地位——黄浦江沿岸村落民俗的调查》

《北京师范大学学报》2001年第6期,第61—69页。

内容提要:黄浦江沿岸村落生活中的诸多民俗现象表明,不能仅以"家族村落"的理念来认识中国农村基层自治组织的形态。虽然这一地区的小型聚落大多数是由同姓家户所组成,但由若干相邻聚落中所有异姓家户组成的集体才是这里基层的村民自治组织形式。在姻亲交往、土地制度、特殊职业和村庄对外势力等方面的传统习俗规范与文化心态,由于均牵涉到家庭之间的权益与地位关系,因而是我们掌握这一地区村落社会自治的情况时应当注意观察的事实对象。

关键词:地域团体、家庭权益、家庭地位、姻亲关系、土地制度、对外势力

贾放《俄罗斯民间故事研究的"双重风貌"》

《北京师范大学学报》2001年第6期,第70—76页。

内容提要:俄罗斯民间故事研究者创立了故事讲述人研究理论和故事文本结构形态研究理论,两者分别从不同的角度阐明了民间故事的本质和独特性,拓宽了研究的范围,深化了对研究对象的认识。这两派理论兴盛于不同的历史时期,构成了俄罗斯民间故事研究的"双重风貌"。

关键词:故事讲述人、故事文本、阿扎多夫斯基、普罗普

2002 年

赵世瑜《钟敬文、民俗学与民众教育》

《北京师范大学学报》2002年第2期,第5—14页。

内容提要:从中国民俗学创建之日起,学者们就非常重视这个学科的社会

功能,对其反复讨论,认识也不断深化。钟敬文在其民俗学的早期研究实践中,通过演讲、办班授课、办展览会等途径,大力宣传民俗学对民众教育的重要作用,并形成系统的理论认识。新中国成立后,他不断强调民俗学形式与内容的教育意义,论证研究与应用间的辩证关系,探索发挥民俗学教育功能的多种途径,体现了他既作为民俗学家又作为教育家的不懈努力。

关键词:钟敬文、民俗学、民众教育

刘铁梁《钟敬文"民俗文化学"的学科性质及方法论意义》
《北京师范大学学报》2002 年第 2 期,第 15—23 页。

内容提要:1991 年,钟敬文提出了"民俗文化学",这可以看作他在最近二十年学术思想发展过程中形成的一个核心性创新概念,具有重要的标志意义。"民俗文化学"产生的现实背景,有民俗学自身学科意识需要加强的情况,也有整个研究中国传统文化的学术界尚与民俗学发生割裂的情况,钟敬文在两方面的研究实践,促成了他提出一个新的交叉学科。对于"民俗文化学"不能仅从民俗学单一发展的需要上理解,因为它对民俗文化研究和民族文化整体研究,都具有指导作用。但是,从民俗学的建设来说,"民俗文化学"学科的提出,却包含着文化科学方法论的重要思想,这是不容忽视的一大学术贡献。

关键词:钟敬文、民俗文化学、交叉学科、性质、方法论

万建中《钟敬文民间故事研究论析——以二三十年代系列论文为考察对象》
《北京师范大学学报》2002 年第 2 期,第 24—32 页。

内容提要:钟敬文先生对中国民间故事的研究,在 20 世纪二三十年代达到一个高峰。这些文章纠正了以往比较研究只注重相似之处,而不顾"差异"的做法,论证了"差异"在故事类型研究中具有重要意义。他文章的"结尾"不是解决问题的总结,而是新的问题的提出和进一步的思考,表现了对学术真理不懈追求的治学精神。由于研究对象的多样性和复杂性,钟先生研究故事类型的方法也是多样的,这为后学提供了深入研究的空间。

关键词:民间故事、类型、异文、差异性、方法论

萧放《历史民俗学与钟敬文的学术贡献》

《北京师范大学学报》2002 年第 2 期,第 33—39 页。

内容提要:中国特色的民俗学学术体系的建设在很大程度上要依赖悠久的历史文明,以探讨民俗事象、历史源流与民俗观念变迁为对象的历史民俗学在其中至关紧要。以钟敬文为代表的学者在 20 世纪前期中国民俗学兴起之初就关注着这一问题,新时期以来,钟敬文明确提出将历史民俗学作为中国民俗学的重要组成部分,并做出了相应的理论说明与具体的研究部署,他在历史民俗学学科的创建上有着重大的学术贡献。

关键词:钟敬文、历史民俗学、民族文化

《民俗学之父、教育家钟敬文教授生平简介》

《北京师范大学学报》2002 年第 2 期,第 146 页。

内容提要:钟敬文是我国民俗学和民间文艺学的创始者和理论奠基人之一,治学从教八十年,培养了大批高级专业人才,被国际学界誉为"中国民俗学之父"。

关键词:钟敬文、创始者、理论奠基人、中国民俗学之父

2003 年

董晓萍《论田野民俗志》

《北京师范大学学报》2003 年第 4 期,第 43—50 页。

内容提要:民俗志学说是钟敬文教授倡建中国民俗学派理论的一个重要组成部分。在此基础上,提出田野民俗志的概念,以田野民俗志为一分支,同时建设它的另一分支文献民俗志,可以发展钟敬文的民俗志学说。田野民俗志所要探讨的问题,包括田野民俗志的概念、性质、理论系统、结构和功能,及其与民族志学的关系。它还要在人类学、社会学和民族学等相邻又相区别的学科群中吸收与壮大,建立自身的研究分支的独立性和学术价值。

关键词:民族志、民俗志、田野民俗志、文献民俗志

万建中《日本民间故事中三种禁忌母题的解读》

《北京师范大学学报》2003 年第 4 期,第 51—59 页。

内容提要:在日本民间口头叙事文学中存在着大量的禁忌母题,仙乡、羽衣和密室禁忌母题是最突出的三种。它们从一个侧面,表明中日两国民间故事有着密切的渊源关系,透示出东方民间故事的鲜明特色。仙乡、羽衣和密室三种禁忌母题包含极为丰富的历史文化意蕴和深刻的象征意义,充分说明人间与仙界、人与仙或兽不可调和的矛盾与对立。

关键词:日本、民间故事、禁忌、母题

董晓萍《节水水利民俗》

《北京师范大学学报》2003 年第 5 期,第 126—133 页。

内容提要:在华北农村一些严重缺水的地区,节水水利民俗发达,水在某种程度上成为一种非物质文化,这时水是一种权力、制度、资本、道德标准和斗争武器,围绕着它有一套民间习惯法、村民组织、教育理念和操作规约,农民用以控制、分配和共享有限的水资源,并发展出一套在干旱地区团结生存的可持续经验。在当前农村现代化的进程中,节水水利民俗还在发挥作用。

关键词:节约用水、节水水利、水的非物质文化、晋南四社五村、传统与现代化

2004 年

萧放《中国传统风俗观的历史研究与当代思考》

《北京师范大学学报》2004 年第 6 期,第 31—40 页。

内容提要:古代学者的风俗观关注风俗发生的地域性与政治性,对风俗的教化功能有着特别的强调。传统风俗观认为风俗具有三种特性:一、风俗具有较强的伦理品性。二、风俗具有流动贯注的传习性与扩散性,又有着难于变化移易的凝固性。三、风俗习惯虽然难于改变,但它还是能够移易的。在近代社会中,人们对风俗进行了重新的思考,认为风俗可以救世,当代社会是一个文化转型的时代,传统风俗观有关风俗的理解与评述对于当代社会的民俗文化建设具有启示意义。

关键词:风俗、传统风俗观、教化、当代社会、文化转型

万建中《民间文学本体特征的再认识》

《北京师范大学学报》2004 年第 6 期,第 41—48 页。

内容提要:"什么是民间文学",这是似乎早已解决而其实又没有真正解决的问题。以往关注的是民间文学的文学或文化属性,而对其生活属性往往视而不见,因而对民间文学的口头性、集体性、变异性和传承性四个基本特征的认识并不全面。"表演理论"和"口头程式理论"为我们重新认识民间文学的特征提供了帮助。

关键词:民间文学、生活特征、本体特征、表演、传统模式

杨利慧《民族志诗学的理论与实践》

《北京师范大学学报》2004 年第 6 期,第 49—54 页。

内容提要:民族志诗学是 20 世纪中后期以来在美国民俗学、人类学界兴起的一个重要理论流派。它在承认世界范围内的每一特定文化都有各自独特的诗歌,这些诗歌都有其独自的结构和美学特点的前提下,发展出了一整套关于在书写文化中进行口头艺术文本迻录和翻译的观点和方法。这种方法,既极大地拓展了书写文化对口头传统的表现力,也为深入认识口头艺术乃至所有文学传统的内在特征提供了一个崭新的视角。

关键词:民族志诗学、口头艺术、文本、迻录

2005 年

董晓萍《非物质文化遗产与民俗评估》

《北京师范大学学报》2005 年第 5 期,第 43—49 页。

内容提要:在非物质文化遗产保护中,保护民俗是一个重要的方面,但又不能把这一工作简单地理解为从前民俗学所讨论的对象,而需要对以往许多人文社会学科的研究对象加以整合。这种评估系统也应该是一个非物质文化遗产的现代知识框架,一个大体兼容多元保护目标的工作框架,以及能给政府和民间提供操作细则的实践方案。它的实践性决定它的生命力,这是它区别于以往民俗学之处。

关键词:非物质文化遗产、民俗保护、民俗评估系统

萧放《传统节日:一宗重大的民族文化遗产》

《北京师范大学学报》2005 年第 5 期,第 50—56 页。

内容提要:传统节日承载着丰厚的历史文化内涵,是民众精神信仰、审美情趣、伦理关系与消费习惯的集中展示日,应该充分认识传统节日的价值与意义,主动积极地进行传承与建设。首先,节日是民俗文化的主干内容之一,应将节日庆典列为非物质文化遗产,纳入保护范围。其次,传统节日有三大传统:反映节日物质生活层面的传统;反映节日社会生活层面的传统;体现节日精神生活方面的传统。最后,节日是传承民族文化的有效方式。对民族传统节日进行调查研究并予以保护是当前急迫的工作任务。

关键词:传统节日、非物质文化遗产、民族文化

[德]傅玛瑞(Mareile Flitsch)的《中国民间文学及其记录整理的若干问题》

《北京师范大学学报》2005 年第 5 期,第 57—66 页。

内容提要:中国搜集口头文学活动及其文字记录可以追溯到文字使用的最初时代,也延续到现在。对 20 世纪初到 1949 年的中国民间文学工作,已有人做过较详细的研究,而对中华人民共和国时期的民间文学研究,到目前为止,仍被西方汉学界搁置一旁。但西方学者应该注意 1949 年以后中国民间文学发生的背景和成绩,特别要注意钟敬文主持的"中国民间文学三套集成"项目的进行情况和资料成果,以便对民间文学的记录和整理这一复杂问题中的某些细节进行比较深入的探讨。

关键词:口头传统、钟敬文、记录整理、中国民间文学三套集成

刘铁梁《"标志性文化统领式"民俗志的理论与实践》

《北京师范大学学报》2005 年第 6 期,第 50—56 页。

内容提要:传统体例的民俗志对民俗事象的分类写作,存在着将作为整体并具有互释性的生活文化割裂的倾向。因此,在借鉴民族志书写模式与解释人类学等相关理论的基础上,结合对《北京市门头沟区民俗文化志》调查与写作实践的反思,提出"标志性文化"这一核心概念,倡导"标志性文化统领

式”的新式民俗志写作，以提升抢救与保护民俗文化的认识水平。所谓标志性文化应具有：一、能反映这一地方的特殊历史进程和贡献；二、体现地方民众的集体性格和气质，具有薪尽火传的生命力；三、深刻地联系着地方民众的生活方式和诸多文化现象等三个主要特征。这种民俗志书写也将促进民俗文化调查的深入和研究范式的创新，间接对地方社会协调发展和增强社会自我调节能力具有参考价值。

关键词：标志性文化、民俗志、民俗文化、互释姓、文化自觉

万建中《非物质文化遗产调查中的主体意识——以民间文学为例》

《北京师范大学学报》2005 年第 6 期，第 57—60 页。

内容提要：物质文化遗产不会自己“说话”，其产生，需要调查者和研究者的参与。他们的主体意识在认定非物质文化遗产的过程中，起着至关重要的作用。非物质文化遗产从其生存的田野走向学术的层面，要经过研究者的参与观察和深度描写。研究者应该有意识的确立主位和客位的立场。

关键词：非物质文化遗产、民间文学、主体意识、主位、客位、参与观察、深度描写

杨利慧《仪式的合法性与神话的解构和重构》

《北京师范大学学报》2005 年第 6 期，第 61—68 页。

内容提要：对现代神话学史上有影响的神话—仪典学派进行反思和检讨，通过探讨民间庙会在近二十年来复兴的过程，为谋求更充分的合法性而对神话或者神话要素进行的解构和重构，认为神话与仪式的联系并非机械不变，实际上双方都处在不断变迁和重建的过程中，所以其关系应当在“动态的互动过程”中予以考察。神话的解构和重构是各地庙会谋求合法性的策略之一，其方式多种多样，“民间”并非一个均质的整体。追求政治合法性的过程，主要只是民间精英与官方政策之间的对话、协商与较量。

关键词：神话、解构与重构、仪式、合法性、动态的互动过程、策略

岳永逸《传统的动力学：娃娃亲的现代化生存》

《北京师范大学学报》2005 年第 6 期,第 69－78 页。

内容提要:在 21 世纪的今天,"娃娃亲"在中国农村仍以不同的方式存在。显然,这并非仅仅是由于农民的保守、愚昧。在对传统等概念反思的基础上,根据实地调查材料,分析了在河北省梨区存在的换小帖这一现代农村"娃娃亲"的婚约形式与当地习俗、经济和村民心理等之间的密切关系,意在强调传统(民俗)在不同场景中的自我调适,传统的当下性、渐变性、有机性等特征,即传统的动力学。

关键词:传统、动力学、娃娃亲、换小帖、生存危机

2006 年

董晓萍《大学圈中的学报效应——〈北京师范大学学报〉在中国民俗学发展中的作用》

《北京师范大学学报》2006 年第 5 期,第 15－18 页。

内容提要:《北京师范大学学报》重视民俗学基础研究成果,关注学科团队项目、鼓励人才培养,对民俗学科的建成成果通过刊登专栏文章的方式加以推广。

关键词:大学学报效应、学科建设、学科团队

董晓萍《流动的代理人:北京旧城的寺庙与铺保(1917－1956)》

《北京师范大学学报》2006 年第 6 期,第 35－44 页。

内容提要:在对北京旧城寺庙研究中,大都假设有一个具有自我社会功能的中下层寺庙群,它们由政府系统和宗教系统管理,政府管理系统的变迁引起宗教管理系统的变迁,但这种研究忽略了寺僧本身的能动性。实际上,从对北京史志、民国寺庙档案、公私合营前铺保资料、寺庙碑刻和口述史的综合研究来看,寺僧在其中起到了重要作用,在一批中下层寺庙中,寺僧与铺保相结合,利用城市流动人口与流动经济资源,保证了寺庙的生存,也支持了铺保经济。北京内外城寺庙和铺保关系也有不同层面的差异,也有一定联系,对两者作比较研究,能深化对北京旧城社会史的认识,也能了解保护北京历史文化遗产的复杂性。

关键词:北京旧城、洪福寺、政府管理、中小层寺庙、铺保

万建中《非物质文化遗产与"物质"的关系——以民间传说为例》

《北京师范大学学报》2006 年第 6 期,第 45—49 页。

内容提要:民间传说作为非物质文化的形态之一,其产生和传播明显依附于某些物质形态。缺少"物质"的客观基础,传说便无从生发和建构。因此,理解非物质文化遗产的"非",不能绝对化。非物质文化遗产和物质文化遗产往往很难区分,两者只是侧重点不同而已。调查和研究非物质文化遗产不能忽视其中"物质"的形态。具象、直观的"物质"形态对认识非物质文化遗产具有重要意义,同时,也是促使非物质文化得以流传,使之成为遗产的不可缺少的因素。"物质"和非物质两者之间同构的互动关系,透视出非物质文化遗产流传的内在规律。

关键词:非物质文化遗产、民间传说、物质、非物质

萧放《春节习俗与岁时通过仪式》

《北京师范大学学报》2006 年第 6 期,第 50—58 页。

内容提要:春节作为中国的传统大节,由若干民俗环节构成。贯穿春节民俗事象背后的是民众的时间意识,人们将春节视作新旧转换的时间过程。范·根纳普的通过仪式理论认为:人生仪礼与时间通过仪式都由分离、阈限与聚合三部分构成,人们在经历了这样的过关仪式后,就实现了新旧不同性质的转化。我们以此理论具体分析中国年节通过仪式的诸种表现,从年节节俗进程中,总结出年节通过仪式的三大类别:岁末时空净化仪式、过年与阈限期间的仪式及迎接新年仪式。由于中国历史文化的特性,中国人年节通过仪式具有以下三种特性:(1)人与自然共同经历的通过仪式,认为在年节中人与万物一道经历时间的新旧更替过程;(2)家族集体经历通过仪式,中国人在时间过渡仪式中重视家族家庭集体的力量,体现了中国人特有的家庭伦理意识;(3)世俗与神圣交融的仪式情境。在年节通过仪式中,人们没有进入所谓纯粹的神圣境界,人们将世俗生活与神圣仪式融合为一,这也是不尚玄虚的中国文化特性所决定的。

关键词:春节、阈限、通过仪式

刘铁梁《文化巨变时代的新式民俗志——〈中国民俗文化志〉总序》

《北京师范大学学报》2006 年第 6 期,第 59—63 页。

内容提要:《中国民俗文化志》(县、区卷)的指导思想是注重具体理解民俗与地方生活的关系,以体现文化巨变时代的文化自觉意识。当代地方民俗志需要以三点重要认识为前提:一、中国民俗的地方性是民族性与地域性交叉的表现;二、民俗志应该着力记述连续性的民俗传承,也要关注深层的民俗传承;三、结合对地方传统生活方式的把握,将比较容易描述地方民俗的特色,呈现民俗文化内在的逻辑关系,反映地方社会与文化的历史特征。民俗文化的地方传承也就是在历史上被一再建构的地方性象征体系,其中若干重要文化事象具有标志性意义。因此"标志性文化统领式民俗志"成为本志书统一采取的书写模式。

关键词:民俗文化、地方性、历史特征、象征体系、标志性文化、民俗志

2008 年

董晓萍《北京城市社会的民间水治》

《北京师范大学学报》2008 年第 1 期,第 65—73 页。

内容提要:从北京明清史料考察北京城市用水民俗,大体有三个特点:一是北京历史上的国家水治和城市社会的历史发展,对城市用水民俗产生了重要影响;二是城市民间水治依附于宗教性的公共管理,使城市水治所崇拜的主要神祇,如龙王、关公和土地神等,有时也成为北京传统行业的公共信仰神灵;三是国家资本、中小行业资本与市民管理相结合的投资用水模式,适应城市社会和外来流动人口生存的多样化需求。

关键词:北京用水民俗、北京地方史志文献、国家水治、民间水治

巴莫曲布嫫《在口头传统与书写文化之间的史诗演述人——基于个案研究的民族志写作》

《北京师范大学学报》2008 年第 1 期,第 74—84 页。

内容提要：在彝族史诗研究中存在着过度重视口头传承的集体性而忽略了民众个体的普遍倾向。史诗演述的传承人作为史诗"勒俄"（hnewo）传统背后的一个特殊群体，是史诗得以世代沿传的中坚力量。因此，对传承人的跟踪与研究是考察史诗传统的主要环节。在诺苏彝族史诗演述人的成长过程中，书写与口承这两种传统的教授与学习是始终相伴、相得益彰、互为表里的内驱力。"克智"（kenre）的兴起和传承，在客观上激活了"勒俄"的口头传播和动态接受，使史诗传承人脱离了各种书写文本的制约而走向面对面的社群，融入民俗生活的文化情境中，并在特定的竞争机制中不断提高自己的口头创编能力与演述艺术，从而也促进了史诗传统的长期流布和动态发展。

关键词：彝族、诺苏支系、口头传统、书写文化、史诗演述人、口头论辩

［美］欧达伟（R. David Arkush）《费孝通的学者、作家和政治之旅》
《北京师范大学学报》2008 年第 1 期，第 85—89 页。
董晓萍译。

内容提要：在西方学界看来，费孝通有三个突出的特点：一、他是中国本土民族志学者中在西方学术界影响最大的人；二、他是向西方读者介绍中国乡土经济和制度，介绍中国人和英美人民与社会的高产作家；三、他是温和建言的上层政治家。费孝通是中国乡村工业化主张的提出者和终生实践者。他在清华大学和北京大学创建、并于"文革"后重建了中国高校的社会学和人类学学科，也战略性地开展了关于少数民族地区发展的研究工作，这些努力都推进了中国人类学和社会学的发展。

关键词：费孝通、社会学、人类学、乡村工业化、学科建设

2009 年

董晓萍《数字化与现代大学遗产：钟敬文工作站》
《北京师范大学学报》2009 年第 1 期，第 68—73 页。
内容提要：在现代大学遗产教育中，数字化是一种新工具，建立钟敬文工作站正是这方面的一项有意义的探索。该工作站以钟敬文民俗学说为理论基础，以数字化的方法，贮存、研究和传播钟敬文的学术文化成就，传承大学

名师遗产,辅助民俗学的理论和方法创新,展示中国民俗学者参与中国民俗学和民间文艺学建设,发展民俗学高等教育的成果。没有数字化,要完成这样庞大的方案是不可能的。在数字化之后,这一方案已具有可操作性,数字化也因此可以被纳入现代民俗学的知识体系中,成为现代大学名师遗产的理念构成,同时成为民俗学的社会公共教育产品。

关键词:钟敬文工作站、民俗学、数字化、现代大学遗产、社会公共教育产品

万建中《神话的现代理解与叙述》

《北京师范大学学报》2009年第1期,第74—79页。

内容提要:中国神话学将考察的对象局限于古代遗留下来的神话文本,并且认定神话只存在于人类的童年时期,从而导致神话学和神话研究的没落。西方学者开启了重新认识神话的学术视野,颠覆了固有的神话樊篱。神话是关于世界和人类本原问题的探询,宣扬了立足于信仰的永恒的精神境界。神话叙事意味着我们认知世界的努力。神话从远古一直向我们走来,进入到我们的生活世界。传统神话以崭新的形式呈现出来,而现代神话则成为奇迹创造和另类叙事。

关键词:神话、神话学、文本、叙述、生活世界

杨利慧《全球化、反全球化与中国民间传统的重构——以大型国产动画片〈哪吒传奇〉为例》

《北京师范大学学报》2009年第1期,第80—86页。

内容提要:《哪吒传奇》通过对三足金乌和夸父追日神话等民间传统予以吸纳并重新建构,以达到抵御外国动画影响的目的。在当下的全球化和反全球化语境中,民间传统被视为巩固民族文化根基、弘扬民族传统美德、重建民族自我认同的重要文化资源之一。与"五四"时期民俗学的兴起相比,这一复兴与重构的民主特性并不明显;而其自觉地将民间传统作为文化商品来赢得消费市场的文化策略,也与18、19世纪欧洲大陆的浪漫主义民族主义热情有差异。在这一重构过程中,竞争、抵制与吸收、接纳并存,可见全球化与反全

球化并非水火不容。

关键词：全球化、反全球化、民间传统、国产动画

2010 年

董晓萍、〔法〕蓝克利（Christian Lamouroux）《现代商业的社会史研究：北京成文厚（1942－1952）》

《北京师范大学学报》2010 年第 2 期，第 20－31 页。

内容提要：国家政府与商人的关系具有某种重要性，国家政府对商人和商业活动的政策也会影响社会进程。不过一般认为，商人在动荡的社会环境中很难生存，但北京现代商业史却提供了另外的事实：市民和移民社会身份的断裂，反而使商户的行业成为城市社会的主要个体身份标志，行业技艺和现代专业知识传承成为城市社会分层的新基础，促成了城市商业经济现代化的发轫。为此，需要考察北京商业的行业化取向，及其成为城市社会分层和城市社会网络的新成分的具体过程与动力，北京老字号"成文厚"的个案因此具有特殊价值。

关键词：国家政府与商人、社会史方法、北京成文厚、现代商业、行业文化

萧放《中国历史民俗学的理论与方法论纲》

《北京师范大学学报》2010 年第 2 期，第 32－40 页。

内容提要：历史民俗学是中国民俗学学科体系的重要组成部分，它是关于民俗事象的历史研究与历史社会民俗事象、民俗记述及民俗评论的研究，通常包含民俗史、民俗学史、文献民俗志三方面。它与历史社会学与历史人类学有着密切的联系，但又具有自己的学术特点。钟敬文是中国历史民俗学的倡导者与建设者。历史民俗学有自己特定的研究范围、学科特征与研究方法，是一门正在生长的新型学科，它在中国民俗学研究中有着独特的学术意义。

关键词：历史民俗学、民俗史、民俗学史、文献民俗志

刘守华《中国民间故事集成的特色与价值》

《北京师范大学学报》2010 年第 2 期，第 41－46 页。

内容提要：中国民族民间文艺十部集成志书被誉为中国的文化长城，在新

中国六十年大庆前夕全部出齐。其中的中国民间故事集成由钟敬文先生任主编。作者描述了这套巨著的成书经过,评述了中国故事集成按三性原则编纂所构成的鲜明特色,指出它是中国民间文艺学家将民间文艺学本土化的步骤,是将民间故事的采录选编和学理建构融为一体,以几代学人的精诚合作,将这一新兴人文学科推向成熟的标志,这项工程对中华文化建设作出了巨大贡献。

关键词:中国民族民间文艺集成志书、中国民间故事集成、民间文艺学、文化长城